EL INGENIOSO HIDALGO

DON QUIJOTE

· DE LA MANCHA.

BIBLIOTECA ILUSTRADA DE GASPAR Y ROIG.

EL INGENIOSO HIDALGO
DON QUIJOTE
DE LA MANCHA

COMPUESTO

POR MIGUEL DE CERVANTES SAAVEDRA,

NOVÍSIMA EDICION

CON NOTAS HISTÓRICAS, CRÍTICAS Y GRAMATICALES, DE LA ACADEMIA ESPAÑOLA, PELLICER, ARRIETA, CLEMENCIN, CUESTA, JANER, ETC.

AUMENTADA CON

EL BUSCAPIÉ.

ANOTADO POR DON ADOLFO DE CASTRO.

ADORNADA

CON 300 GRABADOS INTERCALADOS, LAMINAS SUELTAS

Y EL RETRATO DEL AUTOR GRABADO EN ACERO.

MADRID:

IMPRENTA Y LIBRERIA DE GASPAR Y ROIG, EDITORES,

calle del Príncipe, número 4.

1864.

AL DUQUE DE BÉJAR,

marqués de Gibraleon, conde de Benalcázar y Bañares vizconde, de la Puebla de Alcocer, señor de las Villas de Capilla, Curiel y Burguillos.

En fe del buen acogimiento y honra que hace vuestra Escelencia á toda suerte de libros, como Príncipe tan inclinado á favorecer las buenas artes, mayormente las que por su nobleza no se abaten al servicio y granjerías del vulgo, he determinado de sacar á luz al Ingenioso Hidalgo Don Quijote de la Mancha al abrigo del clarísimo nombre de Vuestra Escelencia, á quien, con el acatamiento que debo á tanta grandeza, suplico le reciba agradablemente en su proteccion, para que á su sombra, aunque desnudo de aquel precioso ornamento de elegancia y erudicion de que suelen andar vestidas las obras que se componen en las casas de los hombres que saben, ose parecer seguramente en el juicio de algunos, que no conteniéndose en los límites de su ignorancia, suelen condenar con mas rigor y menos justicia los trabajos ajenos: que poniendo los ojos la prudencia de Vuestra Escelencia en mi buen deseo, fio que no desdeñará la cortedad de tan humilde servicio (1).

MIGUEL DE CERVANTES SAAVEDRA.

(1) El duque de Béjar, cuya proteccion buscó Cervantes para la primera parte del Quijote, despues de admitir dificultosamente este obsequio, alzó la mano en los favores que le dispensaba, instigado de un fraile, cuya autoridad era grande en su casa. Dicen que Cervantes retrató al vivo el carácter de este impertinente en el eclesiástico con quien alterca Don Quijote: el religioso, pues, y Cervantes eran incompatibles. Venció el primero, y el duque, olvidando al escritor, se llenó de ignominia á los ojos de la posteridad irritada de su preferencia.—P.

LOS EDITORES.

Hemos publicado dos ediciones del Quijote, las mas completas y abundantes en notas de cuantas han salido á luz hasta el dia. Agotadas hace tiempo, publicamos ahora esta edicion, que no solamente contendrá todo lo mejor de las anteriores, y notas añadidas por los comentadores nuevos, sino que será uno de los libros mas baratos de la *Biblioteca Ilustrada*.

En esta novísima edicion del Quijote, como en las anteriores, seguiremos tambien la de la *Real Academia española* de 1819, introduciendo en el testo mismo cuantas correcciones y mejoras se hallan en sus apreciables notas. Consultaremos la de Pellicer, impresa en Madrid en 1797; la de Arrieta, dada á luz en París el año de 1826; la primera parte del Ingenioso Hidalgo comentada por Clemencin, publicada en esta córte en 1833. y otras varias antiguas y modernas, aprovechándonos libre y francamente de todas las notas y observaciones, asi gramaticales como críticas é históricas que juzguemos mas oportunas.

No las trascribiremos todas, ni como se hallan en otras ediciones: esta seria una tarea muy larga que estenderia demasiado nuestra obra, y son algunas demasiado prolijas para que no juzguemos conveniente reducirlas, dejando lo esencial para la mas fácil inteligencia de los pasajes que el trascurso del tiempo ha llegado á hacer oscuros. Hemos, pues, tomado solamente las mas importantes, y hemos modificado algunas, dejándolas en la forma mas sencilla que hemos podido.

Para distinguirlas á todas pondremos al pie de cada una la inicial de su autor, y para mayor comodidad en la lectura, las colocamos en cada página correspondiente.

Al final de esta edicion va tambien el *Buscapie*, nuevamente anotado por el señor don Adolfo de Castro.

ABREVIATURAS.

A. está por ACADEMIA; P. por PELLICER; Arr. por ARRIETA; C. por CLEMENCIN; D. A. por DICCIONARIO DE LA ACADEMIA; J. por JANER y F. C. por FERNANDEZ CUESTA.

CERVANTES

Publicada por Gaspar y Roig
Madrid

PROLOGO DEL AUTOR.

ESOCUPADO lector: sin juramento me podrás creer que quisiera que este libro, como hijo del entendimiento, fuera el mas hermoso, el mas gallardo y mas discreto que pudiera imaginarse. Pero no he podido yo contravenir la órden de naturaleza, que en ella cada cosa engendra su semejante. Y asi ¿qué podia engendrar el estéril y mal cultivado ingenio mio, sino la historia de un hijo seco, avellanado, antojadizo y lleno de pensamientos varios y nunca imaginados de otro alguno: bien como quien se engendró en una cárcel, donde toda incomodidad tiene su asiento, y donde todo triste ruido hace su habitacion? El sosiego, el lugar apacible, la amenidad de los campos, la serenidad de los cielos, el murmurar de las fuentes, la quietud del espíritu, son grande parte para que las musas mas estériles se muestren fecundas, y ofrezcan partos al mundo que le colmen de maravilla y de contento. Acontece tener un padre un hijo feo y sin gracia alguna: y el amor que le tiene le pone una venda en los ojos para que no vea sus faltas, antes las juzga por discreciones y lindezas, y las cuenta á sus amigos por agudezas y donaires. Pero yo, que aunque parezco padre soy padrastro de Don Quijote, no quiero irme con la corriente del uso, ni suplicarte casi con las lágrimas en los ojos, como otros hacen, lector carísimo, que perdones ó disimules las faltas que en este mi hijo vieres: y pues ni eres su pariente ni su amigo, y tienes tu alma en tu cuerpo y tu libre albedrío como el mas pintado, y estás en tu casa, donde eres señor della, como el rey de sus alcabalas, y sabes lo que comunmente se dice, que debajo de mi manto al Rey mato, todo lo cual te exenta y hace libre de todo respeto y obligacion, puedes decir de la historia todo aquello que te pareciere, sin temor que te calunien por el mal, ni te premien por el bien que dijeres della.

Solo quisiera dártela monda y desnuda, sin el ornato de prólogo, ni de la inumerabilidad y catálogo de los acostumbrados sonetos, epígramas y elogios que al principio de los libros suelen ponerse. Porque te sé decir que aunque me costó algun trabajo componerla, ninguno tuve por mayor que hacer esta prefacion que vas leyendo. Muchas veces tomé la pluma para escribilla, y muchas la dejé, por no saber lo que escribiria; y estando una suspenso, con el papel delante, la pluma en la oreja, el codo en el bufete y la mano en la mejilla, pensando lo que diria, entró á deshora (1) un amigo mio gracioso y bien entendido, el cual viéndome tan imaginativo, me preguntó la causa, y no encubriéndosela yo, le dije que pensaba en el prólogo que habia de hacer á la historia de DON QUIJOTE, y que me tenia de suerte, que ni queria hacerle, ni menos sacar á luz las hazañas de tan noble caballero. Porque ¿cómo quereis vos que no me tenga confuso el qué dirá el antiguo legislador que llaman vulgo, cuando vea que al cabo de tantos años como há que duermo en el silencio del olvido, salgo ahora con todos mis años acuestas con una leyenda seca como un esparto, agena de invencion, menguada de estilo, pobre de concetos, y falta de toda erudicion y doctrina, sin acotaciones en las márgenes y sin anotaciones en el fin del libro, como veo que están otros libros, aunque sean fabulosos y profanos, tan llenos de sentencias de Aristóteles, de Platon y de toda la caterva de filósofos, que admiran á los leyentes, que tienen á sus autores por hombres leidos, eruditos y elocuentes? ¡Pues qué cuando citan la divina Escritura! No dirán sino que son unos santos Tomases y otros doctores de la Iglesia, guardando en esto un decoro tan ingenioso, que en un renglon han pintado un enamorado distraido, y en otro hacen un sermoncico cristiano, que es un contento y un regalo oirle ó leelle. De todo esto ha de carecer mi libro, porque ni tengo que acotar en el márgen, ni que anotar en el fin, ni menos sé qué autores sigo en él, para ponerlos al principio, como hacen todos, por las letras del ABC, comenzando en Aristóteles y acabando en Xenofonte y en Zoilo ó Zeuxis, aunque fue maldiciente el uno y pintor el otro. Tambien ha de carecer mi libro de sonetos al principio, á lo menos de sonetos cuyos autores sean duques, marqueses, condes, obispos, damas ó poetas celebérrimos. Aunque si yo los pidiese á dos ó tres oficiales amigos, yo sé que me los darian, y tales que no les igualasen los de aquellos que tienen mas nombre en nuestra España.

En fin, señor y amigo mio, proseguí, yo determino que el señor don Quijote se quede sepultado en sus archivos en la Mancha, hasta que el cielo depare quien le adorne de tantas cosas como le faltan, porque yo me hallo incapaz de remediarlas por mi insuficiencia y pocas letras, y porque naturalmente soy poltron y perezoso en andarme buscando autores que digan lo que yo me sé decir sin ellos. De aquí nace la suspension y elevamiento en que me hallastes: bastante causa para ponerme en ella la que de mí habeis oido. Oyendo lo cual mi amigo, dándose una palmada en la frente y disparando en una larga risa, me dijo: por Dios, hermano; que ahora me acabo de desengañar de un engaño en que he estado todo el mucho tiempo que há que os conozco, en el cual siempre os he tenido por discreto y prudente en todas vuestras acciones. Pero ahora veo que estais tan lejos de serlo como lo está el cielo de la tierra.

¿Cómo qué? ¿es posible que cosas de tan poco momento, y tan fáciles de remediar, puedan tener fuerzas para suspender y absortar un ingenio tan maduro como el vuestro, y tan hecho á romper y atropellar por otras dificultades mayores? A la fé, esto no nace de falta de habilidad, sino de sobra de pereza y penuria de discurso. ¿Quereis ver si es verdad lo que digo? Pues estadme atento, y vereis como en un abrir y cerrar de ojos confundo todas vuestras dificultades, y remedio todas las faltas que decis que os suspenden y acobardan para dejar de sacar á la luz del mundo la historia de vuestro famoso don Quijote, luz y espejo de toda la caballería andante. Decid, le repliqué yo, oyendo lo que me decia, ¿de qué modo pensais llenar el vacío de mi temor, y reducir á la claridad el caos de mi confusion? A lo cual él dijo: lo primero en que reparais de los sonetos, epígramas ó elogios que os faltan para el principio, y que sean de personajes graves y de título, se puede remediar con que vos mismo (2) tomeis algun trabajo en hacerlos, y despues los podeis bau-

---

(1) Significa comunmente lo mismo que á horas desusadas y estraordinarias, indicando las mas avanzadas de la noche: aquí equivale á *inesperadamente, cuando no se aguarda.*—C.

(2) En las ediciones del año 1605 se dice *mesmo, asimismo, ansimesmo.* La de 1803, que sigue la Academia, dice constantemente *mismo, asimismo, ansimismo;* lo que se advierte aquí de una vez para evitar la repeticion de notas sobre una misma cosa.—A.

tizar y poner el nombre que quisiéredes, ahijándolos al Preste Juan de las Indias ó al emperador de Trapisonda, de quienes yo sé que hay noticia que fueron famosos poetas; y cuando no lo hayan sido, y hubiere algunos pedantes y bachilleres que por detrás os muerdan y murmuren desta verdad, no se os dé dos maravedís, porque ya que os averigüen la mentira, no os han de cortar la mano con que lo escribísteis.

En lo de citar en las márgenes los libros y autores de donde sacáredes las sentencias y dichos que pusiéredes en vuestra historia, no hay mas sino hacer de manera que vengan á pelo algunas sentencias ó latines que vos sepais de memoria, ó á lo menos que os cueste poco trabajo buscallos, como será poner, tratando de libertad y cautiverio:

Non bene pro toto libertas venditur auro;

Y luego en el márgen citar á Horacio (1), ó á quien lo dijo. Si tratáredes del poder de la muerte, acudir luego con:

Pallida mors æquo pulsat pede
Pauperum tabernas, regumque turres.

Si de la amistad y amor que Dios manda que se tenga al enemigo, entraros luego al punto por la escritura divina, que lo podeis hacer con tantico de curiosidad, y decir las palabras por lo menos del mismo Dios: *Ego autem dico vobis : diligite inimicos vestros.* Si tratáredes de malos pensamientos, acudid con el evangelio: *De corde exeunt cogitationes malæ.* Si dela instabilidad de los amigos, ahí está Caton que os dará su dístico (2):

Donec eris felix, multos numerabis amicos,
Tempora si fuerint nubila, solus eris.

Y con estos latínicos y otros tales os tendrán siquiera por gramático, que el serlo no es de poca honra y provecho el dia de hoy. En lo que toca al poner anotaciones al fin del libro, seguramente lo podeis hacer desta manera. Si nombrais algun gigante en vuestro libro, hacedle que sea el gigante Golías, y con solo esto, que os costará casi nada, teneis una grande anotacion, pues podeis poner: *El gigante Golías ó Goliat fue un filisteo á quien el pastor David mató de una gran pedrada en el valle de Taberinto, segun se cuenta en el libro de los Reyes,* en el capítulo que vos halláredes que se escribe.

Tras esto, para mostraros hombre erudito en letras humanas y cosmógrafo, haced de modo como en vuestra historia se nombre el rio Tajo, y veréisos luego con otra famosa anotacion, poniendo: *El rio Tajo fue así dicho por un Rey de las Españas: tiene su nacimiento en tal lugar, y muere en el mar Océano besando los muros de la famosa ciudad de Lisboa, y es opinion que tiene las arenas de oro,* etc. Si tratáredes de ladrones, yo os daré la historia de Caco, que la sé de coro. Si de mujeres rameras, ahí está el obispo de Mondoñedo (3), que os prestará á Lamia, Laida y Flora, cuya anotacion os dará gran crédito. Si de crueles, Ovidio os entregará á Medea. Si de encantadoras y hechiceras, Homero tiene á Calipso, y Virgilio á Circe. Si de capitanes valerosos, el mismo Julio César os prestará á sí mismo en sus Comentarios, y Plutarco os dará mil Alejandros. Si tratáredes de amores, con dos onzas que sepais de la lengua toscana, topareis con Leon Hebreo, que os hincha las medidas. Y si no quereis andaros por tierras estrañas, en vuestra casa teneis á Fonseca *Del amor de Dios* (4), donde se cifra todo lo que vos y el mas ingenioso acertare á desear en tal materia. En resolucion no hay mas sino que vos procureis nombrar estos nombres, ó tocar estas historias en la vuestra, que aquí he dicho, y dejadme á mí el cargo de poner las anotaciones y acotaciones, que yo os voto á tal de llenaros las márgenes y de gastar cuatro pliegos en el fin del libro.

Vengamos ahora á la citacion de los autores que los otros libros tienen, que en el vuestro

(1) No fue Horacio quien lo dijo, sino el autor anónimo de las fábulas llamadas *Esópicas,* libro III, fábula 14 del *Can y el Lobo.*—C.

(2) Este dístico no es de Caton, ni se halla entre sus versos, sino de Ovidio. V. *Alberto Fabricio* en su *Bibliot. lat.,* tomo I, libro IV, c. I.—Arr.

(3) Don Antonio de Guevara, que escribió *La notable historia de tres enamoradas.* «Esta Lamia, dice, esta Laida y esta Flora, fueron las tres mas hermosas y mas famosas rameras que nacieron, y aun de quienes mas cosas los escritores escribieron, y por quienes mas príncipes se perdieron.» Contiénese esta historia en una de sus cartas, quizá la mejor de cuantas escribió este sabio prelado.—Arr.

(4) Escribió este docto médico lusitano una obra bien conocida, intitulada *Dialogi d'Amore,* impresa en Venecia en 1572, en 8.°, y á ella alude aquí nuestro autor.—Arr.

os faltan. El remedio que esto tiene es muy fácil, porque no habeis de hacer otra cosa que buscar un libro que los acote todos, desde la A hasta la Z, como vos decís. Pues ese mismo abecedario pondreis vos en vuestro libro: que puesto que á la clara se vea la mentira, por la poca necesidad que vos teníades de aprovecharos dellos, no importa nada: y quizá alguno habrá tan simple que crea que de todos os habeis aprovechado en la simple y sencilla historia vuestra. Y cuando no sirva de otra cosa, por lo menos servirá aquel largo catálogo de autores á dar de improviso autoridad al libro. Y mas, que no habrá quien se ponga á averiguar si los seguistes ó no los seguistes, no yéndole nada en ello; cuanto mas que, si bien caigo en la cuenta, este vuestro libro no tiene necesidad de ninguna cosa de aquellas que vos decís que le faltan, porque todo él es una invectiva contra los libros de caballerías, de quien nunca se acordó Aristóteles, ni dijo nada San Basilio, ni alcanzó Ciceron: ni caen debajo de la cuenta de sus fabulosos disparates las puntualidades de la verdad, ni las observaciones de la astrología: ni le son de importancia las medidas geométricas, ni la confutacion de los argumentos de quien se sirve la retórica: ni tiene para qué predicar á ninguno, mezclando lo humano con lo divino, que es un género de mezcla de quien no se ha de vestir ningun cristiano entendimiento. Solo tiene que aprovecharse de la imitacion en lo que fuere escribiendo, que cuanto ella fuere mas perfecta, tanto mejor será lo que se escribiere. Y pues esta vuestra escritura no mira á mas que á deshacer la autoridad y cabida que en el mundo y en el vulgo tienen los libros de caballerías, no hay para qué andeis mendigando sentencias de filósofos, consejos de la divina escritura, fábulas de poetas, oraciones de retóricos, milagros de santos, sino procurarse que á la llana, con palabras significantes, honestas y bien colocadas salga vuestra oracion y período sonoro y festivo; pintando, en todo lo que alcanzáredes y fuere posible, vuestra intencion, dando á entender vuestros conceptos: sin intrincarlos y escurecerlos. Procurad tambien que leyendo vuestra historia el melancólico se mueva á risa, el risueño la acreciente, el simple no se enfade, el discreto se admire de la invencion, el grave no la desprecie, ni el prudente deje de alabarla. En efecto, llevad la mira puesta en derribar la máquina mal fundada destos caballerescos libros, aborrecidos de tantos, y alabados de muchos mas: que si esto alcanzásedes, no habríades alcanzado poco.

Con silencio grave estuve escuchando lo que mi amigo me decia, y de tal manera se imprimieron en mí sus razones, que sin ponerlas en disputa, las aprobé por buenas, y de ellas mismas quise hacer este prólogo: en el cual verás lector suave, la discrecion de mi amigo, la buena ventura mia en hallar en tiempo tan necesitado tal consejero, el alivio tuyo en hallar tan sincera y tan sin revueltas la historia del famoso Don Quijote de la Mancha, de quien hay opinion por todos los habitadores del distrito del campo de Montiel, que fué el mas casto enamorado y el mas valiente caballero que de muchos años á esta parte se vió en aquellos contornos. Yo no quiero encarecerte el servicio que te hago en darte á conocer tan notable y tan honrado caballero; pero quiero que me agradezcas el conocimiento que tendrás del famoso Sancho Panza su escudero, en quien á mi parecer te doy cifradas todas las gracias escuderiles que en la caterva de los libros vanos de caballerías están esparcidas. Y con esto, Dios te dé salud, y á mí no olvide. Vale (1).

D*

(1) Dos cosas á cual mas admirables y chistosas son de notar en el presente prólogo: su feliz y original invencion por una parte, y por otra la ingeniosa y fina sátira que en él hace Cervantes de la superchería y charlatanería de un gran número de escritores de su tiempo, que en España, y aun en toda Europa, prevaleció en todo el siglo XVII, de afectar gran erudicion y lectura, autorizando sus obras con un largo cátalogo por órden alfabético de autores que suponian consultados para la composicion de ellas, no habiendo quiza leido ni consultado ninguno, ni tenido necesidad de ellos.—Arr.—Y aun á nuestros dias llega la fina sátira de Cervantes, pues atribuyendo en su prólogo á Horacio y á Caton versos de otros autores, se burlaba de los que entonces y ahora han querido dar pruebas de conocer á fondo ciertas obras cuando apenas saludaron sus primeras páginas.—J.

AL LIBRO

DE

DON QUIJOTE DE LA MANCHA

URGANDA LA DESCONOCIDA (1).

Si de llegarte á los bue-
  Libro, fueres con letu- (2)
  No te dirá el boquirru-
  Que no pones bien los de-
Mas si el pan no te se cue-
  Por ir á manos de idio-
  Verás de manos á bo-
  Aun no dar una en el cla-
  Si bien se comen las ma-
  Por mostrar que son curio-
Y pues la esperiencia ense-
  Que el que á buen árbol se arri-
  Buena sombra le cobi-
  En Béjar tu buena estre-
Un árbol real te ofre-
  Que da príncipes por fru-
  En el cual florece un Du-
  Que es nuevo Alejandro Ma-
  Llega á su sombra, que á osa-
  Favorece la fortu-
De un noble hidalgo Manche-
  Contarás las aventu-
  A quien ociosas letu-
  Trastornaron la cabe-
Damas, armas, caballe-
  Le provocaron de mo-
  Que cual Orlando furio-
  Templado á lo enamora-
  Alcanzó á fuerza de bra-
  A Dulcinea del Tobo- (3)
No indiscretos hierogli-
  Estampes en el escu-
  Que, cuando es todo figu-
  Con ruines puntos se embi-
Si en la direccion te humi-
  No dirá mofante algu-
  Que don Alvaro de Lu-
  Que Aníbal el de Carta-
  Que el rey Francisco en Espa-
  Se queja de la fortu-
Pues al Cielo no le plu-
  Que salieses tan ladi-
  Como el negro Juan Lati- (4)
  Hablar latines rehu-

No me despuntes de agu-
  Ni me alegues con filo-
  Porque torciendo la bo-
  Dirá el que entiende la le-
  No un palmo de las ore-
  ¿Para qué conmigo flo-
No te metas en dibu-
  Ni en saber vidas age-
  Que en lo que no va ni vie-
  Pasar de largo es cordu-
Que suelen en caperu-
  Darles á los que grace-
  Mas tú quémate las ce-
  Solo en cobrar buena fa-
  Que el que imprime neceda-
  Dalas á censo perpe-
Advierte que es desati-
  Siendo de vidrio el teja-
  Tomar piedras en la ma-
  Para tirar al veci-
Deja que el hombre de jui-
  En las obras que compo-
  Se vaya con pies de plo-
  Que el que saca á luz pape-
  Para entretener donce-
  Escribe á tontas y á lo-

AMADIS DE GAULA

Á DON QUIJOTE DE LA MANCHA

SONETO.

Tú, que imitaste la llorosa vida,
  Que tuve ausente y desdeñado sobre
  El gran ribazo de la Peña Pobre,
  De alegre á penitencia reducida.
Tú, á quien los ojos dieron la bebida
  De abundante licor, aunque salobre,
  Y alzándote la plata, estaño y cobre,
  Te dió la tierra en tierra la comida:

---

(1) Es una de las heroinas de Amadis de Gaula, en cuyo libro I, cap. II, se dice: «Y preguntando Galaor al gigante quién era tan sabia doncella, él contábale como era *Urganda la desconocida*, y que se llamaba así porque muchas veces se trasformaba y desconocia.»—Arr.
(2) *Ir con letura*, significa ir con *intencion ó propósito.*
(3) El verso es largo, á no ser que se pronuncie Dulcinea y no Dulcinéa, acabando en diptongo —C
(4) Juan Latino, natural de Etiopia, y de padres etiopes, llamado por sobrenombre *Latino* por su instruccion.—Arr.

Vive seguro de que eternamente,
En tanto al menos que en la cuarta esfera
Sus caballos aguije el rubio Apolo,
Tendrás claro renombre de valiente,
Tu patria será en todas la primera,
Tu sabio autor al mundo único y solo.

———

DON BELIANIS DE GRECIA

Á DON QUIJOTE DE LA MANCHA

SONETO.

Rompí, corté, abollé, y dije, y hize
Mas que en el orbe caballero andante;
Fuí diestro, fuí valiente, fuí arrogante;
Mil agravios vengué, cien mil deshice.
Hazañas dí á la fama que eternice;
Fuí comedido y regalado amante;
Fue enano para mí todo gigante;
Y al duelo en cualquier punto satisfice.
Tuve á mis pies postrada la fortuna;
Y trajo del copete mi cordura
A la calva ocasion al estricote.
Mas aunque sobre el cuerno de la luna
Siempre se vió encumbrada mi ventura,
Tus proezas envidio, oh gran Quijote.

———

LA SEÑORA ORIANA

Á DULCINEA DEL TOBOSO

SONETO.

¡Oh quién tuviera, hermosa Dulcinea,
Por mas comodidad y mas reposo,
A Miraflores puesto en el Toboso, (1)
Y trocara su Londres con tu aldea! (2)
¡Oh quién de tus deseos y librea
Alma y cuerpo adornara, y del famoso
Caballero, que hiciste venturoso,
Mirara alguna desigual pelea!
¡Oh quién tan castamente se escapara
Del señor Amadis, como tú hiciste
Del comedido hidalgo Don Quijote!
Que asi envidiada fuera, y no envidiara,
Y fuera alegre el tiempo que fue triste,
Y gozara los gustos sin escote.

GANDALIN,

ESCUDERO DE AMADIS DE GAULA.

A SANCHO PANZA,

ESCUDERO DE DON QUIJOTE.

SONETO.

Salve, varon famoso, á quien fortuna,
Cuando en el trato escuder l te puso,
Tan blanda y cuerdamente lo dispuso,
Que lo pasaste sin desgracia alguna.
Ya la azada ó la hoz poco repuna
Al andante ejercicio, ya está en uso
La llaneza escudera con que acuso
Al soberbio que intenta hollar la luna.
Envidio á tu jumento y á tu nombre,
Y á tus alforjas igualmente envidio,
Que mostraron tu cuerda providencia.
Salve otra vez, oh Sancho, tan buen hombre
Que á solo tú nuestro español Ovidio
Con buzcorona te hace reverencia (3).

———

DE EL DONOSO,

POETA ENTREVERADO,

A SANCHO PANZA Y ROCINANTE.

Soy Sancho Panza escude-
Del Manchego Don Quijo-
Puse pies en polvoro-
Por vivir á lo discre-
Que el Tácito Villadie-
Toda su razon de esta-
Cifró en una retira-
Segun siente Celesti- (4)
Libro en mi opinion divi-
Si encubriera mas lo huma-

A ROCINANTE.

Soy Rocinante el fámo-
Biznieto del gran Babie- (5)
Por pecados de flaque-
Fuí á poder de un Don Quijo-
Parejas corrí á lo flo-
Mas por uña de caba-
No se me escapó ceba-
Que esto saqué á Lazari- (6)
Cuando para hurtar el vi-
Al ciego le di la pa-

———

(1) Era un castillo ó casa de placer, donde solia residir la sin par Oriana, hija del rey Lisuarte y de la reina Brisena, señora de Amadis de Gaula y archi-princesa de las princesas caballerescas.—C.
(2) «Beltenebros vió la ciudad de *Lóndres*, et á la diestra el castillo de *Miraflores*, donde su señora Oriana estaba.» *Amadis de Gaula*, cap. IV, fol. 55... Allí fue aposentado en la cámara de Oriana, donde se puede creer que para él muy mas agradable le seria que el mismo paraiso. Allí estuvo con su señora ocho dias.» *Idem*, cap. LIV.—Arr.
(3) El *buz* es el beso de reverencia y reconocimiento que da uno á otro: *hacer el buz* equivale á *obsequiar* ó festejar. La añadidura de *corona* al *buz*, puede tener conexion con lo que dice Covarrubias de tomar las monas la mano, besarla y ponerla sobre la corona ó coronilla de la cabeza.—C.
(4) Celestina, ó tragicomedia de los amores de Calisto y Melibea, en que muy libremente se cuentan los tales amores.—J.
(5) Babieca, nombre del famoso caballo del Cid, con el cual ganó éste tantas lides campales, segun la espresion de su crónica.—Arr.
(6) Alude al ardid de Lazarillo para beber el vino del ciego su amo: «El ciego, por reservar su vino salvo, nunca despues desamparaba el jarro, antes lo tenia por el asa asido; mas yo con una paja larga de centeno, que para aquel menester tenia hecha metiéndola en la boca del jarro, chupaba el vino y lo dejaba á buenas noches.» *Lazarillo de Tormes*. 18, 19.—Arr.
El señor Hartzenbusch corrige este verso así:

Al ciego le *vi* la pa-

Pero nos parece mas admisible le *di*, como traen las otras ediciones. Cervantes quiso tal vez decir que Lazarillo habia sacado del pesebre de Rocinante la paja de que se sirvió para hurtar el vino al ciego.

ORLANDO FURIOSO

A DON QUIJOTE DE LA MANCHA.

SONETO.

Si no eres Par; tampoco le has tenido (1),
   Que par pudieras ser entre mil Pares,
   Ni puede haberle donde tú te hallares,
   Invicto vencedor, jamás vencido.
Orlando soy, Quijote, que perdido
   Por Angélica vi remotos mares,
   Ofreciendo á la fama en sus altares
   Aquel valor que respetó el olvido.
No puedo ser tu igual, que este decoro
   Se debe á tus proezas y á tu fama,
   Puesto que como yo perdiste el seso.
Mas serlo has mio, si al soberbio Moro,
   Y Scita fiero domas; que hoy nos llama,
   Iguales en amor con mal suceso.

DE SOLISDAN,

A DON QUIJOTE DE LA MANCHA.

SONETO.

Magüer, señor Quijote, que sandeces
   Vos tengan el cerbelo derrumbado,
   Nunca sereis de alguno reprochado
   Por hombre de obras viles y soeces.
Serán vuestras fazañas los joeces,
   Pues tuertos desfaciendo habeis andado,
   Siendo vegadas mil apaleado
   Por follones cautivos y raheces (3).
Y si la vuesa linda Dulcinea
   Desaguisado contra vos comete,
   Ni á vuesas cuitas muestra buen talante,
En tal desman vueso conorte sea,
   Que Sancho Panza fue mal alcahuete,
   Necio él, dura ella, y vos no amante.

EL CABALLERO DEL FEBO

A DON QUIJOTE DE LA MANCHA.

SONETO.

A vuestra espada no igualó la mia,
   Febo español, curioso cortesano,
   Ni á la alta gloria de valor mi mano,
   Que rayo fue do nace y muere el dia.
Imperios desprecié, y la monarquía
   Que me ofreció el Oriente rojo en vano,
   Dejé, por ver el rostro soberano
   De Claridiana, (2) aurora hermosa mia.
Améla por milagro único y raro,
   Y ausente en su desgracia, el propio infierno
   Temió mi brazo, que domó su rabia.
Mas vos, godo Quijote, ilustre y claro,
   Por Dulcinea sois al mundo eterno,
   Y ella por vos famosa, honesta y sabia.

DIALOGO

ENTRE BABIECA Y ROCINANTE.

SONETO.

B. ¿Cómo estais, Rocinante, tan delgado?
R.   Porque nunca se come, y se trabaja.
B.   ¿Pues qué es de la cebada y de la paja?
R.   No me deja mi amo ni un bocado.
B.   Andá, señor, que estais muy mal criado,
   Pues vuestra lengua de asno al amo ultraja.
R.   Asno se es de la cuna á la mortaja.
   ¿Quereislo ver? miraldo enamorado.
B.   ¿Es necedad amar? R. No es gran prudencia.
B.   Metafisico estais. R. Es que no como.
B.   Quejaos del escudero. R. No es bastante.
   ¿Cómo me he de quejar en mi dolencia,
   Si el amo y escudero, ó mayordomo,
   Son tan rocines como Rocinante?

(1) Juega con el doble sentido de la palabra *par*, que unas veces significa *igual*, y otras, se da á los Pares de Francia.—C.
(2) La Princesa Claridiana, hija del emperador de Trapisonda y de la reina de las Amazonas, personaje principal de la historia del caballero del Febo.—C.
(3) La palabra *raheces* se usa en el *Fuero juzgo* y otros libros antiguos, y significa *despreciables, de poco valor.*—C.

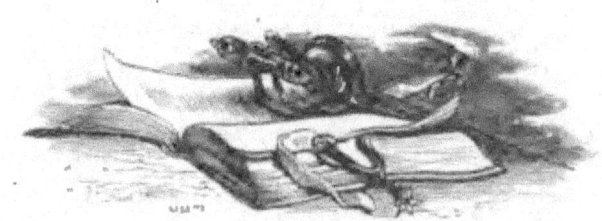

DON QUIJOTE DE LA MANCHA.

PRIMERA PARTE.

CAPITULO PRIMERO.

De la condicion y ejercicio del famoso hidalgo Don Quijote de la Mancha.

n un lugar de la Mancha, de cuyo nombre no quiero acordarme (1), no há mucho tiempo que vivia un hidalgo de los de lanza en astillero (2), adarga antigua, rocin flaco y galgo corredor. Una olla de algo mas vaca que carnero, salpicon las mas noches, duelos y quebrantos los sábados (3), lantejas los viernes, algun palomino de añadidura los domingos consumian las tres partes de su hacienda. El resto della concluian sayo de velarte (4), calzas de velludo para las fiestas con sus pantuflos de lo mismo, y los dias de entre semana se honraba

(1) Presúmese que este lugar, al cual hace Cervantes patria de Don Quijote, es Argamasilla de Alba. P.

(2) Ó lancera, que era un estante en donde los hidalgos ponian las lanzas en el patio ó soportal de sus casas. La adarga que se menciona en seguida, era un arma defensiva de forma ovada, como un escudo, y cubierta de piel.—P.

(3) Era costumbre en algunos lugares de la Mancha traer los pastores á casa de sus amos las reses que entre semana se morian, ó que de cualquier otro modo se desgraciaban, de cuya carne deshuesada y secinada se hacian y hacen salones. De estos huesos quebrantados y de los estremos de las mismas reses se componia la olla en tiempo en que no se permitia en los reinos de Castilla comer los sábados de las demás partes de ellas, ni género cuya costumbre derogó Benedicto XIV. Esta comida se llamaba duelos y quebrantos, con alusion al sentimiento y duelo que causaba, como es regular, á los dueños el menoscabo de su ganado, y el quebrantamiento de los huesos; así como para significar una pobre y escasa comida, se decia y dice todavía hacer penitencia, ó azotes y galeras.—P.

(4) Velarte era el paño fino y estimado, antes que se usasen los limistes y veinticuatrenos de Segovia. Las calzas y pantuflos de velludo, eran las medias y borceguíes, y los zapatos y chinelas de felpa ó terciopelo.—Arr.

con su vellorí (1) de lo mas fino. Tenia en su casa una ama que pasaba de los cuarenta, y una sobrina que no llegaba á los veinte, y un mozo de campo y plaza, que así ensillaba el rocin como tomaba la podadera. Frisaba la edad de nuestro hidalgo con los cincuenta años: era de complexion recia, seco de carnes, enjuto de rostro, gran madrugador y amigo de la caza. Quieren decir que tenia el sobrenombre de Quijada ó Quesada (que en esto hay alguna diferencia en los autores que deste caso escriben), aunque por conjeturas verosímiles se deja entender que se llamaba Quijano. Pero esto importa poco á nuestro cuento: basta que en la narracion dél no se salga un punto de la verdad.

Es pues de saber que este sobredicho hidalgo los ratos que estaba ocioso (que eran los mas del año) se daba á leer libros de caballerías con tanta aficion y gusto, que olvidó casi de todo punto el ejercicio de la caza, y aun la administracion de su hacienda; y llegó á tanto su curiosidad y desatino en esto, que vendió muchas hanegas de tierra de sembradura para comprar libros de caballerías que leer, y amilleno á su casa todos cuantos pudo haber dellos: y de todos ningunos le parecian tan bien como los que compuso el famoso Feliciano de Silva; porque la claridad de su prosa y aquellas entrincadas razones suyas le parecian de perlas; y mas cuando llegaba á leer aquellos requiebros y cartas de desafíos (2) donde en muchas partes hallaba escrito: *la razon de la sinrazon que á mi razon se hace, de tal manera mi razon enflaquece, que con razon me quejo de la vuestra fermosura.* Y tambien cuando leia: *los altos cielos que de vuestra divinidad divinamente con las estrellas os fortifican, os hacen merecedora del merecimiento que merece la vuestra grandeza* (3). Con estas razones perdia el caballero el juicio, y desvelábase por entenderlas y desentrañarles el sentido, que no se lo sacara ni las entendiera el mismo Aristóteles si resucitara para solo ello. No estaba muy bien con las heridas que don Belianis daba y recibia, porque se imaginaba que por grandes maestros que le hubiesen curado no dejaria de tener el rostro y todo el cuerpo lleno de cicatrices y señales. Pero con todo alababa en su autor aquel acabar su libro con la promesa de aquella inacabable aventura, y muchas veces le vino deseo de tomar la pluma, y dalle fin al pie de la letra como allí se promete (4): y sin duda alguna lo hiciera y aun saliera con ello, si otros mayores y continuos pensamientos no se lo estorbaran. (5)

Tuvo muchas veces competencia con el cura de su lugar (que era hombre docto, graduado en Sigüenza) sobre cuál habia sido mejor caballero, Palmerin de Ingalaterra, ó Amadis de Gaula: mas

(1) *Vellorí* era el paño entrefino y sin teñir, del color de la lana, pardo y ceniciento. Covarr.—Arr.

(2) Requiebros y cartas de amorías corrige el señor Hartzenbusch en una edicion, y de desavíos en otra, correccion propuesta por el señor Rosell. Tal vez esta última es la mejor.—F. C.

(3) Los libros, que tan bien parecian á Don Quijote, se intitulan: *La Crónica de los muy valientes caballeros don Florisel de Niquea, y el fuerte Anaxártes.... Enmendada del estilo antiguo, segun que lo escribió Zirfea reina de Argines, por el noble caballero Feliciano de Silva, Zaragoza 1584.*—P.

(4) Por estas palabras: «Suplir yo con fundamentos historia tan estimada, seria agravio; y así la dejaré en esta parte, dando licencia á cualquiera, á cuyo poder viniere la otra parte, la ponga junto con esta.» (*Belianis,* lib. VI, cap. LXXV).—P.

(5) Toda la locura de Don Quijote estaba, por otra parte, cimentada en las leyes militares y caballerescas antiguas, que mandaban á los caballeros ser leales, generosos, galantes, esforzados y sobrios. Segun estas leyes los caballeros debian leer de contínuo las *Estorias de los grandes fechos de armas,* para imitarlos y cobrar esfuerzo.—J.

maese Nicolás, barbero del mismo pueblo, decia que ninguno llegaba al caballero del Febo, y que si alguno se le podia comparar era don Galaor, hermano de Amadis de Gaula, porque tenia muy acomodada condicion para todo: que no era caballero melindroso, ni tan lloron como su hermano, y que en lo de la valentía no le iba en zaga. En resolucion él se enfrascó tanto en su lectura, que se le pasaban las noches leyendo de claro en claro y los dias de turbio en turbio: y asi del poco dormir y del mucho leer se le secó el celebro de manera que vino á perder el juicio. Llenósele la fantasía de todo aquello que leia en los libros, asi de encantamentos como de pendencias, batallas, desafios, heridas, requiebros, amores, tormentas y disparates imposibles; y asentósele de tal modo en la imaginacion que era verdad toda aquella máquina de aquellas soñadas invenciones que leia, que para él no habia otra historia mas cierta en el mundo. Decia él que el Cid Rui Diaz habia sido muy buen caballero; pero que no tenia que ver con el caballero de la Ardiente Espada, que de solo un revés habia partido por medio dos fieros y descomunales gigantes. Mejor estaba con Bernardo del Carpio, porque en Roncesvalles habia muerto á Roldan el encantado, valiéndose de la industria de Hércules cuando ahogó á Anteo el hijo de la Tierra entre los brazos. Decia mucho bien del gigante Morgante, porque con ser de aquella generacion gigantea, que todos son soberbios y descomedidos, él solo era afable y bien criado. Pero sobre todos estaba bien con Reinaldos de Montalvan, y mas cuando le veia salir de su castillo, y robar cuantos topaba, y cuando en Allende (1) robó aquel idolo de Mahoma, que era todo de oro, segun dice su historia. Diera él, por dar una mano de coces al traidor de Galalon (2), al ama que tenia y aun á su sobrina de añadidura.

En efecto rematado ya su juicio vino á dar en el mas estraño pensamiento que jamás dió loco en el mundo, y fue que le pareció convenible y necesario, asi para el aumento de su honra como para el servicio de su república, hacerse caballero andante, y irse por todo el mundo con todas sus armas y caballo á buscar las aventuras, y á ejercitarse en todo aquello que él habia leido que los caballeros andantes se ejercitaban, deshaciendo todo género de agravio, y poniéndose en ocasiones y peligros, donde acabándolos cobrase eterno nombre y fama. Imaginábase el pobre ya coronado por el valor de su brazo, por lo menos del imperio de Trapisonda: y asi con estos tan agradables pensamientos, llevado del estraño gusto que en ellos sentia, se dió priesa á poner en efecto lo que deseaba.

Y lo primero que hizo fue limpiar unas armas que habian sido de sus bisabuelos, que tomadas de orin y llenas de moho, luengos siglos habia que estaban puestas y olvidadas en un rincon. Limpiólas y aderezólas lo mejor que pudo; pero vió que tenian una gran falta, y era que no tenian celada de encaje, sino morrion simple: mas á esto suplió su industria, porque de cartones hizo un modo de media celada, que encajada con el morrion hacia una apariencia de celada entera. Es verdad que para probar si era fuerte, y podia estar al riesgo de una cuchillada, sacó su espada y le dió dos golpes, y con el primero y en un punto deshizo lo que habia hecho en una semana: y no dejó de parecerle mal la facilidad con que la habia hecho pedazos, y por asegurarse de este peligro la tornó á hacer de nuevo poniéndole unas barras de hierro por de dentro, de tal manera que él quedó satisfecho de su fortaleza, y sin querer hacer nueva esperiencia de ella la diputó y tuvo por celada finísima de encaje.

Fue luego á ver su rocin, y aunque tenia mas cuartos que un real (3), y mas tachas que el caballo de Gonela, que tantùm pellis et ossa fuit (4), le pareció que ni el Bucéfalo de Alejandro, ni Babieca el del Cid con él se igualaban. Cuatro dias se le pasaron en imaginar qué nombre le pondria; porque (segun se decia á sí mismo) no era razon que caballo de caballero tan famoso, y tan bueno él por sí, estuviese sin nombre conocido, y asi procuraba acomodársele de manera que declarase quién habia sido antes que fuese de caballero andante, y lo que era entonces: pues estaba muy puesto en razon que mudando su señor estado, mudase él tambien el nombre, y le cobrase famoso y de estruendo, como convenia á la nueva órden y al nuevo ejercicio que ya profesaba: y asi despues de muchos nombres que formó, borró y quitó, añadió, deshizo y tornó á hacer en su memoria é imaginacion, al fin le vino á llamar Rocinante, nombre á su parecer alto, sonoro y significativo de lo que habia sido cuando fue rocin, antes de lo que ahora era, que era antes y primero de todos los rocines del mundo.

Puesto nombre y tan á su gusto á su caballo, quiso ponérsele á sí mismo, y en este pensamiento duró otros ocho dias, y al cabo se vino á llamar Don Quijote: de donde como queda dicho tomaron ocasion los autores desta tan verdadera historia, que sin duda se debia de llamar Quijada, y no Quesada, como otros quisieron decir. Pero acordándose que el valeroso Amadis no solo (5) se habia contentado con llamarse Amadis á secas, sino que añadió el nombre de su reino y patria por hacerla famosa y se llamó Amadis de Gaula, asi quiso como buen caballero añadir al suyo el nombre de la suya, y llamarse Don Quijote de la Mancha, con que á su parecer declaraba muy al vivo su linage y patria, y la honraba con tomar el sobrenombre della.

Limpias pues sus armas, hecho del morrion celada, puesto nombre á su rocin, y confirmádose á sí mismo, se dió á entender que no le faltaba otra cosa sino buscar una dama de quien enamorarse;

---

(1) Allende es equivalente de Ultramar ó de allende el mar.—C.
(2) Uno de los doce Pares, llamado el traidor, por haber entregado el ejército francés á los moros.—P.
(3) Cuarto no es aqui nombre de moneda, sino de Albeiteria, y significa cierta enfermedad que da á los caballos en los cascos; y con este equivoco se da á entender que Rocinante tenia mas alifafes que un real cuartos.—P.
(4) Pedro Gonela fue un bufon del duque Borso, de Ferrara, que florecia en el siglo XV.—P.
(5) En la edicion ya citada de Valencia, que tengo á la vista, falta el adverbio solo; y asi resulta la locucion mas propia.—Arr.

porque el caballero andante]sin amores era árbol sin hojas y sin fruto , y cuerpo sin alma. Decíase él:
si yo por malos de mis pecados, ó por mi buena suerte me encuentro por ahí con algun gigante, como
de ordinario les acontece á los caballeros andantes, y le derribo de un encuentro, ó le parto por mitad
del cuerpo , ó finalmente le venzo y le rindo, ¿ no será bien tener á quien enviarle presentado , y que
entre y se hinque de rodillas ante mi dulce señora, y diga con voz humilde y rendida: yo soy el
gigante Caraculiambro, señor de la ínsula Malindrania, á quien venció en singular batalla el jamás
como se debe alabado caballero Don Quijote de la Mancha , el cual me mandó que me presentase ante
la vuestra merced para que la vuestra grandeza disponga de mí á su talante? ¡Oh cómo se holgó nuestro
buen caballero cuando hubo hecho este discurso, y mas cuando halló á quien dar nombre de su dama!
Y fue, á lo que se cree, que en un lugar cerca del suyo habia una moza labradora de muy buen
parecer , de quien él un tiempo anduvo enamorado , aunque segun se entiende , ella jamás lo supo ni

se dió cata dello. Llamábase Aldonza Lorenzo, y á esta le pareció ser bien darle título de señora de
sus pensamientos : y buscándole nombre que no desdijese mucho del suyo , y que tirase y se encaminase al de princesa y gran señora, vino á llamarla DULCINEA DEL TOBOSO, porque era natural del Toboso:
nombre á su parecer músico y peregrino , y significativo como todos los demás que á él y á sus cosas
habia puesto.

CAPITULO II.
De la primera salida que de su tierra hizo el ingenioso Don Quijote.

Hechas pues estas prevenciones, no quiso aguardar mas tiempo á poner en efecto su pensamiento,
apretándole á ello la falta que él pensaba que hacia en el mundo por su tardanza, segun eran los agravios que pensaba deshacer , tuertos que enderezar , sinrazones que enmendar , abusos que mejorar,
y deudas que satisfacer. Y asi sin dar parte á persona alguna de su intencion y sin que nadie le viese,
una mañana antes del dia (que era uno de los calurosos del mes de julio) se armó de todas sus armas,

subió sobre Rocinante, puesta su mal compuesta celada, embrazó su adarga, tomó su lanza, y por la
puerta falsa de un corral salió al campo con grandísimo contento y alborozo de ver con cuánta facilidad
habia dado principio á su buen deseo. Mas apenas se vió en el campo cuando le asaltó un pensamiento
terrible, y tal que por poco le hiciera dejar la comenzada empresa; y fue que le vino á la memoria
que no era armado caballero, y que conforme á la ley de caballería ni podia ni debia tomar armas con
ningun caballero: y puesto que lo fuera, había de llevar armas blancas como novel caballero, sin empresa en el escudo hasta que por su esfuerzo la ganase. Estos pensamientos le hicieron titubear en su
propósito; mas pudiendo mas su locura que otra razon alguna, propuso de hacerse armar caballero
del primero que topase, á imitacion de otros muchos que así lo hicieron, segun él habia leido en los
libros que tal le tenian. En lo de las armas blancas pensaba limpiarlas de manera, en teniendo lugar,
que lo fuesen mas que un armiño: y con esto se quietó y prosiguió su camino, sin llevar otro que
aquel que su caballo queria, creyendo que en aquello consistia la fuerza de las aventuras.

    Yendo pues caminando nuestro flamante aventurero, iba hablando consigo mismo y diciendo: ¿quién

duda sino que en los venideros tiempos, cuando salga á luz la verdadera historia de mis famosos hechos,
que el sabio que los escribiere, no ponga, cuando llegue á contar esta mi primera salida tan de mañana,
desta manera? Apenas habia el rubicundo Apolo tendido por la faz de la ancha y espaciosa tierra las
doradas hebras de sus hermosos cabellos, y apenas los pequeños y pintados pajarillos con sus arpadas
lenguas habian saludado con dulce y meliflua armonía la venida de la rosada aurora, que dejando la
blanda cama del zeloso marido por las puertas y balcones del manchego horizonte á los mortales se
mostraba, cuando el famoso caballero Don Quijote de la Mancha, dejando las ociosas plumas, subió
sobre su famoso caballo Rocinante, y comenzó á caminar por el antiguo y conocido campo de Montiel
(y era la verdad que por él caminaba); y añadió diciendo: dichosa edad y siglo dichoso aquel adonde
saldrán á luz las famosas hazañas mias, dignas de entallarse en bronces, esculpirse en mármoles, y
pintarse en tablas para memoria en lo futuro. ¡Oh tú, sabio encantador, quien quiera que seas, á quien
ha de tocar el ser coronista desta peregrina historia! ruégote que no te olvides de mi buen Rocinante,
compañero eterno mio en todos mis caminos y carreras. Luego volvia diciendo, como si verdaderamente fuera enamorado: ¡oh princesa Dulcinea, señora de este cautivo corazon! mucho agravio me
habedes fecho en despedirme y reprocharme con el riguroso afincamiento (1) de mandarme no parecer

  (1) Equivale á firme resistencia, firme exigencia, pero no con apremio ni violencia como dice Arrieta.—J.

ante la vuestra fermosura. Plégaos, señora, de membraros (1) deste vuestro sujeto corazon, que tantas cuitas por vuestro amor padece.

Con estos iba ensartando otros disparates, todos al modo de los que sus libros le habian enseñado, imitando en cuanto podia su lenguaje: y con esto caminaba tan despacio, y el sol entraba tan apriesa y con tanto ardor, que fuera bastante á derretirle los sesos si algunos tuviera. Casi todo aquel dia caminó sin acontecerle cosa que de contar fuese, de lo cual se desesperaba, porque quisiera topar luego luego con quien hacer esperiencia del valor de su fuerte brazo.

Autores hay que dicen, que la primera aventura que le avino fue la del puerto Lápice, otros dicen que la de los molinos de viento; pero lo que yo he podido averiguar en este caso, y lo que he hallado escrito en los anales de la Mancha, es que él anduvo todo aquel dia, y al anochecer su rocin y él se hallaron cansados y muertos de hambre; y que mirando á todas partes por ver si descubriria algun castillo ó alguna majada de pastores donde recogerse, y adonde pudiese remediar su mucha necesidad, vió no lejos del camino por donde iba una venta, que fue como si viera una estrella que á los portales, sino á los alcázares, de su redencion le encaminaba. Dióse priesa á caminar, y llegó á ella á tiempo que anochecia. Estaban acaso á la puerta dos mujeres mozas, destas que llaman *del partido* (2), las cuales iban á Sevilla con unos arrieros, que en la venta aquella noche acertaron á hacer jornada: y como á nuestro aventurero todo cuanto pasaba, veia ó imaginaba le parecia ser hecho y pasar al modo de lo que habia leido, luego que vió la venta se le representó que era un castillo con sus cuatro torres y chapiteles de luciente plata, sin faltarle su puente levadiza y honda cava, con todos aquellos adherentes que de semejantes castillos se pintan. Fuése llegando á la venta (que á él le parecia castillo), y á poco trecho della detuvo las riendas á Rocinante, esperando que algun enano se pusiese entre las almenas á dar señal con alguna trompeta de que llegaba caballero al castillo. Pero como vió que se tardaban, y que Rocinante se daba priesa por llegar á la caballeriza, se llegó á la puerta de la venta, y vió á las dos distraidas mozas que allí estaban, que á él le parecieron dos hermosas doncellas ó dos graciosas damas, que delante de la puerta del castillo se estaban solazando.

En esto sucedió acaso que un porquero que andaba recogiendo de unos rastrojos una manada de puercos (que sin perdon asi se llaman), tocó un cuerno, á cuya señal ellos se recogen, y al instante se le representó á Don Quijote lo que deseaba, que era que algun enano hacia señal de su venida; y asi con estraño contento llegó á la venta y á las damas; las cuales, como vieron venir un hombre de aquella suerte armado, y con lanza y adarga, llenas de miedo se iban á entrar en la venta; pero Don Quijote, coligiendo por su huida su miedo, alzándose la visera de papelon, y descubriendo su seco y polvoroso rostro con gentil talante y voz reposada les dijo: non fuyan las vuestras mercedes, nin teman desaguisado alguno, ca á la órden de caballería que profeso non toca ni atañe facerle á ninguno, cuanto mas á tan altas doncellas como vuestras presencias demuestran. Mirábanle las mozas, y andaban con los ojos buscándole el rostro que la mala visera le encubria: mas como se oyeron llamar doncellas, cosa tan fuera de su profesion, no pudieron tener la risa, y fue de manera que Don Quijote vino á correrse, y á decirles: bien parece la mesura en las fermosas, y es mucha sandez ademas la risa que de leve causa procede; pero non vos lo digo porque os acuitedes ni mostredes mal talante, que el mio non es de ál que de serviros.

El lenguaje no entendido de las señoras y el mal talle de nuestro caballero acrecentaban en ellas la risa y ella en él el enojo, y pasara muy adelante si á aquel punto no saliera el ventero, hombre que por ser muy gordo era muy pacífico, el cual viendo aquella figura contrahecha, armada de armas tan desiguales, como eran la brida, lanza, adarga y coselete, no estuvo en nada en acompañar á las doncellas en las muestras de su contento. Mas en efecto, temiendo la máquina de tantos pertrechos determinó de hablarle comedidamente, y asi le dijo: si vuestra merced, señor caballero, busca posada, amen (3) del lecho (porque en esta venta no hay ninguno), todo lo demás se hallará en ella en mucha abundancia. Viendo Don Quijote la humildad del alcaide de la fortaleza (que tal le pareció á él el ventéro y la venta) respondió: para mí, señor castellano (4), cualquiera cosa basta, porque mis arreos son las armas, mi descanso el pelear, etc. Pensó el huésped que el haberle llamado castellano habia sido por haberle parecido de los sanos de Castilla, aunque él era andaluz y de los de la playa de Sanlúcar, no menos ladron que Caco, ni menos maleante (5) que estudiante ó page. Y asi le respondió: segun eso, las camas de vuestra merced serán duras peñas, y su dormir siempre velar (6): y siendo asi, bien se puede apear con seguridad de hallar en esta choza ocasion y ocasiones para no dormir en todo un año, cuanto mas en una noche. Y diciendo esto fué á tener del estribo á Don Quijote, el cual se apeó con mucha dificultad y trabajo, como aquel que en todo aquel dia no se habia desayunado. Dijo luego al huésped que le tuviese mucho cuidado de su caballo, porque era la mejor pieza que comia pan en el

(1) Palabra antigua, que se halla á cada paso en vez de *acordaros* — J.
   (2) *Mujeres del partido,* mujeres públicas; *distraidas mozas,* significa aquí de mala vida —C.
   (3) Esto es, menos el lecho; esto parece significaba en el lenguaje antiguo la palabra *amen,* que en el dia significa lo contrario, esto es, *ademas de.*—Arr.
   (4) El alcaide ó defensor del castillo.—P.
   (5) Lo mismo que burlador: es voz de la Germania.—P.
   (6) Habiase valido Don Quijote de aquellos versos: *Mis arreos son las armas,* etc., y el ventero le contestó por el mismo estilo.—P.

mundo. Miróle el ventero, y no le pareció tan bueno como Don Quijote decia, ni aun la mitad: y acomodándole en la caballeriza volvió á ver lo que su huésped mandaba, al cual estaban desarmando las doncellas (que ya se habian reconciliado con él), las cuales, aunque le habian quitado el peto y el espaldar, jamás supieron ni pudieron desencajarle la gola ni quitarle la contrahecha celada, que traía atada con unas cintas verdes, y era menester cortarlas, por no poderse quitar los ñudos; mas él no lo quiso consentir en ninguna manera; y asi se quedó toda aquella noche con la celada puesta, que era la mas graciosa y estraña figura que se pudiera pensar: y al desarmarle (como él se imaginaba que aquellas traidas y llevadas que le desarmaban eran algunas principales señoras y damas de aquel castillo) les dijo con mucho donaire:

> Nunca fuera caballero
> De damas tan bien servido,
> Como fuera Don Quijote
> Cuando de su aldea vino;
> Doncellas curaban dél,
> Princesas de su rocino,

ó Rocinante, que este es el nombre, señoras mias, de mi caballo, y Don Quijote de la Mancha el mio: que puesto que no quisiera descubrirme fasta que las fazañas fechas en vuestro servicio y pro me descubrieran, la fuerza de acomodar al propósito presente este romance viejo de Lanzarote ha sido causa que sepais mi nombre antes de toda sazon; pero tiempo vendrá en que las vuestras señorías me manden y yo obedezca, y el valor de mi brazo descubra el deseo que tengo de serviros. Las mozas, que no estaban hechas á oir semejantes retóricas, no respondian palabra; solo le preguntaron si queria comer alguna cosa. Cualquiera yantaria yo, respondió Don Quijote, porque á lo que entiendo me haria mucho al caso. A dicha acertó á ser viernes aquel dia, y no habia en toda la venta sino unas raciones de un pescado, que en Castilla llaman abadejo, y en Andalucía bacallao, y en otras partes curadillo, y en otras truchuela. Preguntáronle si por ventura comeria su merced truchuela, que no habia otro pescado que darle á comer. Como haya muchas truchuelas, respondió Don Quijote, podrán servir de una trucha; porque eso se me da que me den ocho reales en sencillos, que una pieza de á ocho; cuanto mas que podria ser que fuesen estas truchuelas como la ternera, que es mejor que la vaca, y el cabrito que el cabron. Pero sea lo que fuere, venga luego, que el trabajo y peso de las armas no se puede llevar sin el gobierno de las tripas. Pusiéronle la mesa á la puerta de la venta por el

fresco, y trújole el huésped una porcion del mal remojado y peor cocido bacallao, y un pan tan negro y mugriento como sus armas; pero era materia de grande risa verle comer, porque como tenia puesta la celada y alzada la visera, no podia poner nada en la boca con sus manos si otro no se lo daba y ponia, y asi una de aquellas señoras servia deste menester; mas al darle de beber no fue posible, ni lo fuera si el ventero no horadara una caña, y puesto el un cabo en la boca, por el otro le iba echando el vino: y todo esto lo recebia en paciencia á trueco de no romper las cintas de la celada.

Estando en esto, llegó acaso á la venta un castrador de puercos, y así como llegó sonó su silbato de cañas cuatro ó cinco veces, con lo cual acabó de confirmar Don Quijote que estaba en algun famoso castillo y que le servian con música, y que el abadejo eran truchas, el pan candeal, y las rameras damas, y el ventero castellano del castillo, y con esto daba por bien empleada su determinacion y salida. Mas lo que mas le fatigaba era el no verse armado caballero, por parecerle que no se podria poner legítimamente en aventura alguna sin recebir la órden de caballería.

CAPITULO III.
De la graciosa manera que tuvo Don Quijote en armarse caballero.

Y así fatigado deste pensamiento, abrevió su venteril y limitada cena, la cual acabada, llamó al ventero, y encerrándose con él en la caballeriza, se hincó de rodillas ante él diciéndole: no me levantaré jamás de donde estoy, valeroso caballero, hasta que la vuestra cortesía me otorgue un don que pedirle quiero, el cual redundará en alabanza vuestra y en pro del género humano. El ventero, que vió á su huésped á sus pies y oyó semejantes razones, estaba confuso mirándole sin saber qué hacerse ni decirle, y porfiaba con él que se levantase, y jamás quiso hasta que le hubo de decir que él le otorgaba el don que le pedia. No esperaba yo menos de la gran magnificencia vuestra, señor mio, respondió Don Quijote; y así os digo que el don que os he pedido y de vuestra liberalidad me ha sido otorgado, es que mañana en aquel dia me habeis de armar caballero, y esta noche en la capilla deste vuestro castillo velaré las armas, y mañana como tengo dicho se cumplirá lo que tanto deseo, para poder, como se debe, ir por todas las cuatro partes del mundo buscando las aventuras en pro de los menesterosos, como está á cargo de la caballería, y de los caballeros andantes como yo soy, cuyo deseo á semejantes fazañas es inclinado.

El ventero, que como está dicho, era un poco socarron y ya tenia algunos barruntos de la falta de juicio de su huésped, acabó de creerlo cuando acabó de oirle semejantes razones, y por tener que reir aquella noche, determinó de seguirle el humor, y así le dijo que andaba muy acertado en lo que deseaba y que tal presupuesto era propio y natural de los caballeros tan principales como él parecia y como su gallarda presencia mostraba, y que él ansimismo en los años de su mocedad se habia dado á aquel honroso ejercicio, andando por diversas partes del mundo buscando sus aventuras, sin que hubiese dejado los percheles de Málaga, islas de Riaran, compás de Sevilla, azoguejo de Segovia, la olivera de Valencia, rondilla de Granada, playa de Sanlúcar, potro de Córdoba y las ventillas de Toledo (1), y otras diversas partes donde habia ejercitado la ligereza de sus pies y sutileza de sus manos, haciendo muchos tuertos, recuestando muchas viudas, deshaciendo algunas doncellas, y engañando á algunos pupilos, y finalmente dándose á conocer por cuantas audiencias y tribunales hay casi en toda España; y que á lo último se habia venido á recoger á aquel su castillo, donde vivia con su hacienda y con las agenas, recogiendo en él á todos los caballeros andantes de cualquiera calidad y condicion que fuesen, solo por la mucha aficion que les tenia, y porque partiesen con él de sus haberes en pago de su buen deseo. Díjole tambien que en aquel su castillo no habia capilla alguna donde poder velar las armas, porque estaba derribada para hacerla de nuevo; pero que en caso de necesidad él sabia que se podian velar donde quiera, y que aquella noche las podria velar en un patio del castillo, que á la mañana, siendo Dios servido, se harian las debidas ceremonias, de manera que él quedase armado caballero, y tan caballero que no pudiese ser mas en el mundo. Preguntóle si traia dineros: respondió Don Quijote que no traia blanca, porque él nunca habia leido en las historias de los caballeros andantes que ninguno los hubiese traido. A esto dijo el ventero que se engañaba, que puesto caso que en las historias no se escribia, por haberles parecido á los autores dellas que no era menester escribir una cosa tan clara y tan necesaria de traerse, como eran dineros y camisas limpias, no por eso se habia de creer que no los trujeron; y así tuviese por cierto y averiguado que todos los caballeros andantes (de que tantos libros están llenos y atestados) llevaban bien herradas las bolsas por lo que pudiese sucederles, y que asimismo llevaban camisas y una arqueta pequeña llena de ungüentos para curar las heridas que recibian, porque no todas las veces en los campos y desiertos donde se combatian y salian heridos habia quien los curase, si ya no era que tenian algun sabio encantador por amigo, que luego los socorria trayendo por el aire en alguna nube alguna doncella ó enano con alguna redoma de agua de tal virtud, que en gustando alguna gota della, luego al punto quedaban sanos de sus llagas y heridas como si mal alguno no hubiesen tenido: mas que en tanto que esto no hubiese, tuvieron los pasados caballeros por cosa acertada que sus escuderos fuesen proveidos de dineros y de otras cosas necesarias, como eran hilas y ungüentos para curarse: y cuando sucedia que los tales caballeros no tenian escuderos (que eran pocas y raras veces) ellos mismos lo llevaban todo en unas alforjas muy

(1) Están fuera de la puerta de la ciudad, en donde se vende vino, y otras cosas escitativas de la sed. Tanto en estos parajes, como en todos los sobredichos, concurria la gente ociosa y apicarada; y estas son las escuelas donde adquirió nuestro ventero las virtudes de que se alaba.—P.

sutiles, que casi no se parecian, á las ancas del caballo, como que era otra cosa de mas importancia: porque no siendo por ocasion semejante, esto de llevar alforjas no fue muy admitido entre los caballeros andantes: y por esto le daba por consejo (pues aun se lo podia mandar como á su ahijado que tán presto lo habia de ser) que no caminase de allí adelante sin dineros y sin las prevenciones recibidas, y que veria cuán bien se hallaba con ellas cuando menos se pensase. Prometióle Don Quijote de hacer lo que se le aconsejaba con toda puntualidad; y asi se dió luego órden como velase las armas en un corral grande que á un lado de la venta estaba, y recogiéndolas Don Quijote todas, las puso sobre una pila que junto á un pozo estaba, y embrazando su adarga asió de su lanza, y con gentil continente se comenzó á pasear delante de la pila, y cuando comenzó el paseo comenzaba á cerrar la noche.

Contó el ventero á todos cuantos estaban en la venta la locura de su huésped, la vela de las armas, y la armazon de caballería que esperaba. Admirándose de tan estraño género de locura, fuéronselo á mirar desde lejos, y vieron que con sosegado ademan unas veces se paseaba, otras arrimado á su lanza ponia los ojos en las armas, sin quitarlos por un buen espacio de ellas. Acabó de cerrar la noche con tanta claridad de la luna, que podia competir con el que se la prestaba, de manera que cuanto el novel caballero hacia era bien visto de todos.

Antojósele en esto á uno de los arrieros que estaban en la venta ir á dar agua á su recua, y fue menester quitar las armas de Don Quijote, que estaban sobre la pila, el cual viéndole llegar, en voz alta le dijo: oh tú, quien quiera que seas, atrevido caballero, que llegas á tocar las armas del mas valeroso andante que jamás se ciñó espada, mira lo que haces, y no las toques, si no quieres dejar la vida en pago de tu atrevimiento. No se curó el arriero destas razones (y fuera mejor que se curara, porque fuera curarse en salud) antes trabando de las correas las arrojó gran trecho de sí. Lo cual visto por Don Quijote, alzó los ojos al cielo, y puesto el pensamiento (á lo que pareció) en su señora Dulcinea, dijo: acorredme, señora mia, en esta primera afrenta que á este vuestro avasallado pecho se le ofrece: no me desfallezca en este primero trance vuestro favor y amparo: y diciendo estas y otras semejantes razones, soltando la adarga alzó la lanza á dos manos, y dió con ella tan gran golpe al arriero en la cabeza, que le derribó en el suelo tan maltrecho, que si segundara con otro no tuviera necesidad de maestro que le curara. Hecho esto, recogió sus armas, y tornó á pasearse con el mismo reposo que primero.

Desde allí á poco, sin saberse lo que habia pasado (porque aun estaba aturdido el arriero) llegó otro con la misma intencion de dar agua á sus mulos, y llegando á quitar las armas para desembarazar la pila, sin hablar Don Quijote palabra, y sin pedir favor á nadie, soltó otra vez la adarga, y alzó otra vez la lanza, y sin hacerla pedazos hizo mas de tres la cabeza del segundo arrierro, porque se la abrió por cuatro. Al ruido llegó toda la gente de la venta, y entre ellos el ventero. Viendo esto Don Quijote, embrazó su adarga, y puesta mano á su espada, dijo: oh señora de la fermosura, esfuerzo y vigor del debilitado corazon mio, ahora es tiempo que vuelvas los ojos de tu grandeza á este tu cautivo caballero que tamaña aventura está atendiendo (1). Con esto cobró á su parecer tanto ánimo, que si le acometieran todos los arrieros del mundo no volviera el pie atrás. Los compañeros de los heridos, que tales los vieron, comenzaron desde lejos á llover piedras sobre Don Quijote, el cual lo mejor que podia se reparaba con su adarga, y no se osaba apartar de la pila por no desamparar las armas. El ventero daba voces que le dejasen, porque ya les babia dicho como era loco, y que por loco se libraria aunque los matase á todos. Tambien Don Quijote las daba mayores llamándolos de alevosos y traidores, y que el señor del castillo era un follon y mal nacido caballero, pues de tal manera consentia que se tratasen los andantes caballeros, y que si él hubiera recibido la órden de caballería, que él le diera á entender su alevosía; pero de vosotros, soez y baja canalla, no hago caso alguno: tirad, llegad, venid, y ofendedme en cuanto pudiéredes, que vosotros vereis el pago que llevais de vuestra sandez y demasía. Decia esto con tanto brio y denuedo, que infundió un terrible temor en los que le acometian: y asi por esto como por las persuasiones del ventero, le dejaron de tirar, y él dejó retirar á os heridos, y tornó á la vela de sus armas con la misma quietud y sosiego que primero.

No le parecieron bien al ventero las burlas de su huésped, y determinó abreviar y darle la negra órden de caballería luego, antes que otra desgracia sucediese: y asi llegándose á él se disculpó de la insolencia que aquella gente baja con él habia usado, sin que él supiese cosa alguna; pero que bien castigados quedaban de su atrevimiento. Díjole como ya le habia dicho que en aquel castillo no habia capilla, y para lo que restaba de hacer tampoco era necesaria: que todo el toque de quedar armado caballero consistia en la pescozada y en el espaldarazo, segun él tenia noticia del ceremonial de la órden, y que aquello en mitad de un campo se podia hacer, y que ya babia cumplido con lo que tocaba al velar de las armas, que con solas dos horas de vela se cumplia, cuanto mas que él babia estado mas de cuatro. Todo se lo creyó Don Quijote, y dijo que él estaba allí pronto para obedecerle, y que concluyese con la mayor brevedad que pudiese; porque si fuese otra vez acometido, y se viese armado caballero, no pensaba dejar persona viva en el castillo, eceto aquellas que él le mandase, á quien por su respeto dejaria. Advertido y medroso desto el castellano, trujo luego un libro donde asentaba la paja y cebada que daba á los arrieros, y con un cabo de vela que le traia un muchacho, y

(1) Esperando.—P.

con las dos ya dichas doncellas, se vino adonde Don Quijote estaba, al cual mandó hincar de rodillas, y leyendo en su manual como que decia alguna devota oracion, en mitad de la leyenda alzó la mano, y dióle sobre el cuello un gran golpe (1), y tras él con su misma espada un gentil espaldarazo, siempre murmurando entre dientes como que rezaba. Hecho esto, mandó á una de aquellas damas que le ciñese la espada, la cual lo hizo con mucha desenvoltura y discrecion, porque no fue menester poca para no reventar de risa á cada punto de las ceremonias; pero las proezas que ya habian visto del novel caballero les tenian la risa á raya. Al ceñirle la espada dijo la buena señora: Dios haga á vuestra merced muy venturoso caballero, y le dé ventura en lides. Don Quijote le preguntó cómo se llamaba, porque él supiese de allí en adelante á quien quedaba obligado por la merced recibida, porque

pensaba darle alguna parte de la honra que alcanzase por el valor de su brazo. Ella respondió con mucha humildad que se llamaba la Tolosa, y que era hija de un remendon natural de Toledo, que vivia en las tendillas de Sanchobienaya (2), y que donde quiera que ella estuviese le serviria y le tendria por señor. Don Quijote le replicó, que por su amor le hiciese merced que de allí adelante se pusiese don, y se llamase doña Tolosa. Ella se lo prometió, y la otra le calzó la espuela, con la cual le pasó casi el mismo coloquio que con la de la espada. Preguntóle su nombre, y dijo que se llamaba la Molinera, y que era hija de un honrado molinero de Antequera: á la cual tambien rogó Don Quijote que se pusiese don, y se llamase doña Molinera, ofreciéndole nuevos servicios y mercedes.

Hechas, pues, de galope y apriesa las hasta allí nunca vistas ceremonias, no vió la hora Don Quijote de verse á caballo, y salir buscando las aventuras; y ensillando luego á Rocinante subió en él, y abrazando á su buésped le dijo cosas tan estrañas, agradeciéndole la merced de haberle armado caballero, que no es posible acertar á referirlas. El ventero, por verle ya fuera de la venta, con no menos retóricas, aunque con mas breves palabras, respondió á las suyas, y sin pedirle la costa de la posada, le dejó ir á la buena hora.

(1) Llamábase la *pescosada*, y la daban los mismos reyes cuando armaban caballeros, como se la dió el rey católico á Juan de Avecia, segun dice el P. Guardiola; con la cual se advertia á los caballeros noveles que se despertasen, y no se durmiesen en las cosas de la caballería. (*Tratado de nobleza: pág.* 93 y sig.)—P.

(2) Otra plaza de tiendas hay muy antigua y nombrada, dice el Dr. Pisa (lib. I, cap. XLI), de Sancho Minaya, con otras carnicerias junto al hospital de la Misericordia. El Dr. Pedro Salazar dice que se han de llamar estas tiendas de Sancho Bienhaya.—P.

CAPITULO IV.
De lo que le sucedió á nuestro caballero cuando salió de la venta.

Lᴀ del alba (1) seria cuando Don Quijote salió de la venta tan contento, tan gallardo, tan alborozado por verse ya armado caballero, que el gozo le reventaba por las cinchas del caballo. Mas viniéndole á la memoria los consejos de su huésped cerca de las prevenciones tan necesarias que habia de llevar consigo, especialmente la de los dineros y camisas, determinó volver á su casa y acomodarse de todo y de un escudero, haciendo cuenta de recibir á un labrador vecino suyo que era pobre y con hijos, pero muy á propósito para el oficio escuderil de la caballería. Con este pensamiento guió á Rocinante hácia su aldea, el cual casi conociendo la querencia, con tanta gana comenzó á caminar, que parecia que no ponia los pies en el suelo.

No habia andado mucho, cuando le pareció que á su diestra mano, de la espesura de un bosque que allí estaba, salian unas voces delicadas como de persona que se quejaba; y apenas las bubo oido, cuando dijo: gracias doy al cielo por la merced que me hace, pues tan presto me pone ocasiones delante, donde yo pueda cumplir con lo que debo á mi profesion, y donde pueda coger el fruto de mis buenos deseos: estas voces sin duda son de algun menesteroso ó menesterosa que ha menester mi favor y ayuda; y volviendo las riendas encaminó á Rocinante hácia donde le pareció que las voces salian. Y á pocos pasos que entró por el bosque vió atada una yegua á una encina, y atado en otra un muchacho desnudo de medio cuerpo arriba, hasta de edad de quince años, que era el que las voces daba, y no sin causa, porque le estaba dando con una pretina muchos azotes un labrador de buen talle (2), y cada azote le acompañaba con una reprehension y consejo, porque decia: la lengua queda y los ojos listos. Y el muchacho respondia: no lo haré otra vez, señor mio: por la pasion de Dios, que no lo baré otra vez, y yo prometo de tener de aquí adelante mas cuidado con el hato.

Y viendo Don Quijote lo que pasaba, con voz airada dijo: descortés caballero, mal parece tomaros con quien defender no se puede, subid sobre vuestro caballo, y tomad vuestra lanza (que tambien tenia una lanza arrimada á la encina adonde estaba arrendada la yegua) que yo os haré conocer ser de cobardes lo que estais haciendo. El labrador que vió sobre sí aquella figura llena de armas, blandiendo la lanza sobre su rostro, túvose por muerto, y con buenas palabras respondió: señor caballero, este muchacho que estoy castigando es un mi criado, que me sirve de guardar una manada de ovejas que tengo en estos contornos, el cual es tan descuidado que cada dia me falta una, y porque castigo su descuido ó bellaquería dice que lo hago de miserable por no pagalle la soldada que le debo, y en Dios y en mi ánima que miente. ¿Miente delante de mí, ruin villano? dijo Don Quijote. Por el sol que nos alumbra que estoy por pasaros de parte á parte con esta lanza: pagadle luego sin mas réplica; si no, por el Dios que nos rige, que os concluya y aniquile en este punto: desatadlo luego. El labrador bajó la cabeza, y sin responder palabra desató á su criado, al cual preguntó Don Quijote que cuánto le debia su amo. El dijo que nueve meses á siete reales cada mes. Hizo la cuenta Don Quijote, y halló que montaban sesenta y tres reales, y díjole al labrador que al momento lo desembolsase si no queria morir por ello. Respondió el medroso villano que por el paso en que estaba y juramento que habia hecho (y aun no habia jurado nada) que no eran tantos; porque se le habian de descontar y recebir en cuenta tres pares de zapatos que le habia dado, y un real de dos sangrías que le habian hecho estando enfermo. Bien está todo eso, replicó Don Quijote, pero quédense los zapatos y las sangrías por los azotes que sin culpa le habeis dado, que si él rompió el cuero de los zapatos que vos pagastes, vos le habeis rompido el de su cuerpo; y si le sacó el barbero sangre estando enfermo, vos en sanidad se la habeis sacado: asi que por esta parte no os debe nada. El daño está, señor caballero, en que ro tengo aquí dineros: véngase Andrés conmigo á mi casa, que yo se los pagaré un real sobre otro. ¿Irme yo con él, dijo el muchacho, mas? ¡mal año! no señor, ni por pienso, porque en viéndose solo me desollará como un San Bartolomé. No hara tal, replicó Don Quijote, basta que yo se lo mande para que me tenga respeto, y con que él me lo jure por la ley de caballería que ha recibido, le dejaré ir libre y aseguraré la paga. Mire vuestra merced, señor, lo que dice, dijo el muchacho, que este mi amo no es caballero, ni ha recibido órden de caballería alguna, que es Juan Haldudo el rico, el vecino de Quintanar. Importa poco eso, respondió Don Quijote, que Haldudos puede haber caballeros, cuanto mas que cada uno es hijo de sus obras. Asi es verdad, dijo Andrés; pero este mi amo ¿de qué obras es hijo, pues me niega mi soldada y mi sudor y trabajo? No niego, hermano Andrés, respondió el labrador, y hacedme placer de veniros conmigo, que yo juro por todas las órdenes que de caballerías bay en el mundo de pagaros como tengo dicho un real sobre otro y aun sahumados. Del sahumerio os hago gracia, dijo Don Quijote, dádselos en reales, que con eso me contento; y mirad que lo cumplais como lo habeis jurado: sino, por el mismo juramento os juro de volver á buscaros y á castigaros, y que os tengo de ballar aunque os escondais mas que una lagartija. Y si quereis saber quién os manda

(1) Esto es, la hora del alba, cuyo sustantivo *hora*, con que finaliza el cap. III, es la palabra inmediata al artículo ʟᴀ con que empieza el IV, leyendo el testo seguido y sin interrupcion de capitulos ni epígrafes, que se inventaron modernamente para descanso y comodidad del lector. Los antiguos á lo menos sin ellos escribian.—P.—Sin embargo, algunos siglos antes ya se usaron.—J.

(2) Tiene con esta aventura alguna semejanza la que se cuenta en el cap. LXXII de Amadis de Gaula.—P.

esto, para quedar con mas veras obligado á cumplirlo, sabed que yo soy el valeroso Don Quijote de la Mancha, el desfacedor de agravios y sinrazones; y á Dios quedad, y no se os parta de las mientes lo prometido y jurado so pena de la pronunciada.

Y en diciendo esto picó á su Rocinante, y en breve espacio se apartó dellos. Siguióle el labrador con los ojos, y cuando vió que habia traspuesto el bosque y que ya no parecia, volvióse á su criado Andrés y díjole: venid acá, hijo mio, que os quiero pagar lo que os debo, como aquel deshacedor de agravios me dejó mandado. Eso juro yo, dijo Andrés, y como que andará vuestra merced acertado en cumplir el mandamiento de aquel buen caballero, que mil años viva, que segun es de valeroso y de buen juez, vive Roque que si no me paga, que vuelva y ejecute lo que dijo. Tambien lo juro yo dijo el labrador; pero por lo mucho que os quiero, quiero acrecentar la deuda por acrecentar la paga. Y asiéndole del brazo le tornó á atar á la encina, donde le dió tantos azotes que le dejó por muerto. Llamad, señor Andrés, ahora, decia el labrador, al desfacedor de agravios, vereis como no desface aqueste, aunque creo que no está acabado de hacer, porque me viene gana de desollaros vivo, como vos temíades: pero al fin le desató y le dió licencia que fuese á buscar á su juez, para que ejecutase la pronunciada sentencia. Andrés partió algo mohino jurando de ir á buscar al valeroso Don Quijote de la Mancha y contarle punto por punto lo que habia pasado, y que se lo habia de pagar con las setenas (1); pero con todo esto él partió llorando, y su amo se quedó riendo: y desta manera deshizo el agravio el valeroso Don Quijote, el cual contentísimo de lo sucedido, pareciéndole que habia dado felicísimo y alto principio á sus caballerías, con gran satisfaccion de sí mismo iba caminando hácia su aldea diciendo á media voz: bien te puedes llamar dichosa sobre cuantas hoy viven sobre la tierra, ó sobre las bellas, bella Dulcinea del Toboso, pues te cupo en suerte tener sujeto y rendido á toda tu voluntad é talante á un tan valiente y tan nombrado caballero como lo es y será Don Quijote de la Mancha, el cual, como todo el mundo sabe, ayer recebió la órden de caballería, y hoy ha desfecho el mayor tuerto y agravio que formó la sinrazon y cometió la crueldad: hoy quitó el látigo de la mano á aquel desapiadado enemigo que tan sin ocasion vapulaba á aquel delicado infante.

En esto llegó á un camino que en cuatro se dividia, y luego se le vino á la imaginacion las encrucijadas donde los caballeros andantes se ponian á pensar cuál camino de aquellos tomarian: y por imitarlos estuvo un rato quedo; y al cabo de haberlo muy pensado, soltó la rienda á Rocinante, dejando á la voluntad del rocin la suya, el cual siguió su primer intento, que fue el irse camino de su caballeriza. Y habiendo andado como dos millas descubrió Don Quijote un grande tropel de gente, que como despues se supo, eran unos mercaderes toledanos que iban á comprar seda á Murcia. Eran cuatro (2), y venian con sus quitasoles, con otros cuatro criados á caballo y dos mozos de mulas á pie. Apenas los divisó Don Quijote, cuando se imaginó ser cosa de nueva aventura, y por imitar en todo cuanto á él le parecia posible los pasos que habia leido en sus libros, le pareció venir allí de molde uno que pensaba hacer; y asi con gentil continente y denuedo se afirmó bien en los estribos, apretó la lanza, llegó la adarga al pecho, y puesto en la mitad del camino estuvo esperando que aquellos caballeros andantes llegasen (que ya él por tales los tenia y juzgaba); y cuando llegaron á trecho que se pudieron ver y oir levantó Don Quijote la voz, y con ademan arrogante dijo: todo el mundo se tenga, si todo el mundo no confiesa que no hay en el mundo todo doncella mas hermosa que la emperatriz de la Mancha, la sin par Dulcinea del Toboso. Paráronse los mercaderes al son de estas razones y al ver la estraña figura del que las decia; y por la figura y por ellas luego echaron de ver la locura de su dueño, mas quisieron ver despacio en qué paraba aquella confesion que se les pedia; y uno de ellos, que era un poco burlon y muy mucho discreto, le dijo: señor caballero, nosotros no conocemos quién es esa buena señora que decís, mostrádnosla, que si ella fuere de tanta hermosura como significais, de buena gana y sin apremio alguno confesaremos la verdad que por vuestra parte nos es pedida. Si os la mostrara, replicó Don Quijote, ¿que hiciérades vosotros en confesar una verdad tan notoria? La importancia está en que sin verla lo habeis de creer, confesar, afirmar, jurar y defender: donde no, conmigo sois en batalla, gente descomunal y soberbia: que ora vengais uno á uno como pide la órden de caballería, ora todos juntos como es costumbre y mala usanza de los de vuestra ralea, aquí os aguardo y espero confiado en la razon que de mi parte tengo. Señor caballero, replicó el mercader, suplico á vuestra merced en nombre de todos estos príncipes que aquí estamos, que porque no carguemos nuestras conciencias confesando una cosa por nosotros jamás vista ni oida, y mas siendo tan en perjuicio de las emperatrices y reinas del Alcarria y Estremadura, que vuestra merced sea servido de mostrarnos algun retrato de esa señora, aunque sea tamaño como un grano de trigo, que por el hilo se sacará el ovillo, y quedaremos con esto satisfechos y seguros, y vuestra merced quedará contento y pagado; y aun creo que estamos ya tan de su parte, que aunque su retrato nos muestre que es tuerta de un ojo y que del otro le mana bermellon y piedra azufre, con todo eso por complacer á vuestra merced diremos en su favor todo lo que quisiere. No le mana, canalla infame, respondió Don Quijote encendido en cólera, no le mana, digo, eso que decís, sino ámbar y algalia entre algodones, y

(1) *Las setenas* eran la pena en que alguno era condenado en el siete tanto, ó siete partes mas del daño hecho.—P.

(2) Otras ediciones dicen *seis* y los mozos *tres*; pero el señor Hartzenbusch los reduce á cuatro y los mozos á dos. En efecto, Don Quijote dice despues que los jayanes eran *diez*.

no es tuerta ni corcobada, sino mas derecha que un huso de Guadarrama; pero vosotros pagareis la grande blasfemia que habeis dicho contra tamaña beldad, como lo es la de mi señora.

Y en diciendo esto, arremetió con la lanza baja contra el que lo habia dicho con tanta furia y enojo, que si la buena suerte no hiciera que en la mitad del camino tropezara y cayera Rocinante, lo pasara mal el atrevido mercader. Cayó Rocinante, y fue rodando su amo una buena pieza por el campo, y queriéndose levantar, jamás pudo: tal embarazo le causaban la lanza, adarga, espuelas y celada con el peso de las antiguas armas. Y entre tanto que pugnaba por levantarse, y no podia, estaba diciendo: non fuyais, gente cobarde, gente cautiva; atended, que no por culpa mia sino de mi caballo estoy aquí tendido. Un mozo de mulas de los que allí venian, que no debia de ser muy bien intencionado, oyendo decir al pobre caido tantas arrogancias, no lo pudo sufrir sin darle la respuesta en las costillas. Y llegándose á él tomó la lanza, y despues de haberla hecho pedazos, con uno dellos comenzó á dar á nuestro Don Quijote tantos palos, que á despecho y pesar de sus armas, le molio como cibera. Dábanle

voces sus amos que no le diese tanto y que le dejase; pero estaba ya el mozo picado y no quiso dejar el juego hasta envidar todo el resto de su cólera; y acudiendo por los demás trozos de la lanza los acabó de deshacer sobre el miserable caido, que con toda aquella tempestad de palos que sobre él llovia no cerraba la boca, amenazando al cielo y á la tierra y á los malandrines, que tal le parecian (1). Cansóse el mozo, y los mercaderes siguieron su camino, llevando que contar en todo él del pobre apaleado, el cual despues que se vió solo tornó á probar si podia levantarse; pero si no lo pudo hacer cuando sano y bueno ¿cómo lo haria molido y casi deshecho? Y aun se tenia por dichoso, pareciéndole que aquella era propia desgracia de caballeros andantes, y toda la atribuia á la falta de su caballo; y no era posible levantarse segun tenia brumado todo el cuerpo.

CAPITULO V.
Donde se prosigue la narracion de la desgracia de nuestro caballero.

Viendo, pues, que en efecto no podia menearse, acordó de acogerse á su ordinario remedio, que era pensar en algun paso de sus libros, y trújole su locura á la memoria aquel de Valdovinos y del

(1) *Paraban* debe decir, esto es, que de tal suerte le ponian, le maltrataban. Asi corrige con razon HARTZENBUSCH.

marqués de Mantua, cuando Carloto le dèjó herido en la montaña : historia sabida de los niños , no ignorada de los mozos , celebrada y aun creida de los viejos , y con todo esto no mas verdadera que los milagros de Mahoma. Esta , pues , le pareció á él que le venia de molde para el paso en que se hallaba , y asi con muestras de grande sentimiento se comenzó á volcar por la tierra y á decir con debilitado aliento lo mismo que dicen decia el herido caballero del bosque :

> ¿ Dónde estás, señora mia,
> Que no te duele mi mal ?
> O no lo sabes, señora,
> O eres falsa y desleal.

Y desta manera fue prosiguiendo el romance hasta aquellos versos que dicen :

> ¡Oh noble marqués de Mantua ,
> Mi tio y señor carnal!

Y quiso la suerte que cuando llegó á este verso acertó á pasar por allí un labrador de su mismo lugar y vecino suyo , que venia de llevar una carga de trigo al molino ; el cual viendo aquel hombre allí tendido, se llegó á él, y le preguntó que quién era, y qué mal sentia que tan tristemente se quejaba. Don Quijote creyó sin duda que aquel era el marqués de Mantua, su tio, y asi no le respondió otra cosa, sino fue proseguir en su romance, donde le daba cuenta de su desgracia y de los amores del hijo del emperante con su esposa, todo de la misma manera que el romance lo canta (1). El labrador estaba admirado oyendo aquellos disparates ; y quitándole la visera, que ya estaba hecha pedazos de los palos, le limpió el rostro, que lo tenia lleno de polvo ; y apenas le hubo limpiado, cuando le conoció, y le dijo : señor Quijada (2) (que asi se debia de llamar cuando él tenia juicio y no habia pasado de hidalgo sosegado á caballero andante) ¿quién ha puesto á vuestra merced desta suerte? pero él seguia con su romance á cuanto le preguntaba.

Viendo esto el buen hombre, lo mejor que pudo le quitó el peto y espaldar para ver si tenia alguna herida ; pero no vió sangre ni señal alguna. Procuró levantarle del suelo, y no con poco trabajo le subió sobre su jumento por parecerle caballería mas sosegada. Recogió las armas, hasta las astillas de la lanza, y liólas sobre Rocinante, al cual tomó de la rienda y del cabestro al asno, y se encaminó hácia su pueblo bien pensativo de oir los disparates que Don Quijote decia. Y no menos iba Don Quijote,

que de puro molido y quebrantado no se podia tener sobre el borrico, y de cuando en cuando daba unos suspiros que los ponia en el cielo, de modo que de nuevo obligó á que el labrador le preguntase, le dijese (3) qué mal sentia : y no parece sino que el diablo le traia á la memoria los cuentos acomodados á sus sucesos, porque en aquel punto olvidándose de Valdovinos se acordó del moro Abindarraez cuando el alcaide de Antequera Rodrigo de Narvaez le prendió y llevó preso á su alcaidía. De suerte que cuando el labrador le volvió á preguntar que cómo estaba y qué sentia, le respondió las mismas

(1) Este romance, compuesto por Gerónimo Treviño, consta de tres partes, y se imprimió en Alcalá año de 1508.—Arr.
(2) Quijano se llama en otras ediciones.
(3) *Le preguntase, le dijese qué mal sentia*. En todas las ediciones, inclusa la última de la Academia, se dice asi: El *le dijese* creo que sobra aquí ; es sin duda un pegote de la imprenta.—Arr.

palabras y razones que el cautivo Abencerraje respondia á Rodrigo de Narvaez, del mismo modo que él habia leido la historia en la Diana de Jorge de Montemayor donde se escribe; aprovechándose della tan de propósito, que el labrador se iba dando al diablo de oir tanta máquina de necedades: por donde conoció que su vecino estaba loco, y dábase priesa á llegar al pueblo por escusar el enfado que don Quijote le causaba con su larga arenga. Al cabo de la cual dijo: sepa vuestra merced, señor don Rodrigo de Narvaez, que esta hermosa Jarifa que he dicho, es ahora la linda Dulcinea del Toboso, por quien yo he hecho, hago y haré los mas famosos hechos de caballerías que se han visto, ven ni verán en el mundo. A esto respondió el labrador: mire vuestra merced, señor, ¡pecador de mí! que yo no soy don Rodrigo de Narvaez ni el marqués de Mantua, sino Pedro Alonso su vecino, ni vuestra merced es Valdovinos ni Abindarraez, sino el honrado hidalgo del señor Quijada. Yo sé quién soy, respondió Don Quijote, y sé que puedo ser no solo los que he dicho, sino todos los doce Pares de Francia y aun todos los nueve de la fama (1), pues á todas las hazañas que ellos todos juntos y cada uno por sí hicieron se aventajarán las mias. En estas pláticas y en otras semejantes llegaron al lugar á la hora que anochecia; pero el labrador aguardó á que fuese algo mas noche, porque no viesen al molido hidalgo tan mal caballero (2).

Llegada, pues, la hora que le pareció, entró en el pueblo y en casa de Don Quijote: la cual halló toda alborotada, y estaban en ella el cura y el barbero del lugar, que eran grandes amigos de Don Quijote, y estaba diciéndoles su ama á voces: ¿qué le parece á vuestra merced, señor licenciado Pero Perez (que asi se llamaba el cura) de la desgracia de mi señor? Seis dias há (3) que no parecen él, ni el rocin, ni la adarga, ni la lanza, ni las armas. ¡Desventurada de mí! que me doy á entender, y asi es ello la verdad como nací para morir, que estos malditos libros de caballerías que él tiene y suele leer tan de ordinario le han vuelto el juicio: que ahora me acuerdo haberle oido decir muchas veces hablando entre sí que queria hacerse caballero andante é irse á buscar las aventuras por esos mundos. Encomendados sean á Satanás y á Barrabás tales libros, que asi han echado á perder el mas delicado entendimiento que habia en toda la Mancha. La sobrina decia lo mismo, y aun decia mas: sepa, señor maese Nicolás (que este era el nombre del barbero), que muchas veces le aconteció á mi señor tio estarse leyendo en estos desalmados libros de desventuras dos dias con sus noches, al cabo de los cuales arrojaba el libro de las manos y ponia mano á la espada, y andaba á cuchilladas con las paredes, y cuando estaba muy cansado decia que habia muerto á cuatro gigantes como cuatro torres, y el sudor que sudaba del cansancio, decia que era sangre de las feridas que habia recibido en la batalla, y bebiase luego un gran jarro de agua fria y quedaba sano y sosegado, diciendo que aquella agua era una preciosísima bebida que le habia traido el sabio Esquife (4) un grande encantador y amigo suyo. Mas yo me tengo la culpa de todo, que no avisé á vuestras mercedes de los disparates de mi señor tio para que lo remediaran antes de llegar á lo que ha llegado, y quemaran todos estos descomulgados libros (que tiene muchos), que bien merecen ser abrasados como si fuesen de hereges. Esto digo yo tambien, dijo el cura, y á fe que no se pase el dia de mañana sin que dellos no se haga auto público, y sean condenados al fuego, porque no den ocasion, á quien los leyere, de hacer lo que mi buen amigo debe de haber hecho.

Todo esto estaban oyendo el labrador y Don Quijote, con que acabó de entender el labrador la enfermedad de su vecino; y asi comenzó á decir á voces: abran vuestras mercedes al señor Valdovinos y al señor marqués de Mantua que viene mal ferido, y al señor moro Abindarraez que trae cautivo el valeroso Rodrigo de Narvaez, alcaide de Antequera. A estas voces salieron todos, y como conocieron los unos á su amigo, las otras á su amo y tio, que aun no se habia apeado del jumento porque no podia, corrieron á abrazarle. El dijo: ténganse todos, que vengo mal ferido por la culpa de mi caballo; llévenme á mi lecho, y llámese si fuere posible á la sabia Urganda que cure y cate de mis feridas. ¡Mira en hora mala, dijo á este punto el ama, si me decia á mí bien mi corazon del pie que cojeaba mi señor! Suba vuestra merced en buen hora, que sin que venga esa Hurgada le sabrémos aquí curar. Malditos, digo, sean otra vez y otras ciento estos libros de caballerías que tal han parado á vuestra merced. Lleváronle luego á la cama, y catándole las feridas no le hallaron ninguna, y él dijo que todo era molimiento por haber dado una gran caida con Rocinante su caballo combatiéndose con diez jayanes, los mas desaforados y atrevidos que se pudieran fallar en gran parte de la tierra. ¡Ta, ta! dijo el cura: ¿jayanes hay en la danza? Para mi santiguada que yo los queme mañana antes que llegue la noche. Hiciéronle á Don Quijote mil preguntas, y á ninguna quiso responder otra cosa sino que le diesen de comer y le dejasen dormir, que era lo que mas le importaba. Hízose asi, y el cura se informó muy á la larga del labrador del modo que habia hallado á Don Quijote. El se lo contó todo con los disparates que al hallarle y al traerle habia dicho, que fue poner mas deseo en el licenciado de hacer lo que otro dia hizo, que fue llamar á su amigo el barbero maese Nicolás, con el cual se vino á casa de Don Quijote.

---

(1) Siempre he oido decir, por encarecimiento, *los nueve de la fama*, y no he sabido sus nombres. *Pol.* Los nueve de la fama fueron tres hebreos, Josué, David y Judas Macabeo; tres gentiles, Héctor, Alejandro Magno y Julio César; tres cristianos, Carlo-Magno, Artus y Godofré de Bullon. (*Carranza*, f. 255).—Arr.

(2) *Caballero* es aqui lo mismo que *ginete* ó persona puesta á caballo.—C.

(3) *Dos dias* corrige el señor Hartzenbusch, y esto debió de escribir Cervantes. Otras ediciones dicen *tres*.

(4) Su verdadero nombre es Alquife, que fue el sabio que escribió la crónica de Amadís de Grecia. Acaso la sobrina de Don Quijote estropeó el nombre de este encantador.—P.

CAPITULO VI.

Del donoso y grande escrutinio que el cura y el barbero hicieron en la librería de nuestro ingenioso hidalgo.

Eɪ cual aun todavía dormia. Pidió á la sobrina las llaves del aposento donde estaban los libros autores del daño, y ella se las dió de muy buena gana : entraron dentro todos y la ama con ellos, y hallaron mas de cien cuerpos de libros grandes muy bien encuadernados y otros pequeños ; y asi como el ama los vió, volvióse á salir del aposento con grande priesa, y tornó luego con una escudilla de agua bendita y un hisopo, y dijo : tome vuestra merced, señor licenciado, rocíe este aposento, no esté aquí algun encantador de los muchos que tienen estos libros, y nos encanten en pena de la que les queremos dar echándolos del mundo. Causó risa al licenciado la simplicidad del ama, y mandó al barbero que le fuese dando de aquellos libros uno á uno para ver de qué trataban, pues podia ser hallar algunos que no mereciesen castigo de fuego. No, dijo la sobrina, no hay para qué perdonar á ninguno, porque todos han sido los dañadores : mejor será arrojarlos por las ventanas al patio, y hacer un rimero dellos y pegarlos fuego, y si no, llevarlos al corral, y allí se hará la hoguera y no ofenderá el humo. Lo mismo dijo el ama : tal era la gana que las dos tenian de la muerte de aquellos inocentes; mas el cura no vino en ello sin primero leer siquiera los títulos.

Y el primero que maese Nicolás le dió en las manos fue los cuatro de *Amadis de Gaula*, y dijo el

cura: parece cosa de misterio esta, porque, segun he oido decir, este libro fue el primero de caballerías que se imprimió en España, y todos los demás han tomado principio y orígen deste, y asi me parece que como á dogmatizador de una seta (1) tan mala, le debemos sin escusa alguna condenar al fuego. No

(1) Decir *seta* en vez de *secta*, y suprimir ciertas letras en algunas palabras era muy general en tiempo de Cervantes. El lector habrá observado en el Prólogo *calunien* en vez de *calumnien*.—J.

señor, dijo el barbero, que tambien he oido decir que es el mejor de todos los libros que de este género se han compuesto, y asi como á único en su arte se debe perdonar. Asi es verdad, dijo el cura, y por esa razon se le otorga la vida por ahora. Veamos esotro que está junto á él. Es, dijo el barbero, *Las sergas de Esplandian* (1), hijo legítimo de Amadis de Gaula. Pues en verdad, dijo el cura, que no le ha de valer al hijo la bondad del padre: tomad, señora ama, abrid esa ventana y echadle al corral, y dé principio al monton de la hoguera que se ha de hacer. Hízolo asi el ama con mucho contento, y el bueno de Esplandian fue volando al corral esperando con toda paciencia el fuego que le amenazaba. Adelante, dijo el cura. Este que viene, dijo el barbero, es *Amadís de Grecia*, y aun todos los de este lado, á lo que creo, son del mismo linage de Amadis (2). Pues vayan todos al corral, dijo el cura, que á trueco de quemar á la reina Pintiquiniestra y al pastor Darinel, y á sus églogas y á las endiabladas y revueltas razones de su autor, quemara con ellos al padre que me engendró si anduviera en figura de caballero andante. De ese parecer soy yo, dijo el barbero; y aun yo, añadió la sobrina. Pues si así es, dijo el ama, vengan y al corral con ellos. Diéronseles que eran muchos, y ella ahorró la escalera, y dió con ellos por la ventana abajo.

¿Quién es ese tonel? dijo el cura. Este es, respondió el barbero, don *Olivante de Laura*. El autor dese libro, dijo el cura, fue el mismo que compuso á *Jardín de flores*, y en verdad que no sepa determinar cuál de los dos libros es mas verdadero ó por decir mejor menos mentiroso; solo sé decir que este irá al corral por disparatado y arrogante (3). Este que se sigue es *Florismarte de Hircania* (4), dijo el barbero. ¿Ahí está el señor Florismarte? replicó el cura; pues á fe que ha de parar presto en el corral á pesar de su extraño nacimiento (5) y soñadas aventuras, que no dá lugar á otra cosa la dureza y sequedad de su estilo: al corral con él y con esotro, señora ama. Que me place, señor mio, respondia ella, y con mucha alegría ejecutaba lo que le era mandado. Este es *El caballero Platir* (6), dijo el barbero. Antiguo libro es ese, dijo el cura, y no hallo en él cosa que merezca venia; acompañe á los demás sin réplica, y asi fue hecho. Abrióse otro libro, y vieron que tenia por título *El caballero de la Cruz* (7). Por nombre tan santo como este libro tiene se podia perdonar su ignorancia; mas tambien se suele decir tras la cruz está el diablo: vaya al fuego. Tomando el barbero otro libro dijo: este es *Espejo de caballerías* (8). Ya conozco á su merced, dijo el cura: ahí anda el señor Reinaldos de Montalvan con sus amigos y compañeros, mas ladrones que Caco, y los doce Pares con el verdadero historiador Turpin, y en verdad que estoy por condenarlos no mas que á destierro perpetuo siquiera porque tienen parte de la invencion del famoso Mateo Boyardo, de donde tambien tejió su tela el cristiano poeta Ludovico Ariosto (9), al cual si aquí le hallo, y que habla en otra lengua que la suya, no le guardaré respeto alguno; pero si habla en su idioma le pondré sobre mi cabeza. Pues yo le tengo en italiano, dijo el barbero, mas no le entiendo. Ni aun fuera bien que vos le entendiérades (10), respondió el cura, y aquí le perdonáramos al señor capitan (11) que no le hubiera traido á España y hecho castellano; que le quitó mucho de su natural valor, y lo mismo harán todos aquellos que los libros de verso quisieren volver en otra lengua, que por mucho cuidado que pongan y habilidad que muestren jamás llegarán al punto que ellos tienen en su primer nacimiento. Digo en efecto que este libro y todos los que se hallaren que tratan destas cosas de Francia se echen y depositen en un pozo seco hasta que con mas acuerdo se vea

(1) Que tanto quieren decir como *Las Proezas de Esplandian*, segun se lee en el libro III de Amadis, capítulo LXXIV; cuya etimología se deduce sin duda del griego *erga.*—P.

(2) El libro censurado aquí se intitula: *Corónica del muy valiente y esforzado príncipe y caballero de la ardiente espada, Amadís de Grecia*, Lisboa, 1596. Es un tomo en fólio que consta de dos partes.—P.

(3) El autor de *Jardín de Flores* es Antonio de Torquemada; con que lo es tambien de *don Olivante de Laura*.—P.

(4) Publicado por Melchor de Ortega, caballero de Ubeda, con este título: *Primera parte de la historia del príncipe Felixmarte de Hircania.*—P.

(5) Pasó de esta manera. La princesa Martedina, mujer del príncipe Florasan de Misia, dió á luz en un monte un hijo, en manos de una mujer salvaje llamada Belsajina, que en atencion á los nombres de sus padres, le pareció llamarle Florismarte, para que participase de entrambos; pero considerando la princesa que era nombre mas sonoro y significativo el de Felixmarte, le llamó asi. Con efecto, Cervantes le da tambien el nombre de Felixmarte en el cap. XII.—P.

(6) O *Crónica del muy valiente y esforzado caballero Platir*, hijo del emperador Primaleon. Su autor es anónimo, como lo son por lo comun los mas de los que escribieron libros de caballerías. Imprimióse en Valladolid, 1533, dedicado al marqués de Astorga.—P.

(7) Esta historia se divide en dos libros ó tomos; el primero se intitula: *Libro del invencible caballero Lepolemo... de los hechos que hizo llamándose el caballero de la Cruz.* El segundo; *Leandro el Bel..... segun le compuso el sabio rey Artidoro en lengua griega.* Ambos se imprimieron en Toledo por Miguel Ferrer (no por Luis Perez como dice don Nicolás Antonio), en 4a.: el uno el año de 1562, el otro de 1563.—P.

(8) Esta es la primera parte de esta obra caballeresca que, dividida en dos libros, escribió Diego Ortuñez ú Ordoñez de Calahorra, natural de Nájera: imprimióla el año de 1562, en fól. y la dedicó á Martin Cortés, hijo del famoso Hernan Cortés; donde no solo dice que la tradujo al latin, sino que reprende el *revaje*, como él se esplica, *de libros de caballerías*, por falta de moralidad y alegoría; pero no por eso se libertó él de ser tambien censurado.—P.

(9) Natural de Regio, canónigo de Ferrara, autor del *Orlando furioso* cuya tela se tejió con la trama del *Orlando enamorado* del conde Mateo María Boyardo, segun dijo antes que Cervantes su traductor Francisco Garrido de Villena. Llámasele aquí *poeta cristiano*, por que este dictado se daba á los que no se ocupaban en escribir obras deshonestas ó satádicas ni impías, como Pedro Aretino y Nicolao Franco.—P.

(10) El cura tiene al *Orlando* del Ariosto por cosa tan escelente, y al barbero por tan pobre hombre, segun parece, que no le reputa por digno de leerle en italiano.—P.

(11) Este capitan traductor es don Gerónimo Jimenez de Urrea, natural de Epila, no menos famoso por la espada que por la pluma.—P.

lo que se ha de hacer dellos, escetuando á un *Bernardo del Carpio* (1) que anda por ahí, y á otro llamado *Roncesvalles*, que estos en llegando á mis manos han de estar en las del ama, y dellas en las del fuego sin remision alguna. Todo lo confirmó el barbero, y lo tuvo por bien y por cosa muy acertada, por entender que era el cura tan buen cristiano y tan amigo de la verdad, que no diria otra cosa por todas las del mundo.

Y abriendo otro libro vió que era *Palmerin de Oliva*, y junto á él estaba otro que se llamaba *Palmerin de Ingalaterra*, lo cual visto por el licenciado dijo: esa Oliva se haga luego rajas y se queme, que aun no queden della las cenizas (2); y esa palma de Ingalaterra se guarde y se conserve como á cosa única, y se haga para ella otra caja como la que halló Alejandro en los despojos de Darío, que la diputó (3) para guardar en ella las obras del poeta Homero. Este libro, señor compadre, tiene autoridad por dos cosas; la una porque él por sí es muy bueno, y la otra porque es fama que le compuso un discreto rey de Portugal. Todas las aventuras del Miraguarda son bonisimas y de grande artificio, las razones cortesanas y claras, que guardan y miran el decoro del que habla, con mucha propiedad y entendimiento (4). Digo pues, salvo vuestro buen parecer, señor Maese Nicolás, que éste y Amadis de Gaula queden libres del fuego, y todos los demás, sin hacer mas cala y cata, perezcan. No, señor compadre, replicó el barbero, que este que aquí tengo es el afamado *don Belianis*. Pues ese, replicó el cura, con la segunda, tercera y cuarta parte tienen necesidad de un poco de ruibarbo para purgar la demasiada cólera suya, y es menester quitarles todo aquello del castillo de la fama, y otras impertinencias de mas importancia, por lo cual se les dá término ultramarino (5), y como se enmendaren, asi se usará con ellos de misericordia ó de justicia, y en tanto tenedlo vos, compadre, en vuestra casa, mas no los dejeis leer á ninguno (6). Que me place, respondió el barbero, y sin querer cansarse mas en leer libros de caballerías, mandó al ama que tomase todos los grandes y diese con ellos en el corral. No se dijo á tonta ni á sorda, sino á quien tenia mas gana de quemallos que de echar una tela por grande y delgada que fuera, y asiendo casi ocho de una vez, los arrojó por la ventana.

Por tomar muchos juntos se le cayó uno á los pies del barbero, que le tomó gana de ver de quién era, y vió que decia: *Historia del famoso caballero Tirante el Blanco*. Válame Dios, dijo el cura dando una gran voz, ¡que aquí esté Tirante el Blanco! Dádmele acá, compadre, que hago cuenta que he hallado en él un tesoro de contento y una mina de pasatiempos. Aquí está don Quirieleison de Montalvan, valeroso caballero, y su hermano Tomás de Montalvan y el caballero Fonseca, con la batalla que el valiente Detriante hizo con el alano, y las agudezas de la doncella Placerdemivida (7), con los amores y embustes de la viuda Reposada (8), y la señora emperatriz enamorada de Hipólito su escudero. Dígoos verdad, señor compadre, que por su estilo es este el mejor libro del mundo: aquí comen los caballeros y duermen y mueren en sus camas y hacen testamento antes de su muerte, con otras cosas de que todos los demás libros deste género carecen. Con todo eso os digo que merecia el que lo compuso, pues no hizo tantas necedades sino de industria, que le echaran á galeras (9) por todos los dias de su vida. Llevadle á casa y leedle, y vereis que es verdad cuanto dél os he dicho. Asi será, respondió el barbero; ¿pero qué haremos destos pequeños libros que quedan. Estos, dijo el cura, no deben de ser de caballerías, sino de poesía: y abriendo uno vió que era *La Diana de Jorge de Montemayor* (10), y dijo (creyendo que todos los demás eran del mismo género): estos no merecen ser quemados como los demás, porque no hacen ni harán el daño que los de caballerías han hecho, que

(1) El autor de este poema, escrito en octavas, es Agustin Alonso, vecino de Salamanca, que le publicó con este título: *Historia de las hazañas y hechos del invencible caballero Bernardo del Carpio*. Toledo; por Pedro Lopez de Haro, 1585, en 4.°

(2) La historia de Palmerin de Oliva consta de dos volúmenes en folio. El primero se intitula: *Libro del famoso caballero Palmerin de Oliva, que por el mundo grandes hechos en armas hizo, sin saber cuyo hijo fuese*; Toledo, 1580. Habian precedido otras ediciones. El título del segundo es el siguiente: *Libro segundo del emperador Palmerin .. en que se cuentan los hechos de Primalion y Polendos sus hijos*, Medina del Campo, 1563. El autor de esta crónica fabulosa es una mujer. Llámase el héroe Palmerin de Oliva, porque segun se finge, luego que le parió su madre Agricona, hija del emperador de Constantinopla, fue llevado al monte de la Oliva, y metido en un cestillo de mimbres, fue colgado de una palma de él, de donde le descolgo un rústico, que ignorando su nombre, le impuso el de Palmerin de Oliva, con alusion al nombre del monte y de la palma.—P.

(3) *Diputó* está usado por *destinó*.—C.

(4) Esta historia se reimprimió en Lisboa, año de 1586, en tres tomos en 4.°, con este título: *Crónica de Palmeirim de Ingalaterra, primeira é segunda parte*. El editor intenta probar en el prologo, no solo que la obra se escribió en portugués, sino que la escribió Francisco de Moraes, que la publicó en Ebora en 1567.—P.

(5) Llámase asi el que se concede de seis ó mas meses para la prueba, proporcionado á la distancia donde se ha de hacer; á diferencia del de ochenta dias (*Diccionario de la lengua*).

(6) La historia aquí censurada se intitula: *Libro primero del valeroso é invencible principe don Belianis de Grecia, hijo del emperador don Belianis de Grecia .. sacado de lengua griega, en la cual le escribió el sabio Friston, por un hijo del virtuoso varon Toribio Fernandez*. Consta esta obra de cuatro libros ó partes: en Burgos, 1570, fol.—P.

(7) Era doncella de la princesa Carmesina, pretendida por Tirante.—P.

(8) Era dueña de la misma princesa á quien habia criado.—P.

(9) El autor, que merecia la pena de galeras, intituló su obra de esta manera: *Tirante el Blanco de Roca salada... caballero de la jarretiera, que por su alta caballería alcanzó á ser principe y césar del imperio de Grecia*. Llamóse Tirante, porque su padre era hijo del señor de la marchia de Tirania; y Blanco porque su madre se llamaba Blanca, y de Roca salada, por ser señor de un castillo roquero, fundado en un monte de sal. (Quadrio, *Historia de toda la poesia*, vol. IV, pág. 534).—P.

(10) Portugués, poeta conocido, músico de la capilla de Carlos V, y soldado valeroso, que perdió la vida en el Piamonte, año de 1561.—P.

son libros de entretenimiento (1) sin perjuicio de tercero. ¡Ay señor! dijo la sobrina, bien los puede vuestra merced mandar quemar como á los demás; porque no seria mucho que habiendo sanado mi señor tio de la enfermedad caballeresca, leyendo estos se le antojase de hacerse pastor y andarse por los bosques y prados cantando y tañendo, y lo que seria peor hacerse poeta, que segun dicen es enfermedad incurable y pegadiza. Verdad dice esta doncella, dijo el cura, y será bien quitarle á nuestro amigo este tropiezo y ocasion delante. Y pues comenzamos por la Diana de Montemayor, soy de parecer que no se queme, sino que se le quite todo aquello que trata de la sabia Felicia y de la agua encantada, y casi todos los versos mayores: quédesele en hora buena la prosa y la honra de ser primero en semejantes libros. Este que se sigue, dijo el barbero, es *La Diana*, llamada *Segunda del Salmantino*; y este otro que tiene el mismo nombre, cuyo autor es *Gil Polo*. Pues la del Salmantino (2), respondió el cura, acompañe y acreciente el número de los condenados al corral, y la de Gil Polo (3) se guarde como si fuera del mismo Apolo: y pase adelante, señor compadre, y démonos priesa que se va haciendo tarde.

Este libro es, dijo el barbero, abriendo otro, *Los diez libros de fortuna de Amor*, compuestos por *Antonio de Lofraso*, poeta sardo (4). Por las órdenes que recibí, dijo el cura, que desde que Apolo fue Apolo y las musas musas, y los poetas poetas, tan gracioso ni tan disparatado libro como ese no se ha compuesto, y que por su camino es el mejor y el mas único de cuantos deste género han salido á la luz del mundo, y el que no le ha leido puede hacer cuenta que no ha leido jamás cosa de gusto. Dádmele acá, compadre, que precio mas haberle hallado que si me dieran una sotana de raja de Florencia. Púsole aparte con grandísimo gusto, y el barbero prosiguió diciendo: estos que se siguen son *El pastor de Iberia* (5), *Ninfas de Henares* (6), y *Desengaño de zelos* (7). Pues no hay mas que hacer, dijo el cura, sino entregarlos al brazo seglar del ama, y no se me pregunte el por qué, que seria nunca acabar. Este que viene es el *Pastor de Filida* (8). No es ese pastor, dijo el cura, sino muy discreto cortesano, guárdese como joya preciosa. Este grande que aquí viene se intitula, dijo el barbero, *Tesoro de varias poesias* (9). Como ellas no fueran tantas, dijo el cura, fueran mas estimadas: menester es que este libro se escarde y limpie de algunas bajezas que entre sus grandezas tiene: guárdese, porque su autor es amigo mio, y por respeto de otras mas heróicas y levantadas obras que ha escrito. Este es, siguió el barbero, *El cancionero de Lopez Maldonado* (10). Tambien el autor dese libro, replicó el cura, es grande amigo mio, y sus versos en su boca admiran á quien los oye, y tal es la suavidad de la voz con que los canta, que encanta: algo largo es en las églogas; pero nunca lo bueno fue mucho; guárdese con los escogidos.

¿Pero qué libro es ese que está junto á él? *La Galatea de Miguel de Cervantes*, dijo el barbero. Muchos años há que es grande amigo mio ese Cervantes, y sé que es mas versado en desdichas que en versos. Su libro tiene algo de buena invencion, propone algo, y no concluye nada: es menester esperar la segunda parte que promete (11), quizá con la enmienda alcanzará del todo la misericordia que ahora se le niega, y entre tanto que esto se ve teneldе recluso en vuestra posada, señor compadre. Que me place, respondió el barbero, y aquí vienen tres todos juntos: *La Araucana de don Alonso de Ercilla, la Austriada de Juan Rufo*, jurado de Córdoba, *y el Monserrat de Cristóbal de Virués*, poeta valenciano. Todos estos tres libros, dijo el cura, son los mejores que en verso heróico en lengua castellana están escritos, y pueden competir con los mas famosos de Italia; guárdense como las mas ricas prendas de poesía que tiene España. Cansóse el cura de ver mas libros, y asi á carga cerrada quiso que todos los demás se quemasen; pero ya tenia abierto uno el barbero, que se llamaba *Las Lágrimas de Angélica*. Lloráralas yo, dijo el cura en oyendo el nombre, si tal libro hubiera mandado quemar, porque su autor fue uno de los famosos poetas del mundo, no solo de España, y fue felicísimo en la traduccion de algunas fábulas de Ovidio.

(1) *De entretenimiento.* En todas las primeras ediciones: de *entendimiento.*—A.

(2) Alonso Perez, médico de Salamanca, publicó esta segunda Diana en Alcalá, año de 1564.—P.

(3) Insigne poeta valenciano, que publicó cinco libros de la *Diana enamorada*, continuando los siete de Jorje de Montemayor. Reimprimióle en Madrid, año de 1778, el señor Francisco Cerdá y Rico, del consejo y cámara de Indias, acompañandola con un prólogo instructivo y con abundantes notas sobre el *Canto del Turia*, en que manifiesta su copiosa y notoria erudicion.

(4) Antonio de Lofrasso, ó el Fresno, nació en Llaguer, ciudad de Cerdeña, de familia ilustre, de la cual descendia tambien el jurisconsulto Pedro Frasso, autor del tratado: *De regio patronatu Indiarum.*—P.

(5) Su autor don Bernardo de la Vega, natural de Madrid, canónigo de Tucuman. Imprimióse el año de 1591, 8.—P.

(6) Su título entero: *Primera parte de las Ninfas y pastores de Henares, dividida en seis libros. Compuesta por Bernardo Gonzalez (no Perez, como dice don Nicolás Antonio) de Bobadilla, estudiante en la insigne Universidad de Salamanca.* En Alcalá, por Juan Gracian, 1587. 8.—P.

(7) El título de este rarísimo libro, es *Desengaño de Zelos*, y no *Desengaños de Zelos*, como se lee en las tres primeras ediciones originales y en las demas.—P.

(8) Escribióle Luis Galvez de Montalvo, criado de don Enrique de Mendoza y Aragon, nieto de los duques del Infantado. Imprimióle año de 1582. Lope de Vega tenia por verdadera á esta dama (*Dorotea*, p. 52, b.) Reimprimió el año de 1792, este libro don Juan Antonio Mayans.—P.

(9) Por don Pedro Padilla, caballero natural de Linares, que siendo ya de edad, tomó el hábito de carmelita calzado en Madrid, donde murió, año de 1595.—P.

(10) Consta su *Cancionero*, ó coleccion de varias poesías, de sonetos, décimas, sestinas, canciones, octavas, liras, cartas y de dos églogas. Publicóse en Madrid por Guillermo Droy, 1586, 4.—P.

(11) Si Cervantes cumplió esta promesa, no ha parecido hasta ahora esta *Segunda parte*, que volvió á prometer estando ya cercano á la muerte. (*Dedicatoria de Pérsiles*).—P.

CAPITULO VII.

De la segunda salida de nuestro buen caballero Don Quijote de la Mancha.

Estando en esto comenzó á dar voces Don Quijote diciendo: aquí , aquí , valerosos caballeros , aquí es menester mostrar la fuerza de vuestros valerosos brazos , que los cortesanos llevan lo mejor del torneo. Por acudir á este ruido y estruendo no se pasó adelante con el escrutinio de los demás libros que quedaban , y asi se cree que fueron al fuego sin ser vistos ni oidos *La Carolea* (1) y *Leon de España* (2), con los hechos del emperador, compuestos por don Luis de Avila (3), que sin duda debian de estar entre los que quedaban , y quizá si el cura los viera no pasaran por tan rigurosa sentencia. Cuando llegaron á Don Quijote ya él estaba levantado de la cama, y proseguia en sus voces y en sus desatinos, dando cuchilladas y reveses á todas partes, estando tan despierto como si nunca hubiera dormido. Abrazáronse con él y por fuerza le volvieron al lecho, y despues que hubo sosegado

un poco , volviéndose á hablar con el cura le dijo : por cierto , señor arzobispo Turpin , que es gran mengua de los que nos llamamos doce Pares dejar tan sin mas ni mas llevar la victoria deste torneo á los caballeros cortesanos , habiendo nosotros los aventureros ganado el prez en los tres dias antecedentes. Calle vuestra merced , señor compadre , dijo el cura , que Dios será servido que la suerte se mude , y que lo que hoy se pierde se gane mañana ; y atienda vuestra merced á su salud por ahora, que me parece que debe de estar demasiadamente cansado, si ya no es que está mal ferido. Ferido no, dijo Don Quijote ; pero molido y quebrantado no hay duda en ello, porque aquel bastardo de don Roldan me ha molido á palos con el tronco de una encina, y todo de envidia porque ve que yo solo soy el opuesto de sus valentías ; mas no me llamaria yo Reinaldos de Montalvan si en levantándome deste lecho no me lo pagase á pesar de todos sus encantamientos : y por ahora tráiganme de yantar, que sé que es lo que mas me hará al caso , y quédese lo del vengarme á mi cargo. Hiciéronlo asi ; diéronle de comer , y quedóse otra vez dormido y ellos admirados de su locura. Aquella noche quemó y abrasó el ama cuantos libros habia en el corral y en toda la casa, y tales debieron de arder que merecian guardarse en perpetuos archivos ; mas no lo permitió su suerte y la pereza del escrutiñador, y asi se cumplió el refran en ellos de que pagan á las veces justos por pecadores.

   Uno de los remedios que el cura y el barbero dieron por entonces para el mal de su amigo fue que le

   (1)   La Carolea de Gerónimo Sempere, ó Sampere, ó Santpere, esto es, San Pedro, es un poema en que se trata de las victorias de Cárlos V; divídese en dos partes: imprimióse en Valencia por Juan de Arcos, años de 1560, 8.—P.
   (2)   Este poema en octavas, que trata de los hechos valerosos de los leoneses y de los gloriosos mártires de aquel antiguo reino, se intitula: «Primera y segunda parte de el Leon de España , por Pedro de la Vecilla Castellanos. Dirigido á la magestad del rey don Phelipe nuestro señor. Con privilegio.» En Salamanca , en casa de Juan Fernandez, 1586, 8.—P.
   (3)   Es equivocacion del autor ó yerro de imprenta. El que escribió los hechos del emperador Cárlos V, no fue don Luis de Avila, sino don Luis de Zapata; pues aquel solo escribió la «Guerra de Alemania ó paso del Elva, en tiempo del emperador Cárlos V:» obra que se imprimió en Sevilla en 1552, y es una historia en prosa, y de las mejores que hay en castellano ; y la de Zapata es un poema escrito en octava rima, con el título de *Cárlos famoso*, y como tal, y como libro de entretenimiento es el censurado aquí por Cervantes; y tanto éste, como la *Carolea*, fueron poco estimados en su tiempo, por pobres de invencion, y censurados por Cristobal de Mesa. (*Patron de España*, fólio 149).—A.

murasen y tapiasen el aposento de los libros, porque cuando se levantase no los hallase (quizá quitando la causa cesaria el efecto), y que dijesen que un encantador se los habia llevado y el aposento y todo, y asi fue hecho con mucha presteza. De allí á dos dias se levantó Don Quijote, y lo primero que hizo fué ir á ver sus libros, y como no hallaba el aposento donde le habia dejado, andaba de una en otra parte buscándole. Llegaba á donde solia tener la puerta y tentábala con las manos, y volvia y revolvia los ojos por todo sin decir palabra; pero al cabo de una buena pieza, preguntó á su ama que hácia qué parte estaba el aposento de sus libros. El ama, que ya estaba bien advertida de lo que habia de responder, le dijo: ¿qué aposento ó qué nada busca vuestra merced? Ya no hay aposento ni libros en esta casa, porque todo se lo llevó el mismo diablo. No era diablo, replicó la sobrina, sino un encantador que vino sobre una nube una noche despues del dia que vuestra merced de aquí se partió, y apeándose de una sierpe en que venia caballero, entró en el aposento y no sé lo que hizo dentro, que á cabo de poca pieza salió volando por el tejado y dejó la casa llena de humo; y cuando acordamos á mirar lo que dejaba hecho, no vimos libro ni aposento alguno: solo se nos acuerda muy bien á mí y al ama que al tiempo del partirse aquel mal viejo, dijo en altas voces que por enemistad secreta que tenia al dueño de aquellos libros y aposento dejaba hecho el daño en aquella casa que despues se veria: dijo tambien que se llamaba el sabio Muñaton. Friston diria, dijo Don Quijote. No sé, respondió el ama, si se llamaba Freston ó Friton; solo sé que acabó en ton su nombre. Asi es, dijo Don Quijote, que ese es un sabio encantador, grande enemigo mio, que me tiene ojeriza porque sabe por sus artes y letras que tengo de venir, andando los tiempos, á pelear en singular batalla con un caballero á quien él favorece, y le tengo de vencer sin que él lo pueda estorbar, y por esto procura hacerme todos los sinsabores que puede: y mándole yo que mal podrá él contradecir ni evitar lo que por el cielo está ordenado.

¿Quién duda de eso? dijo la sobrina; ¿pero quién le mete á vuestra merced, señor tio, en esas pendencias? ¿no será mejor estarse pacífico en su casa, y no irse por el mundo á buscar pan de trastrigo (1), sin considerar que muchos van por lana y vuelven trasquilados? ¡Oh sobrina mia! respondió Don Quijote, y cuán mal que estás en la cuenta: primero que á mí me trasquilen tendré peladas y quitadas las barbas á cuantos imaginaren tocarme en la punta de un solo cabello. No quisieron las dos replicarle mas, porque vieron que se le encendia la cólera. Es, pues, el caso que él estuvo quince dias en casa muy sosegado sin dar muestras de querer segundar sus primeros devaneos, en los cuales dias pasó graciosísimos cuentos con sus dos compadres el cura y el barbero sobre que él decia que la cosa de que mas necesidad tenia el mundo era de caballeros andantes, y de que en él se resucitase la caballería andantesca. El cura algunas veces le contradecia, y otras concedia, porque si no guardaba este artificio no habia poder averiguarse con él.

En este tiempo solicitó Don Quijote á un labrador vecino suyo, hombre de bien (si es que este título se puede dar al que es pobre), pero de muy poca sal en la mollera. En resolucion, tanto le dijo, tanto le persuadió y prometió, que el pobre villano se determinó de salirse con él y servirle de escudero. Deciale entre otras cosas Don Quijote que se dispusiese á ir con él de buena gana, porque tal vez le podia suceder aventura que ganase en quítame allá esas pajas alguna ínsula, y le dejase á él por gobernador della. Con estas promesas y otras tales Sancho Panza (que asi se llamaba el labrador) dejó su mujer é hijos y asentó por escudero de su vecino. Dió luego Don Quijote órden en buscar dineros; y vendiendo una cosa y empeñando otra, y malbaratándolas todas, allegó una razonable cantidad. Acomodóse asimismo de una rodela (2) que pidió prestada á un su amigo, y pertrechando su rota celada (3) lo mejor que pudo, avisó á su escudero Sancho del dia y la hora que pensaba ponerse en camino, para que él se acomodase de lo que viese que mas le era menester; sobre todo le encargó que llevase alforjas. El dijo que sí llevaria, y que ansimismo pensaba llevar un asno que tenia muy bueno, porque él no estaba hecho á andar mucho á pie. En lo del asno reparó un poco Don Quijote, imaginando si se le acordaba si algun caballero andante habia traido escudero caballero asnalmente; pero nunca le vino alguno á la memoria: mas con todo esto determinó que le llevase con presupuesto de acomodarle de mas honrada caballería en habiendo ocasion para ello, quitándole el caballo al primer descortés caballero que topase. Proveyóse de camisas y de las demás cosas que él pudo conforme al consejo que el ventero le habia dado.

Todo lo cual hecho y cumplido, sin despedirse Panza de sus hijos y mujer ni Don Quijote de su ama y sobrina, una noche se salieron del lugar sin que persona los viese, en la cual caminaron tanto, que al amanecer se tuvieron por seguros de que no los hallarian aunque los buscasen. Iba Sancho Panza sobre su jumento como un patriarca, con sus alforjas y su bota, y con mucho deseo de verse ya gobernador de la ínsula que su amo le habia prometido. Acertó Don Quijote á tomar la misma derrota y camino que habia tomado en su primer viaje, que fue por el Campo de Montiel, por el cual caminaba con menos pesadumbre que la vez pasada, porque por ser la hora de la mañana y herírles á soslayo los rayos del sol, no les fatigaba.

Dijo en esto Sancho Panza á su amo: mire vuestra merced, señor caballero andante, que no se le olvide lo que de la ínsula me tiene prometido, que yo la sabré gobernar por grande que sea. A lo cual

---

(1) Pan de trastrigo es pan de flor; y metafóricamente hablando, buscar pan de trastrigo, es empeñarse en satisfacer caprichos, ó antojos, ó meterse en empresas dificiles de conseguir.—Arr.

(2) Lanza debe decir segun Hartzenbusch.

(3) Era la pieza de armadura antigua que servia para cubrir y defender la cabeza.—Arr.

le respondió Don Quijote: has de saber, amigo Sancho Panza, que fue costumbre muy usada de los caballeros andantes antiguos hacer gobernadores á sus escuderos de las ínsulas ó reinos que ganaban, y yo tengo determinado de que por mí no falte tan agradecida usanza, antes pienso aventajarme en

ella, porque ellos algunas veces, y quizá las mas, esperaban á que sus escuderos fuesen viejos, y ya despues de hartos de servir y de llevar malos dias y peores noches, les daban algun título de conde, ó por lo mucho de marqués, de algun valle ó provincia de poco mas ó menos; pero si tú vives y yo vivo, bien podria ser que antes de seis dias ganase yo tal reino, que tuviese otros á él adherentes que viniesen de molde para coronarte por rey de uno dellos. Y no lo tengas á mucho, que cosas y casos acontecen á los tales caballeros por modos tan nunca vistos ni pensados, qué con facilidad te podria dar aun mas de lo que te prometo. Desa manera, respondió Sancho Panza, si yo fuese rey por algun milagro de los que vuestra merced dice, por lo menos Juana Gutierrez mi oislo (1) vendria á ser reina y mis hijos infantes. ¿Pues quién lo duda? respondió Don Quijote. Yo lo dudo, replicó Sancho Panza, porque tengo para mí que aunque lloviese Dios reinos sobre la tierra, ninguno asentaria bien sobre la cabeza de Mari Gutierrez. Sepa, señor, que no vale dos maravedís para reina;

condesa le caerá mejor, y aun Dios y ayuda. Encomiéndalo tú á Dios, Sancho, respondió Don Quijote, que él le dará lo que mas le convenga; pero no apoques tu ánimo tanto que te vengas á contentar con menos que con ser adelantado (2). No haré, señor mio, respondió Sancho, y mas teniendo tan principal amo en vuestra merced, que me sabré dar todo aquello que me esté bien y yo pueda llevar.

CAPITULO VIII.

Del buen suceso que el valeroso Don Quijote tuvo en la espantable y jamás imaginada aventura de los molinos de viento, con otros sucesos dignos de felice recordacion.

En esto descubrieron treinta ó cuarenta molinos de viento que hay en aquel campo; y así como Don Quijote los vió, dijo á su escudero: la ventura va guiando nuestras cosas mejor de lo que acertáramos á desear; porque ves allí, amigo Sancho Panza, donde se descubren treinta ó poco mas desaforados gigantes con quien pienso hacer batalla y quitarles á todos las vidas, con cuyos despojos comenzaremos á enriquecer: que esta es buena guerra, y es gran servicio de Dios quitar tan mala simiente de sobre la faz de la tierra. ¿Qué gigantes? dijo Sancho Panza. Aquellos que allí ves, respondió su amo, de los brazos largos, que los suelen tener algunos de casi dos leguas. Mire vuestra merced, respondió Sancho, que aquellos que allí se parecen no son gigantes, sino molinos de viento, y lo que en ellos parecen brazos son las aspas que volteadas del viento hacen andar la piedra del molino. Bien parece, respondió Don Quijote, que no estás cursado en esto de las aventuras: ellos son gigantes, y si tienes miedo quítate de ahí y ponte en oracion en el espacio que yo voy á entrar con ellos en fiera y desigual batalla. Y diciendo  esto dió de espuelas á su caballo Rocinante, sin atender á las voces que su escudero Sancho le daba, advirtiéndole que sin duda alguna eran molinos de viento y no gigantes aquellos que iba á acometer. Pero él iba tan puesto en que eran gigantes, que ni oía las voces de su escudero Sancho, ni echaba de ver, aunque estaba ya bien cerca, lo que eran, antes iba diciendo en voces altas: non fuyades, cobardes y viles criaturas, que un solo caballero es el que os acomete. Levantóse en esto un poco de viento, y las grandes aspas comenzaron á moverse, lo cual visto por Don Quijote dijo: pues aunque movais mas brazos que los del gigante Briareo, me lo habeis de pagar.

Y en diciendo esto y encomendándose de todo corazon á su señora Dulcinea, pidiéndole que en

(1) En vez de Juana Gutierrez, escribe Hartzenbusch *Teresa*, y mas abajo, en lugar de *Mari Gutierrez*, Teresa *Cascajo*. Tal, en efecto, parece que era el nombre que definitivamente gustó dar Cervantes á la mujer de Sancho Panza, aunque no corrigió el error en los primeros pliegos de su obra. *Oislo* equivale á consorte. P. C.

(2) Esto es, gobernador de provincia, con su audiencia para sentenciar y definir pleitos; que esto era antiguamente el Adelantado en Castilla segun Covarrubias, quien añade: el oficio de este es muy grande, ca es puesto por mandado del rey sobre todos los merinos.—ARR.

tal trance le socorriese, bien cubierto de su adarga con la lanza en el ristre (1), arremetió á todo el galope de Rocinante, y embistió con el primer molino que estaba delante; y dándole una lanzada en el aspa, la volvió el viento con tanta furia, que hizo la lanza pedazos, llevándose tras sí al caballo y al caballero, que fue rodando muy maltrecho (2) por el campo. Acudió Sancho Panza á socorrerle á todo el correr de su asno, y cuando llegó halló que no se podia menear: tal fue el golpe que dió con·él Rocinante. ¡Válame Dios! dijo Sancho: ¿no le dije yo á vuestra merced que mirase bien lo que hacia, que no eran sino molinos de viento, y no lo podia ignorar sino quien llevase otros tales en la cabeza? Calla, amigo Sancho, respondió Don Quijote, que las cosas de la guerra mas que otras están sujetas á continua mudanza: cuanto mas que yo pienso, y es asi verdad, que aquel sabio Friston, que me robó el aposento y los libros, ha vuelto estos gigantes en molinos, por quitarme la gloria de su vencimiento: tal es la enemistad que me tiene; mas al cabo al cabo han de poder poco sus malas artes contra la bondad de mi espada. Dios lo haga como puede, respondió Sancho Panza; y ayudándole á levantar tornó á subir sobre Rocinante, que medio despaldado estaba; y hablando en la pasada aventura siguieron el camino del puerto Lápice, porque allí decia Don Quijote que no era posible dejar de hallarse muchas y diversas aventuras, por ser lugar muy pasagero; sino que iba muy pesaroso por haberle faltado la lanza, y diciéndoselo á su escudero le dijo: yo me acuerdo haber leido que un caballero español llamado Diego Perez de Vargas, habiéndosele en una batalla roto la espada, desgajó de una encina un pesado ramo ó tronco, y con él hizo tales cosas aquel dia, y machacó tantos moros, que le quedó por sobrenombre Machuca, y asi él como sus descendientes se llamaron desde aquel dia en adelante Vargas y Machuca (3). Hete dicho esto porque de la primera encina ó roble que se me depare pienso desgajar otro ramo tal y tan bueno como aquel, que me imagino y pienso hacer con él tales hazañas, que tú te tengas por bien afortunado de haber merecido venir á verlas, y á ser testigo de cosas que apenas podrán ser creidas. A la mano de Dios, dijo Sancho, yo lo creo todo asi como vuestra merced lo dice; pero enderécese un poco, que parece que va de medio lado, y debe de ser del molimiento de la caida. Asi es la verdad, respondió Don Quijote; y si no me quejo del dolor, es porque no es dado á los caballeros andantes quejarse de herida alguna, aunque se le salgan las tripas por ella (4). Si eso es así, no tengo yo que replicar, respondió Sancho; pero sabe Dios si yo me holgara que vuestra merced se quejara cuando alguna cosa le doliera. De mí sé decir que me he de quejar del mas pequeño dolor que tenga, si ya no se entiende tambien con los escuderos de los caballeros andantes eso del no quejarse. No se dejó de reir Don Quijote de la simplicidad de su escudero, y asi le declaró que podia muy bien quejarse cómo y cuando quisiese, sin gana ó con ella, que hasta entonces no habia leido cosa en contrario en la órden de caballería.

Díjole Sancho que mirase que era hora de comer. Respondióle su amo que por entonces no le hacia menester, que comiese él cuando se le antojase. Con esta licencia se acomodó Sancho lo mejor que pudo sobre su jumento, y sacando de las alforjas lo que en ellas habia puesto, iba caminando y comiendo detrás de su amo muy de espacio, y de cuando en cuando empinaba la bota con tanto gusto, que le pudiera envidiar el mas regalado bodegonero de Málaga. Y en tanto que él iba de aquella manera menudeando tragos no se le acordaba de ninguna promesa que su amo le hubiese hecho, ni tenia por ningun trabajo sino por mucho descanso andar buscando las aventuras por peligrosas que fuesen. En resolucion, aquella noche la pasaron entre unos árboles, y del uno dellos desgajó Don Quijote un ramo seco que casi le podia servir de lanza, y puso en él el hierro que quitó de la que se le habia quebrado. Toda aquella noche no durmió Don Quijote pensando en su señora Dulcinea, por acomodarse á lo que habia leido en sus libros cuando los caballeros pasaban sin dormir muchas noches en las florestas y despoblados, entretenidos con las memorias de sus señoras. No la pasó asi Sancho Panza, que como tenia el estómago lleno, y no de agua de chicoria, de un sueño se la llevó toda, y no fueran parte para despertarle, si su amo no le llamara, los rayos del sol que le daban en el rostro, ni el canto de las aves que muchas y muy regocijadamente la venida del nuevo dia saludaban. Al levantarse dió un tiento á la bota; y hallóla algo mas flaca que la noche antes, y afligiósele el corazon por parecerle que no llevaban camino de remediar tan presto su falta. No quiso desayunarse Don Quijote, porque, como está dicho, dió en sustentarse de sabrosas memorias.

Tornaron á su comenzado camino del puerto Lápice, y á hora de las tres del dia le descubrieron. Aquí, dijo en viéndole Don Quijote, podemos, hermano Sancho Panza, meter las manos hasta los codos en esto que llaman aventuras; mas advierte que aunque me veas en los mayores peligros del mundo no has de poner mano á tu espada para defenderme, si ya no vieres que los que me ofenden son canalla y gente baja, que en tal caso bien puedes ayudarme; pero si fueren caballeros, en ninguna manera te es lícito ni concedido por las leyes de caballería que me ayudes hasta que seas armado caballero. Por cierto, señor, respondió Sancho, que vuestra merced será muy bien obedecido en esto, y mas que yo de mio me soy pacífico y enemigo de meterme en ruidos ni pendencias: bien es verdad que en lo que tocare á

---

(1) Era un hierro que se introducia en el peto á la parte derecha, donde encajaba el cabo de la manija de la lanza para afirmar en él.—P.

(2) Esto es mal traido, mal parado, ó mal tratado.—Arr.

(3) Sucedió este caso en la conquista de Jerez cuando se ganó de los moros, sobre el cual se escribieron varios romances.—P.

(4) Regla nona: Que ningun caballero se queje de alguna herida que tenga. (*Marques. Tesoro*: fólio 50).—P.

defender mi persona no tendré mucha cuenta con esas leyes, pues las divinas y humanas permiten que cada uno se defienda de quien quisiere agraviarle. No digo yo menos, respondió Don Quijote; pero en esto de ayudarme contra caballeros has de tener á raya tus naturales ímpetus. Digo que así lo haré, respondió Sancho, y que guardaré ese preceto tan bien como el dia del domingo.

Estando en estas razones asomaron por el camino dos frailes de la órden de San Benito caballeros sobre dos dromedarios, que no eran mas pequeñas dos mulas en que venian. Traian sus **antojos** (1) de camino y sus quitasoles. Detrás dellos venia un coche con cuatro ó cinco de á caballo que le acompañaban, y dos mozos de mulas á pie. Venia en el coche, como despues se supo, una señora vizcaina que iba á Sevilla, donde estaba su marido, que pasaba á las Indias con un muy honroso cargo. No venian los frailes con ella, aunque iban el mismo camino; mas apenas los divisó Don Quijote cuando dijo á su escudero: ó yo me engaño, ó esta ha de ser la mas famosa aventura que se haya visto, porque aquellos bultos negros que allí parecen deben de ser y son sin duda algunos encantadores, que llevan hurtada alguna princesa en aquel coche, y es menester deshacer este tuerto á todo mi poderío. Peor será esto que los molinos de viento, dijo Sancho: mire, señor, que aquellos son frailes de San Benito, y el coche debe de ser de alguna gente pasajera: mire que digo que mire bien lo que hace, no sea el diablo que se engañe. Ya te he dicho, Sancho, respondió Don Quijote, que sabes poco de achaque de aventuras: lo que yo digo es verdad, y ahora lo verás. Y diciendo esto se adelantó, y se puso en la mitad del camino por donde los frailes venian, y en llegando tan cerca que á él le pareció que le podian oir lo que dijese, en alta voz dijo: gente endiablada y descomunal, dejad luego al punto las altas princesas que en ese coche llevais forzadas; si no, aparejaos á recebir presta muerte por justo castigo de vuestras malas obras. Detuvieron los frailes las riendas, y quedaron admirados asi de la figura de Don Quijote co-

mo de sus razones, á las cuales respondieron: señor caballero, nosotros no somos endiablados ni descomunales, sino dos religiosos de San Benito que vamos nuestro camino, y no sabemos si en este coche vienen ó no ningunas forzadas princesas. Para conmigo no hay palabras blandas, que ya yo os conozco, fementida canalla, dijo Don Quijote: y sin esperar mas respuesta picó á Rocinante, y la lanza baja arremetió contra el primer fraile con tanta furia y denuedo, que si el fraile no se dejara caer de la mula, él le hiciera venir al suelo mal de su grado, y aun mal ferido si no cayera muerto.

El segundo religioso, que vió del modo que trataban á su compañero, puso piernas al castillo de su buena mula, y comenzó á correr por aquella campaña mas ligero que el mismo viento. Sancho Panza, que vió en el suelo al fraile, apeándose ligeramente de su asno arremetió á él, y le comenzó á quitar los hábitos. Llegaron en esto dos mozos de los frailes, y preguntáronle que por qué le desnudaba. Respondióles Sancho que aquello le tocaba á él legítimamente, como despojos de la batalla que su señor Don Quijote habia ganado. Los mozos, que no sabian de burlas, ni entendian aquello de despojos ni batallas, viendo que ya Don Quijote estaba desviado de allí hablando con las que en el coche venian, arremetieron con Sancho, y dieron con él en el suelo, y sin dejarle pelo en las barbas le molieron á coces, y le dejaron tendido en el suelo sin aliento ni sentido; y sin detenerse un punto tornó á subir el fraile todo temeroso y acobardado y sin color en el rostro; y cuando se vió á caballo picó tras su compañero, que un buen espacio de allí le estaba aguardando y esperando en qué paraba aquel sobresalto; y sin querer aguardar el fin de todo aquel comenzado suceso, siguieron su camino, haciéndose mas cruces que si llevaran el diablo á las espaldas. Don Quijote estaba, como se ha dicho, hablando con la señora del coche diciéndole: la vuestra fermosura, señora mia, puede facer de su persona lo que mas le viniere en talante, porque ya la soberbia de vuestros robadores yace por el suelo derribada por este mi fuerte brazo: y porque no peneis por saber el nombre de vuestro libertador, sabed que yo me llamo Don Quijote de la Mancha, caballero andante, y cautivo de la sin par y hermosa doña Dulcinea del Toboso: y en pago del beneficio que de mí habeis recibido no quiero otra cosa sino que volvais al Toboso, y que de mi parte os presenteis ante esta señora y le digais lo que por vuestra libertad he fecho.

Todo esto que Don Quijote decia escuchaba un escudero de los que el coche acompañaban, que era vizcaino: el cual viendo que no queria dejar pasar el coche adelante, sino que decia que luego habia

(1) Antojos, en lugar de anteojos, que es como ahora se dice.—Arr.

de dar la vuelta al Toboso, se fue para Don Quijote, y asiéndole de la lanza le dijo en mala lengua castellana y peor vizcaina desta manera: anda, caballero, que mal andes; por el Dios que crióme, que si no dejas coche, asi te matas como estás ahí vizcaino (1). Entendióle muy bien Don Quijote, y con mucho sosiego le respondió: si fueras caballero como no lo eres, ya yo hubiera castigado tu sandez y atrevimiento, cautiva criatura. A lo cual replicó el vizcaino: ¿ yo no caballero? juro á Dios tan mientes como cristiano: si lanza arrojas y espada sacas, el agua cuán presto verás que al gato llevas: vizcaino por tierra, hidalgo por mar, hidalgo por el diablo, y mientes, que mira si otra dices cosa. Ahora lo veredes, dijo Agrages (2), respondió Don Quijote; y arrojando la lanza en el suelo sacó su espada, y embrazó su rodela, y arremetió al vizcaino con determinacion de quitarle la vida. El vizcaino, que asi le vió venir, aunque quisiera apearse de la mula, que por ser de las malas de alquiler no habia que fiar en ella, no pudo hacer otra cosa sino sacar su espada: pero avínole bien que se halló junto al coche, de donde pudo tomar una almohada que le sirvió de escudo, y luego se fueron el uno para el otro como si fueran dos mortales enemigos. La demás gente quisiera ponerlos en paz; mas no pudo, porque decia el vizcaino en sus mal trabadas razones, que si no le dejaban acabar su batalla, que él mismo habia de matar á su ama y á toda la gente que se lo estorbase. La señora del coche, admirada y temerosa de lo que veia, hizo al cochero que se desviase de allí algun poco, y desde lejos se puso á mirar la rigurosa contienda, en el discurso de la cual dió el vizcaino una gran cuchillada á Don Quijote encima de un hombro por encima de la rodela, que á dársela sin defensa le abriera hasta la cintura. Don Quijote, que sintió la pesadumbre (3) de aquel desaforado golpe, dió una gran voz diciendo: ó señora de mi alma Dulcinea, flor de la fermosura, socorred á este vuestro caballero, que por satisfacer á la vuestra mucha bondad en este riguroso trance se halla. El decir esto, y el apretar la espada, y el cubrirse bien de su rodela, y el arremeter al vizcaino todo fue en un tiempo, llevando determinacion de aventurarlo todo á la de un solo golpe. El vizcaino, que así le vió venir contra él, bien entendió por su denuedo su corage, y determinó de hacer lo mismo que Don Quijote, y asi le aguardó bien cubierto de su almohada sin poder rodear la mula á una ni otra parte, que ya de puro cansada y no hecha á semejantes niñerías no podia dar un paso.

Venia, pues, como se ha dicho, Don Quijote contra el cautivo vizcaino con la espada en alto con determinacion de abrirle por medio, y el vizcaino le aguardaba ansimismo levantada la espada y aforrado con su almohada, y todos los circunstantes estaban temerosos y colgados de lo que habia de suceder de aquellos tamaños golpes con que se amenazaban; y la señora del coche y las demás criadas suyas estaban haciendo mil votos y ofrecimientos á todas las imágenes y casas de devocion de España, porque Dios librase á su escudero y á ellas de aquel tan grande peligro en que se hallaban. Pero está el daño de todo esto que en este punto y término deja pendiente el autor desta historia esta batalla, disculpándose que no halló mas escrito destas hazañas de Don Quijote de las que deja referidas. Bien es verdad que el segundo autor desta obra no quiso creer que tan curiosa historia estuviese entregada á las leyes del olvido, ni que hubiesen sido tan poco curiosos los ingenios de la Mancha que no tuviesen en sus archivos ó en sus escritorios algunos papeles que deste famoso caballero tratasen: y asi con esta imaginacion no se desesperó de hallar el fin de esta apacible historia, el cuál, siéndole el cielo favorable, le halló del modo que se contará en la segunda parte (4).

CAPITULO IX.

Donde se concluye y da fin á la estupenda batalla que el gallardo vizcaino y el valiente manchego tuvieron.

Dejamos en la primera parte desta historia al valeroso vizcaino y al famoso Don Quijote con las espadas altas y desnudas en guisa de descargar dos furibundos fendientes (5), tales que si en lleno se acertaban, por lo menos se dividirian y fenderian de arriba abajo y abririan como una granada, y que en aquel punto tan dudoso paró y quedó destroncada tan sabrosa historia sin que nos diese noticia su autor dónde se podria hallar lo que della faltaba. Causóme esto mucha pesadumbre porque el gusto de haber leido tan poco se volvia en disgusto de pensar el mal camino que se ofrecia para hallar lo mucho que á mi parecer faltaba de tan sabroso cuento. Parecióme cosa imposible y fuera de toda buena costumbre que á tan buen caballero le hubiese faltado algun sabio que tomara á cargo el escribir sus nunca vistas hazañas; cosa que no faltó á ninguno de los caballeros andantes de los que dicen las gentes que van á sus aventuras, porque cada uno dellos tenia uno ó dos sabios como de molde, que no solamente escribian sus hechos, sino que pintaban sus mas mínimos pensamientos y niñerías por mas escondidas que fuesen (6); y no habia de ser tan desdichado tan buen caballero que le faltase á él lo

---

(1) «Asi te matas como estás ahí vizcaino.» Si quisieres saber vizcaino, trueca las primeras personas en segundas con los verbos, decia don Francisco Quevedo.—C.

(2) Ahora lo verás. Espresion que suele usar Agrages, hijo del rey Languines, grande amigo de Amadis, en cuya historia se introduce con frecuencia.—P.

(3) *Pesadumbre* es la *gravedad* ó el peso material: en otra acepcion mas comun, significa *molestia del ánimo.*—C.

(4) En el capítulo ix comenzaba la segunda parte de las cuatro en que Cervantes dividió el primer tomo.—A.

(5) Golpe de corte, cuchillada.—F. C.

(6) Asi el sabio Alquife escribió la crónica de Amadis de Grecia; el sabio Fristón la historia de don Belianis; y los sabios

que sobró á Platir y á otros semejantes. Y así no podia inclinarme á creer que tan gallarda historia hubiese quedado manca y estropeada, y echaba la culpa á la malignidad del tiempo devorador y consumidor de todas las cosas, el cual ó la tenia oculta ó consumida. Por otra parte me parecia que pues entre sus libros se habian hallado tan modernos como *Desengaño de zelos, y Ninfas y Pastores de Henares*, que tambien su historia debia de ser moderna, y ya que no estuviese escrita, estaria en la memoria de la gente de su aldea y de las á ellas circunvecinas. Esta imaginacion me traia confuso y deseoso de saber real y verdaderamente toda la vida y milagros de nuestro famoso español Don Quijote de la Mancha, luz y espejo de la caballería manchega, y el primero que en nuestra edad y en estos tan calamitosos tiempos se puso al trabajo y ejercicio de las andantes armas, y al de desfacer agravios, socorrer viudas y amparar doncellas de aquellas que andaban con sus azotes (1) y palafrenes, y con toda su virginidad á cuestas, de monte en monte y de valle en valle; que si no era que algun follon ó algun villano de hacha y capellina (2), ó algun descomunal gigante las forzaba, doncella hubo en los pasados tiempos que al cabo de ochenta años, que en todos ellos no durmió un dia debajo de tejado, se fue tan entera á la sepultura como la madre que la habia parido. Digo pues que por estos y otros muchos respetos es digno nuestro gallardo Don Quijote de continuas y memorables alabanzas, y aun á mí no se me deben negar por el trabajo y diligencia que puse en buscar el fin de esta agradable historia: aunque bien sé que si el cielo, el caso y la fortuna no me ayudaran, el mundo quedara falto y sin el pasatiempo y gusto que bien casi dos horas podrá tener el que con atencion la leyere. Pasó pues el hallarla en esta manera.

Estando yo un dia en el Alcaná (3) de Toledo, llegó un muchacho á vender unos cartapacios y papeles viejos á un sedero; y como soy aficionado á leer aunque sean los papeles rotos de las calles, llevado desta mi natural inclinacion tomé un cartapacio de los que el muchacho vendia, y víle con caracteres que conocí ser arábigos, y puesto que aunque los conocia no los sabia leer, anduve mirando si parecia por allí algun morisco aljamiado (4) que los leyese; y no fue muy dificultoso hallar intérprete semejante, pues aunque le buscara de otra mejor y mas antigua lengua le hallara (5). En fin la suerte me deparó uno, que diciéndole mi deseo, y poniéndole el libro en las manos, le abrió por medio, y leyendo un poco en él se comenzó á reir: preguntéle que de qué se reia, y respondióme que de una cosa que tenia aquel libro escrita en el márgen por anotacion: díjele que me la dijese, y él sin dejar la risa dijo: está, como he dicho, aquí en el márgen escrito esto: *esta Dulcinea del Toboso, tantas veces en esta historia referida, dicen que tuvo la mejor mano para salar puercos, que otra mujer de toda la Mancha.* Cuando yo oí decir Dulcinea del Toboso quedé atónito y suspenso, porque luego se me representó que aquellos cartapacios contenian la historia de Don Quijote.

Con esta imaginacion le dí priesa que leyese el principio, y haciéndolo así, volviendo de improviso el arábigo en castellano dijo que decia: *Historia de Don Quijote de la Mancha, escrita por Cide Hamete Benengeli, historiador arábigo.* Mucha discrecion fue menester para disimular el contento que recebí cuando llegó á mis oidos el título del libro, y salteándoselo al sedero compré al muchacho todos los papeles y cartapacios por medio real: que si él tuviera discrecion y supiera lo que yo los deseaba, bien se pudiera prometer y llevar mas de seis reales de la compra. Apartéme luego con el morisco por el claustro de la iglesia mayor y roguéle me volviese aquellos cartapacios, todos los que trataban de Don Quijote, en lengua castellana sin quitarles ni añadirles nada, ofreciéndole la paga que él quisiese. Contentóse con dos arrobas de pasas y dos fanegas de trigo, y prometió de traducirlos bien y fielmente y con mucha brevedad; pero yo por facilitar mas el negocio, y por no dejar de la mano tan buen hallazgo, le truje á mi casa, donde en poco mas de mes y medio, la tradujo toda del mismo modo que aquí se refiere (6).

Artemidoro y Lirgandeo la del caballero del Febo: cumpliendo todos con el oficio de puntuales investigadores de las menudencias caballerescas.—P.

(1) Lo mismo que látigos, que es como ahora se dice. Dios os guie, dijo la doncella: y con esto, dando con un azote al palafren, se metió por una floresta. *Olivante*, libro III, cap. IV.—Arr.

(2) Capellina en lengua antigua, vale capacete, ó yelmo, ó *capias. Corarr. y Aldrete*, libro II. c. IV.—Arr.

(3) Calle habitada de mercaderes de seda y mercería.—Arr.

(4) Los árabes, al modo de los griegos y romanos, llamaron bárbaras á casi todas las demás naciones, y bárbara su lengua ó su aljamia; y al moro ó morisco que sabia alguna de las *aljamiado.*—P.

(5) Parece que Cervantes se prometia tambien encontrar algun judio si se le ofreciera buscar intérprete del hebreo, que es lengua mas antigua que la arábiga.—P.

(6) Sin embargo del artificio con que inventa Cervantes que el autor de la historia de Don Quijote es Cide Hamete Ben-Enjeli, de cuyo original árabe la tradujo un otro moro aljamiado, apenas se hallará quien no entienda que el único autor, así del original como de la traduccion, es el mismo Miguel de Cervantes, que parece quiso imitar en esto al licenciado Pedro de Lujan en su *Caballero de la Cruz*, que como ya se dijo, finje que el moro Jarton escribió los hechos de aquel caballero cristiano, y que un cautivo de Tunez los tradujo en castellano. Pero lo que merece particular atencion es el arte con que Cervantes supo arabizar su nombre, ocultándole en el Cide Hamete Ben-Enjeli, no tanto en el *Cide*, que quiere decir *señor*, ni en el *Hamete*, que es nombre comun entre los moros, sino en el *Ben Enjeli*, pues aunque dice que no sabia leer los caracteres arábigos, se deja bien entender que en cinco años de cautiverio y trato con los argelinos, aprendió muchas palabras de su algaravía como otro se manifiesta de las que suele sembrar en el contesto de esta historia y en el de otras obras suyas. Ben-Enjeli quiere, pues, decir hijo del ciervo, ó cerval, ó cervanteño; todo con alusion al apellido Cervantes. En la pronunciacion se desfigura algun tanto esta voz, que deberia escribirse Ben Iggiell. Atendido su origen *iggel* ó *eljel* significa el ciervo: *iggeli*, cosa de ciervo, cerval, ó cervanteño: así como de *jebal*, que significa monte, se dice *jebalí ó jabalí*, cosa de monte, el montesino, ó el montaráz. Este descubrimiento y esta erudicion, se deben al difunto don José Conde, individuo de la real Biblioteca, y sujeto de conocida pericia en las lenguas orientales.—P.

Estaba en el primer cartapacio pintada muy al natural la batalla de Don Quijote con el vizcaino, puestos en la misma postura que la historia cuenta, levantadas las espadas, el uno cubierto de su rodela, el otro de la almohada, y la mula del vizcaino tan al vivo que estaba mostrando ser de alquiler á tiro de ballesta: tenia á los pies escrito el vizcaino un título que decia: *Don Sancho de Azpeitia*, que sin duda debia de ser su nombre, y á los pies de Rocinante estaba otro que decia: *Don Quijote*: estaba Rocinante maravillosamente pintado, tan largo y tendido, tan atenuado y flaco, con tanto espinazo, tan hético confirmado, que mostraba bien al descubierto con cuanta advertencia y propiedad se le habia puesto el nombre de Rocinante (1): junto á él estaba Sancho Panza, que tenia del cabestro su asno, á los pies del cual estaba otro rótulo que decia: *Sancho Zancas*, y debia de ser que tenia, á lo que mostraba la pintura, la barriga grande, el talle corto y las zancas largas, y por esto se le debió poner nombre de Panza y de Zancas, que con estos dos sobrenombres le llama algunas veces la historia (2). Otras algunas menudencias habia que advertir; pero todas son de poca importancia, y que no hacen al caso á la verdadera relacion de la historia, que ninguna es mala como sea verdadera. Si á esta se le puede poner alguna objecion acerca de su verdad, no podrá ser otra sino haber sido su autor arábigo, siendo muy propio de los de aquella nacion ser mentirosos, aunque por ser tan nuestros enemigos, antes se puede entender haber quedado falto en ella que demasiado, y asi me parece á mí, pues cuando pudiera y debiera estender la pluma en las alabanzas de tan buen caballero, parece que de industria las pasa en silencio: cosa mal hecha y peor pensada, habiendo y debiendo ser los historiadores puntuales, verdaderos y no nada apasionados, y que ni el interés ni el miedo, el rancor ni la aficion no les hagan torcer del camino de la verdad, cuya madre es la historia (3) émula del tiempo, depósito de las acciones, testigo de lo pasado, ejemplo y aviso de lo presente, advertencia de lo por venir. En esta sé que se hallará todo lo que se acertare á desear en la mas apacible; y si algo bueno en ella faltare, para mí tengo que fue por culpa del galgo de su autor (4) antes que por falta del sujeto. En fin su segunda parte (5), siguiendo la traduccion, comenzaba de esta manera.

Puestas y levantadas en alto las cortadoras espadas de los dos valerosos y enojados combatientes, no parecía sino que estaban amenazando al cielo, á la tierra y al abismo: tal era el denuedo y continente (6) que tenian. Y el primero que fué á descargar el golpe fue el colérico vizcaino, el cual fue dado con tanta fuerza y tanta furia, que á no volvérsele la espada en el camino, aquel solo golpe fuera bastante para dar fin á su rigurosa contienda y á todas las aventuras de nuestro caballero; mas la buena suerte, que para mayores cosas le tenia guardado, torció la espada de su contrario, de modo que aunque le acertó en el hombro izquierdo, no le hizo otro daño que desarmarle todo aquel lado, llevándole de camino gran parte de la celada con la mitad de la oreja, que todo ello con espantosa ruina vino al suelo, dejándole muy maltrecho.

¡Válame Dios, y quién será aquel que buenamente pueda contar ahora la rabia que entró en el corazon de nuestro manchego viéndose parar de aquella manera! No se diga mas sino que fue de manera que se alzó de nuevo en los estribos y apretando mas la espada en las dos manos con tal furia descargó sobre el vizcaino acertándole de lleno sobre la almohada y sobre la cabeza, que sin ser parte tan buena defensa, como si cayera sobre él una montaña comenzó á echar sangre por las narices y por la boca y por los oidos, y á dar muestras de caer de la mula abajo, de donde cayera sin duda si no se abrazara con el cuello; pero con todo eso sacó los pies de los estribos, y luego soltó los brazos, y la mula espantada del terrible golpe dió á correr por el campo, y á pocos corcovos dió con su dueño en

tierra. Estábaselo con mucho sosiego mirando Don Quijote, y como lo vió caer saltó de su caballo,

(1) *Rocinante* derivado de rocin. Este, dice Cavarrubias, es el potro que, ó por no tener edad, ó estar mal tratado, ó no ser de buena raza, no llegó á merecer el nombre de caballo.—Arr.
(2) En ninguna ocasion, sin embargo, sino en esta, da la historia á Sancho el sobrenombre de Zancas.—P.
(3) Hartzenbusch corrige *cuya imágen* es la historia, y en efecto, la historia no es madre de la verdad. Pero creemos que seria mejor correccion, y se acercaria mas al pensamiento del autor, decir la verdad, á quien *tiene por madre la historia.*—F. C.
(4) Del perro moro, como se dice vulgarmente.—P.
(5) Véase la nota puesta al fin del cap. viii.—A.
(6) El aire del semblante, y la postura y manejo del cuerpo.—Arr.

y con mucha ligereza se llegó á él y poniéndole la punta de la espada en los ojos le dijo que se rindiese, sino que le cortaria la cabeza. Estaba el vizcaino tan turbado que no podia responder palabra, y él lo pasara mal segun estaba ciego Don Quijote si las señoras del coche, que hasta entonces con gran desmayo habian mirado la pendencia, no fueran á donde estaba y le pidieran con mucho encarecimiento les hiciese tan gran merced y favor de perdonar la vida á aquel su escudero; á lo cual Don Quijote respondió con mucho entono y gravedad: por cierto, fermosas señoras, yo soy muy contento de hacer lo que me pedís; mas ha de ser con una condicion y concierto, y es que este caballero me ha de prometer de ir al lugar del Toboso y presentarse de mi parte ante la sin par doña Dulcinea, para que ella haga dél lo que mas fuere de su voluntad. Las temerosas desconsoladas señoras, sin entrar en cuenta de lo que Don Quijote pedia y sin preguntar quién Dulcinea fuese, le prometieron que el escudero haria todo aquello que de su parte le fuese mandado. Pues en fe de esa palabra, yo no le haré mas daño, puesto que me lo tenia bien merecido.

CAPITULO X.

De los graciosos razonamientos que pasaron entre Don Quijote y Sancho Panza su escudero.

YA en este tiempo se habia levantado Sancho Panza algo maltratado de los mozos de los frailes, y habia estado atento á la batalla de su señor Don Quijote, y rogaba á Dios en su corazon fuese servido de darle victoria, y que en ella ganase alguna ínsula de donde le hiciese gobernador, como se lo habia prometido. Viendo, pues, ya acabada la pendencia, y que su amo volvia á subir sobre Rocinante, llegó á tenerle el estribo, y antes que subiese se hincó de rodillas delante dél, y asién-dole de la mano se la besó y le dijo: sea vuestra merced servido, señor Don Quijote mio, de darme el gobierno de la ínsula que en esta rigurosa pendencia se ha ganado, que por grande que sea, yo me siento con fuerzas de saberla gobernar tal y tan bien como otro que haya gobernado ínsulas en el mundo. A lo cual respondió Don Quijote: advertid, hermano Sancho, que esta aventura y las á esta semejantes no son aventuras de ínsulas sino de encrucijadas, en las cuales no se gana otra cosa que sacar rota la cabeza ó una oreja menos: tened paciencia, que aventuras se ofrecerán 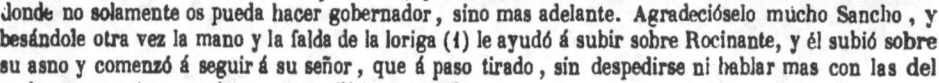 donde no solamente os pueda hacer gobernador, sino mas adelante. Agradecióselo mucho Sancho, y besándole otra vez la mano y la falda de la loriga (1) le ayudó á subir sobre Rocinante, y él subió sobre su asno y comenzó á seguir á su señor, que á paso tirado, sin despedirse ni hablar mas con las del coche, se entró por un bosque que allí junto estaba.

Seguíale Sancho á todo trote de su jumento; pero caminaba tanto Rocinante, que viéndose quedar atrás le fue forzoso dar voces á su amo que se aguardase. Hízolo asi Don Quijote teniendo las riendas á Rocinante hasta que llegase su cansado escudero, el cual en llegando le dijo: paréceme, señor, que seria acertado irnos á retraer á alguna iglesia, que segun quedó maltrecho aquel con quien combatísteis, no será mucho que den noticia del caso á la santa Hermandad y nos prendan, y á fe que si lo hacen que primero que salgamos de la cárcel que nos ha de sudar el hopo (2). Calla, dijo Don Quijote; y ¿dónde has visto tú ó leido jamás que caballero andante haya sido puesto ante la justicia por mas homicidios que hubiese cometido? Yo no sé nada de omecillos (3), respondió Sancho, ni en mi vida le cate á ninguno, solo sé que la santa Hermandad tiene que ver con los que pelean en el campo y en esotro no me entrometo. Pues no tengas pena, amigo, respondió Don Quijote, que yo te sacaré de las manos de los caldeos, cuanto mas de las de la Hermandad. Pero dime por tu vida ¿has tú visto mas valeroso caballero que yo en todo lo descubierto de la tierra? ¿has leido en historias otro que tenga ni haya tenido mas brio en acometer, mas aliento en el perseverar, mas destreza en el herir, ni mas maña en el derribar? La verdad sea, respondió Sancho, que yo no he leido ninguna historia jamás, porque ni sé leer ni escrebir; mas lo que osaré apostar es que mas atrevido amo que vuestra merced yo no le he servido en todos los dias de mi vida, y quiera Dios que estos atrevimientos no se paguen donde tengo dicho: lo que le ruego á vuestra merced es que se cure, que le va mucha sangre de esa oreja, que aquí traigo hilas y un poco de ungüento blanco en las alforjas.

Todo eso fuera bien escusado, respondió Don Quijote, si á mí se me acordara de hacer una redoma del bálsamo de Fierabras (4), que con solo una gota se ahorraran tiempo y medicinas. ¿Qué redoma y qué bálsamo es ese? dijo Sancho Panza. Es un bálsamo, respondió Don Quijote, de quien tengo la receta en la memoria, con el cual no hay que tener temor á la muerte, ni hay que pensar morir de

(1) Era la armadura hecha de láminas pequeñas, por lo comun de acero, que caian unas sobre otras, y servian para defensa del cuerpo en la guerra. Tambien se llamaba así la que se ponia al caballo para el mismo fin.—Arr.

(2) *Sudar el hopo*, es frase familiar que se usa para dar á entender que cuesta mucho afan y trabajo el conseguir ó ejecutar alguna cosa.—Arr.

(3) *Omecillo* es la voz *homicidio* en la boca de gente rústica é ignorante, — *catar*, una de las acepciones de este verbo, es *procurar*.—C.

(4) *O fier á bras*, esto es: ci de los fuertes brazos.—P.

ferida alguna : y asi cuando yo le haga y te le dé no tienes mas que hacer sino que cuando vieres que en alguna batalla me han partido por medio del cuerpo, como muchas veces suele acontecer, bonitamente la parte del cuerpo que hubiere caido en el suelo, y con mucha sotileza antes que la sangre se hiele, la pondrás sobre la otra mitad que quedare en la silla, advirtiendo de encajallo igualmente y al justo : luego me darás á beber solos dos tragos del bálsamo que he dicho, y verásme quedar mas sano que una manzana. Si eso hay, dijo Panza, yo renuncio desde aquí el gobierno de la prometida ínsula, y no quiero otra cosa en pago de mis muchos y buenos servicios, sino que vuestra merced me dé la receta de ese extremado licor, que para mí tengo que valdrá la onza donde quiera á mas de dos reales, y no he menester yo mas para pasar esta vida honrada y descansadamente ; pero es de saber ahora si tiene mucha costa el hacella. Con menos de tres reales se pueden hacer tres azumbres, respondió Don Quijote. Pecador de mí, replicó Sancho, ¿pues á qué aguarda vuestra merced á hacelle y á enseñármele ? Calla, amigo, respondió Don Quijote, que mayores secretos pienso enseñarte y mayores mercedes hacerte : y por ahora curémonos, que la oreja me duele mas de lo que yo quisiera.

Sacó Sanchó de las alforjas hilas y ungüento ; mas cuando Don Quijote llegó á ver rota su celada, pensó perder el juicio, y puesta la mano en la espada y alzando los ojos al cielo dijo : yo hago juramento al Criador de todas las cosas y á los santos cuatro evangelios, donde mas largamente están escritos, de hacer la vida que hizo el grande marqués de Mántua cuando juró de vengar la muerte de su sobrino Valdovinos, que fue de no comer pan á manteles, ni con su mujer folgar, y otras cosas, que aunque dellas no me acuerdo las doy aquí por expresadas, hasta tomar entera venganza

del que tal desaguisado me fizo. Oyendo esto Sancho le dijo : advierta vuestra merced, señor Don Quijote, que si el caballero cumplió lo que se le dejó ordenado de irse á presentar ante mi señora Dulcinea del Toboso, ya habrá cumplido con lo que debia, y no merece otra pena, si no comete nuevo delito. Has hablado y apuntado muy bien, respondió Don Quijote, y asi anulo el juramento en cuanto lo que toca á tomar dél nueva venganza ; pero hágole y confirmole de nuevo de hacer la vida que he dicho hasta tanto que quite por fuerza otra celada tal y tan buena como ésta á algun caballero ; y no pienses, Sancho, que asi á humo de pajas hago esto, que bien tengo á quien imitar en ello, que esto mismo pasó al pie de la letra sobre el yelmo de Mambrino, que tan caro le costó á Sacripante. Que dé al diablo vuestra merced tales juramentos, señor mio, replicó Sancho, que son muy en daño de la salud, y muy en perjuicio de la conciencia : si no dígame ahora, si acaso en muchos dias no topamos hombre armado con celada ¿qué hemos de hacer ? ¿háse de cumplir el juramento á despecho de tantos inconvenientes é incomodidades como será el dormir vestido, y el no dormir en poblado y otras mil penitencias que contenia el juramento de aquel loco viejo del marqués de Mántua, que vuestra merced quiere revalidar ahora ? Mire vuestra merced bien que por todos estos caminos no andan hombres armados, sino arrieros y carreteros, que no solo no traen celadas, pero quizá no las han oido nombrar en todos los dias de su vida. Engáñaste en eso, dijo Don Quijote, porque no habremos estado dos horas por estas encrucijadas, cuando veamos mas armados, que los que vinieron sobre Albraca (1) á la conquista de Angélica la bella. Alto, pues, sea así, dijo Sancho, y á Dios prazga que nos suceda bien, y que se llegue ya el tiempo de ganar esa ínsula que tan cara me cuesta, y muérame yo luego. Ya te he dicho Sancho, que no te dé eso cuidado alguno, que cuando faltare ínsula ahí está el reino de Dinamarca ó el de Sobradisa (2), que te vendrán como anillo al dedo, y mas que por ser en tierra firme te debes mas alegrar. Pero dejemos esto para su tiempo, y mira si traes algo en esas alforjas que comamos, porque vamos luego en busca de algun castillo donde alojemos esta noche, y hagamos el bálsamo que te he dicho, porque yo te voto á Dios que me va doliendo mucho la oreja.

Aquí trayo una cebolla y un poco de queso y no sé cuántos mendrugos de pan, dijo Sancho; pero no son manjares que pertenecen á tan valiente caballero como vuestra merced. Qué mal lo entiendes, respondió Don Quijote: hágote saber, Sancho, que es honra de los caballeros andantes no comer en un mes, y ya que coman sea de aquello que hallaren mas á mano: y esto se te hiciera cierto si hubieras leido tantas historias como yo, que aunque han sido muchas, en todas ellas no he hallado hecha *relacion* de que los caballeros andantes comiesen sino era acaso y en algunos suntuosos banquetes que les hacian, y los demás dias se los pasaban en flores. Y aunque se deja entender que no podian pasar *sin* comer y sin hacer todos los otros menesteres naturales, porque en efecto eran hombres como nosotros, háse de entender tambien que andando lo mas del tiempo de su vida por las florestas y despoblados y sin cocinero, que su mas ordinaria comida seria de viandas rústicas, tales como las que tú ahora me ofreces: así que, Sancho amigo no te congoje lo que á mí me da gusto, ni quieras tú hacer mundo nuevo ni sacar la caballería andante de sus quicios. Perdóneme vuestra merced, dijo Sancho, que como yo no sé leer ni escrebir, como otra vez he dicho, no sé ni he caido en las reglas de la profesion caballeresca; y de aquí adelante yo proveeré las alforjas de todo género de fruta seca para vuestra merced que es caballero, y para mí las proveeré, pues no lo soy, de otras cosas volátiles y de mas sustancia. No digo yo, Sancho, replicó Don Quijote, que sea forzoso á los caballeros andantes no comer otra cosa sino esas frutas que dices, sino que su mas ordinario sustento debia de ser dellas y de algunas yerbas que hallaban por los campos que ellos conocian y yo tambien conozco. Virtud es, respondió Sancho, conocer esas yerbas, que segun yo me voy imaginando, algun dia será menester usar de ese conocimiento.

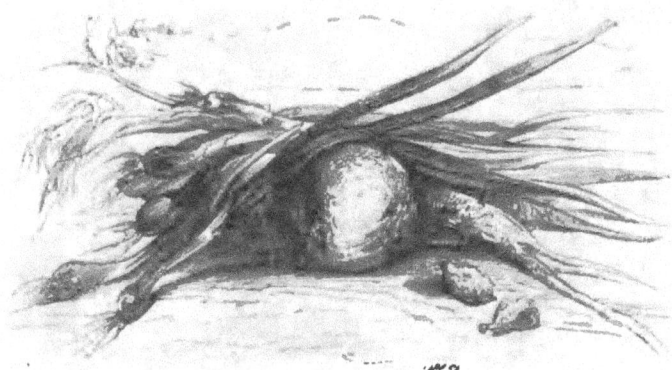

Y sacando en esto lo que dijo que traia comieron los dos en buena paz y compañía. Pero deseosos de buscar á donde alojar aquella noche, acabaron con mucha brevedad su pobre y seca comida: subieron luego á caballo, y diéronse priesa por llegar á poblado antes que anocheciese; pero faltóles el sol y la esperanza de alcanzar lo que deseaban junto á unas chozas de unos cabreros, y asi determinaron de pasar allí la noche (3) que cuanto fue de pesadumbre para Sancho no llegar á poblado, fue de contento para su amo dormirla al cielo descubierto, por parecerle que cada vez que esto le sucedia era hacer un acto posesivo, que facilitaba la prueba de su caballería.

CAPITULO XI.

De lo que sucedió á Don Quijote con unos cabreros.

FUE recogido de los cabreros con buen ánimo, y habiendo Sancho lo mejor que pudo acomodado á Rocinante y á su jumento, se fué tras el olor que despedian de sí ciertos tasajos de cabra que hirviendo al fuego en un caldero estaban; y aunque él quisiera en aquel mismo punto ver si estaban en sazon de trasladarlos del caldero al estómago, lo dejó de hacer porque los cabreros los quitaron del fuego,

(1) *Albraca*, castillo fortísimo en el imperio del Catai. Vino sobre él, segun Ludovico Ariosto, el rey Marsilio con los treinta y dos reyes sus tributarios, con toda su gente armada.—C. y P.
(2) Reino caballeresco, situado en el mapa imaginario de la crónica de Amadis de Gaula.—P.
(3) Otras ediciones dicen pasaria allí. Hartzenbusch cree con razon que falta el sustantivo noche.—F. C.

y tendiendo por el suelo unas pieles de ovejas, aderezaron con mucha priesa su rústica mesa, y convidaron á los dos con muestras de muy buena voluntad con lo que tenian. Sentáronse á la redonda de las pieles seis de ellos, que eran los que en la majada habia, habiendo primero con groseras ceremonias rogado á Don Quijote que se sentase sobre un dornajo que vuelto al revés le pusieron. Sentóse Don Quijote, y quedábase Sancho en pie para servirle la copa, que era hecha de cuerno. Viéndole en pie su amo, le dijo: porque veas, Sancho, el bien que en sí encierra la andante caballería, y cuán á pique están los que en cualquiera ministerio della se ejercitan de venir brevemente á ser honrados y estimados del mundo, quiero que aquí á mi lado y en compañía desta buena gente te sientes, y que seas una misma cosa conmigo que soy tu amo y natural señor, que comas en mi plato y bebas por donde yo bebiere, porque de la caballería andante se puede decir lo mismo que del amor se dice, que todas las cosas iguala. ¡Gran merced! dijo Sancho; pero sé decir á vuestra merced que como yo tuviese bien de comer, tan bien y mejor me lo comeria en pie y á mis solas como sentado á par de un emperador. Y aun si va á decir verdad, mucho mejor me sabe lo que como en mi rincon sin melindres ni respetos, aunque sea pan y cebolla, que los gallipavos de otras mesas donde me sea forzoso mascar despacio, beber poco, limpiarme á menudo, no estornudar ni toser si me viene gana, ni hacer otras cosas que la soledad y la libertad traen consigo. Asi que, señor mio, estas honras que vuestra merced quiere darme por ser ministro y adherente de la caballería andante, como lo soy siendo escudero de vuestra merced, conviértalas en otras cosas que me sean de mas cómodo y provecho: que estas, aunque las doy por bien recibidas, las renuncio para desde aquí al fin del mundo. Con todo esto te has de sentar, porque á quien se humilla Dios le ensalza; y asiéndole por el brazo, le forzó á que junto á él se sentase. No entendian los cabreros aquella gerigonza de escuderos y de caballeros andantes, y no hacian otra cosa que comer y callar y mirar á sus huéspedes, que con mucho donaire y gana embaulaban tasajo como el puño. Acabado el servicio de carne, tendieron sobre las zaleas gran cantidad de bellotas avellanadas, y juntamente pusieron un medio queso mas duro que si fuera hecho de argamasa. No estaba en esto ocioso el cuerno, porque andaba á la redonda tan á menudo, ya lleno, ya vacío, como arcaduz de noria, que con facilidad vació un zaque de dos que estaban de manifiesto. Despues que Don Quijote hubo bien satisfecho su estómago tomó un puño de bellotas en la mano, y mirándolas atentamente soltó la voz á semejantes razones:

«¡Dichosa edad y siglos dichosos aquellos á quien los antiguos pusieron nombre de dorados, y no porque en ellos el oro, que en esta nuestra edad de hierro tanto se estima, se alcanzase en aquella venturosa sin fatiga alguna, sino porque entonces los que en ella vivian ignoraban estas dos palabras de *tuyo y mio!* Eran en aquella santa edad todas las cosas comunes: á nadie le era necesario para alcanzar su ordinario sustento tomar otro trabajo que alzar la mano, y alcanzarle de las robustas encinas que liberalmente les estaban convidando con su dulce y sazonado fruto. Las claras fuentes y corrientes rios en magnífica abundancia sabrosas y trasparentes aguas les ofrecian. En las quiebras de las peñas y en lo hueco de los árboles formaban su república las solícitas y discretas abejas, ofreciendo á cualquiera mano sin interés alguno la fértil cosecha de su dulcísimo trabajo. Los valientes alcornoques despedian de sí, sin otro artilicio que el de su cortesía, sus anchas y livianas cortezas, con que se comenzaron á cubrir las casas, sobre rústicas estacas sustentadas, no mas que para defensa de las inclemencias del cielo. Todo era paz entonces, todo amistad, todo concordia : aun no se habia atrevido la pesada reja del corvo arado á abrir ni visitar las entrañas piadosas de nuestra primera madre, que ella sin ser forzada ofrecia por todas partes de su fértil y espacioso seno lo que pudiese hartar, sustentar y deleitar á los hijos que entonces la poseian. Entonces sí que andaban las simples y hermosas zagalejas de valle en valle y de otero en otero, en trenza y en cabello, sin mas vestidos de aquellos que eran menester para cubrir honestamente lo que la honestidad quiere y ha querido siempre que se cubra; y no eran sus adornos de los que ahora se usan, á quien la púrpura de Tiro y la por tantos modos martirizada seda encarecen, sino de algunas hojas de verdes lampazos y hiedra entretejidas, con lo que quizá iban tan pomposas y compuestas como van ahora nuestras cortesanas con las raras y peregrinas invenciones que la curiosidad ociosa les ha mostrado. Entonces se decoraban (1) los concetos amorosos del alma simple y sencillamente del mismo modo y manera que ella los concebia, sin buscar artificioso rodeo de palabras para encarecerlos. No habian la fraude, el engaño ni la malicia mezcládose con la verdad y llaneza. La justicia se estaba en sus propios términos sin que la osasen turbar ni ofender los del favor y los del interés, que tanto ahora la menoscaban, turban y persiguen. La ley del encaje (2) aun no se habia sentado en el entendimiento del juez, porque entonces no habia que juzgar ni quien fuese juzgado. Las doncellas y la honestidad andaban, como tengo dicho, por donde quiera, solas y señeras (3) sin temor que la agena desenvoltura y lascivo intento las menoscabasen, y su perdicion nacia de su gusto y propia voluntad. Y ahora en estos nuestros detestables siglos no está segura ninguna, aunque la oculte y cierre otro nuevo laberinto como el de Creta; porque allí por los resquicios ó por el aire con el celo de la maldita solicitud se les entra la amorosa pestilencia, y les hace dar con todo su recogimiento al traste. Para cuya seguridad, andando mas los tiempos y creciendo mas la malicia, se instituyó la órden de los caballeros andantes para defender las doncellas, amparar las viudas y socorrer á los huérfanos y á los menesterosos. De esta órden soy yo, hermanos cabreros, á quien agradezco el agasajo y buen acogimiento que haceis á mí y á mi escudero : que aunque por ley natural están todos los que viven obligados á favorecer á los caballeros andantes, todavía por saber que sin saber vosotros esta obligacion me acogísteis y regalasteis, es razon que con la voluntad á mí posible os agradezca la vuestra.

Toda esta larga arenga (que se pudiera muy bien escusar) dijo nuestro caballero, porque las bellotas que le dieron le trujeron á la memoria la edad dorada; y antojósele hacer aquel inútil razonamiento á los cabreros, que sin respondelle palabra embobados y suspensos le estuvieron escuchando. Sancho asimismo callaba y comia bellotas, y visitaba muy á menudo el segundo zaque, que porque se enfriase el vino le tenian colgado de un alcornoque.

Mas tardó en hablar Don Quijote que en acabar la cena, al fin de la cual uno de los cabreros dijo: para que con mas veras pueda vuestra merced decir, señor caballero andante, que te agasajamos con pronta y buena voluntad, queremos darle solaz y contento con hacer que cante un compañero nuestro que no tardará mucho en estar aquí, el cual es un zagal muy entendido y muy enamorado, y que sobre todo sabe leer y escrebir, y es músico de un rabel, que no hay mas que desear. Apenas habia el cabrero acabado de decir esto, cuando llegó á sus oidos el son del rabel, y de allí á poco llegó el que le tañia, que era un mozo de hasta veinte y dos años, de muy buena gracia. Preguntáronle sus compañeros si habia cenado, y respondiendo que sí, el que habia hecho los ofrecimientos le dijo : de esa manera, Antonio, bien podrás hacernos placer de cantar un poco, porque vea este señor huésped que tenemos, que tambien por los montes y selvas hay quien sepa de música : hémosle dicho tus buenas habilidades, y deseamos que las muestres y nos saques verdaderos; y así te ruego por tu vida, que te sientes y cantes el romance de tus amores que te compuso el beneficiado tu tio, que en el pueblo ha parecido muy bien. Que me place, respondió el mozo; y sin hacerse mas de rogar se sentó en el tronco de una desmochada encina, y templando su rabel, de allí á poco con muy buena gracia comenzó á cantar diciendo desta manera :

ANTONIO.

Yo sé, Olalla, que me adoras,
Puesto que no me lo has dicho
Ni aun con los ojos siquiera,
Mudas lenguas de amoríos.

Porque sé que eres sabida,
En que me quieres me afirmo,
Que nunca fue desdichado
Amor que fue conocido.

---

(1) Es decir se leian de coro, como estaban escritos en el alma.—F. C.

(2) La sentencia del juez voluntaria y caprichosa, desentendiéndose de las leyes.—P.

(3) Señero ó señera, quiere decir solo ó sola; son voces anticuadas que vienen del adjetivo latino *singuli*, y de aquí sendos, senos, sennos, señeros y señeras. Solo, señero se decia por lo comun antiguamente.—P.

Bien es verdad que tal vez,
Olalla, me has dado indicio
Que tienes de bronce el alma,
Y el blanco pecho de risco.

Mas, allá entre tus reproches
Y honestísimos desvíos,
Tal vez la esperanza muestra
La orilla de su vestido.

Avalánzase al señuelo
Mi fe, que nunca ha podido
Ni menguar por no llamado,
Ni crecer por escogido.

Si el amor es cortesía,
De la que tienes colijo
Que el fin de mis esperanzas
Ha de ser cual imagino.

Y si son servicios parte
De hacer un pecho benigno,
Algunos de los que he hecho
Fortalecen mi partido.

Porque, si has mirado en ello,
Mas de una vez habrás visto
Que me he vestido en los lunes
Lo que me honraba el domingo.

Como el amor y la gala
Andan un mismo camino,
En todo tiempo á tus ojos
Quise mostrarme polido,

Dejé el bailar por tu causa,
Ni las músicas te pinto

Que has escuchado á deshoras
Y al canto del gallo primo.
No cuento las alabanzas
Que de tu belleza he dicho,
Que, aunque verdaderas, hacen
Ser yo de algunas mal quisto.

Teresa del Berrocal,
Yo alabándote, me dijo:
Tal piensa que adora un ángel
Y viene á adorar á un jimio,

Merced á los muchos dijes
Y á los cabellos postizos,
Y á hipócritas hermosuras,
Que engañan al amor mismo.

Desmentíla, y enojóse;
Volvió por ella su primo:
Desafióme, y ya sabes
Lo que yo hice, y él hizo.

No te quiero yo á monton,
Ni te pretendo y te sirvo
Por lo de barragania,
Que mas bueno es mi designio.

Coyundas tiene la iglesia,
Que son lazadas de sirgo;
Pon tu cuello en la gamella,
Verás como pongo el mio.

Donde no, desde aquí juro
Por el santo mas bendito
De no salir destas sierras
Sino para capuchino.

Con esto dió el cabrero fin á su canto, y aunque Don Quijote le rogó que algo mas cantase, no lo consintió Sancho Panza, porque estaba mas para dormir que para oir canciones. Y así dijo á su amo: bien puede vuestra merced acomodarse desde luego á donde ha de pasar esta noche, que el trabajo que estos buenos hombres tienen todo el dia no permite que pasen las noches cantando. Ya te entiendo, Sancho, le respondió Don Quijote, que bien se me trasluce que las visitas del zaque piden mas recompensa de sueño que de música. A todos nos sabe bien, bendito sea Dios, respondió Sancho. No lo niego, replicó Don Quijote, pero acomódate tú donde quisieres, que los de mi profesion mejor parecen velando que durmiendo! pero con todo eso seria bien, Sancho que me vuelvas á curar esta oreja, que me va doliendo mas de lo que es menester. Hizo Sancho lo que se le mandaba; y viendo uno de los cabreros la herida, le dijo que no tuviese pena, que él pondria remedio con que fácilmente se sanase; y tomando algunas hojas de romero, de mucho que por allí habia, las mascó y las mezcló con un poco de sal, y aplicándoselas á la oreja se la vendó muy bien, asegurándole que no habia menester otra medicina, y así fue la verdad.

CAPITULO XII.

De lo que contó un cabrero á los que estaban con Don Quijote.

Estando en esto llegó otro mozo de los que les traian del aldea el bastimento, y dijo: ¿sabeis lo que pasa en el lugar, compañeros? ¿Cómo lo podemos saber? respondió uno de ellos. Pues sabed, prosiguió el mozo, que murió esta mañana aquel famoso pastor estudiante llamado Grisóstomo, y se murmura que ha muerto de amores de aquella endiablada moza del aldea, la hija de Guillermo el rico, aquella que se anda en hábito de pastora por esos andurriales. Por Marcela dirás, dijo uno. Por esa digo, respondió el cabrero; y es lo bueno que mandó en su testamento que le enterrasen en el campo como si fuera moro, y que sea al pie de la peña donde está la fuente del alcornoque, porque segun es fama (y él dicen que lo dijo) aquel lugar es adonde él la vió la vez primera. Y tambien mandó otras cosas tales, que los abades (1) del pueblo dicen que no se han de cumplir ni es bien que se cumplan, porque parecen de gentiles. A todo lo cual responde aquel gran su amigo Ambrosio el estudiante, que tambien se vistió de pastor con él, que se ha de cumplir todo sin faltar nada como lo dejó mandado Grisós-

(1) Los abades, se daba el nombre de abades á los curas.

tomo, y sobre esto anda el pueblo alborotado; mas á lo que se dice, en fin se hará lo que Ambrosio y todos los pastores sus amigos quieren, y mañana le vienen á enterrar con gran pompa adonde tengo dicho: y tengo para mí que ha de ser cosa muy de ver: á lo menos yo no dejaré de ir á verla si supiese no volver mañana al lugar. Todos haremos lo mesmo, respondieron los cabreros, y echaremos suertes á quien ha de quedar á guardar las cabras de todos. Bien dices, Pedro, dijo uno de ellos, aunque no será menester usar de esa diligencia, que yo me quedaré por todos: y no lo atribuyas á virtud y á poca curiosidad mia, sino á que no me deja andar el garrancho que el otro dia me pasó este pie. Con todo esto te lo agradecemos, respondió Pedro.

Y Don Quijote rogó á Pedro le dijese qué muerto era aquel, y qué pastora aquella. A lo cual Pedro respondió, que lo que sabia era que el muerto era un hijodalgo rico, vecino de un lugar que estaba en aquellas sierras, el cual habia sido estudiante muchos años en Salamanca, al cabo de los cuales habia vuelto á su lugar con opinion de muy sabio y muy leido. Principalmente decian que sabia la ciencia de las estrellas, y de lo que pasa allá en el cielo, el sol y la luna, porque puntualmente nos decia el cris del sol y de la luna. Eclipse se llama, amigo, que no cris, el escurecerse esos dos luminares mayores, dijo Don Quijote. Mas Pedro no reparando en niñerías, prosiguió su cuento diciendo: asimesmo adivinaba cuando habia de ser el año abundante ó estil. Estéril quereis decir, amigo, dijo Don Quijote. Estéril ó estil, respondió Pedro, todo se sale allá. Y digo que con esto que decia se hicieron su padre y sus amigos, que le daban crédito, muy ricos, porque hacian lo que él les aconsejaba diciéndoles: sembrad este año cebada, no trigo; en este podeis sembrar garbanzos, y no cebada; el que viene será de guilla (1) de aceite; los tres siguientes no se cogerá gota. Esa ciencia se llama *Astrologia*, dijo Don Quijote. No sé yo cómo se llama, replicó Pedro, mas sé que todo esto sabia y aun mas. Finalmente no pasaron muchos meses despues que vino de Salamanca, cuando un dia remaneció vestido de pastor con su cayado y pellico, habiéndose quitado los hábitos largos que como escolar traia, y juntamente se vistió con el de pastor otro su grande amigo llamado Ambrosio, que habia sido su compañero en los estudios. Olvidábaseme decir como Grisóstomo el difunto fue grande hombre de componer coplas, tanto que él hacia los villancicos para la noche del Nacimiento del Señor, y los autos para el dia de Dios, que los representaban los mozos de nuestro pueblo, y todos decian que eran por el cabo (2). Cuando los del lugar vieron tan de improviso vestidos de pastores á los dos escolares, quedaron admirados y no podian adivinar la causa que les habia movido á hacer aquella tan estraña mudanza. Ya en este tiempo era muerto el padre de nuestro Grisóstomo, y él quedó heredado en mucha cantidad de hacienda, ansi en muebles como en raices, y en no pequeña cantidad de ganado mayor y menor, y en gran cantidad de dineros: de todo lo cual quedó el mozo señor desoluto; y en verdad que todo lo merecia, que era muy buen compañero y caritativo y amigo de los buenos, y tenia una cara como una bendicion. Despues se vino á entender que el haberse mudado de trage no habia sido por otra cosa que por andarse por estos despoblados en pos de aquella pastora Marcela que nuestro zagal nombró denantes, de la cual se habia enamorado el pobre difunto de Grisóstomo. Y quiéroos decir ahora, porque es bien que lo sepais, quién es esta rapaza; quizá y aun sin quizá no habreis oido semejante cosa en todos los dias de vuestra vida, aunque vivais mas años que sarna. Decid Sarra (3), replicó Don Quijote, no pudiendo sufrir el trocar de los vocablos del cabrero. Harto vive la sarna, respondió Pedro; y si es, señor, que me habeis de andar zahiriendo á cada paso los vocablos, no acabaremos en un año. Perdonad amigo, dijo Don Quijote, que por haber tanta diferencia de sarna á Sarra os lo dije; pero vos respondísteis muy bien, porque vive mas sarna que Sarra, y proseguid vuestra historia, que no os replicaré mas en nada.

Digo pues, señor de mi alma, dijo el cabrero, que en nuestra aldea hubo un labrador aun mas rico que el padre de Grisóstomo, el cual se llamaba Guillermo, y al cual dió Dios, amen de las muchas y grandes riquezas, una hija de cuyo parto murió su madre, que fue la mas honrada mujer que hubo en todos estos contornos: no parece sino que ahora la veo con aquella cara que del un cabo tenia el sol y del otro la luna, y sobre todo hacendosa y amiga de los pobres, por lo que creo que debe de estar su ánima á la hora de hora gozando de Dios en el otro mundo. De pesar de la muerte de tan buena mujer murió su marido Guillermo, dejando á su hija Marcela muchacha y rica en poder de un tio suyo sacerdote y beneficiado en nuestro lugar. Creció la niña con tanta belleza, que nos hacia acordar de la de su madre, que la tuvo muy grande, y con todo esto se juzgaba que le habia de pasar la de la hija: y asi fue que cuando llegó á edad de catorce á quince años nadie la miraba que no bendecia á Dios que tan hermosa la habia criado, y los mas quedaban enamorados y perdidos por ella. Guardábala su tio con mucho recato y con mucho encerramiento; pero con todo esto la fama de su mucha hermosura se estendió de manera, que asi por ella como por sus muchas riquezas, no solamente de los de nuestro pueblo, sino de los de muchas leguas á la redonda, y de los mejores dellos, era rogado, solicitado é importunado su tio se la diese por mujer. Mas él, que á las derechas es buen cristiano, aunque quisiera casarla luego, asi como la via de edad, no quiso hacerlo sin su consentimiento, sin tener ojo á la

---

(1) Voz árabe, que significa propiamente abundancia de frutos y verduras. Habla de ella con estension Covarruvias (*Tesoro*).—P.

(2) Esto es, acabados, perfectos, buenos en estremo.—A.

(3) Decid *Sarra* y no *Sarna*. Nosotros decimos *Sara*, pero en lo antiguo llamaban *Sarra* á la mujer de Abraham.—C.

ganancia y grangería que le ofrecia el tener la hacienda de la moza, dilatando su casamiento. Y á fe que se dijo esto en mas de un corrillo en el pueblo en alabanza del buen sacerdote. Que quiero que sepa, señor andante, que en estos lugares cortos de todo se trata, y de todo se murmura: y tened para vos, como yo tengo para mí, que debe de ser demasiadamente bueno el clérigo que obliga á sus feligreses á que digan bien dél; especialmente en las aldeas.

Asi es la verdad, dijo Don Quijote, y proseguid adelante, que el cuento es muy bueno, y vos, buen Pedro, le contais con muy buena gracia. La del Señor no me falte, que es la que hace al caso. Y en lo demás, sabreis que aunque el tio proponia á la sobrina, y le decia las calidades de cada uno en particular de los muchos que por mujer la pedian, rogándola que se casase y escogiese á su gusto, jamás ella respondió otra cosa sino que por entonces no queria casarse, y que por ser tan muchacha no se sentia hábil para poder llevar la carga del matrimonio. Con estas que daba al parecer justas escusas dejaba el tio de importunarla, y esperaba que entrase algo mas en edad, y ella supiese escoger compañía á su gusto. Porque decia él, y decia muy bien, que no habian de dar los padres á sus hijos estado contra su voluntad. Pero hételo aquí, cuando no me cato, que remanece un dia la melindrosa Marcela hecha pastora: y sin ser parte su tio ni todos los del pueblo que se lo desaconsejaban, dió en irse al campo con las demás zagalas del lugar, y dió en guardar su mesmo ganado. Y asi como ella salió en público, y su hermosura se vió al descubierto, no os sabré buenamente decir cuantos ricos mancebos, hidalgos y labradores han tomado el trage de Grisóstomo y la andan requebrando por esos campos. Uno de los cuales, como ya está dicho, fue nuestro difunto, del cual decian que la dejaba de querer, y la adoraba. Y no se piense que porque Marcela se puso en aquella libertad y vida tan suelta y de tan poco ó de ningun recogimiento, que por eso ha dado indicio ni por semejas, que venga en menoscabo de su honestidad y recato; antes es tanta y tal la vigilancia con que mira por su honra, que de cuantos la sirven y solicitan ninguno se ha alabado, ni con verdad se podrá alabar, que le haya dado alguna pequeña esperanza de alcanzar su deseo. Que puesto que no huye ni es esquiva de la compañía y conversacion de los pastores, y los trata cortés y amigablemente, en llegando á descubrirle su intencion cualquiera dellos, aunque sea tan justa y santa como la del matrimonio, los arroja de sí como un trabuco (1). Y con esta manera de condicion hace mas daño en esta tierra que si por ella entrara la pestilencia, porque su afabilidad y hermosura atrae los corazones de los que la tratan á servirla y á amarla; pero su desden y desengaño los conduce á términos de desesperarse, y asi no saben qué decirle, sino llamarla á voces cruel y desagradecida, con otros títulos á este semejantes, que bien la calidad de su condicion manifiestan; y si aquí estuviésedes, señor, algun dia, veríades resonar estas sierras y estos valles con los lamentos de los desengañados que la siguen. No está muy lejos de aquí un sitio donde hay casi dos docenas de altas hayas, y no hay ninguna que en su lisa corteza no tenga grabado y escrito el nombre de Marcela, y encima de alguna una corona grabada en el mesmo árbol, como si mas claramente dijera su amante que Marcela la lleva y la merece de toda la hermosura humana. Aquí suspira un pastor, allí se queja otro, acullá se oyen amorosas canciones, acá desesperadas endechas. Cuál hay que pasa todas las horas de la noche sentado al pie de alguna encina ó peñasco, y allí sin plegar los llorosos ojos embebecido y transportado en sus pensamientos le halla el sol á la mañana; y cuál hay que sin dar vado ni tregua á sus suspiros en mitad del ardor de la mas enfadosa siesta del verano, tendido sobre la ardiente arena, envia sus quejas al piadoso cielo: y deste y de aquel, y de aquellos y destos, libre y desenfadadamente triunfa la hermosa Marcela. Y todos los que la conocemos estamos esperando en qué ha de parar su altivez, y quién ha de ser el dichoso que ha de venir á domeñar condicion tan terrible, y gozar de hermosura tan estremada. Por ser todo lo que he contado tan averiguada verdad, me doy á entender que tambien lo es la que nuestro zagal dijo que se decia de la causa de la muerte de Grisóstomo. Y asi os aconsejo, señor, que no dejeis de hallaros mañana á su entierro, que será muy de ver, porque Grisóstomo tiene muchos amigos, y no está deste lugar á aquel donde manda enterrarse media legua.

En cuidado me lo tengo, dijo Don Quijote, y agradézcoos el gusto que me habeis dado con la narracion de tan sabroso cuento. ¡Oh! replicó el cabrero, aun no sé yo la mitad de los casos sucedidos á los amantes de Marcela; mas podria ser que mañana topásemos en el camino algun pastor que nos lo dijese: y por ahora bien será que os vais á dormir debajo de techado, porque el sereno os podria dañar la herida, puesto, que es tal la medicina que os ha puesto, que no hay que temer de contrario accidente. Sancho Panza, que ya daba al diablo el tanto hablar del cabrero, solicitó por su parte que su amo se entrase á dormir en la choza de Pedro. Hízolo asi, y todo lo mas de la noche se le pasó en memorias de su señora Dulcinea, á imitacion de los amantes de Marcela. Sancho Panza se acomodó entre Rocinante y su jumento, y durmió, no como enamorado desfavorecido, sino como hombre molido á coces.

(1) *Trabuco* no significa aquí *escopeta corta de mucho calibre*, sino una máquina militar de la edad media, con que se lanzaban piedras en defensa y ofensa de las fortalezas.—C.

CAPITULO XIII.

Donde se da fin al cuento de la pastora Marcela, con otros sucesos.

Mas apenas comenzó á descubrirse el dia por los balcones del Oriente, cuando los cinco de los seis cabreros se levantaron y fueron á despertar á Don Quijote, y á decille si estaba todavía con propósito de ir á ver el famoso entierro de Grisóstomo, y que ellos le harian compañía. Don Quijote, que otra cosa no deseaba, se levantó, y mandó á Sancho que ensillase y enalbardase al momento, lo cual él hizo con mucha diligencia, y con la misma se pusieron luego todos en camino.

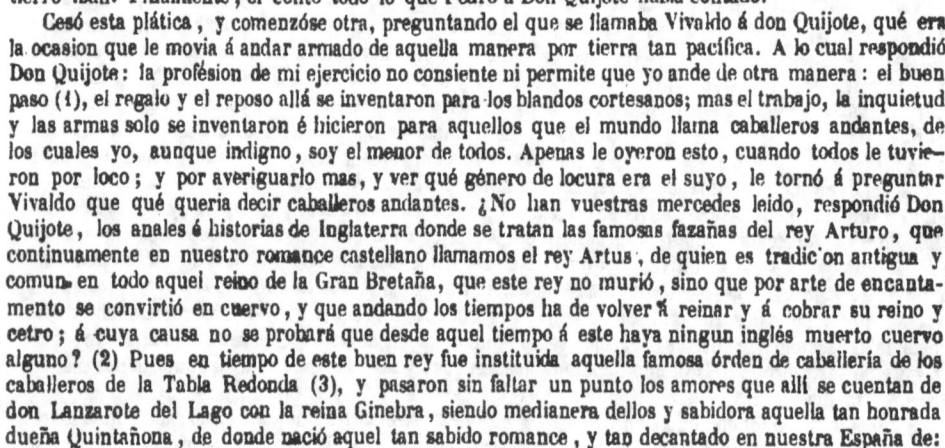

Y no hubieron andado un cuarto de legua, cuando al cruzar de una senda vieron venir hácia ellos hasta seis pastores vestidos con pellicos negros, y coronadas las cabezas con guirnaldas de ciprés y de amarga adelfa. Traia cada uno un grueso baston de acebo en la mano: venian con ellos asimismo dos gentiles hombres de á caballo, muy bien aderezados de camino, con otros tres mozos de á pie que los acompañaban.

En llegándose á juntar se saludaron cortesmente, y preguntándose los unos á los otros dónde iban, supieron que todos se encaminaban al lugar del entierro, y asi comenzaron á caminar todos juntos. Uno de los de á caballo hablando con su compañero le dijo: paréceme, señor Vivaldo, que habemos de dar por bien empleada la tardanza que hiciéremos en ver este famoso entierro, que no podrá dejar de ser famoso segun estos pastores nos han contado estrañezas, asi del muerto pastor, como de la pastora homicida. Asi me lo parece á mí, respondió Vivaldo; y no digo yo hacer tardanza de un dia, pero de cuatro la hiciera á trueco de verle. Preguntóles Don Quijote qué era lo que habian oido de Marcela y de Grisóstomo. El caminante dijo que aquella madrugada habian encontrado con aquellos pastores, y que por haberles visto en aquel tan triste trage les habian preguntado la ocasion por qué iban de aquella manera: que uno dellos se lo contó, contando la estrañeza y hermosura de una pastora llamada Marcela, y los amores de muchos que la recuestaban, con la muerte de aquel Grisóstomo á cuyo entierro iban. Finalmente, él contó todo lo que Pedro á Don Quijote habia contado.

Cesó esta plática, y comenzóse otra, preguntando el que se llamaba Vivaldo á don Quijote, qué era la ocasion que le movia á andar armado de aquella manera por tierra tan pacífica. A lo cual respondió Don Quijote: la profésion de mi ejercicio no consiente ni permite que yo ande de otra manera: el buen paso (1), el regalo y el reposo allá se inventaron para los blandos cortesanos; mas el trabajo, la inquietud y las armas solo se inventaron é hicieron para aquellos que el mundo llama caballeros andantes, de los cuales yo, aunque indigno, soy el menor de todos. Apenas le oyeron esto, cuando todos le tuvieron por loco; y por averiguarlo mas, y ver qué género de locura era el suyo, le tornó á preguntar Vivaldo que qué queria decir caballeros andantes. ¿No han vuestras mercedes leido, respondió Don Quijote, los anales é historias de Inglaterra donde se tratan las famosas fazañas del rey Arturo, que continuamente en nuestro romance castellano llamamos el rey Artus, de quien es tradicion antigua y comun en todo aquel reino de la Gran Bretaña, que este rey no murió, sino que por arte de encantamento se convirtió en cuervo, y que andando los tiempos ha de volver á reinar y á cobrar su reino y cetro; á cuya causa no se probará que desde aquel tiempo á este haya ningun inglés muerto cuervo alguno? (2) Pues en tiempo de este buen rey fue instituida aquella famosa órden de caballería de los caballeros de la Tabla Redonda (3), y pasaron sin faltar un punto los amores que alli se cuentan de don Lanzarote del Lago con la reina Ginebra, siendo medianera dellos y sabidora aquella tan honrada dueña Quintañona, de donde nació aquel tan sabido romance, y tan decantado en nuestra España de:

> Nunca fuera caballero
> De damas tan bien servido,
> Como lo fue Lanzarote
> Cuando de Bretaña vino (4),

con aquel progreso tan dulce y tan suave de sus amorosos y fuertes fechos. Pues desde entonces de

---

(1) *El buen paso es aqui la buena vida, la vida muelle y regalada, el pasarlo bien.*—A. y C.

(2) De este encanto del rey Artus, y de su vuelta al reino se habla especialmente en el cap. xcix de Esplandian, donde se dice que su hermana la maga Morgaina le tenia encantado, y que habia de volver á reinar sin falta en la Gran Bretaña.—P.

(3) Los libros de caballerías que tratan de esta mesa ú órden militar, cuya institucion se atribuye al rey Artus, son los primeros que se escribieron, y el origen de todos, como lo indica tambien en este capítulo el mismo Cervantes. Era condicion que habian de ser veinte y cuatro los caballeros que se sentasen en ella, á quienes se hacian antes las pruebas de nobles y famosos en las armas.—P.

(4)   Doncellas cuidaban dél,
                            Princesas de su rocino:

mano en mano fue aquella órden de caballería extendiéndose y dilatándose por muchas y diversas partes del mundo; y en ella fueron famosos y conocidos por sus fechos el valiente Amadis de Gaula con todos sus hijos y nietos hasta la quinta generacion, y el valeroso Felixmarte de Hircania, y el nunca como se debe alabado Tirante el Blanco, y casi que en nuestros dias vimos y comunicamos y oimos al invencible y valeroso caballero don Belianis de Grecia. Esto, pues, señores, es ser caballero andante, y la que he dicho es la órden de su caballería, en la cual, como otra vez he dicho, yo aunque pecador he hecho profesion, y lo mismo que profesaron los caballeros referidos profeso yo, y así me voy por estas soledades y despoblados buscando las aventuras con ánimo deliberado de ofrecer mi brazo y mi persona á la mas peligrosa que la suerte me depare en ayuda de los flacos y menesterosos.

Por estas razones que dijo acabaron de enterarse los caminantes que era Don Quijote falto de juicio y del género de locura que lo señoreaba, de lo cual recibieron la misma admiracion que recebian todos aquellos que de nuevo venian en conocimiento della. Y Vivaldo (1), que era persona muy discreta y de alegre condicion, por pasar sin pesadumbre el poco camino que decian que les faltaba á llegar á la sierra del entierro, quiso darle ocasion á que pasase mas adelante con sus disparates. Y así le dijo: paréceme, señor caballero andante, que vuestra merced ha profesado una de las mas estrechas profesiones que hay en la tierra, y tengo para mí que aun la de los frailes cartujos no es tan estrecha. Tan estrecha bien podia ser, respondió nuestro Don Quijote; pero tan necesaria en el mundo no estoy en dos dedos de ponello en duda. Porque si va á decir verdad no hace menos el soldado que pone en ejecucion lo que su capitan le manda, que el mismo capitan que se lo ordena. Quiero decir que los religiosos con toda paz y sosiego piden al cielo el bien de la tierra; pero los soldados y caballeros ponemos en ejecucion lo que ellos piden, defendiéndola con el valor de nuestros brazos y filos de nuestras espadas; no debajo de cubierta, sino al cielo abierto, puesto por blanco de los insufribles rayos del sol en el verano, y de los erizados hielos del invierno. Así que somos ministros de Dios en la tierra, y brazos por quien se ejecuta en ella su justicia. Y como las cosas de la guerra y las á ellas tocantes y concernientes no se pueden poner en ejecucion sino sudando, afanando y trabajando excesivamente, síguese que aquellos que la profesan, tienen sin duda mayor trabajo que aquellos que en sosegada paz y reposo están rogando á Dios favorezca á los que poco pueden. No quiero yo decir, ni me pasa por pensamiento, que es tan buen estado el de caballero andante como el de encerrado religioso; solo quiero inferir

por lo que yo padezco, que sin duda es mas trabajoso y mas aporreado y mas hambriento y sediento, miserable, roto y piojoso, porque no hay duda sino que los caballeros andantes pasados pasaron mucha mala ventura en el discurso de su vida. Y si algunos subieron á ser emperadores por el valor de su brazo, á fe que les costó buen por qué de su sangre y de su sudor; y que si á los que á tal grado subieron, les faltáran encantadores y sabios que los ayudaran, que ellos quedarán bien defraudados de sus deseos y bien engañados de sus esperanzas.

De ese parecer estoy yo, replicó el caminante; pero una cosa entre otras muchas me parece muy mal de los caballeros andantes, y es que cuando se ven en ocasion de acometer una grande y peligrosa aventura, en que se ve manifiesto peligro de perder la vida, nunca en aquel instante de acometella se acuerdan de encomendarse á Dios, como cada cristiano está obligado á hacer en peligros semejantes; antes se encomiendan á sus damas con tanta gana y devocion como si ellas fueran su dios: cosa que me parece que huele algo á gentilidad. Señor, respondió Don Quijote, eso no puede ser menos en ninguna

Era dueña Quintañona,
Esa le escanciaba el vino;
La linda reina Ginebra, etc.

(4) En el Canto de Calíope, que está en la Galatea, celebra Cervantes á Adan de Vivaldo, poeta de florido ingenio, p. 283 —P.

manera, y caeria en mal caso el caballero andante que otra cosa hiciese: que ya está en uso y costumbre en la caballería andantesca que el caballero andante, que al cometer algun gran fecho de armas tuviese su señora delante, vuelva á ella los ojos blanda y amorosamente, como que le pide con ellos le favorezca y ampare en el dudoso trance que acomete; y aun si nadie le oye está obligado á decir algunas palabras entre dientes en que de todo corazon se le encomiende, y desto tenemos innumerables ejemplos en las historias. Y no se ha de entender por esto, que han de dejar de encomendarse á Dios, que tiempo y lugar les queda para hacello en el discurso de la obra. Con todo eso, replicó el caminante, me queda un escrúpulo, y es que muchas veces he leido que se traban palabras entre dos andantes caballeros, y de una en otra se les viene á encender la cólera, y á volver los caballos, y á tomar una buena pieza del campo: y luego sin mas ni mas á todo el correr dellos se vuelven á encontrar, y en mitad de la corrida se encomiendan á sus damas; y lo que suele suceder del encuentro, es que el uno cae por las ancas del caballo pasado con la lanza del contrario de parte á parte, y al otro le aviene tambien, que á no tenerse á las crines del suyo no pudiera dejar de venir al suelo; y no sé yo como el muerto tuvo lugar para encomendarse á Dios en el discurso de esta tan acelerada obra: mejor fuera' que las palabras que en la carrera gastó encomendándose á su dama las gastara en lo que debia y estaba obligado como cristiano: cuanto mas que yo tengo para mí, que no todos los caballeros andantes tienen damas á quien encomendarse, porque no todos son enamorados. Eso no puede ser, respondió Don Quijote: digo que no puede ser que haya caballero andante sin dama, porque tan propio y tan natural les es á los tales ser enamorados como al cielo tener estrellas, y á buen seguro que no se haya visto historia donde se halle caballero andante sin amores, y por el mismo caso que estuviese sin ellos, no seria tenido por legítimo caballero, sino por bastardo, y que entró en la fortaleza de la caballería dicha, no por la puerta, sino por las bardas como salteador y ladron. Con todo eso, dijo el caminante, me parece, si mal no me acuerdo, haber leido que don Galaor, hermano del valeroso Amadis de Gaula, nunca tuvo dama señalada á quien pudiese encomendarse, y con todo esto no fue tenido en menos, y fue un muy valiente y famoso caballero. A lo cual respondió nuestro Don Quijote; señor, una golondrina sola no hace verano, cuanto mas que yo sé que de secreto estaba ese caballero muy bien enamorado, fuera de que aquello de querer á todas bien cuantas bien le parecian, era condicion natural, á quien no podia ir á la mano. Pero en resolucion, averiguado está muy bien que él tenia una sola á quien él habia hecho señora de su voluntad, á la cual se encomendaba muy á menudo y muy secretamente, porque se preció de secreto caballero.

Luego si es de esencia que todo caballero andante haya de ser enamorado, dijo el caminante, bien se puede creer que vuestra merced lo es, pues es de la profesion; y si es que vuestra merced no se precia de ser tan secreto como don Galaor, con las veras que puedo le suplico en nombre de toda esta compañía y en el mio nos diga el nombre, patria, calidad y hermosura de su dama, que ella se tendrá por dichosa de que todo el mundo sepa que es querida y servida de un tal caballero como vuestra merced parece. Aquí dió un gran suspiro Don Quijote y dijo: yo no podré afirmar si la dulce mi enemiga gusta ó no de que el mundo sepa que yo la sirvo; solo sé decir, respondiendo á lo que con tanto comedimiento se me pide, que su nombre es Dulcinea, su patria el Toboso, un lugar de la Mancha, su calidad por lo menos ha de ser de princesa, pues es reina y señora mia, su hermosura sobrehumana, pues en ella se vienen á hacer verdaderos todos los imposibles y quiméricos atributos de belleza que los poetas dan á sus damas; que sus cabellos son oro, su frente campos elíseos, sus cejas arcos del cielo, sus ojos soles, sus mejillas rosas, sus labios corales, perlas sus dientes, alabastro su cuello, mármol su pecho, marfil sus manos, su blancura nieve, y las partes que á la vista humana encubrió la honesticidad son tales, segun yo pienso y entiendo, que sola la discreta consideracion puede encarecerlas y no compararlas. El linaje, prosapia y alcurnia querríamos saber, replicó Vivaldo. A lo cual respondió Don Quijote: no es de los antiguos Curcios, Gayos y Cipiones romanos; ni de los modernos Colonas y Ursinos, ni de los Moncadas y Requesenes de Cataluña; ni menos de los Rebellas y Villenovas de Valencia, Palafoxes, Nuzas, Rocabertis, Corellas, Lunas, Alagones, Urreas, Foces y Gurreas de Aragon; Cerdas, Manriques, Mendozas y Guzmanes de Castilla; Alencastros, Pallas y Meneses de Portugal; pero es de los del Toboso de la Mancha, linaje aunque moderno tal, que puede dar generoso principio á las mas ilustres familias de los venideros siglos; y no se me replique en esto si no fuere con las condiciones que puso Cerbino al pie del trofeo de las armas de Orlando, que decia: *Nadie las muera que estar no pueda con Roldan á prueba* (1). Aunque el mio es de los Cachopines (2) de Laredo, respondió el caminante, no le osaré yo poner con el del Toboso de la Mancha, puesto que para decir verdad semejante apellido hasta ahora no ha llegado á mis oidas. Como eso no habrá llegado, replicó Don Quijote.

Con gran atencion iban escuchando todos los demás la plática de los dos, y aun hasta los mismos cabreros y pastores conocieron la demasiada falta de juicio de nuestro Don Quijote. Solo Sancho Panza

---

(1) Noticioso Roldan de la comunicacion de Anjélica con Medoro, enloquece y arroja las armas, las cuales halla Cervino esparcidas por varias partes, recógelas, cuélgalas de un pino, y para impedir que nadie se las vistiese, pónelas esta inscripcion.—P.

(2) Cachopin, es el español que de España pasa á morar en Indias. Es voz traida de aquellos paises, y muy usada en Andalucía, y entre los comerciantes de la carrera de Indias.—Cov.—Arr.

pensaba que cuanto su amo decia era verdad, sabiendo él quien era, y habiéndole conocido desde su nacimiento; y en lo que dudaba algo era en creer aquello de la linda Dulcinea del Toboso, porque nunca tal nombre ni tal princesa habia llegado jamás á su noticia aunque vivia tan cerca del Toboso.

En estas pláticas iban, cuando vieron que por la quiebra que dos altas montañas hacian, bajaban hasta veinte pastores, todos con pellicos de negra lana vestidos, y coronados con guirnaldas que á lo que despues pareció, eran cual de tejo y cual de ciprés. Entre seis dellos traian unas andas cubiertas de mucha diversidad de florés y de ramos. Lo cual visto por uno de los cabreros, dijo: aquellos que allí vienen son los que traen el cuerpo de Grisóstomo, y el pie de aquella montaña es el lugar donde él mandó que le enterrasen. Por esto se dieron priesa á llegar, y fue á tiempo que ya los que venian habian puesto las andas en el suelo, y cuatro dellos con agudos picos estaban cavando la sepultura á un lado de una dura peña. Recibiéronse los unos y los otros cortesmente, y luego Don Quijote y los que con él venian, se pusieron á mirar las andas, y en ellas vieron cubierto de flores un cuerpo

muerto y vestido como pastor, de edad al parecer de treinta años; y aunque muerto, mostraba que vivo habia sido de rostro hermoso y de disposicion gallarda. Alrededor dél tenia en las mismas andas algunos libros y muchos papeles abiertos y cerrados; y asi los que esto miraban como los que abrian la sepultura, y todos los demás que allí habia, guardaban un maravilloso silencio, hasta que uno de los que al muerto trujeron dijo á otro: mirad bien, Ambrosio, si es este el lugar que Grisóstomo dijo, ya que quereis que tan puntualmente se cumpla lo que dejó mandado en su testamento. Este es, respondió Ambrosio, que muchas veces en él me contó mi desdichado amigo la historia de su desventura. Allí me dijo él que vió la vez primera á aquella enemiga mortal del linaje humano, y allí fue tambien donde la primera vez le declaró su pensamiento tan honesto como enamorado, y allí fue la última vez donde Marcela le acabó de desengañar y desdeñar, de suerte que puso fin á la tragedia de su miserable vida; y aquí en memoria de tantas desdichas quiso él que le depositasen en las entrañas del eterno olvido.

Y volviéndose á Don Quijote y á los caminantes prosiguió diciendo: ese cuerpo, señores, que con piadosos ojos estais mirando, fue depositario de una alma en quien el cielo puso infinita parte de sus riquezas. Ese es el cuerpo de Grisóstomo, que fue único en el ingenio, solo en la cortesía, estremo en la gentileza, fénix en la amistad, magnífico sin tasa, grave sin presuncion, alegre sin bajeza; y finalmente primero en todo lo que es ser bueno, y sin segundo en todo lo que fue ser desdichado. Quiso bien, fue aborrecido; adoró, fue desdeñado; rogó á una fiera, importunó á un mármol, corrió tras el viento, dió voces á la soledad, sirvió á la ingratitud, de quien alcanzó por premio ser despojo de la muerte en la mitad de la carrera de su vida, á la cual dió fin una pastora á quien él procuraba eternizar para que viviera en la memoria de las gentes, cual lo pudieran mostrar bien esos papeles que estais mirando, si él no me hubiera mandado que los entregara al fuego en habiendo entregado su cuerpo á la tierra. De mayor rigor y crueldad usareis vos con ellos, dijo Vivaldo, que su mismo dueño, pues no es justo ni acertado que se cumpla la voluntad de quien lo que ordena va fuera de todo razonable discurso; y no le tuviera bueno Augusto César si consintiera que se pusiera en ejecucion lo que el divino Mantuano dejó en su testamento mandado. Asi que, señor Ambrosio, ya que deis el cuerpo de vuestro amigo á la tierra, no querais dar sus escritos al olvido, que si él ordenó como agraviado, no es bien que vos cumplais como indiscreto; antes haced, dando la vida á estos papeles, que la tenga siempre la crueldad de Marcela, para que sirva de ejemplo en los tiempos que están por venir á los vivientes, para que se aparten y huyan de caer en semejantes despeñaderos; que ya sé yo y los que aquí venimos la historia deste vuestro enamorado y desesperado amigo, y sabemos la amistad vuestra y la ocasion de su muerte, y lo que dejó mandado al acabar de la vida: de la cual lamentable historia se puede sacar cuánta haya sido la crueldad de Marcela, el amor de Grisóstomo, la fe de la amistad vuestra, con el paradero que tienen los que á rienda suelta corren por la senda que el desvariado amor delante de los ojos les pone. Anoche supimos la muerte de Grisóstomo, y que en este lugar habia de ser enterrado, y asi de curiosidad y de lástima dejamos nuestro derecho viaje, y acordamos de venir á ver con los ojos lo que tanto nos habia lastimado en oillo; y en pago desta lástima, y del deseo que en nosotros nació de remediarla si pudiéramos, os rogamos, oh discreto Ambrosio, á lo menos yo os lo suplico de mi parte, que dejando de abrasar estos papeles, me dejeis llevar algunos dellos. Y sin aguardar que el pastor respondiese, alargó la mano y tomó algunos de los que mas cerca estaban: viendo lo cual Ambrosio, dijo: por cortesia consentiré que os quedeis, señor, con los que ya habeis tomado; pero pensar que dejaré de quemar los que quedan, es pensamiento vano. Vivaldo, que deseaba ver lo que los papeles decian, abrió luego él uno dellos, y vió que tenia por título: *Cancion desesperada*. Oyólo Ambrosio y dijo: ese es el último papel que escribió el desdichado; y porque veais, señor, en el término que le tenian sus desventuras, leedle de modo que seais oido, que bien os dará lugar á ello el que se tardare en abrir la sepultura. Eso haré yo de muy buena gana, dijo Vivaldo; y como todos los circunstantes tenian el mismo deseo, se le pusieron á la redonda, y él leyendo en voz clara vió que asi decia:

CAPITULO XIV.

Donde se ponen los versos desesperados del difunto pastor, con otros no esperados sucesos.

CANCION DE GRISOSTOMO (1).

Ya que quieres, cruel, que se publique
De lengua en lengua y de una en otra gente
Del áspero rigor tuyo la fuerza,
  Haré que el mismo infierno comunique
Al triste pecho mio un son doliente,
Con que el uso comun de mi voz tuerza.
  Y al par de mi deseo, que se esfuerza
A decir mi dolor y tus hazañas,
De la espantable voz irá el acento,
Y en él mezclados por mayor tormento
Pedazos de las míseras entrañas.
  Escucha, pues, y presta atento oido
No al concertado son, sino al ruido
Que de lo hondo de mi amargo pecho,
Llevado de un forzoso desvarío,
Por gusto mio sale y tu despecho.
  El rugir del leon, del lobo fiero
El temeroso aullido, el silbo horrendo
De escamosa serpiente, el espantable
  Baladro de algun monstruo, el agorero
Graznar de la corneja, y el estruendo
Del viento contrastado en mar instable:
  Del ya vencido toro el implacable
Bramido, y de la viuda tortolilla
El sensible arrullar, el triste canto
Del envidiado buho, con el llanto
De toda la infernal negra cuadrilla,
Salgan con la doliente ánima fuera,
Mezclados en un son de tal manera
Que se confundan los sentidos todos,

Pues la pena cruel que en mí se halla,
Para contarla pide nuevos modos.
  De tanta confusion, no las arenas
Del padre Tajo oirán los tristes ecos,
Ni del famoso Betis las olivas:
  Que allí se esparcirán mis duras penas
En altos riscos y en profundos huecos,
Con muerta lengua y con palabras vivas;
  O ya en oscuros valles, ó en esquivas
Playas desnudas de contrato humano,
O á donde el sol jamás mostró su lumbre,
O entre la venenosa muchedumbre
De fieras que alimenta el Nilo llano:
  Que puesto que en los páramos desiertos
Los ecos roncos de mi mal inciertos
Suenen con tu rigor tan sin segundo,
Por privilegio de mis cortos hados,
Serán llevados por el ancho mundo:
  Mata un desden, aterra la paciencia
O verdadera ó falsa una sospecha:
Matan los celos con rigor tan fuerte;
  Desconcierta la vida larga ausencia;
Contra un temor de olvido no aprovecha
Firme esperanza de dichosa suerte.
  En todo hay cierta inevitable muerte:
Mas yo ¡milagro nunca visto! vivo
Celoso, ausente, desdeñado y cierto
De las sospechas que me tienen muerto
Y en el olvido en quien mi fuego avivo,
  Y entre tantos tormentos, nunca alcanza

(1) El artificio de esta cancion admirable y singular, consiste en componerse cada estancia de 16 versos, todos endecasílabos, que rimando entre sí de un modo nuevo, el penúltimo consuena con el hemistiquio del último.

    Puede reputarse Cervantes por inventor de este género de canciones: á lo menos ésta es diferente de las que compuso el Petrarca, que fue el primero que las escribió, ni la trae Rengifo, ni se halla otra semejante entre las de Boscan, Lope de Vega, Estéban Rodriguez, Laria de Sousa, ni Bernaldez.—P.

Mi vista á ver en sombra ó la esperanza:
Ni yo desesperado la procuro;
Antes por estremarme en mi querella
Estar sin ella eternamente juro.

¿Puédese por ventura en un instante
Esperar y temer, ó es bien hacello,
Siendo las causas del temor mas ciertas?

¿Tengo, si el duro celo (1) está delante,
De cerrar estos ojos, si ha de vello
Por mil heridas en el alma abiertas?

¿Quién no abrirá de par en par las puertas
A la desconfianza, cuando mira
Descubierto el desden y las sospechas,
¡Oh amarga conversion! verdades hechas,
Y la limpia verdad vuelta en mentira?

¡Oh en el reino de amor fieros tiranos
Celos! ponedme un hierro en estas manos
Dame, desden, una torcida soga:
¡Mas ay de mí! que con cruel victoria
Vuestra memoria el sufrimiento ahoga.

Yo muero en fin; y porque nunca espere
Buen suceso en la muerte ni en la vida,
Pertinaz estaré en mi fantasía.
Diré que va acertado el que bien quiere,
Y que es mas libre el alma mas rendida
A la de amor antigua tiranía.

Diré que la enemiga siempre mia
Hermosa el alma como el cuerpo tiene,
Y que su olvido de mi culpa nace,
Y que en fe de los males que nos hace
Amor su imperio en justa paz mantiene:

Y con esta opinion y un duro lazo,
Acelerando el miserable plazo
A que me han conducido sus desdenes,
Ofreceré á los vientos cuerpo y alma
Sin lauro ó palma de futuros bienes.

Tú que con tantas sinrazones muestras

La razon que me fuerza á que la haga
A la cansada vida que aborresco:
Pues ya ves que te da notorias muestras
Esta del corazon profunda llaga,
De como alegre á tu rigor me ofrezco:

Si por dicha conoces que merezco
Que el cielo claro de tus bellos ojos
En mi muerte se turbe, no lo hagas,
Que no quiero que en nada satisfagas
Al darte de mi alma los despojos.

Antes con risa en la ocasion funesta
Descubre que el fin mio fue tu fiesta.
Mas gran simpleza es avisarte desta,
Pues sé que está tu gloria conocida
En que mi vida llegue al fin tan presto.

Venga, que es tiempo ya, del hondo abismo
Tántalo con su sed, Sísifo venga
Con el peso terrible de su canto.

Ticio traiga su buitre, y ansimismo
Con su rueda Ixion no se detenga,
Ni las hermanas que trabajan tanto (2).
Y todos juntos su mortal quebranto
Trasladen en mi pecho, y en voz baja
(Si ya á un desesperado son debidas)
Canten obsequias tristes, doloridas
Al cuerpo, á quien se niegue aun la mortaja.

Y el portero infernal de los tres rostros (3),
Con otras mil quimeras y mil monstruos
Lleven el doloroso contrapunto,
Que otra pompa mejor no me parece
Que la merece un amador difunto.

Cancion desesperada, no te quejes;
Cuando mi triste compañía dejes;
Antes, pues que la causa do naciste
Con mi desdicha aumenta su ventura,
Aun en la sepultura no estés triste.

Bien les pareció á los que escuchado habian la cancion de Grisóstomo, puesto que el que la leyó dijo que no le parecia que conformaba con la relacion que él habia oido del recato y bondad de Marcela, porque en ella se quejaba Grisóstomo de celos, sospechas y de ausencia, todo en perjuicio del buen crédito y buena fama de Marcela: á lo cual respondió Ambrosio, como aquel que sabia bien los mas escondidos pensamientos de su amigo: para que, señor, os satisfagais desa duda es bien que sepais que cuando este desdichado escribió esta cancion estaba ausente de Marcela, de quien se habia ausentado por su voluntad por ver si usaba con él la ausencia de sus ordinarios fueros; y como al enamorado ausente no hay cosa que no le fatigue ni temor que no le dé alcance, así le fatigaban á Grisóstomo los celos imaginados y las sospechas temidas como si fueran verdaderas; y con esto queda en su punto la verdad que la fama pregona de la bondad de Marcela; la cual, fuera de ser cruel y un poco arrogante y un mucho desdeñosa, la misma envidia ni debe ni puede ponerle falta alguna. Así es la verdad, respondió Vivaldo; y queriendo leer otro papel de los que habia reservado del fuego, lo estorbó una maravillosa vision (que tál parecia ella) que improvisamente se les ofreció á los ojos; y fue que por cima de la peña donde se cavaba la sepultura pareció la pastora Marcela tan hermosa que pasaba á su fama su hermosura. Los que hasta entonces no la habian visto la miraban con admiracion y silencio, y los que ya estaban acostumbrados á verla no quedaron menos suspensos que los que nunca la habian visto. Mas apenas la hubo visto Ambrosio, cuando con muestras de ánimo indignado le dijo: ¿vienes á ver por ventura, oh fiero basilisco destas montañas, si con tu presencia vierten sangre las heri-

(1) *Zelo*, este nombre ofrece una particularidad notable. Cuando significa la pasion amorosa desconfiada, como sucede en el pasaje presente, no tiene singular, decimos *zelos*; cuando significa cuidado, solicitud, no tiene plural. Aquí está mal usado.—C.

(2) Las 50 hijas de Dánao, casadas con otros tantos primos hermanos, que la noche de las bodas, por instigacion de su padre, mataron á sus maridos; menos Hypermnestra, que perdonó la vida del suyo. Por cuyo delito fueron sentenciadas en el infierno á sacar agua con mucha fatiga de la laguna Estigia con cántaros horadados, la cual volviendo á caer en ella, trabajan en vano.—P.

(3) El Cancerbero, perro de tres gargantas que guardaba las puertas del infierno segun fingieron los poetas.

das deste miserable á quien tu crueldad quitó la vida; ó vienes á ufanarte en las crueles hazañas de tu condicion; ó á ver desde esa altura, como otro desapiadado Nero (1), el incendio de su abrasada Roma; ó

á pisar arrogante este desdichado cadáver como la ingrata hija al de su padre Tarquino (2)? Dinos presto á lo que vienes, ó qué es aquello de que mas gustas, que por saber yo que los pensamientos de Grisóstomo jamás dejaron de obedecerte en vida, haré que, aun él muerto, te obedezcan los de todos aquellos que se llamaron sus amigos.

No vengo, eh Ambrosio, á ninguna cosa de las que has dicho, respondió Marcela, sino á volver por mí misma, y á dar á entender cuán fuera de razon van todos aquellos que de sus penas y de la muerte de Grisóstomo me culpan; y asi ruego á todos los que aquí estais me esteis atentes, que no será menester mucho tiempo ni gastar muchas palabras para persuadir una verdad á los discretos. Hízome el cielo, segun vosotros decís, hermosa, y de tal manera que sin ser poderosos á otra cosa, á que me ameis os mueve mi hermosura, y por el amor que me mostrais decís y aun quereis que esté yo obligada á amaros. Yo conozco con el natural entendimiento que Dios me ha dado que todo lo hermoso es amable; mas no alcanzo que por razon de ser amado esté obligado lo que es amado por hermoso á amar á quien le ama; y mas que podria acontecer que el amador de lo hermoso fuese feo, y siendo lo feo digno de ser aborrecido, cae muy mal el decir quiérote por hermosa, hasme de amar aunque sea feo. Pero puesto caso que corran igualmente las hermosuras, no por eso han de correr iguales los deseos, que no todas

las hermosuras enamoran, que algunas alegran la vista y no rinden la voluntad; que si todas las bellezas enamorasen y rindiesen, sería un andar las voluntades confusas y descaminadas sin saber en cuál habrian de parar; porque siendo infinitos los sugetos hermosos, infinitos habian de ser los deseos; y segun yo he oido decir el verdadero amor no se divide, y ha de ser voluntario, y no forzoso. Siendo esto asi, como yo creo que lo es, ¿por qué quereis que rinda mi voluntad por fuerza, obligada no mas de que decis que me quereis bien? Si no, decidme: ¿si como el cielo me hizo hermosa me hiciera fea, fuera justo que me quejara de vosotros porque no me amábades? Cuanto mas que habeis de considerar que yo no escogí la hermosura que tengo, que tal cual es el cielo me la dió de gracia sin yo pedilla ni escogella; y asi como la víbora no merece ser culpada por la ponzoña que tiene, puesto que con ella mata, por habérsela dado naturaleza, tampoco yo merezco ser reprendida por ser hermosa; que la hermosura en la mujer honesta es como el fuego apartado, ó como la espada aguda, que ni él quema, ni ella corta á quien á ellos no se acerca. La honra y las virtudes son adornos del alma, sin las cuales el cuerpo, aunque lo sea, no debe de parecer hermoso: pues si la honestidad es una de las virtudes que al cuerpo y alma mas adornan y hermosean, ¿por qué la ha de perder la que es amada por hermosa, por corresponder á la intencion de aquel que por solo su gusto con todas sus fuerzas é industrias procura que la pierda? Yo nací libre, y para poder vivir libre escogí la soledad de los campos: los árboles destas montañas son mi compañía, las claras aguas destos arroyos mis espejos; con los árboles y con las aguas comunico mis pensamientos y hermosuras. Fuego soy apartado, y espada puesta lejos. A los que he enamorado con la vista he desengañado con las palabras; y si los deseos se sustentan con esperanzas, no habiendo yo dado alguna á Grisóstomo ni á otro alguno, el fin de ninguno dellos bien se puede decir que no es obra mia, que antes le mató su porfía que mi crueldad: y si se me hace cargo que eran honestos sus pensamientos, y que por esto estaba obligada á corresponder á ellos, digo que cuando

(1) *Nero* dice aquí el autor por *Neron*, que es como comunmente se dice.—Arr.
(2) Debe decir *Servio Tulio*, que fue padre de *Tulia*, y no *Tarquino*, que fue marido.—P.

en ese mismo lugar donde ahora se cava su sepultura, me descubrió la bondad de su intencion, le dije yo que la mia era vivir en perpetua soledad, y de que sola la tierra gozase el fruto de mi recogimiento y los despojos de mi hermosura: y si él con todo este desengaño quiso porfiar contra la esperanza y navegar contra el viento, ¿qué mucho que se anegase en la mitad del golfo de su desatino? Si yo le entretuviera, fuera falsa; si le contentara, hiciera contra mi mejor intencion y presupuesto. Porfió desengañado, desesperó sin ser aborrecido: mirad ahora si será razon que de su pena se me dé á mí la culpa. Quéjese el engañado, desespérese aquel á quien le faltaron las prometidas esperanzas, confiese el que yo llamare, 'ufánese el que yo admitiere; pero no me llame cruel ni homicida aquel á quien yo no prometo, engaño, llamo ni admito. El cielo aun hasta ahora no ha querido que yo ame por destino; y el pensar que tengo de amar por eleccion es escusado. Este general desengaño sirva á cada uno de los que me solicitan de su particular provecho; y entiéndase de aquí adelante, que si alguno por mí muriere, no muere de celoso ni desdichado, porque quien á nadie quiere á ninguno debe dar celos, que los desengaños no se han de tomar en cuenta de desdenes. El que me llama fiera y basilisco déjeme como cosa perjudicial y mala; el que me llama ingrata no me sirva; el que desconocida no me conozca; quien cruel no me siga: que esta fiera, este basilisco, esta ingrata, esta cruel y esta desconocida ni los buscará, servirá, conocerá ni seguirá en ninguna manera. Que si á Grisóstomo mató su impaciencia y arrojado deseo, ¿por qué se ha de culpar mi honesto proceder y recato? Si yo conservo mi limpieza con la compañía de los árboles, ¿por qué ha de querer que la pierda el que quiere que la tenga con los hombres? Yo, como sabeis, tengo riquezas propias, y no codicio las agenas; tengo libre condicion, y no gusto de sujetarme: ni quiero ni aborrezco á nadie: no engaño á éste, ni solicito aquel, ni burlo con uno, ni me entretengo con el otro. La conversacion honesta de las zagalas destas aldeas y el cuidado de mis cabras me entretiene; tienen mis deseos por término estas montañas, y si de aquí salen es á contemplar la hermosura del cielo, pasos con que camina el alma á su morada primera. Y en diciendo esto, sin querer oir respuesta alguna, volvió las espaldas y se entró por lo mas cerrado de un monte que allí cerca estaba, dejando admirados, tanto de su discrecion como de su hermosura, á todos los que allí estaban.

Y algunos dieron muestras (de aquellos que de la poderosa flecha de los rayos de sus bellos ojos estaban heridos) de quererla seguir, sin aprovecharse del manifiesto desengaño que habian oido. Lo cual visto por don Quijote, pareciéndole que allí venia bien usar de su caballería socorriendo á las doncellas menesterosas, puesta la mano en el puño de su espada en altas é inteligibles voces dijo: ninguna persona de cualquiera estado y condicion que sea se atreva á seguir á la hermosa Marcela, so pena de caer en la furiosa indignacion mia. Ella ha mostrado con claras razones la poca ó ninguna culpa que ha tenido en la muerte de Grisóstomo, y cuán agena vive de condescender con los deseos de ninguno de sus amantes, á cuya causa es justo que en lugar de ser seguida y perseguida, sea honrada y estimada de todos los buenos del mundo, pues muestra que en él ella es sola la que con tan honesta intencion vive. O ya que fuese por las amenazas de don Quijote, ó porque Ambrosio les dijo que concluyesen con lo que á su buen amigo debian, ninguno de los pastores se movió ni apartó de allí, hasta que acabada la sepultura, y abrasados los papeles de Grisóstomo, pusieron su cuerpo en ella, no sin muchas lágrimas de los circunstantes. Cerraron la sepultura con una gruesa peña en tanto que se acababa una losa que, segun Ambrosio dijo, pensaba mandar hacer, con un epitafio que habia de decir desta manera:

Yace aquí de un amador
el mísero cuerpo helado,
que fue pastor de ganado,
perdido por desamor.
Murió á manos del rigor
de una esquiva hermosa ingrata,
con quien su imperio dilata
la tiranía de amor.

Luego esparcieron por cima de la sepultura muchas flores y ramos, y dando todos el pésame á su amigo Ambrosio se despidieron dél. Lo mismo hicieron Vivaldo y su compañero; y don Quijote se despidió de sus huéspedes y de los caminantes, los cuales le rogaron se viniese con ellos á Sevilla, por ser lugar tan acomodado á hallar aventuras, que en cada calle y tras cada esquina se ofrecen mas que en otro alguno. Don Quijote les agradeció el aviso y el ánimo que mostraban de hacerle merced, y dijo que por entonces no queria ni debia ir á Sevilla hasta que hubiese despojado todas aquellas sierras de ladrones malandrines, de quien era fama que todas estaban llenas. Viendo su buena determinacion no quisieron los caminantes importunarle mas, sino tornándose á despedir de nuevo, le dejaron y prosiguieron su camino, en el cual no les faltó de qué tratar asi de la historia de Marcela y Grisóstomo, como de las locuras de don Quijote, el cual determinó de ir á buscar á la pastora Marcela, y ofrecerle todo lo que él podia en su servicio. Mas no le avino como él pensaba, segun se cuenta en el discurso desta verdadera historia, dando aquí fin la segunda parte.

CAPITULO XV.

Donde se cuenta la desgraciada aventura que se topó Don Quijote en topar con unos desalmados yangüeses.

Cuenta el sabio Cide Hamate Benengeli que asi como Don Quijote se despidió de sus huéspedes y de todos los que se hallaron al entierro del pastor Grisóstomo, él y su escudero se entraron por el mismo bosque donde vieron que se habia entrado la pastora Marcela, y habiendo andado mas de dos horas por él buscándola por todas partes sin poder hallarla, vinieron á parar á un prado lleno de fresca yerba, junto del cual corria un arroyo apacible y fresco, tanto que convidó y forzó á pasar allí las horas de la siesta, que rigurosamente comenzaba ya á entrar. Apeáronse Don Quijote y Sancho, y dejando al jumento y á Rocinante á sus anchuras pacer de la mucha yerba que allí habia, dieron saco á las alforjas, y sin ceremonia alguna en buena paz y compañia amo y mozo comieron lo que en ellas hallaron. No se habia curado Sancho de echar sueltas (1) á Rocinante, seguro de que le conocia por tan manso y tan poco rijoso, que todas las yeguas de la dehesa de Córdoba no le hicieran tomar mal siniestro. Ordenó, pues, la suerte y el diablo, que no todas las veces duerme, que andaban por aquel valle paciendo una manada de hacas galicianas de unos arrieros yangüeses (2), de los cuales es costumbre sestear con su recua en lugares y sitios de yerba y agua, y aquel donde acertó á hallarse Don Quijote era muy al propósito de los yangüeses. Sucedió pues que á Rocinante le vino en deseo de refocilarse con las señoras hacas, y saliendo asi como las olió de su natural paso y cos-

tumbre, sin pedir licencia á su dueño, tomó un trotillo algo picadillo, y se fué á comunicar su necesidad con ellas; mas ellas, que á lo que pareció debian de tener mas gana de pacer que de él, recibiéronle con las herraduras y con los dientes, de tal manera que á poco espacio se le rompieron las cinchas, y quedó sin silla en pelota; pero lo que él debió mas de sentir fue que viendo los arrieros la fuerza que á sus yeguas se les hacia, acudieron con estacas, y tantos palos le dieron, que le derribaron malparado en el suelo.

Ya en esto Don Quijote y Sancho, que la paliza de Rocinante habian visto, llegaban ijadeando, y dijo Don Quijote á Sancho: á lo que yo veo, amigo Sancho, estos no son caballeros, sino gente soez y de baja ralea: dígolo porque bien me puedes ayudar á tomar la debida venganza del agravio que delante de nuestros ojos se le ha hecho á Rocinante. ¿Qué diablos de venganza hemos de tomar, respondió Sancho, si estos son mas de veinte, y nosotros no mas de dos, y aun quizá no somos (3) sino uno y medio? Yo valgo por ciento, replicó Don Quijote, y sin hacer mas discursos echó mano á su espada y arremetió á los yangüeses, y lo mismo hizo Sancho Panza incitado y movido del ejemplo de su amo; y á las primeras

(1) *Echar sueltas* es poner una especie de trabas ó maniotas hechas de cáñamo, cerda ó esparto á las caballerías cuando se las deja sueltas en el campo para que pazcan.—Arr.

(2) Del distrito de Yanguas, de la provincia de la Rioja, entre Logroño y Santo Domingo de la Calzada.—Arr.

(3) Nosotros dicen las demás ediciones; pero debe decir nó somos: el nosotros es errata evidente.—F. Cuesta.

dió Don Quijote una cuchillada á uno que le abrió un sayo de cuero de que venia vestido con gran parte de la espalda. Los yangüeses, que se vieron maltratar de aquellos dos hombres solos siendo ellos tantos, acudieron á sus estacas, y cogiendo á los dos en medio comenzaron á menudear sobre ellos con gran ahinco y vehemencia: verdad es que al segundo toque dieron con Sancho en el suelo, y lo mismo le avino á Don Quijote, sin que le valiese su destreza y buen ánimo, y quiso su ventura que viniese á caer á los pies de Rocinante, que aun no se habia levantado; donde se echa de ver la furia con que machacan estacas puestas en manos rústicas y enojadas.

Viendo pues los yangüeses el mal recado que habian hecho, con la mayor presteza que pudieron cargaron su recua y siguieron su camino, dejando á los dos aventureros de mala traza y de peor talante. El primero que se resintió (1) fue Sancho Panza, y hallándose junto á su señor con voz enferma y lastimada dijo: señor Don Quijote, ¡ah señor Don Quijote! ¿Qué quieres, Sancho hermano? respondió Don Quijote con el mismo tono afeminado y doliente que Sancho. Querria, si fuese posible, respondió Sancho Panza, que vuestra merced me diese dos tragos de aquella bebida del feo Blas, si es que la tiene vuestra merced ahí á mano: quizá será de provecho para los quebrantamientos de huesos como es para las feridas. Pues á tenerla yo aqui, desgraciado yo, ¿qué nos faltaba? respondió Don Quijote; mas yo te juro, Sancho Panza, á fe de caballero andante, que antes que pasen dos dias, si la fortuna no ordena otra cosa, la tengo de tener en mi poder, ó mal me han de andar las manos. ¿Pues en

cuántos le parece á vuestra merced que podremos mover los pies? replicó Sancho Panza. De mí sé decir, dijo el molido caballero Don Quijote, que no sabré poner término á esos dias; mas yo me tengo la culpa de todo, que no habia de poner mano á la espada contra hombres que no fuesen armados caballeros como yo, y asi creo que en pena de haber pasado las leyes de la caballería ha permitido el Dios de las batallas que se me diese este castigo; por lo cual, hermano Sancho, conviene que estés advertido en esto que ahora te diré, porque importa mucho á la salud de entrambos; y es que cuando veas que semejante canalla nos hace algun agravio, no aguardes á que yo ponga mano á la espada para ellos, porque no lo haré en ninguna manera, sino pon tu mano á tu espada y castígalos muy á tu sabor, que si en su ayuda y defensa acudieren caballeros, yo te sabré defender y ofendellos con todo mi poder, que ya habrás visto por mil señales y esperiencias hasta dónde se estiende el valor de este mi fuerte brazo: tal quedó de arrogante el pobre señor con el vencimiento del valiente vizcaino.

Mas no le pareció tan bien á Sancho Panza el aviso de su amo, que dejase de responder diciendo: señor, yo soy hombre pacífico, manso, sosegado, y sé disimular cualquiera injuria, porque tengo mujer y hijos que sustentar y criar: asi que séale á vuestra merced tambien aviso, pues no puede ser mandato, que en ninguna manera pondré mano á la espada ni contra villano ni contra caballero, y que desde aqui para delante de Dios perdono cuantos agravios me han hecho y han de hacer, ora me los haya hecho ó haga ó haya de hacer persona alta ó baja, rico ó pobre, hidalgo ó pechero, sin eceptar estado ni condicion alguna. Lo cual oido por su amo le respondió: quisiera tener aliento para poder hablar un poco descansado, y que el dolor que tengo en esta costilla se aplacara tanto cuanto para darte á entender, Panza, en el error en que estás. Ven acá, pecador, si el viento de la fortuna, hasta ahora tan contrario, en nuestro favor se vuelve, llenándonos las velas del deseo para que seguramente y sin contraste alguno tomemos puerto en alguna de las ínsulas que te tengo prometida, ¿qué seria de tí si ganándola yo te hiciese señor della? Pues lo vendrás á imposibilitar por no ser caballero ni quererlo ser, ni tener valor ni intencion de vengar tus injurias y defender tu señorío: porque has de sa-

(1) *Resentirse*, aqui es lo mismo que *empezar á dar muestras materiales de dolor*. Resentirse una pared, un edificio cuando da señales de ruina aunque no inmediata; pero generalmente resentirse pertenece en el uso comun al efecto interior del ánimo.—C.

ber que en los reinos y provincias nuevamente conquistados nunca están tan quietos los ánimos de sus naturales, ni tan de parte del nuevo señor, que no se tenga temor de que han de hacer alguna novedad para alterar de nuevo las cosas, y volver, como dicen, á probar ventura; y asi es menester que el nuevo poseedor tenga entendimiento para saberse gobernar, y valor para ofender y defenderse en cualquier acontecimiento. En este que ahora nos ha acontecido, respondió Sancho, quisiera yo tener ese entendimiento y ese valor que vuestra merced dice; mas yo le juro á fe de pobre hombre que mas estoy para bizmas que para pláticas. Mire vuestra merced si se puede levantar, y ayudaremos á Rocinante, aunque no lo merece, porque él fue la causa principal de todo este molimiento: jamás tal creí de Rocinante, que le tenia por persona casta y tan pacífica como yo. En fin, bien dicen que es menester mucho tiempo para venir á conocer las personas, y que no hay cosa segura en esta vida. ¿Quién dijera que tras de aquellas tan grandes cuchilladas como vuestra merced dió á aquel desdichado caballero andante habia de venir por la posta y en seguimiento suyo esta tan grande tempestad de palos que ha descargado sobre nuestras espaldas? Aun las tuyas, Sancho, replicó Don Quijote, deben de estar hechas á semejantes nublados; pero las mias criadas entre sinabafas y holandas (1), claro está que sentirán mas el dolor desta desgracia, y si no fuese porque imagino, ¿qué digo imagino? sé muy cierto que todas estas incomodidades son muy anejas al ejercicio de las armas, aquí me dejaria morir de puro enojo. A esto replicó el escudero: señor, ya que estas desgracias son de la cosecha de la caballería, dígame vuestra merced si suceden muy á menudo, ó si tienen sus tiempos limitados en que acaecen; porque me parece á mí que á dos cosechas quedaremos inútiles para la tercera, si Dios por su infinita misericordia no nos socorre.

Sábete, amigo Sancho, respondió Don Quijote, que la vida de los caballeros andantes está sujeta á mil peligros y desventuras, y ni mas ni menos está en potencia propincua de ser los caballeros andantes reyes y emperadores, como lo ha mostrado la esperiencia en muchos y diversos caballeros de cuyas historias yo tengo entera noticia; y pudiérate contar ahora, si el dolor me diera lugar, de algunos que solo por el valor de su brazo han subido á los altos grados que he contado, y estos mismos se vieron antes y despues en diversas calamidades y miserias, porque el valeroso Amadís de Gaula se vió en poder de su mortal enemigo Arcalaus el encantador, de quien se tiene por averiguado que le dió teniéndole preso mas de doscientos azotes con las riendas de su caballo atado á una coluna de un patio (2); y aun hay un autor secreto y de no poco crédito que dice que habiendo cogido al caballero del Febo con una cierta trampa que se le hundió debajo de los pies en un cierto castillo, al caer se halló en una honda sima debajo de tierra atado de pies y manos, y allí le echaron una destas que llaman melecinas de agua de nieve y arena, de lo que llegó muy al cabo, y si no fuera socorrido en aquella gran cuita de un sabio grande amigo suyo, lo pasara muy mal el pobre caballero: asi que bien puedo yo pasar entre tanta buena gente, que mayores afrentas son las que estos pasaron que no las que ahora nosotros pasamos; porque quiero hacerte sabidor, Sancho, que no afrentan las heridas que se dan con los instrumentos que acaso se hallan en las manos, y esto está en la ley del duelo escrito por palabras espresas: que si el zapatero da á otro con la horma que tiene en la mano, puesto que verdaderamente es de palo, no por eso se dirá que queda apaleado aquel á quien dió con ella. Digo esto porque no pienses que puesto que quedamos desta pendencia molidos, quedamos afrentados, porque las armas que aquellos hombres traian con que nos machacaron no eran otras que sus estacas, y ninguno dellos, á lo que se me acuerda, tenia estoque, espada ni puñal. No me dieron á mí lugar, respondió Sancho, á que mirase en tanto, porque apenas puse mano á mi tizona cuando me santiguaron los hombros con sus pinos, de manera que me quitaron la vista de los ojos y la fuerza de los pies dando conmigo adonde ahora yago (3), y adonde no me da pena alguna el pensar si fue afrenta ó no lo de los estacazos, como me la da el dolor de los golpes, que me han de quedar tan impresos en la memoria como en las espaldas. Con todo eso te hago saber, hermano Panza, replicó Don Quijote, que no hay memoria á quien el tiempo no acabe, ni dolor que muerte no le consuma. ¿Pues qué mayor desdicha puede ser, replicó Panza, de aquella que aguarda al tiempo que la consuma, y á la muerte que la acabe? Si esta nuestra desgracia fuera de aquellas que con un par de bizmas se curan, aun no tan malo; pero voy viendo que no han de bastar todos los emplastos de un hospital para ponerlas en buen término siquiera.

Déjate deso, y saca fuerzas de flaqueza, Sancho, respondió Don Quijote, que asi haré yo, y veamos cómo está Rocinante, que á lo que me parece no le ha cabido al pobre la menor parte desta desgracia. No no hay de que maravillarse deso, respondió Sancho, siendo él tambien caballero andante; de lo que yo me maravillo es de que mi jumento haya quedado libre y sin costas donde nosotros salimos sin costillas. Siempre deja la ventura una puerta abierta en las desdichas para dar remedio á ellas, dijo Don Quijote: dígolo porque esta bestezuela podrá suplir ahora la falta de Rocinante, llevándome á mí desde aquí á algun castillo donde sea curado de mis feridas. Y mas que no tendré á deshonra la tal

_____

(1) *Sinabafa*, era una tela muy delgada. *Holanda* es todavia en el uso actual nombre de un lienzo muy fino.—C.

(2) Dos veces cayó Amadis en poder del rey Arcalaus: la una le tuvo encantado: la otra le dejó caer en una como sima por medio de una trampa; pero no dice su historia que le diese azotes. Hízolo sí padecer hambre y sed; y aun en este trabajo fue socorrido con una empanada de tocino y dos barriles de vino y agua que en un cesto le descolgó la doncella muda, sobrina de Arcalaus, llamada Jinaida (cap. XIX y LXIX). Quizá lo leeria Cervantes en otro libro.—P.

(3) *Yago*, en lugar de *yazgo*, que es el presente de indicativo del verbo *yacer*.—Arr.

caballería, porque me acuerdo haber leido que aquel buen viejo Sileno, ayo y pedagogo del alegre dios de la risa (1), cuando entró en la ciudad de las cien puertas (2) iba muy á su placer caballero sobre un muy hermoso asno. Verdad será que él debia de ir caballero como vuestra merced dice, respondió Sancho; pero hay grande diferencia del ir caballero al ir atravesado como costal de basura. A lo cual respondió Don Quijote: las feridas que se reciben en las batallas antes dan honra que la quitan; asi que, Panza amigo, no me repliques mas, sino como ya te he dicho levántate lo mejor que pudieres, y ponme de la manera que mas te agradare encima de tu jumento, y vamos de aquí antes que la noche venga y nos saltee en este despoblado. Pues yo he oido decir á vuestra merced, dijo Panza, que es muy de caballeros andantes el dormir en los páramos y desiertos lo mas del año, y que lo tienen á mucha ventura. Eso es, dijo Don Quijote, cuando no pueden mas, ó cuando están enamorados; y es tan verdad esto, que ha habido caballero que se ha estado sobre una peña al sol y á la sombra y á las inclemencias del cielo dos años sin que lo supiese su señora, y uno destos fue Amadis cuando llamándose Beltenebros se alojó en la Peña Pobre ni sé si ocho años ó ocho meses, que no estoy muy bien en la cuenta; basta que él estuvo allí haciendo penitencia por no sé qué sinsabor que le hizo la señora Oriana; pero dejemos ya esto, Sancho, y acaba antes que suceda otra desgracia al jumento como á Rocinante.

Aun ahí seria el diablo, dijo Sancho; y despidiendo treinta ayes y sesenta suspiros, y ciento y veinte pésetes y reniegos de quien allí le habia traido, se levantó quedándose agobiado en la mitad del camino como arco turquesco sin poder acabar de enderezarse; y con todo este trabajo aparejó su asno, que tambien habia andado algo distraido con la demasiada libertad de aquel dia: levantó luego á Rocinante, el cual si tuviera lengua con qué quejarse á buen seguro que Sancho ni su amo no le fueran en zaga. En resolucion Sancho acomodó á Don Quijote sobre el asno, y puso de reata á Rocinante, y llevando al asno del cabestro se encaminó poco mas ó menos hácia donde le pareció que podia estar el camino real; y la suerte que sus cosas de bien en mejor iba guiando, aun no hubo andado una pequeña legua cuando le deparó el camino, en el cual descubrió una venta, que á pesar suyo y gusto de Don Quijote habia de ser castillo: porfiaba Sancho que era venta, y su amo que no, sino castillo, y tanto duró la porfía, que tuvieron lugar sin acabarla de llegar á ella, en la cual Sancho se entró sin mas averiguacion con toda su recua.

CAPITULO XVI.

De lo que le sucedió al ingenioso hidalgo en la venta que él imaginaba ser castillo.

En ventero, que vió á Don Quijote atravesado en el asno, preguntó á Sancho qué mal traia. Sancho le respondió que no era nada, sino que habia dado una caida de una peña abajo, y que venia algo brumadas las costillas. Tenia el ventero por mujer á una no de la condicion que suelen tener las de semejante trato, porque naturalmente era caritativa y se dolia de las calamidades de sus prójimos; y asi acudió luego á curar á Don Quijote, é hizo que una hija suya doncella, muchacha y de muy buen parecer, la ayudase á curar á su huésped. Servia en la venta asimismo una moza asturiana, ancha de cara, llana de cogote, de nariz roma, del un ojo tuerta, y del otro no muy sana: verdad es que la gallardía del cuerpo suplia las demás faltas: no tenia siete palmos de los pies á la cabeza, y las espaldas, que algun tanto le cargaban, la hacian mirar al suelo mas de lo que ella quisiera. Esta gentil moza, pues, ayudó á la doncella, y las dos hicieron una muy mala cama á Don Quijote en un camaranchon que en otro tiempo daba manifiestos  indicios de que habia servido de pajar muchos años, en el cual tambien alojaba un arriero, que tenia su cama hecha un poco mas allá de la de nuestro Don Quijote; y aunque era de las enjalmas y mantas de sus machos, hacia mucha ventaja á la de Don Quijote, que solo contenia cuatro mal lisas tablas sobre dos no muy iguales bancos, y un colchon que en lo sutil parecia colcha, lleno de bodoques, que á no mostrar que eran de lana por algunas roturas, al tiento en la dureza semejaban de guijarro, y dos sábanas hechas de cuero de adarga (3), y una frazada cuyos hilos si se quisieran contar no se perdiera uno solo en la cuenta.

En esta maldita cama se acostó Don Quijote, y luego la ventera y su hija le emplastaron de arriba abajo, alumbrándoles Maritornes, que asi se llamaba la asturiana; y como al bizmalle viese la ventera tan acardenalado á partes á Don Quijote, dijo que aquello mas parecian golpes que caida. No fueron golpes, dijo Sancho, sino que la peña tenia muchos picos y tropezones, y que cada uno habia hecho su cardenal, y tambien le dijo: haga vuestra merced, señora, de manera que queden algunas esto-

(1) *Baco.*—P.
(2) La ciudad de *Tebas.*
(3) *Cuero de búfalo,* que era de lo que, segun Covarruvias, aforraban sus adargas ó escudos los berberiscos, y se introdujo en España.—Arr.

pas , que no faltará quien las haya menester, que tambien me duelen á mí un poco los lomos. ¿ Desa manera , respondió la ventera , tambien debisteis vos de caer? No caí, dijo Sancho Panza, sino que del sobresalto que tomé de ver caer á mi amo, de tal manera me duele á mí el cuerpo, que me parece que me han dado mil palos. Bien podria ser eso , dijo la doncella , que á mí me ha acontecido muchas veces soñar que caia de una torre abajo, y que nunca acababa de llegar al suelo , y cuando despertaba del sueño hallarme tan molida y quebrantada como si verdaderamente hubiera caido. Ahí está el toque, señora , respondió Sancho Panza , que yo sin soñar nada , sino estando mas despierto que ahora estoy, me hallo con pocos menos cardenales que mi señor Don Quijote. ¿Cómo se llama este caballero? preguntó la asturiana Maritornes. Don Quijote de la Mancha , respondió Sancho Panza , y es caballero aventurero, y de los mejores y mas fuertes que de luengos tiempos acá se han visto en el mundo. ¿Qué

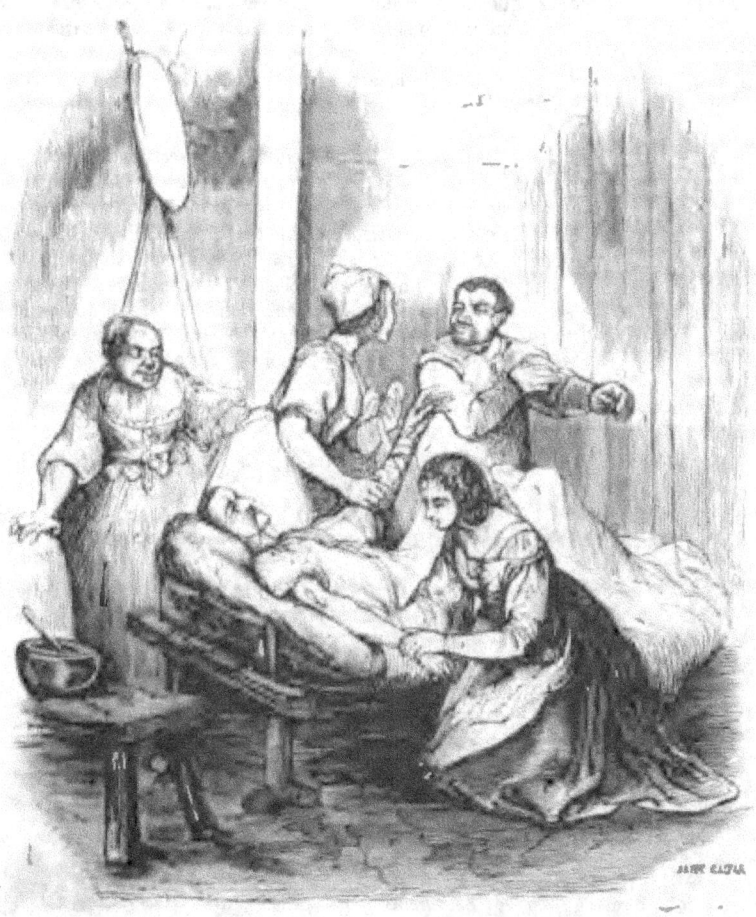

es caballero aventurero? replicó la moza. ¿Tan nueva sois en el mundo que no lo sabeis vos? respondió Sancho Panza : pues sabed , hermana mia , que caballero aventurero es una cosa que en dos palabras se ve apaleado y emperador : hoy está la mas desdichada criatura del mundo y la mas menesterosa , y mañana tendrá dos ó tres coronas de reinos que dar á su escudero. Pues ¿cómo vos siéndolo deste tan buen señor, dijo la ventera , no teneis á lo que parece siquiera algun condado? Aun es temprano, respondió Sancho , porque no há sino un mes que andamos buscando las aventuras , y hasta ahora no hemos topado con ninguna que lo sea , y tal vez hay que se busca una cosa y se halla otra : verdad es que si mi señor Don Quijote sana de esta herida ó caída, y yo no quedo contrecho della , no trocaria mis esperanzas con el mejor título de España.

    Todas estas pláticas estaba escuchando muy atento Don Quijote, y sentándose en el lecho, como pudo, tomando de la mano á la ventera , le dijo : creedme , fermosa señora , que os podeis llamar venturosa por haber alojado en este vuestro castillo á mi persona , que es tal que si yo no la alabo es por lo que suele decirse , que la alabanza propia envilece ; pero mi escudero os dirá quién soy: solo os digo que tendré eternamente escrito en mi memoria el servicio que me habedes fecho para agradecéroslo mientras la vida me durare ; y pluguiera á los altos cielos que el amor no me tuviera tan rendido y tan sujeto á sus leyes y los ojos de aquella hermosa ingrata que digo entre mis dientes, que los desta fermosa doncella fueran señores de mi libertad.

Confusas estaban la ventera y su hija y la buena de Maritornes oyendo las razones del andante caballero, que asi las entendian como si hablara en griego, aunque bien alcanzaron que todas se encaminaban á ofrecimientos y requiebros; y como no usadas á semejante lenguaje, mirábanle y admirábanse, y parecíales otro hombre de los que se usaban; y agradeciéndole con venteriles razones sus ofrecimientos, le dejaron, y la asturiana Maritornes curó á Sancho, que no menos lo habia menester que su amo. Habia el arriero concertado con ella que aquella noche se refocilarian juntos, y ella le habia dado su palabra de que estando sosegados los huéspedes y durmiendo sus amos, le iria á buscar y satisfacerle el gusto en cuanto le mandase. Y cuéntase desta buena moza que jamás dió semejantes palabras que no las cumpliese, aunque las diese en un monte y sin testigo alguno, porque presumia muy de hidalga, y no ténia por afrenta estar en aquel ejercicio de servir en la venta; porque decia ella que desgracias y malos sucesos la habian traido á aquel estado.

El duro, estrecho, apocado y fementido lecho de Don Quijote estaba primero en mitad de aquel estrellado (1) establo, y luego junto á él hizo el suyo Sancho, que solo contenia una estera de enea y una manta que antes mostraba ser de angeo tundido (2) que de lana: sucedia á estos dos lechos el del arriero, fabricado, como se ha dicho, de las enjalmas y de todo el adorno de los dos mejores mulos que traia, aunque eran doce, lucios, gordos y famosos, porque era uno de los ricos arrieros de Arévalo, segun lo dice el autor desta historia, que deste arriero hace particular mencion, porque le conocia muy bien, y aun quieren decir que era algo pariente suyo (3): fuera de que Cide Hamete Benengeli fue historiador muy curioso y muy puntual en todas las cosas; y échase bien de ver, pues las que quedan referidas, con ser tan mínimas y tan raras (4) no las quiso pasar en silencio, de donde podrán tomar ejemplo los historiadores graves que nos cuentan las acciones tan corta y sucintamente, que apenas nos llegan á los labios, dejándose en el tintero, ya por descuido, por malicia ó ignorancia, lo mas sustancial de la obra. Bien haya mil veces el autor de *Tablante de Ricamonte*, y aquel del otro libro donde se cuentan los hechos del *conde Tomillas*; ¡ y con qué puntualidad lo describen todo !

Digo, pues, que despues de haber visitado el arriero á su rueca, y dádole el segundo pienso, se tendió en sus enjalmas, y se dió á esperar á su puntualísima Maritornes. Ya estaba Sancho bizmado y acostado, y aunque procuraba dormir, no lo consentia el dolor de sus costillas, y Don Quijote con el dolor de las suyas tenia los ojos abiertos como liebre. Toda la venta estaba en silencio, y en toda ella no había otra luz que la que daba una lámpara que colgada en medio del portal ardia. Esta maravillosa quietud, y los pensamientos que siempre nuestro caballero traia de los sucesos que á cada paso se cuentan en los libros autores de su desgracia, le trujo á la imaginacion una de las estrañas locuras que buenamente imaginarse pueden; y fue que él se imaginó haber llegado á un famoso castillo (que como se ha dicho castillos eran á su parecer todas las ventas donde alojaba), y que la hija del ventero lo era del señor del castillo, la cual vencida de su gentileza, se habia enamorado dél, y prometido que aquella noche á furto de sus padres vendria á yacer con él una buena pieza; y teniendo toda esta quimera que él se habia fabricado por firme y valedera, se comenzó á cuitar y á pensar en el peligroso trance en que su honestidad se habia de ver, y propuso en su corazon de no cometer alevosía á su señora Dulcinea del Toboso, aunque la misma reina Ginebra con su dueña Quintañona se le pusiesen delante.

Pensando, pues, en estos disparates, se llegó el tiempo y la hora (que para él fue menguada) de la venida de la asturiana, la cual en camisa y descalza, cogidos los cabellos en una albanega (5) de fustan, con tácitos y atentados pasos entró en el aposento donde los tres alojaban, en busca del arriero; pero apenas llegó á la puerta cuando Don Quijote la sintió, y sentándose en la cama á pesar de sus bizmas y con dolor de sus costillas, tendió los brazos para recibir á su fermosa doncella. La asturiana, que toda recogida y callando iba con las manos delante buscando á su querido, topó con los brazos de Don Quijote, el cual la asió fuertemente de una muñeca, y tirándola hácia sí, sin que ella osase hablar palabra, la hizo sentar sobre la cama: tentóle luego la camisa, y aunque ella era de arpillera, á él le pareció ser de finísimo y delgado cendal. Traia en las muñecas unas cuentas de vidrio, pero á él le dieron vislumbres de preciosas perlas orientales: los cabellos, que en alguna manera tiraban á crines, él los marcó por hebras de lucidísimo oro de Arabia, cuyo resplandor al del mismo sol escurecia; y el aliento, que sin duda alguna olia á ensalada fiambre y trasnochada, á él le pareció que arrojaba de su boca un olor suave y aromático; y finalmente, él la pintó en su imaginacion de la misma traza y modo que lo habia leido en sus libros de la otra princesa que vino á ver al mal ferido caballero vencida de sus amores, con todos los adornos que aquí van puestos; y era tanta la ceguedad del pobre hidalgo, que el tacto, ni el aliento, ni otras cosas que traia en sí la buena doncella, no le desengañaban, las cuales pudieran hacer vomitar á otro que no fuera arriero; antes le parecia que tenia entre sus brazos á la diosa de la hermosura: y teniéndola bien asida con voz amorosa y baja le comenzó á decir: quisiera

---

(1) Destechado y descubierto, desde el cual se veian las estrellas.—P.

(2) *Angeo* era una tela basta y grosera, llamada así porque se traia de la provincia de *Anjou* á España.—C.

(3) Los moriscos, antes de su espulsion, que es cuando escribia Cervantes, se empleaban en la agricultura y en los oficios mecánicos; pero con mas gusto en el ejercicio arrieril, porque faltando de los pueblos, no eran notados de si oian misa, ó frecuentaban las iglesias, disimulando así su mahometismo oculto.—P.

(4) *Rateras* dicen otras ediciones.—P. C.

(5) *Cofia* ó *red de tela*, con que las mujeres recogian los cabellos.—P.

hallarme en términos, fermosa y alta señora, de poder pagar tamaña merced como la que con la vista de vuestra gran fermosura me habedes fecho; pero ha querido la fortuna, que no se cansa de perseguir á los buenos, ponerme en este lecho, donde yago tan molido y quebrantado, que aunque de mi voluntad quisiera satisfacer á la vuestra, fuera imposible; y mas que se añade á esta imposibilidad otra mayor, que es la fe que tengo dada á la sin par Dulcinea del Toboso, única señora de mis mas escondidos pensamientos; que si esto no hubiera de por medio, no fuera yo tan sándio caballero que dejara pasar en blanco la venturosa ocasion en que vuestra gran bondad me ha puesto.

Maritornes estaba congojadísima y trasudando de verse tan asida de Don Quijote, y sin entender ni estar atenta á las razones que le decia procuraba sin hablar palabra desasirse. El bueno del arriero, á quien tenian despierto sus malos deseos, desde el punto que entró su coima (1) por la puerta la sintió, estuvo atentamente escuchando todo lo que Don Quijote decia, y celoso de que la asturiana le hubiese faltado á la palabra por otro, se fué llegando mas al lecho de Don Quijote, y estúvose quedo hasta ver en qué paraban aquellas razones que él no podia entender; pero como vió que la moza forcejeaba por desasirse, y Don Quijote trabajaba por tenerla, pareciéndole mal la burla enarboló el brazo en alto, y descargó tan terrible puñada sobre las estrechas quijadas del enamorado caballero, que le bañó toda la boca en sangre, y no contento con esto se le subió encima de las costillas, y con los pies mas que de trote se las paseó todas de cabo á cabo. El lecho, que era un poco endeble y de no firmes fundamentos, no pudiendo sufrir la añadidura del arriero, dió consigo en el suelo, á cuyo gran ruido despertó el

ventero, y luego imaginó que debian de ser pendencias de Maritornes, porque habiéndola llamado á voces no respondia. Con esta sospecha se levantó, y encendiendo un candil se fué hácia donde habia sentido la pelaza. La moza, viendo que su amo venia, y que era de condicion terrible, toda medrosica y alborotada se acogió á la cama de Sancho Panza, que aun (2) dormia, y allí se acorrucó y se hizo un ovillo. El ventero entró diciendo: ¿ á dónde estás puta? á buen seguro que son tus cosas estas. En esto despertó Sancho, y sintiendo aquel bulto casi encima de sí, pensó que tenia la pesadilla, y comenzó á dar puñadas á una y otra parte, y entre otras alcanzó con no sé cuantas á Maritornes, la cual sentida del dolor, echando á rodar la honestidad, dió el retorno á Sancho con tantas, que á su despecho le quitó el sueño, el cual viéndose tratar de aquella manera y sin saber de quién, alzándose como pudo se abrazó con Maritornes, y comenzaron entre los dos la mas reñida y graciosa escaramuza del mundo. Viendo pues el arriero á la lumbre del candil del ventero cual andaba su dama, dejando á Don Quijote acudió á dalle el socorro necesario: lo mismo hizo el ventero, pero con intencion diferente, porque fué á castigar á la moza, creyendo sin duda que ella sola era la ocasion de toda aquella armonía. Y asi como suele decirse el gato al rato, el rato á la cuerda, la cuerda al palo, daba el arriero á Sancho, Sancho á la moza, la moza á él, el ventero á la moza, y todos menudeaban con tanta priesa, que no se daban punto de reposo; y fue lo bueno que al ventero se le apagó el candil, y como quedaron á escuras dábanse tan sin compasion todos á bulto, que á do quiera que ponian la mano no dejaban cosa sana.

Alojaba acaso aquella noche en la venta un cuadrillero de los que llaman de la santa hermandad vieja de Toledo (3), el cual oyendo asimismo el estraño estruendo de la pelea, asió de su media vara y de la caja de lata de sus títulos, y entró á escuras en el aposento diciendo: ténganse á la justicia, ténganse á la santa hermandad; y el primero con quien topó fue con el apuñeado de Don Quijote, que estaba en su derribado lecho tendido boca arriba sin sentido alguno, y echándole á tiento mano á las barbas no cesaba de decir: favor á la justicia; pero viendo que el que tenia asido no se bullia ni meneaba, se dió á entender que estaba muerto y que los que allí dentro estaban eran sus matadores, y con esta sospecha reforzó la voz diciendo: ciérrese la puerta de la venta, miren no se vaya nadie, que han muerto aquí á un hombre. Esta voz sobresaltó á todos, y cada cual dejó la pendencia en el grado que le tomó la voz. Retiróse el ventero á su aposento, el arriero á sus enjalmas, la moza á su rancho; solos los desventurados Don Quijote y Sancho no se pudieron mover de donde estaban. Soltó en esto el cuadrillero la barba de Don Quijote, y salió á buscar luz para buscar y prender los delincuentes; mas no la halló, porque el ventero de industria habia muerto la lámpara cuando se retiró á su estancia, y fuéle forzoso acudir á la chimenea, donde con mucho trabajo y tiempo encendió el cuadrillero otro candil.

(1) Mujer mundana. *(Vocabulario de la Germania de Juan Hidalgo)* —P.
(2) Es decir que ya dormia. Antes se ha dicho que no podia dormir.—F. C.
(3) Habiala en Toledo, Talavera y Ciudad-Real. Componiase de caballeros y gente noble, y era condicion fuesen hacendados y poseyesen colmenares en los montes de Toledo. Tenia por instituto perseguir á los ladrones y salteadores, llamados *golfines* antiguamente, que infestaban los montes y caminos, robando ganados y dinero.—P.

CAPITULO XVII.

Donde se prosiguen los inumerables trabajos que el bravo Don Quijote y su buen escudero Sancho Panza pasaron en la venta, que por su mal pensó que era castillo.

Había ya vuelto en este tiempo de su parasismo Don Quijote, y con el mismo tono de voz con que el dia antes habia llamado á su escudero cuando estaba tendido en el val (1) de las estacas, le comenzó á llamar diciendo: ¿Sancho amigo, duermes? ¿duermes, amigo Sancho? ¿Qué tengo de dormir, pesia á mí? respondió Sancho lleno de pesadumbre y de despecho; que no parece sino que todos los diablos han andado conmigo esta noche. Puédeslo creer asi sin duda, respondió Don Quijote, porque ó yo sé poco, ó este castillo es encantado, porque has de saber... mas esto que ahora quiero decirte hasme de jurar que lo tendrás secreto hasta despues de mi muerte. Sí juro, respondió Sancho. Dígolo, replicó Don Quijote, porque soy enemigo de que se quite la honra á nadie. Digo que sí juro, tornó á decir Sancho, que lo callaré hasta despues de los dias de vuestra merced, y plega á Dios que lo pueda descubrir mañana. ¿Tan malas obras te hago, Sancho, respondió Don Quijote, que me querrias ver muerto con tanta brevedad? No es por eso, respondió Sancho, sino porque soy enemigo de guardar mucho las cosas, y no querria que se me pudriesen de guardadas. Sea por lo que fuere, dijo Don Quijote, que mas fio de tu amor y de tu cortesía; y asi has de saber que esta noche me ha sucedido una de las mas estrañas aventuras que yo sabré encarecer, y por contártela en breve sabrás que poco há

que á mí vino la hija del señor deste castillo, que es la mas apuesta y fermosa doncella que en gran parte de la tierra se puede hallar. ¡Qué te podria decir del adorno de su persona! ¡qué de su gallardo entendimiento! ¡qué de otras cosas ocultas, que por guardar la fe que debo á mi señora Dulcinea del Toboso dejaré pasar intactas y en silencio! Solo te quiero decir que envidioso el cielo de tanto bien como la ventura me habia puesto en las manos, ó quizá (y esto es lo mas cierto) que como tengo dicho es encantado este castillo, al tiempo que yo estaba con ella en dulcísimos y amorosísimos coloquios, sin que yo la viese ni supiese por dónde venia, vino una mano pegada á algun brazo de algun descomunal gigante, y asentóme una puñada en las quijadas, tal que las tengo todas bañadas en sangre, y despues me molió de tal suerte, que estoy peor que ayer cuando los arrieros por demasías de Rocinante nos hicieron el agravio que sabes: por donde conjeturo que el tesoro de la fermosura desta doncella le debe de guardar algun encantado moro, y no debe de ser para mí. Ni para mí tampoco, respondió Sancho, porque mas de cuatrocientos moros me han aporreado, de manera que el molimiento de las estacas fue tortas y pan pintado. Pero dígame, señor, ¿cómo llama á esta buena y rara aventura habiendo quedado della cual quedamos? Aun vuestra merced menos mal, pues tuvo en sus manos aquella incomparable fermosura que ha dicho; pero yo ¿qué tuve sino los mayores porrazos que pienso recebir en toda mi vida? Desdichado de mí y de la madre que me parió, que ni soy caballero andante ni lo pienso ser jamás, y de todas las malandanzas me cabe la mayor parte. ¿Luego tambien estás tú aporreado? respondió Don Quijote. ¿No le he dicho que sí, pese á mi linaje? dijo Sancho. No tengas pena, amigo, dijo Don Quijote; que yo haré ahora el bálsamo precioso con que sanaremos en un abrir y cerrar de ojos. Acabó en esto de encender el candil el cuadrillero, y entró á ver el que pensaba que era muerto, y asi como le vió entrar Sancho, viéndole venir en camisa y con su paño de cabeza y candil en la mano, y con una muy mala cara, preguntó á su amo: señor ¿si será éste á dicha el moro encantado que nos vuelve á castigar si se dejó algo en el tintero? No puede ser el moro, respondió Don Quijote, porque los encantados no se dejan ver de nadie. Si no se dejan, ver déjanse sentir, dijo Sancho: si no díganlo mis espaldas. Tambien lo podrian decir las mias, respondió Don Quijote; pero no es bastante indicio eso para creer que este que se ve sea el encantado moro.

Llegó el cuadrillero, y como los halló hablando en tan sosegada conversacion quedó suspenso. Bien es verdad que aun Don Quijote se estaba boca arriba sin poderse menear de puro molido y emplastado. Llegóse á él el cuadrillero y díjole: pues ¿cómo va buen hombre? Hablara yo mas bien criado, respondió Don Quijote, si fuera que vos: ¿úsase en esta tierra hablar desa suerte á los caballeros andantes, majadero? El cuadrillero que se vió tratar tan mal de un hombre de tan mal parecer, no lo pudo sufrir, y alzando el candil con todo su aceite dió á Don Quijote con él en la cabeza, de suerte que le dejó muy bien descalabrado: y como todo quedó á escuras salióse luego, y Sancho Panza dijo: sin duda, señor, que este es el moro encantado, y debe de guardar el tesoro para otros, y para nosotros solo guarda las puñadas y los candilazos. Asi es, respondió Don Quijote, y no hay que hacer caso destas

(1) Palabra anticuada, en lugar de *valle*, que es como ahora se dice.—Arr.

cosas de encantamentos, ni hay para qué tomar cólera ni enojo con ellas, que como son invisibles y
fantásticas, no hallaremos de quién vengarnos aunque mas lo procuremos: levántate Sancho si puedes,
y llama al alcaide desta fortaleza, y procura que se me dé un poco de aceite, vino, sal y romero para
hacer el salutífero bálsamo, que en verdad que creo que lo hé bien menester ahora, porque se me
va mucha sangre de la herida que esta fantasma me ha dado.

Levantóse Sancho con harto dolor de sus huesos, y fué á escuras donde estaba el ventero, y encontrándose con el cuadrillero, que estaba escuchando en qué paraba su enemigo, le dijo: señor, quien
quiera que seais, hacednos merced y beneficio de darnos un poco de romero, aceite, sal y vino, que
es menester para curar uno de los mejores caballeros andantes que hay en la tierra, el cual yace en

aquella cama mal ferido por las manos
del encantado moro que está en esta
venta. Cuando el cuadrillero tal oyó
túvole por hombre falto de seso; y
porque ya comenzaba á amanecer
abrió la puerta de la venta, y llamando al ventero le dijo lo que aquel buen
hombre quería. El ventero le proveyó de cuanto quiso, y Sancho se lo
llevó á Don Quijote, que estaba con
las manos en la cabeza quejándose
del dolor del candilazo, que no le
habia hecho mas mal que levantarle
dos chichones algo crecidos, y lo que
él pensaba que era sangre no era si
no sudor que sudaba con la congoja
de la pasada tormenta. En resolucion,
él tomó sus simples, de los cuales
hizo un compuesto mezclándolos todos
y cociéndolos un buen espacio hasta
que le pareció que estaban en su
punto. Pidió luego alguna redoma
para echallo, y como no la hubo en la
venta, se resolvió de ponello en una
alcuza ó aceitera de hoja de lata,
de quien el ventero le hizo grata do-
nacion; y luego dijo sobre la alcuza mas de ochenta pater-nostres y
otras tantas ave-marías, salves y
credos, y á cada palabra acompañaba una cruz á modo de bendicion; á
todo lo cual se hallaron presentes

Sancho, el ventero y cuadrillero, que ya el arriero sosegadamente andaba entendiendo en el beneficio
de sus machos.

Hecho esto, quiso él mismo hacer luego la esperiencia de la virtud de aquel precioso bálsamo que él se
imaginaba, y así se bebió de lo que no pudo caber en la alcuza y quedaba en la olla donde se habia cocido casi media azumbre; y apenas lo acabó de beber cuando comenzó á vomitar de manera que no le
quedó cosa en el estómago, y con las ansias y agitacion del vómito le dió un sudor copiosísimo, por
lo cual mandó que le arropasen y le dejasen solo. Hiciéronlo así, y quedóse dormido mas de tres horas,
al cabo de las cuales despertó y se sintió aliviadísimo del cuerpo, y en tal manera mejor de su quebrantamiento, que se tuvo por sano, y verdaderamente creyó que habia acertado con el bálsamo de
Fierabrás, y que con aquel remedio podia acometer desde allí adelante sin temor alguno cualesquiera
ruinas, batallas y pendencias por peligrosas que fuesen.

Sancho Panza, que tambien tuvo á milagro la mejoría de su amo, le rogó que le diese á él lo que
quedaba en la olla, que no era poca cantidad. Concedióselo Don Quijote, y él tomándola á dos manos
con buena fe y mejor talante se la echó á pechos y se envasó bien poco menos que su amo. Es, pues,
el caso que el estómago del pobre Sancho no debia de ser tan delicado como el de su amo, y asi primero que vomitase le dieron tantas ansias y bascas con tantos trasudores y desmayos, que él pensó
bien y verdaderamente que era llegada su última hora; y viéndose tan afligido y congojado maldecia
el bálsamo y al ladron que se lo habia dado. Viéndole asi Don Quijote le dijo: yo creo, Sancho, que
todo este mal te viene de no ser armado caballero, porque tengo para mí que este licor no debe de
aprovechar á los que no lo son. Si eso sabia vuestra merced, replicó Sancho, mal haya yo y toda mi
parentela, ¿para qué consintió que lo gustase? En esto hizo su operacion el brevaje, y comenzó el
pobre escudero á desaguarse por entrambas canales con tanta priesa, que la estera de enea sobre quien
se habia vuelto á echar ni la manta de angeo con que se cubria fueron mas de provecho: sudaba y

trasudaba con tales parasismos y accidentes, que no solamente él, sino todos pensaron que se le acababa la vida. Duróle esta borrasca y malandanza casi dos horas, al cabo de las cuales no quedó como su amo, sino tan molido y quebrantado que no se podia tener. Pero Don Quijote que como se ha dicho se sintió aliviado y sano, quiso partirse luego á buscar aventuras, pareciéndole que todo el tiempo que allí se tardaba era quitársele al mundo y á los en él menesterosos de su favor y amparo, y mas con la seguridad y confianza que llevaba en su bálsamo; y asi forzado deste deseo él mismo ensilló á Rocinante, y enalbardó al jumento de su escudero, á quien tambien ayudó á vestir y á subir en el asno:

púsose luego á caballo, y llegándose á un rincon de la venta asió de un lanzon (1) que allí estaba para que le sirviese de lanza. Estábanle mirando todos cuantos habia en la venta, que pasaban de mas de veinte personas; mirábale tambien la hija del ventero, y él tambien no quitaba los ojos della, y de cuando en cuando arrojaba un suspiro que parecia que lo arrancaba de lo profundo de sus entrañas, y todos pensaban que debia de ser del dolor que sentia en las costillas, á lo menos pensábanlo aquellos que la noche antes le habian visto bizmar.

Ya que estuvieron los dos á caballo, puesto á la puerta de la venta llamó al ventero, y con voz muy reposada y grave le dijo: muchas y muy grandes son las mercedes, señor alcaide, que en este vuestro castillo he recibido, y quedó obligadísimo á agradecéroslas todos los dias de mi vida: si os las puedo pagar en haceros vengado de algun soberbio que os haya fecho algun agravio, sabed que mi oficio nó es otro sino valer á los que poco pueden, vengar á los que reciben tuertos, y castigar alevosías: recorred vuestra memoria, y si hallais alguna cosa deste jaez que encomendarme, no hay sino decilla, que yo os prometo por la órden de caballero que recebí de haceros satisfecho y pagado á toda vuestra voluntad. El ventero le respondió con el mismo sosiego: señor caballero, yo no tengo necesidad de que vuestra merced me vengue ningun agravio, porque yo sé tomar la venganza que me parece cuando se me hacen: solo he menester que vuestra merced me pague el gasto que esta noche ha hecho en la venta, asi de la paja y cebada de sus dos bestias, como de la cena y camas. ¿Luego venta es esta? replicó Don Quijote. Y muy honrada, respondió el ventero. Engañado he vivido hasta aquí, respondió Don Quijote, que en verdad que pensé que era castillo, y no malo; pero pues es asi que no es castillo, sino venta, lo que se podrá hacer por ahora es que perdoneis por la paga, que yo no puedo contravenir á la órden de los caballeros andantes, de los cuales sé cierto (sin que hasta ahora haya leido cosa en contrario) que jamás pagaron posada ni otra cosa en venta donde estuviesen (2), porque se les debe de fuero y de derecho cualquier buen acogimiento que se les hiciere en pago del insufrible trabajo que padecen buscando aventuras de noche y de dia, en invierno y en verano, á pié y á caballo, con sed y con hambre, con calor y con frio, sujetos á todas las inclemencias del cielo y á todos los incómodos de la tierra. Poco tengo yo que ver en eso, respondió el ventero; págueseme lo que se me

(1) Lanzon, á pesar de su terminacion aumentativa, significa una cosa menor que lanza, á la manera que raton significa tambien una cosa menor que rata, y rabon, un animal de poco rabo ó sin rabo.—C.

(2) No habia sin duda leido Don Quijote el Morgante Maggiore de Luis Pulci, que en el canto XXI introduce á Orlando reventado de pena porque no tenia dinero con que pagar la posada al ventero que pretendia le dejase el caballo á lo menos en prendas.—P.

debe, y dejémonos de cuentos ni de caballerías, que yo no tengo cuenta con otra cosa que con cobrar mi hacienda. Vos sois un sandio y mal hostalero, respondió Don Quijote, y poniendo piernas á Rocinante, y terciando su lanzon se salió de la venta sin que nadie le detuviese; y él sin mirar si le seguia su escudero se alongó un buen trecho.

El ventero, que le vió ir y que no le pagaba, acudió á cobrar á Sancho Panza, el cual dijo, que pues su señor no habia querido pagar, que tampoco él pagaria, porque siendo él escudero de caballero andante como era, la mesma regla y razon corria por él como por su amo en no pagar cosa alguna en los mesones y ventas. Amohinóse mucho desto el ventero, y amenazóle que si no le pagaba que lo cobraria de modo que le pesase. A lo cual Sancho respondió, que por la ley de caballería que su amo habia recebido no pagaria un solo cornado (1) aunque le costase la vida, porque no habia de perder por él la buena y antigua usanza de los caballeros andantes, ni se habian de quejar dél los escuderos de los tales que estaban por venir al mundo, reprochándole el quebrantamiento de tan justo fuero.

Quiso la mala suerte del desdichado Sancho que entre la gente que estaba en la venta se hallasen cuatro perailes de Segovia (2), tres agujeros del potro de Córdoba, y dos vecinos de la heria de Sevilla (3), gente alegre, bien intencionada (4), maleante y juguetona, los cuales casi como instigados y movidos de un mismo espíritu se llegaron á Sancho, y apeándole del asno, uno dellos entró por la manta de la cama del huésped; y echándole en ella alzaron los ojos y viendo que el techo era algo mas bajo de lo que habian menester para su obra, determinaron salirse al corral que tenia por límite el cielo, y allí puesto Sancho en mitad de la manta comenzaron á levantarle en alto, y á holgarse con él como con perro por carnestolendas. Las voces que el mísero manteado daba fueron tantas que llegaron á los oidos de su amo, el cual deteniéndose á escuchar atentamente, creyó que alguna nueva aventura le venia, hasta que claramente conoció que el que gritaba era su escudero; y volviendo las riendas, con un penado (5) galope llegó á la venta, y hallándola cerrada la rodeó por ver si hallaba por dónde entrar; pero no hubo llegado á las paredes del corral, que no eran muy altas, cuando vió el mal juego que se le hacia á su escudero. Vióle bajar y subir por el aire con tanta gracia y presteza, que si la cólera le dejara, tengo para mí que se riera. Probó á subir desde el caballo á las bardas, pero estaba tan molido y quebrantado, que aun apearse no pudo, y asi desde encima del caballo comenzó á decir tantos denuestos y baldones á los que á Sancho manteaban, que no es posible acertar á escrebillos; mas no por esto cesaban ellos de su risa y de su obra, ni el volador Sancho dejaba sus quejas mezcladas ya con amenazas, ya con ruegos; mas todo aprovechaba poco ni aprovechó hasta que de puro cansados le dejaron (6). Trujéronle allí su asno, y subiéndole encima le arroparon con su gaban, y la compasiva Maritornes viéndole tan fatigado le pareció ser bien socorrelle con un jarro de agua, y asi se le trujo del pozo por ser mas fria. Tomóle Sancho, y llevándole á la boca se paró á las voces que su amo le daba diciendo: hijo Sancho, no bebas agua, hijo no la bebas, que te matará: ves aquí tengo el santísimo bálsamo (y enseñábale la alcuza del brebaje) que con dos gotas que dél bebas sanarás sin duda. A estas voces volvió Sancho los ojos como de través, y dijo con otras mayores: ¿por dicha hásele olvidado á vuestra merced como yo no soy caballero, ó quiere que acabe de vomitar las entrañas que me quedaron de anoche? Guárdese su licor con todos los diablos, y déjeme á mí: y el acabar de decir esto y el comenzar á beber todo fue uno; mas como al primer trago vió que era agua, no quiso pasar adelante, y rogó á Maritornes que se le trujese de vino, y asi lo hizo ella de muy buena voluntad, y lo pagó de su mismo dinero, porque en efecto se dice de ella que aunque estaba en aquel trato, tenia unas sombras y lejos de cristiana. Asi como bebió Sancho, dió de los carcaños á su asno, y abriéndole la puerta de la venta de par en par, se salió della muy contento de no haber pagado nada y de haber salido con su intencion, aunque habia sido á costa de sus acostumbrados fiadores que eran sus espaldas. Verdad es que el ventero se quedó con sus alforjas en pago de lo que se le debia, mas Sancho no las echó menos segun salió turbado. Quiso el ventero atrancar bien la puerta asi como le vió fuera, mas no lo consintieron los manteadores, que era gente que aunque Don Quijote fuera verdaderamente de los caballeros andantes de la Tabla Redonda, no le estimaran en dos ardites.

(1) *Cornado*, moneda muy baja de ley: tres cornados valian una *blanca.*—Arr.—Palabra sincopada de *coronado.* Moneda de valor corto y despreciable, lo mismo que ardite al fin de este capitulo.—C.

(2) *Perailes*, anagrama de *pelaires*, que eran ciertos operarios de las fábricas de paños, llamados asi porque trabajaban en ellos colgados al aire. Estas fábricas florecian viviendo Cervantes, y señaladamente en Segovia, donde aun quedan vestigios.—*Agujeros*, fabricantes ó revendedores de agujas.—*Potro de Córdoba*, uno de los parajes de España que en el capítulo III de esta primera parte se cuentan entre los de mayor concurso de gente baladi y mal entretenida.—C.

(3) *Heria*, el barrio donde se albergaba y la sociedad que formaba la gente perdida.—F. C.

(4) *Gente bien intencionada*, dicho por ironía.

(5) *Penado*, esto es, *trabajoso*, por la dificultad y trabajo que le costaba el correr ó galopar á Rocinante.—Arr.

(6) Este manteamiento de Sancho es parecido al suceso de Fidello, escudero de don Florando de Inglaterra, cuando yendo algo apartado de su amo, le asieron cuatro fantasmas, y levantándole en el aire le atormentaron las carnes con tenazas encendidas; y pidiendo favor y ayuda, oyó su amo sus clamores, vuelve atrás el caballo, y mirando el triste estado de su escudero, no le socorre, escusándose con que toda aquella pesada burla era mera apariencia, y no cosa real y verdadera.—P.

CAPITULO XVIII.

Donde se cuentan las razones que pasó Sancho Panza con su señor Don Quijote, con otras aventuras dignas de ser contadas.

Llegó Sancho á su amo marchito y desmayado, tanto que no podia arrear á su jumento. Cuando asi le vió Don Quijote le dijo : ahora acabo de creer, Sancho bueno, que aquel castillo ó venta es encantado sin duda, porque aquellos que tan atrozmente tomaron pasatiempo contigo ¿ qué podian ser sino fantasmas y gente del otro mundo ? y confirmo esto por haber visto que cuando estaba por las bardas del corral mirando los actos de tu triste tragedia no me fue posible subir por ellas, ni menos pude apearme de Rocinante, porque me debian de tener encantado ; que te juro por la fe de quien soy que si pudiera subir ó apearme, que yo te hiciera vengado de manera que aquellos follones (1) y malandrines se acordaran de la burla para siempre, aunque en ello supiera contravenir á las leyes de caballería, que como ya muchas veces te he dicho, no consiente que caballero ponga mano contra quien no lo sea si no fuere en defensa de su propia vida y persona en caso de urgente y gran necesidad. Tambien me vengara yo si pudiera, dijo Sancho, fuera ó no fuera armado caballero, pero no pude ; aunque tengo para mí que aquellos que se holgaron conmigo no eran fantasmas ni hombres encantados, como vuestra merced dice, sino hombres de carne y de hueso como nosotros ; y todos, segun los oí nombrar cuando me volteaban, tenian sus nombres, que el uno se llamaba Pedro Martinez, y el otro Tenorio Hernandez, y el ventero oí que se llamaba Juan Palomeque el Zurdo : asi que, señor, el no poder saltar las bardas del corral ni apearse del caballo en él estuvo que en encantamentos, y lo que yo saco en limpio de todo esto es que estas aventuras que andamos buscando al cabo al cabo nos han de traer á tantas desventuras que no sepamos cuál es nuestro pie derecho ; y lo que seria mejor y mas acertado segun mi poco entendimiento, fuera el volvernos á nuestro lugar ahora que es tiempo de la siega y de entender en la hacienda, dejándonos de andar de zeca en meca y de zoca en colodra, como dicen.

Qué poco sabes, Sancho, respondió Don Quijote, de achaque de caballería : calla y ten paciencia, que dia vendrá donde veas por vista de ojos cuán honrosa cosa es andar en este ejercicio : si no, dime ¿ qué mayor contento puede haber en el mundo, ó qué gusto puede igualarse al de vencer una batalla, y al de triunfar de su enemigo ? ninguno sin duda alguna. Asi debe de ser, respondió Sancho, puesto que yo no lo sé ; solo sé que despues que somos caballeros andantes, ó vuestra merced lo es (que yo no hay para que me cuente en tan honroso número) jamás hemos vencido batalla alguna, sino fue la del vizcaino, y aun de aquella salió vuestra merced con media oreja y media celada menos ; que despues acá todo ha sido palos y mas palos, puñadas y mas puñadas, llevando yo de ventaja el manteamiento, y haberme sucedido por personas encantadas de quien no puedo vengarme, para saber hasta dónde llega el gusto del vencimiento del enemigo, como vuestra merced dice. Esa es la pena que yo tengo y la que tú debes tener, Sancho, respondió Don Quijote ; pero de aquí en adelante yo procuraré haber á las manos alguna espada hecha por tal maestría, que al que la trujere consigo no le puedan hacer ningun género de encantamentos, y aun podria ser que me deparase la ventura aquella de Amadis cuando se llamaba *El Caballero de la ardiente espada* (2), que fue una de las mejores espadas que tuvo caballero en el mundo, porque fuera de que tenia la virtud dicha, cortaba como una navaja, y no habia armadura por fuerte y encantada que fuese que se le parase delante. Yo soy tan venturoso, dijo Sancho, que cuando eso fuese y vuestra merced viniese á hallar espada semejante, solo vendria á servir y aprovechar á los armados caballeros, como el bálsamo, y á los escuderos que se los papen duelos (3). No temas eso, Sancho, dijo Don Quijote, que mejor lo hará el cielo contigo.

En estos coloquios iban Don Quijote y su escudero, cuando vió Don Quijote que por el camino que iban, venia hácia ellos una grande y espesa polvareda, y en viéndola se volvió á Sancho y le dijo : este es el dia, oh Sancho, en el cual se ha de ver el bien que me tiene guardado mi suerte : este es el dia, digo, en que se ha de mostrar tanto como en otro alguno el valor de mi brazo, y en que tengo de hacer obras que queden escritas en el libro de la fama por todos los venideros siglos. ¿ Ves aquella polvareda que allí se levanta, Sancho ? pues toda es cuajada de un copiosísimo ejército, que de diversas é innumerables gentes compuesto, por allí viene marchando. A esa cuenta dos deben de ser, dijo Sancho, porque desta parte contraria se levanta asimesmo otra semejante polvareda. Volvió á mirarla Don Quijote, y vió que asi era la verdad, y alegrándose sobremanera pensó sin duda alguna que eran dos ejércitos que venian á embestirse y á encontrarse en mitad de aquella espaciosa llanura, porque tenia á todas horas y momentos llena la fantasía de aquellas batallas, encantamentos, sucesos, desatinos, amores, desafíos que en los libros de caballerías se cuentan, y todo cuanto hablaba, pensaba ó hacia era encaminado á cosas semejantes : y la polvareda que habia visto la levantaban dos grandes manadas de ovejas y

(1) *Follon es insensato, vano, hinchado á manera de fuelle.*—C.

(2) *Ardiente espada* y *Verde espada:* esta fue de Amadis de Gaula, y aquella de Amadis de Grecia. Una y otra dieron nombre á sus dueños. La *Verde espada* se dijo por el color de la vaina que era verde. La *Ardiente espada* tomó el nombre de su color que era bermejo como una brasa.—Este nombre realmente es el mismo que el de la espada *Tizona* del Cid: *tizon y brasa* todo viene á ser uno.—C.

(3) *Papen duelos*, esto es, *que penen, que sufran, que perezcan.*—Arr.—*Papar* familiarmente es *tragar, engullir.*—C.

carneros que por aquel mismo camino de dos diferentes partes venian, las cuales con el polvo no se echaron de ver hasta que llegaron cerca, y con tanto ahinco afirmaba Don Quijote que eran ejércitos, que Sancho lo vino á creer y á decirle: señor ¿pues qué hemos de hacer nosotros? ¿Qué? dijo Don Quijote, favorecer y ayudar á los menesterosos y desvalidos: y has de saber, Sancho, que este que viene por nuestra frente le conduce y guia el grande emperador Alifanfaron, señor de la grande isla Trapobana (1); este otro que á mis espaldas marcha es el de su enemigo el rey de los Garamantas (2) Pentapolin del arremangado brazo, porque siempre entra en las batallas con el brazo derecho desnudo. ¿Pues por qué se quieren tan mal estos dos señores? preguntó Sancho. Quiérense mal, respondió Don Quijote, porque este Alifanfaron es un furibundo pagano y está enamorado de la hija de Pentapolin, que es una muy fermosa y además agraciada señora, y es cristiana, y su padre no se la quiere entregar al rey pagano si no deja primero la ley de su falso profeta Mahoma y se vuelve á la suya. Para mis barbas (3), dijo Sancho, si no hace muy bien Pentapolin, y que le tengo de ayudar en cuanto pudiere.

En eso harás lo que debes, Sancho, dijo Don Quijote, porque para entrar en batallas semejantes no se requiere ser armado caballero. Bien se me alcanza eso, respondió Sancho: ¿pero dónde pondremos á este asno, que estemos ciertos de hallarle despues de pasada la refriega, porque el entrar en ella en semejante caballería no creo que está en uso hasta ahora? Asi es verdad, dijo Don Quijote; lo que puedes hacer dél es dejarle á sus aventuras, ahora se pierda ó no, porque serán tantos los caballos que tendremos despues que salgamos vencedores, que aun corre peligro Rocinante no le trueque por otro; pero estame atento y mira, que te quiero dar cuenta de los caballeros mas principales que en estos dos ejércitos vienen; y para que mejor los veas y notes, retirémonos á aquel altillo que allí se hace, de donde se deben de descubrir los dos ejércitos. Hiciéronlo asi, y pusiéronse sobre una loma, desde la cual se verian bien las dos manadas, que á Don Quijote se le hicieron ejércitos, si las nubes del polvo que levantaban no les turbaran y cegaran la vista; pero con todo esto, viendo en su imaginacion lo que no veia ni habia, con voz levantada comenzó á decir:

Aquel caballero que allí ves de las armas jaldes (4), que trae en el escudo un leon coronado rendido á los pies de una doncella, es el valeroso Laurcalco, señor de la puente de plata: el otro de las armas de las flores de oro, que trae en el escudo tres coronas de plata en campo azul, es el temido Micocolembo, gran duque de Quirocia: el otro de los miembros giganteos que está á su derecha mano es el nunca medroso Brandabarbaran de Boliche, señor de las tres Arabias, que viene armado de aquel cuero de serpiente, y tiene por escudo una puerta, que segun es fama es una de las del templo que derribó Sanson cuando con su muerte se vengó de sus enemigos; pero vuelve los ojos á estotra parte, y verás delante y en la frente de estotro ejército al siempre vencedor y jamás vencido Timonel de Carcajona, príncipe de la nueva Vizcaya, que viene armado con las armas partidas á cuarteles azules, verdes, blancos y amarillos, y trae en el escudo un gato de oro en campo leonado con una letra que dice: *Miau*, que es el principio del nombre de su dama, que segun se dice es la sin par Miaulina, hija del duque Alfeñiquen del Algarbe: el otro que carga y oprime los lomos de aquella poderosa alfana (5), que trae las armas como nieve blancas, y el escudo blanco y sin empresa alguna, es un caballero novel, de nacion francés, llamado Pierres Papin, señor de las baronías de Utrique: el otro que bate las ijadas con los herrados carcaños á aquella pintada y ligera cebra, y trae las armas de los veros (6) azules , es el poderoso duque de Nerbia Espartafilardo del Bosque , que trae por empresa en el escudo una esparraguera con una letra en castellano que dice asi : *Rastrea mi suerte.*

Y desta manera fue nombrando muchos caballeros del uno y del otro escuadron que él se imaginaba, y á todos les dió sus armas , colores , empresas y motes de improviso , llevado de la imaginacion de su nunca vista locura ; y sin parar prosiguió diciendo : á este escuadron frontero forman y hacen gentes de diversas naciones ; aquí están los que beben las dulces aguas del famoso Janto , los montuosos que pisan los masílicos campos , los que criban el finísimo y menudo oro en la felice Arabia , los que gozan las famosas y frescas riberas del claro Termodonte , los que sangran por muchas y diversas vias al dorado Pactolo , los numidas dudosos en sus promesas , los persas en arcos y flechas famosos , los partos, los medos que pelean huyendo , los árabes de mudables casas , los citas tan crueles como blancos , los etiopes de horadados labios , y otras infinitas naciones cuyos rostros conozco y veo , aunque de los nombres no me acuerdo. En estotro escuadron vienen los que beben las corrientes cristalinas del olivífero Betis , los que tersan y pulen sus rostros con el licor del siempre rico y dorado Tajo , los que gozan las provechosas aguas del divino Genil , los que pisan los tartesios campos de pastos abundantes, los que se alegran en los elíseos jerezanos prados , los manchegos ricos y coronados de rubias espigas, los de hierro vestidos , reliquias antiguas de la sangre goda , los que en Pisuerga se bañan , famoso por la mansedumbre de su corriente , los que su ganado apacientan en las estendidas dehesas del tortuoso Guadiana , celebrado por su escondido curso , los que tiemblan con el frio del silboso Pirineo y con los blancos copos del levantado Apenino : finalmente , cuantos toda la Europa en sí contiene y encierra (1).

¡ Válame Dios , y cuántas provincias dijo , cuántas naciones nombró , dándole á cada una con maravillosa presteza los atributos que le pertenecian , todo absorto y empapado en lo que habia leido en sus libros mentirosos ! Estaba Sancho Panza colgado de sus palabras sin hablar ninguna , y de cuando

en cuando volvia la cabeza á ver si veia los caballeros y gigantes que su amo nombraba ; y como no

(1)   Todo este discurso es un dechado de prosa poética y como tal lo inserta Capmany en su *Tesoro de la elocuencia espa- ñola.*—En la enumeracion de estos dos ejércitos ó escuadrones imaginarios imitó Cervantes la que hace Homero (lib. XX de la *Iliada)* de los capitanes y naves con que fueron los griegos á la conquista de Troya , y la de los troyanos y sus tropas auxiliares : y si los críticos la celebran tanto , no debe merecerles menos aprecio la de nuestro autor , vista su esquisita erudi cion , la suavidad de estilo , y la propiedad de los peculiares atributos con que caracteriza tantos pueblos y rios , en lo que seguramente compite con el poeta griego.—P.

descubria á ninguno le dijo : señor, encomiendo al diablo si hombre , ni gigante , ni caballero de cuantos vuestra merced dice parece por todo esto : á lo menos yo no los veo ; quizá todo debe de ser encantamento , como las fantasmas de anoche. ¿ Cómo dices eso ? respondió Don Quijote ; ¿ no oyes el relinchar de los caballos , el tocar de los clarines , el ruido de los atambores ? No oigo otra cosa, respondió Sancho , sino muchos balidos de ovejas y carneros , y asi era la verdad , porque ya llegaban cerca los dos rebaños. El miedo que tienes , dijo Don Quijote , te hace, Sancho , que ni veas ni oyas á derechas , porque uno de los efectos del miedo es turbar los sentidos , y hacer que las cosas no parezcan lo que son ; y si es que tanto temes , retírate á una parte y déjame solo , que solo basto á dar la victoria á la parte á quien yo diere mi ayuda ; y diciendo esto puso las espuelas á Rocinante , y puesta la lanza en el ristre bajó de la costezuela como un rayo. Dióle voces Sancho diciéndole : vuélvase vuestra merced , señor Don Quijote , que voto á Dios que son carneros y ovejas las que va á embestir : vuélvase , desdichado del padre que me engendró ; ¡ qué locura es esta ! mire que no hay gigante , ni caballero alguno , ni gatos , ni armas , ni escudos partidos ni enteros , ni veros azules ni endiablados; ¿ qué es lo que hace ? ¡ pecador soy yo á Dios ! Ni por esas volvió Don Quijote , antes en altas voces iba diciendo : ea , caballeros , los que seguis y militais debajo de las banderas del valeroso emperador Pentapolin del arremangado brazo , seguidme todos , vereis cuán fácilmente le doy venganza de su enemigo Alifanfaron de la Trapobana. Esto diciendo se entró por medio del escuadron de las ovejas ; y comenzó de alanceallas con tanto coraje y denuedo , como si de veras alanceara á sus mortales enemigos. Los pastores y ganaderos que con la manada venian dábanle voces que no hiciese aquello ; pero viendo que no aprovechaban , desciñéronse las hondas y comenzaron á saludalle los oidos con piedras como el puño. Don Quijote no se curaba de las piedras , antes discurriendo á todas partes decia: ¿adonde estás , soberbio Alifanfaron? vente á mí , que un caballero solo soy , que desea de solo á solo probar tus fuerzas y quitarte la vida en pena de la que das al valeroso Pentapolin Garamanta. Llegó en esto una peladilla de arroyo , y dándole en un lado le sepultó dos costillas en el cuerpo. Viéndose tan maltrecho , creyó sin duda que estaba muerto ó mal ferido , y acordándose de su licor sacó su alcuza y púsosela á la boca , y comenzó á echar licor en el estómago : mas antes que acabase de envasar lo que á él le parecia que era bastante , llegó otra almendra , y dióle en la mano y en el alcuza tan de lleno , que se la hizo pedazos , llevándole de camino tres ó cuatro dientes y muelas de la boca , y machacándole malamente dos dedos de la mano. Tal fue el golpe primero y tal el segundo , que le fue forzoso al pobre caballero dar consigo del caballo abajo. Llegáronse á él los pastores , y creyeron que le habian muerto , y asi con mucha priesa recogieron su ganado y cargaron de las reses muertas que pasaban de siete , y sin averiguar otra cosa , se fueron.

Estábase todo este tiempo Sancho sobre la cuesta mirando las locuras que su amo hacia , y arrancábase las barbas maldiciendo la hora y el punto en que la fortuna se le habia dado á conocer : viéndole pues caido en el suelo , y que ya los pastores se habian ido , bajó de la cuesta y llegóse á él , y hallóle de muy mal arte , aunque no habia perdido el sentido , y díjole : ¿ no le decia yo , señor Don Quijote , que se volviese , que los que iba á acometer no eran ejércitos sino manadas de carneros? Como eso puede desaparecer y contrahacer aquel ladron del sabio mi enemigo , respondió Don Quijote : sábete , Sancho , que es muy fácil cosa á los tales hacernos parecer lo que quieren , y este maligno que me persigue , envidioso de la gloria que vió que yo habia de alcanzar desta batalla , ha vuelto los escuadrones de enemigos en manadas de ovejas : si no , haz una cosa , Sancho , por mi vida , porque te desengañes y veas ser verdad lo que te digo : sube en tu asno , y síguelos bonitamente , y verás como en alejándose de aquí algun poco , se vuelven en su ser primero , y dejando de ser carneros , son hombres hechos y derechos como yo te los pinté primero ; pero no vayas ahora , que he menester tu favor y ayuda ; llégate á mí , y mira cuántas muelas y dientes me faltan , que me parece que no me ha quedado ninguno en la boca. Llegóse Sancho tan cerca que casi le metia los ojos en la boca , y fue á tiempo que ya habia obrado el bálsamo en el estómago de Don Quijote , y al tiempo que Sancho llegó á mirarle la boca , arrojó de sí mas recio que una escopeta cuanto dentro tenia , y dió con todo ello en las barbas del compasivo escudero. ¡Santa María! dijo Sancho , ¿ y qué es esto que me ha sucedido? sin duda este pecador está herido de muerte , pues vomita sangre por la boca ; pero reparando un poco mas en ello , echó de ver en la color , sabor y olor que no era sangre , sino el bálsamo de la alcuza que él le habia visto beber , y fue tanto el asco que tomó , que revolviéndosele el estómago , vomitó las tripas sobre su mismo señor , y quedaron entrambos como de perlas. Acudió Sancho á su asno para sacar de las alforjas con qué limpiarse y con qué curar á su amo , y como no las halló , estuvo á punto de perder el juicio : maldíjose de nuevo , y propuso en su corazon de dejar á su amo , y volverse á su tierra , aunque perdiese el salario de lo servido y las esperanzas del gobierno de la prometida ínsula.

Levantóse en esto Don Quijote , y puesta la mano izquierda en la boca , porque no se le acabasen de salir los dientes , asió con la otra las riendas de Rocinante , que nunca se habia movido de junto á su amo (tal era de leal y bien acondicionado), y fuese adonde su escudero estaba de pechos sobre su asno con la mano en la mejilla en guisa de hombre pensativo ademas ; y viéndole don Quijote de aquella manera con muestras de tanta tristeza , le dijo : sábete , Sancho , que no es un hombre mas que otro , si no hace mas que otro : todas estas borrascas que nos suceden , son señales de que presto ha de serenar el tiempo , y han de sucedernos bien las cosas , porque no es posible que el mal y el bien sean durables, y de aquí se sigue, que habiendo durado mucho el mal, el bien está ya cerca: así que no debes congojarte por las desgracias que á mí me suceden, pues á tí no te cabe parte dellas. ¿Cómo no? respondió Sancho; ¿por ventura el que ayer mantearon era otro que el hijo de mi padre? ¿y las alforjas que hoy me faltan con todas mis alhajas, son de otro que del mismo? ¿Qué, te faltan las alforjas, Sancho? dijo Don Quijote. Si que me faltan, respondió Sancho. Dese modo no tenemos que comer hoy, replicó Don Quijote. Eso fuera, respondió Sancho, cuando faltaran por estos prados las yerbas que vuestra merced dice que conoce, con que suelen suplir semejantes faltas los tan mal aventurados caballeros andantes como vuestras mercedes. Con todo eso, respondió Don Quijote, tomara yo ahora mas aina un cuartel de pan, ó una hogaza y dos cabezas de sardinas arenques, que cuantas yerbas describe Dioscorides, aunque fuera el ilustrado por el doctor Laguna (1); mas con todo esto sube en tu jumento, Sancho el bueno, y vente tras mí, que Dios, que es proveedor de todas las cosas, no nos ha de faltar, y mas andando tan en su servicio como andamos, pues no falta á los mosquitos del aire, ni á los gusanillos de la tierra, ni á los renacuajos del agua, y es tan piadoso que hace salir su sol sobre los buenos y malos, y llueve sobre los injustos y justos. Mas bueno era vuestra merced, dijo Sancho, para predicador, que para caballero andante. De todo sabian y han de saber los caballeros andantes, Sancho, dijo Don Quijote, porque caballero andante hubo en los pasados siglos que así se paraba á hacer un sermon ó plática en mitad de un camino real, como si fuera graduado por la universidad de París; de donde se infiere que nunca la lanza embotó la pluma, ni la pluma la lanza. Ahora bien, sea así como vuestra merced dice, respondió Sancho, vamos ahora de aquí y procuremos donde alojar esta noche, y quiera Dios que sea en parte donde no haya mantas, ni manteadores, ni fantasmas, ni moros encantados, que si los hay daré al diablo el hato y el garabato.

Pídeselo tú á Dios, dijo Don Quijote, y guia tú por donde quisieres, que esta vez quiero dejar á tu eleccion el alojarnos; pero dame acá la mano, y atiéntame con el dedo, y mira bien cuantos dientes y muelas me faltan deste lado derecho de la quijada alta, que allí siento el dolor. Metió Sancho los dedos, y estándole atentando le dijo: ¿cuántas muelas solia vuestra merced tener en esta parte? Cuatro, respondió Don Quijote, fuera de la cordal, todas enteras y muy sanas. Mire vuestra merced bien lo que dice, señor, respondió Sancho. Digo cuatro, si no eran cinco, respondió Don Quijote, porque en toda mi vida me han sacado diente ni muela de la boca, ni se me ha caido, ni comido de neguijon ni de reuma alguna. Pues en esta parte de abajo, dijo Sancho, no tiene vuestra merced mas de dos muelas y media; y en la de arriba ni media ni ninguna, que toda está rasa como la palma de la mano. ¡Sin ventura yo! dijo Don Quijote oyendo las tristes nuevas que su escudero le daba, que mas quisiera que me hubieran derribado un brazo, como no fuera el de la espada; porque te hago saber, Sancho, que la boca sin muelas es como molino sin piedra, y en mucho mas se ha de estimar un diente que un diamante; mas á todo esto estamos sujetos los que profesamos la estrecha órden de la caballería: sube amigo, y guia, que yo te seguiré al paso que quisieres. Hízolo así Sancho; y encaminóse hácia donde le pareció que podia hallar acogimiento sin salir del camino real, que por allí iba muy seguido. Yéndose, pues, poco á poco, porque el dolor de las quijadas de Don Quijote no le dejaba sosegar ni atender á darse priesa, quiso Sancho entretenelle y divertirle diciéndole alguna cosa, y entre otras que le dijo fue lo que se dirá en el siguiente capítulo.

CAPITULO XIX.

De las discretas razones que Sancho pasaba con su amo, y de la aventura que le sucedió con un cuerpo muerto, con otros acontecimientos famosos.

Parécemz, señor mio, que todas estas desventuras que estos dias nos han sucedido, sin duda alguna han sido pena del pecado cometido por vuestra merced contra la órden de caballería, no habiendo cumplido el juramento que hizo de no comer pan á manteles, ni con la reina folgar, con todo aquello que á esto se sigue y vuestra merced juró de cumplir, hasta quitar aquel almete de Malandrino ó como se llama el moro, que no me acuerdo bien. Tienes mucha razon, Sancho, dijo Don Quijote; mas para decirte verdad, ello se me habia pasado de la memoria, y tambien puedes tener por cierto que por la culpa de no habérmelo tú acordado en tiempo, te sucedió aquello de la manta; pero yo haré la enmienda, que modos hay de composicion en la órden de la caballería para todo. ¿Pues juré yo algo por dicha? respondió Sancho. No importa que no hayas jurado, dijo Don Quijote: basta que yo entiendo que de participantes no estás muy seguro, y por sí ó por no, no será malo proveernos de remedio. Pues si ello es así, dijo Sancho, mire vuestra merced no se le torne á olvidar esto como lo del juramento; quizá les volverá la gana á las fantasmas de solazarse otra vez conmigo, y aun con vuestra merced si le ven tan pertinaz.

En estas y otras pláticas les tomó la noche en mitad del camino sin tener ni descubrir donde aquella noche se recogiesen; y lo que no habia de bueno en ello era que perecian de hambre, que con la

---

(1) *Andrés de Laguna*, natural de Segovia, médico del papa Julio III, no solo ilustró ó anotó á Pedacio Dioscórides Anazarbeo, que trata de la *Materia medicinal, y de los venenos mortíferos*, sino que le tradujo del griego en castellano.—P. y C.

falta de las alforjas les faltó toda la despensa y matalotaje; y para acabar de confirmar esta desgracia les sucedió una aventura (1), que sin artificio alguno verdaderamente lo parecia, y fue que la noche cerró con alguna escuridad; pero con todo esto caminaban, creyendo Sancho que pues aquel camino era real, á una ó dos leguas de buena razon hallaria en él alguna venta.

Yendo pues desta manera, la noche escura, el escudero hambriento, y el amo con ganas de comer, vieron que por el mismo camino que iban, venian hácia ellos gran multitud de lumbres, que no parecian sino estrellas que se movian. Pasmóse Sancho en viéndolas, y Don Quijote no las tuvo todas consigo: tiró el uno del cabestro á su asno, y el otro de las riendas á su rocino, y estuvieron quedos mirando atentamente lo que podia ser aquello; y vieron que las lumbres se iban acercando á ellos, y mientras mas se llegaban, mayores parecian, á cuya vista Sancho comenzó á temblar como un azogado, y los cabellos de la cabeza se le erizaron á Don Quijote, el cual animándose un poco dijo: esta sin duda, Sancho, debe de ser grandisima y peligrosísima aventura, donde será necesario que yo muestre todo mi valor y esfuerzo. ¡Desdichado de mí! respondió Sancho, si acaso esta aventura fuese de fantasmas como me lo va pareciendo, ¿á dónde habrá costillas que la sufran? Por mas fantasmas que sean, dijo Don Quijote, no consentiré yo que e toquen en el pelo de la ropa; que si la otra vez  se burlaron contigo, fue porque no pude saltar las paredes del corral; pero ahora estamos en campo raso, donde podré yo como quisiere esgrimir mi espada. Y si le encantan y entomecen, como la otra vez lo hicieron, dijo Sancho, ¿qué aprovechará estar en campo abierto ó no? Con todo eso, replicó Don Quijote, te ruego, Sancho, que tengas buen ánimo, que la esperiencia te dará á entender el que yo tengo. Sí tendré, si á Dios place, respondió Sancho, y apartándose los dos á un lado del camino, tornaron á mirar atentamente lo que aquello de aquellas lumbres que caminaban podia ser; y de allí á muy poco descubrieron muchos encamisados, cuya temerosa vision de todo punto remató el ánimo de Sancho Panza, el cual comenzó á dar diente con diente como quien tiene frio de cuartana, y creció mas el batir y dentellear, cuando distintamente vieron lo que era, porque descubrieron hasta veinte encamisados, todos á caballo, con sus hachas encendidas en las manos, detrás de los cuales venia una litera cubierta de luto, á la cual seguian otros seis de á caballo enlutados hasta los piés de las mulas, que bien vieron que no eran caballos en el sosiego con que caminaban: iban los encamisados murmurando entre sí con una voz baja y compasiva. Esta estraña vision á tales horas y en despoblado bien bastaba para poner miedo en el corazon de Sancho y aun en el de su amo, y asi fuera en cuanto á Don Quijote, que ya Sancho habia dado al través con todo su esfuerzo: lo contrario le avino á su amo, al cual en aquel punto se le representó en su imaginacion al vivo que aquella era una de las aventuras de sus libros. Figuró-sele que la litera eran andas donde debia de ir algun mal ferido ó muerto caballero, cuya venganza á él solo estaba reservada; y sin hacer otro discurso, enristró su lanzon, púsose bien en la silla, y con gentil brio y continente se puso en la mitad del camino por dónde los encamisados forzosamente habian de pasar; y cuando los vió cerca, alzó la voz y dijo: deteneos, caballeros, quien quiera que seáis, y dadme cuenta de quién sois, de dónde venís, á dónde vais, qué es lo que en aquellas andas llevais, que segun las muestras, ó vosotros habeis fecho ó vos han fecho algun desaguisado, y conviene y es menester que yo lo sepa, ó bien para castigaros del mal que ficistis, ó bien para vengaros del tuerto que vos ficieron. Vamos de priesa, respondió uno de los encamisados, y está la venta lejos, y no nos podemos detener á dar tanta cuenta cómo pedís; y picando la mula pasó adelante. Sintióse desta respuesta grandemente Don Quijote, y trabando á la mula del freno dijo: deteneos y sed mas bien criado, y dadme cuenta de lo que os he preguntado, si no conmigo sois todos en batalla. Era la mula asombradiza, y al tomarla del freno se espantó de manera que alzándose en los piés, dió con su dueño por las ancas en el suelo. Un mozo que iba á pie, viendo caer el encamisado, comenzó á denostar á Don Quijote, el cual ya encolerizado, sin esperar mas, enristrando su lanzon arremetió á uno de los enlutados, y mal ferido dió

(1) *Una aventura que sin artificio alguno verdaderamente lo parecia.* Está en efecto copiada del robo y traslacion del cuerpo de San Juan de la Cruz, hecha el año 1596 desde Ubeda á Madrid y Segovia. Véase la vida de Cervantes por Navarrete.—A.

con él en tierra, y revolviéndose por los demás, era cosa de ver con la presteza que los acometia y desbarataba, que no parecia sino que en aquel instante le habian nacido alas á Rocinante segun andaba de ligero y orgulloso. Todos los encamisados eran gente medrosa y sin armas, y asi con facilidad en un momento dejaron la refriega y comenzaron á correr por aquel campo con las hachas encendidas, que no parecian sino á los de las máscaras que en noche de regocijo y fiesta corren. Los enlutados asimismo revueltos y envueltos en sus faldamentos y lobas (1) no se podian mover; asi que muy á su salvo Don Quijote los apaleó á todos, y les hizo dejar el sitio mal de su grado, porque todos pensaron que aquel no era hombre sino diablo del infierno, que les salia á quitar el cuerpo muerto que en la litera llevaban.

Todo lo miraba Sancho admirado del ardimiento de su señor, y decia entre sí: sin duda este mi amo es tan valiente y esforzado como él dice. Estaba una hacha ardiendo en el suelo junto al primero que derribó la mula, á cuya luz le pudo ver Don Quijote, y llegándose á él le puso la punta del lanzon en el rostro, diciéndole que se rindiese, si no que le mataria, á lo cual respondió el caido: harto rendido estoy, pues no me puedo mover, que tengo una pierna quebrada: suplico á vuestra merced, si es caballero cristiano, que no me mate, que cometerá un gran sacrilegio, que soy licenciado y tengo las primeras órdenes. ¿Pues quién diablos os ha traido aqui, dijo Don Quijote, siendo hombre de iglesia? ¿Quién, señor? replicó el caido, mi desventura. Pues otra mayor os amenaza, dijo Don Quijote, sino me satisfaceis á todo cuanto primero os pregunté. Con facilidad será vuestra merced satisfecho, respondió el licenciado, y asi sabrá vuestra merced, que aunque denantes dije que yo era licenciado, no soy sino bachiller (2) y llámome Alonso Lopez, soy natural de Alcobendas, vengo de la ciudad de Baeza con otros once sacerdotes, que son los que huyeron con las hachas, vamos á la ciudad de Segovia acompañando un cuerpo muerto que va en aquella litera, que es de un caballero que murió en Baeza, donde fue depositado, y ahora, como digo, llevábamos sus huesos á su sepultura, que está en Segovia, de donde era natural. ¿Y quién le mató? preguntó Don Quijote. Dios por medio de unas calenturas pestilentes que le dieron, respondió el bachiller. Desa suerte, dijo Don Quijote, quitado me há nuestro Señor del trabajo que habia de tomar en vengar su muerte, si otro alguno le hubiera muerto; pero habiéndole muerto quien le mató, no hay sino callar y encoger los hombros, porque lo mismo hiciera, si á mí mismo me matara: y quiero que sepa vuestra reverencia, que yo soy un caballero de la Mancha, llamado Don Quijote, y es mi oficio y ejercicio andar por el mundo enderezando tuertos y desfaciendo agravios. No sé como puede ser eso de enderezar tuertos, dijo el bachiller, pues á mí de derecho me habeis vuelto tuerto dejándome una pierna quebrada, la cual no se verá derecha en todos los dias de su vida, y el agravio que en mí habeis deshecho ha sido dejarme agraviado de manera que me quedaré agraviado para siempre, y harta desventura ha sido topar con vos que vais buscando aventuras. No todas las cosas, respondió Don Quijote, suceden de un mismo modo: el daño estuvo, señor bachiller Alonso Lopez, en venir como venîdes de noche, vestidos con aquellas sobrepellices con las hachas encendidas, rezando, cubiertos de luto, que propiamente semejábades cosa mala y del otro mundo, y asi yo no pude dejar de cumplir con mi obligacion acometiéndoos, y os acometiera aunque verdaderamente supiera que érades los mismos satanases del infierno, que para tales os juzgué y tuve siempre. Ya que así lo ha querido mi suerte, dijo el bachiller, suplico á vuestra merced, señor caballero andante, que tan mala andanza me ha dado, me ayude á salir de debajo desta mula, que me tiene tomada una pierna entre el estribo y la silla. Hablara yo para mañana, dijo Don Quijote, ¿y hasta cuándo aguardábades á decirme vuestro afan? Dió luego voces á Sancho Panza que viniese; pero él no se curó de venir, porque andaba ocupado desbalijando una acémila de repuesto que traian aquellos buenos señores bien bastecida de cosas de comer. Hizo Sancho costal de su gaban, y recogiendo además todo lo que pudo y cupo en el talego de la acémila, cargó su jumento, y luego acudió á las voces de su amo, y ayudó á sacar al señor bachiller de la opresion de la mula, y poniéndole encima della le dió la hacha, y Don Quijote le dijo que siguiese la derrota de sus compañeros, á quien de su parte pidiese perdon del agravio, que no habia sido en su mano dejar de haberles hecho. Díjole tambien Sancho: si acaso quisieren saber esos señores quién ha sido el valeroso que tales los puso, diráles vuestra merced que es el famoso Don Quijote de la Mancha, que por otro nombre se llama *El caballero de la triste figura.*

Con esto se fué el bachiller, y Don Quijote preguntó á Sancho que qué le habia movido á llamarle *El caballero de la triste figura* mas entonces que nunca. Yo se lo diré, respondió Sancho, porque le he estado mirando un rato á la luz de aquella hacha que lleva aquel malandante, y verdaderamente tiene vuestra merced la mas mala figura de poco acá que jamás he visto; y débelo de haber causado ó ya el cansancio deste combate, ó ya la falta de las muelas y dientes. No es eso, respondió Don Quijote, sino que al sabio á cuyo cargo debe de estar el escrebir la historia de mis hazañas, le habrá parecido que será bien que yo tome algun nombre apelativo como lo tomaban todos los caballeros pasados: cuál se llamaba *El de la ardiente espada*, cuál *El del unicornio*, aquel *El de las doncellas*, aqueste *El del ave fénix*, el otro *El caballero del grifo*, estotro *El de la muerte*, y por estos nombres é insignias eran co—

(1) Especie de ropa telar negra á manera de balandran ó bata larga.—Arr.
(2) No solo tenian entonces algunos la vanidad de llamarse *licenciados*, no siendo mas que bachilleres, y la de intitularse *doctores*, no siendo mas que maestros en artes, sino que otros se firmaban licenciados no teniendo grado alguno.—P.

nocidos por toda la redondez de la tierra ; y asi digo que el sabio ya dicho te habrá puesto en la lengua y en el pensamiento ahora que me llamases *El caballero de la triste figura*, como pienso llamarme desde hoy en adelante ; y para que mejor me cuadre tal nombre, determino de hacer pintar cuando haya lugar en mi escudo una muy triste figura. No hay para qué, señor, querer gastar tiempo y dineros en hacer esta figura, dijo Sancho, sino lo que se ha de hacer es que vuestra merced descubra la suya, y dé rostro á los que le miraren, que sin mas ni mas y sin otra imágen ni escudo le llamarán *El de la triste figura*; y créame que le digo verdad, porque le prometo á vuestra merced, señor (y esto sea dicho en burlas), que le hace tan mala cara la hambre y la falta de las muelas que, como ya tengo dicho, se podrá muy bien escusar la triste pintura. Rióse Don Quijote del donaire de Sancho ; pero con todo propuso de llamarse de aquel nombre en pudiendo pintar su escudo ó rodela, como habia imaginado.

Olvidábaseme de decir, dijo al marcharse el bachiller á Don Quijote, que advierta á vuestra merced que queda descomulgado por haber puesto las manos violentamente en cosa sagrada *justa illud: si quis suadente diabolo, etc.* (1). No entiendo ese latin, respondió Don Quijote ; mas yo sé bien que no puse las manos, sino este lanzon ; cuanto mas que yo no pensé que ofendia á sacerdotes ni á cosas de la Iglesia, á quien respeto y adoro como católico y fiel cristiano que soy, sino á fantasmas y á vestiglos del otro mundo ; y cuando eso así fuese, en la memoria tengo lo que le pasó al Cid Rui Diaz cuando quebró la silla del embajador de aquel rey delante de su santidad el papa, por lo cual le descomulgó, y anduvo aquel dia el buen Rodrigo de Vivar como muy honrado y valiente caballero.

En oyendo esto el bachiller se fué, como queda dicho, sin replicarle palabra (2). Quisiera Don Quijote mirar si el cuerpo que venia en la litera eran huesos ó no, pero no lo consintió Sancho, diciéndole: señor, vuestra merced ha acabado esta peligrosa aventura lo mas á su salvo de todas las que yo he visto : esta gente, aunque vencida y desbaratada, podria ser que cayese en la cuenta de que los venció solo una persona, y corridos y avergonzados desto volviesen á rehacerse y á buscarnos, y nos diesen muy bien en qué entender: el jumento está como conviene, la montaña cerca, la hambre carga, no hay que hacer sino retirarnos con gentil compás de pies, y como dicen váyase el muerto á la sepultura

y el vivo á la hogaza ; y antecogiendo su asno rogó á su señor que le siguiese, el cual pareciéndole que Sancho tenia razon, sin volverle á replicar le siguió : y á poco trecho que caminaban por entre dos montañuelas se hallaron en un espacioso y escondido valle, donde se apearon, y Sancho alivió el jumento, y tendidos sobre la verde yerba, con la salsa de su hambre almorzaron, comieron, merendaron y cenaron á un mismo punto, satisfaciendo sus estómagos con mas de una fiambrera que los señores clérigos del difunto (que pocas veces se dejan mal pasar) en la acémila de su repuesto traian ; mas sucedióles otra desgracia, que Sancho tuvo por la peor de todas, y fue que no tenian vino que beber, ni agua que llegar á la boca ; y acosados de la sed dijo Sancho, viendo que el prado donde estaban estaba colmado de verde y menuda yerba, lo que se dirá en el siguiente capítulo.

CAPÍTULO XX.

De la jamás vista ni oida aventura que con mas poco peligro fue acabada de famoso caballero en el mundo, como la que acabó el valeroso Don Quijote de la Mancha.

No es posible, señor mio, sino que estas yerbas, dan testimonio de que por aquí cerca debe de estar alguna fuente ó arroyo que las humedece, y asi será bien que vamos un poco mas adelante, que ya toparemos donde podamos mitigar esta terrible sed que nos fatiga, que sin duda causa mayor pena que la hambre. Parecióle bien el consejo á Don Quijote, y tomando de la rienda á Rocinante, y Sancho del cabestro á su asno, despues de haber puesto sobre él los relieves que de la cena quedaron, comenzaron

---

(1) Alude al decreto del Concilio de Trento, no relativo á *cosas sagradas*, sino á *personas sagradas*.

(2) La mayor parte de las ediciones, en vez de las frases que aquí van de letra cursiva despues de la palabra *imaginado*, dicen: «y dijole: yo entiendo Sancho que quedo descomulgado, etc. Lo natural es que esto lo advirtiese el bachiller y antes de marcharse. Y en efecto, en la primera edicion se dice que contestó Don Quijote: *no entiendo ese latin, etc.*» Por eso se ha hecho aquí esta variante.—F. C.

á caminar por el prado arriba á tiento, porque la escuridad de la noche no les dejaba ver cosa alguna; mas no hubieron andado doscientos pasos, cuando llegó á sus oidos un gran ruido de agua, como que de algunos grandes y levantados riscos se despeñaba. Alegróles el ruido en gran manera, y parándose á escuchar hácia qué parte sonaba, oyeron á deshora otro estruendo que les aguó el contento del agua, especialmente á Sancho, que naturalmente era medroso y de poco ánimo: digo que oyeron que daban unos golpes á compás, con un cierto crugir de hierros y cadenas, que acompañados del furioso estruendo del agua pusieran pavor á cualquier otro corazon que no fuera el de Don Quijote. Era la noche, como se ha dicho, escura, y ellos acertaron á estar entre unos árboles altos, cuyas hojas, movidas del blando viento hacian un temeroso y manso ruido; de manera que la soledad, el sitio, la escuridad, el ruido de la agua con el susurro de las hojas, todo causaba horror y espanto, y mas cuando vieron que ni los golpes cesaban, ni el viento dormia, ni la mañana llegaba, añadiéndose á todo esto el ignorar el lugar donde se hallaban. Pero Don Quijote, acompañado de su intrépido corazon, saltó sobre Rocinante, y embrazando su rodela terció su lanzon y dijo: Sancho amigo, has de saber que yo nací por querer del cielo en esta nuestra edad de hierro para resucitar en ella la de oro, ó la dorada como suele llamarse: yo soy aquel para quien están guardados los peligros, las grandes hazañas, los valerosos hechos: yo soy, digo otra vez, quien ha de resucitar los de la Tabla Redonda, los doce de Francia, y los nueve de la fama, y el que ha de poner en olvido los Platires, los Tablantes, los Olivantes y Tirantes, Febos y Belianises, con toda la caterva de los famosos caballeros andantes del pasado tiempo, haciendo en este en que me hallo tales grandezas, estrañezas y fechos de armas, que escurezcan las mas claras que ellos ficieron. Bien notas, escudero fiel y legal, las tinieblas de esta noche, su estraño silencio, el sordo y confuso estruendo destos árboles, el temeroso ruido de aquella agua en cuya busca venimos, que parece que se despeña y derrumba desde los altos montes de la Luna (1), y aquel incesable golpear que nos hiere y lastima los oidos; las cuales cosas todas juntas y cada una por sí son bastantes á infundir miedo, temor y espanto en el pecho del mismo Marte, cuanto mas en aquel que no está acostumbrado á semejantes acontecimientos y aventuras; pues todo esto que yo te pinto son incentivos y despertadores de mi ánimo, que ya hace que el corazon me reviente en el pecho con el deseo que tiene de acometer esta aventura, por mas dificultosa que se muestra: asi que aprieta un poco las cinchas á Rocinante, y quédate á Dios, y espérame aquí hasta tres dias no mas, en los cuales si no volviere, puedes tú volverte á nuestra aldea, y desde allí por hacerme merced y buena obra irás al Toboso, donde dirás á la incomparable señora mia Dulcinea, que su cautivo caballero murió por acometer cosas que le hiciesen digno de poder llamarse suyo.

Cuando Sancho oyó las palabras de su amo, comenzó á llorar con la mayor ternura del mundo y á decirle: señor, yo no sé por qué quiere vuestra merced acometer esta tan temerosa aventura: ahora es de noche, aquí no nos ve nadie, bien podemos torcer el camino y desviarnos del peligro, aunque no bebamos en tres dias; y pues no hay quien nos vea, menos habrá quien nos note de cobardes: cuanto mas que yo he oido muchas veces predicar al cura de nuestro lugar, que vuestra merced muy bien conoce, que quien busca el peligro perece en él: asi que no es bien tentar á Dios acometiendo tan desaforado hecho, donde no se puede escapar sino por milagro; y basta los que ha hecho el cielo con vuestra merced en librarle de ser manteado como yo lo fui, y en sacarle vencedor, libre y salvo entre tantos enemigos como acompañaban al difunto; y cuando todo esto no mueva ni ablande ese duro corazon, muévale el pensar y creer que apenas se habrá vuestra merced apartado de aquí, cuando yo de miedo dé mi ánima á quien quisiere llevarla. Yo salí de mi tierra y dejé hijos y mujer por venir á servir á vuestra merced, creyendo valer mas y no menos; pero como la codicia rompe el saco, á mí me ha rasgado mis esperanzas, pues cuando mas vivas las tenia de alcanzar aquella negra y malhadada ínsula, que tantas veces vuestra merced me ha prometido, veo que en pago y trueco della me quiere ahora dejar en un lugar tan apartado del trato humano: por un solo Dios, señor mio, que non se me faga tal desaguisado; y ya que del todo no quiera vuestra merced desistir de acometer este fecho, dilátelo á lo menos hasta la mañana, que á lo que á mí me muestra la ciencia que aprendí cuando era pastor, no debe de haber desde aquí al alba tres horas, porque la boca de la bocina está encima de la cabeza, y hace la media noche en la línea del brazo izquierdo (2). ¿Cómo puedes tú, Sancho, dijo Don Quijote, ver dónde hace esa línea, ni dónde está esa boca ó ese colodrillo que dices, si hace la noche tan escura que no parece en todo el cielo estrella alguna? Asi es, dijo Sancho; pero tiene el miedo muchos ojos, y ve las cosas debajo de tierra, cuanto mas encima en el cielo, puesto que por buen discurso bien se puede entender que hay poco de aquí al dia. Falte lo que faltare, respondió Don Quijote, que no se ha de decir por mí ahora ni en ningun tiempo, que lágrimas y ruegos me apartaron de hacer lo que debia á estilo de caballero: y asi te ruego, Sancho, que calles, que

(1) Alusion al rio Nilo, que naciendo en la alta Etiopia, en el monte que llaman de la Luna, segun se creia antiguamente. Se precipita con estruendo impetuoso por dos cataratas ó cascadas.—P.

(2) La constelacion, llamada por los astrónomos *Ursa menor*, *Osa menor*, y por los pastores *Bocina ó Carro menor*, consta de ocho estrellas, inclusa la del norte ó polar. Alrededor de esta voltean las otras siete, que forman la figura de la bocina, cuerno ó colodrillo. Para conocer la hora se figura una cruz con su cabeza, pie y brazos, izquierdo y derecho, y en su centro la estrella polar. Esta cruz la figura tambien cualquier hombre estendiendo los brazos. En ella se suponen cuatro puntos principales, y al pasar por ellos la boca de la bocina se conocen las horas de la noche con respecto á la estrella polar. En agosto, que es cuando parece sucedió esta aventura, está la boca de la bocina encima de la cabeza de la cruz, haciendo algo mas de la media noche en su brazo izquierdo; de modo que desde entonces al alba faltan como unas tres horas.—P.

Dios que me ha puesto en corazon de acometer ahora esta tan no vista y tan temerosa aventura, tendrá cuidado de mirar por mi salud, y de consolar tu tristeza : lo que has de hacer es apretar bien las cinchas á Rocinante y quedarte aquí, que yo daré la vuelta presto ó vivo ó muerto.

Viendo pues Sancho la última resolucion de su amo, y cuán poco valian con él sus lágrimas, consejos y ruegos, determinó de aprovecharse de su industria y hacerle esperar hasta el dia si pudiese; y asi cuando apretaba las cinchas al caballo, bonitamente y sin ser sentido, ató con el cabestro de su asno ambas manos á Rocinante ; de manera que cuando Don Quijote se quiso partir no pudo, porque el caballo no se podia mover sino á saltos. Viendo Sancho Panza el buen suceso de su embuste, dijo : Ea, señor, que el cielo conmovido de mis lágrimas y plegarias ha ordenado que no se pueda mover Rocinante; y si vos quereis porfiar y espolear y dalle, será enojar á la fortuna y dar coces, como dicen, contra el aguijon. Desesperábase con esto Don Quijote, y por mas que ponia las piernas al caballo, no le podia mover, y sin caer en la cuenta de la ligadura, tuvo por bien de sosegarse y esperar á que amaneciese, ó á que Rocinante se menease, creyendo sin duda que aquello venia de otra parte que de la industria de Sancho, y asi le dijo : pues asi es, Sancho, que Rocinante no puede moverse, yo soy contento de esperar á que ria el alba, aunque yo llore lo que ella tardare en

venir. No hay que llorar, respondió Sancho, que yo entretendré á vuestra merced contando cuentos desde aquí al dia, si ya no es que se quiere apear, y echarse á dormir un poco sobre la verde yerba á uso de caballeros andantes, para hallarse mas descansado cuando llegue el dia y punto de acometer esta tan desemejable aventura que le espera. ¿A qué llamas apear ó á qué dormir? dijo Don Quijote; ¿ soy yo por ventura de aquellos caballeros que toman reposo en los peligros? Duerme tú que naciste para dormir, ó haz lo que quisieres, que yo haré lo que viere que mas viene con mi pretension. No se enoje vuestra merced, señor mio, respondió Sancho, que no lo dije por tanto; y llegándose á él puso la una mano en el arzon delantero, y la otra en el otro, de modo que quedó abrazado con el muslo izquierdo de su amo sin osarse apartar dél un dedo : tal era el miedo que tenia á los golpes que todavía alternativamente sonaban. Díjole Don Quijote que contase algun cuento para entretenerle como se lo habia prometido; á lo que Sancho dijo que si hiciera, si le dejara el temor de lo que oia ; pero con todo eso yo me esforzaré á decir una historia, que si la acierto á contar y no me van á la mano, es la mejor de las historias, y estéme vuestra merced atento, que ya comienzo.

Erase que se era, el bien que viniere para todos sea, y el mal para quien lo fuere á buscar; y advierta vuestra merced, señor mio, que el principio que los antiguos dieron á sus consejas no fue asi como quiera, que fue una sentencia de Caton Zonzorino romano (1), que dice: *y el mal para quien le fuere á buscar*, que viene aquí como anillo al dedo, para que vuestra merced se esté quedo, y no vaya á buscar el mal á ninguna parte, sino que nos volvamos por otro camino, pues nadie nos fuerza á que sigamos éste, donde tantos miedos nos sobresaltan. Sigue tu cuento, Sancho, dijo Don Quijote, y del camino que hemos de seguir déjame á mí el cuidado. Digo, pues, prosiguió Sancho, que en un lugar de Estremadura habia un pastor cabrerizo, quiero decir, que guardaba cabras, el cual pastor ó cabrerizo, como digo de mi cuento, se llamaba Lope Ruiz, y este Lope Ruiz andaba enamorado de una pastora que se llamaba Torralva, la cual pastora llamada Torralva era hija de un ganadero rico, y este ganadero rico... Si desa manera cuentas tu cuento, Sancho, dijo Don Quijote, repitiendo dos veces lo que vas diciendo, no acabarás en dos dias; dilo seguidamente, y cuéntalo como hombre de entendimiento, y si no, no digas nada. De la misma manera que yo lo cuento, respondió Sancho, se cuentan en mi tierra todas las consejas, y yo no sé contarlo de otra, ni es bien que vuestra merced me pida que haga usos nuevos. Dí como quisieres, respondió Don Quijote, que pues la suerte quiere que no pueda dejar de escucharte, prosigue.

Asi que, señor mio de mi ánima, prosiguió Sancho, que como ya tengo dicho, este pastor andaba enamorado de Torralva la pastora, que era una moza rolliza, zahareña, y tiraba algo á hombruna, porque tenia unos pocos bigotes, que parece que ahora la veo. ¿Luego conocístela tú? dijo Don Qui-

(1) Caton Censorino, ó el Censor.—F. C.

jote. No la conocí yo , respondió Sancho , pero quien me contó este cuento me dijo que era tan cierto y verdadero, que podia bien cuando lo contase á otro afirmar y jurar que lo habia visto todo : así que yendo dias y viniendo dias, el diablo que no duerme, y que todo lo añasca, hizo de manera que el amor que el pastor tenia á la pastora se volviese en homecillo (1) y mala voluntad, y la causa fue segun malas lenguas una cierta cantidad de zelillos que ella le dió, tales que pasaban de la raya y llegaban á lo vedado ; y fue tanto lo que el pastor la aborreció de allí adelante, que por no verla se quiso ausentar de aquella tierra, ó irse donde sus ojos no la viesen jamás : la Torralva que se vió desdeñada del Lope, luego le quiso bien mas que nunca le habia querido. Esa es natural condicion de mujeres, dijo Don Quijote , desdeñar á quien las quiere, y amar á quien las aborrece : pasa adelante, Sancho.

Sucedió , dijo Sancho, que el pastor puso por obra su determinacion, y antecogiendo sus cabras se encaminó por los campos de Estremadura para pasarse á los reinos de Portugal : la Torralva que lo supo fué tras él, y seguíale á pie y descalza desde lejos con un bordon en la mano y con unas alforjas al cuello, donde llevaba, segun es fama, un pedazo de espejo y otro de un peine, y no sé qué botecillo de mudas (2) para la cara ; mas llevase lo que llevase, que yo no me quiero meter ahora en averiguallo, solo diré, que dicen que el pastor llegó con su ganado á pasar el rio Guadiana, y en aquella sazon iba crecido y casi fuera de madre, y por la parte que llegó no habia barca ni barco, ni quien le pasase á é

ni á su ganado de la otra parte, de lo que se congojó mucho, porque veia que la Torralva venia ya muy cerca, y le habia de dar mucha pesadumbre con sus ruegos y lágrimas ; mas tanto anduvo mirando, que vió un pescador que tenia junto á sí un barco tan pequeño, que solamente podian caber en él una persona y una cabra, y con todo esto le habló y concertó con él que le pasase á él y á trescientas cabras que llevaba. Entró el pescador en el barco y pasó una cabra, volvió y pasó otra, tornó á volver y tornó á pasar otra : tenga vuestra merced cuenta con las cabras que el pescador va pasando, porque si se pierde una de la memoria, se acabará el cuento, y no será posible contar mas palabra dél : sigo pues y digo, que el desembarcadero de la otra parte estaba lleno de cieno y resbaloso, y tardaba el pescador mucho tiempo en ir y volver : con todo esto volvió por otra cabra, y otra y otra. Haz cuenta que las pasó todas, dijo Don Quijote, no andes yendo y viniendo desa manera, que no acabarás de pasarlas en un año. ¿Cuántas han pasado hasta ahora? dijo Sancho. ¿Yo qué diablos sé? respondió Don Quijote. Hé ahí lo que yo dije , que tuviese buena cuenta ; pues por Dios que se ha acabado el cuento, que no hay pasar adelante. ¿Cómo puede ser eso? respondió Don Quijote ; ¿tan de esencia de la historia es saber las cabras que han pasado por estenso, que si se yerra una del número no puedes seguir adelante con la historia? No, señor, en ninguna manera, respondió Sancho, porque así como yo pregunté á vuestra merced que me dijese cuántas cabras habian pasado, y me respondió que no sabia, en aquel mesmo instante se me fué á mí de la memoria cuanto me quedaba por decir, y á fe que era de mucha virtud y contento. ¿De modo, dijo Don Quijote, que ya la historia es acabada? Tan acabada es como mi madre, dijo Sancho. Dígote de verdad, respondió Don Quijote, que tú has contado una de las mas nuevas (3) consejas, cuento ó historia que nadie pudo pensar en el mundo, y que tal modo de

(1) Palabra anticuada que significa enemistad, odio, aborrecimiento.

(2) Unturas y aceites, colores postizos con que las mujeres se pintan la cara, cuyo vicio era todavía mas comun en España en el siglo XVI que ahora.—P. y C.

(3) La historia de la Torralva y de las cabras que pasaban no era nueva en el mundo, sino viejísima. Hállase en sustancia en la XXXI de las cento Novelle antiche di Francesco Sansovino, impresas en 1573, pero el autor italiano tomó el caso de un

contarla ni dejarla jamás se podrá ver ni habrá visto en toda la vida , aunque no esperaba yo otra cosa de tu buen discurso; mas no me maravillo, pues quizá estos golpes que no cesan te deben de tener turbado el entendimiento. Todo puede ser, respondió Sancho ; mas yo sé que en lo de mi cuento no hay mas que decir, que allí se acaba do comienza el yerro de la cuenta del pasaje de las cabras. Acabe norabuena donde quisiere , dijo Don Quijote , y veamos si se puede mover Rocinante. Tornóle á poner las piernas , y él tornó á dar saltos y á estarse quedo : tanto estaba de bien atado.

En esto parece ser ó que el frio de la mañana que ya venia , ó que Sancho hubiese cenado algunas cosas lenitivas , ó que fuese una cosa natural (que es lo que mas se debe creer), á él le vino en voluntad y deseo de hacer lo que otro no pudiera hacer por él ; mas era tanto el miedo que habia entrado

en su corazon , que no osaba apartarse un negro de uña de su amo : pues pensar de no hacer lo que tenia gana , tampoco era posible, y así lo que hizo por bien de paz fue soltar la mano derecha que ten a asida al arzon trasero , con la cual bonitamente y sin rumor alguno se soltó la lazada corrediza con que los calzones se sostenian sin ayuda de otra alguna , y en quitándosela dieron luego abajo , y se le quedaron como grillos : tras esto alzó la camisa lo mejor que pudo , y echó al aire entrambas posaderas, que no eran muy pequeñas : hecho esto (que él pensó que era lo mas que tenia que hacer para salir de aquel terrible aprieto y angustia) le sobrevino otra mayor , que fue que le pareció que no podia mudarse sin hacer estrépito y ruido , y comenzó á apretar los dientes y á encoger los hombros, recogiendo en sí el aliento todo cuanto podia ; pero con todas estas diligencias fue tan desdichado, que al cabo al cabo vino á hacer un poco de ruido , bien diferente de aquel que á él le ponia tanto miedo. Oyólo Don Quijote y dijo : ¿qué rumor es ese, Sancho? No sé , señor , respondió él , alguna cosa nueva debe de ser, que las aventuras y desventuras nunca comienzan por poco : tornó otra vez á probar ventura , y sucedióle

antiguo *Fabliau* provenzal del siglo XIII (Le Fablcor, coleccion de Barbazan, 1756) el cual Fablian no es mas que una traduccion en verso de un cuento latino de Pedro Alfonso, judío convertido de Huesca, médico del rey don Alfonso, que floreció por los años 1100, y escribió una obra titulada *Proverbiorum seu clericalis disciplinæ libri tres,* en que se halla aquel. Tal vez no pare aqui la antigüedad del cuento de la pastora Torralva , pues dice Pedro Alfonso en su proemio que tomó sus cuentos de los fabulistas árabes. —

tan bien, que sin mas ruido ni alboroto que el pasado, se halló libre de la carga que tanta pesadumbre le habia dado: mas como Don Quijote tenia el sentido del olfato tan vivo como el de los oidos, y Sancho estaba tan junto y cosido con él, que casi por línea recta subian los vapores hácia arriba, no se pudo escusar de que algunos no llegasen á sus narices, y apenas hubieron llegado, cuando él fué al socorro apretándolas entre los dos dedos, y con tono algo gangoso dijo: paréceme, Sancho, que tienes mucho miedo. Sí tengo, respondió Sancho; mas en qué lo echa de ver vuestra merced ahora mas que nunca? En que ahora mas que nunca hueles, y no á ámbar, respondió Don Quijote. Bien podrá ser, dijo Sancho; mas yo no tengo la culpa, sino vuestra merced que me trae á deshoras y por estos no acostumbrados pasos. Retírate tres ó cuatro allá, amigo, dijo Don Quijote (todo esto sin quitarse los dedos de las narices), y desde aquí adelante ten mas cuenta con tu persona, y con lo que debes á la mia, que la mucha conversacion que tengo contigo ha engendrado este menosprecio. Apostaré, replicó Sancho, que piensa vuestra merced que yo he hecho de mi persona alguna cosa que no deba. Peor es meneallo, amigo Sancho, respondió Don Quijote.

En estos coloquios y otros semejantes pasaron la noche amo y mozo; mas viendo Sancho que á mas andar se venia la mañana, con mucho tiento desligó á Rocinante y se ató los calzones. Como Rocinante se vió libre, aunque él de suyo no era nada brioso, parece que se resintió, y comenzó á dar manotadas, porque corbetas, con perdon suyo, no las sabia hacer. Viendo, pues, Don Quijote que ya Rocinante se movia, lo tuvo á buena señal, y creyó que lo era de que acometiese aquella temerosa aventura. Acabó en esto de descubrirse el alba, y de parecer distintamente las cosas, y vió Don Quijote que estaba entre unos árboles altos, que eran castaños, que hacen la sombra muy escura: sintió tambien que el golpear no cesaba; pero no vió quién lo podia causar, y así sin mas detenerse hizo sentir las espuelas á Rocinante, y tornando á despedirse de Sancho, le mandó que allí le aguardase tres dias á lo mas largo, como ya otra vez se lo habia dicho, y que si al cabo dellos no hubiese vuelto, tuviese por cierto que Dios habia sido servido de que en aquella peligrosa aventura se le acabasen sus dias. Tornóle á referir el recado y embajada que habia de llevar de su parte á su señora Dulcinea, y que en lo que tocaba á la paga de sus servicios no tuviese pena, porque él habia dejado hecho su testamento antes que saliera de su lugar, donde se hallaria gratificado de todo lo tocante á su salario rata por cantidad del tiempo que hubiese servido; pero que si Dios le sacaba de aquel peligro sano y salvo y sin cautela, se podia tener por muy mas que cierta la prometida ínsula. De nuevo tornó á llorar Sancho oyendo de nuevo las lastimeras razones de su buen señor, y determinó de no dejarle hasta el último tránsito y fin de aquel negocio. Destas lágrimas y determinacion tan honrada de Sancho Panza saca el autor desta historia que debia de ser bien nacido y por lo menos cristiano viejo: cuyo sentimiento enterneció algo á su amo; pero no tanto que mostrase flaqueza alguna, antes disimulando lo mejor que pudo comenzó á caminar hácia la parte por donde le pareció que el ruido del agua y del golpear venia. Seguiale Sancho á pie, llevando como tenia de costumbre del cabestro á su jumento, perpétuo compañero de sus prósperas y adversas fortunas; y habiendo andado una buena pieza por entre aquellos castaños y árboles sombríos, dieron en un pradillo que al pié de unas altas peñas se hacia, de las cuales se precipitaba un grandísimo golpe de agua: al pié de las peñas estaban unas casas mal hechas, que mas parecian ruinas de edificios que casas, de entre las cuales advirtieron que salia el ruido y estruendo de aquel golpear, que aun no cesaba. Alborotóse Rocinante con el estruendo del agua y de los golpes, y sosegándole Don Quijote se fué llegando poco á poco á las casas, encomendóse de todo corazon á su señora, suplicándole que en aquella temerosa jornada y empresa le favoreciese, y de camino se encomendaba tambien á Dios que no le olvidase. No se le quitaba Sancho del lado, el cual alargaba cuanto podia el cuello y la vista por entre las piernas de Rocinante, por ver si veria ya lo que tan suspenso y medroso le tenia. Otros cien pasos serian los que anduvieron cuando al doblar de una punta pareció descubierta y patente la misma causa, sin que pudiese ser otra, de aquel horrísono y para ellos espantable ruido, que tan suspensos y medrosos toda la noche los habia tenido; y eran (si no lo has, ¡oh, lector! por pesadumbre y enojo) seis mazos de batan, que con sus alternativos golpes aquel estruendo formaban. Cuando Don Quijote vió lo que era enmudeció y pasmóse de arriba abajo. Miróle Sancho, y vió que tenia la cabeza inclinada sobre el pecho con muestras de estar corrido. Miró tambien Don Quijote á Sancho, y vióle que tenia los carrillos hinchados, y la boca llena de risa con evidentes señales de querer reventar con ella, y no pudo su melancolía tanto con él, que á la vista de Sancho pudiese dejar de reirse: y como Sancho que su amo habia comenzado, soltó la presa de manera que tuvo necesidad de apretarse las ijadas con los puños por no reventar riendo. Cuatro veces sosegó, y otras tantas volvió á su risa con el mismo ímpetu que primero, de lo cual ya se daba al diablo Don Quijote, y mas cuando le oyó decir como por modo de fisga: has de saber, ¡oh Sancho amigo, que yo nací por querer del cielo en esta nuestra edad de hierro para resucitar en ella la dorada ó de oro: yo soy aquel para quien están guardados los peligros, las hazañas grandes, los valerosos fechos; y por aquí fue repitiendo todas ó las mas razones que Don Quijote dijo la vez primera que oyeron los temerosos golpes. Viendo, pues, Don Quijote que Sancho hacia burla dél, se corrió y enojó en tanta manera, que alzó el lanzon y le asentó dos palos tales, que si como los recibió en las espaldas los recibiera en la cabeza, quedara libre de pagarle el salario si no fuera á sus herederos. Viendo Sancho que sacaba tan malas veras de sus burlas, con temor de que su amo no pasase adelante en ellas, con mucha humildad le dijo: sosiéguese vuestra merced, que por Dios que me burlo.

Pues porque os burlais no me burlo yo, respondió Don Quijote. Venid acá, señor alegre, ¿paréceos á vos que si como estos fueron mazos de batan fueran otra peligrosa aventura, no habia yo mostrado el ánimo que convenia para emprendella y acaballa? ¿Estoy yo obligado á dicha, siendo como soy caballero, á conocer y distinguir los sones, y saber cuales son de batanes ó no? Y mas que podria ser, como es verdad, que no los he visto en mi vida, como vos los habreis visto, como villano ruin que sois, criado y nacido entre ellos: si no, haced vos que estos seis mazos se vuelvan en seis jayanes, y echádmelos á las barbas uno á uno, ó todos juntos, y cuando yo no diere con todos patas arriba, haced de mí la burla que quisiéredes. No haya mas, señor mio, replicó Sancho, que yo confieso que he andado algo risueño en demasía; pero dígame vuestra merced ahora que estamos en paz, asi Dios le saque de todas las aventuras que le sucedieren tan sano y salvo como le ha sacado desta, ¿no ha sido cosa de reir, y lo es de contar el gran miedo que hemos ténido? á lo menos el que yo tuve, que de vuestra merced ya yo sé que no le conoce, ni sabe que es temor ni espanto. No niego yo, respondió Don Quijote, que lo que nos ha sucedido no sea cosa digna de risa; pero no es digna de contarse, que no son todas las personas tan discretas que sepan poner en su punto las cosas. A lo menos, respondió Sancho, supo vuestra merced poner en su punto el lanzon, apuntándome á la cabeza y dándome en las espaldas: gracias á Dios y á la diligencia que puse en hacerme; pero vaya que todo saldrá en la colada, que yo he oido decir: ese te quiere bien que te hace llorar; y mas que suelen los principales señores tras una mala palabra que dicen á un criado, darle luego unas calzas, aunque no sé lo que le suelen dar tras haberle dado de palos, si ya no es que los caballeros andantes dan tras palos ínsulas ó reinos en tierra firme. Tal podria correr el dado, dijo Don Quijote, que todo lo que dices viniese á ser verdad; y perdona lo pasado, pues eres discreto y sabes que los primeros movimientos no son en manos del hombre: y está advertido de aquí adelante en una cosa, para que te abstengas y reportes en el hablar demasiado conmigo, que en cuantos libros de caballerías he leido, que son infinitos, jamás he hallado que ningun escudero hablase tanto con su señor como tú con el tuyo, y en verdad que lo tengo á gran falta tuya y mia: tuya en que me estimas en poco; mia en que no me dejo estimar en mas: si que Gandalin, escudero de Amadis de Gaula, conde fue de la ínsula firme, y se lee dél que siempre hablaba á su señor con la gorra en la mano, inclinada la cabeza, y doblado el cuerpo *more turquesco*. ¿Pues qué diremos de Gasabal, escudero de don Galaor, que fue tan callado, que para declararnos la escelencia de su maravilloso silencio, solo una vez se nombra su nombre en toda aquella tan grande como verdadera historia? De todo lo que he dicho has de inferir, Sancho, que es menester hacer diferencia de amo á mozo, de señor á criado, y de caballero á escudero: asi que, desde hoy en adelante nos hemos de tratar con mas respeto, sin darnos cordelejo, porque de cualquiera manera que yo me enoje con vos, ha de ser mal para el cántaro (1): las mercedes y beneficios que yo os he prometido llegarán á su tiempo, y si no llegaren, el salario á lo menos no se ha de perder, como ya os he dicho. Está bien cuanto vuestra merced dice, dijo Sancho; pero querria yo saber (por si acaso no llegase el tiempo de las mercedes, y fuese necesario acudir al de los salarios) cuánto ganaba un escudero de un caballero andante en aquellos tiempos, y si se concertaban por meses ó por dias como peones de albañil. No creo yo respondió Don Quijote, que jamás los tales escuderos estuvieron á salario, sino á merced; y si yo ahora te le he señalado á ti en el testamento cerrado que dejé en mi casa, fue por lo que podria suceder, que aun no sé como prueba en estos tan calamitosos tiempos nuestros la caballería, y no querria que por pocas cosas penase mi ánima en el otro mundo; porque quiero que sepas, Sancho, que en él no hay estado mas peligroso que el de los aventureros. Asi es verdad, dijo Sancho, pues solo el ruido de los mazos de un batan pudo alborotar y desasosegar el corazon de un tan valeroso andante aventurero como es vuestra merced; mas bien puede estar seguro que de aquí adelante no despliegue mis labios para hacer donaire de las cosas de vuestra merced, si no fuere para honrarle como á mi amo y señor natural. Desa manera, replicó Don Quijote, vivirás sobre la haz de la tierra, porque despues de á los padres, á los amos se ha de respetar como si lo fuesen.

CAPITULO XXI.

Que trata de la alta aventura y rica ganancia del yelmo de Mambrino, con otras cosas sucedidas á nuestro invencible caballero.

En esto comenzó á llover un poco, y quisiera Sancho que se entraran en el molino de los batanes; mas habíales cobrado tal aborrecimiento Don Quijote por la pasada burla, que en ninguna manera quiso entrar dentro, y asi torciendo el camino á la derecha mano, dieron en otro como el que habian llevado el dia de antes. De allí á poco descubrió Don Quijote un hombre á caballo, que traia en la cabeza una cosa que relumbraba como si fuera de oro, y aun él apenas lo hubo visto, cuando se volvió á Sancho y le dijo: paréceme, Sancho, que no hay refran que no sea verdadero, porque todos son sentencias sacadas de la misma esperiencia, madre de las ciencias todas, especialmente aquel que dice: donde una puerta se cierra otra se abre: dígolo porque si anoche nos cerró la ventura la puerta de la que buscá-

(1) Mal para el inferior ó mas débil: alusion al refran castellano que dice: Si el cántaro da contra la piedra, ó la piedra da contra el cántaro, mal para el cántaro.—Arr.

bamos engañándonos con los batanes, ahora nos abre de par en par otra para otra mejor y mas cierta aventura, que si yo no acertare á entrar por ella, mia será la culpa, sin que la pueda dar á la poca noticia de batanes ni á la escuridad de la noche: digo esto porque si no me engaño, hácia nosotros viene uno que trae en su cabeza puesto el yelmo de Mambrino sobre que yo hice el juramento que sabes. Mire vuestra merced bien lo que dice, y mejor lo que hace, dijo Sancho, que no querria que fuesen otros batanes que nos acabasen de batanar y aporrear el sentido. Válate el diablo por hombre, replicó Don Quijote, ¿qué va de yelmo á batanes? No sé nada, respondió Sancho, mas á fe que si yo pudiera hablar tanto como solia, que quizá diera tales razones que vuestra merced viera que se engañaba en lo que dice. ¿Cómo me puedo engañar en lo que digo, traidor escrupuloso? dijo Don Quijote: dime, ¿no ves aquel caballero que hácia nosotros viene sobre un caballo rucio rodado que trae puesto en la cabeza un yelmo de oro? Lo que veo y columbro, respondió Sancho, no es sino un hombre sobre un asno pardo como el mio, que trae sobre la cabeza una cosa que relumbra. Pues ese es el yelmo de Mambrino, dijo Don Quijote: apártate á una parte y déjame con él á solas, verás cuán sin hablar palabra, por ahorrar del tiempo, concluyo esta aventura, y queda por mio el yelmo que tanto he deseado. Yo me tengo en cuidado el apartarme, replicó Sancho; mas quiera Dios, torno á decir, que orégano sea y no batanes. Ya os he dicho, hermano, que no me menteis ni por pienso mas eso de los batanes, dijo Don Quijote, que voto... y no digo mas, que os batanee el alma. Calló Sancho con temor que su amo no cumpliese el voto, que le habia echado redondo como una bola.

Es pues el caso que el yelmo y el caballo y caballero que Don Quijote veia era esto: que en aquel contorno habia dos lugares, el uno tan pequeño que ni tenia botica ni barbero, y el otro que estaba junto á él sí, y asi el barbero del mayor servia al menor, en el cual tuvo necesidad un enfermo de sangrarse, y otro de hacerse la barba, para lo cual venia el barbero, y traia una bacía de azófar; y quiso la suerte que al tiempo que venia comenzó á llover, y porque no se le manchase el sombrero,

que debia de ser nuevo, se puso la bacía sobre la cabeza, y como estaba limpia, desde media legua relumbraba. Venia sobre su asno pardo, como Sancho dijo, y esta fue la ocasion que á Don Quijote le pareció caballo rucio rodado, y caballero y yelmo de oro: que todas las cosas que veia con mucha facilidad las acomodaba á sus desvariadas caballerías y malandantes pensamientos: y cuando él vió que el pobre caballero llegaba cerca, sin ponerse con él en razones, á todo correr de Rocinante le enristró con el lanzon bajo, llevando intencion de pasarle de parte á parte: mas cuando á él llegaba, sin detener la furia de su carrera le dijo: defiéndete, cautiva (1) criatura, ó entrégame de tu voluntad lo que con tanta razon se me debe. El barbero, que tan sin pensarlo ni temerlo vió venir aquella fantasma sobre sí, no tuvo otro remedio para poder guardarse del golpe de la lanza, sino fue el dejarse caer del asno abajo, y no hubo tocado al suelo cuando se levantó mas ligero que un gamo, y comenzó á correr por aquel llano, que no le alcanzara el viento: dejóse la bacía en el suelo, con la cual se contentó Don Quijote, y dijo que el pagano (2) habia andado discreto, y que habia imitado al castor, el cual viéndose acosado de los cazadores se taraza y corta con los dientes aquello por lo que él por distinto (3) natural sabe que es perseguido: mandó á Sancho que alzase el yelmo, el cual tomándole en las manos dijo: por Dios que la bacía es buena, y que vale un real de á ocho (4) como un maravedí, y dándosela á su amo se la puso luego en la cabeza, rodeándola á una parte y á otra, buscándole el encaje, y como no se lo hallaba dijo: sin duda que el pagano á cuya medida se forjó primero esta famosa celada, debia de tener grandísima cabeza, y lo peor dello es que le falta la mitad. Cuando Sancho oyó llamar á la bacía celada no pudo tener la risa, mas vínosele á las mientes la cólera de su amo, y calló en la mitad della. ¿De qué te ries, Sancho? dijo Don Quijote. Ríome, respondió él, de considerar la gran cabeza que tendria el pagano dueño deste almete, que no semeja sino una bacía de barbero pintiparada. ¿Sabes qué imagino, Sancho? que esta famosa pieza deste encantado yelmo por algun estraño accidente debió de venir á manos de quien no supo conocer ni estimar su valor, y sin saber lo que hacia, viéndola de oro purísimo, debió de fundir la otra mitad para aprovecharse del precio, y de la otra mitad hizo esta que parece bacía de barbero, como tú dices; pero sea lo que fuere, que para mí que te conozco no hace al caso su transmutacion, yo la aderezaré en el primer lugar donde haya herrero, y de suerte que no le haga ventaja ni aun le llegue la que hizo y forjó el dios de las herrerías para el dios de las batallas: y en este entre tanto la traeré como pudiere, que mas vale algo que no nada, cuanto mas que

(1) *Cautiva*, significa *mezquina, miserable, vil.*—C.
(2) *Pagano* significa aquí el aldeano, del latino *pacus:* llamábanse así antiguamente los que no gozaban de los derechos de ciudadanos. Otras veces significa lo mismo que jentil, ó el que no profesa la religion cristiana. En ambas acepciones suele usarse en esta obra.—Arr.
(3) *Distinto*, en lugar de *instinto*, que es como ahora se dice.—Arr.
(4) *Real de á ocho;* moneda antigua de plata, que contenia el peso y valor de ocho reales de plata, y equivale á 16 reales de la moneda actual.—Arr.

bien será bastante para defenderme de alguna pedrada. Eso será, dijo Sancho, si no se tira con honda, como se tiraron en la pelea de los dos ejércitos cuando le santiguaron á vuestra merced las muelas, y le rompieron el alcuza donde venia aquel benditísimo brevaje que me hizo vomitar las asaduras. No me da mucha pena el haberle perdido, que ya sabes tú, Sancho, dijo Don Quijote, que yo tengo la receta en la memoria. Tambien la tengo yo, respondió Sancho; pero si yo le hiciere ni le probare mas en mi vida, aquí sea mi hora: cuanto mas que no pienso ponerme en ocasion de haberle menester, porque pienso guardarme con todos mis cinco sentidos de ser ferido ni de ferir á nadie: de lo del ser otra vez manteado no digo nada, que semejantes desgracias mal se pueden prevenir, y si vienen no hay que hacer otra cosa sino encoger los hombres, detener el aliento, cerrar los ojos, y dejarse ir por donde la suerte y la manta nos llevaren. Mal cristiano eres, Sancho, dijo oyendo esto Don Quijote, porque nunca olvidas la injuria que una vez te han hecho: pues sábete que es de pechos nobles y generosos no hacer caso de niñerías: ¿qué pie sacaste cojo? ¿qué costilla quebrada? ¿qué cabeza rota, para que no se te olvide aquella burla? que bien apurada la cosa, burla fue y pasatiempo; que á no entenderlo yo así, ya yo hubiera vuelto allá y hubiera hecho en tu venganza mas daño que el que hicieron los griegos por la robada Elena: la cual si fuera en este tiempo, ó mi Dulcinea fuera en aquel, pudiera estar segura que no tuviera tanta fama de hermosa como tiene: y aquí dió un suspiro y le puso en las nubes; y dijo Sancho: pase por burlas, pues la venganza no puede pasar en veras; pero yo sé de qué calidad fueron las veras y las burlas, y sé tambien que no se me caerán de la memoria, como nunca se me quitarán de las espaldas.

Pero dejando esto aparte, dígame vuestra merced qué haremos deste caballo rucio rodado que parece asno pardo, que dejó aquí desamparado aquel Martino que vuestra merced derribó; que segun él puso los pies en polvorosa y cogió las de villadiego, no lleva pergenio de volver por él jamás, y para mis barbas si no es bueno el rucio. Nunca yo acostumbro, dijo Don Quijote, despojar á los que venzo, ni es uso de caballería quitarles los caballos y dejarles á pie: si ya no fuese que el vencedor hubiese perdido en la pendencia el suyo, que en tal caso lícito es tomar él del vencido, como ganado en guerra lícita: asi que, Sancho, deja ese caballo ó asno, ó lo que tú quisieres que sea, que como su dueño nos vea alongados de aquí volverá por él. Dios sabe si quisiera llevarle, replicó Sancho, ó por lo menos trocalle con este mio, que no me parece tan bueno: verdaderamente que son estrechas las leyes de caballería, pues no se estienden á dejar trocar un asno por otro, y querria saber si podria trocar los aparejos siquiera. En eso no estoy muy cierto, respondió Don Quijote, y en caso de duda, hasta estar mejor informado, digo que los trueques si es que tienes dellos necesidad estrema. Tan estrema es, respondió Sancho, que si fueran para mi mesma persona no los hubiera menester mas; y luego habilitado con aquella licencia hizo *mutatio capparum* (1), y puso su jumento á las mil lindezas, dejándole mejorado en tercio y quinto. Hecho esto almorzaron de las sobras del real que del acémila despojaron (2), bebieron del agua del arroyo de los batanes sin volver la cara á mirallos; tal era el aborrecimiento que les tenian por el miedo en que les habian puesto; y (3) cortada la cólera y aun la melancolía subieron á caballo, y sin tomar determinado camino (por ser muy de caballeros andantes el no tomar ninguno cierto) se pusieron á caminar por donde la voluntad de Rocinante quiso, que se llevaba tras si la de su amo y aun la del asno, que siempre le seguia por donde quiera que guiaba en buen amor y compañía: con todo esto volvieron al camino real, y siguieron por él á la ventura sin otro designio alguno.

Yendo, pues, asi caminando, dijo Sancho á su amo: señor, ¿quiere vuestra merced darme licencia que departa un poco con él? que despues que me puso aquel áspero mandamiento del silencio se me han podrido mas de cuatro cosas en el estómago, y una sola que ahora tengo en el pico de la lengua no querria que se malograse. Dila, dijo Don Quijote, y sé breve en tus razonamientos, que ninguno hay gustoso si es largo. Digo pues, señor, respondió Sancho, que de algunos dias á esta parte he considerado cuán poco se gana y grangea de andar buscando estas aventuras que vuestra merced busca por estos desiertos y encrucijadas de caminos, donde ya que se venzan y acaben las mas peligrosas, no hay quién las vea ni sepa, y asi se han de quedar en perpetuo silencio y en perjuicio de la intencion de vuestra merced y de lo que ellas merecen; y asi me parece que seria mejor (salvo el mejor parecer de vuestra merced) que nos fuésemos á servir á algun emperador, ó á otro príncipe grande que tenga alguna guerra, en cuyo servicio vuestra merced muestre el valor de su persona, sus grandes fuerzas y mayor entendimiento: que visto esto del señor á quien serviremos, por fuerza nos ha de remunerar á cada cual segun sus méritos; y allí no faltará quien ponga en escrito las hazañas de vuestra merced para perpetua memoria: de las mias no digo nada, pues no han de salir de los límites escuderiles; aunque sé decir que si se usa en la caballería escribir hazañas de escuderos, que no pienso que se han de quedar las mias entre renglones.

No dices mal, Sancho, respondió Don Quijote; mas antes que se llegue á ese término es menester andar por el mundo como en aprobacion buscando las aventuras, para que acabando algunas

_____

(1) Antiguamente se mudaban las capas el dia de Resurreccion; esta mudanza se ha trasladado á Pentecostés.—C.
(2) Metáfora tomada de los soldados, que despojan el real ó campo de los enemigos, donde suelen hallar abundancia de provisiones.—P.
(3) *Que*, dicen otras ediciones, y es errata evidente.—F. G.

se cobre nombre y fama, tal que cuando se fuere á la córte de algun gran monarca, ya sea el caballero conocido por sus obras, y que apenas le hayan visto entrar los muchachos por la puerta de la ciudad, cuando todos le sigan y rodeen dando voces diciendo: este es el caballero del Sol ó de la Serpiente, ó de otra insignia alguna debajo de la cual hubiere acabado grandes hazañas: éste es, dirán, el que venció en singular batalla al gigantazo Brocabruno de la gran fuerza, el que desencantó al gran mameluco de Persia del largo encantamiento en que habia estado casi novecientos

años: asi que de mano en mano irán pregonando sus hechos, y luego, al alboroto de los muchachos y de la demás gente aparescerá (1) á las fenestras de su real palacio el rey de aquel reino; y asi como vea al caballero, conociéndole por las armas ó por la empresa del escudo, forzosamen'e ha de decir: ea, sus, salgan mis caballeros cuantos en mi córte están á recibir á la flor de la caballería que allí viene; á cuyo mandamiento saldrán todos, y él llegará hasta la mitad de la escalera, y le abrazará estrechísimamente, y le dará paz besándole en el rostro, y luego le llevará por la mano al aposento de la señora reina, adonde el caballero la hallará con la infanta su hija, que ha de ser una de las mas fermosas y acabadas doncellas que en gran parte de lo descubierto de la tierra á duras penas se puedan hallar: sucederá tras esto luego en continente, que ella ponga los ojos en el caballero, y él en los della, y cada uno parezca al otro cosa mas divina que humana, y sin saber cómo ni cómo no, han de quedar presos y enlazados en la intricable red amorosa (2) y con gran cuita en sus corazones por no saber cómo se han de fablar para descubrir sus ansias y sentimientos. Desde allí le llevarán sin duda á algun cuarto del palacio ricamente aderezado, donde habiéndole quitado las armas, le traerán un rico manton de escarlata con que se cubra, y si bien pareció armado, tan bien y mejor ha de parecer en farseto: venida la noche cenará con el rey, reina é infanta, donde nunca quitará los ojos della, mirándola á furto de los circunstantes, y ella hará lo mismo con la misma sagacidad, porque como tengo dicho, es muy discreta doncella: levantarse han las tablas, y entrará á deshora por la puerta de la sala un feo y pequeño enano con una fermosa dueña, que entre dos gigantes detrás del enano viene con cierta aventura hecha por un antiquísimo sabio, que el que la acabare será tenido por el mejor caballero del mundo: mandará luego el rey que todos los que están presentes la prueben (3) y ninguno le dará fin y cima sino el caballero huésped en mucho pró de su fama, de lo cual quedará contentísima la infanta, y se tendrá por contenta y pagada ademas por haber puesto y colocado sus pensamientos en tan alta parte: y lo bueno es que este rey ó príncipe, ó lo que es, tiene una muy reñida guerra con otro tan poderoso como él, y el caballero huésped le pide (al cabo de algunos dias que ha estado en su córte) licencia para ir á servirle en aquella guerra dicha: darásela el rey de muy buen talante, y el caballero le besará cortesmente las manos por la merced que le face: y aquella noche se despedirá de su señora la infanta por las rejas

---

(1) *Se parerá* dicen las demás ediciones. De creer es que Cervantes dijese *aparecerá*, pues, que la idea es que el rey se asomase á la ventana.—F. C.

(2) Intricable por inestricable.—F. C.

(3) El señor Hartzenbusch en una de sus notas, da varias razones que le inducen á creer que esta *aventura* es un enigma ó adivinanza, y corrige *acertare* por *acabare*. Aquí hay inevitablemente un error. Si fue aventura, no fue *hecha*, sino dispuesta, ordenada. Tal vez el error está en la palabra *hecha*.—F. C.

de un jardin en que cae el aposento donde ella duerme, por las cuales ya otras muchas veces ta habrá fablado, siendo medianera y sabidora de todo una doncella de quien la infanta mucho se fia: suspirará él, desmayarase ella, traerá agua la doncella, acuitaráse mucho porque viene la mañana, y no querria que fuesen descubiertos por la honra de su señora: finalmente la infanta volverá en si, y dará sus blancas manos por la reja al caballero, el cual se las besará mil y mil veces, y se las bañará en lágrimas: quedará concertado entre los dos del modo que se han de hacer saber sus buenos ó malos sucesos, y rogarale la princesa que se detenga lo menos que pudiere: prometérselo ha él con muchos juramentos: tórnale á besar las manos, y despídese con tanto sentimiento, que estará poco para acabar la vida: vase desde allí á su aposento, echáse sobre su lecho, no puede dormir del dolor de la partida, madruga muy de mañana, vase á despedir del rey y de la reina y de la infanta, diciéndole, habiéndose despedido de los dos, que la señora infanta está mal dispuesta, y que no puede recebir visita; piensa el caballero que es de pena de su partida, traspásasele el corazon, y falta poco de no dar indicio manifiesto de su pena: está la doncella medianera delante, halo de notar todo, váselo á decir á su señora, la cual la recibe con lágrimas, y le dice que una de las mayores penas que tiene es no saber quién sea su caballero y si es de linaje de reyes ó no: asegura la doncella que no puede caber tanta cortesía, gentileza y valentía como la de su caballero sino en sugeto real y grave: consuélase con esto la cuitada, y procura consolarse por no dar mal indicio de sí á sus padres, y al cabo de dos dias sale en público. Ya se es ido el caballero; pelea en la guerra, vence al enemigo del rey, gana muchas ciudades, triunfa de muchas batallas: vuelve á la córte, ve á su señora por donde suele, conciértase que la pida á su padre por mujer en pago de sus servicios; no se la quiere dar el rey, porque no sabe quién es; pero con todo esto, ó robada, ó de otra cualquier suerte que sea, la infanta viene á ser su esposa, y su padre lo viene á tener á gran ventura, porque se vino á averiguar que el tal caballero es hijo de un valeroso rey de no sé qué reino, porque creo que no debe de estar en el mapa: muérese el padre, hereda la infanta, queda rey el caballero en dos palabras. Aquí entra luego el hacer mercedes á su escudero y á todos aquellos que le ayudaron á subir á tan alto estado: casa á su escudero con una doncella de la infanta, que será sin duda la que fue tercera en sus amores, que es hija de un duque muy principal.

Eso pido, y barras derechas (1), dijo Sancho; á eso me atengo, porque todo al pie de la letra ha de suceder por vuestra merced, llamándose El caballero de la Triste Figura. No lo dudes, Sancho, replicó Don Quijote, porque del mismo modo y por los mismos pasos que esto he contado suben y han subido los caballeros andantes á ser reyes y emperadores: solo falta ahora mirar qué rey de los cristianos ó de los paganos tenga guerra, y tenga hija hermosa; pero tiempo habrá para pensar esto, pues como te tengo dicho, primero se ha de cobrar fama por otras partes, que se acuda á la córte. Tambien me falta otra cosa, que puesto caso que se halle rey con guerra y con hija hermosa, y que yo haya cobrado fama increible por todo el universo, no sé yo como se podrá hallar que yo sea de linaje de reyes, ó por lo menos primo segundo de emperador; porque no me querrá el rey dar á su hija por mujer si no está primero muy enterado en esto, aunque mas lo merezcan mis famosos hechos: asi que por esta falta temo perder lo que mi brazo tiene bien merecido; bien es verdad que yo soy hijodalgo de solar conocido, de posesion y propiedad, y de devengar quinientos sueldos (2); y podria ser que el sabio que escribiese mi historia deslindase de tal manera mi parentela y descendencia, que me hallase quinto ó sesto nieto de rey: porque te hago saber, Sancho, que hay dos maneras de linajes en el mundo, unos que traen y derivan su descendencia de príncipes y monarcas, á quien poco á poco el tiempo ha deshecho, y han acabado en punta como pirámides, y otros que tuvieron principio de gente baja, y van subiendo de grado en grado hasta llegar á ser grandes señores: de manera que está la diferencia en que unos fueron que ya no son, y otros son que ya no fueron, y podria ser yo destos que despues de averiguado hubiese sido mi principio grande y famoso, con lo cual se deberá de contentar el rey mi suegro que hubiere de ser: y cuando no, la infanta me ha de querer de manera, que á pesar de su padre, aunque claramente sepa que soy hijo de un azacan (3), me ha de admitir por señor y por esposo: y si no, aquí entra el roballa y llevarla donde mas gusto me diere, que el tiempo ó la muerte ha de acabar el enojo de sus padres.

Ahí entra tambien, dijo Sancho, lo que algunos desalmados dicen: no pidas de grado lo que puedes tomar por fuerza, aunque mejor cuadra decir: mas vale salto de mata, que ruego de hombres buenos: dígolo porque si el señor rey suegro de vuestra merced no se quisiere domeñar á entregarle á mi señora la infanta, no hay sino, como vuestra merced dice, roballa y trasponella; pero está el

---

(1) Alusion al juego de trucos, en cuya mesa hay una barra de hierro en forma de arco, distante cerca de una vara de la barandilla. Cuando la bola pasa por medio de ella, sin declinar ó tropezar en ninguno de los dos lados ó barras, se dice barras derechas, esto es, hacer la jugada ó ganarla.—Arr.

(2) Hijodalgo de solar conocido se llamaba el poseedor de cualquiera de los solares ó lugares que los hidalgos antiguos de España poseyeron; y los que descienden de ellos se llaman hijosdalgo de solar conocido, ó de linaje ó casa conocida; porque linaje, solar y casa en este sentido, significan una misma cosa. Hidalgo de devengar quinientos sueldos, segun los antiguos fueros de Castilla, era aquel que por la injuria ó daño que en su persona, honra ó hacienda le era hecha, podia devengar y recibir de su contrario en satisfaccion quinientos sueldos, y el labrador no mas de trescientos. Garibay, lib. XII, cap. XX. —Arr.

(3) Azacan, voz arábiga que significa el aguador ó acarreador de agua.—Arr.

dado que en tanto que se hagan las paces y se goce pacíficamente del reino, el pobre escudero se podrá estar á diente (1) en esto de las mercedes, si ya no es que la doncella tercera que ha de ser su mujer se sale con la infanta, y él pasa con ella su mala ventura hasta que el cielo ordene otra cosa; porque bien podrá, creo yo, desde luego dársela su señor por legítima esposa. Eso no hay quien lo quite, dijo Don Quijote. Pues como eso sea, respondió Sancho, no hay sino encomendarnos á Dios, y dejar correr la suerte por donde mejor la encaminare. Hágalo Dios, respondió Don Quijote, como yo deseo, y tú Sancho, has menester, y ruin sea quien por ruin se tiene. Sea por Dios, dijo Sancho, que yo cristiano viejo soy, y para ser conde esto me basta. Y aun te sobra, dijo Don Quijote, y cuando no lo fueras, no hacia nada al caso, porque siendo yo el rey, bien te puedo dar nobleza sin que la compres ni me sirvas con nada, porque en haciéndote conde, cátate ahí caballero, y digan lo que dijeran, que á buena fe que te han de llamar señoría mal que les pese. Y montas, que no sabría yo autorizar el litado, dijo Sancho. Dictado has de decir, que no litado, dijo su amo. Sea así, respondió Sancho Panza: digo que le sabria bien acomodar, porque por vida mia que un tiempo fui muñidor de una cofradía, y que me asentaba tan bien la ropa de muñidor, que decian todos que tenia presencia para ser prioste (2) de la mesma cofradía. ¿Pues qué será cuando me ponga un ropon ducal á cuestas, ó me vista de oro y de perlas á uso de conde estranjero? Para mí tengo que me han de venir á ver de cien leguas. Bien parecerás, dijo Don Quijote; pero será menester que te rapes las barbas á menudo, que segun las tienes de espesas, aborrascadas y mal puestas, si no te las rapas á navaja cada dos dias por lo menos, á tiro de escopeta se echará de ver lo que eres. ¿Qué hay mas, dijo Sancho, sino tomar un barbero, y tenerle asalariado en casa? y aun si fuere menester le haré que ande tras mí como caballerizo de grande. ¿Pues cómo sabes tú, preguntó Don Quijote, que los grandes llevan detrás de sí á sus caballerizos? Yo se lo diré, respondió Sancho: los años pasados estuve un mes en la córte, y allí vi que paseándose un señor muy pequeño, que decian que era muy grande (3), un hombre le seguia á caballo á todas las vueltas que daba, que no parecia sino que era su rabo: pregunté que cómo aquel hombre no se juntaba con el otro hombre, sino que siempre andaba tras dél: respondiéronme que era su caballerizo, y que era uso de grandes llevar tras sí á los tales: desde entonces lo sé tan bien, que nunca se me ha olvidado. Digo que tienes razon, dijo Don Quijote, y que asi puedes tú llevar á tu barbero, que los usos no vinieron todos juntos ni se inventaron á una, y puedes ser tú el primer conde que lleve tras sí su barbero; y aun es de mas confianza el hacer la barba que ensillar un caballo. Quédese eso del barbero á mi cargo, dijo Sancho, y al de vuestra merced se quede el procurar venir á ser rey, y el hacerme conde. Asi será, respondió Don Quijote, y alzando los ojos vió lo que se dirá en el siguiente capítulo.

CAPITULO XXII.

De la libertad que dió Don Quijote á muchos desdichados que mal de su grado los llevaban donde no quisieran ir.

Cuenta Cide Hamete Ben-Enjeli, autor arábigo y manchego, en esta gravísima, altisonante, mínima, dulce é imaginada historia, que despues que entre el famoso Don Quijote de la Mancha y Sancho Panza su escudero pasaron aquellas razones que en el fin del capítulo veinte y uno quedan referidas, que Don Quijote alzó los ojos, y vió que por el camino que llevaba venian hasta doce hombres á pie ensartados como cuentas en una gran cadena de hierro por los cuellos, y todos con esposas á las manos. Venian asimismo con ellos dos hombres de á caballo y dos de á pie: los de á caballo con escopetas de rueda, y los de á pie con dardos y espadas, y que asi como Sancho Panza los vido, dijo: esta es cadena de galeotes, gente forzada del rey, que va á las galeras. ¿Cómo gente forzada? preguntó Don Quijote: ¿es posible que el rey haga fuerza á ninguna gente? No digo eso, respondió Sancho, sino que es gente que por sus delitos va condenada á servir al rey en las galeras de por fuerza. En resolucion, replicó Don Quijote, como quiera que ello sea, esta gente, aunque los llevan, van de por fuerza y no de su voluntad. Asi es, dijo Sancho. Pues desa manera, dijo su amo, aquí encaja la ejecucion de mi oficio, desfacer fuerzas, y socorrer y acudir á los miserables. Advierta vuestra merced, dijo Sancho, que la justicia, que es el mesmo rey, no hace fuerza ni agravio á semejante gente, sino que los castiga en pena de sus delitos.

Llegó en esto la cadena de los galeotes, y Don Quijote con muy corteses razones pidió á los que iban en su guarda fuesen servidos de informalle y decille la causa ó causas por qué llevaban aquella gente de aquella manera. Una de las guardas de á caballo respondió que eran galeotes, gente de su magestad, que iba á galeras, y que no habia mas que decir, ni él tenia mas que saber. Con todo eso, replicó Don Quijote, querria saber de cada uno dellos en particular la causa de su desgracia: añadió á estas otras tales y tan comedidas razones para moverlos á que le dijesen lo que deseaba, que la otra guarda de á caballo le dijo: aunque llevamos aquí el registro y la fe de las

_____

(1) *Estar á diente, como hace de buldero*, es un refran que significa no comer ó estar sin comer.—P.
(2) *Prioste* es el administrador ó mayordomo de una cofradía, hermandad ó congregacion piadosa.—Arr.
(3) ¿Quién era este señor? Por las señas que da Sancho, pudiera conjeturarse que era don Pedro Giron, duque de Osuna, virey primero de Sicilia y despues de Nápoles. Crióse en las guerras de Flandes, donde hizo hazañas valerosas; porque desde niño manifestó su ardimiento militar y grande ingenio. Consta en efecto que era pequeño de cuerpo.—P.

sentencias de cada uno destos malaventurados, no es tiempo este de detenernos á sacarlas ni á leellas: vuestra merced llegue y se lo pregunte á ellos mismos, que ellos lo dirán si quisieren, que si querrán, porque es gente que recibe gusto de hacer y decir bellaquerías. Con esta licencia, que Don Quijote se tomara, aunque no se la dieran, se llegó á la cadena, y al primero le preguntó que por qué pecados iba de tan mala guisa. El respondió que por enamorado. ¿Por eso no mas? replicó Don Quijote; pues si por enamorados echan á galeras, días ha que pudiera yo estar bogando en ellas. No son los amores como los que vuestra merced piensa, dijo el galeote, que los mios fueron que quise tanto á una canasta de colar atestada de ropa blanca, que la abracé conmigo tan fuertemente, que á no quitármela la justicia por fuerza, aun hasta ahora no la hubiera dejado de mi voluntad: fue en fragante, no hubo lugar de tormento, concluyóse la causa, acomodáronme las espaldas con ciento, y por añadiduras tres años de gurapas, y acabóse la obra. ¿Qué son gurapas? preguntó Don Quijote. Gurapas son galeras, respondió el galeote, el cual era un mozo de hasta edad de veinte y cuatro años, y dijo que era natural de Piedrahita. Lo mismo preguntó Don Quijote al segundo, el cual no respondió palabra, según iba de triste y melancólico: mas respondió por él el primero, y dijo: éste, señor, va por canario, digo que por músico y cantor. ¿Pues cómo?

repitió Don Quijote, ¿por músicos y cantores van tambien á galeras? Sí señor, respondió el galeote, que no hay peor cosa que cantar en el ansia. Antes he oido decir, dijo Don Quijote, que quien canta sus males espanta. Acá es al revés, dijo el galeote, que quien canta una vez, llora toda la vida. No lo entiendo, dijo Don Quijote; mas una de las guardas le dijo: señor caballero, cantar en el ansia se dice entre esta gente *non santa* confesar en el tormento: á este pecador le dieron tormento y confesó su delito, que era ser cuatrero, que es ser ladron de bestias, y por haber confesado le condenaron por seis años á galeras, amen de doscientos azotes que ya lleva en las espaldas; y va siempre pensativo y triste, porque los demás ladrones que allá quedan y aquí van le maltratan y aniquilan y escarnecen y tienen en poco, porque confesó, y no tuvo ánimo para decir nones: porque dicen ellos que tantas letras tiene un no como un sí, y que harta ventura tiene un delincuente, que está en su lengua su vida ó su muerte, y no en la de los testigos y probanzas; y para mí tengo que no van muy fuera de camino. Y yo lo entiendo asi, respondió Don Quijote, el cual pasando al tercero preguntó lo que á los otros; el cual de presto y con mucho desenfado respondió y dijo: yo voy por cinco años á las señoras gurapas por faltarme diez ducados. Yo daré veinte de muy buena gana, dijo Don Quijote, por libraros desa pesadumbre. Eso me parece, respondió el galeote, como quien tiene dineros en mitad del golfo, y se está muriendo de hambre, sin tener adonde comprar lo que ha menester: dígolo porque si á su tiempo tuviera yo esos veinte ducados que vuestra merced ahora me ofrece, hubiera untado con ellos la péndola (1) del escribano, y avivado el ingenio del procurador de manera que hoy me viera en mitad de la plaza de Zocodover de Toledo y no en este camino atraillado como galgo; pero Dios es grande, paciencia, y basta. Pasó Don Quijote al cuarto, que era un hombre de venerable rostro, con una barba blanca que le pasaba del pecho, el cual oyéndose preguntar la causa porque allí venia, comenzó á llorar, y no respondió palabra; mas el quinto condenado le sirvió de lengua, y dijo: este hombre honrado va por cuatro años á galeras habiendo paseado las acostumbradas (2) vestido en pompa y á caballo. Eso es, dijo Sancho Panza, á lo que á mí me parece, haber salido á la vergüenza. Asi es, replicó el galeote, y la culpa porque

(1) La pluma. *Péñola* se llamaba en el antiguo lenguage, y quizá por corrupcion y con alusion á esta palabra, decia el galeote *péndola.*—Arr.
(2) Se entiende ó suple *calles.*—Arr.

le dieren esta pena, es por haber sido corredor de oreja y aun de todo el cuerpo: en efecto, quiero decir que este caballero va por alcahuete, y por tener asimesmo sus puntas y collar de hechicero. A no haberle añadido esas puntas y collar, dijo Don Quijote, por solamente el alcahuete limpio no merecia el ir á bogar en las galeras, sino á mandallas y á ser general dellas, porque no es asi como quiera el oficio de alcahuete, que es oficio de discretos, y necesarísimo en la república bien ordenada, y que no le debia ejercer sino gente muy bien nacida, y aun habia de haber veedor y examinador de los tales, como le hay de los demás oficios, con número deputado y conocido, como corredores de lonja; y desta manera se escusarian muchos males que se causan por andar este oficio y ejercicio entre gente idiota y de poco entendimiento, como son mujercillas de poco mas ó menos, pagecillos y truanes de pocos años y de muy poca esperiencia, que á la mas necesaria ocasion, y cuando es menester dar una traza que importe, se les hielan las migas entre la boca y la mano, y no saben cuál es su mano derecha. Quisiera pasar adelante, y dar las razones por qué convenia hacer eleccion de los que en la república habian de tener tan necesario oficio, pero no es el lugar acomodado para ello; algun dia lo diré á quien lo pueda proveer y remediar: solo digo ahora que la pena que me ha causado ver estas blancas canas y este rostro venerable en tanta fatiga por alcahuete, me la ha quitado el adjunto de ser hechicero, aunque bien sé que no hay hechizos en el

mundo que puedan mover y forzar la voluntad, como algunos simples piensan; que es libre nuestro albedrío, y no hay yerba ni encanto que le fuerce: lo que suelen hacer algunas mujercillas simples y algunos embusteros bellacos son algunas misturas y venenos con que vuelven locos á los hombres, dando á entender que tienen fuerza para hacer querer bien, siendo, como digo, cosa imposible forzar la voluntad. Asi es, dijo el buen viejo; y en verdad, señor, que en lo de hechicero que no tuve culpa: en lo de alcahuete no lo pude negar; pero nunca pensé que hacia mal en ello, que toda mi intencion era que todo el mundo se holgase, y viviese en paz y quietud sin pendencias ni penas; pero no me aprovechó nada este buen deseo para dejar de ir adonde no espero volver, segun me cargan los años y un mal de orina que llevo, que no me deja reposar un rato: y aquí tornó á su llanto como de primero, y túvole Sancho tanta compasion, que sacó un real de á cuatro del seno, y se le dió de limosna.

Pasó adelante Don Quijote, y preguntó á otro su delito, el cual respondió con no menos sino con mucha mas gallardía que el pasado: yo voy aquí porque me burlé demasiadamente con dos primas hermanas mias, y con otras dos hermanas que no lo eran mias: finalmente tanto me burlé con todas, que resultó de la burla crecer la parentela tan intrincadamente, que no hay sumista que la declare; probóseme todo, faltó favor, no tuve dineros, vime á pique de perder los tragaderos, sentenciáronme á galeras por seis años, consentí, castigo es de mi culpa, mozo soy, dure la vida, que con ella todo se alcanza. Si vuestra merced, señor caballero, lleva alguna cosa con que socorrer á estos pobretes, Dios se lo pagará en el cielo, y nosotros tendremos en la tierra cuidado de rogar á

Dios en nuestras oraciones por la vida y salud de vuestra merced, que sea tan larga y tan buena como su buena presencia merece. Este iba en hábito de estudiante, y dijo una de las guardas que era muy grande hablador y muy gentil latino.

Tras todos estos venia un hombre de muy buen parecer de edad de treinta años, sino que al mirar metia el un ojo en el otro; un poco venia diferentemente atado que los demás, porque traia una cadena al pie tan grande, que se la liaba por todo el cuerpo, y dos argollas á la garganta, la una en la cadena, y la otra de las que llaman guarda-amigo, ó pie de amigo, de la cual descendian dos hierros que llegaban á la cintura, en los cuales se asian dos esposas donde llevaba las manos cerradas con un grueso candado, de manera que ni con las manos podia llegar á la boca, ni podia bajar la cabeza á llegar á las manos. Preguntó Don Quijote que cómo iba aquel hombre con tantas prisiones mas que los otros. Respondióle la guarda: porque tenia aquel solo mas delitos que todos los otros juntos, y que era tan atrevido y tan grande bellaco, que aunque le llevaban de aquella manera, no iban seguros dél, sino que temian que se les habia de huir. ¿Qué delitos puede tener, dijo Don Quijote, si no ha merecido mas pena que echarle á las galeras? Va por diez años, replicó la guarda, que es como muerte civil: no se quiera saber mas sino que este buen hombre es el famoso Ginés de Pasamonte, que por otro nombre llaman Ginesillo de Parapilla. Señor comisario, dijo entonces el galeote, váyase poco á poco, y no andemos ahora á deslindar nombres y sobrenombres; Ginés me llamo, y no Ginesillo, y Pasamonte es mi alcurnia, y no Parapilla como voacé dice, y cada uno se dé una vuelta á la redonda (1), y no hará poco. Hable con menos tono, replicó el comisario, señor ladron de mas de la marca, si no quiere que le haga callar mal que le pese. Bien parece, respondió el galeote, que va el hombre como Dios es servido; pero algun dia sabrá alguno si me llamo Ginesillo de Parapilla ó no. ¿Pues no te llaman asi, embustero? dijo la guarda. Sí llaman, respondió Ginés; mas yo haré que no me lo llamen, ó me las pelaria donde yo digo entre mis dientes. Señor caballero, si tiene algo que darnos, dénoslo ya, y vaya con Dios, que ya enfada con tanto querer saber vidas agenas; y si la mia quiere saber, sepa que yo soy Ginés de Pasamonte, cuya vida está escrita por estos pulgares. Dice verdad, dijo el comisario, que él mismo ha escrito su historia, que no hay mas que desear, y deja empeñado el libro en la cárcel en doscientos reales. Y le pienso desempeñar, dijo Ginés, si quedara en doscientos ducados. ¿Tan bueno es? dijo Don Quijote. Es tan bueno, respondió Ginés, que mal año para Lazarillo de Tormes, y para todos cuantos de aquel género se han escrito ó escribieren: lo que le sé decir á voacé, es que trata verdades, y que son verdades tan lindas y tan donosas, que no puede haber mentiras que les igualen. ¿Y cómo se intitula el libro? preguntó Don Quijote. *La vida de Ginés de Pasamonte*, respondió él mismo. ¿Y está acabado? preguntó Don Quijote. ¿Cómo puede estar acabado, respondió él, si aun no está acabada mi vida? Lo que está escrito es desde mi nacimiento hasta el punto que esta última vez me han echado en galeras. ¿Luego otra vez habeis estado en ellas? dijo Don Quijote. Para servir á Dios y al rey, otra vez he es'ado cuatro años, y ya sé á qué sabe el bizcocho y el corbacho, respondió Ginés, y no me pesa mucho de ir á ellas, porque allí tendré lugar de acabar mi libro, que me quedan muchas cosas que decir, y en las galeras de España hay mas sosiego de aquel que seria menester, aunque no es menester mucho para lo que yo tengo de escribir, porque me lo sé de coro. Hábil pareces, dijo Don Quijote. Y desdichado, respondió Ginés, porque siempre las desdichas persiguen al buen ingenio. Persiguen á los bellacos, dijo el comisario. Ya le he dicho, señor comisario, respondió Pasamonte, que se vaya poco á poco, que aquellos señores no le dieron esa vara para que maltratase á los pobretes que aquí vamos, sino para que nos guiase y llevase adonde su magestad manda; si no, por vida de... basta, que podria ser que saliesen algun dia en la colada las manchas que se hicieron en la venta (2), y todo el mundo calle y viva bien y hable mejor, y caminemos, que ya es mucho regodeo este.

Alzó la vara en alto el comisario para dar á Pasamonte en respuesta de sus amenazas; mas Don Quijote se puso en medio, y le rogó que no le maltratase, pues no era mucho que quien llevaba tan atadas las manos tuviese algun tanto suelta la lengua; y volviéndose á todos los de la cadena dijo: de todo cuanto me habeis dicho, hermanos carísimos, he sacado en limpio que aunque os han castigado por vuestras culpas, las penas que vais á padecer no os dan mucho gusto, y que vais á ellas muy de mala gana y muy contra vuestra voluntad, y que podria ser que el poco ánimo que aquel tuvo en el tormento, la falta de dineros deste, el poco favor del otro, y finalmente el torcido juicio del juez hubiesen sido causa de vuestra perdicion, y de no haber salido con la justicia que de vuestra parte teniades. Todo lo cual se me representa á mí ahora en la memoria, de manera que me está diciendo, persuadiendo y aun forzando que muestre con vosotros el efecto para que el cielo me arrojó al mundo, y me hizo profesar en él la órden de caballería que profeso, y el voto que en ella hice de favorecer á los menesterosos y opresos de los mayores. Pero porque sé que una de las partes de la

(1) Se mire bien, se miró á sí mismo.—Arr.
(2) Esta alusion no se comprende. Clemencin procura dar alguna luz para esplicarla, conjeturando que en la persona de Ginés, quiso señalar Cervantes la de Guzman de Alfarache, que tambien *escribió su historia desde las galeras*, y cometió en una venta un hurto de que se aprovechó el comisario que conducia la cadena de galeotes en que él iba (parte II, lib. III, cap. VIII), lo que podria esplicar lo de las *manchas en la venta* de que habla el testo.

prudencia es, que lo que se puede hacer por bien no se haga por mal, quiero rogar á estos señores guardianes y comisarios sean servidos de desataros y dejaros ir en paz, que no faltarán otros que sirvan al rey en mejores ocasiones, porque me parece duro caso hacer esclavos á los que Dios y naturaleza hizo libres: cuanto mas, señores guardas, añadió Don Quijote, que estos pobres no han cometido nada contra vosotros; allá se lo haya cada uno con su pecado, Dios hay en el cielo que no se descuida de castigar al malo, ni de premiar al bueno, y no es bien que los hombres honrados sean verdugos de los otros hombres, no yéndoles nada en ello. Pido esto con esta mansedumbre y sosiego, porque tenga, si lo cumplis, algo que agradeceros; y cuando de grado no lo hagais, esta lanza y esta espada con el valor de mi brazo harán que lo hagais por fuerza. Donosa majadería, respondió el comisario: bueno está el donaire con que ha salido á cabo de rato: los forzados del rey quiere que le dejemos, como si tuviéramos autoridad para soltarlos, ó él la tuviera para mandárnoslo: váyase vuestra merced, señor, norabuena su camino adelante, y enderécese ese bacin que trae en la cabeza, y no ande buscando tres piés al gato. Vos sois el gato y el rato y el bellaco, respondió don Quijote; y diciendo y haciendo arremetió con él tan presto, que sin que tuviese lugar de ponerse en defensa, dió con él en el suelo mal herido de una lanzada; y avínole bien, que éste era el de la escopeta. Las demás guardas quedaron atónitas y suspensas del no esperado acontecimiento; pero volviendo sobre sí pusieron mano á sus espadas los de á caballo, y los de á pié á sus dardos, y arremetieron á Don Quijote que con mucho sosiego los aguardaba; y sin duda lo pasara mal si los galeotes, viendo la ocasion que se les ofrecia de alcanzar libertad, no la procuraran procurando romper la cadena donde venian ensartados. Fue la revuelta de manera, que las guardas, ya por acudir á los galeotes que se desataban, ya por acometer á Don Quijote que los acometia, no hicieron cosa que fuese de provecho. Ayudó Sancho por su parte á la soltura de Ginés de Pasamonte, que fue el primero que saltó en la campaña libre y desembarazado, y arremetiendo al comisario caido le quitó la espada y la escopeta, con la cual apuntando al uno y señalando al otro, sin dispararla jamás, no quedó guarda en todo el campo, porque se fueron huyendo, asi de la escopeta de Pasamonte, como de las muchas pedradas que los ya sueltos galeotes les tiraban.

Entristecióse mucho Sancho deste suceso, porque se le representó que los que iban huyendo habian de dar noticia del caso á la santa Hermandad, la cual á campana herida saldria á buscar los delincuentes, y asi se lo dijo á su amo, y le rogó que luego de alli se partiesen, y se emboscasen en la sierra que estaba cerca. Bien está eso, dijo Don Quijote; pero yo sé lo que ahora conviene que se haga, y llamando á todos los galeotes, que andaban alborotados, y habian despojado al comisario hasta dejarle en cueros, se le pusieron todos á la redonda para ver lo que les mandaba, y asi les dijo: de gente bien nacida es agradecer los beneficios que reciben, y uno de los pecados que mas á Dios ofende es la ingratitud: dígolo porque ya habeis visto, señores, con manifiesta esperiencia el que de mi habeis recibido, en pago del cual querria, y es mi voluntad, que cargados de esa cadena que quité de vuestros cuellos, luego os pongais en camino y vayais á la ciudad del Toboso, y alli os presenteis ante la señora Dulcinea del Toboso, y le digais que su caballero el de la Triste Figura se le envia á encomendar, y le conteis punto por punto todos los que ha tenido esta famosa aventura hasta poneros en la deseada libertad, y hecho esto, os podreis ir donde quisiéredes á la buena ventura.

Respondió por todos Ginés de Pasamonte, y dijo: lo que vuestra merced nos manda, señor y libertador nuestro, es imposible de toda imposibilidad cumplirlo, porque no podemos ir juntos por los caminos, sino solos y divididos y cada uno por su parte, procurando meterse en las entrañas de la tierra, por no ser hallado de la santa Hermandad, que sin duda alguna ha de salir en nuestra busca: lo que vuestra merced puede hacer, y es justo que haga, es mudar ese servicio y montazgo (1) de la señora Dulcinea del Toboso en alguna cantidad de avemarías y credos, que nosotros diremos por la intencion de vuestra merced, y ésta es cosa que se podrá cumplir de noche y de dia, huyendo ó reposando, en paz ó en guerra; pero pensar que hemos de volver ahora á las ollas de Egipto, digo á tomar nuestra cadena, y á ponernos en camino del Toboso, es pensar que es ahora de noche, que aun no son las diez del dia, y es pedir á nosotros eso como pedir peras al olmo. Pues voto á tal, dijo Don Quijote (ya puesto en cólera) don hijo de la puta, don Ginesillo de Paropillo, ó como os llamais, que habeis de ir vos solo rabo entre piernas con toda la cadena á cuestas. Pasamonte que no era nada bien sufrido (estando ya enterado que Don Quijote no era muy cuerdo, pues tal disparate habia cometido como el de querer darles libertad) viéndose tratar mal y de aquella manera, hizo del ojo á los compañeros, y apartándose aparte comenzaron á llover tantas y tantas piedras sobre Don Quijote, que no se daba manos á cubrirse con la rodela, y el pobre de Rocinante no hacia mas caso de la espuela que si fuera hecho de bronce. Sancho se puso tras su asno, y con él se defendia de la nube y pedriscos que sobre entrambos llovia. No se pudo escudar tan bien Don Quijote que no le acertasen no sé cuántos guijarros en el cuerpo con tanta fuerza, que dieron con él en el suelo; y apenas hubo caido cuando fue sobre él el estudiante, y le quitó la bacía de la cabeza y dióle con ella tres ó cuatro golpes en las espaldas y otros tantos en la tierra, con que la hizo casi pedazos: quitáronle una ropilla que traia sobre las armas, y las medias calzas le querian quitar si las grevas (2) no lo estorbaran. A Sancho le

(1) *Servicio y montazgo*, nombres de contribuciones que se pagaban antiguamente en España. Homenaje y demostracion que en obsequio de Dulcinea exigia nuestro caballero de sus ofensdos los galeotes los galeotes.—C.

(2) *Las grevas ó grebas* son la armadura de las piernas, desde la rodilla hasta la garganta del pie.—Arr.

quitaron el gaban, dejándole en peleta (1); y repartiendo entre sí los demás despojos de la batalla, se fueron cada uno por su parte, con mas cuidado de escaparse de la Hermandad que temían, que de cargarse de la cadena, é ir á presentarse ante la señora Dulcinea del Toboso. Solos quedaron jumento y Rocinante, Sancho y Don Quijote, el jumento cabizbajo y pensativo, sacudiendo de cuando en cuando las orejas, pensando que aun no habia cesado la borrasca de las piedras que le perseguian los oidos; Rocinante tendido junto á su amo, que tambien vino al suelo de otra pedrada; Sancho en peleta, y temeroso de la santa Hermandad; Don Quijote mohinísimo de verse tan mal parado por los mismos á quien tanto bien habia hecho.

CAPITULO XXIII.

De lo que le sucedió al famoso Don Quijote en Sierramorena, que fue una de las mas raras aventuras que en esta verdadera historia se cuentan.

Viéndose tan mal parado Don Quijote, dijo á su escudero: siempre, Sancho, lo he oido decir, que el hacer bien á villanos es echar agua en la mar: si yo hubiera creido lo que me dijiste, yo hubiera escusado esta pesadumbre; pero ya está hecho, paciencia, y escarmentar para desde aquí adelante. Asi escarmentará vuestra merced, respondió Sancho, como yo soy turco; pero pues dice que si me hubiera creido se hubiera escusado este daño, créame ahora y se escusará otro mayor; porque le hago saber que con la santa Hermandad no hay usar de caballerías, que no se le da á ella por cuantos caballeros andantes hay dos maravedís: y sepa que ya me parece que sus saetas me zumban por los oidos (2).

Naturalmente eres cobarde, Sancho, dijo Don Quijote: pero porque no digas que soy contumaz, y que jamás hago lo que me aconsejas, por esta vez quiero tomar tu consejo, y apartarme de la furia que tanto temes: mas ha de ser con una condicion, que jamás en vida ni en muerte has de decir á nadie que yo me retiré y aparté deste peligro de miedo, sino por complacer á tus ruegos: que si otra cosa dijeres mentirás en ello, y desde ahora para entonces, y desde entonces para ahora te desmiento, y digo que mientes y mentirás todas las veces que lo pensares ó lo dijeres; y no me repliques mas, que en solo pensar que me aparto y retiro de algun peligro, especialmente deste que parece que lleva algun es no es de sombra de miedo, estoy ya para quedarme y para aguardar aquí solo, no solamente á la santa Hermandad que dices y temes, sino á los hermanos de las doce Tribus de Israel, y á los siete Macabeos (3) y á Castor y á Polux, y aun á todos los hermanos y hermandades que hay en el mundo. Señor, respondió Sancho, que el retirarse no es huir, ni el esperar es cordura cuando el peligro sobrepuja á la esperanza, y de sabios es guardarse hoy para mañana, y no aventurarse todo en un dia; y sepa que aunque záfio y villano, todavía se me alcanza algo desto que llaman buen gobierno: asi que no se arrepienta de haber tomado mi consejo, sino suba en Rocinante si puede, ó si no, yo le ayudaré, y sígame, que el caletre me dice que hemos menester ahora mas los pies que las manos. Subió Don Quijote sin replicarle mas palabra, y guiando Sancho sobre su asno, se entraron por una parte de Sierramorena que allí junto estaba, llevando Sancho intencion de atravesarla toda, é ir á salir al Viso ó á Almodóvar del Campo, y esconderse algunos dias por aquellas asperezas, por no ser hallados si la Hermandad los buscase. Animóle á esto haber visto que de la refriega de los galeotes se habia escapado libre la despensa que sobre su asno venia, cosa que la juzgó á milagro, segun fue lo que llevaron y buscaron los galeotes.

Aquella noche llegaron á la mitad de las entrañas de Sierramorena, adonde le pareció á Sancho pasar aquella noche y aun algunos dias, á lo menos todos aquellos que durase el matalotaje que llevaba y asi hicieron noche entre dos peñas y entre muchos alcornoques; pero la suerte fatal, que segun opinion de los que no tienen lumbre de la verdadera fe, todo lo guia, guisa y compone á su modo, ordenó que Ginés de Pasamonte, el famoso embustero y ladron; que de la cadena por virtud y locura de Don Quijote se habia escapado, llevado del miedo de la santa Hermandad, de quien con justa razon temia, acordó de esconderse en aquellas montañas, y llevóle su suerte y su miedo á la misma parte donde habia llevado á Don Quijote y á Sancho Panza á hora y tiempo que los pudo conocer, y á punto que los dejó dormir: y como siempre los malos son desagradecidos, y la necesidad sea ocasion de acudir á lo que no se debe, y el remedio presente venza á lo porvenir, Ginés, que no era ni agradecido ni bien intencionado, acordó de hurtar el asno á Sancho Panza, no curándose de Rocinante por ser prenda tan mala para empeñada como para vendida. Dormia Sancho Panza, hurtóle su jumento, y antes que amaneciese se halló bien lejos de poder ser hallado.

Salió la aurora alegrando la tierra y entristeciendo á Sancho Panza, porque halló menos su rucio;

(1) Unicamente con la ropa interior, y no quiere decir en carnes.—C. Algunas veces significa tambien en cuerpo, desnudo, en cueros.—Z.

(2) La muerte que las leyes de la santa Hermandad imponian á los malhechores era de saeta. A esto alude Sancho. La reina Isabel abolió este bárbaro suplicio, ó por mejor decir, dispuso que se diese garrote á los reos antes de ser asaeteados.

(3) Mancebos dicen otras ediciones: errata evidente.—F. C.

el cual viéndose sin él comenzó á hacer el mas triste y doloroso llanto del mundo, y fue de manera que Don Quijote despertó á las voces, y oyó que en ellas decia: oh hijo de mis entrañas, nacido en mi mesma casa, brinco (1) de mis hijos, regalo de mi mujer, envidia de mis vecinos, alivio de mis cargas, y finalmente sustentador de la mitad de mi persona, porque con veinte y seis maravedís que ganaba cada dia mediaba yo mi despensa (2). Don Quijote, que vió el llanto y supo la causa, consoló á Sancho con las mejores razones que pudo, y le rogó que tuviese paciencia, prometiéndole de darle una cédula de cambio para que le diesen tres en su casa de cinco que habia dejado en ella. Consolóse Sancho con esto, y limpió sus lágrimas, templó sus sollozos, y agradeció á Don Quijote la merced que le hacia: el cual como entró por aquellas montañas se le alegró el corazon, pareciéndole aquellos lugares acomodados para las aventuras que buscaba. Reduciansele á la memoria los maravillosos acaecimientos que en semejantes soledades y asperezas habian sucedido á caballeros andantes: iba pensando en estas cosas tan embebecido y trasportado en ellas, que de ninguna otra se acordaba, ni

Sancho llevaba otro cuidado (despues que le pareció que caminaba por parte segura) sino de satisfacer su estómago con los relieves que del despojo clerical habian quedado, y asi iba tras su amo cargado con todo aquello que habia de llevar el rucio, sacando de un costal y embaulando en su panza; y no se le diera por hallar otra aventura, entre tanto que iba de aquella manera, un ardite.

En esto alzó los ojos, y vió que su amo estaba parado, procurando con la punta del lanzon alzar no sé qué bulto que estaba caido en el suelo, por lo cual se dió priesa á llegar á ayudarle si fuese menester, y cuando llegó fue á tiempo que alzaba con la punta del lanzon un cojin y una maleta asida á él, medio podridos, ó podridos del todo y deshechos; mas pesaba tanto, que fue necesario que Sancho ayudase (3) á tomarlos, y mandóle su amo que viese lo que en la maleta venia. Hízolo con mucha presteza Sancho; y aunque la maleta venia cerrada con una cadena y su candado, por lo roto y podrido della vió lo que en ella habia, que eran cuatro camisas de delgada holanda, y otras cosas de lienzo no menos curiosas que limpias, y en un pañizuelo halló un buen montoncillo de escudos de oro, y asi como los vió dijo: bendito sea todo el cielo que nos ha deparado una aventura que sea de provecho; y buscando mas halló un librillo de memoria ricamente guarnecido; éste le pidió Don Quijote, y mandóle que guardase el dinero, y lo tomase para él. Besóle las manos Sancho por la merced, y desbalijando á la balija de su lenceria la puso en el costal de la despensa. Todo lo cual visto por Don Quijote dijo: paréceme, Sancho (y no es posible que sea otra cosa), que algun caminante descaminado debió de pasar por esta sierra, y salteándole malandrines le debieron de matar, y le trujeron á enterrar en esta tan escondida parte. No puede ser eso, respondió Sancho, porque si

(1) Lo mismo que joya ó joyel: llamábase asi antiguamente; porque como le llevaban al aire las mujeres, colgando de las tocas, con su movimiento parecia que saltaba ó brincaba. Pudiera tambien llamarle asi Sancho á su asno, y en su lenguaje porque sobre él brincarian ó montarian brincando sus hijos.—Arr.

(2) Como no corria entonces tanto la moneda, valian mas baratos los comestibles. En la *Dorotea* de Lope convida á comer la vieja Gerarda á otra vieja amiga suya, y tratando de distribuir cuatro reales que le daba Laurencio, criado de don Bela, el indiano, dice en la página 297: «Hé aqui la olla: una libra de carnero, catorce maravedís; media de vaca, seis; son veinte: de tocino un cuarto, otro de carbon; de perejil y cebollas, dos maravedís, y cuatro de aceitunas, es un real cabal: pues tres reales de vino entre dos mujeres de bien es muy poca manifatura, no hay para dos sorbos; añade, asi Dios te añada los dias de la vida.» *Laurencio.* «¿Tres reales de vino, valiendo á doce maravedís la azumbre?»—P.—Los veinte y seis maravedís del tiempo de Cervantes, venian á ser unos setenta de los nuestros.

(3) *Se apease* dicen la mayor parte de las ediciones; pero habiendo perdido Sancho el asno, no se podia apear. Debió, pues, de escribir Cervantes, ayudase ó una palabra semejante.—F. C.

fueran ladrones no se dejaran aquí este dinero. Verdad dices, dijo Don Quijote, y así no adivino ni doy en lo que esto pueda ser; mas espérate, veremos si en este librillo de memoria hay alguna cosa escrita por donde podamos rastrear y venir en conocimiento de lo que deseamos. Abrióle, y lo primero que halló en él escrito como en borrador, aunque de muy buena letra, fue un soneto, que leyéndole alto, porque Sancho tambien lo oyese, vió que decia desta manera:

O le falta al amor conocimiento,
O le sobra crueldad, ó no es mi pena
Igual á la ocasion que me condena
Al género mas duro de tormento.
    Pero si amor es Dios, es argumento
Que nada ignora, y es razon muy buena
Que un Dios no sea cruel: ¿pues quién ordena
El terrible dolor que adoro y siento?
    Si digo que sois vos, Fili, no acierto,
Que tanto mal en tanto bien no cabe,
Ni me viene del cielo esta ruina.
    Presto habré de morir, que es lo mas cierto,
Que al mal de quien la causa no se sabe
Milagro es acertar la medicina.

Por esa trova, dijo Sancho, no se puede saber nada, si ya no es que por ese hilo que está ahí se saque el ovillo de todo. ¿Qué hilo está aquí? dijo Don Quijote. Paréceme, dijo Sancho, que vuestra merced nombró ahí hilo. No dije sino Fili, respondió Don Quijote, y éste sin duda es el nombre de la dama de quien se queja el autor deste soneto; y á fe que debe de ser razonable poeta, ó yo sé poco del arte. ¿Luego tambien, dijo Sancho, se le entiende á vuestra merced de trovas? Y mas de lo que tú piensas, respondió Don Quijote, y veráslo cuando lleves una carta escrita en verso de arriba abajo á mi señora Dulcinea del Toboso: porque quiero que sepas, Sancho, que todos ó los mas caballeros andantes de la edad pasada eran grandes trovadores (1) y grandes músicos; que estas dos habilidades, ó gracias por mejor decir, son anejas á los enamorados andantes: verdad es que las coplas de los pasados caballeros tienen mas de espíritu que de primor. Lea mas la vuestra merced, dijo Sancho, que ya hallará algo que nos satisfaga. Volvió la hoja Don Quijote, y dijo: esto es prosa, y parece carta. ¿Carta misiva, señor? preguntó Sancho. En el principio no parece sino de amores, respondió Don Quijote. Pues lea vuestra merced alto, dijo Sancho, que gusto mucho destas cosas de amores. Que me place, dijo Don Quijote, y leyéndola alto, como Sancho se lo habia rogado, vió que decia desta manera:

Tu falsa promesa y mi cierta desventura me llevan á parte donde antes volverán á tus oidos las nuevas de mi muerte, que las razones de mis quejas. Desecháseme ¡oh ingrata! por quien tiene mas, no por quien vale mas que yo; mas si la virtud fuera riqueza que se estimara, no envidiara yo dichas agenas ni llorara desdichas propias. Lo que levantó tu hermosura han derribado tus obras: por ella entendí que eras ángel, y por ellas conozco que eres mujer. Quédate en paz, causadora de mi guerra, y haga el cielo que los engaños de tu esposo estén siempre encubiertos, porque tú no quedes arrepentida de lo que hiciste, y yo no tome venganza de lo que no deseo.

Acabando de leer la carta dijo Don Quijote: menos por ésta que por los versos se puede sacar mas de que quien la escribió es algun desdeñado amante: y hojeando casi todo el librillo, halló otros versos y cartas, que algunos pudo leer, y otros no; pero lo que todos contenian eran quejas, lamentos, desconfianzas, sabores y sinsabores, favores y desdenes, solemnizados los unos, y llorados los otros. En tanto que Don Quijote pasaba el libro, pasaba Sancho la maleta sin dejar rincon en toda ella ni en el cojin, que no buscase, escudriñase é inquiriese, ni costura que no deshiciese, ni vedija de lana que no escarmenase, porque no se quedase nada por diligencia ni mal recado: tal golosina habian despertado en él los hallados escudos, que pasaban de ciento, y aunque no halló mas de lo hallado, dió por bien empleados los vuelos de la manta, el vomitar del brevaje, las bendiciones de las estacas, las puñadas del arriero, la falta de las alforjas, el robo del gaban, y toda la hambre, sed y cansancio que habia pasado en servicio de su buen señor, pareciéndole que estaba mas que rebien pagado con la merced recebida de la entrega del hallazgo.

Con gran deseo quedó el caballero de la Triste Figura de saber quién fuese el dueño de la maleta, conjeturando por el soneto y carta, por el dinero en oro, y por las tan buenas camisas, que debia de ser algun principal enamorado, á quien desdenes y malos tratamientos de su dama debian de haber conducido á algun desesperado término; pero como por aquel lugar inhabitable y escabroso no parecia persona alguna de quien poder informarse, no se curó de mas que de pasar adelante, sin llevar otro camino que aquel que Rocinante queria, que era por donde él podia caminar, siempre con imaginacion que no podia faltar por aquellas malezas alguna estraña aventura.

(1) *Trovadores*, quiere decir *inventores*, y es nombre que se aplicó y aun se aplica á los poetas provenzales que florecieron en la edad media.—C.

Yendo pues con este pensamiento, vió que por cima de una montañuela que delante de los ojos se le ofrecia, iba saltando un hombre de risco en risco y de mata en mata con extraña ligereza: figuró- sele que iba desnudo, la barba negra y espesa, los cabellos muchos y rebultados, los piés descalzos, y las piernas sin cosa alguna; los muslos cubrian unos calzones al parecer de terciopelo leonado, mas tan hechos pedazos, que por muchas partes se le descubrian las carnes: traia la cabeza descubierta y aunque pasó con la ligereza que se ha dicho, todas estas menudencias miró y notó el caballero de la Triste Figura: y no lo procuró, aunque pudo seguille, porque no era dado á la debilidad de Rocinante, andar por aquellas asperezas, y mas siendo él de suyo pasi- corto y flemático. Luego imaginó Don Qui- jote que aquel era el dueño del cojin y de la maleta, y propuso en sí de buscalle, aunque supiese andar un año por aquellas montañas, hasta hallarle, y asi mandó á Sancho que (1) atajase por la una parte de la montaña, que él iria por la otra, y podria ser que topasen con esta diligencia con aquel hombre que con tanta priesa se les habia quitado de delante. No podré hacer eso, respondió Sancho, porque en apartándome de vuestra merced luego es conmigo el miedo, que me asalta con mil géneros de sobresaltos y visiones; y sir- vale esto que digo de aviso para que de aquí adelante no me aparte un dedo de su presencia. Asi será, dijo el de la Triste Figura, y yo estoy muy contento de que te quieras valer de mi ánimo, el cual no te ha de faltar aunque te falte el ánima del cuerpo; y vente ahora tras mí poco á poco como pudieres, y haz de los ojos lanternas, rodearemos esta serrezuela, quizá toparemos con aquel hombre que vimos, el cual sin duda alguna no es otro que el dueño de nuestro hallazgo. A lo que Sancho respondió: harto mejor seria no buscarle, porque si le hallamos, y acaso fuese dueño del dinero, claro está que lo tengo de restituir; y asi fuera me- jor, sin hacer esta inútil diligencia, po- seerlo yo con buena fe, hasta que por otra via menos curiosa y diligente pareciera su verdadero señor, y quizá fuera á tiempo que lo hubiera gastado, y entonces el rey me hacia franco. Engáñaste en eso, Sancho, respondió Don Quijote, que ya que hemos caido en sospecha de quién es el dueño, y le tenemos casi delante, estamos obligados á buscarle y volvérselos: y cuando no le buscásemos, la vehe- mente sospecha que tenemos de que él lo sea nos pone ya en tanta culpa como si lo fuese: asi que, Sancho amigo, no te dé pena el buscalle, por la que á mí se me quitará si le hallo; y asi picó á Roci- nante, y siguióle Sancho á pie y cargado, merced á Ginesillo de Pasamonte: y habiendo rodeado parte de la montaña, hallaron en un arroyo caida, muerta y medio comida de perros y picada de grajos, una mula ensillada y enfrenada; todo lo cual confirmó en ellos mas la sospecha de que aquel que huia era el dueño de la mula y del cojin.

Estándola mirando oyeron un silbo como de pastor que guardaba ganado, y á deshora á su sinies- tra mano parecieron una buena cantidad de cabras, y tras ellas por cima de la montaña pareció el cabrero que las guardaba, que era un hombre anciano. Dióle voces Don Quijote, y rogóle que bajase donde estaban. El respondió á gritos, que quién les habia traido por aquel lugar pocas ó ningunas ve- ces pisado, sino de pies de cabras ó de lobos y otras fieras que por allí andaban. Respondióle Sancho que bajase, que de todo le darian buena cuenta. Bajó el cabrero, y en llegando adonde Don Quijote estaba dijo: apostaré que está mirando la mula de alquiler que está muerta en esa hondonada; pues á buena fe que há ya seis meses que está en ese lugar: diganme ¿han topado por ahí á su dueño? No hemos topado á nadie, respondió Don Quijote, sino á un cojin y á una maletilla que no lejos deste lugar hallamos. Tambien la hallé yo, respondió el cabrero, mas nunca la quise alzar ni llegar á ella,

(1) *Que se apease del asno y atajase*, dicen otras ediciones; pero como pocas líneas mas abajo se tiene presente el referido harto del rucio, es evidente que esas palabras fueron añadidas por algun corrector poco afortunado, no por Cervan- tes.—F. C.

temeroso de algun desman y de que no me la pidiesen por de hurto: que es el diablo sotil, y debajo
de los pies se levanta allombre cosa donde tropieze y caya, sin saber como ni como no. Eso mesmo es
lo que yo digo, respondió Sancho, que tambien la hallé yo, y no quise llegar á ella con un tiro de
piedra: allí la dejé, y allí se queda como se estaba, que no quiero perro con cencerro (1). Decidme,
buen hombre, dijo Don Quijote, ¿sabeis vos quien sea el dueño destas prendas? Lo que sabré yo decir, dijo el cabrero, es que habrá al pie de seis meses, poco mas ó menos que llegó á una majada de
pastores, que estará como tres leguas deste lugar, un mancebo de gentil talle y apostura, caballero
sobre esa mesma mula que ahí está muerta, y con el mesmo cojin y maleta que decís que hallastes

y no tocastes: preguntónos que cual parte desta sierra era la mas áspera y escondida: dijímosle que
era esta donde ahora estamos; y es asi la verdad, porque si entrais media legua mas adentro, quizá no
acertareis á salir, y estoy maravillado de cómo habeis podido llegar aquí, porque no hay camino ni
senda que á este lugar encamine: digo pues, que en oyendo nuestra respuesta el mancebo volvió las
riendas, y encaminó hacia el lugar donde le señalamos, dejándonos á todos contentos de su buen talle,
y admirados de su demanda y de la priesa con que le víamos caminar y volverse hácia la sierra; y
desde entonces nunca mas le vimos, hasta que desde allí á algunos dias salió al camino á uno de nues
tros pastores, y sin decille nada se allegó á él y le dió muchas puñadas y coces, y luego se fué á la
borrica del hato, y le quitó cuanto pan y queso en ella traia, y con extraña ligereza, hecho esto, se
volvió á entrar en la sierra. Como esto supimos algunos cabreros le anduvimos á buscar casi dos dias
por lo mas cerrado desta sierra, al cabo de los cuales le hallamos metido en el hueco de un grueso y
valiente alcornoque. Salió á nosotros con mucha mansedumbre, ya roto el vestido, y el rostro desfigurado y tostado del sol, de tal suerte que apenas le conocimos, sino que los vestidos, aunque rotos,
con la noticia que dellos teníamos, nos dieron á entender que era el que buscábamos. Saludónos cortesmente, y en pocas y muy buenas razones nos dijo que no nos maravillásemos de verle andar de
aquella suerte, porque asi le convenia para cumplir cierta penitencia que por sus muchos pecados le
habia sido impuesta. Rogámosle que nos dijese quién era; mas nunca lo pudimos acabar con él: pe-
dímosle tambien que cuando hubiese menester el sustento, sin el cual no podia pasar, nos dijese
dónde le hallaríamos, porque con mucho amor y cuidado se lo llevaríamos; y que si esto tampoco
fuese de su gusto, que á lo menos saliese á pedirlo y no á quitarlo á los pastores. Agradeció nuestro
ofrecimiento, pidió perdon de los asaltos pasados, y ofreció de pedillo de allí adelante por amor de
Dios sin dar molestia alguna á nadie. En cuanto lo que tocaba á la estancia de su habitacion, dijo que
no tenia otra que aquella que le ofrecia la ocasion donde le tomaba la noche; y acabó su plática con
un tan tierno llanto, que bien fuéramos de piedra los que escuchádole habíamos si en él no le acom-
pañáramos, considerándole como le habíamos visto la vez primera, y cual le veíamos entonces; porque, como tengo dicho, era un muy gentil y agraciado mancebo, y en sus corteses y concertadas razones mostraba ser bien nacido y muy cortesana persona, qué puesto que éramos rústicos los que le
escuchábamos, su gentileza era tanta que bastaba á darse á conocer á la mesma rusticidad: y estando

(1) Alusion al refran que dice, aunque mi suegro sea bueno, no quiero perro con cencerro; para dar á entender que no
en buenas las cosas que traen consigo achaque ó malas resultas.—Arr.

en lo mejor de su plática paró y enmudecióse, clavó los ojos en el suelo por un buen espacio, en el cual todos estuvimos quedos y suspensos esperando en qué habia de parar aquel embelesamiento con no poca lástima de verlo; porque por lo que hacia de abrir los ojos, estar fijo mirando al suelo sin mover pestaña gran rato, y otras veces cerrarlos apretando los labios y enarcando las cejas, fácilmente conocimos que algun accidente de locura le habia sobrevenido; mas él nos dió á entender presto ser verdad lo que pensábamos, porque se levantó con gran furia del suelo donde se habia echado, y arremetió con el primero que halló junto á sí con tal denuedo y rabia, que si no se lo quitáramos, le matara á puñadas y á bocados, y todo esto hacia diciendo: ¡ah fementido Fernando! aquí, aquí me pagarás la sinrazon que me hiciste; estas manos te sacarán el corazon donde albergan y tienen manida todas las maldades juntas, principalmente la fraude y el engaño: y á estas añadia otras razones, que todas se encaminaban á decir mal de aquel Fernando, y á tacharle de traidor y fementido. Quitámossele, pues, con no poca pesadumbre, y él sin decir mas palabra se apartó de nosotros, y se emboscó corriendo por entre estos jarales y malezas, de modo que nos imposibilitó el seguille: por esto conjeturamos que la locura le venia á tiempos, y que alguno que se llamaba Fernando le debia de haber hecho alguna mala obra tan pesada cuanto lo mostraba el término á que le habia conducido: todo lo cual se ha confirmado despues acá con las veces, que han sido muchas, que él ha salido al camino,

unas á pedir á los pastores le den de lo que llevan para comer, y otras á quitárselo por fuerza; porque cuando está con el accidente de la locura, aunque los pastores se lo ofrezcan de buen grado, no lo admite, sino que lo toma á puñadas; y cuando está en su seso lo pide por amor de Dios cortés y comedidamente, y rinde por ello muchas gracias, y no con falta de lágrimas: y en verdad os digo, señores, prosiguió el cabrero, que ayer determinamos yo y cuatro zagales, los dos criados y los dos amigos mios, de buscarle hasta tanto que le hallemos, y despues de hallado, ya por fuerza, ya por grado, le hemos de llevar á la villa de Almodóvar, que está de aquí ocho leguas (1), y allí le curaremos, si es que su mal tiene cura, ó sabremos quién es cuando esté en su seso, y si tiene parientes á quien dar noticia de su desgracia. Esto es, señores lo que sabré deciros de lo que me habeis preguntado; y entended que el dueño de las prendas que hallastes es el mesmo que vistes pasar con tanta ligereza como desnudez (que ya lo habia dicho Don Quijote como habia visto pasar aquel hombre saltando por la sierra); el cual quedó admirado de lo que al cabrero habia oido, y quedó con mas deseo de saber quien era el desdichado loco, y propuso en sí lo mismo que ya tenia pensado de buscalle por toda la montaña, sin dejar rincon ni cueva en ella que no mirase hasta hallarle; pero hízolo mejor la suerte de lo que él pensaba ni esperaba, porque en aquel mismo instante pareció por entre una quebrada de una sierra, que salia donde ellos estaban, el mancebo que buscaba, el cual venia hablando entre sí cosas que no podian ser entendidas de cerca, cuanto mas de lejos. Su trage era cual se ha pintado, solo que llegando cerca vió Don Quijote que un coleto hecho pedazos que sobre sí traia era de ámbar, por donde acabó de entender que persona que tales hábitos traia no debia de ser de ínfima calidad. En llegando el mancebo á ellos los saludó con una voz desentonada y bronca, pero con mucha cortesía. Don Quijote le volvió las saludes con no menos comedimiento, y apeándose de Rocinante con gentil continente

(1) Por este pasaje puede deducirse que el sitio de la penitencia de Don Quijote, fue hácia las fuentes de los rios Guadalen y Guadarmena, en las vertientes ya de Sierramorena para Andalucia. Lo confirma lo que se lee mas adelante, al principio de la relacion de Cardenio. «Mi patria, una ciudad de las mejores de esta Andalucia.» Esta ciudad, madre de los mejores caballos del mundo, como allí se añade, debia de s r Córdoba.

y donaire le fué á abrazar y le tuvo un buen espacio estrechamente entre sus brazos, como si de luengos tiempos lo hubiera conocido. El otro, á quien podemos llamar *el Roto de la Mala Figura*, como á Don Quijote el de la *Triste*, despues de haberse dejado abrazar, le apartó un poco de sí, y puestas sus manos en los hombros de Don Quijote le estuvo mirando como que queria ver si le conocia, no menos admirado quizá de ver la figura, talle y armas de Don Quijote, que Don Quijote lo estaba de verle á él. En resolucion, el primero que habló despues del abrazamiento fue el Roto, y dijo lo que se dirá adelante.

CAPITULO XXIV.

Donde se prosigue la aventura de Sierramorena.

Dice la historia que era grandísima la atencion con que Don Quijote escuchaba al astroso caballero de la *Sierra*, el cual prosiguiendo su plática dijo: por cierto, señor, quien quiera que seais, que yo no os conozco, yo os agradezco las muestras y la cortesía que conmigo habeis usado, y quisiera yo hallarme en términos que con mas que la voluntad pudiera servir (1) la que habeis mostrado tenerme en el buen acogimiento que me habeis hecho; mas no quiere mi suerte darme otra cosa con que corresponda á las buenas obras que me hacen, que buenos deseos de satisfacerlas. Los que yo tengo, respondió Don Quijote, son de serviros, tanto que tenia determinado de no salir destas sierras hasta hallaros, y saber de vos si al dolor que en la estrañeza de vuestra vida mostrais tener, se podria hallar algun género de remedio, y si fuera menester buscarle, buscarle con la diligencia posible; y cuando vuestra desventura fuera de aquellas que tienen cerradas las puertas á todo género de consuelo, pensaba ayudaros á llorarla y á plañirla como mejor pudiera, que todavía es consuelo en las desgracias hallar quien se duela dellas. Y si es que mi buen intento merece ser agradecido con algun género de cortesía, yo os suplico, señor, por la mucha que veo que en vos se encierra, y juntamente os conjuro por la cosa que en esta vida mas habeis amado ó amais, que me digais quién sois, y la causa que os ha traido á vivir y á morir entre estas soledades como bruto animal, pues morais entre ellas tan ageno de vos mismo cual lo muestra vuestro trage y persona; y juro, añadió Don Quijote, por la órden de caballería que recibí, aunque indigno y pecador, y por la profesion de cabALLero andante, si en esto, señor, me complaceis, de serviros con las veras á que me obliga el ser quien soy, ora remediando vuestra desgracia si tiene remedio, ora ayudándoos á llorarla como os lo he prometido. El caballero del *Bosque*, que de tal manera oyó hablar al de la *Triste Figura*, no hacia sino mirarle y remirarle y tornarle á mirar de arriba abajo, y despues que le hubo bien mirado le dijo: si tienen algo que darme á comer, por amor de Dios que me lo den, que despues de haber comido, yo haré todo lo que se me manda en agradecimiento de tan buenos deseos como aquí se me han mostrado.

Luego sacaron Sancho de su costal y el cabrero de su zurron con que satisfizo el Roto su hambre, comiendo lo que le dieron como persona atontada, tan apriesa que no daba espacio de un bocado al otro, pues antes los engullia que tragaba, y en tanto que comia ni él ni los que le miraban hablaban palabra. Como acabó de comer, les hizo señas que le siguiesen, como lo hicieron, y él los llevó á un verde pradecillo que á la vuelta de una peña poco desviada de allí estaba. En llegando á él se tendió en el suelo encima de la yerba, y los demás hicieron lo mismo, y todo esto sin que ninguno hablase, hasta que el Roto, despues de haberse acomodado en su asiento, dijo: si gustais, señores, que os diga en breves razones la inmensidad de mis desventuras, habeisme de prometer de que con ninguna pregunta ni otra cosa no interrumpireis el hilo de mi triste historia, porque en el punto que lo hagais, en ese se quedará lo que fuere contado. Estas razones del Roto trujeron á la memoria á Don Quijote el cuento que le habia contado su escudero, cuando no acertó el número de las cabras que habian pasado el rio, y se quedó la historia pendiente; pero volviendo al Roto, prosiguió diciendo: esta prevencion que hago es porque querria pasar brevemente por el cuento de mis desgracias, que el traerlas á la memoria no me sirve de otra cosa que de añadir otras de nuevo, y mientras menos me preguntáredes, mas presto acabaré yo de decillas, puesto que no dejaré por contar cosa alguna que sea de importancia, para satisfacer del todo á vuestro deseo. Don Quijote se lo prometió en nombre de los demás, y él con este seguro comenzó desta manera.

Mi nombre es Cardenio, mi patria una ciudad de las mejores de esta Audalucía, mi linaje noble, mis padres ricos, mi desventura tanta, que la deben de haber llorado mis padres, y sentido mi linaje, sin poderla aliviar con su riqueza, que para remediar desdichas del cielo poco suelen valer los bienes de fortuna. Vivia en esta misma tierra un cielo, donde puso el amor toda la gloria que yo acertara á desearme: tal es la hermosura de Luscinda, doncella tan noble y tan rica como yo, pero de mas ventura, y de menos firmeza de la que á mis honrados pensamientos se debia: á esta Luscinda amé, quise y adoré desde mis tiernos y primeros años, y ella me quiso á mi con aquella sencillez y buen ánimo que su poca edad permitia. Sabian nuestros padres nuestros intentos, y no les pesaba dello, porque bien veian que cuando pasaran adelante no podian tener otro fin que el de casarnos, cosa que casi la concertaba la igualdad de nuestro linaje y riquezas: creció la edad, y con ella el amor de en-

---

(1) *Servir* en esta acepcion activa es lo mismo que *pagar*.—C.

trambos, de modo que al padre de Luscinda le pareció que por buenos respetos estaba obligado á negarme la entrada de su casa, casi imitando en esto á los padres de aquella Tisbe tan decantada de los poetas; y fue esta negacion añadir llama á llama y deseo á deseo; porque aunqne pusieron silencio á las lenguas, no le pudieron poner á las plumas, las cuales con mas libertad que las lenguas suelen dar á entender á quién quieren lo que en el alma está encerrado; que muchas veces la presencia de la cosa amada turba y enmudece la intencion mas determinada y la lengua mas atrevida. ¡Ay, cielos, y cuántos billetes la escribí! ¡cuán regaladas y honestas respuestas tuve! ¡cuántas canciones compuse, y cuantos enamorados versos, donde el alma declaraba y trasladaba sus sentimientos, pintaba sus encendidos deseos, entretenia sus memorias, y recreaba su voluntad! En efecto, viéndome apurado, y que mi alma se consumia con el deseo de verla, determiné poner por obra y acabar en un punto lo que me pareció que mas convenia para salir con mi deseado y merecido premio, y fue el pedírsela á su padre por legítima esposa, como lo hice: á lo que él me respondió que me agradecia la voluntad que mostraba de honrarle y de querer honrarme con prendas suyas, pero que siendo mi padre vivo, á él tocaba de justo derecho hacer aquella demanda, porque si no fuese con mucha voluntad y gusto suyo, no era Luscinda para tomarse ni darse á hurto. Yo le agradecí su buen intento, pareciéndome que llevaba razon en lo que decia, y que mi padre vendria en ello como yo se lo dijese; y con este intento luego en aquel mismo instante fui á decirle á mi padre lo que deseaba; y al tiempo que entré en un aposento donde estaba le hallé con una carta abierta en la mano, la cual antes que yo le dijese palabra me la dió, y me dijo: por esa carta verás, Cardenio, la voluntad que el duque Ricardo tiene de hacerte merced. Este duque Ricardo, como ya vosotros, señores, debeis de saber, es un granue de España, que tiene su estado en lo mejor desta Andalucía. Tomé y leí la carta, la cual venia tan encarecida, que á mí mismo me pareció mal si mi padre dejaba de cumplir lo que en ella se le pedia, que era que me enviase luego donde él estaba, que queria que fuese compañero, no criado de su hijo el mayor, y que él tomaba á cargo el ponerme en estado que correspondiese á la estimacion en que me tenia. Leí la carta, y enmudecí leyéndola, y mas cuando oí que mi padre me decia: de aquí á dos dias te partirás, Cardenio, á hacer la voluntad del duque; y da gracias á Dios que te va abriendo camino por donde alcances lo que yo sé que mereces: añadió á estas otras razones de padre consejero.

Llegóse el término de mi partida, hablé una noche á Luscinda, díjele todo lo que pasaba, y lo mismo hice á su padre, suplicándole se entretuviese algunos dias, y dilatase el darla estado hasta que yo viese lo que Ricardo me queria: él me lo prometió, y ella me lo confirmó con mil juramentos y mil desmayos. Vine, en fin, donde el duque Ricardo estaba, fuí dél tan bien recebido y tratado, que desde luego comenzó la envidia á hacer su oficio, teniéndomela los criados antiguos, pareciéndoles que las muestras que el duque daba de hacerme merced habian de ser en perjuicio suyo; pero el que mas se holgó con mi ida fue un hijo segundo del duque, llamado Fernando, mozo gallardo, gentil hombre, liberal y enamorado, el cual en poco tiempo quiso que fuese tan su amigo, que daba que decir á todos; y aunque el mayor me queria bien y me hacia merced, no llegó al estremo con que don Fernando me queria y trataba. Es, pues, el caso, que como entre los amigos no hay cosa secreta que no se comunique, y la privanza que yo tenia con don Fernando dejaba de serlo por ser amistad, todos sus pensamientos me declaraba, especialmente uno enamorado que le traia con un poco de desasosiego. Queria bien á una labradora vasalla de su padre, y ella los tenia muy ricos, y era tan hermosa, recatada, discreta y honesta, que nadie que la conocia se determinaba en cuál de estas cosas tuviese mas escelencia, ni mas aventajase. Estas tan buenas partes de la hermosa labradora redujeron á tal término los deseos de don Fernando, que se determinó, para poder alcanzarlos y conquistar la entereza de la labradora, darle palabra de ser su esposo, porque de otra manera era procurar lo imposible. Yo obligado de su amistad, con las mejores razones que supe, y con los mas vivos ejemplos que pude, procuré estorbarle y apartarle de tal propósito; pero viendo que no aprovechaba determiné de decirle el caso al duque Ricardo su padre; mas don Fernando, como astuto y discreto, se receló y temió desto, por pareserle que estaba yo obligado á no tener encubierta cosa que tan en perjuicio de la honra de mi señor el duque venia; y así por divertirme y engañarme me dijo que no hallaba otro mejor remedio para poder apartar de la memoria la hermosura que tan sujeto le tenia, que el ausentarse por algunos meses, y que queria que el ausencia fuese que los dos nos viniésemos en casa de mi padre con ocasion que darian al duque que venia á ver y á feriar unos muy buenos caballos que en mi ciudad habia, que es madre de los mejores del mundo. Apenas le oí yo decir esto, cuando movido de mi aficion, aunque su determinacion no fuera tan buena, la aprobara yo por una de las mas acertadas que se podian imaginar, por ver cuán buena ocasion y coyuntura se me ofrecia de volver á ver á mi Luscinda. Con este pensamiento y deseo, aprobé su parecer y esforcé su propósito, diciéndole que lo pusiese por obra con la brevedad posible, porque en efecto la ausencia hacia su oficio á pesar de los mas firmes pensamientos; y cuando él me vino á decir esto, segun despues se supo, habia gozado á la labradora con título de esposo, y esperaba ocasion de descubrirse á su salvo, temeroso de lo que el duque su padre haria cuando supiese su disparate. Sucedió, pues, que como el amor en los mozos por la mayor parte no lo es, sino apetito, el cual como tiene por último fin el deleite, en llegando á alcanzarle se acaba, y ha de volver atrás aquello que parecia amor, porque no puede pasar adelante del término que le puso naturaleza, el cual término no le puso á lo que es verdadero amor: quiero decir, que asi como don Fernando gozó á la labradora, se le aplacaron sus deseos y se resfriaron sus ahincos, y si primero fingia quererse ausentar por remediarlos, ahora de veras procuraba irse por no ponerlos en ejecucion. Dióle el duque licencia, y mandóme que le acompañase.

Vinimos á mi ciudad, recibióle mi padre como quien era, vi yo luego á Luscinda, tornaron á vivir (aunque no habian estado muertos ni amortiguados) mis deseos, de los cuales dí cuenta por mi mal á don Fernando, por parecerme que en la ley de la mucha amistad que mostraba no le debia encubrir nada: alabéle la hermosura, donaire y discrecion de Luscinda, de tal manera que mis alabanzas movieron en él los deseos de ver doncella de tan buenas partes adornada: cumplíselos yo por mi corta suerte, enseñándosela una noche á la luz de una vela por una ventana por donde los dos solíamos hablarnos. Vióla en sayo tal, que todas las bellezas hasta entonces por él vistas las puso en olvido: enmudeció, perdió el sentido, quedó absorto, y finalmente tan enamorado, cual lo veréis en el discurso del cuento de mi desventura; y para encenderle mas el deseo (que á mí me zelaba (1), y al cielo á solas descubria) quiso la fortuna que hallase un dia un billete suyo pidiéndome que la pidiese á su padre por esposa, tan discreto, tan honesto y tan enamorado, que en leyéndolo me dijo que en sola Luscinda se encerraban todas las gracias de hermosura y de entendimiento que en las demás mujeres del mundo estaban repartidas. Bien es verdad que quiero confesar ahora, que puesto que yo veia con cuán justas causas don Fernando á Luscinda alababa, me pesaba de oir aquellas alabanzas de su boca, y comencé á temer, y con razon á recelarme dél, porque no se pasaba momento donde no quisiese que tratásemos de Luscinda, y él movia la plática aunque la trujese por los cabellos: cosa que despertaba en mí un no sé qué de zelos, no porque yo temiese revés alguno de la bondad y de la fe de Luscinda; pero con todo eso me hacia temer mi suerte lo mismo que ella me aseguraba. Procuraba siempre don Fernando leer los papeles que yo á Luscinda enviaba, y los que ella me respondia, á título que de la discrecion de los dos gustaba mucho. Acaeció, pues, que habiéndome pedido Luscinda un libro de caballerías en que leer, de quien era ella muy aficionada, que era el de Amadis de Gaula...

No hubo bien oido don Quijote nombrar libro de caballerías cuando dijo: con que me dijera vuestra merced al principio de su historia que su merced de la señora Luscinda era aficionada á libros de caballerías, no fuera menester otra exageracion para darme á entender la alteza de su entendimiento, porque no le tuviera tan bueno como vos, señor, le habeis pintado, si careciera del gusto de tan sabrosa leyenda: asi que para conmigo no es menester gastar mas palabras en declararme su hermosura, valor y entendimiento, que con solo haber entendido su aficion, la confirmo por la mas hermosa y mas discreta mujer del mundo; y quisiera yo, señor, que vuestra merced le hubiera enviado junto con Amadis de Gaula al bueno de don Rugel de Grecia, que yo sé que gustara la señora Luscinda mucho de Daraida y Garaya, y de las discreciones del pastor Darinel (2), y de aquellos admirables versos de sus bucólicas, cantadas y representadas por él con todo donaire, discrecion y desenvoltura; pero tiempo podrá venir en que se enmiende esa falta; y no dura mas en hacerse la enmienda de cuanto quiera vuestra merced ser servido de venirse conmigo á mi aldea, que allí le podré dar mas de trescientos libros, que son el regalo de mi alma y el entretenimiento de mi vida; aunque tengo para mí que ya no tengo ninguno, merced á la malicia de malos y envidiosos encantadores: y perdóneme vuestra merced el haber contravenido á lo que prometimos de no interrumpir su plática, pues en oyendo cosas de caballerías y de caballeros andantes, asi es en mi mano dejar de hablar dellos, como lo es en la de los rayos del sol dejar de calentar, ni humedecer en los de la luna; asi que, perdon y proseguir, que es lo que ahora hace al caso.

En tanto que Don Quijote estaba diciendo lo que queda dicho se le habia caido á Cardenio la cabeza sobre el pecho, dando muestras de estar profundamente pensativo; y puesto que dos veces le dijo Don Quijote que prosiguiese su historia, ni alzaba la cabeza ni respondia palabra; pero al cabo de un buen espacio la levantó, y dijo: no se me puede quitar del pensamiento ni habrá quien me lo quite en el mundo, ni quien me dé á entender otra cosa, y seria un majadero el que lo contrario entendiese ó creyese, sino que aquel bellaconazo del maestro Elisabad estaba amancebado con la reina Madasima. Eso no, voto á tal, respondió con mucha cólera Don Quijote (y arrojóle, como tenia de costumbre), y esa es una muy gran malicia, ó bellaquería por mejor decir: la reina Madasima fue muy principal señora, y no se ha de presumir que tan alta princesa se habia de amancebar con un sacapotras (3); y quien lo contrario entendiere, miente como muy gran bellaco, y yo se lo daré á entender á pie ó á caballo, armado ó desarmado, de noche ó de dia, ó como mas gusto le diere. Estábale mirando Cardenio muy atentamente, al cual ya habia venido el accidente de su locura, y no estaba para proseguir su historia, ni tampoco Don Quijote se la oyera segun le habia disgustado lo que de Madasima le habia oido. ¡Estraño caso! que asi volvió por ella como si verdaderamente fuera su verdadera y natural señora: tal le tenian sus descomulgados libros.

Digo, pues, que como ya Cardenio estaba loco, y se oyó tratar de mentís y de bellaco, con otros denuestos semejantes, parecióle mal la burla, y alzó un guijarro que halló junto á sí, y dió con él en

_____

(1) *Zelar* se toma aquí por *ocultar* ó *encubrir*. Se usa en el dia de hoy en la significacion de *procurar con zelo.*—C.

(2) Personajes de la *Crónica de don Florisel de Niquea* por Feliciano de Silva. El pastor Darinel es un personaje muy principal y muy fastidioso del Amadis de Grecia. De él se habló en el *escrutinio.*

(3) Esto es, *curador de hernias*, que es lo que significa *potra* en lenguaje vulgar.—Arr.—Los malos cirujanos se llaman tambien asi por menosprecio.—C.

los pechos tal golpe á Don Quijote, que le hizo caer de espaldas. Sancho Panza, que de tal modo vió parar á su señor, arremetió al loco con el puño cerrado, y el Roto le recibió de tal suerte, que con una puñada dió con él á sus pies, y luego se subió sobre él, y le brumó las costillas muy á su sabor. El cabrero, que le quiso defender, corrió el mismo peligro, y despues que los tuvo á todos rendidos y molidos, los dejó, y se fué con gentil sosiego á emboscarse en la montaña. Levantóse Sancho, y con la rabia que tenia de verse aporreado tan sin merecerlo, acudió á tomar la venganza del cabrero, diciéndole que él tenia la culpa de no háberles avisado que aquel hombre le tomaba á tiempos la locura, que si esto supieran, hubieran estado sobre aviso para poderse guardar. Respondió el cabrero que ya lo habia dicho, y que si él no lo habia oido, que no era suya la culpa. Replicó Sancho Panza, y tornó á replicar el cabrero, y fue el fin de las réplicas asirse de las barbas, y darse tales puñadas, que si Don Quijote no los pusiera en paz, se hicieran pedazos. Decia Sancho asido con el cabrero: déjeme vuestra merced, señor caballero de la Triste Figura, que en este, que es villano como yo, y no está armado caballero, bien puedo á mi salvo satisfacerme del agravio que me ha hecho, peleando con él mano á mano como hombre honrado. Asi es, dijo Don Quijote; pero yo sé que él no tiene ninguna culpa de lo sucedido. Con esto los apaciguó, y Don Quijote volvió á preguntar al cabrero, si seria posible hallar á Cardenio, porque quedaba con grandísimo deseo de saber el fin de su historia. Díjole el cabrero lo que primero habia dicho, que era no saber de cierto su manida; pero que si anduviese mucho por aquellos contornos, no dejaria de hallarle ó cuerdo ó loco.

CAPITULO XXV.

Que trata de las estrañas cosas que en Sierramorena sucedieron al valiente caballero de la Mancha, y de la imitacion que hizo á la penitencia de Beltenebros.

DESPIDIÓSE del cabrero Don Quijote, y subiendo otra vez sobre Rocinante mandó á Sancho que le siguiese, el cual lo hizo, como sin jumento (1), de muy mala gana. Ibanse poco á poco entrando en lo mas áspero de la montaña, y Sancho iba muerto por razonar con su amo, y deseaba que él comenzase la plática, por no contravenir á lo que le tenia mandado; mas no pudiendo sufrir tanto silencio, le dijo: señor Don Quijote, vuestra merced me eche su bendicion, y me dé licencia, que desde aquí me quiero volver á mi casa, y á mi mujer, y á mis hijos, con los cuales por lo menos hablaré y departiré todo lo que quisiere; porque querer vuestra merced que vaya con él por estas soledades de dia y de noche, y que no le hable cuando me diere gusto, es enterrarme en vida: si ya quisiera la suerte que los animales hablaran, como hablaban en tiempo de Guisopete (2), fuera menos mal porque departiera yo con Rocinante lo que me viniera en gana, y con esto pasara mi mala ventura; que es recia cosa, y que no se puede llevar en paciencia, andar buscando aventuras toda la vida, y no hallar sino coces y manteamientos, ladrillazos y puñadas, y con todo esto nos hemos de coser la boca, sin osar decir lo que el hombre tiene en su corazon, como si fuera mudo. Ya te entiendo, Sancho, respondió Don Quijote, tu mueres porque te alze el entredicho que te tengo puesto en la lengua: dale por alzado, y di lo que quisieres, con condicion que no ha de durar este alzamiento mas de en cuanto anduviéremos por estas sierras. Sea asi, dijo Sancho, hable yo ahora, que despues Dios sabe lo que será; y comenzando á gozar de ese salvo conducto, digo que ¿qué le iba á vuestra merced en volver tanto por aquella reina Majimasa, ó como se llama? ¿ó qué hacia al caso que aquel abad fuese su amigo ó no? que si vuestra merced pasara por ello, pues no era su juez, bien creo yo que el loco pasara adelante con su historia, y se hubieran ahorrado el golpe del guijarro y las coces, y aun mas de seis torniscones.

A fe, Sancho, respondió Don Quijote, que si tú supieras como yo lo sé cuán honrada y cuán principal señora era la reina Madasima, yo sé que dijeras que tuve mucha paciencia, pues no quebré la boca por donde tales blasfemias salieron; porque es muy gran blasfemia decir ni pensar que una reina esté amancebada con un cirujano. La verdad del cuento es, que aquel maestro Elisabad, que el loco dijo, fue un hombre muy prudente y de muy sanos consejos, y sirvió de ayo y de médico á la reina; pero pensar que ella era su amiga es disparate digno de muy gran castigo: y porque veas que Cardenio no supo lo que dijo, has de advertir que cuando lo dijo ya estaba sin juicio. Eso digo yo, dijo Sancho, que no habia para qué hacer cuenta de las palabras de un loco, porque si la buena suerte no ayudara á vuestra merced, y encaminara el guijarro á la cabeza como le encaminó al pecho, buenos quedáramos por haber vuelto por aquella mi señora, que Dios cohonda (3); ¡pues montas (4) que no se librara Cardenio por loco! Contra cuerdos y contra locos está obligado cualquier caballero andante á volver por la honra de las mujeres, cualesquiera que sean, cuanto mas por las reinas de tan alta guisa y pro como fue la reina Madasima, á quien yo tengo particular aficion por sus buenas partes; porque fuera de haber sido fermosa, además fue muy prudente y muy sufrida en sus calamidades, que las tuvo muchas, y los consejos y compañía del maestro Elisabad, le fue y le fueron de mucho provecho

(1) *Con su* jumento dicen otras ediciones, pero es error manifiesto.—F. C.

(2) *Guisopete*, Sancho como rústico y prevaricador del buen lenguaje, llamó así al fabulista Esopo como tambien á *Madasima*, Majimasa, y á *Mambrino* Martino y Malandrino.—C.

(3) *Cohonda* equivale á *confunda*, mudada la *f* en *h*, como es frecuentemente en castellano.—C.

(4) *Pues montas*, lo mismo que *pues añádase á esto*.—Arr.—Es decir, si Cardenio hubiera muerto á vuestra merced, no le habrian castigado, por estar loco.—F. C.

y alivio para poder llevar sus trabajos con prudencia y paciencia; y de aquí tomó ocasion el vulgo ignorante y mal intencionado de decir y pensar que ella era su manceba; y mienten, digo otra vez, y mentirán otras doscientas todos los que tal pensaren y dijeren. Ni yo lo digo ni lo pienso, respondió Sancho, allá se lo hayan, con su pan se lo coman: si fueron amancebados ó no, á Dios habrán dado la cuenta: de mis viñas vengo, no se nada, no soy amigo de saber vidas agenas, que el que compra y miente en su bolsa lo siente: cuanto mas, que desnudo nací, desnudo me hallo, ni pierdo ni gano; mas que lo fuesen, ¿qué me va á mí? y muchos piensan que hay tocinos, y no hay estacas (1); ¿mas quién puede poner puertas al campo? cuanto mas que de Dios dijeron...

Válame Dios, dijo Don Quijote, y que de necedades vas, Sancho, ensartando. ¿Qué va de lo que tratamos á los refranes que enhilas? Por tu vida, Sancho, que calles, y de aquí adelante entremétete en espolear á tu asno (2), y deja de hacello en lo que no te importa; y entiende con todos cinco sentidos, que todo cuanto yo he hecho hago ó hiciere, va muy puesto en razon y muy conforme á las reglas de caballería, que las sé mejor que cuantos caballeros las profesaron en el mundo. Señor, respondió Sancho, ¿y es buena regla de caballería que andemos perdidos por estas montañas sin senda ni camino, buscando á un loco, el cual despues de hallado quizá le vendrá en voluntad de acabar lo que dejó comenzado, no de su cuento, sino de la cabeza de vuestra merced y de mis costillas, acabándonoslas de romper de todo punto?

Calla, te digo otra vez, Sancho, dijo don Quijote, porque te hago saber que no tanto me trae por estas partes el deseo de hallar al loco, cuanto el que tengo de hacer en ellas una hazaña con que he de ganar perpétuo nombre y fama en todo lo descubierto de la tierra; y será tal, que he de echar con ella el sello á todo aquello que puede hacer perfecto y famoso á un andante caballero. ¿Y es de muy gran peligro esa hazaña? preguntó Sancho Panza. No, respondió el de la Triste Figura, puesto que de tal manera podria correr el dado, que echásemos azar en lugar de encuentro (3); pero todo ha de estar en tu diligencia. ¿En mi diligencia? dijo Sancho. Sí, dijo don Quijote, porque si vuelves presto de á donde pienso enviarte, presto se acabará mi pena, y presto comenzará mi gloria: y porque no es bien que te tenga mas suspenso esperando en lo que han de parar mis razones, quiero, Sancho, que sepas que el famoso Amadis de Gaula fue uno de los mas perfectos caballeros andantes. No he dicho bien fue uno; fue el solo, el primero, el único, el señor de todos cuantos hubo en su tiempo en el mundo. Mal año y mal mes para don Belianis y para todos aquellos que dijeren que se le igualó en algo, porque se engañan juro cierto. Digo asimismo, que cuando algún pintor quiere salir famoso en su arte, procura imitar los originales de los mas únicos pintores que sabe, y esta misma regla corre por todos los mas oficios ó ejercicios de cuenta, que sirven para adorno de las repúblicas; y así lo ha de hacer y hace el que quisiere alcanzar nombre de prudente y sufrido imitando á Ulises, en cuya persona y trabajos nos pinta Homero un retrato vivo de prudencia y de sufrimiento, como tambien nos mostró Virgilio en la persona de Eneas el valor de un hijo piadoso, y la sagacidad de un valiente y entendido capitan, no pintándolos ni describiéndolos como ellos fueron, sino como habian de ser, para dejar ejemplo á los venideros hombres de sus virtudes. Desta misma suerte Amadis fue el norte, el lucero, el sol de los valientes y enamorados caballeros, á quien debemos imitar todos aquellos que debajo de la bandera de amor y de la caballería militamos. Siendo, pues, esto asi como lo es, hallo yo, Sancho amigo, que el caballero andante que mas le imitare, estará mas cerca de alcanzar la perfeccion de la caballería: y una de las cosas en que mas este caballero mostró su prudencia, valor, valentía, sufrimiento, firmeza y amor fue cuando se retiró, desdeñado de la señora Oriana, á hacer penitencia en la Peña Pobre, mudando su nombre en el de Beltenebros; nombre por cierto significativo y propio para la vida que él de su voluntad habia escogido (4): asi que me es á mí mas fácil imitarle en esto, que no en hender gigantes, descabezar serpientes, matar endríagos, desbaratar ejércitos, fracasar (5) armadas y deshacer encantamentos: y pues estos lugares son tan acomodados para semejantes efectos, no hay para qué se deje pasar la ocasion, que ahora con tanta comodidad me ofrece sus guedejas.

En efecto, dijo Sancho, ¿qué es lo que vuestra merced quiere hacer en este tan remoto lugar? ¿Yo no te he dicho, respondió Don Quijote, que quiero imitar á Amadis, haciendo aquí del desesperado, del sandio y del furioso, por imitar juntamente al valiente don Roldan cuando halló en una fuente las señales de que Angélica la Bella habia cometido vileza con Medoro, de cuya pesadumbre se volvió loco, y arrancó los arboles, enturbió las aguas de las claras fuentes, mató pastores, destruyó ganados, abrasó chozas, derribó casas, arrastró yeguas, é hizo otras cien mil insolencias dignas de eterno nombre y escritura? Y puesto que yo no pienso imitar á Roldan ó Orlando ó Rotolando (que todos estos 'res nombres tenia) parte por parte en todas las locuras que hizo, dijo y pensó, haré el bosquejo como

---

(1)   Alusion al refran que dice: adonde pensais que hay tocinos no hay estacas. En las aldeas acostumbran hincar ó clavar en las paredes unas estacas, ó trozos de madera que sirven de clavos para colgar muchas cosas, y particularmente las lonjas de tocino, y de aquí nació el refran.—Arr.

(2)   Bien pudo aquí olvidarse Don Quijote de que se lo habian robado y hablar de cuando tuviera otro.—F. C.

(3)   Alusion metafórica al juego de naipes y de dados. En esto se llama azar la suerte contraria. Encuentro es la concurrencia ó junta de dos cartas iguales, como dos reyes, dos caballos, etc. Con esto quiere dar á entender Don Quijote que la hazaña que medita hacer, conforme le podia salir bien, pudiera salirle mal.—Arr.

(4:   Beltenebros se compone de bello y tenebroso, como si dijese hermoso y triste.

(5)   Fracasar armadas, italianismo; por destruir, destrozar armadas. Sin duda tomó literalmente Cervantes esta espresion de los libros ó poemas caballerescos italianos, á que frecuentemente alude y ridiculiza.—Arr.

mejor pudiere en las que me parecieren ser mas esenciales; y podrá ser que viniese á contentarme con sola la imitacion de Amadis, que sin hacer locuras de daño, sino de lloros y sentimientos, alcanzó tanta fama como el que mas. Paréceme á mí, dijo Sancho, que los caballeros que lo tal ficieron fueron provocados y tuvieron causa para hacer esas necedades y penitencias; pero vuestra merced ¿qué causa tiene para volverse loco? ¿qué dama le ha desdeñado? ¿ó qué señales ha hallado que le den á entender que la señora Dulcinea del Toboso ha hecho alguna niñería con moro ó cristiano? Ahí está el punto, respondió Don Quijote, y esa es la fineza de mi negocio: que volverse loco un caballero andante con causa, ni grado ni gracias: el toque está en desatinar sin ocasion, y dar á entender á mi dama, que si en seco hago esto, qué hiciera en mojado; cuanto mas, que harta ocasion tengo en la larga ausencia que he hecho de la siempre señora mia Dulcinea del Toboso; que como ya oiste decir á aquel pastor de marras, Ambrosio, quien está ausente todos los males tiene y teme: asi que, Sancho amigo, no gastes tiempo en aconsejarme que deje tan rara, tan felice y tan no vista imitacion: loco soy, loco he de ser hasta tanto que tú vuelvas con la respuesta de una carta que contigo pienso enviar á mi señora Dulcinea: y si fuere tal cual á mi fe se le debe, acabarse han mi sandez y mi penitencia; y si fuere al contrario, seré loco de veras, y siéndolo no sentiré nada: asi que de cualquiera manera que responda saldré del conflito y trabajo en que me dejares, gozando el bien que me trujeres por cuerdo, ó no sintiendo el mal que me aportares por loco.

Pero dime, Sancho, ¿traes bien guardado el yelmo de Mambrino? que ya ví que le alzaste del suelo cuando aquel desagradecido le quiso hacer pedazos, pero no pudo, donde se puede echar de ver la fineza de su temple. A lo cual respondió Sancho: vive Dios, señor caballero de la Triste Figura, que no puedo sufrir ni llevar en paciencia algunas cosas que vuestra merced dice, y que por ellas vengo á imaginar que todo cuanto me dice de caballerías, y de alcanzar reinos é imperios, de dar ínsulas, y de hacer otras mercedes y grandezas, como es uso de caballeros andantes, que todo debe de ser cosa de viento y mentira, y todo pastraña ó patraña, ó como lo llamáremos; porque quien oyere decir á vuestra merced que una bacía de barbero es el yelmo de Mambrino, y que no salga deste error en mas de veinte y cuatro horas (1), ¿qué ha de pensar sino que quien tal dice y afirma debe de tener güero el juicio? La bacía yo la llevo en el costal toda abollada, y llévola para aderezarla en mi casa, y hacerme la barba en ella, si Dios me diere tanta gracia que algun dia me vea con mi mujer y hijos. Mira, Sancho, por el mismo que denantes juraste te juro, dijo Don Quijote, que tienes el mas corto entendimiento que tiene ni tuvo escudero en el mundo: ¿qué es posible que en cuanto há que andas conmigo no has echado de ver que todas las cosas de los caballeros andantes parecen quimeras, necedades y desatinos, y que son todas hechas al revés? Y no porque sea ello asi, sino porque andan entre nosotros siempre una caterva de encantadores que todas nuestras cosas mudan y truecan, y las vuelven segun su gusto, y segun tienen la gana de favorecernos ó destruirnos; y asi eso que á tí te parece bacía de barbero, me parece á mí el yelmo de Mambrino, y á otro le parecerá otra cosa: y fue rara providencia del sabio que es de mi parte hacer que parezca bacía á todos lo que real y verdaderamente es yelmo de Mambrino, á causa que siendo él de tanta estima, todo el mundo me persiguiria por quitármele; pero como ven que no es mas de un bacin de barbero, no se curan de procuralle, como se mostró bien en el que quiso rompelle, y le dejó en el suelo sin llevarle, que á fe que si le conociera, que nunca él le dejara: guárdale, amigo, que por ahora no le he menester, que antes me tengo de quitar todas estas armas, y quedar desnudo como cuando nací, si es que me da en voluntad de seguir en mi penitencia mas á Roldan que á Amadis.

Llegaron en estas pláticas al pie de una alta montaña, que casi como peñon tajado estaba sola entre otras muchas que la rodeaban: corria por su falda un manso arroyuelo, y hacíase por toda su redondez un prado tan verde y vicioso, que daba contento á los ojos que le miraban: habia por allí muchos árboles silvestres, y algunas plantas y flores que hacian el lugar apacible. Este sitio escogió el caballero de la Triste Figura para hacer su penitencia, y asi en viéndole comenzó á decir en voz alta, como si estuviera sin juicio: este es el lugar, oh cielos, que diputo y escojo para llorar la desventura en que vosotros mismos me habeis puesto: este es el sitio donde el humor de mis ojos acrecentará las aguas deste pequeño arroyo, y mis contínuos y profundos suspiros moverán á la contínua las hojas destos montaraces árboles, en testimonio y señal de la pena que mi asendereado corazon padece. Oh, vosotros, quien quiera que seais, rústicos dioses, que en este inhabitable lugar teneis vuestra morada, oid las quejas deste desdichado amante, á quien una luenga ausencia y unos imaginados zelos han traido á lamentarse entre estas asperezas, y á quejarse de la dura condicion de aquella ingrata y bella, término y fin de toda humana hermosura. Oh, vosotras, napeas y dríadas, que teneis por costumbre de habitar en las espesuras de los montes, asi los ligeros y lascivos sátiros, de quien sois aunque en vano amadas, no perturben jamás vuestro dulce sosiego, que me ayudeis á lamentar mi desventura, ó á lo menos no os canseis de oilla. Oh, Dulcinea del Toboso, dia de mi noche, gloria de mi pena, norte de mis caminos, estrella de mi ventura, asi el cielo te la dé buena en cuanto acertares á pedirle, que consideres el lugar y el estado á que tu ausencia me ha conducido, y que con buen término correspondas al que á mi fe se le debe. Oh, solitarios árboles, que desde hoy en adelante habeis de hacer compañía á mi soledad, dad indicio con el blando movimiento de vuestras ramas que no os desagrada mi

(1) Cuatro dias dicen las demás ediciones; pero segun lo que antecede aun no habian mediado dos desde la adquisicion del yelmo de Mambrino.—F. C.

presencia. Oh, tú, escudero mio, agradable compañero en mis prósperos y adversos sucesos, toma bien en la memoria lo que aquí me verás hacer, para que lo cuentes y recites á la causa total de todo ello; y diciendo esto se apeó de Rocinante, y en un momento le quitó el freno y la silla; y dándole una palmada en las ancas le dijo: libertad te da el que sin ella queda, oh, caballo tan estremado por

tus obras cuán desdichado por tu suerte; vete por do quisieres, que en la frente llevas escrito, que no te igualó en lijereza el Hipógrifo de Astolfo, ni el nombrado Frontino, que tan caro le costó á Bradamante.

Viendo esto Sancho dijo: bien haya quien nos quitó ahora del trabajo de desenalbardar al rucio, que á fe que no faltarán palmadicas que dalle ni cosas que decille en su alabanza; pero si él aquí estuviera, no consintiera yo que nadie le desalbardara, pues no habia para qué, que á él no le tocaban las generales de enamorado ni de desesperado, pues no lo estaba su amo, que era yo cuando Dios queria: y en verdad, señor caballero de la Triste Figura, que si es que mi partida y su locura de vuestra merced van de veras, que será bien tornar á ensillar á Rocinante para que supla la falta del rucio, porque será ahorrar tiempo á mi ida y vuelta, que si la hago á pie no sé cuándo llegaré, ni cuándo volveré, porque en resolucion soy mal caminante. Digo, Sancho, respondió Don Quijote, que sea como tú quisieres, que no me parece mal tu designio, y digo que de aquí á tres dias te partirás, porque quiero que en este tiempo veas lo que por ella hago y digo, para que se lo digas. ¿Pues qué mas tengo de ver, dijo Sancho, que lo que he visto? Bien estás en el cuento, respondió Don Quijote: ahora me falta rasgar las vestiduras, esparcir las armas, y darme de calabazadas por estas peñas, con otras cosas deste jaez que te han de admirar. Por amor de Dios, dijo Sancho, que mire vuestra merced cómo se da esas calabazadas, que á tal peña podria llegar, y en tal punto, que con la primera se acabase la máquina desta penitencia, y seria yo de parecer, que ya que á vuestra merced le parece que son aquí necesarias calabazadas, y que no se puede hacer esta obra sin ellas, se contentase, pues todo esto es fingido y cosa contrahecha y de burla, se contentase, digo, con dárselas en el agua, ó en alguna cosa blanda como algodon, y déjeme á mí el cargo, que yo diré á mi señora que vuestra merced se las daba en una punta de peña mas dura que la de un diamante. Yo agradezco tu buena intencion, amigo Sancho, respondió Don Quijote; mas quiérote hacer sabidor de que todas estas cosas que hago no son de burlas, sino muy de veras, porque de otra manera seria contravenir á las órdenes de la caballería, que nos mandan que no digamos mentira alguna, pena de relasos, y el hacer una cosa por otra lo mismo es que mentir: asi que mis calabazadas han de ser verdaderas, firmes y valederas, sin que lleven nada del sofistico ni del fantástico: y será necesario que me dejes algunas hilas para curarme, pues que la ventura quiso que nos faltase el bálsamo que perdimos. Mas fue perder el asno, respondió Sancho, pues se perdieron en él las hilas y todo (1): y ruégole á vuestra merced que no se acuerde mas de aquel maldito brevaje, que en solo oirle mentar se me revuelve el alma, cuanto y mas el estómago: y mas le ruego, que haga cuenta que son ya pasados los tres dias que me ha dado de término para ver las locuras que hace, que ya las doy por vistas y por pasadas en cosa juzgada, y diré maravillas á mi señora; y escriba la carta, y despácheme luego, porque tengo

_____
(1) Las hilas quedaron en las alforjas, y estas en la venta; pero como Sancho no las habia echado menos, supone aquí que las perdió con el Rucio.—F. C.

gran deseo de volver á sacar á vuestra merced deste purgatorio donde le dejo. ¿Purgatorio le llamas, Sancho? dijo Don Quijote; mejor hicieras en llamarle infierno, y aun peor si hay otra cosa que lo sea. Quien ha infierno, respondió Sancho, *nulla est retentio*, segun he oido decir. No entiendo que quiere decir *retentio*, dijo Don Quijote. *Retentio* es, respondió Sancho, que quien está en el infierno nunca sale dél, ni puede, lo cual será al revés en vuestra merced, ó á mí me andarán mal los pies si es que llevo espuelas para avivar á Rocinante: y póngame yo una por una en el Toboso, y delante de mi señora Dulcinea, que yo le diré tales cosas de las necedades y locuras (que todo es uno) que vuestra merced ha hecho y queda haciendo, que la venga á poner mas blanda que un guante, aunque la halle mas dura que un alcornoque, con cuya respuesta dulce y melificada volveré por los aires como brujo, y sacaré á vuestra merced deste purgatorio, que parece infierno, y no lo es, pues hay esperanza de salir dél, la cual, como tengo dicho, no la tienen de salir los que están en el infierno, ni creo que vuestra merced dirá otra cosa.

Asi es la verdad, dijo el de la Triste Figura: ¿pero qué haremos para escribir la carta? Y la libranza pollinesca tambien, añadió Sancho. Todo irá inserto, dijo Don Quijote; y seria bueno, ya que no hay papel, que la escribiésemos, como hacian los antiguos, en hojas de árboles, ó en unas tablitas de cera, aunque tan dificultoso será hallarse eso ahora como el papel. Mas ya me ha venido á la memoria dónde será bien y aun mas que bien escribilla, que es en el librillo de memoria que fue de Cardenio, y tú tendrás cuidado de hacerla trasladar en papel, de buena letra, en el primer lugar que hallares, donde haya maestro de escuela de muchachos, ó si no cualquiera sacristan te la trasladará: y no se la dés á trasladar á ningun escribano, que hacen letra procesada, que no la entenderá Satanás. ¿Pues qué se ha de hacer de la firma? dijo Sancho. Nunca las cartas de Amadis se firmaron, respondió Don Quijote. Está bien, respondió Sancho; pero la libranza forzosamente se ha de firmar, y esa, si se traslada, dirán que la firma es falsa, y quedaréme sin pollinos. La libranza irá en el mismo librillo firmada, que en viéndola mi sobrina no pondrá dificultad en cumplilla; y en lo que toca á la carta de amores pondrás por firma: *Vuestro hasta la muerte el caballero de la Triste Figura.* Y hará poco al caso que vaya de mano agena, porque, á lo que yo me sé acordar, Dulcinea no sabe escribir ni leer, y en toda su vida ha visto letra mia ni carta mia, porque mis amores y los suyos han sido siempre platónicos, sin estenderse á mas que á un honesto mirar, y aun esto tan de cuando en cuando, que osaré jurar con verdad, que en doce años que há que la quiero mas que á la lumbre destos ojos que han de comer la tierra, no la he visto cuatro veces, y aun podrá ser que destas cuatro veces no hubiese ella echado de ver la una que la miraba: tal es el recato y encerramiento con que su padre Lorenzo Corchuelo y su madre Aldonza Nogales la han criado.

Ta, ta, dijo Sancho, ¿que la hija de Lorenzo Corchuelo es la señora Dulcinea del Toboso, llamada por otro nombre Aldonza Lorenzo? Esa es, dijo Don Quijote, y es la que merece ser señora de todo el universo. Bien la conozco, dijo Sancho, y sé decir que tira tan bien una barra como el mas forzudo zagal de todo el pueblo: vive el dador que es moza de chapa, hecha y derecha, y de pelo en pecho, y que puede sacar la barba del lodo á cualquier caballero andante ó por andar que la tuviere por señora. ¡O hi de puta, qué rejo que tiene, y qué voz; sé decir que se puso un dia encima del campanario del aldea á llamar unos zagales suyos que andaban en un barbecho de su padre, y aunque estaban de allí mas de media legua, asi la oyeron como si estuvieran al pie de la torre; y lo mejor que tiene es que no es nada melindrosa, porque tiene mucho de cortesana, con todos se burla, y de todo hace mueca y donaire. Ahora digo, señor caballero de la Triste Figura, que no solamente puede y debe vuestra merced hacer locuras por ella, sino que con justo título puede desesperarse y ahorcarse, que nadie habrá que lo sepa, que no diga que hizo demasiado de bien, puesto que le lleve el diablo, y querria ya verme en camino solo por vella, que há muchos dias que no la veo, y debe de estar ya trocada, porque gasta mucho la faz de las mujeres andar siempre al campo, al sol y al aire: y confieso á vuestra merced una verdad, señor Don Quijote, que hasta aquí he estado en una grande ignorancia, que pensaba bien y fielmente que la señora Dulcinea debia de ser alguna princesa de quien vuestra merced estaba enamorado, ó alguna persona tal que mereciese los ricos presentes que vuestra merced le ha enviado, asi el del vizcaino como el de los galeotes, y otros muchos que deben ser, segun deben de ser muchas las victorias que vuestra merced ha ganado y ganó en el tiempo que yo aun no era su escudero; pero bien considerado, ¿qué se le ha de dar á la señora Aldonza Lorenzo, digo á la señora Dulcinea del Toboso, de que se le vayan á hincar de rodillas delante della los vencidos que vuestra merced envia y ha de enviar? Porque podria ser que al tiempo que ellos llegasen estuviese ella rastrillando lino ó trillando en las eras, y ellos se corriesen de verla, y ella se riese y enfadase del presente. Ya te tengo dicho antes de ahora muchas veces, Sancho, dijo Don Quijote, que eres muy grande hablador, y que aunque de ingenio boto, muchas veces despuntas de agudo; mas para que veas cuán necio eres tú y cuán discreto soy yo, quiero que me oigas un breve cuento.

Has de saber que una viuda hermosa, moza, libre y rica, y sobre todo desenfadada, se enamoró de un mozo motilon, rollizo y de buen tomo: alcanzólo á saber su mayor (1) y un dia dijo á la buena viuda por via de fraternal reprension: maravillado estoy, señora, y no sin mucha causa, de que una

(1) Esto es, el superior del mozo motilon, ó del lego mozo, que vivia en comunidad de teólogos. Llamábanse entonces *motilones* los legos, del verbo *mutilo*, por llevar como en otro tiempo rapada la cabeza.

mujer tan principal, tan hermosa y tan rica como vuestra merced, se haya enamorado de un hombre tan soez, tan bajo y tan idiota como fulano, habiendo en esta casa tantos maestros, tantos presentados y tantos teólogos en quien vuestra merced pudiera escoger como entre peras, y decir, este quiero, aqueste no quiero; mas ella le respondió con mucho donaire y desenvoltura: vuestra merced, señor mio, está muy engañado, y piensa muy á lo antiguo si piensa que yo he escogido mal en fulano por idiota que le parece, pues para lo que yo le quiero tanta filosofía sabe y mas que Aristóteles: asi que, Sancho, para lo que yo quiero á Dulcinea del Toboso tanto vale como la mas alta princesa de la tierra: sí, que no todos los poetas que alaban damas debajo de un nombre que ellos á su albedrío les ponen, es verdad que las tienen. ¿Piensas tú, que las Amarilis, las Filis, las Silvias, las Dianas, las Galateas, y otras tales de que los libros, los romances, las tiendas de los barberos, los teatros de las comedias están llenos, fueron verdaderamente damas de carne y hueso, y de aquellos que las celebran y celebraron? No por cierto, sino que las mas se las fingen por dar sugeto á sus versos, y porque los tengan por enamorados y por hombres que tienen valor para serlo; y asi básteme á mí pensar y creer que la buena de Aldonza Lorenzo es hermosa y honesta, y en lo del linaje importa poco, que no han de ir á hacer la informacion dél para darle algun hábito, y yo me hago cuenta que es la mas alta princesa del mundo; porque has de saber, Sancho, si no lo sabes, que dos cosas solas incitan á amar mas que otras, que son la mucha hermosura y la buena fama, y estas dos cosas se hallan consumadamente en Dulcinea, porque en ser hermosa ninguna le iguala, y en la buena fama pocas le llegan: y para concluir con todo, yo imagino que todo lo que digo es asi, sin que sobre ni falte nada; y píntola en mi imaginacion como la deseo asi en la belleza como en la principalidad; y ni la llega Elena, ni la alcanza Lucrecia, ni otra alguna de las famosas mujeres de las edades pretéritas griega, bárbara ó latina: y diga cada uno lo que quisiere, que si por esto fuere reprendido de los ignorantes, no seré castigado de los rigurosos. Digo que en todo tiene vuestra merced razon, respondió Sancho, y que soy un asno. Mas no sé yo para qué nombro asno en mi boca, pues no se há de mentar la soga en casa del ahorcado; pero venga la carta; y adios que me mudo.

Sacó el libro de memoria Don Quijote, y apartándose á una parte, con mucho sosiego comenzó á escribir la carta, y en acabándola llamó á Sancho y le dijo que se la queria leer porque la tomase de memoria, si acaso se le perdiese por el camino, porque de su desdicha todo se podia temer. A lo cual respondió Sancho: escríbala vuestra merced dos ó tres veces ahí en el libro, y démele, que yo le llevaré bien guardado, porque pensar que yo la he de tomar en la memoria es disparate, que la tengo tan mala, que muchas veces se me olvida cómo me llamo; pero con todo eso dígamela, que me holgaré mucho de oilla, que debe de ir como de molde. Escucha, que asi dice, dijo Don Quijote:

CARTA DE DON QUIJOTE A DULCINEA DEL TOBOSO.

SOBERANA Y ALTA SEÑORA:

El ferido de punta de ausencia, y el llagado de las telas del corazon, dulcísima Dulcinea del Toboso, te envia la salud que él no tiene. Si tu fermosura me desprecia, si tu valor no es en mi pro, si tus desdenes son en mi afincamiento, magüer que yo sea asaz de sufrido, mal podré sostenerme en esta cuita, que además de ser fuerte es muy duradera. Mi buen escudero Sancho te dará entera relacion, oh bella ingrata, amada enemiga mia, del modo que por tu causa quedo: si gustares de acorrerme, tuyo soy, y si no, has lo que te viniere en gusto, que con acabar mi vida habré satisfecho á tu crueldad y á mi deseo.

Tuyo hasta la muerte,
EL CABALLERO DE LA TRISTE FIGURA.

Por vida de mi padre, dijo Sancho en oyendo la carta, que es la mas alta cosa que jamás he oido: ¡pésia á mí, y como que le dice vuestra merced ahí todo cuanto quiere, y qué bien que encaja en la firma *El caballero de la Triste Figura!* Digo de verdad que es vuestra merced el mesmo diablo, y que no hay cosa que no sepa. Todo es menester, respondió Don Quijote, para el oficio que yo traigo. Ea pues, dijo Sancho, ponga vuestra merced en esotra vuelta la cédula de los tres pollinos, y fírmela con mucha claridad porque la conozcan en viéndola. Que me place, dijo Don Quijote, y habiéndola escrito se la leyó, que decia asi:

Mandará vuestra merced por esta primera de pollinos, señora sobrina, dar á Sancho Panza mi escudero tres de los cinco que dejé en casa, y están á cargo de vuestra merced: los cuales tres pollinos se los mando librar y pagar por otros tantos aquí recibidos de contado, que con esta y con su carta de pago serán bien dados. Fecha en las entrañas de Sierramorena á veinte y siete de agosto deste presente año.

Buena está, dijo Sancho, fírmela vuestra merced. No es menester firmarla, dijo Don Quijote, sino solamente poner mi rúbrica, que es lo mismo que firma, y para tres asnos y aun para trescientos fuera bastante. Yo me confio de vuestra merced, respondió Sancho: déjeme, iré á ensillar á Rocinante, y aparéjese á echarme su bendicion, que luego pienso partirme sin ver las sandeces que vuestra merced ha de hacer, que yo diré que le ví hacer tantas, que no quiera mas. Por lo menos quiero, Sancho, y porque es menester asi, quiero, digo, que me veas en cueros y hacer una ó dos docenas de locuras, que las haré en menos de media hora, porque habiéndolas tú visto por tus ojos puedas jurar á tu salvo en las demás que quisieres añadir; y asegúrote que no dirás tú tantas cuantas yo pienso hacer. Por amor de Dios, señor mio, que no vea yo en cueros á vuestra merced, que me dará mucha lástima, y no podré dejar de llorar, y tengo tal la cabeza del llanto que anoche (1) hice por el rucio, que no estoy para meterme en nuevos lloros: y si es que vuestra merced gusta de que yo vea algunas locuras, hágalas vestido, breves y las que le vinieren mas á cuento; cuanto mas que para mí no era menester nada deso, y como ya tengo dicho, fuera ahorrar el camino de mi vuelta, que ha de ser con las nuevas que vuestra merced desea y merece: y si no aparéjese la señora Dulcinea, que si no responde como es razon, voto hago solene á quien puedo que le tengo de sacar la buena respuesta del estómago á coces y á bofetones: porque ¿ dónde se ha de sufrir que un caballero andante tan famoso como vuestra merced se vuelva loco sin qué ni para qué por una?... no me lo haga decir la señora, porque por Dios que despotrique y lo eche todo á doce aunque nunca se venda (2): bonico soy yo para eso; mal me conoce, pues á fe que si me conociese, que me ayunase. A fe Sancho, dijo Don Quijote, que á lo que parece no estás tú mas cuerdo que yo. No estoy tan loco, respondió Sancho, mas estoy mas colérico; pero dejando esto aparte, ¿ qué es lo que ha de comer vuestra merced en tanto que yo vuelvo? ¿ Ha de salir al camino como Cardenio á quitárselo á los pastores? No te dé pena ese cuidado, respondió Don Quijote, porque aunque tuviera no comiera otra cosa que las yerbas y frutos que este prado y estos árboles me dieren, que la fineza de mi negocio está en no comer y en hacer otras asperezas. A esto dijo Sancho: ¿ sabe vuestra merced qué temo? que no tengo de acertar á volver á este lugar donde ahora le dejo segun está escondido. Toma bien las señas, que yo procuraré no apartarme destos contornos, dijo Don Quijote, y aun tendré cuidado de subirme por estos mas altos riscos por ver si te descubro cuando vuelvas; cuanto mas que ló mas acertado será, para que no me yerres y te pierdas, que cortes algunas retamas de las muchas que por aquí hay, y las vayas poniendo de trecho á trecho hasta salir á lo raso, las cuales te servirán de mojones y señales para que me halles cuando vuelvas, á imitacion del laberinto de Teseo.

Asi lo haré respondió Sancho Panza, y cortando algunas pidió la bendicion á su señor, y no sin muchas lágrimas de entrambos se despidió dél; y subiendo sobre Rocinante, á quien Don Quijote enco-

mendó mucho, y que mirase por él como por su própia persóna, se puso en camino del llano, esparciendo de trecho á trecho los ramos de la retama como su amo se lo habia aconsejado; y asi se fué aunque todavía le importunaba Don Quijote que le viese siquiera hacer dos locuras. Mas no hubo andado

(1) No fue sino por la mañana á poco de amanecer.
(2) Idiotismo vulgar, que vale lo mismo que hablar claro, sin reparo, no guardar modo, respeto ni miramiento, atropellar por todo.—Arr.—*Que me ayunase*, espresion familiar, *tener miedo*, tratar con *sumo respeto*.

cien pasos cuando volvió y dijo : digo , señor , que vuestra merced ha dicho muy bien , que para que pueda jurar sin cargo de conciencia que le he visto hacer locuras, será bien que vea siquiera una, aunque bien grande la he visto en la quedada de vuestra merced. ¿No te lo decia yo? dijo Don Quijote: espérate, Sancho, que en un credo las haré: y desnudándose con toda priesa los calzones, quedó en carnes y en pañales, y luego, sin mas ni mas dió dos zapatetas en el aire, y dos tumbas la cabeza abajo y los pies en alto, descubriendo cosas que por no verlas otra vez, volvió Sancho la rienda á Rocinante, y se dió por contento y satisfecho de que podia jurar que su amo quedaba loco; y asi le dejaremos ir su camino hasta la vuelta, que fue breve.

CAPITULO XXVI.

Donde se prosiguen las finezas que de enamorado hizo Don Quijote en Sierramorena.

Y VOLVIENDO á contar lo que hizo el de la Triste Figura despues que se vió solo, dice la historia que asi como Don Quijote acabó de dar las tumbas ó vueltas de medio abajo desnudo y de medio arriba vestido, y que vió que Sancho se habia ido sin querer aguardar á ver mas sandeces, se subió sobre una punta de una alta peña, y allí tornó á pensar lo que otras muchas veces habia pensado, sin haberse jamás resuelto en ello , y era , que cuál seria mejor y le estaria mas á cuento, imitar á Roldan en las locuras desaforadas que hizo ó á Amadis en las melancólicas; y hablando entre sí mismo decia: si Roldan fue tan buen caballero y tan valiente como todos dicen, ¿qué maravilla? Pues al fin era encantado y no le podia matar nadie sino era metiéndole un alfiler de á blanca (1) por la planta del pie, y él traia siempre los zapatos con siete suelas de hierro; aunque no le valieron tretas con Bernardo del Carpio, que se las entendió, y le ahogó entre los brazos en Roncesvalles; pero dejando en él lo de la valentía á una parte, vengamos á lo de perder el juicio, que es cierto que le perdió por las señales que halló en la fuente, y por las nuevas que le dió el pastor de que Angélica habia dormido mas de dos siestas con Medoro, un morillo de cabellos enrizados, y paje de Agramante: y si él entendió que esto era verdad, y que su dama le habia cometido desaguisado, no hizo mucho en volverse loco; pero yo ¿cómo puedo imitalle en las locuras, sino le imito en la ocasion dellas? Porque mi Dulcinea del Toboso osaré yo jurar que no ha visto en todos los dias de su vida moro alguno asi como él es en su mismo trage, y que  se está hoy como la madre que la parió; y haríale agravio manifiesto, si imaginando otra cosa della me volviese loco de aquel género de locura de Roldan el furioso: por otra parte veo que Amadis de Gaula, sin perder el juicio y sin hacer locuras, alcanzó tanta fama de enamorado como el que mas; porque lo que hizo, segun su historia, no fue mas de que por verse desdeñado de su señora Oriana, que le habia mandado que no pareciese ante su presencia hasta que fuese su voluntad, se retiró á la Peña Pobre en compañía de un ermitaño, y allí se hartó de llorar hasta que el cielo le acorrió en medio de su mayor cuita y necesidad: y si esto es verdad, como lo es, ¿para qué quiero yo tomar trabajo ahora de desnudarme del todo, ni dar pesadumbre á estos árboles que no me han hecho mal alguno? Ni tengo para qué enturbiar el agua clara destos arroyos, los cuales me han de dar de beber cuando tenga gana. Viva la memoria de Amadis, y sea imitado de Don Quijote de la Mancha en todo lo que pudiere: del cual se dirá lo que del otro se dijo, que si él acabó grandes cosas, murió por acometellas; y si yo no soy desechado ni desdeñado de mi Dulcinea, bástame, como ya he dicho, estar ausente della. Ea pues, manos á la obra, venid á mi memoria cosas de Amadis, y enseñadme por dónde tengo de comenzar á imitaros; mas ya sé que lo mas que él hizo fue rezar, y asi lo haré yo. Y sirviéronle de rosario unas agallas grandes de un alcornoque, que ensartó, de que hizo un diez (2), y lo que le fatigaba mucho era no hallar por allí otro ermitaño que le confesase, y con quien consolarse, y asi se entretenia paseándose por el pradecillo, escribiendo y grabando por las cortezas de los árboles y por la menuda are-

_____

(1) *Un alfiler gordo*, como si ahora dijéramos, *un alfiler de á cuarto.*—C.

(2) La primera edicion dice : «Lo mas que él hizo fue rezar y encomendarse á Dios: ¿pero qué haré de rosario, que no le tengo? En esto le vino al pensamiento cómo le haria, y fue que rasgó una gran tira de las faldas de la camisa que andaban colgando y dióle once ñudos, el uno mas gordo que los demás, y esto le sirvió de rosario el tiempo que allí estuvo, donde rezó un millon de avemarías.» Las demás ediciones corrigen este pasaje como va en el testo. Hartzenbusch, que hace notar esta diferencia , cree con razon que la correccion fue mandada hacer por el mismo Cervantes.—F. C.

na muchos versos, todos acomodados á su tristeza, y algunos en alabanza de Dulcinea; mas los que se
pudieron hallar enteros, y que se pudiesen leer despues que á él allí le hallaron, no fueron mas que
estos que aquí se siguen:

Arboles, yerbas y plantas,
  Que en aqueste sitio estais
  Tan altos, verdes y tantas,
  Si de mi mal no os holgais,
  Escuchad mis quejas santas.
Mi dolor no os alborote,
  Aunque mas terrible sea;
  Pues por pagaros escote,
  Aquí lloró Don Quijote
  Ausencias de Dulcinea
          Del Toboso.

Es aquí el lugar adonde
  El amador mas leal
  De su señora se esconde,
  Y ha venido á tanto mal,
  Sin saber cómo ó por dónde.

Tráele amor al estricote,
  Que es de muy mala ralea;
  Y asi hasta henchir un pipote,
  Aquí lloró Don Quijote
  Ausencias de Dulcinea
          Del Toboso.

Buscando las aventuras
  Por entre las duras peñas,
  Maldiciendo entrañas duras,
  Entre riscos y entre breñas
  Halla el triste desventuras.
Hirióle amor con su azote,
  No con su blanda correa;
  Y en tocándole al cogote,
  Aquí lloró Don Quijote
  Ausencias de Dulcinea.
          Del Toboso.

No causó poca risa en los que hallaron los versos referidos el añadidura *del Toboso* al nombre de
Dulcinea, porque imaginaron que debió de imaginar Don Quijote que si en nombrando á Dulcinea no
decia tambien el *Toboso* no se podria entender la copla: y asi fue la verdad, como él despues confesó.
Otros muchos escribió, pero, como se ha dicho, no se pudieron sacar en limpio ni enteras mas destas
tres coplas. En esto y en suspirar, y en llamar á los Faunos y Silvanos de aquellos bosques, á las Ninfas de los rios, á la dolorosa y húmida Eco, que le respondiesen, consolasen y escuchasen, se entretenia, y en buscar algunas yerbas con que sostenerse en tanto que Sancho volvia; que si como tardó tres
dias (1) tardara tres semanas, el caballero de la Triste Figura quedara tan desfigurado que no lo conociera la madre que lo parió: y será bien dejalle envuelto entre los suspiros y versos por contar lo que
le avino á Sancho Panza en su mandadería.

Y fue que en saliendo al camino real se puso en busca del Toboso, y otro dia llegó á la venta donde
le habia sucedido la desgracia de la manta; y no la hubo bien visto, cuando le pareció que otra vez
andaba en los aires, y no quiso entrar dentro aunque llegó á hora que lo pudiera y debiera hacer
por ser la del comer, y llevar en deseo de gustar algo caliente, que habia grandes dias que todo era
fiambre. Esta necesidad le forzó á que llegase junto á la venta todavía dudoso si entraria ó no; y estando en esto salieron de la venta dos personas, que luego le conocieron, y dijo el uno al otro: dígame, señor licenciado, ¿aquel del caballo no es Sancho Panza, el que dijo el ama de nuestro aventurero
que habia salido con su señor por escudero? Si es, dijo el licenciado, y aquel es el caballo de nuestro
Don Quijote; y conociéronle tan bien como aquellos que eran el cura y el barbero de su mismo lugar,

____

(1) Segun la cuenta de don Vicente de los Rios en su curioso plan cronológico del Quijote, no fueron tres sino dos los dias
que tardó Sancho en su viaje.

y los que hicieron el escrutinio y auto general de los libros, los cuales asi como acabaron de conocer á Sancho Panza y á Rocinante deseosos de saber de Don Quijote se fueron á él, y el cura le llamó por su nombre, diciéndole: amigo Sancho Panza, ¿adónde queda vuestro amo? Conocióles luego Sancho Panza, y determinó de encubrir el lugar y la suerte dónde y cómo su amo quedaba; y asi les respondió que su amo quedaba ocupado en cierta parte y en cierta cosa que le era de mucha importancia, la cual él no podia descubrir por los ojos que en la cara tenia. No, no, dijo el barbero, Sancho Panza, si vos no nos decís dónde queda, imaginaremos, como ya imaginamos, que vos le habeis muerto y robado, pues venís encima de su caballo; en verdad que nos habeis de dar el dueño del rocin, ó sobre eso morena. No hay para qué conmigo amenazas, que yo no soy hombre que robo ni mato á nadie; á cada uno mate su ventura ó Dios que le hizo: mi amo queda haciendo penitencia en la mitad de esta montaña muy á su sabor: y luego de corrida y sin parar, les contó de la suerte que quedaba, las aventuras que le habian sucedido, y cómo llevaba la carta á la señora Dulcinea del Toboso, que era la hija de Lorenzo Corchuelo, de quien estaba enamorado hasta los hígados.

Quedaron admirados los dos de lo que Sancho Panza les contaba; y aunque ya sabian la locura de Don Quijote y el género della, siempre que la oian se admiraban de nuevo: pidiéronle á Sancho Panza que les enseñase la carta que llevaba á la señora Dulcinea del Toboso. El dijo que iba escrita en un libro de memoria, y que era órden de su señor que la hiciese trasladar en papel en el primer lugar que llegase; á lo cual dijo el cura que se la mostrase, que él la trasladaria de muy buena letra. Metió la mano en el seno Sancho Panza buscando el librillo; pero no le halló, ni le podia hallar, si le buscara hasta ahora, porque se habia quedado Don Quijote con él, y no se le habia dado, ni él se acordó de pedírsele. Cuando Sancho vió que no hallaba el libro fuésele parando mortal el rostro, y tornándose á tentar todo el cuerpo muy apriesa, tornó á echar de ver que no le hallaba, y sin mas ni mas se echó entrambos puños á las barbas, y se arrancó la mitad dellas, y luego apriesa y sin cesar se dió media docena de puñadas en el rostro y en las narices, que se las bañó todas en sangre. ¿Visto lo cual por el cura y el barbero le dijeron que qué le habia sucedido que tan mal se paraba. ¿Qué me ha de suceder, respondió Sancho, sino el haber perdido de una mano á otra, en un instante, tres pollinos, que cada uno era como un castillo? ¿Cómo es eso? replicó el barbero. He perdido el libro de memoria, respondió Sancho, donde venia la carta para Dulcinea, y una cédula firmada de mi señor, por la cual mandaba que su sobrina me diese tres pollinos de cuatro ó cinco que estaban en casa, y con esto les contó la pérdida del rucio: Consolóle el cura, y díjole que en hallando á su señor, él le haria revalidar la manda, y que tornase á hacer la libranza en papel, como era uso y costumbre, porque las que se hacian en libros de memoria jamás se acetaban ni cumplian. Con esto se consoló Sancho, y dijo que como aquello fuese asi, que no le daba mucha pena la pérdida de la carta de Dulcinea, porque él la sabia casi de memoria, de la cual se podria trasladar dónde y cuándo quisiesen. Decidla Sancho, pues, dijo el barbero, que despues la trasladaremos. Paróse Sancho Panza á rascar la cabeza para traer á la memoria la carta, y ya se ponia sobre un pie y ya sobre otro; unas veces miraba al suelo, otras al cielo, y al cabo de haberse roido la mitad de la yema de un dedo, teniendo suspensos á los que esperaban que ya la dijese, dijo al cabo de grandísimo rato: por Dios, señor licenciado, que los diablos lleven la cosa que se me acuerda, aunque en el principio decia: *Alta y sobajada señora*. No dirá, dijo el barbero, sobajada, sino sobrehumana, ó soberana señora. Asi es, dijo Sancho: luego, si mal no me acuerdo, proseguia, *el llagado y falto de sueño, y el ferido besa á vuestra merced las manos, ingrata y muy desconocida hermosa*; y no sé que decia de salud y de enfermedad que le enviaba, y por aquí iba escurriendo hasta que acababa en: *Vuestro hasta la muerte el caballero de la Triste Figura*.

No poco gustaron los dos de ver la buena memoria de Sancho Panza, y alabáronsela mucho, y le pidieron que dijese la carta otras dos veces, para que ellos ansimismo la tomasen de memoria para trasladalla á su tiempo. Tornóla á decir Sancho otras tres veces, y otras tantas volvió á decir otros tres mil disparates: tras esto contó asimismo las cosas de su amo; pero no habló palabra acerca del manteamiento que le habia sucedido en aquella venta, en la cual rehusaba entrar: dijo tambien cómo su señor, en trayendo que le trujese buen despacho de la señora Dulcinea del Toboso, se habia de poner en camino á procurar cómo ser emperador, ó por lo menos monarca, que asi lo tenian concertado entre los dos, y era cosa muy fácil venir á serlo según era el valor de su persona y la fuerza de su brazo: y que en siéndolo le habia de casar á él, porque ya seria viudo, que no podia ser menos, y le habia de dar por mujer á una doncella de la emperatriz, heredera de un rico y grande estado de tierra firme, sin ínsulos ni ínsulas, que ya no las queria. Decia esto Sancho con tanto reposo, limpiándose de cuando en cuando las narices, y con tan poco juicio, que los dos se admiraron de nuevo, considerando cuán vehemente habia sido la locura de Don Quijote, pues habia llevado tras sí el juicio de aquel pobre hombre. No quisieron cansarse en sacarle del error en que estaba, pareciéndoles que pues no le dañaba nada la conciencia, mejor era dejarle en él, y á ellos les seria de mas gusto oir sus necedades; y asi le dijeron que rogase á Dios por la salud de su señor, que cosa contingente y muy agible era venir con el discurso del tiempo á ser emperador, como él decia, ó por lo menos arzobispo ú otra dignidad equivalente. A lo cual respondió Sancho: señores, si la fortuna rodease las cosas de manera que á mi amo le viniese en voluntad de no ser emperador, sino de ser arzobispo, querria yo saber ahora qué suelen dar los arzobispos andantes á sus escuderos. Suélenles dar, respondió el cura, algun beneficio simple ó curado, ó alguna sacristanía, que les vale mucho de renta rentada (1), amen del pie de altar, que se suele estimar en otro tanto. Para esto será menester, replicó Sancho, que el escudero no sea casado, y que sepa ayudar á misa por lo menos; y si esto es asi desdichado yo, que soy casado, y no sé la primera letra del A. B. C.; ¿qué será de mí, si á mi amo le da antojo de ser arzo'ispo y no emperador, como es uso y costumbre de los caballeros andantes? No tengais pena Sancho amigo, dijo el barbero, que aquí rogaremos á vuestro amo, y se lo aconsejaremos, y aun se lo pondremos en caso de conciencia, que sea emperador y no arzobispo, porque le será mas fácil á causa de que él es mas valiente que estudiante. Asi me ha parecido á mí, respondió Sancho, aunque sé decir que para todo tiene habilidad: lo que yo pienso hacer de mi parte es rogarle á nuestro Señor que le eche á aquellas partes donde él mas se sirva y á donde á mí mas mercedes me haga. Vos lo decís como discreto, dijo el cura, y lo hareis como buen cristiano; mas lo que ahora se ha de hacer es dar órden cómo sacar á vuestro amo de aquella inútil penitencia que decís que queda haciendo; y para pensar el modo que hemos de tener, y

para comer, que ya es hora, será bien nos entremos en esta venta. Sancho dijo que entrasen ellos, que él esperaria allí fuera, y que despues les diria la causa porqué no entraba ni le convenia entrar en ella; mas que les rogaba que le sacasen allí algo de comer, que fuese cosa caliente, y asi mesmo cebada para Rocinante. Ellos se entraron y le dejaron, y de allí á poco el barbero le sacó de comer.

Despues habiendo bien pensado entre los dos el modo que tendrian para conseguir lo que deseaban, vino el cura en un pensamiento muy acomodado al gusto de Don Quijote, y para lo que ellos querian, y fue que dijo al barbero que lo que habia pensado era que él se vestiria en hábito de doncella andante, y que él procurase ponerse lo mejor que pudiese como escudero, y que asi irian adonde Don Quijote estaba, fingiendo ser ella una doncella afligida y menesterosa; y le pediria un don, el cual él no podria dejársele de otorgar como valeroso caballero andante, y que el don que le pensaba pedir era que se viniese con ella donde ella le llevase, á desfacelle un agravio que un mal caballero le tenia fecho, y que le suplicaba ansimesmo que no la mandase quitar su antifaz, ni la demandase cosa de su facienda fasta que la hubiese fecho derecho de aquel mal caballero; y que creyese sin duda, que Don Quijote vendria en todo cuanto le pidiese por este término, y que desta manera le sacarian de allí, y le llevarian á su lugar, donde procurarian ver si tenia algun remedio su estraña locura.

CAPITULO XXVII.

De cómo salieron con su intencion el cura y el barbero, con otras cosas dignas de que se cuenten en esta grande historia.

No le pareció mal al barbero la invencion del cura, sino tan bien que luego la pusieron por obra. Pidiéronle á la ventera una saya y unas tocas, dejándole en prendas una sotana nueva del cura. El barbero hizo una gran barba de una cola rucia ó roja de buey donde el ventero tenia colgado el peine. Preguntóle la ventera que para qué le pedian aquellas cosas. El cura le contó en breves razones la locura de Don Quijote, y cómo convenia aquel disfraz para sacarle de la montaña donde á la sazon estaba.

_____

(1) Como si dijéramos, renta fija, conocida amen de lo eventual.—C.

Cayeron luego el ventero y la ventera en que el loco era su huésped el del bálsamo y el amo del mancebo escudero, y contaron al cura todo lo que con él les había pasado, sin callar lo que tanto callaba Sancho. En resolucion, la ventera vistió al cura de modo que no había mas que ver; púsole una saya de paño llena de fajas de terciopelo negro de un palmo en ancho, todas acuchilladas, y unos corpiños de terciopelo verde guarnecidos con unos ribetes de raso blanco, que se debieron de hacer ellos y la saya en tiempo del rey Wamba. No consintió el cura que le tocasen (1), sino púsose en la cabeza un birretillo de lienzo colchado que llevaba para dormir de noche, y ciñóse por la frente una liga (2) de tafetan negro, y con otra liga hizo un antifaz con que se cubrió muy bien las barbas y el rostro: encasquetóse su sombrero, que era tan grande que le podia servir de quitasol, y cubriéndose su herreruelo subió en su mula á mujeriegas, y el barbero en la suya, con su barba que le llegaba á la cintura entre roja y blanca, como aquella que, como se ha dicho, era hecha de la cola de un buey barroso. Despidiéronse de todos y de la buena de Maritornes, que prometió de rezar un rosario, aunque pecadora, porque Dios les diese un buen suceso en tan árduo y tan cristiano negocio como era el que habian emprendido.

Mas apenas hubo salido de la venta cuando le vino al cura un pensamiento: que hacia mal en haberse puesto de aquella manera, por ser cosa indecente que un sacerdote se pusiese asi aunque le fuese mucho en ello; y diciéndoselo al barbero le rogó que trocasen trages, pues era mas justo que él fuese la doncella menesterosa, y que él haria el escudero, y que asi se profanaba menos su dignidad, y que si no lo queria hacer determinaba de no pasar adelante aunque á Don Quijote se le llevase el diablo. En esto llegó Sancho, y de ver á los dos en aquel trage no pudo tener la risa. En efecto, el barbero vino en todo aquello que el cura quiso, y trocando la invencion, el cura le fue informando el modo que habia de tener y las palabras que habia de decir á Don Quijote para moverle y forzarle á que con él se viniese, y dejase la querencia del lugar que habia escogido para su vana penitencia. El barbero respondió, que sin que se le diese licion él lo pondria bien en su punto. No quiso vestirse por entonces hasta que estuviesen junto de donde Don Quijote estaba, y asi dobló sus vestidos, y el cura acomodó su barba, y siguieron su camino guiándolos Sancho Panza, el cual les fue contando lo que les aconteció con el loco que hallaron en la sierra, encubriendo empero el hallazgo de la maleta y de cuanto en ella venia, que magüer que tonta, era un poco codicioso el mancebo.

Otro dia llegaron al lugar donde Sancho habia dejado puestas las señales de las retamas para acertar dónde habia dejado á su señor, y en reconociéndole, les dijo cómo aquella era la entrada, y que bien se podian vestir si era que aquello hacia al caso para la libertad de su señor: porque ellos le habian dicho antes, que el ir de aquella suerte y vestirse de aquel modo era toda la importancia para sacar á su amo de aquella mala vida que habia escogido, y que le encargaban mucho que no dijese á su amo quién ellos eran, ni que los conocia, y que si le preguntaba, como se lo habia de preguntar, si dió la carta á Dulcinea, dijese que sí, y que por no saber leer le habia respondido de palabra, diciéndole que le mandaba, so pena de la su desgracia, que luego al momento se viniese á ver con ella, que era cosa que le importaba mucho; porque con esto y con lo que ellos pensaban decirle, tenian por cosa cierta reducirle á mejor vida, y hacer con él que luego se pusiese en camino para ir á ser emperador ó monarca, que en lo de ser arzobispo no habia que temer. Todo lo escuchó Sancho, y lo tomó muy bien en la memoria, y les agradeció mucho la intencion que tenian de aconsejar á su señor fuese emperador y no arzobispo, porque él tenia para sí que para hacer mercedes á sus escuderos mas podian los emperadores que los arzobispos andantes. Tambien les dijo que seria bien que él fuese delante á buscarle, y darle la respuesta de su señora, que ya seria ella bastante á sacarle de aquel lugar sin que ellos se pusiesen en tanto trabajo. Parecióles bien lo que Sancho Panza decia, y asi determinaron de aguardarle hasta que volviese con las nuevas del hallazgo de su amo. Entróse Sancho por aquellas quebradas de la sierra dejando á los dos en una por donde corria un pequeño y manso arroyo, á quien hacian sombra agradable y fresca otras peñas y algunos árboles que por allí estaban.

El calor y el dia que allí llegaron eran de los del mes de agosto, que por aquellas partes suele ser el ardor muy grande, la hora las tres de la tarde, todo lo cual hacia al sitio mas agradable, y que convidase á que en él esperasen la vuelta de Sancho, como lo hicieron. Estando pues los dos allí sosegados y á la sombra, llegó á sus oidos una voz, que sin acompañarla son de algun otro instrumento, dulce y regaladamente sonaba, de que no poco se admiraron, por parecerles que aquel no era lugar donde pudiese haber quien tan bien cantase, porque aunque suele decirse que por las selvas y campos se hallan pastores de voces estremadas, mas son encarecimientos de poetas que verdades, y mas cuando advirtieron que lo que oian cantar eran versos, no de rústicos ganaderos, sino de discretos cortesanos, y confirmó esta verdad haber sido los versos que oyeron estos.

¿Quién menoscaba mis bienes?	Ausencia.
Desdenes.	De ese modo en mi dolencia
¿Y quién aumenta mis duelos?	Ningun remedio se alcanza,
Los celos.	Pues me matan la esperanza
¿Y quién prueba mi paciencia?	Desdenes, celos y ausencia.

(1) Esto es, que le pusiesen en la cabeza el tocado ó la toca.—Arr.
(2) Esto es, banda ó pedazo.—F. C.

¿Quién me causa este dolor?
   Amor.
¿Y quién mi gloria repuna?
   Fortuna.
¿Y quién consiente mi duelo?
   El cielo.
De ese modo yo recelo
Morir deste mal estraño,
Pues se aunan en mi daño
Amor, fortuna y el cielo.

¿Quién mejorará mi suerte?
   La muerte.
Y el bien de amor ¿quién le alcanza?
   Mudanza.
Y sus males ¿quién los cura?
   Locura.
De ese modo no es cordura
Querer curar la pasion,
Cuando los remedios son
Muerte, mudanza y locura.

La hora, el tiempo, la soledad, la voz y la destreza del que cantaba, todo causó admiracion y contento en los dos oyentes, los cuales se estuvieron quedos esperando si otra alguna cosa oian; pero viendo que duraba algun tanto el silencio determinaron de salir á buscar el músico que con tan buena voz cantaba, y queriéndolo poner en efecto hizo la misma voz que no se moviesen, la cual llegó de nuevo á sus oidos cantando este

SONETO.

Santa amistad que con ligeras alas,
Tu apariencia quedándose en el suelo,
Entre benditas almas en el cielo
Subiste alegre á las impíreas salas;
  Desde allá cuando quieres nos señalas
La falsa faz cubierta con tu velo (1)
Por quien á veces se trasluce el zelo
De buenas obras, que á la fin son malas.
  Deja el cielo, Amistad, ó no permitas
Que el engaño se vista tu librea,
Con que destruye á la intencion sincera:
  Que si tus apariencias no le quitas,
Presto ha de verse el mundo en la pelea
De la discorde confusion primera.

El canto se acabó con un profundo suspiro, y los dos con atencion volvieron á esperar si mas se cantaba; pero viendo que la música se habia vuelto sollozos y lastimeros ayes, acordaron de saber quién era el triste tan estremado en la voz como doloroso en los gemidos, y no anduvieron mucho cuando al volver de una punta de una peña vieron á un hombre del mismo talle y figura que Sancho Panza les habia pintado cuando les contó el cuento de Cardenio, el cual hombre cuando los vió, sin sobresaltarse estuvo quedo con la cabeza inclinada sobre el pecho, á guisa de hombre pensativo, sin alzar los ojos á mirarlos mas de la vez primera cuando de improviso llegaron. El cura, que era hombre bien hablado (como el que ya tenia noticia de su desgracia, pues por las señas le habia conocido) se llegó á él, y con breves aunque muy discretas razones, le rogó y persuadió que aquella tan miserable vida dejase, porque allí no la perdiese, que era la desdicha mayor de las desdichas. Estaba Cardenio entonces en su entero juicio, libre de aquel furioso accidente que tan á menudo le sacaba de sí mismo, y asi viendo á los dos en trage tan no usado de los que por aquellas soledades andaban, no dejó de admirarse algun tanto, y mas cuando oyó que le habian hablado en su negocio como en cosa sabida, porque las razones que el cura le dijo asi lo dieron á entender, y asi respondió desta manera: bien veo yo, señores, quien quiera que seais, que el cielo, que tiene cuidado de socorrer á los buenos, y aun á los malos muchas veces, sin yo merecerlo me envia, en estos tan remotos y apartados lugares del trato comun de las gentes, algunas personas, que poniéndome delante de los ojos con vivas y varias razones cuán sin ella ando en hacer la vida que hago, han procurado sacarme desta á mejor parte; pero como no saben que sé yo que en saliendo deste daño he de caer en otro mayor, quizá me deben de tener por hombre de flacos discursos, y aun lo que peor seria por de ningun juicio; y no seria maravilla que asi fuese, porque á mí se me trasluce que la fuerza de la imaginacion de mis desgracias es tan intensa y puede tanto en mi perdicion, que sin que yo pueda ser parte á estorbarlo vengo á quedar como piedra, falto de todo buen sentido y conocimiento, y vengo á caer en la cuenta desta verdad cuando algunos me dicen y muestran señales de las cosas que he hecho en tanto que aquel terrible accidente me señorea, y no sé mas que dolerme en vano, y maldecir sin provecho mi ventura, y dar por disculpas de mis locuras el decir la causa dellas á cuantos oirla quieren; porque viendo los cuerdos cuál es la causa no se maravillarán de los efectos, y si no me dieren remedio, á lo menos no me darán culpa, convir-

_____

(1) Las demas ediciones ponen este verso asi:

La justa paz cubierta con un velo;

pero de esta manera queda el soneto ininteligible. Hartzenbusch sugiere la correccion que hemos hecho, fundándose en sólidas razones.—F. C.

tiéndoseles el enojo de mi desenvoltura en lástima de mis desgracias; y si es que vosotros, señores, venís con la misma intencion que otros han venido, antes que paseis adelante en vuestras discretas persuasiones, os ruego que escucheis el cuento, que no le tiene, de mis desventuras, porque quizá despues de entendido ahorrareis del trabajo que tomáreis en consolar un mal que de todo consuelo es incapaz.

Los dos, que no deseaban otra cosa que saber de su misma boca la causa de su daño, le rogaron se la contase, ofreciéndole de no hacer otra cosa de la que él quisiese en su remedio ó consuelo: y con esto el triste caballero comenzó su lastimera historia casi por las mismas palabras y pasos que la habia contado á Don Quijote y al cabrero pocos dias atrás, cuando por ocasion del maestro Elisabad y puntualidad de Don Quijote el guardar el decoro á la caballería, se quedó el cuento imperfecto, como la historia lo deja contado; pero ahora quiso la buena suerte que se detuvo el accidente de la locura, y le dió lugar de contarlo hasta el fin; y asi llegando al paso del billete que habia hallado don Fernando entre el libro de Amadis de Gaula, dijo Cardenio que le tenia bien en la memoria, y que decia desta manera:

LUSCINDA Á CARDENIO.

Cada dia descubro en vos valores que me obligan y fuerzan á que en mas os estime; y asi, si quisiéredes sacarme desta deuda sin ejecutarme en la honra, lo podreis muy bien hacer: padre tengo que os conoce y que me quiere bien, el cual sin forzar mi voluntad cumplirá lo que será justo que vos tengais, si es que me estimais como decis y como yo creo.

Por este billete me moví á pedir á Luscinda por esposa, como ya os he contado, y éste fue por quien quedó Luscinda en la opinion de don Fernando por una de las mas discretas y avisadas mujeres de su tiempo, y este billete fue el que le puso en deseo de destruirme antes que el mio se efectuase. Díjele yo á don Fernando en lo que reparaba el padre de Luscinda, que era en que mi padre se la pidiese, lo cual yo no le osaba decir, temeroso que no vendria en ello, no porque no tuviese bien conocida la calidad, bondad, virtud y hermosura de Luscinda, y que tenia partes bastantes para ennoblecer cualquiera otro linaje de España, sino porque yo entendia dél que deseaba que no me casase tan presto hasta ver lo que el duque Ricardo hacia conmigo. En resolucion, le dije que no me aventuraba á decírselo á mi padre, asi por aquel inconveniente, como por otros muchos que me acobardaban, sin saber cuáles eran, sino que me parecia que lo que yo desease jamás habia de tener efecto. A todo esto me respondió don Fernando que él se encargaba de hablar á mi padre, y hacer con él que hablase al de Luscinda. ¡Oh Mario ambicioso! ¡oh Catilina cruel! ¡oh Sila facineroso! ¡oh Galalon embustero! ¡oh Vellido traidor! ¡oh Julian vengativo! ¡oh Judas codicioso! Traidor, cruel, vengativo y embustero, ¿ qué deservicios te habia hecho este triste, que con tanta llaneza te descubrió los secretos y contentos de su corazon? ¿qué ofensa te hice? ¿ qué palabras te dije, ó qué consejos te dí, que no fuesen todos encaminados á acrecentar tu honra y tu provecho? Mas ¿de qué me quejo, desventurado de mí, pues es cosa cierta que cuando traen las desgracias la corriente desde las estrellas, como vienen de alto abajo, despeñándose con furor y con violencia, no hay fuerza en la tierra que las detenga, ni industria humana que prevenirlas pueda? ¡ Quién pudiera imaginar que don Fernando, caballero ilustre, discreto, obligado de mis servicios, poderoso para alcanzar lo que el deseo amoroso le pidiese, donde quiera que le ocupase, se habia de enconar, como suele decirse, en tomarme á mí una sola oveja que aun no poseia! Pero quédense estas consideraciones aparte como inútiles y sin provecho, y añudemos el roto hilo de mi desdichada historia.

Digo, pues, que pareciéndole á don Fernando que mi presencia le era inconveniente para poner en ejecucion su falso y mal pensamiento, determinó de enviarme á su hermano mayor con ocasion de pedirle unos dineros para pagar seis caballos, que de industria y solo para este efecto de que me ausentase, para poder mejor salir con su dañado intento, el mismo dia que ofreció hablar á mi padre, compró y quiso que yo fuese por el dinero. ¿Pude yo prevenir esta tracion? ¿pude por ventura caer en imaginarla? No por cierto, antes con grandísimo gusto me ofrecí á partir luego, contento de la buena compra hecha. Aquella noche hablé con Luscinda, y le dije lo que con don Fernando quedaba concertado, y que tuviese firme esperanza de que tendrian efecto nuestros buenos y justos deseos. Ella me dijo, tan segura (1) como yo de la traicion de don Fernando, que procurase volver presto, porque creia que no tardaria mas la conclusion de nuestras voluntades, de lo que tardase mi padre en hablar al suyo. No sé qué se fue, que en acabando de decirme esto se le llenaron los ojos de lágrimas, y un nudo se le atravesó en la garganta, que no le dejaba hablar palabra de otras muchas que me pareció que procuraba decirme. Quedé admirado deste nuevo accidente hasta allí jamás en ella visto, porque siempre nos hablábamos, las veces que la buena fortuna y mi diligencia lo concedia, con todo regocijo y contento, sin mezclar en nuestras pláticas lágrimas, suspiros, zelos, sospechas ó temores: todo era engrandecer yo mi ventura por habérmela dado el cielo por señora: exageraba su belleza, admirábame de su valor y entendimiento, volvíame ella el recambio alabando en mí lo que como enamorada le parecia digno de alabanza. Con esto nos contábamos cien mil niñerías y acaecimientos de nuestros vecinos

_____
(1) *Tan segura* quiere decir aqui *tan ajena ó ignorante.*—C.

y conocidos, y á lo que mas se estendia mi desenvoltura era á tomarle casi por fuerza una de sus bellas y blancas manos, y llegarla á mi boca, segun daba lugar la es'recheza de una baja reja que nos dividia; pero la noche que precedió al triste dia de mi partida, ella lloró, gimió y suspiró, y se fué, y me dejó lleno de confusion y sobresalto, espantado de haber visto tan nuevas y tan tristes muestras de dolor y sentimiento en Luscinda; pero por no destruir mis esperanzas, todo lo atribuí á la fuerza del amor que me tenia, y al dolor que suele causar la ausencia en los que bien se quieren. En fin, yo me partí triste y pensativo, lleno el alma de imaginaciones y sospechas, sin saber lo que sospechaba ni imaginaba: claros indicios que mostraban el triste suceso y desventura que me estaba guardada.

Llegué al lugar donde era enviado, dí las cartas al hermano de don Fernando, fuí bien recibido, pero no bien despachado, porque me mandó aguardar, bien á mi disgusto, ocho dias, y en parte donde el duque su padre no me viese, porque su hermano le escribia que le enviase cierto dinero sin su sabiduría; y todo fue invencion del falso don Fernando, pues no le faltaban á su hermano dineros para despacharme luego. Orden y mandato fue éste que me puso en condicion de no obedecerle, por parecerme imposible sustentar tantos dias la vida en el ausencia de Luscinda, y mas habiéndola dejado con la tristeza que os he contado; pero con todo esto obedecí como buen criado, aunque veia que habia de ser á costa de mi salud; pero á los cuatro dias llegó un hombre en mi busca con una carta que me dió, que en el sobrescrito conocí ser de Luscinda, porque la letra dél era suya. Abríla temeroso y con sobresalto, creyendo que cosa grande debia de ser la que la habia movido á escribirme estando ausente, pues presente pocas veces lo hacia. Preguntéle al hombre antes de leerla quién se la habia dado y el tiempo que habia tardado en el camino: díjome que acaso pasando por una·calle de la ciudad á la hora de medio dia, una señora muy hermosa le llamó desde una ventana, los ojos llenos de lágrimas, y que con mucha priesa le dijo: hermano, si sois cristiano como pareceis, por amor de Dios os ruego que encamineis luego luego esta carta al lugar y á la persona que dice el sobrescrito, que todo es bien conocido, y en ello hareis un gran servicio á nuestro Señor; y para que no os falte comodidad de poderlo hacer, tomad lo que va en este pañuelo: y diciendo esto me arrojó por la ventana un pañuelo donde venian atados cien reales y esta sortija de oro que aquí traigo, con esta carta que os he dado. Y luego sin aguardar respuesta mia se quitó de la ventana, aunque primero vió cómo yo tomé la carta y el pañuelo, y por señas le dije que haria lo que me mandaba; y asi, viéndome tan bien pagado del trabajo

que podia tomar en traérosla, y conociendo por el sobrescrito que érades vos á quien se enviaba, porque yo, señor, os conozco muy bien, y obligado asimismo de las lágrimas de aquella hermosa señora, determiné de no fiarme de otra persona, sino venir yo mismo á dárosla, y en diez y seis horas que há que se me dió he hecho el camino que sabeis, que es de diez y ocho leguas. En tanto que el agradecido y nuevo correo esto me decia, estaba yo colgado de sus palabras, temblándome las piernas de manera que apenas podia sostenerme. En efecto, abrí la carta, y ví que contenia estas razones:

La palabra que don Fernando os dió de hablar á vuestro padre para que hablase al mio, la ha cumplido mucho mas en su gusto que en vuestro provecho. Sabed, señor, que él me ha pedido por esposa, y mi padre, llevado de la ventaja que él piensa que don Fernando os hace, ha venido en lo que quiere con tantas veras, que de aquí á dos dias se ha de hacer el desposorio, tan secreto y tan á solas, que solo han de ser testigos los cielos y alguna gente de casa. Cual yo quedo, imaginaldo: si os cumple venir, veldo; y si os quiero bien ó no, el suceso deste negocio os lo dará á entender. A Dios plega que ésta llegue á vuestras manos antes que la mia se vea en condicion de juntarse con la de quien tan mal sabe guardar la fe que promete.

Estas en suma fueron las razones que la carta contenia, y las que me hicieron poner luego en camino sin esperar otra respuesta ni otros dineros: que bien claro conocí entonces que no la compra de los caballos, sino la de su gusto, habia movido á don Fernando á enviarme á su hermano. El enojo que contra don Fernando concebí, junto con el temor de perder la prenda que con tantos años de servicios y deseos tenía grangeada, me pusieron alas, pues casi como en vuelo otro dia me puse en mi lugar al punto y hora que convenia para ir hablar á Luscinda. Entré secreto, y dejé una mula en que venia en casa del buen hombre que me habia llevado la carta, y quiso la suerte que entonces la tuviese tan buena, que hallé á Luscinda puesta á la reja testigo de nuestros amores. Conocióme Luscinda luego, y conocíla yo; mas no como debia ella conocerme, y yo conocerla. Pero ¿ quién hay en el mundo que se pueda alabar que ha penetrado y sabido el confuso pensamiento y condicion mudable de una mujer? Ninguno por cierto. Digo, pues, que asi como Luscinda me vió me dijo : Cardenio, de boda estoy vestida, ya me están aguardando en la sala don Fernando el traidor y mi padre el codicioso, con otros testigos que antes lo serán de mi muerte que de mi desposorio. No te turbes, amigo, sino procura hallarte presente á este sacrificio, el cual si no pudiere ser estorbado de mis razones, una daga llevo escondida, que podrá estorbar mis determinadas fuerzas, dando fin á mi vida y principio á que conozcas la voluntad que te he tenido y tengo. Yo le respondí turbado y apriesa, temeroso no me faltase lugar para responderla : hagan, señora, tus obras verdaderas tus palabras, que si tú llevas daga para acreditarte, aquí llevo yo espada para defenderte con ella, ó para matarme si la suerte nos fuere contraria. No creo que pudo oir todas estas razones, porque sentí que la llamaban apriesa porque el desposado aguardaba. Cerróse con esto la noche de mi tristeza, pusóseme el sol de mi alegría, quedé sin luz en los ojos y sin discurso en el entendimiento. No acertaba á entrar en su casa ni podia moverme á parte alguna; pero considerando cuánto importaba mi presencia para lo que suceder pudiese en aquel caso, me animé lo mas que pude y entré en su casa, y como ya sabia muy bien todas sus entradas y salidas, y mas con el alboroto que de secreto en ella andaba, nadie me echó de ver : asi que sin ser visto, tuve lugar de ponerme en el hueco que hacia una ventana de la misma sala, que con las puntas y remates de dos tapices se cubria, por entre las cuales podia yo ver sin ser visto todo cuanto en la sala se hacia. ¡ Quién pudiera decir ahora los sobresaltos que me dió el corazon mientras allí estuve! ¡ los pensamientos que me ocurrieron! ¡ las consideraciones que hice! que fueron tantas y tales, que ni se pueden decir, ni aun es bien que se digan : basta que sepais que el desposado entró en la sala sin otro adorno que los mismos vestidos ordinarios que solia. Traia por padrino á un primo hermano de Luscinda, y en toda la sala no habia persona de fuera, sino los criados de casa. De allí á un poco salió de una recámara Luscinda acompañada de su madre y de dos doncellas suyas, tan bien aderezada y compuesta como su calidad y hermosura merecian, y como quien era la perfeccion de la gala y bizarría cortesana. No me dió lugar mi suspension y arrobamiento para que mirase y notase en particular lo que traia vestido, solo pude advertir los colores, que eran encarnado y blanco, y las vislumbres que las piedras y joyas del tocado y de todo el vestido hacian, á todo lo cual se aventajaba la belleza singular de sus hermosos y rubios cabellos, tales que en competencia de las preciosas piedras y de las luces de cuatro hachas que en la sala estaban, la suya con mas resplandor á los ojos ofrecian. ¡ Oh memoria enemiga, mortal de mi descanso! ¡ De qué sirve representarme ahora la incomparable belleza de aquella adorada enemiga mia! ¿ No será mejor, cruel memoria, que me acuerdes y representes lo que entonces hizo, para que movido de tan manifiesto agravio procure, ya que no la venganza, á lo menos perder la vida? No os canseis, señores, de oir estas digresiones que hago, que no es mi pena de aquellas que puedan ni deban contarse sucintamente y de paso, pues cada circunstancia suya me parece á mí que es digna de un largo discurso. A esto le respondió el cura, que no solo no se cansaban en oirle, sino que les daba mucho gusto las menudencias que contaba, por ser tales que merecian no pasarse en silencio, y la misma atencion que lo principal del cuento.

Digo, pues, prosiguió Cardenio, que estando todos en la sala entró el cura de la parroquia, y tomando á los dos por la mano para hacer lo que en tal acto se requiere, al decir : *¿ quereis, señora Luscinda, al señor don Fernando, que está presente, por vuestro legítimo esposo, como lo manda la santa madre iglesia!* Yo saqué toda la cabeza y cuello de entre los tapices, y con atentísimos oidos y alma turbada me puse á escuchar lo que Luscinda respondia, esperando de su respuesta la sentencia de mi muerte, ó la confirmacion de mi vida. ¡ Oh quién se atreviera á salir entonces diciendo á voces : ¡ ah Luscinda, Luscinda! mira lo que haces, considera lo que me debes, mira que eres mia, y que no puedes ser de otro. Advierte que al decir tú *si*, y el acabárseme la vida, ha de ser todo á un punto! ¡ Ah traidor don Fernando, robador de mi gloria, muerte de mi vida! ¿ Qué quieres? ¿ qué pretendes? Considera que no puedes cristianamente llegar al fin de tus deseos, porque Luscinda es mi esposa, y yo soy su marido. ¡ Ah loco de mí! ahora que estoy ausente y lejos del peligro digo que habia de hacer lo que no hice : ahora que dejé robar mi cara prenda, maldigo al robador, de quien pudiera vengarme si tuviera corazon para ello, como lo tengo para quejarme : en fin, pues fuí entonces cobarde y necio, no es mucho que muera ahora corrido, arrepentido y loco. Estaba esperando el cura la respuesta de Luscinda, que se detuvo un buen espacio en darla, y cuando yo pensé que sacaba la daga para acreditarse, ó desataba la lengua para decir alguna verdad ó desengaño que en mi provecho redundase, oigo que dijo con voz desmayada y flaca : *si quiero* ; y lo mismo dijo don Fernando, y dándole el anillo quedaron en indisoluble nudo ligados. Llegó el desposado á abrazar á su esposa, y ella poniéndose la mano sobre el corazon, cayó desmayada en los brazos de su madre. Resta ahora decir cuál quedé yo viendo en el *si* que habia oido burladas mis esperanzas, falsas las palabras y·

promesas de Luscinda, imposibilitada de cobrar en algun tiempo el bien que en aquel instante habia perdido. Quedé falto de consejo, desamparado á mi parecer de todo el cielo, hecho en enemigo de la tierra que me sustentaba negándome el aire aliento para mis suspiros, y el agua humor para mis ojos: solo el fuego se acrecentó de manera que todo ardia de rabia y de zelos. Alborotáronse todos con el desmayo de Luscinda, y desabrochándole su madre el pecho para que le diese el aire, se descubrió en él un papel cerrado, que don Fernando tomó luego y se lo puso á leer á la luz de una de las hachas, y en acabando de leerle se sentó en una silla, y se puso la mano en la mejilla con muestras de hombre muy pensativo, sin acudir á los remedios que á su esposa se hacian para que del desmayo volviese.

Yo viendo alborotada toda la gente de casa me aventuré á salir, ora fuese visto ó no, con determinacion que si me viesen de hacer un desatino tal, que todo el mundo viniera á entender la justa indignacion de mi pecho en el castigo del falso don Fernando, y aun en el mudable de la desmayada traidora; pero mi suerte, que para mayores males, si es posible que los haya, me debe de tener guardado, ordenó que en aquel punto me sobrase el entendimiento que despues acá me ha faltado; y asi sin querer tomar venganza de mis mayores enemigos (que por estar tan sin pensamiento mio (1) fuera fácil tomarla) quise tomarla de mi mano, y ejecutar en mí la pena que ellos merecian; y aun quizá con mas rigor del que con ellos se usara si entonces les diera muerte, pues la que se recibe repentina presto acaba la pena; mas la que se dilata con tormentos siempre mata sin acabar la vida. En fin, yo salí de aquella casa, y vine á la de aquel donde habia dejado la mula: hice que me la ensillase: sin despedirme dél subí en ella, y salí de la ciudad sin osar, como otro Lot, volver el rostro á miralla; y cuando me ví en el campo solo, y que la oscuridad de la noche me encubria y su silencio convidaba á quejarme, sin respeto ó miedo de ser escuchado ni conocido, solté la voz y desaté la lengua en tantas maldiciones de Luscinda y de don Fernando, como si con ellas satisfaciera el agravio que me habian hecho. Dile títulos de cruel, de ingrata, de falsa y desagradecida; pero sobre todos de codiciosa, pues la riqueza de mi enemigo la habia cerrado los ojos de la voluntad para quitármela á mí, y entregarla á aquel con quien mas liberal y franca la fortuna se habia mostrado. Y en mitad de la fuga destas maldiciones y vituperios la desculpaba, diciendo que no era mucho que una doncella recogida en casa de sus padres, hecha y acostumbrada siempre á obedecerlos, hubiese querido condescender con su gusto, pues le daban por esposo á un caballero tan principal, tan rico y tan gentil hombre, que á no querer recibirle se podia pensar ó que no tenia juicio, ó que en otra parte tenia la voluntad, cosa que redundaba tan en perjuicio de su buena opinion y fama. Luego volvia diciendo, que puesto que ella dijera que yo era su esposo, vieran ellos que no habia hecho en escogerme tan mala eleccion que no la disculparan, pues antes de ofrecérseles don Fernando no pudieran ellos mismos acertar á desear, si con razon midiesen su deseo, otro mejor que yo para esposo de su hija, y que bien pudiera ella antes de ponerse en el trance forzoso y último de dar la mano, decir que ya yo le habia dado la mia; que yo viniera y condescendiera con todo cuanto ella acertara á fingir en este caso. En fin me resolví en que poco amor, poco juicio, mucha ambicion, y deseos de grandezas hicieron que se olvidase de las palabras con que me habia engañado, entretenido y sustentado en mis firmes esperanzas y honestos deseos.

Con estas voces y con esta inquietud caminé lo que quedaba de la noche, y dí al amanecer en un

entrada destas sierras, por las cuales caminé otros tres dias sin senda ni camino alguno, hasta que vine á parar á unos prados, que no sé á qué mano destas montañas caen, y allí pregunté á unos ga-

(1) O tan ajenos de pensar en mí.—P.

naderos qué hácia dónde era lo mas áspero destas sierras. Dijéronme que hácia esta parte, luego me encaminé á ella con intencion de acabar aquí la vida ; y en entrando por estas asperezas, del cansancio y de la hambre se cayó mi mula muerta, ó lo que yo mas creo, por desechar de sí tan inútil carga como en mí llevaba. Yo quedé á pie, rendido de la naturaleza, traspasado de hambre, sin tener ni pensar buscar quién me socorriese. De aquella manera estuve no sé qué tiempo tendido en el suelo, al cabo del cual me levanté sin hambre, y hallé junto á mí á unos cabreros que sin duda debieron de ser los que mi necesidad remediaron, porque ellos me dijeron de la manera que me habian hallado, y cómo estaba diciendo tantos desatinos, que daba indicios claros de haber perdido el juicio : y yo he sentido en mí despues acá que no todas las veces le tengo cabal, sino tan desmedrado y flaco, que hago mil locuras, rasgándome los vestidos, dando voces por estas soledades, maldiciendo mi ventura, y repitiendo en vano el nombre amado de mi enemiga, sin tener otro discurso ni intento entonces que procurar acabar la vida voceando, y cuando en mí vuelvo me hallo tan cansado y molido, que apenas puedo moverme. Mi mas comun habitacion es el hueco de un alcornoque capaz de cubrir este miserable cuerpo. Los vaqueros y cabreros que andan por estas montañas, movidos de caridad me sustentan poniéndome el manjar por los caminos y por las peñas por donde entienden que acaso podré pasar y hallarlo ; y asi aunque entonces me falte el juicio, la necesidad natural me da á conocer el mantenimiento, y despierta en mí el deseo de apetecerlo y la voluntad de tomarlo : otras veces me dicen ellos cuando me encuentran con juicio, que yo salgo á los caminos y que se lo quito por fuerza, aunque me lo den de grado, á los pastores que vienen con ello del lugar á las majadas. Desta manera paso mi miserable y estrema vida (1), hasta que el cielo sea servido de conducirla á su último fin, ó de ponerle en mi memoria para que no me acuerde de la hermosura y de la traicion de Luscinda y del agravio de don Fernando ; que si esto él hace sin quitarme la vida, yo volveré á mejor discurso mis pensamientos, donde no, no hay sino rogarle que absolutamente tenga misericordia de mi alma, que yo no siento en mí valor ni fuerzas para sacar el cuerpo de esta estrecheza en que por mi gusto he querido ponerle.

Esta es, oh señores, la amarga historia de mi desgracia : ¿ decidme si es tal que pueda celebrarse con menos sentimientos que los que en mí habeis visto? Y no os canseis en persuadirme ni aconsejarme lo que la razon os dijere que puede ser bueno para mi remedio, porque ha de aprovechar conmigo lo que aprovecha la medicina recetada de famoso médico al enfermo que recibir no la quiere : yo no quiero salud sin Luscinda ; y pues ella gusta de ser agena siendo ó debiendo ser mia, guste yo de ser de la desventura pudiendo haber sido de la buena dicha : ella quiso con su mudanza hacer estable mi perdicion, yo querré con procurar perderme hacer contenta su voluntad, y será ejemplo á los por venir de que á mí solo faltó lo que á todos los desdichados sobra, á los cuales suele ser consuelo la imposibilidad de tenerle, y en mí es causa de mayores sentimientos y males, porque aun pienso que no se han de acabar con la muerte.

Aquí dió fin Cardenio á su larga plática y tan desdichada como amorosa historia ; y al tiempo que el cura se prevenia para decirle algunas razones de consuelo le suspendió una voz que llegó á sus oidos, que en lastimados acentos oyeron que decia lo que se dirá en la cuarta (2) parte desta narracion ; que en este punto dió fin á la tercera el sabio y atentado historiador Cide Hamete Benengeli.

CAPITULO XXVIII.

Que trata de la nueva y agradable aventura que al cura y barbero sucedió en la misma Sierra.

FELICÍSIMOS y venturosos fueron los tiempos donde se echó al mundo el audacísimo caballero Don Quijote de la Mancha, pues por haber tenido tan honrosa determinacion como fue el querer resucitar y volver al mundo la ya perdida y casi muerta órden de la andante caballería, gozamos ahora en esta nuestra edad, necesitada de alegre entretenimiento, no solo de la dulzura de su verdadera historia, sino de los cuentos y episodios della, que en parte no son menos agradables y artificiosos y verdaderos que la misma historia : la cual prosiguiendo su rastrillado, torcido y aspado hilo cuenta que asi como el cura comenzó á prevenirse para consolar á Cardenio, lo impidió una voz que llegó á sus oidos, que con tristes acentos decia desta manera :

¡ Ay Dios ! ¿ si será posible que he ya hallado lugar que pueda servir de escondida sepultura á la carga pesada de este cuerpo, que tan contra mi voluntad sostengo ? Si será, si la soledad que prometen estas sierras no me miente. ¡ Ay desdichada ! ¡ y cuán mas agradable compañía harán estos riscos y malezas á mi intencion, pues me darán lugar para que con quejas comunique mi desgracia al cielo, que no la de ningun ser humano, pues no hay ninguno en la tierra de quien se pueda esperar consejo en las dudas, alivio en las quejas, ni remedio en los males !

Todas estas razones oyeron y percibieron el cura y los que con él estaban, y por parecerles, como ello era, que allí junto las decian, se levantaron á buscar el dueño, y no hubieron andado veinte pa-

(1) Como si dijera, *la estremidad, el fin, lo que resta de mi miserable vida.*—C.
(2) En el capítulo siguiente, que es el XXVIII, comienza la cuarta y *última* parte de las cuatro en que Cervantes dividió el primer tomo.—A.

sos cuando detrás de un peñasco vieron sentado al pie de un fresno á un mozo vestido como labrador, al cual, por tener inclinado el rostro á causa de que se lavaba los pies en el arroyo que por allí corria, no se le pudieron ver por entonces; y ellos llegaron con tanto silencio, que dél no fueron sentidos, ni él estaba á otra cosa atento que á lavarse los pies, que eran tales que no parecian sino dos pedazos de blanco cristal, que entre las otras piedras del arroyo se habian nacido. Suspendióles la blancura y belleza de los pies, pareciéndoles que no estaban hechos á pisar terrones, ni á andar tras el arado y los bueyes, como mostraba el hábito de su dueño, y asi viendo que no habian sido sentidos, el cura, que iba delante, hizo señas á los otros dos que se agazapasen ó escondiesen detrás de unos pedazos de peña que allí habia: asi lo hicieron todos, mirando con atencion lo que el mozo hacia, el cual traia puesto un capotillo pardo de dos haldas muy ceñido al cuerpo con una tohalla blanca: traia asimismo unos calzones (1) y polainas de paño pardo, y en la cabeza una montera parda: tenia las polainas levantadas hasta la mitad de la pierna, que sin duda alguna de blanco alabastro parecia: acabóse de lavar los

hermosos pies, y luego con un paño de tocar, que sacó debajo de la montera, se los limpió; y al querer quitársele alzó el rostro, y tuvieron lugar los que mirándole estaban de ver una hermosura incomparable, tal que Cardenio dijo al cura con voz baja: esta, ya que no es Luscinda, no es persona humana, sino divina. El mozo se quitó la montera, y sacudiendo la cabeza á una y otra parte, se comenzaron á descoger y desparcir unos cabellos que pudieran los del sol tenerles envida: con esto conocieron que el que parecia labrador era mujer y delicada, y aun la mas hermosa que hasta entonces los ojos de los dos habian visto y aun los de Cardenio, si no hubieran mirado y conocido á Luscinda, que despues afirmó que solo la belleza de Luscinda podia contender con aquella. Los luengos y rubios cabellos no solo le cubrieron las espaldas, mas toda en torno la escondieron debajo de ellos, que si no eran los pies, ninguna otra cosa de su cuerpo se parecia: tales y tantos eran. En esto les sirvieron de peine unas manos, que si los pies en el agua habian parecido pedazos de cristal, las manos en los cabellos semejaban pedazos de apretada nieve: todo lo cual en mas admiracion y en mas deseo de saber quién era ponia á los tres que la miraban. Por esto determinaron de mostrarse, y al movimiento que hicieron de ponerse en pie, la hermosa moza alzó la cabeza, y apartándose los cabellos de delante de

(1) Un género de gregüescos (dice Covarrubias en su *Tesoro*) ó zaragüelles: muchas veces se toma por las sobrecalzas, que por otro nombre se llaman polainas.—P.

los ojos con entrambas manos, miró les que el ruido hacian, y apenas los hubo visto cuando se levantó en pie, y sin aguardar á calzarse ni á recoger los cabellos, asió con mucha presteza un bulto como de ropa que junto á sí tenia, y quiso ponerse en huida llena de turbacion y sobresalto; mas no hubo dado seis pasos, cuando no pudiendo sufrir los delicados pies la aspereza de las piedras, dió consigo en el suelo: lo cual visto por los tres salieron á ella, y el cura fue el primero que le dijo: deteneos, señora, quien quiera que seais, que los que aquí veis solo tienen intencion de serviros: no hay para qué os pongais en tan impertinente huida, porque ni vuestros pies lo podrán sufrir, ni nosotros consentir. A todo esto ella no respondia palabra, atónita y confusa. Llegaron pues á ella, y asióndola por la mano el cura, prosiguió diciendo: lo que vuestro trage, señora, nos niega, vuestros cabellos nos descubren, señales claras de que no deben de ser de poco momento las causas que han disfrazado vuestra belleza en hábito tan indigno, y traídola á tanta soledad como es esta, en la cual ha sido ventura el hallaros, si no para dar remedio á vuestros males, á lo menos para darles consejo, pues ningun mal puede fatigar tanto, ni llegar tan al estremo de serlo, mientras no acaba la vida, que rehuya de escuchar siquiera el consejo que con buena intencion se le da al que lo padece. Asi que, señora mia, ó señor mio, ó lo que vos quisiéredes ser, perded el sobresalto que nuestra vista os ha causado, y contadnos vuestra vuena ó mala suerte, que en nosotros juntos ó en cada uno hallareis quien os ayude á sentir vuestras desgracias.

En tanto que el cura decia estas razones, estaba la disfrazada moza como embelesada, mirándolos á todos sin mover labio ni decir palabra alguna, bien asi como rústico aldeano que de improviso se le muestran cosas raras y dél jamás vistas; mas volviendo el cura á decirle otras razones al mismo efecto encaminadas, dando ella un profundo suspiro rompió el silencio y dijo: pues que la soledad destas sierras no ha sido parte para encubrirme, ni la soltura de mis descompuestos cabellos ha permitido que sea mentirosa mi lengua, en balde seria fingir yo de nuevo ahora lo que si se me creyese, seria mas por cortesía que por otra razon alguna. Presupuesto esto, digo, señores, que os agradezco el ofrecimiento que me habeis hecho, el cual me ha puesto en obligacion de satisfaceros en todo lo que me habeis pedido, puesto que temo que la relacion que os hiciere de mis desdichas os ha de causar al par de la compasion la pesadumbre, porque no habeis de hallar medio para remediarlas ni consuelo para entretenerlas; pero con todo esto, porque no ande vacilando mi honra en vuestras intenciones, habiéndome ya conocido por mujer y viéndome moza, sola y en este trage, cosas todas juntas y cada una por sí que pueden echar por tierra cualquier honesto crédito, os habré de decir lo que quisiera callar si pudiera. Todo esto dijo sin parar la que tan hermosa mujer parecia, con tan suelta lengua, con voz tan suave, que no menos les admiró su discrecion que su hermosura: y tornándole á hacer nuevos ofrecimientos y nuevos ruegos para que lo prometido cumpliese, ella sin hacerse mas de rogar calzándose con toda honestidad y recogiendo sus cabellos, se acomodó en el asiento de una piedra, y puestos los tres alrededor della, haciéndose fuerza por detener algunas lágrimas que á los ojos se le venian, con voz reposada y clara comenzó la historia de su vida desta manera.

En esta Andalucía hay un lugar de quien toma título un duque, que le hace uno de los que llaman grandes de España: este tiene dos hijos, el mayor heredero de su estado y al parecer de sus buenas costumbres, y el menor no sé yo de qué sea heredero, sino de las traiciones de Bellido y de los embustes de Galalon. Deste señor son vasallos mis padres, humildes en linage, pero tan ricos, que si los bienes de su naturaleza igualaran á los de su fortuna, ni ellos tuvieran mas que desear, ni yo temiera verme en la desdicha en que me veo, porque quizá nace mi poca ventura de la que no tuvieron ellos en no haber nacido ilustres: bien es verdad que no son tan bajos que puedan afrentarse de su estado, ni tan altos que á mí me quiten la imaginacion que tengo de que de su humildad viene mi desgracia. Ellos en fin son labradores, gente llana, sin mezcla de alguna raza mal sonante, y como suele decirse cristianos viejos rancios, pero tan ricos, que su riqueza y magnífico trato les va poco á poco adquiriendo nombre de hidalgos y aun de caballeros, puesto que de la mayor riqueza y nobleza que ellos se preciaban era de tenerme á mí por hija; y asi por no tener otra ni otro que los heredase, como por ser padres y aficionados, yo era una de las mas regaladas hijas que padres jamás regalaron. Era el espejo en que se miraban, el báculo de su vejez, y el sugeto á quien encaminaban, midiéndolos con el cielo, todos sus deseos, de los cuales, por ser ellos tan buenos, los mios no salian un punto, y del mismo modo que yo era señora de sus ánimos, ansi lo era de su hacienda: por mí se recebian y despedian los criados: la razon y cuenta de lo que se sembraba y cogia pasaba por mi mano: los molinos de haceite, los lagares del vino, el número del ganado mayor y menor, el de las colmenas, finalmente de todo aquello que un tan rico labrador como mi padre puede tener y tiene, tenia yo la cuenta, y era la mayordoma y señora, con tanta solicitud mia y con tanto gusto suyo, que buenamente no acertaré á encarecerlo: los ratos que del dia me quedaban, despues de haber dado lo que convenia á los mayorales ó capataces, y á otros jornaleros, los entretenia en ejercicios que son á las doncellas tan lícitos como necesarios, como son los que ofrece la aguja y la almohadilla, y la rueca muchas veces; y si alguna por recrear el ánimo estos ejercicios dejaba, me acogia al entretenimiento de leer algun libro devoto, ó á tocar una arpa, porque la esperiencia me mostraba que la música compone los ánimos descompuestos, y alivia los trabajos que nacen del espíritu. Esta, pues, era la vida que yo tenia en casa de mis padres, la cual si tan particularmente he contado, no ha sido por ostentacion, ni por dar á entender que soy rica; sino porque se advierta cuán sin culpa he venido de aquel buen estado que he dicho al infelice en qué ahora me hallo. Es pues el caso, que pasando mi vida en tantas ocupaciones y en un encerramiento tal, que al de un monasterio pudiera compararse, sin ser vista, á mi parecer, de otra persona alguna que de los criados de casa, porque los dias que iba á misa era tan de mañana, y tan acompañada de mi madre y de otras criadas, y yo tan cubierta y recatada, que apenas vian mis ojos mas tierra de aquella donde ponia los pies, con todo esto, los del amor, ó los de la ociosidad por mejor decir, á quien los del lince no pueden igualarse, me vieron puestos en la solicitud de don Fernando, que es este el nombre del hijo menor del duque que os he contado.

No hubo bien nombrado á don Fernando la que el cuento contaba, cuando á Cardenio se le mudó la color del rostro, y comenzó á trasudar con tan grande alteracion, que el cura y el barbero, que miraron en ello, temieron que le venia aquel accidente de locura que habian oido decir que de cuando en cuando le venia: mas Cardenio no hizo otra cosa que trasudar y estarse quedo, mirando de hito en hito á la labradora, imaginando quién ella era, la cual sin advertir en los movimientos de Cardenio prosiguió su historia diciendo:

Y no me hubieron bien visto, cuando, segun él dijo despues, quedó tan preso de mis amores cuanto lo dieron bien á entender sus demostraciones. Mas por acabar presto con el cuento que no le tiene, de mis desdichas, quiero pasar en silencio las diligencias que don Fernando hizo para declararme su voluntad: sobornó toda la gente de mi casa, dió y ofreció dádivas y mercedes á mis parientes; los dias eran todos de fiesta y de regocijo en mi calle, las noches no dejaban dormir á nadie las músicas; los billetes, que sin saber cómo á mis manos venian, eran infinitos, llenos de enamoradas razones y ofrecimientos, con menos letras que promesas y juramentos: todo lo cual no solo no me ablandaba, pero me endurecia como si fuera mi mortal enemigo, y que todas las obras que para reducirme á su voluntad hacia, las hiciera para el efecto contrario; no porque á mí me pareciese mal la gentileza de don Fernando, ni que tuviese á demasía sus solicitudes, porque me daba un no sé qué de contento verme tan querida y estimada de un tan principal caballero, y no me pesaba ver en sus papeles mis alabanzas: que por feas que seamos las mujeres, me parece á mí que siempre nos gusta el oir que nos llaman hermosas; pero á todo esto se oponian mi honestidad y los consejos continuos que mis padres me daban, que ya muy al descubierto sabian la voluntad de don Fernando, porque yá á él no se le daba nada de que todo el mundo la supiese. Decianme mis padres que en sola mi virtud y bondad dejaban y depositaban su honra y fama, y que considerase la desigualdad que habia entre mí y don Fernando, y que por aquí echaria de ver que sus pensamientos, aunque él dijese otra cosa, mas se encaminaban á su gusto que á mi provecho, y que si yo quisiese poner en alguna manera algun inconveniente para que él se dejase de su injusta pretension, que ellos me casarian luego con quien yo mas gustase, asi de los mas principales de nuestro lugar, como de todos los circunvecinos, pues todo se podia esperar de su mucha hacienda y de mi buena fama. Con estos ciertos prometimientos, y con la verdad que ellos me decian, fortificaba yo mi entereza, y jamás quise responder á don Fernando palabra que le pudiese mostrar, aunque de muy lejos, esperanza de alcanzar su deseo. Todos estos recatos mios, que él debia de tener por desdenes, debieron de ser causa de avivar mas su lascivo apetito, que este nombre quiero dar á la voluntad que me mostraba, la cual, si ella fuera como decia, no la supiérades vosotros ahora, porque hubiera faltado la ocasion de decirosla.

Finalmente don Fernando supo que mis padres andaban por darme estado, por quitalle á él la esperanza de poseerme, ó á lo menos porque yo tuviese mas guardas para guardarme; y esta nueva ó sospecha fue causa para que hiciese lo que ahora oireis, y fue que una noche estando yo en mi aposento con sola la compañía de una doncella que me servia, teniendo bien cerradas las puertas por temor de que por descuido mi honestidad no se viese en peligro, sin saber ni imaginar cómo, en medio destos recatos y prevenciones, y en la soledad deste silencio y encierro, me le hallé delante, cuya vista me turbó de manera que me quitó la de mis ojos, y me enmudeció la lengua; y asi no fui poderosa de dar voces, ni aun él creo que me las dejara dar, porque luego se llegó á mí y tomándome entre sus brazos (porque yo, como digo, no tuve fuerzas para defenderme segun estaba turbada), comenzó á decirme tales razones, que no sé cómo es posible que tenga tanta habilidad la mentira, que las sepa componer de modo que parezcan tan verdaderas: hacia el traidor que sus lágrimas acreditasen sus palabras, y los suspiros su intencion. Yo, pobrecilla, sola entre los mios, mal ejercitada en casos semejantes, comencé no sé en qué modo á tener por verdaderas tantas falsedades, pero no de suerte que me moviesen á compasion menos que buena sus lágrimas y suspiros; y asi pasándome aquel sobresalto primero, torné algun tanto á cobrar mis perdidos espíritus, y con mas ánimo del que pensé que pudiera tener, le dije: si como estoy, señor, en tus brazos, estuviera entre los de un leon fiero, y el librarme dellos se me asegurara con que hiciera ó dijera cosa que fuera en perjuicio de mi honestidad, asi fuera posible hacella ó decilla como es posible dejar de haber sido lo que fue: asi que, si tú tienes ceñido mi cuerpo con tus brazos, yo tengo atada mi alma con mis buenos deseos, que son tan diferentes de los tuyos como lo verás, si con hacerme fuerza quisieres pasar adelante en ellos: tu vasalla soy, pero no tu esclava: ni tiene ni debe tener imperio la nobleza de tu sangre para deshonrar y tener en poco la humildad de la mia, y en tanto me estimo yo villana y labradora como tú señor y caballero: conmigo no han de ser de ningun efecto tus fuerzas, ni han de tener valor tus riquezas, ni tus palabras han de poder engañarme, ni tus suspiros y lágrimas enternecerme; si alguna de todas estas cosas que has dicho viera yo en el que mis padres me dieran por esposo, á su voluntad se ajustara la mia, y mi voluntad de la suya no saliera; de modo que como quedara con honra aunque quedara sin gusto, de

grado te entregara lo que tú, señor ahora con tanta fuerza procuras; todo esto he dicho, porque no hay pensar que de mí alcanzare cosa alguna el que no fuere mi legítimo esposo.

Si no reparas mas que en eso, bellísima Dorotea, que este es el nombre desta desdichada, dijo el desleal caballero, ves aquí te doy la mano de serlo tuyo, y sean testigos desta verdad los cielos, á quien ninguna cosa se esconde, y esta imágen de nuestra señora que aquí tienes. Cuando Cardenio le oyó decir que se llamaba Dorotea tornó de nuevo á sus sobresaltos, y acabó de confirmar por verdadera su primera opinion; pero no quiso interrumpir el cuento, por ver en qué venia á parar lo que él ya casi sabia; solo dijo: qué ¿Dorotea es tu nombre, señora? Otra he oido yo decir del mismo, que quizá corre parejas con tus desdichas: pasa adelante, que tiempo vendrá en que te diga cosas que te espanten en el mismo grado que te lastimen. Reparó Dorotea en las razones de Cardenio y en su estraño y desastrado trage, y rogóle que si alguna cosa de su hacienda sabia se la dijese luego, porque si algo la habia dejado bueno la fortuna era el ánimo que tenia para sufrir cualquier desastre que le sobreviniese, segura de que á su parecer ninguno podia llegar que el que tenia acrecentase un punto. No le perdiera yo, señora, respondió Cardenio, en decirte lo que pienso, si fuera verdad lo que imagino, y hasta ahora no se pierde coyuntura, ni á tí te importa nada el saberlo. Sea lo que fuere, respondió Dorotea, lo que en mi cuento pasa fue, que tomando don Fernando una imágen que en aquel aposento estaba, la puso por testigo de nuestro desposorio: con palabras eficacísimas y juramentos estraordinarios me dió la palabra de ser mi marido, puesto que antes que acabase de decirlas le dije que mirase bien lo que hacia, y que considerase el enojo que su padre habia de recebir de verle casado con una villana vasalla suya; que no le cegase mi hermosura tal cual era, pues no era bastante para hallar en ella disculpa de su yerro, y que si algun bien me queria hacer por el amor que me tenia, uese dejar correr mi suerte á lo igual de lo que mi calidad pedia, porque nunca los tan desiguales casamientos se gozan, ni duran mucho en aquel gusto con que se comienzan.

Todas estas razones que aquí he dicho le dije, y otras muchas de que no me acuerdo; pero no fueron parte para que él dejase de seguir su intento, bien ansi como el que no piensa pagar, que al concertar de la barata (1) no repara en inconvenientes. Yo á esta sazon hice un breve discurso conmigo, y me dije á mí misma: sí, que no seré yo la primera que por vía de matrimonio haya subido de humilde á grande estado, ni será don Fernando el primero á quien hermosura ó ciega aficion, que es lo mas cierto, haya hecho tomar compañia desigual á su grandeza: pues si no hago ni mundo ni uso nuevo, bien es acudir á esta honra que la suerte me ofrece, puesto que en este no dure mas la voluntad que me muestra, de cuanto dure el cumplimiento de su deseo, que en fin para con Dios seré su esposa; y si quiero con desdenes despedille, en término le veo que no usando el que debe, usará el de la fuerza, y vendré á quedar deshonrada y sin disculpa de la culpa que me podrá dar el que no supiere cuán sin ella he venido á este punto: porque ¿qué razones serán bastantes para persuadir á mis padres y á otros que este caballero entró en mi aposento sin consentimiento mio? Todas estas demandas y respuestas revolví en un instante en la imaginacion, y sobre todo me comenzaron á hacer fuerza y á inclinarme á lo que fue sin yo pensarlo mi perdicion, los juramentos de don Fernando, los testigos que ponia, las lágrimas que derramaba, y finalmente su disposicion y gentileza, que acompañada con tantas muestra de verdadero amor, pudieran rendir á otro mas libre y recatado corazon que el mio. Llamé á mi criada para que en la tierra acompañase á los testigos del cielo: tornó don Fernando á reiterar y confirmar sus juramentos, añadió á los primeros nuevos santos por testigos, echóse mil futuras maldiciones sino me cumpliese lo que me prometia, volvió á humedecer sus ojos y á acrecentar sus suspiros, apretóme mas en sus brazos de los cuales jamás me habia dejado; y con esto y con volverse á salir del aposento mi doncella, yo dejé de serlo, y él acabó de ser traidor y fementido.

El dia que sucedió á la noche de mi desgracia se venia aun no tan apriesa como yo pienso que don Fernando deseaba, porque despues de cumplido aquello que el apetito pide, el mayor gusto que puede venir es apartarse de donde se alcanzó. Digo esto porque don Fernando dió priesa por partirse de mí, y por industria de mi doncella, que era la misma que allí le habia traido, antes que amaneciese se vió en la calle, y al despedirse de mí, aunque no con tanto ahinco y vehemencia como cuando vino, me dijo que estuviese segura de su fe, y de ser firmes y verdaderos sus juramentos, y para mas confirmacion de su palabra sacó un rico anillo del dedo y lo puso en el mio. En efecto, él se fué, y yo quedé ni sé si triste ó alegre: esto sé bien decir, que quedé confusa y pensativa, y casi fuera de mí con el nuevo acaecimiento, y no tuve ánimo ó no me acordé de reñir á mi doncella por la traicion cometida de encerrar á don Fernando en mi mismo aposento, porque aun no determinaba si era bien ó mal el que me habia sucedido. Díjele al partir á don Fernando que por el mismo camino de aquella podia verme otras noches, pues ya era suya, hasta que cuando él quisiese aquel hecho se publicase; pero no vino otra alguna, sino fue la siguiente, ni yo pude verle en la calle ni en la iglesia en mas de un mes, que en vano me cansé en solicitallo, puesto que supe que estaba en la villa y que los mas dias iba á caza, ejercicio de que él era muy aficionado. Estos dias y estas horas bien sé yo que para mí fueron aciagos y menguados, bien sé que comencé á dudar en ellas, y aun á descreer de la fe de don Fernando; y sé tambien que mi doncella oyó entonces las palabras que en represion de su atrevimiento antes no habia oido; y sé que me fue forzoso tener cuenta con mis lágrimas y con la compostura de mi rostro, por no dar ocasion á que mis padres me preguntasen que de qué andaba descontenta, y me obligasen á buscar mentiras que decilles; pero todo esto se acabó en un punto, llegándose uno donde se atropellaron respetos y se acabaron los honrados discursos, y adonde se perdió la paciencia y salieron á plaza mis secretos pensamientos. Y esto fue porque de allí á pocos dias se dijo en el lugar, como en una ciudad allí cerca se habia casado don Fernando con una doncella hermosísima en todo estremo, y de muy principales padres, aunque no tan rica que por la dote

(1) *Barata* es cambio ó contrato atropellado y fraudulento.—**C.**

pudiera aspirar á tan noble casamiento: díjose que se llamaba Luscinda, con otras cosas que en sus desposorios sucedieron dignas de admiracion.

Oyó Cardenio el nombre de Luscinda, y no hizo otra cosa que encoger los hombros, morderse los labios, enarcar las cejas, y dejar de allí á poco caer por sus ojos dos fuentes de lágrimas; mas no por esto dejó Dorotea de seguir su cuento diciendo: llegó esta triste nueva é mis oidos, y en lugar de helárseme el corazon en oilla, fue tanta la cólera y rabia que se encendió en él, que faltó poco para no salirme por las calles dando voces, publicando la alevosía y traicion que se me habia hecho; mas templóse esta furia por entonces con pensar de poner aquella misma noche por obra lo que puse, que fue ponerme en este hábito que me dió uno de los que llaman zagales en casa de los labradores, que era criado de mi padre, al cual descubrí toda mi desventura, y le rogué me acompañase hasta la ciudad donde entendí que mi enemigo estaba. Él despues que hubo reprendido mi atrevimiento y afeado mi determinacion, viéndome resuelta en mi parecer, se ofreció á tenerme compañía, como él dijo, hasta el cabo del mundo: luego al momento encerré en una almohada de lienzo un vestido de mujer y algunas joyas y dineros por lo que podia suceder, y en el silencio de aquella noche, sin dar cuenta á mi traidora doncella, salí de mi casa, acompañada de mi criado y de muchas imaginaciones, y me puse en camino de la ciudad á pie, llevada en vuelo del deseo de llegar, ya que no á estorbar lo que tenia por hecho, á lo menos á decir á don Fernando me dijese con qué alma lo habia hecho. Llegué en dos dias y medio adonde quería, y en entrando por la ciudad pregunté por la casa de los padres de Luscinda; y al primero á quien hice la pregunta me respondió mas de lo que yo quisiera oir: díjome la casa y todo lo que habia sucedido en el desposorio de su hija, cosa tan pública en la ciudad, que se hacen corrillos para contarla por toda ella: díjome que la noche que don Fernando se desposó con Luscinda, despues de haber ella dado el sí de ser su esposa le habia tomado un recio desmayo, y que llegando su esposo á desabrocharle el pecho para que le diese el aire, le halló un papel escrito de la misma letra de Luscinda, en que decia y declaraba que ella no podia ser esposa de don Fernando, porque lo era de Cardenio, que á lo que el hombre me dijo era un caballero muy principal de la misma ciudad, y que si habia dado el sí á don Fernando fue por no salir de la obediencia de sus padres. En resolucion, tales razones dijo que contenia el papel, que daba á entender que ella habia tenido intencion de matarse en acábandose de desposar, y daba allí las razones por qué se habia quitado la vida; todo lo cual dicen que confirmó una daga que la hallaron no sé en qué parte de sus vestidos. Todo lo cual visto por don Fernando, pareciéndole que Luscinda le habia burlado y escarnecido y tenido en poco, arremetió á ella antes que de su desmayo volviese, y con la misma daga que la hallaron la quiso dar de puñaladas, y lo hiciera si sus padres y los que se hallaron presentes no se lo estorbaran. Dijeron mas, que luego se ausentó don Fernando, y que Luscinda no habia vuelto de su parasismo hasta otro dia, que contó á sus padres cómo ella era verdadera esposa de aquel Cardenio que he dicho. Supe mas, que el Cardenio, segun decian, se halló presente á los desposorios; y que en viéudola desposada, lo cual él jamás pensó, se salió de la ciudad desesperado, dejando primero escrita una carta, donde daba á entender el agravio que Luscinda le habia hecho, y de como él se iba adonde gentes no le viesen. Esto todo era público y notorio en toda la ciudad, y todos hablaban dello, y mas hablaron cuando supieron que Luscinda habia faltado de casa de su padre y de la ciudad, pues no la hallaron en toda ella, de lo que perdian el juicio sus padres, y no sabian qué medio tomar para hallarla. Esto que supe puso en bando (1) mis esperanzas, y tuve por mejor no haber hallado á don Fernando, que hallarle casado, pareciéndome que aun no estaba del todo cerrada la puerta á mi remedio, dándome yo á entender que podria ser que el cielo hubiese puesto aquel impedimento en el segundo matrimonio por atraerle á conocer lo que al primero debia, y á caer en la cuenta de que era cristiano, y que estaba mas obligado á su alma que á los respetos humanos. Todas estas cosas revolvia en mi fantasía, y me consolaba sin tener consuelo, fingiendo unas esperanzas largas y desmayadas para entretener la vida que ya aborrezco.

Estando, pues, en la ciudad sin saber qué hacerme, pues á don Fernando no hallaba, llegó á mis oidos un público pregon donde se prometia grande hallazgo á quien me hallase, dando las señas de la edad y del mismo trage que traia, y oí que se decia que me habia sacado de casa de mis padres el mozo que conmigo vino; cosa que me llegó al alma, por ver cuán de caida andaba mi crédito, pues no bastaba perderle con mi huida, sin añadir el con quién, siendo sugeto tan bajo y tan indigno de mis buenos pensamientos. Al punto que oí el pregon me salí de la ciudad con mi criado, que ya comenzaba á dar muestras de titubear en la fidelidad que me tenia prometida, y aquella noche nos entramos por lo espeso desta montaña con el miedo de no ser hallados; pero como suele decirse que un mal llama á otro, y que el fin de una desgracia suele ser principio de otra mayor, asi me sucedió á mí, porque mi buen criado hasta entonces fiel y seguro, asi como me vió en esta soledad, incitado de su misma bellaquería antes que de mi hermosura, quiso aprovecharse de la ocasion que á su parecer estos yermos le ofrecian, y con poca vergüenza y menos temor de Dios ni respeto mio, me requirió de amores, y viendo que yo con feas y justas palabras respondia á la desvergüenza de sus

(1) Esto es, puso en duda mis esperanzas, porque como las tenia del todo perdidas, con esta noticia las hizo problemáticas, ó llegó á concebir algunas de nuevo.—Arr.

propuestas, dejó aparte los ruegos de quien primero pensó aprovecharse, y comenzó á usar de la fuerza; pero el justo cielo, que pocas veces deja de mirar y favorecer á las justas intenciones, favoreció las mias, de manera que con mis pocas fuerzas y con poco trabajo dí con él por un derrumbadero, donde le dejé, ni sé si muerto ó si vivo, y luego con mas ligereza que mi sobresalto y cansancio permitian, me entré por estas montañas sin llevar otro pensamiento ni otro designio que esconderme en ellas, y huir de mi padre y de aquellos que de su parte me andaban buscando. Con este deseo ha no sé cuántos meses que entré en ellas, donde hallé un ganadero que me llevó por su criado á un lugar que está en las entrañas desta sierra, al cual he servido de zagal todo este tiempo, procurando estar siempre en el campo por encubrir estos cabellos, que ahora tan sin pensarlo me han descubierto; pero toda mi industria y toda mi solicitud fue y ha sido de ningun provecho, pues mi amo vino en conocimiento de que yo no era varon, y nació en él el mismo mal pensamiento que en mi criado: y como no siempre la fortuna con los trabajos da los remedios, no hallé derrumbadero ni barranco por donde despeñar y despenar al amo como le hallé para el criado; y asi tuve por menor inconveniente dejalle y esconderme de nuevo entre estas asperezas, que probar con él mis fuerzas ó mis repulsas. Digo, pues, que me torné á emboscar, y á buscar dónde sin impedimento alguno pudiese con suspiros y lágrimas rogar al cielo se duela de mis desventuras, y me dé industria y favor para salir della, ó para dejar la vida entre estas soledades, sin que quede memoria desta triste, que tan sin culpa suya habrá dado materia para que de ella se hable y murmure en la suya y en las agenas tierras.

CAPITULO XXIX.

Que trata del gracioso artificio y órden que se tuvo en sacar á nuestro enamorado caballero de la asperísima penitencia en que se babia puesto (1).

Esta es, señores, la verdadera historia de mi tragedia: mirad y juzgad ahora si los suspiros que escuchastes, las palabras que oistes, y las lágrimas que de mis ojos salian, tenian ocasion bastante para mostrarse en mayor abundancia; y considerada la calidad de mi desgracia, vereis que será en vano el cónsuelo, pues es imposible el remedio della. Solo os ruego (lo que con facilidad podreis y debeis hacer) que me aconsejeis dónde podré pasar la vida, sin que me acabe el temor y sobresalto que tengo de ser hallada de los que me buscan, que aunque sé que el mucho amor que mis padres me tienen me asegura que seré dellos bien recebida, es tanta la vergüenza que me ocupa solo al pensar que, no como ellos pensaban, tengo de parecer á su presencia, que tengo por mejor desterrarme para siempre de su vista, que no verles el rostro con pensamiento que ellos miran el mio ageno de la honestidad que de mí se debian de tener prometida.

Calló en diciendo esto, y el rostro se le cubrió de un color que mostró bien claro el sentimiento y vergüenza del alma. En las suyas sintieron los que escuchado la habian tanta lástima como admiracion de su desgracia; y aunque luego quisiera el cura consolarla y aconsejarla, tomó primero la mano Cardenio diciendo: en fin, señora, ¿con que tú eres la hermosa Dorotea, la hija única del rico Clenardo? Admirada quedó Dorotea cuando oyó el nombre de su padre, y de ver cuán de poco era el que le nombraba, porque ya se ha dicho de la mala manera que Cardenio estaba vestido, y asi le dijo: ¿y quién sois vos, hermano, que asi sabeis el nombre de mi padre? porque yo hasta ahora, si mal no me acuerdo, en todo el discurso del cuento de mi desdicha no le he nombrado. Soy, respondió Cardenio, aquel sin ventura, que segun vos, señora, habeis dicho, Luscinda dijo que era su esposo: soy el desdichado Cardenio, á quien el mal término de aquel que á vos os ha puesto en el que estais, ha traido á que le veais cual le veis, roto, desnudo, falto de todo humano consuelo, y lo que es peor de todo, falto de juicio, pues no le tengo sino cuando al cielo se le antoja dármele por algun breve espacio. Yo Dorotea, soy el que me hallé presente á la sinrazon de Don Fernando, y el que aguardó á oir el sí que de ser su esposa pronunció Luscinda: yo soy el que no tuvo ánimo para ver en qué paraba su desmayo, ni lo que resultaba del papel que le fue hallado en el pecho, porque no tuvo el alma sufrimiento para ver tantas desventuras juntas; y asi dejé la casa y la patria y una carta que dejé á un huésped mio á quien rogué que en manos de Luscinda la pusiese, y víneme á estas soledades con intencion de acabar en ellas la vida, que desde aquel punto aborrecí como mortal enemiga mia; mas no ha querido la suerte quitármela, contentándose con quitarme el juicio, quizá por guardarme para la buena ventura que he tenido en hallaros; pues siendo verdad, como creo que lo es, lo que aquí habeis contado, aun podria ser que á entrambos nos tuviese el cielo guardado mejor suceso en nuestros desastres, que nosotros pensamos; porque presupuesto que Luscinda no puede casarse con don Fernando por ser mia, ni don Fernando con ella por ser vuestro, y haberlo ella tan manifiestamente declarado, bien podemos esperar que el cielo nos restituya lo que es nuestro, pues está todavía en ser, y no se ha enagenado ni deshecho: y pues este consuelo tenemos, nacido no de muy remota esperanza, ni fundado en desvariadas imaginaciones, suplícoos, señora, que tomeis otra resolucion en vuestros honrados pensamientos, pues yo la pienso tomar en los mios, acomodándoos á esperar mejor fortuna; que yo os juro

(1) En las primeras ediciones el epígrafe que correspondia al capítulo XXIX se puso al XXX, y el de aquel á éste. La Academia colocó ya anteriormente cada uno en el lugar que le corresponde. —A.

por la fe de caballero y de cristiano de no desampararos hasta veros en poder de don Fernando, y que cuando con razones no le pudiere atraer á que conozca lo que os debe, usaré entonces la libertad que me concede el ser caballero, y poder con justo título desafialle en razon de la sinrazon que os hace, sin acordarme de mis agravios, cuya venganza dejaré al cielo por acudir en la tierra á los vuestros.

Con lo que Cardenio dijo se acabó de admirar Dorotea, y por no saber qué gracias volver á tan grandes ofrecimientos quiso tomarle los pies para besárselos, mas no lo consintió Cardenio; y el licenciado respondió por entrambos, y aprobó el buen discurso de Cardenio, y sobre todo les rogó, aconsejó y persuadió que se fuesen con él á su aldea donde se podrian reparar de las cosas que les faltaban, y que allí se daria órden cómo buscar á don Fernando, ó cómo llevar á Dorotea á sus padres, ó hacer lo que mas les pareciese conveniente. Cardenio y Dorotea se lo agradecieron, y acetaron la merced que se les ofrecia. El barbero, que á todo habia estado y callado, hizo tambien su buena plática, y se ofreció con no menos voluntad que el cura á todo aquello que fuese bueno para servirles: contó asimismo con brevedad la causa que allí los habia traido, con la extrañeza de la locura de Don Quijote, y cómo aguardaban á su escudero, que habia ido á buscalle. Vínosele á la memoria á Cardenio como por sueños la pendencia que con Don Quijote habia tenido, y contóla á los demás; mas no supo decir por qué causa fue su cuestion.

En esto oyeron voces, y conocieron que el que las daba era Sancho Panza, que por no haberlos hallado en el lugar donde los dejó los llamaba á voces: saliéronle al encuentro, y preguntándole por Don Quijote, les dijo como le habia hallado desnudo en camisa, flaco, amarillo y muerto de hambre, y suspirando por su señora Dulcinea: y que puesto que le habia dicho que ella le mandaba que saliese de aquel lugar, y se fuese al del Toboso donde le quedaba esperando, habia respondido que estaba determinado de no parecer ante su fermosura fasta que hobiese fecho fazañas que le ficiesen digno de su gracia; y que si aquello pasaba adelante corria peligro de no venir á ser emperador como estaba obligado, ni aun arzobispo, que era lo menos que podia ser; por eso que mirasen lo que se habia de hacer para sacarle de allí. El licenciado le respondió que no tuviese pena, que ellos le sacarian de allí mal que le pesase.

Contó luego á Cardenio y á Dorotea lo que tenian pensado para remedio de Don Quijote, á lo menos para llevarle á su casa: á lo cual dijo Dorotea que ella haria la doncella menesterosa mejor que el barbero, y mas que tenia allí vestidos con qué hacerlo al natural, y que le dejasen el cargo de saber representar todo aquello que fuese menester para llevar adelante su intento, porque ella habia leido muchos libros de caballerías, y sabia bien el estilo que tenian las doncellas cuitadas cuando pedian sus dones á los andantes caballeros. Pues no es menester mas, dijo el cura, sino que luego se ponga por obra, que sin duda la buena suerte se muestra en favor mio, pues tan sin pensarlo á vosotros, señores, se os ha comenzado á abrir puerta para vuestro remedio, y á nosotros se nos ha facilitado la que habíamos menester. Sacó luego Dorotea de su almohada una saya entera de cierta telilla rica, y una mantellina de otra vistosa tela verde, y de una cajita un collar y otras joyas, conque en un instante se adornó de manera que una rica y gran señora parecia. Todo aquello, y mas, dijo que habia sacado de su casa para lo que se ofreciese, y que hasta entonces no se habia ofrecido ocasion de habello menester. A todos contentó en estremo su mucha gracia, donaire y hermosura, y confirmaron á don Fernando por de poco conocimiento, pues tanta belleza desechaba; pero el que mas se admiró fue Sancho Panza por parecerle (como era asi verdad) que en todos los dias de su vida habia visto tan hermosa criatura; y asi preguntó al cura con grande ahinco le dijese quién era aquella tan fermosa señora, y qué era lo que buscaba por aquellos andurriales. Esta hermosa señora, respondió el cura, Sancho hermano, es como quien no dice nada, la heredera por línea recta de varon del gran reino Micomicon, la cual viene en busca de vuestro amo á pedirle un don, el cual es que le desfaga un tuerto ó agravio que un mal gigante le tiene fecho; y á la fama que de buen caballero vuestro amo tiene por todo lo descubierto de Guinea, ha venido á buscarle esta princesa. Dichosa buscada y dichoso hallazgo, dijo á esta sazon Sancho Panza, y mas si mi amo es tan venturoso que desfaga ese agravio y enderece ese tuerto matando á ese hi de puta deste gigante que vuestra merced dice, que sí matará si él le encuentra, si ya no fuese fantasma, que contra las fantasmas no tiene mi señor poder alguno. Pero una cosa quiero suplicar á vuestra merced entre otras, señor licenciado, y es que porque á mi amo no le tome gana de ser arzobispo, que es lo que yo temo, que vuestra merced le aconseje que se case luego con esta princesa, y asi quedará imposibilitado de recebir órdenes arzobispales, y vendrá con facilidad á su imperio, y yo al fin de mis deseos: que yo he mirado bien en ello, y hallo por mi cuenta que no me está bien que mi amo sea arzobispo, porque yo soy inútil para la iglesia, pues soy casado, y andarme ahora á traer dispensaciones para poder tener renta por la iglesia, teniendo como tengo mujer é hijos, seria nunca acabar: asi que, señor, todo el toque está en que mi amo se case luego con esta señora, que hasta ahora no sé su gracia, y asi no la llamo por su nombre. Llámase, respondió el cura, la princesa Micomicona, porque llamándose su reino Micomicon, claro está que ella se ha de llamar asi. No hay duda en eso, respondió Sancho, que yo he visto á muchos tomar el apellido y alcurnia del lugar donde nacieron, llamándose Pedro de Alcalá, Juan de Ubeda y Diego de Valladolid, y esto mesmo se debe de usar allá en Guinea tomar las reinas los nombres de sus reinos. Asi debe de ser, dijo el cura, y en lo del casarse vuestro amo, yo haré en ello todos mis poderíos: con lo que quedó tan contento Sancho, cuanto el cura, admirado de su simplicidad, y de ver cuán encajados tenia en la fantasía los mismos disparates que su amo, pues sin alguna duda se daba á entender que habia de venir á ser emperador.

Ya en esto se habia pueso Dorotea sobre la mula del cura, y el barbero se habia acomodado al rostro la barba de la cola de buey, y dijeron á Sancho que los guiase adonde Don Quijote estaba; al cual advirtieron que no dijese que conocia al licenciado ni al barbero, porque en no conocerlos consistia todo el toque de venir á ser emperador su amo, puesto que ni el cura ni Cardenio quisiëron ir con ellos porque no se le acordase á Don Quijote la pendencia que con Cardenio habia tenido, y el cura porque no era menester por entonces su presencia, y asi los dejaron ir delante, y ellos los fueron siguiendo á pie poco á poco. No dejó de avisar el cura lo que habia de hacer Dorotea: á lo que ella dijo que descuidasen, que todo se haria sin faltar punto como lo pendian y pintaban los libros de caballería.

Tres cuartos de legua habrian andado cuando descubrieron á Don Quijote entre unas intrincadas peñas, ya vestido, aunque no armado; y asi como Dorotea le vió, y fue informada de Sancho que aquel era Don Quijote, dió del azote á su palafren, siguiéndole el bien barbado barbero; y en llegando junto á él el escudero se arrojó de la mula y fué á tomar en los brazos á Dorotea, la cual apeándose con grande desenvoltura, se fué á hincar de rodillas ante las de Don Quijote, y aunque él pugnaba por levantarla, ella sin levantarse le habló en esta guisa:

De aquí no me levantaré, oh valeroso y esforzado caballero, fasta que la vuestra bondad y cortesía me otorgue un don, el cual redundará en honra y prez de vuestra persona, y en pró de la mas desconsolada y agraviada doncella que el sol ha visto: y si es que el valor de vuestro fuerte brazo corresponde á la voz de vuestra inmortal fama, obligado estais á favorecer á la sin ventura que de tan lueñes tierras viene, al olor de vuestro famoso nombre, buscándoos para remedio de sus desdichas. —No os responderé palabra, fermosa señora, respondió Don Quijote, ni oiré mas cosa de vuestra facienda fasta que os levanteis de tierra. No me levantaré, señor, respondió la afligida doncella, si primero por la vuestra cortesía no me es otorgado el don que pido. Yo vos le otorgo y concedo, respondió Don Quijote, como no se haya de cumplir en daño ó mengua de mi rey, de mi patria, y de aquella que de mi corazon y libertad tiene la llave. No será en daño ni en mengua de lo que decís, mi buen señor, replicó la dolorosa doncella: y estando en esto se llegó Sancho Panza al oido de su señor, y muy pasito le dijo: bien puede vuestra merced, señor, concederle el don que pide, que no es cosa de nada, solo es matar á un gigantazo, y esta que lo pide es la alta princesa Micomicona, reina del gran reino Micomicon de Etiopía. Sea quien fuere, respondió Don Quijote, que yo haré lo que soy obligado y lo que me dicta mi conciencia conforme á lo que profesado tengo; y volviéndose á la doncella dijo: la vuestra gran fermosura se levante, que yo le otorgo el don que pedirme quisiere. Pues el que pido es, dijo la doncella, que la vuestra magnánima persona se venga luego conmigo donde yo le llevare, y me prometa que no se ha de entremeter en o'ra aventura ni demanda alguna hasta darme venganza de un traidor que contra todo derecho divino y humano me tiene usurpado mi reino. Digo que así lo otorgo, respondió Don Quijote; y así podeis, señora, desde hoy mas desechar la malencolía (1) que os fatiga, y hacer que cobre nuevos brios y fuerzas vuestra desmayada esperanza, que con el ayuda de Dios y la de mi brazo vos os vereis presto restituida en vuestro reino, y sentada en la silla de vuestro antiguo y grande estado, á pesar y á despecho de los follones que contradecirlo quisieren; y manos á la labor, que en la tardanza dicen que suele estar el peligro.

La menesterosa doncella pugnó con mucha porfía por besarle las manos; mas Don Quijote, que en todo era comedido y cortés caballero, jamás lo consintió; antes la hizo levantar, y la abrazó con mucha cortesía y comedimiento, y mandó á Sancho que requiriese las cinchas á Rocinante, y le armase luego al punto. Sancho descolgó las armas que como trofeo de un árbol estaban pendientes, y requiriendo las cinchas, en un punto armó á su señor, el cual viéndose armado dijo: vamos de aquí en el nombre de Dios á favorecer á esta gran señora. Estábase el barbero aun de rodillas teniendo gran cuenta de disimular la risa, y de que no se le cayese la barba, con cuya caida quizá quedaran sin conseguir su buena intencion; y viendo que ya el don estaba concedido, y la diligencia con que Don Quijote se alistaba para ir á cumplirle, se levantó y tomó de la mano á su señora, y entre los dos la subieron en una mula. Luego subió Don Quijote sobre Rocinante, y el barbero se acomodó en su cabalgadura, quedándose Sancho á pie, donde de nuevo se le renovó la pérdida del rucio con la falta que entonces le hacia; mas todo lo llevaba con gusto por parecerle que ya su señor estaba puesto en camino y muy á pique de ser emperador; porque sin duda alguna pensaba que se habia de casar con aquella princesa, y ser por lo menos rey de Micomicon. Solo le daba pesadumbre el pensar que aquel reino era en tierra de negros, y que la gente que por sus vasallos le diesen habian de ser negros todos; á lo cual dió luego en su imaginacion un buen remedio, y díjose á sí mismo: ¿qué se me da á mí que mis vasallos sean negros? ¿Habrá mas que cargar con ellos y traerlos á España, donde los podré vender y adonde me los pagarán de contado, de cuyo dinero podré comprar algun título ó algun oficio con qué vivir descansado todos los dias de mi vida? No sino dormios, y no tengais ingenio ni habilidad para disponer de las cosas, y para vender ocho ó diez mil vasallos en dácame esas pajas (2): por Dios que los he de volar chico con grande, ó como pudiere, y que por negros que sean los he de volver blancos ó amarillos: llegaos, que me mamo el dedo. Con esto andaba tan solícito y tan contento, que se le olvidaba la pesadumbre de caminar á pie.

Todo esto miraban de entre unas breñas Cardenio y el cura, y no sabian qué hacerse para juntarse con ellos; pero el cura, que era gran tracista, imaginó luego lo que harian para conseguir lo que deseaban, y fue que con unas tijeras que traia en un estuche quitó con mucha presteza la barba á Cardenio, y vistióle un capotillo pardo que él traia, y dióle un herreruelo negro, y él se quedó en calzas y en jubon, y quedó tan otro de lo que antes parecia Cardenio, que él mismo no se conociera aunque á un espejo se mirara. Hecho esto, puesto que ya los otros habian pasado adelante en tanto que ellos se disfrazaron, con facilidad salieron al camino real antes que ellos, porque las malezas y malos pasos de aquellos lugares no concedian que anduviesen tanto los de á caballo como los de á pie. En efecto, ellos se pusieron en el llano á la salida de la sierra; y así como salió della Don Quijote y sus camaradas, el cura se le puso á mirar muy de espacio, dando señales de que le iba reconociendo, y al cabo de haberle una buena pieza estado mirando se fué á él abiertos los brazos y diciendo á voces: para bien sea hallado el espejo de la caballería, el mi buen compatriota Don Quijote de la Mancha, la flor y la nata de la gentileza, el amparo y remedio de los menesterosos, la quinta esencia de los caballeros andantes; y diciendo esto tenia abrazado por la rodilla de la pierna izquierda á Don Quijote, el cual, espantado de lo que veia y oia decir y hacer á aquel hombre, se le puso á mirar con atencion, y al fin le conoció, y quedó como espantado de verle, y hizo grande fuerza por apearse; mas el cura no lo consintió, por lo cual Don Quijote decia: déjeme vuestra merced, señor licenciado, que no es razon que yo esté á caballo, y una tan reverenda persona como vuestra merced esté á pie. Eso no consentiré yo en ningun modo, dijo el cura, estése la vuestra grandeza á caballo, pues estando á caballo acaba las mayores fazañas y aventuras que en nuestra edad se han visto: que á mí, aunque indigno sacerdote, bastaráme subir en las ancas de una destas mulas destos señores que con vuestra merced caminan, si no lo han por enojo, y aun haré cuenta que voy caballero sobre el caballo Pegaso, ó sobre la cebra ó alfana en que cabalgaba aquel famoso moro Muzaraque, que aun hasta ahora yace encantado en la gran cuesta Zulema (3), que dista poco de la gran Compluto. Aun eso no consiento (4),

_____

(1) *Malencolía, malenconía, malanconía, melancolía*, se usaban antiguamente; mas el uso actual es solo *melancolía.*—C.

(2) En un momento; por la facilidad con que estas se encienden. Cov.—Arr.—Lo mismo que en *quítame allá esas pajas, en un santiamen, en un verbo, en un abrir y cerrar de ojos*, son modismos familiares que tienen igual significacion.—C.

(3) Cerro que está al sudeste de Alcalá; sobre él hay una ermita llamada de San Juan del Viso. En una llanura contigua se cree estuvo situada la antigua Compluto.

(4) *Aun no caia yo en tanto*, dicen las demás ediciones; pero esta frase no forma sentido alguno, siendo indudable que aquí se cometió algun error de caja.—P. C.

mi señor licenciado, respondió Don Quijote, y yo sé que mi señora la princesa será servida por mi amor de mandar á su escudero dé á vuestra merced la silla de su mula, que él podrá acomodarse en las ancas, si es que ella las sufre. Sí sufre, á lo que yo creo, respondió la princesa, y tambien sé que no será menester mandárselo al señor mi escudero, que él es tan cortés y tan cristiano que no consentirá que una persona eclesiástica vaya á pie pudiendo ir á caballo. Asi es, respondió el barbero, y apeándose en un punto convidó al cura con la silla, y él la tomó sin hacerse mucho de rogar : y fue el mal que al subir á las ancas el barbero, la mula, que en efecto era de alquiler, que para decir que era mala esto basta, alzó un poco los cuartos traseros, y dió dos coces en el aire, que á darlas en el pecho de maese Nicolás ó en la cabeza, él diera al diablo la venida por Don Quijote. Con todo eso le sobresaltaron de manera que cayó en el suelo con tan poco cuidado de las barbas, que se le cayeron, y como se vió sin ellas no tuvo otro remedio sino acudir á cubrirse el rostro con ambas manos, y á quejarse que le habian derribado las muelas. Don Quijote, como vió todo aquel mazo de barbas sin quijadas y sin sangre lejos del rostro del escudero caido, dijo: vive Dios que es gran milagro este, las barbas le ha derribado y arrancado del rostro como si las quitaran á posta. El cura, que vió el peli-

gro que corria su invencion de ser descubierta, acudió luego á las barbas, y fuese con ellas donde yacia maese Nicolás dando aun voces todavía, y de un golpe, llegándole la cabeza á su pecho, se las puso, murmurando sobre él unas palabras, que dijo que eran cierto ensalmo (1) apropiado para pegar barbas, como lo verian; y cuando se las tuvo puestas se apartó, y quedó el escudero tan bien barbado y tan sano como de antes, de que se admiró Don Quijote sobremanera, y rogó al cura que cuando tuviese lugar le enseñase aquel ensalmo, que él entendia que su virtud á mas que á pegar barbas se debia de estender, pues estaba claro que de donde las barbas se quitasen habia de quedar la carne llagada y maltrecha, y que pues todo lo sanaba, á mas que barbas aprovechaba. Asi es, dijo el cura, y prometió de enseñársele en la primera ocasion. Concertáronse que por entonces subiese el cura, y á trecho se fuesen los tres mudando hasta que llegasen á la venta, que estaria hasta diez leguas de allí.

Puestos los tres á caballo, es á saber, Don Quijote, la princesa y el cura, y los tres á pie, Cardenio, el barbero y Sancho Panza, Don Quijote dijo á la doncella : vuestra grandeza, señora mia, guie por donde mas gusto le diere; y antes que ella respondiese dijo el licenciado : ¿hácia qué reino quiere guiar la vuestra señoría? ¿es por ventura hácia el de Micomicon? que sí debe de ser, ó yo sé poco de

_____
(1) Ensalmo es cierto modo de curar con oraciones : dijéronse asi porque de ordinario son de versos del Salterio. Cov.—Arr.

reinos. Ella, que estaba bien en todo, entendió que habia de responder que sí, y así dijo: sí, señor, hácia ese reino es mi camino. Si así es, dijo el cura, por la mitad de mi pueblo hemos de pasar, y de allí tomará vuestra merced la derrota de Cartagena, donde se podrá embarcar con la buena ventura, y si hay viento próspero, mar tranquilo y sin borrasca, en poco menos de nueve años se podrá estar á vista de la gran laguna Meona; digo, Meótides, que está poco mas de cien jornadas mas acá del reino de vuestra grandeza. Vuestra merced está engañado, señor mio, dijo ella, porque no ha dos años que yo partí dél, y en verdad que nunca tuve buen tiempo, y con todo eso he llegado á ver lo que tanto deseaba, que es al señor Don Quijote de la Mancha, cuyas nuevas llegaron á mis oidos así como puse los pies en España, y ellas me movieron á buscarle para encomendarme á su cortesía, y fiar mi justicia del valor de su invencible brazo. No mas, cesen mis alabanzas, dijo á esta sazon Don Quijote, porque soy enemigo de todo género de adulacion, y aunque esta no lo sea, todavía ofenden mis castas orejas semejantes pláticas: lo que yo sé decir, señora mia, que ahora tenga valor ó no, el que tuviere ó no tuviere se ha de emplear en vuestro servicio hasta perder la vida; y así dejando esto para su tiempo, ruego al señor licenciado me diga qué es la causa que le ha traido por estas partes tan solo, tan sin criados, y tan á la ligera, que me pone espanto. A eso yo responderé con brevedad, respondió el cura, porque sabrá vuestra merced, señor Don Quijote, que yo y maese Nicolás, nuestro amigo y nuestro barbero, íbamos á Sevilla á cobrar ciertos dineros que un pariente mio, que ha muchos años que pasó á Indias, me habia enviado, y no tan pocos que no pasen de sesenta mil pesos ensayados, que es otro que tal; y pasando ayer por estos lugares nos salieron al encuentro cuatro salteadores, y nos quitaron hasta las barbas, y de modo nos las quitaron, que le convino al barbero ponérselas postizas, y aun á este mancebo que aquí va, señalando á Cardenio, le pusieron como de nuevo; y es lo bueno que es pública fama por todos estos contornos que los que nos saltearon son de unos galeotes, que dicen que libertó casi en este mismo sitio un hombre tan valiente, que á pesar del comisario y de las guardas los soltó á todos; y sin duda alguna él debia de estar fuera de juicio, ó debe de ser tan grande bellaco como ellos, ó algun hombre sin alma y sin conciencia, pues quiso soltar al lobo entre las ovejas, á la raposa entre las gallinas, á la mosca entre la miel: quiso defraudar la justicia, ir contra su rey y señor natural, pues fue contra sus justos mandamientos; quiso, digo, quitar á las galeras sus pies, poner en alboroto la Santa Hermandad, que habia muchos años que reposaba: quiso, finalmente, hacer un hecho por donde se pierda su alma y no se gane su cuerpo. Habíales contado Sancho

al cura y al barbero la aventura de los galeotes que acabó su amo con tanta gloria suya, y por esto cargaba la mano el cura refiriéndola, por ver lo que hacia ó decia Don Quijote, al cual se le mudaba la color á cada palabra, y no osaba decir que él habia sido el libertador de aquella buena gente. Estos, pues, dijo el cura, fueron los que nos robaron, que Dios por su misericordia se lo perdone al que no los dejó llevar al debido suplicio.

CAPITULO XXX.

Que trata de la discrecion de la hermosa Dorotea, con otras cosas de mucho gusto y pasatiempo (1).

No hubo bien acabado el cura cuando Sancho dijo: pues mia fe, señor licenciado, el que hizo esa fazaña fue mi amo, y no porque yo no le dije antes y le avisé que mirase lo que hacia, y que era pecado darles libertad, porque todos iban allí por grandísimos bellacos. Majadero, dijo á esta sazon Don Quijote, á los caballeros andantes no les toca ni atañe averiguar si los afligidos, encadenados y opresos que encuentran por los caminos van de aquella manera ó están en aquella angustia por sus culpas ó por sus gracias; solo les toca ayudarles como á menesterosos, poniendo los ojos en sus penas y no en sus bellaquerías: yo topé un rosario y sarta de gente mohina y desdichada, y hice con ellos lo que mi religion me pide, y lo demás allá se avenga, y á quien mal le ha parecido, salvo la santa dignidad del señor licenciado y su honrada persona, digo que sabe poco de achaque de caballe-

(1) Véase la nota puesta al epígrafe del capítulo XXIX.—Arr.

ría, y que miente como un hi de puta y mal nacido, y esto le haré conocer con mi espada donde mas largamente se contiene: y esto dijo afirmándose en los estribos y calándose el morrion, porque la bacía de barbero, que á su cuenta era el yelmo de Mambrino, llevaba colgada del arzon delantero hasta adobarla del mal tratamiento que la hicieron los galeotes.

Dorotea, que era discreta y de gran donaire, como quien ya sabia el menguado humor de Don Quijote, y que todos hacian burla dél, sino Sancho Panza, no quiso ser para menos, y viéndole tan enojado le dijo: señor caballero, miémbresele á vuestra merced el don que me tiene prometido, y que conforme á él no puede entremeterse en otra aventura, por urgente que sea: sosiegue vuestra merced el pecho, que si el señor licenciado supiera que por ese invicto brazo habian sido librados los galeotes, él se diera tres puntos en la boca, y aun se mordiera tres veces la lengua antes que haber dicho palabra que en desprecio de vuestra merced redundara (1). Eso juro yo bien, dijo el cura, y aun me hubiera quitado un bigote. Yo callaré, señora mia, dijo Don Quijote, y reprimiré la justa cólera que ya en mi pecho se habia levantado, y iré quieto y pacífico hasta tanto que os cumpla el don prometido, pero en pago deste buen deseo os suplico me digais, si no se os hace mal, ¿cuál es la vuestra cuita, y cuántas, quiénes y cuáles son las personas de quien os tengo de dar debida satisfaccion y entera venganza? Eso haré yo de buena gana, respondió Dorotea, si es que no os enfada oir lástimas y desgracias. No enfadará, señora mia, respondió Don Quijote; á lo que respondió Dorotea: pues si asi es, esténme vuestras mercedes atentos. No hubo ella dicho esto cuando Cardenio y el barbero se le pusieron al lado, deseosos de ver cómo fingia su historia la discreta Dorotea, y lo mismo hizo Sancho, que tan engañado iba con ella como su amo; y ella despues de haberse puesto bien en la silla, y prevenídose con toser y hacer otros ademanes, con mucho donaire comenzó á decir desta manera:

Primeramente quiero que vuestras mercedes sepan, señores mios, que á mí me llaman... y detúvose aquí un poco, porque se le olvidó el nombre que el cura le habia puesto; pero él acudió al remedio, porque entendió en lo que reparaba, y dijo: no es maravilla, señora mia, que la vuestra grandeza se turbe y empache contando sus desventuras, que ellas suelen ser tales, que muchas veces quitan la memoria á los que maltratan, de tal manera que aun de sus mismos nombres no se les acuerda, como han hecho con vuestra gran señoría, que se ha olvidado que se llama la princesa Micomicona, legítima heredera del gran reino Micomicon; y con este apuntamiento puede la vuestra grandeza reducir ahora fácilmente á su lastimada memoria todo aquello que contar quisiere. Asi es la verdad, respondió la doncella, y desde aquí adelante creo que no será menester apuntarme nada, que yo saldré á buen puerto con mi verdadera historia; la cual es, que

El rey mi padre, que se llamaba Tinacrio el Sabidor, fue muy docto en esto que llaman el arte mágica, y alcanzó por su ciencia que mi madre, que se llamaba la reina Jaramilla, habia de morir primero que él, y que de allí á poco tiempo él tambien habia de pasar desta vida, y yo habia de quedar huérfana de padre y madre; pero decia él que no le fatigaba tanto esto, cuanto le ponia en confusion saber por cosa muy cierta, que un descomunal gigante, señor de una grande ínsula, que casi alinda con nuestro reino, llamado Pandafilando de la fosca vista (porque es cosa averiguada que aunque tiene los ojos en su lugar y derechos, siempre mira al revés como si fuese bizco, y esto lo hace él de maligno, y por poner miedo y espanto á los que mira), que supo digo, que este gigante en sabiendo mi orfandad habia de pasar con gran poderío sobre mi reino, y me lo habia de quitar todo sin dejarme una pequeña aldea donde me recogiese, pero que podia escusar toda esta ruina y desgracia si yo me quisiese casar con él; mas á lo que él entendia, jamás pensaba que me vendria á mí en voluntad de hacer tan desigual casamiento; y dijo en esto la pura verdad, porque jamás me ha pasado por el pensamiento casarme con aquel gigante, ni con otro alguno por grande y desaforado que fuese. Dijo tambien mi padre, que despues que él fuese muerto, y viese yo que Pandafilando comenzaba á pasar sobre mi reino, que no aguardase á ponerme en defensa, porque seria destruirme, sino que libremente le dejase desembarazado el reino si queria escusar la muerte y total destruicion de mis buenos y leales vasallos, porque no habia de ser posible defenderme de la endiablada fuerza del gigante; sino que luego con algunos de los mios me pusiese en camino de las Españas, donde hallaria el remedio de mis males hallando á un caballero andante, cuya fama en este tiempo se estenderia por todo este reino, el cual se habia de llamar, si mal no me acuerdo, don Azote ó don Gigote. Don Quijote diria, señora, dijo á esta sazon Sancho Panza, ó por otro nombre el caballero de la Triste Figura. Asi es la verdad, dijo Dorotea: dijo mas, que habia de ser alto de cuerpo, seco de rostro, y que en el lado derecho debajo del hombro izquierdo, ó por allí junto, habia de tener un lunar pardo con ciertos cabellos á manera de cerdas.

En oyendo esto Don Quijote dijo á su escudero: ten aquí, Sancho, hijo, ayúdame á desnudar, que quiero ver si soy el caballero que aquel sabio rey dejó profetizado. ¿Pues para qué quiere vuestra merced desnudarse? dijo Dorotea. Para ver si tengo ese lunar que vuestro padre dijo, respondió Don Quijote. No hay para qué desnudarse, dijo Sancho: que yo sé que tiene vuestra merced un lunar desas señas en la mitad del espinazo, que es señal de ser hombre fuerte. Eso basta, dijo Dorotea, porque con los amigos no se ha de mirar en pocas cosas, y que esté en el hombro ó que esté en el espinazo, im-

(1) Las otras ediciones dicen *en despecho:* pero creemos que es *desprecio* lo que escribió Cervantes.—F. C.

porta poco; basta que haya lunar, y esté donde estuviere, pues todo es una misma carne: y sin duda
acertó mi buen padre en todo, y yo he acertado en encomendarme al señor Don Quijote, que él es
quien mi padre dijo: pues las señales del rostro vienen con las de la buena fama que este caballero
tiene, no solo en España, pero en toda la Mancha, pues apenas me hube desembarcado en Osuna,
cuando oí decir tantas hazañas suyas, que luego me dió el alma que era el mismo que venia á buscar.
¿Pues cómo se desembarcó vuestra merced en Osuna, señora mia, preguntó Don Quijote, si no es
puerto de mar? Mas antes que Dorotea respondiese tomó el cura la mano y dijo: debe de querer decir
la señora princesa que despues que desembarcó en Málaga, la primera parte donde oyó nuevas de
vuestra merced fue en Osuna. Eso quise decir, dijo Dorotea. Y esto lleva camino, dijo el cura; y
prosiga vuestra magestad adelante. No hay que proseguir, respondió Dorotea, sino que finalmente mi
suerte ha sido tan buena en hallar al señor Don Quijote, que ya me cuento y tengo por reina y señora
de todo mi reino, pues él por su cortesía y magnificencia me ha prometido el don de irse conmigo
donde quiera que yo le lleváre, que no será á otra parte que á ponerle delante de Pandafilando de la

fosca vista para que le mate, y me restituya lo que tan contra razon me tiene usurpado: que todo esto
ha de suceder á pedir de boca, pues asi lo dejó profetizado Tinacrio el Sabidor mi buen padre, el cual
tambien dejó dicho y escrito en letras caldeas ó griegas, que yo no las sé leer, que si este caballero de
la profecía despues de haber degollado al gigante quisiese casarse conmigo, que yo me otorgase luego
sin réplica alguna por su legitima esposa, y le diese la posesion de mi reino junto con la de mi persona.

¿Qué te parece, Sancho amigo? dijo á este punto Don Quijote; ¿no oyes lo que pasa? ¿no te lo
dije yo? mira si tenemos ya reino que mandar y reina con quien casar. Eso juro yo, dijo Sancho; para
el puto que no se casare en abriendo el gaznatico al señor Pandahilado: ¡pues monta que es mala la
reina! asi se me vuelvan las pulgas de la cama: y diciendo esto dió dos zapatetas en el aire con muestras de grandísimo contento, y luego fué á tomar las riendas de la mula de Dorotea, y haciéndola detener se hincó de rodillas ante ella suplicándole le diese las manos para besárselas en señal que la recibia por su reina y señora. ¿Quién no habia de reir de los circunstantes viendo la locura del amo y la
simplicidad del criado? En efecto Dorotea se las dió, y le prometió de hacerle gran señor en su reino

cuando el cielo le hiciese tanto bien que se lo dejase cobrar y gozar. Agradecióselo Sancho con tales palabras que renovó la risa en todos.

Esta, señores, prosiguió Dorotea, es mi historia: solo resta por deciros, que de cuanta gente de acompañamiento saqué de mi reino no me ha quedado sino solo este bien barbado escudero, porque todos se anegaron en una gran borrasca que tuvimos á vista del puerto; y él y yo salimos en dos tablas á tierra como por milagro, y asi es todo milagro y misterio el discurso de mi vida, como lo habeis notado: y si en alguna cosa he andado demasiada ó no tan acertada como debiera, echad la culpa á lo que el señor licenciado dijo al principio de mi cuento, que los trabajos continuos y estraordinarios quitan la memoria al que los padece. Esa no me quitarán á mí, oh alta y valerosa señora, dijo Don Quijote, cuantos yo pasare en serviros, por grandes y no vistos que sean: y asi de nuevo confirmo el don que os he prometido, y juro de ir con vos al cabo del mundo hasta verme con el fiero enemigo vuestro, á quien pienso con el ayuda de Dios y de mi brazo tajar la cabeza soberbia con los filos desta, no quiero decir buena espada, merced á Gines de Pasamonte que me llevó la mia (1). Esto dijo entre dientes, y prosiguió diciendo: y despues de habérsela tajado y puéstoos en pacífica posesion de vuestro estado, quedará á vuestra voluntad hacer de vuestra persona lo que mas en talante os viniere, porque mientras que yo tuviere ocupada la memoria, cautiva la voluntad y perdido el entendimiento por aquella... y no digo mas, no es posible que yo arrostre ni por pienso el casarme, aunque fuese con el ave Fénix.

Parecióle tan mal á Sancho lo que últimamente su amo dijo acerca de no querer casarse, que con grande enojo alzando la voz dijo: voto á mí, y juro á mí que no tiene vuestra merced, señor Don Quijote, cabal juicio: pues cómo ¿es posible que pone vuestra merced en duda el casarse con tan alta princesa como aquesta? ¿piensa que le ha de ofrecer la fortuna tras cada cantillo semejante ventura como la que ahora se le ofrece? ¿es por dicha mas hermosa mi señora Dulcinea? no por cierto, ni aun con la mitad, y aun estoy por decir que no llega á su zapato de la que está delante: asi noramala alcanzaré yo el condado que espero, si vuestra merced se anda á pedir cotufas en el golfo: cásese, cásese luego, encomiéndole á Satanás, y tome ese reino que se le viene á las manos de vobis vobis, y en siendo rey hágame marqués ó adelantado, y luego siquiera se lo lleve el diablo todo. Don Quijote, que tales blasfemias oyó decir contra su señora Dulcinea, no lo pudo sufrir, y alzando el lanzon, sin hablalle palabra á Sancho y sin decirle esta boca es mia, le dió tales dos palos, que dió con él en tierra, y si no fuera porque Dorotea le dió voces que no le diera mas, sin duda le quitara allí la vida. ¿Pensais, le dijo á cabo de rato, villano ruin, que ha de haber lugar siempre para ponerme la mano en la horcajadura, y que todo ha de ser errar vos y perdonaros yo? Pues no lo penseis, bellaco descomulgado, que sin duda lo estás, pues has puesto lengua en la sin par Dulcinea; ¿y no sabeis vos, gañan, faquin (2), belitre, que si no fuese por el valor que ella infunde en mi brazo, que no le tendria yo para matar una pulga? Decid, socarron de lengua viperina, ¿y quién pensais que ha ganado este reino y cortado la cabeza á este gigante, y héchoos á vos marqués (que todo esto doy ya por hecho y por cosa pasada en cosa juzgada) sino es el valor de Dulcinea, tomando á mi brazo por instrumento de sus hazañas? Ella pelea en mí, y vence en mí, y yo vivo y respiro en ella, y tengo vida y ser. ¡Oh hi de puta bellaco, y como sois desagradecido, que os veis levantado del polvo de la tierra á ser señor de título, y correspondeis á tan buena obra con decir mal de quien os la hizo!

No estaba tan maltrecho Sancho que no oyese todo cuanto su amo le decia, y levantándose con un poco de presteza se fué á poner detrás del palafren de Dorotea, y desde allí dijo á su amo: dígame, señor, sí vuestra merced tiene determinado de no casarse con esta gran princesa, claro está que no será el reino suyo, y no siéndolo ¿qué mercedes me puede hacer? Esto es de lo que yo me quejo, cásese vuestra merced una por una con esta reina, ahora que la tenemos aquí como llovida del cielo, y despues puede volverse con mi señora Dulcinea, que reyes debe de haber habido en el mundo que hayan sido amancebados. En lo de la hermosura no me entremeto, que en verdad, si va á decirla, que entrambas me parecen bien, puesto que yo nunca he visto á la señora Dulcinea. ¿Cómo que no la has visto, traidor blasfemo? dijo Don Quijote, ¿pues no acabas de traerme ahora un recado de su parte? Digo que no la he visto tan despacio, dijo Sancho, que pueda haber notado particularmente su hermosura y sus buenas partes punto por punto; pero asi á bulto me parece bien. Ahora te disculpo, dijo Don Quijote, y perdóname el enojo que te he dado, que los primeros movimientos no son en manos de los hombres. Ya yo lo veo, respondió Sancho, y asi en mí la gana de hablar siempre es primero movimiento, y no puedo dejar de decir por una vez siquiera lo que me viene á la lengua. Con todo eso, dijo Don Quijote, mira Sancho lo que hablas, porque tantas veces va el cantarillo á la fuente... y no te digo mas.

Ahora bien, respondió Sancho, Dios está en el cielo, que ve las trampas, y será juez de quien hace mas mal, yo en no hablar bien, ó vuestra merced en obrallo. No haya mas, dijo Dorotea; corred Sancho, y besad la mano á vuestro señor, y pedilde perdon, y de aquí en adelante andad mas atentado en vuestras alabanzas y vituperios, y no digais mal de aquesa señora Toboso, á quien yo no co-

_____

(1) De este robo de la espada no se habló cuando el suceso de Ginés de Pasamonte.—F. S.
(2) Voz italiana: ganapan, mozo de cordel, que se emplea en llevar fardos á cuestas.

nozco sino es para servilla, y tened confianza en Dios, que no os ha de faltar un estado donde vivais como un príncipe.

Fué Sancho cabizbajo y pidió la mano á su señor, y él se la dió con reposado continente, y despues que se la hubo besado le echó la bendicion, y dijo á Sancho que se adelantasen un poco, que tenia que preguntalle y que departir con él cosas de mucha importancia. Hízolo asi Sancho, y apartáronse los dos algo adelante, y díjole Don Quijote: despues que viniste no he tenido lugar ni espacio para preguntarte muchas cosas de particularidad acerca de la embajada que llevaste, y de la respuesta que trujiste; y ahora, pues la fortuna nos ha concedido tiempo y lugar, no me niegues tú la ventura que puedes darme con tan buenas nuevas. Pregunte vuestra merced lo que quisiere, respondió Sancho, que á todo daré tan buena salida como tuve la entrada; pero suplico á vuestra merced, señor mio, que no sea de aqui adelante tan vengativo. ¿Por qué lo dices, Sancho? dijo Don Quijote. Dígolo, respondió, porque estos palos de agora mas fueron por la pendencia que entre los dos trabó el diablo la otra noche, que por lo que dije contra mi señora Dulcinea, á quien amo y reverencio como á una reliquia, aunque en ella no la haya, solo por ser cosa de vuestra merced. No tornes á esas pláticas, Sancho, por tu vida, dijo Don Quijote, que me dan pesadumbre: ya te perdoné entonces, y bien sabes tú que suele decirse, á pecado nuevo penitencia nueva.

Mientras esto pasaba vieron venir por el camino donde ellos iban á un hombre caballero sobre un jumento, y cuando llegó cerca les pareció que era gitano; pero Sancho Panza, que do quiera que via asnos se le iban los ojos y el alma, apenas hubo visto al hombre cuando conoció que era Ginés de Pasamonte, y por el hilo del gitano sacó el ovillo de su asno, como era la verdad, pues era el rucio sobre que Pasamonte venia, el cual por no ser conocido y por vender el asno se habia puesto en trage de gitano, cuya lengua y otras muchas sabia muy bien hablar como si fueran naturales suyas. Vióle Sancho y conocióle, y apenas le hubo visto y conocido cuando á grandes voces le dijo: ah ladron Ginesillo, deja mi prenda, suelta mi vida, no te empaches con mi descanso, deja mi asno, deja mi regalo, huye, puto, auséntate, ladron, y desampara lo que no es tuyo. No fueron menester tantas palabras ni baldones, porque á la primera saltó Ginés, y tomando un trote que parecia carrera, en un punto se ausentó y alejó de todos. Sancho llegó á su rucio, y abrazándole le dijo: ¿cómo has estado, bien

mio, rucio de mis ojos, compañero mio? y con esto le besaba y acariciaba como si fuera persona: el asno callaba, y se dejaba besar y acariciar de Sancho sin responderle palabra alguna. Llegaron todos, y diéronle el parabien del hallazgo del rucio, especialmente Don Quijote, el cual le dijo que no por eso anulaba la póliza de los tres pollinos. Sancho se lo agradeció.

En tanto que los dos iban en estas pláticas dijo el cura á Dorotea que habia andado muy discreta, asi en el cuento como en la brevedad dél, y en la similitud que tuvo con los de los libros de caballerías. Ella dijo que muchos ratos se habia entretenido en leellos; pero que no sabia ella dónde eran las provincias ni puertos de mar, y que asi habia dicho á tiento que se habia desembarcado en Osuna. Yo lo entendí asi, dijo el cura, y por eso acudí luego á decir lo que dije, con que se acomodó todo. ¿Pero no es cosa estraña ver con cuánta facilidad cree este desventurado hidalgo todas estas invenciones y mentiras solo porque llevan el estilo y modo de las necedades de sus libros? Sí es, dijo Cardenio, y tan rara y nunca vista, que yo no sé si queriendo inventarla y fabricarla mentirosamente hubiera tan agudo ingenio que pudiera dar en ella. Pues otra cosa hay en ello, dijo el cura, que fuera de las simplicidades que este buen hidalgo dice tocante á su locura, si le tratan de otras cosas discurre con bonísimas razones, y muestra tener un entendimiento claro y apacible en todo; de manera que como no le toquen en sus caballerías no habrá nadie que le juzgue sino por de muy buen entendimiento.

En tanto que ellos iban en esta conversacion, prosiguió Don Quijote con la suya, y dijo á Sancho: echemos, Panza amigo, pelillos á la mar en esto de nuestras pendencias, y dime ahora, sin tener cuenta con enojo ni rencor alguno, ¿dónde, cómo y cuándo hallaste á Dulcinea? ¿qué hacia? ¿qué le dijiste? ¿qué te respondió? ¿qué rostro hizo cuando leia mi carta? ¿quién te la trasladó? y todo aquello que vieres que en este caso es digno de saberse, de preguntarse y satisfacerse, sin que añadas ó mientas por darme gusto, ni menos te acortes por no quitármele. Señor, respondió Sancho, si va á decir la verdad, la carta no me la trasladó nadie, porque yo no llevé carta alguna. Asi es como tú dices, dijo Don Quijote, porque el librillo de memoria donde yo la escribí le hallé en mi poder á cabo de dos dias de tu partida, lo cual me causó grandísima pena por no saber lo que habias tú de hacer, cuando te vieses sin carta, y creí siempre que te volvieras desde el lugar donde la echaras menos. Asi fuera, respondió Sancho, si no la hubiera yo tomado en la memoria cuando vuestra merced me la leyó, de manera que se la dije á un sacristan que me la trasladó del entendimiento tan punto por punto, que dijo que en todos los dias de su vida, aunque habia leido muchas cartas de descomunion, no habia visto ni leido tan linda carta como aquella. ¿Y tiénesla todavía en la memoria, Sancho? dijo Don Quijote. No, señor, respondió Sancho, porque despues que la dije, como vi que no habia de ser de mas provecho, dí en olvidalla, y si algo se me acuerda es aquello del *Sobajada*, digo, del *Soberana Señora*, y lo último: *Vuestro hasta la muerte, el Caballero de la Triste Figura*; y en medio destas dos cosas le puse mas de trescientas almas y vidas y ojos mios.

CAPITULO XXXI.

De los sabrosos razonamientos que pasaron entre Don Quijote y Sancho Panza, su escudero, con otros sucesos.

Todo eso no me descontenta, prosigue adelante, dijo Don Quijote. Llegaste, ¿y qué hacia aquella reina de la hermosura? A buen seguro que la hallaste ensartando perlas, ó bordando alguna empresa con oro de cañutillo para este su cautivo caballero. No la hallé, respondió Sancho, sino ahechando dos hanegas de trigo en un corral de su casa. Pues haz cuenta, dijo Don Quijote, que los granos de aquel trigo eran granos de perlas tocados de sus manos: y si miraste, amigo, ¿el trigo era candeal, ó trechel? No era sino rubion, respondió Sancho. Pues yo te aseguro, dijo Don Quijote, que ahechado por sus manos hizo pan candeal sin duda alguna; pero pasa adelante: cuando le diste mi carta ¿besóla? ¿púsosela sobre la cabeza? ¿hizo alguna ceremonia digna de tal carta? ó ¿qué hizo? Cuando yo se la iba á

dar, respondió Sancho, ella estaba en la fuga del meneo de una buena parte de trigo que tenia en la criba, y díjome: poned, amigo, esa carta sobre aquel costal, que no la puedo leer hasta que acabe de acribar todo lo que aquí está. Discreta señora, dijo Don Quijote, eso debió de ser por leella despacio y recrearse con ella: adelante, Sancho; y en tanto que estaba en su menester ¿qué coloquios pasó contigo? ¿qué te preguntó de mí? ¿y tú qué le respondiste? acaba, cuéntamelo todo, no se te quede en el tintero una mínima. Ella no me preguntó nada, dijo Sancho; mas yo le dije de la manera que vuestra merced por su servicio quedaba haciendo penitencia desnudo de la cintura arriba (1), metido entre estas sierras como si fuera salvaje, durmiendo en el suelo, sin comer pan á manteles, ni sin peinarse la barba, llorando y maldiciendo su fortuna. En decir que maldecia mi fortuna dijiste mal, dijo Don Quijote, porque antes la bendigo y bendeciré todos los dias de mi vida, por haberme hecho digno de merecer amar tan alta señora como Dulcinea del Toboso. Tan alta es, respondió Sancho, que á buena fe que me lleva á mí mas de un coto (2). Pues cómo, Sancho, dijo Don Quijote, ¿haste medido tú con ella? Medime en esta manera, respondió Sancho, que llegando á ayudar á ponér un costal de trigo sobre un jumento, llegamos tan juntos que eché de ver que me llevaba mas de un gran palmo. Pues ¡ es verdad, replicó Don Quijote, que no acompaña esa grandeza y la adorna con mil millones de gracias del alma!

Pero no me negarás, Sancho, una cosa: cuando llegaste junto á ella ¿no sentiste un olor sabeo (3), una fragancia aromática, y un no sé qué de bueno, que yo no acierto á dalle nombre, digo un tuho ó tufo como si estuvieras en la tienda de algun curioso guantero? Lo que sé decir, dijo Sancho, es que sentí un olorcillo algo hombruno, y debia de ser que ella con el mucho ejercicio estaba sudada y algo correosa. No seria eso, respondió Don Quijote, sino que tú debias de estar romadizado, ó te debiste de oler á tí mismo, porque yo sé bien lo que huele aquella rosa entre espinas, aquel lirio del campo, aquel ámbar desleido. Todo puede ser, respondió Sancho, que muchas veces sale de mí aquel olor que entonces me pareció que salia de su merced de la señora Dulcinea; pero no hay de qué maravillarse, que un diablo se parece á otro. Y bien, prosiguió Don Quijote, hé aquí que acabó de limpiar su trigo y de enviallo al molino, ¿qué hizo cuando leyó la carta? La carta, dijo Sancho, no la leyó, porque dijo que no sabia leer ni escribir, antes la rasgó y la hizo menudas piezas, diciendo que no la queria dar á leer á nadie, porque no se supiesen en el lugar sus secretos, y que bastaba lo que yo le habia dicho de palabra acerca del amor que vuestra merced le tenia, y de la penitencia estraordinaria que por su causa quedaba haciendo; y finalmente me dijo que dijese á vuestra merced que le besaba las manos, y que allí quedaba con mas deseo de verle que de escribirle; y que asi le suplicaba y mandaba, que vista la presente saliese de aquellos matorrales, y se dejase de hacer disparates, y se pusiese luego uego en camino del Toboso, si otra cosa de mas importancia no le sucediese, porque tenia gran deseo

de ver á vuestra merced: rióse mucho cuando le dije como se llamaba vuestra merced *el Caballero de la Triste Figura*: preguntéle si habia ido allá el vizcaino de marras; díjome que sí, y que era un hombre muy de bien: tambien le pregunté por los galeotes; mas díjome que no habia visto hasta entonces alguno. Todo va bien hasta agora, dijo Don Quijote; pero dime ¿qué joya fue la que te dió al

(1) Al fin del capítulo XXV, se supone á Don Quijote desnudo de medio cuerpo abajo. Algunos notan esta contradiccion, en que es de creer incurriese voluntariamente Cervantes por la decencia debida á Dulcinea, pues no le costaba á Sancho sino añadir una mentira mas á las muchas que ensarta.—P.

(2) Medida de los cuatro dedos de la mano, cerrado el puño, y levantado sobre él el dedo pulgar.—*Corerr.*—Arr.

(3) *Sabeo*, esto es de Saba, region de la Arabia Feliz, celebrada entre los poetas por el incienso y sustancias odorífi-cas.—C.

despedirte por las nuevas que de mí le llevaste? porque es usada y antigua costumbre entre los caballeros y damas andantes dar á los escuderos, doncellas ó enanos que les llevan nuevas de sus damas á ellos, á ellas de sus andantes, alguna rica joya en albricias, en agradecimiento de su recado. Bien puede ser así, y yo la tengo por buena usanza; pero eso debia de ser en los tiempos pasados, que ahora solo se debe de acostumbrar á dar un pedazo de pan y queso, que esto fue lo que me dió mi señora Dulcinea por las bardas de un corral cuando della me despedí; y aun por mas señas era el queso ovejuno. Es liberal en estremo, dijo Don Quijote; y si no le dió joya de oro, sin duda debió de ser porque no la tendria allí á la mano para dártela; pero buenas son mangas despues de pascua, yo la veré y se satisfará todo. ¿Sabes de qué estoy maravillado, Sancho? de que me parece que fuiste y veniste por los aires, pues poco mas de tres dias has tardado en ir y venir desde aquí al Toboso, habiendo de aquí allá mas de treinta leguas; por lo cual me doy á entender que aquel sabio nigromante que tiene cuenta con mis cosas, y es mi amigo, porque por fuerza le hay y le ha de haber, sopena que yo no seria buen caballero andante, digo que este tal te debió de ayudar á caminar sin que tú lo sintieses: que hay sabio destos que coge á un caballero andante durmiendo en su cama, y sin saber cómo ó en qué manera, amanece otro dia mas de mil leguas de donde anocheció: y si no fuese por esto no se podrian socorrer en sus peligros los caballeros andantes unos á otros, como se socorren á cada paso: que acaece estar uno peleando en las sierras de Armenia con algun endriago (1), ó con algun fiero vestiglo, ó con otro caballero, donde lleva lo peor de la batalla y está ya á punto de muerte, y cuando menos se cate asoma por acullá encima de una nube ó sobre un carro de fuego otro caballero amigo suyo que poco antes se hallaba en Inglaterra, que le favorece y libra de la muerte, y á la noche se halla en su posada cenando muy á su sabor, y suele haber de la una á la otra parte dos ó tres mil leguas, y todo esto se hace por industria y sabiduría destos sabios encantadores que tienen cuidado destos valerosos caballeros: asi que, amigo Sancho, no se me hace dificultoso creer que en tan breve tiempo hayas ido y venido desde este lugar al del Toboso, pues como tengo dicho, algun sabio amigo te debió de llevar en volandillas sin que tú lo sintieses. Asi seria, dijo Sancho, porque á buena fe que andaba Rocinante como si fuera asno de gitano con azogue en los oidos. Y cómo si llevaba azogue (2), dijo Don Quijote, y aun una legion de demonios, que es gente que camina y hace caminar sin cansarse todo aquello que se les antoja.

Pero dejando esto aparte, ¿qué te parece á tí que debo yo hacer ahora acerca de lo que mi señora me manda que la vaya á ver? que aunque yo veo que estoy obligado á cumplir su mandamiento, véome tambien imposibilitado del don que he prometido á la princesa que con nosotros viene, y fuérzame la ley de caballeria á cumplir mi palabra antes que mi gusto; por una parte me acosa y fatiga el deseo de ver á mi señora, por otra me incita y llama la prometida fe y la gloria que he de alcanzar en esta empresa; pero lo que pienso hacer será caminar apriesa y llegar presto donde está este gigante, y en llegando le cortaré la cabeza, y pondré á la princesa pacíficamente en su estado, y al punto daré la vuelta á ver á la luz que mis sentidos alumbra; á la cual daré tales disculpas, que ella venga á tener por buena mi tardanza, pues verá que todo redunda en aumento de su gloria y fama, pues cuanta yo he alcanzado, alcanzo y alcanzaré por las armas en esta vida, toda me viene del favor que ella me da, y de ser yo suyo. ¡Ay! dijo Sancho, ¡y cómo está vuestra merced lastimado de esos cascos! Pues dígame, señor, ¿piensa vuestra merced caminar este camino en balde, y dejar pasar y perder un tan rico y tan principal casamiento como éste, donde le dan en dote un reino, que buena verdad que he oido decir que tiene mas de veinte mil leguas de contorno, y que es abundantísimo de todas las cosas que son necesarias para el sustento de la vida humana, y que es mayor que Portugal y que Castilla juntos? Calle por amor de Dios, y tenga vergüenza de lo que ha dicho, y tome mi consejo, y perdóneme, y cásese luego en el primer lugar que haya cura, y si no ahí está nuestro licenciado que lo hará de perlas: y advierta que ya tengo edad para dar consejos, y que éste que le doy le viene de molde, que mas vale pájaro en mano que buitre volando, porque quien bien tiene y mal escoge, por bien que se enoje no se venga.

Mira, Sancho, respondió Don Quijote, si el consejo que me das de que me case es porque sea luego rey en matando al gigante, y tenga cómodo para hacerte mercedes y darte lo prometido, hágote saber que sin casarme podré cumplir tu deseo muy fácilmente, porque yo sacaré de adahala (3) antes de entrar en la batalla, que saliendo vencedor della, ya que no me case, me han de dar una parte del reino para que la pueda dar á quien yo quisiere; y en dándomela, ¿á quién quieres tú que la dé sino á tí? Eso está claro, respondió Sancho; pero mire vuestra merced que la escoja hácia la marina, porque si no me contentare la vivienda, pueda embarcar mis negros vasallos, y hacer

---

(1) *Endriago*, acaso se deriva de *Draco* y *vestiglo* de *vestigium* ó rastro, por el modo de andar de las serpientes y el rastro que dejan.—C.

(2) Alude al ardid de los jitanos, que para vender bien los burros y hacerlos pasar por andadores, por lerdos y pesados que sean, les echan azogue en los oidos.—Arr.

(3) Asi se decia antiguamente: ahora *adehala*. Viene del árabe *ade halel*, que significa *lícita estipulacion*.—P.—Tambien significa segun Covarruvias, el sobreprecio, ó todo aquello que se saca de gracia ó de ventaja sobre lo que monta el precio de lo que se compra, ajusta ó estipula. Aquí parece que mas bien la usa Don Quijote en el sentido de *compensacion ó indemnizacion*.—Arr.

dellos lo que ya he dicho: y vuestra merced no se cure de ir por agora á ver á mi señora Dulcinea, sino váyase á matar al gigante, y concluyamos este negocio, que por Dios que se me asienta que ha de ser de mucha honra !y de 'mucho provecho.

Dígote, Sancho, dijo don Quijote, que estás en lo cierto, y que habré de tomar tu consejo en cuanto el ir antes con la princesa que á ver á Dulcinea: y avísote que no digas nada á nadie, ni á los que con nosotros vienen de lo que aquí hemos departido y tratado, que pues Dulcinea es tan recatada que no quiere que se sepan sus pensamientos, no será bien que yo ni otro por mí los descubra. Pues si eso es así, dijo Sancho, ¿cómo hace vuestra merced que todos los que vence por su brazo se vayan á presentar ante mi señora Dulcinea, siendo esto firmar de su nombre que la quiere bien, y que es su enamorado? Y siendo forzoso que los que fueren se han de ir á hincar de finojos ante su presencia, y decir que van de parte de vuestra merced á dalle la obediencia, ¿cómo se pueden encubrir los pensamientos de entrambos? ¡Oh qué necio y qué simple que eres! dijo don Quijote; ¿tú no ves, Sancho, que eso reduuda en su mayor ensalzamiento? porque has de saber que en este nuestro estilo de caballería es gran honra tener una dama muchos caballeros andantes que la sirvan, sin que se estiendan mas sus pensamientos que á servirla por ser ella quién es, sin esperar otro premio de sus muchos y buenos deseos, sino que ella se contente de acetarlos por sus caballeros. Con esa manera de amor, dijo Sancho, he oído yo predicar que se ha de amar á nuestro Señor por sí solo, sin que nos mueva esperanza de gloria ó temor de pena, aunque yo le querría amar y servir por lo que pudiese. Válate el diablo por villano, dijo Don Quijote, y ¡qué de discreciones dices á las veces! no parece sino que has estudiado. Pues á fe mia que no sé leer, respondió Sancho.

En esto les dió voces maesé Nicolás, que esperasen un poco que querian detenerse á beber en una fuentecilla que allí estaba. Detúvose Don Quijote con no poco gusto de Sancho, que ya estaba cansado de mentir tanto, y temia no le cogiese su amo á palabras, porque puesto que él sabia que Dulcinea era una labradora del Toboso, no la habia visto en toda su vida. Habíase en este tiempo vestido Cardenio los vestidos que Dorotea traia cuando la hallaron, que aunque no eran muy buenos, hacian mucha ventaja á los que dejaba. Apeáronse junto á la fuente, y con lo que el cura se acomodó en la venta satisficieron aunque poco la mucha hambre que todos traian.

Estando en esto acertó á pasar por allí un muchacho que iba de camino, el cual poniéndose á mirar con mucha atencion á los que en la fuente estaban, de allí á poco arremetió á Don Quijote, y abrazándole por las piernas comenzó á llorar muy de propósito diciendo: ¡ay señor mio! ¿no me conoce vuestra merced? Pues míreme bien, que yo soy aquel mozo Andrés que quitó vuestra merced de la encina donde estaba atado. Reconocióle Don Quijote, y asiéndole por la mano se volvió á los que allí estaban, y dijo: porque vean vuestras mercedes cuán de importancia es haber caballeros andantes en el mundo que desfagan los tuertos y agravios que en él se hacen por los insolentes y malos hombres que en él viven, sepan vuestras mercedes que los dias pasados pasando yo por un bosque oí unos gritos y unas voces muy lastimeras como de persona afligida y menesterosa: acudí luego, llevado de mi obligacion, hácia la parte donde me pareció que las lamentables voces sonaban, y hallé atado á una encina á este muchacho que ahora está delante, de lo que me huelgo en el alma, porque será testigo que no me dejará mentir en nada. Digo que estaba atado á la encina desnudo del medio cuerpo arriba, y estábale abriendo á azotes con las riendas de una yegua un villano, que despues supe que era amo suyo, y asi como yo le ví le pregunté la causa de tan atroz vapulamiento: respondió el zafio que le azotaba porque era su criado, y que ciertos descuidos que tenia nacian mas de ladron que de simple; á lo cual este niño dijo: señor, no me azota sino porque le pido mi salario: el amo replicó no sé qué arengas y disculpas, las cuales aunque de mí fueron oidas no fueron admitidas: en resolucion, yo le hice desatar, y tomé juramento al villano de que le llevaria consigo y le pagaria un real sobre otro, y aun sahumados. ¿No es verdad todo esto, hijo Andrés? ¿no notaste con cuánto imperio se lo mandé, y con cuánta humildad prometió de hacer todo cuanto yo le impuse y notifiqué y quise? Responde, no te turbes, ni dudes en nada, dí lo que pasó á estos señores, porque se vea y considere ser del provecho que digo haber caballeros andantes por los caminos.

Todo lo que vuestra merced ha dicho es mucha verdad, respondió, el muchacho: pero el fin del negocio sucedió muy al revés de lo que vuestra merced se imagina. ¿Cómo al revés? replicó Don Quijote, ¿luego no te pagó el villano? No solo no me pagó, respondió el muchacho, pero asi como vuestra merced traspuso del bosque y quedamos solos, me volvió á atar á la mesma encina, y me dió de nuevo tantos azotes que quedé hecho un San Bartolomé desollado; y á cada azote que me daba me decia un donaire y chufeta acerca de hacer burla de vuestra merced, que á no sentir yo tanto dolor me riera de lo que decia. En efecto él me paró tal, que hasta ahora he estado curándome en un hospital del mal que el mal villano entonces me hizo: de todo lo cual tiene vuestra merced la culpa, porque si se fuera su camino adelante y no viniera donde no le llamaban, ni se entremetiera en negocios agenos, mi amo se contentara con darme una ó dos docenas de azotes, y luego me soltara y pagara cuanto me debia; mas como vuestra merced le deshonró tan sin propósito, y le dijo tantas villanías, encendiósele la cólera, y como no la pudo vengar en vuestra merced, cuando se vió solo descargó sobre mí el nublado, de modo que me parece que no seré mas hombre en toda mi vida.

El daño estuvo, dijo Don Quijote, en irme yo de allí, que no me había de ir hasta dejarte pagado; porque bien debia yo saber por luengas esperiencias que no hay villano que guarde palabra que diere, si él ve que no le está bien guardallas; pero ya te acuerdas, Andrés, que juré que si no te pagaba que habia de ir á buscarle, y que le habia de hallar aunque se escondiese en el vientre de la ballena. Asi es la verdad, dijo Andrés; pero no aprovechó nada. Ahora verás si aprovecha, dijo Don Quijote; y diciendo esto se levantó muy apriesa, y mandó á Sancho que enfrenase á Rocinante, que estaba paciendo en tanto que ellos comian. Preguntóle Dorotea qué era lo que hacer queria. El le respondió que queria ir á buscar al villano y castigalle de tan mal término, y hacer pagado á Andrés hasta el último maravedí, á despecho y pesar de cuantos villanos hubiese en el mundo. A lo que ella le respondió que advirtiese que no podia, conforme al don prometido, entremeterse en ninguna empresa hasta acabar la suya; y que pues esto sabia él mejor que otro alguno, que sosegase el pecho hasta la vuelta de su reino. Asi es verdad, respondió Don Quijote, y es forzoso que Andrés tenga paciencia hasta la vuelta, como vos, señora decís, que yo le torno á jurar y á prometer de nuevo de no parar hasta hacerle vengado y pagado. No me creo desos juramentos, dijo Andrés; mas quisiera tener agora con qué llegar á Sevilla, que todas las venganzas del mundo: déme, si tiene ahí algo que coma y lleve, y quédese con Dios su merced y todos los caballeros andantes, que tan bien andantes sean ellos para consigo como lo han sido para conmigo. Sacó de su repuesto Sancho un pedazo de pan y otro de queso; y dándoselo al mozo le dijo: tome, hermano Andrés, que á todos nos alcanza parte de vuestra desgracia. ¿Pues qué parte os alcanza á vos? preguntó Andrés. Esta parte de queso y pan que os doy, respondió Sancho, que Dios sabe si me ha de hacer falta ó no; porque os hago saber, amigo, que los escuderos de los caballeros andantes estamos sujetos á mucha hambre y á mala ventura, y aun á otras cosas que se sienten mejor que se dicen. Andrés asió de su pan y queso, y viendo que nadie le daba otra cosa abajó su cabeza, y tomó el camino en las manos como suele decirse. Bien es verdad que al partirse dijo á Don Quijote: por amor de Dios, señor caballero andante, que si otra vez me encontrare, aunque vea que me hacen pedazos no me socorra ni ayude, sino déjeme con mi desgracia, que no será tanta que no sea mayor la que me vendrá de su ayuda de vuestra merced, á quien Dios maldiga y á todos cuantos caballeros andantes han nacido en el mundo. Ibase á levantar Don Quijote para castigalle; mas él se puso á correr de modo que ninguno se atrevió á seguillo. Quedó corridísimo Don Quijote del cuento de Andrés, y fue menester que los demás tuviesen mucha cuenta con no reirse por no acaballe de correr del todo.

CAPITULO XXXII.

Que trata de lo que sucedió en la venta á toda la cuadrilla de Don Quijote.

Acabóse la buena comida, ensillaron luego, y sin que les sucediese cosa digna de contar llegaron otro dia á la venta, espanto y asombro de Sancho Panza, y aunque él quisiera no entrar en ella, no lo pudo huir. La ventera, el ventero, su hija y Maritornes, que vieron venir á Don Quijote y á Sancho, le salieron á recibir con muestras de mucha alegría, y él las recibió con grave continente y aplauso (1), y díjoles que le aderezasen otro mejor lecho que la vez pasada; á lo cual le respondió la huéspeda, que como le pagase mejor que la otra vez, que ella se le daria de príncipes. Don Quijote dijo que sí haria, y asi le aderezaron uno razonable en el mismo camaranchon de marras, y él se acostó luego, porque venia muy quebrantado y falto de sueño. No se hubo bien encerrado, cuando la huéspeda arremetió al barbero, y asiéndole de la barba, dijo: para mi santiguada, que no se ha de aprovechar mas de mi rabo para su barba, y que me ha de volver mi cola, que anda lo de mi marido por esos suelos, que es vergüenza: digo el peine que solia yo colgar de mi buena cola. No se la queria

---

(1) *Aplauso* en Cervantes suele significar *tono solemne, grave, pausado.*—C.

dar el barbero, aunque ella mas tiraba, hasta que·el licenciado le dijo que se la diese, que ya no era menester mas usar de aquella industria, sino que se descubriese y mostrase en su misma forma, y dijese á Don Quijote que cuando le despojaron los ladrones galeotes se habia venido á aquella venta huyendo; y que si preguntase por el escudero de la princesa, le dirian que ella le habia enviado adelante á dar aviso á los de su reino cómo ella iba y llevaba consigo el libertador de todos. Con esto dió de buena gana la cola á la ventera el barbero, y asimismo le volvieron todos los adherentes que habia prestado para la libertad de Don Quijote. Espantáronse todos los de la venta de la hermosura de Dorotea, y aun del buen talle del zagal Cardenio. Hizo el cura que les aderezasen de comer de lo que en la venta hubiese, y el huésped con esperanza de mejor paga, con diligencia les aderezó una razonable comida: y á todo esto dormia Don Quijote, y fueron de parecer de no despertalle, porque mas provecho le haria entonces el dormir que el comer.

Trataron sobre comida, estando delante el ventero, su mujer, su hija, Maritornes y todos los pasajeros, de la estraña locura de Don Quijote y del modo que le habian hallado: la huéspeda les contó lo que con él y con el arriero les habia acontecido; y mirando si acaso estaba allí Sancho, como no le viese, contó todo lo de su manteamiento, de que no poco gusto recibieron: y como el cura dijese que los libros de caballerías que Don Quijote habia leido le habian vuelto el juicio, dijo el ventero: no sé yo cómo puede ser eso, que en verdad que á lo que yo entiendo no hay mejor lectura en el mundo, y que tengo ahí dos ó tres dellos con otros papeles, que verdaderamente me han dado·la vida, no solo á mí, sino á otros muchos, porque cuando es tiempo de la siega, se recogen aquí las fiestas muchos segadores, y siempre hay alguno que sabe leer, el cual coge uno destos libros en las manos, y rodeámonos dél mas de treinta, y estámosle escuchando con tanto gusto, que nos quita mil canas: á lo menos de mí sé decir que cuando oyo decir aquellos furibundos y terribles golpes que los caballeros pegan, que me toma gana de hacer otro tanto, y que querria estar oyéndolos noches y dias. Y yo ni mas ni menos, dijo la ventera, porque nunca tengo buen rato en mi casa sino aquel que vos estais escuchando leer, que estais tau embobado que no os acordais de reñir por entonces. Asi es la verdad, dijo Maritornes; y á buena fe que yo tambien gusto mucho de oir aquellas cosas, que son muy lindas, y mas cuando cuentan que se está la otra señora debajo de unos naranjos abrazada con su caballero, y que les está una dueña haciéndoles la guarda, muerta de envidia y con mucho sobresalto: digo, que todo esto es cosa de mieles.

Y á vos, ¿qué os parece, señora doncella? dijo el cura hablando con la hija del ventero. No sé' señor, en mi ánima, respondió ella, tambien yo lo escucho, y en verdad que aunque no lo entiendo, que recibo gusto en oillo; pero no gusto yo de los golpes de que mi padre gusta, sino de las lamentaciones que los caballeros hacen cuando están ausentes de sus señoras, que en verdad que algunas veces me hacen llorar de compasion que los tengo. ¿Luego bien las remediárades vos, señora doncella, dijo Dorotea, si por vos lloraran? No sé lo que me hiciera, respondió la moza, solo sé que hay algunas señoras de aquellas tan crueles, que las llaman sus caballeros tigres y leones y otras mil inmundicias: y ¡Jesus! yo no sé qué gente es aquella tan desalmada y tan sin conciencia, que por no mirar á un hombre honrado le dejan que se muera ó que se vuelva loco: yo no sé para qué es tanto melindre; si lo hacen de honradas, cásense con ellos, que ellos no desean otra cosa. Calla, niña, dijo la ventera, que parece que sabes mucho destas cosas, y no está bien á las doncellas saber ni hablar tanto. Como me lo preguntaba este señor, respondió ella, no pude dejar de respondelle.

Ahora bien, dijo el cura, traedme, señor huésped, aquellos libros, que los quiero ver. Que me place, respondió él; y entrando en su aposento sacó dél una maletilla vieja cerrada con una cadenilla y abriéndola el cura, halló en ella tres libros grandes y unos papeles de muy buena letra escritos de mano. El primero que abrió, vió que era don Cirongilio de Tracia (1), y el otro de Félixmarte de Hircania, y el otro la historia del Gran Capitan Gonzalo Hernandez de Córdoba, con la vida de Diego Garcia de Paredes. Asi como el cura leyó los dos títulos primeros, volvió el rostro al barbero y dijo: falta nos hacen aquí ahora el ama de mi amigo y su sobrina. No hacen, respondió el barbero, que tambien sé yo llevarlos al corral ó á la chimenea, que en verdad que hay muy buen fuego en ella. ¿Luego quiere vuestra merced quemar mis libros? dijo el ventero. No mas, dijo el cura, que estos dos, el de don Cirongilio y el de Félixmarte. ¿Pues por ventura, dijo el ventero, mis libros son hereges ó flemáticos, que los quiere quemar? Cismáticos quereis decir, amigo, dijo el barbero, que no flemáticos. Asi es, replicó el ventero; mas si alguno quiere quemar, sea ese del Gran Capitan y dese Diego Garcia, que antes dejaré quemar un hijo que dejar quemar ninguno desotros.

Hermano mio, dijo el cura, estos dos libros son mentirosos, y están llenos de disparates y devaneos; y este del Gran Capitan es historia verdadera y tiene los hechos de Gonzalo Hernandez de Córdoba, el cual por sus muchas y grandes hazañas mereció ser llamado de todo el mundo el Gran Capitan, renombre famoso y claro, y dél solo merecido; y este Diego Garcia de Paredes fue un principal caballero, natural de la ciudad de Trujillo en Estremadura, valentísimo soldado, y de tantas fuerzas naturales, que detenia con un dedo una rueda de molino en la mitad de su furia, y puesto con un

(1) Escribióle Bernardo de Vargas, y se intitula: «Los libros de Don Cirongilio de Tracia, hijo del noble rey Eleofron de Macedonia, segun los escribió Novarco en griego, y Promusis en latin.» Sevilla, 1545, fól.—P.

montante en la entrada de una puente, detuvo á todo un innumerable ejército que no pasase por ella, é hizo otras tales cosas, que si como él las cuenta y las escribe él asimismo con la modestia de caba-

llero y de coronista propio (1), las escribiera otro libre y desapasionado, pusieran en olvido las de los Héctores, Aquiles y Roldanes.

¡Tomaos con mi padre, dijo el dicho ventero, mirad de qué se espanta, de detener una rueda de molino! Por Dios, ahora había vuestra merced de leer lo que leí yo de Félixmarte de Hircania, que de un revés solo partió cinco gigantes por la cintura como si fueran hechos de habas como los frailecicos que hacen los niños (2): y otra vez arremetió con un grandísimo y poderosísimo ejército, donde hubo mas de un millon y seiscientos mil soldados, todos armados desde el pie hasta la cabeza, y los desbarató á todos como si fueran manadas de ovejas. ¿Pues qué me dirán del bueno de don Cirongilio de Tracia, que fue tan valiente y animoso como se verá en el libro? donde cuenta que navegando por un rio le salió de la mitad del agua una serpiente de fuego, y él asi como la vió, se arrojó sobre ella, y se puso á horcajadas encima de sus escamosas espaldas, y la apretó con ambas manos la garganta con

tanta fuerza, que viendo la serpiente que la iba ahogando no tuvo otro remedio sino dejarse ir á lo

(1) Ni uno ni otro hecho se leen en la *Breve Suma* de la vida de García de Paredes, escrita por el mismo que se halla al fin de la crónica del Gran Capitan, y si solo en el contesto de ésta.

2) El juguete que aquí se indica, serian vainas de habas cortadas de modo que la punta quedase pendiente como capucha, dejando descubierta parte del haba que representaba la cabeza, y lo demás de la vaina el cuerpo.—C.

hondo del rio, llevándose tras sí al caballero, que nunca la quiso soltar; y cuando llegaron allá abajo, se halló en unos palacios y en unos jardines tan lindos, que era maravilla; y luego la sierpe se volvió en un viejo anciano, que le dijo tantas de cosas que no hay mas que oir. Calle, señor, que si oyese esto se volveria loco de placer : dos higas para el Gran Capitan y para ese Diego García que dice.

Oyendo esto Dorotea, dijo callando á Cardenio : poco le falta á nuestro huésped para hacer la segunda parte de Don Quijote. Asi me parece á mí, respondió Cardenio, porque segun da indicio, él tiene por cierto que todo lo que estos libros cuentan, pasó ni mas ni menos que lo escriben, y no le harán creer otra cosa frailes descalzos. Mirad, hermanos, tornó á decir el cura, que no hubo en el mundo Félixmarte de Hircania, ni don Cirongilio de Tracia, ni otros caballeros semejantes que los libros de caballerías cuentan, porque todo es compostura y ficcion de ingenios ociosos, que los compusieron para el efecto que vos decis de entretener el tiempo, como lo entretienen leyéndolos vuestros segadores : porque realmente os juro que nunca tales caballeros fueron en el mundo, ni tales hazañas ni disparates acontecieron en él.

A otro perro con ese hueso, respondió el ventero, como si yo no supiese cuántas son cinco, y adónde me aprieta el zapato : no piense vuestra merced darme papilla : porque por Dios que no soy nada blanco (1) : bueno es que quiera darme vuestra merced á entender que todo aquello que estos buenos libros dicen sea disparates y mentiras estando impreso con licencia de los señores del Consejo Real, como si ellos fueran gente que habian de dejar imprimir tanta mentira junta, y tantas batallas y tantos encantamentos, que quitan el juicio.

Ya os he dicho, amigo, replicó el cura, que esto se hace para entretener nuestros ociosos pensamientos; y asi como se consiente en las repúblicas bien concertadas que haya juegos de ajedrez, de pelota y de trucos para entretener á algunos que ni quieren, ni deben, ni pueden trabajar, asi se consiente imprimir y que haya tales libros; creyendo, como es verdad, que no ha de haber alguno tan ignorante que tenga por historia verdadera ninguna destos libros : y si me fuera lícito ahora, y el auditorio lo requiriera, yo dijera cosas acerca de lo que han de tener los libros de caballerías para ser buenos, que quizá fueran de provecho y aun de gusto para algunos : pero yo espero que vendrá tiempo en que lo pueda comunicar con quien pueda remediallo, y en este entretanto creed, señor ventero, lo que os he dicho, y tomad vuestros libros, y allá os avenid con sus verdades ó mentiras, y buen provecho os hagan, y quiera Dios que no cojeeis del pie que cojea vuestro huésped Don Quijote. Eso no, respondió el ventero, que no seré yo tan loco que me haga caballero andante, que bien veo que ahora no se usa lo que se usaba en aquel tiempo cuando se dice que andaban por el mundo estos famosos caballeros.

A la mitad desta plática se halló Sancho presente, y quedó muy confuso y pensativo de lo que habia oido decir, que ahora no se usaban caballeros andantes, y que todos los libros de caballerías eran necedades y mentiras, y propuso en su corazon esperar en lo que paraba aquel viaje de su amo, y que si no salia con la felicidad que él pensaba, determinaba de dejalle y volverse con su mujer y sus hijos á su acostumbrado trabajo.

Llevábase la maleta y los libros el ventero, mas el cura le dijo : esperad, que quiero ver qué papeles son esos que de tan buena letra están escritos. Sacólos el huésped, y dándoselos á leer, vió hasta obra de ocho pliegos escritos de mano, y al principio tenian un título grande que decia : *Novela del Curioso impertinente*. Leyó el cura para sí tres ó cuatro renglones, y dijo : cierto que no me parece mal el título desta novela, y que me viene voluntad de leella toda. A lo que respondió el ventero : pues bien puede leella su reverencia, porque le hago saber que á algunos huéspedes que aquí la han leido les ha contentado mucho, y me la han pedido con muchas veras; mas yo no se la he querido dar pensando volvérsela á quien aquí dejó esta maleta olvidada con estos libros y esos papeles, que bien puede ser que vuelva su dueño por aquí algun tiempo, y aunque sé que me han de hacer falta los libros, á fe que se los he de volver, que aunque ventero todavía soy cristiano.

Vos teneis mucha razon, amigo, dijo el cura : mas con todo eso si la novela me contenta, me la habeis de dejar trasladar. De muy buena gana, respondió el ventero. Mientras los dos esto decian, habia tomado Cardenio la novela y comenzado á leer en ella, y pareciéndole lo mismo que al cura, le rogó que la leyese de modo que todos la oyesen. Si leyera, dijo el cura, si no fuera mejor gastar este tiempo en dormir que en leer. Harto reposo será para mí, dijo Dorotea, entretener el tiempo oyendo algun cuento, pues aun no tengo el espíritu tan sosegado que me conceda dormir cuando fuera razon. Pues desa manera, dijo el cura, quiero leerla por curiosidad siquiera; quizá tendrá alguna de gusto. Acudió maese Nicolás á rogarle lo mismo, y Sancho tambien : lo cual visto del cura, y entendiendo que á todos daria gusto y él le recebiria, dijo : pues asi es, esténme todos atentos, que la novela comienza desta manera.

1) Esto es, bobo ó necio, espresion de la Germanía.—Arr.

CAPITULO XXXIII.
Donde se cuenta la novela del Curioso impertinente.

En Florencia, ciudad rica y famosa de Italia en la provincia que llaman Toscana, vivian Anselmo y Lotario, dos caballeros ricos y principales, y tan amigos que por escelencia y antonomasia de todos los que los conocian *los dos amigos* eran llamados. Eran solteros, mozos de una misma edad y de unas mismas costumbres; todo lo cual era bastante causa á que los dos con recíproca amistad se correspondiesen : bien es verdad que el Anselmo era algo mas inclinado á los pasatiempos amorosos que el Lotario, al cual llevaban tras sí los de la caza, pero cuando se ofrecia dejaba Anselmo de acudir á sus gustos por seguir los de Lotario, y Lotario dejaba los suyos por acudir á los de Anselmo, y desta manera andaban tan á una sus voluntades, que no habia concertado reloj que asi lo anduviese. Andaba Anselmo perdido de amores de una doncella principal y hermosa de la misma ciudad, hija de tan buenos padres y tan buena ella por sí, que se determinó con el parecer de su amigo Lotario, sin el cual ninguna cosa hacia, de pedilla por esposa á sus padres, y asi lo puso en ejecucion, y el que llevó la embajada fue Lotario, y el que concluyó el negocio tan á gusto de su amigo, que en breve tiempo se vió puesto en la posesion que deseaba, y Camila tan contenta de haber alcanzado á Anselmo por esposo, que no cesaba de dar gracias al cielo y á Lotario por cuyo medio tanto bien le habia venido.

Los primeros dias, como todos los de boda suelen ser alegres, continuó (1) Lotario como solia la casa de su amigo Anselmo, procurando honralle, festejalle y regocijalle con todo aquello que á él le fue posible; pero acabadas las bodas, sosegada ya la frecuencia de las visitas y parabienes, comenzó Lotario á descuidarse con cuidado de las idas á casa de Anselmo, por parecerle á él, como es razon que parezca á todos los que fueren discretos, que no se han de visitar y continuar las casas de los amigos casados de la misma manera que cuando eran solteros; porque aunque la buena y verdadera amistad no puede ni debe ser sospechosa en nada, con todo esto, es tan delicada la honra del casado, que parece que se puede ofender aun de los mismos hermanos cuanto mas de los amigos. Notó Anselmo la remision de Lotario, y formó dél quejas grandes, diciéndole que si él supiera que el casarse habia de ser parte para no comudicalle como solia, que jamás lo hubiera hecho, y que si por la buena correspondencia que los dos tenian mientras él fue soltero habian alcanzado tan dulce nombre como el ser llamados *los dos amigos*, que no permitiese por querer hacer del circunspecto sin otra ocasion alguna, que tan famoso y tan agradable nombre se perdiese; y que asi le suplicaba, si era lícito que tal término de hablar se usase entre ellos, que volviese á ser señor de su casa, y á entrar y salir en ella como de antes, asegurándole que su esposa Camila no tenia otro gusto ni otra voluntad que la que él queria que tuviese, y que por haber sabido ella con cuántas veras los dos se amaban estaba confusa de ver en él tanta esquiveza.

A todas estas y otras muchas razones que Anselmo dijo á Lotario para persuadille volviese como solia á su casa, respondió Lotario con tan prudencia, discrecion y aviso, que Anselmo quedó satisfecho de la buena intencion de su amigo, y quedaron de concierto que dos dias en la semana y las fiestas fuese Lotario á comer con él; y aunque esto quedó asi concertado entre los dos, propuso Lotario de no hacer mas de aquello que viese que mas convenia á la honra de su amigo, cuyo crédito le estaba en mas que el suyo propio. Decia él, y decia bien, que el casado á quien el cielo habia concedido mujer hermosa, tanto cuidado habia de tener en mirar qué amigos llevaba á su casa como en mirar con qué amigas su mujer conversaba, porque lo que no se hace ni concierta en las plazas, ni en los templos, ni en las fiestas públicas, ni estaciones (cosas que no todas veces las han de negar los maridos á sus mujeres), se concierta y facilita en casa de la amiga ó la parienta de quien mas satisfaccion se tiene. Tambien decia Lotario que tenian necesidad los casados de tener cada uno algun amigo que le advirtiese de los descuidos que en su proceder hiciese, porque suele acontecer que con el mucho amor que el marido á la mujer tiene, ó no le advierte ó no le dice por no enojalla que haga ó deje de hacer algunas cosas, que el hacellas ó no le seria de honra ó de vituperio; de lo cual siendo del amigo advertido fácilmente pondria remedio en todo. ¿Pero en dónde se hallará amigo tan discreto y tan leal y verdadero como aquí Lotario le pide? No lo sé yo por cierto; solo Lotario era este, que con toda solicitud y advertimiento miraba por la honra de su amigo, y procuraba diezmar, frisar (2) y acortar los dias del concierto del ir á su casa, porque no pareciese mal al vulgo ocioso y á los ojos vagamundos y maliciosos la entrada de un mozo rico, gentil hombre y bien nacido, y de las buenas partes que él pensaba que tenia, en la casa de una mujer tan hermosa como Camila : que puesto que su bondad y valor podian poner freno á toda maldiciente lengua, todavía no queria poner en duda su crédito ni el de su amigo, y por esto los mas de los dias del concierto los ocupaba y entretenia en otras cosas que él daba á entender ser inescusables: asi que en quejas del uno y disculpas del otro se pasaban muchos ratos y partes del dia. Sucedió pues que uno en que los dos se andaban paseando por un prado fuera de la ciudad, Anselmo dijo á Lotario las siguientes razones:

(1) *Continuó*, acepcion poco comun, que aquí tiene la misma significacion que *seguir frecuentando.*—C.
(2) *Frisar* de *Fricare*, estregar, rozar, disminuir rozando.—C.

Pensarás, amigo Lotario, que á las mercedes que Dios me ha hecho en hacerme hijo de tales padres como fueron los mios, y al darme no con mano escasa los bienes, asi los que llaman de naturaleza como los de fortuna, no puedo yo corresponder con agradecimiento que llegue al bien recebido, y sobre todo al que me hizo en darme á tí por amigo y á Camila por mujer propia, dos prendas que las estimo, si no en el grado que debo, en el que puedo. Pues con todas estas partes, que suelen ser el todo con que los hombres suelen y pueden vivir contentos, vivo yo el mas despechado y el mas desabrido hombre de todo el universo mundo; porque no sé de qué dias á esta parte me fatiga y aprieta un deseo tan estraño y tan fuera del uso comun de otros, que yo me maravillo de mí mismo, y me

culpo y me riño á solas y procuro callarlo y encubrillo de mis propios pensamientos, y asi me ha sido posible salir con este secreto como si de industria procurara decillo á todo el mundo; y pues que en efecto él ha de salir á plaza, quiero que sea en la del archivo de tu secreto, confiado que con él y con la diligencia que pondrás como mi amigo verdadero en remediarme, yo me veré presto libre de la angustia que me causa, y llegará mi alegría por tu solicitud al grado que ha llegado mi descontento por mi locura.

Suspenso tenian á Lotario las razones de Anselmo, y no sabia en qué habia de parar tan larga prevencion ó preámbulo: y aunque iba revolviendo en su imaginacion qué deseo podria ser aquel que á su amigo tanto fatigaba, dió siempre muy lejos del blanco de la verdad; y por salir presto de la agonía que le causaba aquella suspension le dijo que hacia notorio agravio á su mucha amistad en andar buscando rodeos para decirle sus mas encubiertos pensamientos, pues tenia cierto que se podria prometer dél ó ya consejos para entrenellos, ó ya remedio para cumplillos. Asi es la verdad, respondió Anselmo, y con esa confianza te hago saber, amigo Lotario, que el deseo que me fatiga es el pensar si Camila mi esposa es tan buena y tan perfecta como yo pienso, y no puedo enterarme en esta verdad sino es probándola de manera que la prueba manifieste los quilates de su bondad como el fuego muestra los del oro: porque yo tengo para mí, oh amigo, que no es una mujer mas buena de cuanto es ó no es solicitada, y que aquella sola es fuerte que no se dobla á las promesas, á las dádivas, á las lágrimas y á las continuas importunidades de los solícitos amantes: porque ¿qué hay que agradecer que una mujer sea buena si nadie le dice que sea mala? ¿qué mucho que esté recogida y temerosa la que no le dan ocasion para que se suelte, y la que sabe que tiene marido que en cogiéndola en la primera desenvoltura la ha de quitar la vida? Ansí que la que es buena por temor ó por falta de lugar, yo no la quiero tener en aquella estima en que tendré á la solicitada y perseguida que salió con la corona del vencimiento; de modo que por estas razones y por otras muchas que te pudiera decir para acreditar y fortalecer la opinion que tengo, deseo que Camila mi esposa pase por estas dificultades, y se acrisole y quilate en el fuego de verse requerida y solicitada, y de quien tenga valor para poner en ella sus deseos: y si ella sale, como creo que saldrá, con la palma de esta batalla, tendré yo por sin igual mi ventura; podré yo decir que está colmo el vacío de mis deseos; diré que me cupo en suerte la mujer fuerte, de quien el Sabio dice que quién la hallará. Y cuando esto suceda al revés de lo que pienso, con el gusto de ver que acerté en mi opinion, llevaré sin pena la que de razon podrá causarme mi tan costosa esperiencia: y presupuesto que ninguna cosa de cuantas me dijeres en contra de mi deseo ha de ser de algun provecho para dejar de ponerle por obra, quiero, oh amigo Lotario, que te dispongas á ser el instrumento que labre aquesta obra de mi gusto, que yo te daré lugar para que lo hagas, sin faltarte todo aquello que yo viere ser necesario para solicitar á una mujer honesta, honrada, recogida y desinteresada; y muéveme entre otras cosas á fiar de tí esta tan árdua empresa, el ver que si de tí es vencida Camila, no ha de llegar el vencimiento á todo trance y rigor, sino á solo tener por hecho lo que se ha de hacer por buen respeto, y asi no quedaré yo ofendido mas de con el deseo, y mi injuria quedará escondida en la virtud de tu silencio, que bien sé que en lo que me tocare ha de ser eterno como el de la muerte; asi que si quieres que yo tenga vida que pueda decir que lo es, desde luego has de entrar en esta amorosa batalla, no tibia ni perezosamente, sino con el ahinco y diligencia que mi deseo pide, y con la confianza que nuestra amistad me asegura.

Estas fueron las razones que Anselmo dijo á Lotario, á todas las cuales estuvo tan atento, que si no fueron las que quedan escritas que le dijo, no desplegó sus labios hasta que hubo acabado; y viendo que no decia mas, despues que le estuvo mirando un buen espacio como si mirara una cosa que jamás hubiera visto, y que le causara admiracion y encanto, le dijo: no me puedo persuadir, oh amigo Anselmo, á que no sean burlas las cosas que me has dicho, que á pensar que de veras las decias no consintiera que tan adelante pasaras, porque con no escucharte previniera tu larga arenga: sin duda imagino ó que no me conoces, ó que yo no te conozco; pero no, que bien sé que eres Anselmo, y tú sabes que yo soy Lotario: el daño está en que yo pienso que no eres el Anselmo que solias, y tú debes de haber pensado que tampoco yo soy el Lotario que debia ser: porque las cosas que me has dicho ni son de aquel Anselmo mi amigo, ni las que me pides se han de pedir á aquel Lotario que tú conoces, porque los buenos amigos han de probar á sus amigos y valerse dellos como dijo un poeta, *usque ad aras*, que quiere decir, que no se habian de valer de su amistad en cosas que fuesen contra Dios. Pues si esto sintió un gentil (1) de la amistad, ¿cuánto mejor es que lo sienta el cristiano, que sabe que por ninguna humana ha de perder la amistad divina? Y cuando el amigo tirase tanto la barra que pusiese aparte los respetos del cielo por acudir á los de su amigo, no ha de ser por cosas ligeras y de poco momento, sino por aquellas en que vaya la honra y la vida de su amigo. Pues díme tú ahora, Anselmo, ¿cuál destas dos cosas tienes en peligro para que yo me aventure á complacerte y á hacer una cosa tan detestable como me pides? Ninguna por cierto; antes me pides, segun yo entiendo, que procure y solicite quitarte la honra y la vida, y quitármela á mí juntamente; porque si yo he de procurar quitarte la honra, claro está que te quito la vida, pues el hombre sin honra peor es que un muerto, y siendo yo el instrumento, como tú quieres que lo sea de tanto mal tuyo, yo vengo á quedar deshonrado, y por el mismo consiguiente sin vida. Escucha, amigo Anselmo, y ten paciencia de no responderme hasta que acabe de decirte lo que se me ofreciere acerca de lo que te ha pedido tu deseo, que tiempo te quedará para que tú me repliques y yo te escuche. Que me place, dijo Anselmo, dí lo que quisieres.

Y Lotario prosiguió diciendo: paréceme, oh Anselmo, que tienes tú ahora el ingenio como el que siempre tienen los moros, á los cuales no se les puede dar á entender el error de su secta con las acotaciones de la santa escritura, ni con razones que consistan en especulacion del entendimiento, ni

---

(1) El dicho fue de Pericles á un amigo suyo, pidiéndole éste que en cierta causa judicial jurase á su favor en falso. Cuéntalo Plutarco en su opúsculo intitulado *De la mala rergüenza.*—C.

que vayan fundadas en artículos de fe, sino que les han de traer ejemplos palpables, fáciles, intelegibles (1), demostrativos, indubitables, con demostraciones matemáticas que no se pueden negar, como cuando dicen: *si de dos partes iguales quitamos partes iguales, las que quedan tambien son iguales*: y cuando esto no entiendan de palabra, como en efecto no lo entienden, háseles de mostrar con las manos, y ponérseles delante de los ojos, y aun con todo esto no basta nadie con ellos á persuadirles las verdades de nuestra sacra religion; y este mismo término y modo me convendrá usar contigo, porque el deseo que en tí ha nacido va tan descaminado y tan fuera de todo aquello que tenga sombra de razonable, que me parece que ha de ser tiempo malgastado el que ocupare en darte á entender tu simplicidad, que por ahora no le quiero dar otro nombre, y aun estoy por dejarte en tu desatino en pena de tu mal deseo; mas no me deja usar deste rigor la amistad que te tengo, la cual no consiente que te deje puesto en tan manifiesto peligro de perderte: y porque claro lo veas, dime, Anselmo, ¿tú no me has dicho que tengo de solicitar á una retirada? ¿persuadir á una honesta? ¿ofrecer á una desinteresada? ¿servir á una prudente? Sí que me lo has dicho: pues si tú sabes que tienes mujer retirada, honesta, desinteresada y prudente, ¿qué buscas? Y si piensas que de todos mis asaltos ha de salir vencedora, como saldrá sin duda, ¿qué mejores títulos piensas darle despues que los que ahora tiene? ¿ó qué será mas despues de lo que es ahora? O es que tú no la tienes por la que dices, ó tú no sabes lo que pides: si no la tienes por la que dices, ¿para qué quieres probarla, sino como mala hacer della lo que mas te viniere en gusto? mas si es tan buena como crees, impertinente cosa será hacer esperiencia de la misma verdad, pues despues de hecha se ha de quedar con la estimacion que primero tenia. Asi que es razon concluyente que el intentar las cosas, de las cuales antes nos puede suceder daño que provecho, es de juicios sin discurso y temerarios, y mas cuando quieren intentar aquellas á que no son forzados ni compelidos, y que de muy lejos traen descubierto que el intentarlas es manifiesta locura. Las cosas dificultosas se intentan por Dios ó por el mundo, ó por entrambos á dos: las que se acometen por Dios son las que acometieron los santos acometiendo á vivir vida de ángeles en cuerpos humanos: las que se acometen por respeto del mundo son las de aquellos que pasan tanta infinidad de agua, tanta diversidad de climas, tanta estrañeza de gentes por adquirir estos que llaman bienes de fortuna; y las que se intentan por Dios y por el mundo juntamente, son aquellas de los valerosos soldados, que apenas ven el contrario muro abierto tanto espacio cuanto es el que pudo hacer una redonda bala de artillería, cuando puesto aparte todo temor, sin hacer discurso, ni advertir al manifiesto peligro que les amenaza, llevados en vuelo de las alas del deseo de volver por su fe, por su nacion y por su rey, se arrojan intrépidamente por la mitad de mil contrapuestas muertes que los esperan. Estas cosas son las que suelen intentarse, y es honra, gloria y provecho intentarlas aunque tan llenas de inconvenientes y peligros; pero la que tú dices que quieres intentar y poner por obra, ni te ha de alcanzar gloria de Dios, bienes de la fortuna, ni fama con los hombres; porque puesto que salgas con ella como deseas, no has de quedar ni mas ufano, ni mas rico, ni mas honrado que estás ahora; y si no sales, te has de ver en la mayor miseria que imaginar se pueda, porque no te ha de aprovechar pensar entonces que no sabe nadie la desgracia que te ha sucedido: porque bastará para afligirte y deshacerte que la sepas tú mismo. Y para confirmacion desta verdad te quiero decir una estancia que hizo el famoso poeta Luis Tansilo (2) en el fin de su primera parte de *Las lágrimas de San Pedro*, que dice asi:

> Crece el dolor, y crece la vergüenza
> En Pedro cuando el dia se ha mostrado,
> Y aunque allí no ve á nadie, se avergüenza
> De sí mismo por ver que habia pecado;
> Que á un magnánimo pecho á haber vergüenza
> No solo ha de moverle el ser mirado,
> Que de si se avergüenza cuando yerra,
> Si bien otro no ve que cielo y tierra.

Asi que no escusarás con el secreto tu dolor, antes tendrás que llorar continuo, si no lágrimas de los ojos, lágrimas de sangre del corazon, como las lloraba aquel simple doctor que nuestro poeta nos cuenta que hizo la prueba del vaso (3) que con mejor discurso se escusó de hacerla el prudente Rei-

---

(1) *Intelegibles*, asi decian antiguamente nuestros mas cultos y autorizados escritores, mudando en *e* la *i* del oríg‹n, lo mismo que en *recebir*, *apercebir* y otras voces. Ahora el uso ha vuelto á seguir en muchos casos la etimología, y se dice *inteligible*, *recibir*, *apercibir*.—C.

(2) *Luis Tansilo*, poeta napolitano que escribió el poema de las *Lágrimas de San Pedro*, en reparacion de otro muy licencioso que escribió cuando jóven con el título de *Vendimiador*. Publicóse en 1585, cinco años despues de la muerte del autor, y de él se hicieron en poco tiempo varias traducciones españolas. La del trozo que se cita en el testo, que es la estancia IV del libro ó *llanto* V, parece ser del mismo Cervantes.

(3) Aquí confunde Cervantes las especies. El que lloró, despues de hacer la prueba del vaso, no fue el doctor Anselmo de quien habla el Ariosto (*Orlando* furioso, canto 43) sino el caballero (que no se nombra) que en el mismo canto contó á Reinaldos un cuento del cual y del que al dia siguiente contó al mismo Reinaldos, un patron de barco en su navegacion por el Pó, cuento cuyo desgraciado héroe es el ya citado doctor Anselmo, imitó Cervantes su novela del *Curioso impertinente*. El vaso de que se va hablando, tenia la propiedad de indicar á los maridos si sus mujeres les eran infieles, en cuyo caso al que iba á beber el vino que contenia, se le derramaba á éste por el pecho.

naldos, que puesto que aquello sea ficcion poética, tiene en sí encerrados secretos morales dignos de ser advertidos y entendidos é imitados: cuanto mas, que con lo que ahora pienso decirte acabarás de venir en conocimiento del grande error que quieres cometer.

Dime, Anselmo, si el cielo ó la suerte buena te hubiera hecho señor y legítimo posesor de un finísimo diamante, de cuya bondad y quilates estuviesen satisfechos cuantos lapidarios le viesen, que todos á una voz y de comun parecer dijesen que llegaba en quilates, bondad y fineza á cuanto se podia estender la naturaleza de tal piedra, y tú mismo lo creyeses asi sin saber otra cosa en contrario, ¿seria justo que te viniese en deseo de tomar aquel diamante, y ponerle entre un ayunque y un martillo, y allí á pura fuerza de golpes (1) y brazos probar si es tan duro y tan fino como dicen? Y mas, si lo pusieses por obra, que puesto caso que la piedra hiciese resistencia á tan necia prueba, no por eso se le añadia mas valor ni mas fama; y si se rompiese, cosa que podria ser, ¿no se perdia todo? Sí por cierto, dejando á su dueño en estimacion de que todos le tengan por simple. Pues haz cuenta, Anselmo amigo, que Camila es finísimo diamante asi en tu estimacion como en la agena, y que no es razon ponerla en contingencia de que se quiebre, pues aunque se quede con su entereza, no puede subir á mas valor del que ahora tiene; y si faltase y no resistiese, considera desde ahora cuál quedaria sin ella, y con cuánta razon te podrias quejar de tí mismo por haber sido causa de su perdicion y la tuya. Mira que no hay joya en el mundo que tanto valga como la mujer casta y honrada, y que todo el honor de las mujeres consiste en la opinion buena que dellas se tiene; y pues la de tu esposa es tal que llega al estremo de bondad que sabes, ¿para qué quieres poner esta verdad en duda? Mira, amigo, que la mujer es animal imperfecto, y que no se le han de poner embarazos donde tropiece y caiga, sino quitárselos y despejalle el camino de cualquier inconveniente, para que sin pesadumbre corra ligera á alcanzar la perfeccion que le falta, que consiste en el ser virtuosa. Cuentan los naturales (2) que el arminio es un animalejo que tiene una piel blanquísima, y que cuando quieren cazarle los cazadores usan deste artificio, que sabiendo las partes por donde suele pasar y acudir, las atajan con lodo, y despues ojeándole le encaminan hácia aquel lugar, y asi como el arminio llega al lodo se está quedo, y se deja prender y cautivar á trueco de no pasar por el cieno y perder y ensuciar su blancura, que la estima en mas que la libertad y la vida. La honesta y casta mujer es arminio, y es mas que nieve blanca y limpia la vírtud de la honestidad, y el que quisiere que no la pierda, antes la guarde y conserve, ha de usar de otro estilo diferente que con el arminio se tiene, porque no le han de poner delante el cieno de los regalos y servicios de los importunos amantes, porque quizá, y aun sin quizá, no tiene tanta virtud y fuerza natural que pueda por sí misma atropellar y pasar por aquellos embarazos; y es necesario quitárselos y ponerle delante la limpieza de la virtud y la belleza que encierra en sí la buena fama. Es asimismo la buena mujer como espejo de cristal luciente y claro; pero está sujeto á empañarse y escurecerse con cualquier aliento que le toque. Háse de usar con la honesta mujer el estilo que con las reliquias, adorarlas y no tocarlas: háse de guardar y estimar la mujer buena como se guarda y estima un hermoso jardin que está lleno de flores y rosas, cuyo dueño no consiente que nadie le pasee ni manosee; basta que desde lejos y por entre las verjas de hierro gocen de su fragancia y hermosura. Finalmente, quiero decirte unos versos que se me han venido á la memoria, que los oi en una comedia moderna, que me parece que hacen al propósito de lo que vamos tratando. Aconsejaba un prudente viejo á otro, padre de una doncella, que la recogiese, guardase y encerrase; y entre otras razones le dijo éstas.

> Es de vidrio la mujer;
> Pero no se ha de probar
> Si se puede ó no quebrar,
> Porque todo podria ser.
>   Y es mas fácil el quebrarse,
> Y no es cordura ponerse
>
> A peligro de romperse
> Lo que no puede soldarse.
>   Y en esta opinion esten
> Todos, y en razon la fundo,
> Que si hay Dánaes en el mundo,
> Hay pluvias de oro tambien.

Cuanto hasta aquí te he dicho, oh Anselmo, ha sido por lo que á tí te toca, y ahora es bien que se oiga algo de lo que á mí me conviene; y si fuere largo, perdóname que todo lo requiere el laberinto donde te has entrado y de donde quieres que yo te saque. Tú me tienes por amigo, y quieres quitarme la honra, cosa que es contra toda amistad; y aun no solo pretendes esto, sino que procuras que yo te la quite á tí. Que me las quiere quitar á mí está claro, pues cuando Camila vea que yo la solicito como me pides, cierto está que me ha de tener por hombre sin honra y mal mirado, pues intento y hago una cosa tan fuera de aquello, que el ser quien soy y tu amistad me obliga. De que quieres que te la quite á tí no hay duda, porque viendo Camila que yo la solicito, ha de pensar que yo he visto en ella alguna liviandad que me dió atrevimiento á descubrirle mi mal deseo, y teniéndose

---

(1) Cervantes confunde aquí la *dureza* con la *tenacidad.*—Dureza es *la resistencia que oponen los minerales á ser* RAYADOS *por otros;* y tenacidad *la resistencia que oponen á ser* ROTOS *por el choque, percusion ó por cualquier otro medio.*—No hay mineral alguno que pueda *rayar* el diamante, y por eso se dice que es el mas *duro* de todos, y Mohs en su escala relativa de dureza, le coloca en el número diez ó sea en el último grado; pero en cuanto á su tenacidad es bastante débil, pues con un ligero choque podemos hacerle pedazos ó *romperle.*

(2) Los *naturales*, hoy dia se dice *naturalistas.*

por deshonrada te toca á tí como á cosa suya su misma deshonra ; y de aquí nace lo que comunmente se practica, que el marido de la mujer adúltera, puesto que él no lo sepa ni haya dado ocasion para que su mujer no sea lo que debe, ni haya sido en su mano ni por su descuido y poco recato estorbar su desgracia, con todo le llaman y le nombran con nombre de vituperio y bajo, y en cierta manera le miran los que la maldad de su mujer saben, con ojos de menosprecio en cambio de mirarle con los de lástima, viendo que no por su culpa, sino por el gusto de su mala compañera, está en aquella desventura. Pero quiérote decir la causa por qué con justa razon es deshonrado el marido de la mujer mala, aunque él no sepa que lo es, ni tenga culpa, ni haya sido parte, ni dado ocasion para que ella lo sea ; y no te canses de oirme, que todo ha de redundar en tu provecho.

Cuando Dios crió á nuestro primer padre en el paraiso terrenal, dice la divina Escritura que infundió Dios sueño en Adan, y que estando durmiendo le sacó una costilla del lado siniestro, de la cual formó á nuestra madre Eva, y asi como Adan despertó y la miró dijo : esta es carne de mi carne y hueso de mis huesos. Y Dios dijo : por esta dejará el hombre á su padre y madre, y serán dos en una carne misma ; y entonces fue instituido el divino sacramento del matrimonio con tales lazos, que solo la muerte puede desatarlos. Y tiene tanta fuerza y virtud este milagroso sacramento, que hace que dos diferentes personas sean una misma carne ; y aun hace mas en los buenos casados, que aunque tienen dos almas no tienen mas de una voluntad ; y de aquí viene, que como la carne de la·esposa sea una misma con la del esposo, las manchas que en ella caen, ó los defectos que se procuran (1), redundan en la carne del marido, aunque él no haya dado, como queda dicho, ocasion para aquel daño : porque asi como el dolor del pie ó de cualquier miembro del cuerpo humano le siente todo el cuerpo por ser todo de una carne misma, y la cabeza siente el daño del tobillo sin que ella se le haya causado, asi el marido es participante de la deshonra de la mujer por ser una misma cosa con ella, y como las honras y deshonras del mundo sean todas y nazcan de carne y sangre, y las de la mujer mala sean deste género, es forzoso que al marido le quepa parte dellas y sea tenido por deshonrado sin que él lo sepa. Mira, pues, oh Anselmo, al peligro que te pones en querer turbar el sosiego en que tu buena esposa vive : mira por cuán vana é impertinente curiosidad quieres revolver los humores que ahora están sosegados en el pecho de tu casta esposa : advierte que lo que aventuras á ganar es poco, y que lo que perderás será tanto, que lo dejaré en su punto porque me faltan palabras para encarecerlo. Pero si todo cuanto he dicho no basta á moverte de tu mal propósito, bien puedes buscar otro instrumento de tu deshonra á desventura, que yo no pienso serlo aunque por ello pierda tu amistad, que es la mayor pérdida que imaginar puedo.

Calló en diciendo esto el virtuoso y prudente Lotario, y Anselmo quedó tan confuso y pensativo, que por un buen espacio no le pudo responder palabra ; pero en fin, le dijo : con la atencion que has visto he escuchado, Lotario amigo, cuanto has querido decirme, y en tus razones, ejemplos y comparaciones, he visto la mucha discrecion que tienes y el estremo de la verdadera amistad que alcanzas ; y asimismo veo y confieso, que si no sigo tu parecer y me voy tras el mio, voy huyendo del bien y corriendo tras el mal. Presupuesto esto, has de considerar que yo padezco ahora la enfermedad que suelen tener algunas mujeres, que se les antoja comer tierra, yeso, carbon y otras cosas peores, aun asquerosas para mirarse, cuanto mas para comerse : asi que, es menester usar de algun artificio para que yo sane, y esto se podria hacer con facilidad, solo con que comiences aunque tibia y fingidamente, á solicitar á Camila, la cual no ha de ser tan tierna que á los primeros encuentros dé con su honestidad por tierra ; y con solo este principio quedaré contento, y tú habrás cumplido con lo que debes á nuestra amistad, no solamente dándome la vida, sino persuadiéndome de no verme sin honra, y estás obligado á hacer esto por una razon sola, y es, que estando yo como estoy, determinado de poner en práctica esta prueba, no has tú de consentir que yo dé cuenta de mi desatino á otra persona con que pondria en aventura el honor que tú procuras que no pierda ; y cuando el tuyo no esté en el punto que debe en la intencion de Camila en tanto que la solicitares, importa poco ó nada, pues con brevedad, viendo en ella la entereza que esperamos, le podrás decir la pura verdad de nuestro artificio, con que volverá tu crédito al ser primero, y pues tan poco aventuras, y tanto contento me puedes dar aventurándote, no lo dejes de hacer aunque mas inconvenientes se te pongan delante, pues, como ya he dicho, con solo que comiences daré por concluida la causa.

Viendo Lotario la resoluta voluntad de Anselmo, y no sabiendo qué mas ejemplos traerle, ni qué mas razones mostrarle para que no la siguiese ; y viendo que le amenazaba que daria á otro cuenta de su mal deseo, por evitar mayor mal, determinó de contentarle y hacer lo que le pedia, con propósito é intencion de guiar aquel negocio de modo que sin alterar los pensamientos de Camila quedase Anselmo satisfecho ; y asi le respondió que no comunicase su pensamiento con otro alguno, que él tomaba á su cargo aquella empresa, la cual comenzaria cuando á él la diese mas gusto. Abrazóle Anselmo tierna y amorosamente, y agradecióle su ofrecimiento como si alguna grande merced le hubiera hecho ; y quedaron de acuerdo entre los dos, que desde otro dia siguiente se comenzase la obra, que él le daria lugar y tiempo para que á sus solas pudiese hablar á Camila, y asimismo le daria dineros y joyas que ofrecerla y que darla. Aconsejóle que le diese música, que escribiese versos en su alabanza,

<hr />

(1) *Que se procuran*, equivale á decir, *que se buscan, en que voluntariamente se incurre.*—C.

y que cuando él no quisiese tomar trabajo de hacerlos, él mismo los haria. A todo se ofreció Lotario bien con diferente intencion que Anselmo pensaba; y con este acuerdo se volvieron á casa de Anselmo, donde hallaron á Camila con ansia y cuidado esperando á su esposo, porque aquel dia tardaba en venir mas de lo acostumbrado. Fuése Lotario á su casa, y Anselmo quedó en la suya tan contento como Lotario fue pensativo, no sabiendo qué traza dar para salir bien de aquel impertinente negocio; pero aquella noche pensó el modo que tendria para engañar á Anselmo sin ofender á Camila; y otro dia vino á comer con su amigo, y fue bien recibido de Camila, la cual le recibia y regalaba con mucha voluntad por entender la buena que su esposo le tenia. Acabaron de comer, levantaron los manteles, y Anselmo dijo á Lotario que se quedase allí con Camila en tanto que él iba á un negocio forzoso, que

dentro de hora y media volveria. Rogóle Camila que no se fuese, y Lotario se ofreció á hacerle compañía; mas nada aprovechó con Anselmo, antes importunó á Lotario que se quedase y aguardase, porque tenia que tratar con él una cosa de mucha importancia. Dijo tambien á Camila, que no dejase solo á Lotario en tanto que él volviese. En efecto, él supo tambien fingir la necesidad ó necedad de su ausencia, que nadie pudiera entender que era fingida.

Fuése Anselmo, y quedaron solos á la mesa Camila y Lotario, porque la demás gente de casa se habia ido á comer. Vióse Lotario puesto en la estacada que su amigo deseaba, y con el enemigo delante, que pudiera vencer con sola su hermosura á un escuadron de caballeros armados. Mirad si era razon que le tiemera Lotario; pero lo que hizo fue poner el codo sobre el brazo de la silla y la mano abierta en la mejilla, y pidiendo perdon á Camila del mal comedimiento, dijo que queria reposar un poco en tanto que Anselmo volvia. Camila le respondió que mejor reposaria en el estrado que en la silla, y asi le rogó se entrase á dormir en él. No quiso Lotario, y allí se quedó dormido hasta que volvió Anselmo, el cual como halló á Camila en su aposento y á Lotario durmiendo, creyó que como se habia tardado tanto, ya habrian tenido los dos lugar para hablar y aun para dormir, y no vió la hora en que Lotario despertase, para volverse con él fuera y preguntarle de su ventura. Todo le sucedió como él quiso. Lotario despertó y luego salieron los dos de casa, y asi le preguntó lo que deseaba, y le respondió Lotario que no le habia parecido ser bien que la primera vez se descubriese del todo, y asi no habia hecho otra cosa que alabar á Camila de hermosa, diciéndole que en toda la ciudad no se trataba de otra cosa que de su hermosura y discrecion, y que éste le habia parecido buen principio para entrar ganando la voluntad, y disponiéndola á que otra vez le escuchase con gusto, usando en esto del artificio que el demonio usa cuando quiere engañar á alguno que está puesto en atalaya para mirar por sí, que se trasforma en ángel de luz, siéndole él de tinieblas y poniéndole delante apariencias buenas, al cabo descubre quién es, y sale con su intencion si á los principios no es descubierto su engaño. Todo esto le contentó mucho á Anselmo, y dijo que cada dia daria el mismo lugar aunque no saliese de casa, porque en ella se ocuparia en cosas, que Camila no pudiese venir en conocimiento de su artificio.

Sucedió, pues, que se pasaron muchos dias, que sin decir Lotario palabra á Camila, respondia á Anselmo que le hablaba, y jamás podia sacar della una pequeña muestra de venir en ninguna cosa que mala fuese, ni aun dar una señal ni sombra de esperanza; antes decia que le amenazaba que si de aquel mal pensamiento no se quitaba, que lo habia de decir á su esposo. Bien está, dijo Anselmo, hasta aquí ha resistido Camila á las palabras; es menester ver cómo resiste á las obras: yo os daré mañana dos mil escudos de oro para que se los ofrezcais y aun se los deis, y otros tantos para que compreis joyas con que cebarla, que las mujeres suelen ser aficionadas, y mas si son hermosas por mas castas que sean, á esto de traerse bien y andar galanas; y si ella resiste á esta tentacion, yo quedaré satisfecho y no os daré mas pesadumbre. Lotario respondió, que ya que habia comenzado, que él llevaria hasta el fin aquella empresa, puesto que entendia salir della cansado y vencido. Otro dia recibió los cuatro mil escudos, y con ellos cuatro mil confusiones, porque no sabia qué decirse para mentir de nuevo; pero en efecto determinó decirle, que Camila estaba tan entera á las dádivas y promesas como á las palabras, y que no habia para qué cansarse mas, porque todo el tiempo se gastaba en balde.

Pero la suerte, que las cosas guiaba de otra manera, ordenó que habiendo dejado Anselmo solos á Lotario y á Camila como otras veces solia, él se encerró en un aposento, y por el agujero de la cerradura estuvo mirando y escuchando lo que los dos trataban, y vió que en mas de media hora Lotario no habló palabra á Camila ni se la hablara si allí estuviera un siglo, y cayó en la cuenta de que cuanto su amigo le habia dicho de las respuestas de Camilá todo era ficcion y mentira, y para ver si esto era ansi, salió del aposento y llamando á Lotario aparte le preguntó qué nuevas habia y de qué temple estaba Camila. Lotario respondió que no pensaba mas darle puntada en aquel negocio, porque respondia tan áspera y desabridamente que no tendria ánimo para volver á decirle cosa alguna. ¡Ah, dijo Anselmo, Lotario, Lotario, y cuán mal correspondes á lo que me debes y á lo mucho que de tí confio! ahora te he estado mirando por el lugar que concede la entrada desta llave, y

he visto que no has dicho palabra á Camila, por donde me doy á entender que aun las primeras le tienes por decir; y si esto es asi, como sin duda lo es, ¿para qué me engañas, ó por qué quieres quitarme con tu industria los medios que yo podria hallar para conseguir mi deseo? No dijo mas Anselmo; pero bastó lo que habia dicho para dejar corrido y confuso á Lotario, el cual casi como tomando por punto de honra el haber sido hallado en mentira, juró á Anselmo que desde aquel momento tomaba tan á su cargo el contentalle y no mentille, cual lo veria si con curiosidad lo espiaba: cuanto mas que no seria menester usar de ninguna diligencia, porque la que él pensaba poner en satisfacelle le quitaria de toda sospecha. Creyóle Anselmo, y para dalle comodidad mas segura y menos sobresaltada, determinó de hacer ausencia de su casa por ocho dias, yéndose á la de un amigo suyo que estaba en una aldea no lejos de la ciudad; con el cual amigo concertó que le enviase á llamar con muchas veras para tener ocasion con Camila de su partida. Desdichado y mal advertido de tí Anselmo, ¿qué es lo que haces? ¿qué es lo que trazas? ¿qué es lo que ordenas? Mira que haces contra tí mismo, trazando tu deshonra y ordenando tu perdicion. Buena es tu esposa Camila, quieta y sosegadamente la posees, nadie sobresalta tu gusto, sus pensamientos no salen de las paredes de tu casa, tú eres su cielo en la tierra, el blanco de sus deseos, el cumplimiento de sus gustos, y la medida por donde mide su voluntad, ajustándola en todo con la tuya y con la del cielo; pues si la mina de su honor, hermosura, honestidad y recogimiento te da sin ningun trabajo toda la riqueza que tiene y tú puedes desear, ¿para qué quieres ahondar la tierra y buscar nuevas vetas de nuevo y nunca visto tesoro, poniéndote á peligro que todo se venga abajo, pues en fin se sustenta sobre los débiles arrimos de su flaca naturaleza? Mira que el que busca lo imposible, es justo que lo posible se le niegue, como lo dijo mejor un poeta diciendo:

Busco en la muerte la vida,
Salud en la enfermedad,
En la prision libertad
En lo cerrado salida,
Y en el traidor lealtad.

Pero mi suerte, de quien
Jamás espero algun bien,
Con el cielo ha estatuido:
Que pues lo imposible pido,
Lo posible aun no me den.

Fuése otro dia Anselmo á la aldea dejando dicho á Camila que el tiempo que él estuviese ausente vendria Lotario á mirar por su casa y á comer con ella, que tuviese cuidado de tratalle como á su misma persona. Afligióse Camila como mujer discreta y honrada de la órden que su marido le dejaba, y díjole que advirtiese que no estaba bien que nadie, él ausente, ocupase la silla de su mesa; y que si lo hacia por no tener confianza, que ella sabria gobernar su casa, que probase por aquella vez, y veria por esperiencia cómo para mayores cuidados era bastante. Anselmo le replicó que aquel era su gusto, y que no tenía mas que hacer que bajar la cabeza y obedecelle. Camila dijo que ansi lo haria aunque contra su voluntad. Partióse Anselmo, y otro dia vino á su casa Lotario, donde fue recibido de Camila con amoroso y honesto acogimiento; la cual jamás se puso en parte donde Lotario la viese á solas, porque siempre andaba rodeada de sus criados y criadas, especialmente de una doncella suya llamada Leonela, á quien ella mucho queria por haberse criado desde niñas las dos juntas en casa de los padres de Camila, y cuando se casó con Anselmo la trujo consigo. En los tres dias primeros nunca Lotario le dijo nada, aunque pudiera cuando se levantaban los manteles y la gente se iba á comer con mucha priesa, porque asi se lo tenia mandado Camila; y aun tenia órden Leonela que comiese primero que Camila, y que de su lado jamás se quitase; mas ella, que en otras cosas de su gusto tenia puesto el pensamiento, y habia menester aquellas horas y aquel lugar para ocuparle en sus contentos, no cumplia todas las veces el mandamiento de su señora; antes los dejaba solos, como si aquello le hubieran mandado; mas la honesta presencia de Camila, la gravedad de su rostro, la compostura de su persona era tanta, que ponia freno á la lengua de Lotario. Pero el provecho que las muchas virtudes de Camila hicieron poniendo silencio en la lengua de Lotario, redundó mas en daño de los dos, porque si la lengua callaba el pensamiento discurria, y tenia lugar de contemplar parte por parte todos los estremos de bondad y de hermosura que Camila tenia, bastantes á enamorar una estatua de mármol, no un corazon de carne. Mirábala Lotario en el lugar y espacio que habia de hablarla, y consideraba cuán digna era de ser amada, y esta consideracion comenzó poco á poco á dar asalto á los respetos que á Anselmo tenia, y mil veces quiso ausentarse de la ciudad, y irse donde jamás Anselmo le viese á él ni él viese á Camila; mas ya le hacia impedimento y detenia el gusto que hallaba en mirarla. Hacíase fuerza y peleaba consigo mismo por desechar y no sentir el contento que le llevaba á mirar á Camila: culpábase á solas de su desatino, llamábase mal amigo y aun mal cristiano: hacia discursos y comparaciones entre él y Anselmo, y todos paraban en decir que mas habia sido la locura y confianza de Anselmo que su poca fidelidad, y que si asi tuviera disculpa para con Dios como para con los hombres de lo que pensaba hacer, que no temiera pena por su culpa. En efecto, la hermosura y la bondad de Camila, juntamente con la ocasion que el ignorante marido le habia puesto en las manos, dieron con la lealtad de Lotario en tierra; y sin mirar á otra cosa que aquella á que su gusto le inclinaba, al cabo de tres dias de la ausencia de Anselmo, en los cuales estuvo en continua batalla por resistir á sus deseos, comenzó á requebrar á Camila con tanta turbacion y con tan amorosas razones que Camila quedó suspensa, y no hizo otra cosa que levantarse de donde estaba y entrarse en su aposento sin respondelle palabra alguna: mas no por esta sequedad se desmayó en Lotario la esperanza, que siempre nace juntamente con el amor; antes tuvo en mas á Camila, la cual habiendo visto en Lotario lo que jamás pensara, no sabia qué hacerse; y pareciéndole no ser cosa segura ni bien hecha darle ocasion ni lugar á que otra vez la hablase, determinó de enviar aquella misma noche, como lo hizo, á un criado suyo con un billete á Anselmo, donde le escribió estas razones.

CAPITULO XXXIV.

Donde se prosigue la novela del Curioso Impertinente.

Así como suele decirse que parece mal el ejército sin su general y el castillo sin su castellano, digo yo qué parece muy peor la mujer casada y moza sin su marido cuando justísimas ocasiones no lo impiden. Yo me hallo tan mal sin vos y tan imposibilitada de sufrir esta ausencia, que si presto no venis me habré de ir á entretener en casa de mis padres, aunque deje sin guarda la vuestra, porque la que me dejastes, si es que quedó con tal titulo, creo que mira mas por su gusto que por lo que á vos toca; y pues sois discreto, no tengo mas que deciros, ni aun es bien que mas os diga.

Esta carta recibió Anselmo, y entendió por ella que Lotario habia ya comenzado la empresa, y que Camila debia de haber respondido como él deseaba; y alegre sobremanera de tales nuevas, respondió á Camila de palabra que no hiciese mudamiento de su casa en modo ninguno, porque él volveria con mucha brevedad. Admirada quedó Camila de la respuesta de Anselmo, que la puso en mas confusion que primero, porque ni se atrevia á estar en su casa, ni menos irse á la de sus padres, porque en la quedada corria peligro su honestidad, y en la ida iba contra el mandamiento de su esposo. En fin se resolvió á lo que le estuvo peor, que fue en el quedarse, con determinacion de no huir la presencia de Lotario por no dar qué decir á sus criados, y ya le pesaba de haber escrito lo que escribió á su esposo, temerosa de que no pensase que Lotario habia visto en ella alguna desenvoltura que le hubiese movido á no guardalle el decoro que debia; pero fiada en su bondad se fió en Dios y en su buen pensamiento, con que pensaba resistir callando á todo aquello que Lotario decirle quisiese, sin dar mas cuenta á su marido por no ponerle en alguna pendencia y trabajo; y aun andaba buscando manera cómo disculpar á Lotario con Anselmo cuando le preguntase la ocasion que le habia movido á escribirle aquel papel.

Con estos pensamientos, mas honrados que acertados ni provechosos, estuvo otro dia escuchando á Lotario, el cual cargó la mano de manera que comenzó á titubear la firmeza de Camila, y su honestidad tuvo harto que hacer en acudir á los ojos para que no diesen muestras de alguna amorosa compasion que las lágrimas y las razones de Lotario en su pecho habian despertado. Todo esto notaba Lotario, y todo le encendia. Finalmente á él le pareció que era menester en el espacio y lugar que daba la ausencia de Anselmo apretar el cerco á aquella fortaleza, y asi acometió á su presuncion con alabanzas de su hermosura, porque no hay cosa que mas presto rinda y allane las encastilladas torres de la vanidad de las hermosas que la misma vanidad puesta en las lenguas de la adulacion. En efecto él con toda diligencia minó la roca de su entereza con tales pertrechos, que aunque Camila fuera toda de bronce, viniera al suelo.

Lloró, rogó, ofreció, aduló, porfió y fingió Lotario con tantos sentimientos, con muestras de tantas veras, que dió al través con el recato de Camila, y vino á triunfar de lo que menos esperaba y mas deseaba. Rindióse Camila, Camila se rindió; ¿pero qué mucho si la amistad de Lotario no quedó en pie? Ejemplo claro que nos muestra que solo se vence la pasion amorosa con huilla, y que nadie se ha de poner á brazos con tan poderoso enemigo, porque es menester fuerzas divinas para vencer las suyas humanas. Solo supo Leonela la flaqueza de su señora, porque no se la pudieron encubrir los dos malos amigos y nuevos amantes. No quiso Lotario decir á Camila la pretension de Anselmo ni que él le habia dado lugar para llegar á aquel punto, porque no tuviese en menos su amor, y pensase que asi acaso y sin pensar y no de propósito la habia solicitado.

Volvió de allí á pocos dias Anselmo á su casa, y no echó de ver lo que faltaba en ella, que era lo que en menos tenia y mas estimaba. Fuése luego á ver á Lotario, y hallóle en su casa; abrazáronse los dos, y el uno preguntó por las nuevas de su vida ó de su muerte. Las nuevas que te podré dar, oh amigo Anselmo, dijo Lotario, son de que tienes una mujer que dignamente puede ser ejemplo y corona de todas las mujeres buenas : las palabras que le he dicho se las ha llevado el aire, los ofrecimientos se han tenido en poco, las dádivas no se han admitido, de algunas lágrimas fingidas mias se ha hecho burla notable. En resolucion, asi como Camila es cifra de toda belleza, es archivo donde asiste la honestidad, y vive el comedimiento y el recato, y todas las virtudes que pueden hacer loable y bien afortunada á una honrada mujer. Vuelve á tomar tus dineros, amigo, que aquí los tengo sin haber tenido necesidad de tocar á ellos, que la entereza de Camila no se rinde á cosas tan bajas como son dádivas ni promesas. Conténtate, Anselmo, y no quieras hacer mas pruebas de las hechas; y pues á pie enjuto has pasado el mar de las dificultades y sospechas que de las mujeres suelen y pueden tenerse, no quieras entrar de nuevo en el profundo piélago de nuevos inconvenientes, ni quieras hacer esperiencia con otro piloto de la bondad y fortaleza del navío que el cielo te dió en suerte para que en él pasases la mar deste mundo, sino haz cuenta que estás ya en seguro puerto, y aférrate con las áncoras de la buena consideracion, y déjate estar hasta que te vengan á pedir la deuda, que no hay hidalguía humana que de pagarla se escuse.

Contentísimo quedó Anselmo de las razones de Lotario, y asi se las creyó como si fueran dichas por algun oráculo; pero con todo eso le rogó que no dejase la empresa, aunque no fuese mas de por curiosidad y entretenimiento, aunque no se aprovechase de allí adelante de tan ahincadas diligencias como hasta entonces; y que solo queria que le escribiese algunos versos en su alabanza debajo del nombre de Clori, porque él le daria á entender á Camila, que andaba enamorado de una dama á quien le habia puesto aquel nombre por poder celebrarla con el decoro que á su honestidad se la debia; y que cuando Lotario no quisiera tomar trabajo de escribir los versos, que él los haria. No será menester eso, dijo Lotario, pues no me son tan enemigas las musas que algunos ratos del año no me visiten : dile tú á Camila lo que has dicho del fingimiento de mis amores, que los versos yo los haré, si no tan buenos como el sugeto merece, serán por lo menos los mejores que yo pudiere. Quedaron deste acuerdo el impertinente y el traidor amigo, y vuelto Anselmo á su casa preguntó á Camila lo que ella ya se maravillaba que no se lo hubiese preguntado, que fue que le dijese la ocasion por qué le habia escrito el papel que le envió. Camila le respondió, que le habia parecido que Lotario la miraba un poco mas desenvueltamente que cuando él estaba en casa; pero que ya estaba desengañada y creia que habia sido imaginacion suya, porque ya Lotario huia de vella y de estar con ella á solas. Díjole

Anselmo que bien podia estar segura de aquella sospecha, porque él sabia que Lotario andaba enamorado de una doncella principal de la ciudad, á quien él celebraba debajo del nombre de Clori, y que aunque no lo estuviera, no habia que temer de la verdad de Lotario y de la mucha amistad de entrambos; y á no estar avisada Camila de Lotario de que eran fingidos aquellos amores de Clori, y que él se lo habia dicho á Anselmo por poder ocuparse algunos ratos en las mismas alabanzas de Camila, ella sin duda cayera en la desesperada red de los celos; mas por estar ya advertida pasó aquel sobresalto sin pesadumbre.

Otro dia, estando los tres sobre la mesa rogó Anselmo á Lotario dijese alguna cosa de las que habia compuesto á su amada Clori, que pues Camila no la conocia, seguramente podia decir lo que quisiese. Aunque la conociera, respondió Lotario, no encubriera yo nada, porque cuando algun amante loa á su dama de hermosa y la nota de cruel, ningun oprobio hace á su buen crédito; pero sea lo que fuere, lo que sé decir, que ayer hice un soneto á la ingratitud desta Clori, que dice ansí:

SONETO.

En el silencio de la noche, cuando
Ocupa el dulce sueño á los mortales,
La pobre cuenta de mis ricos males
Estoy al cielo y á mi Clori dando.
Y al tiempo cuando el sol se va mostrando
Por las rosadas puertas orientales,
Con suspiros y acentos desiguales
Voy la antigua querella renovando.
Y cuando el sol de su estrellado asiento
Derechos rayos á la tierra envía,
El llanto crece y doblo los gemidos.
Vuelve la noche, y vuelvo al triste cuento,
Y siempre hallo en mi mortal porfía
Al cielo sordo, á Clori sin oidos.

Bien le pareció el soneto á Camila; pero mejor á Anselmo, pues le alabó, y dijo que era demasiadamente cruel la dama que á tan claras verdades no correspondia. A lo que dijo Camila: ¿luego todo aquello que los poetas enamorados dicen es verdad? En cuanto poetas no la dicen, respondió Lotario, mas en cuanto enamorados siempre quedan tan cortos como verdaderos. No hay duda deso, replicó Anselmo, todo por apoyar y acreditar los pensamientos de Lotario con Camila, tan descuidada del artificio de Anselmo como ya enamorada de Lotario; y asi con el gusto que de sus cosas tenia, y mas teniendo por entendido que sus deseos y escritos á ella se encaminaban, y que ella era la verdadera Clori, le rogó que si otro soneto ú otros versos sabia, los dijese. Sí sé, respondió Lotario, pero no creo que es tan bueno como el primero, ó por mejor decir menos malo, y podréislo bien juzgar, pues es este:

SONETO.

Yo sé que muero; y si no soy creido,
Es mas cierto el morir, como es mas cierto
Verme á tus pies, oh bella ingrata, muerto,
Antes que de adorarte arrepentido.
Podré yo verme en la region de olvido,
De vida y gloria y de favor desierto,
Y allí verse podrá en mi pecho abierto
Cómo tu rostro hermoso está esculpido.
Que esta reliquia guardo para el duro
Trance que me amenaza mi porfía,
Que en tu mismo rigor se fortalece.
¡Ay de aquel que navega, el cielo oscuro,
Por mar no usado y peligrosa via,
Adonde norte ó puerto no se ofrece!

Tambien alabó este segundo soneto Anselmo como habia hecho el primero, y desta manera iba añadiendo eslabon á eslabon á la cadena con que se enlazaba y trababa su deshonra, pues cuando mas Lotario le deshonraba, entonces le decia que estaba mas honrado; y con esto todos los escalones que Camila bajaba hácia el centro de su menosprecio, los subia en la opinion de su marido hácia la cumbre de la virtud y de su buena fama.

Sucedió en esto que hallándose una vez entre otras sola Camila con su doncella, le dijo: corrida estoy, amiga Leonela, de ver en cuán poco he sabido estimarme, pues siquiera no hice que con el tiempo comprara Lotario la entera posesion que le dí tan presto de mi voluntad. Temo que ha de desestimar mi presteza ó ligereza, sin que eche de ver la fuerza que él me hizo para no poder resistirle. No te dé pena eso, señora mia, respondió Leonela, que no está la monta ni es causa para menguar la estimacion darse lo que se da presto, si en efecto lo que se da es bueno y ello por sí digno de estimarse; y aun suele decirse que el que luego da, da dos veces. Tambien se suele decir, dijo Camila, que lo que cuesta poco se estima en menos. No corre por tí esa razon, respondió Leonela, porque el amor, segun he oido decir, unas veces vuela y otras anda; con este corre, y con aquel va despacio; á unos entibia, y á otros abrasa; á unos hiere, y á otros mata; en un mismo punto comienza la carrera de sus deseos, y en aquel mismo punto la acaba y concluye; por la mañana suele poner el cerco á una fortaleza, y á la noche la tiene rendida porque no hay fuerza que le resista; y siendo asi ¿de qué te espantas ó de qué temes, si lo mismo debe de haber acontecido á Lotario, habiendo tomado el amor por instrumento de rendiros la ausencia de mi señor? Y era forzoso que en ella se concluyese lo que el amor tenia determinado, sin dar tiempo al tiempo, para que Anselmo le tuviese de volver, y con su presencia quedase imperfecta la obra, porque el amor no tiene otro mejor ministro para ejecutar lo que desea que es la ocasion: de la ocasion se sirve en todos sus hechos, principalmente en los principios. Todo esto sé yo muy bien mas de esperiencia que de oidas, y algun dia te lo diré, señora, que yo tambien soy de carne y de sangre moza: cuanto mas, señora Camila, que no te entregaste ni diste tan luego que primero no hubieses visto en los ojos, en los suspiros, en las razones y en las promesas y dádivas de Lotario, toda su alma, viendo en ella y en sus virtudes cuán digno era Lotario de ser amado. Pues si esto es ansí, no te asalten la imaginacion esos escrupulosos y melindrosos pensamientos, sino asegúrate que Lotario te estima como tú le estimas á él, y vive con contento y satisfaccion de que ya que caiste en el lazo amoroso, es el que te aprieta de valor y de estima; y que no solo tiene las cuatro SS (1) que dicen que han de tener los buenos enamorados, sino todo un A. B. C. entero: si no escúchame, y verás cómo te lo digo de coro. Él es, segun yo veo y á mí me parece, *agradecido, bueno, caballero, dadivoso, enamorado, firme, gal'ardo, honrado, ilustre, leal, mozo, noble, onesto, principal, quantioso, rico,* y las SS que dicen, y luego *tácito, verdadero:* la X (2) no le cuadra, porque es letra áspera: la Y ya está dicha: la Z *zelador* de tu honra.

Rióse Camila del A. B. C. de su doncella, y túvola por mas práctica en las cosas de amor que ella decia: y asi lo confesó ella descubriendo á Camila cómo trataba amores con un mancebo bien nacido de la misma ciudad, de lo cual se turbó Camila temiendo que era aquel el camino por donde su honra podia correr riesgo. Apuróla si pasaban sus pláticas á mas que serlo. Ella con poca vergüenza y mucha desenvoltura le respondió que sí pasaban: porque es cosa ya cierta que los descuidos de las señoras quitan la vergüenza á las criadas, las cuales cuando ven á las amas echar traspies, no se les da nada á ellas de cojear ni de que lo sepan.

No pudo hacer otra cosa Camila, sino rogar á Leonela no dijese nada de su hecho al que decia ser su amante, y que tratase sus cosas con secreto porque no viniesen á noticia de Anselmo ni de Lotario. Leonela respondió que asi lo haria; mas cumpliólo de manera que hizo cierto el temor de Camila de que por ella habia de perder su crédito; porque la deshonesta y atrevida Leonela, despues que vió que el proceder de su ama no era el que solia, atrevióse á entrar y poner dentro de su casa á su amante, confiada que aunque su señora le viese no habia de osar descubrille: que este daño acarrean entre otros los pecados de las señoras, que se hacen esclavas de sus mismas criadas, y se obligan á encubrirles sus deshonestidades y vilezas, como aconteció con Camila, que aunque vió una y muchas veces que su Leonela estaba con su galan en un aposento de su casa, no solo no la osaba reñir, mas dábale lugar á que lo encerrase, y quitábale todos los estorbos para que no fuese visto de su marido; pero no los pudo quitar que Lotario no le viese una vez salir al romper del alba: el cual sin conocer quién era, pensó primero que debia de ser alguna fantasma; mas cuando le vió caminar, embozarse y encubrirse con cuidado y recato, cayó de su simple pensamiento, y dió en otro, que fuera la perdicion de todos, si Camila no lo remediara. Pensó Lotario que aquel hombre que habia visto salir tan á deshora de casa de Anselmo, no habia entrado en ella por Leonela, ni aun se acordó si Leonela era en el mundo: solo creyó que Camila, de la misma manera que habia sido fácil y ligera con él, lo era para otro: que estas añadiduras trae consigo la maldad de la mujer mala, que pierde el crédito de su honra con el mismo á quien se entregó rogada y persuadida, y cree que con mayor facilidad se entregó á otros, y da infalible crédito á cualquiera sospecha que desto le venga.

Y no parece sino que le faltó á Lotario en este punto todo su buen entendimiento, y se le fueron de la memoria todos sus advertidos discursos, pues sin hacer alguno que bueno fuese ni aun razonable, sin mas ni mas antes que Anselmo se levantase, impaciente y ciego de la celosa rabia que las

---

(1) Alude aquí Cervantes á un dicho proverbial de su tiempo, que esplicó Luis Barahona en las *Lágrimas de Angélica*, donde hablando de los efectos que el amor de ésta causaba en el Orco, decia (canto IV):

> Ciego ha de ser el fiel enamorado,
> No se dice en su ley que sea discreto.
> De cuatro *eses* dicen que está armado,
> Sabio, solo, solícito y secreto.

(2) Cervantes llamó á la X letra áspera, seguramente por no haber encontrado con ella un adjetivo que le cuadrara para ponerlo en el alfabeto que se espresa en el testo.

entrañas le roia, muriendo por vengarse de Camila, que en ninguna cosa le habia ofendido, se fué á Anselmo y le dijo: sábete, Anselmo, que há muchos dias que he andado peleando conmigo mismo, haciéndome fuerza á no decirte lo que ya no es posible ni justo que mas te encubra: sábete que la fortaleza de Camila está ya rendida y sujeta á todo aquello que yo quisiere hacer della; y si he tardado en descubrirte esta verdad, ha sido por ver si era algun liviano antojo suyo, ó si lo hacia por probarme y ver si eran con propósito firme tratados los amores que con tu licencia con ella he comenzado: creí ansimismo que ella, si fuera la que debia y la que entrambos pensábamos, ya te hubiera dado cuenta de mi solicitud; pero habiendo visto que se tarda, conozco que son verdaderas las promesas que me ha dado, de que cuanto otra vez hagas ausencia de tu casa me hablará en la recámara donde está el repuesto de tus alhajas (y era la verdad que allí le solia hablar Camila): y no quiero que precipitosamente corras á hacer alguna venganza, pues no está aun cometido el pecado sino con pensamiento, y podria ser que deste hasta el tiempo de ponerle por obra se mudase el de Camila, y naciese en su lugar el arrepentimiento: y asi ya que en todo ó en parte has seguido siempre mis consejos, sigue y guarda uno que ahora te daré para que sin engaño y con medroso advertimiento te satisfagas de aquello que mas vieres que te convenga. Finge que te ausentas por dos ó tres dias como otras veces sueles, y haz de manera que te quedes escondido en tu recámara, pues los tapices que allí hay y otras cosas con que te puedes encubrir te ofrecen mucha comodidad, y entonces verás por tus mismos ojos y yo por los mios lo que Camila quiere; y si fuere la maldad, que se puede temer antes que esperar, con silencio, sagacidad y discrecion podrás ser el verdugo de tu agravio.

Absorto, suspenso y admirado quedó Anselmo con las razones de Lotario, porque le cogieron en tiempo donde menos las esperaba oir, porque ya tenia á Camila por vencedora de los fingidos asaltos de Lotario, y comenzaba á gozar la gloria del vencimiento. Callando estuvo por un buen espacio mirando al suelo sin mover pestaña, y al cabo dijo: tú lo has hecho, Lotario, como yo esperaba de tu amistad: en todo he de seguir tu consejo, haz lo que quisieres, y guarda aquel secreto que ves que conviene en caso tan no pensado. Prometióselo Lotario y en apartándose dél se arrepintió totalmente de cuanto le habia dicho, viendo cuán neciamente habia andado, pues pudiera él vengarse de Camila y no por camino tan cruel y tan deshonrado. Maldecia su entendimiento, afeaba su ligera determinacion, y no sabia qué medio tomarse para deshacer lo hecho ó para dalle alguna razonable salida. Al fin acordó de dar cuenta de todo á Camila; y como no faltaba lugar para poderlo hacer, aquel mismo dia la halló sola, y ella asi como vió que le podia hablar le dijo: sabed, amigo Lotario, que tengo una

pena en el corazon, que me le aprieta de suerte que parece que quiere reventar en el pecho, y ha de ser maravilla si no lo hace, pues ha llegado la desvergüenza de Leonela á tanto, que cada noche encierra á un galan suyo en esta casa, y se está con él hasta el dia tan á costa de mi crédito, cuanto le quedará campo abierto de juzgarlo al que le viere salir á horas tan inusitadas de mi casa ; y lo que me fatiga es que no la puedo castigar ni reñir, que el ser ella secretario de nuestros tratos, me ha puesto un freno en la boca para callar los suyos, y temo que de aquí ha de nacer algun mal suceso.

Al principio que Camila esto decia creyó Lotario que era artificio para desmentille que el hombre que habia visto salir era de Leonela y no suyo ; pero viéndola llorar y afligirse y pedirle remedio, vino á creer la verdad, y en creyéndola acabó de estar confuso y arrepentido del todo ; pero con todo esto respondió á Camila que no tuviese pena, que él ordenaria remedio para atajar la insolencia de Leonela : díjole asimismo lo que instigado de la furiosa rabia de los zelos habia dicho á Anselmo, y como estaba concertado de esconderse en la recámara para ver desde allí á la clara la poca lealtad que ella le guardaba : pidióle perdon de esta locura, y consejo para poder remedialla y salir bien de tan revuelto laberinto como su mal discurso le habia puesto. Espantada quedó Camila de oir lo que Lotario le decia, y con mucho enojo y muchas y discretas razones le riñó y afeó su mal pensamiento y la simple y mala determinacion que habia tenido ; pero como naturalmente tiene la mujer ingenio presto para el bien y para el mal mas que el varon, puesto que le va faltando cuando de propósito se pone á hacer discursos, luego al instante halló Camila el modo de remediar tan al parecer irremediable negocio, y dijo á Lotario que procurase que otro dia se escondiese Anselmo donde decia, porque ella pensaba sacar de su escondimiento comodidad para que desde allí en adelante los dos se gozasen sin sobresalto alguno ; y sin declararle del todo su pensamiento le advirtió que tuviese cuidado, que en estando Anselmo escondido, él viniese cuando Leonela le llamase, y que á cuanto ella le dijese le respondiese como respondiera aunque no supiera que Anselmo le escuchaba. Porfió Lotario que le acabase de declarar su intencion, porque con mas seguridad y aviso guardase todo lo que viese ser necesario. Digo, dijo Camila, que no hay mas que guardar, sino fuere responderme como yo os preguntare, no queriendo Camila darle antes cuenta de lo que pensaba hacer, temerosa que no quisiese seguir el parecer que á ella tan bueno le parecia, y siguiese ó buscase otros que no podian ser tan buenos.

Con esto se fué Lotario, y Anselmo otro dia con la escusa de ir á aquella aldea de su amigo, se partió y volvió á esconderse, que lo pudo hacer con comodidad, porque de industria se la dieron Camila y Leonela. Escondiose, pues, Anselmo con aquel sobresalto que se puede imaginar que tendria el que esperaba ver por sus ojos hacer notomia de las entrañas de su honra ; y verse á pique de perder el sumo bien que él pensaba que tenia en su querida Camila. Seguras ya y ciertas Camila y Leonela que Anselmo estaba escondido entraron en la recámara, y apenas hubo puesto los pies en ella Camila cuando dando un grande suspiro dijo : ¡ ay Leonela amiga ! ¿ no seria mejor que antes que llegase á poner en ejecucion lo que no quiero que sepas, porque no procures estorbarlo, que tomases la daga de Anselmo que te he pedido y pasases con ella este infame pecho mio ? Pero no hagas tal, que no será razon que yo lleve la pena de la agena culpa. Primero quiero saber, qué es lo que vieron en mí los atrevidos y deshonestos ojos de Lotario, que fuese causa de darle atrevimiento á descubrirme un tan mal deseo como es el que me ha descubierto en desprecio de su amigo y en deshonra mia. Ponte, Leonela, á esa ventana llámale, que sin duda alguna él debe de estar en la calle esperando poner en efecto su mala intencion ; pero primero se pondrá la cruel cuanto honrada mia. ¡ Ay señora mia ! respondió la sagaz y advertida Leonela, ¿ y qué es lo que quieres hacer con esta daga ? ¿ quieres por ventura quitarte la vida ó quitársela á Lotario ? que cualquiera destas cosas que quieras ha de redundar en pérdida de tu crédito y fama. Mejor es que disimules tu agravio, y no des lugar que este mal hombre entre ahora en esta casa y nos halle solas ; mira, señora, que somos flacas mujeres, y él es hombre y determinado, y como viene con aquel mal propósito ciego y apasionado, quizá antes que tú pongas en ejecucion el tuyo, hará él lo que te estaria mas mal que quitarte la vida. Mal haya mi señor Anselmo que tanta mano ha querido dar á este desuellacaras en su casa ; y ya, señora, que le mates, como yo pienso que quieres hacer, ¿ qué hemos de hacer dél despues de muerto ? ¿ Qué, amiga ? respondió Camila : dejarémosle para que Anselmo le entierre, pues será justo que tenga por descanso el trabajo que tomare en poner debajo de la tierra su misma infamia. Llámale, acaba, que todo el tiempo que tardo en tomar la debida venganza de mi agravio, parece que ofende á la lealtad que á mi esposo debo.

Todo esto escuchaba Anselmo, y á cada palabra que Camila decia se le mudaban los pensamientos ; mas cuando entendió que estaba resuelta en matar á Lotario quiso salir y descubrirse porque tal cosa no se hiciese ; pero detúvole el deseo de ver en qué paraba tanta gallardía y honesta resolucion, con propósito de salir á tiempo que la estorbase. Tomóle en esto á Camila un fuerte desmayo, y arrojándose encima de una cama que allí estaba comenzó Leonela á llorar muy amargamente y á decir : ¡ ay desdichada de mí, si fuese tan sin ventura que se me muriese aquí entre mis brazos la flor de la honestidad del mundo, la corona de las buenas mujeres, el ejemplo de la castidad ! con otras cosas á estas semejantes, que ninguno la escuchara que no la tuviera por la mas lastimada y leal doncella del mundo, y á su señora por otra nueva y perseguida Penélope. Poco tardó en volver de su desmayo Camila, y al volver en sí dijo : ¿ por qué no vas, Leonela, á llamar al mas desleal amigo de amigo que vió el sol ó cubrió la noche ? Acaba, corre, aguija, camina, no se desfogue con la tardanza el fuego de la cólera que tengo, y se pase en amenazas y maldiciones la justa venganza que espero. Ya voy á llamarle, señora mia, dijo Leonela ; mas hasme de dar primero esa daga, porque no hagas cosa en tanto que falto, que dejes con ella que llorar toda la vida á todos los que bien te quieren. Vé segura, Leonela amiga, que no haré, respondió Camila, porque ya que sea atrevida y simple á tu parecer en volver por mi honra, no lo he de ser tanto como aquella Lucrecia, de quien dicen que se mató sin haber cometido error alguno, y sin haber muerto primero á quien tuvo la culpa de su desgracia; yo moriré, si muero, pero ha de ser vengada y satisfecha del que me ha dado ocasion de venir á este lugar á llorar sus atrevimientos nacidos tan sin culpa mia.

Mucho se hizo de rogar Leonela antes que saliese á llamar á Lotario; pero en fin salió, y entretanto que volvia quedó Camila diciendo, como que hablaba consigo misma: válame Dios, ¿no fuera mas acertado haber despedido á Lotario, como otras muchas veces lo he hecho, que no ponerle en condicion, como ya le he puesto, que me tenga por deshonesta y mala siquiera este tiempo que he de tardar en desengañarle! Mejor fuera sin duda; pero no quedara yo vengada, ni la honra de mi marido satisfecha, si tan á manos lavadas y tan á paso llano se volviera á salir de donde sus malos pensamientos le entraron: pague el traidor con la vida lo que intentó con tan lascivo deseo: sepa el mundo (si acaso llegare á saberlo) que Camila no solo guardó la lealtad á su esposo, sino que le dió venganza del que se atrevió á ofendelle; mas con todo creo que fuera mejor dar cuenta desto á Anselmo; pero ya se la apunté á dar en la carta que le escribí al aldea, y creo que el no acudir él al remedio del daño que allí le señalé, debió de ser que de puro bueno y confiado, no quiso ni pudo creer que en el pecho de su tan firme amigo pudiese caber género de pensamiento que contra su honra fuese, ni aun yo lo creí despues por muchos dias, ni lo creyera jamás si su insolencia no llegara á tanto que las manifiestas dádivas y las largas promesas y las continuas lágrimas no me lo manifestaran. Mas ¿para qué hago yo ahora estos discursos? ¿tiene por ventura una resolucion gallarda necesidad de consejo alguno? no por cierto. Afuera, pues, traidores; aquí venganzas: entre el falso, venga, llegue, muera, acabe, y suceda lo que sucediere. Limpia entré en poder del que el cielo me dió por mio, y limpia he de salir dél, y cuando mucho saldré bañada en mi casta sangre, y en la impura del mas falso amigo que vió la amistad en el mundo; y diciendo esto se paseaba por la sala con la daga desenvainada, dando tan desconcertados y desaforados pasos, y haciendo tales ademanes, que no parecia sino que le faltaba el juicio, y que no era mujer delicada, sino un rufian desesperado.

Todo lo miraba Anselmo cubierto detrás de unos tapices donde se habia escondido, y de todo se admiraba, y ya le parecia que lo que habia visto y oido era bastante satisfaccion para mayores sospechas; y ya quisiera que la prueba de venir Lotario faltara, temeroso de algun mal repentino suceso; y estando ya para manifestarse, y salir para abrazar y desengañar á su esposa, se detuvo porque vió que Leonela volvia con Lotario de la mano; y asi como Camila le vió, haciendo con la daga en el suelo una gran raya delante della, le dijo: Lotario, advierte lo que te digo: si á dicha te atrevieres á pasar

desta raya que ves, ni aun llegar á ella, en el punto que viere que lo intentas, en ese mismo me pasaré el pecho con esta daga que en las manos tengo; y antes que á esto me respondas palabra, quiero que otras algunas me escuches, que despues responderás lo que mas te agradare. Lo primero quiero, Lotario, que me digas si conoces á Anselmo mi marido, y en qué opinion le tienes; y lo segundo quiero saber tambien si me conoces á mí. Respóndeme á esto, y no te turbes ni pienses mucho lo que has de responder, pues no son dificultades las que te pregunto. No era tan ignorante Lotario que desde el primer punto que Camila le dijo que hiciese esconder á Anselmo no hubiese dado en la cuenta de lo que ella pensaba hacer, y asi correspondió con su intencion tan discretamente y tan á tiempo, que hicieran los dos pasar aquella mentira por mas que cierta verdad; y asi respondió á Camila desta manera: no pensé yo, hermosa Camila, que me llamabas para preguntarme cosas tan fuera de la intencion con que yo aquí vengo: si lo haces por dilatarme la prometida merced, desde mas lejos pudieras entretenerla, porque tanto mas fatiga el bien deseado cuanto la esperanza está mas cerca de poseello; pero por que no digas que no respondo á tus preguntas, digo que conozco á tu esposo Anselmo, y nos conocemos los dos desde nuestros mas tiernos años; y no quiero decir lo que tú tambien sabes de nuestra amistad por no hacerme testigo del agravio que el amor hace que le haga, poderosa disculpa de mayores yerros. A tí te conozco y tengo en la misma opinion que él te tiene; que á no ser asi, por menos prendas que las tuyas no habia yo de ir contra lo que debo á ser quien soy, y contra las santas leyes de la verdadera amistad, ahora por tan poderoso enemigo como el amor por mí rompidas y violadas. Si eso confiesas, respondió Camila, enemigo mortal de todo aquello que justamente merece ser amado, ¿con qué rostro osas parecer ante quien sabes que es el espejo donde se mira aquel en quien tú te debieras mirar para que vieras con cuán poca ocasion le agravias? Pero ya caigo ¡ay desdichada de mí! en la cuenta de quien te ha hecho tener tan poca con lo que á tí mismo debes, que debe de haber sido alguna desenvoltura mia, que no quiero llamarla deshonestidad, pues no habrá procedido de deliberada determinacion, sino de algun descuido de los que las mujeres, que piensan que no tienen de quien recatarse, suelen hacer inadvertidamente. Si no dime:.¿cuándo, oh traidor, respondí á tus ruegos con alguna palabra ó señal que pudiese despertar en ti alguna sombra de esperanza de cumplir tus infames deseos? ¿cuándo tus amorosas palabras no fueron deshechas y reprendidas de las mias con rigor y con aspereza? ¿cuándo tus muchas promesas y mayores dádivas fueron de mí creidas ni admitidas? Pero por parecerme que alguno no puede perseverar en el intento amoroso luengo tiempo si no es sustentado de alguna esperanza, quiero atribuirme á mi la culpa de tu impertinencia, pues sin duda algun descuido mio ha sustentado tanto tiempo tu cuidado, y asi quiero castigarme y darme la pena que tu culpa merece: y porque vieses que siendo conmigo tan inhumana no era posible dejar de serlo contigo, quise traerte á ser testigo del sacrificio que pienso hacer á la ofendida honra de mi tan honrado marido, agraviado de tí con el mayor cuidado que te ha sido posible, y de mí tambien con el poco recato que he tenido del huir la ocasion, si alguna te dí, para favorecer y canonizar tus malas intenciones. Torno á decir que la sospecha que tengo que algun descuido mio engendró en ti tan desvariados pensamientos, es la que mas me fatiga, y la que yo mas deseo castigar con mis propias manos, porque castigándome otro verdugo, quizá seria mas pública mi culpa; pero antes que esto haga, quiero matar muriendo, y llevar conmigo quien me acabe de satisfacer el deseo de la venganza que espero y tengo, viendo allá donde quiera que fuere la pena que da la justicia desinteresada y que no se dobla al que en términos tan desesperados me ha puesto.

Y diciendo estas razones, con una increible fuerza y ligereza arremetió á Lotario con la daga desenvainada, con tales muestras de querer enclavársela en el pecho, que casi él estuvo en duda si aquellas demostraciones eran falsas ó verdaderas, porque le fue forzoso valerse de su industria y de su fuerza para estorbar que Camila no le diese; la cual tan vivamente fingia aquel estraño embuste y falsedad, que por dalle color de verdad la quiso matizar con su misma sangre, porque viendo que no podia herir á Lotario, ó fingiendo que no podia, dijo: pues la suerte no quiere satisfacer del todo mi tan justo deseo, á lo menos no será tan poderosa que en parte me quite que no le satisfaga; y haciendo fuerza para soltar la mano de la daga que Lotario la tenia asida, la sacó, y guiando su punta por parte que pudiese herir no profundamente, se la entró y escondió por mas arriba de la islilla (1) del lado izquierdo junto al hombro, y luego se dejó caer en el suelo como desmayada. Estaban Leonela y Lotario suspensos y atónitos de tal suceso, y todavía dudaban de la verdad de aquel hecho viendo á Camila tendida en tierra y bañada en su sangre. Acudió Lotario con mucha presteza despavorido y sin aliento á sacar la daga, y en ver la pequeña herida salió del temor que hasta entonces tenia, y de nuevo se admiró de la sagacidad, prudencia y mucha discrecion de la hermosa Camila; y por acudir con lo que á él le tocaba comenzó á hacer una larga y triste lamentacion sobre el cuerpo de Camila como si estuviera difunta, echándose muchas maldiciones, no solo á él, sino al que habia sido causa de habelle puesto en aquel término: y como sabia que le escuchaba su amigo Anselmo, decia cosas que el que le oyera le tuviera mucha mas lástima que á Camila, aunque por muerta la juzgara. Leonela la tomó en brazos y la puso en el lecho, suplicando á Lotario fuése á buscar quien secretamente á Camila curase; pedíale asimismo consejo y parecer de lo que dirian á Anselmo de aquella herida de su señora si acaso viniese antes que estuviese sana. El respondió que dijesen lo que quisiesen, que él no estaba para dar consejo que de provecho fuese: solo le dijo que procurase tomarle la sangre, porque él se iba á donde gentes no le viesen; y con muestras de mucho dolor y sentimiento se salió de casa, y cuando se vió solo y en parte donde nadie le veia, no cesaba de hacerse cruces maravillándose de la industria de Camila y de los ademanes tan propios de Leonela. Consideraba cuán enterado habia de

_____
(1) *Islilla* es la parte superficial del cuerpo desde la cadera al sobaco.

quedar Anselmo de que tenia por mujer á una segunda Porcia , y deseaba verse con él , para celebrar los dos la mentira y la verdad mas disimulada que jamás pudiera imaginarse.

Leonela tomó como se ha dicho la sangre á su señora , que no era mas de aquello que bastó para acreditar su embuste , y lavando con un poco de vino la herida , se la ató lo mejor que supo , diciendo tales razones en tanto que la curaba , que aunque no hubieran precedido otras , bastaran á hacer creer á Anselmo que tenia en Camila un simulacro (1) de la honestidad. Juntáronse á las palabras de Leone-la otras de Camila , llamándose cobarde y de poco ánimo , pues le habia faltado al tiempo que fuera mas necesario tenerle para quitarse la vida que tan aborrecida tenia. Pedia consejo á su doncella , si diria ó no todo aquel suceso á su querido esposo , la cual le dijo que no se lo dijese , porque le pondria en obligacion de vengarse de Lotario , lo cual no podria ser sin mucho riesgo suyo , y que la buena mujer estaba obligada á no dar ocasion á su marido á que riñese , sino á quitalle todas aquellas que le fuese posible. Respondió Camila que le parecia muy bien su parecer , y que ella le seguiria ; pero que en todo caso convenia buscar qué decir á Anselmo de la causa de aquella herida , que él no podia dejar de ver : á lo que Leonela respodia , que ella ni aun burlando no sabia mentir. Pues yo , hermana , re-plicó Camila , ¿qué tengo de saber? que no me atreveré á forjar ni sustentar una mentira si me fuese en ello la vida. Y si es que no hemos de saber dar salida á esto , mejor será decirle la verdad desnuda , que no que nos alcance en mentirosa cuenta. No tengas pena , señora : de aquí á mañana , respondió

(1) *Simulacro* significa propiamente *imágen ó apariencia fingida*, pero tiene aquí la significacion de *modelo* y *de chado.*—C.

Leoncla, yo pensaré qué le digamos, y quizá que por ser la herida donde es, se podrá encubrir sin que él la vea, y el cielo será servido de favorecer á nuestros tan justos y tan honrados pensamientos. Sosiégate, señora mia, y procura sosegar tu alteracion, porque mi señor no te halle sobresaltada; y lo demás déjalo á mi cargo y al de Dios que siempre acude á los buenos deseos.

Atentísimo habia estado Anselmo á escuchar y á ver representar la tragedia de la muerte de su honra; la cual con tan estraños y eficaces afectos la representaron los personajes della, que pareció que se habian trasformado en la misma verdad de lo que fingian. Deseaba mucho la noche, y el tener lugar para salir de su casa y ir á verse con su buen amigo Lotario, congratulándose con él de la margarita preciosa que habia hallado en el desengaño de la bondad de su esposa. Tuvieron cuidado las dos de darle lugar y comodidad á que saliese, y él sin perdella salió, y luego fué á buscar á Lotario, el cual hallado, no se puede buenamente contar los abrazos que le dió, las cosas que de su contento le dijo, las alabanzas que dió á Camila: todo lo cual escuchó Lotario sin poder dar muestras de alguna alegría, porque se le representaba á la memoria cuán engañado estaba su amigo, y cuán injustamente él le agraviaba; y aunque Anselmo veia que Lotario no se alegraba, creia ya ser la causa por haber dejado á Camila herida y haber él sido la causa; y así entre otras razones le dijo que no tuviese pena del suceso de Camila, porque sin duda la herida era ligera, pues quedaban de concierto de encubrirsela á él, y que segun esto no habia de qué temer, sino que de allí adelante se gozase y alegrase con él, pues por su industria y medio él se veia levantado á la mas alta felicidad que acertara desearse, y queria que no fuesen otros sus entretenimientos que en hacer versos en alabanza de Camila, que la hiciesen eterna en la memoria de los siglos venideros. Lotario alabó su buena determinacion, y dijo que él por su parte le ayudaria á levantar tan ilustre edificio.

Con esto quedó Anselmo el hombre mas sabrosamente engañado que pudo haber en el mundo: él mismo llevaba por la mano á su casa, creyendo que llevaba el instrumento de su gloria, toda la perdicion de su fama: recibíale Camila con rostro al parecer torcido, aunque con alma risueña. Duró este engaño algunos dias hasta que al cabo de pocos meses volvió fortuna su rueda, y salió á plaza la maldad con tanto artificio hasta allí encubierta, y á Anselmo le costó la vida su impertinente curiosidad.

CAPITULO XXXV.

Que trata de la brava y descomunal batalla que Don Quijote tuvo con unos cueros de vino tinto, y se da fin á la novela del Curioso impertinente.

Poco mas quedaba por leer de la novela cuando del camaranchon donde reposaba Don Quijote salió Sancho Panza todo alborotado diciendo á voces: acudid, señores, presto, y socorred á mi señor, que anda envuelto en la mas reñida y trabada batalla que mis ojos han visto: vive Dios que ha dado una cuchillada al gigante enemigo de la señora princesa Micomicona, que le ha tajado la cabeza cercen á cercen como si fuera un nabo. ¿Qué dices, hermano? dijo el cura dejando de leer lo que de la novela quedaba, ¿estais en vos, Sancho? ¿cómo diablos puede ser eso que decís estando el gigante dos mil leguas de aquí? En esto oyeron un gran ruido en el aposento, y que Don Quijote decia á voces: tente, ladron, malandrin, follon, que aquí te tengo y no te ha de valer tu cimitarra: y parecia que daba grandes cuchilladas por las paredes; y dijo Sancho: no tienen que pararse á escuchar, sino entren á despartir la pelea ó ayudar á mi amo, aunque ya no será menester, porque sin duda alguna el gigante está ya muerto, y dando cuenta á Dios de su pasada y mala vida, que yo vi correr la sangre por el suelo, y la cabeza cortada y caída á un lado, que es tamaña como un gran cuero de vino. Que me maten, dijo á esta sazon el ventero, si Don Quijote ó don diablo no ha dado alguna cuchillada en alguno de los cueros de vino tinto que á su cabecera estaban llenos, y el vino derramado debe de ser lo que le parece sangre á este buen hombre; y con esto entró en el aposento y todos tras él, y hallaron á Don Quijote en el mas estraño trage del mundo. Estaba en camisa, la cual no era tan cumplida que por delante le acabase de cubrir los muslos, y por detrás tenia seis dedos menos : las piernas eran muy largas y flacas, llenas de vello y no nada limpias ; tenia en la cabeza un bonetillo colorado grasiento, que era del ventero; en el brazo izquierdo tenia revuelta la manta de la cama con quien tenia ojeriza Sancho, y él se sabia bien el por qué, y en la derecha desenvainada la espada, con la cual daba cuchilladas á todas partes diciendo palabras como si verdaderamente estuviera peleando con algun gigante : y es lo bueno que no tenia los ojos abiertos, porque estaba durmiendo y soñando que estaba en batalla con el gigante; que fue tan intensa la imaginacion de la aventura que iba á fenecer, que le hizo soñar que ya habia llegado al reino de Micomicon, y que ya estaba en la pelea con su enemigo, y habia dado tantas cuchilladas en los cueros creyendo que las daba en el gigante, que todo el aposento estaba lleno de vino, lo cual visto por el ventero tomó tanto enojo que arremetió con Don Quijote, y á puño cerrado le comenzó á dar tantos golpes, que si Cardenio y el cura no se le quitaran, él acabara la guerra del gigante: y con todo aquello no despertaba el pobre caballero hasta que el barbero trujo un gran caldero de agua fria del pozo, y se le echó por todo el cuerpo de golpe, con lo cual despertó Don Quijote, mas no con tanto acuerdo que echase de ver de la manera que estaba. Dorotea, que vió cuán corta y sotilmente estaba vestido, no quiso entrar á ver la batalla de su ayudador y de su contrario. Andaba Sancho buscando la cabeza del gigante por todo el suelo, y como no la hallaba dijo: ya yo sé que todo lo de esta casa es encantamento, que la otra vez en este mesmo lugar donde ahora me hallo me dieron muchos mogicones y porrazos sin saber quién me los daba, y nunca pude ver á nadie, y ahora no parece por aquí esta cabeza que ví cortar por mis mesmos ojos, y la sangre corria del cuerpo como de una fuente. ¿ Qué sangre ni qué fuente dices, enemigo de Dios y de sus santos? dijo el ventero ; ¿ no ves, ladron, que la sangre y la fuente no es otra cosa que estos cueros que aquí están horadados, y el vino tinto que nada en este aposento, que nadando vea yo el alma en los infiernos de quien los horadó? No sé nada, respondió Sancho, solo sé que vendré á ser tan desdichado que por no hallar esta cabeza se me ha de deshacer mi condado como la sal en el agua. Y estaba peor Sancho despierto que su amo durmiendo : tal le tenian las promesas que su amo le habia hecho. El ventero se desesperaba de ver la flema del escudero y el maleficio del señor, y juraba que no habia de ser como la vez pasada, que se le fueron sin pagar, y que ahora no le habian de valer los privilegios de su caballería para dejar de pagar lo uno y lo otro, aun hasta lo que pudiesen costar las botanas que se habian de echar á los rotos cueros.

Tenia el cura de las manos á Don Quijote, el cual creyendo que ya habia acabado la aventura, y que se hallaba delante de la princesa Micomicona, se hincó de rodillas delante del cura diciendo : bien puede la vuestra grandeza, alta y fermosa señora, vivir de hoy mas segura sin que le pueda hacer mal esta mal nacida criatura ; y yo tambien de hoy mas soy quito de la palabra que os dí, pues con ayuda del alto Dios, y con el favor de aquella por quien yo vivo y respiro, tan bien la he cumplido. ¿ No lo dije yo? dijo oyendo esto Sancho : si que no estaba yo borracho; mirad si tiene puesto ya en sal mi amo al gigante ; ciertos son los toros, mi condado está de molde. ¿ Quién no habia de reir con los disparates de los dos, amo y mozo? Todos reian sino el ventero que se daba á Satanás; pero en fin, tanto hicieron el barbero, Cardenio y el cura, que con no poco trabajo dieron con Don Quijote en la cama, el cual se quedó dormido con muestras de grandísimo cansancio. Dejáronle dormir y saliéronse al portal de la venta á consolar á Sancho Panza de no haber hallado la cabeza del gigante, aunque mas tuvieron que hacer en aplacar al ventero que estaba desesperado por la repentina muerte de sus cueros, y la ventera decia en voz y en grito : en mal punto y en hora menguada entró en mi casa este caballero andante, que nunca mis ojos le hubieran visto, que tan caro me cuesta : la vez pasada se fué con el costo de una noche de cena, cama, paja y cebada para él y para su escudero, y un rocin y un jumento, diciendo que era caballero aventurero, que mala ventura le dé Dios á él y á cuantos aventureros hay en el mundo, y que por esto no estaba obligado á pagar nada, que así estaba escrito en los aranceles de la caballería andantesca : y ahora por su respeto vino estotro señor y me llevó mi cola, y hámela vuelto con mas de dos cuartillos de daño toda pelada, que no puede servir para lo que la quiere mi marido ; y por fin y remate de todo romperme mis cueros y derramarme mi vino, que derramada le vea yo su sangre, pues no se piense, que por los huesos de mi padre y por el siglo de mi madre si no me lo han de pagar un cuarto sobre otro, ó no me llamaria yo como me llamo ni seria hija de quien soy. Estas y otras razones tales decia la ventera con grande enojo, y ayudábala su buena criada Maritornes. La hija callaba y de cuando en cuando se sonreia. El cura lo sosegó todo prometiendo de satisfacerles su pérdida lo mejor que pudiese, así de los cueros como del vino, y principalmente del menoscabo de la cola de quien tanta cuenta hacian. Dorotea consoló á Sancho Panza, diciéndole que cada y cuando que pareciese haber sido verdad que su amo hubiese descabezado al gigante, le prometia en viéndose pacífica en su reino de darle el mejor condado que en él hubiese. Consolóse con esto Sancho, y aseguró á la princesa que tuviese por cierto que él habia visto la cabeza del gigante, y que por mas señas tenia una barba que le llegaba á la cintura, y que si no parecia, era porque todo cuanto en aquella casa pasaba era por vía de encantamento, como él lo habia probado otra vez que habia posado en ella. Dorotea dijo que así lo creia y que no tuviese pena, que todo se haria bien y sucederia á pedir de boca. Sosegados todos, el cura quiso acabar de leer la novela porque vió que faltaba poco. Cardenio, Dorotea y todos los demás le rogaron la acabase : él , que á todos quiso dar gusto , y por el que él tenia de leerla , prosiguió el cuento que asi decia :

Sucedió , pues , que por la satisfaccion que Anselmo tenia de la bondad de Camila , vivia una vida contenta y descuidada, y Camila de industria hacia mal rostro á Lotario , porque Anselmo entendiese al revés de la voluntad que le tenia ; y para mas confirmacion de su hecho pidió licencia Lotario para no venir á su casa, pues claramente se mostraba la pesadumbre que con su vista Camila recibia ; mas el engañado Anselmo le dijo que en ninguna manera tal hiciese ; y asi por mil maneras era Anselmo el fabricador de su deshonra, creyendo que lo era de su gusto. En esto el gozo que tenia Leonela de verse calificada en sus amores llegó á tanto, que sin mirar á otra cosa se iba tras él á suelta rienda, fiada en que su señora la encubria, y aun la advertia del modo que con poco recelo pudiese ponerle en ejecucion.

En fin, una noche sintió Anselmo pasos en el aposento de Leonela , y queriendo entrar á ver quién los daba, sintió que le detenian la puerta : cosa que le puso mas voluntad de abrirla , y tanta fuerza hizo que la abrió , y entró dentro á tiempo que vió que un hombre saltaba por la ventana á la calle ; y acudiendo con presteza á alcanzarle ó conocerle, no pudo conseguir lo uno ni lo otro, porque Leonela se abrazó con él diciéndole : sosiégate , señor mio , y no te alborotes ni sigas al que de aquí saltó : es cosa mia , y tanto que es mi esposo. No lo quiso creer Anselmo, antes ciego de enojo sacó la daga , y quiso herir á Leonela , diciéndole que le dijese la verdad , si no que la mataria. Ella con el miedo, sin saber lo que se decia, le dijo : no me mates , señor , que yo te diré cosas de mas importancia que las que puedes imaginar. Dilas luego, dijo Anselmo , si no muerta eres. Por ahora será imposible, dijo Leonela , segun estoy de turbada ; déjame hasta mañana , que entonces sabrás de mí lo que te ha de admirar ; y está seguro que el que saltó por esta ventana es un mancebo de esta ciudad que me ha dado la mano de ser mi esposo. Sosegóse con esto Anselmo , y quiso aguardar el término que se le pedia, porque no pensaba oir cosa que contra Camila fuese , por estar de su bondad tan satisfecho y seguro, y asi se salió del aposento, y dejó encerrada en él á Leonela , diciendo que de allí no saldria hasta que le dijese lo que tenia que decirle. Fué luego á ver á Camila , y á decirle, como le dijo, todo aquello que con su doncella le babia pasado, y la palabra que le habia dado de decirle grandes cosas y de importancia. Si se turbó Camila ó no, no hay para qué decirlo, porque fue tanto el temor y espanto que cobró, creyendo verdaderamente (y era de creer) que Leonela habia de decir á Anselmo todo lo que sabia de su poca fe, que no tuvo ánimo para esperar si su sospecha salia falsa ó no ; y aquella misma noche, cuando le pareció que Anselmo dormia , juntó las mejores joyas que tenia y algunos dineros,

y sin ser de nadie sentida salió de la casa , y se fué á la de Lotario , á quien contó lo que pasaba , y le pidió que la pusiese en cobro, ó que se ausentasen los dos donde de Anselmo pudiesen estar seguros.

La confusion en que Camila puso á Lotario fue tal que no le sabia responder palabra, ni menos sabia resolverse en lo que haria. En fin acordó de llevar á Camila á un monasterio en quien era priora una su hermana. Consintió Camila en ello, y con la presteza que el caso pedia la llevó Lotario y la dejó en el monasterio, y él ansimismo se ausentó luego de la ciudad sin dar parte á nadie de su ausencia.

Cuando amaneció, sin echar de ver Anselmo que Camila faltaba de su lado, con el deseo que tenia de saber lo que Leonela queria decirle, se levantó y fué adonde la habia dejado encerrada. Abrió y entró en el aposento, pero no halló en él á Leonela, solo halló puestas unas sábanas añudadas á la ventana, indicio y señal que por allí se habia descolgado é ido. Volvió luego muy triste á decírselo á Camila, y no hallándola en la cama ni en toda la casa quedó asombrado. Preguntó á los criados de casa por ella; pero nadie le supo dar razon de lo que pedia. Acertó acaso, andando á buscar á Camila, que vió sus cofres abiertos y que dellos faltaban las mas de sus joyas, y con esto acabó de caer en la cuenta de su desgracia, y en que no era Leonela la causa de su desventura; y ansí como estaba, sin acabarse de vestir, triste y pensativo, fué á dar cuenta de su desdicha á su amigo Lotario; mas cuando no le halló, y sus criados le dijeron que aquella noche habia faltado de su casa, y habia llevado consigo todos los dineros que tenia, pensó perder el juicio; y para acabar de concluir con todo, volviéndose á su casa no halló en ella ninguno de cuantos criados ni criadas tenia, sino la casa desierta y sola. No sabia qué pensar, qué decir ni qué hacer, y poco á poco se iba volviendo el juicio. Contemplábase y mirábase en un instante sin mujer, sin amigo y sin criados, desamparado á su parecer del cielo que le cubria, y sobre todo sin honra, porque en la falta de Camila vió su perdicion. Resolvió en fin á cabo de una gran pieza de irse á la aldea de su amigo, donde habia estado cuando dió lugar á que se maquinase toda aquella desventura. Cerró las puertas de su casa, subió á caballo, y con desmayado aliento se puso en camino; y apenas hubo andado la mitad, cuando acosado de sus pensamientos le fue forzoso apearse y arrendar su caballo á un árbol, á cuyo tronco se dejó caer dando tiernos y dolorosos suspiros, y allí se estuvo hasta casi que anochecia, y aquella hora vió que venia un hombre á caballo de la ciudad, y despues de haberle saludado le preguntó qué nuevas habia en Florencia. El ciudadano respondió; las mas estrañas que muchos dias ha se han oido en ella, porque se dice públicamente que Lotario, aquel grande amigo de Anselmo el rico, que vivia á San Juan, se llevó esta noche á Camila, mujer de Anselmo, el cual tampoco parece. Todo esto ha dicho una criada de Camila, que anoche la halló el gobernador descolgándose con una sábana por las ventanas de la casa de Anselmo. En efecto, no sé puntualmente cómo pasó el negocio; solo sé que toda la ciudad está admirada deste suceso, porque no se podia esperar tal hecho de la mucha y familiar amistad de los dos, que dicen que era tanta que los llamaban *los dos amigos*. ¿Sábese por ventura, dijo Anselmo, el camino que llevan Lotario y Camila? Ni por pienso, dijo el ciudadano, puesto que el gobernador ha usado de mucha diligencia en buscarlos. A Dios vais, señor, dijo Anselmo. Con él quedeis, respondió el ciudadano, y fuése.

Con tan desdichadas nuevas casi llegó á término Anselmo, no solo de perder el juicio, sino de acabar la vida. Levantóse como pudo, y llegó á casa de su amigo, que aun no sabia su desgracia; mas como le vió llegar amarillo, consumido y seco, entendió que de algun grave mal venia fatigado. Pidió luego Anselmo que le acostasen, y que le diesen aderezo de escribir. Hízose asi, y dejáronle acostado y solo, porque él asi lo quiso, y aun que le cerrasen las puertas. Viéndose, pues, solo, comenzó á cargar tanto la imaginacion de su desventura, que claramente conoció por las premisas mortales que en sí sentia, que se le iba acabando la vida, y asi ordenó de dejar noticia de la causa de su estraña muerte; y comenzando á escribir, antes que acabase de poner todo lo que queria le faltó el aliento, y dejó la vida en las manos del dolor que le causó su curiosidad impertinente. Viendo el señor de casa que era ya tarde, y que Anselmo no llamaba, acordó de entrar á saber si pasaba adelante su indisposicion, y hallóle tendido boca abajo, la mitad del cuerpo en la cama y la otra mitad sobre el bufete, sobre el cual estaba con el papel escrito y abierto, y él tenia aun la pluma en la mano. Llegóse el huésped á él habiéndole llamado primero, y trabándole por la mano, viendo que no le respondia, y hallándole frio, vió que estaba muerto. Admiró y congojóse en gran manera, y llamó á la gente de casa para que viesen la desgracia á Anselmo sucedida, y finalmente leyó el papel, que conoció que de su misma mano estaba escrito, el cual contenia estas razones:

Un necio é impertinente deseo me quitó la vida. Si las nuevas de mi muerte llegaren á los oidos de Camila, sepa que yo la perdono, porque no estaba ella obligada á hacer milagros, ni yo tenia necesidad de querer que ella los hiciese; y pues yo fui el fabricador de mi deshonra, no hay para que...

Hasta aquí escribió Anselmo, por donde se echó de ver que en aquel punto sin poder acabar la razon se le acabó la vida. Otro dia dió aviso su amigo á los parientes de Anselmo de su muerte, los cuales ya sabian su desgracia, y el monasterio donde Camila estaba casi en el término de acompañar á su esposo en aquel forzoso viaje, no por las nuevas del muerto esposo, mas por las que supo del ausente amigo. Dícese que aunque se vió viuda no quiso salir del monasterio, ni menos hacer profesion de monja, hasta que (no de allí á muchos dias) le vinieron nuevas que Lotario habia muerto en una batalla, que en aquel tiempo dió monsieur de Aubigny al Gran Capitan Gonzalo Fernandez de Córdova en el reino de Nápoles, donde habia ido á parar el tarde arrepentido amigo: lo cual sabido por Camila hizo profesion, y acabó en breves dias la vida á las rigurosas manos de tristezas y melancolias. Este fue el fin que tuvieron todos, nacido de un tan desatinado principio.

Bien, dijo el cura, me parece esta novela; pero no me puedo persuadir que esto sea verdad: y si es fingido, fingió mal el autor, porque no se puede imaginar que haya marido tan necio que quiera hacer tan costosa esperiencia como Anselmo. Si este caso se pusiera entre un galan y una dama, pudiérase llevar; pero entre marido y mujer algo tiene de imposible; y en lo que toca al modo de contarle no me descontenta.

CAPITULO XXXVI.

Que trata de otros raros sucesos que en la venta sucedieron.

ESTANDO en esto, el ventero, que estaba á la puerta de la venta, dijo: esta que viene es una hermosa tropa de huéspedes: si ellos paran aquí, gaudeamus tenemos. ¿Qué gente es? dijo Cardenio. Cuatro hombres, respondió el ventero, vienen á caballo á la gineta (1) con lanzas y adargas, y todos con antifaces negros, y junto con ellos viene una mujer vestida de blanco en un sillon, ansimesmo cubierto el rostro, y otros dos mozos de á pie. ¿Vienen muy cerca? preguntó el cura. Tan cerca, respondió el ventero, que ya llegan. Oyendo esto Dorotea se cubrió el rostro, y Cardenio se entró en el aposento de Don Quijote, y casi no habian tenido lugar para esto cuando entraron en la venta todos los que el ventero habia dicho: y apeándose los cuatro de á caballo, que de muy gentil talle y disposicion eran, fueron á apear la mujer que en el sillon venia; y tomándola uno de ellos en sus brazos, la sentó en una silla que estaba á la entrada del aposento donde Cardenio se habia escondido. En todo este tiempo ni ella ni ellos se habian quitado los antifaces ni hablado palabra alguna; solo que al sentarse la mujer en la silla dió un profundo suspiro, y dejó caer los brazos como persona enferma y desmayada: los mozos de á pie llevaron los caballos á la caballeriza. Viendo esto el cura, deseoso de saber qué gente era aquella que con tal trage y tal silencio estaba, se fué donde estaban los mozos, y á uno de ellos le preguntó lo que deseaba, el cual le respondió: pardiez, señor, yo no sabré deciros qué gente sea esta, solo sé que muestra ser muy principal, especialmente aquel que llegó á tomar en sus brazos á aquella señora que habeis visto: y esto dígolo porque todos los demás le tienen respeto, y no se hace otra cosa mas de la que él ordena y manda. ¿Y la señora, quién es? preguntó el cura. Tampoco sabré decir eso, respondió el mozo, porque en todo el camino no la he visto el rostro: suspirar sí la he oido muchas veces, y dar unos gemidos que parece que con cada uno dellos quiere dar el alma: y no es de maravillar que no sepamos mas de lo que habemos dicho, porque mi compañero y yo no há mas de dos dias que los acompañamos, porque habiéndolos encontrado en el camino nos

(1) Al modo de los *jinetes*. Jinete dice *Covarrubias*, es el hombre *de á caballo* que pelea con lanza y adarga, recogidos los pies, con los estribos cortos, que no bajan de la barriga del caballo. Los jinetes de las costas pelean con lanza y adarga. —Arr.

rogaron y persuadieron que viniésemos con ellos hasta el Andalucía, ofreciéndose á pagárnoslo muy bien. ¿ Y habeis oido nombrar á alguno dellos? preguntó el cura. No por cierto, respondió el mozo, porque todos caminan con tanto silencio que es maravilla, porque no se oye entre ellos otra cosa que los suspiros y sollozos de la pobre señora, que nos mueven á lástima, y sin duda tenemos creido que ella va forzada donde quiera que va ; y segun se puede colegir por su hábito, ella es monja ó va á serlo, que es lo mas cierto; y quizá porque no le debe de nacer de voluntad el monjío, va triste como parece. Todo podria ser, dijo el cura ; y dejándolos se volvió adonde estaba Dorotea, la cual como habia oido suspirar á la embozada, movida de natural compasion se llegó á ella y le dijo: ¿ qué mal sentís, señora mia ? mirad si es alguno de quien las mujeres suelen tener uso y esperiencia de curarle, que de mi parte os ofrezco una buena voluntad de serviros. A todo esto callaba la lastimada señora ; y aunque Dorotea tornó con mayores ofrecimientos, todavía se estaba en su silencio hasta que llegó el caballero embozado, que dijo el mozo que los demás obedecian, y dijo á Dorotea : no os canseis, señora, en ofrecer nada á esa mujer, porque tiene por costumbre de no agradecer cosa que por ella se hace, ni procureis que os responda si no quereis oir alguna mentira de su boca. Jamás la dije, dijo á esta sazon la que hasta allí habia estado callando ; antes por ser tan verdadera y tan sin trazas mentirosas me veo ahora en tanta desventura, y desto vos mismo quiero que seais el testigo, pues mi pura verdad os hace á vos ser falso y mentiroso.

Oyó estas razones Cardenio bien clara y distintamente, como quien estaba tan junto de quien las decia, que solo la puerta del aposento de Don Quijote estaba en medio ; y así como las oyó, dando una gran voz dijo : ¡ válgame Dios ! ¿ qué es esto que oigo? ¿ qué voz es esta que ha llegado á mis oidos? Volvió la cabeza á estos gritos aquella señora toda sobresaltada, y no viendo quién los daba se levantó en pie y fuése á entrar en el aposento, lo cual visto por el caballero la detuvo sin dejarla mover un paso. A ella con la turbacion y desasosiego se le cayó el tafetan con que traia cubierto el rostro, y descubrió una hermosura incomparable y un rostro milagroso aunque descolorido y asombrado, porque con los ojos andaba rodeando todos los lugares donde alcanzaba con la vista, con tanto ahinco que parecia persona fuera de juicio, cuyas señales, sin saber por qué las hacia, pusieron gran lástima en Dorotea y en cuantos la miraban. Teníala el caballero fuertemente asida por las espaldas, y por estar tan ocupado en tenerla no pudo acudir á alzarse el embozo que se le caia, como en efecto se le cayó del todo ; y alzando los ojos Dorotea, que abrazada con la señora estaba, vió que el que abrazada ansimismo la tenia era su esposo don Fernando, y apenas le hubo conocido cuando arrojando de lo íntimo de sus entrañas un luengo y tristísimo ay, se dejó caer de espaldas desmayada ; y á no hallarse allí junto el barbero, que la recogió en los brazos, ella diera consigo en el suelo. Acudió luego el cura á quitarle el embozo para echarle agua en el rostro, y así como la descubrió la conoció don Fernando, que era el que estaba abrazado con la otra, y quedó como muerto en verla ; pero no porque dejase con esto de tener á Luscinda, que era la que procuraba soltarse de sus brazos, la cual habia conocido en el suspiro á Cardenio, y él la habia conocido á ella. Oyó asimismo Cardenio el ay que dió Dorotea cuando se cayó desmayada, y creyendo que era su Luscinda, salió del aposento despavorido, y lo primero que vió fue á don Fernando, que tenia abrazada á Luscinda. Tambien don Fernando conoció luego á Cardenio ; y todos tres, Luscinda, Cardenio y Dorotea quedaron mudos y suspensos, casi sin saber lo que les habia acontecido. Callaban todos y mirábanse todos, Dorotea á don Fernando, don Fernando á Cardenio, Cardenio á Luscinda, y Luscinda á Cardenio. Mas quien primero rompió el silencio fue Luscinda, hablando á don Fernando desta manera: dejadme, señor don Fernando, por lo que debeis á ser quien sois, ya que por otro respeto no lo hagais ; dejadme llegar al muro de quien yo soy hiedra, al arrimo de quien no me han podido apartar vuestras importunaciones, vuestras amenazas, vuestras promesas ni vuestras dádivas : notad cómo el cielo por desusados y á nosotros encubiertos caminos me ha puesto á mi verdadero esposo delante ; y bien sabeis por mil costosas esperiencias que sola la muerte fuera bastante para borrarle de mi memoria : sean, pues, parte tan claros desengaños para que volvais (ya que no podais hacer otra cosa) el amor en rabia, la voluntad en despecho, y acabadme con él la vida, que como yo la rinda delante de mi buen esposo, la daré por bien empleada : quizá con mi muerte quedará satisfecho de la fe que le mantuve hasta el último trance de la vida.

Habia en este entre tanto vuelto Dorotea en sí, y habia estado escuchando todas las razones que Luscinda dijo, por las cuales vino en conocimiento de quién ella era ; y viendo que don Fernando aun no la dejaba de sus brazos ni respondia á sus razones, esforzándose lo mas que pudo, se levantó y se fué á hincar de rodillas á sus pies, y derramando mucha cantidad de hermosas y lastimeras lágrimas, asi le comenzó á decir:

Si ya no es, señor mio, que los rayos deste sol que en tus brazos eclipsado tienes, te quitan y ofuscan los de tus ojos, ya habrás echado de ver que la que á tus pies está arrodillada es la sin ventura hasta que tú quieras, y la desdichada Dorotea. Yo soy aquella labradora humilde á quien tú por tu bondad ó por tu gusto quisiste levantar á la alteza de poder llamarse tuya : soy la que encerrada en los límites de la honestidad vivió vida contenta hasta que á las voces de tus importunidades, y al parecer justos y amorosos sentimientos, abrió las puertas de su recato y te entregó las llaves de su libertad : dádiva de tí tan mal agradecida cual lo muestra bien claro haber sido forzoso hallarme en el lugar donde me hallas, y verte yo á tí de la manera que te veo. Pero con todo esto no querria que cayese en tu imaginacion pensar que he venido aquí con pasos de mi deshonra, habiéndome traido solo los del dolor y sentimiento de verme de tí olvidada. Tú quisiste que yo fuese tuya, y quisístelo de manera, que aunque ahora quieras que no lo sea, no será posible que tú dejes de ser mio. Mira, señor mio, que puede ser recompensa á la hermosura y nobleza por quien me dejas la incomparable voluntad que te tengo; tú no puedes ser de la hermosa Luscinda, porque eres mio, ni ella puede ser tuya, porque es de Cardenio; y más fácil será, si en ello miras, reducir tu voluntad á querer á quien te adora, que no encaminar la que te aborrece á que bien te quiera. Tú solicitaste mi descuido, tú rogaste á mi entereza, tú no ignoraste mi calidad, tú sabes bien de la manera que me entregué á toda tu voluntad; no te queda lugar ni acogida de llamarte á engaño; y si esto es asi, como es, y tú eres tan cristíano como caballero, ¿por qué por tantos rodeos dilatas de hacerme venturosa en los fines como me hiciste en los principios? Y si no me quieres por lo que soy, que soy tu verdadera y legítima esposa, quiéreme á lo menos y admíteme por tu esclava, que como yo esté en tu poder me tendré por dichosa

y bien afortunada. No permitas con dejarme y desampararme 'que se hagan y junten corrillos en mi deshonra: no des tan mala vejez á mis padres, pues no lo merecen los leales servicios que como buenos vasallos á los tuyos siempre han hecho; y si te parece que has de aniquilar tu sangre por mezclarla con la mia, considera que pocas ó ninguna nobleza hay en el mundo que no haya corrido por este camino, y que la que se toma de las mujeres no es la que hace al caso en las ilustres descendencias: cuanto mas, que la verdadera nobleza consiste en la virtud, y si ésta á tí te falta, negándome lo que tan justamente me debes, yo quedaré con mas ventajas de noble que las que tú tienes. En fin, señor, lo que últimamente te digo es, que quieras ó no quieras yo soy tu esposa; testigos son tus palabras, que no han ni deben ser mentirosas, si ya es que te precias de aquello porque me desprecias (1): testigo será la firma que hiciste, y testigo el cielo á quien tú llamaste por testigo de lo que me prometias; y cuando todo esto falte, tu misma conciencia no ha de faltar de dar voces callando, en mitad de tus alegrías, volviendo por esta verdad que te he dicho, y turbando tus mejores gustos y contentos. Estas y otras razones dijo la lastimada Dorotea con tanto sentimiento y lágrimas, que los mismos que acompañaban á don Fernando y cuantos presentes estaban la acompañaron en ellas. Escuchóla don Fernando sin replicalle palabra hasta que ella dió fin á las suyas y principió á tantos sollozos y suspiros, que bien habia de ser corazon de bronce el que con muestras de tanto dolor no se enterneciera. Mirándola estaba Luscinda, no menos lastimada de su sentimiento, que admirada de su mucha discrecion y hermosura; y aunque quisiera llegarse á ella y decirle algunas palabras de consuelo, no la dejaban los brazos de don Fernando que apretada·la tenian; el cual lleno de confusion y espanto, al cabo de un buen espacio que atentamente estuvo mirando á Dorotea, abrió los brazos, y dejando libre á Luscinda dijo: venciste, hermosa Dorotea, venciste, porque no es posible tener ánimo para negar tantas verdades juntas.

Con el desmayo que Luscinda habia tenido, asi como la dejó don Fernando iba á caer en el suelo, mas hallándose Cardenio allí junto, que á las espaldas de don Fernando se habia puesto para que no le conociese, pospuesto todo temor y aventurado á todo riesgo, acudió á sostener á Luscinda, y cogiéndola entre sus brazos le dijo: si el piadoso cielo gusta y quiere que ya tengas algun descanso, leal,

(1)   La nobleza que podia echar menos en Dorotea.—P.

firme y hermosa señora mia, en ninguna parte creo yo que le tendrás mas seguro que en estos brazos que ahora te reciben, y otro tiempo te recibieron cuando la fortuna quiso que pudiese llamarte mia. A estas razones puso Luscinda en Cardenio los ojos, y habiendo comenzado á conocerle primero por la voz, y asegurándose que él era con la vista, casi fuera de sentido y sin tener cuenta á ningun honesto respeto, le echó los brazos al cuello, y juntando su rostro con el de Cardenio le dijo: vos sí, señor mio, sois el verdadero dueño desta vuestra cautiva, aunque mas lo impida la contraria suerte, y aunque mas amenazas le hagan á esta vida que en la vuestra se sustenta.

Estraño espectáculo fue éste para don Fernando y para todos los circunstantes, admirándose de tan no visto suceso. Parecióle á Dorotea que don Fernando habia perdido la color del rostro, y que hacia ademan de querer vengarse de Cardenio, porque le vió encaminar la mano á ponella en la espada, y asi como lo pensó, con no vista presteza se abrazó con él por las rodillas, besándoselas y teniéndole apretado, que no le dejaba mover, y sin cesar un punto de sus lágrimas le decia: ¿qué es lo que piensas hacer, único refugio mio, en este tan impensado trance? Tú tienes á tus pies á tu esposa, y la que quieres que lo sea, está en los brazos de su marido: mira si te estará bien, ó te será posible deshacer lo que el cielo ha hecho, ó si te convendrá querer levantar á igualar á tí mismo á la que pospuesto todo inconveniente, confirmada en su verdad y firmeza, delante de tus ojos tiene con los suyos bañados de licor amoroso el rostro y pecho de su verdadero esposo. Por quien Dios es, te ruego, y por quien tú eres te suplico, que este tan notorio desengaño no solo no acreciente tu ira, sino que la mengüe de tal manera, que con quietud y sosiego permitas que estos dos amantes le tengan sin impedimento tuyo todo el tiempo que el cielo quisiere concedérsele, y en esto mostrarás la generosidad de tu ilustre y noble pecho, y verá el mundo que tiene contigo mas fuerza la razon que el apetito.

En tanto que esto decia Dorotea, aunque Cardenio tenia abrazada á Luscinda, no quitaba los ojos de don Fernando, con determinacion de que si le viese hacer algun movimiento en su perjuicio, procurar defenderse y ofender como mejor pudiese á todos aquellos que en su daño se mostrasen, aunque le costase la vida; pero á esta sazon acudieron los amigos de don Fernando, y el cura y el barbero, que á todo habian estado presentes, sin que faltase el bueno de Sancho Panza, y todos rodeaban á don Fernando, suplicándole tuviese por bien de mirar las lágrimas de Dorotea, y que siendo verdad, como sin duda ellos creian que lo era, lo que en sus razones habia dicho, que no permitiese quedase defraudada de sus tan justas esperanzas: que considerase que no acaso como parecia, sino

con particular providencia del cielo se habian todos juntado en lugar donde menos ninguno pensaba; y que advirtiese, dijo el cura, que solo la muerte podia apartar á Luscinda de Cardenio, y aunque los dividiesen filos de alguna espada, ellos tendrian por felicísima su muerte, y que en los casos irremediables era suma cordura, forzándose y venciéndose á sí mismo, mostrar un generoso pecho, permitiendo que por sola su voluntad los dos gozasen el bien que el cielo ya les habia concedido: que pusiese los ojos ansimismo en la beldad de Dorotea, y veria que pocas ó ninguna se podian igualar, cuanto mas hacerle ventaja, y que juntase á su hermosura su humildad y el estremo del amor que le tenia; y sobre todo advirtiese que si se preciaba de caballero y de cristiano, no podia hacer otra cosa que cumplille la palabra dada, y que cumpliéndosela cumpliria con Dios y satisfaria á las gentes discretas, las cuales saben y conocen que es prerogativa de la hermosura, aunque esté en sugeto humilde como se acompañe con la honestidad, poder levantarse é igualarse á cualquiera alteza sin nota de menoscabo del que la levanta é iguala á sí mismo; y cuando se cumplen las fuertes leyes del gusto, como en ello no intervenga pecado, no debe de ser culpado el que las sigue.

En efecto, á estas razones añadieron todos otras tales y tantas, que el valeroso pecho de don Fernando, en fin como alimentado con ilustre sangre, se ablandó y se dejó vencer de la verdad que él no podia negar aunque quisiera; y la señal que dió de haberse rendido y entregado al buen parecer que se le habia propuesto fue abajarse y abrazar á Dorotea diciéndole: levantaos, señora mia, que no es justo que esté arrodillada á mis pies la que yo tengo en mi alma; y si hasta aquí no he dado muestras de lo que digo, quizá ha sido por órden del cielo, para que viendo yo en vos la fe con que me amais, os sepa estimar en lo que mereceis: lo que os ruego es que no me reprendais mi mal término y mi mucho descuido, pues la misma ocasion y fuerza que me movió para aceptaros por mia, esta misma me impelió para procurar no ser vuestro; y que esto sea verdad, volved y mirad los ojos de la ya contenta Luscinda, y en ellos hallareis disculpa de todos mis yerros; y pues ella halló y alcanzó lo que deseaba, y yo he hallado en vos lo que me cumple, viva ella segura y contenta luengos y felices años con su Cardenio, que yo de rodillas rogaré al cielo que me los deje vivir con mi Dorotea; y diciendo esto la tornó á abrazar y juntar su rostro con el suyo con tan tierno sentimiento, que le fue necesario tener gran cuenta con que las lágrimas no acabasen de dar indubitables señales de su amor y arrepentimiento. No lo hicieron asi las de Luscinda y Cardenio, y aun las de casi todos los que allí presentes estaban, porque comenzaron á derramar tantas, los unos de contento propio, y los otros del ageno, que no parecia sino que algun grave y mal caso á todos habia sucedido: hasta Sancho Panza lloraba, aunque despues dijo que no lloraba él sino por ver que Dorotea no era, como él pensaba, la reina Micomicona, de quien él tantas mercedes esperaba.

Duró algun espacio, junto con el llanto, la admiracion en todos, y luego Cardenio y Luscinda se fueron á poner de rodillas ante don Fernando, dándole gracias de la merced que les habia hecho, con tan corteses razones, que don Fernando no sabia qué responderles, y asi los levantó y abrazó con muestras de mucho amor y de mucha cortesía. Preguntó luego á Dorotea le dijese cómo habia venido á aquel lugar tan lejos del suyo. Ella con breves y discretas razones contó todo lo que antes habia contado á Cardenio: de lo cual gustó tanto don Fernando y los que con él venian, que quisieran que durara el cuento mas tiempo: tanta era la gracia con que Dorotea contaba sus desventuras; y asi como hubo acabado dijo don Fernando lo que en la ciudad le habia acontecido despues que halló el papel en el seno de Luscinda, donde declaraba ser esposa de Cardenio y no poderlo ser suya: dijo que la quiso matar, y lo hiciera si de sus padres no fuera impedido, y que asi se salió de su casa despechado y corrido, con determinacion de vengarse con mas comodidad; y que otro dia supo cómo Luscinda habia faltado de casa de sus padres, sin que nadie supiese decir dónde se habia ido, y que en resolucion al cabo de algunos meses vino á saber cómo estaba en un monasterio con voluntad de quedarse en él toda la vida si no la pudiese pasar con Cardenio, y que asi como lo supo, escogió para su compañía aquellos tres caballeros, vino al lugar donde estaba, á la cual no habia querido hablar, temeroso que en sabiendo que él estaba allí habia de haber mas guarda en el monasterio; y asi aguardando un dia á que la portería estuviese abierta, dejó á los dos á la guarda de la puerta, y él con otro habian entrado en el monasterio buscando á Luscinda, la cual hallaron en el claustro hablando con una monja, y arrebatándola, sin darle lugar á otra cosa, se habian venido con ella á un lugar donde se acomodaron de aquello que hubieron menester para traella: todo lo cual habian podido hacer bien á su salvo, por estar el monasterio en el campo buen trecho fuera del pueblo. Dijo que asi como Luscinda se vió en su poder perdió todos los sentidos, y que despues de vuelta en sí no habia hecho otra cosa sino llorar y suspirar sin hablar palabra alguna; y que asi acompañados de silencio y de lágrimas habian llegado á aquella venta, que para él era haber llegado al cielo, donde se rematan y tienen fin todas las desventuras de la tierra.

CAPITULO XXXVII.

Donde se prosigue la historia de la famosa infanta Micomicona, con otras graciosas aventuras.

Todo esto escuchaba Sancho, con no poco dolor de su ánima, viendo que se le desparecian é iban en humo las esperanzas de su ditado (1), y que la linda princesa Micomicona se le habia vuelto en Dorotea, y el gigante en don Fernando, y su amo se estaba durmiendo á sueño suelto bien descuidado de todo lo sucedido. No se podia asegurar Dorotea si era soñado el bien que poseia; Cardenio estaba

_____
(1) *Ditado* es lo mismo que *dictado* ó título de dignidad y señoría—C.

en el mismo pensamiento, y el de Luscinda corria por la misma cuenta. Don Fernando daba gracias al cielo por la merced recibida y haberle sacado de aquel intricado laberinto, donde se hallaba tan á pique de perder el crédito y el alma; y finalmente cuantos en la venta estaban, estaban contentos y gozosos del buen suceso que habian tenido tan trabados y desesperados negocios. Todo lo ponia en su punto el cura como discreto, y á cada uno daba el parabien del bien alcanzado; pero quien mas jubilaba y se contentaba, era la ventera por la promesa que Cardenio y el cura le habian hecho de pagalle todos los daños é intereses que por cuenta de Don Quijote le hubiesen venido. Solo Sancho, como ya se ha dicho, era el afligido, el desventurado y el triste; y asi con melancólico semblante entró á su amo, el cual acababa de despertar, á quien dijo: bien puede vuestra merced, señor Triste Figura, dormir todo lo que quisiere sin cuidado de matar á ningun gigante, ni de volver á la princesa su reino, que ya todo está hecho y concluido. Eso creo yo bien, respondió Don Quijote, porque he tenido con el gigante la mas descomunal y desaforada batalla que pienso tener en todos los dias de mi vida: y de un revés, zas, le derribé la cabeza en el suelo, y fue tanta la sangre que le salió, que los arroyos corrian por la tierra como si fueran de agua. Como si fueran de vino tinto, pudiera vuestra merced decir mejor, respondió Sancho; porque quiero que sepa vuestra merced, si es que no lo sabe, que el gigante muerto es un cuero horadado, y la sangre seis arrobas de vino tinto que encerraba en su vientre, y la cabeza cortada es la puta que me parió, y llévelo todo Satanás. ¿Y qué es lo que dices, loco? replicó Don Quijote, ¿estás en tu seso? Levántese vuestra merced, dijo Sancho, y verá el buen recado que ha hecho, y lo que tenemos que pagar, y verá á la reina convertida en una dama particular llamada Dorotea, con otros sucesos, que si cae en ellos le han de admirar. No me maravillaria de nada deso, replicó Don Quijote, porque si bien te acuerdas, la otra vez que aquí estuvimos te dije yo que todo cuanto aquí sucedia eran cosas de encantamento, y no seria mucho que ahora fuese lo mismo. Todo lo creyera yo, respondió Sancho, si tambien mi manteamiento fuera cosa dese jaez, mas no lo fue, sino real y verdaderamente: y ví yo que el ventero que aquí está, hoy dia tenia del un cabo de la manta y me empujaba hácia el cielo con mucho donaire y brío, y con tanta risa como fuerza: y donde interviene conocerse las personas, tengo para mí, aunque simple y pecador, que no hay encantamento alguno, sino mucho molimiento y mucha mala ventura. Ahora bien, Dios lo remediará, dijo Don Quijote, dame de vestir, y déjame salir allá fuera, que quiero ver los sucesos y trasformaciones que dices.

Dióle de vestir Sancho, y en el entre tanto que se vestia contó el cura á don Fernando y los demás que allí estaban las locuras de Don Quijote, y el artificio de que habian usado para sacarle de la Peña Pobre, donde él se imaginaba estar por desdenes de su señora. Contóles asi mismo casi todas las aventuras que Sancho habia contado, de que no poco se admiraron y rieron, por parecerles lo que á todos parecia ser el mas estraño género de locura que podia caber en entendimiento disparatado. Dijo mas el cura, que pues ya el buen suceso de la señora Dorotea impedia pasar con su designio adelante, que era menester inventar y hallar otro para poderle llevar á su tierra. Ofrecióse Cardenio de proseguir lo comenzado, y que Luscinda haria y representaria suficientemente la persona de Dorotea. No, dijo don Fernando, no ha de ser asi, que yo quiero que Dorotea prosiga su invencion, que como no sea muy lejos de aquí el lugar deste buen caballero, yo holgaré de que se procure su remedio. No está mas de dos jornadas de aquí. Pues aunque estuviera mas, gustara yo de caminallas á trueco de hacer tan buena obra. Salió en esto Don Quijote armado de todos sus pertrechos, con el yelmo, aunque abollado, de Mambrino en la cabeza, embarazado de su rodela y arrimado á su tronco ó lanzon. Suspendió á don Fernando y á los demás la estraña presencia de Don Quijote, viendo su rostro de media legua de andadura seco y amarillo, la desigualdad de sus armas y su mesurado continente, y estuvieron callando hasta ver lo que él decia, el cual con mucha gravedad y reposo, puestos los ojos en la hermosa Dorotea, dijo:

Estoy informado, hermosa señora, deste mi escudero, que la vuestra grandeza se ha aniquilado, y vuestro ser se ha deshecho, porque de reina y gran señora que solíades ser os habeis vuelto en una particular doncella. Si esto ha sido por órden del rey nigromante de vuestro padre, temeroso que yo no os diese la necesaria y debida ayuda, digo que no supo ni sabe de la misa la media, y que fue poco versado en las historias caballerescas, porque si él las hubiera leido y pasado tan atentamente y con tanto espacio como yo las pasé y leí, hallara á cada paso cómo otros caballeros de menor fama que la mia habian acabado cosas mas dificultosas, no siéndolo mucho matar á un gigantillo, por arrogante que sea, porque no há muchas horas que yo me ví con él, y... quiero callar porque no me digan que miento; pero el tiempo, descubridor de todas las cosas, lo dirá cuando menos lo pensemos. Vístesos vos con dos cueros, que no con un gigante, dijo á esta sazon el ventero, al cual mandó don Fernando que callase, y no interrumpiese la plática de Don Quijote en ninguna manera; y Don Quijote prosiguió diciendo: digo en fin, alta y desheredada señora, que si por la causa que he dicho, vuestro padre ha hecho este metamorfoseo en vuestra persona, que no le deis crédito alguno, porque no hay ningun peligro en la tierra por quien no se abra camino mi espada, con la cual poniendo la cabeza de vuestro enemigo en tierra, os pondré á vos la corona de la vuestra en la cabeza en breves dias.

No dijo mas Don Quijote, y esperó á que la princesa le respondiese; la cual, como ya sabía la determinacion de don Fernando de que se prosiguiese adelante en el engaño hasta llevar á su tierra á Don

Quijote, con mucho donaire y gravedad le respondió: quien quiera que os dijo, valeroso caballero de la Triste Figura, que yo me habia mudado y trocado de mi ser, no os dijo lo cierto, porque la misma que ayer fuí me soy hoy: verdad es que alguna mudanza han hecho en mí ciertos acaecimientos de buena ventura, que me la han dado la mejor que yo pudiera desearme; pero no por eso he dejado de ser la que antes, y de tener los mismos pensamientos de valerme del valor de vuestro valeroso é invencible brazo, que siempre he tenido. Asi que, señor mio, vuestra bondad vuelva la bonra al padre que me engendró, y téngale por hombre advertido y prudente, pues con su ciencia halló camino tan fácil y tan verdadero para remediar mi desgracia, que yo creo que si por vos, señor, no fuera, jamás acertara á tener la ventura que tengo, y en esto digo tanta verdad como son buenos testigos della los mas destos señores que están presentes: lo que resta es que mañana nos pongamos en camino, porque ya hoy se podrá hacer poca jornada, y en lo demás del buen suceso que espero lo dejaré á Dios y al valor de vuestro pecho.

Esto dijo la discreta Dorotea, y en oyéndolo Don Quijote se volvió á Sancho, y con muestras de mucho enojo le dijo: ahora te digo, Sanchuelo, que eres el mayor bellacuelo que hay en España: dime, ladron vagamundo, ¿no me acabaste de decir ahora que esta princesa se habia vuelto en una doncella que se llamaba Dorotea, y que la cabeza que entiendo que corté á un gigante era la puta que te parió, con otros disparates que me pusieron en la mayor confusion que jamás he estado en todos los dias de mi vida? Voto... (y miró al cielo, y apretó los dientes) que estoy por hacer un estrago en tí, que ponga sal en la mollera á todos cuantos mentirosos escuderos hubiere de caballeros andantes de aquí adelante en el mundo. Vuestra merced se sosiegue, señor mio, respondió Sancho, que bien podria ser que yo me hubiese engañado en lo que toca á la mutacion de la señora princesa Micomicona; pero en lo que toca á la cabeza del gigante, ó á lo menos á la horadacion de los cueros, y á lo de ser vino tinto la sangre, no me engaño, vive Dios, porque los cueros allí están heridos á la cabecera del lecho de vuestra merced, y el vino tinto tiene hecho un lago el aposento; y si no, al freir de los huevos lo verá, quiero decir, que lo verá cuando aquí su merced del señor ventero le pida el menoscabo de todo: de lo demás de que la señora reina se esté como se estaba, me regocijo en el alma, porque me va mi parte como á cada hijo de vecino. Ahora yo te digo, Sancho, díjo Don Quijote, que eres un mentecato, y perdóname, y basta. Basta, dijo don Fernando, y no se hable mas en esto; y pues la señora princesa dice que se camine mañana porque ya hoy es tarde, hágase asi, y esta noche la podremos pasar en buena conversacion hasta el venidero dia, donde todos acompañaremos al señor Don Quijote, porque queremos ser testigos de las valerosas é inauditas hazañas que ha de hacer en el discurso desta

grande empresa que á su cargo lleva. Yo soy el que tengo de serviros y acompañaros, respondió Don Quijote, y agradezco mucho la merced que se me hace, y la buena opinion que de mí se tiene, la cual procuraré que salga verdadera, ó me costará la vida, y aun mas si mas costarme puede.

Muchas palabras de comedimiento y muchos ofrecimientos pasaron entre Don Quijote y don Fernando; pero á todo puso silencio un pasajero que en aquella sazon entró en la venta, el cual en su trage mostraba ser cristiano recien venido de tierra de moros, porque venia vestido con una casaca de paño azul, corta de faldas, con medias mangas y sin cuello, los calzones eran asimismo de lienzo azul, con bonete de la misma color; traia unos borciguíes datilados y un alfanje morisco puesto en un tahalí, que le atravesaba el pecho. Éntró luego tras él encima de un jumento una mujer á la morisca vestida, cubierto el rostro con una toca en la cabeza; traia un bonetillo de brocado, y vestida una almalafa que desde los hombros á los pies la cubria. Era el hombre de robusto y agraciado talle, de edad de poco mas de cuarenta años, algo moreno de rostro, largo de bigotes y la barba muy bien puesta: en resolucion, él mostraba en su apostura que si estuviera bien vestido le juzgaran por persona de calidad y bien nacida. Pidió en entrando un aposento, y como le dijeron que en la venta no le habia, mostró recibir pesadumbre, y llegándose á la que en el trage parecia mora la apeó en sus brazos. Luscinda, Dorotea, la ventera, su hija y Maritornes, llevadas del nuevo y para ellas nunca visto trage, rodearon á la mora; y Dorotea, que siempre fue agraciada, comedida y discreta, pareciéndole que asi ella como el que la traia se congojaban por la falta del aposento, le dijo: no os dé mucha pena, señora mia, la incomodidad del regalo que aquí falta, pues es propio de ventas no hallarle en ellas; pero con todo esto, si gustáredes de posar con nosotras (señalando á Luscinda), quizá en el discurso de este camino habreis hallado otros no tan buenos acogimientos. No respondió nada á esto la embozada, ni hizo otra cosa que levantarse de donde sentado se habia, y puestas entrambas manos cruzadas sobre el pecho, inclinada la cabeza dobló el cuerpo en señal de que lo agradecia. Por su silencio imaginaron que sin duda alguna debia de ser mora, y que no sabia hablar cristiano.

Llegó en esto el cautivo, que entendiendo en otra cosa hasta entonces habia estado, y viendo que todas tenian cercada á la que con él venia, y que ella á cuanto le decian callaba, dijo: señoras mias, esta doncella apenas entiende mi lengua, ni sabe hablar otra ninguna sino conforme á su tierra, y por esto no debe de haber respondido ni responde á lo que se le ha preguntado. No se le pregunta otra cosa ninguna, respondió Luscinda, sino ofrecelle por esta noche nuestra compañía y parte del lugar donde nos acomodaremos, donde se le hará el regalo que la comodidad ofreciere con la voluntad que obliga á servir á todos los estranjeros que dello tuvieren necesidad, especialmente siendo mujer á quien se sirve. Por ella y por mí, respondió el cautivo, os beso, señora mia, las manos, y estimo mucho y en lo que es razon la merced ofrecida, que en tal ocasion y de tales personas como vuestro parecer muestra, bien se echa de ver que ha de ser muy grande. Decídme, señor, dijo Dorotea, ¿esta señora es cristiana ó mora? porque el trage y el silencio nos hace pensar que es lo que no querríamos que fuese. Mora es en el trage y en el cuerpo, pero en el alma es muy grande cristiana, porque tiene grandísimos deseos de serlo. ¿Luego no es bautizada? replicó Luscinda. No ha habido lugar para ello, res-

pondió el cautivo, despues que salió de Argel para su patria y tierra, y hasta agora no se ha visto en peligro de muerte tan cercana que obligase á bautizalla, sin que supiese primero todas las ceremonias que nuestra madre la santa iglesia manda; pero Dios será servido que presto se bautice con la decencia que la calidad de su persona merece, que es mas de lo que muestra su hábito y el mio.

Con estas razones puso gana en todos los que escuchándole estaban de saber quién fuese la mora y el cautivo; pero nadie se lo quiso preguntar por entonces por ver que aquella sazon era mas para procurarles descanso que para preguntarles sus vidas. Dorotea la tomó por la mano y la llevó á sentar junto á sí, y le rogó que se quitase el embozo. Ella miró al cautivo, como si le preguntara lo que decian y lo que ella haria. El en lengua arábiga le dijo que le pedian se quitase el embozo, y que lo hiciese, y asi se lo quitó y descubrió un rostro tan hermoso, que Dorotea la tuvo por mas hermosa que Luscinda, y Luscinda por mas hermosa que Dorotea, y todos los circunstantes conocieron que si alguno se podria igualar al de las dos era el de la mora, y aun hubo algunos que le aventajaron en alguna cosa. Y como la hermosura tenga prerogativa y gracia de reconciliar los ánimos y atraer las voluntades, luego se rindieron todos al deseo de servir y acariciar á la hermosa mora. Preguntó don Fernando al cautivo cómo se llamaba la mora, el cual respondió que Lela (1) Zoráida, y asi como esto oyó ella, entendió lo que le habian preguntado al cristiano, y dijo con mucha priesa, llena de congoja y donaire: *no, no Zoráida*; *María*, *María*, dando á entender que se llamaba María, y no Zoráida. Estas palabras y el grande afecto con que la mora las dijo, hicieron derramar mas de una lágrima á algunos de los que la escucharon, especialmente á las mujeres, que de su natureleza son tiernas y compasivas. Abrazóla Luscinda con mucho amor, diciéndole: sí, sí, María, María: á lo cual respondió la mora: *si, si, Maria: Zoráida macange*, que quiere decir *no*.

Ya en esto llegaba la noche, y por órden de los que venian con don Fernando habia el ventero puesto diligencia y cuidado en aderezarles de cenar lo mejor que á él le fue posible. Llegada pues la hora, sentáronse todos á una larga mesa como de tinelo (2), porque no la habia redonda ni cuadrada en la venta, y dieron la cabecera y principal asiento, puesto que él lo rehusaba, á Don Quijote, el cual quiso que estuviese á su lado la señora Micomicona, pues él era su guardador. Luego se sentaron Luscinda y Zoráida, y frontero dellas don Fernando y Cardenio, y luego el cautivo y los demás caballeros, y al lado de las señoras el cura y el barbero; y asi cenaron con mucho contento, y acrecentóseles mas viendo que dejando de comer Don Quijote, movido de otro semejante espíritu que el que le movió á hablar tanto como habló cuando cenó con los cabreros, comenzó á decir:

Verdaderamente, si bien se considera, señores mios, grandes é inauditas cosas ven los que profesan la órden de la andante caballería. Si no, ¿cuál de los vivientes habrá en el mundo que ahora por la puerta deste castillo entrara, y de la suerte que estamos nos viera, que juzgue y crea que nosotros somos quien somos? ¿Quién podrá decir que esta señora que está á mi lado es la gran reina que todos sabemos, y que yo soy aquel caballero de la Triste Figura que anda por ahí en boca de la fama? Ahora no hay que dudar, sino que esta arte y ejercicio escede á todas aquellas y aquellos que los hombres inventaron, y tanto mas se ha de tener en estima, cuanto á mas peligros está sujeto. Quítenseme delante los que dijeren que las letras hacen ventaja á las armas, que les diré, y sean quien se fueren, que no saben lo que dicen: porque la razon que los tales suelen decir, y á la que ellos mas se atienen, es que los trabajos del espíritu esceden á los del cuerpo, y que las armas solo con el cuerpo se ejercitan, como si fuese su ejercicio oficio de ganapanes, para el cual no es menester mas de buenas fuerzas; ó como si en esto que llamamos armas los que las profesamos no se encerrasen los actos de la fortaleza, los cuales piden para ejecutallos mucho entendimiento; ó como si no trabajase el ánimo del guerrero que tiene á su cargo un ejército ó la defensa de una ciudad sitiada, asi con el espíritu como con el cuerpo. Si no, véase si se alcanza con las fuerzas corporales á saber y conjeturar el intento del enemigo, los designios, las estratagemas, las dificultades, el prevenir los daños que se temen, que todas estas cosas son acciones del entendimiento, en quien no tiene parte alguna el cuerpo. Siendo pues ansi que las armas requieren espíritu como las letras, veamos ahora cuál de los dos espíritus, el del letrado ó el del guerrero, trabaja mas: y esto se vendrá á conocer por el fin y paradero á que cada uno se encamina, porque aquella intencion se ha de estimar en mas que tiene por objeto mas noble fin. Es el fin y paradero de las letras... y no hablo ahora de las divinas, que tienen por blanco llevar y encaminar las almas al cielo, que á un fin tan sin fin como este ninguno otro se le puede igualar; hablo de las letras humanas, que es su fin poner en su punto la justicia distributiva, y dar á cada uno lo que es suyo, entender y hacer que las buenas leyes se guarden: fin por cierto generoso y alto y digno de grande alabanza; pero no de tanta como merece aquel á que las armas atienden, las cuales tienen por objeto y fin la paz, que es el mayor bien que los hombres pueden desear en esta vida: y asi las primeras buenas nuevas que tuvo el mundo y tuvieron los hombres fueron las que dieron los ángeles la noche que fue nuestro dia cuando cantaron en los aires: *gloria á Dios en las alturas y paz en la tierra á los hombres de buena voluntad*: y la salutacion que el mejor Maestro de la tierra y del cielo enseñó á sus allegados y favorecidos fue decirles, que cuando entrasen en alguna casa dijesen: *paz sea en esta casa*; y otras muchas veces les dijo: *mi paz os doy, mi paz os dejo, paz sea con vosotros*; bien como joya y prenda dada y dejada de tal mano, joya que sin ella en la tierra ni en el cielo puede haber bien ninguno. Esta paz es el verdadero fin de la guerra, que lo mismo es decir armas que guerra. Prosupuesta pues esta verdad que el fin de la guerra es la paz, y que esto hace ventaja al fin

_____

(1) *Lela ó Lel-la* en árabe quiere decir la *adorable*, la *divina*, la *bienaventurada* por escelencia. Solo se da este nombre á la Vírgen Maria.

(2) Comedor de familia en las casas grandes y opulentas, donde la abundancia de criados y dependientes obliga á que coman y cenen en comunidad. La mesa era larga y estrecha.—Arr. y C.

de las letras, vengamos ahora á los trabajos del cuerpo del letrado, y á los del profesor de las armas, y véase cuáles son mayores.

De tal manera y por tan buenos términos iba prosiguiendo en su plática Don Quijote, que obligó á que por entonces ninguno de los que escuchándole estaban le tuviesen por loco; antes como todos los mas eran caballeros á quien son anejas las armas, le escuchaban de muy buena gana, y él prosiguió diciendo:

Digo, pues, que los trabajos del estudiante son estos: principalmente pobreza, no porque todos sean pobres, sino por poner este caso en todo el estremo que pueda ser; y en haber dicho que padece pobreza me parece que no habia que decir mas de su malaventura, porque quien es pobre no tiene cosa buena. Esta pobreza la padece por sus partes, ya en hambre, ya en frio, ya en desnudez, ya en todo junto; pero con todo eso no es tanta que no coma aunque sea un poco mas tarde de lo que se usa, aunque sea de las sobras de los ricos; que es la mayor miseria del estudiante esto que entre ellos llaman *andar á la sopa*, y no les falta algun ageno brasero ó chimenea, que si no caliente, al menos entibie su frio, y en fin la noche duermen muy bien debajo de cubierta. No quiero llegar á otras menudencias, conviene á saber, de la falta de camisas y no sobra de zapatos, la raridad y poco pelo del vestido, ni aquel ahitarse con tanto gusto cuando á la buena suerte les depara algun banquete. Por este camino que he pintado, áspero y dificultoso, tropezando aquí, cayendo allí, levantándose acullá, tornando á caer acá, llegan al grado que desean, el cual alcanzado, á muchos hemos visto que habiendo pasado por estas sirtes y por estas escílas y caribdis, como llevados en vuelo de la favorable fortuna, digo que los hemos visto mandar y gobernar el mundo desde una silla, trocada su hambre en hartura, su frio en refrigerio, su desnudez en galas, y su dormir en una estera en reposar en holandas y damascos: premio justamente merecido de su virtud; pero contrapuestos y comparados sus trabajos con los del mílite guerrero, se quedan muy atrás en todo como ahora diré.

CAPITULO XXXVIII.

Que trata del curioso discurso que hizo Don Quijote de las armas y las letras.

Prosiguiendo Don Quijote dijo: pues comenzamos en el estudiante por la pobreza y sus partes, veamos si es mas rico el soldado, y veremos que no hay ninguno mas pobre en la misma pobreza, porque está atenido á la miseria de su paga, que viene tarde ó nunca, ó á lo que garbeare por sus manos con notable peligro de su vida y de su conciencia; y á veces suele ser su desnudez tanta, que un coleto acuchillado le sirve de gala y de camisa, y en la mitad del invierno se suele reparar de las inclemencias del cielo, estando en la campaña rasa, con solo el aliento de su boca que como sale de lugar vacío tengo por averiguado que debe de salir frio contra toda naturaleza. Pues esperad que espere que llegue la noche para restaurarse de todas estas incomodidades en la cama que le aguarda, la cual si no es por su culpa jamás pecará de estrecha, que bien puede medir en la tierra los pies que quisiere, y revolverse en ella á su sabor sin temor que se le encojan las sábanas. Lléguese pues á todo esto el dia y la hora de recibir el grado de su ejercicio, lléguese un dia de batalla, que allí le pondrán la borla en la cabeza, hecha de hilas para curarle algun balazo que quizá le habrá pasado las sienes, ó le dejará estropeado de brazo ó pierna; y cuando esto no suceda, sino que el cielo piadoso le guarde y conserve sano y vivo, podrá ser que se quede en la misma pobreza que antes estaba, y que sea menester que suceda uno y otro reencuentro, una y otra batalla, y que de todas salga vencedor para medrar en algo; pero estos milagros vénse raras veces. Pero decidme, señores, si habeis mirado en ello, ¿cuán menos son los premiados por la guerra, que los que han perecido en ella? Sin duda habeis de responder que no tienen comparacion, ni se pueden reducir á cuenta los muertos y que se podrán contar los premiados vivos con tres letras de guarismos (1). Todo esto es al revés en los letrados, porque de faldas, que no quiero decir de mangas (2), todos tienen en qué entretenerse; asi que aunque es mayor el trabajo del soldado, es mucho menor el premio. Pero á esto se puede responder, que es mas fácil premiar á dos mil letrados que á treinta mil soldados, porque á aquellos se premian con darles oficios, que por fuerza se han de dar á los de su profesion, y á estos no se pueden premiar sino con la misma hacienda del señor á quien sirven; y esta imposibilidad fortifica mas la razon que tengo.

Pero dejemos esto aparte, que es laberinto de muy dificultosa salida, y volvamos á la preeminencia de las armas sobre las letras: materia que hasta ahora está por averiguar, segun son las razones que cada una de sus partes alega; y entre las que he dicho dicen las letras, que sin ellas no se podrian sustentar las armas, porque la guerra tambien tiene sus leyes y está sujeta á ellas, y que las leyes caen debajo de lo que son letras y letrados. A esto responden las armas, que las leyes no se podrian

(1) Quiere decir que no llegan á mil. *Letras* es lo mismo que caracteres, notas ó cifras. *Guarismos* significa *números.*—C.
(2) Metáfora tomada de los ropones antiguamente usados de mangas muy anchas y de faldas largas, cuya moda dió ocasion, dice Covarrubias, á que un señor que habia perdido con un pleito parte de sus Estados, dijese: aunque me cortaron las *faldas*, largas me quedaron las *mangas* —Arr.—De un modo ú otro.—C. *Mangas* suele significar lo mismo que regalos, adealas: *faldas* espresa el estipendio señalado, los derechos corrientes y fijos. Ambas cosas forman la dotacion del ejercicio de letrado, asi como las mangas y las faldas pertenecen á un mismo vestido.

sustentar sin ellas, porque con las armas se defienden las repúblicas, se conservan los reinos, se guardan las ciudades, se aseguran los caminos, se despojan los mares de cosarios; y finalmente, si por ellas no fuese, las repúblicas, los reinos, las monarquías, las ciudades, los caminos de mar y tierra estarian sujetos al rigor y á la confusion que trae consigo la guerra el tiempo que dura, y tiene licencia de usar de sus privilegios y de sus fuerzas; y es razon averiguada que aquello que mas cuesta, se

estima y debe estimar en mas. Alcanzar alguno á ser eminente en letras le cuesta tiempo, vigilias, hambre, desnudez, vaguidos de cabeza, indigestiones de estómago, y otras cosas á estas adherentes, que en parte ya las tengo referidas; mas llegar uno por sus términos á ser buen soldado le cuesta todo lo que al estudiante, en tanto mayor grado, que no tiene comparacion, porque á cada paso está á pique de perder la vida. ¿Y qué temor de necesidad y pobreza puede llegar ni fatigar al estudiante, que llegue al que tiene un soldado, que hallándose cercado en alguna fuerza (1), y estando de posta ó

guarda en algun rebellin ó caballero (2), siente que los enemigos están minando hácia la parte donde él está, y no puede apartarse de allí por ningun caso, ni huir el peligro que de tan cerca le amenaza? Solo lo que puede hacer es dar noticia á su capitan de lo que pasa para que lo remedie con alguna contramina, y el estarse quedo temiendo y esperando cuándo improvisamente ha de subir á las nubes sin alas, y bajar al profundo sin su voluntad. Y si éste parece pequeño peligro, veamos si le iguala ó hace ventaja el de embestirse dos galeras por las proas en mitad del mar espacioso, las cuales enclavijadas

(1) Lo mismo que *fuerte* ó *fortaleza*, lugar fortificado, acepcion de la voz *fuerza*, muy comun en lo antiguo y en la actualidad sin uso.

(2) *Estar de posta* vale lo mismo que estar de guardia ó centinela. *Rebellin* es obra esterior que cubre la cortina y la defiende; *caballero*, obra interior que se eleva mas que el terraplen de la plaza y le domina.—C.

y trabadas no le queda al soldado mas espacio del que conceden dos pies de tabla del espolon, y con todo esto, viendo que tienen delante de sí tantos ministros de la muerte que le amenazan, cuantos cañones de artillería se asestan de la parte contraria, que no distan de su cuerpo una lanza, y viendo

que al primer descuido de los pies iria á visitar los profundos senos de Neptuno; y con todo esto, con intrépido corazon, llevado de la honra que le incita, se pone á ser blanco de tanta arcabucería, y procura pasar por tan estrecho paso al bajel contrario; y lo que mas es de admirar, que apenas uno ha

caido donde no se podrá levantar hasta la fin del mundo, cuando otro ocupa su mismo lugar; y si éste tambien cae en el mar, que como á enemigo le aguarda, otro y otro le sucede, sin dar tiempo al tiempo de sus muertes: ¡Valentía y atrevimiento el mayor que se puede hallar en todos los trances de la guerra! Bien hayan aquellos benditos siglos que carecieron de la espantable furia de aquestos endemoniados instrumentos de la artillería, á cuyo inventor tengo para mí que en el infierno se le está dando el premio de su diabólica invencion, con la cual dió causa para que un infame y cobarde brazo quite la vida á un valeroso caballero, y que sin saber cómo ó por dónde, en la mitad del coraje y brío que enciende y anima á los valientes pechos, llega una desmandada bala, disparada de quien quizá huyó y se espantó del resplandor que hizo el fuego al disparar de la maldita máquina, y corte y acabe en un instante los pensamientos y la vida de quien la merecia gozar luengos siglos. Y asi considerando esto, estoy por decir que en el alma me pesa de haber tomado este ejercicio de caballero andante en edad tan detestable como es ésta en que ahora vivimos, porque aunque á mí ningun peligro me pone miedo, todavía me pone recelo pensar si la pólvora y el estaño me han de quitar la ocasion de hacerme famoso y conocido por el valor de mi brazo y filos de mi espada por todo lo descubierto de la tierra. Pero haga el cielo lo que fuere servido, que tanto seré mas estimado, si salgo con lo que pretendo, cuanto á mayores peligros me he puesto que se pusieran los caballeros andantes de los pasados siglos.

Todo este largo preámbulo dijo Don Quijote en tanto que los demás cenaban, olvidándose de llevar bocado á la boca, puesto que algunas veces le habia dicho Sancho Panza que cenase, que despues habria lugar para decir todo lo que quisiese. En los que escuchado le habian sobrevino nueva lástima de ver que hombre que al parecer tenia buen entendimiento y buen discurso en todas las cosas que trataba, le hubiese perdido tan rematadamente en tratándole de su negra y pizmienta (1) caballería. El cura le dijo que tenia mucha razon en todo cuanto habia dicho en favor de las armas, y que él, aunque letrado y graduado, estaba de su mismo parecer. Acabaron de cenar, levantaron los manteles, y en tanto que la ventera, su hija y Maritornes aderezaban el camaranchon de Don Quijote de la Mancha, donde habian determinado que aquella noche las mujeres solas en él se recogiesen, don Fernando rogó al cautivo les contase el discurso de su vida, porque no podria ser sino que fuese peregrino y gustoso, segun las muestras que habia comenzado á dar viniendo en compañía de Zoráida: á lo cual respondió el cautivo, que de muy buena gana haria lo que se le mandaba, y que solo temia que el cuento no habia de ser tal que les diese el gusto que él deseaba; pero que con todo eso por no faltar en obedecelle le contaria. El cura y todos los demás se lo agradecieron y de nuevo se lo rogaron; y él, viéndose rogar de tantos, dijo que no eran menester ruegos adonde el mandar tenia tanta fuerza; y continuó: estén vuestras mercedes atentos, y oirán un discurso verdadero, á quien podria ser que no llegasen los mentirosos que con curioso y pensado artificio suelen componerse. Con esto que dijo hizo que todos se acomodasen y le prestasen un grande silencio; y él, viendo que ya callaban y esperaban lo que decir quisiese, con voz agradable y reposada comenzó á decir desta manera.

CAPITULO XXXIX.

Donde el cautivo cuenta su vida y sucesos.

En un lugar de las montañas de Leon tuvo principio mi linaje, con quien fue mas agradecida y liberal la naturaleza que la fortuna, aunque en la estrecheza de aquellos pueblos todavía alcanzaba mi padre fama de rico, y verdaderamente lo fuera si asi se diera maña á conservar su hacienda como se la daba en gastalla. Y la condicion que tenia de ser liberal y gastador, le procedió de haber sido soldado los años de su juventud; que es escuela la soldadesca donde el mezquino se hace franco, y el franco pródigo, y si algunos soldados se hallan miserables son como monstruos, que se ven raras veces. Pasaba mi padre los términos de la liberalidad, y rayaba en los de ser pródigo, cosa que no le es de ningun provecho al hombre casado y que tiene hijos que le han de suceder en el nombre y en el ser. Los que mi padre tenia eran tres, todos varones y todos de edad de poder elegir estado. Viendo, pues, mi padre que, segun él decia, no podia irse á la mano contra su condicion, quiso privarse del instrumento y causa que le hacia gastador y dadivoso, que fue privarse de la hacienda, sin la cual el mismo Alejandro pareciera estrecho, y asi llamándonos un dia á todos tres á solas en un aposento nos dijo unas razones semejantes á las que ahora diré.

Hijos, para deciros que os quiero bien, basta saber y decir que sois mis hijos, y para entender que os quiero mal, basta saber que no me voy á la mano en lo que toca á conservar vuestra hacienda: pues que para que entendais desde aquí adelante que os quiero como padre, y que no os quiero destruir como padrastro, quiero hacer una cosa con vosotros, que há muchos dias que la tengo pensada y con madura consideracion dispuesta. Vosotros estais ya en edad de tomar estado, ó á lo menos de elegir ejercicio tal que cuando mayores os honre y aproveche, y lo que he pensado es hacer de mi hacienda cuatro partes: las tres os daré á vosotros, á cada uno lo que le tocare, sin esceder en cosa alguna, y con la otra me quedaré yo para vivir y sustentarme los dias que el cielo fuere servido de darme de vida; pero querria que despues que cada uno tuviese en su poder la parte que le toca de su hacienda siguiese uno de los caminos que le diré. Hay un refran en nuestra España, á mi parecer muy verdadero como todos lo son, por ser sentencias breves sacadas de la luenga y discreta esperiencia,

---

(1) Este adjetivo viene del sustantivo latino *pix*, *picis*; significa propiamente cosa negra y atezada, como la pez: antiguamente se decia *pecemento*, *pecemenla*. En el sentido traslaticio, en que se toma aquí, significa *cosa triste*, *funesta*, *fatal*, Gonzalo de Berceo dice *pecemento dia*, aplicado á un dia aciago.

y el que yo digo dice : *Iglesia* , *ó mar* , *ó casa real* , como si mas claramente dijera : quien quisiere valer y ser rico, siga la Iglesia , ó navegue ejercitando el arte de la mercancia , ó entre á servir á los reyes en sus casas, porque dicen : *mas vale migaja de rey que merced de señor*. Digo esto porque querria, y es mi voluntad, que uno de vosotros siguiese las letras, el otro la mercancia, y el otro sirviese al rey en la guerra, pues es dificultoso entrar á servirle en su casa, que ya que la guerra no dé muchas riquezas, suele dar mucho valor y mucha fama. Dentro de ocho dias os daré toda vuestra parte en dineros, sin defraudaros en un ardite, como lo vereis por la obra. Decidme ahora si quereis seguir mi parecer y consejo en lo que os he propuesto : y mandándome á mí por ser el mayor que respondiese, despues de haberle dicho que no se deshiciese de la hacienda, sino que gastase todo lo que fuese su voluntad, que nosotros éramos mozos para saber ganarla, vine á concluir en que cumpliria su gusto, y que el mio era seguir el ejercicio de las armas, sirviendo en él á Dios y á mi rey. El segundo hermano hizo los mismos ofrecimientos, y escogió el irse á las Indias, llevando empleada la hacienda que le cupiese. El menor, y á lo que yo creo el mas discreto, dijo que queria seguir la Iglesia, ó irse á acabar sus comenzados estudios á Salamanca.

Asi como acabamos de concordarnos y escoger nuestros ejercicios, mi padre nos abrazó á todos, y con la brevedad que dijo puso por obra cuanto nos habia prometido ; y dando á cada uno su parte, que á lo que se me acuerda fueron cada tres mil ducados en dineros, porque un nuestro tio compró toda la hacienda y la pagó de contado, porque no saliese del tronco de la casa, en un mismo dia nos despedimos todos tres de nuestro buen padre, y en aquel mismo, pareciéndome á mí ser inhumanidad que mi padre quedase viejo y con tan poca hacienda, hice con él que de mis tres mil tomase los dos mil ducados, porque á mí me bastaba el resto para acomodarme de lo que habia menester un soldado. Mis dos hermanos, movidos de mi ejemplo, cada uno le dió mil ducados, de modo que á mi padre le quedaron cuatro mil ducados en dineros, y mas tres mil que á lo que parece valia la hacienda que le cupo, que no quiso vender, sino quedarse con ella en raices. Digo en fin que nos despedimos dél y de aquel nuestro tio que he dicho, no sin mucho sentimiento y lágrimas de todos, encargándonos que les hiciésemos saber todas las veces que hubiese comodidad para ello de nuestros sucesos prósperos ó adversos. Prometímoselo, y abrazándonos y echándonos su bendicion, el uno tomó el viaje de Salamanca, el otro el de Sevilla, y yo el de Alicante, adonde tuve nuevas que habia una nave genovesa que cargaba allí lana para Génova. Este hará veinte y dos años (1) que salí de casa de mi padre, y en todos ellos, puesto que he escrito algunas cartas, no he sabido dél ni de mis hermanos nueva alguna, y lo que en este discurso de tiempo he pasado lo diré brevemente.

Embarquéme en Alicante, llegué con próspero viaje á Génova, fuí desde allí á Milan, donde me acomodé de armas y de algunas galas de soldado, de donde quise ir á asentar mi plaza al Piamonte, y estando ya de camino para Alejandría de la Palla tuve nuevas que el gran duque de Alba pasaba á Flandes. Mudé propósito, fuíme con él, servirle en las jornadas que hizo, halléme en la muerte de los condes de Egemon y de Hornos (2), alcancé á ser alférez de un famoso capitan de Guadalajara llamado Diego de Urbina, y á cabo de algun tiempo que llegué á Flandes se tuvo nuevas de la liga que la santidad del papa Pio Quinto de felice recordacion habia hecho con Venecia y con España contra el enemigo comun, que es el turco, el cual en el mismo tiempo habia ganado con su armada la famosa isla de Chipre, que estaba debajo del dominio de venecianos ; pérdida lamentable y desdichada. Súpose cierto que venia por general desta liga el Serenísimo don Juan de Austria, hermano natural de nuestro buen rey don Felipe : divulgóse el grandísimo aparato de guerra que se hacia, todo lo cual me incitó y conmovió el ánimo y el deseo de verme en la jornada que se esperaba ; y aunque tenia barruntos y casi promesas ciertas de que en la primera ocasion que se ofreciese seria promovido á capitan, lo quise dejar todo y venirme, como me vine á Italia ; y quiso mi buena suerte que el señor don Juan de Austria acababa de llegar á Génova, que pasaba á Nápoles á juntarse con la armada de Venecia, como despues lo hizo en Mecina. Digo, en fin, que yo me hallé en aquella felicísima jornada ya hecho capitan de infantería (3), á cuyo honroso cargo me subió mi buena suerte mas que mis merecimientos ; y aquel dia, que fue para la cristiandad tan dichoso, porque en él se desengañó el mundo y todas las naciones del error en que estaban, creyendo que los turcos eran invencibles por la mar, en aquel dia digo, donde quedó el orgullo y soberbia otomana quebrantada, entre tantos venturosos como allí hubo (porque mas ventura tuvieron los cristianos que allí murieron que los que vivos y vencedores quedaron) yo solo fuí el desdichado, pues en cambio de que pudiera esperar, si fuera en los romanos siglos, alguna naval corona, me ví aquella noche que siguió á tan famoso dia con cadenas á los pies y esposas á las manos, y fue desta suerte :

Que habiendo el Uchalí (4) rey de Argel, atrevido y venturoso cosario, embestido y rendido la capitana de Malta, que sólos tres caballeros quedaron vivos en ella, y estos mal heridos, acudió la capitana de Juan Andrea (1) á socorrella, en la cual yo iba con mi compañía; y haciendo lo que debia en ocasion semejante salté en la galera contraria, la cual desviándose de la que habia embestido, estorbó que mis soldados me siguiesen, y asi me hallé solo entre mis enemigos, á quien no pude resistir por ser tantos; en fin me rindieron lleno de heridas, y como ya habeis, señores, oido decir que el Uchalí se salvó con toda su escuadra, vine yo á quedar cautivo en su poder, y solo fuí el triste entre tantos alegres, y el cautivo entre tantos libres, porque fueron quince mil cristianos los que aquel dia alcanzaron la deseada libertad, que todos venian al remo en la turquesca armada. Lleváronme á Constantinopla, donde el Gran Turco Selim hizo general de la mar á mi amo porque habia hecho su deber en la batalla, habiendo llevado por muestra de su valor el estandarte de la religion de Malta. Halléme el segundo año, que fue el de setenta y dos, en Navarino bogando en la capitana de los tres fanales (2). Ví y noté la ocasion que allí se perdió de no coger en el puerto toda la armada turquesca, porque todos los levantes y genízaros (3) que en ella venian tuvieron por cierto que les habian de embestir dentro del mismo puerto, y tenian á punto su ropa y pasamaques, que son sus zapatos, para huirse luego por tierra sin esperar ser combatidos: tanto era el miedo que habian cobrado á nuestra armada; pero el cielo lo ordenó de otra manera, no por culpa ni descuido del general que á los nuestros regia (4), sino por los pecados de la cristiandad, y porque quiere y permite Dios que tengamos siempre verdugos que nos castiguen. En efecto, el Uchalí se recogió á Medon, que es una isla (5) que

está junto á Navarino, y echando la gente en tierra fortificó la boca del puerto, y estúvose quedo hasta que el señor don Juan se volvió. En este viaje se tomó la galera que se llamaba la Presa, de quien era capitan un hijo de aquel famoso cosario Barba Roja. Tomóla la capitana de Nápoles llamada la Loba, regida por aquel rayo de la guerra, por el padre de los soldados, por aquel venturoso y jamás vencido capitan don Alvaro de Bazan, marqués de Santa Cruz; y no quiero dejar de decir lo que sucedió en la presa de la Presa.

Era tan cruel el hijo de Barba Roja, y trataba tan mal á sus cautivos, que asi como los que venian al remo vieron que la galera Loba les iba entrando (6) y que los alcanzaba, soltaron todos á un tiempo los remos, y asieron de su capitan, que estaba sobre el estanterol gritando que bogasen apriesa, y pasándole de banco en banco, de popa á proa, le dieron tantos bocados, que á poco mas que pasó del árbol ya habia pasado su ánima al infierno: tal era, como he dicho, la crueldad con que los trataba, y el odio que ellos le tenian.

Volvimos á Constantinopla, y el año siguiente, que fue el de setenta y tres, se supo en ella cómo el señor don Juan habia ganado á Túnez, y quitado aquel reino á los turcos, y puesto en posesion dél á Muley Hamet, cortando las esperanzas que de volver á reinar en él tenia Muley Hamida, el moro mas cruel y mas valiente que tuvo el mundo. Sintió mucho esta pérdida el Gran Turco, y usando de la sagacidad que todos los de su casta tienen, hizo paz con venecianos, que mucho mas que él la

---

(1) Juan Andrea Doria, que suelen llamar Juanetin Doria los libros de aquel tiempo, famoso marino genovés. Era general de las galeras de España y mandó en la batalla de Lepanto el ala derecha de la escuadra combinada.
(2) Eran insignia del buque comandante general de la armada.—C.
(3) Los *levantes* ó *leventes* eran soldados de marina y los *jenízaros* de tierra.—C.
(4) Don Juan de Austria.
(5) No es isla sino plaza marítima de la Morea á corta distancia de Navarino.—C.
(6) *Entrar*, voz náutica, significa acercarse un buque á otro á quien persigue

deseaban, y al año siguiente de setenta y cuatro acometió á la Goleta (1) y al fuerte que junto á Túnez habia dejado medio levantado el señor don Juan. En todos estos trances andaba yo al remo, sin esperanza de libertad alguna; á lo menos no esperaba tenerla por rescate, porque tenia determinado de no escribir las nuevas de mi desgracia á mi padre. Perdióse en fin la Goleta, perdióse el fuerte, sobre las cuales plazas hubo de soldados turcos pagados setenta y cinco mil, y de moros y alárabes de toda la Africa mas de cuatrocientos mil, acompañado este tan gran número de gente con tantas municiones y pertrechos de guerra, y con tantos gastadores, que con las manos y á puñados de tierra pudieran cubrir la Goleta y el fuerte. Perdióse primero la Goleta, tenida hasta entonces por inespugnable, y no se perdió por culpa de sus defensores, los cuales hicieron en su defensa todo aquello que debian y podian, sino porque la esperiencia mostró la facilidad con que se podian levantar trincheras en aquella desierta arena, porque á dos palmos se hallaba agua, y los turcos no la hallaron á dos varas, y así con muchos sacos de arena levantaron las trincheras tan altas, que sobrepujaban las murallas de la fuerza, y tirándoles á caballero (2), ninguno podia parar ni asistir á la

defensa. Fue comun opinion que no se habian de encerrar los nuestros en la Goleta, sino esperar en campaña al desembarcadero; y los que esto dicen hablan de lejos y con poca esperiencia de casos semejantes, porque si en la Goleta y en el fuerte apenas habia siete mil soldados, ¿cómo podia tan poco número, aunque mas esforzados fuesen, salir á la campaña, y quedar en las fuerzas contra tanto como era el de los enemigos? ¿Y cómo es posible dejar de perderse fuerza que no es socorrida, y mas cuando la cercan enemigos muchos y porfiados, y en su misma tierra? Pero á muchos les pareció, y así me pareció á mí, que fue particular gracia y merced que el cielo hizo á España el permitir que se asolase aquella oficina y capa de maldades, y aquella gomia (3) ó esponja y polilla de la infinidad de dineros que allí sin provecho se gastaban, sin servir de otra cosa que de conservar la memoria de haberla ganado la felicísima del invicto Cárlos V, como si fuera menester para hacerla eterna, como lo es y será, que aquellas piedras la sustentaran. Perdióse tambien el fuerte: pero fuéronle ganando los turcos palmo á palmo, porque los soldados que lo defendian pelearon tan valerosa y fuertemente, que pasaron de veinte y cinco mil enemigos los que mataron en veinte y dos asaltos generales que les dieron. Ninguno cautivaron sano de trescientos que quedaron vivos, señal cierta y clara de su esfuerzo y valor, y de lo bien que se habian defendido y guardado sus plazas. Rindióse á partido un pequeño fuerte ó torre que estaba en mitad del estaño (4) á cargo de don Juan Zanoguera, caballero valenciano y famoso soldado. Cautivaron á don Pedro Puertocarrero, general de la Goleta, el cual hizo cuanto le fue posible por defender su fuerza, y sintió tanto el haberla perdido que de pesar murió en el camino de Constantinopla, donde le llevaban cautivo. Cautivaron ansimismo al general del fuerte, que se llamaba Gabrio Cerbellon, caballero milanés, grande ingéniero y valentísimo soldado. Murieron en estas dos fuerzas muchas personas de cuenta, de las cuales fue una Pagan de Oria, caballero del hábito de San Juan, de condicion generoso, como lo mostró la suma liberalidad que usó con su hermano el famoso Juan Andrea de Oria, y lo que mas hizo lastimosa su muerte fue haber muerto

(1) *Goleta*, fortaleza que cubria el puerto de Túnez.
(2) *Tirándoles á caballero*, esto es, tirando de paraje mas alto.—C.
(3) Palabra derivada de la latina *gumia*, que significa la persona que traga y engulle con ansia.—C.
(4) El estaño no solo era una isla, sino que fue el antiguo puerto de Cartago.

á manos de unos alárabes de quien se fió viendo ya perdido el fuerte, que se ofrecieron de llevarle en hábito de moro á Tabarca (1), que es un portezuelo ó casa que en aquellas riberas tienen los genoveses que se ejercitan en la pesquería del coral, los cuales alárabes le cortaron la cabeza y se la trujeron al general de la armada turquesca, el cual cumplió con ellos nuestro refran castellano : que *aunque la traicion aplace, el traidor se aborrece;* y asi se dice que mandó el general ahorcar á los que le trujeron el presente porque no se le habian traido vido. Entre los cristianos que en el fuerte se perdieron fue uno llamado don Pedro de Aguilar, natural no sé de qué lugar de Andalucía, el cual había sido alférez en el fuerte, soldado de mucha cuenta y de raro entendimiento; especialmente tenia particular gracia en lo que llaman poesía. Dígolo porque su suerte le trujo á mi galera y á mi banco, y á ser esclavo de mi mismo patron; y antes que nos partiésemos de aquel puerto, hizo este caballero dos sonetos á manera de epitafios, el uno á la Goleta y el otro al fuerte; y en verdad que los *tengo de* decir, porque los sé de memoria, y creo que antes causarán gusto que pesadumbre.

En el punto que el cautivo nombró á don Pedro de Aguilar, don Fernando miró á sus camaradas, y todos tres se sonrieron, y cuando llegó á decir de los sonetos, dijo el uno : antes que vuestra merced pase adelante le suplico me diga qué se hizo ese don Pedro de Aguilar, que ha dicho. Lo que sé es, respondió el cautivo, que al cabo de dos años que estuvo en Constantinopla se huyó en trage de arnaute con un griego espla (2), y no sé si vino en libertad, puesto que creo que sí, porque de allí á un año ví yo al griego en Constantinopla, y no le pude preguntar el suceso de aquel viaje. Pues asi fue, respondió el caballero, porque ese don Pedro es mi hermano, y está ahora en nuestro lugar bueno y rico, casado y con tres hijos. Gracias sean dadas á Dios, dijo el cautivo, por tantas mercedes como le hizo, porque no hay en la tierra, conforme mi parecer, contento que se iguale á alcanzar la libertad perdida. Y mas, replicó el caballero, que yo sé los sonetos que mi hermano hizo. Dígalos pues vuesa merced, dijo el cautivo, que los sabrá decir mejor que yo. Que me place, respondió el caballero, y el de la Goleta decia asi :

CAPITULO XL.

Donde se prosigue la historia del cautivo.

SONETO.

ALMAS dichosas, que del mortal velo
Libres y exentas por el bien que obrastes,
Desde la baja tierra os levantastes
A lo mas alto y lo mejor del cielo;
   Y ardiendo en ira y en honroso celo,
De los cuerpos la fuerza ejercitastes,
Que en propia y sangre agena colorastes
El mar vecino, y arenoso suelo :
   Primero que el valor faltó la vida
En los cansados brazos, que muriendo,
Con ser vencidos, llevan la vitoria;
   Y esta vuestra mortal triste caida,
Entre el muro y el hierro os va adquiriendo
Fama que el mundo os da, y el cielo gloria.

Desa misma manera lo sé yo, dijo el cautivo. Pues el del fuerte, si mal no me acuerdo, dijo el caballero, dice asi :

SONETO.

De entre esa tierra estéril derribada,
Destos torreones por el suelo echados,
Las almas santas de tres mil soldados
Subieron vivas á mejor morada :
   Siendo primero en vano ejercitada
La fuerza de sus brazos esforzados,
Hasta que al fin, de pocos y cansados,
Dieron la vida al filo de la espada.
   Y este es el suelo, que continuo ha sido
De mil memorias lamentables lleno
En los pasados siglos y presentes :
   Mas no mas justas de su duro seno
Habrán al claro cielo almas subido,
Ni aun él sostuvo cuerpos tan valientes.

(1) Pueblo marítimo de Berbería, veinte leguas á levante de Bona.—C.
(2) Acaso sea esto una equivocacion ó yerro de imprenta en vez de decirse *espay* que es un soldado de caballería entr os turcos; aunque muy bien pudo tambien ser al mismo tiempo espia.

No parecieron mal los sonetos, y el cautivo se alegró con las nuevas que de su camarada le dieron, y prosiguiendo su cuento dijo:

Rendidos pues la Goleta y el fuerte, los turcos dieron órden en desmantelar la Goleta, porque el fuerte quedó tal que no hubo qué poner por tierra, y para hacerlo con mas brevedad y menos trabajo la minaron por tres partes; pero con ninguna se pudo volar lo que parecia menos fuerte, que eran las murallas viejas; y todo aquello que habia quedado en pie de la fortificacion nueva que habia hecho el Fratin (1), con mucha facilidad vino á tierra. En resolucion, la armada volvió á Constantinopla triunfante y vencedora, y de allí á pocos meses murió mi amo el Uchalí, al cual llamaban *Uchalí Fartax*, que quiere decir en lengua turquesca *el renegado tiñoso*, porque lo era, y es costumbre entre los turcos ponerse nombres de alguna falta que tengan ó de alguna virtud que en ellos haya: y esto es porque no hay entre ellos sino cuatro apellidos de linajes que descienden de la casa otomana, y los demás, como tengo dicho, toman nombre y apellido, ya de las tachas del cuerpo, y ya de las virtudes del ánimo: y este tiñoso bogó al remo siendo esclavo del Gran Señor catorce años, y á mas de los treinta y cuatro de su edad renegó de despecho de que un turco, estando al remo, le dió un bofeton, y por poderse vengar dejó su fe: y fue tanto su valor, que sin subir por los torpes medios y caminos que los mas privados del Gran Turco suben, vino á ser rey de Argel, y despues á ser general de la mar, que es el tercero cargo que hay en aquel señorío (2). Era calabrés de nacion, y moralmente fue hombre de bien, y trataba con mucha humanidad á sus cautivos, que llegó á tener tres mil, los cuales despues de su muerte se repartieron como él lo dejó en su testamento entre el Gran Señor (que tambien es hijo heredero de cuantos mueren, y entra á la parte con los demás hijos que deja el difunto) y entre sus renegados; y yo cupe á un renegado veneciano, que siendo grumete de una nave le cautivó el Uchalí, y le quiso tanto que fue uno de los mas regalados garzones suyos, y él vino á ser el mas cruel renegado que jamás se ha visto. Llamábase Azanagá, y llegó á ser muy rico y á ser rey de Argel, con el cual yo vine de Constantinopla algo contento por estar tan cerca de España; no porque pensase escribir á nadie el desdichado suceso mio, sino por ver si me era mas favorable la suerte en Argel que en Constantinopla, donde ya habia probado mil maneras de huirme, y ninguna tuvo sazon ni ventura, y pensaba en Argel buscar otros medios de alcanzar lo que tanto deseaba, porque jamás me desamparó la esperanza de tener libertad, y cuando en lo que fabricaba, pensaba y ponia por obra no correspondia el suceso á la intencion, luego sin abandonarme fingia y buscaba otra esperanza que me sustentase aunque fuese débil y flaca.

Con esto entretenia la vida encerrado en una prision ó casa que los turcos llaman baño (3), donde encierran los cautivos cristianos, asi los que son del rey como de algunos particulares, y los que llaman del almacen, que es como decir cautivos del concejo, que sirven á la ciudad en las obras públicas que hace y en otros oficios, y estos tales cautivos tienen muy dificultosa su libertad, que como son del comun y no tienen amo particular, no hay con quien tratar su rescate aunque le tengan. A estos baños, como tengo dicho, suelen llevar á sus cautivos algunos particulares del pueblo, principalmente cuando son de rescate, porque allí los tienen holgados y seguros hasta que venga su rescate. Tambien los cautivos del rey que son de rescate, no salen al trabajo con la demás chusma sino es cuando se tarda su rescate, que entonces por hacerles que escriban por él con mas ahinco, les hacen trabajar y ir por leña con los demás, que es un no pequeño trabajo. Yo, pues, era uno de los de rescate, que como se supo que era capitan, puesto que dije mi poca posibilidad y falta de hacienda, no aprovechó nada para que no me pusiesen en el número de los caballeros y gente de rescate. Pusiéronme una cadena, mas por señal de rescate que por guardarme con ella, y asi pasaba la vida en aquel baño con otros muchos caballeros y gente principal, señalados y tenidos por de rescate; y aunque la hambre y desnudez pudiera fatigarnos á veces, y aun casi siempre, ninguna cosa nos fatigaba tanto como oir y ver á cada paso las jamás vistas ni oidas crueldades que mi amo usaba con los cristianos. Cada dia ahorcaba el suyo, empalaba á éste, desorejaba á aquel, y esto por tan poca ocasion y tan sin ella, que los turcos conocian que lo hacia no mas de por hacerlo, y por ser natural condicion suya ser homicida de todo el género humano. Solo libró bien con él un soldado español llamado tal de Saavedra, el cual, con haber hecho cosas que quedarán en la memoria de aquellas gentes por muchos años, y todas por alcanzar libertad, jamás le dió palo, ni se lo mandó dar, ni le dijo mala palabra, y por la menor cosa de muchas que hizo temíamos todos que habia de ser empalado y asi lo temió él mas de una vez; y si no fuera porque el tiempo no da lugar, yo dijera ahora algo de lo que este soldado hizo, que fuera parte para entreteneros y admiraros harto mejor que con el cuento de mi historia.

Digo pues, que encima del patio de nuestra prision caian las ventanas de la casa de un moro rico y principal, las cuales, como de ordinario son las de los moros, mas eran agujeros que ventanas, y aun estas se cubrian con celosías muy espesas y apretadas. Acaeció pues que un dia estando en un terrado de nuestra prision con otros tres compañeros haciendo pruebas de saltar con las cadenas para entretener el tiempo, estando solos (porque todos los demás cristianos habian salido á trabajar) alcé

(1) *Fratin*, lo mismo que *Frailecillo*, nombre que se dió á Jácome Paleario ó Paleazzo. Sirvió á Carlos V y á Felipe II.

(2) Los tres cargos son Gran Visir, Muftí y Capitan Bajá.—C.

(3) Segun el sabio orientalista don José Antonio Conde, *baño* en árabigo significa *edificio ú obra de yeso*, es raiz de las palabras *albañil* y *albañilería*.—C.

acaso los ojos, y ví que por aquellas cerradas ventanillas que he dicho parecia una caña, y al remate della puesto un lienzo atado, y la caña se estaba blandeando y moviéndose casi como si hiciera señas que llegásemos á tomarla. Miramos en ello, y uno de los que conmigo estaban fué á ponerse debajo de la caña por ver si la soltaban ó lo que hacian; pero asi como llegó alzaron la caña y la movieron á los dos lados como si dijeran *no* con la cabeza. Volvióse el cristiano, y tornáronla á bajar y hacer los mismos movimientos que primero. Fué otro de mis compañeros, y sucedióle lo mismo que al primero. Finalmente fué el tercero, y avínole lo que al primero y al segundo. Viendo yo esto no quise dejar de probar la suerte, y asi como llegué á ponerme debajo de la caña la dejaron caer, y dió á mis pies dentro del baño. Acudí luego á desatar el lienzo, en el cual ví un nudo, y dentro dél venian diez zianiis (1) que son unas monedas de oro bajo que usan los moros, que cada una vale diez reales de los nuestros. Si me holgué con el hallazgo no hay para qué decirlo, pues fue tanto el contento como la admiracion de pensar de dónde podia venirnos aquel bien, especialmente á mí, pues las muestras de no haber querido soltar la caña sino á mí, claro decian que á mí se hacia la merced. Tomé mi buen dinero, quebré la caña, volvíme al terradillo, miré la ventana, y ví que por ella salia una muy blanca mano que la abrian y cerraban muy á priesa. Con eso entendimos ó imaginamos que alguna mujer que en aquella casa vivia nos debia de haber hecho aquel beneficio, y en señal de que lo agradeciamos hicimos zalemas á uso de moros inclinando la cabeza, doblando el cuerpo, y poniendo los brazos sobre el pecho.

De allí á poco sacaron por la misma ventana una pequeña cruz hecha de cañas y luego la volvieron á entrar. Esta señal nos confirmó en que alguna cristiana debia de estar cautiva en aquella casa, y era la que el bien nos hacia; pero la blancura de la mano, y las ajorcas que en ella vimos nos deshizo este pensamiento, puesto que imaginamos que debia de ser cristiana renegada, á quien de ordinario suelen tomar por legítimas mujeres sus mismos amos, y aun lo tienen á ventura, porque las estiman en mas que las de su nacion. En todos nuestros discursos dimos muy lejos de la verdad del caso, y asi todo nuestro entretenimiento desde allí adelante era mirar y tener por norte á la ventana donde nos habia aparecido la estrella de la caña; pero bien se pasaron quince dias en que no la vimos, ni la mano tampoco, ni otra señal alguna; y aunque en este tiempo procuramos con toda solicitud saber quién en aquella casa vivia, y si habia en ella alguna cristiana renegada, jamás hubo quien nos dijese otra cosa sino que allí vivia un moro principal y rico, llamado Agimorato, alcaide que habia sido de la Pata (2), que es oficio entre ellos de mucha calidad; mas cuando mas descuidados estábamos de que por allí habian de llover mas zianiis, vimos á deshora parecer la caña y otro lienzo en ella con otro nudo mas crecido, y esto fue á tiempo que estaba el baño como la vez pasada solo y sin gente. Hicimos la acostumbrada prueba yendo cada uno primero que yo de los mismos tres que estábamos; pero á ninguno se rindió la caña sino á mí porque en llegando yo la dejaron caer. Desaté el nudo, y hallé cua-

renta escudos de oro españoles y un papel escrito en arábigo, y al cabo de lo escrito hecha una grande cruz. Besé la cruz, tomé los escudos, volvíme al terrado, hicimos todos nuestras zalemas, tornó á parecer la mano, hice señas que leeria el papel, cerraron la ventana. Quedamos todos confusos y alegres con lo sucedido; y como ninguno de nosotros no entendia el arábigo, era grande el deseo que teníamos de entender lo que el papel contenia, y mayor la dificultad de buscar quien lo leyese.

En fin yo me determiné de fiarme de un renegado natural de Murcia, que se habia dado por grande amigo mio, y puesto prendas entre los dos que le obligaban á guardar el secreto que le encargase, porque suelen algunos renegados, cuando tienen intencion de volverse á tierra de cristianos,

(1) Valiendo el *ziani* en tiempo de Cervantes diez reales castellanos, valdria ahora unos veinte y seis reales de vellon.—C.

(2) *Ají* equivale á lo que entre nosotros se llama *Romero ó peregrino. Pata ó Bata,* fortaleza situada á dos leguas de Orán.

traer consigo algunas firmas de cautivos principales en que dan fe, en la forma que pueden, como el tal renegado es hombre de bien, y que siempre ha hecho bien á cristianos, y que lleva deseo de huirse en la primera ocasion que se le ofrezca. Algunos hay que procuran estas fees con buena intencion, otros se sirven dellas acaso y de industria, que viniendo á robar á tierra de cristianos, si á dicha se pierden ó los cautivan, sacan sus firmas y dicen que por aquellos papeles se verá el propósito con que venian, el cual era de quedarse en tierra de cristianos, y que por eso venian en corso con los demás turcos. Con esto se escapan de aquel primer ímpetu, y se reconcilian con la iglesia sin que se

es haga daño, y cuando ven la suya se vuelven á Berbería á ser lo que antes eran. Otros hay que usan destos papeles, y los procuran con buen intento, y se quedan en tierra de cristianos. Pues uno de los renegados que he dicho era este amigo, el cual tenia firmas de todas nuestras camaradas, donde le acreditábamos cuanto era posible; y si los moros le hallaran estos papeles le quemaran vivo. Supe que sabia muy bien arábigo, y no solamente hablarlo sino escribirlo; pero antes que del todo me declarase con él le dije que me leyese aquel papel, que acaso me habia hallado en un agujero de mi rancho. Abrióle, y estuvo un buen espacio mirándole y construyéndole murmurando entre los dientes. Preguntéle si lo entendia: dijome que muy bien, y que si queria que me lo declase palabra por palabra que le diese tinta y pluma, porque mejor lo hiciese. Dímosle luego lo que pedia, y él poco á poco lo fue traduciendo y en acabando dijo: todo lo que va aquí en romance, sin faltar letra, es lo

que contiene este papel morisco, y háse de advertir que adonde dice: *Lela Márien*, quiere decir: *Nuestra Señora la Vírgen María*, leimos el papel, y decia así:

Cuando yo era niña tenia mi padre una esclava, la cual en mi lengua me mostró la zalá cristianesca, y me dijo muchas cosas de Lela Márien. La cristiana murió, y yo sé que no fué al fuego, sino con Alá, porque despues la vi dos veces, y me dijo que me fuese á tierra de cristianos á ver á Lela Márien, que me queria mucho. No sé yo cómo vaya: muchos cristianos he visto por esta ventana, y ninguno me ha parecido caballero sino tú. Yo soy muy hermosa y muchacha, y tengo muchos dineros que llevar conmigo: mira tú si puedes hacer como nos vamos, y serás allá mi ma-

rido si quieres, y si no quieres no se me dará nada, que Lela Márien me dará con quien me case. Yo escribí esto, mira á quien lo das á leer, no te fíes de ningun moro, porque son todos marfuces (1). Desto tengo mucha pena, que quisiera que no te descubrieras á nadie, porque si mi padre lo sabe me echará luego en un pozo y me cubrirá de piedras. En la caña pondré un hilo, ata allí la respuesta, y si no tienes quien te escriba arábigo dímelo por señas, que Lela Márien hará que te entienda. Ella y Alá te guarde, y esa cruz que yo beso muchas veces, que así me lo mandó la cautiva.

Mirad, señores, si era razon que las razones deste papel nos admirasen y alegrasen; y así lo uno y lo otro fue de manera que el renegado entendió que no acaso se habia hallado aquel papel, sino que realmente á alguno de nosotros se habia escrito; y así nos rogó que si era verdad lo que sospechaba, que nos fiásemos dél, y se lo dijésemos, que él aventuraria su vida por nuestra libertad; y diciendo esto sacó del pecho un crucifijo de metal, y con muchas lágrimas juró por el Dios que aquella imágen representaba, en quien él, aunque pecador y malo, bien y fielmente creia, de guardarnos lealtad y secreto en todo cuanto quisiésemos descubrirle, porque le parecia y casi adevinaba que por medio de aquella que aquel papel habia escrito habia él y todos nosotros de tener libertad, y verse él en lo que tanto deseaba, que era reducirse al gremio de la santa iglesia su madre, de quien como miembro podrido estaba dividido y apartado por su ignorancia y pecado. Con tantas lágrimas y con muestras de tanto arrepentimiento dijo esto el renegado, que todos de un mismo parecer consentímos y venimos en declararle la verdad del caso, y así le dimos cuenta de todo sin encubrirle nada. Mostrámosle la ventanilla por donde parecia la caña, y él marcó desde allí la casa, y quedó de tener especial y gran cuidado de informarse quién en ella vivia. Acordamos ansimismo que seria bien responder al billete de la mora, y como teníamos quien lo supiese hacer, luego al momento el renegado recibió las razones que yo le fuí notando, que puntualmente fueron las que diré, porque de todos los puntos sustanciales que en este suceso me acontecieron, ninguno se me ha ido de la memoria, ni aun se me irá en tanto que tuviere vida. En efecto, lo que á la mora se le respondió fue esto:

El verdadero Alá te guarde, señora mia, y aquella bendita Márien, que es la verdadera madre de Dios, y es la que te ha puesto en el corazon que te vayas á tierra de cristianos, porque te quiere bien. Ruégale tú que se sirva de darte á entender cómo podrás poner por obra lo que te manda, que ella es tan buena, que sí hará. De mi parte y de la de todos estos cristianos que están conmigo te ofrezco de hacer por ti todo lo que pudiéremos hasta morir. No dejes de escribirme y avisarme lo que pensáres hacer, que yo te responderé siempre: que el grande Alá nos ha dado un cristiano cautivo que sabe hablar y escribir tu lengua tan bien como lo verás por este papel. Así que sin tener miedo nos puedes avisar de todo lo que quisieres. A lo que dices que si fueres á tierra de cristianos que has de ser mi mujer, yo te lo prometo como buen cristiano, y sabe que los cristianos cumplen lo que prometen mejor que los moros. Alá y Márien su madre sean en tu guarda, señora mia.

Escrito y cerrado este papel aguardé dos dias á que estuviese el baño solo como solia, y luego salí al paso acostumbrado del terradillo por ver si la caña parecia, que no tardó mucho en asomar. Así como la ví, aunque no podia ver quién la ponia, mostré el papel como dando á entender que pusiesen el hilo; pero ya venia puesto en la caña, al cual até el papel, y de allí á poco tornó á parecer nuestra estrella con la blanca bandera de paz del atadillo. Dejáronla caer, y alzela yo, y hallé en el paño en toda suerte de moneda de plata y de oro mas de cincuenta escudos, los cuales cincuenta veces mas doblaron nuestro contento y confirmaron la esperanza de tener libertad. Aquella misma noche volvió nuestro renegado, y nos dijo que habia sabido que en aquella casa vivia el mismo moro que á nosotros nos habia dicho, que se llamaba Agimorato, riquísimo por todo estremo, el cual tenia una sola hija heredera de toda su hacienda, y que era comun opinion en toda la ciudad ser la mas hermosa mujer de la Berbería, y que muchos de los vireyes que allí venian la habian pedido por mujer, y que ella nunca se habia querido casar, y que tambien supo que tuvo una cristiana cautiva, que ya se habia muerto. Todo lo cual concertaba con lo que venia en el papel. Entramos luego en consejo con el renegado en qué órden se tendria para sacar á la mora y venirnos todos á tierra de cristianos, y en fin, se acordó por entonces que esperásemos al aviso segundo de Zoráida, que así se llamaba la que ahora quiere llamarse María: porque bien vimos que ella y no otra alguna era la que habia de dar medio á todas aquellas dificultades. Despues que quedamos en esto, dijo el renegado que no tuviésemos pena que él perderia la vida ó nos pondria en libertad. Cuatro dias estuvo el baño con gente, que fue ocasion que cuatro dias tardase en parecer la caña, al cabo de los cuales en la acostumbrada soledad del baño pareció con el lienzo tan preñado, que un felícisimo parto prometia. Inclinóse á mí la caña y el lienzo, hallé en él otro papel y cien escudos de oro sin otra moneda alguna. Estaba allí el renegado, dímosle á leer el papel dentro de nuestro rancho, el cual dijo que así decia:

Yo no sé, mi señor, cómo dar órden que nos vamos á España, ni Lela Márien me lo ha dicho, aunque yo se lo he preguntado: lo que se podrá hacer es, que yo os daré por esta ventana muchísimos dineros de oro; rescataos vos con ellos y vuestros amigos, y vaya uno en tierra de cristianos y compre allá una barca, y vuelva por lo demás, y á mí me hallará en el jardin de mi padre,

_____

(1) *Marfuz es palabra árabe que significa astuto, falso, pérfido, artero, engañador.*

que está á la puerta de Babazon (1) *junto á la marina, donde tengo de estar todo este verano con mi
padre y con mis criados: de allí de noche me podreis sacar sin miedo, y llevarme á la barca. Y mira
que has de ser mi marido, porque si no, yo pediré á Márien que te castigue. Si no te fias de nadie
que vaya por la barca, rescátate tú y vé, que yo sé que volverás mejor que otro, pues eres caballero y cristiano. Procura saber el jardin, y cuando te pasees por ahí, sabré que está solo el baño,
y te daré mucho dinero. Alá te guarde, señor mio.*

Esto decia y contenia el segundo papel, lo cual visto por todos cada uno se ofreció querer ser
el rescatado, y prometió de ir y volver con toda puntualidad, y tambien yo me ofrecí á lo mismo: á
todo lo cual se opuso el renegado, diciendo, que en ninguna manera consentiria que ninguno saliese
de libertad hasta que fuesen todos juntos, porque la esperiencia le habia mostrado cuán mal cumplian
los libres las palabras que daban en el cautiverio, porque muchas veces habian usado de aquel remedio algunos cautivos principales, rescatando á uno que fuese á Valencia ó Mallorca con dineros para
poder armar una barca y volver por los que le habian rescatado, y nunca habian vuelto, porque la
libertad alcanzada y el temor de no volver á perderla les borra de la memoria todas las obligaciones
del mundo. Y en confirmacion de la verdad que nos decia, nos contó brevemente un caso que casi en
aquella misma sazon habia acaecido á unos caballeros cristianos, el mas estraño que jamás sucedió en
aquellas partes, donde á cada paso suceden cosas de grande espanto y de admiracion. En efecto, él
vino á decir que lo que se podia y debia hacer era, que el dinero que se habia de dar para rescatar
al cristiano, que se le diese á él para comprar allí en Argel una barca con achaque de hacerse mercader y tratante en Tetuan y aquella costa, y que siendo él señor de la barca, fácilmente se daria
traza para sacarlos del baño y embarcarlos á todos. Cuanto mas que si la mora, como ella decia, daba
dineros para rescatarlos á todos, que estando libres era facilísima cosa aun embarcarse en la mitad
del dia, y que la dificultad que se ofrecia mayor era que los moros no consienten que renegado alguno
compre ni tenga barca, sino es bajel grande para ir en corso, porque se temen que el que compra
barca, principalmente si es español, no la quiere sino para irse á tierra de cristianos; pero que él faci-
litaria este inconveniente con hacer que un moro tagarino fuese á la parte con él en la compañía de
la barca y en la ganancia de las mercancías, y con esta sombra él vendria á ser señor de la barca,
con que daba por acabado todo lo demás. Y puesto que á mí y á mis camaradas nos habia parecido
mejor lo de enviar por la barca á Mallorca, como la mora decia, no osamos contradecirle, temerosos
que si no hacíamos lo que él decia nos habia de descubrir y poner á peligro de perder las vidas si
descubriese el trato de Zoráida, por cuya vida diéramos todas las nuestras: y así determinamos de
ponernos en las manos de Dios y en las del renegado: y en aquel mismo punto se le respondió á Zoráida diciéndole que haríamos todo cuanto nos aconsejaba, porque lo habia advertido tan bien como
si Lela Márien se lo hubiera dicho, y que en ella sola estaba dilatar aquel negocio ó ponello luego por
obra. Ofrecímele de nuevo de ser su esposo, y con esto, otro dia que acaeció estar solo el baño, en
diversas veces con la caña y el paño nos dió dos mil escudos de oro, y un papel donde decia que el
primer juma, que es el viernes, se iba al jardin de su padre, y que antes que se fuese nos daria mas
dinero; y que si aquello no bastase, que se lo avisásemos, que nos daria cuanto le pidiésemos, que
su padre tenia tantos que no lo echaria menos, cuanto mas que ella tenia las llaves de todo.

Dimos luego quinientos escudos al renegado para comprar la barca: con ochocientos me rescaté yo
dando el dinero á un mercader valenciano que á la sazon se hallaba en Argel, el cual me rescató del
rey, tomándome sobre su palabra, dándola de que con el primer bajel que viniese de Valencia pagaria mi rescate, porque si luego diera el dinero fuera dar sospechas al rey que habia muchos dias que
mi rescate estaba en Argel, y que el mercader por sus granjerías lo habia callado. Finalmente, mi
amo era tan caviloso, que en ninguna manera me atreví á que luego se desembolsase el dinero. El
jueves antes del viernes que la hermosa Zoráida se habia de ir al jardin, nos dió otros mil escudos y
nos avisó de su partida, rogándome que si me rescatase supiese luego el jardin de su padre, y que
en todo caso buscase ocasion de ir allá y verla. Respondíle en breves palabras que así lo haria, y que
tuviese cuidado de encomendarnos á Lela Márien, con todas aquellas oraciones que la cautiva le habia enseñado. Hecho esto dieron órden en que los tres compañeros nuestros se rescatasen por facilitar
la salida del baño, y porque viéndome á mí rescatado y á ellos no, pues habia dinero, no se alborotasen, y les persuadiese el diablo que hiciesen alguna cosa en perjuicio de Zoráida; que puesto que el
ser ellos quien eran me podia asegurar de este temor, con todo eso no quise poner el negocio en
aventura, y así los hice rescatar por la misma órden que yo me rescaté, entregando todo el dinero al
mercader para que con certeza y seguridad pudiese hacer la fianza, al cual nunca descubrimos nuestro trato y secreto por el peligro que habia.

(1) **Babazon** ó *puerta de las orejas*, distaba como unos cincuenta pasos de la marina.—C.

CAPITULO XLI.

Donde todavía prosigue el cautivo su suceso.

No se pasaron quince dias, cuando ya nuestro renegado tenia comprada una muy buena barca capaz de mas de treinta personas; y para asegurar su hecho y dalle color quiso hacer, como hizo, un viaje á un lugar que se llama Sargel, que está veinte leguas de Argel hácia la parte de Oran, en el cual hay mucha contratacion de higos pasos. Dos ó tres veces hizo este viaje en compañía del tagarino que habia dicho. *Tagarinos* llaman en Berbería á los moros de Aragon, y á los de Granada *mudéjares*; y en el reino de Fez llaman á los mudéjares *elches* (1), los cuales son la gente de quien aquel rey mas se sirve en la guerra. Digo, pues, que cada vez que pasaba con su barca daba fondo en una caleta que estaba no dos tiros de ballesta del jardin donde Zoráida esperaba, y allí muy de propósito se ponia

el renegado con los morillos que bogaban al remo, ó ya á hacer la zalá, ó á como por ensayarse de burlas á lo que pensaba hacer de veras, y asi se iba al jardin de Zoráida y le pedia fruta, y su padre se la daba sin conocelle; y aunque él quisiera hablar á Zoráida, como él despues me dijo, y decille que él era el que por órden mia la habia de llevar á tierra de cristianos, que estuviese contenta y segura, nunca le fue posible, porque las moras no se dejan ver de ningun moro ni turco, sino es que su marido ó su padre se lo manden: de cristianos cautivos se dejan tratar y comunicar aun mas de aquello que seria razonable; y á mí me hubiera pesado que él la hubiera hablado, que quizá la albo-

rotara, viendo que su negocio andaba en boca de renegados; pero Dios, que lo ordenaba de otra manera, no dió lugar al buen deseo que nuestro renegado tenia, el cual viendo cuán seguramente iba y venia á Sargel, y que daba fondo cuándo y cómo y adónde queria, y que el tagarino su compañero no tenia mas voluntad de lo que la suya ordenaba, y que yo estaba ya rescatado, y que solo faltaba buscar algunos cristianos que bogasen el remo, me dijo que mirase yo cuáles queria traer conmigo fuera de los rescatados, y que los tuviese hablados para el primer viernes, donde tenia determinado que fuese nuestra partida. Viendo esto hablé á doce españoles, todos valientes hombres de remo, y de aquellos que mas libremente podian salir de la ciudad; y no fue poco hallar tantos en aquella coyuntura, porque estaban veinte bajeles en corso y se habian llevado toda la gente de remo, y estos no se hallaran si no fuera que su amo se quedó aquel verano sin ir en corso á acabar una galeota que tenia en astillero: á los cuales no les dije otra cosa sino que el primer viernes en la tarde se saliesen uno á uno disimuladamente, y se fuesen la vuelta del jardin de Agimorato, y que allí me aguardasen hasta que yo fuese. A cada uno dí este aviso de por sí, con órden que aunque allí viesen otros cristianos, no les dijesen sino que yo les habia mandado esperar en aquel lugar.

Hecha esta diligencia, me faltaba hacer otra, que era la que mas me convenia, y era la de avisar á Zoráida el punto en que estaban los negocios, para que estuviese apercibida y sobre aviso, que no se sobresaltase si de improviso la asaltásemos antes del tiempo que ella podia imaginar que la barca de cristianos podia volver; y asi determiné de ir al jardin y ver si podria hablarla; y con ocasion de coger algunas yerbas un dia antes de mi partida fuí allá, y la primera persona con quien encontré fue con su padre, el cual me dijo en lengua que en toda la Berbería y aun en Constantinopla se habla entre cautivos y moros, que ni es morisca ni castellana, ni de otra nacion alguna, sino una mezcla de todas las lenguas, con la cual todos nos entendemos, digo, pues, que en esta manera de lenguaje me pregunté que qué buscaba en aquel su jardin, y de quién era. Respondíle que era esclavo de Arnaute (2) Mamí, y esto porque sabia yo por muy cierto que era un grandísimo amigo suyo, y que buscaba de todas yerbas para hacer ensalada. Preguntóme por el consiguiente si era hombre de rescate ó no, y que cuánto pedia mi amo por mí. Estando en todas estas preguntas y respuestas, salió de la casa del jardin la bella Zoráida, la cual ya habia mucho que me habia visto, y como las moras en ninguna manera hacen melindre de mostrarse á los cristianos, ni tampoco se esquivan, como ya he dicho, no se le dió nada de venir adonde su padre conmigo estaba, antes luego cuando su padre vió que venia y de espacio, la llamó y mandó que llegase. Demasiada cosa seria decir yo ahora la mucha hermosura, la gentileza, el gallardo y rico adorno con que mi querida Zoráida se mostró á mis ojos: solo diré que mas perlas pendian de su hermosísimo cuello, orejas y cabellos, que cabellos tenia en la cabeza. En las gargantas de los pies, que descubiertas á su usanza traia, traia dos carcajes (que asi se llaman las

(1) *Elches*, dice el P. Haedo, llaman los moros á los renegados.—C.

(2) *Arnaute* es lo mismo que *albanés* ó natural de Albania. Este Arnaute Mamí era el comandante de los corsarios que apresaron la galera española *el Sol*, quedando allí cautivos Miguel de Cervantes y su hermano Rodrigo, cuando volvian de Nápoles á España.

manillas ó ajorcas de los pies en morisco) de purísimo oro, con tantos diamantes engastados, que ella me dijo despues que su padre los estimaba en diez mil doblas, y las que traia en las muñecas de las manos valian otro tanto. Las perlas eran en gran cantidad y muy buenas, porque la mayor gala y bizarría de las moras es adornarse de ricas perlas y aljófar; y asi hay mas perlas y aljófar entre moros que entre todas las demás naciones, y el padre de Zoráida tenia fama de tener muchas y de las mejores que en Argel habia, y de tener asimismo mas de doscientos mil escudos españoles, de todo lo cual era señora ésta que ahora lo es mia. Si con todo este adorno podia venir entonces hermosa ó no, por las reliquias que le han quedado en tantos trabajos se podrá conjeturar cuál debia de ser en las prosperidades, porque ya se sabe que la hermosura de algunas mujeres tiene dias y sazones, y requiere accidentes para disminuirse ó acrecentarse; y es natural cosa que las pasiones del ánimo la levanten ó bajen, puesto que las mas veces la destruyen. Digo, en fin, que entonces llegó en todo estremo aderezada, y en todo estremo hermosa, ó á lo menos á mí me pareció serlo la mas que hasta entonces habia visto; y con esto viendo las obligaciones en que me habia puesto, me parecia que tenia delante de mí una deidad del cielo, venida á la tierra para mi gusto y para mi remedio.

Asi como ella llegó, le dijo su padre en su lengua cómo yo era cautivo de su amigo Arnaute Mamí, y que venia á buscar ensalada. Ella tomó la mano, y en aquella mezcla de lenguas que tengo dicho,

me preguntó si era caballero, y qué era la causa que no me rescataba. Yo le respondí que ya estaba rescatado, y que en el precio podia echar de ver en lo que mi amo me estimaba, pues habian dado por mí mil y quinientos zoltaníes (1), á lo cual ella respondió: en verdad que si tú fueras de mi padre, que yo hiciera que no te diera él por otros dos tantos, porque vosotros, cristianos, siempre mentís en

1) *El zoltaní* valia algo mas de treinta y seis reales y medio de nuestra moneda actual.—C.

cuanto decís, y os haceis pobres por engañar á los moros. Bien podria ser eso, señora, le respondí, mas en verdad que yo la he tratado con mi amo, y la trato y la trataré con cuantas personas hay en el mundo. ¿Y cuándo te vas? dijo Zoráida. Mañana creo yo, dije, porque está aquí un bajel de Francia que se hace mañana á la vela, y pienso irme con él. ¿No es mejor, replicó Zoráida, esperar á que vengan bajeles de España é irte con ellos, que no con los de Francia, que no son vuestros amigos? No, respondí yo, aunque si como hay nuevas que viene ya un bajel de España, es verdad, todavía yo le aguardaré, puesto que es mas cierto el partirme mañana, porque el deseo que tengo de verme en mi tierra y con las personas que bien quiero, es tanto, que no me dejará esperar otra comodidad, si se tarda, por mejor que sea. ¿Debes de ser sin duda casado en tu tierra, dijo Zoráida, y por eso deseas ir á verte con tu mujer? No soy, respondí yo, casado, mas tengo dada la palabra de casarme en llegando allá. ¿Y es hermosa la dama á quien se la diste? dijo Zoráida. Tan hermosa es, respondí yo, que para encarecella y decirte la verdad, se parece á tí mucho. Desto se rió muy de veras su padre, y dijo: gualá (1), cristiano, que debe ser muy hermosa si se parece á mi hija, que es la mas hermosa de todo este reino: si no mírala bien, y verás cómo te digo verdad. Servíanos de intérprete á las mas destas palabras y razones el padre de Zoráida como mas ladino (2), que aunque ella hablaba la lengua bastarda, que como he dicho, allí se usa, mas declaraba su intencion por señas que por palabras.

Estando en estas y otras muchas razones llegó un moro corriendo, y dijo á grandes voces que por las bardas ó paredes del jardin habian saltado cuatro turcos, y andaban cogiendo la fruta aunque no estaba madura. Sobresaltóse el viejo y lo mismo hizo Zoráida, porque es comun y casi natural del miedo que los moros á los turcos tienen, especialmente á los soldados, los cuales son tan insolentes, y tienen tanto imperio sobre los moros que á ellos están sujetos, que los tratan peor que si fuesen esclavos suyos. Digo, pues, que dijo su padre á Zoráida: hija, retírate á la casa, y enciérrate en tanto que yo voy á hablar á estos canes: y tú, cristiano, busca tus yerbas, y véte en buen hora, y llévete Alá con bien á tu tierra. Yo me incliné, y él se fué á buscar los turcos dejándome solo con Zoráida, que comenzó á dar muestras de irse donde su padre le habia mandado; pero apenas él se encubrió con los árboles del jardin, cuando ella volviéndose á mí, llenos los ojos de lágrimas, me dijo: ¿tamejí, cristiano, tamejí? que quiere decir: ¿vaste, cristiano, vaste? Yo la respondí: señora, sí, pero no en ninguna manera sin tí: el primer juma me aguarda, y no te sobresaltes cuando nos veas, que sin duda alguna iremos á tierra de cristianos. Yo le dije esto de manera que ella entendió muy bien á todas las razones que entrambos pasamos, y echándome un brazo al cuello, con desmayados pasos comenzó á caminar hácia la casa; y quiso la suerte, que pudiera ser muy mala si el cielo no lo ordenara de otra manera, que yendo los dos de la manera y postura que os he contado con un brazo al cuello, su padre, que ya volvia de hacer ir á los turcos, nos vió de la suerte y manera que íbamos, y nosotros vimos que él nos habia visto; pero Zoráida, advertida y discreta, no quiso quitar el brazo de mi cuello, antes se llegó mas á mí, y puso su cabeza sobre mi pecho doblando un poco las rodillas, dando claras señales y muestras que se desmayaba, y yo ansimismo dí á entender que la sostenia contra mi voluntad. Su padre llegó corriendo á donde estábamos, y viendo á su hija de aquella manera le preguntó que qué tenia; pero como ella no le respondiese, dijo á su padre: sin duda alguna que con el sobresalto de la entrada destos canes se ha desmayado, y quitándola del mio la arrimó á su pecho, y ella dando un suspiro y aun no enjutos los ojos de lágrimas, volvió á decir: «amejí,» cristiano, «amejí;» vete, cristiano, vete. A lo que su padre respondió: no importa, hija, que el cristiano se vaya, que ningun mal te ha hecho, y los turcos ya son idos: no te sobresalte cosa alguna, pues ninguna hay que pueda darte pesadumbre, pues como ya te he dicho, los turcos á mi ruego se volvieron por donde entraron. Ellos, señor, la sobresaltaron como has dicho, dije yo á su padre, mas pues ella dice que yo me vaya, no la quiero dar pesadumbre, y con tu licencia volveré si fuere menester por yerbas á este jardin, que segun dice mi amo, en ninguno las hay mejores para ensalada que en él. Por todas las que quisieres podrás volver, respondió Agimorato, que mi hija no dice esto porque tú ni ninguno de los cristianos la enojaban, sino que por decir que los turcos se fuesen, dijo que tú te fueses, ó porque ya era hora que buscases tus yerbas. Con esto me despedí al punto de entrambos, y ella arrancándose el alma al parecer, se fué con su padre, y yo con achaque de buscar las yerbas rodeé muy bien y á mi placer todo el jardin: miré bien las entradas y salidas y la fortaleza de la casa, y la comodidad que se podia ofrecer para facilitar todo nuestro negocio.

Hecho esto me vine y dí cuenta de cuanto habia pasado al renegado y á mis compañeros y ya no veia la hora de verme gozar sin sobresalto del bien que en la hermosa y bella Zoráida la suerte me ofrecia. En fin, el tiempo se pasó, y se llegó el dia y plazo de nosotros tan deseado: y siguiendo todos el órden y parecer que con discreta consideracion y largo discurso muchas veces habíamos dado, tuvimos el buen suceso que deseábamos, porque el viernes que se siguió al dia que yo con Zoráida hablé en el jardin, el renegado al anochecer dió fondo con la barca casi frontero de donde la hermosísima Zoráida estaba. Ya los cristianos que habian de bogar el remo, estaban prevenidos y escondidos por diversas partes de todos aquellos alrededores. Todos estaban suspensos y alborozados aguardándome, deseosos

(1) *Gualá*, juramento arábigo: *por Alá, por Dios.*—C.
(2) *Ladino* viene de *latino.* Metafóricamente se llama *ladino* al que habla con facilidad y soltura.—C.

ya de embestir con el bajel que á los ojos tenian; porque ellos no sabian el concierto del renegado, sino que pensaban que á fuerza de brazos habian de haber y ganar la libertad quitando la vida á los moros que dentro de la barca estaban. Sucedió, pues, que asi como yo me mostré y mis compañeros, todos los demás escondidos que nos vieron se vinieron llegando á nosotros. Esto era ya á tiempo que la ciudad estaba ya cerrada, y por toda aquella campaña ninguna persona parecia. Como estuvimos juntos dudamos si seria mejor ir primero por Zoráida, ó rendir primero á los moros bagarinos (1) que bogaban el remo en la barca; y estando en esta duda llegó á nosotros nuestro renegado diciéndonos, que en qué nos deteníamos, que ya era hora, y que todos sus moros estaban descuidados y los mas dellos durmiendo. Dijímosle en lo que reparábamos, y él dijo que lo que mas importaba era rendir primero el bajel, que se podria hacer con grandísima facilidad y sin peligro alguno, y que luego podríamos ir por Zoráida. Pareciónos bien á todos lo que decia, y asi sin detenernos mas, haciendo él la guia llegamos al bajel, y saltando él dentro primero metió mano á un alfanje y dijo en morisco: ninguno de vosotros se mueva de aquí si no quiere que le cueste la vida. Y á este tiempo habian entrado dentro casi todos los cristianos. Los moros, que eran de poco ánimo, viendo hablar de aquella manera á su arraez quedáronse espantados, y sin ninguno de todos ellos echar mano á las armas, que pocas ó casi ningunas tenian, se dejaron sin hablar alguna palabra maniatar de los cristianos, los cuales con mucha presteza lo hicieron, amenazando á los moros que si alzaban por alguna via ó manera la voz, que luego al punto los pasarian todos á cuchillo.

Hecho ya esto, quedándose en guardia dellos la mitad de los nuestros, los que quedábamos, haciéndonos asimismo el renegado la guia, fuimos al jardin de Agimorato, y quiso la buena suerte que llegando á abrir la puerta se abrió con tanta facilidad como si cerrada no estuviera, y asi con gran inquietud y silencio llegamos á la casa sin ser sentidos de nadie. Estaba la bellísima Zoráida aguardándonos á una ventana, y asi como sintió gente preguntó con voz baja si éramos *nizarani* (2), como si dijera ó preguntara si éramos cristianos. Yo le respondí que sí, y que bajase. Cuando ella me conoció no se detuvo un punto, porque sin responderme palabra bajó en un instante, abrió la puerta, y mostróse á todos tan hermosa y ricamente vestida, que no lo acierto á encarecer. Luego que yo la ví, le tomé una mano, y la comencé á besar, y el renegado hizo lo mismo y mis dos camaradas, y los demás que el caso no sabian hicieron lo que vieron que nosotros hacíamos, que no parecia sino que le dábamos las gracias, y la reconocíamos por señora de nuestra libertad. El renegado le dijo en lengua morisca si estaba su padre en el jardin. Ella respondió que sí, y que dormia. Pues será menester despertalle, replicó el renegado, llevárnosle con nosotros y todo aquello que tiene de valor en este hermoso jardin. No, dijo ella, á mi padre no se ha de tocar en ningun modo, y en esta casa no hay otra cosa que lo que yo llevo, que es tanto que bien habrá para que todos quedeis ricos y contentos, y esperaos un poco y lo vereis; y diciendo esto se volvió á entrar diciendo que muy presto volveria, que nos estuviésemos quedos sin hacer ningun ruido. Pregunté al renegado lo que con ella habia pasado, el cual me lo contó á quien yo dije que en ninguna cosa se habia de hacer mas de lo que Zoráida quisiese; la cual ya volvia cargada con un cofrecillo lleno de escudos de oro, tantos que apenas lo podia sustentar.

Quiso la mala suerte que su padre despertase en el ínterin, y sintiese el ruido que andaba en el jardin, y asomándose á la ventana, luego conoció que todos los que en él estaban eran cristianos, y dando muchas, grandes y desaforadas voces comenzó á decir en arábigo: cristianos, cristianos, ladrones, ladrones, por los cuales gritos nos vimos todos puestos en grandísima y temerosa confusion; pero el renegado, viendo el peligro en que estábamos y lo mucho que le importaba salir con aquella empresa antes de ser sentido, con grandísima presteza subió donde Agimorato estaba, y juntamente con él fueron algunos de nosotros, que yo no osé desamparar á Zoráida, que como desmayada se habia dejado caer en mis brazos. En resolucion los que subieron se dieron tan buena maña, que en un momento bajaron con Agimorato trayéndole atadas las manos y puesto un pañizuelo en la boca, que no le dejaba hablar palabra, amenazándole que el hablarla le habia de costar la vida. Cuando su hija le vió se cubrió los ojos por no verle, y su padre quedó espantado, ignorando cuán de su voluntad se habia puesto en nuestras manos; mas entonces siendo mas necesarios los pies, con diligencia y presteza nos pusimos en la barca, que ya los que en ella habian quedado nos esperaban temerosos de algun mal suceso nuestro. Apenas serian dos horas pasadas de la noche, cuando ya estábamos todos en la barca, en la cual se le quitó al padre de Zoráida la atadura de las manos y el paño de la boca; pero tornóle á decir el renegado que no hablase palabra, que le quitarian la vida. El como vió allí á su hija, comenzó á suspirar ternísimamente, y mas cuando vió que yo estrechamente la tenia abrazada, y que ella sin defenderse, ni quejarse, ni esquivarse se estaba queda; pero con todo esto callaba, porque no pusiesen en efecto las muchas amenazas que el renegado le hacia.

Viéndose, pues, Zoráida ya en la barca, y que queríamos dar los remos al agua, y viendo allí á su padre y á los demás moros que atados estaban, le dijo al renegado que me dijese le hiciese merced de soltar á aquellos moros, y dar libertad á su padre, porque antes se arrojaria en la mar que ver delan-

_____

(1) *Bagarinos* ó *bagarines* eran los remeros *que ganaban su vida á bogar de buenas boyas.* Bagarino, es voz arábiga de *bahar* y *bahari*, cosa de mar; de la misma raiz deriva el verbo *bogar.*—C.

(2) *Nizarani*, Nazarenos, asi llaman los moros ó turcos á los cristianos.

te de sus ojos y por causa suya llevar cautivo á un padre que tanto la habia querido. El renegado me
lo díjo, y yo respondí que era muy contento; pero él respondió que no convenia á causa que si allí los
dejaban, apellidarian luego la tierra (1) y alborotarian la ciudad, y serian causa que saliesen á buscallos con algunas fragatas ligeras, y les tomasen la tierra y la mar, de manera que no pudiésemos es-
caparnos; que lo que se podria hacer era darles libertad en llegando á la primera tierra de cristianos.
En este parecer vinimos todos; y Zoráida, á quien se le dió cuenta con las causas que nos movian á
no hacer luego lo que queria, tambien se satisfizo; y luego con regocijado silencio y **alegre diligencia**

cada uno de nuestros valientes remeros tomó su remo y comenzamos, encomendándonos á Dios de
todo corazon, á navegar la vuelta de las islas de Mallorca, que es la tierra de cristianos mas cerca;
pero á causa de soplar un poco el viento tramontana (2) y estar la mar algo picada, no fue posible seguir la derrota de Mallorca, y fuénos forzoso dejarnos ir tierra á tierra la vuelta de Oran, no sin mucha
pesadumbre nuestra, por no ser descubiertos del lugar de Sargel, que en aquella costa cae no mas
que sesenta millas de Árgel, y asimismo teníamos encontrar por aquel paraje alguna galeota de las
que de ordinario venian con mercancía de Tetuan, aunque cada uno por sí y por todos juntos
presumíamos de que si se encontraba galeota de mercancía, como no fuese de las que andan en
corso, que no solo no nos perderíamos, mas que tomaríamos bajel donde con mas seguridad pudiésemos acabar nuestro viaje. Iba Zoráida, en tanto que se navegaba, puesta la cabeza entre mis manos
por no ver á su padre, y sentia yo que iba llamando á Lela Márien que nos ayudase.

Bien habríamos navegado treinta millas cuando nos amaneció como tres tiros de arcabuz desviados
de la tierra, toda la cual vimos desierta y sin nadie que nos descubriese; pero con todo eso nos fuimos
á fuerza de brazos entrando un poco en la mar, que ya estaba algo mas sosegada, y habiendo entrado
casi dos leguas dióse órden que se bogase á cuarteles (3) en tanto que comíamos algo, que iba bien
proveida la barca, puesto que los que bogaban dijeron que no era aquel tiempo de tomar reposo alguno, que les diesen de comer á los que no bogaban, que ellos no querian soltar los remos de las manos
en manera alguna. Hízose ansí, y en esto comenzó á soplar un viento largo que nos obligó á hacer
luego vela y á dejar el remo, y enderezar á Oran por no ser posible poder hacer otro viaje. Todo se
hizo con mucha presteza, y así á la vela navegamos por mas de ocho millas por hora, sin llevar otro
temor alguno sino el de encontrar con bajel que de corso fuese. Dimos de comer á los moros bagarinos, y el renegado les consoló diciéndoles cómo no iban cautivos, que en la primera ocasion les darian
libertad. Lo mismo se le dijo al padre de Zoráida, el cual respondio: cualquier otra cosa pudiera yo

---

(1) *Apellidar la tierra*, espresion muy usada en lo antiguo, *convocar en voz de guerra* á los naturales de un pais, del latino *appellare*.—C.
(2) *Viento tramontana*: llámase en el mediterráneo al viento norte, porque allí sopla de tras los montes, esto es, desde
el otro lado de los Alpes y del Apenino.
(3) *Que se bogase á cuarteles* quiere decir, que bogasen unos y descansasen otros.—C.

esperar y creer de vuestra liberalidad y buen término, oh cristianos; mas el darme libertad no me tengais por tan simple que lo imagine, que nunca os pusísteis vosotros al peligro de quitármela para volverla tan liberalmente, especialmente sabiendo quién soy yo, y el interese que se os puede seguir de dármela; el cual interese si le quereis poner nombre, desde aquí os ofrezco todo aquello que quisiéredes por mí y por esa desdichada hija mia, ó si no por ella sola, que es la mayor y la mejor parte de mi alma. En diciendo esto comenzó á llorar tan amargamente, que á todos nos movió á compasion, y forzó á Zoráida que le mirase, la cual viéndole llorar así se enterneció, que se levantó de mis pies y fué á abrazar á su padre, y juntando su rostro con el suyo comenzaron los dos tan tierno llanto, que muchos de los que allí íbamos le acompañamos en él. Pero cuando su padre la vió adornada de fiesta y con tantas joyas sobre sí, le dijo en su lengua: ¿qué es esto, hija, que ayer al anochecer, antes que nos sucediese esta terrible desgracia en que nos vemos, te ví con tus ordinarios y caseros vestidos, y ahora, sin que hayas tenido tiempo de vestirte, y sin haberte dado alguna nueva alegre de solemnizarla con adornarte y pulirte te veo compuesta con los mejores vestidos que yo supe y pude darte cuando nos fue la ventura mas favorable? Respóndeme á esto, que me tiene mas suspenso y admirado que la misma desgracia en que me hallo. Todo lo que el moro decia á su hija nos lo declara-

ba el renegado, y ella no le respondia palabra. Pero cuando él vió á un lado de la barca el cofrecillo donde ella solia tener sus joyas, el cual sabia él bien, que le habia dejado en Argel, y no traídole al jardin, quedó mas confuso, y preguntóle que cómo aquel cofre habia venido á nuestras manos, y qué era lo que venia dentro. A lo cual el renegado, sin aguardar que Zoráida le respondiese, le respondió: no te canses, señor, en preguntar á Zoráida tu hija tantas cosas, porque con una que yo te responda te satisfaré á todas; y así quiero que sepas que ella es cristiana, y es la que ha sido la lima de nuestras cadenas y la libertad de nuestro cautiverio: ella va aquí de su voluntad tan contenta, á lo que yo

imagino, de verse en este estado, como el que sale de las tinieblas á la luz, de la muerte á la vida, y de la pena á la gloria. ¿Es verdad lo que este dice, hija? dijo el moro. Así es, respondió Zoráida. ¿Qué en efecto, replicó el viejo, tú eres cristiana, y la que ha puesto á su padre en poder de sus enemigos? A lo cual respondió Zoráida : la que es cristiana yo soy; pero no la que te ha puesto en este punto, porque nunca mi deseo se estendió á dejarte ni hacerte mal, sino á hacer mi bien. ¿Y qué bien es el que te has hecho, hija? Eso, respondió ella, pregúntaselo tú á Lela Márien, que ella te lo sabrá decir mejor que yo.

Apenas hubo oido esto el moro, cuando con una increible presteza se arrojó de cabeza en la mar, donde sin ninguna duda se ahogara si el vestido largo y embarazoso que traia, no le entretuviera un poco sobre el agua. Dió voces Zoráida que le sacasen, y asi acudimos luego todos, y asiéndole de la almalafa, le sacamos medio ahogado y sin sentido, de que recibió tanta pena Zoráida, que como si fuera ya muerto, hacia sobre él un tierno y doloroso llanto. Volvímosle boca abajo, volvió mucha agua, tornó en sí al cabo de dos horas, en las cuales habiéndose trocado el viento nos convino volver hácia tierra, y hacer fuerza de remos por no embestir en ella; mas quiso nuestra buena suerte que llegamos á una cala que se hace al lado de un pequeño promontorio ó cabo, que de los moros es llamado *el de la Cava rumia* (1), que en nuestra lengua quiere decir *la mala mujer cristiana*, y es tradicion entre los moros que en aquel lugar está enterrada la Cava, por quien se perdió España, porque *cava* en su lengua quiere decir *mujer mala*, y *rumia, cristiana;* y aun tienen por mal agüero llegar allí á dar fondo cuando la necesidad les fuerza á ello, porque nunca le dan sin ella, puesto que para nosotros no fue abrigo de mala mujer, sino puerto seguro de nuestro remedio, segun andaba alterada la mar. Pusimos nuestras centinelas en tierra, y no dejamos jamás los remos de la mano: comimos de lo que el renegado habia proveido, y rogamos á Dios y á nuestra señora de todo nuestro corazon, que nos ayudase y favoreciese para que felizmente diésemos fin á tan dichoso principio. Dióse órden á suplicacion de Zoráida cómo echásemos en tierra á su padre y á todos los demás moros que allí atados venian, porque no le bastaba el ánimo, ni lo podian sufrir sus blandas entrañas, ver delante de sus ojos atado á su padre, y aquellos de su tierra presos. Prometímosle de hacerlo asi al tiempo de la partida, pues no corria peligro dejallos en aquel lugar, que era despoblado. No fueron tan vanas nuestras oraciones, que no fuesen oidas del cielo, que en nuestro favor luego volvió el viento, tranquilo el mar, convidándonos á que tornásemos alegres á proseguir nuestro comenzado viaje,

Viendo esto desatamos á los moros, y uno á uno los pusimos en tierra, de lo que ellos se quedaron admirados; pero llegando á desembarcar al padre de Zoráida, que ya estaba en todo su acuerdo, dijo: ¿por qué pensais, cristianos, que esta mala hembra huelga de que me deis libertad? ¿pensais que es por piedad que de mí tiene? No por cierto, sino que lo hace por el estorbo que le dará mi presencia cuando quiera poner en ejecucion sus malos deseos, ni penseis que la ha movido á mudar religion entender ella que la vuestra á la nuestra se aventaja, sino el saber que en vuestra tierra se usa la deshonestidad mas libremente que en la nuestra; y volviéndose á Zoraida, teniéndole yo y otro cristiano de entrambos brazos asido porque algun desatino no hiciese, le dijo: oh infame moza, y mal aconsejada muchacha, ¿á dónde vas ciega y desatinada en poder destos perros (2), naturales enemigos nuestros? Maldita sea la hora en que yo te engendré, y malditos sean los regalos y deleites en que te he criado. Pero viendo yo que llevaba término de no acabar tan presto, dí priesa á ponelle en tierra, y desde allí á voces prosiguió en sus maldiciones y lamentos rogando á Mahoma rogase á Alá que nos destruyese, confundiese y acabase; y cuando por haberos hecho á la vela no pudimos oir sus palabras, vimos sus obras, que eran arrancarse las barbas, mesarse los cabellos y arrastrarse por el suelo: mas una vez esforzó la voz de tal manera, que pudimos entender que decia : vuelve, amada hija, vuelve á tierra, que todo te lo perdono, entrega á esos hombres ese dinero, que ya es suyo, y vuelve á consolar á este triste padre tuyo, que en esta desierta arena dejará la vida si tú le dejas. Todo lo cual escuchaba Zoráida, y todo lo sentia y lloraba, y no supo decille ni respondelle palabra sino : plega á Alá, padre mio, que Lela Márien, que ha sido la causa de que yo sea cristiana, ella te consuele en tu tristeza. Alá sabe bien que no pude hacer otra cosa de la que he hecho, y que estos cristianos no deben nada á mi voluntad, pues aunque quisiera no venir con ellos y quedarme en mi casa, me fuera imposible segun la priesa que me daba mi alma á poner por obra ésta que á mí me parece tan buena, como tú, padre amado, la juzgas por mala. Esto dijo á tiempo que ni su padre la oia, ni nosotros ya le veiamos; y asi consolando yo á Zoráida, atendimos todos á nuestro viaje, el cual nos le facilitaba el propio viento, de tal manera que bien tuvimos por cierto de vernos otro dia al amanecer en las riberas de España.

Mas como pocas veces ó nunca viene el bien puro y sencillo sin ser acompañado ó seguido de algun mal que le turbe ó sobresalte, quiso nuestra ventura ó quizá las maldiciones que el moro á su hija habia echado, que siempre se han de temer de cualquier padre que sean, quiso digo, que estando ya engolfados, y siendo ya casi pasadas tres horas de la noche, yendo con la vela tendida de alto abajo, frenillados los remos, porque el próspero viento nos quitaba el trabajo de haberlos menester, con la luz de la luna que claramente resplandecia, vimos cerca de nosotros un bajel redondo, que con todas

(1) *El de la Cava rumia*, llamarle asi es vulgaridad de los cristianos, que poco instruidos de las cosas de los moros, dan este nombre á lo que ellos llaman, *Cobor rumia* ó sepulcro romano.—C.

(2) Llaman los mahometanos *perros* á los cristianos por vilipendio; y estos dicen á aquellos como en desquite *perros y marranos.*

las velas tendidas, llevando un poco á orza el timon (1), delante de nosotros atravesaba, y esto tan cerca que nos fue forzoso amainar por no embestirle, y ellos asimismo hicieron fuerza de timon para darnos lugar que pasásemos. Habíanse puesto á bordo del bajel á preguntarnos quién éramos, y á dónde navegábamos, y de dónde veníamos; pero por preguntarnos esto en lengua francesa, dijo nuestro renegado: ninguno responda, porque estos sin duda son cosarios franceses que hacen á toda ropa. Por este advertimiento ninguno respondió palabra, y habiendo pasado un poco delante, que ya el bajel quedaba á sotavento, de improviso soltaron dos piezas de artillería, y á lo que parecia ambas venian con cadenas, porque con una cortaron nuestro árbol por medio, y dieron con él y con la vela en la mar, y al momento disparando otra pieza vino á dar la bala en mitad de nuestra barca de modo que la abrió toda sin hacer otro mal alguno; pero como nosotros nos vimos ir á fondo comenzamos todos á grandes voces á pedir socorro, y á rogar á los del bajel que nos acogiesen, porque nos anegábamos. Amainaron entonces, y echando el esquife ó barca á la mar, entraron en él hasta doce franceses bien armados con sus arcabuces y cuerdas encendidas, y asi llegaron junto al nuestro, y viendo cuán pocos éramos, y cómo el bajel se hundia, nos recogieron, diciendo que por haber usado la descortesía de no respondelles nos habia sucedido aquello. Nuestro renegado tomó el cofre de las riquezas de Zoráida y dió con él en la mar sin que ninguno echase de ver en lo que hacia. En resolucion, todos pasamos con los franceses, los cuales despues de haberse informado de todo aquello que de nosotros saber quisieron, como si fueran nuestros capitales enemigos nos despojaron de todo cuanto teníamos, y á Zoráida le quitaron hasta los carcajes que traia en los pies; pero no me daba á mí tanta pesadumbre la que á Zoráida daban, como me la daba el temor que tenia de que habian de pasar del quitar de las riquísimas y preciosísimas joyas al quitar de la joya que mas valia y ella mas estimaba; pero los deseos de aquella gente no se estienden á mas que al dinero, y desto jamás se ve harta su codicia, la cual entonces llegó á tanto que aun hasta los vestidos de cautivos nos quitaran si de algun provecho les fueran; y hubo parecer entre ellos de que á todos nos arrojasen á la mar envueltos en una vela, porque tenian intencion de tratar en algunos puertos de España con nombre de que eran bretones, y si nos llevaban vivos serian castigados siendo descubierto su hurto; mas el capitan, que era el que habia despojado á mi querida Zoráida, dijo que él se contentaba con la presa que tenia, y que no queria tocar en ningun puerto de España, sino irse luego á camino y pasar el estrecho de Gibraltar de noche ó como pudiese, hasta la Rochela, de donde habia salido, y asi tomaron por acuerdo de darnos el esquife de su navío, y todo lo necesario para la corta navegacion que nos quedaba, como lo hicieron otro dia ya á vista de tierra de España, con la cual vista y alegría todas nuestras pesadumbres y pobrezas se nos olvidaron de todo punto, como si propiamente no hubieran pasado por nosotros: tanto es el gusto de alcanzar la libertad perdida. Cerca de medio dia podria ser cuando nos echaron en la barca, dándonos dos barriles de agua y algun vizcocho; y el capitan, movido no sé de qué misericordia, al embarcarse la hermosísima Zoráida le dió hasta cuarenta escudos de oro, y no consintió que le quitasen sus soldados estos mismos vestidos que ahora tiene puestos.

Entramos en el bajel, dímosles las gracias por el bien que nos hacian, mostrándonos mas agradecidos que quejosos: ellos se hicieron á lo largo siguiendo la derrota del estrecho; nosotros, sin mirar á otro norte que á la tierra que se nos mostraba delante, nos dimos tanta priesa á bogar, que al poner del sol estábamos tan cerca que bien pudiéramos, á nuestro parecer, llegar antes que fuera muy de noche; pero por no parecer en aquella noche la luna, y el cielo mostrarse escuro, y por ignorar el paraje en que estábamos, no nos pareció cosa segura embestir en tierra, como á muchos de nosotros les parecia, diciendo que diésemos en ella, aunque fuese en unas peñas y lejos de poblado, porque asi aseguraríamos (2), el temor que de razon se debia tener que por allí anduviesen bajeles de cosarios de Tetuan, los cuales anochecen en Berbería, y amanecen en las costas de España, y hacen de ordinario presa, y se vuelven á dormir á sus casas; pero de los contrarios pareceres, el que se tomó fue que nos llegásemos poco á poco, y que si el sosiego del mar lo concediese desembarcásemos donde pudiésemos. Hízose asi, y poco antes de la media noche seria cuando llegamos al pie de una disformísima y alta montaña, no tan junto al mar que no concediese un poco de espacio para poder desembarcar cómodamente. Embestimos en la arena, salimos todos á tierra, y besamos el suelo, y con lágrimas de muy alegrísimo contento dimos todos gracias á Dios Señor nuestro por el bien tan incomparable que nos habia hecho en nuestro viaje: sacamos de la barca los bastimentos que tenia, tirámosla en tierra, y subimos un grandísimo trecho en la montaña, porque aun allí estábamos, y aun no podíamos asegurar el pecho, ni acabábamos de creer que era tierra de cristianos la que ya nos sostenia. Amaneció mas tarde á mi parecer de lo que quisiéramos: acabamos de subir toda la montaña por ver si desde allí algun poblado se descubria ó algunas cabañas de pastores; pero aunque mas tendimos la vista, ni poblado, ni persona, ni senda, ni camino descubrimos. Con todo esto determinamos de entrarnos la tierra adentro, pues no podria ser menos sino que presto descubriésemos quien nos diese noticia della; pero lo que á mí mas me fatigaba era el ver ir á pie á Zoráida por aquellas aspere-

(1) *Frenillar los remos* es atar sus mangos dentro del buque, quedando levantadas las palas por defuera. *Bajel redondo* es el que lleva vela cuadrada. Llevar el timon *á orza* es llevarlo torcido, en disposicion de orzar ó torcer la proa, desviándose de la direccion del viento.—C.

(2) Nótese el uso del verbo *asegurar*, en el sentido de *aquietar, acallar.*—C.

zas, que puesto que alguna vez la puse sobre mis hombros, mas le cansaba á ella mi cansancio que la reposaba su reposo, y asi nunca mas quiso que yo aquel trabajo tomase; y con mucha paciencia y muestras de alegría, llevándola yo siempre de la mano.

Poco menos de un cuarto de legua debíamos de haber andado cuando llegó á nuestros oidos el son de una pequeña esquila, señal clara que por allí cerca habia ganado; y mirando todos con atencion si alguno se parecia, vimos al pie de un alcornoque un pastor mozo, que con grande

reposo y descuido estaba labrando un palo con un cuchillo. Dimos voces, y él alzando la cabeza se puso ligeramente en pie, y á lo que despues supimos, los primeros que á la vista se le ofrecieron fueron el renegado y Zoráida, y como él los vió en hábito de moros, pensó que todos los de la Berbería estaban sobre él, y metiéndose con estraña ligereza por el bosque adelante, comenzó á dar los mayores gritos del mundo diciendo: moros, moros hay en la tierra: moros, moros, arma, arma. Con estas voces quedamos todos confusos, y no sabíamos qué hacernos; pero considerando que las voces del pastor habian de alborotar la tierra, y que la caballería de la costa habia de venir luego á ver lo que era, acordamos que el renegado se desnudase las ropas de turco y se vistiese un gileco (1) ó casaca de cautivo, que uno de nosotros le dió luego, aunque se quedó en camisa; y asi encomendándonos á Dios fuimos por el mismo camino que vimos que el pastor llevaba, esperando siempre cuándo habia de dar sobre nosotros la caballería de la costa; y no nos engañó nuestro pensamiento, porque aun no habian pasado dos horas, cuando habiendo ya salido de aquellas malezas á un llano, descubrimos hasta cincuenta caballeros que con gran ligereza corriendo á media rienda á nosotros se venian: y asi como los vimos nos estuvimos quedos aguardándolos; pero como ellos llegaron, y vieron en lugar de los moros que buscaban, tanto pobre cristiano, quedaron confusos, y uno de ellos nos preguntó si éramos nosotros acaso la ocasion porque un pastor habia apellidado arma. Sí, dije yo, y queriendo comenzar á decirle mi suceso, y de dónde veníamos, y quién éramos, uno de los cristianos que con nosotros venian conoció al ginete que nos habia hecho la pregunta, y dijo sin dejarme á mí decir mas palabra: gracias sean dadas á Dios, señores, que á tan buena parte nos ha conducido, porque si yo no me engaño, la tierra que pisamos es la de Velez-Málaga: si ya los años de mi cautiverio no me han quitado de la memoria el acordarme que vos, señor, que nos preguntais quién somos, sois Pedro de Bustamante, tio mio. Apenas hubo dicho esto el cristiano cautivo, cuando el ginete se arrojó del caballo, y vino á abrazar al mozo diciéndole: sobrino de mi alma y de mi vida, ya te conozco, y ya te he llorado por muerto yo y mi hermana tu madre, y todos los tuyos, que aun viven, y Dios ha sido servido de darles vida para que gocen el placer de verte. Ya sabíamos que estabas en Argel, y por las señales y muestras de tus vestidos, y la de todos los desta compañía, comprendo que habeis tenido milagrosa libertad. Asi es, respondió el mozo, y tiempo nos quedará para contároslo todo. Luego que los ginetes entendieron que éramos cristianos cautivos, se apearon de sus caballos, y cada uno nos convidaba con el suyo para llevarnos á la ciudad de Velez-Málaga, que legua y media de allí estaba. Algunos dellos volvieron á llevar la barca á la ciudad, diciéndoles dónde la habíamos dejado; otros nos subieron á las ancas, y Zoráida fué en las del caballo del tio del cristiano. Saliónos á recibir todo el pueblo, que ya de alguno que se habia adelantado sabian la nueva de nuestra venida. No se admiraban de ver cautivos libres, ni moros cautivos, porque toda la gente de aquella costa está hecha á ver á los unos y á los otros; pero admirábanse de la hermosura de Zoráida, la cual en aquel instante y sazon estaba en su punto, ansí con el cansancio del camino, como con la alegría de verse ya en tierra de cristianos, sin sobresalto de perderse, y esto le habia sacado al rostro tales colores, que si no es que la aficion entonces me engañaba, osara decir que mas hermosa criatura no habia en el mundo, á lo menos que yo la hubiese visto.

(1) *Gileco* parece ser la misma voz que *chaleco*, si bien éste no lleva faldas ni mangas como las *casacas.*—C.

Fuimos derechos á la iglesia á dar gracias á Dios por la merced recibida, y asi como en ella entró Zoráida, dijo que allí habia rostros que se parecian á los de Lela Márien. Dijímosle que eran imágenes suyas, y como mejor se pudo le dió el renegado á entender lo que significaban, para que ella las adorase como si verdaderamente fueran cada una de ellas la misma Lela Márien que la habia hablado. Ella, que tiene buen entendimiento y un natural fácil y claro, entendió luego cuanto acerca de las imágenes se le dijo. Desde allí nos llevaron y repartieron á todos en diferentes casas del pueblo, pero al renegado, Zoráida y á mí, nos llevó el cristiano que vino con nosotros en casa de sus padres, que medianamente eran acomodados de los bienes de fortuna, y nos regalaron con tanto amor como á su mismo hijo. Seis días estuvimos en Velez, al cabo de los cuales el renegado, hecha su información de

cuanto le convenia, se fué á la ciudad de Granada á reducirse por medio de la santa Inquision al gremio santísimo de la Iglesia; los demás cristianos libertados se fueron cada uno donde mejor le pareció: solos quedamos Zoráida y yo con solo los escudos que la cortesía del francés le dió á Zoráida, de los cuales compré este animal en que ella viene, y sirviéndola yo hasta ahora de padre y escudero, y no de esposo, vamos con intencion de ver si mi padre es vivo, ó si alguno de mis hermanos ha tenido mas próspera ventura que la mia, puesto que, por haberme hecho el cielo compañero de Zoráida, me parece que ninguna otra suerte me pudiera venir, por buena que fuera, que mas la estimara. La paciencia con que Zoráida lleva las incomodidades que la pobreza trae consigo, y el deseo que muestra tener de verse ya cristiana, es tanto y tal que me admira, y me mueve á servirla todo el tiempo de mi vida, puesto que el gusto que tengo de verme suyo y de que ella sea mia, me le turba y deshace no saber si hallaré en mi tierra algun rincon donde recojella, y si habrán hecho el tiempo y la muerte tal mudanza en la hacienda y vida de mi padre y hermanos, que apenas halle quien me conozca si ellos faltan.

No tengo mas, señores, que deciros de mi historia, la cual, si es agradable y peregrina, júzguenlo vuestros buenos entendimientos, que de mí sé decir que quisiera habérosla contado mas brevemente, puesto que el temor de enfadaros, mas de cuatro circunstancias me ha quitado de la lengua.

CAPITULO XLII.

Que trata de lo que mas sucedió en la venta y de otras muchas cosas dignas de saberse.

Calló en diciendo esto el cautivo, á quien don Fernando dijo: por cierto, señor capitan, el modo con que habeis contado este estraño suceso ha sido tal, que iguala á la novedad y estrañeza del mismo caso: todo es peregrino y raro, y lleno de accidentes que maravillan y suspenden á quien los oye; y es de tal manera el gusto que hemos recibido en escuchalle, que aunque nos hallara el dia de mañana entretenidos en el mismo cuento, holgáramos que de nuevo se comenzara; y en diciendo esto Cardenio y todos los demás se le ofrecieron con todo lo á ellos posible para servirle, con palabras y razones tan amorosas y tan verdaderas, que el capitan se tuvo por bien satisfecho de sus voluntades: especialmente le ofreció don Fernando que si queria volverse con él, que él haria que el marqués, su hermano, fuese padrino del bautismo de Zoráida, y que él por su parte le acomodaria de manera que pudiese entrar en su tierra con el autoridad y cómodo que á su persona se debia. Todo lo agradeció cortesísimamente el cautivo, pero no quiso acetar ninguno de sus liberales ofrecimientos.

En esto, llegada ya la noche, al cerrar della llegó á la venta un coche con algunos hombres de á caballo. Pidieron posada, á quien la ventera respondió que no habia en toda la venta un palmo desocupado. Pues aunque eso sea, dijo uno de los de á caballo que habian entrado, no ha de faltar para el señor oidor que aquí viene. A este nombre se turbó la huéspeda, y dijo: señor, lo que en ello hay es que no tengo camas; si es que su merced del señor oidor la trae, que sí debe de traer, entre en buen hora, que yo y mi marido nos saldremos de nuestro aposento para acomodar á su merced. Sea en buen hora, dijo el escudero; pero á este tiempo ya habia salido del coche un hombre, que en el trage mostró luego el oficio y cargo que tenia, porque la ropa luenga con las mangas arrocadas (1) que vestia mostraron ser oidor como su padre habia dicho. Traia de la mano á una doncella, al parecer de hasta diez y seis años, vestida de camino, tan bizarra, tan hermosa y tan gallarda, que á todos puso en admiracion su vista: de suerte, que á no haber visto á Dorotea y á Luscinda y Zoráida, que en la venta estaban, creyeran que otra tal hermosa como la desta doncella difícilmente pudiera hallarse. Hallóse Don Quijote al entrar del oidor y de la doncella, y asi como le vió, dijo: seguramente puede vuestra merced entrar y espaciarse en este castillo, que aunque es estrecho y mal acomodado, no hay estrecheza ni incomodidad en el mundo que no dé lugar á las armas y á las letras, y mas si las armas y letras traen por guia y adalid (2) á la fermosura, como la traen las letras de vuestra merced en esta fermosa doncella, á quien deben, no solo abrirse y manifestarse los castillos, sino apartarse los riscos, y dividirse y abajarse las montañas para dalle acogida. Entre vuestra merced, digo, en este paraiso, que aquí hallará estrellas y soles que acompañen el cielo que vuestra merced trae consigo: aquí hallará las armas en su punto, y la hermosura en su estremo. Admirado quedó el oidor del razonamiento de Don Quijote, á quien se puso á mirar muy de propósito, y no menos le admiraba su talle que sus palabras; y sin hallar ningunas con qué respondelle, se tornó á admirar de nuevo cuando vió delante de sí á Luscinda, Dorotea y á Zoráida, que á las nuevas de los nuevos huéspedes, y á las que la ventera les habia dado de la hermosura de la doncella, habian venido á verla y á recibirla; pero don Fernando, Cardenio y el cura le hicieron mas llanos y mas cortesanos ofrecimientos. En efecto, el señor oidor entró confuso, asi de lo que veia como de lo que escuchaba, y las hermosas de la venta dieron la bien llegada á la hermosa doncella. En resolucion, bien echó de ver el oidor que era gente principal toda la que allí estaba; pero el talle, visaje y la postura de Don Quijote le desatinaba; y habiendo pasado entre todos corteses ofrecimientos, y tanteado la comodidad de la venta, se ordenó lo que antes estaba ordenado, que todas las mujeres se entrasen en el camaranchon ya referido, y que los hombres se quedasen fuera como en su guarda; y asi fue contento el oidor que su hija, que era la doncella, se fuese con aquellas señoras, lo que ella hizo de muy buena gana; y con parte de la estrecha cama del ventero, y con la mitad de la que el oidor traia, se acomodaron aquella noche mejor de lo que pensaban.

El cautivo, que desde el punto que vió al oidor, le dió saltos el corazon y barruntos de que aquel era su hermano, preguntó á uno de los criados que con él venian, cómo se llamaba, y si sabia de qué tierra era. El criado le respondió que se llamaba el licenciado Juan Perez de Viedma, y que habia oido decir que era de un lugar de las montañas de Leon. Con esta relacion y con lo que él habia visto se acabó de confirmar de que aquel era su hermano, que habia seguido las letras por consejo de su padre; y alborotado y contento, llamando aparte á don Fernando, á Cardenio y al cura les contó lo que pasaba, certificándoles que aquel oidor era su hermano. Habíale dicho tambien el criado cómo iba proveido por oidor á las Indias en la audiencia de Méjico: supo tambien cómo aquella doncella era su hija, de cuyo parto habia muerto su madre, y que él habia quedado muy rico con el dote que con la hija se le quedó en casa. Pidióles consejo qué modo tendria para descubrirse, ó para conocer primero si despues de descubierto, su hermano por verle pobre se afrentaria, ó le recibiria con buenas entrañas. Déjeseme á mí el hacer esa esperiencia, dijo el cura; cuanto mas que no hay pensar sino que vos, señor capitan, sereis muy bien recebido, porque el valor y prudencia que en su buen parecer descubre vuestro hermano, no da indicios de ser arrogante ni desconocido, ni que no ha de saber poner los casos de la fortuna en su punto. Con todo eso, dijo el capitan, yo querria no de improviso sino por rodeos dármele á conocer. Ya os digo, respondió el cura, que yo lo trazaré de modo que todos quedemos satisfechos.

Ya en esto estaba aderezada la cena (3) y todos se sentaron á la mesa, eceto el cautivo y las señoras, que cenaron de por sí en su aposento. En la mitad de la cena dijo el cura: del mismo nombre

---

(1) La ropa luenga y las mangas *arrocadas*, esto es, la vestidura talar abierta por delante, y las mangas con vuelillos por abajo, y guarnicion ancha á *manera de rocadero* por arriba, forman la toga ó garnacha con que entonces caminaban, segun se ve por este lugar los oidores.

(2) *Adalid*, tambien *guiador*, nombre arábigo, responde al nombre latino *dux*, y es el que guia á otro y le va enseñando el camino. Cov.—Arr.

(3) Para el oidor, pues los demás ya habian cenado.—F. C.

de vuestra merced, señor oidor, tuve yo un camarada en Constantinopla, donde estuve cautivo algunos años, el cual camarada era uno de los valientes soldados y capitanes que habia en toda la infantería española; pero tanto cuanto tenia de esforzado y valeroso tenia de desdichado. ¿Y cómo se llamaba ese capitan, señor mio? preguntó el oidor. Llamábase, respondió el cura, Rui Perez de Viedma, y era natural de un lugar de las montañas de Leon, el cual me contó un caso que á su padre con sus hermanos le habia sucedido, que á no contármelo un hombre tan verdadero como él, lo tuviera por conseja de aquellas que las viejas cuentan el invierno al fuego, porque me dijo que su padre habia dividido su hacienda entre tres hijos que tenia, y les habia dado ciertos consejos mejores que los de Caton; y sé yo decir que el que él escogió de venir á la guerra le habia sucedido tan bien, que en pocos años por su valor y esfuerzo, sin otro brazo que el de su mucha virtud, subió á ser capitan de infantería, y á verse en camino y predicamento de ser presto maestre (1) de campo; pero fuéle la fortuna contraria, pues donde la pudiera esperar y tener buena, allí la perdió con perder la libertad en la felicísima jornada donde tantos la cobraron, que fue en la batalla de Lepanto: yo la perdí en la Goleta, y despues por diferentes sucesos nos hallamos camaradas en Constantinopla. Desde allí vino á Argel, donde sé que le sucedió uno de los mas estraños casos que en el mundo han sucedido. De aquí fue prosiguiendo el cura, y con brevedad sucinta contó lo que con Zoráida á su hermano habia sucedido. A todo lo cual estaba atento el oidor, que ninguna vez habia sido tan oidor como entonces. Solo llegó el cura al punto de cuando los franceses despojaron á los cristianos que en la barca venian, y la pobreza y la necesidad en que su camarada y la hermosa mora habian quedado; de los cuales no habia sabido en qué habian parado, ni si habian llegado á España, ó llevádolos los franceses á Francia.

Todo lo que el cura decia, estaba escuchando algo de allí desviado el capitan, y notaba todos los movimientos que su hermano hacia; el cual viendo que ya el cura habia llegado al fin de su cuento, dando un grande suspiro, y llenándosele los ojos de agua, dijo: ¡oh señor, si supiésedes las nuevas que me habeis contado, y cómo me tocan tan en parte que me es forzoso dar muestras dello con estas lágrimas que contra toda mi discrecion y recato me salen por los ojos! Ese capitan tan valeroso que decís es mi mayor hermano, el cual como mas fuerte y de mas altos pensamientos que yo ni otro hermano menor mio, escogió el honroso y digno ejercicio de la guerra, que fue uno de los tres caminos que nuestro padre nos propuso, segun os dijo vuestro camarada, en la conseja á vuestro parecer que le oístes. Yo seguí el de las letras, en las cuales Dios y mi diligencia me han puesto en el grado que me veis. Mi menor hermano está en el Perú, tan rico que con lo que ha enviado á mi padre y á mí ha satisfecho bien la parte que él se llevó, y aun dado las manos de mi padre con que poder hartar su liberalidad natural; y yo ansimismo he podido con mas decencia y autoridad tratarme en mis estudios, y llegar al puesto en que me veo. Vive aun mi padre muriendo con el deseo de saber de su hijo mayor, y pide á Dios con continuas oraciones no cierre la muerte sus ojos hasta que él vea con vida á los de su hijo; del cual me maravillo, siendo tan discreto, cómo en tantos trabajos y aflicciones ó prósperos sucesos se haya descuidado de dar noticia de sí á su padre, que si él lo supiera ó alguno de nosotros no tuviera necesidad de aguardar al milagro de la caña para alcanzar su rescate; pero de lo que yo ahora me temo, es de pensar si aquellos franceses le habrán dado libertad, ó le habrán muerto por encubrir su hurto. Esto todo hará que yo prosiga mi viaje, no con aquel contento con que le comencé, sino con toda melancolía y tristeza. ¡Oh buen hermano mio, y quién supiera ahora dónde estás, que yo te fuera á buscar y á librar de tus trabajos aunque fuera á costa de los mios! ¡Oh quién llevara nuevas á nuestro viejo padre de que tenias vida, aunque estuvieras en las mazmorras mas escondidas de Berbería, que de allí te sacaran sus riquezas, las de mi hermano y las mias! ¡Oh Zoráida hermosa y liberal, quién pudiera pagar el bien que á un hermano hiciste! ¡quién pudiera hallarse al renacer de tu alma y á las bodas, que tanto gusto á todos nos dieran! Estas y otras semejantes palabras decia el oidor lleno de tanta compasion con las nuevas que de su hermano le habían dado, que todos los que le oian le acompañaban en dar muestras del sentimiento que tenian de su lástima.

Viendo, pues, el cura que tan bien habia salido con su intencion y con lo que deseaba el capitan, no quiso tenerlos á todos mas tiempo tristes, y asi se levantó de la mesa, y entrando donde estaba Zoráida la tomó por la mano, y tras ella se vinieron Luscinda, Dorotea y la hija del oidor. Estaba esperando el capitan á ver lo que el cura queria hacer, que fue que tomándole á él asimismo de la otra mano, con entrambos á dos se fué donde el oidor y los demás caballeros estaban, y dijo: cesen, señor oidor, vuestras lágrimas, y cólmese vuestro deseo de todo el bien que acertare á desearse, pues tencis delante á vuestro buen hermano y á vuestra buena cuñada: éste que aquí veis es el capitan Viedma, y ésta la hermosa mora que tanto bien le hizo: los franceses que os dije, los pusieron en la estrecheza que veis, para que vos mostreis la liberalidad de vuestro buen pecho. Acudió el capitan á abrazar á su hermano, y él le puso las manos en los pechos por mirarle algo mas apartado; mas cuando le acabó de conocer le abrazó tan estrechamente, derramando tan tiernas lágrimas de con-

_____

(1) *El maestre de campo* mandaba un *Tercio*, que entre nosotros era un cuerpo de infantería, parecido á la legion romana.—C.

tento, que los mas de los que presentes estaban le hubieron de acompañar en ellas. Las palabras que entrambos hermanos se dijeron, los sentimientos que mostraron apenas creo que pueden pensarse, cuanto mas escribirse. Allí en breves razones se dieron cuenta de sus sucesos, allí mostraron puesta en su punto la buena amistad de dos hermanos, allí abrazó el oidor á Zoráida, allí la ofreció su hacienda, allí hizo que la abrazase su hija, allí la cristiana hermosa y la mora hermosísima renovaron las lágrimas de todos. Allí Don Quijote estaba atento sin hablar palabra considerando estos tan estraños sucesos, atribuyéndolos todos á quimeras de la andante caballería. Allí concertaron que el capitan y Zoráida se volviesen con su hermano á Sevilla, y avisasen á su padre de su hallazgo y libertad,

para que como pudiese viniese á hallarse en las bodas y bautismos de Zoráida, por no le ser al oidor posible dejar el camino que llevaba á causa de tener nuevas que de allí á un mes partia flota de Sevilla á la Nueva-España, y fuérale de grande incomodidad perder el viaje. En resolucion, todos quedaron contentos y alegres del buen suceso del cautivo; y como ya la noche iba casi en las dos partes de su jornada, acordaron de recogerse y reposar lo que de ella les quedaba. Don Quijote se ofreció á hacer la guardia del castillo, porque de algun gigante ó otro mal andante follon no fuesen acometidos, codiciosos del gran tesoro de hermosura que en aquel castillo se encerraba. Agradeciéronselo los que le conocian, y dieron al oidor cuenta del humor estraño de Don Quijote, de que no poco gusto recibió. Solo Sancho Panza se desesperaba con la tardanza del recogimiento, y solo él se acomodó mejor que todos echándose sobre los aparejos de su jumento, que le costaron tan caros como adelante se dirá.

Recogidas, pues, las damas en su estancia, y los demás acomodándose como menos mal pudieron, Don Quijote se salió fuera de la venta á hacer la centinela del castillo como lo habia prometido. Sucedió, pues, que faltando poco para venir el alba, llegó á los oidos de las damas una voz tan entonada y tan buena, que les obligó á que todas le prestasen atento oido, especialmente Dorotea que despierta estaba, á cuyo lado dormia doña Clara de Viedma, que ansi se llamaba la hija del oidor. Nadie podia imaginar quién era la persona que tan bien cantaba, y era una voz sola sin que la acompañase instrumento alguno. Unas veces les parecia que cantaban en el patio, otras que en la caballeriza; y estando en esta confusion muy atentas, llegó á la puerta del aposento Cardenio y dijo: quien no duerma escuche, que oirán una voz de un mozo de mulas, que de tal manera canta que encanta.

Ya la oimos, señor, respondió Dorotea, y con esto se fué Cardenio, y Dorotea poniendo toda la atencion posible, entendió que lo que se cantaba era esto.

CAPITULO XLIII.

Donde se cuenta la agradable historia del mozo de mulas, con otros estraños acaecimientos en la venta sucedidos.

MARINERO soy de amor,
Y en su piélago profundo
Navego sin esperanza
De llegar á puerto alguno.
  Siguiendo voy á una estrella,
Que desde lejos descubro,
Mas bella y resplandeciente
Que cuantas vió Palinuro (1).
  Yo no sé adónde me guia,
Y asi navego confuso,

El alma á mirarla atenta,
Cuidadosa y con descuido.
  Recatos impertinentes,
Honestidad contra el uso,
Son nubes que me la encubren
Cuando mas verla procuro.
  ¡Oh clara y luciente estrella,
En cuya lumbre me apuro!
El punto en que te me encubras,
Será de mi muerte el punto.

Llegando el que cantaba á este punto le pareció á Dorotea, que no seria bien que dejase Clara de oir una tan buena voz, y asi moviéndola á una y á otra parte, la despertó diciéndole: perdóname, niña, que te despierte, pues lo hago porque gustes de oir la mejor voz que quizá habrás oido en toda tu vida. Clara despertó toda soñolienta, y de la primera vez no entendió lo que Dorotea le decia, y volviéndoselo á preguntar, ella se lo volvió á decir, por lo cual estuvo atenta Clara; pero apenas hubo oido dos versos, que el que cantaba iba prosiguiendo, cuando le tomó un temblor tan estraño, como si de algun grave accidente de cuartana estuviera enferma, y abrazándose estrechamente con Dorotea

(1) El piloto mayor y astrónomo de la escuadra troyana.
    ...Surgit Palinurus, et omnes
  Explorat ventos...
  Sidera, cuncta notat tacito latencia cœlo.
              (ÆN. lib. III).

le dijo: ¡ay señora de mi alma y de mi vida! ¿para qué me despertaste? que el mayor bien que la fortuna podia hacerme por ahora era tenerme cerrados los ojos para no ver ni oir á ese desdichado músico. ¿Qué es lo que dices, niña? mira que dicen que el que canta es un mozo de mulas. No es sino señor de lugares, respondió Clara, y del que él tiene en mi alma con tanta seguridad, que si él no quiere dejalle, no le será quitado eternamente. Admirada quedó Dorotea de las sentidas razones de la muchacha, pareciéndole que se aventajaban en mucho á la discrecion que sus pocos años prometian, y asi le dijo: hablais de modo, señora Clara, que no puedo entenderos; declaraos mas y decidme ¿qué es lo que decís de alma y de lugares, y deste músico cuya voz tan inquieta os tiene? Pero no me digais nada por ahora, que no quiero perder, por acudir á vuestro sobresalto, el gusto que recibo de oir al que canta, que me parece que con nuevos versos y nuevo tono torna á su canto. Sea en buen hora, respondió Clara, y por no oille se tapó con las manos entrambos oidos, de lo que tambien se admiró Dorotea; la cual estando atenta á lo que se cantaba, vió que proseguian en esta manera:

Dulce esperanza mia,
Que rompiendo imposibles y malezas,
Sigues firme la via
Que tú misma te finges y aderezas;
No te desmaye el verte
A cada paso junto al de tu muerte.
   No alcanzan perezosos
Honrados triunfos, ni vitoria alguna,
Ni pueden ser dichosos
Los que no contrastando á la fortuna,
Entregan desvalidos
Al ocio blando todos los sentidos.

Que amor sus glorias venda
Caras, es gran razon, y es trato justo,
Pues no hay mas rica prenda
Que la que se quilata por su gusto;
Y es cosa manifiesta
Que no es de estima lo que poco cuesta.
   Amorosas porfías
Tal vez alcanzan imposibles cosas,
Y ansí, aunque con las mias
Sigo de amor las mas dificultosas,
No por eso recelo
De no alcanzar desde la tierra el cielo.

Aqui dió fin la voz, y principió á nuevos sollozos Clara. Todo lo cual encendia el deseo de Dorotea, que deseaba saber la causa de tan suave canto y de tan triste lloro, y asi le volvió á preguntar qué era lo que le queria decir denantes. Entonces Clara temerosa de que Luscinda no la oyese, abrazando estrechamente á Dorotea puso su boca tan junto del oido de Dorotea, que seguramente podia hablar sin ser de otro sentido, y asi le dijo: éste que canta, señora mia, es un hijo de un caballero natural del reino de Aragon, señor de dos lugares, el cual vivia frontero de la casa de mi padre en la córte; y aunque mi padre tenia las ventanas de su casa con lienzos en el invierno y celosías en el verano (1), yo no sé lo que fue ni lo que no, que este caballero, que andaba al estudio, me vió, ni sé si en la iglesia ó en otra parte: finalmente él se enamoró de mí, y me lo dió á entender desde las ventanas de su casa con tantas señas y con tantas lágrimas, que yo le hube de creer y aun querer sin saber lo que me queria. Entre las señas que me hacia era una de juntarse la una mano con la otra, dándome á entender que se casaria conmigo; y aunque yo me holgaria mucho de que ansí fuera, como sola y sin madre no sabia con quién comunicallo, y asi lo dejé estar sin dalle otro favor sino era cuando estaba mi padre fuera de casa y el suyo tambien, alzar un poco el lienzo ó la celosía, y dejarme ver toda, de lo que él hacia tanta fiesta, que daba señales de volverse loco. Llegóse en esto el tiempo de la partida de mi padre, la cual él supo, y no de mí, pues nunca pude decírselo. Cayó malo, á lo que yo entiendo de pesadumbre, y asi el dia que nos partimos nunca pude verle para despedirme dél siquiera con los ojos; pero á cabo de dos dias que caminábamos, al entrar de una posada en un lugar una jornada de aquí, le ví á la puerta del meson puesto en hábito de mozo de mulas, tan al natural que si yo no le trujera tan retratado en mi alma, fuera imposible conocelle. Conocile, admiréme y alegréme: él me miró á hurto de mi padre, de quien él siempre se esconde cuando atraviesa por delante de mí en los caminos y en las posadas do llegamos: y como yo sé quién es, y considero que por amor de mí viene á pie y con tanto trabajo, muérome de pesadumbre, y adonde él pone los pies pongo yo los ojos. No sé con qué intencion viene, ni cómo ha podido escaparse de su padre, que le quiere estraordinariamente, porque no tiene otro heredero, y porque él lo merece, como lo verá vuestra merced cuando le vea. Y mas le sé decir, que todo aquello que canta lo saca de su cabeza, que he oido decir que es muy grande estudiante y poeta. Y hay mas, que cada vez que le veo ó le oigo cantar tiemblo toda y me sobresalto temerosa de que mi padre le conozca y venga en conocimiento de nuestros deseos. En mi vida le he hablado palabra, y con todo eso le quiero de manera que no he de poder vivir sin él.

Esto es, señora mia, todo lo que os puedo decir deste músico, cuya voz tanto os ha contentado, que en sola ella echais bien de ver que no es mozo de mulas como decís, sino señor de almas y lugares como ya os he dicho. No digais mas, señora doña Clara, dijo á esta sazon Dorotea, y esto besándola mil veces: no digais mas, digo, y esperad que venga el nuevo dia, que yo espero en Dios de encaminar de manera vuestros negocios, que tenga el felice fin que tan honestos principios merecen. ¡Ay señora! dijo doña Clara ¿qué fin se puede esperar si su padre es tan principal y tan rico que le parecerá que aun yo no puedo ser criada de su hijo, cuanto mas esposa? Pues casarme yo á hurto

(1) En aquella época aun no habia vidrios en Madrid, ni aun en la casa de un oidor.—Viardot.

de mi padre no lo haré por cuanto hay en el mundo: no querria sino que este mozo se volviese y me dejase; quizá con no velle y con la gran distancia del camino que llevamos se me aliviaria la pena que ahora llevo, aunque sé decir que este remedio que me imagino me ha de aprovechar bien poco: no sé qué diablos ha sido esto, ni por dónde se ha entrado este amor que le tengo, siendo yo tan muchacha y él tan muchacho, que en verdad que creo que somos de una edad misma, y que yo no tengo cumplidos diez y seis años, que para el dia de San Miguel que vendrá dice mi padre que los cumplo. No pudo dejar de reirse Dorotea oyendo cuán cómo niña hablaba doña Clara, á quien dijo: reposemos, señora, lo poco que creo queda de la noche, y amanecerá Dios, y medraremos, ó mal me andarán las manos.

Sosegáronse con esto, y en toda la venta se guardaba un grande silencio: solamente no dormian la hija de la ventera y Maritornes su criada, las cuales como ya sabian el humor de que pecaba Don Quijote, y que estaba fuera de la venta armado y á caballo haciendo la guarda, determinaron las dos de hacelle alguna burla, ó á lo menos de pasar un poco el tiempo oyéndole sus disparates.

Es, pues, el caso, que en toda la venta no habia ventana que saliese al campo, sino un agujero de un pajar por donde echaban la paja por defuera. A este agujero se pusieron las dos semidoncellas, y vieron que Don Quijote estaba á caballo recostado sobre su lanzon dando de cuando en cuando tan dolientes y profundos suspiros, que parecia que con cada uno se le arrancaba el alma; y asimismo oyeron que decia con voz blanda, regalada y amorosa: oh mi señora Dulcinea del Toboso, estremo de toda hermosura, fin y remate de la discrecion, archivo del mejor donaire, depósito de la honestidad, y últimamente idea de todo lo provechoso, honesto y deleitable que hay en el mundo, ¿y qué fará agora la tu merced? ¿Si tendrás por ventura las mientes en tu cautivo caballero, que á tantos peligros por solo servirte de su voluntad ha querido ponerse? Dame tú nuevas della, oh luminaria de las tres caras (1), quizá con envidia de la suya la estás ahora mirando que, ó paseándose por alguna galería de sus suntuosos palacios, ó ya puesta de pechos sobre algun balcon, está considerando cómo, salva su honestidad y grandeza, ha de amansar la tormenta que por ella este mi cuitado corazon padece, qué gloria ha de dar á mis penas, qué sosiego á mi cuidado, y finalmente qué vida á mi muerte, y qué premio á mis servicios. Y tú, sol, que ya debes de estar apriesa ensillando tus caballos por madrugar y salir á ver á mi señora, asi como la veas, suplícote que de mi parte la saludes; pero guárdate que al verla y saludarla no le des paz (2) en el rostro, que tendré mas celos de tí que tú los tuviste de aquella ligera ingrata que tanto te hizo sudar y correr por los llanos de Tesalia, ó por las riberas del Peneo, que no me acuerdo bien por dónde corriste entonces celoso y enamorado (3).

A este punto llegaba entonces Don Quijote en su tan lastimero razonamiento, cuando la hija de la ventera le comenzó á cecear y á decirle: señor mio, lléguese acá la vuestra merced, si es servido. A cuyas señas y voz volvió Don Quijote la cabeza y vió á la luz de la luna, que entonces estaba en toda su claridad, cómo le llamaban del agujero, que á él le pareció ventana, y aun con rejas doradas como conviene que las tengan tan ricos castillos como él se imaginaba que era aquella venta; y luego en el instante se le representó en su loca imaginacion que otra vez como la pasada la doncella fermosa hija de la señora de aquel castillo, vencida de su amor tornaba á solicitarle, y con este pensamiento por no mostrarse descortés y desagradecido volvió las riendas á Rocinante, y se llegó al agujero, y asi como vió á las dos mozas dijo: lástima os tengo, fermosa señora, de que háyades puesto vuestras amorosas mientes en parte donde no es posible correponderos conforme merece vuestro gran valor y gentileza, de lo que no debeis dar culpa á este miserable andante caballero, á quien tiene amor imposibilitado de poder entregar su voluntad á otra que á aquella que en el punto que sus ojos la vieron la hizo señora absoluta de su alma. Perdonadme, buena señora, y recogeos en vuestro aposento, y no querais con significarme mas vuestros deseos que yo me muestre mas desagradecido; y si del amor que me teneis hallais en mí otra cosa con qué satisfaceros que el mismo amor no sea, pedidmela, que yo os juro por aquella ausente enemiga dulce mia de dárosla en continente, si bien me pidiésedes una guedeja de los cabellos de Medusa, que eran todos culebras, ó ya los mismos rayos del sol encerrados en una redoma. No há menester nada deso mi señora, señor caballero, dijo á este punto Maritornes. ¿Pues qué ha menester, discreta dueña, vuestra señora? respondió Don Quijote. Solo una de vuestras hermosas manos, dijo Maritornes, por poder desfogar con ella el gran deseo que á este agujero la ha traido tan á peligro de su honor, que si su señor padre la hubiera sentido, la menor tajada della fuera la oreja. Ya quisiera yo ver eso, respondió Don Quijote; pero él se guardará bien deso, si ya no quiere hacer el mas desastrado fin que padre hizo en el mundo por haber puesto las manos en los delicados miembros de su enamorada hija. Parecióle á Maritornes que sin

(1) La luna ó la diosa Diana. Llámala *luminaria de las tres caras*, con alusion á las tres fases que presenta en los tres cuartos de luna, creciente, llena y menguante.

Terge minamque Hecatem, tria virginis ora Dianæ.
(Virg. Æneid. *lib.* 4, V. 511).

(2) Esto es, no la beses ó no la des ósculo de paz.—Arr.

(3) Esta ingrata fue Dafne, que huia de Apolo, que es el sol, por las riberas del Peneo, el mejor rio de Tesalia, como dice Plinio. *(Hist.* lib. IV, c. VIII).

duda Don Quijote daria la mano que le habia pedido, y proponiendo en su pensamiento lo que habia
de hacer se bajó del agujero y se fué á la caballeriza, donde tomó el cabestro del jumento de Sancho Panza, y con mucha presteza se volvió á su agujero á tiempo que Don Quijote se habia puesto
de pies sobre la silla de Rocinante por alcanzar á la ventana enrejada, donde se imaginaba estar la
ferida doncella, y al darle la mano dijo: tomad, señora, esa mano, ó por mejor decir, ese verdugo
de los malhechores del mundo : tomad esa mano, digo, á quien no ha tocado otra de mujer alguna,
ni aun la de aquella que tiene entera posesion de todo mi cuerpo. No os la doy para que la beseis,
sino para que mireis la contestura de sus nervios, la trabazon de sus músculos, la anchura y espa-
ciosidad de sus venas, de donde sacareis qué tal debe de ser la fuerza del brazo que tal mano tiene.
Ahora lo veremos, dijo Maritornes, y haciendo una lazada corrediza al cabestro se la echó á la muñeca, y bajándose del agujero ató lo que quedaba al cerrojo de la puerta del pajar muy fuertemente.
Don Quijote que sintió la aspereza del cordel en su muñeca dijo: mas parece que vuestra merced me
ralla, que no que me regala la mano: no la trateis tan mal, pues ella no tiene la culpa del mal que mi
voluntad os hace, ni es bien que en tan poca parte vengueis el todo de vuestro enojo: mirad que quien
quiere bien no se venga tan mal. Pero todas estas razones de Don Quijote ya no las escuchaba nadie,

porque asi como Maritornes le ató, ella y la otra se fueron muertas de risa, y le dejaron asido de manera que fue imposible soltarse.

  Estaba, pues, como se ha dicho, de pies sobre Rocinante, metido todo el brazo por el agujero, y
atado de la muñeca y al cerrojo de la puerta, con grandísimo temor y cuidado que si Rocinante se
desviaba á un cabo ó á otro habia de quedar colgado del brazo, y asi no osaba hacer movimiento
alguno, puesto que de la paciencia y quietud de Rocinante bien se podia esperar que estaria sin moverse un siglo entero. En resolucion, viéndose Don Quijote atado, y que ya las damas se habian ido,
se dió á imaginar que todo aquello se hacia por via de encantamento como la vez pasada cuando en
aquel mismo castillo le molió aquel moro encantado del arriero; y maldecia entre sí su poca discrecion y discurso, pues habiendo salido tan mal la vez primera de aquel castillo se habia aventurado á
entrar en él la segunda, siendo advertimiento de caballeros andantes que cuando han probado una
aventura, y no salido bien con ella, es señal que no está para ellos guardada, sino para otros, y asi
no tienen necesidad de probarla segunda vez. Con todo esto tiraba de su brazo por ver si podia soltarse, mas él estaba tan bien asido que todas sus pruebas fueron en vano. Bien es verdad que tiraba
con tiento porque Rocinante no se moviese; y aunque él quisiera sentarse y ponerse en la silla, no
podia sino estar en pie ó arrancarse la mano. Allí fue el desear de la espada de Amadis, contra quien
no tenia fuerza encantamento alguno; allí fue el maldecir de su fortuna; allí fue el exagerar la falta
que haria en el mundo su presencia el tiempo que allí estuviese encantado, que sin duda alguna se
habia creido que lo estaba; allí el acordarse de nuevo de su querida Dulcinea del Toboso; allí fue el
llamar á su buen escudero Sancho Panza, que sepultado en sueño y tendido sobre el albarda de su
jumento no se acordaba en aquel instante de la madre que lo habia parido, allí llamó á los sabios Lir-

gandeo y Alquife (1) que le ayudasen, allí invocó á su buena amiga Urganda, que le socorriese; y finalmente, allí le tomó la mañana, tan desesperado y confuso que bramaba como un toro, porque no esperaba él que con el dia se remediaria su cuita, porque la tenia por eterna teniéndose por encantado: y hacíale creer esto ver que Rocinante poco ni mucho se movia, y creia que de aquella suerte sin comer, ni beber, ni dormir, habian de estar él y su caballo hasta que aquel mal influjo de las estrellas se pasase, ó hasta que otro mas sabio encantador le desencantase.

Pero engañóse mucho en su creencia, porque apenas comenzó á amanecer cuando llegaron á la venta cuatro hombres de á caballo, muy bien puestos y aderezados, con sus escopetas sobre los arzones. Llamaron á la puerta de la venta, que aun estaba cerrada, con grandes golpes; lo cual visto por Don Quijote desde donde aun no dejaba de hacer la centinela, con voz arrogante y alta dijo: caballeros ó escuderos, ó quien quiera que seais, no teneis para qué llamar á las puertas deste castillo, que asaz de claro está que á tales horas, ó los que están dentro duermen ó no tienen por costumbre de abrirse las fortalezas hasta que el sol esté tendido por todo el suelo: desviaos afuera, y esperad que aclare el dia, y entonces veremos si será justo ó no que os abran. ¿Qué diablos de fortaleza ó castillo es éste, dijo uno, para obligarnos á guardar esas ceremonias? Si sois el ventero, mandad que nos abran, que somos caminantes, que no queremos mas de dar cebada á nuestras cabalgaduras, y pasar adelante, porque vamos de priesa. ¿Paréceos, caballeros, que tengo yo talle de ventero? respondió Don Quijote. No sé de qué teneis talle, respondió el otro; pero sé que decis disparates en llamar castillo á esta venta. Castillo es, replicó Don Quijote, y aun de los mejores de toda esta provincia, y gente tiene dentro que ha tenido cetro en la mano y corona en la cabeza. Mejor fuera al revés, dijo el caminante, el cetro en la cabeza y la corona en la mano: y será, si á mano viene, que debe de estar dentro alguna compañía de representantes, de los cuales es tener á menudo esas coronas y cetros que decis, porque en una venta tan pequeña, y adonde se guarda tanto silencio como ésta, no creo yo que se alojen personas dignas de corona y cetro. Sabeis poco del mundo, replicó Don Quijote, pues ignorais los casos que suelen acontecer en la caballería andante. Cansábanse los compañeros, que con el preguntante venian, del coloquio que con Don Quijote pasaba, y así tornaron á llamar con grande furia, y fue de modo que el ventero despertó y aun todos cuantos en la venta estaban, y así se levantó á preguntar quién llamaba.

Sucedió en este tiempo que una de las cabalgaduras en que venian los cuatro que llamaban se llegó á oler á Rocinante, que melancólico y triste, con las orejas caidas, sostenia sin moverse á su estirado señor, y como en fin era de carne, aunque parecia de leño, no pudo dejar de resentirse, y tornar á oler á quien le llegaba á hacer caricias; y así no se hubo movido tanto cuanto, cuando se desviaron los juntos pies de Don Quijote, y resbalando de la silla dieran con él en el suelo á no quedar colgado del brazo: cosa que le causó tanto dolor que creyó, ó que la muñeca le cortaban, ó que el brazo se le arrancaba, porque él quedó tan cerca del suelo, que con los estremos de las puntas de los pies besaba la tierra, que era en su perjuicio, porque como sentia lo poco que le faltaba para poner las plantas en la tierra, fatigábase y estirábase cuanto podia para alcanzar al suelo: bien así como los que están en el tormento de la garrucha puestos á toca no toca, que ellos mismos son causa de acrecentar su dolor con el ahinco que ponen en estirarse, engañados de la esperanza que se les representa que con poco mas que se estiren llegarán al suelo.

(1) Dos sabios encantadores, que figuran en la novela del *Caballero del Febo.*—Arr.

CAPITULO XLIV.

Donde se prosiguen los inauditos sucesos de la venta.

En efecto, fueron tantas las voces que Don Quijote dió, que abriendo de presto las puertas de la venta, salió el ventero despavorido á ver quién tales gritos daba, y los que estaban fuera hicieron lo mismo. Maritornes, que ya habia despertado á las mismas voces, imaginando lo que podia ser, se fué al pajar y desató sin que nadie lo viese el cabestro que á Don Quijote sostenia, y el dió luego en el suelo á vista del ventero y de los caminantes, que llegándose á él le preguntaron qué tenia, que tales voces daba. El sin responder palabra se quitó el cordel de la muñeca, y levantándose en pie subió sobre Rocinante, embrazó su adarga, enristró su lanza, y tomando buena parte del campo volvió á medio galope diciendo: cualquiera que dijere que yo he sido con justo título encantado, como mi señora la princesa Micomicona, me dé licencia para ello, yo le desmiento, le reto y desafío á singular batalla. Admirados se quedaron los nuevos caminantes de las palabras de Don Quijote; pero el ventero les quitó de aquella admiracion diciéndoles quién era Don Quijote, y que no habia que hacer caso dél, porque estaba fuera de juicio. Preguntáronle al ventero si acaso habia llegado á aquella venta un muchacho de hasta edad de quince años, que venia vestido como mozo de mulas, de tales y tales señas, dando las mismas que traia el amante de doña Clara. El ventero respondió, que habia tanta gente en la venta, que no habia echado de ver en el que preguntaban; pero habiendo visto uno dellos el coche donde habia venido el oidor, dijo: aquí debe de estar sin duda, porque éste es el coche que él dicen que sigue: quédese uno de nosotros á la puerta, y entren los demás á buscarle; y aun seria bien que uno de nosotros rodease toda la venta porque no se fuese por las bardas de los corrales. Asi se hará, respondió uno dellos, y entrándose los dos dentro, uno se quedó á la puerta y el otro se fué á rodear la venta: todo lo cual veia el ventero, y no sabia atinar para qué se hacian aquellas diligencias, puesto que bien creyó que buscaban aquel mozo cuyas señas le habian dado.

Ya á esta sazon aclaraba el dia, y asi por esto como por el ruido que Don Quijote habia hecho, estaban todos despiertos y se levantaban, especialmente doña Clara y Dorotea, que la una con el sobresalto de tener tan cerca á su amante, y la otra con el deseo de verle, habian podido dormir bien mal aquella noche. Don Quijote, que vió que ninguno de los cuatros caminantes hacia caso de él, ni le respondian á su demanda, moria y rabiaba de despecho y saña; y si él hallara en las ordenanzas de su caballería que lícitamente podia el caballero andante tomar y emprender otra empresa, habiendo dado su palabra y fe de no ponerse en ninguna hasta acabar la que habia prometido, él embistiera con todos, y les hiciera responder mal de su grado; pero por parecerle no convenirle ni estarle bien comenzar nueva empresa hasta poner á Micomicona en su reino, hubo de callar y estarse quedo esperando á ver en qué paraban las diligencias de aquellos caminantes: uno de los cuales halló al mancebo que buscaba durmiendo al lado de un mozo de mulas, bien descuidado de que nadie le buscase, ni menos de que le hallase. El hombre le trabó del brazo y le dijo: por cierto, señor don Luis, que responde bien á quien vos sois el hábito que teneis, y que dice bien la cama en que os hallo al regalo con que vuestra madre os crió. Limpióse el mozo los soñolientos ojos, y miró despacio al que le tenia asido, y luego conoció que era criado de su padre, de que recibió tal sobresalto que no acertó ó no pudo hablarle palabra por un buen espacio, y el criado prosiguió diciendo: aquí no hay que hacer otra cosa, señor don Luis, sino prestar paciencia, y dar la vuelta á casa, si ya vuestra merced no gusta que su padre y mi señor la dé al otro mundo, porque no se puede esperar otra cosa de la pena con que queda por vuestra ausencia. ¿Pues cómo supo mi padre, dijo don Luis, que yo venia este camino y en este trage? Un estudiante, respondió el criado, á quien distes cuenta de vuestros pensamientos, fue el que lo descubrió movido á lástima de las que vió que hacia vuestro padre al punto que os echó menos, y asi despachó á cuatro de sus criados en vuestra busca, y todos estamos aquí á vuestro servicio, mas contentos de lo que imaginar se puede por el buen despacho con que tornaremos llevándoos á los ojos que tanto os quieren. Eso será como yo quisiere, ó como el cielo ordenare, respondió don Luis. ¿Qué habeis de querer, ó qué ha de ordenar el cielo fuera de consentir en volveros? porque no ha de ser posible otra cosa.

Todas estas razones que entre los dos pasaban oyó el mozo de mulas junto á quien don Luis estaba, y levantándose de allí fué á decir lo que pasaba á don Fernando y á Cardenio, y á los demás que ya vestido se habian, á los cuales dijo cómo aquel hombre llamaba de *don* á aquel muchacho, y las razones que pasaban, y cómo le queria volver á casa de su padre, y el mozo no queria; y con esto y con lo que dél sabian de la buena voz que el cielo le habia dado, vinieron todos en gran deseo de saber mas particularmente quién era, y aun de ayudarle si alguna fuerza le quisiesen hacer, y asi se fueron hácia la parte donde aun estaba hablando y porfiando con su criado. Salió en esto Dorotea de su aposento, y tras ella doña Clara toda turbada, y llamando Dorotea á Cardenio aparte, le contó en breves razones la historia del músico y de doña Clara, á quien él tambien dijo lo que pasaba de la venida á buscarle los criados de su padre, y no se lo dijo tan callando que lo dejase de oir doña Clara, de lo que quedó tan fuera de sí, que si Dorotea no llegara á tenerla diera consigo en el suelo. Cardenio dijo á Dorotea que se volviese al aposento, que él procuraría poner remedio en todo, y ellas lo hicieron. Ya estaban todos los cuatro que venian á buscar á don Luis dentro de la venta y rodeados á él, persuadiéndole que luego sin detenerse un punto volviese á consolar á su padre. El respondió que en ninguna manera lo podia hacer hasta dar fin á un negocio en que le iba la vida, la honra y el alma. Apretáronle entonces los criados diciéndole que en ningun modo volverian sin él, y que le llevarian, quisiese ó no quisiese. Esto no hareis vosotros, replicó don Luis, sino es llevándome muerto, aunque de cualquiera manera que me lleveis será llevarme sin vida. Ya á esta sazon habian acudido á la porfía todos los mas que en la venta estaban, especialmente Cardenio, don Fernando, sus camaradas, el oidor, el cura, el barbero y Don Quijote, que ya le pareció que no habia necesidad de guardar mas el castillo. Cardenio, como ya sabia la historia del mozo, preguntó á los que llevarle querian, que qué les movia á querer llevar contra su voluntad aquel muchado. Muévenos, respondió uno de los cuatro, dar la vida á su padre, que por la ausencia deste caballero queda á peligro de perderla. A esto dijo don Luis: no hay para qué se dé cuenta aquí de mis cosas, yo soy libre, y volveré si me diere gusto, y si no, ninguno de vosotros me ha de hacer fuerza. Harásela á vuestra merced la razon, respondió el hombre; y cuando ella no bastare con vuestra merced, bastará con nosotros para hacer á lo que venimos y lo que somos obligados. Sepamos qué es esto de raiz, dijo á este tiempo el oidor; pero el hombre, que le conoció como vecino de su casa, respondió: ¿no conoce vuestra merced, señor oidor, á este caballero, que es el hijo de su vecino, el cual se ha ausentado de casa de su padre en el hábito tan indecente á su calidad, como vuestra merced puede ver? Miróle entonces el oidor mas atentamente, y conocióle, y abrazándole dijo: ¿qué niñerías son estas, señor don Luis, ó qué causas hay tan poderosas, que os hayan movido á venir de esta manera, y en este trage que dice tan mal con la calidad vuestra? Al mozo se le vinieron las lágrimas á los ojos, y no pudo responder palabra al oidor, el cual dijo á los cuatro que se sosegasen, que todo se haria bien, y tomando por la mano á don Luis le apartó á una parte, y le preguntó qué venida habia sido aquella.

Y en tanto que le hacia estas y otras preguntas oyeron grandes voces á la puerta de la venta, y era la causa dellas que dos huéspedes que aquella noche habian alojado en ella, viendo á toda la gente ocupada en saber lo que los cuatro buscaban, habian intentado irse sin pagar lo que debian; mas el ventero, que atendia mas á su negocio que á los agenos, les asió al salir de la puerta, y pidió su paga, y les afeó su mala intencion con tales palabras, que les movió á que le respondiesen con los puños; y asi le comenzaron á dar tal mano, que el pobre ventero tuvo necesidad de dar voces y pedir socorro. La ventera y su hija no vieron á otro mas desocupado para poder socorrerle que á Don Quijote, á quien la hija de la ventera dijo: socorra vuestra merced, señor caballero, por la virtud que Dios le dió, á mi pobre padre, que dos malos hombres le están moliendo como á cibera. A lo cual respondió Don Quijote muy de espacio y con mucha flema: fermosa doncella, no há lugar por ahora á vuestra peticion, porque estoy impedido de entremeterme en otra aventura en tanto que no diere cima á una en que mi palabra me ha puesto; mas lo que yo podré hacer por serviros es lo que ahora diré: corred y decid á vuestro padre que se entretenga en esa batalla lo mejor que pudiere, y que no se deje vencer en ningun modo, en tanto que yo pido licencia á la princesa Micomicona para poder socorrerle en su cuita, que si ella me la da, tened por cierto que yo le sacare della. ¡Pecadora de mí! dijo á esto Maritornes que estaba delante: primero que vuestra merced alcance esa licencia que dice, estará ya mi señor en el otro mundo. Dadme vos, señora, que yo alcance la licencia que digo respondió Don Quijote, que como yo la tenga, poco hará al caso que él esté en el otro mundo, que de allí le sacaré á pesar del mismo mundo que lo contradiga, ó por lo menos os daré tal venganza de los que allá le hubieren enviado, que quedeis mas que medianamente satisfechas: y sin decir mas se fué á poner de hinojos ante Dorotea pidiéndole con palabras caballerescas y andantes que la su grandeza fuese servida de darle licencia de acorrer y socorrer al castellano de aquel castillo, que estaba puesto en una grave mengua. La princesa se la dió de buen talante, y él luego embrazando su adarga y poniendo mano á su espada acudió á la puerta de la venta, adonde aun todavía traian los dos huéspedes á maltraer al ventero; pero así como llegó embazó y se estuvo quedo, aunque Maritornes y la ventera le decian que en qué se detenia, que socorriese á su señor y marido. Deténgome, dijo Don Quijote, porque no me es lícito poner mano á la espada contra gente escuderil; pero llamadme aquí á mi escudero Sancho, que á él toca y atañe esta defensa y venganza. Esto pasaba en la puerta de la venta, y en ella andaban las puñadas y mogicones muy en su punto, todo en daño del ventero y en rabia de Maritornes; la ventera y su hija, que se desesperaban de ver la cobardía de Don Quijote, y lo mal que lo pasaba su marido, señor y padre.

Pero dejémosle aquí, que no faltará quién le socorra, ó si no sufra y calle el que se atreve á mas de á lo que sus fuerzas le permiten, y volvámonos atrás cincuenta pasos á ver qué fue lo que don Luis respondió al oidor, que le dejamos aparte preguntándole la causa de su venida á pie y de tan vil trage vestido: á lo cual el mozo, asiéndole fuertemente de las manos, como en señal de que algun gran dolor le apretaba el corazon, y derramando lágrimas en grande abundancia, le dijo: señor mio, yo no sé deciros otra cosa sino que desde el punto que quiso el cielo y facilitó nuestra vecindad que yo viese á mi señora doña Clara, hija vuestra y señora mia, desde aquel instante la hice dueño de mi voluntad; y si la vuestra, verdadero señor y padre mio, no lo impide, en este mismo dia ha de ser mi esposa. Por ella dejé la casa de mi padre, y por ella me puse en este trage, para seguirla donde quiera que fuese, como la saeta al blanco, ó como el marinero al Norte. Ella no sabe de mis deseos mas de lo que ha podido entender de algunas veces que desde lejos ha visto llorar mis ojos. Ya, señor, sabeis la riqueza y la nobleza de mis padres, y cómo yo soy su único heredero: si os parece que estas son partes para que os aventureis á hacerme en todo venturoso, recibidme luego por vuestro hijo; que si mi padre, llevado de otros designios suyos, no gustare deste bien que yo supe buscarme, mas fuerza tiene el tiempo para deshacer y mudar las cosas que las humanas voluntades. Calló en diciendo esto el enamorado mancebo, y el oidor quedó en oirle suspenso, confuso y admirado, asi de haber oido el modo y la discrecion con que don Luis le habia descubierto su pensa-

miento, como de verse en punto que no sabia el que poder tomar en tan repentino y no esperado negocio; y asi no respondió otra cosa sino que se sosegase por entonces y entretuviese á sus criados que por aquel dia no le volviesen, porque se tuviese tiempo para considerar lo que mejor á todos estuviese. Besóle las manos por fuerza don Luis, y aun se las bañó con lágrimas, cosa que pudiera enternecer un corazon de mármol, no solo el del oidor, que como discreto ya habia conocido cuán bien le estaba á su hija aquel matrimonio; puesto que si fuera posible lo quisiera efectuar con voluntad del padre de don Luis, del cual sabia que pretendia hacer de título á su hijo.

Ya á esta sazon estaban en paz los huéspedes con el ventero, pues por persuasion y buenas razones de Don Quijote, mas que por amenazas, le habian pagado todo lo que él quiso, y los criados de don Luis aguardaban el fin de la plática del oidor y la resolucion de su amo, cuando el demonio, que no duerme, ordenó que en aquel mismo punto entrase en la venta el barbero á quien Don Quijote quitó el yelmo de Mambrino, y Sancho Panza los aparejos del asno, que trocó con los del suyo; el cual barbero llevando su jumento á la caballeriza vió á Sancho Panza que estaba aderezando no sé qué de la albarda, y asi como la vió la conoció, y se atrevió á arremeter á Sancho diciendo: ah don ladron, que aquí os tengo, venga mi bacía y mi albarda con todos mis aparejos que me robastes. Sancho, que se vió acometer tan de improviso, y oyó los vituperios que le decian, con la una mano asió de la albarda y con la otra dió un mogicon al barbero, que le bañó los dientes en sangre; pero no por esto dejó el barbero la presa que tenia hecha en el albarda, antes alzó la voz de tal manera que todos los de la venta acudieron al ruido y pendencia, y decia: aquí del rey y de la justicia, que sobre cobrar mi hacienda me quiere matar este ladron salteador de caminos. Mentís, respondió Sancho, que yo no soy salteador de caminos, que en buena guerra ganó mi señor Don Quijote estos despojos. Ya estaba Don Quijote delante con mucho contento de ver cuán bien se defendia y ofendia su escudero, y túvole desde allí adelante por hombre de pró, y propuso en su corazon de armarle caballero en la primera ocasion que se le ofreciese, por parecerle que seria en él bien empleada la órden de caballería.

Entre otras cosas que el barbero decia en el discurso de la pendencia vino á decir: señores, asi esta albarda es mia como la muerte que debo á Dios, y asi la conozco como si la hubiera parido, y ahí está mi asno en el establo que no me dejará mentir; si no pruébensela, y si no le viniere pintiparada, yo quedaré por infame; y hay mas, que el mismo dia que ella se me quitó me quitaron tambien una bacía de azófar nueva, que no se habia estrenado, que era señora de un escudo. Aquí no se pudo contener Don Quijote sin responder, y poniéndose entre los dos y apartándoles, depositando la albarda en el suelo, que la tuviese de manifiesto hasta que la verdad se aclarase, dijo: porque vean vuestras mercedes clara y manifiestamente el error en que está este buen escudero, pues llama bacía á lo que fue, es y será el yelmo de Mambrino, el cual se le quité yo en buena guerra, y me hice señor dél con legítima y lícita posesion; (en lo del albarda no me entremeto, que lo que en ello sabré decir es que mi escudero Sancho me pidió licencia para quitar los jaeces del caballo deste vencido cobarde, y con adornar el suyo; yo se la dí, y él los tomó, y de haberse convertido de jaez en albarda no sabré dar otra razon sino es la ordinaria, que como esas trasformaciones se ven en los sucesos de la caballería); para confirmacion de lo cual corre, Sancho hijo, y saca aquí el yelmo que este buen hombre dice ser bacía. Par diez, señor, dijo Sancho, si no tenemos otra prueba de nuestra intencion que la que vuestra merced dice, tan bacía es el yelmo de Mambrino como el jaez de este buen hombre albarda. Haz lo que te mando, replicó Don Quijote, que no todas las cosas deste castillo han de ser guiadas por encantamento. Sancho fué á do estaba la bacía y la trujo, y asi como Don Quijote la vió la tomó en las manos y dijo: miren vuestras mercedes con qué cara podrá decir este escudero, que esta es bacía, y no el yelmo que yo he dicho; y juro por la órden de caballería que profeso, que este yelmo

ue el mismo que yo le quité, sin haber añadido en él ni quitado cosa alguna. En eso no hay duda, dijo á esta sazon Sancho, porque desde que mi señor le ganó hasta ahora no ha hecho con él mas de una batalla, cuando libró á los sin ventura encadenados; y si no fuera por este baciyelmo, no lo pasara entonces muy bien, porque hubo asaz de pedradas en aquel trance.

CAPITULO XLV.

Donde se acaba de averiguar la duda del yelmo de Mambrino y de la albarda, y otras aventuras sucedidas con toda verdad.

Qué les parece á vuestras mercedes, señores, dijo el barbero, de lo que afirman estos gentiles hombres, pues aun porfian que esta no es bacía sino yelmo? Y quien lo contrario dijere, dijo Don Quijote, le haré yo conocer que miente si fuere caballero, y si escudero que remiente mil veces. Nuestro barbero, que á todo estaba presente, como tenia tan bien conocido el humor de Don Quijote, quiso esforzar su desatino, y llevar adelante la burla para que todos riesen; y dijo hablando con el otro barbero: señor barbero, ó quien sois, sabed que yo tambien soy de vuestro oficio, y tengo mas há de veinte años carta de exámen, y conozco muy bien de todos los instrumentos de la barbería sin que le falte uno, y ni mas ni menos fui un tiempo en mi mocedad soldado, y sé tambien qué es yelmo, y qué es morrion y celada de encaje, y otras cosas tocantes á la milicia, digo á los géneros de armas de los soldados, y digo salvo mejor parecer, remitiéndome siempre al mejor entendimiento, que esta pieza que está aquí delante, y que este buen señor tiene en las manos, no solo no es bacía de barbero, pero está tan lejos de serlo como está lejos lo blanco de lo negro, y la verdad de la mentira: tambien digo, que éste, aunque es yelmo, no es yelmo entero. No por cierto, dijo Don Quijote, porque le falta la mitad, que es la babera (1). Asi es, dijo el cura, que yo habia entendido la intencion de su amigo el barbero, y lo mismo confirmaron Cardenio, don Fernando y sus camaradas; y aun el oidor, si no estuviera tan pensativo con el negocio de don Luis, ayudara por su parte á la burla; pero las veras de lo que pensaba le tenian tan suspenso, que poco ó nada atendia á aquellos donaires.

¡Válame Dios! dijo á esta sazon el barbero burlado, que es posible que tanta gente honrada diga que ésta no es bacía sino yelmo; cosa parece esta que puede poner en admiracion á toda una universidad por discreta que sea. Basta: si es que esta bacía es yelmo, tambien debe de ser esta albarda jaez de caballo, como este señor ha dicho. A mi albarda me parece, dijo Don Quijote, pero ya he dicho que en eso no me entremeto. De que sea albarda ó jaez, dijo el cura, no está en mas de decirlo el señor Don Quijote, que en estas cosas de la caballería todos estos señores y yo le damos la ventaja. Por Dios, señores mios, dijo Don Quijote, que son tantas y tan estrañas las cosas que en este castillo, en dos veces que en él he alojado, me han sucedido, que no me atreva á decir afirmativamente ninguna cosa de lo que acerca de lo que en él se contiene se preguntare, porque imagino que cuanto en él se trata va por via de encantamento. La primera vez me fatigó mucho un moro encantado que en él hay, y á Sancho no le fue muy bien con otros sus secuaces, y anoche estuve colgado deste brazo casi dos horas, sin saber cómo ni cómo no, vine á caer en aquella desgracia. Asi que ponerme yo ahora en cosa de tanta confusion á dar mi parecer, será caer en juicio temerario. En lo que toca á lo que dicen que esta es bacía y no yelmo, ya yo tengo respondido; pero en lo de declarar si esa es albarda ó jaez, no me atrevo á dar sentencia definitiva, solo lo dejo al buen parecer de vuestras mercedes; quizá por no ser armados caballeros como yo lo soy, no tendrán que ver con vuestras mercedes los encantamentos de este lugar, y tendrán los entendimientos libres, y podrán juzgar de las cosas deste castillo como ellas son real y verdaderamente, y no como á mí me parecian. No hay duda, respondió á esto don Fernando, sino que el señor Don Quijote ha dicho muy bien hoy, que á nosotros toca la definicion deste caso; y porque vaya con mas fundamento, yo tomaré en secreto los votos destos señores, y de lo que resultare daré entera y clara noticia.

Para aquellos que la tenian del humor de Don Quijote era todo esto materia de grandísima risa; pero para los que la ignoraban les parecia el mayor disparate del mundo, especialmente á los cuatro criados de don Luis, y á don Luis ni mas ni menos y á otros tres pasajeros que acaso habian llegado á la venta, que tenian parecer de ser cuadrilleros, como en efecto lo eran; pero el que mas se desesperaba era el barbero, cuya bacía allí delante de sus ojos se le habia vuelto yelmo de Mambrino, y cuya albarda pensaba sin duda alguna que se le habia de volver en jaez rico de caballo; y los unos y los otros se reian de ver cómo andaba don Fernando tomando los votos de unos en otros, hablándolos al oido para que en secreto declarasen si era albarda ó jaez aquella joya sobre quien tanto se habia peleado; y despues que hubo tomado los votos de aquellos que á Don Quijote conocian, dijo en alta voz: el caso es, buen hombre, que ya yo estoy cansado de tomar tantos pareceres, porque veo que á ninguno pregunto lo que deseo saber, que no me diga que es disparate el decir que ésta sea albarda de jumento, sino jaez de caballo: y aun de caballo castizo y asi habreis de tener paciencia, porque á vuestro pesar y al de vuestro asno éste es jaez y no albarda, y vos habeis alegado y probado muy mal de vuestra parte. No la tenga yo en el cielo, dijo el pobre barbero, si todas vuestras mercedes no se engañan, y que asi parezca mi ánima ante Dios como ella me parece á mí albarda, y no jaez; pero allá van leyes... y no digo mas: y en verdad que no estoy borracho, que no me he desayunado, si de pecar no.

No menos causaban risa las necedades que decia el barbero, que los disparates de Don Quijote, el cual á esta sazon dijo: aquí no hay mas que hacer sino que cada uno tome lo que es suyo, y á quien Dios se la dió San Pedro se la bendiga. Uno de los cuatro criados dijo: si ya no es que esto sea burla pensada, no me puedo persuadir que hombres de tan buen entendimiento como son ó parecen todos los que aquí están, se atrevan á decir y afirmar que ésta no es bacía, ni aquella albarda; mas como veo que lo afirman y lo dicen, me doy á entender que no carece de misterio el porfiar una cosa tan contraria de lo que nos muestra la misma verdad y la misma esperiencia; porque voto á tal (y arrojóle redondo) que no me den á mí á entender cuantos hoy viven en el mundo, al revés de que ésta no sea bacía de barbero, y ésta albarda de asno. Bien podria ser de borrica, dijo el cura. Tanto monta, dijo el criado, que el caso no consiste en eso, sino en si es ó no es albarda, como vuestras mercedes dicen. Oyendo esto uno de los cuadrilleros que habian entrado, que habia oido la pendencia y cuestion, lleno de cólera y enfado dijo: tan albarda es como mi padre, y el que otra cosa ha dicho ó dijere debe de estar hecho uva. Mentís como bellaco villano, respondió Don Quijote, y alzando el lanzon, que nunca le dejaba de las manos, le iba á descargar tal golpe sobre la cabeza, que á no

---

(1) La *babera* es la armadura del rostro, de la nariz abajo, que cubre la boca, barba y quijadas.—Arr.

desviarse el cuadríllero le dejara allí tendido : el lanzon se hizo pedazos en el suelo , y los demás cuadrilleros , que vieron tratar mal á su compañero, alzaron la voz pidiendo favor á la santa hermandad.
El ventero , que era de la cuadrilla , entró al punto por su varilla (1) y por su espada , y se puso al
lado de sus compañeros : los criados de don Luis rodearon á don Luis porque con el alboroto no se
les fuese : el barbero viendo la casa revuelta tornó á asir de su albarda, y lo mismo hizo Sancho : Don
Quijote puso mano á su espada y arremetió á los cuadrilleros : don Luis daba voces á sus criados que
le dejasen á él , y acorriesen á Don Quijote y á Cardenio y á don Fernando , que todos favorecían á
Don Quijote : el cura daba voces , la ventera gritaba , su hija se afligia , Maritornes lloraba , Dorotea
estaba confusa , Luscinda suspensa , y doña Clara desmayada. El barbero aporreaba á Sancho : Sancho
molia al barbero : don Luis , á quien un criado suyo se atrevió á asirle del brazo porque no se fuese,
le dió una puñada que le bañó los dientes en sangre : el oidor le defendia : don Fernando tenia debajo
de sus pies á un cuadrillero midiéndole el cuerpo con ellos muy á su sabor : el ventero tornó á reforzar
la voz pidiendo favor á la santa hermandad : de modo que toda la venta era llantos , voces , gritos,
confusiones, temores, sobresaltos, desgracias, cuchilladas, mojicones, palos, coces y efusion de sangre ; y en la mitad deste caos , máquina y laberinto de cosas , se le representó en la memoria á Don
Quijote que se veia metido de hoz y de coz en la discordia del campo de Agramante (2) , y asi dijo con
voz que atronaba la venta : ténganse todos , todos envainen , todos se sosieguen , óiganme todos , si
todos quieren quedar con vida. A cuya gran voz todos se pararon , y él prosiguió diciendo : ¿ no os
dije , yo señores , que este castillo era encantado , y que alguna legion de demonios debe de habitar en
él ? En confirmacion de lo cual quiero que veais por vuestros ojos cómo se ha pasado aquí y trasladado
entre nosotros la discordia del campo de Agramante. Mirad cómo allí se pelea por la espada , aquí
por el caballo , acullá por el águila , acá por el yelmo , y todos peleamos , y todos no nos entendemos:
venga pues vuestra merced , señor oidor , y vuestra merced , señor cura , y el uno sirva de rey
Agramante , y el otro de rey Sobrino , y pónganos en paz ; porque por Dios todopoderoso , que es
gran bellaquería que tanta gente principal como aquí estamos se mate por causas tan livianas. Los
cuadrilleros , que no entendian el frasis de Don Quijote , y se veian malparados de don Fernando,
Cardenio y sus camaradas , no querian sosegarse : el barbero sí , porque en la pendencia tenia deshechas las barbas y el albarda : Sancho á la mas mínima voz de su amo obedeció como buen criado:
los cuatro criados de don Luis tambien se estuvieron quedos viendo cuán poco les iba en no estarlo;
solo el ventero porfiaba que se habian de castigar las insolencias de aquel loco , que á cada paso le
alborotaba la venta : finalmente , el rumor se apaciguó por entonces , la albarda se quedó por jaez
hasta el dia del juicio , y la bacía por yelmo , y la venta por castillo en la imaginacion de Don
Quijote.

Puestos pues ya en sosiego y hechos amigos todos á persuasion del oidor y del cura , volvieron los
criados de don Luis á porfiarle que al momento se viniese con ellos ; y en tanto que él con ellos se
avenia , el oidor comunicó con don Fernando , Cardenio y el cura qué debia hacer en aquel caso , con-
tándoselo con las razones que don Luis le habia dicho. En fin fue acordado que don Fernando dijese á
los criados de don Luis quién él era , y como era su gusto que don Luis se fuese con él al Andalucía,
donde de su hermano el marqués seria estimado como el valor de don Luis merecia , porque desta
manera se sabia de la intencion de don Luis que no volveria por aquella vez á los ojos de su padre si
le hiciesen pedazos. Entendida , pues , de los cuatro la calidad de don Fernando y la intencion de don
Luis , determinaron entre ellos que los tres se volviesen á contar lo que pasaba á su padre , y el otro
se quedase á servir á don Luis , y á no dejalle hasta que ellos volviesen por él , ó viese lo que su
padre les ordenaba. Desta manera se apaciguó aquella máquina de pendencias por la autoridad de
Agramante y prudencia del rey Sobrino ; pero viéndose el enemigo de la concordia y el émulo de la
paz menospreciado y burlado , y el poco fruto que habia granjeado de haberlos puesto á todos en
tan confuso laberinto , acordó de probar otra vez la mano resucitando nuevas pendencias y desasosiegos.

Es , pues , el caso que los cuadrilleros se sosegaron por haber entreoido la calidad de los que con
ellos se habian combatido , y se retiraron de la pendencia por parecerles que de cualquiera manera
que sucediese habian de llevar lo peor de la batalla ; pero uno dellos , que fue el que fue molido y
pateado por don Fernando , le vino á la memoria que entre algunos mandamientos que traia para
prender algunos delincuentes , traia uno contra Don Quijote , á quien la santa hermandad habia mandado prender por la libertad que dió á los galeotes , como Sancho con mucha razon habia temido.
Imaginado , pues , esto quiso certificarse si las señas que Don Quijote traia venian bien , y sacando
del seno un pergamino topó con el que buscaba , y poniéndosele á leer de espacio , porque no era
buen lector , á cada palabra que leia ponia los ojos en Don Quijote , y iba cotejando las señas del
mandamiento con el rostro de Don Quijote , y halló que sin duda alguna era el que el mandamiento
rezaba ; y apenas se hubo certificado , cuando recogiendo su pergamino , en la izquierda tomó el mandamiento , y con la derecha asió á Don Quijote del cuello fuertemente , que no le dejaba alentar , y á

---

(1) La *varilla* era el distintivo ó señal de ser alguacil de la Santa Hermandad ; asi como la usan en el dia en España los
demás alguaciles ó ministriles de justicia.—Arr.

(2) La que pinta Ariosto en su *Orlando furioso*. Cap. XXVII y siguiente.—Arr.

grandes voces decia: favor á la santa hermandad; y para que se vea que lo pido de veras, léase este mandamiento, donde se contiene que se prenda á este salteador de caminos. Tomó el mandamiento el cura, y vió cómo era verdad cuanto el cuadrillero decia, y cómo convenia con las señas de Don Quijote, el cual viéndose tratar mal de aquel villano malandrin, puesta la cólera en su punto, y crugiéndole los huesos de su cuerpo, como mejor pudo asió al cuadrillero con entrambas manos de la garganta, que á no ser socorrido de sus compañeros allí dejara la vida antes que Don Quijote la presa. El ventero, que por fuerza habia de favorecer á los de su oficio, acudió luego á dalle favor. La ven-

tera, que vió de nuevo á su marido en pendencias, de nuevo alzó la voz, cuyo tenor le llevaron luego Maritornes y su hija pidiendo favor al cielo y á los que allí estaban. Sancho dijo viendo lo que pasaba: vive el señor, que es verdad cuanto mi amo dice de los encantos deste castillo, pues no es posible vivir una hora con quietud en él. Don Fernando despartió al cuadrillero y á Don Quijote, y con gusto de entrambos les desenclavijó las manos, que el uno en el collar del sayo del uno, y el otro en la garganta del otro bien asidas tenian; pero no por esto cesaban los cuadrilleros de pedir su preso, y que les ayudasen á dárselo atado y entregado á toda su voluntad, porque asi convenia al servicio del rey y de la santa hermandad, de cuya parte de nuevo les pedian socorro y favor para

hacer aquella prision de aquel robador y salteador de sendas y de carreteras. Reíase de oir decir estas razones Don Quijote, y con mucho sosiego dijo: venid acá, gente soez y mal nacida, ¿salteador de caminos llamais al dar libertad á los encadenados, soltar los presos, acorrer á los miserables, alzar los caidos, remediar los menesterosos? ¡Ah gente infame, digna por vuestro bajo y vil entendimiento que el cielo no os comunique el valor que se encierra en la caballería andante, ni os dé á entender el pecado é ignorancia en que estais en no reverenciar la sombra, cuanto mas la asistencia de cualquier caballero andante! Venid acá, ladrones en cuadrilla (1), que no cuadrilleros, salteadores de caminos

(1) De la misma opinion era el célebre Mateo Aleman, el segundo Cervantes de España, quien en su *Guzman de Alfara-che*, t. 1, lib. 1, cap. VII, los llama *gente nefanda y desalmada; y muchos* (añade) *por muy poco juran contra ti lo que no hiciste, ni ellos vieron.* «Dios me libre, decia Espinel (R. 1. Des. 8), *de bellacos en cuadrilla.»*—Arr.

con licencia de la santa hermandad, decidme: ¿Quién fue el ignorante que firmó mandamiento de prision contra un tal caballero como yo soy? ¿Quién el que ignoró que son exentos de todo judicial fuero los caballeros andantes, y que su ley es su espada, sus fueros sus bríos, sus premáticas su voluntad? ¿Quién fue el mentecato, vuelvo á decir, que no sabe que no hay ejecutoria de hidalgo con tantas preeminencias ni exenciones como la que adquiere un caballero andante el dia que se arma

caballero y se entrega al duro ejercicio de la caballería? ¿Qué caballero andante pagó pecho (1), alcabala, chapin de la reina, moneda forera, portazgo ni barca? ¿Qué sastre le llevó hechura de vestido que le hiciese? ¿Qué castellano le acogió en su castillo que le hiciese pagar el escote? ¿Qué rey no le asentó á su mesa? ¿Qué doncella no se le aficionó, y se le entregó rendida á todo su talante y voluntad? Y finalmente ¿qué caballero andante ha habido, hay, ni habrá en el mundo, que no tenga bríos para dar él solo cuatrocientos palos á cuatrocientos cuadrilleros que se le pongan delante?

CAPITULO XLVI.

De la gran ferocidad de nuestro buen caballero Don Quijote y del estraño modo con que fue encantado.

En tanto que Don Quijote esto decia, estaba persuadiendo el cura á los cuadrilleros cómo Don Quijote era falto de juicio, como lo veian por sus obras y por sus palabras, y que no tenian para qué llevar aquel negocio adelante, pues aunque le prendiesen y llevasen, luego le habian de dejar por loco: á lo que respondió el del mandamiento, que á él no tocaba juzgar de la locura de Don Quijote, sino hacer lo que por su mayor le era mandado, y que una vez preso, siquiera le soltasen trecientas. Con todo eso, dijo el cura, por esta vez no le habeis de llevar, ni aun él dejará llevarse á lo que yo entiendo. En efecto, tanto les supo el cura decir, y tantas locuras supo Don Quijote hacer, que mas locos fueran que no él los cuadrilleros, si no conocieran la falta de juicio de Don Quijote, y asi tuvieron por bien de apaciguarse, y aun de ser medianeros de hacer las paces entre el barbero y Sancho Panza, que todavía asistian con gran rencor á su pendencia. Finalmente, ellos como miembros de justicia mediaron la causa, y fueron árbitros della, de tal modo que ambas partes quedaron, si no del todo contentas, á lo menos en algo satisfechas, porque se trocaron las albardas, y no las cinchas y jáquimas; y en lo que tocaba á lo del yelmo de Mambrino, el cura á socapa, y sin que Don Quijote lo entendie-

(1) *Pecho*, nombre general de los tributos que pagan los súbditos; y de aquí *pechar*, pagar contribuciones, y *pecheros* los que pagan. *Alcabala*, derecho de tanto por ciento sobre las ventas. *Chapin de la Reina*, servicio que se hacia antiguamente con motivo de casamiento de los *Reyes*, para los gastos de la cámara de las reinas *Moneda forera*, contribucion que solia pagarse á los reyes de siete en siete años en reconocimiento de su señorío, y está abolida hace siglos. *Portazgo*, en *las Partidas* se da este nombre al derecho que hoy diríamos *de aduana*; asimismo se da este nombre al derecho de puertas que se pagaba en las de los pueblos. Mas aquí es el que solia pagarse en pasos y puertos estrechos y precisos de las montañas: tambien solia dárseles el nombre de *Castillerías*. *Portazgo* es hoy comunmente el derecho que se paga por el paso de algun sitio ó paraje, llamado tambien portazgo. *Pontazgos* y *barcajes* eran y son los derechos que pagan los caminantes al pasar los rios por *puente ó barca*.

se, le dió por la bacía ocho reales, y el barbero le hizo una cédula del recibo, y de no llamarse á engaño por entonces ni por siempre jamás amen.

Sosegadas, pues, estas dos pendencias, que eran las mas principales y de mas tomo, restaba que los criados de don Luis se contentasen de volver los tres, y que el uno quedase para acompañarle donde don Fernando le queria llevar: y como ya la buena suerte y mejor fortuna habia comenzado á romper lanzas y á facilitar dificultades en favor de los amantes de la venta y de los valientes della, quiso llevarlo al cabo y dar á todo felice suceso, porque los criados se contentaron de cuanto don Luis queria, de que recibió tanto contento doña Clara, que ninguno en aquella sazon la mirara al rostro, que no conociera el regocijo de su alma. Zoráida, aunque no entendia bien todos los sucesos que habia visto, se entristecia y alegraba á bulto conforme veia y notaba los semblantes á cada uno, especialmente de su español, en quien tenia siempre puestos los ojos y traia colgada el alma. El ventero, á quien no se le pasó por alto la dádiva y recompensa que el cura habia hecho al barbero, pidió el escote de Don Quijote con el menoscabo de sus cueros y falta de vino, jurando que no saldrian de la venta Rocinante ni el jumento de Sancho sin que se le pagase primero hasta el último ardite (1). Todo lo apaciguó el cura, y lo pagó don Fernando, puesto que el oidor de muy buena voluntad habia tambien ofrecido la paga, y de tal manera quedaron todos en paz y sosiego, que ya no parecia la venta la discordia del campo de Agramante, como Don Quijote habia dicho, sino la misma paz y quietud del tiempo de Octaviano: de todo lo cual fue comun opinion que se debian dar las gracias á la buena intencion y mucha elocuencia del señor cura, y á la incomparable liberalidad de don Fernando.

Viéndose, pues, Don Quijote libre y desembarazado de tantas pendencias, asi de su escudero como suyas, le pareció que seria bien seguir su comenzado viaje, y dar fin á aquella grande aventura para que habia sido llamado y escogido; y asi con resoluta determinacion se fué á poner de hinojos ante Dorotea, la cual no le consintió que hablase palabra hasta que se levantase, y él por obedecella se puso en pie y le dijo: es comun proverbio, fermosa señora, que la diligencia es madre de la buena ventura, y en muchas y graves cosas ha mostrado la esperiencia que la solicitud del negociante trae á buen fin el pleito dudoso; pero en ningunas cosas se muestra mas esta verdad que en las de la guerra, adonde la celeridad y presteza previene los discursos del enemigo, y alcanza la vitoria antes que el contrario se ponga en defensa: todo esto digo, alta y preciosa señora, porque me parece que la estada nuestra en este castillo ya es sin provecho, y podria sernos de tanto daño que lo echásemos de ver algun dia: porque ¿quién sabe si por ocultas y diligentes espías habrá sabido ya vuestro enemigo el gigante de que voy á destruille, y dándole lugar el tiempo se fortificase en algun inespugnable castillo ó fortaleza contra quien valiesen poco mis diligencias y la fuerza de mi incansable brazo? Asi que, señora mia, prevengamos, como tengo dicho, con nuestra diligencia sus designios, y partámonos luego á la buena ventura, que no está mas el tenerla vuestra grandeza como desea de cuanto yo tarde de verme con vuestro contrario. Calló, y no dijo mas Don Quijote, y esperó con mucho sosiego la respuesta de la fermosa infanta, la cual con ademan señoril y acomodado al estilo de Don Quijote, le respondió desta manera: yo os agradezco, señor caballero, el deseo que mostrais tener de favorecerme en mi gran cuita, bien asi como caballero á quien es anejo y concerniente favorecer los huérfanos y menesterosos; y quiera el cielo que el vuestro y mi deseo se cumpla, para que veais que hay agradecidas mujeres en el mundo; y en lo de mi partida sea luego, que yo no tengo mas voluntad que la vuestra; disponed vos de mí á toda vuestra guisa y talante, que la que una vez os entregó la defensa de su persona, y puso en vuestras manos la restauracion de sus señoríos, no ha de querer ir contra lo que la vuestra prudencia ordenare. A la mano de Dios, dijo don Quijote; pues asi es que una señora se me humilla, no quiero yo perder la ocasion de levantalla y ponella en su heredado trono: la partida sea luego, porque me va poniendo espuelas el deseo y el camino, porque suele decirse que en la tardanza está el peligro; y pues no ha criado el cielo ni visto el infierno ninguno que me espante y acobarde, ensilla, Sancho, á Rocinante, y apareja tu jumento y el palafren de la reina, y despidámonos del castellano y destos señores, y vamos de aquí luego al punto.

Sancho, que á todo estaba presente, dijo meneando la cabeza á una parte y á otra: ay señor, señor, y cómo hay mas mal en el aldegüela que se suena; con perdon sea dicho de las tocas honradas. ¿Qué mal puede haber en ninguna aldea ni en todas las ciudades del mundo que pueda sonarse en menoscabo mio, villano? Si vuestra merced se enoja, respondió Sancho, yo callaré, y dejaré de decir lo que soy obligado como buen escudero, y como debe un buen criado decir á su señor. Dí lo que quisieres; replicó Don Quijote, como tus palabras no se encaminen á ponerme miedo, que si tú le tienes, haces como quien eres, y si yo no le tengo, hago como quien soy. No es eso, pecador fui yo á Dios, respondió Sancho, sino que yo tengo por cierto y por averiguado que esta señora, que se dice ser reina del gran reino Micomicon, no lo es mas que mi madre, porque á ser lo que élla dice, no se anduviera bocicando con alguno de los que están en la rueda á vuelta de cabeza y á cada traspuerta. Púsose colorada con las razones de Sancho Dorotea, porque era verdad que su esposo don Fernando alguna vez á hurto de otros ojos habia cogido con los labios parte del premio que merecian sus deseos, lo cual habia visto Sancho, y parecídole que aquella desenvoltura mas era de dama cortesana que de

(1) Cierta moneda de poco valor que hubo antiguamente en Castilla y en Cataluña.—Arr.

reina de tan gran reino, y no pudo ni quiso responder palabra á Sancho, sino dejóle proseguir en su plática, y él fue diciendo: esto digo, señor, porque si al cabo de haber andado caminos y carreras, y pasado malas noches y peores dias ha de venir á coger el fruto de nuestros trabajos el que se está holgando en esta venta, no hay para qué darme priesa á que ensille á Rocinante, albarde el jumento y aderece el palafren, pues será mejor que nos estemos quedos, y cada puta hile, y comamos. ¡Oh válame Dios, y cuán grande que fue el enojo que recibió don Quijote oyendo las descompuestas palabras de su escudero! Digo que fue tanto, que con voz atropellada y tartamuda lengua, lanzando vivo fuego por los ojos, dijo: oh bellaco villano, mal mirado, descompuesto é ignorante, infacundo, deslenguado, atrevido, murmurador y maldiciente, ¿tales palabras has osado decir en mi presencia y en la destas ínclitas señoras, y tales deshonestidades y atrevimientos osaste poner en tu confusa imaginacion? Véte de mi presencia, monstruo de naturaleza, depositario de mentiras, almario de embustes, silo de bellaquerías, inventor de maldades, publicador de sandeces, enemigo del decoro que se debe á las reales personas: véte, no parezcas delante de mí, so pena de mi ira, y diciendo esto enarcó las cejas, hinchó los carrillos, miró á todas partes, y dió con el pie derecho una gran patada en el suelo, señales todas de la ira que encerraba en sus entrañas: á cuyas palabras y furibundos ademanes quedó Sancho tan encogido y medroso, que se holgara que en aquel instante se abriera debajo de sus piés la tierra y le tragara; y no supo qué hacerse sino volver las espaldas, y quitarse de la enojada presencia de su señor.

Pero la discreta Dorotea, que tan entendido tenia ya el humor de Don Quijote, dijo para templarle la ira: no os despecheis, señor caballero de la Triste Figura, de las sandeces que vuestro buen escudero ha dicho, porque quizá, no las debe de decir sin ocasion, ni de su buen entendimiento y cristiana conciencia se puede sospechar que levante testimonio á nadie; y asi se ha de creer sin poner duda en ello, que como en este castillo, segun vos, señor caballero decis, todas las cosas van y suceden por modo de encantamento, podria ser, digo, que Sancho hubiese visto por esta diabólica via lo que él dice que vió tan en ofensa de mi honestidad. Por el omnipotente Dios juro, dijo á esta sazon Don Quijote, que la vuestra grandeza ha dado en el punto, y que alguna mala vision se le puso delante á este pecador de Sancho, que le hizo ver lo que fuera imposible verse de otro modo que por el de encantos no fuera, que sé yo bien de la bondad é inocencia deste desdichado que no sabe levantar testimonios á nadie. Asi es y asi será, dijo don Fernando, por lo cual debe vuestra merced, señor Don Quijote, perdonalle y reducille al gremio de su gracia (1) *sicut erat in principio* antes que las tales visiones le sacasen de juicio. Don Quijote respondió que él le perdonaba, y el cura fué por Sancho, el cual vino muy humilde, y hincándose de rodillas pidió la mano á su amo, y él se la dió, y despues de habérsela dejado besar le echó la bendicion diciendo: ahora acabarás de conocer, Sancho hijo, ser verdad lo que ya otras muchas veces te he dicho de que todas las cosas deste castillo son hechas por via de encantamento. Asi lo creo yo, dijo Sancho, escepto aquello de la manta, que realmente sucedió por via ordinaria. No lo creas, respondió Don Quijote, que si asi fuera yo te vengara entonces y aun ahora; pero ni entonces ni ahora pude ni ví en quien tomar venganza de tu agravio. Desearon saber todos qué era aquello de la manta, y el ventero les contó punto por punto la volatería de Sancho Panza, de que no poco se rieron todos, y de que no menos se corriera Sancho si de nuevo no le asegurara su amo que era encantamento, puesto que jamás llegó la sandez de Sancho á tanto que creyese no ser verdad pura y averiguada, sin mezcla de engaño alguno, lo de haber sido manteado por personas de carne y hueso, y no por fantasmas soñadas ni imaginadas, como su señor lo creia y lo afirmaba.

Dos dias eran ya pasados los que habia que toda aquella ilustre compañia estaba en la venta; y pareciéndoles que ya era tiempo de partirse dieron órden para que sin ponerse al trabajo de volver Dorotea y don Fernando con Don Quijote á su aldea con la invencion de la libertad de la reina Micomicona, pudiesen el cura y el barbero llevársele, como deseaban, y procurar la cura de su locura en su tierra. Y lo que ordenaron fue que se concertaron con un carretero de bueyes, que acaso acertó á pasar por allí, para que lo llevase en esta forma: hicieron una como jaula de palos enrejados, capaz que pudiese en ella caber holgadamente Don Quijote; y luego don Fernando y sus camaradas con los criados de don Luis y los cuadrilleros juntamente con el ventero, todos por órden y parecer del cura se cubrieron los rostros y se disfrazaron, quién de una manera y quién de otra, de modo que á Don Quijote le pareciese ser otra gente de la que en aquel castillo habia visto. Hecho esto, con grandísimo silencio se entraron adonde él estaba durmiendo y descansando de las pasadas refriegas. Llegáronse á él, que libre y seguro de tal acontecimiento dormia, y asiéndole fuertemente le ataron muy bien las manos y los pies, de modo que cuando él despertó con sobresalto no pudo menearse ni hacer otra cosa mas que admirarse y suspenderse de ver delante de sí tan estraños visajes, y luego dió en la cuenta de lo que su continua y desvariada imaginacion le representaba, y se creyó que todas aquellas figuras eran fantasmas de aquel encantado castillo, y que sin duda alguna ya estaba encantado, pues no se podia menear ni defender, todo á punto como habia pensado que sucederia el cura trazador desta máquina. Solo Sancho de todos los presentes estaba en su mismo juicio y en su misma figura; el

_____

(1) *Reducir al gremio de la iglesia* se dice de los descomulgados á quienes se levantan las censuras, y de los herejes y renegados que adjuran sus errores, y vuelven á ser admitidos á la comunion y sociedad de los fieles. El *sicut erat in principio* es tomado del *Gloria Patri*. Todo huele á eclesiástico en estas espresiones.—C.

cual, aunque le faltaba bien poco para tener la misma enfermedad de su amo, no dejó de conocer
quién eran todas aquellas contrahechas figuras; mas no osó descoser su boca hasta ver en qué paraba
aquel asalto y prision de su amo, el cual tampoco hablaba palabra atendiendo á ver el paradero de su
desgracia, que fue que trayendo allí la jaula le encerraron dentro, y le clavaron los maderos tan fuertemente que no se pudieran romper á dos tirones. Tomáronle luego en hombros, y al salir del aposento se oyó una voz temerosa: todo cuanto la supo formar el barbero, no el del albarda sino el otro,
que decia: *oh caballero de la Triste Figura, no te dé afincamiento la prision en que vas, porque así
conviene para acabar mas presto la aventura en que tu gran esfuerzo te puso: la cual se acabará
cuando el furibundo leon manchego con la blanca paloma tobosina yacieren en uno, ya despues
de humilladas las altas cervices al blando yugo matrimoñesco: de cuyo inaudito consorcio saldrán*

*á la luz del orbe los bravos cachorros que imitarán las rapantes garras del valeroso padre; y esto
será antes que el seguidor de la fugitiva Ninfa faga dos vegadas la visita de las lucientes imágenes
con su rápido y natural curso. Y tú, oh el mas noble y obediente escudero que tuvo espada en cinta, barbas en rostro y olfato en las narices, no te desmaye ni descontente ver llevar así delante de
tus ojos mismos á la flor de la caballeria andante; que presto, si al plasmador del mundo le place
te verás tan alto y tan sublimado, que no te conozcas, y no saldrán defraudadas las promesas que
te ha fecho tu buen señor, y asegúrote de parte de la sabia Mentironiana, que tu salario te sea pagado, como lo verás por la obra; y sigue las pisadas del valeroso y encantado caballero, que conviene que vayas donde parsis entrambos, y porque no me es lícito decir otra cosa, á Dios quedad,
que yo me vuelvo adonde yo me sé;* y al acabar de la profecía alzó la voz de punto, y disminuyóla
despues con tan tierno acento, que aun los sabidores de la burla estuvieron por creer que era verdad
o que oian.

Quedó Don Quijote consolado con la escuchada profecía, porque luego coligió de todo en todo la
significacion de ella, y vió que le prometian el verse ayuntado en santo y debido matrimonio con su
querida Dulcinea del Toboso, de cuyo felice vientre saldrian los cachorros, que eran sus hijos, para
gloria perpétua de la Mancha; y creyendo esto bien y firmemente, alzó la voz, y dando un gran suspiro, dijo: oh tú, quien quiera que seas, que tanto bien me has pronosticado, ruégote que pidas de

mi parte al sabio encantador que mis cosas tiene á cargo, que no me deje perecer en esta prision donde ahora me llevan, hasta ver cumplidas tan alegres é incomparables promesas como son las que
aquí se me han hecho: que como esto sea, tendré por gloria las penas de mi cárcel, y por alivio estas
cadenas que me ciñen, y no por duro campo de batalla este lecho en que me acuestan, sino por
cama blanda y tálamo dichoso; y en lo que toca á la consolacion de Sancho Panza mi escudero, yo
confio de su bondad y buen proceder que no me dejará en buena ni en mala suerte, porque cuando
no suceda por la suya ó por mi corta ventura el poderle yo dar la ínsula ó otra cosa equivalente que le
tengo prometida, por lo menos su salario no podrá perderse, que en mi testamento, que ya está hecho, dejo declarado lo que se le ha de dar, no conforme á sus muchos y buenos servicios, sino á la

posibilidad mia. Sancho Panza se le inclinó con mucho comedimiento, y le besó entrambas manos,
porque la una no pudiera por estar atadas entrambas. Luego tomaron la jaula en hombros aquellas
visiones, y la acomodaron en el carro de los bueyes.

CAPITULO XLVII.

Donde prosigue el encantamento de Don Quijote de la Mancha, con otros famosos sucesos.

Cuando Don Quijote se vió de aquella manera enjaulado y encima del carro, dijo: muchas y muy
graves historias he yo leido de caballeros andantes; pero jamás he leido, ni visto, ni oido, que á los caballeros encantados los lleven desta manera, y con el espacio que prometen estos perezosos y tardíos
animales; porque siempre los suelen llevar por los aires con estraña ligereza, encerrados en alguna
parda y escura nube ó en algun carro de fuego, ó ya sobre algun hipógrifo ó otra bestia semejante;
pero que me lleven á mí ahora sobre un carro de bueyes, vive Dios que me pone en confusion; pero
quizá la caballería y los encantos destos nuestros tiempos deben de seguir otro camino que siguieron
los antiguos: y tambien podria ser que como yo soy nuevo caballero en el mundo, y el primero que
ha resucitado el ya olvidado ejercicio de la caballería aventurera, tambien nuevamente se hayan inventado otros géneros de encantamentos, y otros modos de llevar á los encantados. ¿Qué te parece
desto, Sancho hijo? No sé yo lo que me parece, respondió Sancho, por no ser tan leido como vuestra
merced en las escrituras andantes; pero con todo eso osaria afirmar y jurar que estas visiones que por
aquí andan, que no son del todo católicas. ¡Católicas, mi padre! respondió Don Quijote: ¿cómo han
de ser católicas, si son todos demonios que han tomado cuerpos fantásticos para venir á hacer esto y
á ponerme en este estado? y si quieres ver esta verdad, tócalos y pálpalos, y verás cómo no tienen
cuerpos sino de aire, y cómo no consisten mas de en la apariencia. Par Dios, señor, replicó Sancho,
ya yo los he tocado; y este diablo que aquí anda tan solícito es rollizo de carnes, y tiene otra propiedad muy diferente de la que yo he oido decir que tienen los demonios; porque segun se dice, todos
huelen á piedra azufre y á otros malos olores, pero este huele á ámbar de media legua. Decia esto
Sancho por don Fernando, que como tan señor debia de oler á lo que Sancho decia. No te maravilles
deso, Sancho amigo, respondió Don Quijote; porque te hago saber que los diablos saben mucho, y
puesto que traigan olores consigo, ellos no huelen nada, porque son espíritus, y si huelen no pueden
oler cosas buenas, sino malas y hediondas; y la razon es, que como ellos donde quiera que están traen
el infierno consigo, y no pueden recebir género de alivio alguno en sus tormentos, y el buen olor sea

cosa que deleita y contenta , no es posible que ellos huelan cosa buena ; y si á tí te parece que ese demonio que dices huele á ámbar , ó tú te engañas , ó él quiere engañarte con hacer que no le tengas
por demonio. Todos estos coloquios pasaron entre amo y criado ; y temiendo don Fernando y Cardenio
que Sancho no viniese á caer del todo en la cuenta de su invencion , á quien andaba ya muy en los alcances , determinaron de abreviar con la partida , y llamando aparte al ventero le ordenaron que ensillase á Rocinante y enalbardase el jumento de Sancho , el cual lo hizo con mucha presteza.

Ya en esto el cura se habia concertado con los cuadrilleros que le acompañasen hasta su lugar,
dándoles un tanto cada dia. Colgó Cardenio del arzon de la silla de Rocinante del un cabo la adarga y
del otro la bacía , y por señas mandó á Sancho que subiese en su asno , y tomase de las riendas á Rocinante , y puso á los dos lados del carro á los dos cuadrilleros con sus escopetas ; pero antes que se
moviese el carro salió la ventera con su hija y Maritornes á despedirse de Don Quijote , fingiendo que
lloraban de dolor de su desgracia , á quien Don Quijote dijo: no lloreis , mis buenas señoras , que todas
estas desdichas son anejas á los que profesan lo que yo profeso ; y si estas calamidades no me acontecie-
ran , no me tuviera yo por famoso caballero andante , porque á los caballeros de poco nombre y fama
nunca les suceden semejantes casos , porque no hay en el mundo quien se acuerde dellos : á los valerosos sí , que tienen envidiosos de su virtud y valentía á muchos principes y á muchos otros caballeros que procuran por malas vias destruir á los buenos. Pero con todo eso la virtud es tan poderosa por
sí sola , á pesar de toda la nigromancia que supo su primer inventor Zoroástes , saldrá vencedora de
todo trance , y dará de sí luz en el mundo como la da el sol en el cielo. Perdonadme , fermosas damas,
si algun desaguisado por descuido mio os he fecho , que de voluntad y á sabiendas jamás le hice á nadie ; y rogad á Dios me saque de estas prisiones , donde algun mal intencionado encantador me ha
puesto , que si dellas me veo libre no se me caerán de la memoria las mercedes que en este castillo me
habedes fecho para gratificarlas , servillas y recompensallas como ellas merecen.

En tanto que las damas del castillo esto pasaban con Don Quijote , el cura y el barbero se despidieron de don Fernando y sus camaradas , y del capitan y de su hermano y todas aquellas contentas señoras , especialmente de Dorotea y Luscinda. Todos se abrazaron y quedaron de darse noticia de sus
sucesos , diciendo don Fernando al cura dónde habia de escribirle para avisarle en lo que paraba Don
Quijote , asegurándole que no habria cosa que mas gusto le diese que saberlo ; y que él asimismo le
avisaria de todo aquello que él viese que podria darle gusto , asi de su casamiento como del bautismo
de Zoráida , y suceso de don Luis , y vuelta de Luscinda á su casa. El cura ofreció de hacer cuanto
se le mandaba con toda puntualidad. Tornaron á abrazarse otra vez , y otra vez tornaron á nuevos
ofrecimientos. El ventero se llegó al cura y le dió unos papeles , diciéndole que los habia hallado en un
aforro de la maleta donde se halló la novela del Curioso impertinente , y que pues su dueño no habia
vuelto mas por allí , que se los llevase todos , que pues él no sabia leer no los queria. El cura se lo
agradeció , y abriéndolos luego vió que al principio del escrito decia : *Novela de Rinconete y Cortadi-
llo* , por donde entendió ser alguna novela , y coligió que pues la del Curioso impertinente habia sido
buena , que tambien lo seria aquella , pues podria ser fuesen todas de un mismo autor ; y asi la guardó
con prosupuesto de leerla cuando tuviese comodidad. Subió á caballo , y tambien su amigo el barbero
con sus antifaces , porque no fuesen luego conocidos de Don Quijote , y pusiéronse á caminar tras el
carro ; y la órden que llevaban era esta : iba primero el carro guiándole su dueño , á los dos lados iban
los cuadrilleros , como se ha dicho , con sus escopetas : seguia luego Sancho Panza sobre su asno llevando de la rienda á Rocinante : detrás de todo esto iban el cura y el barbero sobre sus poderosas mulas , cubiertos los rostros como se ha dicho , con grave y reposado continente , no caminando mas de lo
que permitia el paso tardo de los bueyes. Don Quijote iba sentado en la jaula , las manos atadas , tendidos los pies , y arrimado á las verjas , con tanto silencio y tanta paciencia como si no fuera hombre
de carne , sino estatua de piedra ; y asi con aquel espacio y silencio caminaron hasta dos leguas , que
llegaron á un valle , donde le pareció al boyero ser lugar acomodado para reposar y dar pasto á los
bueyes ; y comunicándolo con el cura , fue de parecer el barbero que caminasen un poco mas , porque
él sabia que detrás de un recuesto que cerca de allí se mostraba , habia un valle de mas yerba y mucho
mejor que aquel donde parar querian. Tomóse el parecer del barbero , y asi tornaron á proseguir su
camino.

En esto volvió el cura el rostro , y vió que á su espaldas venian hasta seis ó siete hombres de á caballo , bien puestos y aderezados , de los cuales fueron presto alcanzados , porque caminaban no con la
flema y reposo de los bueyes , sino como quien iba sobre mulas de canónigos y con deseo de llegar
presto á sestear á la venta que menos de una legua de allí se parecia. Llegaron los diligentes á los
rezosos , y saludáronse cortesmente ; y uno de los que venian , que en resolucion era canónigo de Toledo y señor de los demás que le acompañaban , viendo la concertada procesion del carro , cuadrilleros , Sancho , Rocinante , cura y barbero , y mas á Don Quijote enjaulado y aprisionado , no pudo de
de preguntar qué significaba llevar aquel hombre de aquella manera ; aunque ya se habia dado á entender , viendo las insignias de los cuadrilleros , que debia de ser algun facineroso salteador , ú otro
delincuente cuyo castigo tocase á la santa hermandad. Uno de los cuadrilleros , á quien fue hecha la
pregunta , respondió asi : señor , lo que significa ir este caballero desta manera , dígalo él , porque
nosotros no lo sabemos. Oyó Don Quijote la plática y dijo: ¿por dicha vuestras mercedes , señores caba-

lleros, son versados y peritos en esto de la caballería andante? porque si lo son, comunicaré con ellos mis desgracias, y si no, no hay para qué me canse en decirlas; y á este tiempo habian ya llegado el cura y el barbero viendo que los caminantes estaban en plática con Don Quijote de la Mancha, para responder de modo que no fuese descubierto su artificio. El canónigo, á lo que Don Quijote dijo, respondió: en verdad, hermano, que sé mas de libros de caballerías, que de las súmulas de Villalpando (1); así que, si no está mas que en esto, seguramente podeis comunicar conmigo lo que quisiéredes. A la mano de Dios, replicó Don Quijote: pues asi es, quiero, señor caballero, que sepades que yo voy encantado en esta jaula por envidia y fraude de malos encantadores, que la virtud mas es perseguida de los malos, que amada de los buenos: caballero andante soy, y no de aquellos de cuyos nombres jamás la fama se acordó para eternizarlos en su memoria, sino de aquellos que á despecho y pesar de la misma envidia, y de cuantos magos crió Persia, bracmanes la India, ginosofistas (2) la Etiopía, ha de poner su nombre en el templo de la inmortalidad, para que sirva de ejemplo y dechado en los venideros siglos, donde los caballeros andantes vean los pasos que han de seguir si quisieren llegar á la cumbre y alteza honrosa de las armas. Dice verdad el señor Don Quijote de la Mancha, dijo á esta sazon el cura, que él va encantado en esta carreta, no por sus culpas y pecados, sino por la mala intencion de aquellos á quien la virtud enfada, y la valentía enoja. Este es, señor, *el caballero de la Triste Figura*, si ya le oístes nombrar en algun tiempo, cuyas valerosas hazañas y grandes hechos serán escritas en bronces duros y en eternos mármoles, por mas que se canse la envidia en escurecerlos, y la malicia en ocultarlos. Cuando el canónigo oyó hablar al preso y al libre en semejante estilo, estuvo por hacerse la cruz de admirado, y no podia saber lo que le habia acontecido, y en la misma admiracion cayeron todos los que con él venian.

En esto Sancho Panza, que se habia acercado á oir la plática, para adobarlo todo dijo: ahora, señores, quiéranme bien ó quiéranme mal por lo que dijere, el caso de ello es, que asi va encantado mi señor Don Quijote como mi madre: él tiene su entero juicio, él come y bebe, y hace sus necesidades como los demás hombres, y como las hacia ayer antes que le enjaulasen. Siendo esto asi, ¿cómo quieren hacerme á mí entender que va encantado? pues yo he oido decir á muchas personas, que los encantados ni comen, ni duermen, ni hablan, y mi amo si no le van á la mano, hablará mas que treinta procuradores. Y volviéndose á mirar al cura prosiguió diciendo: ¡ah señor cura, señor cura! ¿pensará vuestra merced que no le conozco? ¿y pensará que yo no calo y adivino adónde se encaminan estos encantamentos? pues sepa que le conozco por mas que se encubra el rostro, y sepa que le entiendo por mas que disimule sus embustes. En fin, donde reina la envidia no puede vivir la virtud, ni adonde hay escasez la liberalidad. Mal haya el diablo, que si por su reverencia no fuera, esta fuera ya la hora que mi señor estuviera casado con la infanta Micomicona, y yo fuera conde por lo menos, pues no se podia esperar otra cosa asi de la bondad de mi señor *el de la Triste Figura*, como de la grandeza de mis servicios; pero ya veo que es verdad lo que se dice por ahí, que la rueda de la fortuna anda mas lista que una rueda de molino, y que los que ayer estaban en pinganitos hoy están por el suelo. De mis hijos y de mi mujer me pesa, pues cuando podian y debian esperar ver entrar á su padre por sus puertas hecho gobernador ó visorey de alguna ínsula ó reino, le verán entrar hecho mozo de caballos. Todo esto que he dicho, señor cura, no es mas de por encarecer á su paternidad haga conciencia del mal tratamiento que á mi señor le hace, y mire bien no le pida Dios en la otra vida esta prision de mi amo, y se le haga cargo de todos aquellos socorros y bienes que mi señor Don Quijote deja de hacer en este tiempo que está preso. Adóbame esos candiles, dijo á este punto el barbero; ¿tambien vos, Sancho, sois de la cofradía de vuestro amo? vive el Señor que voy viendo que le habeis de tener compañía en la jaula, y que habeis de quedar tan encantado como él por lo que os toca de su humor y de su caballería. En mal punto os empreñastes de sus promesas, y en mal hora se os entró en los cascos la ínsula que tanto deseais. Yo no estoy preñado de nadie, respondió Sancho, ni soy hombre que me dejaria empreñar del rey que fuese; y aunque pobre, soy cristiano viejo, y no debo nada á nadie; y si ínsulas deseo, otros desean otras cosas peores: y cada uno es hijo de sus obras, y debajo de ser hombre puedo venir á ser papa, cuanto mas gobernador de una ínsula, y mas pudiendo ganar tantas mi señor, que le falte á quién darlas. Vuestra merced mire cómo habla, señor barbero, que no todo es hacer barbas, y algo va de Pedro á Pedro. Dígolo porque todos nos conocemos, y á mí no se me ha de echar dado falso; y en esto del encanto de mi amo, Dios sabe la verdad; y quédese aquí, porque es peor menearlo. No quiso responder el barbero á Sancho porque no descubriese con sus simplicidades lo que él y el cura tanto procuraban encubrir, y por este mismo temor habia dicho el cura al canónigo que caminase un poco delante, que él le diria el misterio del enjaulado con otras cosas que le diesen gusto.

Hízolo asi el canónigo, y adelantóse con sus criados y con él, estuvo atento á todo aquello que de-

---

(1) Título de una obra elemental de dialéctica ó lógica escolástica, muy estimada en su tiempo, escrita por Gaspar Cardillo de Villalpando, que se distinguió en el concilio de Trento. Alcalá, 1557. La mayor instruccion que mostraba este canónigo en los libros de caballerías que en las súmulas, manifiesta que aquellos no eran leidos solamente del vulgo; y que Cervantes combatió y desterró con su obra una lectura tan perjudicial, como general y radicada en todas las clases de la nacion española, y aun en toda la Europa.—Arr.

(2) Plinio y Apuleyo y toda la antigüedad colocaron á las *Gimnosofistas* en la India, pero á Don Quijote podia permitírsele esta libertad.

cirle quiso de la condicion, vida, locura y costumbres de Don Quijote, contándole brevemente el
principio y causa de su desvarío, y todo el progreso de sus sucesos hasta haberlo puesto en aquella
jaula, y el designio que llevaban de llevarle á su tierra para ver si por algun medio hallaban remedio
á su locura. Admiráronse de nuevo los criados y el canónigo de oir la peregrina historia de Don Quijote, y en acabándola de oir dijo: verdaderamente, señor cura, yo hallo por mí cuenta, que son perjudiciales en la república estos que llaman libros de caballerías; y aunque he leido, llevado de un

ocioso y falso gusto, casi el principio de todos los mas que hay impresos, jamás me he podido acomodar á leer ninguno del principio al cabo, porque me parece que cuál mas, cuál menos, todos ellos son
una misma cosa, y no tiene mas este que aquel, ni estotro que el otro; y segun á mí me parece, este
género de escritura y composicion cae debajo de aquel de las fábulas que llaman milesias (1), que son
cuentos disparatados, que atienden solamente á deleitar y no á enseñar, al contrario de lo que hacen
las fábulas apólogas, que deleitan y enseñan juntamente; y puesto que el principal intento de seme-

jantes libros sea el deleitar, no sé yo cómo puedan conseguirle yendo llenos de tantos y tan desaforados
disparates: que el deleite que en el alma se concibe ha de ser de la hermosura y concordancia que ve
ó contempla en las cosas que la vista ó la imaginacion le ponen delante, y toda cosa que tiene en sí
fealdad y descompostura no nos puede causar contento alguno. Pues ¿qué hermosura puede haber, ó
qué proporcion de partes con el todo, y del todo con las partes, en un libro ó fábula donde un mozo
de diez y seis años da una cuchillada á un gigante como una torre, y le divide en dos mitades como si

(1) Dijéronse fábulas milesias, porque se inventaron en Mileto, ciudad de la Jonia, entregada toda á las delicias y pasatiempos: género de fábulas, dice Luis Vives, que no se proponen otro fin, sino el recreo y el desperdicio del tiempo, sin que
contenga verdad, ni verosimilitud, ni utilidad alguna. (T. II, p. 261).—P.

fuera de alfeñique? Y ¿qué cuando nos quieren pintar una batalla despues de haber dicho que hay de la parte de los enemigos un millon de combatientes? Como sea contra ellos el señor del libro, forzosamente, mal que nos pese, habemos de entender que el tal caballero alcanzó la vitoria por solo el valor de su fuerte brazo. Pues ¿qué diremos de la facilidad con que una reina ó emperatriz heredera se confía en los brazos de un andante y no conocido caballero? ¿Qué ingenio, si no es del todo bárbaro é inculto, podrá contentarse leyendo que una gran torre llena de caballeros va por la mar adelante como nave con próspero viento, y hoy anochece en Lombardía, y mañana amanece en tierras del preste Juan de las Indias, ó en otras que ni las describió Tolomeo, ni las vió Marco Polo? (1) Y si á esto se me respondiese que los que tales libros componen los escriben como cosas de mentira, y que así no están obligados á mirar en delicadezas ni verdades, responderles hia yo, que tanto la mentira es mejor, cuanto mas parece verdadera, y tanto mas agrada, cuanto tiene mas de lo dudoso y posible. Hánse de casar las fábulas mentirosas con el entendimiento de los que las leyeren, escribiéndose de suerte que facilitando los imposibles, allanando las grandezas, supendiendo los ánimos, admiren, suspendan, alborocen y entretengan de modo, que anden á un mismo paso la admiracion y la alegría juntas; y todas estas cosas no podrá hacer el que huyere de la verosimilitud y de la imitacion, en quien

consiste la perfeccion de lo que se escribe. No he visto ningun libro de caballerías que haga un cuerpo de fábula entero con todos sus miembros, de manera que el medio corresponda al principio, y el fin al principio y al medio, sino que los componen con tantos miembros, que mas parece que llevan intencion á formar una quimera ó un monstruo, que á hacer una figura proporcionada. Fuera desto son en el estilo duros, en las hazañas increibles, en los amores lascivos, en las cortesías mal mirados, largos en las batallas, necios en las razones, disparatados en los viajes, y finalmente agenos de todo discreto artificio, y por esto dignos de ser desterrados de la república cristiana como gente inútil.

El cura le estuvo escuchando con grande atencion, y parecióle hombre de buen entendimiento, y que tenia razon en cuanto decia; y así le dijo, que por ser él de su misma opinion, y tener ojeriza á los libros de caballerías, habia quemado todos los de Don Quijote, que eran muchos, y contóle el escrutinio que dellos habia hecho y los que habia condenado al fuego y dejado con vida, de que no poco se rió el canónigo, y dijo que con todo cuanto mal habia dicho de tales libros, hallaba en ellos una cosa buena, que era el sugeto que ofrecian para que un buen entendimiento pudiese mostrarse en ellos, porque daban largo y espacioso campo por donde sin empacho alguno pudiese correr la pluma, describiendo naufragios, tormentas, reencuentros y batallas, pintando un capitan valeroso con todas las partes que para ser tal se requieren, mostrándole prudente, previniendo las astucias de sus enemigos, y elocuente orador persuadiendo ó disuadiendo á sus soldados, maduro en el consejo, presto en lo determinado, tan valiente en el esperar como en el acometer; pintando ora un lamentable y trágico suceso, ora un alegre y no pensado acontecimiento; allí una hermosísima dama, honesta, discreta y recatada; aquí un caballero cristiano, valiente y comedido; acullá un desaforado bárbaro fanfarron; acá un príncipe cortés, valeroso y bien mirado; representando bondad y lealtad de vasallos, grandezas y mercedes de señores; ya puede mostrarse astrólogo, ya cosmógrafo escelente, ya músico, ya inteligente en las materias de Estado, y tal vez le vendrá ocasion de mostrarse nigromante si quisiere: puede mostrar las astucias de Ulises, la piedad de Eneas, la valentía de Aquiles, las desgracias de Héctor, las traiciones de Sinon, la amistad de Euríalo, la liberalidad de Alejandro, el valor de César, la clemencia y verdad de Trajano, la fidelidad de Zópiro (2), la prudencia de Caton,

(1) Veneciano, insigne viajero del siglo XIII, en las regiones del Oriente: estuvo veinte y siete años en la Gran Tartaria, desde el de 1269 hasta el de 1295: escribió una obra donde se refieren sus peregrinaciones, las cuales se tuvieron un tiempo por cuentos fabulosos, hasta que en las navegaciones que emprendieron los portugueses á la India Oriental, se acreditó la verdad de ellas; y así las han defendido despues los críticos, especialmente el caballero Foscarini *(Della Letteratura veneciana*, vol. I, p, 414). Rodrigo Fernandez de Sataella, llamado vulgarmente *Maevo Rodrigo*, tradujo estos viajes al castellano, y se imprimieron en Logroño, año de 1529, con el título de *La Historia Oriental.*—P.

(2) De Zópiro cuenta Plutarco en los Apotegmas, que habiéndose revelado los babilonios contra Dario, rey de Persia, Zópiro se cortó las narices y las orejas, y se pasó á ellos, fingiendo que la mutilacion habia sido de órden del rey, con cuyo artificio alucinados los babilonios, le entregaron su confianza y el mando, del cual se valió para reducirlos á la obediencia.

y finalmente todas aquellas acciones que pueden hacer perfecto á un varon ilustre, ahora poniéndolas en uno solo, ahora dividiéndolas en muchos; y siendo esto hecho con apacibilidad de estilo y con ingeniosa invencion, que tire lo que mas fuere posible á la verdad, sin duda compondrá una tela de varios y hermosos lazos tejida, que despues de acabada tal perfeccion y hermosura muestre, que consiga el fin mejor que se pretende en los escritos, que es enseñar y deleitar juntamente, como ya tengo dicho; porque la escritura desatada destos libros da lugar á que el autor pueda mostrarse épico, lírico, trágico, cómico, con todas aquellas partes que encierran en sí las dulcísimas y agradables ciencias de la poesía y de la oratoria, que la épica tan bien puede escribirse en prosa como en verso.

CAPITULO XLVIII.

Donde prosigue el canónigo la materia de los libros de caballerías, con otras cosas dignas de su ingenio.

Así es como vuestra merced dice, señor canónigo, dijo el cura, y por esta causa son mas dignos de reprension los que hasta aquí han compuesto semejantes libros, sin tener advertencia á ningun buen discurso, ni al arte y reglas por donde pudieran guiarse y hacerse famosos en prosa, como lo son en versos los dos príncipes de la poesía griega y latina. Yo á lo menos, replicó el canónigo, he tenido cierta tentacion de hacer un libro de caballerías, guardando en él todos los puntos que he significado: y si he de confesar la verdad, tengo escritas mas de cien hojas, y para hacer la esperiencia de si correspondian á mi estimacion las he comunicado con hombres apasionados desta leyenda, doctos y discretos, y con otros ignorantes que solo atienden al gusto de oir disparates, y de todos he hallado una agradable aprobacion; pero con todo esto no he proseguido adelante, asi por parecerme que hago cosa agena de mi profesion, como por ver que es mas el número de los simples que de los prudentes; y que puesto que es mejor ser loado de los pocos sabios, que burlado de los muchos necios, no quiero sujetarme al confuso juicio del desvanecido vulgo, á quien por la mayor parte toca leer semejantes libros. Pero lo que mas me quitó de las manos y aun del pensamiento el acabarle, fue un argumento que hice conmigo mismo, sacado de las comedias que ahora se representan, diciendo: si estas que ahora se usan, asi las imaginadas como las de historias, todas ó las mas son conocidos disparates, y cosas que no llevan pies ni cabeza, y con todo eso el vulgo las oye con gusto, y las tiene y las aprueba por buenas estando tan lejos de serlo; y los autores que las componen, y los actores que las representan dicen que asi han de ser, porque asi las quiere el vulgo, y no de otra manera; y que las que llevan traza y siguen la fábula como el arte pide, no sirven sino para cuatro discretos que las entienden, y todos los demás se quedan ayunos de entender su artificio, y que á ellos les está mejor ganar de comer con los muchos, que no opinion con los pocos: de este modo vendrá á ser mi libro, al cabo de haberme quemado las cejas por guardar los preceptos referidos, y vendré á ser el sastre del cantillo (1); y aunque algunas veces he procurado persuadir á los autores que se engañan en tener la opinion que tienen, y que mas gente atraerán y mas fama cobrarán representando comedias que sigan el arte que no con las disparatadas, ya están tan asidos y encorporados en su parecer, que no hay razon ni evidencia que dél los saque. Acuérdome que un dia dije á uno destos pertinaces: decidme, ¿no os acordais que há pocos años que se representaron en España tres tragedias que compuso un famoso poeta de estos reinos, las cuales fueron tales, que admiraron, alegraron y suspendieron á todos cuantos las oyeron, asi simples como prudentes, asi del vulgo como de los escogidos, y dieron mas dineros á los representantes ellas tres solas que treinta de las mejores que despues acá se han hecho? ¿Sin duda, respondió el autor que digo, que lo debe de decir vuestra merced por *la Isabela*, *la Filis* y *la Alejandra*? (2) Por esas lo digo, le repliqué yo, y mirad si guardaban bien los preceptos del arte, y si por guardarlos dejaron de parecer lo que eran, y de agradar á todo el mundo: asi que no está la falta en el vulgo que pide disparates, sino en aquellos que no saben representar otra cosa. Si que no fue disparate *la ingratitud vengada* (3), ni le tuvo *la Numancia* (4), ni se le halló en la del *Mercader amante* (5), ni menos en *la Enemiga favorable* (6), ni en otras algunas que de algunos entendidos poetas han sido compuestas para fama y renombre suyo, y para ganancia de los que las han repre-

---

(1) Esto es, que trabajaria de balde y sin tener ganancia alguna: con alusion al célebre refran, bien conocido de todos *el sastre del campillo ó del cantillo*, *que trabajaba de balde y ponia el hilo*. Perder tiempo y servir de balde, y ser *como el sastre del campillo*, se dice en la *Pícara Justina*. 378.—Arr.

(2) El autor de estas tragedias fue Lupercio Leonardo de Arjensola, natural de Barbastro.—P.

(3) Comedia de Lope de Vega.—P.

(4) Comedia ó por mejor decir, tragedia del mismo Cervantes, de que hace mencion en el prólogo de sus *Comedias*, y que se publicó con el *Viaje al Parnaso*, año de 1784, donde se examina.—P.

(5) De Gaspar de Ávila, ingenio valenciano, mayordomo del duque de Gandía. Obsérvanse en esta comedia las unidades de accion, tiempo y lugar: y no carece de graciosidad: queda sin embargo algunas veces solo el teatro; y tal vez se juega del vocablo, como cuando dice Astolfo á don García, preciado de hidalgo y linajudo:

> Aunque no tengais valor,
> No penseis que yo no valgo:
> Que si es bueno el hijodalgo,
> El padre de *algo* es mejor.—P.

(6) Escribióla Francisco Tárrega, canónigo de Valencia. No se notan en ella con efecto disparates en la observancia de las unidades de accion, tiempo y lugar.—P.

sentado; y otras cosas añadí á estas con que á mi parecer le dejó algo confuso, pero no satisfecho ni convencido para sacarle de su errado pensamiento.

En materia ha tocado vuestra merced, señor canónigo, dijo á esta sazon el cura, que ha despertado en mí un antiguo rencor que tengo con las comedias que ahora se usan, tal que iguala al que tengo con los libros de caballerías; porque habiendo de ser la comedia, segun le parece á Tulio, espejo de la vida humana, ejemplo de las costumbres, é imágen de la verdad, las que ahora se representan son espejos de disparates, ejemplos de necedades, é imágenes de lascivia: porque ¿qué mayor disparate puede ser en el sugeto que tratamos, que salir un niño en mantillas en la primera escena del primer acto, y en la segunda salir ya hecho hombre barbado? Y ¿qué mayor disparate que pintarnos un viejo valiente, y un mozo cobarde, un lacayo retórico, un paje consejero, un rey ganapan, y una princesa fregona? ¿Qué diré, pues, de la observancia que guardan en los tiempos en que pueden ó podian suceder las acciones que representan, sino que he visto comedia que la primera jornada comenzó en Europa, la segunda en Asia, la tercera se acabó en Africa y aun si fuera de cuatro jornadas, la cuarta acabara en América, y asi se hubiera hecho en todas las cuatro partes del mundo? Y si es que la imitacion es lo principal que ha de tener la comedia, ¿cómo es posible que satisfaga á ningun mediano entendimiento que fingiendo una accion que pasa en tiempo del rey Pepino y Carlo Magno, al mismo que en ella hace la persona principal le atribuyan que fue el emperador Heraclio, que entró con la Cruz en Jerusalen, y el que ganó la Casa Santa como Godofre de Bullon, habiendo infinitos años de lo uno á lo otro; y fundándose la comedia sobre cosa fingida, atribuirle verdades de historia, y mezclarle pedazos de otras sucedidas á diferentes personas y tiempos, y esto no con trazas verosímiles, sino con patentes errores de todo punto inescusables? (1) Y es lo malo, que hay ignorantes que digan que esto es lo perfecto, y que lo demás es buscar gullurias (2). ¿Pues qué si venimos á las comedias divinas? ¡Qué de milagros fingen en ellas, qué cosas apócrifas y mal entendidas, atribuyendo á un santo los milagros de otro! y aun en las humanas se atreven á hacer milagros, sin mas respeto ni consideracion que parecerles que allí estará bien el tal milagro y apariencia (3) como ellos llaman, para que gente ignorante se admire y venga á la comedia.

Todo esto es en perjuicio de la verdad y en menoscabo de las historias, y aun en oprobio de los ingenios españoles, porque los estranjeros, que con mucha puntualidad guardan las leyes de la comedia, nos tienen por bárbaros é ignorantes viendo los absurdos y disparates de las que hacemos (4); y no seria bastante disculpa desto decir que el principal intento que las repúblicas bien ordenadas tienen permitiendo que se hagan públicas comedias, es para entretener la comunidad con alguna honesta recreacion, y divertirla á veces de los malos humores que suele engendrar la ociosidad; y que pues esto se consigue con cualquier comedia buena ó mala, no hay para qué poner leyes, ni estrechar á los que las componen y representan á que las hagan como debian hacerse, pues como he dicho, con cualquiera se consigue lo que con ellas se pretende. A lo cual respondería yo, que este fin se conseguiria mucho mejor sin comparacion alguna con las comedias buenas que con las no tales, porque de haber oido la comedia artificiosa y bien ordenada saldria el oyente alegre con las burlas, enseñado con las veras, admirado de los sucesos, discreto con las razones, advertido con los embustes, sagaz con los ejemplos, airado contra el vicio, y enamorado de la virtud: que todos estos afectos ha de despertar la buena comedia en el ánimo del que la escuchare por rústico y torpe que sea; y de toda imposibilidad es imposible dejar de alegrar y entretener, satisfacer y contentar la comedia que todas estas partes tuviere mucho mas que aquella que careciere dellas, como por la mayor parte carecen estas que de ordinario ahora se representan. Y no tienen la culpa desto los poetas que las componen, porque algunos hay dellos que conocen muy bien en lo que yerran, y saben estremadamente lo que deben hacer; pero como las comedias se han hecho mercadería vendible, dicen, y dicen verdad, que los representantes no se las comprarian si no fuesen de aquel jaez; y asi el poeta procura acomodarse con lo que el representante, que le ha de pagar su obra, le pide. Y que esto sea verdad véase por muchas ó infinitas comedias que ha compuesto un felicísimo ingenio destos reinos con tanta gala, con tanto donaire, con tan elegante verso, con tan buenas razones, con tan graves sentencias, y finalmente tan llenas de elocucion y alteza de estilo, que tiene lleno el mundo de su fama (5); y por querer acomo-

(1) Lope de Vega hizo mas en su comedia *La limpieza no manchada*, pues en ella entran el rey David, el santo hombre Job, el profeta Jeremías, San Juan Bautista, Santa Brígida y la universidad de Salamanca.

(2) *Gullurias ó gullorias.* Dióse este nombre por onomatopeya á unos pajaritos que anuncian la primavera, y por ser sabrosos y difíciles de coger, se miraban como manjar escesivamente delicado, que solo podia apetecerse y buscarse por capricho y antojo.—C.

(3) *Apariencia* es *tramoya* ó máquina teatral para representar trasformaciones ó acontecimientos prodigiosos.—C.

(4) No sé sobre qué fundaria Cervantes su elogio de los teatros estranjeros. En su época, los italianos casi no tenian mas que *la Mandragora* y las piezas del Trissino; la escena francesa estaba todavia en mantillas; la escena alemana estaba por nacer; Shakspeare, el único gran autor dramático de la época, no se preciaba seguramente de aquella regularidad clásica que permitia á los estranjeros llamar bárbaros á los admiradores de Lope de Vega.—Viardot.

(5) Este felicísimo ingenio es Lope de Vega, contra quien principalmente ha dirigido Cervantes su crítica del teatro español. En la época en que apareció la primera parte del Quijote, Lope de Vega casi no habia compuesto la cuarta parte de las mil y ochocientas comedias de *capa y espada*, que ha escrito su incansable pluma. Hay que observar tambien que en la misma época, el teatro español contaba solo con un gran escritor; y aparecieron despues Calderon, Moreto, Tirso de Molina, Rojas, Solis, etc., quienes dejaron muy atrás á los contemporáneos de Cervantes.—Viardot.

darse al gusto de los representantes no han llegado todas, como han llegado algunas, al punto de la perfeccion que requieren. Otros las componen tan sin mirar lo que hacen, que despues de representadas tienen necesidad los recitantes de huirse y ausentarse, temerosos de ser castigados, como lo han sido muchas veces, por haber representado cosas en perjuicio de algunos reyes, y en deshonra de algunos linajes; y todos estos inconvenientes cesarian, y aun otros muchos mas que no digo, con que hubiese en la córte una persona inteligente y discreta que examinase todas las comedias antes que se representasen; no solo aquellas que se hiciesen en la córte, sino todas las que se quisiesen representar en España, sin la cual aprobacion, sello y firma ninguna justicia en su lugar dejase representar comedia alguna; y desta manera los comediantes tendrian cuidado de enviar las comedias á la córte y con seguridad podrian representarlas, y aquellos que las componen mirarian con mas cuidado y estudio lo que hacian, temerosos de haber de pasar sus obras por el riguroso exámen de quien lo entiende: y desta manera se harian buenas comedias, y se conseguirá felicísimamente lo que en ellas se preten-

de, asi el entretenimiento del pueblo, como la opinion de los ingenios de España, el interés y seguridad de los recitantes, y el ahorro del cuidado de castigarlos: y si se diese cargo á otro ó á este mismo que examinase los libros de caballerías que de nuevo se compusiesen, sin duda podrian salir algunos con la perfeccion que vuestra merced ha dicho, enriqueciendo nuestra lengua del agradable y precioso tesoro de la elocuencia, dando ocasion que los libros viejos se escureciesen á la luz de los nuevos que saliesen para honesto pasatiempo, no solamente de los ociosos, sino de los mas ocupados, pues no es posible que esté continuo el arco armado, ni la condicion y flaqueza humana se pueda sustentar sin alguna lícita recreacion.

A este punto de su coloquio llegaban el canónigo y el cura cuando adelantándose el barbero llegó á ellos, y dijo al cura: aquí, señor licenciado, es el lugar que yo dije que era bueno para que sesteando nosotros tuviesen los bueyes fresco y abundoso pasto. Asi me lo parece á mí, respondió el cura, y diciéndole al canónigo lo que pensaba hacer, él tambien quiso quedarse con ellos, convidado del sitio de un hermoso valle que á la vista se les ofrecia; y asi por gozar dél como de la conversacion del cura, de quien ya se iba aficionando, y por saber mas por menudo las hazañas de Don Quijote, mandó á algunos de sus criados que se fuesen á la venta, que no lejos de allí estaba, y trujesen della lo que hubiese de comer para todos, porque él determinaba de sestear en aquel lugar aquella tarde: á lo cual uno de sus criados respondió, que el acémila del repuesto, que ya debia de estar en la venta, traia recado bastante para no obligar á tomar de la venta mas que cebada. Pues si asi es, dijo el canónigo, llévense allá todas las cabalgaduras, y haced volver la acémila.

En tanto que esto pasaba, viendo Sancho que podia hablar á su amo sin la continua asistencia de cura y el barbero, que tenia por sospechosos, se llegó á la jaula donde iba Don Quijote, y le dijo: señor, para descargo de mi conciencia le quiero decir lo que pasa cerca de su encantamento, y es que aquestos dos que vienen aquí encubiertos los rostros son el cura de nuestro lugar y el barbero, y imagino han dado en esta traza de llevarle desta manera de pura envidia que tienen como vuestra merced se les adelanta en hacer famosos hechos. Presupuesta, pues, esta verdad, síguese que no va encantado, sino embaido y tonto. Para prueba de lo cual le quiero preguntar una cosa, y si me responde, como creo que me ha de responder, tocará con la mano este engaño, y verá cómo no va encantado, sino trastornado el juicio. Pregunta lo que quisieres, hijo Sancho, respondió Don Quijote, que yo te satisfaré y responderé á toda tu voluntad: y en lo que dices que aquellos que allí van y vienen con nosotros son el cura y el barbero, nuestros compatriotas y conocidos, bien podrá ser que parezca que son ellos mismos; pero que lo sean realmente y en efecto, eso no lo creas en ninguna manera: lo que has de creer y entender es, que si ellos se les parecen, como dices, debe de ser que los que me han encantado habrán tomado esa apariencia y semejanza, porque es fácil á los

encantadores tomar la figura que se les antoja, y habrán tomado las destos nuestros amigos para darte á tí ocasion de que pienses lo que piensas, y ponerte en un laberinto de imaginaciones, que · no aciertes á salir dél aunque tuvieses la soga de Teseo (1); y tambien lo habrán hecho para que yo vacile en mi entendimiento, y no sepa atinar de dónde me viene este daño: porque si por una parte tú me dices que me acompañan el barbero y el cura de nuestro pueblo, y por otra yo me veo enjaulado, y sé de mí que fuerzas humanas, como no fueran sobrenaturales, no fueran bastantes para enjaularme, ¿qué quieres que diga ó piense, sino que la manera de mi encantamento escede á cuantas yo he leido en todas las historias que tratan de caballeros andantes que han sido encantados? Asi que bien puedes darte paz y sosiego en esto de creer que son los que dices, porque asi son ellos como yo soy turco; y en lo que toca á querer preguntarme algo, dí, que yo te responderé aunque me preguntes de aquí á mañana.

¡ Válame nuestra señora ! respondió Sancho, dando una gran voz; ¿ y es posible que sea vuestra merced tan duro de celebro y tan falto de meollo que no eche de ver que es pura verdad la que le digo, y que en esta su prision y desgracia tiene mas parte la malicia que el encanto ? Pero pues asi

(1) Es lo que se llama comunmente el *hilo de Ariadna*, que esta dió, segun refiere la fábula á su amante Teseo.—C.

es, yo le quiero probar evidentemente cómo no va encantado: sino dígame, así Dios le saque desta tormenta, y así se vea en los brazos de mi señora Dulcinea cuando menos piense. Acaba de conjurarme, dijo Don Quijote, y pregunta lo que quisieres, que ya te he dicho que te responderé con toda puntualidad. Eso pido, replicó Sancho, y lo que quiero saber y que me diga sin añadir ni quitar cosa ninguna, sino con toda verdad, como se espera que la han de decir y la dicen todos aquellos que profesan las armas como vuestra merced las profesa debajo de título de caballeros andantes..... Digo que no mentiré en cosa alguna, respondió Don Quijote; acaba ya de preguntar, que en verdad que me cansas con tantas salvas, plegarias y prevenciones, Sancho. Digo que yo estoy seguro de la bondad y verdad de mi amo, y así, porque hace al caso á nuestro cuento, pregunto, hablando con acatamiento, ¿si acaso despues que vuestra merced va enjaulado y á su parecer encantado en esta jaula le ha venido gana y voluntad de hacer aguas mayores ó menores, como suele decirse? No entiendo eso de hacer aguas, Sancho, aclárate mas si quieres que te responda derechamente. ¿Es posible que no entienda vuestra merced de hacer aguas menores ó mayores? pues en la escuela destetan á los muchachos con ello. Pues sepa que quiero decir ¿ si le ha venido gana de hacer lo que no se escusa? Ya te entiendo Sancho; y muchas veces, y aun ahora la tengo, sácame deste peligro, que no anda todo limpio.

CAPITULO XLIX.

Donde se trata del discreto coloquio que Sancho Panza tuvo con su señor Don Quijote.

Ah: dijo Sancho, cogido le tengo: esto es lo que yo deseaba saber como al alma y como á la vida. Venga acá, señor, ¿podria negar lo que comunmente suele decirse por ahí cuando una persona está de mala voluntad, no sé qué tiene fulano, que ni come, ni bebe, ni duerme, ni responde á propósito á lo que le preguntan, que no parece sino que está encantado? de donde se viene á sacar que los que no comen, ni beben, ni duermen, ni hacen las obras naturales que yo digo, estos tales están encantados; pero no aquellos que tienen la gana que vuestra merced tiene, y que bebe cuando se lo dan, y come cuando lo tiene, y responde á todo aquello que le preguntan. Verdad dices, Sancho, respondió Don Quijote; pero ya te he dicho que hay muchas maneras de encantamentos, y podria ser que con el tiempo se hubiesen mudado unos en otros, y que ahora se use que los encantados hagan todo lo que yo hago, aunque antes no lo hacian; de manera que contra el uso de los tiempos no hay que argüir ni de qué hacer consecuencias: yo sé y tengo para mí que voy encantado, y esto me basta para la seguridad de mi conciencia, que la formaria muy grande si yo pensase que no estaba encantado, y me dejase estar en esta jaula perezoso y cobarde, defraudando el socorro que podria dar á muchos menesterosos y necesitados que de mi ayuda y amparo deben tener á la hora de ahora precisa y estrema necesidad. Pues con todo eso, replicó Sancho, digo que para mayor abundancia y satisfaccion seria bien que vuestra merced probase á salir desta cárcel, que yo me obligo con todo mi poder á facilitarlo; y aun sacarle della, y probase de nuevo á subir sobre su buen Rocinante, que tambien parece que va encantado, segun va de melancólico y triste; y hecho esto, probásemos otra vez la suerte de buscar mas aventuras; y si no nos sucediese bien, tiempo nos queda para volvernos á la jaula: en la cual prometo á la ley de buen y leal escudero de encerrarme juntamente con vuestra merced, si acaso fuera vuestra merced tan desdichado, ó yo tan simple, que no acierte á salir con lo que digo. Yo soy contento de hacer lo que dices, Sancho hermano, replicó Don Quijote, y cuando tú veas coyuntura de poner en obra mi libertad, yo te obedeceré en todo y por todo; pero tú, Sancho, verás cómo te engañas en el conocimiento de mi desgracia.

En estas pláticas se entretuvieron el caballero andante y el mal andante escudero hasta que llegaron donde ya apeados los aguardaban el cura, el canónigo y el barbero. Desunció luego los bueyes de la carreta el boyero, y dejólos andar á sus anchuras por aquel verde y apacible sitio, cuya frescura convidaba á quererla gozar, no á las personas tan encantadas como Don Quijote, sino á los tan advertidos y discretos como su escudero; el cual rogó al cura que permitiese que su señor saliese por un rato de la jaula, porque si no le dejaban salir no iria tan limpia aquella prision como requeria la decencia de un tal caballero como su amo. Entendióle el cura, y dijo que de muy buena gana haria lo que le pedia, si no temiera que en viéndose su señor en libertad habia de hacer de las suyas, y irse donde jamás gentes le viesen. Yo le fio de la fuga, respondió Sancho. Y yo y todos, dijo el canónigo, y mas si él me da la palabra como caballero de no apartarse de nosotros hasta que sea nuestra voluntad. Don Quijote que todo lo estaba escuchando, respondió que la daba; cuanto mas que el que estaba encantado como él no tenia libertad para hacer de su persona lo que quisiese, porque el que le encantó le podia hacer que no se moviera de un lugar en tres siglos, y si hubiera huido, le haria volver en volandas; y que pues esto era asi bien podian soltarle, y mas siendo tan en provecho de todos, y del no soltarle les protestaba que no podia dejar de fatigarles el olfato si de allí no se desviaban. Tomóle la mano el canónigo, aunque las tenia atadas, y debajo de su buena fe y palabra le desenjaularon, de que él se alegró infinito y en gran manera de verse fuera de la jaula; y lo primero que hizo fue estirarse todo el cuerpo, y luego se fué donde estaba Rocinante, y dándole dos palmadas en las ancas, dijo: aun espero en Dios

y en su bendita madre, flor y espejo de los caballos, que presto nos hemos de ver los dos cual desea
mos, tú con tu señor á cuestas, y yo encima de tí ejercitando el oficio para que Dios me echó al
mundo; y diciendo esto Don Quijote se apartó con Sancho en remota parte, de donde vino mas aliviado
y con mas deseos de poner en obra lo que su escudero ordenase. Mirábalo el canónigo, y admirábase
de ver la estrañeza de su grande locura, y de que en cuanto hablaba y respondia mostraba tener bonísimo entendimiento; solamente venia á perder los estribos, como otras veces se ha dicho, en tratándole
de caballerías: y asi movido de compasion, despues de haberse sentado todos en la verde yerba para
esperar el repuesto del canónigo, le dijo:

¿Es posible, señor hidalgo, que haya podido tanto con vuestra merced la amarga y ociosa lectura
de los libros de caballerías, que le haya vuelto el juicio de modo que venga á creer que va encantado,
con otras cosas deste jaez, tan lejos de ser verdaderas como lo está la misma mentira de la verdad? Y
¿cómo es posible que haya entendimiento humano que se dé á entender que ha habido en el mundo
aquella infinidad de Amadises y aquella turbamulta de tanto famoso caballero, tanto emperador de
Trapisonda, tanto Felixmarte de Hircania, tanto palafren, tanta doncella andante, tantas sierpes, tantos endríagos, tantos gigantes, tantas inauditas aventuras, tanto género de encantamentos, tantas
batallas, tantos desaforados encuentros, tanta bizarría de trages, tantas princesas enamoradas, tantos
escuderos condes, tantos enanos graciosos, tanto billete, tanto requiebro, tantas mujeres valientes, y
finalmente tantas y tan disparatadas cosas como los libros de caballerías contienen? De mí sé decir que
cuando los leo, en tanto que no pongo la imaginacion en pensar que son todos mentira y liviandad,
me dan algun contento; pero cuando caigo en la cuenta de lo que son, doy con el mejor dellos en la
pared, y aun diera con él en el fuego si cerca ó presente le tuviera, bien como á merecedores de tal
pena por ser falsos y embusteros, y fuera del trato que pide la comun naturaleza, y como á inventores de nuevas sectas y de nuevo modo de vida, y como á quien da ocasion que el vulgo ignorante
venga á creer y tener por verdaderas tantas necedades como contienen: y aun tienen tanto atrevimiento, que se atreven á turbar los ingenios de los discretos y bien nacidos hidalgos, como se echa bien de
ver por lo que con vuestra merced han hecho, pues le han traido á términos que sea forzoso encer-
rarle en una jaula, y traerle sobre un carro de bueyes como quien trae ó lleva algun leon ó algun
tigre de lugar en lugar para ganar con él dejando que le vean. Ea, señor Don Quijote, duélase de sí
mismo, y redúzcase al gremio de la discrecion, y sepa usar de la mucha que el cielo fue servido de
darle, empleando el felicísimo talento de su ingenio en otra lectura que redunde en aprovechamiento
de su conciencia y en aumento de su honra; y si todavía llevado de su natural inclinacion quisiese leer
libros de hazañas y de caballerías, lea en la sacra Escritura el de los Jueces, que allí hallará verdades
grandiosas y hechos tan verdaderos como valientes. Un Viriato tuvo Lusitania, un César Roma, un
Aníbal Cartago, un Alejandro Grecia, un conde Fernan Gonzalez Castilla, un Cid Valencia, un Gonzalo Fernandez Andalucía, un Diego García de Paredes Estremadura, un Garci Perez de Vargas
Jerez, un Garcilaso Toledo (1), un don Manuel de Leon Sevilla (2), cuya leccion de sus valerosos
hechos puede entretener, enseñar, deleitar y admirar á los mas altos ingenios que los leyeren. Esta si
será lectura digna del buen entendimiento de vuestra merced, señor Don Quijote mio, de la cual
saldrá erudito en la historia, enamorado de la virtud, enseñado en la bondad, mejorado en las costumbres, valiente sin temeridad, osado sin cobardía; y todo esto para honra de Dios, provecho suyo
y fama de la Mancha, do segun he sabido trae vuestra merced su principio y origen.

Atentísimamente estuvo Don Quijote escuchando las razones del canónigo; y cuando vió que ya
habia puesto fin á ellas, despues de haberle estado un buen espacio mirando, le dijo: paréceme, señor
hidalgo, que la plática de vuestra merced se ha encaminado á querer darme á entender que no ha
habido caballeros andantes en el mundo, y que todos los libros de caballerías son falsos, mentirosos,
dañadores é inútiles para la república, y que yo he hecho mal en leerlos, y peor en creerlos, y mas
mal en imitarlos, habiéndome puesto á seguir la durísima profesion de la caballería andante que ellos
enseñan, negándome que no ha habido en el mundo Amadises ni de Gaula, ni de Grecia, ni todos los
otros caballeros de que las escrituras están llenas.

Todo es al pie de la letra como vuestra merced lo va relatando, dijo á esta sazon el canónigo. A lo
cual respondió Don Quijote; añadió tambien vuestra merced diciendo que me habian hecho mucho
daño tales libros, pues me habian vuelto el juicio y puéstome en una jaula, y que me seria mejor
hacer la enmienda y mudar de lectura leyendo otros mas verdaderos y que mejor deleitan y enseñan.

Asi es, dijo el canónigo. Pues yo, replicó Don Quijote, hallo por mi cuenta que el sin juicio y el
encantado es vuestra merced, pues se ha puesto á decir tantas blasfemias contra una cosa tan recebida
en el mundo y tenida por tan verdadera, que el que la negase, como vuestra merced la niega, merecia la misma pena que vuestra merced dice que da á los libros cuando los lee y le enfadan: porque
querer dar á entender á nadie que Amadis no fue en el mundo, ni todos los otros caballeros aventu-

(1) No es este el poeta, aunque tambien toledano y soldado valiente, sino otro Garcilaso que en la vega de Granada hizo
varias proezas militares cuando el sitio de Granada por los Reyes Católicos, en 1491.
Se le llamó tambien Garcilaso del *Ave Maria*, porque dió muerte en combate singular á un caballero moro que por escar-
nio llevaba el nombre del *Ave Maria* en la cola de su caballo.
(2) Otro célebre guerrero de la misma época.

reros de que están colmadas las historias, será querer persuadir que el sol no alumbra, ni el hielo enfria, ni la tierra sustenta. Porque ¿qué ingenio puede haber en el mundo que pueda persuadir á otro que no fue verdad lo de la infanta Floripes (1) y Güi de Borgoña, y lo de Fierabrás con la puente de Mantible (2) que sucedió en el tiempo de Carlo Magno? q .e voto á tal que es tanta verdad como es ahora de dia; y si es mentira, tambien lo debe de ser que no hubo Héctor, ni Aquiles, ni la guerra de Troya, ni los doce Pares de Francia, ni el rey Artus de Inglaterra, que anda hasta ahora convertido en cuervo, y le esperan en su reino por momentos (3) y tambien se atreverán á decir que es mentirosa la historia de Guarino Mezquino (4), y la de la demanda del santo Grial (5) y que son apócrificos los amores de don Tristan y la reina Iseo, como los de Ginebra y Lanzarote, habiendo personas que casi se acuerdan de haber visto á la dueña Quintañona, que fue la mejor escanciadora de vino que tuvo la Gran Bretaña; y es esto tan asi, que me acuerdo yo que me decia una mi agüela de parte de mi padre cuando veia alguna dueña con tocas reverendas: aquella, nieto, se parece á la dueña Quintañona; de donde arguyo yo que la debió de conocer ella, ó por lo menos debió de alcanzar á ver algun retrato suyo. ¿Pues quién podrá negar no ser verdadera la historia de Pierres y la linda Maga-

lona (6), pues aun hasta hoy dia se ve en la armería de los reyes la clavija con que volvia el caballo de madera sobre quien iba el valiente Pierres por los aires, que es un poco mayor que un timon de carreta? y junto á la clavija está la silla de Babieca, y en Roncesvalles está el cuerno de Roldan tamaño como una grande viga (7): de donde se infiere que hubo doce Pares, que hubo Pierrres, que hubo Cides, y otros caballeros semejantes destos que dicen las gentes que á sus aventuras van. Si no díganme tambien que no es verdad que fue caballero andante el valiente lusitano Juan de Merlo, que fué á

(1) Floripes fue hija del almirante Balan, hermana de Fierabrás; y habiendo recibido el bautismo, se casó con Güi ó Guido de Borgoña, sobrino de Carlo Magno y primo de Roldan; y fueron reyes en su tierra, segun se refiere en la Historia de los doce Pares.—P.

(2) Consta el puente Mantible de treinta arcos de mármol blanco, echado sobre un caudaloso rio, que solo por él se podia pasar: estaba defendido por dos torres cuadradas y guardábale el espantoso y descomunal gigante Galafre, ayudado de cien turcos, exigiendo á los cristianos por derecho de pontazgo, y bajo la pena de poner sus cabezas en las almenas del puente, *treinta pares de perros de caza, cien doncellas, cien alcones enseñados, y cien caballos engualdrapados, con un marco de oro fino en cada pie;* pero con todo eso le ganó Carlo Magno, con ayuda del gigante Fierabrás, segun cuentan y fingen las crónicas francesas.

(3) Como los judíos al Mesías y los portugnéses al rey don Sebastian.—C.

(4) Hijo de Milou de Tarento; fue de la casa de Mongrana, enlazada con la de Carlo Magno, y marido de Antinique, bija del rey Persépolis. Asi lo cuenta su historia, compuesta, segun opinion comun, en italiano y dividida en siete libros por el señor Andrés, florentino (siglo XIII). La tradujo al castello Alonso Hernandez Aleman, á mediados del siglo XVI.

(5) Título de un libro, tan antiguo como raro, de caballerías, escrito en italiano en el siglo XII y traducido al castellano. Impreso en Sevilla, en 1500. *Demanda* quiere decir conquista; *Grial* es un plato ó vaso de esmeralda, llamado *santo* ó santificado, por haber servido, segun se finje, en la última cena de Arimatea, ó para recoger la sangre de Jesus, cuando José lavó las llagas de su cuerpo para embalsamarle y sepultarle: y por esto se intitula tambien este libro: *Josef Abarimatea ó memoria de Josef Abarimatea y del santo Grial.*—P.

(6) La escribió á fines del siglo XII Bernardo Trevier, canónigo de Maguelona, ciudad que existió cerca de Mompellier. La tradujo Felipe Camus, y se publicó en Toledo, en 1526.

(7) Este es el famoso cuerno de marfil, que solia tocar en las batallas Roldan: y en una ocasion (segun se esplica el arzobispo Turpin, cap. XIII), le tocó con tanto esfuerzo y pujanza, que reventó por medio, y al dueño se le rompieron las venas y nervios del cuello. Segun relacion de Dante y de Boyardo, se oia á dos leguas de distancia.

Borgoña, y se combatió en la ciudad de Ras con el famoso señor de Charny, llamado Mosen Pierres (1), y despues en la ciudad de Basilea con Mosen Enrique de Remestan (2), saliendo de entrambas empresas vencedor y lleno de honrosa fama ; y las aventuras y desafios que tambien acabaron en Borgoña los valientes españoles Pedro Barba, y Gutierre Quijada (de cuya alcurnia yo desciendo por línea recta de varon) venciendo á los hijos del conde de San Polo. Niéguenme asimismo que no fué á buscar las aventuras á Alemania don Fernando de Guevara, donde se combatió con Micer Jorge, caballero de la casa del duque de Austria. Digan que fueron burla las justas de Suero de Quiñones, del Paso (3), las empresas de Mosen Luis de Falces (4) contra don Gonzalo de Guzman, caballero castellano, con otras

muchas hazañas hechas por caballeros cristianos destos y de los reinos estranjeros, tan auténticas y verdaderas, que torno á decir que el que las negase careceria de toda razon y buen discurso.

Admirado quedó el canónigo de oir la mezcla que Don Quijote hacia de verdades y mentiras, y de ver la noticia que tenia de todas aquellas cosas tocantes y concernientes á los hechos de su andante caballería, y asi le respondió : no puedo yo negar, señor Don Quijote, que no sea verdad algo de lo que vuestra merced ha dicho, especialmente en lo que toca á los caballeros andantes españoles : y asimismo quiero conceder que hubo doce Pares de Francia ; pero no quiero creer que hicieron todas aquellas cosas que el arzobispo Turpin dellos describe : porque la verdad dello es, que fueron caballeros escogidos por los reyes de Francia, á quien llamaron Pares, por ser todos iguales en valor, en calidad y en valentía : á lo menos si no lo eran, era razon que lo fuesen, y era como una religion de las que ahora se usan de Santiago ó de Calatrava, que se presupone que los que la profesan han de ser ó deben ser caballeros valerosos, valientes y bien nacidos ; y como ahora dicen caballero de San Juan ó de Alcántara, decian en aquel tiempo caballero de los doce Pares, porque fueron doce iguales los que para esta religion militar se escogieron. En lo de que hubo Cid no hay duda, ni menos Bernardo del Carpio ; pero de que hicieron las hazañas que dicen, creo que la hay muy grande. En lo otro de la clavija, que vuestra merced dice del conde Pierres, y que está junto á la silla de Babieca en la armería de los reyes, confieso mi pecado, que soy tan ignorante ó tan corto de vista, que aunque he visto la silla no he echado de ver la clavija, y mas siendo tan grande como vuestra merced ha dicho. Pues allí está sin duda alguna, replicó Don Quijote, y por mas señas dicen que está metida en una funda de vaqueta porque no se tome de moho. Todo puede ser, respondió el canónigo, pero por las órdenes que recebí, que no me acuerdo haberla visto ; mas puesto que conceda que está allí, no por eso me obligo á creer las historias de tantos Amadises, ni las de tanta turbamulta de caballeros como por ahí nos

(1) Pierre de Breaufremont, Seigneur de Charbot-Charny.

(2) O mas bien Ravestein.—Viardot.

(3) Valeroso caballero leonés. En 1454 celebró junto á la puente del rio Orbigo, á tres leguas de Astorga, unas solemnísimas justas que duraron treinta dias, y cuya relacion escrita por Fr. Juan de Pineda, se imprimió en Salamanca, en 1588, con el título de *Libro del Paso honroso*. Se imprimió en Madrid, en 1784, á continuacion de la crónica de don Alvaro de Luna. Sobre este suceso compuso un bello poema el señor Mauri, titulado Esveto y Almedora.

(4) Caballero navarro, de quien se hace mencion en la crónica de don Juan II (cap. CXIII), y en los Anales de Zurita (cap. LXIV).

cuentan , ni es razon que un hombre como vuestra merced, tan honrado y de tan buenas partes, y dotado de tan buen entendimiento, se dé á entender que son verdaderas tantas y tan estrañas locuras como las que están escritas en los disparatados libros de caballerías.

CAPITULO L.

De las discretas altercaciones que Don Quijote y el canónigo tuvieron , con otros sucesos.

Bueno está eso, respondió Don Quijote : los libros que están impresos con licencia de los reyes, y con aprobacion de aquellos á quien se remitieron, y que con gusto general son leidos y celebrados de los grandes y de los chicos, de los pobres y de los ricos, de los letrados é ignorantes, de los plebeyos y caballeros, finalmente de todo género de personas de cualquier estado y condicion que sean, ¿habian de ser mentira, y mas llevando tanta apariencia de verdad, pues nos cuentan el padre, la madre, la patria, los parientes, la edad, el lugar y las hazañas punto por punto, y dia por dia que el tal caballero hizo, ó caballeros hicieron? (1) Calle vuestra merced, no diga tal blasfemia, y créame, que le aconsejo en esto lo que debe hacer como discreto ; si no , léalos, y verá el gusto que recibe de su leyenda. Si no, dígame, ¿hay mayor contento que ver, como si dijésemos, que aquí ahora se muestra delante de nosotros un gran lago de pez hirviendo á borbollones, y que andan nadando y cruzando por él muchas serpientes, culebras y lagartos, y otros muchos géneros de animales feroces y espantables, y que del medio del lago sale una voz tristísima que dice: *tú , caballero, quien quiera que seas, que el temeroso lago estás mirando, si quieres alcanzar el bien que debajo destas negras aguas se encubre, muestra el valor de tu fuerte pecho y arrójate en mitad de su negro y encendido licor, porque si así no lo haces no serás digno de ver las altas maravillas que en si encierran y contienen los siete castillos de las siete Fadas que debajo desta negrura yacen?* ¿y que apenas el caballero no ha acabado de oir la voz temerosa , cuando sin entrar mas en cuentas consigo, sin ponerse á considerar el peligro á que se pone, y aun sin despojarse de la pesadumbre de sus fuertes armas, encomendándose á Dios y á su señora se arroja en mitad del bullente lago, y cuando no se cata ni sabe dónde ha de parar se halla entre unos floridos campos, con quien los Elíseos no tienen que ver en ninguna cosa? Allí le parece que el cielo es mas trasparente, y que el sol luce con claridad mas nueva : ofrécesele á los ojos una apacible floresta de tan verdes y frondosos árboles compuesta, que alegra á la vista su verdura, y entretiene los oidos el dulce y no aprendido canto de los pequeños infinitos y pintados pajarillos, que por los intrincados ramos van cruzando. Aquí descubre un arroyuelo, cuyas frescas aguas, que líquidos cristales parecen, corren sobre menudas arenas y blancas pedrezuelas, que oro cernido y puras perlas semejan. Acullá ve una artificiosa fuente de jaspe variado y de liso mármol compuesta ; acá ve otra á lo brutesco ordenada, adonde las menudas conchas de las almejas con las torcidas casas blancas y amarillas del caracol, puestas con órden desordenado, mezclados entre ellas pedazos de cristal luciente y de contrahechas esmeraldas, hacen una variada labor ; de manera que el arte imitando á la naturaleza parece que allí la vence. Acullá de improviso se le descubre un fuerte castillo ó vistoso alcázar, cuyas murallas son de macizo oro, las almenas de diamantes, las puertas de jacintos : finalmente, él es de tan admirable compostura, que con ser la materia de que está formado no menos que de diamantes, de carbuncos, de rubíes, de perlas, de oro y de esmeraldas, es de mas estimacion su hechura ; y ¿hay mas que ver despues de haber visto esto, que ver salir por la puerta del castillo un buen número de doncellas, cuyos galanos y vistosos trages, si yo me pusiese ahora á decirlos como las historias nos lo cuentan, seria nunca acabar; y tomar luego la que parecia principal de todas por la mano al atrevido caballero que se arrojó en el ferviente lago, y llevarle sin hablarle palabra adentro del rico alcázar ó castillo, y hacerle desnudar como su madre le parió, y bañarle con templadas aguas, y luego untarle todo con olorosos ungüentos, y vestirle una camisa de cendal delgadísimo, toda olorosa y perfumada, y acudir otra doncella y echarle un manton sobre los hombros, que por lo menos menos, dicen que suele valer una ciudad, y aun mas? ¿qué es ver, pues, cuando nos cuentan que tras todo esto le llevan á otra sala, donde halla puestas las mesas con tanto concierto, que queda suspenso y admirado? ¿qué el verle echar agua á manos, toda de ámbar, y de olorosas flores destilada? ¿qué el hacerle sentar sobre una silla de marfil? ¿qué verle servir todas las doncellas guardando un maravilloso silencio? ¿qué el traerle tanta diferencia de manjares, tan sabrosamente guisados, que no sabe el apetito á cuál deba alargar la mano? ¿qué será oir la música que en tanto que come suena, sin saberse quién la toca ni adónde suena? ¿y despues de la comida acabada y las mesas alzadas, quedarse el caballero recostado sobre la silla, y quizá mondándose los dientes como es costumbre, entrar á deshora por la puerta de la sala otra mucho mas hermosa doncella que ninguna de las primeras, y sentarse al lado del caballero, y comenzar á darle cuenta de qué castillo es aquel, y de cómo ella está encantada en él, con otras cosas que suspenden al caballero, y admiran á los leyentes que van leyendo su historia? No quiero alargarme mas en esto, pues dello se puede colegir que cual-

---

(1) Siguió Don Quijote el dictámen de aquel buen sacerdote, de quien cuenta Melchor Cano que no podia darse á entender que fuesen falsos ni apócrifos los libros que se imprimian con las licencias necesarias, y así tenia por verdaderas las patrañas, de Amadis de Gaula *(De Locis* , lib. XI , cap. VI).—P.

quiera parte que se lea de cualquiera historia de caballero andante, ha de causar gusto y maravilla á cualquiera que la leyere; y vuestra merced créame, y como otra vez le he dicho lea estos libros, y verá cómo le destierran la melancolía que tuviere, y le mejoran la condicion si acaso la tiene mala. De mí sé decir que despues que soy caballero andante soy valiente, comedido, liberal, bien criado, generoso, cortés, atrevido, blando, paciente, sufridor de trabajos, de prisiones, de encantos, y aunque há t n poco que me ví encerrado en una jaula como loco, pienso por el valor de mi brazo, favoreciéndome el cielo, y no me siendo contraria la fortuna, en pocos dias verme rey de algun reino, adonde pueda mostrar el agradecimiento y liberalidad que mi pecho encierra: que mia fe, señor, el pobre está inhabilitado de poder mostrar la virtud de liberalidad con ninguno, aunque en sumo grado la posea, y el agradecimiento que solo consiste en el deseo, es cosa muerta, como es muerta la fe sin obras. Por esto querria que la fortuna me ofreciese presto alguna ocasion donde me hiciese emperador por mostrar mi pecho haciendo bien á mis amigos, especialmente á este pobre de Sancho Panza, mi escudero, que es el mejor hombre del mundo, y querria darle un condado que le tengo muchos dias há prometido, sino que temo que no ha de tener habilidad para gobernar su Estado.

Casi estas últimas palabras oyó Sancho á su amo, á quien dijo: trabaje vuestra merced, señor Don Quijote, en darme ese condado tan prometido de vuestra merced como de mí esperado, que yo le prometo que no me falte á mí habilidad para gobernarle; y cuando me faltare, yo he oido decir que hay hombres en el mundo que toman en arrendamiento los Estados de los señores, y les dan un tanto cada año, y ellos se tienen cuidado del gobierno, y el señor se está á pierna tendida gozando de la renta que le dan sin curarse de otra cosa; y asi haré yo, y no repararé en tanto mas cuanto, sino que luego me desistiré de todo, y me gozaré mi renta como un duque, y allá se lo hayan. Eso, hermano Sancho, dijo el canónigo, entiéndese en cuanto al gozar la renta; empero en administrar justicia ha de entender el señor del Estado, y aquí entra la habilidad y buen juicio, y principalmente la buena intencion de acertar, que si esta falta en los principios, siempre irán errados los medios y los fines; y asi suele Dios ayudar al buen deseo del simple, como desfavorecer al malo del discreto. No sé esas filosofías, respondió Sancho Panza, mas solo sé que tan presto tuviese yo el condado como sabria regirle, que tanta alma tengo yo como otro, y tanto cuerpo como el que mas, y tan rey seria yo de mi Estado como cada uno del suyo, y siéndolo haria lo que quisiese, y haciendo lo que quisiese, haria mi gusto, y haciendo mi gusto estaria contento, y en estando uno contento no tiene mas que desear, y no teniendo mas que desear acabóse, y el Estado venga, y á Dios y veámonos, como dijo un ciego á otro. No son malas filosofías esas, como tú dices, Sancho, dijo Don Quijote. Pero con todo eso, respondió el canónigo, hay mucho que decir sobre esta materia de condados. A lo cual replicó Don Quijote: yo no sé que haya mas que decir, solo me guio por el ejemplo que me da el grande Amadis de Gaula, que hizo á su escudero conde de la ínsula firme, y asi puedo yo sin escrúpulo de conciencia hacer conde á Sancho Panza, que es uno de los mejores escuderos que caballero andante ha tenido. Admirado quedó el canónigo de los concertados disparates (si disparates sufren concierto) que Don Quijote habia dicho, del modo con que habia pintado la aventura del caballero del lago, de la impresion que en él habian hecho las pensadas mentiras de los libros que habia leido, y finalmente le admiraba la necedad de Sancho, que con tanto ahinco deseaba alcanzar el condado que su amo le habia prometido.

Ya en esto volvian los criados del canónigo, que á la venta habian ido á traer la acémila del repuesto, y haciendo mesa de una alhombra y de la verde yerba del prado, á la sombra de unos árboles se sentaron, y comieron allí porque el boyero no perdiese la comodidad de aquel sitio, como queda dicho; y estando comiendo, á deshora oyeron un recio estruendo y un son de esquila que por entre unas zarzas y espesas matas que allí junto estaban sonaba, y al mismo instante vieron salir de entre aquellas malezas una hermosa cabra, toda la piel manchada de negro, blanco y pardo: tras ella venia un cabrero dándole voces, y diciendo palabras á su uso para que se detuviese ó al rebaño volviese. La fugitiva cabra, temerosa y despavorida se vino á la gente como á favorecerse della, y allí se detuvo. Llegó el cabrero, y asiéndola de los cuernos, como si fuera capaz de discurso y entendimiento le dijo: ah cerrera (1), cerrera, manchada, manchada, ¿y cómo andais vos estos dias de pie cojo? ¿qué lobos os espantan, hija? ¿no me direis qué es esto, hermosa? Mas qué puede ser sino que sois hembra, y no podeis estar sosegada, que mal haya vuestra condicion y la de todas aquellas á quien imitais. Volved, volved, amiga, que si no tan contenta, á lo menos estareis segura en vuestro aprisco ó con vuestras compañeras: que si vos que las habeis de guardar y encaminar andais tan sin guia y tan descaminada, ¿en qué podrán parar ellas? Contento dieron las palabras del cabrero á los que las oyeron, especialmente al canónigo, que le dijo: por vida vuestra, hermano, que os sosegueis un poco, y no os acucieis en volver tan presto esa cabra á su rebaño; que pues ella es hembra, como vos decís, ha de seguir su natural distinto por mas que vos os pongais á estorbarlo. Tomad ese bocado, y bebed una vez, con que templareis la cólera, y en tanto descansará la cabra; y el decir esto y el darle con la punta del cuchillo los lomos de un conejo fiambre, todo fue uno. Tomólo y agradeciólo el cabrero, bebió y sosegóse, y luego dijo: no querria que por haber yo hablado con esta alimaña (2) tan en seso

(1) *Cerrera*, amiga de *andar por cerros*, de andar vagando por parajes ásperos y escabrosos.—C.
(2) Asi llaman, dice Covarrubias, los villanos á las bestias cuadrúpedas, y particularmente á las que crian en sus casas

me tuviesen vuestras mercedes por hombre simple, que en verdad que no carecen de misterio las palabras que le dije. Rústico soy, pero no tanto que no entienda cómo se ha de tratar con los hombres y con las bestias. Eso creo yo muy bien, dijo el cura, que ya yo sé de esperiencia que los montes crian letrados, y las cabañas de los pastores encierran filósofos. A lo menos, señor, replicó el cabrero, acogen hombres escarmentados: y para que creais esta verdad, y la toqueis con la mano, aunque parezca que sin ser rogado me convido, si no os enfadais dello, y quereis, señores, un breve espacio

prestarme oido atento, os contaré una verdad que acredite lo que ese señor (señalando al cura) ha dicho, y la mia.

A esto respondió Don Quijote: por ver que tiene este caso un no sé qué de sombra de aventura de caballería, yo por mi parte os oiré, hermano, de muy buena gana, y asi le harán todos estos señores por lo mucho que tienen de discretos, y de ser amigo de curiosas novedades que suspendan, alegren y entretengan los sentidos, como sin duda pienso que lo ha de hacer vuestro cuento. Comenzad, pues, amigo, que todos escucharemos. Saco la mia (1), dijo Sancho, que yo á aquel arroyo me voy con esta empanada, donde pienso hartarme por tres dias, porque he oido decir á mi señor Don

y son domésticas y de su servicio.—Arr.—Antiguamente se dió el nombre de *animalias* en general á los animales. De *animalia* se formó por metátesis *alimania*, y de *alimania* se dijo alemaña, como de *Hispania* se dijo España, de *Sardinia* Cerdeña, y de *Alemania* Alemaña.—C.

(1) No entro yo en ese número, no se cuente conmigo, que yo á aquel arroyo me voy, etc. Metáfora tomada del juego cuando el que se retira de él saca su puesta, diciendo: *saco la mia.*—Arr.

Quijote que el escudero de caballero andante ha de comer cuando se le ofreciere hasta no poder mas, á causa que se les suele ofrecer entrar acaso por una selva tan intrincada que no aciertan á salir della en seis dias, y si el hombre no va harto ó bien proveidas las alforjas, allí se podrá quedar, como muchas veces se queda, hecho carne momia.

Tú estás en lo cierto, Sancho, dijo Don Quijote; véte adonde quisieres, y come lo que pudieres, que yo ya estoy satisfecho, y solo me falta dar al alma su refaccion como se la daré escuchando el cuento deste buen hombre. Asi la daremos todos á las nuestras, dijo el canónigo, y luego rogó al ca-

brero que diese principio á lo que prometido habia. El cabrero dió dos palmadas sobre el lomo á la cabra, que por los cuernos tenia, diciéndole: recuéstate junto á mí, manchada, que tiempo nos queda para volver á nuestro apero. Parece que lo entendió la cabra, porque en sentándose su dueño se tendió ella junto á él con mucho sosiego, y mirándole al rostro daba á entender que estaba atenta á lo que el cabrero iba diciendo, el cual comenzó su historia desta manera.

CAPITULO LI.

Que trata de lo que contó el cabrero á todos los que llevaban á Don Quijote.

Tres leguas deste valle está una aldea que, aunque pequeña, es de las mas ricas que hay en todos estos contornos, en la cual habia un labrador muy honrado, y tanto que aunque es anejo al ser rico

el ser honrado, mas lo era él por la virtud que tenia, que por la riqueza que alcanzaba; mas lo que le hacia mas dichoso, segun él decia, era tener una hija de tan estremada hermosura, rara discrecion, donairè y virtud, que el que la conocía y la miraba se admiraba de ver las estremadas partes con que el cielo y la naturaleza la habian enriquecido. Siendo niña fue hermosa, y siempre fue creciendo en belleza, y en la edad de diez y seis años fue hermosísima. La fama de su belleza se comenzó á estender por todas las circunvecinas aldeas; ¿qué digo yo por las circunvecinas no mas, si se estendió á las apartadas ciudades, y aun se entró por las salas de los reyes y por los oidos de todo género de gente, que como á cosa rara ó como á imágen de milagros de todas partes á verla venian? Guardábala su padre y guardábase ella; que no hay candados, guardas ni cerraduras que mejor guarden á una doncella, que las del recato propio. La riqueza del padre y la belleza de la hija movieron á muchos, asi del pueblo como forasteros, á que por mujer se la pidiesen; mas él, como á quien tocaba disponer de tan rica joya, andaba confuso sin saber determinarse á quién la entregaria de los infinitos que la importunaban, y entre los muchos que tan buen deseo tenian fuí yo uno, á quien dieron muchas y grandes esperanzas de buen suceso conocer que el padre conocia quien yo era, el ser natural del mismo pueblo, limpio en sangre, en la edad floreciente, en la hacienda muy rico, y en el ingenio no menos acabado. Con todas estas mismas partes la pidió tambien otro del mismo pueblo, que fue causa de suspender y poner en balanza la voluntad del padre, á quien parecia que con cualquiera de nosotros estaba su hija empleada; y por salir desta confusion determinó decírselo á Leandra (que asi se llamaba la rica que en miseria me tiene puesto) advirtiendo que pues los dos éramos iguales, era bien dejar á la voluntad de su querida hija el escoger á su gusto: cosa digna de imitar de todos los padres que á sus hijos quieren poner en estado. No digo yo que los dejen escoger en cosas ruines y malas, sino que se las propongan buenas, y de las buenas que escojan á su gusto. No sé yo el que tuvo Leandra; solo sé que el padre nos entretuvo á entrambos con la poca edad de su hija y con palabras generales, que ni le obligaban ni nos desobligaban tampoco. Llámase mi competidor Anselmo y yo Eugenio; porque vais con noticia de los nombres de las personas que en esta tragedia se contienen, cuyo fin aun está pendiente, pero bien se deja entender que ha de ser desastrado.

En esta sazon vino á nuestro pueblo un Vicente de la Roca, hijo de un pobre labrador del mismo lugar, el cual Vicente venia de las Italias y de otras diversas partes de ser soldado. Llevóle de nuestro lugar, siendo muchacho de hasta doce años, un capitan que con su compañía por allí acertó á pasar, y volvió el mozo de allí á otros doce vestido á la soldadesca pintado con mil colores, lleno de mil diges de cristal y sutiles cadenas de acero. Hoy se ponia una gala y mañana otra; pero todas sutiles, pintadas, de poco peso y menos tomo. La gente labradora, que de suyo es maliciosa, y dándole el ocio lugar es la misma malicia, lo notó, y contó punto por punto sus galas y preseas, y halló que los vestidos eran tres de diferentes colores, con sus ligas y medias; pero él hacia tantos guisados é invenciones dellas, que si no se los contaran hubiera quien jurara que habia hecho muestra de mas de diez pares de vestidos y de mas de veinte plumas: y no parezca impertinencia y demasía esto que de los vestidos voy contando, porque ellos hacen una buena parte en esta historia. Sentábase en un poyo que debajo de un gran álamo está en nuestra plaza, y allí nos tenia á todos la boca abierta pendientes de las hazañas que nos iba contando. No habia tierra en todo el orbe que no hubiese visto, ni batalla donde no se hubiese hallado: habia muerto mas moros que tiene Marruecos y Túnez, y entrado en mas singulares desafíos, segun él decia, que Garcilaso, Diego García de Paredes y otros mil que nombraba, y de todos habia salido con vitoria sin que le hubiesen derramado una sola gota de sangre. Por otra parte mostraba señales de heridas, que aunque no se divisaban, nos hacia entender que eran arcabuzazos dados en diferentes reencuentros y facciones. Finalmente, con una vista de arrogancia llamaba de vos á sus iguales y á los mismos que le conocian, y decia que su padre era su brazo, su linaje sus obras, y que debajo de ser soldado al mismo rey no debia nada. Añadiósele á estas arrogancias ser un poco músico, y tocar una guitarra á lo rasgado, de manera que decian algunos que la hacia hablar; pero no pararon aquí sus gracias, que tambien la tenia de poeta, y asi de cada niñería que pasaba en el pueblo componia un romance de legua y media de escritura.

Éste soldado, pues, que aquí he pintado, este Vicente de la Roca, este bravo, este galan, este músico, este poeta, fue visto y mirado muchas veces de Leandra desde una ventana de su casa que tenia la vista á la plaza. Enamoróla el oropel de sus vistosos trages, encantáronla sus romances, que de cada uno que componia daba veinte traslados, llegaron á sus oidos las hazañas que él de sí mismo habia referido; y finalmente, que asi el diablo lo debia de tener ordenado, ella se vino á enamorar dél antes que en él naciese presuncion de solicitarla: y como en los casos de amor no hay ninguno que con mas facilidad se cumpla que aquel que tiene de su parte el deseo de la dama, con facilidad se concertaron Leandra y Vicente: y primero que alguno de sus muchos pretendientes cayese en la cuenta de su deseo, ya ella teníale cumplido habiendo dejado la casa de su querido y amado padre, que madre no la tiene, y ausentádose de la aldea con el soldado, que salió con mas triunfo de esta empresa que de todas las muchas que él se aplicaba. Admiró el suceso á toda la aldea, y aun á todos los que dél noticia tuvieron: yo quedé suspenso, Anselmo atónito, el padre triste, sus parientes afrentados, solícita la justicia, los cuadrilleros listos: tomáronse los caminos, escudriñáronse los bosques y cuanto habia, y al cabo de tres dias hallaron á la antojadiza Leandra en una cueva de un monte desnuda en camisa, sin muchos dineros y preciosísimas joyas que de su casa habia sacado. Volviéronla á la presencia del lastimado padre, preguntáronle su desgracia, confesó sin apremio que Vicente de la Roca la habia engañado, y debajo de palabra de ser su esposo la persuadió que dejase la casa de su padre, que él la llevaria á la mas rica y mas vistosa ciudad que habia en todo el mundo, que era Nápoles; y que ella mal advertida y peor engañada le habia creido, y robando á su padre se le entregó la misma noche que habia faltado, y que él la llevó á un áspero monte, y la encerró en aquella cueva donde la habian hallado. Contó tambien cómo el soldado, sin quitarle su honor, le robó cuanto tenia, y la dejó en aquella cueva, y se fué: suceso que de nuevo puso en admiracion á todos. Difícil, señor, se hizo de creer la continencia del mozo; pero ella lo afirmó con tantas veras, que fueron parte para que el desconsolado padre se consolase, no haciendo cuenta de las riquezas que le llevaban, pues le habian dejado á su hija con la joya que si una vez se pierde no deja esperanza de que jamás se cobre.

El mismo dia que pareció Leandra la despareció su padre de nuestros ojos, y la llevó á encerrar en un monasterio de una villa que está aquí cerca, esperando que el tiempo gaste alguna parte de la mala opinion en que su hija se puso. Los pocos años de Leandra sirvieron de disculpa de su culpa, á lo menos con aquellos que no les iba algun interés en que ella fuese mala ó buena; pero los que conocian su discrecion y mucho entendimiento no atribuyeron á ignorancia su pecado, sino á su desenvoltura y á la natural inclinacion de las mujeres, que por la mayor parte suele ser desatinada y mal compuesta. Encerrada Leandra quedaron los ojos de Anselmo ciegos, á lo menos sin tener cosa que mirar que contento les diese; los mios en tinieblas, sin luz que á ninguna cosa de gusto les encaminase con la ausencia de Leandra: crecia nuestra tristeza, apocábase nuestra paciencia, maldeciamos las galas del soldado, y abominábamos del poco recato del padre de Leandra. Finalmente Anselmo y yo nos concertamos de dejar la aldea, y venirnos á este valle, donde él apacentando una gran cantidad de ovejas suyas propias, y yo un numeroso rebaño de cabras tambien mias, pasamos la vida entre los árboles, dando vado á nuestras pasiones ó cantando juntos alabanzas ó vituperios de la hermosa Leandra, ó suspirando solos y á solas comunicando con el cielo nuestras querellas. A imitacion nuestra otros muchos de los pretendientes de Leandra se han venido á estos ásperos montes usando el mismo ejercicio nuestro, y son tantos que parece que este sitio se ha convertido en la pastoral Arcadia, segun está colmado de pastores y de apriscos, y no hay parte en él donde no se oiga el nombre de la hermosa Leandra. Este la maldice y la llama antojadiza, varia y deshonesta; aquel la condena por fácil y ligera; tal la absuelve y perdona, y tal la desprecia y vitupera: uno celebra su hermosura, otro reniega de su condicion, y en fin todos la deshonran, y todos la adoran, y de todos se estiende á tanto la locura, que hay quien se queje de desden sin haberla jamás hablado, y aun quien se lamente y sienta la rabiosa enfermedad de los zelos, que ella jamás dió á nadie, porque, como ya tengo dicho, antes se supo su pecado que su deseo. No hay hueco de peña, ni márgen de arroyo, ni sombra de árbol que no esté ocupada de algun pastor que sus desventuras á los aires cuente: el eco repite el nombre de Leandra donde quiera que puede formarse: Leandra resuenan los montes, Leandra murmuran los arroyos, y Leandra nos tiene á todos suspensos y encantados, esperando sin esperanza, y temiendo sin saber de qué tememos. Entre estos disparatados, el que muestra que menos y mas juicio tiene es mi competidor Anselmo, el cual teniendo tantas otras cosas de qué quejarse, solo se queja de ausencia, y al son de un rabel que admirablemente toca, con versos donde muestra su buen entendimiento, cantando se queja: yo sigo otro camino mas fácil, y á mi parecer el mas acertado, que es decir mal de la ligereza de las mujeres, de su inconstancia, de su doble trato, de sus promesas muertas, de su fe rompida, y finalmente del poco discurso que tienen en saber colocar sus pensamientos é intenciones.

Y esta fue la ocasion, señores, de las palabras y razones que dije á esta cabra cuando aquí llegué, que por ser hembra la tengo en poco, aunque es la mejor de todo mi apero. Esta es la historia que prometí contaros: si he sido en el contarla prolijo, no seré en serviros corto: cerca de aquí tengo mi majada, y en ella tengo fresca leche y muy sabrosísimo queso, con otras varias y sazonadas frutas no menos á la vista que al gusto agradables.

CAPITULO LII.

De la pendencia que Don Quijote tuvo con el cabrero, con la rara aventura de los diciplinantes, á quien dió felice fin á costa de su sudor.

GENERAL gusto causó el cuento del cabrero á todos los que escuchádole habian, y especialmente le recibió el canónigo, que con estraña curiosidad notó la manera con que lo habia contado, tan lejos de parecer rústico cabrero, cuan cerca de mostrarse discreto cortesano; y así dijo que habia dicho muy bien el cura en decir que los montes criaban letrados. Todos se ofrecieron á Eugenio, pero el que mas se mostró liberal en esto fue Don Quijote, que le dijo: por cierto, hermano cabrero, que si yo me hallara posibilitado de poder comenzar alguna aventura, que luego, luego me pusiera en camino porque vos la tuviérades buena, que yo sacara del monasterio (donde sin duda alguna debe de estar contra su voluntad) á Leandra, á pesar del abadesa y de cuantos quisieran estorbarlo, y os la pusiera en vuestras manos para que hiciérades della á toda vuestra voluntad y talante, guardando

empero las leyes de caballería, que mandan que á ninguna doncella se le sea fecho desaguisado alguno:
aunque yo espero en Dios nuestro Señor que no ha de poder tanto la fuerza de un encantador malicioso, que no pueda mas la de otro encantador mejor intencionado, y para entonces os prometo mi
favor y ayuda, como me obliga mi profesion, que no es otra sino de favorecer á los desvalidos y menesterosos. Miróla el cabrero, y como vió á Don Quijote de tan mal pelaje y catadura, admiróse, y
preguntó al barbero que cerca de sí tenia: señor, ¿quién es este hombre, que tal talle tiene y de tal
manera habla? ¿Quién ha de ser, respondió el barbero, sino el famoso Don Quijote de la Mancha, desfacedor de agravios, enderezador de tuertos, el amparo de las doncellas, el asombro de los gigantes
y el vencedor de las batallas? Eso me semeja, respondió el cabrero, á lo que se lee en los libros de
caballeros andantes, que hacian todo eso que de este hombre vuestra merced dice, puesto que para
mí tengo ó que vuestra merced se burla, ó que este gentilhombre debe de tener vacíos los aposentos
de la cabeza. Sois un grandísimo bellaco, dijo á esta sazon Don Quijote, y vos sois el vacío y el men-

guado, que yo estoy mas lleno que jamás estuvo la muy hi de puta, puta que os parió: y diciendo y
haciendo arrebató de un pan que junto á sí tenia, y dió con él al cabrero en todo el rostro con tanta
furia, que le remachó las narices; mas el cabrero, que no sabia de burlas, viendo con cuántas veras
le maltrataban, sin tener respeto á la alhombra ni á los manteles, ni á todos aquellos que comiendo
estaban, saltó sobre Don Quijote, y asiéndole del cuello con entrambas manos no dudara de ahogarle
si Sancho Panza no llegara en aquel punto, y le asiera por las espaldas, y diera con él encima de la
mesa, quebrando platos, rompiendo tazas, y derramando y esparciendo cuanto en ella estaba. Don
Qnijote, que se vió libre, acudió á subirse sobre el cabrero, el cual lleno de sangre el rostro, molido
á coces de Sancho, andaba buscando á gatas algun cuchillo de la mesa para hacer alguna sanguino-
lenta venganza; pero estorbáronselo el canónigo y el cura; mas el barbero hizo de suerte que el
cabrero cogió debajo de sí á Don Quijote, sobre el cual llovió tanto número de mogicones, que del
rostro del pobre caballero llovia tanta sangre como del suyo. Reventaban de risa el canónigo y el cura,
saltaban los cuadrilleros de gozo, zuzaban los unos y los otros como hacen á los perros cuando en
pendencia están trabados: solo Sancho Panza se desesperaba porque no se podia desasir de un criado
del canónigo que le estorbaba que á su amo no ayudase. En resolucion estando todos en regocijo y
fiesta, sino los dos aporreantes que se carpian, oyeron el son de una trompeta tan triste, que los
hizo volver los rostros hácia donde les pareció que sonaba; pero el que mas se alborotó de oirla fue
Don Quijote, el cual, aunque estaba debajo del cabrero harto contra su voluntad, y mas que medianamente molido, le dijo: hermano demonio, que no es posible que dejes de serlo, pues has tenido

valor y fuerzas para sujetar las mias, ruégote que hagamos treguas no mas de por una hora, porque
el doloroso son de aquella trompeta que á nuestros oidos llega me parece que á alguna nueva aventura
me llama. El cabrero, que ya estaba cansado de moler y ser molido, le dejó luego, y Don Quijote se
puso en pie volviendo asimismo el rostro adonde el son se oia, y vió á deshora que por un recuesto
bajaban muchos hombres vestidos de blanco á modo de diciplinantes.

Era el caso que aquel año habian las nubes negado su rocío á la tierra, y por todos los lugares de
aquella comarca se hacian procesiones, rogativas y diciplinas, pidiendo á Dios abriese las manos de su
misericordia y les lloviese; y para este efecto la gente de una aldea que allí junto estaba venia en procesion á una devota ermita que en un recuesto de aquel valle habia. Don Quijote, que vió los estraños
trages de los diciplinantes, sin pasarle por la memoria las muchas veces que los habia de haber visto,
se imaginó que era cosa de aventura, y que á él solo tocaba como á caballero andante el acometerla:
y confirmóle mas esta imaginacion pensar que una imágen que traian cubierta de luto fuese alguna
principal señora que llevaban por fuerza aquellos follones y descomedidos malandrines: y como esto
le cayó en las mientes, con gran ligereza arremetió á Rocinante que paciendo andaba, quitándole del

arzon el freno, y el adarga, y en un punto le enfrenó, y pidiendo á Sancho su espada, subió sobre
Rocinante y embrazó su adarga, y dijo en alta voz á todos los que presentes estaban: ahora, valerosa
compañía, veredes cuánto importa que haya en el mundo caballeros que profesen la órden de la
andante caballería: ahora digo, que veredes en la libertad de aquella buena señora, que allí va cautiva, si se han de estimar los caballeros andantes: y en diciendo esto apretó los muslos á Rocinante,
porque espuelas no las tenia, y á todo galope (porque carrera tirada no se lee en toda esta verdadera
historia que jamás la diese Rocinante) se fué á encontrar con los diciplinantes: bien que fueron el
cura y el canónigo y barbero á detenerle, mas no les fue posible, ni menos le detuvieron las voces
que Sancho le daba diciendo: ¿á dónde va, señor Don Quijote? ¿qué demonios lleva en el pecho que
le incitan á ir contra nuestra fe católica? Advierta, mal haya yo, que aquella es procesion de diciplinantes, y que aquella señora que llevan sobre la peana es la imágen benditísima de la Vírgen sin
mancilla: mire, señor, lo que hace, que por esta vez se puede decir que no es lo que sabe. Fatigóse
en vano Sancho, porque su amo iba tan puesto en llegar á los ensabanados y en librar á la señora
enlutada, que no oyó palabra, y aunque la oyera no volviera si el rey se lo mandara.

Llegó, pues, á la procesion, y paró á Rocinante, que ya llevaba deseo de quietarse un poco, y
con turbada y ronca voz dijo: vosotros, que quizá por no ser buenos os encubrís los rostros, atended
y escuchad lo que deciros quiero. Los primeros que se detuvieron fueron los que la imágen llevaban;
y uno de los cuatro clérigos que cantaban las letanías, viendo la estraña catadura de Don Quijote, la
flaqueza de Rocinante, y otras circunstancias de risa que notó y descubrió en Don Quijote, le respondió diciendo: señor hermano, si nos quiere decir algo, dígalo presto, porque se van estos hermanos
abriendo las carnes, y no podemos ni es razon que nos detengamos á oir cosa alguna, si ya no es tan
breve que en dos palabras se diga. En una lo diré, replicó Don Quijote, y es esta, que luego al punto
dejeis libre á esa hermosa señora, cuyas lágrimas y triste semblante dan claras muestras que la llevais
contra su voluntad, y que algun notorio desaguisado le habedes fecho: y yo, que nací en el mundo
para desfacer semejantes agravios, no consentiré que un solo paso adelante pase, sin darle la deseada

libertad que merece. En estas razones cayeron todos los que las oyeron que Don Quijote debia de ser algun hombre loco, y tomáronse á reir muy de gana, cuya risa fue poner pólvora á la cólera de Don Quijote, porque sin decir mas palabra, sacando la espada arremetió á las andas. Uno de aquellos que las llevaban, dejando la carga á sus compañeros, salió al encuentro de Don Quijote enarbolando una horquilla ó baston con que sustentaba las andas en tanto que descansaba, y recibiendo en ella una gran cuchillada que le tiró Don Quijote, con que se la hizo dos partes, con el último tercio que le quedó en la mano dió tal golpe á Don Quijote encima de un hombro por el mismo lado de la espada, que no pudo cubrir el adarga contra la villana fuerza, que el pobre Don Quijote vino al suelo muy mal parado. Sancho Panza, que jadeando le iba á los alcances, viéndole caido dió voces á su moledor que no le diese otro palo, porque era un pobre caballero encantado que no habia hecho mal á nadie en todos los dias de su vida; mas lo que detuvo al villano no fueron las voces de Sancho, sino el ver que Don Quijote no bullia pie ni mano, y asi creyendo que le habia muerto, con priesa se alzó la túnica á la cinta, y dió á huir por la campaña como un gamo.

Ya en esto llegaron todos los de la compañía de Don Quijote á donde él estaba; mas los de la procesion, que los vieron venir corriendo, y con ellas los cuadrilleros con sus ballestas, temieron algun mal suceso, é hicieron todos un remolino alrededor de la imágen, y alzados los capirotes, empuñando las disciplinas y los clérigos los ciriales, esperaban el asalto con determinacion de defenderse, y aun ofender si pudiesen á sus acometédores; pero la fortuna lo hizo mejor que se pensaba, porque Sancho no hizo otra cosa que arrojarse sobre el cuerpo de su señor, haciendo sobre él el mas doloroso y risueño llanto del mundo creyendo que estaba muerto. El cura fue conocido de otro cura que en la procesion venia, cuyo conocimiento puso en sosiego el concebido temor de los dos escuadrones. El primer cura dió al segundo en dos razones cuenta de quien era Don Quijote, y asi él como toda la turba de los diciplinantes fueron á ver si estaba muerto el pobre caballero, y oyeron que Sancho Panza con lágrimas en los ojos decia: ¡oh flor de la caballería, que con solo un garrotazo acabáste la carrera de tus tan bien gastados años! ¡oh honra de tu linaje, honor y gloria de toda la Mancha y aun de todo el mundo, el cual faltando tú en él quedará lleno de malhechores sin temor de ser castigados de sus malas fechorías! ¡oh liberal sobre todos los Alejandros, pues por solos ocho meses de servicio me tenias dada la mejor ínsula que el mar ciñe y rodea! ¡oh humilde con los soberbios y arrogante con los humildes, acometedor de peligros, sufridor de afrentas, enamorado sin causa, imitador de los buenos, azote de los malos; enemigo de los ruines, en fin, caballero andante, que es todo lo que decir se puede! Con las voces y gemidos de Sancho revivió Don Quijote, y la primera palabra que dijo fue: el que de vos vive ausente, dulcísima Dulcinea, á mayores miserias que estas está sujeto. Ayúdame Sancho amigo á ponerme sobre el carro encantado, que no estoy para oprimir la silla de Rocinante, porque tengo todo este hombro hecho pedazos. Eso haré yo de muy buena gana, señor mio, respondió Sancho, y volvamos á mi aldea en compañía destos señores, que su bien desean, y allí daremos órden de hacer otra salida que nos sea de mas provecho y fama. Bien dices, Sancho, respondió Don Quijote, y será gran prudencia dejar pasar el mal influjo de las estrellas que ahora corre. El canónigo y el cura y barbero le dijeron que haria muy bien en hacer lo que decia; y asi habiendo recebido grande gusto de la simplicidades de Sancho Panza, pusieron á Don Quijote en el carro como antes venia.

La procesion volvió á ordenarse y á proseguir su camino; el cabrero se despidió de todos; los cuadrilleros no quisieron pasar adelante, y el cura les pagó lo que se les debia: el canónigo pidió al cura le avisase el suceso de Don Quijote, si sanaba de su locura, ó si proseguia en ella, y con esto tomó licencia para seguir su viaje. En fin, todos se dividieron y apartaron, quedando solos el cura y el barbero, Don Quijote y Panza y el bueno de Rocinante, que á todo lo que habia visto estaba con tanta paciencia como su amo. El boyero unció sus bueyes y acomodó á Don Quijote sobre un haz de heno, y con su acostumbrada flema siguió el camino que el cura quiso, y á cabo de seis dias llegaron á la aldea de Don Quijote, á donde entraron en la mitad del dia, que acertó á ser domingo, y la gente estaba toda en la plaza, por mitad de la cual atravesó el carro de Don Quijote. Acudieron todos á ver lo que en el carro venia, y cuando conocieron á su compatriota quedaron maravillados, y un muchacho acudió corriendo á dar las nuevas á su ama y á su sobrina, de que su tio y su señor venia flaco y amarillo, y tendido sobre un monton de heno y sobre un carro de bueyes. Cosa de lástima fue oir los gritos que las dos buenas señoras alzaron, las bofetadas que se dieron, las maldiciones que de nuevo echaron á los malditos libros de caballerías, todo lo cual se renovó cuando vieron entrar á Don Quijote por sus puertas.

A las nuevas de esta venida de Don Quijote acudió la mujer de Sancho Panza, que ya habia sabido que habia ido con él sirviéndole de escudero, y asi como vió á Sancho lo primero que le prguntó fue que si venia bueno el asno; Sancho respondió que venia mejor que su amo. Gracias sean dadas á Dios, replicó ella, que tanto bien me ha hecho; pero contadme ahora, amigo, ¿qué bien habeis sacado de vuestras escuderías? ¿qué saboyana (1) me traeis á mí? ¿qué zapatos á vuestros hijos? No traigo

____

(1) Era una gala de mujer, introducida de Saboya en España. Blas de Aytona publicó en Cuenca, año de 1605, varias coplas, y entre ellas un cantar sobre la saboyana, con este estribillo:

nada deso, dijo Sancho, mujer mia, aunque traigo otras cosas de mas momento y consideracion. Deso recibo yo mucho gusto, respondió la mujer; mostradme esas cosas de mas consideracion y mas momento, amigo mio, que las quiero ver para que se me alegre este corazon, que tan triste y descontento ha estado en todos los siglos de vuestra ausencia. En casa os las mostraré, mujer, dijo Panza, y por ahora estad contenta que siendo Dios servido de que otra vez salgamos en viaje á buscar aventuras, vos me vereis presto conde, ó gobernador de una ínsula, y no de las de por ahí, sino la mejor que pueda hallarse. Quiéralo asi el cielo, marido mio, que bien lo habemos menester. Mas decidme, qué es eso de ínsulas: que no lo entiendo. No es la miel para la boca del asno, respondió Sancho: á

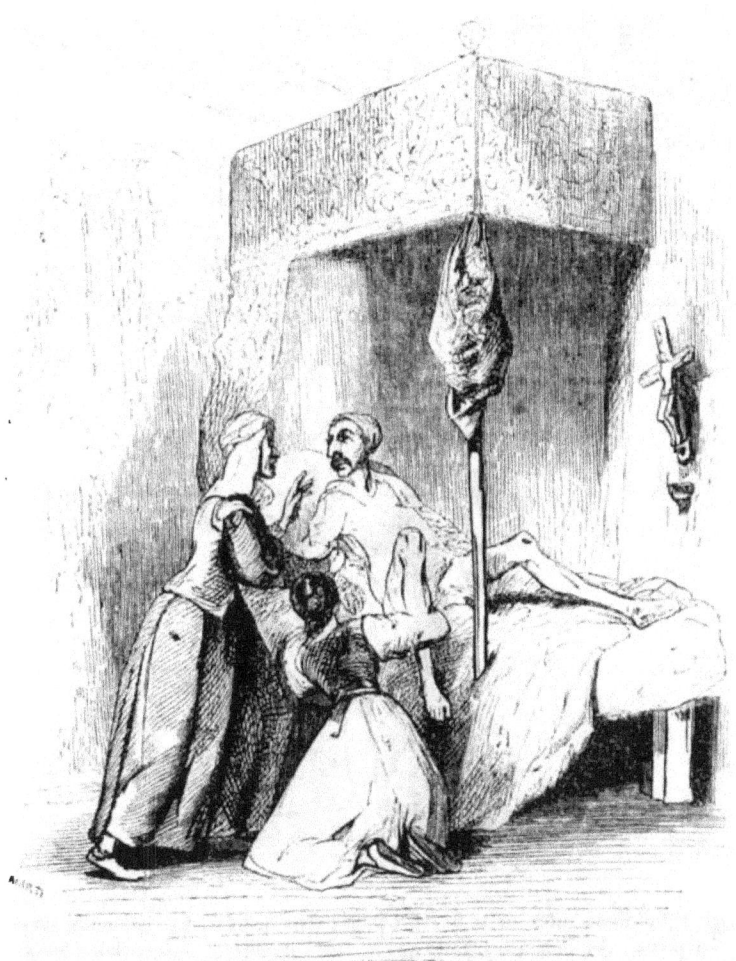

su tiempo lo verás, mujer, y aun te admirarás de oirte llamar señoría de todos tus vasallos. ¿ Qué es lo que decis, Sancho, de señorías, ínsulas y vasallos? respondió Teresa Panza que asi se llamaba la mujer de Sancho, aunque no eran parientes, sino porque se usa en la Mancha tomar las mujeres el apellido de sus maridos. No te acucies Teresa, por saber todo esto tan apriesa, basta que te digo verdad, y cose la boca : solo te sabré decir asi de paso, que no hay cosa mas gustosa en el mundo que ser un hombre honrado, escudero de un caballero andante, buscador de aventuras. Bien es verdad que las mas que se hallan no salen tan á gusto como el hombre querria, porque de ciento que se encuentran las noventa y nueve suelen salir aviesas y torcidas. Sélo yo por esperiencia, porque de algunas he salido manteado, y de otras molido; pero con todo eso es cosa linda esperar los sucesos

Cómprame una saboyana
  Marido, asi os guarde Dios:
  Cómprame una saboyana,
  Pues las otras tienen dos.
Cuando me paro á la puerta,
  O me pongo á mi ventana,
  Mas me querria ver muerta,
  Que verme sin saboyana, etc.—P.

atravesando montes, escudriñando selvas, pisando peñas, visitando castillos, alojando en ventas á toda discrecion sin pagar ofrecido sea al diablo el maravedí.

Todas estas pláticas pasaron entre Sancho Panza y su mujer, en tanto que el ama y sobrina de Don Quijote le recibieron y le desnudaron, y le tendieron en su antiguo lecho. Mirábalas él con ojos atravesados, y no acababa de entender en qué parte estaba. El cura encargó á la sobrina tuviese gran cuenta con regalar á su tio, y que estuviesen alerta de que otra vez no se les escapase, contando lo que habia sido menester para traelle á su casa. Aquí alzaron las dos de nuevo los gritos al cielo, allí se renovaron las maldiciones de los libros de caballerías, allí pidieron al cielo que confundiese en el centro del abismo á los autores de tantas mentiras y disparates. Finalmente, ellas quedaron confusas y temerosas de que se habian de ver sin su amo y tio en el mismo punto que tuviese alguna mejoría, y asi fue como ellas se lo imaginaron. Pero el autor desta historia, puesto que con curiosidad y diligencia ha buscado los hechos que Don Quijote hizo en su tercera salida, no ha podido hallar noticia dellos, á lo menos por escrituras auténticas; solo la fama ha guardado en las memorias de la Mancha, que Don Quijote la tercera vez que salió de su casa fué á Zaragoza, donde se halló en una famosas justas (1) que en aquella ciudad se hicieron, y allí le pasaron cosas dignas de su valor y buen entendimiento. Ni de su fin y acabamiento pudo alcanzar cosa alguna, ni la alcanzara, ni supiera si la buena suerte no le deparara un antiguo médico que tenia en su poder una caja de plomo, que segun él dijo se se habia hallado en los cimientos derribados de una antigua ermita que se renovaba; en la cual caja se habian hallado unos pergaminos escritos con letras góticas, pero en versos castellanos, que contenian muchas de sus hazañas, y daban noticia de la hermosura de Dulcinea del Toboso, de la figura de Rocinante, de la fidelidad de Sancho Panza, y de la sepultura del mismo Don Quijote, con diferentes epitafios y elogios de su vida y costumbres: y los que se pudieron leer y sacar en limpio, fueron los

que aquí pone el fidedigno autor desta nueva y jamás vista historia. El cual autor no pide á los que la leyeren, en premio del inmenso trabajo que le costó inquirir y buscar todos los archivos manchegos por sacarla á luz, sino que le den el mismo crédito que suelen dar los discretos á los libros de caballerías que tan validos andan en el mundo; que con esto se tendrá por bien pagado y satisfecho, y se animará á sacar y buscar otras, si no tan verdaderas, á lo menos de tanta invencion y pasatiempo. Las palabras primeras que estaban escritas en el pergamino que se halló en la caja de plomo eran estas:

Los académicos de la Argamasilla, lugar de la Mancha,
en vida y muerte del valeroso Don Quijote de la Mancha, hoc scripserunt:

EL MONICONGO, ACADÉMICO DE LA ARGAMASILLA,

A la sepultura de Don Quijote.

EPITAFIO.

El calvatrueno que adornó á la Mancha
De mas despojos que Jason de Creta:

(1) Estas *justas* se llaman *las justas del arnes.* Celebrábanlas tres veces al año los caballeros de Zaragoza, que tenian una cofradía en memoria de su patron San Jorge, y se obligaban á justar tres veces al año, y á tornear otras tantas.—Arr.

El juicio que tuvo la veleta
Aguda, donde fuera mejor ancha;
  El brazo que su fama tanto ensancha
Que llegó del Catay hasta Gaeta:
La Musa mas horrenda y mas discreta
Que grabó versos en broncinea plancha
  El que á cola dejó los Amadises,
Y en muy poquito á Galaores tuvo,
Estribando en su amor y bizarría.
  El que hizo callar los Belianises:
Aquel que en Rocinante errando anduvo,
Yace debajo desta losa fria.

DEL PANIAGUADO, ACADEMICO DE LA ARGAMASILLA,

In laudem Dulcineæ del Toboso.

SONETO.

  Esta que veis de rostro amondongado,
Alta de pechos y ademan brioso,
Es Dulcinea, reina del Toboso,
De quien fue el gran Quijote aficionado.
  Pisó por ella el uno y otro lado
De la gran Sierra Negra, y el famoso
Campo de Montiel, hasta el herboso
Llano de Aranjuez, á pie y cansado:
  Culpa de Rocinante. ¡Oh dura estrella!
Que esta manchega dama, y este invito
Andante caballero, en tiernos años
  Ella dejó muriendo de ser bella,
Y él, aunque queda en mármoles escrito,
No pudo huir de amor, iras y engaños.

DEL CAPRICHOSO, DISCRETISIMO ACADEMICO DE LA ARGAMASILLA,

En loor de Rocinante, caballo de Don Quijote de la Mancha.

SONETO.

  En el soberbio tronco diamantino,
Que con sangrientas plantas huella Marte,
Frenético el manchego su estandarte
Tremola con esfuerzo peregrino:
  Cuelga las armas y el acero fino,
Con que destroza, asuela, raja y parte:
¡Nuevas Proezas! pero inventa el arte
Un nuevo estilo al nuevo Paladino.
  Y si de su Amadis se precia Gaula,
Por cuyos bravos descendientes Grecia
Triunfó mil veces y su fama ensancha,
  Hoy á Quijote le corona el aula
Dó Belona preside, y dél se precia
Mas que Grecia ni Gaula, la alta Mancha.
  Nunca sus glorias el olvido mancha,
Pues hasta Rocinante, en ser gallardo,
Escede á Brilladoro y á Bayardo.

DEL BURLADOR, ACADEMICO ARGAMASILLESCO,

A Sancho Panza.

SONETO.

  Sancho Panza es aqueste, en cuerpo chico,
Pero grande en valor. ¡Milagro estraño!

Escudero el mas simple y sin engaño
Que tuvo el mundo, os juro y certifico:
   De ser conde no estuvo en un tantico,
Si no se conjuraran en su daño
Insolencias y agravios del tacaño
Siglo, que aun no perdonan á un borrico.
   Sobre él anduvo (con perdon se miente)
Este manso escudero, tras el manso
Caballo Rocinante, y tras su dueño.
   ¡Oh vanas esperanzas de la gente,
Cómo pasais con prometer descanso,
Y al fin parais en sombra, en humo, en sueño!

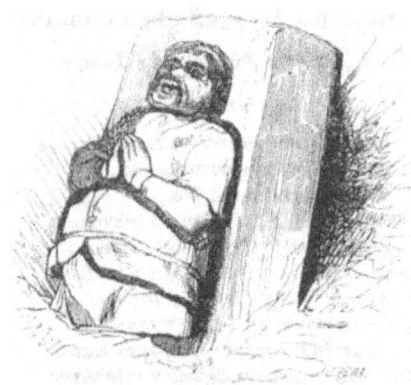

DEL CACHIDIABLO, (1) ACADEMICO DE LA ARGAMASILLA,

En la sepultura de Don Quijote.

   Aquí yace el caballero
Bien molido y mal andante,
A quien llevó Rocinante
Por uno y otro sendero.
   Sancho Panza el majadero
Yace tambien junto á él
Escudero el mas fiel,
Que vió el trato de escudero.

DEL TIQUITOC, ACADEMICO DE LA ARGAMASILLA,

En la sepultura de Dulcinea del Toboso.

EPITAFIO.

Reposa aquí Dulcinea.
Y aunque de carnes rolliza,
La volvió en polvo y ceniza

(1) *Cachidiablo*, nombre de un osado y valiente corsario argelino, uno de los capitanes de Barbaroja, que en tiempo de Cárlos V salteó, robó y despobló algunos lugares de la costa del reino de Valencia.—C.

La muerte espantable y fea:
  Fue de castiza ralea ;
Y tuvo asomos de dama;
Del gran Quijote fue llama ,
Y fue gloria de su aldea.

Estos fueron los versos que se pudieron leer: los demás , por estar carcomida la letra, se entregaron á un académico para que por conjeturas los declarase. Tiénese noticia que lo ha hecho á costa de muchas vigilias y mucho trabajo, y que tiene intencion de sacallos á luz, con esperanza de la tercera salida de Don Quijote.

Forse altro canterá con miglior plectro (1).

(1) *Orlando furioso* ; cant. XXX. Cervantes repite y traduce este verso al fin del cap. i de la parte II diciendo:

Y como del Catai recibió el cetro,
Quizà otro cantará con mejor plectro.—

Esta indicacion profética de Cervantes fue la que intentó realizar, publicando su segunda parte del *Quijote* el año 1614, el licenciado Alonso Fernandez de Avellaneda ; el temerario Avellaneda , que sin conocerse ni conocer el mérito de Cervantes, intentó neciamente medirse con él y mejorar la Fábula. Del mismo Cervantes sí que puede decirse que cumplió la profecia, porque, segun la opinion general, escribió su segunda parte con pluma todavia mejor cortada que la primera ; *con miglior plectro.*—C.

SEGUNDA PARTE.

DOCUMENTOS DE LA PRIMERA EDICION.

TASA.

Yo Hernando de Vallejo, escribano de Cámara del rey nuestro señor, de los que residen en su Consejo, doy fe, que habiéndose visto por los señores dél un libro que compuso Miguel de Cervantes Saavedra, titulado: Don Quijote de la Mancha, *segunda parte*, que con licencia de su Magestad fue impreso, le tasaron á cuatro maravedís cada pliego en papel, el cual tiene setenta y tres pliegos, que al dicho respeto suma y monta doscientos y noventa y dos maravedís, y mandaron que esta tasa se ponga al principio de cada volúmen del dicho libro, para que se sepa y entienda lo que por él se ha de pedir y llevar, sin que esceda en ello en manera alguna, como consta y parece por el auto y decreto original sobre ello dado, y que queda en mi poder, á que me refiero: y de mandamiento de los dichos señores del Consejo, y de pedimento de la parte del dicho Miguel de Cervantes, dí esta fe en Madrid á veinte y uno dias del mes de octubre de mil y seiscientos y quince años.

HERNANDO DE VALLEJO.

APROBACION.

Por comision y mandado de los señores del Consejo he hecho ver el libro contenido en este memorial. No contiene cosa contra la fe, ni buenas costumbres, antes es libro de mucho entretenimiento lícito, mezclado de mucha filosofía moral; puédesele dar licencia para imprimirle. En Madrid á cinco de noviembre de mil y seiscientos y quince.

DOCTOR GUTIERRE DE CETINA.

APROBACION.

Por comision y mandado de los señores del Consejo he visto la segunda parte de Don Quijote de la Mancha, por Miguel de Cervantes Saavedra. No contiene cosa contra nuestra santa fe católica, ni buenas costumbres, antes muchas de honesta recreacion y apacible divertimiento, que los antiguos juzgaron convenientes á sus repúblicas, pues aun en la severa de los Lacedemonios levantaron estatuas á la Risa, y los de Tesalia la dedicaron fiestas, como lo dice Pausanias referido de Bosio, *lib. II, de Signis Eccles., cap. X*, alentando ánimos marchitos y espíritus melancólicos, de que se acordó Tulio en el primero de *Legibus*, y el poeta diciendo:

Interpone tuis interdum gaudia curis.

Lo cual hace el autor mezclando las veras á las burlas, lo dulce á lo provechoso y lo moral á lo faceto, disimulando en el celo del donaire, el anzuelo de la represion, y cumpliendo con el acertado asunto, en que pretende la espulsion de los libros de caballerías, pues con su buena diligencia mañosamente ha limpiado de su contagiosa volencia á estos reinos; es obra muy digna de su grande ingenio, honra y lustre de nuestra nacion, admiracion y envidia de las estrañas. Este es mi parecer, salvo, etc. En Madrid á 17 de marzo de 1615.

EL M. JOSÉ DE VALDIVIELSO.

APROBACION.

Por comision del señor doctor Gutierre de Cetina , vicario general desta villa de Madrid , córte de su Magestad , he visto este libro de la segunda parte de EL INGENIOSO CABALLERO DON QUIJOTE DE LA MANCHA , por Miguel de Cervantes Saavedra , y no hallo en él cosa indigna de un cristiano celo, ni que disuene de la decencia debida á buen ejemplo, ni virtudes morales , antes mucha erudicion y aprovechamiento, asi en la continencia de su bien seguido asunto, para estirpar los vanos y mentirosos libros de caballerías ; cuyo contagio habia cundido mas de lo que fuera justo, como en la lisura del lenguaje castellano, no adulterado con enfadosa y estudiada afectacion (vicio con razon aborrecido de hombres cuerdos): y en la correccion de vicios, que generalmente toca , ocasionado de sus agudos discursos, guarda con tanta cordura las leyes de represion cristiana , que aquel que fuere tocado de la enfermedad que pretende curar, en lo dulce y sabroso de sus medicinas gustosamente habrá bebido, cuando menos lo imagine sin empacho ni asco alguno lo provechoso de la detestacion de su vicio, con que se hallará (que es lo mas difícil de conseguirse) gustoso y reprendido. Ha habido muchos , que por no haber sabido templar, ni mezclar á propósito lo útil con lo dulce , han dado con todo su molesto trabajo en tierra , pues no pudiendo imitar á Diógenes en lo filósofo y docto, atrevida por no decir licenciosa y desalumbradamente , le pretenden imitar en lo cínico , entregándose á maldicientes, inventando casos que no pasaron para hacer capaz al vicio que tocan de su áspera represion, y por ventura descubren caminos para seguirle , hasta entonces ignorados, con que vienen á quedar si no represores, á lo menos maestros dél. Hácense odiosos á los bien entendidos , con el pueblo pierden el crédito si alguno tuvieron, para admitir sus escritos, y los vicios que arrojada é imprudentemente quisieron corregir en muy peor estado que antes: que no todas las postemas á un mesmo tiempo están dispuestas para admitir las recetas ó cauterios ; antes algunos mucho mejor reciben las blandas y suaves medicinas , con cuya aplicacion el atentado y docto médico consigue el fin de resolverlas : término que muchas veces es mejor, que no el que se alcanza con el rigor del hierro. Bien diferente han sentido de los escritos de Miguel de Cervantes , asi nuestra nacion como las estrañas, pues como á milagro desean ver el autor de libros, que con general aplauso, asi por su decoro y decencia como por la suavidad y blandura de sus discursos, han recibido España, Francia, Italia, Alemania y Flandes: Certífico con verdad, que en veinte y cinco de febrero deste año de seiscientos y quince, habiendo ido el Ilustrísimo señor don Bernardo de Sandoval y Rojas , cardenal, arzobispo de Toledo, mi señor , á pagar la visita que á su Ilustrísima hizo el embajador de Francia, que vino á tratar cosas tocantes á los casamientos de sus príncipes y los de España , muchos caballeros franceses, de los que vinieron acompañando al embajador, tan corteses como entendidos y amigos de buenas letras , se llegaron á mí y á otros capellanes del cardenal, mi señor, deseosos de saber qué libros de ingenio andaban mas validos, y tocando acaso en éste, que yo estaba censurando, apenas oyeron el nombre de Miguel de Cervantes, cuando se comenzaron á hacer lenguas, encareciendo la estimacion de que asi en Francia como en los reinos sus confinantes se tenian sus obras, la Galatea que alguno dellos tiene casi de memoria, la primera parte desta y las novelas. Fueron tantos sus encarecimientos, que me ofrecí llevarles que viesen el autor dellas, que estimaron con mil demostraciones de vivos deseos. Preguntáronme muy por menor su edad, su profesion, calidad y cantidad. Halléme obligado á decir, que era viejo, soldado, hidalgo y pobre : á que uno respondió estas formales palabras: «¿pues á tal hombre no le tiene España muy rico y sustentado del Erario público?» Acudió otro de aquellos caballeros con este pensamiento y con mucha agudeza , y dijo: «si necesidad le ha de obligar á escribir, plega á Dios que nunca tenga abundancia', para que con sus obras, siendo él pobre , haga rico á todo el mundo.» Bien creo que esta para censura es un poco larga: alguno dirá que toca los límites de lisonjero elogio; mas la verdad de lo que cortamente digo, deshace en el crítico la sospecha, y en mí el cuidado : además que el dia de hoy no se lisonjea á quien no tiene con qué cebar el pico del adulador, que aunque afectuosa y falsamente dice de burlas, pretende ser remunerado de veras. En Madrid á veinte y siete de febrero de mil seiscientos y quince.

EL LICENCIADO MARQUÉS DE TORRES.

PRIVILEGIO.

Por cuanto por parte de vos , Miguel de Cervantes Saavedra , nos fue hecha relacion , que habiadés compuesto la segunda parte de DON QUIJOTE DE LA MANCHA , de la cual haciades presentacion, y por ser libro de historia agradable y honesta, y haberos costado mucho trabajo y estudio , nos suplicásteis os mandásemos dar licencia para le poder imprimir, y privilegio por veinte años, ó como la nuestra merced fuese, lo cual visto por los del nuestro Consejo, por cuanto en el dicho libro se hizo la diligencia que la Premática por Nos sobre ello fecha dispone, fue acordado, que debíamos mandar dar esta nuestra Cédula en la dicha razon, y Nos tuvímoslo por bien. Por la cual vos damos licencia y facultad para que por tiempo y espacio de diez años cumplidos, primeros siguientes, que corran y se cuenten desde el dia de la fecha de esta nuestra cédula en adelante, vos, ó la persona que para ello vuestro poder oviere, y no otra alguna, podais imprimir y vender el dicho libro, que de suso se hace mencion: y por la presente damos licencia y facultad á cualquier impresor de nuestros reinos que nombráredes para que durante el dicho tiempo le pueda imprimir por el original, que en el nuestro Consejo se vió, que va rubricado y firmado al fin de Hernando de Vallejo, nuestro escribano de Cámara, y uno de los que en él residen, con que antes y primero que se venda, lo traigais ante ellos, juntamente con el dicho original, para que se vea si la dicha impresion está conforme á él, ó traigais fe en pública forma, como por corrector por Nos nombrado se vió y corrigió la dicha impresion por el dicho original, y mas al dicho impresor que ansí imprimiere el dicho libro, no imprima el principio y primer pliego dél, ni entregue mas de un solo libro, con el original al autor y persona á cuya costa lo imprimiere, ni á otra alguna, para efecto de la dicha correccion y tasa, hasta que antes y primero el dicho libro esté corregido y tasado por los del nuestro Consejo, y estando hecho, y no de otra manera, pueda imprimir el dicho principio y primer pliego, en el cual inmediatamente ponga esta nuestra licencia y la aprobacion, tasa y erratas, ni lo podais vender, ni vendais vos, ni otra persona alguna, hasta que esté el dicho libro en la forma susodicha, so pena de caer é incurrir en las penas contenidas en la dicha premática y leyes de nuestros reinos, que sobre ello disponen: y mas que durante el dicho tiempo persona alguna sin vuestra licencia no le pueda imprimir ni vender, so pena que el que lo imprimiere y vendiere haya perdido y pierda cualesquiera libros, moldes y aparejos que dél tuviere, y mas incurra en pena de cincuenta mil maravedís por cada vez que lo contrario hiciere, de la cual dicha pena sea la tercia parte para el juez que lo sentenciare, y la otra tercia parte para el que lo denunciare, y mas á los del nuestro Consejo, Presidentes, Oidores de las nuestras audiencias, Alcaldes, Alguaciles de la nuestra Casa y córte y Chancillerías, y á otras cualesquiera justicia de todas las ciudades, villas y lugares de los nuestros reinos y señoríos, y á cada uno en su jurisdiccion, ansí á los que agora son, como á los que serán de aquí adelante, que vos guarden y cumplan esta nuestra cédula y merced, que ansí vos hacemos, y contra ella no vayan, ni pasen en manera alguna, so pena de la nuestra merced y de diez mil maravedís para la nuestra Cámara. Dado en Madrid á treinta dias del mes de Marzo de mil y seiscientos y quince años.—YO EL REY.—Por mandado del rey nuestro señor, PEDRO DE CONTRERAS.

DEDICATORIA
AL CONDE DE LÉMOS.

ENVIANDO á V.. E. los dias pasados mis comedias, antes impresas que representadas (1), si bien me acuerdo dije que Don Quijote quedaba calzadas las espuelas para ir á besar las manos á V. E. ; y ahora digo que se las ha calzado y se ha puesto en camino, y si él allá llega, me parece que habré hecho algun servicio á V. E., porque es mucha la priesa que de infinitas partes me dan á que le envie, para quitar el ámago y la náusea que ha causado otro Don Quijote, que con nombre de segunda parte se ha disfrazado y corrido por el orbe: y el que mas ha mostrado desearle ha sido el grande emperador de la China, pues en lengua chinesca habrá un mes que me escribió una carta con un propio, pidiéndome, ó por mejor decir, suplicándome se le enviase, porque queria fundar un colegio donde se leyese en lengua castellana, y queria que el libro que se leyese fuese el de la historia de Don Quijote: juntamente con esto me decia que fuese yo á ser el rector del tal colegio. Preguntéle al portador, si su magestad le habia dado para mí alguna ayuda de costa (2). Respondióme que ni por pensamiento. Pues, hermano, le respondí yo; vos os podeis volver á vuestra China á las diez, ó á las veinte, ó á las que venís despachado, porque yo no estoy con salud para ponerme en tan largo viaje; además que sobre estar enfermo, estoy muy sin dineros, y emperador por emperador, y monarca por monarca, en Nápoles tengo al grande conde de Lémos, que sin tantos titulillos de colegios, ni rectorías me sustenta, me ampara y hace mas merced que la que yo acierto á desear (3). Con esto le despedí, y con esto me despido, ofreciendo á V. E. los

(1) *Ocho comedias y ocho entremeses*, aquellas malas, y estos la mayor parte apreciables.—Arr.
(2) *Ayuda de costa* es el socorro en dinero que se suele dar además del salario señalado al que ejerce algun empleo. —D. A.
(3) Parece á primera vista, dice el señor Rios (Vida de Cervantes, pág. 85), que el objeto de Cervantes en esta ficcion era solo alabar su obra y obsequiar á su Mecenas; pero no fue así. Sirviose de aquella apariencia para disfrazar su idea de modo que solo pudiesen entreverla los que tenian discernimiento para referirla á sus antecedentes. El primero á quien reprende es á su competidor Avellaneda. Este no habló mas que una vez del Quijote de Cervantes en el suyo, ni le puso otra objecion sino *que su estilo era humilde:* objecion dictada por la cólera y envidia, y desmentida por el voto unánime de toda la nacion.—Arr.

Trabajos de Pérsiles y Sigismunda, libro á quien daré fin dentro de cuatro meses. *Deo volente* (1); el cual ha de ser, ó el *mas malo*, ó el mejor que en nuestra lengua se haya compuesto, quiero decir de los de entretenimiento: y digo que me arrepiento de haber dicho *el mas malo*, porque segun la opinion de mis amigos, ha de llegar al estremo de bondad posible. Venga V. E. con la salud que es deseado, que ya estará Pérsiles para besarle las manos, y yo los pies, como criado que soy de V. E. De Madrid último de octubre de mil seiscientos y quince. —Criado de V. E.

MIGUEL DE CERVANTES SAAVEDRA.

(1) Con efecto, no solo le concluyó antes de morir, en 25 de abril del año siguiente, 1616, sino que además de la Dedicatoria dejó escrita la introduccion ó prólogo.—P.

PRÓLOGO AL LECTOR.

VÁLAME Dios, y con cuánta gana debes de estar esperando ahora, lector ilustre, ó quier plebeyo, este prólogo, creyendo hallar en él venganzas, riñas y vituperios del autor del segundo Don Quijote: digo de aquel que dicen que se engendró en Tordesillas, y nació en Tarragona (1). Pues en verdad que no te he de dar este contento: que puesto que los agravios despiertan la cólera en los mas humildes pechos, en el mio ha de padecer escepcion esta regla. Quisieras tú que lo diera del asno, del mentecato y del atrevido; pero no me pasa por el pensamiento: castíguele su pecado, con su pan se lo coma, y allá se lo haya.

Lo que no he podido dejar de sentir es que me note de viejo y de manco, como si hubiera sido en mi mano haber de tenido el tiempo que no pasase por mí, ó si mi manquedad hubiera nacido en alguna taberna, sino en la mas alta ocasion que vieron los siglos pasados, los presentes, ni esperan ver los venideros. Si mis heridas no resplandecen en los ojos de quien las mira, son estimadas á lo menos en la estimacion de los que saben dónde se cobraron: que el soldado mas bien parece muerto en la batalla, que libre en la fuga: y es esto en mí de manera, que si ahora me propusieran y facilitaran un imposible, quisiera antes haberme hallado en aquella faccion (2) prodigiosa, que sano ahora de mis heridas, sin haberme hallado en ella. Las que el soldado muestra en el rostro y en los pechos, estrellas son que guian á los demás al cielo de la honra, y al de desear la justa alabanza: y háse de advertir, que no se escribe con las canas, sino con el entendimiento, el cual suele mejorarse con los años.

He sentido tambien que me llame envidioso, y que como á ignorante me describa qué cosa sea la envidia, que en realidad á la verdad de dos que hay, yo no conozco mas que á la santa, á la noble y bien intencionada: y siendo esto asi, como lo es, no tengo yo de perseguir á ningun sacerdote, y mas si tiene por añadidura ser familiar del Santo Oficio; y si él lo dijo por quien parece que lo dijo, engañóse de todo en todo que del tal (3) adoro el ingenio, admiro las obras y la ocupacion continua y virtuosa. Pero en efecto le agradezco á este señor autor el decir que mis novelas son mas satíricas que ejemplares, pero que son buenas, y no lo pudieran ser si no tuvieran de todo.

Paréceme que me dices que ando muy limitado, y que me contengo mucho en los términos de mi modestia, sabiendo que no se ha de añadir afliccion al afligido y que la que debe de tener este señor sin duda es grande, pues no osa parecer á campo abierto y al cielo claro encubriendo su nombre, fingiendo su patria, como si hubiera hecho alguna traicion de lesa magestad. Si por ventura llegares á conocerle, díle de mi parte que no me tengo por agraviado, que bien sé lo que son tentaciones del demonio, y que una de las mayores es ponerle á un hombre en el entendimiento que puede componer y imprimir un libro con que gane tanta fama como dineros, y tantos dineros cuanta fama; y para confirmacion desto quiero que en tu buen donaire y gracia le cuentes este cuento.

Habia en Sevilla un loco, que dió en el mas gracioso disparate y tema que dió loco en el mundo. Y fue, que hizo un cañuto de caña puntiagudo en el fin; y encogiendo algun

---

(1) Alude aquí Cervantes á la segunda parte, ó tomo segundo del ingenioso hidalgo Don Quijote de la Mancha, que contiene su tercera salida, y es la quinta de sus aventuras, compuesta por el licenciado Alonso Fernandez de Avellaneda, natural de la villa de Tordesillas, con licencia en Tarragona, en casa de Felipe Roberto; Año de 1614, en 8.º—Arr.

(2) Esto es, accion de armas coligadas de varias naciones, como lo fue en efecto la de Lepanto.—Arr.

(3) Es Lope de Vega, sacerdote y familiar del Santo Oficio despues de haber sido casado dos veces, con quien quiso mancomunarse Avellaneda, autor de algunas malas comedias, y sentido de haberse visto comprendido por Cervantes en la censura general que hizo del teatro español, en la primera parte del Quijote, queriéndole tachar de enemigo y envidioso del mérito ó fama de aquel.—Arr.

perro en la calle ó en cualquiera otra parte, con el un pie le cogia el suyo, y el otro le alzaba con la mano, y como mejor podia le acomodaba el cañuto en la parte que soplándole le ponia redondo como una pelota: y en teniéndolo desta suerte le daba dos palmaditas en la barriga, y le soltaba diciendo á los circunstantes (que siempre eran muchos): pensarán vuesas mercedes ahora que es poco trabajo hinchar un perro. Pensará usted ahora que es poco trabajo hacer un libro. Y si este cuento no le cuadrare, dirásle lector amigo, éste, que tambien es de loco y de perro.

Habia en Córdoba otro loco, que tenia por costumbre de traer encima de la cabeza un pedazo de losa de mármol, ó un canto no muy liviano, y en topando algun perro descuidado se le ponia junto, y á plomo dejaba caer sobre él el peso. Amohinábase el perro, y dando ladridos y aullidos no para en tres calles. Sucedió, pues, que entre los perros que descargó la carga, fue uno un perro de un bonetero, á quien queria mucho su dueño. Bajó el canto, dióle en la cabeza, alzó el grito el molido perro, vióle y sintiólo su amo: asió de una vara de medir, y salió al loco, y no le dejó hueso sano, y á cada palo que le daba decia: perro ladron ¿á mi podenco? ¿no viste, cruel, que era podenco mi perro? y repitiéndole el nombre de podenco muchas veces, envió al loco hecho un albeña. Escarmentó el loco, y retiróse, y en mas de un mes no salió á la plaza, al cabo del cual tiempo volvió con su invencion y con mas carga. Llegábase donde estaba el perro, y mirándole muy bien de hito en hito, y sin querer ni atreverse á descargar la piedra, decia: este es podenco, ¡guarda! En efecto, todos cuantos perros topaba, aunque fuesen alanos ó gozques, decia que eran podencos, y asi no soltó mas el canto. Quizá de esta suerte le podrá acontecer á este historiador, que no se atreverá á soltar mas la presa de su ingenio en libros, que en siendo malos son mas duros que las peñas. Dile tambien que de la amenaza que me hace que me ha de quitar la ganancia con su libro, no se me da un ardite, que acomodándome al entremés famoso de la Perendenga (1), le respondo, que me viva el Veinticuatro (2) mi señor, y Cristo con todos: viva el gran conde de Lémos, cuya cristiandad y liberalidad bien conocida contra todos los golpes de mi corta fortuna, me tiene en pie: y vívame la suma caridad del ilustrísimo de Toledo don Bernardo de Sandoval y Rojas, y siquiera no haya imprentas en el mundo: y siquiera se impriman contra mí mas libros que tienen letras las coplas de Mingo Revulgo (3). Estos dos príncipes, sin que los solicite adulacion mia, ni otro género de aplauso, por sola su bondad han tomado á su cargo el hacerme merced y favorecerme, en lo que me tengo por mas dichoso y mas rico que si la fortuna por camino ordinario me hubiera puesto en su cumbre (4). La honra puédela tener el pobre, pero no el vicioso: la pobreza puede anublar á la nobleza, pero no escurecerla del todo; pero como la virtud dé alguna luz de sí, aunque sea por los inconvenientes y resquicios de la estrecheza, viene á ser estimada de los altos y nobles espíritus, y por el consiguiente favorecida: y no le digas mas, ni yo quiero decirte mas á tí, sino advertirte que consideres que esta segunda parte de Don Quijote que le ofrezco, es cortada del mismo artífice y del mismo paño que la primera, y que en ella te doy á Don Quijote dilatado, y finalmente muerto y sepultado, porque ninguno se atreva á levantarle nuevos testimonios; pues bastan los pasados, y basta tambien que un hombre honrado haya dado noticia destas discretas locuras, sin querer de nuevo entrarse en ellas: que la abundancia de las cosas, aunque sean buenas, hace que no se estimen, y la carestía, aun de las malas, se estima en algo. Olvidábaseme de decirte, que esperes el Pérsiles, que ya estoy acabando, y la segunda parte de Galatea (5).

(1) Entremés de autor desconocido, y que ha llegado á perderse.

(2) *Veinticuatro* en Sevilla, Granada y Córdoba vale lo mismo que *regidor* en Castilla; y llamábanse asi los veinticuatro regidores de número de dichas ciudades, á que quedaron reducidos los treinta y seis por el rey don Alonso el XI, de donde les quedó el nombre de *veinticuatros.*—Arr.

(3) *Las coplas de Mingo Revulgo* son una especie de queja satírica sobre el reinado de Enrique IV, *el Impotente;* unos las han atribuido á Juan de Mena, autor del poema *el Laberinto;* otros á Rodrigo Cota, primer autor de la *Celestina;* otros tambien al coronista Fernando del Pulgar. Este, al menos, las ha comentado al fin de la crónica de Enrique IV, por Diego Enriquez del Castillo.—V.

(4) De esta espresion y de lo demás que dice Cervantes de la liberalidad y mercedes que le dispensaban estos dos ilustres protectores, pudiera inferirse que no padeció suma pobreza, como se ha dicho comunmente, á lo menos en sus últimos años.—Arr.

(5) Esta *segunda Parte,* el *Bernardo* y las *Semanas del jardin,* de que hace mencion Cervantes en este prólogo y en la dedicatoria de sus *Novelas* al conde de Lémos, ó se han perdido, ó murió sin concluirlas su autor, que es lo mas probable.—Arr.

DON QUIJOTE DE LA MANCHA.

SEGUNDA PARTE.

CAPITULO PRIMERO.

e lo que el cura y el barbero pasaron con Don Quijote cerca de su enfermedad.

CUENTA Cide Hamete Benengeli en la segunda parte desta historia y tercera salida de Don Quijote, que el cura y el barbero se estuvieron casi un año (1) sin verle por no renovarle y traerle á la memoria las cosas pasadas; pero no por esto dejaron de visitar á su sobrina y á su ama, encargándolas tuviesen cuenta con regalarle, dándole á comer cosas confortativas y apropiadas para el corazon y el celebro, de donde procedia segun buen discurso toda su mala ventura; las cuales dijeron que asi lo hacian, y lo harian con la voluntad y cuidado posible, porque echaban de ver que su señor por momentos iba dando muestras de estar en su entero juicio: de lo cual recibieron los dos gran contento por parecerles que habian acertado en haberle traido encantado en el carro de los bueyes, como se contó en la primera parte desta tan grande como puntual historia en su último capítulo; y asi determinaron de visitarle y hacer esperiencia de su mejoría, aunque tenian casi por imposible que la tuviese, y acordaron de no tocarle en ningun punto de la andante caballería por no ponerse á peligro de descoser los de la herida, que tan tiernos estaban.

Visitáronle en fin, y halláronle sentado en la cama, vestida una almilla de bayeta verde con un bonete colorado toledano, y estaba tan seco y amojamado, que no parecia sino hecho de carne mómia.

(1) Casi un mes, dicen las demás ediciones; pero por todos los sucesos de esta segunda parte, se advierte que á lo menos pasó un año entre el encantamento del carro de bueyes y la tercera salida de Don Quijote; en cuyo tiempo se imprimieron sus aventuras y llegó la noticia de andar impresas á los oidos de Sancho, como se vera mas adelante. Por eso hemos hecho la correccion que se advierte en el testo.—F. C.

Fueron dél muy bien recibidos, preguntáronle por su salud, y él dió cuenta de sí y della con mucho juicio y con muy elegantes palabras; y en el discurso de su plática vinieron á tratar en esto que llaman razon de Estado y modos de gobierno, enmendando este abuso y condenando aquel, reformando una costumbre y desterrando otra, haciéndose cada uno de los tres un nuevo legislador, un Licurgo moderno, ó un Solon flamante; y de tal manera renovaron la república, que no pareció sino que la habian puesto en una fragua, y sacado otra de la que pusieron; y habló Don Quijote con tanta discrecion en todas las materias que se tocaron, que los dos examinadores creyeron indubitadamente que estaba del todo bueno y en su entero juicio. Halláronse presentes á la plática la sobrina y ama, y no se hartaban de dar gracias á Dios de ver á su señor con tan buen entendimiento; pero el cura, mudando el propósito primero, que era de no tocarle en cosas de caballerías, quiso hacer de todo en todo esperiencia si la sanidad de Don Quijote era falsa ó verdadera, y asi de lance en lance vino á contar algunas nuevas que habian venido de la córte, y entre otras dijo que se tenia por cierto que el Turco bajaba con una poderosa armada, y que no se sabia su designio ni adonde habia de descargar tan gran nublado; y con este temor, con que casi cada año nos toca arma, estaba puesta en ella toda la cristiandad, y su Magestad habia hecho proveer las costas de Nápoles y Sicilia y la isla de Malta. A esto respondió Don Quijote: su Magestad ha hecho como prudentísimo guerrero en proveer sus Estados con tiempo, porque no le halle desapercibido el enemigo; pero si se tomara mi consejo, aconsejárale yo que usara de una prevencion, de la cual su Magestad la hora de ahora debe de estar muy ageno de pensar en ella. Apenas oyó esto el cura cuando dijo entre sí: Dios te tenga de su mano, pobre Don Quijote, que me parece que te despeñas de la alta cumbre de tu locura hasta el profundo abismo de tu simplicidad. Mas el barbero, que ya habia dado en el mismo pensamiento que el cura, preguntó á Don Quijote cuál era la advertencia de la prevencion que decia era bien se hiciese; quizá podria ser tal que se pusiese en la lista de los muchos advertimientos impertinentes que se suelen dar á los príncipes. El mio, señor rapador, dijo Don Quijote, no será impertinente sino perteneciente. No lo digo por tanto, replicó el barbero, sino porque tiene mostrado la esperiencia que todos ó los mas arbitrios que se dan á su Magestad, ó son imposibles, ó disparatados, ó en daño del rey ó del reino (1). Pues el mio, respondió Don Quijote, ni es imposible ni disparatado, sino el mas fácil, el mas justo y el mas mañero y breve que puede caber en pensamiento de arbitrante alguno. Ya tarda en decirle vuesa merced, señor Don Quijote, dijo el cura. No querria, dijo Don Quijote, que le dijese yo aquí ahora, y amaneciese mañana en los oidos de los señores consejeros, y se llevase otro las gracias y el premio de mi trabajo. Por mí, dijo el barbero, doy la palabra para aquí y para delante de Dios de no decir lo que vuesa merced dijere á rey ni á Roque, ni á hombre terrenal: juramento que aprendí del romance del cura que en el prefacio avisó al rey del ladron que le habia robado las cien doblas y la su mula la andariega. No sé historias, dijo Don Quijote; pero sé que es bueno ese juramento en fe de que sé que es hombre de bien el señor barbero. Cuando no lo fuera, dijo el cura, yo le abono y salgo por él, que en este caso no hablará mas que un mudo, so pena de pagar lo juzgado y sentenciado. ¿Y á vuesa merced quién le fia, señor cura? dijo Don Quijote. Mi profesion, respondió el cura, que es de guardar secreto. Cuerpo de tal dijo á esta sazon Don Quijote, ¿hay mas sino mandar su Magestad por público pregon que se junten en la córte para un dia señalado todos los caballeros andantes que vagan por España, que aunque no viniesen sino media docena, tal podria venir entre ellos que solo bastase á destruir toda la potestad del Turco? Esténme vuesas mercedes atentos, y vayan conmigo. ¿Por ventura es cosa nueva deshacer un solo caballero andante un ejército de doscientos mil hombres, como si todos tuvieran una sola garganta ó fueran hechos de alfeñique? Si no, díganme, ¿cuántas historias están llenas destas maravillas? Habia, enhoramala para mí, que no quiero decir para otro, de vivir hoy el famoso don Belianis, ó alguno de los del innumerable linaje de Amadis de Gaula, que si alguno destos hoy viviera, y con el Turco se afrontara, á fe que no le arrendara la ganancia; pero Dios mirará por su pueblo, y deparará alguno que si no tan bravo como los pasados andantes caballeros, á lo menos no les será inferior en el ánimo; y Dios me entiende, y no digo mas. ¡Ay! dijo á este punto la sobrina, que me maten si no quiere mi señor volver á ser caballero andante. A lo que dijo Don Quijote: caballero andante he de morir, y baje ó suba el Turco cuando él quisiere y cuan poderosamente pudiere, que otra vez digo que Dios me entiende. A esta sazon dijo el barbero: suplico á vuesas mercedes que se me dé licencia para contar un cuento breve que sucedió en Sevilla, que por venir aquí como de molde me da gana de contarle. Dió la licencia Don Quijote, y el cura y los demás le prestaron atencion, y él comenzó desta manera:

En la casa de los locos de Sevilla estaba un hombre á quien sus parientes habian puesto allí por falto de juicio: era graduado en cánones por Osuna; pero aunque lo fuera por Salamanca, segun opinion de muchos, no dejara de ser loco. Este tal graduado al cabo de algunos años de recogimiento se dió á entender que estaba cuerdo y en su entero juicio, y con esta imaginacion escribió al arzobispo

_____

(1) Por las razones que dice aquí el autor, ó porque en el siglo XVII era mayor el número de proyectistas, se escribieron muchas invectivas y sátiras contra ellos, especialmente por el docto y jocoso don Francisco de Quevedo; y el mismo Cervantes vuelve á jabonarlos, como suele decirse, en la novela del *Coloquio de los Perros*, donde introduce un arbitrista, que para desempeñar el real erario propone el arbitrio de un ayuno general en todo el reino y por todos los vasallos del rey, desde edad de catorce hasta sesenta años.—P.

suplicándole encarecidamente y con muy concertadas razones le mandase sacar de aquella miseria en que vivia, pues por la misericordia de Dios habia ya cobrado el juicio perdido; pero que sus parientes por gozar de la parte de su hacienda le tenian allí, y á pesar de la verdad querian que fuese loco hasta la muerte. El arzobispo, persuadido de muchos billetes concertados y discretos, mandó á un capellan suyo se informase del retor de la casa si era verdad lo que aquel licenciado le escribia, y que asimismo hablase con el loco, y que si le pareciese que tenia juicio le sacase y pusiese en libertad. Hízolo asi el capellan, y el retor le dijo que aquel hombre aun se estaba loco, que puesto que hablaba muchas veces como persona de grande entendimiento, al cabo disparaba con tantas necedades, que en muchas y en grandes igualaban á sus primeras discreciones, como se podía hacer la esperiencia hablándole. Quiso hacerla el capellan, y poniéndole con el loco habló con él una hora y mas, y en todo aquel tiempo jamás el loco dijo razon torcida ni disparatada, antes habló tan atentamente, que el capellan fue forzado á creer que el loco estaba cuerdo; y entre otras cosas que el loco le dijo fue que el retor le tenia ojeriza por no perder los regalos que sus parientes le hacian porque dijese que aun estaba loco y con lucidos intervalos, y que el mayor contrario que en su desgracia tenia era su mucha hacienda, pues por gozar della sus enemigos ponian dolo y duda en la merced que nuestro Señor le habia hecho

en volverle de bestia en hombre. Finalmente él habló de manera que hizo sospechoso al retor, codiciosos y desalmados á sus parientes, y á él tan discreto, que el capellan se determinó á llevársele consigo á que el arzobispo le viese y tocase con la mano la verdad de aquel negocio. Con esta buena fe el buen capellan pidió al retor mandase dar los vestidos con que allí habia entrado el licenciado: volvió á decir el retor que mirase lo que hacia, porque sin duda alguna el licenciado aun se estaba loco. No sirvieron de nada para con el capellan las prevenciones y advertimientos del retor para que dejase de llevarle: obedeció el retor viendo ser órden del arzobispo, pusieron al licenciado sus vestidos, que eran nuevos y decentes; y como él se vió vestido de cuerdo y desnudo de loco, suplicó al capellan que por caridad le diese licencia para ir á despedirse de sus compañeros los locos. El capellan dijo que él le queria acompañar y ver los locos que en la casa habia. Subieron en efecto, y con ellos algunos que se hallaron presentes: y llegado el licenciado á una jaula adonde estaba un loco furioso, aunque entonces sosegado y quieto, le dijo: hermano mio, mire si me manda algo, que me voy á mi casa, que ya Dios ha sido servido por su infinita bondad y misericordia, sin yo merecerlo, de volverme mi juicio; ya estoy sano y cuerdo, que acerca del poder de Dios ninguna cosa es imposible: tenga grande esperanza y confianza en él, que pues á mí me ha vuelto á mi primero estado, tambien le volverá á él si en él confia: yo tendré cuidado de enviarle algunos regalos que coma, y cómalos en todo caso, que le hago saber que imagino, como quien ha pasado por ello, que todas nuestras locuras proceden de tener los estómagos vacíos y los celebros llenos de aire: esfuércese, esfuércese, que el descaecimiento en los infortunios apoca la salud y acarrea la muerte. Todas estas razones del licenciado escuchó otro loco que estaba en otra jaula frontero de la del furioso, y levantándose de una estera vieja donde estaba echado y desnudo en cueros, preguntó á grandes voces quién era el que iba sano y cuerdo. El licenciado respondió: yo soy, hermano, el que me voy, que ya no tengo necesidad de estar mas aquí, por lo que doy infinitas gracias á los cielos, que tan grande merced me han hecho. Mirad lo que decis, licenciado, no os engañe el diablo, replicó el loco, sosegad el pie, y estaos quedito en vuestra casa, y ahorrareis la vuelta. Yo sé que estoy bueno, replicó el licenciado, y no habrá para qué tornar á andar estaciones. ¿Vos bueno? dijo el loco: ahora bien, ello dirá, andad con Dios; pero yo os voto á Júpiter, cuya magestad yo represento en la tierra, que por solo este pecado que hoy comete Sevilla en sacaros de esta casa y en teneros por cuerdo, tengo de hacer un tal castigo en ella, que quede memoria dél por todos los siglos de los siglos, amen. ¿No sabes tú, licenciadillo menguado, que lo podré hacer, pues como digo soy Júpiter Tonante, que tengo en mis manos los rayos abrasadores con que puedo y suelo amenazar y destruir el mundo? Pero con sola una cosa quiero castigar á este ignorante pueblo, y es con no llover en él ni en todo su distrito y contorno por tres enteros años, que se han de contar desde el dia y punto en que ha sido hecha esta amenaza en adelante. ¡Tú libre, tú sano, tú cuerdo, y yo loco, y yo enfermo, y yo atado! Asi pienso llover como pensar ahorcarme.

A las voces y á las razones del loco estuvieron los circunstantes atentos; pero nuestro licenciado, volviéndose á nuestro capellan y asiéndole de las manos, le dijo: no tenga vuesa merced pena, señor mio, ni haga caso de lo que este loco ha dicho, que si él es Júpiter, y no quisiere llover, yo, que soy Neptuno, el padre y el dios de las aguas, lloveré todas las veces que se me antojare y fuere menester. A lo que respondió el capellan: con todo eso, señor Neptuno, no será bien enojar al señor Júpiter: vuesa merced se quede en su casa, que otro dia, cuando haya mas comodidad y mas espacio, volveremos por vuesa merced. Rióse el retor y los presentes, por cuya risa se medio corrió el capellan: desnudaron al licenciado, quedóse en casa, y acabóse el cuento.

¿Pues este es el cuento, señor barbero, dijo Don Quijote, que por venir aquí como de molde no podia dejar de contarle? ¡Ah, señor rapista, señor rapista, y cuán ciego es aquel que no ve por tela de cedazo! ¿Y es posible que vuesa merced no sabe que las comparaciones que se hacen de ingenio á ingenio, de valor á valor, de hermosura á hermosura y de linaje á linaje son siempre odiosas y mal recebidas! Yo, señor barbero, no soy Neptuno el dios de las aguas, ni procuro que nadie me tenga por discreto no lo siendo; solo me fatigo por dar á entender al mundo en el error en que está en no renovar en sí el felicísimo tiempo donde campeaba la órden de la andante caballería; pero no es merecedora la depravada edad nuestra de gozar tanto bien como el que gozaron las edades donde los andantes caballeros tomaron á su cargo y echaron sobre sus espaldas la defensa de los reinos, el amparo de las doncellas, el socorro de los huérfanos y pupilos, el castigo de los soberbios y el premio de los humildes. Los mas de los caballeros que ahora se usan, antes les crujen los damascos, los brocados y otras ricas telas de que se visten, que la malla con que se arman: ya no hay caballero que duerma en los campos sujetos al rigor del cielo, armados de todas armas desde los pies á la cabeza; y ya no hay quien sin sacar los pies de los estribos, arrimado á su lanza, solo procure descabezar, como dicen, el sueño como lo hacian los caballeros andantes: ya no hay ninguno que saliendo deste bosque entre en aquella montaña, y de allí pise una esteril y desierta playa del mar, las mas veces proceloso y alterado, y hallando en ella y en su orilla un pequeño batel sin remos, vela, mástil, ni jarcia alguna con intrépido corazon se arroje en él, entregándose á las implacables olas del mar profundo, que ya le suben al cielo y ya le bajan al abismo, y él, puesto el pecho á la incontrastable borrasca, cuando menos se cata se halla tres mil y mas leguas distante del lugar donde se embarcó, y saltando en tierra remota y no conocida le suceden cosas dignas de estar escritas, no en pergaminos, sino en bronces; mas ahora ya triunfa la pereza de la diligencia, la ociosidad del trabajo, el vicio de la virtud, la arrogancia de la valentía, y la teórica de la práctica de las armas, que solo vivieron y resplandecieron en las edades del oro y en los andantes caballeros. Si no díganme, ¿quién mas honesto y mas valiente que el famoso Amadis de Gaula? ¿quién mas discreto que Palmerin de Inglaterra? ¿quién mas acomodado y manual que Tirante el Blanco? ¿quién mas galan que Lisuarte de Grecia? ¿quién mas acuchillado ni acuchillador que don Belianis? ¿quién mas intrépido que Perion de Gaula? ó ¿quién mas acometedor de peligros que Felixmarte de Hircania? ó ¿quién mas sincero que Esplandian? ¿quién mas arrojado que don Cirongilio de Tracia? ¿quién mas bravo que Rodamonte? ¿quién mas prudente que el rey Sobrino? ¿quién mas atrevido que Reinaldos? ¿quién mas invencible que Roldan? ¿y quién mas gallardo y mas cortés que Rugero, de quien descienden hoy (1) los duques de Ferrara, segun Turpin en su cosmografia? (2) Todos estos caballeros, y otros muchos que pudiera decir, señor cura, fueron caballeros andantes, luz y gloria de la caballería. Destos, ó tales como estos, quisiera yo que fueran los de mi arbitrio, que á serlo, su Magestad se hallara bien servido y ahorrara de mucho gasto, y el Turco se quedara pelando las barbas; y con esto me quiero quedar en mi casa, pues no me saca

(1) Rugero ó Rugiero, es uno de los paladines que entran en los sucesos principales del *Orlando* de Ariosto, como obra dirigida á celebrar las glorias de los duques de Ferrara.
(2) No es segun Turpin, al cual nunca se ha atribuido nada de *cosmografía*; sino segun Ariosto, en el *Orlando furioso*, cuyo héroe verdadero es Rugero.—Viardot.

el capellan de ella ; y si Júpiter , como ha dicho el barbero , no lloviere , aquí estoy yo , que lloveré cuando se me antojare : digo esto porque sepa el señor bacía que le entiendo.

En verdad , señor Don Quijote , dijo el barbero , que no lo dije por tanto , y asi me ayude Dios como fue buena mi intencion , y que no debe vuesa merced sentirse. Si puedo sentirme ó no , respondió Don Quijote , yo me lo sé. A esto dijo el cura : aun bien que yo casi no he hablado palabra hasta ahora , y no quisiera quedar con un escrúpulo que me roe y escarba la conciencia , nacido de lo que aquí el señor Don Quijote ha dicho. Para otras cosas mas , respondió Don Quijote , tiene licencia el señor cura , y asi puede decir su escrúpulo , porque no es de gusto andar con la conciencia escruplosa. Pues con ese beneplácito , respondió el cura , digo que mi escrúpulo es , que no me puedo persuadir en ninguna manera á que toda la caterva de caballeros andantes que vuesa merced , señor Don Quijote , ha referido , hayan sido real y verdaderamente personas de carne y hueso en el mundo; antes imagino que todo es ficcion , fábula y mentira , y sueños contados por hombres despiertos , ó por mejor decir , medio dormidos. Ese es otro error , respondió Don Quijote , en que han caido muchos que no creen que haya habido tales caballeros en el mundo , y yo muchas veces con diversas gentes y ocasiones he procurado sacar á la luz de la verdad este casi comun engaño; pero algunas veces no he salido con mi intencion , y otras si sustentándola sobre los hombros de la verdad , la cual verdad es tan cierta , que estoy por decir que con mis propios ojos ví á Amadis de Gaula , que era un hombre alto de cuerpo , blanco de rostro , bien puesto de barba aunque negra , de vista entre blanda y rigurosa , corto de razones , tardo en airarse , y presto en deponer la ira ; y del modo que he delineado á Amadis pudiera á mi parecer pintar y describir cuantos caballeros andantes andan en las historias del orbe , que por la aprension que tengo de que fueron como sus historias cuentan , y por las hazañas que hicieron y condiciones que tuvieron se pueden sacar por buena filosofía sus facciones , sus colores y estaturas.

¿Qué tan grande le parece á vuesa merced , mi señor Don Quijote , preguntó el barbero , debia de ser el gigante Morgante? En esto de gigantes , respondió Don Quijote , hay diferentes opiniones si los ha habido ó no en el mundo; pero la santa Escritura , que no puede faltar un átomo en la verdad , nos muestra que los hubo , contándonos la historia de aquel filisteazo de Goliat , que tenia siete codos y medio de altura , que es una desmesurada grandeza. Tambien en la isla de Sicilia se han hallado canillas y espaldas tan grandes , que su grandeza manifiesta que fueron gigantes sus dueños , y tan grandes como grandes torres; que la geometría saca esta verdad de duda. Pero con todo esto no sabré decir con certidumbre qué tamaño tuviese Morgante , aunque imagino que no debió de ser muy alto : y muéveme á ser deste parecer hallar en la historia donde se hace mencion particular de sus hazañas , que muchas veces dormia debajo de techado (1) ; y pues hallaba casa donde cupiese , claro está que no era desmesurada su grandeza. Asi es , dijo el cura , el cual gustando de oirle decir tan grandes disparates , le preguntó que qué sentia acerca de los rostros de Reinaldos de Montalvan y de don Roldan , y de los demás doce Pares de Francia , pues todos habian sido caballeros andantes. De Reinaldos , respondió Don Quijote , me atrevo á decir que era ancho de rostro , de color bermejo , los ojos bailadores y algo saltados , puntoso y colérico en demasía , amigo de ladrones y de gente perdida.

De Roldan , ó Rotolando , ú Orlando (que con todos estos nombres le nombran las historias) soy de parecer y me afirmo que fue de mediana estatura , ancho de espaldas , algo estevado , moreno de rostro y barbitaheño (2) , velloso en el cuerpo , y de vista amenazadora , corto de razones , pero muy comedido y bien criado. Si no fue Roldan mas gentil hombre que vuesa merced ha dicho , replicó el cura , no fue maravilla que la señora Angélica la bella le desdeñase y dejase por la gala , brío y donaire que debia de tener el morillo barbiponiente á quien ella se entregó ; y anduvo discreta de adamar antes la blandura de Medoro , que la aspereza de Roldan. Esa Angélica , respondió Don Quijote , señor cura , fue una doncella destraida , andariega y algo antojadiza , y tan lleno dejó el mundo de sus impertinencias como de la fama de su hermosura. Despreció mil señores , mil valientes y mil discretos , y contentóse con un pajecillo barbilucio , sin otra hacienda ni nombre que el que le pudo dar de agradecido la amistad que guardó á su amigo (3). El gran cantor de su belleza , el famoso Ariosto , por no querer cantar lo que á esta señora le sucedió despues de su ruin entrega , que no debieron de ser cosas demasiadamente honestas , la dejó donde dijo:

> Y como del Catay recibió el cetro ,
> Quizá otro cantará con mejor pletor.

Y sin duda que esto fue como profecía , que los poetas tambien se llaman vates , que quiere decir adivinos. Vése esta verdad clara , porque despues acá un famoso poeta andaluz (4) lloró y cantó sus lágrimas , y otro famoso y único poeta castellano (5) cantó su hermosura.

(1) El libro donde se refieren principalmente las hazañas de este gigante , es el *Morgante Maggiore* de Luis Pulci.—P.

(2) Esto es , de *barba rubia* , y si es *barbisaheño* , como quieren otros , *de barba áspera y erizada*.—P.

(3) Este amigo del pajecillo Medoro era otro llamado Dardinel , á quien sirvió con singular fidelidad y amor , como cuenta el Ariosto en los cant. XVII y XVIII de su *Orlando*.—P.—Medoro fue herido y dejado en el sitio por muerto , yendo á levantar el cadáver de su maestro Dardinel de Almonte.

(4) Este poeta andaluz , es Luis Barahona de Soto , que escribió la primera parte de las *Lágrimas de Angélica* , en doce cantos. Se imprimió en Granada , año de 1586.—A.

(5) Lope de Vega Carpio , que escribió la *Hermosura de Angélica*. Imprimióse esta obra en Barcelona , en 8.º , año de 1604.—A.

Dígame, señor Don Quijote, dijo á esta sazon el barbero, ¿no ha habido algun poeta que haya hecho alguna sátira á esa señora Angélica entre tantos como la han alabado? Bien creo yo, respon-

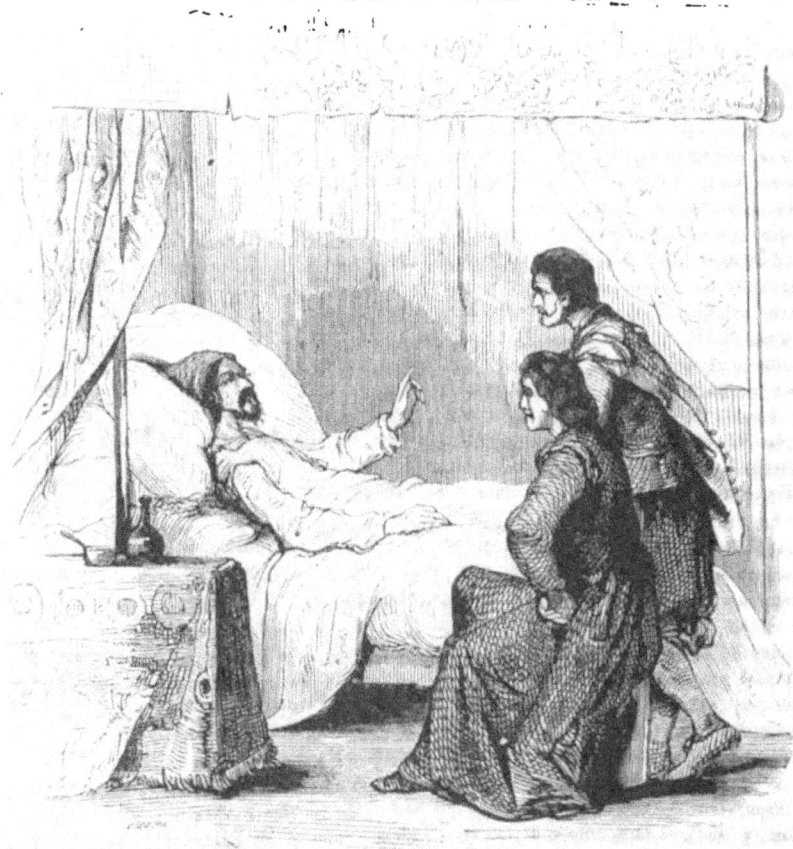

dió Don Quijote, que si Sacrispante ó Roldan fueran poetas, que ya me hubieran jabonado á la doncella, porque es propio y natural de los poetas desdeñados y no admitidos de sus damas fingidas ó

GASPAR

no fingidas, en efecto de aquellas á quien ellos escogieron por señoras de sus pensamientos, vengarse con sátiras y libelos: venganza por cierto indigna de pechos generosos; pero hasta ahora no ha llegado á mi noticia ningun verso infamatorio contra la señora Angélica, que trajo revuelto el mundo. Milagro, dijo el cura; y en esto oyeron que el ama y la sobrina, que ya habian dejado la conversacion, daban grandes voces en el patio, y acudieron todos al ruido.

CAPITULO II.

Que trata de la notable pendencia que Sancho Panza tuvo con la sobrina y ama de Don Quijote, con otros sucesos graciosos.

Cuenta la historia que las voces que oyeron Don Quijote, el cura y el barbero, eran de la sobrina y ama que las daban diciendo á Sancho Panza, que pugnaba por entrar á ver á Don Quijote, y ellas le defendian la puerta, ¿qué quiere este mostrenco en esta casa? idos á la vuestra, hermano, que vos sois, y no otro, el que distrae y sonsaca á mi señor, y le lleva por esos andurriales. A lo que Sancho respondió: ama de Satanás, el sonsacado y el distraido y el llevado por esos andurriales soy yo, que no tu amo: él me llevó por esos mundos, y vosotras os engañais en la mitad del justo precio: él me sacó de mi casa con engañifas prometiéndome una ínsula que hasta ahora la espero. Malas ínsulas te ahoguen, respondió la sobrina, Sancho maldito; ¿y qué son ínsulas? ¿es alguna cosa de comer, golosazo, comilon, que tú eres? No es de comer, replicó Sancho, sino de gobernar y regir mejor que cuatro ciudades y cuatro alcaldes de córte. Con todo eso, dijo el ama, no entrareis acá, saco de maldades y costal de malicias: id á gobernar vuestra casa y á labrar vuestros pegujares, y dejaos de pretender ínsulas ni ínsulos.

Grande gusto recibian el cura y el barbero de oir el coloquio de los tres; pero Don Quijote, temeroso que Sancho se descosiese y desbuchase algun monton de maliciosas necedades, y tocase en puntos que no le estarian bien á su crédito, le llamó y hizo á las dos que callasen y le dejasen entrar

Entró Sancho, y el cura y el barbero se despidieron de Don Quijote, de cuya salud desesperaron viendo cuán puesto estaba en sus desvariados pensamientos, y cuán embebido en la simplicidad de sus malandantes caballerías; y asi dijo el cura al barbero: vos vereis, compadre, cómo cuando menos lo pensemos nuestro hidalgo sale otra vez á volar la ribera. No pongo yo duda en eso, respondió el barbero; pero no me maravillo tanto de la locura del caballero, como de la simplicidad del escudero, que tan creido tiene aquello de la ínsula, que creo que no se lo sacarán del casco cuantos desengaños pueden imaginarse. Dios los remedie, dijo el cura, y estemos á la mira, veremos en lo que para esta máquina de disparates de tal caballero y de tal escudero, que parece que los forjaron á los dos en una misma turquesa, y que las locuras del señor sin las necedades del criado no valdrian un ardite. Asi es, dijo el barbero, y holgara mucho saber qué tratarán ahora los dos. Yo aseguro, respondió el cura, que la sobrina ó el ama nos lo cuenta despues, que no son de condicion que dejarán de escucharlo.

En tanto Don Quijote se encerró con Sancho en su aposento, y estando solos le dijo: mucho me pesa, Sancho, que hayas dicho y digas que yo fui el que te saqué de tus casillas, sabiendo que yo no me quedé en mis casas. Juntos salimos, juntos fuimos y juntos peregrinamos: una misma fortuna y una misma suerte ha corrido por los dos. Si á tí te mantearon una vez, á mí me han molido ciento, y esto es lo que te llevo de ventaja. Eso estaba puesto en razon, respondió Sancho, porque segun vuesa merced dice, mas agenas son á los caballeros andantes las desgracias, que á sus escuderos. Engáñaste Sancho, dijo Don Quijote, segun aquello: *quando caput dolet*, etc. No entiendo otra lengua que la mia, respondió Sancho. Quiero decir, dijo Don Quijote, que cuando la cabeza duele, todos los miembros duelen: y asi, siendo yo tu amo y señor, soy tu cabeza y tú mi parte, pues eres mi criado; y por esta razon el mal que á mí me toca ó tocare, á tí te ha de doler, y á mí el tuyo. Asi habia de ser, dijo Sancho; pero cuando á mí me manteaban como á miembro, se estaba mi cabeza detrás de las bardas mirándome volar por los aires sin sentir dolor alguno; y pues los miembros están obligados á dolerse del mal de la cebeza, habia de estar obligada ella á dolerse del dellos. ¿Querrás tú decir ahora, Sancho, respondió Don Quijote, que no me dolia yo cuando á tí te manteaban? y si lo dices, no lo digas ni lo pienses, pues mas dolor sentia yo entonces en mi espíritu, que tú en tu cuerpo.

Pero dejemos esto aparte por ahora, que tiempo habrá donde lo ponderemos y pongamos en su punto: y díme, Sancho amigo, ¿qué es lo que dicen de mí por ese lugar? ¿en qué opinion me tiene el vulgo, en qué los hidalgos, y en qué los caballeros? ¿Qué dicen de mi valentía? ¿qué de mis hazañas? ¿y qué de mi cortesía? ¿Qué se platica del asunto que he tomado de resucitar y volver al mundo la ya olvidada órden caballeresca? Finalmente quiero, Sancho, me digas lo que acerca desto ha llegado á tus oidos: y esto me has de decir, sin añadir al bien ni quitar al mal cosa alguna; que de los vasallos leales es decir la verdad á sus señores en su ser y figura propia, sin que la adulacion la acreciente, ó otro vano respeto la disminuya: y quiero que sepas, Sancho, que si á los oidos de los príncipes llegase la verdad desnuda sin los vestidos de la lisonja, otros siglos correrian, otras edades serian tenidas por mas de hierro que la nuestra, que entiendo que de las que ahora se usan es la dorada. Sírvate este advertimiento, Sancho, para que discreta y bien intencionadamente pongas en mis oidos la verdad de las cosas que supieres de lo que te he preguntado. Eso haré yo de muy buena gana, señor mio, respondió Sancho, con condicion que vuesa merced no se ha de enojar de lo que dijere, pues quiere que lo diga en cueros, sin vestirlo de otras ropas de aquellas con que llegó á mi noticia. En ninguna manera me enojaré, respondió Don Quijote: bien puedes, Sancho, hablar libremente y sin rodeo alguno.

Pues lo primero que digo, dijo, es que el vulgo tiene á vuesa merced por grandísimo loco, y á mí por no menos mentecato. Los hidalgos dicen, que no conteniéndose vuesa merced en los límites de la hidalguía, se ha puesto *don*, y se ha arremetido á caballero con cuatro cepas y dos yugadas de tierra, y con un trapo atrás y otro adelante. Dicen los caballeros, que no querrian que los hidalgos se opusiesen á ellos, especialmente aquellos hidalgos escuderiles (1), que dan humo á los zapatos y toman los puntos de las medias negras con seda verde. Eso, dijo Don Quijote, no tiene que ver conmigo, pues ando siempre bien vestido y jamás remendado: roto bien podria ser, pero roto mas de las armas que del tiempo.

En lo que toca, prosiguió Sancho, á la valentía, cortesía, hazañas y asunto de vuesa merced, hay diferentes opiniones: unos dicen, loco, pero gracioso; otros valiente, pero desgraciado; otros cortés, pero impertinente; y por aquí van discurriendo en tantas cosas, que ni á vuesa merced ni á mí nos dejan hueso sano. Mira, Sancho, dijo Don Quijote, donde quiera que está la virtud en eminente grado es perseguida; pocos ó ninguno de los famosos varones que pasaron, dejó de ser calumniado de la malicia. Julio César, animosísimo, prudentísimo y valentísimo capitan, fue notado de ambicioso y algun tanto no limpio, ni en sus vestidos ni en sus costumbres. Alejandro, á quien sus hazañas le alcanzaron el renombre de Magno, dicen dél que tuvo sus ciertos puntos de borracho. De Hércules el de los muchos trabajos se cuenta que fue lascivo y muelle. De don Galaor, hermano de Amadis de Gaula, se murmuraba que fue mas que demasiado rijoso, y de su hermano que fue lloron. Asi que, oh Sancho, entre las tantas calumnias de buenos, bien pueden pasar las mias, como no sean mas de las que has dicho. Ahí está el toque, cuerpo de mi padre, replicó Sancho. ¿Pues hay mas? preguntó Don Quijote. Aun la cola falta por desollar, dijo Sancho: lo de hasta aquí son tortas y pan pintado; mas si vuesa merced quiere saber qué hay acerca de las caloñas (2) que le ponen, yo le traeré aquí luego al momento quien se las diga todas, sin que les falte una miaja, que anoche llegó el hijo de Bartolomé Carrasco, que viene de estudiar de Salamanca, hecho bachiller, y yéndole yo á dar la bienvenida me dijo que andaba ya en libros la HISTORIA de vuesa merced, con nombre de EL INGENIOSO HIDALGO DON QUIJOTE DE LA MANCHA: y dice que me mientan á mí en ella con mi mismo nombre de Sancho Panza, y á la señora Dulcinea del Toboso, con otras cosas que pasamos nosotros á solas, que me hice cruces de espantado cómo las pudo saber el historiador que las escribió. Yo te aseguro, Sancho, dijo Don Quijote, que debe de ser algun sabio encantador el autor de nuestra historia, que á los tales no se les encubre nada de lo que quieren escribir. Y como, dijo Sancho, si era sabio y encantador, pues segun dice el bachiller Sanson Carrasco (que asi se llama el que dicho tengo) que el autor de la historia se llama Cide Hamete Berengena. Ese nombre es de moro, respondió Don Quijote. Asi será, respondió Sancho, porque por la mayor parte he oido decir que los moros son amigos de berengenas. Tú debes,

---

(1) El nombre de *hidalgos escuderiles* se deriva, segun siente el P. Guardiola (*Tratado de los Titulos*, etc., p. 70), de las armas que usaban, que eran escudos, porque peleaban á pie con *escudos blancos*, y hasta que hacian alguna cosa notable no podian ser caballeros.—P.

(2) *Calumnia* se dice ahora.

Sancho, dijo Don Quijote, errarte en el sobrenombre de ese Cide, que en arábigo quiere decir señor. Bien podria ser, replicó Sancho, mas si vuesa merced gusta que yo le haga venir aquí, iré por él en volandas. Harásme mucho placer, amigo, dijo Don Quijote, que me tiene suspenso lo que me has dicho, y no comeré bocado que bien me sepa hasta ser informado de todo. Pues yo voy por él, respondió Sancho. Y dejando á su señor, se fué á buscar al bachiller, con el cual volvió de allí á poco espacio, y entre los tres pasaron un graciosísimo coloquio.

CAPITULO III.

Del ridículo razonamiento que pasó entre Don Quijote, Sancho Panza y el bachiller Sanson Carrasco.

Pensativo además quedó Don Quijote esperando al bachiller Carrasco, de quien esperaba oir las nuevas de sí mismo puestas en libro, como habia dicho Sancho, y no se podia persuadir á que tal historia hubiese, pues aun no estaba enjuta en la cuchilla de su espada la sangre de los enemigos que habia muerto, y ya querian que anduviesen en estampa sus altas caballerías. Con todo eso imaginó que algun sabio, ó ya amigo ó enemigo, por arte de encantamento las habria dado á la estampa: si amigo, para engrandecerlas y levantarlas sobre las mas señaladas de caballero andante; si enemigo, para aniquilarlas y ponerlas debajo de las mas viles que de algun vil escudero se hubiesen escrito: puesto, decia entre sí, que nunca hazañas de escuderos se escribieron; y cuando fuese verdad que la tal historia hubiese, siendo de caballero andante, por fuerza habia de ser grandílocua, alta, insigne, magnífica y verdadera. Con esto se consoló algun tanto, pero desconsolóle pensar que su autor era moro, segun aquel nombre de Cide, y de los moros no se podia esperar verdad alguna, porque todos son embelecadores, falsarios y quimeristas. Temíase no hubiese tratado sus amores con alguna indecencia, que redundase en menoscabo y perjuicio de la honestidad de su señora Dulcinea del Toboso: deseaba que hubiese declarado su fidelidad y el decoro que siempre la habia guardado, menospreciando reinas, emperatrices y doncellas de todas calidades, teniendo á raya los ímpetus de los naturales movimientos. Y asi envuelto y revuelto en estas y otras muchas imaginaciones, le hallaron Sancho y Carrasco, á quien Don Quijote recibió con mucha cortesía.

Era el bachiller, aunque se llamaba Sanson, no muy grande de cuerpo, aunque muy gran socarron, de color macilenta, pero de muy buen entendimiento: tendria hasta veinte y cuatro años, cariredondo, de nariz chata y de boca grande, señales todas de ser de condicion maliciosa, y amigo de donaires y de burlas, como lo mostró viendo á Don Quijote, poniéndose delante dél de rodillas, diciéndole: déme vuesa grandeza las manos, señor Don Quijote de la Mancha, que por el hábito de San Pedro que visto, aunque no tengo otras órdenes que las cuatro primeras, que es vuesa merced uno de los mas famosos caballeros andantes que ha habido ni aun habrá en toda la redondez de la tierra. Bien haya Cide Hamate Benengeli, que la historia de vuestras grandezas dejó escrita, y rebien haya el curioso que tuvo el cuidado de hacerlas traducir del arábigo en nuestro vulgar castellano para universal entretenimiento de las gentes. Hízole levantar Don Quijote, y dijo: desa manera ¿verdad es que hay historia mia, y que fue moro y sabio el que la compuso? Es tan verdad, señor, dijo Sanson, que tengo para mí que el dia de hoy están impresos mas de doce mil libros de la tal historia: sino diganlo Portugal, Barcelona y Valencia, donde se han impreso, y aun hay fama que se está imprimiendo en Amberes, y á mí se me trasluce que no ha de haber nacion ni lengua donde no se traduzca (1). Una de las cosas, dijo á esta sazon Don Quijote, que mas debe de dar contento á un hombre virtuoso y eminente, es verse, viviendo, andar con buen nombre por las lenguas de las gentes, impreso y en estampa: dije con buen nombre, porque siendo al contrario, ninguna muerte se le igualará. Si por buena fama y si por buen nombre va, dijo el bachiller, solo vuesa merced lleva la palma á todos los caballeros andantes, porque el moro en su lengua y el cristiano en la suya tuvieron cuidado de pintarnos muy al vivo la gallardía de vuesa merced, el ánimo grande en acometer los peligros, la paciencia en las adversidades, y el sufrimiento, asi en las desgracias, como en las heridas; la honestidad y continencia en los amores platónicos de vuesa merced y de mi señora doña Dulcinea del Toboso.

Nunca, dijo á este punto Sancho Panza, he oido llamar con don á mi señora Dulcinea, sino solamente la señora Dulcinea del Toboso, y ya en esto anda errada la historia. No es objeccion de importancia esa, respondió Carrasco. No por cierto, respondió Don Quijote; pero dígame vuesa merced, señor bachiller, ¿qué hazañas mias son las que mas se ponderan en esa historia? En eso, respondió el bachiller, hay diferentes opiniones como hay diferentes gustos: unos se atienen á la aventura de los molinos de viento, que á vuesa merced le parecieron briareos y gigantes; otros á la de los batanes; este á la descripcion de los dos ejércitos, que despues parecieron ser dos manadas de carneros; aquel

---

(1) Bien se deja entender que estos doce mil libros impresos son de la parte primera de esta historia. Mas adelante en e cap. XVI, se dice que se habian impreso treinta mil volúmenes. Ajustó bien la cuenta Cervantes en uno y otro lugar. Es natural tuviese para ello noticias verdaderas, aunque mas abundantes en un lugar que en otro. Aquí cita las ediciones de Portugal, Barcelona, Valencia, é insinúa la de Amberes, pero deben añadirse las de otras partes, de que existen todavía ejemplares.—P.

encarece la del muerto que llevaban á enterrar á Segovia; uno dice que á todas se aventaja la de la
libertad de los galeotes; otro, que ninguno iguala á la de los monges benitos, con la pendencia del
valeroso vizcaino.

Dígame, señor bachiller, dijo á esta sazon Sancho, ¿entra ahí la aventura de los yangüeses,
cuando á nuestro buen Rocinante se le antojó pedir cotufas en el golfo? No se le quedó nada, respondió Sanson, al sabio en el tintero: todo lo dice y todo lo apunta, hasta lo de las cabriolas que el buen
Sancho hizo en la manta. En la manta no hice yo cabriolas, respondió Sancho; en el aire sí, y aun
mas de las que yo quisiera. A lo que yo imagino, dijo Don Quijote, no hay historia humana en el
mundo que no tenga sus altibajos, especialmente las que tratan de caballerías, las cuales nunca pueden estar llenas de prósperos sucesos. Con todo eso, respondió el bachiller, dicen algunos que han

leido la historia que se holgaran se les hubiera olvidado á los autores della algunos de los infinitos
palos que en diferentes encuentros dieron al señor Don Quijote. Ahí entra la verdad de la historia,
dijo Sancho. Tambien pudieron callarlos por equidad, dijo Don Quijote, pues las acciones que ni
mudan ni alteran la verdad de la historia, no hay para qué escribirlas si han de redundar en menosprecio del señor de la historia. A fe que no fue tan piadoso Eneas como Virgilio le pinta, ni tan prudente Ulises como le describe Homero (1). Así es, replicó Sanson: pero uno es escribir como poeta,
y otro como historiador: el poeta puede contar ó cantar las cosas no como fueron, sino como debian
ser, y el historiador las ha de escribir no como debian ser, sino como fueron, sin añadir ni quitar á
la verdad cosa alguna. Pues si es que se anda á decir verdades ese señor moro, dijo Sancho, á buen
seguro que entre los palos de mi señor se hallen los mios, porque nunca á su merced le tomaron la
medida de las espaldas, que no me la tomasen á mí de todo el cuerpo; pero no hay de qué maravi-

(1) Parece aludió aquí Cervantes al *Orlando* de Ariosto, que segun la traduccion del capitan Urrea, dice en el cant. XXXIV,
octava 24 y 25.

> No tan piadoso Eneas, no Aquiles fuerte
> Fue, como es fama, ni Hector asi fiero, etc.
> No fue asi santo ni benigno Augusto
> Como la trompa de Virgilio suena —P.

ñarme, pues como dice el mismo señor mio, del dolor de la cabeza han de participar los miembros.
Socarron sois, Sancho, respondió Don Quijote, á fé que no os falta memoria cuando vos quereis
tenerla. Cuando yo quisiese olvidarme de los garrotazos que me han dado, dijo Sancho, no lo consen-
tirian los cardenales, que aun se están frescos en las costillas.

Callad, Sancho, dijo Don Quijote, y no interrumpais al señor bachiller, á quien suplico pase adelante en decirme lo que se dice de mí en la referida historia. Y de mí, dijo Sancho, que tambien dicen
que yo soy uno de los principales presonajes della. Personajes, que no presonajes, Sancho amigo,

dijo Sanson. ¿Otro reprochador de voquibles tenemos? dijo Sancho; pues ándense á eso, y no acabaremos en toda la vida. Mala me la dé Dios, Sancho, respondió el bachiller, si no sois vos la segunda
persona de la historia, y aun hay tal que precia mas oiros hablar á vos, que al mas pintado de toda
ella, puesto que tambien hay quien diga que anduvistes demasiadamente de crédulo en creer que
podia ser verdad el gobierno de aquella ínsula ofrecida por el señor don Quijote, que está presente.
Aun hay sol en las bardas, dijo Don Quijote; y mientras mas fuere entrando en edad Sancho, con
la esperiencia que dan los años estará mas idóneo y mas hábil para ser gobernador, que no está
ahora. Por Dios, señor, dijo Sancho, la isla que yo gobernare con los años que tengo, no la gobernaré
con los años de Matusalen : el daño está en que la dicha ínsula se entretiene no sé dónde, y no en faltarme á mí el caletre para gobernarla. Encomendadlo á Dios, Sancho, dijo Don Quijote, que todo se
hará bien, y quizá mejor de lo que vos pensais, que no se mueve la hoja en el árbol sin la voluntad de
Dios. Asi es verdad, dijo Sanson, que si Dios quiere no faltarán á Sancho mil islas que gobernar,
cuanto mas una. Gobernadores he visto por ahí, dijo Sancho, que á mi parecer no llegan á la suela
de mi zapato, y con todo eso los llaman señoría, y se sirven con plata. Esos no son gobernadores de
ínsulas, replicó Sanson, sino de otros gobiernos mas manuales; que los que gobiernan ínsulas por lo
menos han de saber gramática. Con la grama bien me avendria yo, dijo Sancho, pero con la tica ni
me tiro ni me pago, porque no la entiendo; pero dejando esto del gobierno en las manos de Dios, que
me eche á las partes donde mas de mí se sirva, digo, señor bachiller Sanson Carrasco, que infinita-

mente me ha dado gusto que el autor de la historia haya hablado de mí de manera que no enfaden las cosas que de mí se cuentan: que á fe de buen escudero, que si hubiera dicho de mí cosas que no fueran muy de cristiano viejo como soy, que nos habian de oir los sordos. Eso fuera hacer milagros, respondió Sanson. Milagros ó no milagros, dijo Sancho, cada uno mire cómo habla ó cómo escribe de las personas, y no ponga á trochemoche lo primero que le viene al magin.

Una de las tachas que ponen á la tal historia, dijo el bachiller, es que su autor puso en ella una novela intitulada *el Curioso impertinente*, no por mala ni por mal razonada, sino por no ser de aquel lugar, ni tiene que ver con la historia de su merced del señor Don Quijote. Yo apostaré, replicó Sancho, que ha mezclado el hi de perro (1) berzas con capachos. Ahora digo, dijo Don Quijote, que no ha sido sabio el autor de mi historia, sino algun ignorante hablador, que á tiento y sin algun discurso se puso á escribirla salga lo que saliere, como hacia Orbaneja el pintor de Ubeda, al cual preguntándole qué pintaba, respondió: lo que saliere; tal vez pintaba un gallo de tal suerte y tan mal parecido, que era menester que con letras góticas escribiese junto á él *este es gallo*; y asi debe ser de mi historia, que tendrá necesidad de mi comento para entenderla. Eso no, respondió Sanson, porque es tan clara que no hay cosa que dificultar en ella: los niños la manosean, los mozos la leen, los hombres la entienden y los viejos la celebran; y finalmente es tan trillada y tan leida y tan sabida de todo género de gentes, que apenas han visto algun rocín flaco cuando dicen: allí va Rocinante: y los que mas se han dado á su lectura son los pajes: no hay antecámara de señor donde no se halle un Don Quijote: unos le toman si otros le dejan; estos le embisten, y aquellos le piden. Finalmente, la tal historia es del mal gustoso y menos perjudicial entretenimiento que hasta ahora se haya visto, porque en toda ella no se descubre ni por semejas una palabra deshonesta, ni un pensamiento menos que católico. A escribir de otra suerte, dijo Don Quijote, no fuera escribir verdades, sino mentiras, y los historiadores que de mentiras se valen habian de ser quemados como los que hacen moneda falsa; y no sé yo qué le movió al autor á valerse de novelas y cuentos agenos habiendo tanto que escribir en los mios; sin duda se debió atener al refran: de paja y de heno, etc. Pues en verdad que con solo manifestar mis pensamientos, mis suspiros, mis lágrimas, mis buenos deseos y mis acometimientos, pudieran hacer un volúmen mayor ó tan grande que el que pueden hacer todas las obras del Tostado.

En efecto, lo que yo alcanzo, señor bachiller, es que para componer historias y libros de cualquier suerte que sean, es menester un gran juicio y un maduro entendimiento: decir gracias y escribir donaires es de grandes ingenios. La mas discreta figura de la comedia es la del bobo, porque no lo ha de ser el que quiere dar á entender que es simple. La historia es como cosa sagrada, porque ha de ser verdadera, y donde está la verdad está Dios en cuanto á verdad; pero no obstante esto, hay algunos que asi componen y arrojan libros de sí como si fuesen buñuelos.

No hay libro tan malo, dijo el bachiller, que no tenga algo bueno. No hay duda en eso, replicó Don Quijote; pero muchas veces acontece que los que tenian méritamente grangeada y alcanzada gran fama por sus escritos, en dándolos á la estampa le perdieron del todo, ó la menoscabaron en algo. La causa deso es, dijo Sanson, que como las obras impresas se miran despacio, fácilmente se ven sus faltas, y tanto mas se escudriñan cuanto es mayor la fama del que las compuso. Los hombres famosos por sus ingenios, los grandes poetas, los ilustres historiadores siempre ó las mas veces son envidiados de aquellos que tienen por gusto y por particular entretenimiento juzgar los escritos agenos, sin haber dado algunos propios á la luz del mundo. Eso no es de maravillar, dijo Don Quijote, porque muchos teólogos hay que no son buenos para el púlpito, y son bonísimos para conocer las faltas ó sobras de los que predican. Todo esto es asi, señor Don Quijote, dijo Carrasco; pero quisiera yo que los tales censuradores fueran mas misericordiosos y menos escrupulosos, sin atenerse á los átomos del sol clarísimo de la obra de que murmuran, que si *aliquando bonus dormitat Homerus*, consideren lo mucho que estuvo despierto por dar la luz de su obra con la menos sombra que pudiese; y quizá podria ser que lo que á ellos les parece mal fuesen lunares que á las veces acrecientan la hermosura del rostro que los tiene; y asi digo que es grandísimo el riesgo á que se pone el que imprime un libro, siendo de toda imposibilidad imposible componerle tal que satisfaga y contente á todos los que le leyeren. El que de mi trata, dijo Don Quijote, á pocos habrá contentado. Antes es al revés, que como *stultorum infinitus est numerus*, infinitos son los que han gustado de la tal historia; y algunos han puesto falta y dolo en la memoria del autor, pues se le olvida de contar quién fue el ladron que hurtó el rucio á Sancho, que allí no se declara, y solo se infiere de lo escrito que se le hurtaron (2), y de allí á poco le vemos á caballo sobre el mismo jumento sin haber parecido (3); tambien dicen que se le olvidó poner lo que Sancho hizo de aquellos cien escudos que halló en la maleta en Sierramorena, que nunca mas los nombra, y hay muchos que desean saber qué hizo dellos, ó en qué los gastó, que es uno de los puntos sustanciales que faltan en la obra. Sancho respondió: yo, señor Sanson, no estoy ahora

(1) Hijo de perro, asi como *hi de puta*, hijo de puta: *hidalgo*, hijo de algo.—Cuando uno revuelve, dice Covarrubias, muchas cosas diversas, y hace de ellas un tratado, vulgarmente decimos *revolver berzas con capachos*.—Arr.

(2) Este pasaje es uno de los que prueban que Cervantes no revisó su obra, segun han observado algunos; pues en dos lugares de la parte primera, que es la censurada aqui por Sanson Carrasco, dice que *el ladron* que robó el asno á Sancho Panza, fue Ginés ó Ginesillo de Pasamonte. Véase el cap. XXIII.—P.

(3) Asi era en las anteriores ediciones y Cervantes nota este error: con la cual autoriza la correccion que en esta edicion se ha hecho.—F.

para ponerme en cuentas ni cuentos, que me ha tomado un desmayo de estómago, que si no le reparo con dos tragos de lo añejo me pondrá en la espina de Santa Lucía: en casa lo tengo, mi oislo (1) me aguarda, en acabando de comer daré la vuelta, y satisfaré á vuesa merced y á todo el mundo de lo que preguntar quisieren, asi de la pérdida del jumento, como del gasto de los cien escudos; y sin esperar respuesta ni decir otra palabra se fué á su casa. Don Quijote pidió y rogó al bachiller se quedase

á hacer penitencia (2) con él. Tuvo el bachiller el envite, quedóse, añadióse al ordinario un par de pichones, tratóse en la mesa de caballerías, siguióle el humor Carrasco, acabóse el banquete, durmieron la siesta, volvió Sancho, y renovóse la plática pasada.

CAPITULO IV.

Donde Sancho Panza satisface al bachiller Sanson Carrasco de sus dudas y preguntas, con otros sucesos dignos de saberse y de contarse.

Volvió Sancho á casa de Don Quijote, y volviendo al pasado razonamiento dijo: á lo que el señor Sanson dijo, que se deseaba saber quién ó cómo ó cuándo se me hurtó el jumento, respondiendo digo, que la noche misma que huyendo de la santa Hermandad nos entramos en Sierramorena, despues de la aventura sin ventura de los galeotes, y de la del difunto que llevaban á Segovia, mi señor y yo nos metimos entre una espesura, adonde mi señor arrimado á su lanza, y yo sobre mi rucio, molidos y cansados de las pasadas refriegas, nos pusimos á dormir como si fuera sobre cuatro colchones de pluma: especialmente yo dormí con tan pesado sueño, que quien quiera que fue tuvo lugar de llegar y suspenderme sobre cuatro estacas que puso á los cuatro lados de la albarda, de manera que me dejó á caballo sobre ella, y me sacó debajo de mí al rucio sin que yo lo sintiese (3). Eso es cosa fácil, dijo Don Quijote, y no acontecimiento nuevo, que lo mismo le sucedió á Sacripante, cuando estando en el cerco de Albraca con esa misma invencion le sacó el caballo de entre las piernas aquel famoso ladron llamado Brunelo (4).

Amaneció, prosiguió Sancho, y apenas me hube estremecido cuando faltando las estacas dí conmigo en el suelo una gran caida, miré por el jumento, y no le ví: acudiéronme lágrimas á los ojos, é hice una lamentacion, que si no la puso el autor de nuestra historia, puede hacer cuenta que no puso cosa buena. Al cabo de no sé cuántos dias, viniendo con la señora princesa Micomicona conocí mi asno, y que venia sobre él en hábito de gitano aquel Ginés de Pasamonte, aquel embustero y grandísimo maleador que quitamos mi señor y yo de la cadena. No está en esto el yerro, replicó Sanson, sino en que antes de haber parecido el jumento, dice el autor, que iba á caballo Sancho en el mismo rucio. A eso, dijo Sancho, no sé qué responder, sino que el historiador se engañó, ó ya seria descuido del impresor. Asi es sin duda, dijo Sanson; pero ¿qué se hicieron los cien escudos? Deshiciéronse, respondió Sancho: yo los gasté en pro de mi persona y de la de mi mujer y de mis hijos, y ellos han sido causa de que mi mujer lleve en paciencia los caminos y carreras que he andado sirviendo á mi señor Don Quijote: que si al cabo de tanto tiempo volviera sin blanca y sin el jumento á mi casa, ne-

(1) Esto es, mi mujer. Véase parte I, cap. VII.—P.

(2) A comer: espresion metafórica de que por prevencion, ó por via de disculpa anticipada, suelen usar familiarmente las gentes cuando se convidan á comer, para darse á entender que no tendrán una abundante comida, y por lo mismo que ayunarán, que *harán penitencia.*—Arr.

(3) No se dice en la primera parte que Sancho fuese cargado con la albarda cuando caminaba á pie, á consecuencia del robo del rucio.—F.C.

(4) Fue en efecto el moro y feo Brunelo ladron tan sutil (como dice el conde Mateo Boyardo en su *Orlando enamorado*, lib. II, cant. V; y el Ariosto en su *Orlando furioso*, cant. XXVII), que á Angélica le quitó el anillo del dedo sin sentirlo: á Marfisa la espada de la mano; á Orlando el cuerno de marfil; y el caballo á Sacripante, rey de Circasia, en el sitio de Albraca, que era una peña ó roca donde reinaba Angélica la Bella. Duérmese sobre el caballo, córtale Brunelo la cincha, pone un tronco debajo la silla que le sostenia, y saca el caballo de entre las piernas del rey.—P.

gra ventura me esperaba; y si hay mas que saber de mí, aquí estoy, que responderé al mismo rey
en persona; y nadie tiene para qué meterse en si truje ó no truje, si gasté ó no gasté, que si los palos
que me dieron en estos viajes se hubieran de pagar á dinero, aunque no se tasaran sino á cuatro maravedís cada uno, con otros cien escudos no habia para pagarme la mitad; y cada uno meta la mano
en su pecho, y no se ponga á juzgar lo blanco por negro, y lo negro por blanco; que cada uno es como
Dios le hizo, y aun peor muchas veces.

Yo tendré cuidado, dijo Carrasco, de avisar al autor de la historia que si otra vez la imprimiere
no se le olvide esto que el buen Sancho ha dicho, que será realzarla un buen coto mas de lo que ella
se está. ¿Hay otra cosa que enmendar en esa leyenda, señor bachiller? preguntó Don Quijote. Sí debe
de haber, respondió él; pero ninguna debe de ser de la importancia de las ya referidas. ¿Y por ventura, dijo Don Quijote, promete el autor segunda parte? Sí promete, respondió Sanson; pero dice que

no ha hallado ni sabe quién la tiene, y asi estamos en duda si saldrá ó no: y asi por esto como porque
algunos dicen, nunca segundas partes fueron buenas, y otros, de las cosas de Don Quijote bastan las
escritas, se duda que no ha de haber segunda parte; aunque algunos, que son mas joviales que sa-
turninos, dicen: vengan mas quijotadas, embista Don Quijote, y hable Sancho Panza, y sea lo que
fuere, que con eso nos contentamos. ¿Y á qué se atiene el autor? dijo Don Quijote. ¿A qué? respondió Sanson: en hallando que halle la historia, que él va buscando con estraordinarias diligencias, la
dará luego á la estampa, llevado mas del interés que de darla se le sigue, que de otra alabanza alguna.
A lo que dijo Sancho: ¿al dinero y al interés mira el autor? maravilla será que acierte, porque no hará
sino harbar (1), harbar como sastre en vísperas de pascuas; y las obras que se hacen apriesa nunca
se acaban con la perfeccion que requieren. Atienda ese señor moro, ó lo que es, á mirar lo que hace,
que yo y mi señor le daremos tanto ripio á la mano en materia de aventuras y de sucesos diferentes,
que pueda componer, no solo segunda parte, sino ciento. Debe de pensar el buen hombre sin duda que
nos dormimos aquí en las pajas, pues ténganos el pie al herrar, y verá del que cosqueamos: lo que yo
sé decir es, que si mi señor tomase mi consejo ya habíamos de estar en esas campañas deshaciendo
agravios y enderezan lo tuertos, como es uso y costumbre de los buenos andantes caballeros.

No habia bien acabado de decir estas razones Sancho cuando llegaron á sus oidos relinchos de

(1) Significa, dice Covarruvias en su *Tesoro*, hacer la cosa muy deprisa, como harbar la plana el muchacho cuando escribe de prisa ir de farfulla.

Rocinante, los cuales relinchos tomó Don Quijote por felicísimo agüero (1) y determinó de hacer de allí á tres ó cuatro dias otra salida; y declarando su intento al bachiller, le pidió consejo por qué parte comenzaria su jornada, el cual le respondió que era su parecer que fuese al reino de Aragon, y á la ciudad de Zaragoza, adonde se habian de hacer unas solemnísimas justas por la fiesta de San Jorge (2), en las cuales podria ganar fama sobre todos los caballeros aragoneses, que seria ganarla sobre todos los del mundo. Alabóle su honradísima y valentísima determinacion, y advirtióle que anduviese mas atentado en acometer los peligros, á causa que su vida no era suya, sino de todos aquellos que le habian de menester para que los amparase y socorriese en sus desventuras. Deso es lo que yo reniego, señor Sanson, dijo á este punto Sancho, que asi acomete mi señor á cien hombres armados como un muchacho goloso á media docena

de badeas (3). Cuerpo del mundo, señor bachiller: sí, que tiempos hay de acometer, y tiempos de retirar, y no ha de ser todo Santiago y cierra España: y mas que yo he oido decir, y creo que á mi señor mismo si mal no me acuerdo, que en los estremos de cobarde y de temerario está el medio de la valentía; y si esto es asi, no quiero que huya sin tener para qué, ni que acometa cuando la demasía del riesgo (4) pide otra cosa; pero sobre todo aviso á mi señor, que si me ha de llevar consigo ha de ser con condicion que él se lo ha de batallar todo, y que yo no he de estar obligado á otra cosa que á mirar por su persona en lo que tocare á su limpieza y á su regalo, que en esto yo le bailaré el agua delante; pero pensar que tengo de poner mano á la espada aunque sea contra villanos malandrines de hacha y capellina, es pensar en lo escusado. Yo, señor Sanson, no pienso grangear fama de valiente, sino del mejor y mas leal escudero que jamás sirvió á caballero andante: y si mi señor Don Quijote, obligado de mis muchos y buenos servicios, quisiere darme alguna ínsula de las muchas que su merced dice que se ha de topar por ahí, recibiré mucha merced en ello, y cuando no me la diere, nacido soy, y no ha de vivir al hombre en hoto (5) de otro, sino de Dios; y mas que tan bien y aun quizá mejor me sabrá el pan desgobernado, que siendo gobernador: y ¿sé yo por ventura si en esos gobiernos me tiene aparejada el diablo alguna zancadilla donde tropiece y caiga y me deshaga las muelas? Sancho nací, y Sancho pienso morir. Pero si con todo esto de buenas á buenas, sin mucha solicitud y sin mucho riesgo me deparase el cielo alguna ínsula, ó otra cosa semejante, no soy tan necio que la desechase, que tambien se dice: cuando te dieren la vaquilla, corre con la soguilla, y cuando viene el bien, métele en tu casa.

Vos, hermano Sancho, dijo Carrasco, habeis hablado como un catedrático; pero con todo eso confiad en Dios y en el señor Don Quijote, que os ha de dar un reino, no que una ínsula. Tanto es lo de mas como lo de menos, respondió Sancho; aunque sé decir al señor Carrasco, que no echaria mi señor el reino que me diera en saco roto, que yo me he tomado el pulso á mí mismo, y me hallo con salud para regir reinos y gobernar ínsulas; y esto ya otras veces lo he dicho á mi señor. Mirad, Sancho, dijo Sanson, que los oficios mudan las costumbres, y podria ser que viéndoos gobernador no conociésedes á la madre que os parió. Eso allá se ha de entender, respondió Sancho, con los que nacieron en las malvas, y no con los que tienen sobre el alma cuatro dedos de enjundia de cristianos viejos, como yo los tengo: no, sino llegaos á mi condicion, que sabrá usar desagradecimiento con alguno. Dios lo haga, dijo Don Quijote, y ello dirá cuando el gobierno venga, que ya me parece que le trayo entre los ojos.

Dicho esto rogó al bachiller que si era poeta le hiciese merced de componerle unos versos que tratasen de la despedida que pensaba hacer de su señora Dulcinea del Toboso, y que advirtiese que en el principio de cada verso habia de poner una letra de su nombre, de manera que al fin de los versos, juntando las primeras letras se leyese Dulcinea del Toboso. El bachiller respondió, que puesto que él no era de los famosos poetas que habia en España, que decian que no eran sino tres y medio, que no dejaria de componer los tales metros, aunque hallaba una dificultad grande en su composicion, á

---

(1) Desde los relinchos del caballo de Dario, que le dieron la corona de Persia, y los del caballo de Dionisio, el Tirano, que le prometieron la de Siracusa, los hacedores de pronósticos han dado siempre á este agüero un sentido favorable. Era natural que Don Quijote sacase el mismo presagio de los relinchos de Rocinante, los cuales sin duda significaban que se pasaba la hora de darle el pienso.—Viardot.

(2) El Aragon estaba bajo el patrocinio de San Jorge, desde la batalla de Alcoraz, ganada por Pedro I á los moros en 1096. Formóse en Zaragoza una cofradía para dar justas cada tres años, en honor del Santo; y se llaman *justas del arnés*.—Viardot.

(3) *Badea* es una especie de melon. A los malos, dice Covarrubias, les damos este nombre.—Arr.

(4) En las demás ediciones se dice: «cuando la demasía pide otra cosa.» O Cervantes no escribió *demasía* ó es necesaria la adicion de las palabras que agregamos al testo.—F. C.

(5) Esto es, confiado en otro.—Arr.

causa que las letras que contenian el nombre eran diez y siete; y que si hacia cuatro castellanas de á cuatro versos sobraba una letra, y si de á cinco, á quien llamaban décimas ó redondillas, faltaban tres letras; pero con todo eso procuraria embeber una letra lo mejor que pudiese, de manera que en las cuatro castellanas se incluyese el nombre de Dulcinea del Toboso. Ha de ser asi en todo caso, dijo Don Quijote, que si allí no va el nombre patente y de manifiesto, no hay mujer que crea que para ella se hicieron los metros (1). Quedaron en esto y en que la partida seria de allí á ocho dias. Encargó Don Quijote al bachiller la tuviese secreta, especialmente al cura y á maese Nicolás y á su sobrina y al ama, porque no estorbasen su honrada y valerosa determinacion. Todo lo prometió Carrasco: con esto se despidió encargando á Don Quijote que de todos sus buenos ó malos sucesos le avisase habiendo comodidad; y asi se despidieron, y Sancho fué á poner en órden lo necesario para su jornada.

CAPITULO V.

De la discreta y graciosa plática que pasó entre Sancho Panza y su mujer Teresa Panza, y otros sucesos dignos de felice recordacion.

Llegando á escribir el traductor desta historia este quinto capítulo, dice que.le tiene por apócrifo, porque en él habla Sancho Panza con otro estilo del que se podia prometer de su corto ingenio, y dice cosas tan sutiles, que no tiene por posible que él las supiese; pero que no quiso dejar de traducirlo por cumplir con lo que á su oficio debia, y asi prosiguió diciendo:

Llegó Sancho á su casa tan regocijado y alegre, que su mujer conoció su alegría á tiro de ballesta, tanto que la obligó á preguntarle: ¿qué traeis, Sancho amigo, que tan alegre venís? A lo que él respondió: mujer mia, si Dios quisiera, bien me holgara yo de no estar tan contento como muestro. No os entiendo, marido, replicó ella, y no sé qué quereis decir con eso de que os holgárades, si Dios quisiera, de no estar contento, que magüer tonta, no sé yo quien recibe gusto de no tenerle. Mirad, Teresa, respondió Sancho, yo estoy alegre porque tengo determinado de volver á servir á mi amo Don Quijote, el cual quiere la vez tercera salir á buscar las aventuras, y yo vuelvo á salir con él porque lo quiere asi mi necesidad, junto con la esperanza que me alegra de pensar si podré hallar otros cien escudos como los ya gastados, puesto que me entristece el haberme de apartar de tí y de mis hijos; y si Dios quisiera darme de comer á pie enjuto y en mi casa, 'sin traerme por vericuetos y encrucijadas, pues lo podia hacer á poca costa y con no mas de quererlo, claro está que mi alegría fuera mas firme y valedera, pues que la que tengo va mezclada con la tristeza de dejarte: asi que dije bien que holgara, si Dios quisiera, de no estar contento.

Mirad, Sancho, replicó Teresa, despues que os hicísteis miembro de caballero andante, hablais de tan rodeada manera, que no hay quien os entienda. Basta que me entienda Dios, mujer, respondió Sancho, que él es el entendedor de todas las cosas, y quédese esto aquí; y advertid, hermana, que os conviene tener cuenta estos tres dias con el rucio, de manera que esté para armas tomar: dobladle los piensos, requerid la albarda y las demás jarcias, porque no vamos á bodas, sino á rodear el mundo, y á tener dares y tomares con gigantes, con endriagos y con vestiglos, y á oir silbos, rugidos, bramidos y baladros; y aun todo esto fueran flores de cantueso, si no tuviéramos que entender con yangüeses y con moros encantados. Bien creo yo, marido, replicó Teresa, que los escuderos andantes no comen el pan de balde, y asi quedaré rogando á Nuestro Señor os saque presto de tanta mala ventura. Yo os digo, mujer, respondió Sancho, que si no pensase antes de mucho tiempo verme gobernador de una ínsula, aquí me caeria muerto. Eso no, marido mio, dijo Teresa, viva la gallina aunque sea con su pepita: vivid vos, y llévese el diablo cuantos gobiernos hay en el mundo: sin gobierno saliste del vientre de vuestra madre, sin gobierno habeis vivido hasta ahora, y sin gobierno os ireis ó os llevarán á la sepultura cuando Dios fuere servido: como esos hay en el mundo que viven sin gobierno, y no por eso dejan de vivir, y de ser contados en el número de las gentes. La mejor salsa del mundo es la hambre, y como esta no falta á los pobres, siempre comen con gusto. Pero mirad, Sancho, si por ventura os viéredes con algun gobierno, no os olvideis de mí y de vuestros hijos. Advertid que Sanchico tiene ya quince años cabales, y es razon que vaya á la escuela si es que su tio el abad le ha de dejar hecho de la iglesia. Mirad tambien que Mari-Sancha, vuestra hija, no se morirá'si la casamos, que me va dando barruntos que desea tanto tener marido, como vos deseais veros con gobierno; y en fin, en fin, mejor parece la hija mal casada, que bien abarraganada.

A buena fe, respondió Sancho, que si Dios me lleva á tener algo qué de gobierno, que tengo de casar, mujer mia, á Mari-Sancha tan altamente que no la alcancen sino con llamarla señoría. Eso no, Sancho, respondió Teresa, casadla con su igual, que es lo mas acertado; que si de los zuecos la sacais á chapines, y de saya parda de catorceno (2) ú verdugado (3) y saboyanas de seda, y de una Ma-

---

(1) Aquí critica y ridiculiza Cervantes esta pueril especie de versos, llamados *acrósticos*, que usaban ya en tiempo de Cervantes los malos poetas, y se introdujeron con los demás vicios que corrompieron la poesía, y propagaron el mal gusto que reinó en ella en todo el siglo XVII y mitad del XVIII.—Arr.

(2) *Catorceno*, era una especie ó suerte de paño basto y ordinario, que llaman asi los fabricantes de Segovia.—Arr.

(3) Era una saya á manera de campana, llamada por otro nombre *pollera*.—P.

rica y un tú á una doña tal y señoría, no se ha de hallar la muchacha, y á cada paso ha de caer en mil faltas descubriendo la hilaza de su tela basta y grosera. Calla, boba, dijo Sancho, que todo será usarle dos ó tres años, que despues le vendrá el señorío y la gravedad como de molde; y cuando no, ¿qué importa? séase ella señoría, y venga lo que viniere. Medíos, Sancho, con vuestro estado, respondió Teresa, no os querais alzar á mayores, y advertid al refran que dice: al hijo de tu vecino límpiale las narices, y métele en tu casa. Por cierto que seria gentil cosa casar á nuestra María con un condazo ó con un caballerote, que cuando se le antojase la pusiese como nueva, hartándola de villana, hija del destripaterrones y de la pelaruecas: no en mis dias, marido, para eso por cierto he criado yo á mi hija: traed vos dineros, Sancho, y el casarla dejadlo á mi cargo, que ahí está Lope Tocho, el hijo de Juan Tocho, mozo rollizo y sano, y que le conocemos, y sé que no mira de mal ojo á la mochacha, y con éste, que es nuestro igual, estará bien casada, y le tendremos siempre á nuestros ojos, y seremos todos unos, padres y hijos, nietos y yernos, y andará la paz y la bendicion de Dios entre todos nosotros; y no casármela vos ahora en esas córtes y en esos palacios grandes, adonde ni á ella la entiendan, ni ella se entienda. Ven acá, bestia, y mujer de Barrabás, replicó Sancho, ¿por qué quieres tú ahora, sin qué ni para qué, estorbarme que no case á mi hija con quien me dé nietos que se llamen señoría? Mira, Teresa, siempre he oido decir á mis mayores que el que no sabe gozar de la ventura cuando le viene, que no se debe quejar si se le pasa; y no seria bien que ahora que está llamando á nuestra puerta se la cerrásemos: dejémonos llevar deste viento favorable que nos sopla. (Por este modo de hablar, y por lo que mas abajo dice Sancho, dijo el traductor desta historia que tenia por apócrifo este capítulo).

¿No te parece animalía, prosiguió Sancho, que será bien dar con mi cuerpo en algun gobierno que provechoso nos saque el pie del lodo, y casar á Mari-Sancha con quien yo quisiere, y verás cómo te llaman á tí doña Teresa Panza, y te sientas en la iglesia sobre alcatifa (1), almohadas y arambeles, á pesar y despecho de las hidalgas del pueblo? No sino estaos siempre en un ser, sin crecer ni menguar como figura de paramento y en esto no hablemos mas, que Sanchica ha de ser condesa, aunque tú mas me digas. ¿Veis cuanto decís, marido? respondió Teresa, pues con todo eso temo que este condado de mi hija ha de ser su perdicion: vos haced lo que quisiéredes, ora la hagais duquesa ó princesa; pero séos decir que no será ello con voluntad ni consentimiento mio. Siempre, hermano, fuí amiga de la igualdad, y no puedo ver entonos sin fundamento: Teresa me pusieron en el bautismo, nombre mondo y escueto, sin añadiduras, ni cortapisas ni arrequives de dones ni donas: Cascajo se llamó mi padre, y á mí por ser vuestra mujer me llaman Teresa Panza, que á buena razon me habian de llamar Teresa Cascajo; pero allá van reyes do quieran leyes y con este nombre me contento sin que me le pongan un don encima que pese tanto que no le pueda llevar, y no quiero dar que decir á los que me vieren andar vestida á lo condesil ó á lo de gobernadora, que luego dirán: mirad qué entonada va la pazpuerca; ayer no se hartaba de estirar un copo de estopa, y iba á misa cubierta la cabeza con la falda de la saya en lugar de manto, y ya hoy va con verdugado, con broches y con entono, como si no la conociésemos. Si Dios me guarda mis siete ó mis cinco sentidos, ó los que tengo, no pienso dar ocasion de verme en tal aprieto: vos, hermano, idos á ser gobierno ó ínsulo, y entonaos á vuestro gusto: que mi hija ni yo por el siglo de mi madre, que no nos hemos de mudar un paso de nuestra aldea: la mujer honrada la pierna quebrada y en casa, y la doncella honesta el hacer algo es su fiesta: idos con vuestro Don Quijote á vuestras aventuras, y dejadnos á nosotras con nuestras malas venturas, que Dios nos las mejorará como seamos buenas; y yo no sé por cierto quién le puso á él el don, que no tuvieron sus padres ni agüelos.

Ahora digo, replicó Sancho, que tienes algun familiar en ese cuerpo. ¡Válate Dios la mujer, y qué de cosas has ensartado unas en otras sin tener pies ni cabeza! ¿Qué tiene que ver el cascajo, los broches, los refranes y el entono con lo que yo digo? Ven acá, mentecata é ignorante (que asi te puedo llamar, pues no entiendes mis razones, y vas huyendo de la dicha), si yo dijera que mi hija se arrojara de una torre abajo, ó que se fuera por esos mundos, como se quiso ir la infanta doña Urraca (2), tendrias razon de no venir con mi gusto; pero si en dos paletas, y en menos de un abrir y cerrar de ojos te la chanto un don y una señoría acuestas, y te la saco de los rastrojos, y te la pongo en toldo y en peana, y en un estrado de mas almohadas de velludo que tuvieron en su linaje los Almohades de Marruecos, ¿por qué no has de consentir y querer lo que yo quiero? ¿Sabeis por qué marido? respondió Teresa, por el refran que dice: quien te cubre te descubre: por el pobre todos pasan los ojos como de corrida, y en el rico los detienen; y si el tal rico fue un tiempo pobre, allí es el murmurar y el maldecir, y el peor perseverar de los maldicientes, que los hay por esas calles á montones como enjambres de abejas.

Mira, Teresa, respondió Sancho, y escucha lo que ahora quiero decirte, quizá no lo habrás oido en todos los dias de tu vida; y yo ahora no hablo de mio, que todo lo que pienso decir son sentencias del padre predicador que la cuaresma pasada predicó en este pueblo, el cual, si mal no me acuerdo,

(1) Dice Covarrubias en su *Tesoro* que era el *tapete ó cubierta de lana ó seda para mesa ó banco.*—P.
(2) Quiso tomar esta resolucion cuando su padre, don Fernando, repartió sus reinos en su testamento entre sus demás hijos, en que nada dejaba á ella; aunque despues le dió la ciudad de Zamora.—P.

dijo que todas las cosas presentes que los ojos están mirando, se presentan, están y asisten en nuestra memoria mucho mejor y con mas vehemencia que las cosas pasadas. Todas estas razones que aquí va diciendo Sancho, son las segundas por quien dice el traductor que tiene por apócrifo este capítulo que esceden á la capacidad de Sancho, el cual prosiguió diciendo:

De donde nace que cuando vemos alguna persona bien aderezada y con ricos vestidos compuesta y con pompa de criados, parece que por fuerza nos mueve y convida á que la tengamos respeto, puesto que la memoria en aquel instante nos represente alguna bajeza en que vimos á la tal persona, la cual ig-

nominia, ahora sea de pobreza ó de linaje, como ya pasó no es, y solo es lo que vemos presente: y si éste á quien la fortuna sacó del borrador de su bajeza (que por estas mismas razones lo dijo el padre) á la alteza de su prosperidad fuere bien criado, liberal y cortés con todos, y no se pusiere en cuentos con aquellos que por antigüedad son nobles, ten por cierto Teresa, que no habrá quien se acuerde de

lo que fue, sino que reverencie lo que es, si no fueren los envidiosos, de quien ninguna próspera fortuna está segura.

Yo no os entiendo, marido, replicó Teresa; haced lo que quisiéredes, y no me quebreis mas la cabeza con vuestras arengas y retóricas; y si estais revuelto en hacer lo que decís... resuelto has de decir, mujer, dijo Sancho y no revuelto. No os pongais á disputar, marido, conmigo, respondió Teresa: yo hablo como Dios es servido, y no me meto en mas dibujos; y digo que si estais porfiando en tener gobierno, que lleveis con vos á vuestro hijo Sancho para que desde ahora le enseñeis á tener gobierno, que bien es que los hijos hereden y aprendan los oficios de sus padres. En teniendo gobierno, dijo Sancho, enviaré por él por la posta, y te enviaré dineros, que no me faltarán, pues nunca falta quien se los preste á los gobernadores cuando no los tienen; y vístele de modo que disimule lo que es, y parezca lo que ha de ser. Enviad vos dinero, dijo Teresa, que yo os lo vestiré como un palmito. En efecto quedamos de acuerdo, dijo Sancho, de que ha de ser condesa nuestra hija. El dia que yo la viere condesa, respondió Teresa, ese haré cuenta que la entierro; pero otra vez os digo que hagais lo que os diere gusto, que con esta carga nacemos las mujeres de estar obedientes á sus maridos

aunque sean unos perros; y en esto comenzó á llorar tan de veras como si ya viera muerta y enterrada á Sanchica. Sancho la consoló deciéndole, que ya que la hubiese de hacer condesa, la haria todo lo mas tarde que ser pudiese. Con esto se acabó su plática, y Sancho volvió á ver á Don Quijote para dar órden en su partida (1).

CAPITULO VI.

De lo que pasó á Don Quijote con su sobrina y con su ama; y es uno de los importantes capitulos de toda la historia.

En tanto que Sancho Panza y su mujer Teresa Cascajo pasaron la impertinente referida plática, no estaban ociosas la sobrina y el ama de Don Quijote, que por mil señales iban coligiendo que su tio y señor queria desgarrarse (2) la vez tercera, y volver al ejercicio de su para ellas mal andante caballería. Procuraban por todas las vias posibles apartarle de tan mal pensamiento; pero todo era predicar en desierto y majar en hierro frio: con todo esto, entre otras muchas razones que con él pasaron le dijo el ama: en verdad, señor mio, que si vuestra merced no afirma el pie llano y se está quedo en su casa, y se deja de andar por los montes y por los valles como ánima en pena, buscando esas que dicen que se llaman aventuras, á quien yo llamo desdichas, que me tengo de quejar en voz y en grito á Dios y al rey, que ponga remedio en ello.

A lo que respondió Don Quijote: ama, lo que Dios responderá á tus quejas yo no lo sé, ni lo que ha de responder su Magestad tampoco; y solo sé que si yo fuera rey me escusara de responder á tanta infinidad de memoriales impertinentes como cada dia le dan; que uno de los mayores trabajos que los reyes tienen entre otros muchos, es el estar obligados á escuchar á todos, y á responder á todos: y asi no querria yo que cosas mias le diesen pesadumbre. A lo que dijo el ama: díganos, señor, ¿en la córte de su Magestad no hay caballeros? Sí, respondió Don Quijote, y muchos; y es razon que los haya para adorno de la grandeza de los príncipes, y para ostentacion de la magestad real. ¿Pues no seria vuesa merced, replicó ella, uno de los que á pie quedo sirviesen á su rey y señor estándose en la córte?

Mira, amiga, respondió Don Quijote, no todos los caballeros pueden ser cortesanos, ni todos los cortesanos pueden ni deben ser caballeros andantes: de todos ha de haber en el mundo; y aunque todos seamos caballeros, va mucha diferencia de los unos á los otros; porque los cortesanos, sin salir de sus aposentos ni de los umbrales de la córte, se pasean por todo el mundo, mirando un mapa sin costarles blanca, ni padecer calor ni frio, hambre ni sed; pero nosotros los caballeros andantes ver-

(1) Este diálogo y disputa de Sancho con Teresa, su mujer, le imitó *Moliére* en su comedia *Villano metido á caballero, ó Le Bourgeois Gentilhomme*. (Act. III, esc. XII), donde introduce á Mr. Jourdan disputando con madama Jordan, su mujer, hijos ambos de comerciantes, sobre casar á su hija Lucila.—P.

(2) Separarse de su compañía, marcharse de su casa.—Arr.

daderos al sol, al frío, al aire, á las inclemencias del cielo, de noche y de dia, á pie y á caballo medimos toda la tierra con nuestros mismos pies; y no solamente conocemos los enemigos pintados, sino en su mismo ser, y en todo trance y en toda ocasion los acometemos sin mirar en niñerías, ni en las leyes de los desafios, si lleva ó no lleva mas corta la lanza ó la espada, si trae sobre sí reliquias ó algun engaño encubierto, si se ha de partir y hacer tajadas el sol ó no, con otras ceremonias deste jaez, que se usan en los desafios particulares de persona á persona, que tú no sabes, y yo sí; y has de saber mas, que el buen caballero andante, aunque vea diez gigantes que con las cabezas no solo tocan sino pasan las nubes, y que á cada uno le sirven de piernas dos grandísimas torres, y que los brazos semejan árboles de gruesos y poderosos navíos, y cada ojo como una gran rueda de molino, y mas ardiendo que un horno de vidrio, no le han de espantar en manera alguna; antes con gentil continente y con intrépido corazon los ha de acometer y embestir y si fuere posible vencerlos y desbaratarlos en un pequeño instante, aunque viniesen armados de unas conchas de un cierto pescado que dicen que son mas duras que si fuesen de diamantes, y en lugar de espadas trujesen cuchillos tajantes de damasquino acero, ó porras ferradas con puntas asimismo de acero como yo las he visto mas de dos veces. Todo esto he dicho, ama mia, porque veas la diferencia que hay de unos caballeros á otros; y seria razon que no hubiese príncipe que no estimase en mas esta segunda, ó por mejor decir, primera especie de caballeros andantes, que segun leemos en sus historias, tal ha habido entre ellos que ha sido la salud, no solo de un reino, sino de muchos.

¡Ah, señor mio! dijo á esta sazon la sobrina, advierta vuesa merced que todo eso que dice de los caballeros andantes es fábula y mentira, y sus historias, ya que no las quemasen, merecian que á cada una se le echase un sambenito, ó alguna señal en que fuese conocida por infame y por gastadora de las buenas costumbres. Por el Dios que me sustenta, dijo Don Quijote, que si no fueras mi sobrina derechamente como hija de mi misma hermana, que habia de hacer un tal castigo en tí, por la blasfemia que has dicho, que sonara por todo el mundo. ¿Cómo qué? ¿es posible que una rapaza, que apenas sabe menear doce palillos de randas, se atreva á poner lengua y á censurar las historias de los caballeros andantes? ¿Qué dijera el señor Amadis si lo tal oyera? Pero á buen seguro que él te perdonara, porque fue el mas humilde y cortés caballero de su tiempo, y además grande amparador de las doncellas; mas tal te pudiera haber oido que no te fuera bien dello, que no todos son corteses ni bien mirados; algunos hay follones y descomedidos: ni todos los que se llaman caballeros lo son de todo en todo, que unos son de oro, otros de alquimia, y todos parecen caballeros, pero no todos pueden estar al toque de la piedra de la verdad: hombres bajos hay que revientan por parecer caballeros; y caballeros altos hay que parece que á posta mueren por parecer hombres bajos: aquellos se levantan ó con la ambicion ó con la virtud; estos se abajan ó con la flojedad ó con el vicio: y es menester aprovecharnos del conocimiento discreto para distinguir estas dos maneras de caballeros tan parecidos en los nombres, y tan distantes en las acciones. ¡Válame Dios! dijo la sobrina, ¿que sepa vuesa merced tanto, señor tio, que si fuese menester en una necesidad, podria subir en un púlpito é irse á predicar por esas calles, y que con todo esto dé en una ceguera tan grande y en una sandez tan conocida, que se dé á entender que es valiente siendo viejo, que tiene fuerzas estando enfermo, y que endereza tuertos estando por la edad agoviado, y sobre todo que es caballero, no lo siendo, porque aunque lo pueden ser los hidalgos, no lo son los pobres?

Tienes mucha razon, sobrina, en lo que dices, respondió Don Quijote, y cosas te pudiera yo decir acerca de los linajes, que te admiraran; pero por no mezclar lo divino con lo humano no las digo. Mirad, amigas: á cuatro suertes de linajes (y estadme atentas) se pueden reducir todos los que hay en el mundo, que son estos: unos que tuvieron principios humildes, y se fueron estendiendo y dilatando hasta llegar á una suma grandeza; otros que tuvieron principios grandes, y los fueron conservando, y los conservan y mantienen en el ser que comenzaron; otros que aunque tuvieron principios grandes, acabaron en punta como pirámide, habiendo diminuido y aniquilado su principio hasta parar en nonada, como lo es la punta de la pirámide, que respecto de su basa ó asiento no es nada; otros hay, y estos son los mas, que ni tuvieron principio bueno ni razonable medio, y asi tendrán el fin sin nombre como el linaje de la gente plebeya y ordinaria. De los primeros, que tuvieron principio humilde y subieron á la grandeza que ahora conservan, te sirva de ejemplo la casa otomana, que de un humilde y bajo pastor que le dió principio, está en la cumbre que la vemos. Del segundo linaje, que tuvo principio en grandeza y la conserva sin aumentarla, serán ejemplo muchos príncipes, que por herencia lo son y se conservan en ella, sin aumentarla ni disminuirla, conteniéndose en los límites de sus Estados pacíficamente. De los que comenzaron grandes y acabaron en punta hay millares de ejemplos, porque todos los Faraones y Tolomeos de Egipto, los Césares de Roma, con toda la caterva (si es que se le puede dar este nombre) de infinitos príncipes, monarcas, señores, medos, asirios, persas, griegos y bárbaros, todos estos linajes y señoríos han acabado en punta y en nonada, asi ellos como los que les dieron principio, pues no será posible hallar ahora ninguno de sus descendientes, y si le hallásemos seria en bajo y humilde estado. Del linaje plebeyo no tengo qué decir, sino que sirve solo de acrecentar el número de los que viven, sin que merezcan otra fama ni otro elogio sus grandezas. De todo lo dicho quiero que infirais, bobas mias, que es grande la confusion que hay entre los linajes, y que solos aquellos parecen grandes y ilustres, que lo muestran en la virtud y en la riqueza y liberalidad de sus dueños. Dije virtud, riqueza y liberalidad, porque el grande que fuere vicioso será vicioso grande, y el rico no liberal será un avaro mendigo; que al poseedor de las riquezas no le hace dichoso el tenerlas, sino el gastarlas, y no el gastarlas como quiera, sino el saberlas bien gastar. Al caballero pobre no le queda otro camino para mostrar que es caballero, sino el de la virtud, siendo afable, bien criado, cortés, comedido y oficioso, no soberbio, no arrogante, no murmurador, y sobre todo caritativo, que con dos maravedís que con ánimo alegre dé al pobre, se mostrará tan liberal como el que á campana herida da limosna, y no habrá quien le vea adornado de las referidas virtudes, que aunque no le conozca, deje de juzgarle y tenerle por de buena casta y el no serlo seria milagro, y siempre la alabanza fue premio de la virtud, y los virtuosos no pueden dejar

de ser alabados. Dos caminos hay, hijas, por donde pueden ir los hombres y llegar á ser ricos y honrados, el uno es el de las letras, otro el de las armas. Yo tengo mas armas que letras, y nací, segun me inclino á las armas, debajo de la influencia del planeta Marte; asi que casi me es forzoso seguir por su camino, y por él tengo de ir á pesar de todo el mundo; y será en balde cansaros en persuadirme á que no quiera yo lo que los cielos quieren, la fortuna ordena, y la razon pide, y sobre todo mi voluntad desea: pues con saber, como sé, los innumerables trabajos que son anejos á la andante caballería, sé tambien los infinitos bienes que se alcanzan con ella; y sé que la senda de la virtud es muy estrecha, y el camino del vicio ancho y espacioso; y sé que sus fines y paraderos son diferentes, porque el del vicio dilatado y espacioso acaba en muerte, y el de la virtud angosto y trabajoso acaba en vida, y no en vida que se acaba, sino en la que no tendrá fin; y sé, como dice el gran poeta castellano nuestro (1), que

> Por estas asperezas se camina
> De la inmortalidad al alto asiento,
> Do nunca arriba quien de allí declina.

¡Ay desdichada de mí! dijo la sobrina, que tambien mi señor es poeta; todo lo sabe, todo lo alcanza:

(1) Garcilaso de la Vega, *Elegia á la muerte de don Bernardino de Toledo.*—P.

yo apostaré que si quisiera ser albañil, que supiera fabricar una casa como una jaula. Yo te prometo, sobrina, respondió Don Quijote, que si estos pensamientos caballerescos no me llevasen tras sí todos los sentidos, que no habria cosa que yo no hiciese, ni curiosidad que no saliese de mis manos, especialmente jaulas y palillos de dientes.

A este tiempo llamaron á la puerta, y preguntando quién llamaba, respondió Sancho Panza que él era, y apenas le hubo conocido el ama, cuando corrió á esconderse por no verle: tanto le aborrecia. Abrióle la sobrina, salió á recibirle con los brazos abiertos su señor Don Quijote, y encerráronse los dos en su aposento, donde tuvieron otro coloquio que no le hace ventaja el pasado.

CAPITULO VII.

De lo que pasó Don Quijote con su escudero, con otros sucesos famosísimos.

Apenas vió el ama que Sancho Panza se encerraba con su señor, cuando dió en la cuenta de sus tratos; é imaginando que de aquella consulta habia de salir la resolucion de su tercera salida, y tomando

su manto, toda llena de congoja y pesadumbre, se fué á buscar al bachiller Sanson Carrasco, pareciéndole que por ser bien hablado y amigo fresco de su señor, le podria persuadir á que dejase tan desvariado propósito. Hallóle paseándose por el patio de su casa, y viéndole se dejó caer ante sus pies trasudando y congojosa. Cuando la vió Carrasco con muestras tan doloridas y sobresaltadas le dijo: ¿qué es esto, señora ama? ¿qué le ha acontecido, que parece que se le quiere arrancar el alma? No es nada, señor Sanson mio, sino que mi amo se sale, sálese sin duda. ¿Y por dónde se sale, señora? preguntó Sanson; ¿hásele roto alguna parte de su cuerpo? No se sale, respondió ella, sino por la puerta de su locura; quiero decir, señor bachiller de mi ánima, que quiere salir otra vez, que con ésta será la tercera, á buscar por ese mundo lo que él llama venturas, que yo no puedo entender cómo les da este nombre. La vez primera nos le volvieron atravesado sobre un jumento, molido á palos: la segunda vino en un carro de bueyes, metido y encerrado en una jaula, adonde él se daba á entender que estaba encantado; y venia tal el triste, que no le conociera la madre que le parió, flaco, amarillo, los ojos hundidos en los últimos camaranchones del celebro, que para hacerle de volver algun tanto en sí, gasté mas de seiscientos huevos, como lo sabe Dios y todo el mundo, y mis gallinas, que no me dejarán mentir. Eso creo yo muy bien, respondió el bachiller, que ellas son tan buenas, tan gordas y tan bien criadas, que no dirán una cosa por otra si reventasen. En efecto, señora ama, ¿no hay otra cosa ni ha sucedido otro desman alguno, sino el que se teme que quiere hacer el señor Don Quijote? No señor, respondió ella. Pues no tenga pena, respondió el bachiller, sino váyase en hora buena á su casa, y téngame aderezado de almorzar alguna cosa caliente, y de camino vaya rezando la oracion de Santa Apolonia, si es que la sabe, que yo iré luego allá, y verá maravillas. ¡Cuitada de mí! replicó el ama; ¿la oracion de Santa Apolonia dice vuesa merced que rece? eso fuera si mi amo lo hubiera de las muelas; pero no lo ha sino de los cascos. Yo sé lo que digo, señora ama: váyase, y no se ponga á disputar conmigo, pues sabe que soy bachiller por Salamanca, que no hay mas que bachillear, respondió Carrasco: y con esto se fué el ama, y el bachiller fué luego á buscar al cura á comunicar con él lo que se dirá á su tiempo.

En el que estuvieron encerrados Don Quijote y Sancho, pasaron las razones que con mucha puntualidad y verdadera relacion cuenta la historia. Dijo Sancho á su amo: señor, ya yo tengo relucida á mi mujer á que me deje ir con vuesa merced adonde quisiere llevarme. Reducida has de decir, Sancho, dijo Don Quijote, que no relucida. Una ó dos veces, respondió Sancho, si mal no me acuerdo, he suplicado á vuesa merced que no me enmiende los vocablos, si es que entiende lo que quiero decir en ellos, y que cuando no los entienda, diga: Sancho, ó diablo, no te entiendo; y si yo no me declarare,

entonces podrá enmendarme, que yo soy tan fócil. No te entiendo, Sancho, dijo luego Don Quijote, pues no sé que quiere decir soy tan fócil. Tan fócil quiere decir, respondió Sancho, soy tan así. Menos te entiendo ahora, replicó Don Quijote. Pues si no me puede entender, respondió Sancho, no sé cómo lo diga, no sé mas, y Dios sea conmigo. Ya, ya caigo, respondió Don Quijote, en ello: tú quieres decir que eres tan dócil, blando y mañero, que tomarás lo que yo te dijere, y pasarás por lo que te enseñare. Apostaré yo, dijo Sancho, que desde el emprincipio me caló y me entendió, sino que quiso turbarme por oirme decir otras docientas patochadas. Podrá ser, replicó Don Quijote; y en efecto ¿qué dice Teresa? Teresa, dice, dijo Sancho, que ate bien mi dedo con vuesa merced, y que hablen cartas y callen barbas, porque quien destaja no baraja, pues mas vale un toma que dos te daré: y yo digo que el consejo de la mujer es poco, y el que no le toma es loco. Y yo lo digo tambien, respondió Don Quijote. Decid, Sancho amigo; pasad adelante, que hablais hoy de perlas. Es el caso, replicó Sancho, que como vuesa merced mejor sabe, todos estamos sujetos á la muerte, y que hoy somos y mañana no, y que tan presto se va el cordero como el carnero, y que nadie puede prometerse en este mundo mas horas de vida de las que Dios quisiere darle; porque la muerte es sorda, y cuando llega á llamar á las puertas de nuestra vida siempre va de priesa, y no la harán detener ni ruegos, ni fuerzas, ni cetros, ni mitras, segun es pública voz y fama, y segun nos lo dicen por esos púlpitos. Todo eso es verdad, dijo Don Quijote; pero no sé dónde vas á parar. Voy á parar, dijo Sancho, en que vuesa merced me señale salario conocido de lo que me ha de dar cada mes el tiempo que le sirviere, y que el tal salario se me pague de su hacienda, que no quiero estar á mercedes, que llegan tarde ó mal ó nunca;

con lo mio me ayude Dios. En fin, yo quiero saber lo que gano, poco ó mucho que sea; que sobre un huevo pone la gallina, y muchos pocos hacen un mucho, y mientras se gana algo no se pierde nada. Verdad sea que si sucediere (lo cual ni lo creo ni lo espero) que vuesa merced me diese la ínsula que me tiene prometida, no soy tan ingrato, ni llevo las cosas tan por los cabos, que no querré que se aprecie lo que montare la renta de la tal ínsula, y descuente de mi salario gata por cantidad.

Sancho amigo, respondió Don Quijote, á las veces tan buena suele ser una rata como una gata. Ya entiendo, dijo Sancho: yo apostaré que habia de decir rata, y no gata; pero no importa nada, pues vuesa merced me ha entendido. Y tan entendido, respondió Don Quijote que he penetrado lo íntimo de tus pensamientos, y sé al blanco que tiras con las innumerables saetas de tus refranes. Mira, Sancho, yo bien te señalaria salario si hubiera hallado en alguna de las historias de los caballeros andantes ejémplo que me descubriese y mostrase por algun pequeño resquicio qué es lo que sus escuderos solian ganar cada mes ó cada año; pero yo he leido todas ó las mas de sus historias, y no me acuerdo haber leido que ningun caballero andante haya señalado conocido salario á su escudero; solo sé que todos servian á merced y que cuando menos se lo pensaban, si á sus señores les habia corrido bien la suerte, se hallaban premiados con una ínsula ó con otra cosa equivalente, ó por lo menos quedaban con título y señoría: si con estas esperanzas y aditamentos vos, Sancho, gustais de volver á servirme, sea en buen hora; que pensar que yo he de sacar de sus términos y quicios la antigua usanza de la caballería andante, es pensar en lo escusado. Asi que, Sancho mio, volveos á vuestra casa, y declarad á vuestra Teresa mi intencion; y si ella gustare y vos gustáredes de estar á merced conmigo, *bene quidem*, y si no tan amigos como de antes; que si al palomar no le falta cebo no le faltarán palomas; y advertid, hijo, que vale mas buena esperanza que ruin posesion, y buena queja que mala paga. Hablo desta manera, Sancho, por daros á entender que tambien como vos sé yo arrojar refranes como llovidos; y finalmente quiero decir, y os digo, que si no quereis venir á merced conmigo y correr la suerte que yo corriere, que Dios quede con vos y os haga un santo, que á mí no me faltarán escuderos mas obedientes, mas solícitos, y no tan empachados, ni tan habladores como vos.

Cuando Sancho oyó la firme resolucion de su amo, se le anubló el cielo y se le cayeron las alas del corazon; porque tenia creido que su señor no se iria sin él por todos los haberes del mundo; y asi estando suspenso y pensativo, entró Sanson Carrasco y el ama y la sobrina, deseosas de oir con qué razones persuadia á su señor que no tornase á buscar las aventuras. Llegó Sanson, socarron famoso, y abrazándole como la vez primera y con voz levantada le dijo: ¡oh flor de la andante caballería! ¡oh luz resplandeciente de las armas! ¡oh honor y espejo de la nacion española! plegue á Dios todopoderoso, donde mas largamente se contiene, que la persona ó personas que pusieren impedimento y estorbaren tu tercera salida, que no la hallen en el laberinto de sus deseos, ni jamás se les cumpla lo que mas desearen; y volviéndose al ama le dijo: bien puede la señora ama no rezar mas la oracion de Santa Apolonia, que yo sé que es determinacion precisa de las esferas que el señor Don Quijote vuelva á ejecutar sus altos y nuevos pensamientos; y yo cargaria mucho mi conciencia si no intimase y persuadiese á este caballero que no tenga mas tiempo encogida y detenida la fuerza de su valeroso brazo y la bondad de su ánimo valentísimo, porque defrauda con su tardanza el derecho de los tuertos, el amparo de los huérfanos, la honra de las doncellas, el favor de las viudas y el arrimo de las casadas, y otras cosas deste jaez, que tocan, atañen, dependen y son anejas á la órden de la caballería andante. Ea, señor Don Quijote mio, hermoso y bravo, antes hoy que mañana se ponga vuesa merced y su grandeza en camino; y si alguna cosa faltare para ponerlo en ejecucion, aquí estoy yo para suplirla con mi persona y hacienda; y si fuere necesidad servir á su magnificencia de escudero, yo lo tendré á felicísima ventura.

A esta sazon, dijo Don Quijote, volviéndose á Sancho: ¿No te dije yo Sancho, que me habian de sobrar escuderos? Mira quién se ofrece á serlo, sino el ínclito bachiller Sanson Carrasco, perpetuo trastulo y regocijador de los patios de las escuelas salmaticenses, sano de su persona, ágil de sus miembros, callado, sufridor asi del calor como del frio, asi de la hambre como de la sed, con todas aquellas partes que se requieren para ser escudero de un caballero andante; pero no permita el cielo que por seguir mi gusto desjarrete y quiebre la coluna de las letras y el vaso de las ciencias, y tronque la palma eminente de las buenas y liberales artes: quédese el nuevo Sanson en su patria, y honrándola honre juntamente las canas de sus ancianos padres, que yo con cualquier escudero estaré contento, ya que Sancho no se digna de venir conmigo. Sí digno, respondió Sancho enternecido y llenos de lágrimas los ojos, y prosiguió: no se dirá por mí, señor mio, el pan comido y la compañía deshecha; sí, que no vengo yo de alguna alcurnia desagradecida, que ya sabe todo el mundo, y especialmente mi pueblo, quién fueron los Panzas de quien yo deciendo, y mas que tengo conocido y calado por muchas buenas obras y por mas buenas palabras el deseo que vuesa merced tiene de hacerme merced y si me he puesto en cuentas de tanto mas cuanto acerca de mi salario, ha sido por complacer á mi mujer, la cual cuando toma la mano á persuadir una cosa no hay mazo que tanto apriete los aros de una cuba como ella aprieta á que se haga lo que quiere; pero en efecto el hombre ha de ser hombre y la mujer mujer; y pues yo soy hombre donde quiera, que no lo puedo negar, tambien lo quiero ser en mi casa, pese á quien pesare; y asi no hay mas que hacer sino que vuesa merced ordene su testamento con su codicilo, en modo que no se pueda revolcar, y pongámonos luego en camino, porque no padezca el alma del señor Sanson, que dice que su conciencia le lita que persuada á vuesa merced á salir vez tercera por ese mundo, y yo de nuevo me ofrezco á servir á vuesa merced fiel y legalmente, tan bien y mejor que cuantos escuderos han servido á caballeros andantes en los pasados y presentes tiempos.

Admirado quedó el bachiller de oir el término y modo de hablar de Sancho Panza, que puesto que habia leido la primera historia de su señor, nunca creyó que era tan gracioso como allí le pintan; pero oyéndole decir ahora testamento y codicilo que no se pueda revolcar, en lugar de testamento y codicilo que no se pueda revocar, creyó todo lo que dél habia leido, y confirmólo por uno de los mas solemnes mentecatos de nuestros siglos y dijo entre sí, que tales dos locos como amo y mozo no se habrian visto en el mundo. Finalmente Don Quijote y Sancho se abrazaron y quedaron amigos; y con parecer y beneplácito del gran Carrasco, que por entonces era su oráculo, se ordenó que de allí á tres dias fuese su partida, en los cuales habria lugar de aderezar lo necesario para el viaje, y de buscar una celada de encaje, que en todas maneras, dijo Don Quijote, que la habia de llevar. Ofreciósela Sanson, porque sabia no se la negaria un amigo suyo que la tenia, puesto que estaba mas escura por el orin y el moho, que clara y limpia por el terso acero.

Las maldiciones que las dos, ama y sobrina, echaron al bachiller, no tuvieron cuento; mesaron sus cabellos, arañaron sus rostros, y al modo de las endechaderas que se usaban lamentaban la partida como si fuera la muerte de su señor y tio. El designio que tuvo Sanson para persuadirle á que otra vez saliese, fue hacer lo que adelante cuenta la historia, todo por consejo del cura y del barbero, con quien él antes lo habia comunicado. En resolucien, en aquellos tres dias don Quijote y Sancho se acomodaron de lo que les pareció convenírles, y habiendo aplacado Sancho á su mujer, y Don Quijote á su sobrina y á su ama, al anochecer, sin que nadie los viese sino el bachiller, que quiso acompañarles media legua del lugar, se pusieron en camino del Toboso, Don Quijote sobre su buen Rocinante, y Sancho sobre su antiguo Rucio, proveidas las alforjas de cosas tocantes á la bucólica, y la bolsa de dineros que le dió Don Quijote para lo que se ofreciese. Abrazóle Sanson, y suplicóle le avisase de su buena ó mala suerte, para alegrarse con esta ó entristecerse con aquella, como las leyes de su amistad pedian. Prometióselo Don Quijote; dió Sanson la vuelta á su lugar, y los dos tomaron la de la gran ciudad del Toboso.

CAPITULO VIII.
Donde se cuenta lo que sucedió á Don Quijote yendo á ver á su señora Dulcinea del Toboso.

Bendito sea el poderoso Alá, dice Hamete Beneugeli al comienzo deste octavo capítulo: bendito sea Alá, repite tres veces, y dice que da estas bendiciones por ver que tiene ya en campaña á Don Quijote y á Sancho, y que los lectores de su agradable historia pueden hacer cuenta que desde este punto comienzan las hazañas y donaires de Don Quijote y de su escudero: persuádeles que se les olviden las pasadas caballerías del ingenioso hidalgo, y pongan los ojos en las que están por venir, que desde ahora en el camino del Toboso comienzan, como las otras comenzaron en los campos de Montiel; y no es mucho lo que pide para tanto como él promete, y asi prosigue diciendo:

Solos quedaron Don Quijote y Sancho, y apenas se hubo apartado Sanson cuando comenzó á relinchar Rocinante y á suspirar el Rucio, que de entrambos, caballero y escudero, fue tenido á buena señal y por felicísimo agüero; aunque si se ha de contar la verdad, mas fueron los suspiros y rebuznos del rucio, que los relinchos del rocin, de donde coligió Sancho que su ventura habia de sobrepujar y ponerse encima de la de su señor, fundándose no sé si en la astrología judiciaria que él sabia, puesto que la historia no lo declara; solo le oyeron decir que cuando tropezaba ó caia se holgara no haber salido de casa, porque del tropezar ó caer no se sacaba otra cosa sino el zapato roto, ó las costillas quebradas, y aunque tonto no andaba en esto muy fuera de camino.

Díjole Don Quijote: Sancho amigo, la noche se nos va entrando á mas andar, y con mas escuridad de la que habíamos menester para alcanzar á ver con el dia al Toboso, adonde tengo determinado de ir antes que en otra aventura me ponga, y allí tomaré la bendicion y buena licencia de la sin par Dulcinea, con la cual licencia pienso y tengo por cierto de acabar y dar felice cima á toda peligrosa aventura, porque ninguna cosa desta vida hace mas valientes á los caballeros andantes, que verse favorecidos de sus damas. Yo asi lo creo, respondió Sancho; pero tengo por dificultoso que vuesa merced pueda hablarla ni verse con ella en parte á lo menos que pueda recibir su bendicion, si ya no se la echa desde las bardas del corral, por donde yo la ví la vez primera, cuando le llevé la carta donde iban las nuevas de las sandeces y locuras que vuesa merced quedaba haciendo en el corazon de Sierramorena.

¿Bardas de corral se te antojaron aquellas, Sancho, dijo Don Quijote, adonde ó por donde viste aquella jamás bastantemente alabada gentileza y hermosura? No debian de ser sino galerías ó corredores ó lonjas, ó como las llaman, de ricos y reales palacios. Todo pudo ser, respondió Sancho, pero á mí bardas me parecieron, si no es que soy falto de memoria. Con todo eso vamos allá, Sancho, replicó Don Quijote, que como yo la vea, eso se me da que sea por bardas que por ventanas, ó por resquicios ó verjas de jardines; que cualquier rayo que del sol de su belleza llegue á mis ojos, alumbrará mi entendimiento y fortalecerá mi corazon de modo que quede único y sin igual en la discrecion y en la valentía. Pues en verdad, señor, respondió Sancho, que cuando yo ví ese sol de la señora Dulcinea del Toboso, que no estaba tan claro que pudiese echar de sí rayos algunos; y debió de ser que como su merced estaba abechando aquel trigo que dije, el mucho polvo que sacaba se le puso como nube ante el rostro y se le escureció. ¿Qué todavia das, Sancho, dijo Don Quijote, en decir, en pensar, en creer y en porfiar que mi señora Dulcinea abechaba trigo, siendo ese un menester y ejercicio que va desviado de todo lo que hacen y deben hacer las personas principales, que están constituidas y guardadas para otros ejercicios y entretenimientos, que muestran á tiro de ballesta su principalidad? Mas se te acuerdan á tí, oh Sancho, aquellos versos de nuestro poeta, donde nos pinta las labores que hacian allá en sus moradas de cristal aquellas cuatro ninfas que del Tajo amado sacaron las cabezas y se sentaron á labrar en el prado verde aquellas ricas telas, que allí el ingenioso poeta nos describe, que todas eran de oro, sirgo y perlas contextas y tejidas (1): y desta manera debia de ser el de mi señora cuando tú la viste, sino que la envidia que algun mal encantador debe de tener á mis cosas, todas las que me han de dar gusto trueca y vuelve en diferentes figuras que ellas tienen: y asi temo que en aquella historia, que dicen que anda impresa de mis hazañas, si por ventura ha sido

su autor algun sabio mi enemigo, habrá puesto unas cosas por otras, mezclando con una verdad mil mentiras, divertiéndose á contar otras acciones fuera de lo que requiere la continuacion de una verdadera historia. ¡Oh envidia, raiz de infinitos males, y carcoma de las virtudes! Todos los vicios, Sancho, traen un no sé qué de deleite consigo; pero el de la envidia no trae sino disgustos, rencores y rabias. Eso es lo que yo digo tambien, respondió Sancho; y pienso que en esa leyenda ó historia, que nos dijo el bachiller Carrasco que de nosotros habia visto, debe de andar mi honra á coche acá cinchado, y como dicen al estricote, aquí y allí barriendo las calles: pues á fe de bueno, que no he dicho yo mal de ningun encantador, ni tengo tantos bienes que pueda ser envidiado: bien es verdad que soy algo malicioso y que tengo mis ciertos asomos de bellaco; pero todo lo cubre y tapa la gran capa de la simpleza mia, siempre natural y nunca artificiosa: y cuando otra cosa no tuviese sino el creer, como siempre creo, firme y verdaderamente en Dios y en todo aquello que tiene y cree la santa Iglesia católica romana, y el ser enemigo mortal, como lo soy, de los judíos, debian los historiadores tener misericordia de mí, y tratarme bien en sus escritos; pero digan lo que quisieren, que desnudo nací, desnudo me hallo, ni pierdo ni gano, aunque por verme puesto en libros, y andar por ese mundo de mano en mano, no se me da un higo que digan de mí todo lo que quisieren.

Eso me parece, Sancho, dijo Don Quijote, á lo que sucedió á un famoso poeta de estos tiempos, el cual habiendo hecho una maliciosa sátira contra todas las damas cortesanas, no puso ni nombró en ella á una dama que se podia dudar si lo era ó no, la cual viendo que no estaba en la lista de las damas, se quejó al poeta diciéndole que qué habia visto en ella para no ponerla en el número de las

(1) Alude Cervantes á los versos de Garcilaso en la égloga tercera:

Hermosas ninfas, que en el rio metidas,
Contentas habitais en las moradas,
De relucientes piedras fabricadas.—A.

otras, y que alargase la sátira, y la pusiese en el ensanche; si no, que mirase para lo que habia nacido. Hízolo así el poeta, y púsola cual no digan dueñas, y ella quedó satisfecha por verse con fama aunque infame. Tambien viene con esto lo que cuentan de aquel pastor, que puso fuego y abrasó el templo famoso de Diana, contado por una de las siete maravillas del mundo, solo porque quedase vivo su nombre en los siglos venideros; y aunque se mandó que nadie le nombrase, ni hiciese por palabra ó por escrito mencion de su nombre, porque no consiguiese el fin de su deseo, todavía se supo que se llamaba Eróstrato. Tambien alude á esto lo que sucedió al grande emperador Cárlos V con un caballero en Roma. Quiso ver el emperador aquel famoso templo de la Rotunda, que en la antigüedad se llamó el templo de todos los dioses, y ahora con mejor vocacion se llama de Todos los Santos, y es el edificio que mas entero ha quedado de los que alzó la gentilidad en Roma, y es el que mas conserva la fama de la grandiosidad y magnificencia de sus fundadores: él es de hechura de una media naranja, grandísimo en estremo, y está muy claro, sin entrarle otra luz que la que le concede una ventana, ó por mejor decir, claraboya redonda, que está en su cima, desde la cual mirando el emperador el edificio, estaba con él y á su lado un caballero romano declarándole los primores y sutilezas de aquella gran máquina y memorable arquitectura, y habiéndose quitado de la claraboya dijo al emperador: mil veces, sacra magestad, me vino deseo de abrazarme con vuestra magestad, y arrojarme de aquella claraboya abajo por dejar de mí fama eterna en el mundo. Yo os agradezco, respondió el emperador, el no haber puesto tan mal pensamiento en efecto, y de aquí adelante no os pondré yo en ocasion que volvais á hacer prueba de vuestra leeltad, y así os mando que jamás me hableis ni esteis donde yo estuviere; y tras estas palabras le hizo una gran merced (1). Quiero decir, Sancho, que el deseo de alcanzar fama es activo en gran manera. ¿Quién piensas tú que arrojó á Horacio del puente

abajo armado de todas armas en la profundidad del Tibre? ¿quién abrasó el brazo y la mano á Mucio? ¿quién impelió á Curcio á lanzarse en la profunda sima ardiente que apareció en la mitad de Roma? ¿quién, contra todos los agüeros que en contra se le habian mostrado, hizo pasar el Rubicon á Julio César? Y con ejemplos mas modernos, ¿quién barrenó los navíos y dejó en seco y aislados los valerosos españoles guiados por el cortesísimo Cortés en el Nuevo Mundo? Todas estas y otras grandes y diferentes hazañas son, fueron y serán obras de la fama, que los mortales desean como premio y parte de la inmortalidad que sus famosos hechos merecen, puesto que los cristianos católicos y andantes caballeros mas habemos de atender á la gloria de los siglos venideros, que es eterna en las regiones etéreas y celestes, que á la vanidad de la fama que en este presente y acabable siglo se alcanza; la cual fama por mucho que dure, en fin se ha de acabar con el mismo mundo, que tiene su fin señalado: así, oh Sancho, que nuestras obras no han de salir del límite que nos tiene puesto la religion cristiana que profesamos. Hemos de matar en los gigantes á la soberbia, á la envidia en la generosidad y buen pecho, á la ira en el reposado continente y quietud del ánimo, á la gula y al sueño en el poco comer que comemos, y en el mucho velar que velamos, á la lujuria y lascivia en la lealtad que guardamos á las que hemos hecho señoras de nuestros pensamientos, á la pereza con andar por todas las partes del mundo buscando las ocasiones que nos pueden hacer y hagan sobre cristianos, famosos caballeros. Ves aquí, Sancho, los medios por donde se alcanzan los estremos de alabanzas que consigo trae la buena fama.

Todo lo que vuesa merced hasta aquí me ha dicho, dijo Sancho, lo he entendido muy bien; pero

(1) «Anduvo el emperador disfrazado por Roma (dice Sandoval, tomo II, año de 1536), y para mejor poder mirar su antigua grandeza, subió encima de la Redonda, maravillado de tan suntuoso edificio.» No añade lo demás. Cervantes lo sabia por otro historiador ó por tradicion popular.—P.

con todo eso querria que vuesa merced me sorbiese una duda que ahora en este punto me ha venido á la memoria. Asolviese, quieres decir, Sancho, dijo Don Quijote : dí en buen hora, que yo responderé lo que supiere. Dígame, señor, prosiguió Sancho, esos Julios ó Agostos, y todos esos caballeros hazañosos que ha dicho que ya son muertos, ¿dónde están ahora? Los gentiles, respondió Don Quijote, sin duda están en el infierno; los cristianos, si fueron buenos cristianos, ó están en el purgatorio ó en el cielo. Está bien, dijo Sancho; pero sepamos ahora ¿esas sepulturas donde están los cuerpos de esos señorazos tienen delante de sí lámparas de plata, ó están adornadas las paredes de sus capillas de muletas, de mortajas, de cabelleras, de piernas y de ojos de cera? y si desto no, ¿de qué están adornadas? A lo que respondió Don Quijote: los sepulcros de los gentiles fueron por la mayor parte suntuosos templos : las cenizas del cuerpo de Julio César se pusieron sobre una pirámide de piedra de desmesurada grandeza, á quien hoy llaman en Roma la Aguja de San Pedro (1). Al emperador Adriano le sirvió de sepultura un castillo tan grande como una buena aldea á quien llamaron *Moles Adriani*, que ahora es el castillo de Santángel en Roma. La reina Artemisa sepultó á su marido Mausoleo en un sepulcro, que se tuvo por una de las siete maravillas del mundo; pero ninguna destas sepulturas ni otras muchas que tuvieron los gentiles se adornaron con mortajas, ni con otras ofrendas y señales que mostrasen ser santos los que en ellas estaban sepultados. A eso voy, replicó Sancho; y dígame ahora, ¿cuál es mas, resucitar á un muerto, ó matar á un gigante? La respuesta está en la mano, respondió Don Quijote; mas es resucitar á un muerto. Cogido le tengo, dijo Sancho; luego la fama del que resucita muertos, da vista á los ciegos, endereza los cojos y da salud á los enfermos, y delante de sus sepulturas arden lámparas, y están llenas sus capillas de gentes devotas que de rodillas adoran sus reliquias, mejor fama será para este y para el otro siglo que la que dejaron y dejaren cuantos emperadores gentiles y caballeros andantes ha habido en el mundo. Tambien confieso esa verdad, respondió Don Quijote. Pues esta fama, estas gracias, estas prerogativas, como llaman á esto, respondió Sancho, tienen los cuerpos y las reliquias de los santos, que con aprobacion y licencia de nuestra santa madre Iglesia tienen lámparas, velas, mortajas, muletas, pinturas, cabelleras, ojos, piernas con que aumentan la devocion y engrandecen su cristiana fama. Los cuerpos de los santos ó sus reliquias llevan los reyes sobre sus hombros, besan los pedazos de sus huesos, adornan y enriquecen con ellos sus oratorios y sus mas preciados altares. ¿Qué quieres que infiera, Sancho, de todo lo que has dicho? dijo Don Quijote. Quiero decir, dijo Sancho, que nos demos á ser santos, y alcanzaremos mas brevemente la buena fama que pretendemos; y advierta, señor, que ayer ó antes de ayer (que segun há poco se puede decir desta manera) canonizaron ó beatificaron dos frailecitos descalzos, cuyas cadenas de hierro con que ceñian y atormentaban sus cuerpos, se tiene ahora á gran ventura el besarlas y tocarlas, y están en mas veneracion que está segun dije, la espada de Roldan en la armería del rey nuestro señor, que Dios guarde. Asi que, señor mio, mas vale ser humilde frailecito de cualquier órden que sea, que valiente y andante caballero : mas alcanzan con Dios dos docenas de diciplinas que dos mil lanzadas, ora las den á gigantes, ora á vestiglos ó á endriagos. Todo eso es asi, respondió Don Quijote; pero no todos podemos ser frailes, y muchos son los caminos por donde lleva Dios á los suyos al cielo : religion es la caballería, caballeros santos hay en la gloria. Sí, respondió Sancho, pero yo he oido decir que hay mas frailes en el cielo que caballeros andantes. Eso es, respondió Don Quijote, porque es mayor el número de los religiosos que el de los caballeros. Muchos son los andantes, dijo Sancho. Muchos, respondió Don Quijote, pero pocos los que merecen nombre de caballeros.

En estas y otras semejantes pláticas se les pasó aquella noche y el dia siguiente, sin acontecerles cosa que de contar fuese, de que no poco le pesó á Don Quijote. En fin, otro dia al anochecer descubrieron la gran ciudad del Toboso, con cuya vista se le alegraron los espíritus á Don Quijote, y se le entristecieron á Sancho, porque no sabia la casa de Dulcinea, ni en su vida la habia visto, como no la habia visto su señor; de modo que el uno por verla, y el otro por no haberla visto estaban alborotados, y no imaginaba Sancho qué habia de hacer cuando su dueño le enviase al Toboso. Finalmente ordenó Don Quijote entrar en la ciudad entrada la noche, y en tanto que la hora se llegaba se quedaron entre unas encinas que cerca del Toboso estaban; y llegado el determinado punto, entraron en la ciudad, donde les sucedieron cosas que á cosas llegan.

(1) Es el obelisco egipcio, puesto en el centro de la columnata de San Pedro, por órden de Sixto V, en 1586. Cervantes, que habia visto este obelisco en el sitio que ocupaba antes, supone sin fundamento que fue destinado á recibir las cenizas de César. Habia sido llevado á Roma en tiempo del emperador Calígula. *(Plin.* lib. I, cap. XL).—Viardot.

CAPITULO IX.

Donde se cuenta lo que en él se verá.

Media noche era por filo (1) poco mas ó menos cuando Don Quijote y Sancho dejaron el monte y entraron en el Toboso. Estaba el pueblo en un sosegado silencio, porque todos sus vecinos dormian y reposaban á pierna tendida como suele decirse. Era la noche entreclara, puesto que quisiera Sancho que fuera del todo escura por hallar en su escuridad disculpa de su sandez. No se oia en todo el lugar sino ladridos de perros, que atronaban los oidos de Don Quijote y turbaban el corazon de Sancho. De cuando en cuando rebuznaba un jumento, gruñian puercos, mayaban gatos, cuyas voces de diferentes sonidos se aumentaban con el silencio de la noche: todo lo cual tuvo el enamorado caballero á mal agüero; pero con todo esto dijo á Sancho: Sancho hijo, guia al palacio de Dulcinea, quizá podrá ser que la hallemos despierta. ¿A qué palacio tengo de guiar, cuerpo del sol, respondió Sancho, que en el que yo ví á su grandeza no era sino casa muy pequeña? Debia estar retirada entonces, respondió Don Quijote, en algun pequeño apartamiento de su alcázar, solazándose á solas con sus doncellas, como es uso y costumbre de las altas señoras y princesas.

Señor, dijo Sancho, ya que vuesa merced quiere, á pesar mio, que sea alcázar la casa de mi señora Dulcinea, ¿es hora ésta por ventura de hallar la puerta abierta? ¿Y será bien que demos aldabazos para que nos oyan y nos abran, metiendo en alboroto y rumor toda la gente? ¿Vamos por dicha á llamar á la casa de nuestras mancebas, como hacen los abarraganados, que llegan y llaman, y entran á cualquier hora por tarde que sea? Hallemos primero una por una (2) el alcázar, replicó Don Quijote, que entonces yo te diré, Sancho, lo que será bien que hagamos: y advierte, Sancho, que ó yo veo poco, ó que aquel bulto grande y sombra que desde aquí se descubre, la debe de hacer el palacio de Dulcinea. Pues guie vuesa merced, respondió Sancho, quizá será asi, aunque yo lo veré con los ojos, y lo tocaré con las manos, y asi lo creeré yo como creer que es ahora de dia.

Guió Don Quijote, y habiendo andado como doscientos pasos dió con el bulto que hacia la sombra, y vió una gran torre, y luego conoció que el tal edificio no era alcázar, sino la iglesia principal del pueblo, y dijo: con la iglesia hemos dado, Sancho. Ya lo veo, respondió Sancho, y plega á Dios, que no demos con nuestra sepultura; que no es buena señal andar por los cementerios á tales horas, y mas habiendo yo dicho á vuesa merced, si mal no me acuerdo, que la casa desta señora ha de estar en una callejuela sin salida. Maldito seas de Dios, mentecato, dijo Don Quijote: ¿adónde has tú hallado que los alcázares y palacios reales estén edificados en callejuelas sin salida? Señor, respondió Sancho, en cada tierra su uso; quizá se usa aquí en el Toboso edificar en callejuelas los palacios y edificios grandes; y asi suplico á vuesa merced me deje buscar por estas calles ó callejuelas que se me ofrecen, podria ser que en algun rincon topase con ese alcázar, que le vea yo comido de perros, que asi nos trae corridos y asendereados.

Habla con respeto, Sancho, de las cosas de mi señora, dijo Don Quijote, y tengamos la fiesta en paz, y no arrojemos la soga tras el caldero. Yo me reportaré, respondió Sancho; ¿pero con qué paciencia podré llevar que quiera vuesa merced que de sola una vez que ví la casa de nuestra ama, la haya de saber siempre y hallarla á media noche, no hallándola vuesa merced, que la debe de haber visto millares de veces? Tú me harás desesperar, Sancho, dijo Don Quijote: ven acá, herege, ¿no te he dicho mil veces que en todos los dias de mi vida no he visto á la sin par Dulcinea, ni jamás atravesé los umbrales de su palacio, y que solo estoy enamorado de oidas y de la gran fama que tiene de hermosa y discreta? Ahora lo oigo, respondió Sancho, y digo que pues vuesa merced no la ha visto ni yo tampoco. Eso no puede ser, replicó Don Quijote, que por lo menos ya me has dicho tú que la viste aechando trigo cuando me trujiste la respuesta de la carta que la envié contigo. No se atenga á eso, señor, respondió Sancho, porque le hago saber que tambien fue de oidas la vista y la respuesta que le truje, porque asi sé yo quién es la señora Dulcinea como dar un puño en el cielo. Sancho, Sancho, respondió Don Quijote, tiempos hay de burlar, y tiempos donde caen y parecen mal las burlas: no porque yo diga que ni he visto ni hablado á la señora de mi alma, has tú de decir tambien que ni la has hablado ni visto, siendo tan al revés como sabes.

Estando los dos en estas pláticas, vieron que venia á pasar por donde estaban, uno con dos mulas, que por el ruido que hacia el arado que arrastraba por el suelo juzgaron que debia de ser labrador,

(1)   Verso tomado del romance del conde Claros, de Montalban, que empieza asi:

Media noche era por filo,
Los gallos quieren cantar,
Conde Claros con amores
Non podia reposar, etc.

para denotar que era justamente el punto de la media noche.—P.
(2)   En todo caso, con certeza y seguridad.—Arr.

que habria madrugado antes del dia á ir á su labranza; y asi fue la verdad. Venia el labrador cantando aquel romance que dice:

Mala la hubistes, franceses,
La caza de Roncesvalles (1).

Que me maten, Sancho, dijo en oyéndole Don Quijote, si nos ha de suceder cosa buena esta noche. ¿No oyes lo que viene cantando ese villano? Sí, oigo, respondió Sancho, ¿pero qué hace á nuestro propósito la caza de Roncesvalles? Asi pudiera cantar el romance de Calainos (2), que todo fuera uno, para sucedernos bien ó mal en nuestro negocio. Llegó en esto el labrador, á quien Don Quijote preguntó: sabréisme decir, buen amigo, que buena ventura os dé Dios, ¿dónde son por aqui los palacios de la sin par princesa doña Dulcinea del Toboso? Señor, respondió el mozo, yo soy forastero, y há pocos dias que estoy en este pueblo sirviendo á un labrador rico en la labranza del campo; en esa casa frontera viven el cura y el sacristan del lugar, entrambos ó cualquier dellos sabrá dar á vuesa

merced razon de esa señora princesa, porque tienen la lista de todos los vecinos del Toboso, aunque para mí tengo que en todo él no vive princesa alguna; muchas señoras sí principales, que cada una en su casa puede ser princesa. Pues entre esas, dijo Don Quijote, debe de estar amigo, esta por quien te pregunto. Podria ser, respondió el mozo, y adios, que ya viene el alba; y dando á sus mulas no atendió á sus preguntas.

Sancho, que vió suspenso á su señor y asaz mal contento, le dijo: señor, ya se viene á mas andar el dia; y no será acertado dejar que nos halle el sol en la calle; mejor será que nos salgamos fuera de la ciudad, y que vuesa merced se embosque en alguna floresta aquí cercana, y yo volveré de dia, y no dejaré ostugo (3) en todo este lugar donde no busque la casa, alcázar ó palacio de mi señora: y asaz seria de desdichado si no le hallase, y hallándole hablaré con su merced, y le diré dónde y cómo queda vuesa merced esperando que le dé órden y traza para verla sin menoscabo de su honra y fama.

Has dicho, Sancho, dijo Don Quijote, mil sentencias encerradas en el círculo de breves palabras: el consejo que ahora me has dado le apetezco y recibo de bonísima gana: ven, hijo, y vamos á buscar donde me embosque, que tú volverás como dices, á buscar, á ver y hablar á mi señora, de cuya discrecion y cortesía espero mas que milagrosos favores. Rabiaba Sancho por sacar á su amo del pue-

(1) En esa de Roncesvalles, dice la primera edicion; pero el romance que se halla en el *Cancionero*, dice *la casa*, y luego Sancho hace alusion á esta palabra; lo cual demuestra que fue error de imprenta poner *en esa*.—F. C.
(2) Es un héroe fingido en nuestros antiguos Romances, moro de nacion, señor de los Montes Claros y de Constantina la Llana, que se le supone amante de una hija de Almanzor, llamada la infanta Sevilla, que vivia en Sansueña ó Zaragoza, y que le mandó ir á París á desafiar á los tres famosos Pares de Francia, Oliveros, Roldan y Reinaldos de Montalban, y cortarles las cabezas, pero el desafío paró en cortársela á él Roldan. Esta aventura se contiene en un largo romance que empieza:

Y cabalga Calainos
A la sombra de una oliva, etc.—P.

(3   Resquicio, rincon, escondrijo.—Arr.

blo, porque no averiguase la mentira de la respuesta que de parte de Dulcinea le habia llevado á Sierramorena, y asi dió priesa á la salida, que fue luego, y á dos millas del lugar hallaron una floresta ó bosque, donde Don Quijote se emboscó en tanto que Sancho volvia á la ciudad á hablar á Dulcinea, en cuya embajada le sucedieron cosas que piden nueva atencion y nuevo crédito.

CAPITULO X.

Donde se cuenta la industria que Sancho tuvo para encantar á la señora Dulcinea, y de otros sucesos tan ridículos como verdaderos.

Cuenta la historia (1) que asi como Don Quijote se emboscó en la floresta, encinar ó selva junto al gran Toboso, mandó á Sancho volver á la ciudad, y que no volviese á su presencia sin haber primero hablado de su parte á su señora, pidiéndole fuese servida de dejarse ver de su cautivo caballero, y se dignase de echarle su bendicion para que pudiese esperar por ella felicísimos sucesos de todos sus acometimientos y dificultosas empresas. Encargóse Sancho de hacerlo asi como se le mandaba, y de traerle tan buena respuesta como le trujo la vez primera. Anda, hijo, respondió Don Quijote, y no te turbes cuando te vieres ante la luz del sol de hermosura que vas á buscar. ¡Dichoso tú sobre todos los escuderos del mundo! Ten memoria, y no se te pase della cómo te recibe, si muda las colores el tiempo que la estuvieres dando mi embajada, si se desasosiega y turba oyendo mi nombre, si no cabe en la almohada, si acaso la hallas sentada en el estrado rico de su autoridad, y si está en pie, mírala

si se pone ahora sobre el uno, ahora sobre el otro pie, si te repite la respuesta que te diere dos ó tres veces, si la muda de blanda en áspera, de aceda en amorosa, si levanta la mano al cabello para componerle aunque no esté desordenado: finalmente, hijo, mira todas sus acciones y movimientos, porque si tú me lo relatares como ellos fueren, sacaré yo lo que ella tiene escondido en lo secreto de su corazon acerca de lo que al fecho de mis amores toca: que has de saber, Sancho, si no lo sabes, que entre los amantes las acciones y movimientos esteriores que muestran cuando de sus amores se trata, son certísimos correos que traen las nuevas de lo que allá en lo interior del alma pasa. Vé, amigo, y guíete otra mejor ventura que la mia, y vuélvate otro mejor suceso del que yo quedo temiendo y esperando en esta amarga soledad en que me dejas. Yo iré y volveré presto, dijo Sancho; y ensanche vuesa merced, señor mio, ese corazoncillo, que lo debe de tener ahora no mayor que una avellana; y considere que se suele decir que buen corazon quebranta mala ventura, y que donde no hay tocinos no hay estacas, y tambien se dice, donde no se piensa salta la liebre: dígolo porque si esta noche no hallamos los palacios ó alcázares de mi señora, ahora que es de dia los pienso hallar cuando menos lo piense, y hallados, déjenme á mí con ella. Por cierto, Sancho, dijo Don Quijote, que siempre traes tus refranes tan á pelo de lo que tratamos, cuanto me dé Dios mejor ventura en lo que deseo.

Esto dicho, volvió Sancho las espaldas y vareó su rucio, y Don Quijote se quedó á caballo des-

(1) Las otras ediciones ponen al principio de este capítulo X lo que hemos puesto, siguiendo á Hartzenbusch, mas adelante al comienzo del XVII. En efecto, donde pasaron de raya las locuras de Don Quijote, no fue en su viaje al Toboso, sino despues.—F. C.

cansando sobre los estribos y sobre el arribo de su lanza, lleno de tristes y confusas imaginaciones, donde le dejaremos yéndonos con Sancho Panza, que no menos confuso y pensativo se apartó de su señor que él quedaba, y tanto, que apenas hubo salido del bosque, cuando volviendo la cabeza, y viendo que Don Quijote no parecia, se apeó del jumento, y sentándose al pie de un árbol, comenzó á hablar consigo mismo y á decirse: sepamos ahora, Sancho hermano, á dónde vá vuesa merced. ¿Vá á buscar algun jumento que se le haya perdido? No por cierto. ¿Pues qué va á buscar? Voy á buscar, como quien no dice nada, á una princesa, y en ella al sol de la hermosura y á todo el cielo junto. ¿Y á dónde pensais hallar eso que decís, Sancho? ¿A dónde? en la gran ciudad del Toboso. Y bien, ¿y de parte de quién la vais á buscar? De parte del famoso caballero Don Quijote de la Mancha, que desface los tuertos, y da de comer al que há sed, y de beber al que há hambre. Todo eso está muy bien. ¿Y sabeis su casa, Sancho? Mi amo dice que han de ser unos reales palacios, ó unos soberbios alcázares. ¿Y habéisla visto algun dia por ventura? Ni yo ni mi amo la habemos visto jamás. ¿Y paréceos que fuera acertado y bien hecho que si los del Toboso supiesen que estais vos aquí con intencion de ir á sonsacarles sus princesas, y á desasosegarles sus damas, viniesen y os moliesen las costillas á puros palos, y no os dejasen hueso sano? En verdad que tendrian mucha razon cuando no considerasen que soy mandado, y que *mensajero sois, amigo, no mereceis culpa, non* (1). No os fieis en eso, Sancho, porque la gente manchega es tan colérica como honrada, y no consiente cosquillas de nadie. Vive Dios, que si os huele, que os mando mala aventura. Oste puto, allá darás rayo (2), no sino ándeme yo buscando tres pies al gato por el gusto ageno; y mas que asi será buscar á Dulcinea, como á Marica por Rábena, ó al bachiller en Salamanca: el diablo, el diablo me ha metido á mí en esto, que otro no.

Este soliloquio pasó consigo Sancho, y lo que sacó dél fue que volvió á decirse: ahora bien, todas las cosas tienen remedio sino es la muerte, debajo de cuyo yugo hemos de pasar todos, mal que nos pese, al acabar de la vida. Este mi amo por mil señales he visto que es un loco de atar, y aun tambien yo no le quedo en zaga, pues soy mas mentecato que él, pues le sigo y le sirvo, si es verdadero el refran que dice: díme con quién andas, decirte hé quién eres; y el otro de: no con quien naces, sino con quien paces. Siendo, pues, loco, como lo es, y de locura que las mas veces toma unas cosas por otras, y juzga lo blanco por negro y lo negro por blanco, como se parecia cuando dijo que los molinos de viento eran gigantes, y las manadas de carneros ejércitos de enemigos, y otras muchas cosas á este tono, no será muy difícil hacerle creer que una labradora, la primera que me topare por aquí, es la señora Dulcinea; y cuando él no lo crea, juraré yo; y si él jurare, tornaré yo á jurar; y si porfiare, porfiaré yo mas, y de manera que tengo de tener la mia siempre sobre el hito (3), venga lo que viniere: quizá con esta porfia acabaré con él que no me envie otra vez á semejantes mensajerías viendo cuán mal recado le traigo della; ó quizá pensará, como yo imagino, que algun mal encantador de estos que él dice que le quieren mal, la habrá mudado la figura por hacerle mal y daño.

Con esto que pensó Sancho Panza quedó sosegado su espíritu, y tuvo por bien acabado su negocio, y detúvose allí, hasta la tarde por dar lugar á que Don Quijote pensase que le habia tenido para ir y volver del Toboso; y sucedióle todo tan bien, que cuando se levantó para subir en el rucio vió que del Toboso hácia donde él estaba venian tres labradoras sobre tres pollinos ó pollinas, que el autor no lo declara aunque mas se puede creer que eran borricas, por ser ordinaria caballería de las aldeanas; pero como no va mucho en esto, no hay para qué detenernos en averiguarlo.

En resolucion, asi como Sancho vió á las labradoras, á paso tirado volvió á buscar á su señor Don Quijote, y hallóle suspirando y diciendo mil amorosas lamentaciones. Como Don Quijote le vió le dijo: ¿qué hay, Sancho amigo? ¿podré señalar este dia con piedra blanca ó con negra? Mejor será, respondió Sancho que vuesa merced le señale con almagre, como rétulos de cátedras, porque le echen bien de ver los que le vieren. De ese modo, replicó Don Quijote, buenas nuevas traes. Tan buenas, respondió Sancho, que no tiene mas que hacer vuesa merced sino picar á Rocinante y salir á lo raso á ver á la señora Dulcinea del Toboso, que con otras dos doncellas suyas viene á ver á vuesa merced. ¡Santo Dios! ¿Qué es lo que dices, Sancho amigo? dijo Don Quijote. Mira, no me engañes, ni quieras con falsas alegrías alegrar mis verdaderas tristezas. ¿Qué sacaria yo de engañar á vuesa merced, respondió Sancho, y mas estando tan cerca de descubrir mi verdad? Pique, señor y venga y verá venir á la princesa nuestra ama vestida y adornada, en fin, como quien ella es. Sus doncellas y ella, todas son una ascua de oro, todas mazorcas de perlas, todas son diamantes, todas rubíes, todas telas de brocado de mas de diez altos (4); los cabellos sueltos por las espaldas, que son otros

---

(1) Estos versos son de un antiguo romance de Bernardo del Carpio, repetidos despues en otros muchos romances y han llegado á ser muy populares.

(2) *Oste puto*, aparta, no te acerques, quitate.—*Allá darás rayo*: refran que denota la indiferencia con que el amor propio mira los males agenos.—D. A.—*Oste*, lo mismo que *guarda*, *guárdate de eso. Allá darás rayo*, *en cas de Tamayo*, es un adagio en forma de imprecacion. Los poetas se servian de él para estribillo de sus letrillas, como lo hizo don Luis de Góngora con la IV de sus *burlescas.*—P.

(3) Metáfora tomada del juego de este nombre, el cual se ejecuta fijando en la tierra un clavo ó palo, que se llama *hito*, y tirando á él con herrones ó tejos; el que mas cerca del clavo pone su tejo, ese gana.—Arr.

(4) Llamábanse *altos* las guarniciones o bordados de oro que se sobreponian en la tela de brocado. Por lo comun eran tres:

tantos rayos del sol, que andan jugando con el viento, y sobre todo vienen á caballo sobre tres cananeas remendadas, que no hay mas que ver. Hacaneas, querrás decir, Sancho. Poca diferencia hay,
respondió Sancho de cananeas á hacaneas (1); pero vengan sobre lo que vinieren, ellas vienen las mas
galanas señoras que se pueden desear, especialmente la princesa Dulcinea mi señora, que pasma los
sentidos. Vamos, Sancho hijo, respondió Don Quijote, y en albricias destas no esperadas como buenas
nuevas, te mando el mejor despojo que ganare en la primera aventura que tuviere; y si esto no te
contenta, te mando las crias que este año me dieren las tres yeguas mias, que tú sabes que quedan para
parir en el prado concejil de nuestro pueblo. A las crias me atengo, respondió Sancho, porque de
ser buenos los despojos de la primera aventura no está muy cierto.

Ya en esto salieron de la selva y descubrieron cerca á las tres aldeanas. Tendió Don Quijote los
ojos por todo el camino del Toboso, y como no vió sino á las tres labradoras, turbóse todo, y preguntó á Sancho si las habia dejado fuera de la ciudad. ¿Cómo fuera de la ciudad? respondió Sancho:
¿por ventura tiene vuesa merced los ojos en el colodrillo, que no ve que son estas las que aquí vienen,
resplandecientes como el mismo sol á medio dia? Yo no veo, Sancho, dijo Don Quijote, sino á tres
labradoras sobre tres borricos. Ahora me libre Dios del diablo, respondió Sancho; ¿y es posible que
tres hacaneas, ó como se llaman, blancas como el ampo de la nieve, le parezcan á vuesa merced
borricos? Vive el Señor que me pele estas barbas si tal fuese verdad. Pues yo te digo, Sancho amigo,
dijo Don Quijote, que es tanta verdad que son borricos ó borricas, como yo soy Don Quijote, y tú
Sancho Panza: á lo menos á mí tales me parecen. Calle, señor, dijo Sancho, no diga la tal palabra, sino despabile esos ojos, y venga á hacer reverencia á la señora de sus pensamientos, que ya
llega cerca: y diciendo esto se adelantó á recibir á las tres aldeanas, y apeándose del rucio tuvo
del cabestro al jumento de una de las tres labradoras é hincando ambas rodillas en el suelo, dijo:
reina y princesa y duquesa de la hermosura, vuestra altivez y grandeza sea servida de recibir en su
gracia y buen talante al cautivo caballero vuestro, que allí está hecho piedra mármol, todo turbado y
sin pulsos de verse ante vuesa magnífica presencia. Yo soy Sancho Panza su escudero, y él el asendereado caballero Don Quijote de la Mancha, llamado por otro nombre *el caballero de la Triste
Figura.*

A esta sazon ya se habia puesto Don Quijote de hinojos junto á Sancho, y miraba con ojos des-
encajados y vista turbada á la que Sancho llamaba reina y señora; y como no descubria en ella sino
una moza aldeana y no de muy buen rostro, porque era cariredonda y chata, estaba suspenso y
admirado, sin osar desplegar los labios. Las labradoras estaban asimismo atónitas viendo aquellos dos
hombres tan diferentes hincados de rodillas, que no dejaban pasar adelante á su compañera; pero
rompiendo el silencio la detenida, toda desgraciada y mohina, dijo: apártense nora en tal del camino, y déjenmos pasar, que vamos de priesa. A lo que respondió Sancho: oh princesa y señora
universal del Toboso, ¿cómo vuestro magnánimo corazon no se enternece viendo arrodillado ante
vuestra sublimada presencia á la coluna y sustento de la andante caballería? Oyendo lo cual otra
de las dos dijo: mas jo te estrego burra de mi suegro: mirad con qué se vienen los señoritos
ahora á hacer burla de las aldeas, como si aquí no supiésemos echar pullas como ellos, vayan su
camino, y déjenmos hacer el nueso, y serles ha sano. Levántate, Sancho, dijo á este punto Don
Quijote, que ya veo que la fortuna, de mi mal no harta, tiene tomados los caminos todos por
donde pueda venir algun contento á esta ánima mezquina que tengo en las carnes. Y tú, oh estremo
del valor que puede desearse, término de la humana gentileza, único remedio deste afligido corazon
que te adora, ya que el maligno encantador me persigue, y ha puesto nubes y cataratas en mis
ojos, y para solo ellos y no para otros ha mudado y trasformado tu sin igual hermosura y rostro en
el de una labradora pobre, si ya tambien el mio no le ha cambiado en el de algun vestiglo para hacerle aborrecible á tus ojos, no dejes de mirarme blanda y amorosamente echando de ver en esta
sumision y arrodillamiento que á tu contrahecha hermosura hago, la humildad con que mi alma
te adora.

Toma que mi agüelo, respondió la aldeana, amiguita soy yo de oir resquebrajos. Apártense y
déjenmos ir, y agradecérselo hemos. Apartóse Sancho y dejóla ir, contentísimo de haber salido bien
de su enredo. Apenas se vió libre la aldeana que habia hecho la figura de Dulcinea, cuando picando á
su cananea con un aguijon que en un palo traia, dió á correr por el prado adelante; y como la borrica
sentia la punta del aguijon, que le fatigaba mas de lo ordinario, comenzó á corcovos, de manera que
dió con la señora Dulcinea en tierra: lo cual visto por Don Quijote acudió á levantarla, y Sancho á
componer y cinchar el albarda, que tambien vino á la barriga de la pollina. Acomodada, pues, la albarda, y queriendo Don Quijote levantar á su encantada señora en los brazos sobre la jumenta, la
señora levantándose del suelo le quitó de aquel trabajo, porque haciéndose algun tanto atrás tomó una
corridica, y puestas ambas manos sobre las ancas de la pollina dió con su cuerpo mas ligero que un

el primero se llamaba *fondon*, el segundo *la labor*, el tercero *el escarchado*, que se formaba de unos como anillejos pequeños
segun dice Covarrubias en su Tesoro. *Brocado de mas de diez altos*, es ponderacion de Sancho.—P.

(1) *Hacaneas* eran, segun Covarrubias, las hacas traidas á España de las islas septentrionales, especialmente de Inglaterra. Llaman así á los caballos mas preciados, ó caballerías de damas ó de príncipes. *Hacanea remendada* es la que hoy se
llama *jaca pía*, ó que tiene manchada la piel de varios colores.—ARR.

halcon sobre la albarda, y quedó á horcajadas como si fuera hombre, y entonces dijo Sancho: vive Roque, que es la señora nuestra ama mas ligera que un alcotan, y que puede enseñar á subir á la gineta al mas diestro cordobés ó mejicano: el arzon trasero de la silla pasó de un salto, y sin espuelas hace correr la hacanea como una cebra, y no le van en zaga sus doncellas, que todas corren como el viento: y asi era la verdad, porque en viéndose á caballo Dulcinea todas picaron tras ella y dispararon á correr, sin volver la cabeza atrás por espacio de mas de media legua.

Siguiólas Don Quijote con la vista, y cuando vió que no parecian, volviéndose á Sancho le dijo: Sancho; ¿qué te parece, cuán mal quisto soy de encantadores? Y mira hasta dónde se estiende su malicia y la ojeriza que me tienen, pues me han querido privar del contento que pudiera darme ver en su ser á mi señora. En efecto, yo nací para ejemplo de desdichados, y para ser blanco y terrero donde tomen la mira y asesten las flechas de la mala fortuna: y has tambien de advertir, Sancho, que no se contentaron estos traidores de haber vuelto y trasformado á mi Dulcinea, sino que la trasformaron y volvieron en una figura tan baja y tan fea como la de aquella aldeana, y juntamente le quitaron lo que es tan suyo de las principales señoras, que es el buen olor por andar siempre entre ámbares y entre flores: porque te hago saber, Sancho, que cuando llegué á subir á Dulcinea sobre su hacanea (segun tú dices, que á mí me pareció borrica) me dió un olor de ajos crudos, que me encalabrinó y atosigó el alma.

¡Oh canalla! gritó á esta sazon Sancho: ¡oh encantadores aciagos y mal intencionados, y quién os viera á todos ensartados por las agallas, como sardinas en lercha! (1) Mucho sabeis, mucho podeis, y mucho mas haceis. Bastaros debiera, bellacos, haber mudado las perlas de los ojos de mi señora en agallas alcornoqueñas, y sus cabellos de oro purísimo en cerdas de cola de buey bermejo, y finalmente todas sus facciones de buenas en malas sin que le tocáredes en el olor, que por él siquiera sacáramos lo que estaba encubierto debajo de aquella fea corteza, aunque para decir verdad nunca yo ví su fealdad, sino su hermosura, á la cual subia de punto y quilates un lunar que tenia sobre el labio derecho á manera de bigote, con siete ú ocho cabellos rubios como hebras de oro y largos de mas de un palmo. Semejante á ese lunar, dijo Don Quijote, segun la correspondencia que tienen entre sí los del rostro con los del cuerpo (2), ha de tener otro Dulcinea en la tabla del muslo, que corresponde al lado donde tiene el del rostro; pero muy luengos para lunares son pelos de la grandeza que has significado. Pues yo sé decir á vuesa merced, respondió Sancho, que le parecian allí como nacidos. Yo lo creo, amigo, replicó Don Quijote, porque ninguna cosa puso la naturaleza en Dulcinea que no fuese perfecta y bien acabada; y asi si tuviera cien lunares como el que dices, en ella no fueran lunares, sino lunas y estrellas resplandecientes. Pero dime, Sancho, ¿aquella que á mí me pareció albarda, que tú aderezaste, era silla rasa ó sillon? No era, respondió Sancho, sino silla á la gineta, con una cubierta de campo, que vale la mitad de un reino segun es de rica. ¡Y que no viese yo todo eso, Sancho! dijo Don Quijote: ahora torno á decir y diré mil veces que soy el mas desdichado de los hombres. Harto tenia que hacer el socarron de Sancho en disimular la risa oyendo las sandeces de su amo tan delicadamente engañado. Finalmente, despues de otras muchas razones que entre los dos pasaron, volvieron á subir en sus bestias y siguieron el camino de Zaragoza, adonde pensaban llegar á tiempo que pudiesen hallarse en unas solemnes fiestas que en aquella insigne ciudad (3) cada año suelen hacerse, pero antes que allá llegasen les sucedieron cosas, que por muchas, grandes y nuevas merecen ser escritas y leidas, como se verá adelante.

(1) *Lercha* es en la Mancha y en algunas otras partes la pluma ó junquillo con que los cazadores y pescadores ensartan las aves muertas ó los peces, atravesándolas por la nariz, por el oido ó por las agallas. De aqui se infiere cuán infundadamente se ha sustituido en alguna edicion la palabra *percha*, pues en ninguna clase de *perchas* con que se caza aves ó pescan peces, son ó quedan estas ensartadas.—A.—Pellicer opina que debe decirse *percha* por ser el instrumento que sirve para colgar pescados y ponerlos á secar, y de donde se dijo en Málaga el barrio del *perchel.*

(2) Asi debia de creerse en tiempo de Cervantes. Los fisionómicos, dice Covarrubias (hablando de los lunares), juzgan de estos lunares, *por los que están en el rostro*, dándoles correspondencia á las demás partes del cuerpo.—Arr.

(3) Cervantes queria en efecto llevar á su héroe á las justas de Zaragoza; pero cuando vió que su ruin plagiario Avellaneda le habia hecho asistir á ellas, mudó de parecer como se verá en el capitulo LIX.—Viardot.

CAPITULO XI.

De la estraña aventura que le sucedió al valeroso Don Quijote con el carro ó carreta de las Córtes de la muerte.

Pᴇɴsᴀᴛɪᴠᴏ además iba Don Quijote por su camino adelante considerando la mala burla que le habian hecho los encantadores volviendo á su señora Dulcinea en la mala figura de la aldeana, y no imaginaba qué remedio tendria para volverla á su ser primero; y estos pensamientos le llevaban tan fuera de sí, que sin sentirlo soltó las riendas á Rocinante, el cual sintiendo la libertad que se le daba, á cada paso se detenia á pacer la verde yerba de que aquellos campos abundaban. De su embelesamiento le volvió Sancho Panza diciéndole : señor, las tristezas no se hicieron para las bestias, sino para los hombres; pero si los hombres las sienten demasiado se vuelven bestias: vuesa merced se reporte, y vuelva en sí y coja las riendas á Rocinante, y avive y despierte, y muestre aquella gallardía que conviene que tengan los caballeros andantes. ¿Qué diablos es esto? ¿qué descaecimiento es este? ¿estamos aquí ó en Francia? Mas que se lleve Satanás á cuantas Dulcineas hay en el mundo, pues vale mas la salud de un solo caballero andante, que todos los encantos y trasformaciones de la tierra.

Calla, Sancho, respondió Don Quijote con voz mansa y desmayada (1), calla digo, y no digas blasfemias contra aquella encantada señora, que de su desgracia y desventura yo solo tengo la culpa: de la envidia que me tienen los malos ha nacido su mala andanza. Asi lo digo yo, respondió Sancho: quien la vido y la ve ahora ¿cuál es el corazon que no llora? Eso puedes tú decir bien, Sancho, replicó Don Quijote, pues la viste en la entereza cabal de su hermosura, que el encanto no se estendió á turbarte la vista ni á encubrírte su belleza : contra mí solo y contra mis ojos se endereza la fuerza de su veneno ; mas con todo esto he caido, Sancho, en una cosa, y es que me pintaste mal su hermosura, porque si mal no me acuerdo, dijiste que tenia los ojos de perlas, y los ojos que parecen de perlas antes son de besugo que de dama; y á lo que yo creo, los de Dulcinea deben ser de verdes esmeraldas, rasgados, con dos celestiales arcos que les sirven de cejas; y esas perlas quítalas de los ojos, y pásalas á los dientes, que sin duda te trocaste, Sancho, tomando los ojos por los dientes. Todo puede ser, respondió Sancho, porque tambien me turbó á mí su hermosura como á vuesa merced su fealdad ; pero encomendémoslo todo á Dios, que él es el sabidor de las cosas que han de suceder en este valle de lágrimas, en este mal mundo que tenemos, donde apenas se halla cosa que esté sin mezcla de maldad, embuste y bellaquería. De una cosa me pesa, señor mio, mas que de otras, que es pensar qué medio se ha de tener cuando vuesa merced venza algun gigante ó otro caballero, y le mande que se vaya á presentar ante la hermosura de la señora Dulcinea : ¿á dónde la ha de hallar este pobre gigante, ó este pobre y mísero caballero vencido? Paréceme que los veo andar por el Toboso hechos unos bausanes (2), buscando á mi señora Dulcinea, y aunque la encuentren en mitad de la calle, no la conocerán mas que á mi padre. Quizá, Sancho, respondió Don Quijote, no se estenderá el encantamento á quitar el conocimiento de Dulcinea á los vencidos y presentados gigantes y caballeros ; y en uno ó dos de los primeros que yo venza y le envie, haremos la esperiencia si la ven ó no, mandándoles que vuelvan á darme relacion de lo que acerca desto les hubiere sucedido.

Digo, señor, replicó Sancho, que me ha parecido bien lo que vuesa merced me ha dicho, y que con ese artificio vendremos en conocimiento de lo que deseamos; y si es que ella á solo vuesa merced

se encubre, la desgracia mas será de vuesa merced que suya; pero como la señora Dulcinea tenga salud y contento, nosotros por acá nos avendremos y lo pasaremos lo mejor que pudiéramos buscando

(1) Con voz no muy desmayada dicen otras ediciones ; pero el contesto del párrafo demuestra que Cervantes debió de escribir mansa ó otra palabra equivalente.—F. C.

(2) A los que están parados mirando alguna cosa con la boca abierta, los llamamos bausanes (Corarr.) bien asi, dice Quevedo, como rústico aldeano, que de improviso se le muestran cosas raras, y de él nunca vistas.—Arr.

nuestras aventuras , y déjando al tiempo que haga de las suyas, que él es el mejor médico destas y de otras mayores enfermedades.

Responder queria Don Quijote á Sancho Panza ; pero estorbóselo una carreta que salió al través del camino cargada de los mas diversos y estraños personajes y figuras que pudieran imaginarse. El que guiaba las mulas y servia de carretero era un feo demonio. Venia la carreta descubierta al cielo abierto sin toldo ni zarzo. La primera figura que se ofreció á los ojos de Don Quijote fue la de la misma muerte con rostro humano : junto á ella venia un ángel con unas grandes y pintadas alas ; al un lado estaba un emperador con una corona al parecer de oro en la cabeza ; á los pies de la muerte estaba el dios que llaman Cupido sin venda en los ojos, pero con su arco, carcaj y saetas ; venia tambien un caballero armado de punta en blanco, escepto que no traia morrion ni celada , sino un sombrero lleno de plumas de diversos colores : con estas venian otras personas de diferentes trages y rostros. Todo lo cual visto de improviso, en alguna manera alborotó á Don Quijote y puso miedo en el corazon de Sancho ; mas luego se alegró Don Quijote creyendo que se le ofrecia alguna nueva y peligrosa aventura ; y con este pensamiento y con ánimo dispuesto de acometer cualquier peligro, se puso delante de la carreta, y con voz alta y amenazadora dijo : carretero, cochero, ó diablo, ó lo que eres, no tardes en decirme quién eres, á do vas, y quién es la gente que llevas en tu carricoche, que mas parece la barca de Caron, que carreta de las que se usan. A lo cual mansamente, deteniendo el diablo la carreta, respondió : señor, nosotros somos recitantes de la compañía de Angulo el Malo (1); hemos hecho en un lugar que está detrás de aquella loma esta mañana, que es la octava del Córpus, el auto de las Córtes de la muerte, y hémosle de hacer esta tarde en aquel lugar que desde aquí se parece ; y por estar tan cerca y escusar el trabajo de desnudarnos y volvernos á vestir, nos vamos vestidos con los mismos vestidos que representamos (2). Aquel mancebo va de muerte , el otro de ángel, aquella mujer, que es la del autor, va de reina, el otro de soldado, aquel de emperador, y yo de demonio, y soy una de las principales figuras del auto, porque hago en esta compañía los primeros papeles : si otra cosa vuesa merced desea saber de nosotros, pregúntemelo, que yo le sabré responder con toda puntualidad, que como soy demonio todo se me alcanza. Por la fe de caballero andante, respondió Don Quijote, que asi como ví este carro imaginé que alguna grande aventura se me ofrecia, y ahora digo que es menester tocar las apariencias con la mano para dar lugar al desengaño. Andad con Dios, buena gente, y haced vuestra fiesta, y mirad si mandais algo en que pueda seros de provecho, que lo haré con buen ánimo y buen talante, porque desde muchacho fui aficionado á la carátula (3), y en mi mocedad se me iban los ojos tras la farándula.

Estando en estas pláticas quiso la suerte que llegase uno de la compañía, que venia vestido de bogiganga (4) con muchos cascabeles, y en la punta de un palo traia tres vejigas de vaca hinchadas, el cual moharracho (5) llegándose á Don Quijote comenzó á esgrimir el palo y á sacudir el suelo con las vejigas, y á dar grandes saltos sonando los cascabeles, cuya mala vision asi alborotó á Rocinante, que sin ser poderoso á detenerle Don Quijote, tomando el freno entre los dientes, dió á correr por el campo con mas ligereza que jamás prometieron los huesos de su notomia. Sancho , que consideró el

---

(1) Autor, no solo de compañías , sino de comedias , natural de Toledo; llamado *malo* por distinguirse de otro Angulo representante graciosísimo.—A.

(2) La representacion de estos Autos, que son dramas alegóricos á los misterios de la religion, se hacia precisamente para solemnizar la festividad del Córpus y su octava, y era tan general, que no solo se ejecutaba en los teatros, sino delante de los Consejos de su Magestad y aun del tribunal de la Inquisicion. Iban los comediantes a estas representaciones en carros triunfales, de donde salian las figuras alegóricas al tablado que se levantaba al descubierto en las calles y plazas, y por eso se significaba esta representacion con la espresion técnico-dramática de *hacer los carros*. En las *Noticias* que escribió Antonio Leon de Soto, platero de Madrid, de los sucesos de su tiempo, se dice : *En 6 de junio de 1613, dia del Córpus, estuvo el duque de Lerma y aun en casas de Fernando de Espejo, que le tenia de alquiler Diego de Cabalza (platero, que fue el que los convidó), y comió en ellas, é hicieron los carros al duque primero que al consejo* (Biblioteca Nacional, m. s.) Como las cosas suelen cohonestarse con el velo de la piedad, entraban tambien los comediantes á representar los autos en las iglesias de los conventos de monjas, y como los acompañaban con entremeses, cantares y bailes, tal vez indecentes, dieron ocasion á algunos teólogos para reprenderlos. Fuera del P. Mariana en su tratado *de Spectaculis*, imprimió Filguera, Clérigo Menor, en 1678, viviendo todavia Calderon de la Barca, un dictámen, probando que era licito *hacer los Autos sacramentales en las iglesias*. Otras de las ceremonias con que se solemnizaba la festividad del Córpus y su octava, era la Tarasca, los Gigantones y las Danzas, aunque todo era simbólico y significativo. Hablando don Francisco de Quevedo, en 1609, en su *España defendida* (m. s.) de las fiestas de España, dice que habia en ellas *antiquisimas costumbres, como las danzas y matachines, y gigantones, y principalmente la que hoy llamamos Tarasca*. Habla en efecto de ella Sexto Pompeyo, citado por el referido Quevedo, y dice : *Manducans effigies in pompa antiquorum inter cæteras ridiculas formidolosasque ire solebat, magnis malis, ac late dehiscens, et ingentem dentibus sonitum faciens.* Que en español dice : «En las pompas y fiestas de los antiguos, solia ir la figura del Tragon entre las demás ridiculas y espantosas, con grandes quijadas, con la boca desmesuradamente abierta, y haciendo gran ruido con los dientes.» Asi iba la que se usaba todavía en nuestros tiempos ; y por esto y con alusion á su voracidad se decia y dice : *echar guindas ó caperuzas á la tarasca*. Esta constaba de un serpenton engullidor, y de la figura de una mujer, estrambóticamente ataviada y sentada sobre él, y en ella se entendia la meretriz de Babilonia sobre Leviatan, esto es, el mundo, el infierno y la muerte vencidos por Jesus sacramentado que los llevaba delante como despojos de su triunfo. En los gigantones se figuraba el gigante Goliat, degollado por David, y en ellos los pecados mortales destruidos por Cristo.—P.

(3) Una de las clases de compañia de representantes, que se conocian en tiempo de Cervantes, se llamaba *la carátula*, porque representaban con carátula ó mascarilla.—A.

(4) *Disfraz* ridiculo de que usaban los farsantes en las comedias y autos en lo antiguo. *Mogiganga.*

(5) Lo mismo que *mamarracho*, que es como ahora se dice : y es el que se disfraza en tiempo de fiestas, segun Covarrubias. —Arr.

peligro en que iba su amo de ser derribado, saltó del rucio, y á toda priesa fué á valerle; pero cuando á él llegó ya estaba en tierra y junto á él Rocinante, que con su amo vino al suelo: ordinario fin y paradero de las lozanías de Rocinante y de sus atrevimientos. Mas apenas hubo dejado su caballería Sancho por acudir á Don Quijote, cuando el demonio bailador de las vejigas saltó sobre el rucio, y sacudiéndole con ellas, el miedo y ruido mas que el dolor de los golpes, le hizo volar por la campaña hácia el lugar donde iban á hacer la fiesta. Miraba Sancho la carrera de su rucio y la caída de su amo, y no sabia á cuál de las dos necesidades acudiria primero; pero en efecto, como buen escudero y como buen criado, pudo mas con él el amor de su señor que el cariño de su jumento, puesto que cada vez que veia levantar las vejigas en el aire y caer sobre las ancas de su rucio, era para él tártagos y sustos de muerte, y antes quisiera que aquellos golpes se los dieran á él en las niñas de los ojos que en el mas mínimo pelo de la cola de su asno. Con esta perpleja tribulacion llegó donde estaba Don Quijote, harto mas maltrecho de lo que él quisiera, y ayudándole á subir sobre Rocinante le dijo: señor, el diablo se me ha llevado al rucio. ¿Qué diablo? preguntó Don Quijote. El de las vejigas, respondió Sancho. Pues yo le cobraré, replicó Don Quijote, si bien se encerrase con él en los mas hondos y oscuros calabozos del infierno. Sígueme, Sancho, que la carreta va despacio; y con las mulas dellas satisfaré la pérdida del rucio. No hay para qué hacer esa diligencia, señor, respondió Sancho; vuesa merced temple su cólera, que segun me parece ya el diablo ha dejado el rucio, y vuelve á la querencia; y asi era la verdad, porque habiendo caido el diablo con el rucio por imitar á Don Quijote y á Rocinante, el diablo se fué á pie al pueblo, y el jumento se volvió á su amo. Con todo eso, dijo Don Quijote, será bien castigar el descomedimiento de aquel demonio en alguno de los de la carreta, aunque sea al mismo emperador. Quítesele á vuesa merced eso de la imaginacion, replicó Sancho, y tome mi consejo, que es que nunca se tome con farsantes, que es gente favorecida: recitante he visto yo estar preso por dos muertes, y salir libre y sin costas: sepa vuesa merced que como son gentes alegres y de placer, todos los favorecen, todos los amparan, ayudan y estiman, y mas siendo de aquellos de las compañías reales y de título, que todos ó los mas en sus trages y compostura parecen unos príncipes. Pues con todo, respondió Don Quijote, no se me ha de ir el demonio farsante alabando, aunque le favorezca todo el género humano.

Y diciendo esto volvió á la carreta, que ya estaba bien cerca del pueblo, é iba dando voces diciendo: deteneos, esperad, turba alegre y regocijada, que os quiero dar á entender cómo se han de tratar los jumentos y alimañas que sirven de caballería á los escuderos de los caballeros andantes. Tan altos eran los gritos de Don Quijote, que los oyeron y entendieron los de la carreta; y juzgando por las palabras la intencion del que las decia, en un instante saltó la muerte de la carreta, y tras ella el emperador, el diablo carretero y el ángel, sin quedarse la reina, ni el dios Cupido, y todos se cargaron de piedras y se pusieron en ala esperando recibir á Don Quijote en las puntas de sus guijarros. Don Quijote que los vió puestos en tan gallardo escuadron, los brazos levantados con ademan de despedir poderosamente las piedras, detuvo las riendas á Rocinante, y púsose á pensar de qué modo los acometeria con menos peligro de su persona. En esto que se detuvo llegó Sancho, y viéndole en talle de acometer al bien formado escuadron, le dijo: asaz de locura seria intentar tal empresa: considere vuesa merced, señor mio, que para sopa de arroyo y tente bonete no hay arma defensiva en el mundo si no es embutirse y encerrarse en una campana de bronce; y tambien se ha de considerar que es mas temeridad que valentía acometer un hombre solo á un ejército donde está la muerte, y pelean en persona emperadores, y á quien ayudan los buenos y los malos ángeles: y si esta consideracion no lo mueve á estarse quedo, muévale saber de cierto que entre todos los que allí están, aunque parecen reyes, príncipes y emperadores, no hay ningun caballero andante.

Ahora sí, dijo Don Quijote, has dado, Sancho, en el punto que puede y debe mudarme de mi ya determinado intento. Yo no puedo ni debo sacar la espada, como otras veces muchas te he dicho, contra quien no fuere armado caballero: á tí, Sancho, toca, si quieres tomar la venganza del agravio que á tu rucio se le ha hecho, que yo desde aquí te ayudaré con voces y advertimientos saludables. No hay para qué, señor, respondió Sancho, tomar venganza de nadie, pues no es de buenos cristianos tomarla de los agravios, cuanto mas que yo acabaré con mi asno que ponga su ofensa en las manos de mi voluntad, la cual es de vivir pacíficamente los dias que los cielos me dieren de vida. Pues si esa es tu determinacion, replicó Don Quijote, Sancho bueno, Sancho discreto, Sancho cristiano, y Sancho sincero, dejemos estas fantasmas y volvamos á buscar mejores y mas calificadas aventuras, que yo veo esta tierra de talle que no han de faltar en ella muchas y muy milagrosas. Volvió las riendas luego, Sancho fué á tomar su rucio, la muerte con todo su escuadron volante, volvieron á su carreta y prosiguieron su viaje, y este felice fin tuvo la temerosa aventura de la carreta de la muerte, gracias sean dadas al saludable consejo que Sancho Panza dió á su amo, al cual el dia siguiente le sucedió otra con un enamorado y andante caballero de no menos suspension que la pasada.

CAPITULO XII.

De la estraña aventura que le sucedió al valeroso Don Quijote con el bravo caballero de los Espejos.

La noche que siguió al dia del reencuentro de la muerte, la pasaron Don Quijote y su escudero debajo de unos altos y sombrosos árboles, habiendo á persuasion de Sancho comido Don Quijote de lo que venia en el repuesto del rucio, y entre la cena dijo Sancho á su señor: señor, ¡qué tonto hubiera andado yo si hubiera escogido en albricias los despojos de la primera aventura que vuesa verced acabara, antes que las crias de las tres yeguas! En efecto, en efecto mas vale pájaro en mano que buitre volando. Todavía, respondió Don Quijote, si tú, Sancho, me dejaras acometer como yo queria, te hubieran cabido en despojos por lo menos la corona de oro de la emperatriz y las pintadas alas de Cupido, que yo se las quitara al redropelo, y te las pusiera en las manos. Nunca los cetros y coronas de los emperadores farsantes, respondió Sancho Panza, fueron de oro puro, sino de oropel ó hoja de lata. Asi es verdad, replicó Don Quijote, porque no fuera acertado que los atavíos de la comedia fueran

finos, sino fingidos y aparentes como lo es la misma comedia, con la cual quiero, Sancho, que estés bien teniéndola en tu gracia, y por el mismo consiguiente á los que las representan y á los que las componen, porque todos son instrumentos de hacer un gran bien á la república, poniéndonos un espejo á cada paso delante, donde se ven al vivo las acciones de la vida humana; y ninguna comparacion hay que mas al vivo nos represente lo que somos y lo que habemos de ser como la comedia y los comediantes. Si no dime ¿no has visto tú representar alguna comedia adonde se introducen reyes, emperadores y pontífices, caballeros, damas y otros diversos personajes? Uno hace el rufian, otro el embustero, este el mercader, aquel el soldado, otro el simple discreto, otro el enamorado simple, y acabada la comedia y desnudándose de los vestidos della, quedan todos los recitantes iguales.

Sí he visto, respondió Sancho. Pues lo mismo, dijo Don Quijote, acontece en la comedia y trato deste mundo, donde unos hacen los emperadores, otros los pontífices, y finalmente todas cuantas figuras se pueden introducir en una comedia; pero en llegando al fin, que es cuando se acaba la vida, á todos les quita la muerte las ropas que los diferenciaban, y quedan iguales en la sepultura. ¡Brava comparacion! dijo Sancho, aunque no tan nueva que yo no la haya oido muchas y diversas veces, como aquella del juego del ajedrez, que mientras dura el juego cada pieza tiene su particular oficio, y en acabándose el juego todas se mezclan, juntan y barajan, y dan con ellas en la bolsa, que es como dar con la vida en la sepultura.

Cada dia, Sancho, dijo Don Quijote, te vas haciendo menos simple y mas discreto. Sí, que algo se me ha de pegar de la discrecion de vuesa merced, respondió Sancho; que las tierras que de suyo son estériles y secas, estercolándolas y cultivándolas vienen á dar buenos frutos: quiero decir, que la conversacion de vuesa merced ha sido el estiércol que sobre la estéril tierra de mi seco ingenio ha caido; la cultivacion el tiempo que há que le sirvo y comunico; y con esto espero de dar frutos de mí que sean de bendicion, tales que no desdigan ni se deslicen de los senderos de la buena crianza que vuesa merced ha hecho en el agostado entendimiento mio.

Rióse Don Quijote de las afectadas razones de Sancho, y parecióle ser verdad lo que decia de su enmienda, porque de cuando en cuando hablaba de manera que le admiraba, puesto que todas ó las mas veces que Sancho queria hablar de oposicion y á lo cortesano acababa su razon con despeñarse del monte de su simplicidad al profundo de su ignorancia: y en lo que él se mostraba mas ele-

gante y memorioso era en traer refranes, viniesen ó no viniesen á pelo de lo que trataba, como se
habrá visto y se habrá notado en el discurso desta historia.

En estas y en otras pláticas se les pasó gran parte de la noche, y á Sancho le vino en voluntad de
dejar caer las compuertas de los ojos, como él decia cuando queria dormir, y desaliñando al rucio le
dió pasto abundoso y libre. No quitó la silla á Rocinante, por ser espreso mandamiento de su señor
que en el tiempo que anduviesen en campaña, ó no durmiesen debajo de techado, no desaliñase á
Rocinante, antigua usanza establecida y guardada de los andantes caballeros, quitar el freno y colgar-
le del arzon de la silla; pero ¿quitar la silla al caballo? guarda: y asi lo hizo Sancho, y le dió la misma
libertad que al rucio, cuya amistad dél y de Rocinante fue tan única y tan trabada, que hay fama por
tradicion de padres á hijos, que el autor desta verdadera historia hizo particulares capítulos della: mas
que por guardar la decencia y decoro que á tan heróica historia se debe, no los puso en ella, puesto
que algunas veces se descuida deste su presupuesto, y escribe que asi como las dos bestias se junta-
ban acudian á rascarse el uno al otro, y que despues que estaban cansados y satisfechos de rascarse,
cruzaba Rocinante el pescuezo sobre el cuello del rucio, que le sobraba de la otra parte mas de media vara, y mirando los dos atentamente al suelo se solian estar de aquella manera tres dias, ó á lo
menos todo el tiempo que les dejaba ó no les compelia la hambre á buscar sustento. Digo que dicen,
que dejó el autor escrito que los habia comparado en la amistad á la que tuvieron Niso y Euríalo, y
Pílades y Oréstes: y si esto es asi se podrá echar de ver para universal admiracion cuán firme debió
de ser la amistad destos dos pacíficos animales, para confusion de los hombres que tan mal saben
guardarse amistad los unos á los otros. Por esto se dijo:

>   No hay amigo para amigo:
>   Las cañas se vuelven lanzas;

Y el otro que cantó:

>   De amigo á amigo la chinche (1), etc.

Y no le parezca á alguno que anduvo el autor algo fuera de camino en haber comparado la amistad destos animales á la de los hombres, que de las bestias han recibido muchos advertimientos los

hombres y aprendido muchas cosas de importancia, como son de las cigüeñas el cristel, de los perros
el vómito y el agradecimiento (2), de las grullas la vigilancia, de las hormigas la providencia, de los
elefantes la honestidad, y la lealtad del caballo (3).

(1) No sé quien lo cantó. Don Sebastian Covarruvias en su *Tesoro de la lengua castellana* cita y esplica este refran en estos
términos: «de amigo á amigo la chinche en el ojo: dicese cuando uno que profesa ser amigo de otro no le hace obras de tal.»—P.
(2) Repite Cervantes esta espresion en el *Coloquio de los perros.*—A.
(3) Este pasaje es todo de Plinio el naturalista, quien dice espresamente que los hombres han aprendido de las grullas
la vigilancia (lib. X, cap. XXIII), de las hormigas la previson (lib. XI, cap. XXX), de los elefantes el pudor (lib. VIII, cap. V),
del caballo la lealtad (lib. VIII, cap. XL), del perro el vómito (lib. XXXIX, cap. IV), y el agradecimiento (lib. VIII, cap. XL).
La invencion que Cervantes da á la cigüeña, la atribuye Plinio al Ibis de Egipto. Dice tambien que la sangría y otros muchos
remedios, nos han sido enseñados por los animales. Bajo la fe del naturalista romano, se han repetido por mucho tiempo estas
consejas en las escuelas.—Viardot.

Finalmente Sancho se quedó dormido al pie de un alcornoque, y Don Quijote dormitando al de una robusta encina; pero poco espacio de tiempo habia pasado cuando le despertó un ruido que sintió á sus espaldas, y levantándose con sobresalto se puso á mirar y escuchar de dónde el ruido procedia, y vió que eran dos hombres á caballo: y que el uno dejándose derribar de la silla dijo al otro: apéate, amigo, y quita los frenos á los caballos, que á mi parecer este sitio abunda de yerba para ellos, y del silencio y soledad que han menester mis amorosos pensamientos. El decir esto y el tenderse en el suelo todo fue á un mismo tiempo, y al arrojarse hicieron ruido las armas de que venia armado, manifiesta señal por donde conoció Don Quijote que debia de ser caballero andante: y llegándose á Sancho, que dormia, le trabó del brazo, y con no pequeño trabajo le volvió en su acuerdo, y con voz baja le dijo: hermano Sancho, aventura tenemos. Dios nos la dé buena, respondió Sancho, ¿y adónde está, señor mio, su merced desa señora aventura? ¿Adónde, Sancho? replicó Don Quijote, vuelve los ojos y mira y verás allí tendido un andante caballero, que á lo que á mí se me trasluce no debe de estar demasiadamente alegre, porque le ví arrojar del caballo y tenderse en el suelo con algunas muestras de despecho, y al caer le crugieron las armas. ¿Pues en qué halla vuesa merced, dijo Sancho, que esta sea aventura? No quiero yo decir, respondió Don Quijote, que esta sea aventura del todo, sino principio della, que por aquí se comienzan las aventuras. Pero escucha, que á lo que parece templando está un laud ó vihuela, y segun escupe y se desembaraza el pecho, debe de prepararse para cantar algo. A buena fe que es asi, respondió Sancho, y que debe de ser caballero enamorado. No hay ninguno de los andantes que no lo sea, dijo Don Quijote, y escuchémosle, que por el hilo sacaremos el ovillo de sus pensamientos si es que canta, que de la abundancia del corazon habla la lengua. Replicar queria Sancho á su amo, pero la voz del caballero del Bosque, que no era muy mala ni muy buena, lo estorbó, y estando los dos atentos oyeron que lo que cantó fue este

SONETO.

Dadme, señora, un término que siga,
Conforme á vuestra voluntad cortado,
Que será de la mia asi estimado,
Que por jamás un punto dél desdiga.

Si gustais que callando mi fatiga
Muera, contadme ya por acabado:
Si quereis que os la cuente en desusado
Modo, haré que el mesmo amor la diga.

A prueba de contrarios estoy hecho
De blanda cera y de diamante duro,
Y á las leyes de amor el alma ajusto.

Blando cual es, ó fuerte ofrezco el pecho:
Entallad, ó imprimid lo que os dé gusto,
Que de guardarlo eternamente juro.

Con un *ay*, arrancado al parecer de lo íntimo de su corazon, dió fin á su canto el caballero del Bosque, y de allí á un poco con voz doliente y lastimada, dijo. ¡Oh la mas hermosa y la mas ingrata mujer del orbe! ¡Cómo qué! ¿será posible, serenísima Casildea de Vandalia, que has de consentir que se consuma y acabe en continuas peregrinaciones y en ásperos y duros trabajos, este tu cautivo caballero? ¿No basta ya que he hecho que te confiesen por la mas hermosa del mundo todos los caballeros de Navarra, todos los leoneses, todos los tartesios, todos los castellanos, y finalmente todos los caballeros de la Mancha? Eso no, dijo á esta sazon Don Quijote, que yo soy de la Mancha, y nunca tal he confesado, ni podia, ni debia confesar una cosa tan perjudicial á la belleza de mi señora: y este tal caballero, ya ves tú, Sancho, que desvaría. Pero escuchemos, quizá se declarará mas. Si hará, replicó Sancho, que término lleva de quejarse un mes arreo. Pero no fue asi, porque habiendo entreoido el caballero del Bosque que hablaban cerca dél, sin pasar adelante en su lamentacion se puso en pie, y dijo con voz sonora y comedida: ¿quién va allá? ¿qué gente? ¿es por ventura del número de los contentos, ó del de los afligidos? De los afligidos, respondió Don Quijote. Pues llégues á mí, respondió el del Bosque, y hará cuenta que se llega á la mesma tristeza y á la afliccion mesma. Don Quijote, que se vió responder tan tierna y comedidamente, se llegó á él, y Sancho ni mas ni menos. El caballero lamentador asió á Don Quijote del brazo diciendo: sentaos aquí, señor caballero, que para entender que lo sois, y de los que profesan la andante caballería, bástame el haberos hallado en este lugar, donde la soledad y el sereno os hacen compañia, naturales lechos y propias estancias de los caballeros andantes.

A lo que respondió Don Quijote; caballero soy de la profesion que decís, y aunque en mi alma tienen su propio asiento las tristezas, las desgracias y las desventuras, no por eso se ha ahuyentado della la compasion que tengo de las agenas desdichas: de lo que cantastes poco há, colegí que las vuestras son enamoradas, quiero decir, del amor que teneis á aquella hermosa ingrata que en vuestras lamentaciones nombrastes. Ya cuando esto pasaba estaban sentados juntos sobre la dura tierra en buena paz y compañía, como si al romper del dia no se hubieran de romper las cabezas. Por ventura, señor caballero, preguntó el del Bosque á Don Quijote, ¿sois enamorado? Por desventura lo soy, respondió Don Quijote, aunque los daños que nacen de los bien colocados pensamientos, antes se deben tener por gracias que por desdichas. Asi es la verdad, replicó el del Bosque, si no nos turbasen la razon y el entendimiento los desdenes, que siendo muchos, parecen venganzas. Nunca fuí desdeñado de mi señora, respondió Don Quijote. No por cierto, dijo Sancho, que allí junto estaba, porque es mi señora como una borrega mansa: es mas blanda que una manteca.

¿Es vuestro escudero éste? preguntó el del Bosque. Sí es, respondió Don Quijote. Nunca he visto yo escudero, replicó el del Bosque, que se atreva á hablar donde habla su señor: á lo menos ahí está ese mio, que es tan grande como su padre, y no se probará que haya desplegado el labio donde yo hablo. Pues á fe, dijo Sancho, que he hablado yo, y puedo hablar delante de otro tan, y aun... quédese aquí, que es peor meneallo. El escudero del Bosque asió por el brazo á Sancho diciéndole: vámonos los dos donde podamos hablar escuderilmente todo cuanto quisiéremos, y dejemos á esos señores amos nuestros que se den de las astas contándose las historias de sus amores, que á buen seguro que les ha de coger el dia en ellas, y no las han de haber acabado. Sea en buena hora, dijo Sancho, y yo le diré á vuesa merced quién soy, para que vea si puedo entrar en docena con los mas hablantes escuderos. Con esto se apartaron los dos escuderos, entre los cuales pasó un tan gracioso coloquio, como fue grave el que pasó entre sus señores.

CAPITULO XIII.

Donde se prosigue la aventura del caballero del Bosque, con el discreto, nuevo y suave coloquio que pasó entre los dos escuderos.

Divididos estaban caballeros y escuderos, estos contándose sus vidas, y aquellos sus amores; pero la historia cuenta primero el razonamiento de los mozos, y luego prosigue el de los amos; y asi dice, que apartándose un poco dellos, el del Bosque dijo á Sancho: trabajosa vida es la que pasamos y vivimos, señor mio, estos que somos escuderos de caballeros andantes: en verdad que comemos el pan en el sudor de nuestros rostros, que es una de las maldiciones que echó Dios á nuestros primeros padres. Tambien se puede decir, añadió Sancho, que lo comemos en el hielo de nuestros cuerpos, porque ¿quién mas calor y mas frio que los miserables escuderos de la andante caballería? Y aun menos mal si comiéramos, pues los duelos con pan son menos, pero tal vez hay que se nos pasa un dia ó dos sin desayunarnos, sino es del viento que sopla. Todo eso se puede llevar y conllevar, dijo el del Bosque, con la esperanza que tenemos del premio; porque si demasiadamente no es desgraciado el caballero andante á quien un escudero sirve, por lo menos á pocos lances se verá premiado con un hermoso gobierno de cualque ínsula, ó con un condado de buen parecer. Yo, replicó Sancho, ya he dicho á mi amo que me contento con el gobierno de alguna ínsula, y él es tan noble y tan liberal que me le ha prometido muchas y diversas veces. Yo, dijo el del Bosque, con un canonicato quedaré satisfecho de mis servicios, y ya me le tiene mandado mi amo, ¡y qué tal! Debe de ser, dijo Sancho, su amo de vuesa merced caballero á lo eclesiástico, y podrá hacer esas mercedes á sus buenos escuderos; pero el mio es meramente lego, aunque yo me acuerdo cuando le querian aconsejar personas discretas, aunque á mi parecer mal intencionadas, que procurase ser arzobispo; pero él no quiso sino ser emperador, y yo estaba entonces temblando si le venia en voluntad de ser de la iglesia, por no hallarme suficiente de tener beneficios por ella; porque le hago saber á vuesa merced, que aunque parezco hombre, soy una bestia para ser de la iglesia. Pues en verdad que lo yerra vuesa merced, dijo el del Bosque, á causa que los gobiernos insulanos no son todos de buena data: algunos hay torcidos, algunos pobres, algunos melancólicos, y finalmente el mas erguido y bien dispuesto trae consigo una pesada carga de pensamientos y de incomodidades, que pone sobre sus hombros el desdichado que le cupo en suerte. Harto mejor seria que los que profesamos esta maldita servidumbre nos retirásemos á nuestras casas, y allí nos entretuviésemos en ejercicios mas suaves, como si dijésemos cazando ó pescando; que ¿qué escudero hay tan pobre en el mundo á quien le falte un rocin y un par de galgos, y una caña de pescar con que entretenerse en su aldea?

A mí no me falta nada deso, respondió Sancho; verdad es que no tengo rocin, pero tengo un asno que vale dos veces mas que el caballo de mi amo: mala pascua me dé Dios, y sea la primera que viniere, si le trocara por él aunque me diesen cuatro fanegas de cebada encima: á burla tendrá vuesa merced el valor de mi rucio, que rucio es el color de mi jumento: pues galgos no me habian de faltar habiéndolos sobrados en mi pueblo, y mas que entonces es la caza mas gustosa cuando se hace á costa agena. Real y verdaderamente, respondió el del Bosque, señor escudero, que tengo propuesto y determinado de dejar estas borracherías de estos caballeros, y retirarme á mi aldea, y criar mis hijitos, que tengo tres como tres orientales perlas. Dos tengo yo, dijo Sancho, que se pueden presentar al papa en persona, especialmente una muchacha, á quien crio para condesa, si Dios fuere servido, aunque á pesar de su madre.

¿Y qué edad tiene esa señora que se cria para condesa? preguntó el del Bosque. Quince años, dos mas ó menos, respondió Sancho; pero es tan grande como una lanza, y tan fresca como una mañana de abril, y tiene una fuerza de un ganapan. Partes son esas, respondió el del Bosque, no solo para ser condesa, sino para ser ninfa del verde bosque. ¡Oh hi de puta, puta, y qué rejo debe de tener la bellaca! A lo que respondió Sancho algo mohino: ni ella es puta, ni lo fue su madre, ni lo será ninguna de las dos, Dios queriendo, mientras yo viviere: y háblese mas comedidamente, que para haberse criado vuesa merced entre caballeros andantes, que son la mesma cortesía, no me parecen muy concertadas esas palabras.

¡Oh qué mal se le entiende á vuesa merced, replicó el del Bosque, de achaque de alabanzas, señor escudero! Cómo, ¿y no sabe que cuando algun caballero da una buena lanzada al toro en la plaza, ó cuando alguna persona hace alguna cosa bien hecha, suele decir el vulgo: ¡oh hi de puta, puto, y qué bien que lo ha hecho! y aquello que parece vituperio en aquel término, es alabanza notable; y renegad vos, señor, de los hijos ó hijas que no hacen obras que merezcan se les den á sus padres loores semejantes. Sí reniego, respondió Sancho, y dese modo y por esa misma razon podia echar vuesa merced á mí y á mis hijos y á mi mujer toda una putería encima, porque todo cuanto hacen y dicen son estremos dignos de semejantes alabanzas, y para volverlos á ver, ruego yo á Dios me saque de pecado mortal, que lo mismo será si me saca deste peligroso oficio de escudero, en el cual he incur-

rido segunda vez, cebado y engañado de una bolsa con cien ducados que me hallé un dia en el corazon de Sierramorena; y el diablo me pone ante los ojos aquí, allí, acá no, sino acullá, un talego lleno de doblones, que me parece que á cada paso le toco con la mano, y me abrazo con él, y lo llevo á mi casa, y echo censos, y fundo rentas, y vivo como un príncipe; y el rato que en esto pienso se me hacen fáciles y llevaderos cuantos trabajos padezco con este mentecato de mi amo, de quien sé que tiene mas de loco que de caballero.

Por eso, respondió el del Bosque, dicen que la codicia rompe el saco; y si va á tratar dellos, no hay otro mayor en el mundo que mi amo, porque es de aquellos que dicen: cuidados agenos matan al asno, pues porque cobre otro caballero el juicio que ha perdido, se hace él loco, y anda buscando lo que no sé si despues de hallado le ha de salir á los hocicos. ¿Y es enamorado por dicha? Sí, dijo el del Bosque, de una tal Casildea de Vandalia, la mas cruda y la mas asada señora que en todo el orbe puede hallarse; pero no cogea solo del pie de la crudeza, que otros mayores embustes le gruñen en las entrañas, y ello dirá antes de muchas horas. No hay camino tan llano, replicó Sancho, que no tenga algun tropezon ó barranco: en otras casas cuecen habas, y en la mia á calderadas: mas acompañados y paniaguados debe de tener la locura que la discrecion; mas si es verdad lo que comunmente se dice, que el tener compañeros en los trabajos suele servir de alivio en ellos, con vuesa merced podré consolarme, pues sirve á otro amo tan tonto como el mio. Tonto, pero valiente, respondió el del Bosque, y mas bellaco que tonto y que valiente. Eso no es el mio, respondió Sancho: digo que no tiene nada de bellaco; antes tiene un alma como un cántaro: no sabe hacer mal á nadie, sino bien á todos, ni tiene malicia alguna: un niño le hará entender que es de noche en la mitad del dia, y por esta sencillez le quiero como á las telas de mi corazon, y no me amaño á dejarle por mas disparates que haga. Con todo eso, hermano y señor, dijo el del Bosque, si el ciego guia al ciego, ambos van á peligro de caer en el hoyo. Mejor es retirarnos con buen compás de pies y volvernos á nuestras querencias, que los que buscan aventuras no siempre las hallan buenas.

Escupia Sancho á menudo al parecer un cierto número de saliva pegajosa y algo seca, lo cual visto y notado por el caritativo bosqueril escudero, dijo: paréceme que de lo que hemos hablado se nos pegan al paladar las lenguas; pero yo traigo un despegador pendiente del arzon de mi caballo, que es tal como bueno, y levantándose volvió desde allí á un poco con una gran bota de vino y una empanada de media vara; y no es encarecimiento, porque era de un conejo albar (1) tan grande que Sancho al tocarla entendió ser de algun cabron, no que de cabrito, lo cual visto por Sancho, dijo: ¿y esto trae vuesa merced consigo, señor? ¿Pues qué se pensaba? respondió el otro, ¿soy yo por ventura

(1) Casero.

algun escudero de agua y lana? Mejor repuesto traigo yo en las ancas de mi caballo, que lleva consigo cuando va de camino un general. Comió Sancho sin hacerse de rogar, y tragaba á oscuras bocados de nudos de suelta (1) y dijo : vuesa merced sí que es escudero fiel y legal, moliente y corriente, magnífico y grande, como lo muestra este banquete, que si no ha venido aquí por arte de encantamento, parécelo á lo menos, y no como yo, mezquino y malaventurado, que solo traigo en mis alforjas un poco de queso tan duro, que pueden descalabrar con ello á un gigante, á quien hacen compañía cuatro docenas de algarrobas, y otras tantas de avellanas y nueces, merced á la estrecheza de mi dueño, y á la opinion que tiene y órden que guarda de que los caballeros andantes no se han de mantener y sustentar sino con frutas secas y con las yerbas del campo. Por mi fe, hermano, replicó el del Bosque, que no tengo hecho el estómago á tagarninas (2) ni á piruétanos, ni á raices de los montes: allá se lo hayan con sus opiniones y leyes caballerescas nuestros amos, y coman lo que ellos mandaren ; fiambreras traigo, y esta bota colgando del arzon de la silla por sí ó por no, y es tan devota mia y quiérola tanto, que pocos ratos se pasan sin que la dé mil besos y mil abrazos; y diciendo esto se la puso en las manos á Sancho, el cual empinándola, puesta á la boca, estuvo mirando las estrellas un cuarto de hora, y en acabando de beber dejó caer la cabeza á un lado, y dando un gran suspiro dijo : ¡oh hi de puta bellaco, y como es católico! ¿ Veis ahí, dijo el del Bosque, en oyendo el hi de puta de Sancho, cómo habeis alabado este vino llamándole hi de puta? Digo, respondió Sancho

que confieso y reconozco que no es deshonra llamar hijo de puta á nadie, cuando cae debajo del entendimiento de alabarle.

Pero dígame, señor, por el siglo de lo que mas quiere, ¿este vino es de Ciudad-Real? ¡Bravo mojon! (3) respondió el del Bosque, en verdad que no es de otra parte, y que tiene algunos años de ancianidad. A mí con eso, dijo Sancho, no temeis menos sino que se me fuera á mí por alto dar alcance á su nacimiento. ¿No será bueno, señor escudero, que tenga yo un instinto tan grande y tan natural en esto de conocer vinos, que en dándome á oler cualquiera acierto la patria, el linaje, el sabor y la dura, y las vueltas que ha de dar, con todas las circunstancias al vino atañederas? Pero no hay de qué maravillarse, si tuve en mi linaje por parte de mi padre los dos mas escelentes mojones que en luengos años conoció la Mancha: para prueba de lo cual les sucedió lo que ahora diré. Diéronles á los dos á probar del vino de una cuba, pidiéndoles su parecer del estado, cualidad, bondad ó malicia del vino. El uno le probó con la punta de la lengua, el otro no hizo mas de llegarlo á las narices. El primero dijo que aquel vino sabia á hierro, el segundo dijo que mas sabia á cordoban.

(1) Esto es, tan grandes como suelen ser los nudos de la suelta con que atan á las caballerías, ó tan grandes como los bocados que tragan las bestias, maniatadas con nudos de suelta, que, como no pueden estenderse con libertad, pacen con ansia la yerba que les cae cerca.—P.

(2) Tagarninas dicen en Andalucía y cardillos en varias partes.

(3) Lo mismo que *catador de vino*, como se dice en Castilla.—Arr.

El dueño dijo que la cuba estaba limpia, y que el tal vino no tenia adobo alguno por donde hubiese tomado sabor de hierro ni de cordoban. Con todo eso los dos famosos mojones se afirmaron en lo que habían dicho. Anduvo el tiempo, vendióse el vino, y al limpiar la cuba hallaron en ella una llave pequeña pendiente de una correa de cordoban (1): porque vea vuesa merced si quien viene desta ralea podrá dar su parecer en semejantes causas. Por eso digo, dijo el del Bosque, que nos dejemos de andar buscando aventuras, y pues tenemos hogazas no busquemos tortas, y volvámonos á nuestras chozas, que allí nos hallará Dios si él quiere. Hasta que mi amo llegue á Zaragoza le serviré, que despues todos nos entenderemos.

Finalmente tanto hablaron y tanto bebieron los dos buenos escuderos, que tuvo necesidad el sueño de atarles las lenguas y templarles la sed, que quitársela fuera imposible; y asi asidos entrambos de la ya casi vacía bota, con los bocados á medio mascar en la boca se quedaron dormidos, donde los dejaremos por ahora por contar lo que el caballero del Bosque pasó con el de la Triste Figura.

CAPIULO XIV.

Donde se prosigue la aventura del caballero del Bosque.

ENTRE muchas razones que pasaron Don Quijote y el caballero de la selva, dice la historia que el del Bosque dijo á Don Quijote: finalmente, señor caballero, quiero que sepais que mi destino, ó por mejor decir, mi eleccion, me trujo á enamorar de la sin par Casildea de Vandalia: llámola sin par porque no le tiene, asi en la grandeza del cuerpo como en el estremo del estado y de la hermosura. Esta tal Casilda, pues, que voy contando, pagó mis buenos pensamientos y comedidos deseos con hacerme ocupar, como su madrina (2) á Hércules, en muchos y diversos peligros, prometiéndome al fin de cada uno que en el fin del otro llegaria el de mi esperanza; pero asi se han ido eslabonando mis trabajos, que no tienen cuento, ni yo sé cuál ha de ser el último que dé principio al cumplimiento de mis buenos deseos. Una vez me mandó que fuese á desafiar á aquella famosa giganta de Sevilla, llamada la Giralda, que es tan valiente y fuerte como hecha de bronce, y sin mudarse de un lugar es la mas movible y voltaria mujer del mundo. Llegué, víla, y vencíla, é hícela estar queda y á raya, porque en mas de una semana no soplaron sino vientos nortes. Vez tambien hubo que me mandó fuese á tomar en peso las antiguas piedras de los valientes toros de Guisando: empresa mas para encomendarse á ganapanes que á caballeros. Otra vez me mandó que me precipitase y sumiese en la sima de Cabra: ¡peligro inaudito y temeroso! y que le trajese particular relacion de lo que en aquella escura profundidad se encierra. Detuve el movimiento á la Giralda, pesé los toros de Guisando, despeñéme en la sima, y saqué á luz lo escondido de su abismo y mis esperanzas muertas que muertas, y sus mandamientos y desdenes vivos que vivos. En resolucion, últimamente me ha mandado que discurra por todas las provincias de España, y haga confesar á todos los andantes caballeros, que por ellas vagaren, que ella sola es la mas aventajada en hermosura de cuantas hoy viven, y que yo soy el mas valiente y el mas bien enamorado caballero del orbe, en cuya demanda he andado ya la mayor parte de España, y en ella he vencido muchos caballeros que se han atrevido á contradecirme; pero de lo que yo mas me precio y ufano, es de haber vencido en singular batalla á aquel tan famoso caballero Don Quijote de la Mancha, y héchole confesar que es mas hermosa mi Casildea que su Dulcinea; y en solo este vencimiento hago cuenta que he vencido á todos los caballeros del mundo, porque el tal Don Quijote que digo, los ha vencido á todos, y habiéndole yo vencido á él, su gloria, su fama y su honra, se ha transferido y pasado á mi persona,

> Que tanto el vencedor es mas honrado
> Cuanto mas el vencido es reputado;

asi que ya corren por mi cuenta y son mias las innumerables hazañas del ya referido Don Quijote.

Admirado quedó Don Quijote de oir al caballero del Bosque, y estuvo mil veces por decirle que mentia, y ya tuvo el *mentis* en el pico de la lengua; pero reportóse lo mejor que pudo por hacerle confesar por su propia boca su mentira, y asi sosegadamente le dijo: de que vuesa merced, señor caballero, haya vencido á los mas caballeros andantes de España y aun de todo el mundo, no digo nada; pero de que haya vencido á Don Quijote de la Mancha, póngolo en duda: podria ser que fuese otro que le pareciese, aunque hay pocos que le parezcan. ¿Cómo no? replicó el del Bosque; por el cielo que nos cubre, que peleé con Don Quijote y le vencí y rendí, y es un hombre alto de cuerpo, seco de rostro, estirado y avellanado de miembros, entrecano, la nariz aguileña y algo corva, de bigotes grandes, negros y caidos: campea debajo del nombre del *caballero de la Triste Figura*, y trae por escudero á un labrador llamado Sancho Panza: oprime el lomo y rige el freno de un famoso caballo llamado Rocinante, y finalmente tiene por señora de su voluntad á una tal Dulcinea del Toboso, llamada un tiempo Aldonza Lorenzo como la mia, que por llamarse Casilda y ser de Andalucía, yo la

---

(1) El mismo Cervantes comprendió este cuento en el entremés de la *Eleccion de los Alcaldes de Daganzo.*—P.

(2) Palabra salida de la italiana *madrigna*, adoptada por Cervantes: significa la madrastra, cuyo nombre dió Ovidio (Metamorph. I, 9, v. 154) á Juno por haber hecho los oficios de tal con Hércules.—P.

llamo Casildea de Vandalia. Si todas estas señas no bastan para acreditar mi verdad, aquí está mi espada que la hará dar crédito á la misma incredulidad.

Sosegaos, señor caballero, dijo Don Quijote, y escuchad lo que deciros quiero. Habeis de saber que ese Don Quijote que decís, es el mayor amigo que en este mundo tengo, y tanto que podré decir que le tengo en lugar de mi misma persona, y que por las señas que dél me habeis dado tan puntuales y ciertas, no puedo pensar sino que sea el mismo que habeis vencido: por otra parte veo con los ojos y toco con las manos no ser posible ser el mismo, si ya no fuese que como él tiene muchos enemigos encantadores, especialmente uno que de ordinario le persigue, no haya alguno dellos tomado su figura para dejarse vencer, por defraudarle de la fama que sus altas caballerías le tienen grangeada y adquirida por todo lo descubierto de la tierra: y para confirmacion desto quiero tambien que sepais, que los tales encantadores, sus contrarios, no há mas de diez horas que trasformaron la figura y persona de la hermosa Dulcinea del Toboso en una aldeana soez y baja, y desta manera habrán trasformado á Don Quijote; y si todo esto no basta para enteraros en esta verdad que digo, aquí está el mismo Don Quijote, que la sustentará con sus armas á pie ó á caballo, ó de cualquier suerte que os agradare: y diciendo esto se levantó en pie, y empuñó la espada, esperando qué resolucion tomaria el caballero del Bosque, el cual con voz asimismo sosegada respondió y dijo: al buen pagador no le duelen prendas; el que una vez, senor Don Quijote, pudo venceros trasformado, bien podrá tener esperanza de rendiros en vuestro propio ser; mas porque no es bien que los caballeros hagan sus fechos de armas á escuras como los salteadores y rufianes, esperemos el dia para que el sol vea nuestras obras, y ha de ser condicion de nuestra batalla, que el vencido ha de quedar á la voluntad del vencedor para que haga dél todo lo que quisiere, con tal que sea decente á caballero lo que se le ordenare. Soy mas que contento desa condicion y convenencia, respondió Don Quijote; y en diciendo esto se fueron donde estaban sus escuderos, y los hallaron roncando y en la misma forma que estaban cuando les salteó el sueño. Despertáronlos, y mandáronles que tuviesen á punto los caballos, porque en saliendo el sol habian de hacer los dos una sangrienta, singular y desigual batalla, á cuyas nuevas quedó Sancho atónito y pasmado, temeroso de la salud de su amo por las valentías que habia oido decir del suyo al escudero del Bosque; pero sin hablar palabra se fueron los dos escuderos á buscar su ganado, qué ya todos tres caballos y el rucio se habian olido y estaban todos juntos.

En el camino, dijo el del Bosque á Sancho: ha de saber, hermano, que tienen por costumbre los peleantes de la Andalucía, cuando son padrinos de alguna pendencia, no estarse ociosos mano sobre mano en tanto que sus ahijados riñen: dígolo, porque esté advertido que mientras nuestros dueños riñeren, nosotros tambien hemos de pelear y hacernos astillas. Esa costumbre, señor escudero, respondió Sancho, allá puede correr y pasar con los rufianes y peleantes que dice; pero con los escuderos de los caballeros andantes, ni por pienso: á lo menos yo no he oido decir á mi amo semejante costumbre, y sabe de memoria todas las ordenanzas de la andante caballería: cuanto mas que yo quiero que sea verdad y ordenanza espresa el pelear los escuderos en tanto que sus señores peleen, pero yo no quiero cumplirla, sino pagar la pena que estuviere puesta á los tales pacíficos escuderos; que yo aseguro que no pase de dos libras de cera, y mas quiero pagar las tales libras, que sé que me costarán menos que las hilas que podré gastar en curarme la cabeza, que ya me la cuento por partida y dividida en dos partes: hay mas, que me imposibilita el reñir el no tener espada, pues en mi vida me la puse (1).

Para eso sé yo un buen remedio, dijo el del Bosque: yo traigo aquí dos talegas de lienzo de un mesmo tamaño: tomareis vos la una, y yo la otra, y reñiremos á talegazos con armas iguales. Desa manera sea en buena hora, respondió Sancho, porque antes servirá la tal pelea de despolvorearnos que de herirnos. No ha de ser asi, replicó el otro, porque se han de echar dentro de las talegas, porque no se las lleve el aire, media docena de guijarros lindos y pelados, que pesen tanto los unos como los otros, y desta manera nos podremos atalegar sin hacernos mal ni daño. Mirad, ¡cuerpo de mi padre! respondió Sancho, qué martas cebollinas (2) ó qué copos de algodon cardado pone en las talegas para no quedar molidos los cascos, y hechos alheña los huesos; pero aunque se llenaran de capullos de seda, sepa, señor mio, que no he de pelear: peleen nuestros amos; y allá se lo hayan, y bebamos y vivamos nosotros, que el tiempo tiene cuidado de quitarnos las vidas sin que andemos buscando apetites para que se acaben antes de llegar su sazon y término, y que se cayan de maduras. Con todo, replicó el del Bosque, hemos de pelear siquiera media hora. Eso no, respondió Sancho, no seré yo tan descortés ni tan desagradecido que con quien he comido y he bebido trabe cuestion alguna, por mínima que sea; cuanto mas que estando sin cólera y sin enojo ¿quién diablos se ha de amañar á reñir á secas? Para eso, dijo el del Bosque, yo daré un suficiente remedio, y es, que antes que comencemos la pelea yo me llegaré bonitamente á vuesa merced, y le daré tres ó cuatro bofetadas, que dé con él á mis pies, con las cuales le haré despertar la cólera, aunque esté con mas sueño que un liron. Contra ese corte sé yo otro, respondió Sancho, que no le va en zaga: cogeré yo un garrote, y antes

_____

(1) O es mentira de Sancho, inspirada por el miedo, ú olvido de Cervantes, pues en varias ocasiones se ha dicho que la llevaba y aun que habia echado mano de ella, como en la reyerta contra los yangüeses.

(2) *Cebollinas*, palabra estropeada por Sancho, en lugar de *martas cebelinas.*—Arr.—*Apetites*, salsas ó sainetes para escitar el apetito.

que vuesa merced llegue á despertarme la cólera, haré yo dormir á garrotazos de tal suerte la suya,
que no despierte sino fuere en el otro mundo, en el cual se sabe que no soy yo hombre que me dejo
manosear el rostro de nadie; y cada uno mire por el virote (1), aunque lo mas acertado seria dejar
dormir su cólera á cada uno, que no sabe nadie el alma de nadie, y tal suele venir por lana que vuelve trasquilado; y Dios bendijo la paz y maldijo las riñas, porque si un gato acosado, encerrado y
apretado se vuelve en leon, yo que soy hombre, Dios sabe en lo que podré volverme; y asi desde
ahora intimo á vuesa merced, señor escudero, que corra por su cuenta todo el mal y daño que de
nuestra pendencia resultare. Está bien, replicó el del Bosque; amanecerá Dios y medraremos.

En esto ya comenzaban á gorgear en los árboles mil suertes de pintados pajarillos, y en sus diversos y alegres cantos parecia que daban la norabuena y saludaban á la fresca aurora, que ya por las
puertas y balcones del Oriente iba descubriendo la hermosura de su rostro, sacudiendo de sus cabellos un número infinito de líquidas perlas, en cuyo suave licor bañándose las yerbas parecia asimismo

que ellas brotaban y llovian blanco y menudo aljófar, los sauces destilaban maná sabroso, reíanse las
fuentes, murmuraban los arroyos, alegrábanse las selvas, y enriquecíanse los prados con su venida.
Mas apenas dió lugar la claridad del dia para ver y diferenciar las cosas, cuando la primera que se
ofreció á los ojos de Sancho Panza fue la nariz del escudero del Bosque, que era tan grande que casi
le hacia sombra á todo el cuerpo. Cuéntase en efecto que era de demasiada grandeza, corva en la mitad y toda llena de berrugas, de color amoratado como de berengena; bajábale dos dedos mas abajo
de la boca, cuya grandeza, color, berrugas y encorvamiento asi le afeaban el rostro, que en viéndole
Sancho comenzó á herir de pie y de mano como niño con alferecía, y propuso en su corazon de dejarse dar doscientas bofetadas antes que despertar la cólera para reñir con aquel vestiglo.

Don Quijote miró á su contendor, y hallóle ya puesta y calada la celada, de modo que no le pudo
ver el rostro; pero notó que era hombre membrudo, y no muy alto de cuerpo. Sobre las armas traia

_____
(1) *Mirar por el virote*, dice Covarrubias, es atender cada uno con vigilancia á lo que ha de hacer: metáfora tomada del
que tira á los conejos y sale á buscar los virotes, que eran una especie de dardos, ó cosa parecida á estos.—Arr.

una sobrevesta ó casaca de una tela al parecer de oro finísimo, sembradas por ella muchas lunas pequeñas de resplandecientes espejos, que le hacian en grandísima manera galan y vistoso: volábanle sobre la celada grande cantidad de plumas verdes, amarillas y blancas; la lanza que tenia arrimada á un árbol era grandísima y gruesa y de un hierro acerado de mas de un palmo. Todo lo miró y todo lo notó Don Quijote, y juzgó de lo visto y mirado que el ya dicho caballero debia de ser de grandes fuerzas, pero no por eso temió como Sancho Panza; antes con gentil denuedo dijo al caballero de los Espejos, si la mucha gana de pelear, señor caballero, no os gasta la cortesía, por ella os pido que alceis la visera un poco, porque yo vea si la gallardía de vuestro rostro responde á la de vuestra disposicion. O vencido ó vencedor que salgais desta empresa, señor caballero, respondió el de los Espejos, os quedará tiempo y espacio demasiado para verme; y si ahora no satisfago á vuestro deseo, es por parecerme que hago notable agravio á la hermosa Casildea de Vandalia en dilatar el tiempo que tar-

dare en alzarme la visera sin haceros confesar lo que ya sabeis que pretendo. Pues en tanto que subimos á caballo, dijo Don Quijote, bien podeis decirme si soy yo aquel Don Quijote que dijístes haber vencido. A eso vos respondemos, dijo el de los Espejos, que pareceis, como se parece un huevo á otro, al mismo caballero que yo vencí; pero segun vos decís, que le persiguen encantadores, no osaré afirmar si sois el contenido ó no. Eso me basta á mí, respondió Don Quijote, para que crea vuestro engaño: empero para sacaros dél de todo punto vengan nuestros caballos, que en menos tiempo que el que tardáredes en alzaros la visera, si Dios, si mi señora y mi brazo me valen, veré yo vuestro rostro, y vos vereis que no soy el vencido Don Quijote que pensais.

Con esto acortando razones subieron á caballo, y Don Quijote volvió las riendas á Rocinante para tomar lo que convenia del campo para volver á encontrar á su contrario y lo mismo hizo el de los Espejos; pero no se habia apartado Don Quijote veinte pasos cuando se oyó llamar del de los Espejos, y partiendo los dos el camino, el de los Espejos le dijo: advertid, señor caballero, que la condicion de nuestra batalla es, que el vencido, como otra vez he dicho, ha de quedar á discrecion del vencedor. Ya lo sé, respondió Don Quijote, con tal que lo que se le impusiere y mandare al vencido han de ser cosas que no salgan de los límites de la caballería. Asi se entiende, respondió el de los Espejos. Ofreciéronsele en esto á la vista de Don Quijote las estrañas narices del escudero, y no se admiró menos de verlas que Sancho, tanto que le juzgó por algun mónstruo, ó por hombre nuevo y de aquellos que no se usan en el mundo. Sancho, que vió partir á su amo para tomar carrera, no quiso quedar solo con el narigudo, temiendo que con solo un pasagonzalo con aquellas narices en las suyas, seria acabada la pendencia suya, quedando del golpe ó del miedo tendido en el suelo: y fuese tras su su amo, asido á una accion (1) de Rocinante, y cuando le pareció que ya era tiempo que volviese le dijo: suplico á vuesa merced, señor mio, que antes que vuelva á encontrarse me ayude á subir sobre aquel alcornoque, de donde podré ver mas á mi sabor, mejor que desde el suelo, el gallardo encuentro que vuesa merced ha de hacer con este caballero. Antes creo, Sancho, dijo Don Quijote, que te quieres encaramar y subir en andamio por ver sin peligro los toros. La verdad que diga, respondió Sancho, las desaforadas narices de aquel escudero me tienen atónito y lleno de espanto, y no me atrevo á estar junto á él. Ellas son tales, dijo Don Quijote, que á no ser yo quien soy, tambien me asombraran, y asi ven, ayudarte hé á subir donde dices.

En lo que se detuvo Don Quijote en que Sancho subiese en el alcornoque tomó el de los Espejos del campo lo que le pareció necesario; y creyendo que lo mismo habria hecho Don Quijote, sin esperar son de trompeta ni otra señal que los avisase, volvió las riendas á su caballo, que no era mas ligero ni de mejor parecer que Rocinante, y á todo su correr, que era un mediano trote, iba á encontrar á su enemigo, pero viéndole ocupado en la subida de Sancho, detuvo las riendas, y paróse en la mitad de la carrera, de lo que el caballo quedó agradecidísimo á causa que ya no podia moverse. Don Quijote, que le pareció que ya su enemigo venia volando, arrimó reciamente las espuelas á las trasijadas hijadas de Rocinante, y le hizo aguijar de manera, que cuenta la historia que esta sola vez se conoció haber corrido algo, porque todas las demás siempre fueron trotes declarados, y con esta no vista furia llegó donde el de los Espejos estaba hincando á su caballo las espuelas hasta los botones, sin que le pudiese mover un solo dedo del lugar donde habia hecho estanco de su carrera. En esta buena sazon y coyuntura halló Don Quijote á su contrario, embarazado con su caballo y ocupado con su lanza, que nunca ó no acertó ó no tuvo lugar de ponerla en ristre. Don Quijote, que no miraba en estos inconvenientes, á salvamano y sin peligro alguno encontró al de los Espejos con tanta fuerza, que mal de su grado le hizo venir al suelo por las ancas del caballo, dando tal caida, que sin mover pie ni mano dió señales de que estaba muerto. Apenas le vió caido Sancho, cuando se deslizó del alcornoque, y á toda priesa vino donde su señor estaba, el cual apeándose de Rocinante, fue sobre el de los Espejos, y quitándole las lazadas del yelmo para ver si era muerto, y para que le diese el aire si acaso estaba vivo, vió, ¿quién podrá decir lo que vió sin causar admiracion, maravilla y espanto á los que lo oyeren? Vió, dice la historia, el rostro mismo, la misma figura, el mismo aspecto, la misma fisonomía, la misma efigie, la perspectiva misma del bachiller Sanson Carrasco, y asi como la vió en altas voces dijo: acude, Sancho, y mira lo que has de ver, y no lo has de creer: aguija hijo, y advierte lo que puede la magia, lo que pueden los hechiceros y los encantadores. Llegó Sancho, y como vió el rostro del bachiller Carrasco comenzó á hacerse mil cruces y á santiguarse otras tantas. En todo esto no daba muestras de estar vivo el derribado caballero, y Sancho dijo á Don Quijote: soy de parecer, señor mio, que por sí ó por no, vuesa merced hinque y meta la espada por la boca á este que parece el bachiller Sanson Carrasco; quizá matará en él á alguno de sus enemigos los encantadores. No dices mal, dijo Don Quijote, porque de los ememigos los menos, y sacando la espada para poner en efecto el aviso y consejo de Sancho, llegó el escudero del de los Espejos, ya sin las narices que tan feo le habian hecho, y á grandes voces dijo: mire vuesa merced lo que hace, señor Don Quijote, que ese que tiene á los pies es el bachiller Sanson Carrasco su amigo, y yo soy su escudero: y viéndole Sancho sin aquella fealdad primera le dijo: ¿y las narices? A lo que él respondió: aquí las tengo en la faltriquera, y echando la mano á la derecha, sacó unas narices de pasta y barniz, de máscara de la manifatura que quedan delineadas, y mirándole mas y mas Sancho, con voz admirativa y grande dijo: ¡Santa María, valme! ¿Este no es Tomé Cecial, mi vecino y mi compadre? Y como si lo soy, respondió el ya desnarigado escudero. Tomé Cecial soy, compadre y amigo Sancho Panza, y luego os diré los arcaduces, embustes y enredos por donde soy aquí venido, y en tanto pedid y suplicad al señor vuestro amo que no toque, maltrate, hiera ni mate al caballero de los Espejos, que á sus pies tiene, porque sin duda alguna es el atrevido y mal aconsejado bachiller Sanson Carrasco nuestro compatriota

En esto volvió en sí el de los Espejos, el cual visto por Don Quijote, le puso la punta desnuda de su espada encima del rostro, y le dijo: muerto sois, caballero, si no confesais que la sin par Dulcinea del Toboso se aventaja en belleza á vuestra Casildea de Vandalia, y demás de esto habeis de prometer, si de esta contienda y caida quedáredes con vida, de ir á la ciudad del Toboso, y presentaros en su presencia de mi parte, para que haga de vos lo que mas en voluntad le viniere: y si os dejare en la vuestra, asimismo habeis de volver á buscarme, que el rastro de mis hazañas os servirá de guia que os traiga donde yo estuviere, y á decirme lo que con ella hubiéredes pasado: condiciones que conforme á las que pusimos antes de nuestra batalla, no salen de los términos de la andante caballería.

Confieso, dijo el caido caballero, que vale mas el zapato descosido y sucio de la señora Dulcinea del Toboso, que las barbas mal peinadas, aunque limpias de Casildea, y prometo de ir y volver de su presencia á la vuestra, y daros entera y particular cuenta de lo que me pedís. Tambien habeis de confesar y creer, añadió Don Quijote, que aquel caballero que vencistes, no fue ni pudo ser Don Qui-

(1) La correa de la silla en que va puesto y pendiente el estribo.—P.

jote de la Mancha, sino otro que le parecia, como yo confieso creo, que vos, aunque pareceis el bachiller Sanson Carrasco, no lo sois, sino otro que le parece, y que en su figura aquí me le han puesto mis enemigos, para que detenga y temple el ímpetu de mi cólera, y para que use blandamente de la gloria del vencimiento. Todo lo confieso, juzgo y siento como vos lo creeis, juzgais y sentís, respondió el derrengado caballero : dejadme levantar, os ruego, si es que lo permite el golpe de mi caida, que asaz maltrecho me tiene.

Ayudóle á levantar Don Quijote y Tomé Cecial su escudero, del cual no apartaba los ojos Sancho, preguntándole cosas, cuyas respuestas le daban manifiestas señales de que verdaderamente era el Tomé Cecial que decia ; mas la aprehension que en Sancho habia hecho lo que su amo dijo de que los encantadores habian mudado la figura del caballero de los Espejos en la del bachiller Carrasco, no le dejaba dar crédito á la verdad que con los ojos estaba mirando. Finalmente se quedaron con este engaño amo y mozo, y el de los Espejos y su escudero mohinos y malandantes se apartaron de Don Quijote y Sancho con intencion de buscar algun lugar donde bizmarle y entablarle las costillas. Don Quijote y Sancho volvieron á proseguir su camino de Zaragoza, donde los deja la historia, por dar cuenta de quién era el caballero de los Espejos y su narigante escudero.

CAPITULO XV.

Donde se cuenta y da noticia de quién era el caballero de los Espejos y su escudero.

En estremo contento, ufano y vanaglorioso iba Don Quijote por haber alcanzado victoria de tan valiente caballero como él se imaginaba que era el de los Espejos, de cuya caballeresca palabra esperaba saber si el encantamiento de su señora pasaba adelante, pues era forzoso que el tal vencido caballero volviese, sopena de no serlo, á darle razon de lo que con ella le hubiese sucedido. Pero uno pensaba Don Quijote, y otro el de los Espejos, puesto que por entonces no era otro su pensamiento, sino buscar dónde bizmarse, como se ha dicho. Dice, pues, la historia, que cuando el bachiller Sanson Carrasco aconsejó á Don Quijote que volviese á proseguir sus dejadas caballerías, fue por haber entrado primero en bureo (1) con el cura y el barbero sobre qué medio se podria tomar para reducir á Don Quijote á que se estuviese en su casa quieto y sosegado, sin que le alborotasen sus mal buscadas aventuras ; de cuyo consejo salió por voto comun de todos y parecer particular de Carrasco, que dejasen salir á Don Quijote, pues el detenerle parecia imposible, y que Sanson le saliese al camino como caballero andante, y trabase batalla con él, pues no faltaria sobre qué, y le venciese, teniéndolo por cosa fácil, y que fuese pacto y concierto que el vencido quedase á merced del vencedor; y asi vencido Don Quijote le habia de mandar el bachiller caballero se volviese á su pueblo y casa, y no saliese della en dos años, ó hasta tanto que por él le fuese mandado otra cosa, lo cual era claro que Don Quijote vencido cumpliria indubitablemente por no contravenir y faltar á las leyes de la caballería ; y podria ser que en el tiempo de su reclusion se le olvidasen sus vanidades, ó se diese lugar de buscar á su locura algun conveniente remedio. Aceptólo Carrasco, y ofreciósele por escudero Tomé Cecial, compadre y vecino de Sancho Panza, hombre alegre y de lucios cascos. Armóse Sanson, como queda referido, y Tomé Cecial acomodó sobre sus naturales narices las falsas y de máscara ya dichas, porque no fuese conocido de su compadre cuando se viesen, y asi siguieron el mismo viaje que llevaba Don Quijote, y llegaron casi á hallarse en la aventura del carro de la muerte, y finalmente dieron con ellos en el bosque donde le sucedió todo lo que el prudente ha leido; y si no fuera por los pensamientos estraordinarios de Don Quijote, y que se dió á entender que el bachiller no era el bachiller, el señor bachiller quedara imposibilitado para siempre de graduarse de licenciado por no haber hallado nidos donde pensó hallar pájaros.

Tomé Cecial, que vió cuán mal habia logrado sus deseos, y el mal paradero que habia tenido su camino, dijo al bachiller: por cierto, señor Sanson Carrasco, que tenemos nuestro merecido: con facilidad se piensa y se acomete una empresa, pero con dificultad las mas veces se sale della : Don Quijote loco, nosotros cuerdos, él se va sano y riendo, vuesa merced queda molido y triste. Sepamos, pues, ahora cuál es mas loco ¿ el que lo es por no poder menos ó el que lo es por su voluntad? A lo que respondió Sanson : la diferencia que hay entre esos dos locos es, que el que lo es por fuerza lo será siempre, y el que lo es de grado lo dejará de ser cuando quisiere. Pues asi es, dijo Tomé Cecial, yo fuí por mi voluntad loco cuando quise hacerme escudero de vuesa merced, y por la misma quiero dejar de serlo y volverme á mi casa. Eso os cumple, respondió Sanson, porque pensar que yo he de volver á la mia hasta haber molido á palos á Don Quijote, es pensar en lo escusado, y no me llevará ahora á buscarle el deseo de que cobre su juicio, sino el de la venganza, que el dolor grande de mis costillas no me deja hacer mas piadosos discursos. En esto fueron razonando los dos hasta que llegaron á un pueblo donde fue ventura hallar un algebrista (2) con quien se curó el Sanson desgraciado. Tomé

(1) Por haber conferenciado y tratado con ellos.—Arr.
(2) El que profesa el arte de restituir á su lugar los huesos dislocados.—La palabra *algebrista*, viene de *algebrar*, que, según Covarrubias, significaba en lenguaje antiguo, *arte de curar los huesos rotos.*

Cecial se volvió y le dejó, y él quedó imaginando su venganza; y la historia vuelve á hablar dél á su tiempo por no dejar de regocijarse ahora con Don Quijote.

CAPITULO XVI.

De lo que sucedió á Don Quijote con un discreto caballero de la Mancha.

Con la alegría, contento y ufanidad que se ha dicho, seguia Don Quijote su jornada, imaginándose por la pasada victoria ser el caballero andante mas valiente que tenia en aquella edad el mundo: daba por acabadas y á felice fin conducidas cuantas aventuras pudiesen sucederle de allí adelante: tenia en poco á los encantos y á los encantadores, no se acordaba de los innumerables palos que en el discurso de sus caballerías le habian dado, ni de la pedrada que le derribó la mitad de los dientes, ni del des-

agradecimiento de los galeotes, ni del atrevimiento y lluvia de estacas de los yangüeses: finalmente, decia entre sí, que si él hallara arte, modo ó manera cómo desencantar á su señora Dulcinea, no envidiara á la mayor ventura que alcanzó ó pudo alcanzar el mas venturoso caballero andante de los pasados siglos.

En estas imaginaciones iba todo ocupado, cuando Sancho le dijo: ¿no es bueno, señor, que aun todavía traigo entre los ojos las desaforadas narices y mayores de marca de mi compadre Tomé Cecial? ¿Y crees tú, Sancho, por ventura que el caballero de los Espejos era el bachiller Carrasco, y su escudero Tomé Cecial, tu compadre? No sé qué me diga á eso, respondió Sancho; solo sé que las señas que me dió de mi casa, mujer é hijos, no me las podría dar otro que él mismo; y la cara, quitadas las narices, era la misma de Tomé Cecial, como yo se la he visto muchas veces en mi pueblo y pared en medio de mi misma casa; y el tono de la habla era todo uno. Estemos á razon, Sancho, replicó Don Quijote: ven acá, ¿en qué consideracion puede caber que el bachiller Sanson Cerrasco viniese como caballero andante armado de armas ofensivas y defensivas á pelear conmigo? ¿he sido yo su enemigo por ventura? ¿héle dado yo jamás ocasion para tenerme ojeriza? ¿soy yo su rival, ó hace él profesion de las armas para tener envidia á la fama que yo por ellas he ganado? ¿Pues qué diremos, señor, respondió Sancho, á esto de parecerse tanto aquel caballero, sea el que se fuere, al bachiller Carrasco, y su escudero á Tomé Cecial, mi compadre? Y si ello es encantamento, como vuesa merced ha dicho, ¿no habia en el mundo otros dos á quien se parecieran? Todo es artificio y traza, respondió Don Quijote, de los malignos magos que me persiguen, los cuales, anteviendo que yo habia de quedar vencedor en la contienda, se previnieron de que el caballero vencido mostrase el rostro de mi amigo el bachiller, porque la amistad que le tengo se pusiese entre los filos de mi espada y el rigor de mi brazo, y templase la justa ira de mi corazon, y desta manera quedáse con vida el que con embelecos y falsías procuraba quitarme la mia. Para prueba de lo cual ya sabes, oh Sancho, por esperiencia que no te dejará mentir ni engañar, cuan fácil sea á los encantadores mudar unos rostros en otros, haciendo de lo hermoso feo y de lo feo hermoso, pues no há dos dias que viste por tus mismos ojos la hermosura y gallardía de la sin par Dulcinea en toda su entereza y natural conformidad, y yo la ví en la fealdad y bajeza de una zafia labradora con cataratas en los ojos y con mal olor en la boca; y mas que el perverso encantador que se atrevió á hacer una trasformacion tan mala, no es mucho que haya hecho la de Sanson Carrasco y la de tu compadre, por quitarme la gloria del vencimiento de las manos; pero con todo esto me consuelo, porque en fin en cualquiera figura que haya sido he quedado vencedor de mi enemigo. Dios sabe la verdad de todo, respondió Sancho; y como él sabia que la trasformacion de Dulcinea habia sido traza y embeleco suyo, no le satisfacian las quimeras de su amo; pero no le quiso replicar por no decir alguna palabra que descubriese su embuste.

En estas razones estaban cuando los alcanzó un hombre que detrás dellos por el mismo camino venia sobre una muy hermosa yegua tordilla, vestido un gaban (1) de paño fino verde gironado de

terciopelo leonado, con una montera del mismo terciopelo; el aderezo de la yegua era de campo y de la gineta (2), asimismo de morado y verde; traia un alfanje morisco pendiente de un ancho tahalí de verde y oro, y los borceguíes eran de la labor del tahalí; las espuelas no eran doradas, sino dadas con un barniz verde, tan tersas y bruñidas, que por hacer labor con todo el vestido, parecian mejor que si fueran de oro puro. Cuando llegó á ellos el caminante los saludó cortesmente, y picando á la yegua se pasaba de largo; pero Don Quijote le dijo: señor galan, si es que vuesa merced lleva el camino que nosotros, y no importa el darse priesa, merced recibiria en que nos fuésemos juntos. En verdad, respondió el de la yegua, que no me pasara tan de largo si no fuera por temor que con la compañía de mi yegua no se alborotara ese caballo. Bien puede, señor, respondió á esta sazon Sancho, bien puede tener las riendas á su yegua, porque nuestro caballo es el mas honesto y bien mirado del

(1) Era un capote cerrado con mangas y capilla, del que usaba y aun usa todavía la gente que anda por el campo, y los caminantes.—Arr.

(2) Esto es, del uso ó estilo de la gineta, que era el arte de caballería, ó la escuela de montar á caballo.—Arr.

mundo; jamás en semejantes ocasiones ha hecho vileza alguna, y una vez que se desmandó á hacerla la lastamos (1) mi señor y yo con las setenas: digo otra vez que puede vuesa merced detenerse si quisiere, que aunque se la den entre dos platos, á buen seguro que el caballo no la arrostre. Detuvo la rienda el caminante admirándose de la apostura y rostro de Don Quijote, el cual iba sin celada, que la llevaba Sancho como maleta en el arzon delantero de la albarda del rucio; y si mucho miraba el de lo verde á Don Quijote, mucho mas miraba Don Quijote al de lo verde pareciéndole hombre de chapa: la edad mostraba ser de cincuenta años, las canas pocas, y el rostro aguileño, la vista entre alegre y grave: finalmente en el trage y apostura daba á entender ser hombre de buenas prendas. Lo que juzgó de Don Quijote de la Mancha el de lo verde fue, que semejante manera ni parecer de hombre no le habia visto jamás: admiróle la longura de su caballo, la grandeza de su cuerpo, la flaqueza y amarillez de su rostro, sus armas, su ademan y compostura, figura y retrato no visto por luengos tiempos atrás en aquella tierra.

Notó bien Don Quijote la atencion con que el caminante le miraba, y leyóle en la suspension su deseo; y como era tan cortés y tan amigo de dar gusto á todos, antes que le preguntase nada le salió al camino diciéndole: esta figura que vuesa merced en mí ha visto, por ser tan nueva y tan fuera de las que comunmente se usan, no me maravillaria yo de que le hubiese maravillado; pero dejará vuesa merced de estarlo cuando le diga, como le digo, que soy caballero destos que dicen las gentes que á sus aventuras van. Salí de mi patria, empeñé mi hacienda, dejé mi regalo, y entreguéme en los brazos de la fortuna, que me llevasen donde mas fuese servida. Quise resucitar la ya muerta andante caballería, y há muchos dias que tropezando aquí, cayendo allí, despeñándome acá, y levantándome acullá, he cumplido gran parte de mi deseo socorriendo viudas, amparando doncellas, y favoreciendo casadas, huérfanos y pupilos, propio y natural oficio de caballeros andantes; y asi por mis valerosas, muchas y cristianas hazañas, he merecido andar ya en estampa en casi todas ó las mas naciones del mundo. Treinta mil volúmenes se han impreso de mi historia, y lleva camino de imprimirse treinta mil millares de veces si el cielo no lo remedia. Finalmente, por encerrarlo todo en breves palabras ó en una sola, digo que yo soy Don Quijote de la Mancha, por otro nombre llamado *el caballero de la Triste Figura*; y puesto que las propias alabanzas envilecen, esme forzoso decir yo tal vez las mias, y esto se entiende cuando no se halla presente quien las diga: asi que, señor gentilhombre, ni este caballo, ni esta lanza, ni este escudero, ni todas juntas estas armas, ni la amarillez de mi rostro, ni mi atenuada flaqueza os podrá admirar de aquí adelante, habiendo ya sabido quién soy y la profesion que hago.

Calló en diciendo esto Don Quijote, y el de lo verde, segun se tardaba en responderle, parecia que no acertaba á hacerlo; pero de alli á buen espacio le dijo: acertástes, señor caballero, á conocer por mi suspension mi deseo; pero no habeis acertado á quitarme la maravilla que en mí causa el haberos visto, que puesto que como vos, señor, decís, el saber ya quién sois me la podria quitar, no ha sido asi, antes ahora que lo sé quedo mas suspenso y maravillado. Cómo ¿y es posible que hay hoy caballeros andantes en el mundo, y que hay historias impresas de verdaderas caballerías? No me puedo persuadir que haya hoy en la tierra quien favorezca viudas, ampare doncellas, ni honre casadas, ni socorra huérfanos, y no lo creyera si en vuesa merced no lo hubiera visto con mis ojos. Bendito sea el cielo, que con esa historia que vuesa merced dice que está impresa de sus altas y verdaderas caballerías, se habrán puesto en olvido las innumerables de los fingidos caballeros andantes de que estaba lleno el mundo, tan en daño de las buenas costumbres, y tan en perjuicio y descrédito de las buenas historias. Hay mucho que decir, respondió Don Quijote, en razon de si son fingidas ó no las historias de los andantes caballeros. ¿Pues hay quién dude, respondió el Verde, que son falsas las tales historias? Yo lo dudo, respondió Don Quijote, y quédese esto aquí, que si nuestra jornada dura, espero en Dios de dar á entender á vuesa merced que ha hecho mal en irse con la corriente de los que tienen por cierto que no son verdaderas. De esta última razon de Don Quijote tomó barruntos el caminante de que Don Quijote debia de ser algun mentecato, y aguardaba que con otras lo confirmase; pero antes que se divirtiesen en otros razonamientos, Don Quijote le rogó le dijese quién era, pues él le habia dado parte de su condicion y de su vida.

A lo que respondió el del Verde Gaban: yo, señor caballero de la Triste Figura, soy un hidalgo, natural de un lugar donde iremos á comer hoy si Dios fuere servido: soy mas que medianamente rico, y es mi nombre don Diego de Miranda: paso la vida con mi mujer y con mis hijos y con mis amigos: mis ejercicios son el de la caza y pesca; pero no mantengo ni halcon, ni galgos, sino algun perdigon manso ó algun huron atrevido: tengo hasta seis docenas de libros, cuáles de romance y cuáles de latin, de historia algunos, y de devocion otros: los de caballerías aun no han entrado por los umbrales de mis puertas; hojeo mas los que son profanos que los devotos, como sean de honesto entretenimiento, que deleiten con el lenguaje, y admiren y suspendan con la invencion, puesto que destos hay muy pocos en España. Alguna vez como con mis vecinos y amigos, y muchas veces los convido: son mis convites limpios y aseados, y no nada escasos: ni gusto de murmurar, ni consiento que delante de mí se murmure: no escudriño las vidas agenas, ni soy lince de los hechos de los otros: oigo misa cada dia, reparto de mis bienes con los pobres, sin hacer alarde de las buenas obras por no dar entrada en mi corazon á la hipocresia y vanagloria, enemigos que blandamente se apoderan del corazon mas recatado: procuro poner en paz los que sé que están desavenidos; soy devoto de Nuestra Señora, y confío siempre en la misericordia infinita de Dios Nuestro Señor.

Atentísimo estuvo Sancho á la relacion de la vida y entretenimientos del hidalgo; y pareciéndole buena y santa, y que quien la hacia debia de hacer milagros, se arrojó del rucio, y con gran priesa le fué á asir del estribo derecho, y con devoto corazon y casi lágrimas le besó los pies una y muchas veces. Visto lo cual por el hidalgo le preguntó: ¿qué haceis, hermano? ¿qué besos son estos? Déjenme besar, respondió Sancho, porque me parece vuesa merced el primer santo á la gineta que he visto en todos los dias de mi vida. No soy santo, respondió el hidalgo, sino gran pecador; vos sí, hermano, que debeis de ser bueno, como vuestra simplicidad lo muestra. Volvió Sancho á cobrar la albarda, habiendo sacado á plaza la risa de la profunda melancolía de su amo, y causado nueva admiracion á don Diego.

Preguntóle Don Quijote que cuántos hijos tenia, y díjole que una de las cosas en que ponian el sumo bien los antiguos filósofos, que carecieron del verdadero conocimiento de Dios, fue en los bienes de la naturaleza, en los de la fortuna, en tener muchos amigos, y en tener muchos y buenos hijos. Yo, señor Don Quijote, respondió el hidalgo, tengo un hijo, que á no tenerle, quizá me juzgara por mas dichoso de lo que soy, y no porque él sea malo, sino porque no es tan bueno como yo quisiera. Será de edad de diez y ocho años: los seis ha estado en Salamanca aprendiendo las lenguas latina y griega, y cuando quise que pasase á estudiar otras ciencias, halléle tan embebido en la de la poesía (si es que se puede llamar ciencia), que no es posible hacerle arrostrar la de las leyes, que yo quisiera que estudiara, ni de la reina de todas, la teología. Quisiera yo que fuera corona de su linaje, pues vivimos en siglos donde nuestros reyes premian altamente las virtuosas y buenas letras, porque letras sin virtud son perlas en el muladar. Todo el dia se le pasa en averiguar si dijo bien ó mal Homero en tal verso de la Iliada, si Marcial anduvo deshonesto ó no en tal epígrama, si se han de entender de una manera ú otra tales y tales versos de Virgilio, en fin, todas sus conversaciones son con los libros de los referidos poetas, y con los de Horacio, Persio, Juvenal y Tibulo; que de los modernos romancistas no hace mucha cuenta; y con todo el mal cariño que muestra tener á la poesía de romance, le tiene ahora desvanecidos los pensamientos el hacer una glosa á cuatro versos que le han enviado de Salamanca, y pienso que son de justa literaria.

A todo lo cual respondió Don Quijote: los hijos, señor, son pedazos de las entrañas de sus padres, y asi se han de querer ó buenos ó malos que sean, como se quieren las almas que nos dan vida: á los padres toca el encaminarlos desde pequeños por los pasos de la virtud, de la buena crianza y de las buenas y cristianas costumbres, para que cuando grandes sean báculo de la vejez de sus padres y gloria de su posteridad; y en lo de forzarles que estudien bien esta ó aquella ciencia, no lo tengo por acertado, aunque el persuadirles no será dañoso: y cuando no se ha de estudiar para *pane lucrando*, siendo tan venturoso el estudiante que le dió el cielo padres que se lo dejen, seria yo de parecer que le dejen seguir aquella ciencia á que mas le vieren inclinado: y aunque la de la poesía es menos útil que deleitable, no es de aquellas que suelen deshonrar á quien las posee. La poesía, señor hidalgo, á mi parecer, es como una doncella tierna y de poca edad, y en todo estremo hermosa, á quien tienen cuidado de enriquecer, pulir y adornar otras muchas doncellas, que son todas las otras ciencias, y ella se ha de servir de todas, y todas se han de autorizar con ella; pero esta tal doncella no quiere ser manoseada, ni traida por las calles, ni publicada por las esquinas de las plazas, ni por los rincones de los palacios. Ella es hecha de una alquimia de tal virtud, que quien la sabe tratar la volverá en oro purísimo de inestimable precio: hála de tener el que la tuviere á raya, no dejándola correr en torpes sátiras ni en desalmados sonetos: no ha de ser vendible en ninguna manera, si ya no fuere en poemas heróicos, en lamentables tragedias ó en comedias alegres y artificiosas: no se ha de dejar tratar de los truhanes, ni del ignorante vulgo, incapaz de conocer ni estimar los tesoros que en ella se encierran. Y no penseis, señor, que yo llamo aquí vulgo solamente á la gente plebeya y humilde; que todo aquel que no sabe, aunque sea señor y príncipe, puede y debe entrar en número de vulgo; y asi el que con los requisitos que he dicho tratare y tuviere á la poesía, será famoso, y estimado su nombre en todas las naciones políticas del mundo. Y á lo que decís, señor, que vuestro hijo no estima mucho la poesía de romance, doyme á entender que no anda muy acertado en ello, y la razon es ésta: el grande Homero no escribió en latin, porque era griego, ni Virgilio no escribió en griego, porque era latino. En resolucion, todos los poetas antiguos escribieron en la lengua que mamaron en la leche, y no fueron á buscar las estranjeras para declarar la alteza de sus conceptos: y siendo esto asi, razon seria se estendiese esta costumbre por todas las naciones, y que no se desestimase el poeta aleman porque escribe en su lengua, ni el castellano, ni aun el vizcaino que escribe en la suya; pero vuestro hijo, á lo que yo, señor, imagino, no debe de estar mal con la poesía de romance, sino con los poetas que son meros romancistas, sin saber otras lenguas ni otras ciencias que adornen y despierten y ayuden á su natural impulso; y aun en esto puede haber yerro, porque segun es opinion verdadera, el poeta nace: quieren decir, que del vientre de su madre el poeta natural sale poeta; y con aquella inclinacion que le dió el cielo, sin mas estudio ni artificio, compone cosas que hace verdadero al que dijo:

est Deus in nobis, etc. (1). Tambien digo, que el natural poeta que se ayudare del arte será mucho mejor y se aventajará al poeta que solo por saber el arte quisiere serlo. La razon es, porque el arte no se aventaja á la naturaleza, sino perficiónala : asi que mezclados la naturaleza y el arte, y el arte con la naturaleza, sacarán un perfetísimo poeta. Sea, pues, la conclusion de mi plática, señor hidalgo, que vuesa merced deje caminar á su hijo por donde su estrella le llama, que siendo él tan buen estudiante como debe de ser, y habiendo ya subido felizmente el primer escalon de las ciencias, que es el de las lenguas, con ellas por sí mismo subirá á la cumbre de las letras humanas, las cuales tan bien parecen en un caballero de capa y espada, y asi le adornan, honran y engrandecen como las mitras á los obispos, ó como las garnachas á los peritos jurisconsultos. Riña vuesa merced á su hijo si hiciere sátiras que perjudiquen las honras agenas, y castíguele y rómpaselas; pero si hiciere sermones al modo de Horacio, donde reprenda los vicios en general, como tan elegantemente él lo hizo, alábele, porque lícito es al poeta escribir contra la envidia, y decir en sus versos mal de los envidiosos, y asi mismo de los otros vicios, con tal que no señale persona alguna; pero hay poetas que á trueco de decir una malicia se pondrán á peligro que los destierren á las islas del Ponto (2). Si el poeta fuere casto en sus costumbres lo será tambien en sus versos: la pluma es lengua del alma : cuales fueren los conceptos que en ella se engendraren, tales serán sus escritos : y cuando los reyes y príncipes ven la milagrosa ciencia de la poesía en sugetos prudentes, virtuosos y graves, los honran, los estiman y los enriquecen, y aun los coronan con las hojas del árbol (3) á quien no ofende el rayo, como en señal que no han de ser ofendidos de nadie los que con tales coronas ven honradas y adornadas sus sienes.

Admirado quedó el del Verde Gaban del razonamiento de Don Quijote, y tanto, que fue perdiendo de la opinion que con él tenia de ser mentecato. Pero á la mitad desta plática Sancho, por no ser muy de su gusto, se habia desviado del camino á pedir un poco de leche á unos pastores que allí junto estaban ordeñando unas ovejas : y en esto ya volvia á renovar la plática el hidalgo, satisfecho en estremo de la discrecion y buen discurso de Don Quijote, cuando alzando Don Quijote la cabeza vió que por el camino por donde ellos iban venia un carro lleno de banderas reales; y creyendo que debia de ser al-

guna nueva aventura, á grandes voces llamó á Sancho que viniese á darle la celada : el cual Sancho, oyéndose llamar dejó á los pastores; y á toda priesa picó al rucio, y llegó donde su amo estaba, á quien sucedió una espantosa y desatinada aventura.

CAPITULO XVII.

Donde se declara el último punto y estremo adonde llegó y pudo llegar el inaudito ánimo de Don Quijote, con la felicemente acabada aventura de los leones.

Llegando el autor desta grande historia á contar lo que en este capítulo cuenta, dice que quisiera pasarle en silencio, temeroso de que no habia de ser creido, porque las locuras de Don Quijote llegaron aqui al término y raya de las mayores que pueden imaginarse, y aun pasaron dos tiros de ballesta mas allá de las mayores. Finalmente, aunque con este miedo y recelo, las escribió de la misma manera que él las hizo, sin añadir ni quitar á la historia un átomo de la verdad, sin dársele nada por las objeciones

(1)   Ovidio, *De arte amandi*, lib. III, v. 547:

                                  Est Deus in nobis, sunt et comercia cæli;

      Y eu los Fastos, lib. VI,

                                  El Deus in nobis, agitante calescimus illo;
                                  Impetus hic sacræ semina mentis habet.—A.

(2)   Alusion á Ovidio.
(3)   El laurel, á quien era creencia de los antiguos que no le ofendia el rayo.—Arr.

que podian ponerle de mentiroso : y tuvo razon, porque la verdad adelgaza y no quiebra, y siempre anda sobre la mentira como el aceite sobre el agua ; y asi prosiguiendo su historia dice que cuando Don Quijote daba voces á Sancho que le trujese el yelmo, estaba él comprando unos requesones que los pastores le vendian, y acosado de la mucha priesa de su amo, no supo qué hacer dellos ni en qué traerlos, y por no perderlos, que ya los tenia pagados, acordó de echarlos en la celada de su señor, y con este buen recado volvió á ver lo que le queria, el cual en llegando le dijo : dáme, amigo, esa celada, que yo se poco de aventuras, ó lo que allí descubro es alguna que me ha de incitar y me incita á tomar mis armas. El del Verde Gaban, que esto oyó, tendió la vista por todas partes, y no descubrió otra cosa que un carro que hácia ellos venia con dos ó tres banderas pequeñas, que le dieron á entender que el tal carro debia de traer moneda de su Magestad, y asi se lo dijo á Don Quijote ; pero él no le dió crédito, siempre creyendo y pensando que todo lo que le sucediese habian de ser aventuras

y mas aventuras, y asi respondió al hidalgo : hombre apercibido medio combatido : no se pierde nada en que yo me aperciba, que sé por esperiencia que tengo enemigos visibles é invisibles, y no sé cuándo, ni á dónde, ni en qué tiempo, ni en qué figuras me han de acometer ; y volviéndose á Sancho le pidió la celada, al cual, como no tuvo lugar de sacar los requesones, le fue forzoso dársela como estaba. Tomóla Don Quijote, y sin que echase de ver lo que dentro venia, con toda priesa se la encajó en la cabeza ; y como los requesones se apretaron y esprimieron, comenzó á correr el suero por todo el rostro y barbas de Don Quijote, de lo que recibió tal susto, que dijo á Sancho : ¿qué será esto, Sancho, que parece que se me ablandan los cascos, ó se me derriten los sesos, ó que sudo de los pies á la cabeza? Y si es que sudo, en verdad que no es de miedo : sin duda creo que es terrible la aventura que ahora quiere sucederme : dame si tienes con qué me limpie, que el copioso sudor me ciega los ojos. Calló Sancho y dióle un paño y dió con él gracias á Dios de que su señor no hubiese caido en el caso : limpióse Don Quijote, y quitóse la celada por ver qué cosa era la que á su parecer le enfriaba la cabeza, y viendo aquellas gachas blancas dentro de la celada las llegó á las narices, y en oliéndolas dijo : por vida de mi señora Dulcinea del Toboso, que son requesones los que aquí me has puesto, traidor, bergante y mal mirado escudero. A lo que con gran flema y disimulacion respondió Sancho : si son requesones démelos vuesa merced, que yo me los comeré ; pe o cómalos el diablo, que debió de ser el que ahí los puso. ¿Yo habia de tener atrevimiento de ensuciar el yelmo de vuesa merced? Halládole habeis el atrevido. A la fe, señor, á lo que Dios me da á entender, tambien debo yo de tener encantadores que me persiguen como á hechura y miembro de vuesa merced ; y habrán puesto ahí esa inmundicia para mover á la colera su paciencia, y hacer que me muela como suele las costillas : pues en verdad que esta vez han dado salto en vago, que yo confio en el buen discurso de mi señor, que habrá considerado que ni yo tengo requesones ni leche, ni otra cosa que lo valga ; y que si la tuviera, antes la pusiera en mi estómago que en la celada. Todo puede ser, dijo Don Quijote ; y todo lo miraba el hidalgo, y de todo se admiraba, especialmente cuando despues de haberse limpiado Don Quijote cabeza, rostro y barbas y celada, se la encajó, y afirmándose bien en los estribos, requiriendo la espada, y asiendo la lanza, dijo: ahora venga lo que viniere, que aquí estoy con ánimo de tomarme con el mismo Satanás en persona. Llegó en esto el carro de las banderas, en el cual no venia otra gente que el carretero en las mulas y un hombre sentado en la delantera.

Púsose Don Quijote delante y dijo: ¿á dónde vais, hermanos? ¿qué carro es este? ¿qué llevais en él? y ¿qué banderas son aquestas? A lo que respondió el carretero: el carro es mio, lo que va en él son dos bravos leones enjaulados, que el general de Oran envia á la córte presentados á su magestad; las banderas son del rey nuestro señor en señal que aquí va cosa suya. ¿Y son grandes los leones? preguntó Don Quijote. Tanto, respondió el hombre que iba á la puerta del carro, que no han pasado mayores, ni tan grandes de África á España jamás, y yo soy el leoncro, y he pasado otros, pero como estos ninguno: son hembra y macho, el macho va en esta jaula primera y la hembra en la de atrás, y ahora van hambrientos porque no han comido hoy, y así vuesa merced se desvíe, que es menester llegar presto donde les demos de comer. A lo que dijo Don Quijote sonriéndose un poco: ¿leoncitos á mí? ¿á mí leoncitos, y á tales horas? Pues por Dios que han de ver esos señores que acá los envian, si soy hombre que se espanta de leones. Apeaos, buen hombre, y pues sois el leonero, abrid esas jaulas, y echadme esas bestias fuera, que en mitad desta campaña les daré á conocer quién es Don Quijote de la Mancha, á despecho y pesar de los encantadores que á mí los envian. Ta, ta, dijo á esta sazon entre sí el hidalgo, dado há señal de quien es nuestro buen caballero: los requesones sin duda le han ablandado los cascos y madurado los sesos. Llegóse en esto á él Sancho y díjole: señor, por quien Dios es, que vuesa merced haga de manera que mi señor Don Quijote no se tome con estos leones, que si se toma, aquí nos han de hacer pedazos á todos. ¿Pues tan loco es vuestro amo, respondió el hidalgo, que temeis y creeis que se ha de tomar con tan fieros animales? No es loco, respondió Sancho, sino atrevido. Yo haré que no lo sea, replicó el hidalgo; y llegándose á Don Quijote que estaba dando priesa al leonero que abriese las jaulas, le dijo: señor caballero, los caballeros andantes han de acometer las aventuras que prometen esperanza de salir bien dellas; y no aquellas que de todo en todo la quitan, porque la valentía que se entra en la jurisdiccion de la temeridad, mas tiene de locura que de fortaleza, cuanto mas que estos leones no vienen contra vuesa merced, ni lo sueñan, van presentados á su magestad, y no será bien detenerles ni impedirles su viaje. Váyase vuesa merced, señor hidalgo, respondió Don Quijote, á entender con su perdigon manso y con su huron atrevido, y deje á cada uno hacer su oficio: este es el mio, y yo sé si vienen á mí ó no estos señores leones; y volviéndose al leonero le dijo: voto á tal don bellaco, que si no abrís luego, luego las jaulas, que con esta lanza os he de coser con el carro. El carretero, que vió la determinacion de aquella armada fantasma, le dijo: señor mio, vuesa merced sea servido por caridad dejarme desuncir las mulas, y ponerme en salvo con ellas antes que se desenvainen los leones, porque si me las matan quedaré rematado para toda mi vida, que no tengo otra hacienda, sino este carro y estas mulas. Oh hombre de poca fe, respondió Don Quijote: apéate y desunce, y haz lo que quisieres, que presto verás que trabajaste en vano, y que pudieras ahorrar desta diligencia.

Apeóse el carretero y desunció á gran priesa, y el leonero dijo á grandes voces: séanme testigos cuantos aquí están cómo contra mi voluntad y forzado, abro las jaulas y suelto los leones, y de que protesto á este señor, que todo el mal y daño que estas bestias hicieren corra y vaya por su cuenta, con mas mis salarios y derechos. Vuestras mercedes, señores, se pongan en cobro antes que abra, que yo seguro estoy que no me han de hacer daño. Otra vez le persuadió el hidalgo que no hiciese locura semejante, que era tentar á Dios acometer tal disparate. A lo que respondió Don Quijote, que él sabia lo que hacia. Respondióle el hidalgo que lo mirase bien, que él entendia que se engañaba. Ahora, señor, replicó Don Quijote, si vuesa merced no quiere ser oyente desta, que á su parecer ha de ser tragedia, pique la tordilla y póngase en salvo. Oido lo cual por Sancho, con lágrimas en los ojos le suplicó desistiese de tal empresa, en cuya comparacion habian sido tortas y pan pintado la de los molinos de viento, y la temerosa de los batanes, y finalmente todas las hazañas que habia acometido en todo el discurso de su vida. Mire, señor, decia Sancho, que aquí no hay encanto ni cosa que lo valga, que yo he visto por entre las verjas y resquicios de la jaula una uña de leon verdadero, y saco por ella que el tal leon, cuya debe de ser la tal uña, es mayor que una montaña. El miedo á lo menos, respondió Don Quijote, te le hará parecer mayor que la mitad del mundo. Retírate Sancho, y déjame, y si aquí muriere, ya sabes nuestro antiguo concierto, acudirás á Dulcinea, y no te digo mas. A estas añadió otras razones con que quitó las esperanzas de que no habia de dejar de proseguir su desvariado intento. Quisiera el del Verde Gaban oponérsele; pero vióse desigual en las armas, y no le pareció cordura tomarse con un loco, que ya se lo habia parecido de todo punto Don Quijote, el cual volviendo á dar priesa al leonero, y á reiterar las amenazas, dió ocasion al hidalgo á que picase la yegua, y Sancho al rucio, y el carretero á sus mulas, procurando todos apartarse del carro lo mas que pudiesen antes que los leones se desembanastasen. Lloraba Sancho la muerte de su señor, que aquella vez sin duda creia que llegaba en las garras de los leones: maldecia su ventura, y llamaba menguada la hora en que le vino al pensamiento volver á servirle; pero no por llorar y lamentarse dejaba de aporrear al rucio para que se alejase del carro. Viendo pues el leonero que ya los que iban huyendo estaban bien desviados, tornó á requerir y á intimar á Don Quijote lo que ya le habia requerido é intimado, el cual respondió que lo oia, y que no se curase de mas intimaciones y requirimientos, que todo seria de poco fruto, y que se diese priesa.

En el espacio que tardó el leonero en abrir la jaula primera, estuvo considerando Don Quijote si seria bien hacer la batalla antes á pie que á caballo, y en fin se determinó de hacerla á pie temiendo que Rocinante se espantaria con la vista de los leones: por esto saltó del caballo, arrojó la lanza y embrazó el escudo, y desenvainando la espada, paso ante paso con maravilloso denuedo y corazon valiente se fué á poner delante del carro, encomendándose á Dios de todo corazon, y luego á su señora Dulcinea.

Y es de saber, que llegando á este paso el autor de esta verdadera historia esclama y dice : ¡ oh fuerte y sobre todo encarecimiento animoso Don Quijote de la Mancha, espejo donde se pueden mirar todos los valietes del mundo, segundo y nuevo don Manuel de Leon, que fue gloria y honra de los españoles caballeros! ¿Con qué palabras contaré esta tan espantosa hazaña, ó con qué razones la haré creible á los siglos venideros? ó ¿qué alabanzas habrá que no te convengan y cuadren, aunque sean hipérboles sobre todos los hipérboles? ¡Tú á pie, tú solo, tú intrépido, tú magnánimo, con sola una espada, y no de las del perrillo (1) cortadoras, con un escudo, no de muy luciente y limpio acero, estás aguardando y atendiendo los dos mas fieros leones que jamás criaron las africanas selvas! ¡Tus mismos hechos sean los que te alaben, valeroso manchego, que yo los dejo aquí en su punto por faltarme palabras con qué encarecerlos!

Aquí cesó la referida esclamacion del autor, y pasó adelante anudando el hilo de la historia diciendo, que habiendo visto el leonero ya puesto en postura á Don Quijote, y que no podia dejar de soltar al leon macho so pena de caer en la desgracia del indignado y atrevido caballéro, abrió de par en par la primera jaula donde estaba, como se ha dicho, el leon, el cual pareció de grandeza estraordinaria y de espantable y fea catadura. Lo primero que hizo fue revolverse en la jaula donde venia echado y tender la garra, y desperezarse todo: abrió luego la boca y bostezó muy despacio, y con casi dos palmos de lengua que sacó fuera se despolvoreó los ojos y se lavó el rostro: hecho esto sacó la cabeza fuera de la jaula y miró á todas partes con los ojos hechos brasas, vista y ademan para poner espanto á la misma temeridad. Solo Don Quijote lo miraba atentamente, deseando que saltase ya del carro y viniese con él á las manos, entre las cuales pensaba hacerle pedazos.

Hasta aquí llegó el extremo de su jamás vista locura; pero el generoso leon, mas comedido que arrogante, no haciendo caso de niñerías ni de bravatas, despues de haber mirado á una y otra parte, como se ha dicho, volvió las espaldas y enseñó sus traseras partes á Don Quijote, y con gran flema y remanso se volvió á echar en la jaula: viendo lo cual Don Quijote mandó al leonero que le diese de palos, y le irritase para echarle fuera. Eso no haré yo, repondió el leonero, porque si yo le instigo, el primero á quien hará pedazos será á mí mismo. Vuesa merced, señor caballero, se contente con lo hecho, que es todo lo que puede decirse en género de valentía, y no quiera tentar segunda fortuna: el leon tiene abierta la puerta; en su mano está el salir ó no salir; pero pues no ha salido hasta ahora, no saldrá en todo el dia: la grandeza del corazon de vuesa merced ya está bien declarada: ningun bravo peleante, segun á mí se me alcanza, está obligado á mas que á desafiar á su enemigo y esperarle en campaña; y si el contrario no acude, en él se queda la infamia, y el esperante gana la corona del vencimiento. Así es verdad, respondió Don Quijote: cierra, amigo la puerta y dame por testimonio en la mejor forma que pudieres lo que aquí me has visto hacer; conviene á saber, como tú abriste al leon, yo le esperé, él no salió, volvíle á esperar, volvió á no salir, y volvióse á acostar. No debo mas, y encantos afuera, y Dios ayude á la razon y á la verdad, y á la verdadera caballería, y cierra como he dicho en tanto que hago señas á los huidos y ausentes para que sepan de tu boca esta hazaña.

Hízolo asi el leonero, y Don Quijote poniendo en la punta de la lanza el lienzo con que se habia limpiado el rostro de la lluvia de los requesones, comenzó á llamar á los que no dejaban de huir ni de volver la cabeza á cada paso, todos en tropa, y antecogidos del hidalgo: pero alcanzando Sancho á ver la señal del blanco paño dijo : que me maten si mi señor no ha vencido á las fieras bestias, pues nos llama. Detuviéronse todos, y conocieron que el que hacia las señas era Don Quijote, y perdiendo alguna parte del miedo, poco á poco se vinieron acercando hasta donde claramente oyeron las voces de Don Quijote que los llamaba. Finalmente volvieron al carro, y en llegando dijo Don Quijote al carretero: volved, hermano á uncir vuestras mulas y á proseguir vuestro viaje; y tú, Sancho, dále dos escudos de oro para él y para el leonero en recompensa de lo que por mí se han detenido. Esos daré yo de muy buena gana, respondió Sancho; pero ¿qué se han hecho los leones? ¿son muertos ó vivos? Entonces el leonero, menudamente y por sus pausas, contó el fin de la contienda, exagerando, como él mejor pudo y supo, el valor de Don Quijote, de cuya vista el leon acobardado no quiso ni osó salir de la jaula, puesto que habia tenido un buen espacio abierta la puerta de la jaula, y que por haber él dicho á aquel caballero que era tentar á Dios irritar al leon para que por fuerza saliese, como él queria que se irritase, mal de su grado y contra toda su voluntad habia permitido que la puerta se cerra-

_____

(1) Llamábanse asi estas espadas porque tenian por marca un perro pequeño grabado en su canal: fabricábalas Julian del Rey, armero de Toledo, que tambien lo fue en Zaragoza, y que usaba igualmente de otras marcas.—P.

se. ¿Qué te parece desto, Sancho, dijo Don Quijote, hay encantos que valgan contra la verdadera
valentía? Bien podrán los encantadores quitarme la ventura, pero el esfuerzo y el ánimo será imposible. Dió los escudos Sancho, unció el carretero, besó las manos el leonero á Don Quijote por la merced recíbida, y prometióle de contar aquella valerosa hazaña al mismo rey cuando en la córte se viese.
Pues si acaso su magestad preguntare quién la hizo, diréisle, que el CABALLERO DE LOS LEONES: que
de aquí adelante quiero que en éste se trueque, cambie, vuelva y mude el que hasta aquí he tenido
del *caballero de la Triste Figura*; y en esto sigo la antigua usanza de los andantes caballeros, que se
mudaban los nombres cuando querian ó cuando les venia á cuento (1).

Siguió su camino el carro, y Don Quijote, Sancho y el del Verde Gaban, prosiguieron el suyo.
En todo este tiempo no habia hablado palabra don Diego de Miranda, todo atento á mirar y á notar los
hechos y palabras de Don Quijote, pareciéndole que era un cuerdo loco, y un loco que tiraba á cuerdo.
No habia aun llegado á su noticia la primera parte de su historia, que si la hubiera leido cesara la admiracion en que lo ponian sus bechos y sus palabras, pues ya supiera el género de su locura; pero
como no la sabia, ya le tenia por cuerdo y ya por loco, porque lo que hablaba era concertado, elegante

y bien dicho, y lo que hacia disparatado, temerario y tonto; y decia entre sí: ¿qué mas locura puede
ser que ponerse la celada llena de requesones, y darse á entender que le ablandaban los cascos los
encantadores? ¿y qué mayor temeridad y disparate que querer pelear por fuerza con leones?

Destas imaginaciones y deste soliloquio, le sacó Don Quijote, diciéndole: ¿quién duda, señor don
Diego de Miranda, que vuesa mercen no me tenga en su opinion por un hombre disparatado y loco? y
no seria mucho que asi fuese, porque mis obras no pueden dar testimonio de otra cosa: pues con todo
esto quiero que vuesa merced advierta que no soy tan loco ni tan menguado como debo de haberle
parecido. Bien parece un gallardo caballero á los ojos de su rey, en la mitad de una gran plaza, dar
una lanzada con felice suceso á un bravo toro: bien parece un caballero, armado de resplandecientes
armas, pasear la tela (2) en alegres justas delante de las damas; y bien parecen todos aquellos caballeros que en ejercicios militares, ó que lo parezcan, entretienen y alegran, y si se puede decir, honran
las córtes de sus príncipes; pero sobre todos estos parece mejor un caballero andante, que por los desiertos, por las soledades, por las encrucijadas, por las selvas y por los montes anda buscando peligrosas aventuras con intencion de darles dichosa y bien afortunada cima, solo por alcanzar fama glo-
riosa y duradera. Mejor parece, digo, un caballero andante socorriendo á una viuda en algun despo-

(1) Muchos caballeros andantes pudieran citarse aquí que mudaron el nombre: pero á quien imitó principalmente Don
Quijote fue, como se ha dicho, á Amadis de Gaula, que no solo se llamó tambien *el caballero de los Leones*, sino *el caballero
de la Verde Espada*, y el *caballero del Enano*. (Cap. XI y LXX).—P.
(2) La tela era un sitio cerrado y dispuesto para fiesta y lides públicas y otros espectáculos, como justas, torneos, y
juegos de cañas y sortija. La de Madrid estaba fuera de la Puerta de Segovia, entre ella y el rio, al norte del puente, cuyo
nombre y espacio se conserva todavía.

blado, que un cortesano caballero requebrando á una doncella en las ciudades. Todos los caballeros tienen sus particulares ejercicios: sirva á las damas el cortesano, autorice la córte de su rey con libreas, sustente los caballeros pobres con el espléndido plato de su mesa, concierte justas (1), mantenga torneos (2), y muéstrese grande, liberal y magnífico, y buen cristiano sobre todo, y desta manera cumplirá con sus precisas obligaciones; pero el andante caballero busque los rincones del mundo, éntrese en los mas intrincados laberintos, acometa á cada paso lo imposible, resista en los páramos despoblados los ardientes rayos del sol en la mitad del verano, y en el invierno la dura inclemencia de los vientos y de los hielos: no le asombren leones ni le espanten vestiglos, ni le atemoricen endríagos, que buscar estos, acometer aquellos, y vencerlos á todos, son sus principales y verdaderos ejercicios. Yo, pues, como me cupo en suerte ser uno del número de la andante caballería, no puedo dejar de acometer todo aquello que á mí me pareciere que cae debajo de la jurisdiccion de mis ejercicios; y así el acometer los leones que ahora acometí, derechamente me tocaba, puesto que conocí ser temeridad exorbitante; porque bien sé lo que es valentía, que es una virtud que está puesta entre dos estremos viciosos, como son la cobardía y la temeridad; pero menos mal será que el que es valiente,

toque y suba al punto de temerario, que no que baje y toque en el punto de cobarde: que así como es mas fácil venir el pródigo á ser liberal que el avaro, así es mas fácil dar el temerario en verdadero valiente, que no el cobarde subir á la verdadera valentía; y en esto de acometer aventuras, créame vuesa merced, señor don Diego, que antes se ha de perder por carta de mas que de menos; porque mejor suena en las orejas de los que lo oyen: el tal caballero es temerario y a revido, que no: el tal caballero es tímido y cobarde.

Digo, señor Don Quijote, respondió don Diego, que todo lo que vuesa merced ha dicho y hecho va nivelado con el fiel de la misma razon, y que entiendo que si las ordenanzas y leyes de la caballería andante se perdiesen, se hallarian en el pecho de vuesa merced como en su mismo depósito y archivo; y démonos priesa, que se hace tarde, y lleguemos á mi aldea y casa, donde descansará vuesa merced del pasado trabajo, que si no ha sido del cuerpo, ha sido del espíritu, que suele tal vez redundar en cansancio del cuerpo. Tengo el ofrecimiento á gran favor y merced, señor don Diego, respondió Don Quijote; y picando mas de lo que hasta entonces, serian como las dos de la tarde cuando llegaron á la aldea y á la casa de don Diego, á quien Don Quijote llamaba *el caballero del Verde Gaban.*

(1) La diferencia que habia entre *justas* y *torneos*, es que en las primeras peleaban uno á uno, y en los torneos de cuadrilla en cuadrilla. Además, las justas eran tan solo una pelea á caballo y con lanza, mientras que los torneos comprendian toda clase de combates —Arr.

(2) *Mantener torneo* es ser el principal en la fiesta ó ejercicio de este nombre, ó el mantenedor de ella,—Arr.

CAPITULO XVIII.

De lo que sucedió á Don Quijote en el castillo ó casa del caballero del Verde Gaban, con otras cosas estravagantes.

HALLÓ Don Quijote ser la casa de don Diego de Miranda, ancha como de aldea, las armas empero, aunque de piedra tosca, encima de la puerta de la calle, la bodega en el patio, la cueva en el portal, y muchas tinajas á la redonda, que por ser del Toboso le renovaron las memorias de su encantada y trasformada Dulcínea; y suspirando y sin mirar lo que decia, ni delante de quién estaba, dijo:

¡Oh dulces prendas, por mi mal halladas!
Dulces y alegres cuando Dios queria (1).

¡Oh tobosescas tinajas, que me habeis traido á la memoria la dulce prenda de mi mayor amargura! Oyóle decir esto el estudiante poeta, hijo de don Diego, que con su madre habia salido á recibirle, y madre é hijo quedaron suspensos de ver la estraña figura de Don Quijote, el cual apeándose de Rocinante fué con mucha cortesía á pedirle las manos para besárselas, y don Diego dijo: recibid, señora, con vuestro sólito agrado al señor Don Quijote de la Mancha, que es el que teneis delante, andante caballero, y el mas valiente y el mas discreto que tiene el mundo. La señora, que doña Cristina se llamaba, le recibió con muestras de mucho amor y de mucha cortesía, y Don Quijote se le ofreció con asaz de discretas y comedidas razones. Casi los mismos comedimientos pasó con el estudiante, que en oyéndole hablar Don Quijote le tuvo por discreto y agudo.

Aquí pinta el autor todas las circunstancias de la casa de Don Diego, pintándonos en ellas lo que contiene una casa de un caballero labrador y rico; pero al traductor desta historia le pareció pasar estas y otras semejantes menudencias en silencio, porque no venian bien con el propósito principal de la historia, la cual mas tiene su fuerza en la verdad que en las frias digresiones.

Entraron á Don Quijote en una sala, desarmóle Sancho, quedó en valones (2) y en jubon de camuza, todo bisunto con la mugre de las armas: el cuello era valona á lo estudiantil sin almidon y sin randas, los borceguíes eran datilados (3) y encerados los zapatos. Ciñóse su buena espada, que pendia de un tahalí de lobos marinos: que es opinion que muchos años fue enfermo de los riñones (4); cubrióse un herreruelo de buen paño pardo; pero antes de todo, con cinco calderos ó seis de agua (que en la cantidad de los calderos hay alguna diferencia), se lavó la cabeza y rostro, y todavía se quedó el agua de color de suero; merced á la golosina de Sancho y á la compra de sus negros requesones, que tan blanco pusieron á su amo. Con los referidos atavíos y con gentil donaire y gallardía salió Don Quijote á otra sala donde el estudiante le estaba esperando para entretenerle en tanto que las mesas se ponian; que por la venida de tan noble huésped queria la señora doña Cristina mostrar que sabia y podia regalar á los que á su casa llegasen.

En tanto que Don Quijote se estuvo desarmando tuvo lugar don Lorenzo (que asi se llamaba el hijo de Don Diego) de decir á su padre: ¿quién diremos, señor, que es este caballero que vuesa merced nos ha traido á casa? que el nombre, la figura y el decir que es caballero andante, á mí y á mi madre nos tiene suspensos. No sé lo que te diga, hijo, respondió don Diego: solo te sabré decir que le he visto hacer cosas del mayor loco del mundo, y decir razones tan discretas, que borran y deshacen sus hechos: háblale tú, y toma el pulso á lo que sabe, y pues eres discreto juzga de su discrecion ó tontería lo que mas puesto en razon estuviere, aunque para decir verdad, antes le tengo por loco que por cuerdo.

Con esto se fué don Lorenzo á entretener á Don Quijote, como queda dicho, y entre otras pláticas que los dos pasaron dijo Don Quijote á don Lorenzo: el señor don Diego de Miranda, padre de vuesa merced, me ha dado noticia de la rara habilidad y sutil ingenio que vuesa merced tiene, y sobre todo que es vuesa merced un gran poeta. Poeta bien podrá ser, respondió don Lorenzo, pero grande, ni por pensamiento: verdad es que yo soy algun tanto aficionado á la poesía y á leer los buenos poetas; pero no de manera que se me pueda dar el nombre de grande que mi padre dice.

No me parece mal esa humildad, respondió Don Quijote, porque no hay poeta que no sea arrogante, y piense de sí que es el mayor poeta del mundo. No hay regla sin escepcion, respondió don

(1) Estos dos versos son de Garcilaso de la Vega, con que empieza el soneto 10: es imitacion de Virgilio: cuando Dido á vista de las armas y prendas de Eneas, esclama:

Dulces exuviæ dum fata deusque sinebant

Gregorio Hernandez de Velasco tradujo este verso asi:

¡O dulces prendas cuando Dios queria
Y me era amigo mi infelice hado!

(2) Cierto género de zaragüelles ó gregüescos, al uso de los Walones, dice Covarrubias.—Arr.

(3) De color de dátil, que es como gastan sus borceguíes los moriscos.—Arr.

(4) El tahalí, dice Covarrubias en su *Tesoro*, es un cinto ancho, que cuelga desde el hombro derecho hasta lo bajo del brazo izquierdo, del cual hoy dia los turcos cuelgan sus alfanjes; y muchos de los nuestros enfermos de los riñones, por hacerles daño la pretina, cuelgan las espadas de los tahalies.—P.

Lorenzo, y alguno habrá que lo sea y no lo piense. Pocos, respondió Don Quijote; pero dígame vuesa merced ¿qué versos son los que ahora trae entre manos, que me ha dicho el señor su padre que le traen algo inquieto y pensativo? Y si es alguna glosa, á mí se me entiende algo de achaque de glosas, y holgaría saberlos; y si es que son de justa literaria (1), procure vuesa merced llevar el segundo premio, que el primero siempre se lleva el favor ó la gran calidad de la persona, el segundo se le lleva la mera justicia, y el tercero viene á ser segundo, y el primero á esta cuenta será el tercero, al modo de las licencias que se dan en las universidades (2); pero con todo esto, gran personaje es el nombre de primero.

Hasta ahora, dijo entre sí don Lorenzo, no os podré yo juzgar por loco, vamos adelante, y díjole: paréceme que vuesa merced ha cursado las escuelas; ¿qué ciencias ha oido? La de la caballería andante, respondió Don Quijote, que es tan buena como la de la poesía, y aun dos deditos mas. No sé qué ciencia sea esa, replicó don Lorenzo, y hasta ahora no ha llegado á mi noticia. Es una ciencia, replicó Don Quijote, que encierra en sí todas ó las mas ciencias del mundo, á causa que el que la profesa ha de ser jurisperito, y saber las leyes de la justicia distributiva y conmutativa, para dar á cada uno lo que es suyo y lo que le conviene: ha de ser teólogo para saber dar razon de la cristiana ley que profesa clara y distintamente adonde quiera que le fuere pedido: ha de ser médico, y principalmente herbolario, para conocer en mitad de los despoblados y desiertos las yerbas que tienen virtud de sanar las heridas, que no ha de andar el caballero andante á cada triquete buscando quien se las cure: ha de ser astrólogo para conocer por las estrellas cuántas horas son pasadas de la noche, y en qué parte y en qué clima del mundo se halla: ha de saber las matemáticas, porque á cada paso se le ofrecerá tener necesidad dellas; [y] [dejando aparte que ha de estar adornado de todas las virtudes teologales y cardinales, decendiendo á otras menudencias, digo, que ha de saber nadar, como dicen que nadaba el peje Nicolás ó Nicolao (3): ha de saber herrar un caballo, y aderezar la silla y el freno: y volviendo á lo de arriba, ha de guardar la fe á Dios y á su dama : ha de ser casto en los pensamientos, honesto en las palabras, liberal en las obras, valiente en los hechos, sufrido en los trabajos, caritativo con los menesterosos, y finalmente mantenedor de la verdad aunque le cueste la vida el defenderla. De todas estas grandes y mínimas partes se compone un buen caballero andante, porque vea vuesa merced, señor don Lorenzo, si es ciencia mocosa la que aprende el caballero que la estudia y la profesa, y si se puede igualar á las mas estiradas que en los gimnasios y escuelas se enseñan.

Si eso es así, replicó don Lorenzo, yo digo que se aventaja esa ciencia á todas. ¿Cómo si es así? respondió Don Quijote. Lo que yo quiero decir, dijo don Lorenzo, es que dudo que haya habido ni que los haya ahora caballeros andantes y adornados de virtudes tantas. Muchas veces he dicho lo que vuelvo á decir ahora, respondió Don Quijote, que la mayor parte de la gente del mundo está de parecer de que no ha habido en él caballeros andantes; y por parecerme á mí que, si el cielo milagrosamente no les da á entender la verdad de que los hubo y de que los hay, cualquier trabajo que se tome ha de ser en vano, como muchas veces me lo ha mostrado la esperiencia, no quiero detenerme ahora en sacar á vuesa merced del error que con los muchos tiene: lo que pienso hacer es el rogar al cielo le saque dél, y le dé á entender cuán provechosos y cuán necesarios fueron al mundo los caballeros andantes en los pasados siglos, y cuán útiles fueran en el presente si se usaran; pero triunfan ahora por pecados de las gentes la pereza, la ociosidad, la gula y el regalo. Escapado se nos há nuestro huésped, dijo á esta sazon entre sí don Lorenzo; pero con todo eso, él es loco bizarro, y yo seria mentecato no flojo si así no lo creyese.

Aquí dieron fin á su plática porque los llamaron á comer. Preguntó don Diego á su hijo qué habia sacado en limpio del ingenio del huésped. A lo que él respondió : no le sacarán del borrador de su locura cuantos médicos y buenos escribanos tiene el mundo: él es un entreverado loco, lleno de lúcidos intervalos. Fuéronse á comer, y la comida fue tal como don Diego habia dicho en el camino que la solia dar á sus convidados, limpia, abundante y sabrosa; pero de lo que mas se contentó Don Quijote fue del maravilloso silencio que en toda la casa habia, que semejaba un monasterio de cartujos.

Levantados, pues, los manteles, y dadas gracias á Dios y agua á las manos, Don Quijote pidió ahincadamente á don Lorenzo dijese los versos de la justa literaria. A lo que él respondió : por no parecer de aquellos poetas que cuando les ruegan digan sus versos los niegan, y cuando no se los piden los vomitan, yo diré mi glosa, de la cual no espero premio alguno, que sólo por ejercitar el ingenio la he hecho. Un amigo mio discreto, respondió Don Quijote, era de parecer que no se habia de cansar

(1) Las justas literarias estaban todavía muy en moda en tiempo de Cervantes, pues él mismo estando en Sevilla se llevó el primer premio en el concurso abierto en Zaragoza para la canonizacion de San Jacinto, y en sus últimos años concurrió tambien á la justa abierta para el elogio de Santa Teresa. A la muerte de Lope de Vega, hubo una justa de esta especie para celebrarle, y se reunieron las mejores piezas del concurso bajo el título de *Fama póstuma*.

(2) Esta comparacion está adecuada al modo y forma con que se concede en la universidad de Alcalá el grado de licenciado á los que aspiran al grado mayor en teología, medicina y artes. Despues de concluidos los ejercicios se reunen los doctores, y asignan á los graduados, segun el mérito de cada uno, y segun sus particulares circunstancias, los lugares que han de ocupar en el rótulo, y son los mismos con que han de tener despues sus asientos en las funciones públicas, y con que los teólogos y maestros en artes han de obtener sucesivamente las prendas de aquella iglesia magistral.—Arr.

(3) Era llamado comunmente Pesce-Cola ó el Pez-Nicolao: era siciliano, natural de Catania, donde vivia á fines del siglo XV. Dícese que se acostumbró tanto á vivir en el agua desde pequeño, que habitaba mas en ella que en tierra, y que agulsa de bestia marina cortaba las olas del mar en medio de las tormentas.—P.

nadie en glosar versos; y la razon, decia él, era que jamás la glosa podia llegar al testo, y que muchas ó las mas veces iba la glosa fuera de la intencion y propósito de lo que pedia lo que se glosaba, y mas que las leyes de la glosa eran demasiadamente estrechas, que no sufrian interrogantes, ni *dijo*, ni *diré*, ni hacer nombres de verbos, ni mudar el sentido, con otras ataduras y estrechezas con que van atados los que glosan, como vuesa merced debe de saber.

Verdaderamente, señor Don Quijote, dijo don Lorenzo, que deseo coger á vuesa merced en un mal latin (1) continuado, y no puedo, p rque se me desliza de entre las manos como anguila. No entiendo, respondió Don Quijote, lo que vuesa merced dice ni quiere decir en eso del deslizarme. Yo me

daré á entender, respondió don Lorenzo, y por ahora esté vuesa merced atento á los versos glosados y á la glosa, que dicen desta manera:

> Si mi fue tornase á es,
> Sin esperar mas será,
> O viniese el tiempo ya
> De lo que será despues.

GLOSA.

> Al fin como todo pasa,
> Se pasó el bien que me dió
> Fortuna, un tiempo no escasa,
> Y nunca me le volvió,
> Ni abundante, ni por tasa.
> Siglos há ya que me ves,
> Fortuna, puesto á tus pies;
> Vuélveme á ser venturoso,
> Que será mi sér dichoso
> *Si mi fue tornase á es.*
>
> No quiero otro gusto ó gloria,
> Otra palma ó vencimiento,
> Otro triunfo, otra victoria,
> Sino volver al contento,
> Que es pesar en mi memoria.
> Si tú me vuelves allá,
> Fortuna, templado está

> Todo el rigor de mi fuego,
> Y mas si este bien es luego,
> *Sin esperar mas será.*
>
> Cosas imposibles pido,
> Pues volver el tiempo á ser,
> Despues que una vez ha sido,
> No hay en la tierra poder
> Que á tanto se haya estendido.
> Corre el tiempo, vuela y va
> Ligero, y no volverá,
> Y erraria el que pidiese,
> O que el tiempo ya se fuése,
> *O viniese el tiempo ya.*
>
> Vivir en perpleja vida,
> Ya esperando, ya temiendo,
> Es muerte muy conocida,
> Y es mucho mejor muriendo
> Buscar al dolor salida.
> A mí me fuera interes
> Acabar; mas no lo es,
> Pues con discurso mejor,
> Me da la vida el temor
> *De lo que será despues.*

En acabando de decir su glosa don Lorenzo, se levantó en pie Don Quijote; y en voz levantada, que parecia grito, asiendo con su mano la derecha de don Lorenzo dijo: viven los cielos donde mas altos están, mancebo generoso, que sois el mejor poeta del orbe, y que mereceis estar laureado, no por Chipre ni por Gaeta, como dijo un poeta, que Dios perdone, sino por las academias de Atenas, si hoy vivieran, y por las que hoy viven de París, Bolonia y Salamanca. Plega al cielo que los jueces que os quitaren el premio primero, Febo los asaetee, y las musas jamás atraviesen los umbrales de sus casas. Decidme, señor, si sois servido, algunos versos mayores, que quiero tomar de todo en todo el pulso á vuestro admirable ingenio. ¿No es bueno que dicen que se holgó don Lorenzo de oirse alabar de Don

(1) Esto es, en un error ó equivocacion continuada.—Arr.

Quijote, aunque le tenia por loco ? ¡ Oh fuerza de la adulacion, á cuánto te estiendes, y cuán dilatados límites son los de tu jurisdiccion agradable ! Esta verdad acreditó don Lorenzo, pues condescendió con la demanda y deseo de Don Quijote diciéndole este soneto á la fábula ó historia de Píramo y Tisbe.

SONETO.

El muro rompe la doncella hermosa ,
Que de Píramo abrió el gallardo pecho ;
Parte el Amor de Chipre , y va derecho
A ver la quiebra estrecha y prodigiosa.
   Habla el silencio allí , porque no osa
La voz entrar por tan estrecho estrecho ;
Las almas sí , que Amor suele de hecho
Facilitar la mas difícil cosa.
   Salió el Deseo de compás , y el paso
De la imprudente vírgen solicita
Por su gusto su muerte : ved que historia ,
   Que á entrambos en un punto ¡ oh estraño caso !
Los mata , los encubre y resucita
Una espada , un sepulcro , una memoria.

¡ Bendito sea Dios, dijo Don Quijote habiendo oido el soneto á don Lorenzo, que entre los infinitos poetas consumidos que hay, he visto un consumado poeta , como lo es vuesa merced , señor mio , que asi me lo da á entender el artificio deste soneto !

Cuatro dias estuvo Don Quijote regaladísimo en la casa de don Diego, al cabo de los cuales le pidió licencia para irse , diciéndole que le agradecia la merced y buen tratamiento que en su casa habia recibido ; pero que por no parecer bien que los caballeros andantes se den muchas horas al ócio y al regalo , se queria ir á cumplir con su oficio , buscando las aventuras , de quien tenia noticia que aquella tierra abundaba , donde esperaba entretener el tiempo hasta que llegase el dia de las justas de Zaragoza , que era el de su derecha derrota ; y que primero habia de entrar en la cueva de Montesinos, de quien tantas y tan admirables cosas en aquellos contornos se contaban , sabiendo é inquiriendo asimismo el nacimiento y verdaderos manantiales de las siete lagunas llamadas comunmente de Ruidera. Don Diego y su hijo le alabaron su honrosa determinacion , y le dijeron que tomase de su casa y de su hacienda todo lo que en grado le viniese , que le servirian con la voluntad posible , que á ello les obligaba el valor de su persona y la honrosa profesion suya.

Llegóse en fin el dia de su partida, tan alegre para Don Quijote como triste y aciago para Sancho Panza , que se hallaba muy bien con la abundancia de la casa de don Diego , y rehusaba de volver á la hambre que se usa en las florestas y despoblados , y á la estrecheza de sus mal proveidas alforjas : con todo esto las llenó y colmó de lo mas necesario que le pareció , y al despedirse dijo Don Quijote á don Lorenzo : no sé si he dicho á vuesa merced otra vez , y si lo he dicho lo vuelvo á decir , que cuando vuesa merced quisiere ahorrar camiuos y trabajos para llegar á la inaccesíble cumbre del templo de la fama , no tiene que hacer otra cosa sino dejar á una parte la senda de la poesia algo estrecha , y tomar la estrechísima de la andante caballería , bastante para hacerle emperador en daca las pajas.

Con estas razones acabó Don Quijote de cerrar el proceso de su locura , y mas con las que añadió diciendo : sabe Dios si quisiera llevar conmigo al señor don Lorenzo para enseñarle cómo se han de perdonar los sugetos , y supeditar y acocear los soberbios , virtudes anejas á la profesion que yo profeso ; pero pues no lo pide su poca edad , ni lo querrán consentir sus loables ejercicios, solo me contento con advertirle á vuesa merced , que siendo poeta podrá ser famoso si se guia mas por el parecer ageno que por el propio ; porque no hay padre ni madre á quien sus hijos le parezcan feos , y en los que lo son del entendimiento corre mas este engaño. De nuevo se admiraron padre é hijo de las entremetidas razones de Don Quijote , ya discretas y ya disparatadas , y del tema y teson que llevaba de acudir de todo , en todo á la busca de sus desventuradas aventuras , que las tenia por fin y blanco de sus deseos. Reiteráronse los ofrecimientos y comedimientos , y con la buena licencia de la señora del castillo, Don Quijote y Sancho sobre Rocinante y el rucio se partieron.

CAPITULO XIX.

Donde se cuenta la aventura del pastor enamorado , con otros en verdad graciosos sucesos.

Poco trecho se habia alongado Don Quijote del lugar de don Diego cuando encontró con dos como clérigos ó como estudiantes , y con dos labradores , que sobre cuatro bestias asnales venian caballeros. El uno de los estudiantes traia como en portamanteo en un lienzo de bocací verde envuelto al parecer un poco de grana blanca y dos pares de medias de cordellate ; el otro no traia otra cosa que dos espadas negras (1) de esgrima nuevas y con sus zapatillas. Los labradores traian otras cosas que daban indicio y señal que venian de alguna villa grande donde las habian comprado, y las llevaban á su aldea; y asi estudiantes como labradores cayeron en la misma admiracion en que caian todos aquellos que la vez primera veian á Don Quijote, y morian por saber qué hombre fuese aquel tan fuera del uso de los otros hombres. Saludóles Don Quijote; y despues de saber el camino que llevaban, que era el mismo que él hacia, les ofreció su compañia, y les pidió detuviesen el paso, porque caminaban mas sus pollinas que su caballo; y para obligarlos, en breves razones les dijo quién era, y su oficio y profesion, que era de caballero andante, que iba á buscar las aventuras por todas las partes del mundo. Díjoles que se llamaba de nombre propio Don Quijote de la Mancha, y por el apelativo *el caballero de los Leones*. Todo esto para los labradores era hablarles en griego ó en gerigonza; pero no para los estudiantes, que luego entendieron la flaqueza del celebro de Don Quijote; pero con todo eso le miraban con admiracion y con respeto, y uno de ellos le dijo: si vuesa merced, señor caballero, no lleva camino determinado, como no le suelen llevar los que buscan las aventuras, vuesa merced se venga con nosotros, verá una de las mejores bodas y mas ricas que hasta el dia de hoy se habrán celebrado en la Mancha, ni en otras muchas leguas á la redonda.

Preguntóle Don Quijote si eran de algun príncipe, que asi las ponderaba. No son, respondió el estudiante, sino de un labrador y una labradora; él el mas rico de toda esta tierra, y ella la mas hermosa que han visto los hombres. El aparato con que se han de hacer es estraordinario y nuevo, porque se han de celebrar en un prado que está junto al pueblo de la novia, á quien por escelencia llaman Quiteria la hermosa, y el desposado se llama Camacho el rico, ella de edad de diez y ocho años, y él de veinte y dos: ambos para en uno (2), aunque algunos curiosos que tienen de memoria los linajes de todo el mundo, quieren decir que el de la hermosa Quiteria se aventaja al de Camacho; pero ya no se mira en esto, que las riquezas son poderosas de soldar muchas quiebras. En efecto, el tal Camacho es liberal, y hásele antojado de enramar y cubrir todo el prado por arriba, de tal suerte que el sol se ha de ver en trabajo si quiere entrar á visitar las yerbas verdes de que está cubierto el suelo. Tiene asimismo maheridas (3) danzas, asi de espadas (4) como de cascabel menudo (5), que hay en su pueblo quien los repique y sacuda por estremo: de zapateadores no digo nada, que es un juicio los que tienen muñidos (6); pero ninguna de las cosas referidas, ni otras muchas que he dejado de referir, ha de hacer mas memorables estas bodas, sino las que imagino que hará en ellas el despechado Basilio.

Es este Basilio un zagal vecino del mismo lugar de Quiteria, el cual tenia su casa pared en medio de la de los padres de Quiteria, de donde tomó ocasion el amor de renovar al mundo los ya olvidados amores de Píramo y Tisbe, porque Basilio se enamoró de Quiteria desde sus tiernos y primeros años, y ella fue correspondiendo á su deseo con mil honestos favores, tanto que se contaban por entretenimiento en el pueblo los amores de los dos niños Basilio y Quiteria. Fue creciendo la edad, y acordó el padre de Quiteria de estorbar á Basilio la ordinaria entrada que en su casa tenia; y por quitarse de andar receloso y lleno de sospechas, ordenó de casar á su hija con el rico Camacho, no pareciéndole ser bien casarla con Basilio, que no tenia tantos bienes de fortuna como de naturaleza: pues si va á decir las verdades sin envidia, él es el mas ágil mancebo que conocemos, gran tirador de barra, luchador estremado y gran jugador de pelota: corre como un gamo, salta mas que una cabra, y birla á los bolos como por encantamento, canta como una calandria, y toca una guitarra que la hace hablar, y sobre todo juega una espada como el mas pintado.

Por esa sola gracia, dijo á esta sazon Don Quijote, merecia ese mancebo, no solo casarse con la hermosa Quiteria, sino con la misma reina Ginebra si fuera hoy viva, á pesar de Lanzarote y de todos aquellos que estorbarlo quisieran.

A mi mujer con eso, dijo Sancho Panza, que hasta entonces habia ido callando y escuchando, la cual no quiere sino que cada uno case con su igual, ateniéndose al refran que dice: cada oveja con su pareja. Lo que yo quisiera es que ese buen Basilio, que ya me le voy aficionando, se casara con esa señora Quiteria, que buen siglo hayan y buen poso (iba á decir al revés) los que estorban que se casen los que bien se quieren. Si todos los que bien se quieren se hubiesen de casar, dijo Don Quijote, quitaríase la eleccion y jurisdiccion á los padres de casar sus hijos con quién y cuándo deben, y si á la voluntad de las hijas quedase escoger los maridos, tal habria que escogiese al criado de su padre, y

---

(1) Llámanse *espadas negras* las de esgrima, porque son de solo hierro, sin lustre ni corte, y con boton en la punta; á diferencia de las *blancas*, que son aceradas y bruñidas y con la punta descubierta, porque son armas ofensivas y defensivas. Hoy se llaman *floretes* las de la esgrima ó *destreza*, voz que esplica la que mas adelante se lee, el *diestro*, y que no se usa ya en su acepcion antigua y genuina, mas que en el lenguaje tauromáquico.

(2) Esto es, parejos ó de igual calidad, y por tanto á propósito para ser unidos.—Arr.

(3) *Maherida*, es voz puramente arábiga, que significa *adiestrada*, hecha con maestría, con ingenio, artísticamente.—A.

(4) Esta danza, dice Mateo Aleman en su *Guzman de Alfarache* (tom. II, cap. VII), se usa en el reino de Toledo, y dánzanla en camisa y en greguescos de lienzo, con unos tocadores en la cabeza; y traen espadas blancas, y hacen con ellas grandes vueltas y revueltas, y una mudanza que llaman la *degollada*, porque cercan el cuello del que los guia con la espada, y cuando parece que se le van á cortar por todas partes, se les escurre de entre ellas.—P.

(5) Los danzantes (segun se dice en el *Tesoro* de Covarrubias) en las fiestas y regocijos se ponen sartales de cascabeles en los jarretes de las piernas, y los mueven al son del instrumento.—P.

(6) Esto es, avisados, apalabrados y prevenidos. Estos *zapateadores* se llamaban asi del verbo *zapatear*, que era bailar, dando al mismo tiempo con las palmas de las manos en los pies sobre los zapatos, al son y compás de algun instrumento.—Arr.

tal al que vió pasar por la calle á su parecer bizarro y entonado, aunque fuese un desbaratado espadachin: que el amor y la aficion con facilidad ciegan los ojos del entendimiento tan necesarios para escoger estado; y el del matrimonio está muy á peligro de errarse, y es menester gran tiento y particular favor del cielo para acertarle. Quiere de hacer uno un viaje largo, y si es prudente, antes de ponerse en camino busca alguna compañía segura y apacible con quien acompañarse: ¿pues por qué no hará lo mismo el que ha de caminar toda la vida hasta el paradero de la muerte, y mas si la compañía le ha de acompañar en la cama, en la mesa y en todas partes, como es la de la mujer con su marido? La de la propia mujer no es mercaduría que una vez comprada se vuelve, ó se trueca ó cambia, porque es accidente inseparable, que dura lo que dura la vida: es un lazo que si una vez le echais al cuello se vuelve en el nudo gordiano, que si no le corta la guadaña de la muerte, no hay desatarle. Muchas mas cosas pudiera decir en esta materia si no lo estorbara el deseo que tengo de saber si le queda mas que decir al señor licenciado acerca de la historia de Basilio.

A lo que respondió el estudiante, bachiller ó licenciado como le llamó Don Quijote: de todo no me queda mas que decir sino que desde el punto que Basilio supo que la hermosa Quiteria se casaba con Camacho el rico, nunca mas le han visto reir ni hablar razon concertada, y siempre anda pensativo y triste hablando entre sí mismo, con que da ciertas y claras señales de que se le ha vuelto el juicio: come poco y duerme poco, y lo que come son frutas, y en lo que duerme, si duerme, es en el campo sobre la dura tierra, como animal bruto: mira de cuando en cuando al cielo, y otras veces clava los ojos en la tierra con tal embelesamiento, que no parece sino estatua vestida que el aire le mueve la ropa. En fin, él da tales muestras de tener apasionado el corazon, que tememos todos los que le conocemos que el dar el sí mañana la hermosa Quiteria, ha de ser la sentencia de su muerte.

Dios lo hará mejor, dijo Sancho, que Dios, que da la llaga, da la medicina: nadie sabe lo que está por venir: de aquí á mañana muchas horas hay, y en una y aun en un momento se cae la casa: y yo he visto llover y hacer sol, todo á un mismo punto: tal se acuesta sano la noche, que no se puede mover otro dia. Y díganme, ¿por ventura habrá quien se alabe que tiene echado un clavo á la rodaja de la fortuna? No por cierto; y entre el sí y el no de la mujer no me atreveria yo á poner una punta de alfiler, porque no cabria; dénme á mí que Quiteria quiera de buen corazon y de buena voluntad á Basilio, que yo le daré á él un saco de buena ventura; que el amor, segun yo he oido decir, mira con unos anteojos que hacen parecer oro al cobre, á la pobreza riqueza, y á las lagañas perlas.

¿Adónde vas á parar, Sancho? que seas maldito, dijo Don Quijote, que cuando comienzas á ensartar refranes y cuentos no te puede esperar sino el mismo Judas, que te lleve. Díme, animal, ¿qué sabes tú de clavos ni de rodajas, ni de otra cosa ninguna? ¡Oh! pues si no me entienden, respondió Sancho, no es maravilla que mis sentencias sean tenidas por disparates; pero no importa, yo me entiendo, y sé que no he dicho muchas necedades en lo que he dicho, sino que vuesa merced, señor mio, siempre es friscal de mis dichos y aun de mis hechos. Fiscal has de decir, dijo Don Quijote, que no friscal, prevaricador del buen lenguaje, que Dios te confunda. No se apunte vuesa merced conmigo, respondió Sancho, pues sabe que no me he criado en la córte, ni he estudiado en Salamanca, para saber si añado ó quito alguna letra á mis vocablos. Si que, válgame Dios, no hay para qué obligar al sayagües (1) á que hable como el toledano (2); y toledanos puede haber que no las corten en el aire en esto del hablar polido. Asi es, dijo el licenciado, porque no pueden hablar tan bien los que se crian en las tenerías y en Zocodober, como los que se pasean casi todo el dia por el claustro de la iglesia mayor, y todos son toledanos. El lenguaje puro, el propio, el elegante y claro está en los discretos cortesanos, aunque hayan nacido en Majalahonda: dije discretos, porque hay muchos que no lo son, y la discrecion es la gramática del buen lenguaje, que se acompaña con el uso. Yo, señores, por mis pecados he estudiado cánones en Salamanca, y pícome algun tanto de decir mi razon con palabras claras, llanas y significantes. Si no os picárades de saber mas menear las negras que llevais que la lengua, dijo el otro estudiante, vos llevárades el primero en licencias, como llevastes cola.

Mirad, bachiller, respondió el licenciado, vos estais en la mas errada opinion del mundo acerca de la destreza de la espada teniéndola por vana. Para mí no es opinion, sino verdad asentada, replicó Corchuelo; y si quereis que os lo muestre con la esperiencia, espadas traeis, comodidad hay, yo pulsos y fuerzas tengo, que acompañadas de mí ánimo, que no es poco, os harán confesar que yo no me engaño. Apeaos, y usad de vuestro compás de pies (3), de vuestros círculos y vuestros ángulos y ciencia, que yo espero de haceros ver estrellas á mediodia (4) con mi destreza moderna y zafia, en quien espero despues de Dios, que está por nacer hombre que me haga volver las espaldas, y que no le hay en el mundo á quien yo no le haga perder tierra. En eso de volver ó no las espaldas no me meto, replicó el diestro (5), aunque podria ser que en la parte donde la vez primera clavásedes el pie,

---

(1) En tierra de Zamora (segun el *Tesoro* de Covarrubias) hay cierta gente que llaman *sayagüeses*, y al territorio *tierra de Sayago*, por vestirse de un saco ó sayo de tela burda; y tan záños como son en el vestir, lo son en el lenguaje.—P.

(2) Don Alonso X ordenó que si hubiese diferencia en el entendimiento de algun vocablo castellano, que recurriesen á Toledo, como á metro de lengua castellana, por tener en ella nuestra lengua mas perfeccion que en otra parte.—Arr.

(3) El *compás de pies, círculos y ángulos* son todas voces técnicas del arte de la destreza ó esgrima.—Arr.

(4) Esto es, darle algun golpe que le aturda ó atonte, de modo que le parezca ver estrellas; que es el efecto que aquel suele producir, especialmente cuando se recibe en la cabeza.—Arr.

(5) Como sustantivo significa el que es hábil en las armas ó en la esgrima.—Arr.

allí os abriesen la sepultura: quiero decir, que allí quedásedes muerto por la despreciada destreza.

Ahora se verá, respondió Corchuelo, y apeándose con gran presteza de su jumento, tiró con furia de una de las espadas que llevaba el licenciado en el suyo. No ha de ser asi, dijo á este instante Don Quijote, que yo quiero ser el maestro desta esgrima, y el juez desta muchas veces no averiguada cuestion : y apeándose de Rocinante, y asiendo de su lanza, se puso en la mitad del camino á tiempo que ya el licenciado, con gentil donaire de cuerpo y compás de pies, se iba contra Corchuelo, que contra él se vino lanzando, como decirse suele, fuego por los ojos. Los otros dos labradores del acompañamiento, sin apearse de sus pollinas, sirvieron de aspetatores (1) en la mortal tragedia. Las cuchilladas, estocadas, altibajos, reveses y mandobles (2) que tiraba Corchuelo, eran sin número, mas espesas que hígado y mas menudas que granizo. Arremetía como un leon irritado, pero salíale al en-

cuentro un tapaboca de la zapatilla de la espada del licenciado, que en mitad de su furia le detenia, y se la hacia besar como si fuera reliquia, aunque no con tanta devocion como las reliquias deben y suelen besarse. Finalmente, el licenciado le contó á estocadas todos los botones de una media sotanilla que traia vestida, haciéndole tiras los faldamentos como colas de pulpo ; derribóle el sombrero dos veces, y cansóle de manera que de despecho, cólera y rabia, asió la espada por la empuñadura, y arrojóla por el aire con tanta fuerza, que uno de los labradores asistentes, que era escribano, que fué por ella, dió despues por testimonio que la alongó de sí casi tres cuartos de legua, el cual testimonio sirve y ha servido para que se conozca y vea con toda verdad cómo la fuerza es vencida del arte.

Sentóse cansado Corchuelo, y llegándose á él Sancho, le dijo: mia fe, señor bachiller, si vuesa merced toma mi consejo, de aquí adelante no ha de desafiar á nadie á esgrimir, sino á luchar ó á tirar la barra, pues tiene edad y fuerzas para ello, que destos á quien llaman diestros, he oido decir que meten una punta de una espada por el ojo de una aguja. Yo me contento, respondió Corchuelo, de haber caido de mi burra, y de que me haya mostrado la esperiencia la verdad, de quien tan lejos estaba ; y levantándose, abrazó al licenciado y quedaron mas amigos que de antes, y no quisieron esperar al escribano, que habia ido por la espada, por parecerles que tardaria mucho, y asi determinaron seguir por llegar temprano á la aldea de Quiteria, de donde todos eran. En lo que faltaba del camino les fué contando el licenciado las escelencias de la espada, con tantas razones demostrativas, y con tantas figuras y demostraciones matemáticas, que todos quedaron enterados de la bondad de la ciencia, y Corchuelo reducido de su pertinacia.

Era anochecido, pero antes que llegasen les pareció á todos que estaba delante del pueblo un cielo lleno de innumerables y resplandecientes estrellas. Oyeron asimismo confusos y suaves sonidos de di-

(1) Italianismo por *espectadores.*

(2) *Altibajos, reveses y mandobles*, son todos golpes ó movimientos de la esgrima. *Altibajo* es el golpe que se da con la espada derecha, que ni es tajo, ni revés, sino de alto á bajo. *Mandoble* es el movimiento que hace el brazo, sin mover mas que la muñeca, con solo doblar la mano.—Arr.

versos instrumentos, como de flautas, tamborinos (1), salterios, albogues, panderos y sonajas; y cuando llegaron cerca, vieron que los árboles de una enramada, que á mano habian puesto á la entrada del pueblo, estaban todos llenos de luminarias, á quien no ofendia el viento, que entonces no soplaba sino tan manso, que no tenia fuerza para mover las hojas de los árboles. Los músicos eran los regocijadores de la boda, que en diversas cuadrillas por aquel agradable sitio andaban, unos bailando, y otros cantando, y otros tocando la diversidad de los referidos instrumentos. En efecto, no parecia sino que por todo aquel prado andaba corriendo la alegría y saltando el contento. Otros muchos andaban ocupados en levantar andamios, de donde con comodidad pudiesen ver otro dia las representaciones y danzas que se habian de hacer en aquel lugar, dedicado para solemnizar las bodas del rico Camacho y las exequias de Basilio. No quiso entrar en el lugar Don Quijote, aunque se lo pidieron asi el labrador como el bachiller; pero él dió por disculpa, bastantísima á su parecer, ser costumbre de los caballeros andantes dormir por los campos y florestas antes que en los poblados, aunque fuese debajo de dorados techos, y con esto se desvió un poco del camino, bien contra la voluntad de Sancho, viniéndosele á la memoria el buen alojamiento que habia tenido en el castillo ó casa de don Diego.

CAPITULO XX.

Donde se cuentan las bodas de Camacho el rico, con el suceso de Basilio el pobre.

Apenas la blanca aurora habia dado lugar á que el luciente Febo con el ardor de sus calientes rayos las líquidas perlas de sus cabellos de oro enjugase, cuando Don Quijote sacudiendo la pereza de sus

miembros se puso en pie y llamó á su escudero Sancho, que aun todavía roncaba: lo cual visto por Don Quijote, antes que le despertase le dijo: oh tú bienaventurado sobre cuantos viven sobre la haz de la tierra, pues sin tener invidia ni ser invidiado duermes con sosegado espíritu, ni te persiguen encantadores, ni sobresaltan encantamentos. Duerme, digo otra vez, y lo diré otras ciento, sin que te tengan en continua vigilia celos de tu dama, ni te desvelen pensamientos de pagar deudas que debas, ni de lo que has de hacer para comer otro dia tú y tu pequeña y angustiada familia. Ni la ambicion te inquieta, ni la pompa vana del mundo te fatiga, pues los límites de tus deseos no se estienden á mas que á pensar tu jumento, que el sustento de tu persona sobre mis hombros le tienes puesto: contra peso y carga, que puso la naturaleza y la costumbre á los señores. Duerme el criado, y está velando el señor, pensando cómo le ha de sustentar, mejorar y hacer mercedes. La congoja de ver que el cielo se hace de bronce, sin acudir á la tierra con el conveniente rocío, no aflige al criado, sino al señor  que ha de sustentar en la esterilidad y hambre al que le sirvió en la fertilidad y abundancia. A todo esto no respondió Sancho, porque dormia, y ni despertara tan presto si Don Quijote con el cuento de la lanza no le hiciera volver en sí. Despertó en fin soñoliento y perezoso, y volviendo el rostro á todas partes dijo: de la parte désta enramada, si no me engaño, sale un tufo y olor harto mas de torreznos asados que de juncos y tomillos: bodas que por tales olores comienzan, para mi santiguada que deben de ser abundantes y generosas.

Acaba, gloton, dijo Don Quijote: ven, iremos á ver estos desposorios por ver lo que hace el desdeñado Basilio. Mas que haga lo que quisiere, respondió Sancho; no fuera él pobre, y casárase con Quiteria. ¿No hay mas sino no tener un cuarto, y querer casarse por las nubes? A la fe, señor, yo soy de parecer que el pobre debe contentarse con lo que hallare, y no pedir cotufas en el golfo. Yo apostaré un brazo que puede Camacho envolver en reales á Basilio; y si esto es asi, como debe de ser, bien boba fuera Quiteria en desechar las galas y las joyas que le debe de haber dado y le puede dar Camacho, por escoger el tirar de la barra y el jugar de la negra (2) de Basilio. Sobre un buen tiro de

---

(1) *Tamborinos, salterios, albogues y sonajas*, son todos instrumentos músicos y rústicos. El *tamborino* ó tamboril, era un atambor pequeño, usado, segun dice Covarrubias, para fiestas y regocijos. El *salterio*, un instrumento hueco por dentro, con muchas cuerdas de alambre, que tocándolas todas juntas con un palillo, hacen un sonido apacible, y se usaban en las aldeas en las bodas, danzas y bailes. El *albogue* era cierta especie de flauta ó dulzaina, de la cual usaban en España los moros, especialmente en sus zambras ó fiestas. Las *sonajas* son un aro ó cerco de madera, que á trechos tiene unas rodajas de metal, que se hieren unas con otras y hacen un gran ruido: aun se usan en el dia.—Arr.

(2) Esto es, de la espada negra con que se juega á la esgrima.—Arr.

barra, ó sobre una gentil treta de espada no dan un cuartillo de vino en la taberna. Habilidades y gracias que no son vendibles, mas que las tenga el conde Dirlos; pero cuando las tales gracias caen sobre quien tiene buen dinero, tal sea mi vida como ellas parecen. Sobre un buen cimiento se puede levantar un buen edificio, y el mejor cimiento y zanja del mundo es el dinero.

Por quien Dios es, Sancho, dijo á esta sazon Don Quijote, que concluyas con tu arenga, que tengo para mí que si te dejasen seguir en las que á cada paso comienzas, no te quedaria tiempo para comer ni para dormir, que todo lo gastarias en hablar. Si vuesa merced tuviera buena memoria, replicó Sancho, debiérase acordar de los capítulos de nuestro concierto antes que esta última vez saliésemos de casa: uno dellos fue, que me habia de dejar hablar todo aquello que quisiese, con que no fuese contra el prójimo ni contra la autoridad de vuesa merced, y hasta ahora me parece que no he contravenido con el tal capítulo. Yo no me acuerdo, Sancho, respondió Don Quijote, del tal capítulo; y puesto que sea asi, quiero que calles y vengas, que ya los instrumentos que anoche oimos vuelven á alegrar los valles, y sin duda los desposorios se celebrarán en el frescor de la mañana, y no en el calor de la tarde.

Hizo Sancho, lo que su señor le mandaba, y poniendo la silla á Rocinante y la albarda al rucio subieron los dos, y paso ante paso se fueron entrando por la enramada.

Lo primero que se le ofreció á la vista de Sancho, fue espetado en un asador de un olmo entero un entero novillo y en el fuego donde se habia de asar ardia un mediano monte de eña; y seis ollas que alrededor de la hoguera estaban no se habian hecho en la comun turquesa de las demás ollas, porque eran seis medias tinajas, que en cada una cabia un Rastro de carne: asi embebian y encerraban en sí carneros enteros sin echarse de ver, como si fueran palominos: las liebres ya sin pellejo, y las gallinas sin pluma que estaban colgadas por los árboles para sepultarlas en las ollas, no tenian número: los pájaros y caza de diversos géneros eran infinitos, colgados de los árboles, para que el aire los enfriase. Contó Sancho mas de sesenta zaques de mas de á dos arrobas cada uno, y todos llenos, segun despues pareció, de generosos vinos: asi habia rimeros de pan blanquísimo como los suele haber de montones de trigo en las eras: los quesos puestos como ladrillos enrejados formaban una muralla, y dos calderas de aceite mayores que las de un tinte servian de freir cosas de masa, que con dos valientes palas las sacaban fritas y las zambullian en otra caldera de preparada miel que allí junto estaba. Los cocineros y cocineras pasaban de cincuenta, todos limpios, todos diligentes y todos contentos. En el dilatado vientre del novillo estaban doce tiernos y pequeños lechones, que cosidos por encima servian de darle sabor y enternecerle: las especias de diversas suertes no parecia haberlas comprado por libras, sino por arrobas, y todas estaban de manifiesto en una grande arca. Finalmente, el aparato de la boda era rústico, pero tan abundante que podia sustentar á un ejército.

Todo lo miraba Sancho Panza y todo lo contemplaba, y de todo se aficionaba. Primero le cautivaron y rindieron el deseo las ollas, de quien él tomara de bonísima gana un mediano puchero; luego le afianzaron la voluntad los zaques; y últimamente las frutas de sarten, si es que se podian llamar sartenes las tan orondas calderas; y asi sin poderlo sufrir ni ser en su mano hacer otra cosa, se llegó á uno de los solícitos cocineros, y con corteses y hambrientas razones le rogó le dejase mojar un mendrugo de pan en una de aquellas ollas. A lo cual el cocinero respondió: hermano, este dia no es de aquellos sobre quien tiene jurisdiccion la hambre, merced al rico Camacho: apeaos y mirad si hay por ahí un cucharon, y espumad una gallina ó dos, y buen provecho os hagan. No veo ninguno, respondió Sancho. Esperad, dijo el cocinero, ¡pecador de mí, y qué melindroso y para poco debeis de ser! y diciendo esto asió de un caldero, y encajándole en una de las medias tinajas sacó en él tres gallinas y dos gansos, y dijo á Sancho: comed, amigo, y desayunaos con esta espuma en tanto que se llega la hora del yantar. No tengo en qué echarla, respondió Sancho. Pues llevaos, dijo el cocinero, la cuchara y todo, que la riqueza y el contento de Camacho todo lo suple.

En tanto, pues, que esto pasaba á Sancho, estaba Don Quijote mirando cómo por una parte de la enramada entraban hasta doce labradores sobre doce hermosísimas yeguas con ricos y vistosos jaeces de campo y con muchos cascabeles en los petrales, y todos vestidos de regocijo y fiesta, los cuales en concertado tropel corrieron no una, sino muchas carreras por el prado con regocijada algazara y grita diciendo: vivan Camacho y Quiteria: él tan rico como ella hermosa, y ella la mas hermosa del mundo. Oyendo lo cual Don Quijote dijo entre sí: bien parece que estos no han visto á mi Dulcinea del Toboso, que si la hubieran visto, ellos se fueran á la mano en las alabanzas desta su Quiteria. De allí á poco comenzaron á entrar por diversas partes de la enramada muchas y diferentes danzas, entre las cuales venia una de espadas (1) de hasta veinte y cuatro zagales de gallardo parecer y brio, todos vestidos de delgado y blanquísimo lienzo con sus paños de tocar labrados de varias colores de fina seda: y al que los guiaba, que era un ligero mancebo, preguntó uno de los de las yeguas si se habia herido alguno de los danzantes. Por ahora, bendito sea Dios, no se ha herido nadie, todos vamos sanos: y luego comenzó á enredarse con los demás compañeros, con tantas vueltas y con tanta destreza, que aunque Don Quijote estaba hecho á ver semejantes danzas, ninguna le habia parecido tan bien como

(1) Es una danza muy antigua de España, usada y continuada, segun Aldrete (Orig. L de III, c. I) desde la gentilidad, y que al fin llegó á prohibirse, sin duda por lo peligrosa que era, como se ve por lo que va dicho acerca de ella en la nota respectiva del capítulo anterior.—Arr.

aquella. Tambien le pareció bien otra que entró de doncellas hermosísimas, tan mozas que al parecer ninguna bajaba de catorce ni llegaba á diez y ocho años, vestidas todas de palmilla verde, los cabellos parte trenzados y parte sueltos, pero todos tan rubios, que con los del sol podian tener competencia, sobre los cuales traian guirnaldas de jazmines, rosas, amaranto y madre selva compuestas. Guiábalas un venerable viejo y una anciana matrona; pero mas ligeros y sueltos que sus años prometian. Hacíales el son una gaita zamorana, y ellas llevando en los rostros y en los ojos á la honestidad y en los pies á la ligereza, se mostraban las mejores bailadoras del mundo.

Tras esta entró otra danza de artificio y de las que llaman habladas (1). Era de ocho ninfas repartidas en dos hileras: de la una hilera era guia el dios Cupido, y de la otra el Interés, aquel adornado de alas, arco, aljaba y saetas; éste vestido de ricas y diversas colores de oro y seda. Las ninfas que al amor seguian traian á las espaldas en pergamino blanco y letras grandes, escritos sus nombres. *Poesia* era el título de la primera; el de la segunda *Discrecion*; el de la tercera *Buen linaje*; el de la cuarta *Valentia*. Del modo mismo venian señaladas las que al Interés seguian. Decia *Liberalidad* el título de la primera; *Dádiva* el de la segunda; *Tesoro* el de la tercera, y ella la cuarta *Posesion pacifica*. Delante de todos venia un castillo de madera, á quien tiraban cuatro salvajes, todos vestidos de hiedra y de cáñamo teñido de verde, tan al natural que por poco espantaran á Sancho. En la frontera del castillo y en todas cuatro partes de sus cuadros traia escrito: *Castillo del buen recato*. Hacíales el son cuatro diestros tañedores de tamboril y flauta. Comenzada la danza, Cupido, habiendo hecho dos mudanzas, alzaba los ojos y flechaba el arco contra una doncella que se ponia entre las almenas del castillo, á la cual desta suerte dijo:

Yo soy el dios poderoso	Nunca conocí qué es miedo;
En el aire y en la tierra,	Todo cuanto quiero puedo,
Y en el ancho mar undoso,	Aunque quiero lo imposible,
Y en cuanto el abismo encierra	Y en todo lo que es posible
En su báratro espantoso.	Mando, quito, pongo y vedo.

Acabó la copla, disparó una flecha por lo alto del castillo, y retiróse á su puesto. Salió luego el Interés, y hizo otras dos mudanzas: callaron los tamborinos, y él dijo:

Soy quien puede mas que Amor,	Soy el Interés, en quien
Y es amor el que me guia;	Pocos suelen obrar bien,
Soy de la estirpe mejor	Y obrar sin mí es gran milagro;
Que el cielo en la tierra cria	Y cual soy te me consagro
Mas conocida y mayor.	Por siempre jamás amen.

Retiróse el Interés, é hízose adelante la Poesía, la cual despues de haber hecho sus mudanzas como los demás, puestos los ojos en la doncella del castillo dijo:

En dulcísimos concetos	Si acaso no te importuna
La dulcísima Poesía,	Mi porfía, tu fortuna,
Altos, graves y discretos,	De otras muchas envidiada,
Señora, el alma te envia	Será por mí levantada
Envuelta entre mil sonetos.	Sobre el cerco de la luna.

Desvióse la Poesía, y de la parte del Interés salió la Liberalidad, y despues de hechas sus mudanzas dijo:

Llaman Liberalidad	Mas yo por te engrandecer,
Al dar que el estremo huye	De hoy mas pródiga he de ser;
De la prodigalidad,	Que aunque es vicio, es vicio honrado
Y del contrario, que arguye	Y de pecho enamorado
Tibia y floja voluntad.	Que en el dar se echa de ver.

Deste modo salieron y se retiraron todas las figuras de las dos escuadras, y cada una hizo sus mudanzas y dijo sus versos, algunos elegantes y algunos ridículos, y solo tomó de memoria de Don Quijote (que la tenia grande) los ya referidos: y luego se mezclaron todos, haciendo y deshaciendo lazos con gentil donaire y desenvoltura; y cuando pasaba el Amor por delante del castillo disparaba por alto sus flechas, pero el Interés quebraba en él alcancias doradas. Finalmente, despues de haber bailado un buen espacio, el Interés sacó un bolson, que le formaba el pellejo de un gran gato romano, que parecia estar lleno de dineros, y arrojándole al castillo, con el golpe se desencajaron las tablas y se cayeron, dejando á la doncella descubierta y sin defensa alguna. Llegó el Interés con las figuras de su valía, y echándola una gran cadena de oro al cuello, mostraron prenderla, rendirla y cautivarla: lo cual visto por el Amor y sus valedores, hicieron ademan de quitársela, y todas las demostraciones

---

(1) Especie de pantomima, compuesta de personajes vestidos á propósito para representar alguna historia, como alguna conquista de plaza, lo que ejecutaban al tiempo que danzaban, mezclando entre las mudanzas alguna representacion.—P.

que hacian eran al son de los tamborinos, bailando y danzando concertadamente. Pusiéronlos en paz los salvajes, los cuales con mucha presteza volvieron á armar y á encajar las tablas del castillo, y la doncella se encerró en él como de nuevo, y con esto se acabó la danza con gran contento de los que la miraban.

Preguntó Don Quijote á una de las ninfas que quién la habia compuesto y ordenado. Respondióle que un beneficiado de aquel pueblo, que tenia gentil caletre para semejantes invenciones. Yo apostaré, dijo Don Quijote, que debe de ser mas amigo de Camacho que de Basilio el tal bachiller ó beneficiado, y que debe de tener mas de satírico que de vísperas: bien ha encajado en la danza las habilidades de Basilio y las riquezas de Camacho. Sancho Panza, que lo escuchaba todo, dijo: el rey es mi gallo (1), á Camacho me atengo. En fin, dijo Don Quijote, bien se parece, Sancho, que eres villano y de aquellos que dicen viva quien vence. No sé de los que soy, respondió Sancho; pero bien sé que nunca de ollas de Basilio sacaré yo tan elegante espuma como es esta que he sacado de las de Cama-

cho; y enseñóle el caldero lleno de gansos y de gallinas; y asiendo de una comenzó á comer con mucho donaire y gana, y dijo: á la barba de las habilidades de Basilio, que tanto vales cuanto tienes, y tanto tienes cuanto vales. Dos linajes solos hay en el mundo, como decia una agüela mia, que son el tener y el no tener (2), aunque ella al de tener se atenia; y el dia de hoy, mi señor Don Quijote, antes se toma el pulso al haber que al saber: un asno cubierto de oro parece mejor que un caballo enarbolado. Asi que vuelvo á decir, que á Camacho me atengo, de cuyas ollas son abundantes espumas gansos y gallinas, liebres y conejos; y de las de Basilio serán, si viene á mano, y aunque no venga sino al pie, agua chirle.

¿Has acabado tu arenga, Sancho? dijo Don Quijote. Habréla acabado, respondió Sancho, porque

---

(1) En el siglo pasado decia Rodrigo Caro: «Cuando dos contienden sobre una cosa, todavía decimos: *fulano es mi gallo*, por aquel que tenemos por mas valiente, ó que entendemos que saldrá con la victoria.»—P.

(2) El portugués Antonio Henriquez Gomez, perifraseó en verso el sentir en prosa de Sancho Panza y de su abuela, diciendo:

> El mundo tiene dos linajes solos
> En entrambos dos polos:
> *Tener* está en Oriente,
> Y *no tener* asiste en Occidente. (*Academia I.I. Vista* 2).—P.

veo que vuesa merced recibe pesadumbre con ella, que si esto no se pusiera de por medio, obra había cortada para tres dias. Plega á Dios, Sancho, replicó don Quijote, que yo te vea mudo antes que me muera. Al paso que llevamos, respondió Sancho, antes que vuesa merced se muera, estaré yo mascando barro, y entonces podrá ser que esté tan mudo que no hable palabra hasta el fin del mundo, ó por lo menos hasta el dia del juicio. Aunque eso asi suceda, oh Sancho, respondió Don Quijote, nunca llegará tu silencio á do ha llegado lo que has hablado, hablas y tienes de hablar en tu vida; y mas que está muy puesto en razon natural que primero llegue el dia de mi muerte que el de la tuya; y asi jamás pienso verte mudo, ni aun cuando estés bebiendo ó durmiendo, que es lo que puedo encarecer.

A buena fe, señor, respondió Sancho, que no hay que fiar en la descarnada, digo en la muerte, la cual tan bien come cordero como carnero; y á nuestro cura he oido decir que con igual pie pisaba las altas torres de los reyes, como las humildes chozas de los pobres. Tiene esta señora mas de poder que

de melindre, no es nada asquerosa, de todo come y á todo hace y de toda suerte de gentes, edades y preeminencias hinche sus alforjas. No es segador que duerme las siestas, que á todas horas siega y corta, asi la seca como la verde yerba; y no parece que masca, sino que engulle y traga cuanto se le pone delante: porque tiene hambre canina, que nunca se harta; y aunque no tiene barriga, da á entender que está hidrópica y sedienta de beber todas las vidas de cuantos viven, como quien se bebe un jarro de agua fria.

No mas, Sancho, dijo á este punto Don Quijote: tente en buenas (1), y no te dejes caer que en verdad que lo que has dicho de la muerte por tus rústicos términos es lo que pudiera decir un buen predicador. Dígote, Sancho, que si como tienes buen natural, tuvieras discrecion, pudieras tomar un púlpito en la mano é irte por ese mundo predicando lindezas, Bien predica quien bien vive, respondió Sancho, y yo no sé otras tologías. Ni las has menester, dijo Don Quijote; pero yo no acabo de entender ni alcanzar, cómo siendo el principio de la sabiduría el temor de Dios, tú, que temes mas á un lagarto que á él, sabes tanto. Juzgue vuesa merced, señor, de sus caballerías, respondió Sancho, y no se meta en juzgar de los temores ó valentías agenas, que tan gentil temeroso soy yo de Dios, como cada hijo de vecino; y déjeme vuesa merced despabilar esta espuma, que lo demás todas son palabras ociosas, de que nos han de pedir cuenta en la otra vida; y diciendo esto comenzó de nuevo á dar asalto á su caldero por tan buenos alientos, que despertó los de Don Quijote, y sin duda le ayudara si no le impidiera lo que es fuerza se diga adelante.

(1) En el juego, reservar las buenas cartas para lograr la mano; y por estension prevenir el riesgo en cualquiera línea. —D. A.

CAPITULO XXI.

Donde se prosiguen las bodas de Camacho, con otros gustosos sucesos.

Cuando estaban Don Quijote y Sancho en las razones referidas en el capítulo antecedente, se oyeron grandes voces y gran ruido, y dábanlas y causábanle los de las yeguas, que con larga carrera y grita iban á recibir á los novios, que rodeados de mil géneros de instrumentos y de invenciones, venian acompañados del cura y de la parentela de entrambos, y de toda la gente mas lucida de los lugares circunvecinos, todos vestidos de fiesta. Y como Sancho vió á la novia dijo: á buena fe que no viene vestida de labradora, sino de garrida palaciega. Pardiez, que segun diviso, que las patenas que habia de traer son ricos corales, y la palmilla verde de Cuenca es terciopelo de treinta pelos; y montas, que la guarnicion es de tiras de lienzo blanco, voto á mí que es de raso. Pues tomadme las manos adornadas con sortijas de azabache; no medre yo si no son anillos de oro y muy de oro; y empedrados con perlas blancas como una cuajada, que cada una debe de valer un ojo de la cara. Oh hi de puta, y qué cabellos, que si no son postizos, no los he visto mas luengos ni mas rubios en toda mi vida. No sino ponedla tacha en el brío y en el talle, y no la compareis á una palma que se mueve cargada de racimos de dátiles, que lo mismo parecen los diges que trae pendientes de los cabellos y de la garganta. Juro en mi ánima que ella es una chapada moza, y que puede pasar por los bancos de Flandes (1). Rióse Don Quijote de las rústicas alabanzas de Sancho Panza: parecióle que fuera de su señora Dulcinea del Toboso no habia visto mujer mas hermosa jamás. Venia la hermosa Quiteria algo descolorida, y debia de ser de la mala noche que siempre pasan las novias en componerse para el dia venidero de sus bodas.

Ibanse acercando á un teatro que á un lado del prado estaba, adornado de alfombras y ramos, adonde se habian de hacer los desposorios, y de donde habian de mirar las danzas y las invenciones; y á la sazon que llegaban al puesto oyeron á sus espaldas grandes voces, y uno que decia, esperaos un poco, gente tan inconsiderada como presurosa. A cuyas voces y palabras todos volvieron la cabeza, y vieron que las daba un hombre vestido al parecer de un sayo negro, gironado de carmesí á llamas. Venia coronado (como se vió luego), con una corona de funesto ciprés, y en las manos traia un baston grande. En llegando mas cerca fue conocido de todos por el gallardo Basilio, y todos estuvieron suspensos esperando en qué habian de parar sus voces y sus palabras, temiendo algun mal suceso de su venida en sazon semejante. Llegó en fin cansado y sin aliento, y puesto delante de los desposados, hincando el baston en el suelo, que tenia el cuento de una punta de acero, mudada la color, puestos los ojos en Quiteria, con voz tremente y ronca estas razones dijo: bien sabes, desconocida Quiteria, que conforme á la santa ley que profesamos, que viviendo yo, tú no puedes tomar esposo; y juntamente no ignoras que por esperar yo que el tiempo y mi diligencia mejorasen los bienes de mi fortuna, no he querido dejar de guardar el decoro que á tu honra convenia; pero tú, echando á las espaldas todas las obligaciones que debes á mi buen deseo, quieres hacer señor de lo que es mio á otro, cuyas riquezas le sirven, no solo de buena fortuna, sino de bonísima ventura: y para que la tenga colmada (y no como yo pienso que la merece sino como se la quieren dar los cielos), yo por mis manos desharé el imposible ó el inconveniente que puede estorbársela, quitándome á mí de por medio. Viva, viva el rico Camacho con la ingrata Quiteria largos y felices siglos, y muera, muera el pobre Basilio, cuya pobreza cortó las alas de su dicha, y le puso en la sepultura: y diciendo esto, asió del baston que tenia hincado en el suelo, y quedándose la mitad de él en la tierra, mostró que servia de vaina á un mediano estoque que en él se ocultaba, y puesta la que se podia llamar empuñadura en el suelo, con ligero desenfado y determinado propósito se arrojó sobre él, y en un punto mostró la punta sangrienta á las espaldas, con la mitad de la acerada cuchilla, quedando el triste bañado en su sangre y tendido en el suelo, de sus mismas armas traspasado.

Acudieron luego sus amigos á favorecerle, condolidos de su miseria y lastimosa desgracia, y dejando Don Quijote á Rocinante, acudió á sostenerle y le tomó en sus brazos, y halló que aun no habia espirado. Quisiéronle sacar el estoque; pero el cura, que estaba presente, fue de parecer que no se le sacasen antes de confesarle, porque el sacársele y el espirar seria todo á un tiempo. Pero volviendo un poco en sí Basilio, con voz doliente y desmayada dijo: si quisiéses, cruel Quiteria, darme en este último y forzoso trance la mano de esposa, aun pensaria que mi temeridad tendria disculpa, pues en ella alcancé el bien de ser tuyo. El cura oyendo lo cual, le dijo: que atendiese á la salud del alma antes que á los gustos del cuerpo, y que pidiese muy de veras á Dios perdon de sus pecados y de su desesperada determinacion. A lo cual replicó Basilio que en ninguna manera se confesaria, si primero Quiteria no le daba la mano de ser su esposa, que aquel contento le adobaria la voluntad y le daria aliento para confesarse.

En oyendo Don Quijote la peticion del herido en altas voces dijo que Basilio pedía una cosa muy

_____

(1) Frase metafórica con que se espresa que alguno emprendió ó ejecutó cosas árduas. Estos bancos son unos ribazos de arena, que van formando las olas del mar, y son muy peligrosos á los navegantes.—P.

justa y puesta en razon; y además muy hacedera, y que el señor Camacho quedaria tan honrado recibiendo á la señora Quiteria viuda del valeroso Basilio, como si la recibiera del lado de su padre. Aquí no ha de haber mas de un *sí*, que no tenga otro efecto que el pronunciarle, pues el tálamo de estas bodas ha de ser la sepultura. Todo lo oia Camacho, y todo le tenia suspenso y confuso, sin saber qué hacer ni qué decir; pero las voces de los amigos de Basilio fueron tantas, pidiéndole que consintiese que Quiteria le diese la mano de esposa, porque su alma no se perdiese, partiendo desesperado desta vida, que le movieron y aun forzaron á decir que si Quiteria queria dársela, que él se contentaba, pues todo era dilatar por un momento el cumplimiento de sus deseos. Luego acudieron todos á Quiteria, y unos con ruegos, y otros con lágrimas, y otros con eficaces razones la persuadian que diese la mano al pobre Basilio; y ella mas dura que un mármol, y mas sesga (1) que una estatua, mostraba que ni sabia, ni podia, ni queria responder palabra, ni la respondiera si el cura no la dijera que se determinase presto en lo que habia de hacer, porque tenia Basilio ya el alma en los dientes, y no daba lugar á esperar irresolutas determinaciones.

Entonces la hermosa Quiteria sin responder palabra alguna, turbada al parecer, triste y pesarosa, llegó donde Basilio estaba, ya los ojos vueltos, el aliento corto y apresurado, murmurando entre los dientes el nombre de Quiteria, dando muestras de morir como gentil y no como cristiano. Llegó, en fin, Quiteria, y puesta de rodillas le pidió la mano por señas y no por palabras. Desencajó los ojos Basilio, y mirándola atentamente, le dijo: ¡Oh Quiteria que has venido á ser piadosa á tiempo cuando tu piedad ha de servir de cuchillo que me acabe de quitar la vida, pues ya no tengo fuerzas para llevar la gloria que me das en escogerme por tuyo, ni para suspender el dolor que tan apriesa me va cubriendo los ojos con la espantosa sombra de la muerte! Lo que te suplico es, oh fatal estrella mia, que la mano que me pides y quieres darme, no sea por cumplimiento ni para engañarme de nuevo, sino que confieses y digas, que sin hacer fuerza á tu voluntad me la entregas y me la das como á tu legítimo esposo; pues no es razon que en un trance como este me engañes, ni uses de fingimientos con quien tantas verdades ha tratado contigo.

Entre estas razones se desmayaba de modo que todos los presentes pensaban que cada desmayo se habia de llevar el alma consigo. Quiteria, toda honesta y vergonzosa, asiendo con su derecha mano la de Basilio, le dijo: ninguna fuerza fuera bastante á torcer mi voluntad; y asi con la mas libre que tengo te doy la mano de legítima esposa, y recibo la tuya si es que me la das de tu libre albedrío, sin que la turbe ni contraste la calamidad en que tu discurso acelerado te ha puesto. Sí doy, respondió Basilio, no turbado ni confuso, sino con el claro entendimiento que el cielo quiso darme, y asi me doy y me entrego por tu esposo. Y yo por tu esposa, respondió Quiteria, ahora vivas largos años, ahora te lleven de mis brazos á la sepultura. Para estar tan herido este mancebo, dijo á este punto Sancho Panza, mucho habla: háganle que se deje de requiebros, y que atienda á su alma, que á mi parecer mas la tiene en la lengua que en los dientes.

Estando, pues, asidos de las manos Basilio y Quiteria, el cura tierno y lloroso les echó la bendicion, y pidió al cielo diese buen paso al alma del nuevo desposado; el cual asi como recibió la bendicion, con presta ligereza se levantó en pie y con no vista desenvoltura se sacó el estoque, á quien servia de vaina su cuerpo. Quedaron todos los circunstantes admirados, y algunos dellos, mas simples que curiosos, en altas voces comenzaron á decir: milagro, milagro. Pero Basilio replicó, no milagro, milagro, sino industria, industria. El cura desatentado y atónito, acudió con ambas manos á tentar la herida, y halló que la cuchilla habia pasado no por la carne y costillas de Basilio, sino por un cañon hueco de hierro, que lleno de sangre en aquel lugar bien acomodado tenia, preparada la sangre, segun despues se supo, de modo que no se helase. Finalmente, el cura y Camacho con todos los demás circunstantes se tuvieron por burlados y escarnidos. La esposa no dió muestras de pesarle de la burla, antes oyendo decir que aquel casamiento, por haber sido engañoso, no habia de ser valedero, dijo que ella le confirmaba de nuevo, de lo cual coligieron todos que de consentimiento y sabiduría de los dos se habia trazado aquel caso, de lo que quedó Camacho y sus valedores tan corridos, que remitieron su venganza á las manos, y desenvainando muchas espadas arremetieron á Basilio, en cuyo favor en un instante se desenvainaron casi otras tantas, y tomando la delantera á caballo Don Quijote con la lanza sobre el brazo, y bien cubierto de su escudo, se hacia dar lugar de todos. Sancho á quien jamás pluguieron ni solazaron semejantes fechurías, se acogió á las tinajas donde habia sacado su agradable espuma, pareciéndole aquel lugar como sagrado, que habia de ser tenido en respeto. Don Quijote á grandes voces decia: teneos, señores, teneos, que no es razon tomeis venganza de los agravios que el amor nos hace: y advertid que el amor y la guerra son una misma cosa; y asi como en la guerra es cosa lícita y acostumbrada usar de ardides y estratagemas para vencer al enemigo, asi en las contiendas y competencias amorosas se tienen por buenos los embustes y marañas que se hacen para conseguir el fin que se desea, como no sean en menoscabo y deshonra de la cosa amada. Quiteria era de Basilio, y Basilio de Quiteria por justa y favorable disposicion de los cielos. Camacho es rico, y podrá comprar su gusto cuándo, dónde y cómo quisiere. Basilio no tiene mas desta oveja, y no se la ha de quitar alguno por poderoso que sea, que á los dos que Dios junta no podrá separar

(1) Grave, inalterable, inflexible.—Arr.

el hombre: y el que lo intentare, primero ha de pasar por la punta desta lanza: y en esto la blandió tan fuerte y tan diestramente, que puso pavor en todos los que no le conocian.

Y tan intensamente se fijó en la imaginacion de Camacho el desden de Quiteria, que se la borró de memoria en un instante, y asi tuvieron lugar con él las persuasiones del cura, que era varon prudente y bien intencionado, con las cuales quedaron Camacho y los de su parcialidad pacíficos y sosegados: en señal de lo cual volvieron las espadas á sus lugares, culpando mas á la facilidad de Quiteria, que á la industria de Basilio, haciendo discurso Camacho, que si Quiteria queria bien á Basilio doncella, tambien le quisiera casada, y que debia de dar gracias al cielo, mas por habérsela quitado, que por habérsela dado.

Consolado, pues, y pacífico Camacho y los de su mesnada, todos los de la de Basilio se sosegaron; y el rico Camacho por mostrar que no sentia la burla, ni la estimaba en nada, quiso que las fiestas

pasasen adelante como si realmente se desposara; pero no quisieron asistir á ellas Basilio ni su esposa ni secuaces, y asi se fueron á la aldea de Basilio; que tambien los pobres virtuosos y discretos tienen quien los siga, honre y ampare, como los ricos tienen quien los linsonjee y acompañe. Lleváronse consigo á Don Quijote, estimándole por hombre de valor y de pelo en pecho. A solo Sancho se le escureció el alma por verse imposibilitado de aguardar la espléndida comida y fiestas de Camacho, que duraron hasta la noche, y asi asendereado y triste siguió á su señor, que con la cuadrilla de Basilio iba, y asi se dejó atrás las ollas de Egipto, aunque las llevaba en el alma, cuya ya casi consumida y acabada espuma, que en el caldero llevaba, le representaba la gloria y la abundancia del bien que perdia; y asi congojado y pensativo, aunque sin hambre, sin apearse del rucio siguió las huellas de Rocinante.

CAPITULO XXII.

Donde se da cuenta de la grande aventura de la cueva de Montesinos, que está en el corazon de la Mancha, á quien dió felice cima el valeroso Don Quijote.

GRANDES fueron y muchos los regalos que los desposados hicieron á Don Quijote, obligados de las muestras que habia dado defendiendo su causa, y al par de la valentía le graduaron la discrecion, teniéndole por un Cid en las armas y por un Ciceron en la elocuencia. El buen Sancho se refociló tres dias á costa de los novios, de los cuales se supo que no fue traza comunicada con la hermosa Quiteria el herirse fingidamente, sino industria de Basilio, esperando della el mismo suceso que se habia visto: bien es verdad que confesó que habia dado parte de su pensamiento á algunos de sus amigos para que al tiempo necesario favoreciesen su intencion y abonasen su engaño. No se pueden ni deben llamar engaños, dijo Don Quijote, los que ponen la mira en virtuosos fines; y que el de casarse los enamorados era el fin de mas escelencia, advirtiendo que el mayor contrario que el amor tiene es la hambre y la continua necesidad; porque el amor es todo alegría, regocijo y contento, y mas cuando el amante está en posesion de la cosa amada, contra quien son enemigos opuestos y declarados la necesidad y la pobreza; y que todo esto decia con intencion de que se dejase el señor Basilio de ejercitar las habilidades que sabia, que aunque le daban fama no le daban dineros, y que atendiese á grangear hacienda por medios lícitos é industriosos, que nunca faltan á los prudentes y aplicados. El pobre honrado (si es que puede ser honrado el pobre) tiene prenda en tener mujer hermosa, que cuando se la quitan le quitan la honra y se la matan. La mujer hermosa y honrada, cuyo marido es pobre, merece ser coronada con laureles y palmas de vencimiento y triunfo. La hermosura por sí sola atrae las voluntades de cuantos la miran y conocen, y como á señuelo (1) gustoso se le abaten las águilas reales y

los pájaros altaneros; pero si á la tal hermosura se le junta la necesidad y estrecheza, tambien la embisten los cuervos, los milanos y las otras aves de rapiña, y la que está á tantos encuentros firme, bien merece llamarse corona de su marido. Mirad, discreto Basilio, añadió Don Quijote, opinion fue de no sé qué sabio, que no habia en todo el mundo sino una sola mujer buena, y daba por consejo que cada uno pensase y creyese que aquella sola buena era la suya, y asi viviria contento. Yo no soy casado, ni hasta ahora me ha venido en pensamiento serlo, y con todo esto me atreveria á dar consejo al que me lo pidiese, del modo que habia de buscar la mujer con quien se quisiese casar. Lo pri-

(1) *Señuelo*, dice Covarrubias, es un coginillo ó figurin con dos alas, en que ponen la carne con que llaman al halçon los cazadores cuando se va remontando, y cae á él.—Arr.

mero le aconsejaria que mirase mas á la fama que á la hacienda, porque la buena mujer no alcanza la buena fama solamente con ser buena, sino con parecerlo: que mucho mas dañan á las honras de las mujeres las desenvolturas y libertades públicas, que las maldades secretas. Si traes buena mujer á tu casa, fácil cosa será conservarla y aun mejorarla en aquella bondad; pero si la traes mala, en trabajo te pondrá el enmendarla, que no es muy hacedero pasar de un estremo á otro. Yo no digo que sea imposible, pero téngolo por dificultoso.

Oia todo esto Sancho y dijo entre sí: este mi amo, cuando yo hablo cosas de meollo y de sustancia suele de decir que podria yo tomar un púlpito en las manos, y irme por ese mundo adelante predicando lindezas; y yo digo dél que cuando comienza á enhilar sentencias y á dar consejos, no solo puede tomar un púlpito en las manos, sino dos en cada dedo, y andarse por esas plazas á qué quieres boca. Válate el diablo por caballero andante, que tantas cosas sabes: yo pensaba en mi ánima que solo podia saber aquello que tocaba á sus caballerías; pero no hay cosa donde no pique y deje de meter su cucharada.

Murmuraba esto algo recio Sancho, y entreoyóle su señor, y preguntóle: ¿qué murmuras, Sancho? No digo nada ni murmuro de nada, respondió Sancho; solo estaba diciendo entre mi que quisiera haber oido lo que vuesa merced aquí ha dicho antes que me casara, que quizá dijera yo ahora el buey suelto bien se lame. ¿Tan mala es tu Teresa, Sancho? dijo Don Quijote. No es muy mala, respondió Sancho; pero no es muy buena, á lo menos no es tan buena como yo quisiera. Mal haces, Sancho, dijo Don Quijote, en decir mal de tu mujer, que en efecto es madre de tus hijos. No nos debemos nada, respondió Sancho, que tambien ella dice mal de mí cuando se le antoja, especialmente cuando está celosa, que entonces súfrala el mismo Satanás.

Finalmente, tres dias estuvieron con los novios, donde fueron regalados y servidos como cuerpos de rey. Pidió Don Quijote al diestro licenciado le diese una guia que le encaminase á la cueva de Montesinos, porque tenia gran deseo de entrar en ella, y ver á ojos vistas si eran verdaderas las maravillas que de ella se decian por todos aquellos contornos. El licenciado le dijo que le daria á un primo suyo, famoso estudiante y muy aficionado á leer libros de caballerías, el cual con mucha voluntad le pondria á la boca de la misma cueva, y le enseñaria las lagunas de Ruidera, famosas ansimismo en toda la Mancha y aun en toda España: y díjole que llevaria con él gustoso entretenimiento, á causa que era mozo que sabia hacer libros para imprimir y para dirigirlos á príncipes. Finalmente, el primo vino con una pollina preñada, cuya albarda cubria un gayado tapete ó arpillera. Ensilló Sancho á Rocinante, y aderezó al rucio, proveyó sus alforjas, á las cuales acompañaron las del primo asimismo bien proveidas, y encomendándose á Dios y despidiéndose de todos, se pusieron en camino tomando la derrota de la famosa cueva de Montesinos.

En el camino preguntó Don Quijote al primo, de qué género y calidad eran sus ejercicios, su profesion y estudios. A lo que él respondió, que su profesion era ser humanista, sus ejercicios y estudios componer libros para dar á la estampa, todos de gran provecho y no menos entretenimiento para la república: que el uno se intitulaba *el de las Libreas*, donde pinta setecientas y tres libreas con sus colores, motes y cifras, de donde podian sacar y tomar las que quisiesen en tiempo de fiestas y regocijos los caballeros cortesanos, sin andarlas mendigando de nadie, ni alambicando, como dicen, el cerebro por sacarlas conformes á sus deseos é intenciones: porque doy al celoso, al desdeñado, al olvidado y al ausente las que les convienen, que les vendrán mas justas que pecadoras. Otro libro tengo tambien, á quien he de llamar *Metamorfóseos ó Ovidio español*, de invencion nueva y rara; porque en él, imitando á Ovidio á lo burlesco, pinto quién fue la Giralda de Sevilla y el ángel de la Magdalena (1), quién el caño de Vecinguerra de Córdoba (2), quiénes los toros de Guisando, la Sierra Morena, las fuentes de Leganitos y Lavapies de Madrid (3), no olvidándome de la del Piojo (4), de la del Caño dorado (5) y de la Priora (6); y esto con sus alegorías, metáforas y traslaciones, de modo que alegran, suspenden y enseñan á un mismo punto. Otro libro tengo, que le llamo *Suplemento á Virgilio Polidoro*, que trata de la invencion de las cosas, que es de grande erudicion y estudio, á

(1) El ángel de la Magdalena es una figura informe, colocada como veleta en la torre de la iglesia de la Magdalena, en Salamanca.

(2) El caño de Vecinguerra conduce las aguas pluviales é inmundicias de las calles de Córdoba al Guadalquivir.

(3) El campo de Leganitos caia al nordeste de Madrid, dando vista al rio Manzanares, y era muy frecuentado de la gente para coger el sol en el invierno y el fresco en el verano. Fabricáronse en aquel sitio fuentes con muchos caños, llamados vulgarmente los *caños de Leganitos*, y eran de una agua tan delgada y estimable, que se cantaba de ella:

> Viento del Sotillo,
> Luna del Prado,
> Agua de Leganitos,
> Vino del Santo.

Otra fuente habia en Lavapies de dos caños. Este barrio se llamaba de *Lavapies* en tiempo de Felipe III y IV, y no *Avapies*. Asi le llamaron Gil Gonzalez de Avila y Gerónimo Quintana en sus historias de Madrid.—P.

(4) Estaba en el Prado, cerca de la puerta del que fue convento de frailes Recoletos.

(5) Estaba en medio del mismo Prado, y era una de las que mas hermoseaban aquel paseo, tan renovado en este tiempo.—P.

(6) Esta priora era la de Santo Domingo el Real: y la fuente estaba dentro de los jardines de Palacio ó huerta de la Priora, llamada asi porque en lo antiguo fue de aquel convento, y se llamaba los *Caños de la Priora*: y no lejos de ellos estaban los *Caños del Peral*, que eran de una fuente, que pocos años hace se conservaba aunque sin agua.—Hoy no existen tales caños.—P.

causa que las cosas que se dejó de decir Polidoro de gran sustancia, las averiguo yo, y las declaro
por gentil estilo. Olvidósele á Virgilio de declararnos quién fue el primero que tuvo catarro en el
mundo, y el primero que tomó las unciones para curarse del morbo gálico, y yo lo declaro al pie de
la letra, y lo autorizo con mas de veinte y cinco autores, porque vea vuesa merced si he trabajado
bien, y si ha de ser útil el tal libro á todo el mundo.

Sancho que habia estado muy atento á la narracion del primo, le dijo: dígame, señor, asi Dios
le dé buena manderecha en la impresion de sus libros, sabríame decir, que sí sabrá, pues todo lo
sabe, ¿quién fue el primero que se rascó en la cabeza? que yo para mí tengo que debió de ser nuestro padre Adan. Sí seria, respondió el primo, porque Adan, no hay duda, sino que tuvo cabeza y
cabellos; y siendo esto asi, y siendo el primer hombre del mundo, alguna vez se rascaria. Asi lo creo
yo, respondió Sancho, pero dígame ahora, ¿quién fue el primer volteador del mundo? En verdad,
hermano, respondió el primo, que no me sabré determinar por ahora hasta que lo estudie; yo lo estu-
diaré en volviendo adonde tengo mis libros, y yo os satisfaré cuando otra vez nos veamos, que no ha
de ser esta la postrera. Pues mire, señor, replicó Sancho, no tome trabajo en esto, que ahora he
caido en la cuenta de lo que le he preguntado: sepa, que el primer volteador del mundo fue Lucifer
cuando le echaron ó arrojaron del cielo, que vino volteando hasta los abismos. Tienes razon, amigo,
dijo el primo; y dijo Don Quijote: esa pregunta y respuesta no es tuya, Sancho; á alguno las has oido
decir. Calle, señor, replicó Sancho, que á buena fe que si me doy á preguntar y á responder, que no
acabe de aquí á mañana. Sí, que para preguntar necedades y responder disparates no he menester yo
andar buscando ayuda de vecinos. Mas has dicho, Sancho, de lo que sabes, dijo Don Quijote, que hay
algunos que se cansan en saber y averiguar cosas que despues de sabidas y averiguadas no importan
un ardite al entendimiento ni á la memoria.

En estas y otras gustosas pláticas se les pasó aquel dia, y á la noche se albergaron en una pequeña
aldea, adonde el primo dijo á Don Quijote, que desde allí á la cueva de Montesinos no habia mas de
dos leguas, y que si llevaba determinado de entrar en ella, era menester proveerse de sogas para atar-
se y descolgarse en su profundidad. Don Quijote dijo, que aunque llegase al abismo habia de ver dónde paraba, y asi compraron casi cien brazas de soga, y otro dia á las dos de la tarde llegaron á la
cueva, cuya boca es espaciosa y ancha, pero llena de cambroneras y cabrahigos, de zarzas y malezas,
tan espesas é intrincadas, que de todo en todo la ciegan y encubren. En viéndola se apearon el primo,
Sancho y Don Quijote, al cual los dos le ataron luego fortísimamente con las sogas, y en tanto que le
fajaban y ceñian le dijo Sancho: mire vuesa merced, señor mio, lo que hace; no se quiera sepultar en
vida, ni se ponga adonde parezca frasco que le ponen á enfriar en algun pozo; si, que á vuesa merced
no le toca ni atañe ser el escudriñador desta que debe de ser peor que mazmorra. Ata y calla, respondió Don Quijote, que tal empresa como aquesta, Sancho amigo, para mí estaba guardada. Y entonces
dijo la guia, suplico á vuesa merced, señor Don Quijote, que mire bien y especule con cien ojos lo
que hay allí dentro, quizá habrá cosas que las ponga yo en el libro de mis transformaciones. En manos
está el pandero que le sabrán bien tañer, respondió Sancho Panza.

Dicho esto y acabada la ligadura de Don Quijote (que no fue sobre el arnés, sino sobre el jubon de
armar) dijo Don Quijote: inadvertidos hemos andado en no habernos proveido de un esquilon pequeño, que fuera atado junto á mí en esta misma soga, con cuyo sonido se entendiera que todavía bajaba
y estaba vivo: pero pues ya no es posible, á la mano de Dios que me guie, y luego se hincó de rodillas é hizo una oracion en voz baja al cielo, pidiendo á Dios le ayudase y le diese buen suceso en aquella al parecer peligrosa y nueva aventura, y en voz alta dijo luego: oh señora de mis acciones y movimientos, clarísima y sin par Dulcinea del Toboso, si es posible que lleguen á tus oidos las plegarias
y rogaciones deste tu venturoso amante, por tu inaudita belleza te ruego las escuches, que no son
otras que rogarte no me niegues tu favor y amparo ahora que tanto le he menester. Yo voy á despe-
ñarme, á empozarme y á hundirme en el abismo que aquí se me presenta, solo porque conozca el
mundo que si tú me favoreces no habrá imposible á quien yo no acometa y acabe: y en diciendo esto
se acercó á la sima, vió no ser posible descolgarse, ni hacer lugar á la entrada, si no era á fuerza de
brazos ó á cuchilladas, y asi poniendo mano á la espada comenzó á derribar y á cortar de aquellas malezas que á la boca de la cueva estaban, á cuyo ruido y estruendo salieron por ella una infinidad de
grandísimos cuervos y grajos, tan espesos y con tanta priesa que dieron con Don Quijote en el suelo;
y si él fuera tan agorero como católico cristiano, lo tuviera á mala señal, y escusara de encerrarse en
lugar semejante.

Finalmente se levantó, y viendo que no salian mas cuervos ni otras aves nocturnas, como fueron
murciélagos, que asimismo entre los cuervos salieron, dándole soga el primo y Sancho, le dejaron
calar al fondo de la caverna espantosa: y el entrar, echándole Sancho su bendicion y haciendo sobre
él mil cruces, dijo: Dios te guie y la peña de Francia (1) junto con la trinidad de Gaeta (2), flor, nata

(1) La peña de Francia es un monte muy alto que se halla en el término de la Alberca, pueblo de la provincia de Salamanca, al norte de las Batuecas, siete leguas de Ciudad-Rodrigo, en donde *se cuenta* que un tal Francisco Simon Vela, descubrió en 1409 una imágen de la Vírgen. Fundáronse despues en aquel sitio varias ermitas y un convento de frailes *(Mariana,
Historia de España*, lib. XIX. cap. XIX).

(2) Es una capilla dedicada á la Trinidad y fundada en un promontorio, en el puerto de Gaeta, en Italia, por el rey Fernando V de Aragon. *Fr. Scoto, Itiner. d'Italia.*—Arr.

y espuma de los caballeros andantes. Allá vas, valenton del mundo, corazon de acero, brazos de bronce: Dios te guie otra vez y te vuelva libre y sano y sin cautela á la luz desta vida que dejas por enterrarte en esta escuridad que buscas. Casi las mismas plegarias y deprecaciones hizo el primo.

Iba Don Quijote dando voces que le diesen soga y mas soga, y ellos se la daban poco á poco; y cuando las voces, que acanaladas por la cueva salian, dejaron de oirse, ya ellos tenian descolgadas las cien brazas de soga. Fueron de parecer de volver á subir á Don Quijote, pues no le podian dar mas cuerda: con todo eso se detuvieron como media hora, al cabo del cual espacio volvieron á recoger la soga con mucha facilidad y sin peso alguno, señal que les hizo imaginar que Don Quijote se quedaba dentro, y creyéndolo asi Sancho, lloraba amargamente y tiraba con mucha priesa por desengañarse: pero llegando á su parecer á poco mas de las ochenta brazas sintieron peso, de que en estremo se alegraron. Finalmente á las diez vieron distintamente á Don Quijote, á quien dió voces Sancho diciéndole: sea vuesa merced muy bien vuelto, señor mio, que ya pensamos que se quedaba allá para casta; pero no respondia palabra Don Quijote, y sacándole del todo vieron que traia cerrados los ojos con muestras de estar dormido. Tendiéronle en el suelo y desliáronle, y con todo esto no despertaba. Pero

tanto le volvieron y revolvieron, sacudieron y menearon, que al cabo de un buen espacio volvió en sí, desperezándose bien como si de algun grave y profundo sueño despertara, y mirando á una y otra parte como espantado, dijo: Dios os lo perdone, amigos, que me habeis quitado de la mas sabrosa y agradable vida y vista que ningun humano ha visto ni pasado. En efecto, ahora acabo de conocer que todos los contentos desta vida pasan como sombra y sueño, ó se marchitan como la flor del campo. ¡Oh desdichado Montesinos! ¡Oh mal ferido Durandarte! ¡Oh sin ventura Belerma! ¡Oh lloroso Guadiana, y vosotras sin dicha hijas de Ruidera, que mostrais en vuestras aguas las que lloraron vuestros hermosos ojos! Con grande atencion escuchaban el primo y Sancho las palabras de Don Quijote, que las decia como si con dolor inmenso las sacara de las entrañas. Suplicáronle les diese á entender lo que decia, y les dijese lo que en aquel infierno habia visto. ¿Infierno le llamais? dijo Don Quijote; pues no le llameis ansí, porque no lo merece, como luego vereis. Pidió que le diesen algo de comer, que traia grandísima hambre. Tendieron la arpillera del primo sobre la verde yerba, acudieron á la despensa de sus alforjas, y sentados todos tres en buen amor y compañía, merendaron y cenaron todo junto. Levantada la arpillera dijo Don Quijote de la Mancha: no se levante nadie, y estadme, hijos, todos atentos.

CAPITULO XXIII.

De las admirables cosas que el estremado Don Quijote contó que habia visto en la profunda cueva de Montesinos, cuya imposibilidad y grandeza hace que se tenga esta aventura por apócrifa.

Las cuatro de la tarde serian cuando el sol entre nubes cubierto, con luz escasa y templados rayos dió lugar á Don Quijote para que sin calor y pesadumbre contase á sus dos clarísimos oyentes lo que en la cueva de Montesinos habia visto, y comenzó en el modo siguiente:

A obra de doce ó catorce estados de la profundidad desta mazmorra, á la derecha mano se hace una concavidad y espacio capaz de poder caber en ella un gran carro con sus mulas. Entrale una pequeña luz por unos resquicios ó agujeros, que lejos le responden, abiertos en la superficie de la tierra. Esta concavidad y espacio ví yo, cuando ya iba cansado y mohino de verme pendiente y colgado de la soga caminar por aquella escura region abajo sin llevar cierto ni determinado camino, y asi determiné entrarme en ella y descansar un poco. Dí voces, pidiéndoos que no descolgásedes mas soga hasta que yo os lo dijese; pero no debísteis de oirme. Fui recogiendo la soga que enviábades, y haciendo della una rosca ó rimero me senté sobre él pensativo además, considerando lo que hacer debia para calar al fondo, no teniendo quien me sustentase, y estando en este pensamiento y confusion, de repente y sin procurarlo me salteó un sueño profundísimo, y cuando menos lo pensaba, sin saber cómo ni cómo no, desperté dél y me hallé en la mitad del mas bello, ameno y deleitoso prado, que puede criar la naturaleza ni imaginar la mas discreta imaginacion humana. Despabilé los ojos, limpiémelos, y ví que no dormia, sino que realmente estaba despierto. Con todo esto me tenté la cabeza y los pechos, por certificarme si era yo mismo el que allí estaba, ó alguna fantasma vana y contrahecha; pero el tacto, el sentimiento, los discursos concertados que entre mí hacia, me certificaron que yo era allí entonces el que soy aquí ahora. Ofrecióseme luego á la vista un real y suntuoso palacio ó alcázar, cuyos muros y paredes parecian de trasparente y claro cristal fabricados, del cual abriéndose dos grandes puertas ví que por ellas salia y hácia mí se venia un venerable anciano vestido con un capuz de bayeta morada, que por el suelo le arrastraba; ceñíale los hombros y los pechos una beca de colegial, y de raso verde; cubríale la cabeza una gorra milanesa negra, y la barba canísima le pasaba de la cintura: no traia arma ninguna, sino un rosario de cuentas en la mano, mayores que medianas nueces, y los dieces asimismo como huevos medianos de avestruz: el continente, el paso, la gravedad y la anchísima presencia, cada cosa de por sí y todas juntas me suspendieron y admiraron. Llegóse á mí, y lo primero que hizo fue abrazarme estrechamente, y luego decirme: luegos tiempos há, valeroso caballero Don Quijote de la Mancha, que los que estamos en estas soledades encantados esperamos verte para que des noticia al mundo de lo que encierra y cubre

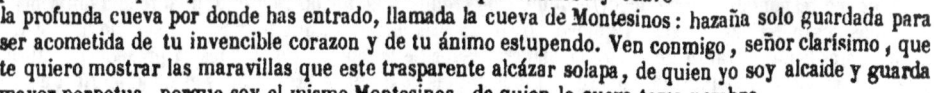

la profunda cueva por donde has entrado, llamada la cueva de Montesinos: hazaña solo guardada para ser acometida de tu invencible corazon y de tu ánimo estupendo. Ven conmigo, señor clarísimo, que te quiero mostrar las maravillas que este trasparente alcázar solapa, de quien yo soy alcaide y guarda mayor perpetua, porque soy el mismo Montesinos, de quien la cueva toma nombre.

Apenas me dijo que era Montesinos, cuando le pregunté si fue verdad lo que en el mundo de acá arriba se contaba que él habia sacado de la mitad del pecho con una pequeña daga el corazon de su grande amigo Durandarte, y llevádole á la señora Belerma, como él se lo mandó al punto de su muerte. Respondióme que en todo decian verdad, sino en la daga, porque no fue daga, ni pequeña, sino un puñal buido mas agudo que una lezna.

Debia de ser, dijo á este punto Sancho, el tal puñal de Ramon de Hoces el Sevillano. No sé, proseguió Don Quijote; pero no seria dese puñalero, porque Ramon de Hoces fue ayer, y lo de Roncesvalles, donde aconteció esta desgracia, há muchos años; y esta averiguacion no es de importancia, ni turba, ni altera la verdad y contesto de la historia. Asi es, respondió el primo: prosiga vuesa merced, señor Don Quijote, que le escucho con el mayor gusto del mundo. No con menor lo cuento yo, respondió Don Quijote, y asi digo que el venerable Montesinos me metió en el cristalino palacio, donde en una sala baja, fresquísima sobre modo y toda de alabastro, estaba un sepulcro de mármol con gran maestría fabricado, sobre el cual ví á un caballero tendido de largo á largo, no de bronce ni de mármol, ni de jaspe hecho, como los suele haber en otros sepulcros, sino de pura carne y de puros huesos. Tenia la mano derecha (que á mi parecer es algo peluda y nervosa, señal de tener muchas fuerzas su dueño) puesta sobre el lado del corazon, y antes que preguntase nada á Montesinos, viéndome suspenso, mirando al del sepulcro, me dijo: este es mi amigo Durandarte, flor y espejo de los caballeros enamorados y valientes de su tiempo; tiénele aquí encantado como me tiene á mí y á otros muchos y muchas Merlin, aquel francés encantador, que dicen que fue hijo del diablo; y lo que yo creo es que no fue hijo del diablo, sino que supo, como dicen, un punto mas que el diablo. El cómo ó para qué nos encantó, nadie lo sabe, y ello dirá andando los tiempos, que no están muy lejos segun imagino. Lo que á mí me admira es, que sé tan cierto como ahora es de dia, que Durandarte acabó los de su vida en mis brazos, y que despues de muerto le saqué el corazon con mis propias manos; y en verdad que debia de pesar dos libras, porque segun los naturales, el que tiene mayor corazon es dotado de mayor valentía del que le tiene pequeño.

Pues siendo esto asi, dije yo, y que realmente murió este caballero, ¿cómo ahora se queja y suspira de cuando en cuando como si estuviese vivo?

Esto dicho, el mísero Durandarte dando una gran voz, dijo:

Oh mi primo Montesinos,
Lo postrero que os rogaba,
Que cuando yo fuere muerto,
Y mi ánima arrancada,
Que lleveis mi corazon
A donde Belerma estaba
Sacándomele del pecho,
Ya con puñal, ya con daga.

Oyendo lo cual el venerable Montesinos se puso de rodillas ante el lastimado caballero, y con lágrimas en los ojos le dijo: ya, señor Durandarte, carísimo primo mio, ya hice lo que me mandastes en el aciago dia de vuestra pérdida; yo os saqué el corazon lo mejor que pude, sin que os dejase una mínima parte en el pecho, yo le limpié con un pañizuelo de puntas, yo partí con él de carrera para Francia, habiéndoos primero puesto en el seno de la tierra con tantas lágrimas, que fueron bastantes á lavarme las manos y limpiarme con ellas la sangre que tenian de haberos andado en las entrañas; y por mas señas, primo de mi alma, en el primero lugar que topé saliendo de Roncesvalles eché un poco de sal en vuestro corazon, porque no oliese mal, y fuese, si no fresco, á lo menos amojamado á la presencia de la señora Belerma; á la cual con vos y conmigo y con Guadiana vuestro escudero, y con la dueña Ruidera y sus siete hijas y dos sobrinas, y con otros muchos de vuestros conocidos y amigos, nos tiene aquí encantados el sabio Merlin há muchos años; y aunque pasan de quinientos, no se ha muerto ninguno de nosotros; solamente faltan Ruidera y sus hijas y sobrinas, las cuales llorando, por compasion que debió de tener Merlin dellas, las convirtió en otras tantas lagunas, que ahora en el mundo de los vivos y en la provincia de la Mancha las llaman las lagunas de Ruidera; las siete son de los reyes de España, y las dos sobrinas de los caballeros de una órden santísima, que llaman de San Juan. Guadiana vuestro escudero, plañendo asimesmo vuestra desgracia, fue convertido en un rio llamado de su mesmo nombre, el cual cuando llegó á la superficie de la tierra y vió el sol del otro cielo, fue tanto el pesar que sintió de ver que os dejaba, que se sumergió en las entrañas de la tierra; pero como no es posible dejar de acudir á su natural corriente, de cuando en cuando sale y se muestra donde el sol y las gentes le vean. Vánle administrando de sus aguas las referidas lagunas, con las cuales y con otras muchas que se llegan, entra pomposo y grande en Portugal. Pero con todo esto, por donde quiera que vá, muestra su tristeza y melancolía, y no se precia de criar en sus aguas peces regalados y de estima, sino burdos y desabridos, bien diferentes de los del Tajo dorado: y esto que agora os digo, oh primo mio, os lo he dicho muchas veces, y como no me respondeis, imagino que no me dais crédito ó no me ois, de lo que yo recibo tanta pena cual Dios lo sabe. Unas nuevas os quiero dar ahora, las cuales ya que no sirvan de alivio á vuestro dolor, no os le aumentarán en ninguna manera. Sabed que teneis aquí en vuestra presencia (y abrid los ojos y veréislo) aquel gran caballero de quien tantas cosas tiene profetizadas el sabio Merlin, aquel Don Quijote de la Mancha digo, que de nuevo y con mayores ventajas que en los pasados siglos ha resucitado en los presentes la ya olvidada andante caballería, por cuyo medio y favor podria ser que nosotros fuésemos desencantados, que las grandes hazañas para los grandes hombres están guardadas. Y cuando asi no sea, respondió el lastimado Durandarte con voz desmayada y baja, cuando asi no sea, oh primo, digo, paciencia y barajar; y volviéndose de lado, tornó á su acostumbrado silencio sin hablar mas palabra.

Oyéronse en esto grandes alaridos y llantos acompañados de profundos gemidos y angustiados sollozos. Volví la cabeza, y ví por las paredes de cristal, que por otra sala pasaba una procesion de dos hileras de hermosísimas doncellas todas vestidas de luto con turbantes blancos sobre las cabezas al modo turquesco. Al cabo y fin de las hileras venia una señora, que en la gravedad lo parecia, asimismo vestida de negro, con tocas blancas tan tendidas y largas que besaban la tierra. Su turbante era mayor dos veces que el mayor de alguna de las otras: era cejijunta, la nariz algo chata, la boca grande, pero colorados los labios: los dientes, que tal vez los descubria, mostraban ser ralos y no bien puestos, aunque eran blancos como unas peladas almendras: traia en las manos un lienzo delgado, y entre él, á lo que pude divisar, un corazon de carne mómia, segun venia seco y amojamado. Díjome Montesinos, cómo toda aquella gente de la procesion eran sirvientes de Durandarte y de Belerma, que allí con sus dos señores estaban encantados, y que la última, que traia el corazon entre el lienzo y en las manos, era la señora Belerma, la cual con sus doncellas cuatro dias en la semana hacian aquella procesion y cantaban, ó por mejor decir, lloraban endechas sobre el cuerpo y sobre el lastimado corazon de su primo: y que si me habia parecido algo fea, ó no tan hermosa como tenia la fama, era la causa las malas noches y peores dias que en aquel encantamiento pasaba, como lo podia ver en sus grandes ojeras y en su color quebradizo; y no toma ocasion su amarillez y sus ojeras de estar con el mal mensil, ordinario en las mujeres, porque há muchos meses y aun años no le tiene ní asoma por sus puertas, sino del dolor que siente su corazon por el que de continuo tiene en las manos, que le renueva y trae á la memoria la desgracia de su mal logrado amante: que si esto no fuera, apenas la igualara en hermosura, donaire y brío la gran Dulcinea del Toboso, tan celebrada en todos estos contornos y aun en todo el mundo.

Cepos quedos, dije yo entonces, señor don Montesinos: cuente vuesa merced su historia como debe, que ya sabe que toda comparacion es odiosa, y asi no hay para qué comparar á nadie con nadie; la sin par Dulcinea del Toboso es quien es, y la señora doña Belerma es quien es y quien ha sido, y quédese aquí. A lo que él me respondió: señor Don Quijote, perdóneme vuesa merced, que yo confieso que anduve mal, y no dije bien en decir que apenas igualara la señora Dulcinea á la señora Belerma, pues me bastaba á mí haber entendido, por no sé qué barruntos, que vuesa merced es su caballero, para que me mordiera la lengua antes de compararla sino con el mismo cielo. Con esta satisfaccion que me dió el gran Montesinos, se quietó mi corazon del sobresalto que recibí en oir que á mí mesmo la comparaban con Belerma. Y aun me maravillo yo, dijo Sancho, de cómo vuesa merced no se subió sobre el vejote, y le molió á coces todos los huesos, y le peló las barbas sin dejarle pelo en ellas. No, Sancho amigo mio, respondió Don Quijote, no me estaba á mí bien hacer eso, porque estamos todos obligados á tener respeto á los ancianos, aunque no sean caballeros, y principalmente á los que á los que lo son y están encantados: yo sé bien que no nos quedamos á deber nada en otras muchas demandas y respuestas que entre los dos pasamos.

A esta sazon dijo el primo: yo no sé, señor Don Quijote, cómo vuesa merced en tan poco espacio de tiempo como ha estado allá bajo haya visto tantas cosas y hablado y respondido tanto. ¿Cuánto há que bajé? preguntó Don Quijote. Poco mas de una hora, respondió Sancho. Eso no puede ser, replicó Don Quijote, porque allá me anocheció y amaneció, y tornó á anochecer y amanecer tres veces, de modo que á mi cuenta tres dias he estado en aquellas partes remotas y escondidas á la vista nuestra.

Verdad debe de decir mi señor, dijo Sancho, que como todas las cosas que le han sucedido son por encantamento, quizá lo que á nosotros nos parece una hora debe de parecer allá tres dias con sus noches. Asi será, respondió Don Quijote. ¿Y ha comido vuesa merced en todo este tiempo, señor mio? preguntó el primo. No me he desayunado de bocado, respondió Don Quijote, ni aun he tenido hambre, ni por pensamiento. ¿Y los encantados comen? dijo el primo. No comen, respondió Don Quijote, ni tienen escrementos mayores, aunque es opinion que les crecen las uñas, las barbas y los cabellos. ¿Y duermen por ventura los encantados, señor? preguntó Sancho. No por cierto, respondió Don Quijote, á lo menos en estos tres dias que yo he estado con ellos ninguno ha pegado el ojo, ni yo tampoco. Aquí encaja bien el refran, dijo Sancho, de dime con quién andas, decirte hé quién eres; ándase vuesa merced con encantados ayunos y vigilantes: mirad si es mucho que ni coma ni duerma mientras con ellos anduviere; pero perdóneme vuesa merced, señor mio, si le digo que de todo cuanto aquí ha dicho, lléveme Dios, que iba á decir el diablo, si le creo cosa alguna. ¿Cómo no? dijo el primo, ¿pues habia de mentir el señor Don Quijote, que aunque quisiera no ha tenido lugar para componer é imaginar tanto millon de mentiras? Yo no creo que mi señor miente, respondió Sancho. Si no ¿qué crees? le preguntó Don Quijote. Creo, respondió Sancho, que aquel Merlin, ó aquellos encantadores que encantaron á toda la chusma que vuesa merced dice que ha visto y comunicado allá bajo, le encajaron en el magin ó la memoria toda esa máquina que nos ha contado, y todo aquello que por contar le queda.

Todo eso pudiera ser, Sancho, replicó Don Quijote; pero no es asi, porque lo que he contado lo ví por mis propios ojos y lo toqué con mis mismas manos. Pero ¿qué dirás cuando te diga yo ahora cómo entre otras infinitas cosas y maravillas que me mostró Montesinos (las cuales despacio y á sus tiempos te las iré contando en el discurso de nuestro viaje, por no ser todas deste lugar), me mostró tres labradoras que por aquellos amenísimos campos iban saltando y brincando como cabras, y apenas las hube visto cuando conocí ser la una la sin par Dulcinea del Toboso, y las otras dos aquellas mismas labradoras que venian con ella, que hablamos á la salida del Toboso? Pregunté á Montesinos si las conocia: respondióme que no; pero que él imaginaba que debian de ser algunas señoras principales encantadas, que pocos dias habia que en aquellos prados habian parecido; y que no me maravillase desto, porque allí estaban otras muchas señoras de los pasados y presentes siglos, encantadas en diferentes y estrañas figuras, entre las cuales conocia él á la reina Ginebra y su dueña Quintañona escanciando el vino á Lanzarote cuando de Bretaña vino.

Cuando Sancho Panza oyó decir esto á su amo, pensó perder el juicio, ó morirse de risa; que como él sabia la verdad del fingido encanto de Dulcinea, de quien él habia sido el encantador y el levantador de tal testimonio, acabó de conocer indubitablemente que su señor estaba fuera de juicio y loco de todo punto, y asi le dijo: en mala coyuntura, y en peor sazon, y en aciago dia, bajó vuesa merced, caro patron mio, al otro mundo, y en mal punto se encontró con el señor Montesinos, que tal nos le ha vuelto. Bien se estaba vuesa merced acá arriba con su entero juicio, tal cual Dios se le ha-bia dado, hablando sentencias y dando consejos á cada paso, y no ahora contando los mayores dispa-rates que pueden imaginarse.

Como te conozco, Sancho, respondió Don Quijote, no hago caso de tus palabras. Ni yo tampoco de las de vuesa merced, replicó Sancho, siquiera me hiera, siquiera me mate por las que le he dicho, ó por las que le pienso decir, si en las suyas no se corrige y enmienda. Pero dígame vuesa merced ahora que estamos en paz, ¿cómo ó en qué conoció á la señora nuestra ama? y si la habló, ¿qué dijo, y qué le respondió?

Conocíla, respondió Don Quijote, en que trae los mismos vestidos que traia cuando tú me la mos-traste. Habléla, pero no me respondió palabra, antes me volvió las espaldas, y se fué huyendo con

tanta priesa que no la alcanzara una jara (1). Quise seguirla, y lo hiciera, si no me aconsejara Mon-tesinos que no me cansase en ello, porque seria en balde, y mas porque se llegaba la hora donde me convenia volver á salir de la sima. Díjome asimismo que andando el tiempo se me daria aviso cómo ha-bian de ser desencantados él y Belerma y Durandarte con todos los que allí estaban; pero lo que mas pena me dió de las que allí ví y noté, fue que estándome diciendo Montesinos estas razones se llegó á mí por un lado, sin que yo la viese venir, una de las dos compañeras de la sin ventura Dulcinea, y llenos los ojos de lágrimas, con turbada y baja voz me dijo: mi señora Dulcinea del Toboso besa á vuesa merced las manos, y suplica á vuesa merced se la haga de hacerle saber cómo está, y que por estar en una gran necesidad asimismo suplica á vuesa merced cuan encarecidamente puede, sea ser-vido de prestarle sobre este faldellin, que aquí traigo de cotonía nuevo, media docena de reales, ó los que vuesa merced tuviere, que ella da su palabra de volvérselos con mucha brevedad. Suspendióme y admiróme el tal recado, y volviéndome al señor Montesinos, le pregunté: ¿es posible, señor Montesi-nos, que los encantados principales padecen necesidad? A lo que él me respondió: créame vuesa mer-ced, señor Don Quijote de la Mancha, que esta que llaman necesidad, adonde quiera se usa, y por todo se estiende y á todos alcanza, y aun hasta los encantados no perdona; y pues la señora Dulcinea del Toboso envia á pedir esos seis reales, y la prenda es buena segun parece, no hay sino dárselos,

(1) *Jara era una especie de saeta que se disparaba con la ballesta.* —Arr.

que sin duda debe de estar puesta en algun grande aprieto. Prenda no la tomaré yo, le respondí, ni menos le daré lo que pide, porque no tengo sino solos cuatro reales, los cuales le dí (que fueron los que tú, Sancho, me diste el otro dia para dar limosna á los pobres que topase por los caminos), y le dije, decid, amiga mia, á vuesa señora, que á mí me pesa en el alma de sus trabajos, y que quisiera ser un Fúcar (1) para remediarlos, y que le hago saber que yo no puedo ni debo tener salud, careciendo de su agradable vista y discreta conversacion, y que le suplico, cuan encarecidamente puedo, sea servida su merced de dejarse ver y tratar deste su cautivo servidor y asendereado caballero.

Diréisle tambien, que cuando menos se lo piense oirá decir cómo yo he hecho un juramento y voto, á modo de aquel que hizo el marqués de Mántua, de vengar á su sobrino Baldovinos, cuando le halló para espirar en la mitad de la montaña, que fue de no comer pan á manteles, con las otras zarandajas que allí añadió, hasta vengarle; y asi le haré yo de no sosegar y de andar las siete partidas del mundo, con mas puntualidad que las anduvo el infante don Pedro de Portugal, hasta desencantarla (2). Todo eso y mas, debe vuesa merced á mi señora, me respondió la doncella, y tomando los cuatro reales, en lugar de hacerme una reverencia hizo una cabriola que se levantó dos varas de medir en el aire.

¡Oh, santo Dios! dijo á este tiempo, dando una gran voz, Sancho: ¡es posible que tal hay en el mundo, y que tengan en él tanta fuerza los encantadores y encantamentos, que hayan trocado el buen juicio de mi señor en una tan disparatada locura! ¡Oh, señor, señor! por quien Dios es, que vuesa merced mire por sí, y vuelva por su honra, y no dé crédito á esas vaciedades que le tienen menguado y descabalado el sentido. Como me quieres bien, Sancho, hablas desa manera, dijo Don Quijote; y como no estás esperimentado en las cosas del mundo, todas las cosas que tienen algo de dificultad, te parecen imposibles; pero andará el tiempo, como otra vez he dicho, y yo te contaré algunas de las que allá abajo he visto, que te harán creer las que aquí he contado, cuya verdad, ni admite réplica, ni disputa.

(1) Es decir, un hombre rico. Los Fúcares eran unos comerciantes y asentistas muy ricos, bien conocidos en toda Europa y particularmente en España, donde tuvieron varios asientos á principios del siglo XVII.—P.—La calle en que habitaron, en Madrid, se llama todavía *calle del Fúcar.*

(2) Gomez de Santisteban escribió esta historia, diciendo que fue uno de los doce que anduvieron en la compañía del infante.—A.

CAPÍTULO XXIV.

Donde se cuentan mil zarandajas tan impertinentes como necesarias al verdadero entendimiento desta grande historia.

Dice el que tradujo esta grande historia del original de la que escribió su primer autor Cide Hamete Benengeli, que llegando al capítulo de la aventura de la cueva de Montesinos, en el márgen dél estaban escritas de mano del mismo Hamete estas mismas razones:

«No me puedo dar á entender, ni me puedo persuadir, que al valeroso Don Quijote le pasase puntualmente todo lo que en el antecedente capítulo queda escrito. La razon es, que todas las aventuras hasta aquí sucedidas, han sido contingibles y verisímiles; pero á esta desta cueva no le hallo entrada alguna para tenerla por verdadera, por ir tan fuera de los términos razonables. Pues pensar yo que Don Quijote mintiese, siendo el mas verdadero hidalgo y el mas noble caballero de sus tiempos, no es posible; que no dijera él una mentira si le asaetearan. Por otra parte, considero que él la contó y la dijo con todas las circunstancias dichas, y que no pudo fabricar en tan breve espacio tan gran máquina de disparates; y si esta aventura parece apócrifa, yo no tengo la culpa, y asi sin afirmarla por falsa ó verdadera, la escribo. Tú, lector, pues eres prudente, juzga lo que te pareciere, que yo no debo, ni puedo mas, puesto que se tiene por cierto que al tiempo de su fin y muerte, dicen que se retractó della, y dijo que él la habia inventado por parecerle que convenia y cuadraba bien con las aventuras que habia leido en sus historias.» Y luego prosigue diciendo:

Espantóse el primo, asi del atrevimiento de Sancho Panza como de la paciencia de su amo, y juzgó que del contento que tenia de haber visto á su señora Dulcinea del Toboso, aunque encantada, le nacia aquella condicion blanda que entonces mostraba; porque si asi no fuera, palabras y razones le dijo Sancho, que merecian molerle á palos, porque realmente le pareció que habia andado atrevidillo con su señor, á quien le dijo: yo, señor Don Quijote de la Mancha, doy por bien empleadísima la jornada que con vuesa merced he hecho, porque en ella he grangeado cuatro cosas. La primera, haber conocido á vuesa merced, que lo tengo á gran felicidad. La segunda, haber sabido lo que se encierra en esta cueva de Montesinos, con las mutaciones de Guadiana, y de las lagunas de Ruidera, que me servirán para el *Ovidio español* que traigo entre manos. La tercera, entender la antigüedad de los naipes, que por lo menos ya se usaban en tiempo del emperador Carlo-Magno, segun puede colegirse de las palabras que vuesa merced dice que dijo Durandarte cuando al cabo de aquel grande espacio que estuvo hablando con él Montesinos, él despertó diciendo: paciencia y barajar. Y esta razon y modo de hablar no la pudo aprender encantado, sino cuando no lo estaba en Francia, y en tiempo del referido emperador Carlo-Magno. Y esta averiguacion me viene pintiparada para el otro libro que voy componiendo, que es *Suplemento de Virgilio Polidoro en la invenvion de las antigüedades* (1); y creo que en el suyo no se acordó de poner la de los naipes, como la pondré yo ahora, que será de mucha importancia, y mas alegando autor tan grave y tan verdadero como es el señor Durandarte. La cuarta, es haber sabido con certidumbre el nacimiento del rio Guadiana, hasta ahora ignorado de las gentes.

Vuesa merced tiene razon, dijo Don Quijote; pero querria yo saber, ya que Dios le haga merced de que se le dé licencia para imprimir esos sus libros, que lo dudo (2), ¿á quién piensa dirigirlos? Señores y grandes hay en España á quien puedan dirigirse, dijo el primo. No muchos, respondió Don Quijote; y no porque no lo merezcan, sino que no quieren admitirlos por no obligarse á la satisfaccion que parece se debe al trabajo y cortesía de sus autores. Un príncipe conozco yo que puede suplir la falta de los demás con tantas ventajas, que si me atreviera á decirlas, quizá despertara la envidia en mas de cuatro generosos pechos (3); pero quédese esto aquí para otro tiempo mas cómodo, y vamos á buscar adónde recogernos esta noche. No lejos de aquí, respondió el primo, está una ermita donde hace su habitacion un ermitaño, que dicen ha sido soldado, y está en opinion de ser un buen cristiano, y muy discreto y caritativo además. Junto con la ermita tiene una pequeña casa que él ha labrado á su costa, pero con todo, aunque chica, es capaz de recibir huéspedes. ¿Tiene por ventura gallinas el tal ermitaño? preguntó Sancho. Pocos ermitaños están sin ellas, respondió Don Quijote, porque no son los que ahora se usan como aquellos de los desiertos de Egipto, que se vestian de hojas de palma, y comian raices de la tierra. Y no se entienda que por decir bien de aquellos no lo digo de aquestos, sino que quiero decir que al rigor y estrecheza de entonces no llegan las penitencias de los de ahora; pero no por esto dejan de ser todos buenos, á lo menos yo por buenos los juzgo; y cuando todo corra turbio, menos mal hace el hipócrita que se finge bueno, que el público pecador (4).

(1) Debia decirse Polidoro Virgilio. Este es el nombre de un sabio italiano que publicó en 1499, el tratado *De rerum inventoribus.*

(2) En tiempo de Cervantes parece era difícil alcanzar este permiso.—A.

(3) El príncipe á quien alude aquí Cervantes, es don Pedro Fernandez de Castro, conde de Lémos, á quien dedicó esta segunda parte de Don Quijote.—P.

(4) A pesar de la precaucion con que habla aquí Cervantes de los ermitaños, bien sabia él y se sabia entonces la super-

Estando en esto vieron que hácia donde ellos estaban venia un hombre á pie caminando apriesa, y dando varazos á un macho que venia cargado de lanzas y de alabardas. Cuando llegó á ellos los saludó, y pasó de largo. Don Quijote le dijo: buen hombre, deteneos, que parece que vais con mas diligencia que ese macho há menester. No me puedo detener, señor, respondió el hombre, porque las armas que veis que aquí llevo han de servir mañana, y asi me es forzoso el no detenerme, y adios. Pero si quisiéredes saber para qué las llevo, en la venta que está mas arriba de la ermita pienso alojar esta noche; y si es que haceis este mesmo camino, allí me hallareis, donde os contaré maravillas, y adios otra vez; y de tal manera aguijó el macho, que no tuvo lugar Don Quijote de preguntarle qué maravillas eran las que pensaba decirles; y como él era algo curioso, y siempre le fatigaban deseos de saber cosas nuevas, ordenó que al momento se partiesen, y fuesen á pasar la noche en la venta sin tocar en la ermita donde quisiera él primo que se quedaran. Hízose asi, subieron á caballo y siguieron todos tres el derecho camino de la venta, á la cual llegaron un poco antes de anochecer. Dijo el primo á Don Quijote, que llegasen á la ermita á beber un trago. Apenas oyó esto Sancho Panza cuando encaminó el rucio á ella, y lo mismo hicieron Don Quijote y el primo; pero la mala suerte de Sancho parece que ordenó que el ermitaño no estuviese en casa, que asi se lo dijo una sotaermitaño que en la ermita hallaron. Pidiéronle de lo caro. Respondió que su señor no lo tenia; pero que si querian agua barata, que se la daria de muy buena gana. Si yo la tuviera de agua, respondió Sancho, pozos hay en el camino, donde la hubiera satisfecho. ¡Ah bodas de Camacho y abundancia de la casa de don Diego, y cuántas veces os tengo de echar menos!

Con esto dejaron la ermita y picaron hácia la venta, y á poco trecho toparon un mancebito, que delante dellos iba caminando no con mucha priesa, y asi lo alcanzaron. Llevaba la espada sobre el hombro, y en ella puesto un bulto ó envoltorio al parecer de sus vestidos, que al parecer debian de ser, los calzones ó gregüescos y herreruelo, y alguna camisa, porque traia puesta una ropilla de terciopelo con algunas vislumbres de raso, y la camisa de fuera; y las medias eran de seda, y los zapatos cuadrados á uso de córte: la edad llegaria á diez y ocho ó diez y nueve años, alegre de rostro y al parecer ágil de su persona: iba cantando seguidillas para entretener el trabajo del camino. Cuando llegaron á él acababa de cantar una, que el primo tomó de memoria, que dicen que decia:

> A la guerra me lleva
> Mi necesidad,
> Si tuviera dineros
> No fuera en verdad.

El primero que le habló fue Don Quijote, diciéndole: muy á la ligera camina vuesa merced, señor galan: ¿y adónde bueno? sepamos, si es que gusta decirlo. A lo que el mozo respondió: el caminar tan á la ligera lo causa el calor y la pobreza, y el adónde voy es la guerra. ¿Cómo la pobreza? preguntó Don Quijote, que por el color bien puede ser. Señor, replicó el mancebo, yo llevo en este envoltorio unos gregüescos de terciopelo compañeros desta ropilla; si los gasto en el camino no me podré honrar con ellos en la ciudad, y no tengo con qué compar otros; y asi por esto como por orearme, voy desta manera hasta alcanzar unas compañías de infantería, que no están doce leguas de aquí, donde asentaré mi plaza, y no faltarán bagajes en qué caminar de allí adelante hasta el embarcadero, que dicen ha de ser en Cartagena; y mas quiero tener por amo y por señor al rey, y servirle en la guerra, que no á un pelon en la córte. ¿Y lleva vuesa merced alguna ventaja (1) por ventura? preguntó el primo. Si yo hubiera servido á algun grande de España, ó algun principal personaje, respondió el mozo, á buen seguro que yo la llevara, que eso tiene el servir á los buenos, que del tinelo suelen salir á ser alféreces ó capitanes, ó con algun buen entretenimiento (2); pero yo, desventurado, serví siempre á catariberas (3) y á gente advenediza de racion y quitacion (4) tan mísera y atenuada, que en pagar el almidonar un cuello se consumia la mitad della; y seria tenido á milagro que un paje aventurero alcanzase alguna siquiera razonable ventaja. Y dígame por su vida amigo, preguntó Don Quijote, ¿es posible que en los años que sirvió no ha podido alcanzar alguna librea? Dos me han dado, respondió el paje; pero asi como al que se sale de alguna religion antes de profesar, le quitan el hábito y le vuelven sus vestidos, asi me volvian á mí los niños mis amos, que acabados los negocios á que venian á la córte se volvian á sus casas, y recogian las libreas que por sola ostentacion habian dado.

cheria, impostura, hipocresía y relajada vida de muchos de ellos, practicada impugnemente con capa de penitencia y devocion: y esto es lo que quiere criticar aquí, aunque con paliativos, nuestro autor, sin duda por no chocar con los muchos, ya necios y ya falsos devotos de su tiempo.—Arr.

(1) El sueldo ó pension, que además del pre se daba al soldado de algunas circunstancias y distincion en la milicia de aquel tiempo, en que no habia cadetes; y se llamaban *soldados aventajados.*—P.

(2) Pension.—Arr.

(3) Dábase este nombre metafórico á los pretendientes de varas de alcaldes mayores y de corregimientos, cuya vida solícita, afanada y escasa tal vez de bienes temporales, pinta con incomparable gracia don Diego de Mendoza en una carta *ms.* que con otras se guarda en la real Biblioteca. Esta voz *catariberas* se compone del verbo antiguo *catar*, que significa mirar, reconocer, y del sustantivo *riberas*; y propiamente se dice ojeador, reconocedor ó esplorador de las aves, que suelen hacer asiento en las riberas, lagunas y otros lugares pantanosos; y por esta alusion llamaban *catariberas* á los referidos pretendientes, por andar de lugar en lugar ejerciendo su oficio.—P.

(4) *Racion,* la porcion ó pitanza que se daba al criado cada dia; *quitacion* es el salario que se le pagaba.—P.

Notable espilorchería, como dice el italiano, dijo Don Quijote; pero con todo eso tenga á felice ventura el haber salido de la córte con tan buena intencion como lleva, porque no hay otra cosa en a tierra mas honrada ni de mas provecho que servir á Dios primeramente y luego á su rey y señor

natural, especialmente en el ejercicio de las armas, por las cuales se alcanzan, si no mas riquezas, á lo menos mas honra que por las letras, como yo tengo dicho muchas veces; que puesto que han fundado mas mayorazgos las letras que las armas, todavía llevan un no sé qué los de las armas á los de

las letras, con un sí sé qué de esplendor que se halla en ellos, que los aventaja á todos. Y esto que ahora le quiero decir, llévelo en la memoria, que le será de mucho provecho y alivio en sus trabajos: y es que aparte la imaginacion de los sucesos adversos que le podrán venir, que el peor de todos es la muerte, y como ésta sea buena, el mejor de todos es el morir. Preguntáronle á Julio César, aquel valeroso emperador romano, cuál era la mejor muerte. Respondió que la impensada, la de repente y no prevista: y aunque respondió como gentil y ageno del conocimiento del verdadero Dios, con todo eso dijo bien, para ahorrarse del sentimiento humano, que puesto caso que os maten en la primera faccion y refriega, ó ya de un tiro de artillería ó volado de una mina, ¿qué importa? todo es morir, y acabóse la obra; y segun Terencio, mas bien parece el soldado muerto en la batalla, que vivo y salvo en la huida; y tanto alcanza de fama el buen soldado, cuanto tiene de obediencia á sus capitanes y á los que mandar le pueden: y advertid, hijo, que al soldado mejor le está el oler á pólvora que á algalia, y que si la vejez os coge en este honroso ejercicio, aunque sea lleno de heridas y estropeado ó cojo, á lo menos no os podrá coger sin honra, y tal que no os la podrá menoscabar la pobreza: cuanto mas que ya se va dando órden cómo se entretengan y remedien los soldados viejos y estropeados, porque no es bien que se haga con ellos lo que suelen hacer los que ahorran y dan libertad á sus negros cuando ya son viejos y no pueden servir, y echándolos de casa con título de libres, los hacen esclavos de la hambre, de quien no piensan ahorrarse sino con la muerte: y por ahora no os quiero decir mas sino que subais á las ancas deste mi caballo hasta la venta, y allí cenareis conmigo, y por la mañana seguireis el camino, que os le dé Dios tan bueno como vuestros deseos merecen.

El paje no aceptó el convite de las ancas, aunque sí el de cenar con él en la venta, y á esta sazon dicen que dijo Sancho entre sí: válate Dios por señor: ¿y es posible que hombre que sabe decir tales, tantas y tan buenas cosas como aquí ha dicho, diga que ha visto los disparates imposibles que cuenta de la cueva de Montesinos? Ahora bien, ello dirá; y en esto llegaron á la venta á tiempo que anochecia, y no sin gusto de Sancho por ver que su señor la juzgó por verdadera venta, y no por castillo, como solia. No hubieron bien entrado, cuando Don Quijote preguntó al ventero por el hombre de las lanzas y alabardas, el cual le respondió que en la caballeriza estaba acomodando el macho: lo mismo hicieron de sus jumentos el primo y Sancho, dando á Rocinante el mejor pesebre y el mejor lugar de la caballeriza.

CAPITULO XXV.

Donde se apunta la aventura del rebuzno, y la graciosa del titerero, con las memorables adivinanzas del mono adivino.

No se le cocia el pan á Don Quijote, como suele decirse, hasta oir y saber las maravillas prometidas del hombre conductor de las armas. Fuéle á buscar donde el ventero le habia dicho que estaba, y hallóle y díjole que en todo caso le dijese luego lo que le habia de decir despues acerca de lo que le

habia preguntado en el camino. El hombre le respondió: mas despacio y no en pie se ha de tomar el cuento de mis maravillas: déjeme vuesa merced, señor bueno, acabar de dar recado á mi bestia, que yo le diré cosas que le admiren. No quede por eso, respondió Don Quijote, que yo os ayudaré á todo, y asi lo hizo aechándole la cebada y limpiando el pesebre, humildad que obligó al hombre á contarle con buena voluntad lo que le pedia; y sentándose en un poyo, y Don Quijote junto á él, teniendo por senado y auditorio al primo, al paje, á Sancho Panza y al ventero, comenzó á decir desta manera:

Sabrán vuesas mercedes que en un lugar, que está cuatro leguas y media desta venta, sucedió que á un regidor dél, por industria y engaño de una muchacha criada suya (y esto es largo de contar) le faltó un asno; y aunque el tal regidor hizo las diligencias posibles por hallarle, no fue posible. Quince dias serian pasados, segun es pública voz y fama, que el asno faltaba, cuando estando en la plaza el regidor perdidoso, otro regidor del mismo pueblo le dijo: dadme albricias, compadre, que vuestro jumento ha parecido. Yo os las mando, y buenas, compadre, respondió el otro; pero sepamos dónde ha parecido. En el monte, respondió el hallador, le ví esta mañana sin albarda y sin aparejo alguno, y tan flaco que era una compasion miralle: quísele antecoger delante de mí y traérosle; pero está ya tan montaraz y tan huraño, que cuando llegué á él se fué huyendo y se entró en lo mas escondido del monte: si quereis que volvamos los dos á buscarle, dejadme poner esta borrica en mi casa, que luego vuelvo. Mucho placer me hareis, dijo el del jumento, y yo procuraré pagároslo en la mesma moneda. Con estas circunstancias todas, y de la mesma manera que yo lo voy contando, lo cuentan todos aquellos que están enterados en la verdad deste caso.

En resolucion, los dos regidores á pie y mano á mano se fueron al monte; y llegando al lugar y sitio donde pensaron hallar el asno, no le hallaron, ni pareció por todos aquellos contornos, aunque mas le buscaron. Viendo, pues, que no parecia, dijo el regidor que le habia visto al otro: mirad, compadre, una traza me ha venido al pensamiento, con la cual sin duda alguna podremos descubrir este animal, aunque esté metido en las entrañas de la tierra, no que del monte; y es que yo sé rebuznar maravillosamente, y si vos sabeis algun tanto, dad el hecho por concluido. ¿Algun tanto decís, compadre? dijo el otro: por Dios que no dé la ventaja á nadie, ni aun á los mesmos asnos. Ahora lo veremos, respondió el regidor segundo, porque tengo determinado que os vais vos por una parte del monte y yo por otra, de modo que le rodeemos y andemos todo, y de trecho en trecho rebuznareis vos y rebuznaré yo, y no podrá ser menos sino que el asno nos oya y nos responda si es que está en el monte. A lo que respondió el dueño del jumento: digo, compadre, que la traza es escelente y digna de vuestro gran ingenio; y dividiéndose los dos segun el acuerdo, sucedió que casi á un mesmo tiempo rebuznaron, y cada uno engañado del rebuzno del otro acudieron á buscarse, pensando que ya el jumento habia parecido, y en viéndose dijo el perdidoso: ¿es posible, compadre, que no fue mi asno el que rebuznó? No fue sino yo, respondió el otro. Ahora digo, dijo el dueño, que de vos á un asno, compadre, no hay alguna diferencia en cuanto toca al rebuznar, porque en mi vida he visto ni oido cosa mas propia. Esas alabanzas y encarecimiento, respondió el de la traza, mejor os atañen y tocan á vos que á mí, compadre; que por el Dios que me crió, que podeis dar dos rebuznos de ventaja al mayor y mas perito rebuznador del mundo; porque el sonido que teneis es alto, lo sostenido de la voz á su tiempo y compás, los dejos muchos y apresurados, y en resolucion yo me doy por vencido y os rindo la palma, y doy la bandera desta rara habilidad. Ahora digo, respondió el dueño, que me tendré y estimaré en mas de aquí adelante, y pensaré que sé alguna cosa, pues tengo alguna gracia, que puesto que pensara que rebuznaba bien, nunca entendí que llegaba al estremo que decís. Tambien diré yo ahora, respondió el segundo, que hay raras habilidades perdidas en el mundo, y que son mal empleadas en aquellos que no saben aprovecharse dellas. Las nuestras, respondió el dueño, sino es en casos semejantes al que traemos entre manos, no nos pueden servir en otros, y aun en este plega á Dios que nos sean de provecho.

Esto dicho, se tornaron á dividir y á volver á sus rebuznos, y á cada paso se engañaban y volvian á juntarse, hasta que se dieron por contraseña, que para entender que eran ellos y no el asno, rebuznasen dos veces una tras otra. Con esto doblando á cada paso los rebuznos, rodearon todo el monte sin que el perdido jumento respondiese ni aun por señas. Mas ¿cómo habia de responder el pobre y mal logrado, si le hallaron en lo mas escondido del bosque comido de lobos? Y en viéndole, dijo su dueño: ya me maravillaba yo de que él no respondia, pues á no estar muerto, él rebuznara si nos oyera, ó no fuera asno; pero á trueco de haberos oido rebuznar con tanta gracia, compadre, doy por bien empleado el trabajo que he tenido en buscarle, aunque le he hallado muerto. En buena mano está, compadre, respondió el otro, pues si bien canta el abad, no le va en zaga el monacillo.

Con esto desconsolados y roncos se volvieron á su aldea, adonde contaron á sus amigos, vecinos y conocidos cuanto les habia acontecido en la busca del asno, exagerando el uno la gracia del otro en el rebuznar, todo lo cual se supo y se estendió por los lugares circunvecinos; y el diablo, que no duerme, como es amigo de sembrar y derramar rencillas y discordia por do quiera, levantando caramillos en el viento y grandes quimeras de nonada, ordenó é hizo que las gentes de los otros pueblos en viendo á alguno de nuestra aldea rebuznasen, como dándoles en rostro con el rebuzno de nuestros regidores. Dieron en ello los muchachos, que fue dar en manos y en bocas de todos los demonios del infierno, y fue cundiendo el rebuzno de uno en otro pueblo de manera, que son conocidos los naturales del pueblo del rebuzno como son conocidos y diferenciados los negros de los blancos; y ha llegado á tanto la desgracia desta burla, que muchas veces con mano armada y formado escuadron, han salido contra los burladores los burlados á darse la batalla, sin poderlo remediar rey ni Roque, ni temor ni vergüenza. Yo creo que mañana ó esotro dia han de salir en campaña los de mi pueblo, que son los del rebuzno, contra otro lugar que está á dos leguas del nuestro, que es uno de los que mas nos persiguen, y por salir bien apercibidos llevo compradas estas lanzas y alabardas que habeis visto. Y estas son las maravillas que dije que os habia de contar; y si no os lo han parecido, no sé otras; y con esto dió fin á su plática el buen hombre.

Y en esto entró por la puerta de la venta un hombre todo vestido de camuza, medias, gregüescos y jubon, y con voz levantada dijo: señor huésped, ¿hay posada? que viene aquí el mono adivino y el retablo de la libertad de Melisendra. Cuerpo de tal, dijo el ventero, que aquí está el señor maese Pedro; buena noche se nos apareja. Olvidábaseme de decir cómo el tal maese Pedro traia cubierto el ojo izquierdo y casi medio carrillo con un parche de tafetan verde, señal que todo aquel lado debia de estar enfermo, y el ventero prosiguió diciendo: sea bien venido vuesa merced, señor maese Pedro, ¿á dónde están el mono y el retablo que no los veo? Ya llegan cerca, respondió el todo camuza, sino que yo me he adelantado á saber si hay posada. Al mismo duque de Alba se la quitara para dársela al señor maese Pedro, respondió el ventero: llegue el mono y el retablo, que gente hay esta noche en la venta que pagará el verle y las habilidades del mono. Sea en buen hora, respondió el del parche, que yo moderaré el precio, y con solo la costa me daré por bien pagado, y yo vuelvo á hacer que camine la carreta donde viene el mono y el retablo; y luego se volvió á salir de la venta.

Preguntó luego Don Quijote al ventero qué maese Pedro era aquel, y qué retablo y qué mono traia. A lo que respondió el ventero: este es un famoso titerero que há muchos dias que anda por esta Mancha de Aragon enseñando un retablo de la libertad de Melisendra dada por el famoso don Gaiferos, que es una de las mejores y mas bien representadas historias que de muchos años á esta parte en este reino se han visto; trae asimismo consigo un mono de la mas rara habilidad que se vió entre monos, ni se imaginó entre hombres; porque si le preguntan algo, está atento á lo que le preguntan, y luego salta sobre los hombros de su amo, y llegándosele al oido le dice la respuesta de lo que le preguntan, y maese Pedro la declara luego, y de las cosas pasadas dice mucho mas que de las que están por venir; y aunque no todas veces acierta en todas, en las mas no yerra, de modo que nos hace creer que tiene el diablo en el cuerpo. Dos reales lleva por cada pregunta si es que el mono responde, quiero decir, si responde el amo por él despues de haberle hablado al oido; y asi se cree que el tal maese Pedro está riquísimo, y es hombre galante, como dicen en Italia, y bon compaño, y dáse la mejor vida del mundo; habla mas que seis, y bebe mas que doce, todo á costa de su lengua y de su mono y de su retablo.

En esto volvió el maese Pedro, y en una carreta venian el retablo y el mono, grande y sin cola, con las posaderas de fieltro, pero no de mala cara: y apenas le vió Don Quijote, cuando le preguntó: dígame vuesa merced, señor adivino, ¿qué peje pillamo? ¿qué ha de ser de nosotros? y vea aquí mis dos reales, y mandó á Sancho que se los diese á maese Pedro, el cual respondió por el mono y dijo: señor este animal no responde ni da noticia de las cosas que están por venir; de las pasadas sabe algo, y de las presentes algun tanto. Voto á Rus (1), dijo Sancho, no dé yo un ardite porque me digan lo que por mí ha pasado, porque ¿quién lo puede saber mejor que yo mismo? y pagar yo porque me digan lo que sé, seria una gran necedad; pero pues sabe las cosas presentes, hé aquí mis dos reales, y dígame el señor monísimo, ¿qué hace ahora mi mujer Teresa Panza, y en qué se entretiene?

No quiso tomar maese Pedro el dinero, diciendo: no quiero recebir adelantados los premios sin que hayan precedido los servicios; y dando con la mano derecha dos golpes sobre el hombro izquierdo, en un brinco se le puso el mono en él, y llegando la boca al oido, daba diente con diente muy apriesa; y habiendo hecho este ademan por espacio de un credo, de otro brinco se puso en el suelo, y al punto con grandísima priesa se fué maese Pedro á poner de rodillas ante Don Quijote, y abrazándole las piernas, dijo: estas piernas abrazo, bien asi como si abrazara las dos columnas de Hércules, ¡oh resucitador insigne de la ya puesta en olvido andante caballería! ¡oh, no jamás como se debe alabado caballero Don Quijote de la Mancha, ánimo de los desmayados, arrimo de los que van á caer, brazo de los caidos, báculo y consuelo de todos los desdichados! Quedó pasmado Don Quijote, absorto Sancho, suspenso el primo, atónito el paje, abobado el del rebuzno, confuso el ventero, y finalmente, espantados todos los que oyeron las razones del titerero, el cual prosiguió diciendo: y tú, oh buen Sancho Panza, el mejor escudero y del mejor caballero del mundo, alégrate, que tu buena mujer Teresa está buena, y esta es la hora en que ella está rastrillando una libra de lino, y por mas señas tiene á su lado izquierdo un jarro desbocado, que cabe un buen porqué de vino, con que se entretiene en su trabajo. Eso creo yo muy bien, respondió Sancho, porque es ella una bienaventurada, y á no ser celosa no la trocara yo por la giganta Andandona (2), que segun mi señor, fué una mujer muy cabal y muy de pro; y es mi Teresa de aquellas que no se dejan mal pasar, aunque sea á costa de sus herederos.

Ahora digo, dijo á esta sazon Don Quijote, que el que lee mucho y anda mucho, ve mucho y sabe mucho. Digo esto porque ¿qué persuasion fuera bastante para persuadirme que hay monos en el mundo que adivinen, como lo he visto ahora por mis propios ojos? porque yo soy el mismo Don Quijote de la Mancha que este buen animal ha dicho, puesto que se ha estendido algun tanto en mis alabanzas; pero como quiera que yo me sea, doy gracias al cielo, que me dotó de un ánimo blando y compasivo, inclinado siempre á hacer bien á todos, y mal á ninguno. Si yo tuviera dineros, dijo el

(1) Especie de esclamacion ó juramento de la gente rústica. En la Mancha hubo un castillo antiguo, llamado Rus, de donde fue natural Clemen Perez de Rus. Hay además de esto un arroyo llamado Rus; y aun se conserva una poblacion llamada tambien Rus. No es fácil saber por cuál de estos Ruses votaba Sancho Panza.—P.

(2) Hermana del gigante Madargue, señor de la ínsula Triste, segun se lee en la historia de Amadis de Gaula.

paje, preguntara al señor mono qué me ha de suceder en la peregrinacion que llevo. A lo que respondió maese Pedro (que ya se habia levantado de los piés de Don Quijote): ya he dicho que esta bestezuela no responde á lo porvenir, que si respondiera no importara no háber dineros, que por servicio del señor Don Quijote, que está presente, dejara yo todos los intereses del mundo; y agora porque se lo debo, y por darle gusto, quiero armar mi retablo y dar placer á cuantos están en la venta sin paga alguna. Oyendo lo cual el ventero, alegre sobremanera, señaló el lugar donde se podia poner el retablo, que en un punto fue hecho.

Don Quijote no estaba muy contento con las adivinanzas del mono, por parecerle no ser á propósito que un mono adivinase ni las porvenir ni las pasadas cosas; y asi en tanto que maese Pedro acomodaba el retablo, se retiró con Sancho á un rincon de la caballeriza; donde sin ser oidos de nadie le dijo: mira, Sancho, yo he considerado bien la estraña habilidad deste mono, y hallo por mi cuenta que sin duda este maese Pedro su amo debe de tener hecho pacto tácito ó espreso con el demonio. Si el patio es espeso y del demonio, dijo Sancho, sin duda debe de ser muy sucio patio: ¿pero de qué provecho le es al tal maese Pedro tener esos patios? No me entiendes, Sancho: no quiero decir, sino que debe

de tener hecho algun concierto con el demonio, de que infunda esa habilidad en el mono con qué gane de comer, y despues que esté rico le dará su alma, que es lo que este universal enemigo pretende; y háceme creer esto el ver que el mono no responde sino á las cosas pasadas ó presentes, y la sabiduría del diablo no se puede estender á mas: que las por venir no las sabe sino es por conjeturas, y no todas veces; que á solo Dios está reservado conocer los tiempos y los momentos, y para él no hay pasado ni por venir, que todo es presente; y siendo esto asi, como lo es, está claro que este mono habla con el estilo del diablo; y estoy maravillado cómo no le han acusado al Santo Oficio, y examinádole, y sacádole de cuajo en virtud de quien adivina; porque cierto está que este mono no es astrólogo, ni su amo ni él alzan ni saben alzar estas figuras que llaman judiciarias, que tanto ahora se usan en España, que no hay mujercilla, ni paje, ni zapatero de viejo, que no presuma de alzar una figura, como si fuera una sota de naipes del suelo, echando á perder con sus mentiras é ignorancias la verdad maravillosa de la ciencia. De una señora sé yo que preguntó á uno destos figureros, que si una perrilla de falda pequeña que tenia, si se empreñaria y pariria, y cuántos y de qué color serian los perros que pariese. A lo que el señor judiciario, despues de haber alzado la figura, respondió que la perrica se empreñaria, y que pariria tres perricos, el uno verde, el otro encarnado y el otro de mezcla, con tal condicion que la tal perra se cubriese entre las once y doce del dia ó de la noche, y que fuese en lunes ó en sábado; y lo que sucedió fue que de allí á dos dias se murió la perra de ahita, y el señor levantador quedó acreditado en el lugar por acertadísimo judiciario, como lo quedan todos ó los mas levantadores. Con todo eso querria, dijo Sancho, que vuesa merced dijese á maese Pedro, preguntase á su mono si es verdad lo que á vuesa merced le pasó en la cueva de Montesinos; que yo para mí tengo, con perdon de vuesa merced, que todo fue embeleco y mentira, ó por lo menos cosas soñadas. Todo podria ser, respondió Don Quijote; pero yo haré lo que me aconsejas, puesto que me ha de quedar un no sé qué de escrúpulo.

Estando en esto llegó maese Pedro á buscar á Don Quijote y decirle que ya estaba en órden el retablo, que su merced viniese á verle, porque lo merecia. Don Quijote le comunicó su pensamiento, y le rogó preguntase luego á su mono le dijese si ciertas cosas que habian pasado en la cueva de Montesinos habian sido soñadas ó verdaderas, porque á él le parecia que tenian de todo. A lo que maese Pedro, sin responder palabra, volvió á traer el mono, y puesto delante de Don Quijote y de Sancho, dijo: mirad, señor mono, que este caballero quiere saber si ciertas cosas que le pasaron en una cueva, llamada de Montesinos, si fueron falsas ó verdaderas; y haciéndole la acostumbrada señal, el mono se le subió en el hombro izquierdo, y hablándole al parecer en el oido dijo luego maese Pedro: el mono dice que parte de las cosas que vuesa merced vió ó pasó en la dicha cueva, son falsas, y parte verisímiles: y que esto es lo que sabe, y no otra cosa en cuanto á esta pregunta; y que si vuesa merced quisiere saber mas, que el viernes venidero responderá á todo lo que se le preguntare, que por ahora se le ha acabado la virtud, que no le vendrá hasta el viernes, como dicho tiene. ¿No lo decia yo, dijo Sancho, que no se me podia asentar que todo lo que vuesa merced, señor mio, ha dicho de los acontecimientos de la cueva era verdad, ni aun la mitad? Los sucesos lo dirán, Sancho, respondió Don

Quijote, que el tiempo, descubridor de todas las cosas, no se deja ninguna que no la saque á la luz del sol, aunque esté escondida en el seno de la tierra: y por ahora baste esto, y vámonos á ver el retablo del buen maese Pedro, que para mí tengo que debe de tener alguna novedad. ¿Cómo alguna? respondió maese Pedro, sesenta mil encierra en sí este mi retablo: dígole á vuesa merced, mi señor Don Quijote, que es una de las cosas mas de ver que hoy tiene el mundo, y *operibus credite, et non verbis*, y manos á la labor, que se hace tarde, y tenemos mucho que hacer y que decir y que mostrar.

Obedeciéronle Don Quijote y Sancho, y vinieron donde ya estaba el retablo puesto y descubierto, lleno por todas partes de candelillas de cera encendidas, que le hacian vistoso y resplandeciente. En llegando se metió maese Pedro dentro dél, que era el que habia de manejar las figuras del artificio, y fuera se puso un muchacho, criado del maese Pedro, para servir de intérprete y declarador de los misterios del tal retablo: tenia una varilla en la mano con que señalaba las figuras que salian. Puestos, pues, todos cuantos habia en la venta, y algunos en pie, frontero del retablo, y acomodados Don Quijote, Sancho, el paje y el primo en los mejores lugares, el trujaman (1) comenzó á decir lo que oirá ó verá el que oyere ó viere el capítulo siguiente.

(1) Los árabes, turcos y persas, llaman al intérprete *turgiman ó dragoman*, y de aquí nosotros *trujaman.*—P.

CAPITULO XXVI.

Donde se prosigue la graciosa aventura del titerero, con otras cosas en verdad harto buenas.

Callaron todos, Tirios y Troyanos : quiero decir, pendientes estaban todos los que el retablo miraban de la boca del declarador de sus maravillas, cuando se oyeron sonar en el retablo cantidad de atabales y trompetas, dispararse mucha artillería, cuyo rumor pasó en tiempo breve, y luego alzó la voz el muchacho, y dijo: esta verdadera historia que aquí á vuesas mercedes se representa, es sacada al pie de la letra de las crónicas francesas, y de los romances españoles que andan en boca de las gentes y de los muchachos por esas calles. Trata de la libertad que dió el señor don Gaiferos á su esposa Melisendra, que estaba cautiva en España en poder de moros, en la ciudad de Sansueña, que asi se llamaba entonces la que hoy se llama Zaragoza: y vean vuesas mercedes allí cómo está jugando á las tablas don Gaiferos, segun aquello que se canta:

> Jugando está á las tablas don Gaiferos,
> Que ya de Melisendra está olvidado (1).

Y aquel personaje que allí asoma con corona en la cabeza y cetro en las manos es el emperador Cárlo Magno, padre putativo de la tal Melisendra, el cual, mohino de ver el ócio y descuido de su yerno, le sale á reñir : y adviertan con la vehemencia y ahinco que le riñe, que no parece sino que le quiere dar con el cetro media docena de coscorrones, y aun hay autores que dicen que se los dió, y muy bien dados ; y despues de haberle dicho muchas cosas acerca del peligro que corria su honra, en no procurar la libertad de su esposa, dicen que le dijo:

> Harto os he dicho, miraldo (2).

Miren vuesas mercedes tambien como el emperador vuelve las espaldas, y deja despechado á don Gaiferos, el cual ya ven como arroja, impaciente de la cólera, lejos de sí el tablero y las tablas, y pide apriesa las armas, y á don Roldan su primo pide prestada su espada Durindana (3) y como don Roldan no se la quiere prestar, ofreciéndole su compañia en la dificil empresa en que se pone; pero el valeroso enojado no la quiere aceptar; antes dice que él solo es bastante para sacar á su esposa, si bien estuviese metida en el mas hondo centro de la tierra, y con esto se entra á armar para ponerse luego en camino. Vuelvan vuesas mercedes los ojos á aquella torre que allí aparece, que se presupone que es una de las torres del alcázar de Zaragoza, que ahora llaman la Aljaferia, y aquella dama que en aquel balcon parece vestida á lo moro, es la sin par Melisendra, que desde allí muchas veces se ponia á mirar el camino de Francia, y puesta la imaginacion en París y en su esposo, se consolaba en su cautiverio. Miren tambien un nuevo caso que ahora sucede, quizá no visto jamás. ¿No ven aquel moro, que callandico y pasito á paso, puesto el dedo el la boca se llega por las espaldas de Melisendra? Pues miren cómo la da un beso en mitad de los labios, y la priesa que ella se da á escupir y limpiárselos con la blanca manga de su camisa, y cómo se lamenta, y se arranca de pesar sus hermosos cabellos, como si ellos tuvieran la culpa del maleficio. Miren tambien cómo aquel grave moro que está en aquellos corredores, es el rey Marsilio de Sansueña, el cual por haber visto la insolencia del moro, puesto que era su pariente y gran privado suyo, le mandó luego prender, y que le den doscientos azotes, llevándole por las calles acostumbradas de la ciudad con chilladores delante y envaramiento detrás (4); y veis aquí dónde salen á ejecutar la sentencia, aun bien apenas no habiendo sido puesta en

(1) Y prosigue:

> Cantando el famoso Cárlos y Oliveros
> A ver el juego juntos han entrado,
> Con otros valerosos caballeros
> De aquellos de los Doce, que á su lado
> Jugaban y á su mesa los ponia,
> Porque esto su valor lo merecia.

Esta composicion de siete octavas, en que se cuenta la historia de Melisendra y de Gaiferos, se conserva inédita en la Biblioteca Nacional de Madrid

(2) Este es un verso del romance, que al descuido de Gaiferos y represion de Carlo Magno, compuso Miguel Sanchez, llamado el Divino, uno de los mejores poetas cómicos del siglo XVII, en el cual se lee la copla siguiente:

> Melisendra está en Sansueña
> Vos en París desculdado:
> Vos ausente; ella mujer:
> *Harto os he dicho, miraldo.*

(*Elocuencia española*, Bartol. Jim. Paton, fol. 81).—P.

(3) De esta espada, dice el arzobispo Turpin, que era de una hechura hermosisima, de un filo incomparable y de una fortaleza inflexible. Llámala *Duranda*, acaso por su dureza. Otros franceses la llamaron *Durendal*: los italianos *Durandina*, cuyo nombre adoptó nuestra lengua. El fabricante se llamó *Munificans*, segun se dice en la historia de Carlo Magno.—P.

(4) Delante de los azotados iba el pregonero, que publicaba ó chillaba la sentencia, y detrás algunos alguaciles con las varas en las manos.

ejecucion la culpa, porque entre moros no hay traslado á la parte, ni á prueba y estése, como entre nosotros.

Niño, niño, dijo con voz alta á esta sazon Don Quijote, seguid vuestra historia linea recta, y no os metais en las curvas ó trasversales, que para sacar una verdad en limpio, menester son muchas pruebas y repruebas. Tambien dijo maese Pedro desde dentro: muchacho, no te metas en dibujos, sino haz lo que ese señor te manda, que será lo mas acertado: sigue tu canto llano, y no te metas en contrapuntos, que se suelen quebrar de sotiles.

Yo lo haré asi, respondió el muchacho, y prosiguió diciendo:

Esta figura que aquí parece á caballo, cubierta con una capa gascona (1), es la misma de don Gaiferos, á quien su esposo esperaba, y ya vengada del atrevimiento del enamorado moro, con mejor y mas sosegado semblante se ha puesto á los miradores de la torre, y habla con su esposo creyendo que es algun pasajero, con quien pasó todas aquellas razones y coloquios de aquel romance, que dice:

> Caballero, si á Francia ides,
> Por Gaiferos preguntad (2).

Los cuales no digo yo ahora, porque de la proligidad se suele engendrar el fastidio; basta ver cómo don Gaiferos se descubre, y que por los ademanes alegres que Melisendra hace se nos da á entender que ella le ha conocido, y mas ahora que vemos se descuelga del balcon para ponerse en las ancas del caballo de su buen esposo. ¡Mas ay sin ventura! que se le ha asido una punta del faldellin de uno de los hierros del balcon, y está pendiente en el aire sin poder llegar al suelo. Pero veis cómo el piadoso cielo socorre en las mayores necesidades, pues llega don Gaiferos, y sin mirar si se rasgará ó no el rico faldellin, ase de ella, y mal su grado la hace bajar al suelo, y luego de un brinco la pone sobre las ancas de su caballo á horcajadas como hombre, y la manda que se tenga fuertemente y le eche los brazos por las espaldas, de modo que los cruce en el pecho, porque no se caiga, á causa que no estaba la señora Melisendra acostumbrada á semejantes caballerías. Veis tambien cómo los relinchos del caballo dan señales que va contento con la valiente y hermosa carga que lleva en su señor y en su señora. Veis cómo vuelven las espaldas y salen de la ciudad, y alegres y regocijados toman de París la via. Vais en paz, oh par sin par de verdaderos amantes; llegueis á salvamento á vuestra deseada patria sin que la fortuna ponga estorbo en vuestro felice viaje: los ojos de vuestros amigos y parientes os vean gozar en paz tranquila los dias (que los de Nestor sean) que os quedan de la vida.

Aquí alzó otra vez la voz maese Pedro, y dijo: llaneza, muchacho, no te encumbres, que toda afectacion es mala. No respondió nada el intérprete, antes prosiguió diciendo: no faltaron algunos ociosos ojos, que lo suelen ver todo, que no viesen la bajada y la subida de Melisendra, de quien dieron noticia al rey Marsilio, el cual mandó luego tocar al arma; y miren con qué priesa, que ya la ciudad se hunde con el son de las campanas, que en todas las torres de las mezquitas suenan.

Eso no, dijo á esta sazon Don Quijote: en esto de las campanas anda muy impropio maese Pedro, porque entre moros no se usan campanas, sino atabales, y un género de dulzainas (3) que parecen nuestras chirimías; y esto de sonar campanas en Sansueña, sin duda que es un gran disparate. Lo cual oido por maese Pedro, cesó el tocar, y dijo: no mire vuesa merced en niñerías, señor Don Quijote, ni quiera llevar las cosas tan por el cabo, que no se le halle. ¿No se representan por ahí casi de ordinario mil comedias llenas de mil impropiedades y disparates, y con todo eso corren felicísimamente su carrera, y se escuchan no solo con aplauso, sino con admiracion y todo? Prosigue, muchacho, y deja decir, que como yo llene mi talego, siquiera represente mas impropiedades que tiene átomos el sol. Asi es la verdad, replicó Don Quijose; y el muchacho dijo:

Miren cuánta y cuán lucida caballería sale de la ciudad en seguimiento de los dos católicos amantes, cuántas trompetas que suenan, cuántas dulzainas que tocan, y cuántos atabales y atambores que retumban: témome que los han de alcanzar, y los han de volver atados á la cola de su mismo caballo, que seria un horrendo espectáculo.

Viendo y oyendo, pues, tanta morisma y tanto estruendo Don Quijote, parecióle ser bien dar ayuda á los que huian, y levantándose en pie, en voz alta dijo: no consentiré yo que en mis dias y en mi presencia se le haga superchería á tan famoso caballero y á tan atrevido enamorado como don Gaiferos: deteneos, mal nacida canalla, no le sigais ni persigais; si no, conmigo sois en batalla; y diciendo y haciendo desenvainó la espada, y de un brinco se puso junto al retablo, y con acelerada y nunca vista furia comenzó á llover cuchilladas sobre la titerera morisma, derribando á unos, descabe-

---

(1) Llamábanse en tiempo de Cervantes *gasconas* unas capas ordinarias con capilla puntiaguda que llevaban los aguadores de Toledo, los cuales eran comunmente franceses. *(Covarr.* V. Gaban).

(2)
> Decidle que la su esposa
> Se le euvia á encomendar:
> Decidle que si ya es tiempo
> De me venir á sacar
> Desta prision tan esquiva,
> Do vivo con soledad.—P.

(3) La *dulzaina*, dice Covarrubias, era un instrumento músico á manera de trompetilla, de que usaron mucho los moros. La *chirimía* era un instrumento de boca, á modo de trompeta derecha, sin vuelta, de ciertas maderas fuertes.—Arr.

zando á otros, estropeando á éste, destrozando á aquel, y entre otros muchos tiró un altibajo tal, que si maese Pedro no se abaja, se encoge y agazapa, le cercenara la cabeza con mas facilidad que si fuera hecha de masa de mazapan. Daba voces maese Pedro diciendo: deténgase vuesa merced, señor Don Quijote; y advierta que estos que derriba, destroza y mata no son verdaderos moros, sino unas figurillas de pasta: mire ¡pecador de mí! que me destruye y echa á perder toda mi hacienda. Mas no por esto dejaba de menudear Don Quijote cuchilladas, mandobles, tajos y reveses como llovidos. Finalmente, en menos de dos credos dió con todo el retablo en el suelo, hechas pedazos y desmenuzadas todas sus jarcias y figuras, el rey Marsilio mal herido, y el emperador Carlo Magno partida la corona y la cabeza en dos partes. Alborotóse el senado de los oyentes, huyóse el mono por los tejados de la venta: temió el primo, acobardóse el paje, y hasta el mismo Sancho Panza tuvo pavor grandísimo, porque, como él juró despues de pasada la borrasca, jamás habia visto á su señor con tan desatinada cólera.

Hecho, pues, el general destrozo del retablo, sosegóse un poco Don Quijote, y dijo: quisiera yo

tener aquí delante en este punto todos aquellos que no creen ni quieren creer de cuánto provecho sean en el mundo los caballeros andantes: miren, si no me hallara yo aquí presente, qué fuera del buen don Gaiferos y de la hermosa Melisendra; á buen seguro que esta fuera ya la hora que los hubieran alcanzado estos dos canes, y les hubieran hecho algun desaguisado. En resolucion, viva la andante caballería sobre cuantas cosas hoy viven en la tierra. Viva en hora buena, dijo á esta sazon con voz enfermiza maese Pedro, y muera yo, pues soy tan desdichado que puedo decir con el rey don Rodrigo:

> Ayer fui señor de España,
> Y hoy no tengo ni una almena,
> Que pueda decir que es mia.

No há media hora ni aun un mediano momento que me ví señor de reyes y de emperadoses, llenas mis caballerizas y mis cofres y sacos de infinitos caballos y de innumerables galas, y agora me veo desolado y abatido, pobre y mendigo, y sobre todo sin mi mono, que á fe que primero que le vuelva á mi poder me han de sudar los dientes, y todo por la furia mal considerada deste señor caballero, de quien se dice que ampara pupilos y endereza tuertos, y hace otras obras caritativas, y en mí solo ha venido á faltar su intencion generosa, que sean benditos y alabados los cielos allá donde tienen mas levantados sus asientos. En fin *el caballero de la Triste Figura* habia de ser aquel que habia de desfigurar las mias.

Enternecióse Sancho Panza con las razones de maese Pedro, y díjole: no llores, maese Pedro, ni te lamentes, que me quiebras el corazon, porque te hago saber que es mi señor Don Quijote tan católico y escrupuloso cristiano, que si él cae en la cuenta de que te ha hecho algun agravio, te lo sabrá y te lo

querrá pagar y satisfacer con muchas ventajas. Con que me pagase el señor Don Quijote alguna parte
de las hechuras que me ha deshecho, quedaria contento, y su merced aseguraria su conciencia,
porque no se puede salvar quien tiene lo ageno contra la voluntad de su dueño, y no lo restituye. Asi
es, dijo Don Quijote; pero hasta ahora yo no sé que tenga nada vuestro, maese Pedro. Como no,
respondió maese Pedro: ¿y estas reliquias que están por este duro y estéril suelo, quién las esparció
y aniquiló, sino la fuerza invencible dese poderoso brazo? ¿y cuyos eran sus cuerpos, sino mios? ¿y
con quién me sustentaba yo, sino con ellos? Ahora acabo de creer, dijo á este punto Don Quijote, lo
que otras muchas veces he creido, que estos encantadores que me persiguen, no hacen sino ponerme
las figuras como ellas son delante de los ojos, y luego me las mudan y truecan en las que ellos quieren.
Real y verdaderamente os digo, señores que me ois, que á mí me pareció todo lo que aquí ha pasado,
que pasaba al pie de la letra, que Melisendra, era Melisendra, don Gaiferos, don Gaiferos, Marsilio,
Marsilio y Carlo Magno, Carlo Magno: por eso se me alteró la cólera, y por cumplir con mi profesion
de caballero andante quise dar ayuda y favor á los que huian, y con este buen propósito hice lo que
habeis visto: si me ha salido al revés, no es culpa mia, sino de los malos que me persiguen; y con
todo esto deste mi yerro, aunque no ha procedido de malicia, quiero yo mismo condenarme en cos-

tas: vea maese Pedro lo que quiere por las figuras deshechas, que yo me ofrezco á pagárselo luego en
buena y corriente moneda castellana. Inclinóse maese Pedro diciéndole: no esperaba yó menos de la
inaudita cristiandad del valeroso Don Quijote de la Mancha, verdadero corredor y amparo de todos los
necesitados y menesterosos vagamundos; y aquí el señor ventero y el gran Sancho serán medianeros
y apreciadores entre vuesa merced y mí de lo que valen ó podian valer las ya deshechas figuras.
El ventero y Sancho dijeron que asi lo harian, y luego maese Pedro alzó del suelo con la cabeza
menos al rey Marsilio de Zaragoza, y dijo: ya se ve cuán imposible es volver á este rey á su ser primero, y asi me parece, salvo mejor juicio, que se me den por su muerte, fin y acabamiento cuatro reales y medio. Adelante, dijo Don Quijote. Pues por esta abertura de arriba abajo, prosiguió maese Pedro,
tomando en las manos al partido emperador Carlo Magno, no seria mucho que pidiese yo cinco reales
y un cuartillo. No es poco, dijo Sancho. Ni mucho, replicó el ventero, médiese la partida, y señálen-
sele cinco reales. Dénsele todos cinco y cuartillo, dijo Don Quijote, que no está en un cuartillo mas ó
menos la monta desta notable desgracia; y acabe presto maese Pedro, que se hace hora de cenar, y yo
tengo ciertos barruntos de hambre. Por esta figura, dijo maese Pedro, que está sin narices y un ojo
menos, que es de la hermosa Melisendra, quiero, y me pongo en lo justo, dos reales y doce maravedís. Aun ahí seria el diablo, dijo Don Quijote, si ya no estuviese Melisendra con su esposo por lo
menos en la raya de Francia; porque el caballo en que iban á mí me pareció que antes volaba que

corra, y así no hay para qué venderme á mí el gato por liebre, presentándome aquí á Melisendra desnarigada, estando la otra, si viene á mano, ahora holgándose en Francia con su esposo á pierna tendida: ayude Dios con lo suyo á cada uno, señor maese Pedro, y caminemos todos con pie llano, y con intencion sana, y prosiga. Maese Pedro, que vió que Don Quijote izquierdeaba y que volvia á su primer tema, no quiso que se le escapase, y así le dijo: esta no debe de ser Melisendra, sino alguna de las doncellas que la servian, y así con sesenta maravedís que me den por ella, quedaré contento y bien pagado. Desta manera fue poniendo precio á otras muchas destrozadas figuras, que despues lo moderaron los dos jueces árbitros con satisfaccion de las partes, que llegaron á cuarenta reales y tres cuartillos; y además desto, que luego lo desembolsó Sancho, pidió maese Pedro dos reales por el trabajo de tomar el mono. Dáselos, Sancho, dijo Don Quijote, no para tomar el mono, sino la mona, y doscientos diera yo ahora en albricias á quien me dijera con certidumbre que la señora doña Melisendra y el señor don Gaiferos estaban ya en Francia y entre los suyos. Ninguno nos lo podrá decir mejor que mi mono, dijo Maese Pedro, pero no habrá diablo que ahora le tome, aunque imagino que el cariño y la hambre le han de forzar á que me busque esta noche, y amanecerá Dios y verémonos.

En resolucion, la borrasca del retablo se acabó, y todos cenaron en paz y en buena compañía á

costa de Don Quijote, que era liberal en todo estremo. Antes que amaneciese se fué el que llevaba las lanzas y las alabardas; y ya despues de amanecido se vinieron á despedir de Don Quijote el primo y el paje; el uno para volverse á su tierra, y el otro á proseguir su camino, para ayuda del cual le dió Don Quijote una docena de reales. Maese Pedro no quiso volver á entrar en mas dimes ni diretes con Don Quijote, á quien él conocia muy bien, y así madrugó antes que el sol, y cogiendo las reliquias de su retablo y á su mono, se fué tambien á buscar sus aventuras. El ventero, que no conocia á Don Quijote, tan admirado le tenian sus locuras como su liberalidad. Finalmente, Sancho le pagó muy bien por órden de su señor; y despidiéndose dél casi á las ocho del dia, dejaron la venta y se pusieron en camino, donde los dejaremos ir, que así conviene para dar lugar á contar otras cosas pertenecientes á la declaracion desta famosa historia.

CAPITULO XXVII.

Donde se da cuenta quiénes eran maese Pedro y su mono, con el mal suceso que Don Quijote tuvo en la aventura del rebuzno, que no la acabó como él quisiera y como lo tenia pensado.

Entra Cide Hamete, coronista desta grande historia, con estas palabras en este capítulo: *Juro como católico cristiano*; á lo que su traductor dice, que el jurar Cide Hamete como católico cristiano siendo él moro, como sin duda lo era, no quiso decir otra cosa sino que así como el católico cristiano cuando jura, jura ó debe jurar verdad, y decirla en lo que dijere, así él la decia como si jurara como cristiano católico, en lo que queria escribir de Don Quijote, especialmente en decir quién era maese Pedro, y quién el mono adivino, que traia admirados todos aquellos pueblos con sus adivinanzas. Dice, pues, que bien se acordará el que hubiere leido la primera parte desta historia, de aquel Ginés de Pasamonte, á quien entre otros galeotes dió libertad don Quijote en Sierra Morena: beneficio que despues le fue mal agradecido y peor pagado de aquella gente maligna y mal acostumbrada. Este Ginés de Pasamonte, á quien Don Quijote llamaba Ginesillo de Parapilla, fue el que hurtó á Sancho Panza el rucio, que por no haberse puesto el cómo ni el cuándo en la primera parte por culpa de los impresores, ha dado en qué entender á muchos, que atribuian á poca memoria del autor la falta de imprenta (1). Pero en resolucion Ginés le hurtó estando sobre él durmiendo Sancho Panza usando de la traza y modo que usó Brunelo cuando estando Sacripante sobre Albraca le sacó el caballo de entre las piernas; y despues le cobró Sancho, como se ha contado. Este Ginés, pues, temeroso de no ser hallado de la justicia, que le buscaba para castigarle de sus infinitas bellaquerías y delitos, que fueron tantos y tales, que él mismo compuso un gran volúmen contándolos, determinó pasarse al reino de Aragon y cubrirse el ojo izquierdo, acomodándose al oficio de titerero, que esto y el jugar de manos lo sabia hacer por estremo. Sucedió, pues, que de unos cristianos ya libres que venian de Berbería, compró aquel mono, á quien enseñó que en haciéndole cierta señal se le subiese en el hombro, y le murmurase ó lo pareciese al oido. Hecho esto, antes que entrase en el lugar donde entraba con su retablo y mono, se informaba en el lugar mas cercano, ó de quien él mejor podia, qué cosas particulares hubiesen sucedido en el tal lugar, y á qué personas; y llevándolas bien en la memoria, lo primero que hacia era mostrar su retablo, el cual unas veces era de una historia, y otras de otra; pero todas alegres y regocijadas y conocidas. Acabada la muestra, proponia las habilidades de su mono, diciendo al pueblo que adivinaba todo lo pasado y lo presente; pero que en lo de por venir no se daba maña. Por la respuesta de cada pregunta pedia dos reales, y de algunas hacia barato, segun tomaba el pulso á los preguntantes; y como tal vez llegaba á las casas de quien él sabia los sucesos de los que en ella moraban, aunque no le preguntasen nada por no pagarle, él hacia la señal al mono, y luego decia que le habia dicho tal y tal cosa, que venia de molde con lo sucedido. Con esto cobraba crédito inefable, y andábanse todos tras él: otras veces, como era tan discreto, respondia de manera que las respuestas venian bien con las preguntas; y como nadie le apuraba ni apretaba á que dijese cómo adivinaba su mono, á todos hacia monas y llenaba sus esqueros (2). Asi como entró en la venta conoció á Don Quijote y á Sancho, por cuyo conocimiento le fue fácil poner en admiracion á Don Quijote y á Sancho Panza, y á todos los que en ella estaban; pero hubiérale de costar caro si Don Quijote bajara un poco mas la mano cuando cortó la cabeza al rey Marsilio y destruyó toda su caballería, como queda dicho en el antecedente capítulo. Esto es lo que hay que decir de maese Pedro y de su mono.

Y volviendo á Don Quijote de la Mancha, digo, que despues de haber salido de la venta determinó de ver primero las riberas del rio Ebro y todos aquellos contornos antes de entrar en la ciudad de Zaragoza, pues le daba tiempo para todo el mucho que faltaba desde allí á las justas. Con esta intencion siguió su camino, por el cual anduvo dos dias sin acontecerle cosa digna de ponerse en escritura, hasta que al tercero, al subir de una loma oyó un gran rumor de atambores, de trompetas y arcabuces. Al principio pensó que algun tercio de soldados pasaba por aquella parte, y por verlos picó á Rocinante y subió la loma arriba, y cuando estuvo en la cumbre vió al pie della á su parecer, mas de doscientos hombres armados de diferentes suertes de armas, como si dijésemos lanzones, ballestas, partesanas, alabardas y picas, y algunos arcabuces y muchas rodelas. Bajó del recuesto y acercóse al escuadron, tanto que distintamente vió las banderas, juzgó de las colores, y notó las empresas que en ellas traian, especialmente una que en un estandarte ó giron de raso blanco venia, en el cual estaba pintado muy al vivo un asno como un pequeño sardesco (3), la cabeza levantada, la boca abierta y la lengua de fuera en acto y postura como si estuviera rebuznando: alrededor dél estaban escritos de letras grandes estos dos versos:

> No rebuznaron en balde
> El uno y otro alcalde.

Por esta insignia sacó Don Quijote que aquella gente debia de ser del pueblo del rebuzno, y asi se lo dijo á Sancho, declarándole lo que en el estandarte venia escrito. Díjole tambien que el que les habia dado noticia de aquel caso se habia errado en decir que dos regidores habian sido los que rebuznaron, porque segun los versos del estandarte no habian sido sino alcaldes. A lo que respondió Sancho Panza señor, en eso no hay que reparar, que bien puede ser que los regidores que entonces rebuznaron viniesen con el tiempo á ser alcaldes de su pueblo, y asi se pueden llamar con entrambos títulos; cuanto mas que no hace al caso á la verdad de la historia ser los rebuznadores alcaldes ó regidores, como ellos una por una hayan rebuznado, porque tan á pique está de rebuznar un alcalde como un regidor (4). Finalmente conocieron y supieron cómo el pueblo corrido salia á pelear con otro que le corria mas de lo justo y de lo que se debia á la buena vecindad. Fuése llegando á ellos Don Quijote, no con poca pesadumbre de Sancho que nunca fue amigo de hallarse en semejantes jornadas. Los del escua-

(1) Discúlpase aquí Cervantes de este descuido con el de los impresores; y no fue ciertamente este solo el que se cometió en la impresion de su obra, como se cometian en las de todas las demás por aquel tiempo.—Arr.
(2) Bolsas asidas al cinto, donde la gente de campo llevaba el dinero ó la yesca y el pedernal.
(3) *Sardo*, se aplica al caballo ó asno pequeño, quizá porque lo son en Cerdeña.
(4) Esta pulla se parece á otra que dijo el mismo Cervantes en el *Persiles*, (tomo II, lib. III, cap. X), cuando un alcalde envió al pregonero por dos asnos para azotar á unos vagamundes, y el recado que trajo fue este: «señor alcalde, yo no he topado en la plaza asnos ningunos, sino á los dos regidores Berrueco y Crespo, que andan en ella paseándose Por asnos os envié yo, majadero, que no por regidores; pero volved y traedlos acá, por sí ó por no, que se hallen presentes al pronunciar desta sentencia, que ha de ser, sin embargo, y no ha de quedar por falta de asnos; que, gracias sean dadas al cielo, hartos hay en este lugar.»—P.

dron le recogieron en medio, creyendo que era alguno de los de su parcialidad. Don Quijote alzando
la visera con gentil brío y continente, llegó hasta el estandarte del asno, y allí se le pusieron alrededor todos los mas principales del ejército por verle, admirados con la admiracion acostumbrada en que
caian todos aquellos que la vez primera le miraban. Don Quijote, que los vió tan atentos á mirarle sin
que ninguno le hablase ni le preguntase nada, quiso aprovecharse de aquel silencio, y rompiendo el
suyo alzó la voz y dijo :

Buenos señores : cuan encarecidamente puedo, os suplico que no interrumpais un razonamiento
que quiero haceros, hasta que veais que os disgusta y enfada ; que si esto sucede, con la mas mínima

señal que me hagais, pondré un sello en mi boca, y echaré una mordaza á mi lengua. Todos le dijeron que dijese lo que quisiese, que de buena gana le escucharian. Don Quijote con esta licencia prosiguió diciendo: yo, señores mios, soy caballero andante, cuyo ejercicio es el de las armas, y cuya profesion la de favorecer á los necesitados de favor, y acudir á los menesterosos. Dias há que he sabido
vuestra desgracia, y la causa que os mueve á tomar las armas á cada paso para vengaros de vuestros
enemigos; y habiendo discurrido una y muchas veces en mi entendimiento sobre vuestro negocio,
hallo segun las leyes del duelo, que estais engañados en teneros por afrentados, porque ningun particular puede afrentar á un pueblo entero, si no es retándole de traidor por junto, porque no sabe en
particular quién cometió la traicion porque le reta. Ejemplo desto tenemos en don Diego Ordoñez de
Lara, que retó á todo el pueblo zamorano porque ignoraba que solo Vellido Dolfos habia cometido la
traicion de matar á su rey, y asi retó á todos, y á todos tocaba la venganza y la respuesta; aunque
bien es verdad que el señor don Diego anduvo algo demasiado, y aun pasó muy adelante de los límites
del reto, porque no tenia para qué retar á los muertos, á las aguas, ni á los peces (1), ni á los que

(1) *Panes*, dicen las otras ediciones; pero el romance no habla de panes sino de peces; por lo cual se ha hecho esta correccion. El romance dice entre otras cosas :

> Yo os repto los zamoranos
> Por traidores fementidos:
> Repto á todos los muertos
> Y con ellos á los vivos;
> Repto hombres y mujeres
> Los por nascer y nascidos:
> Repto á todos los grandes,
> A los grandes y á los chicos,
> A las carnes y pescados,
> Y á las aguas de los rios, etc.—F. C.

estaban por nacer, ni á las otras menudencias que allí se declaran; pero vaya, pues cuando la cólera sale de madre, no tiene la lengua padre, ayo ni freno que la corrija. Siendo, pues, esto así, que uno solo no puede afrentar á reino, provincia, ciudad, república, ni pueblo entero, queda en limpio que no hay para qué salir á la venganza del reto de la tal afrenta, pues no lo es: porque bueno seria que se matasen á cada paso los del pueblo de la Reloja con quien se lo llama, ni los cazoleros (1), berengeneros (2), ballenatos (3), jaboneros (4) ni los de otros nombres y apellidos, que andan por ahí en busca de los muchachos y de gente de poco mas ó menos: ¡bueno seria por cierto que todos estos insignes pueblos se corriesen y vengasen, y anduviesen contínuo hechas las espadas sacabuches á cualquier pendencia por pequeña que fuese! No, no, ni Dios lo permita ó quiera: los varones prudentes, las repúblicas bien concertadas por cuatro cosas han de tomar las armas, y desenvainar las espadas, y poner á riesgo sus personas, vidas y hacienda. La primera, por defender la fe católica; la segunda, por defender su vida, que es de ley natural y divina; la tercera, en defensa de su honra, de su familia y hacienda; la cuarta en servicio de su rey en la guerra justa; y si le quisiéramos añadir la quinta (que se puede contar por segunda) es en defensa de su patria. A estas cinco causas como capitales se pueden agregar algunas otras que sean justas y razonables, y que obliguen á tomar las armas; pero tomarlas por niñerías, y por cosas que antes son de risa y pasatiempo que de afrenta, parece que quien las toma carece de todo razonable discurso: cuanto mas que el tomar venganza injusta (que justa no puede haber alguna que lo sea) va derechamente contra la santa ley que profesamos, en la cual se nos manda que hagamos bien á nuestros enemigos, y que amemos á los que nos aborrecen: mandamiento que aunque parece algo dificultoso de cumplir, no lo es sino para aquellos que tienen menos de Dios que del mundo, y mas de carne que de espíritu: porque Jesucristo, Dios y hombre verdadero, que nunca mintió, ni pudo, ni puede mentir, siendo legislador nuestro, dijo que su yugo era suave y su carga liviana; y así no nos habia de mandar cosa que fuese imposible el cumplirla. Así que, mis señores, vuesas mercedes están obligados por leyes divinas y humanas á sosegarse.

El diablo me lleve, dijo á esta sazon Sancho entre sí, si este mi amo no es tólogo, y si no lo es, que lo parece como un huevo á otro. Tomó un poco de aliento Don Quijote, y viendo que todavía le prestaban silencio, quiso pasar adelante con su plática, como pasara si no se pusiera en medio la agudeza de Sancho, el cual viendo que su amo se detenia, tomó la mano por él diciendo: mi señor Don Quijote de la Mancha, que un tiempo se llamó el *caballero de la Triste Figura*, y ahora se llama el *caballero de los Leones*, es un hidalgo muy atentado, que sabe latin y romance como un bachiller; y en todo cuanto trata y aconseja procede como muy buen soldado, y tiene todas las leyes y ordenanzas de lo que llaman el duelo en la uña, y así no hay mas que hacer sino dejarse llevar por lo que él dijere, y sobre mí si lo erraren: cuanto mas que ello se está dicho, que es necedad correrse por solo oir un rebuzno, que yo me acuerdo cuando muchacho que rebuznaba cada y cuando se me antojaba,

sin que nadie me fuese á la mano, y con tanta gracia y propiedad, que en rebuznando yo, rebuznaban todos los asnos del pueblo, y no por eso dejaba de ser hijo de mis padres, que eran honradísimos; y aunque por esta habilidad era envidiado de mas de cuatro de los estirados de mi pueblo, no se me daba dos ardites; y porque se vea que digo verdad, esperen y escuchen, que esta ciencia es como la del nadar, que una vez aprendida nunca se olvida.

Y luego puesta la mano en las narices, comenzó á rebuznar tan reciamente, que todos los cercanos valles retumbaron; pero uno de los que estaban junto á él, creyendo que hacia burla dellos, alzó un varapalo que en la mano tenia, y dióle tal golpe con él, que sin ser poderoso á otra cosa, dió con Sancho Panza en el suelo. Don Quijote, que vió tan mal parado á Sancho, arremetió al que le habia

(1) Acaso *cazalleros:* cuyo mote aplicaba el vulgo á los de Valladolid, con alusion á Agustin de Cazalla, natural de aquel pueblo, ajusticiado en él.—P.

(2) Los de Toledo, según dice Covarrubias en su *Tesoro. V. Berengena.*—P.

(3) Los madrileños.

(4) Los de Yepes ú Ocaña, ó acaso de Getafe, como presume Pellicer.

dado, con la lanza sobre mano, pero fueron tantos los que se pusieron en medio, que no fue posible vengarle; antes viendo que llovia sobre él un nublado de piedras, y que le amenazaban mil encaradas ballestas y no menos cantidad de arcabuces, volvió las riendas á Rocinante, y á todo lo que su galope pudo, se salió de entre ellos, encomendándose de todo corazon á Dios que de aquel peligro le librase, temiendo á cada paso no le entrase alguna bala por las espaldas y le saliese al pecho, y á cada punto recogia el aliento por ver si le faltaba; pero los del escuadron se contentaron con verle huir sin tirarle. A Sancho le pusieron sobre su jumento apenas vuelto en sí, y le dejaron ir tras su amo, no porque tuviese sentido para regirle, pero el rucio siguió las huellas de Rocinante, sin el cual no se hallaba un punto. Alongado, pues, Don Quijote buen trecho, volvió la cabeza y vió que Sancho venia, y atendióle viendo que ninguno le seguia. Los del escuadron se estuvieron allí hasta la noche, y por no haber salido á la batalla sus contrarios, se volvieron á su pueblo regocijados y alegres; y si ellos supieran la costumbre antigua de los griegos, levantaran en aquel lugar y sitio un trofeo.

CAPITULO XXVIII.

De cosas que dice Benengeli que las sabrá quien las leyere, si las lee con atencion.

Cuando el valiente huye, la superchería está descubierta, y es de varones prudentes guardarse para mejor ocasion. Esta verdad se verificó en Don Quijote, el cual dando lugar á la furia del pueblo y á las malas intenciones de aquel indignado escuadron, puso pies en polvorosa, y sin acordarse de Sancho ni del peligro en que le dejaba, se apartó tanto cuanto le pareció que bastaba para estar seguro. Seguíale Sancho atravesado en su jumento, como queda referido. Llegó en fin ya vuelto en su acuerdo, y al llegar se dejó caer del rucio á los pies de Rocinante, todo ansioso, todo molido y todo apaleado. Apeóse Don Quijote para catarle las feridas; pero como le hallase sano de los pies á la cabeza, con asaz cólera le dijo: ¡tan en hora mala supistes vos rebuznar, Sancho! ¿y dónde hallastes vos ser bueno el nombrar la soga en casa del ahorcado? A música de rebuznos, ¿qué contrapunto se habia de llevar sino de varapalos? Y dad gracias á Dios, Sancho, que ya que os santiguaron con un palo, no os hicieron el *per signum crucis* con un alfanje. No estoy para responder, respondió Sancho, porque me parece que hablo por las espaldas: subamos, y apartémonos de aquí, que yo pondré silencio en mis rebuznos, pero no en dejar de decir que los caballeros andantes huyen, y dejan á sus buenos escuderos molidos como alheña (1) ó como cibera en poder de sus enemigos.

No huye el que se retira, respondió Don Quijote, porque has de saber, Sancho, que la valentía que no se funda sobre la base de la prudencia, se llama temeridad, y las hazañas del temerario mas se atribuyen á la buena fortuna, que á su ánimo; y asi yo confieso que me he retirado, pero no huido; y en esto he imitado á muchos valientes que se han guardado para tiempos mejores, y desto están las historias llenas, las cuales por no serte á tí de provecho, ni á mí de gusto, no te las refiero ahora.

En esto ya estaba á caballo Sancho, ayudado de Don Quijote, el cual asimismo subió en Rocinante, y poco á poco se fueron á emboscar en una alameda que hasta un cuarto de legua de allí se parecia. De cuando en cuando daba Sancho unos ayes profundísimos y unos gemidos dolorosos; y preguntándole Don Quijote la causa de tan amargo sentimiento, respondió que desde la punta del espinazo hasta la nuca del celebro, le dolia de manera que le sacaba de sentido. La causa dese dolor debe de ser sin duda, dijo Don Quijote, que como era el palo con que te dieron largo y tendido, te cogió todas las espaldas, donde entran todas esas partes que te duelen, y si mas te cogiera, mas te doliera. Por Dios, dijo Sancho, que vuesa merced me ha sacado de una gran duda, y me la ha declarado por lindos términos. ¡Cuerpo de mí! ¿tan encubierta estaba la causa de mi dolor, que ha sido menester decirme que me duele todo aquello que alcanzó el palo? Si me dolieran los tobillos, aun pudiera ser que se anduviera adivinando el por qué me dolian; pero dolerme lo que me molieron, no es mucho adivinar. A la fe, señor nuestro amo, el mal ageno de pelo cuelga; y cada dia voy descubriendo tierra de lo poco que puedo esperar de la compañía que con vuesa merced tengo; porque si esta vez me ha dejado apalear, otra y otras ciento volveremos á los manteamientos de marras, y á otras muchacherías, que si ahora me han salido á las espaldas, despues me saldrán á los ojos. Harto mejor haria yo (sino que soy un bárbaro, y no haré nada que bueno sea en toda mi vida), harto mejor haria yo, vuelvo á decir, en volverme á mi casa, y á mi mujer y á mis hijos, y sustentarla y criarlos con lo que Dios fuere servido de darme, y no andarme tras vuesa merced por caminos sin camino, y por sendas y carreras que no las tienen, bebiendo mal y comiendo peor. Pues tomadme el dormir: contad, hermano escudero, siete pies de tierra, y si quisiéredes mas, tomad otros tantos, que en vuestra mano está escudillar, y tendeos á todo vuestro buen talante, que quemado vea yo y hecho polvos al primero que dió puntada en la andante caballería, ó á lo menos al primero que quiso ser escudero de tales tontos, como debieron de ser todos los caballeros andantes pasados; de los presentes no digo nada, que por

(1) Para algunas medicinas, dice Covarrubias, se muele el alheña; y de aquí nació una manera de hablar, que es *estar molido como alheña*, y se dice del que está quebrantado y molido de cansancio.—*App.*

ser vuesa merced uno dellos, los tengo respeto, y porque sé que sabe vuesa merced un punto mas que el diablo en cuanto habla y en cuanto piensa.

Haria yo una buena apuesta con vos, Sancho, dijo Don Quijote, que ahora que vais hablando sin que nadie os vaya á la mano, que no os duele nada en todo vuestro cuerpo. Hablad, hijo mio, todo aquello que os viniere al pensamiento y á la boca, que á trueco de que á vos no os duela nada, tendré yo por gusto el enfado que me dan vuestras impertinencias; y si tanto deseais volveros á vuestra casa con vuestra mujer é hijos, no permita Dios que yo os lo impida: dineros teneis mios; mirad cuánto há que esta tercera vez salimos de nuestro pueblo, y mirad lo que podeis y debeis ganar cada mes, y pagaos de vuestra mano. Cuando yo servia, respondió Sancho, á Tomé Carrasco, el padre del bachiller Sanson Carrasco, que vuesa merced bien conoce, dos ducados ganaba cada mes, amen de la comida: con vuesa merced no sé lo que puedo ganar, puesto que sé que tiene mas trabajo el escudero del caballero andante que el que sirve á un labrador; que en resolucion los que servimos á labradores, por mucho que trabajemos de dia, por mal que suceda, á la noche cenamos olla y dormimos en cama, en la cual no he dormido despues que há que sirvo á vuesa merced, si no ha sido el tiempo breve que estuvimos en casa de Don Diego de Miranda, y la gira que tuve con la espuma que saqué de las ollas de Camacho, y lo que comí, y bebí y dormí en casa de Basilio; todo el otro tiempo he dormido en la dura tierra al cielo abierto, sujeto á lo que dicen inclemencias del cielo, sustentándome con rajas de queso y mendrugos de pan, y bebiendo aguas, ya de arroyos, ya de fuentes de las que encontramos por esos andurriales donde andamos.

Confieso, dijo Don Quijote, que todo lo que dices, Sancho, sea verdad: ¿cuánto parece que os debo dar mas de lo que os daba Tomé Carrasco? A mi parecer, dijo Sancho, con dos reales mas que vuesa merced añadiese cada mes, me tendria por bien pagado: esto es cuanto al salario de mi trabajo; pero en cuanto á satisfacerme á la palabra y promesa que vuesa merced me tiene hecha de darme el gobierno de una ínsula, seria justo que se me añadiesen otros seis reales, que por todos serian treinta. Está muy bien, replicó Don Quijote, y conforme al salario que vos os habeis señalado, quince dias há que salimos de nuestro pueblo, contad, Sancho, rata por cantidad, y mirad lo que os debo, y pagaos, como os tengo dicho, de vuestra mano. ¡Oh cuerpo de mí! dijo Sancho, que va vuesa merced muy errado en esta cuenta, porque en lo de la promesa de la ínsula se ha de contar desde el dia que vuesa merced me la prometió hasta la presente hora en que estamos. ¿Pues qué tanto há, Sancho, que os la prometí? dijo Don Quijote. Si yo mal no me acuerdo, respondió Sancho, debe de haber mas de veinte años, tres dias mas ó menos. Dióse Don Quijote una gran palmada en la frente, y comenzó á reir muy de gana, y dijo: pues no anduve yo en Sierra Morena, ni en todo el discurso de nuestras salidas, sino dos meses apenas, ¿y dices Sancho, que há veinte años que te prometí la ínsula? Ahora digo que quieres que se consuma en tus salarios el dinero que tienes mio; y si esto es asi y tú gustas dello, desde aqui te lo doy y buen provecho te haga, que á trueco de verme sin tan mal escudero, holgareme de quedarme pobre y sin blanca. Pero dime, prevaricador de las ordenanzas escuderiles de la andante caballería, ¿dónde has visto tú ó leido que ningun escudero de caballero andante se haya puesto con su señor en cuánto mas tanto me habeis de dar cada mes porque os sirva? Entrate, éntrate, malandrin, follon y vestiglo, que todo lo pareces, éntrate digo, por el *mare magnum* de sus historias; y si hallares que algun escudero haya dicho ni pensado lo que aquí has dicho, quiero que me le claves en la frente, y por añadidura me hagas cuatro mamonas selladas (1) en mi rostro: vuelve las riendas ó el cabestro al rucio, y vuélvete á tu casa, porque un solo paso desde aquí no has de pasar mas adelante conmigo. ¡Oh pan mal reconocido! ¡oh promesas mal colocadas! ¡oh hombre que tiene mas de bestia que de persona! ¿Ahora cuando yo pensaba ponerte en estado, y tal que á pesar de tu mujer te llamasen señoría, te despides? ¿Ahora te vas, cuando yo venia con intencion firme y valedera de hacerte señor de la mejor ínsula del mundo? En fin, como tú has dicho otras veces, no es la miel, etc. Asno eres, y asno has de ser, y en asno has de parar cuando se te acabe el curso de la vida, que para mí tengo que antes llegará ella á su último término, que tú caigas y des en la cuenta de que eres bestia.

Miraba Sancho á Don Quijote de hito en hito, en tanto que los tales vituperios le decia, y compungióse de manera que le vinieron las lágrimas á los ojos; y con voz dolorida y enfermiza le dijo: señor mio, yo confieso que para ser del todo asno no me falta mas de la cola; si vuesa merced quiere ponérmela, yo la daré por bien puesta, y le serviré como jumento todos los dias que me quedan de mi vida. Vuesa merced me perdone, y se duela de mi necedad, y advierta que sé poco, y que si hablo mucho, mas procede de enfermedad que de malicia; mas quien yerra y se enmienda, á Dios se encomienda. Maravilláreme yo, Sancho, si no mezclaras algun refrancico en tu coloquio. Ahora bien, yo te perdono con que te enmiendes, y con que no te muestres de aquí adelante tan amigo de tu interés, sino que procures ensanchar el corazon, y te alientes y animes á esperar el cumplimiento de mis promesas, que aunque se tarda, no se imposibilita. Sancho respondió que sí haria aunque sacase fuerzas de flaqueza. Con esto se metieron en la alameda, y Don Quijote se acomodó al pie de un olmo,

---

(1) *Mamona* era cierta postura, ó quizá golpe de los cinco dedos de la mano en la barba de otro, por burla y broma. Asi se solia decir por menosprecio: le hizo la *mamona*. La *mamona sellada* quizá seria esto mismo dejando alguna marca ó mancha particular en el rostro hiriéndole mas fuerte.—Arr.

y Sancho al de una haya, que estos tales árboles y otros sus semejantes siempre tienen pies y no manos. Sancho pasó la noche penosamente, porque el varapalo se hacia mas sentir con el sereno. Don Quijote la pasó en sus continuas memorias; pero con todo eso dieron los ojos al sueño, y al salir del

alba siguieron su camino buscando las riberas del famoso Ebro, donde les sucedió lo que se contará en el capítulo venidero.

CAPITULO XXIX.

De la famosa aventura del barco encantado.

Por sus pasos contados y por contar, dos dias despues que salieron de la alameda, llegaron Don Quijote y Sancho al río Ebro, y el verle fue de gran gusto á Don Quijote, porque contempló y miró en él la amenidad de sus riberas, la claridad de sus aguas, el sosiego de su curso y la abundancia de

sus líquidos cristales, cuya alegre vista renovó en su memoria mil amorosos pensamientos: especialmente fue y vino en lo que habia visto en la cueva de Montesinos; que puesto que el mono de maese Pedro le habia dicho que parte de aquellas cosas eran verdad y parte mentira, él se atenia mas á las verdaderas que á las mentirosas, bien al revés de Sancho, que todas las tenia por la misma mentira.

Yendo, pues, desta manera se le ofreció á la vista un pequeño barco sin remos ni otras jarcias algunas, que estaba atado en la orilla á un tronco de un árbol que en la ribera estaba. Miró Don Quijote á todas partes, y no vió persona alguna, y luego sin mas ni mas se apeó de Rocinante, y mandó á Sancho que lo mismo hiciese del rucio, y que á emtrambas bestias las atase muy bien juntas al tronco de un álamo ó sauce que allí estaba. Preguntóle Sancho la causa de aquel súbito apeamiento y de aquel ligamiento. Respondió Don Quijote: has de saber Sancho, que este barco que aquí está, derechamente, y sin poder ser otra cosa en contrario, me está llamando y convidando á que entre en él, y vaya en él á dar socorro á algun caballero, ó á otra necesitada y principal persona, que debe de estar puesta en alguna grande cuita; porque este es estilo de los libros de las historias caballerescas, y de los encantadores que en ellas se entremeten y platican, cuando algun caballero está puesto en algun trabajo, que no puede ser librado dél sino por la mano de otro caballero, puesto que estén distantes el uno del otro dos ó tres mil leguas y aun mas, ó le arrebatan en una nube, ó le deparan un barco donde se entre, y en menos de un abrir y cerrar de ojos, le llevan ó por los aires ó por la mar donde quieren y adonde es menester su ayuda: asi que, oh Sancho, este barco está puesto aquí para el mismo efecto; y esto es tan verdad como es ahora de dia, y antes que éste se pase ata juntos al rucio y á Rocinante, y á la mano de Dios que nos guie, que no dejaré de embarcarme si me lo

pidiesen frailes descalzos. Pues asi es, respondió Sancho, y vuesa merced quiere dar á cada paso en estos, que no sé si los llame disparates, no hay sino obedecer y bajar la cabeza, atendiendo al refran: haz lo que tu amo te manda, y siéntate con él á la mesa; pero con todo esto, por lo que toca al descargo de mi conciencia, quiero advertir á vuesa merced que á mí me parece que este tal barco no es de los encantados, sino de algunos pescadores deste rio, porque en él se pescan las mejores sabogas del mundo.

Esto decia mientras ataba las bestias Sancho, dejándolas á la proteccion y amparo de los encantadores con harto dolor de su ánima. Don Quijote le dijo que no tuviese pena del desamparo de aquellos animales, que el que los llevaria á ellos por tan longíncuos caminos y regiones, tendria cuenta de sustentarlos. No entiendo esto de logicuos, dijo Sancho, ni he oido tal vocablo en todos los dias de mi vida. Longíncuos, respondió Don Quijote, quiere decir apartados; y no es maravilla que no lo entiendas, que no estás tú obligado á saber latin, como algunos que presumen que lo saben y lo ignoran. Ya están atados, replicó Sancho, ¿qué hemos de hacer ahora? ¿Qué? respondió Don Quijote: santiguarnos y levar ferro, quiero decir, embarcarnos y cortar la amarra con que este barco está atado; y dando un salto en él, siguiéndole Sancho, cortó el cordel, y el barco se fué apartando poco á poco de la ribera; y cuando Sancho se vió obra de dos varas dentro del rio, comenzó á temblar temiendo su perdicion; pero ninguna cosa le dió mas pena que el oir roznar al rucio, y el ver que Rocinante pug-

naba por desatárse ; y díjole á su señor : el rucio rebuzna condolido de nuestra ausencia, y Rocinante procura ponerse en libertad para arrojarse tras nosotros. Oh carísimos amigos, quedaos en paz,
y la locura que nos aparta de vosotros, convertida en desengaño, nos vuelva á vuestra presencia ; y
en esto comenzó á llorar tan amargamente, que Don Quijote mohino y colérico le dijo : ¿de qué temes,
cobarde criatura? ¿ de qué lloras, corazon de mantequillas? ¿ quién te persigue, ó quién te acosa,
ánimo de raton casero ? ¿ó qué te falta, menesteroso en la mitad de las entrañas de la abundancia?
¿por dicha vas caminando á pie y descalzo por las montañas rifeas, sino sentado en una tabla como
un archiduque por el sesgo curso deste agradable rio, de donde en breve espacio saldremos al mar
dilatado? Pero ya debemos de haber salido y caminado por lo menos setecientas ú ochocientas leguas ; y
si yo tuviera aquí un astrolabio con que tomar la altura del polo, yo te dijera las que habemos caminado,
aunque yo sé poco, ó ya hemos pasado, ó pasaremos presto por la línea equinoccial que divide y corta
los dos contrapuestos polos en igual distancia. Y cuando lleguemos á esa leña que vuesa merced dice,
preguntó Sancho, ¿cuánto habremos caminado? Mucho, replicó Don Quijote, porque de trescientos y
sesenta grados que contiene el globo del agua y de la tierra, segun el cómputo de Ptolomeo, que fue
el mayor cosmógrafo que se sabe, la mitad habremos caminado llegando á la línea que he dicho. Por
Dios, dijo Sancho, que vuesa merced me trae por testigo de lo que dice á una gentil persona, puto y
gafo con la añadidura de meon ó meo, ó no sé cómo.

Rióse Don Quijote de la interpretacion que Sancho habia dado al nombre y al cómputo y cuenta
del cosmógrafo Ptolomeo, y díjole : sabrás Sancho, que los españoles, y los que se embarcan en Cádiz
para ir á las Indias orientales, una de las señales que tienen para entender que han pasado la línea
equinoccial que te he dicho, es que á todos los que van en el navío se les mueren los piojos, sin que
les quede ninguno, ni en todo el bajel le hallarán si le pesan á oro ; y asi puedes, Sancho, pasear una
mano por un muslo, y si topares cosa viva, saldremos desta duda ; y si no, pasado habemos. Yo no
creo nada deso, respondió Sancho ; pero con todo haré lo que vuesa merced me manda, aunque no sé
para qué hay necesidad de hacer esas esperiencias, pues yo veo con mis mismos ojos que no nos
habemos apartado de la ribera cinco varas, ni hemos decantado de dónde están las alemañas dos varas,
porque allí están Rocinante y el rucio en el propio lugar do los dejamos ; y tomada la mira, como yo
la tomo ahora, voto á tal que no nos movemos ni andamos al paso de una hormiga. Haz, Sancho, la
averiguacion que te he dicho, y no te cures de otra, que tú no sabes qué cosa sean coluros, líneas,
paralelos, zodiacos, eclípticas, polos, solsticios, equinoccios, planetas, signos, puntos, medidas de
que se compone la esfera celeste y terrestre ; que si todas estas cosas supieras, ó parte dellas, vieras
claramente qué de paralelos hemos cortado, qué de signos visto, y qué de imágenes hemos dejado
atrás y vamos dejando ahora. Y tórnote á decir que te tientes y pesques, que yo para mí tengo que
estás mas limpio que un pliego de papel liso y blanco. Tentóse Sancho, y llegando con la mano bonitamente y con tiento hácia la corva izquierda, alzó la cabeza, y miró á su amo y dijo : ó la esperiencia es falsa, ó no hemos llegado á donde vuesa merced dice ni con muchas leguas. ¿Pues qué, preguntó Don Quijote, has topado algo? Y aun algos, respondió Sancho ; y sacudiéndose los dedos se lavó
toda la mano en el rio, por el cual sosegadamente se deslizaba el barco por mitad de la corriente, sin
que le moviese alguna inteligencia secreta, ni algun encantador escondido, sino el mismo curso del
agua blando entonces y suave.

En esto descubrieron unas grandes aceñas que en la mitad del rio estaban, y apenas las huvo visto
Don Quijote cuando con voz alta dijo á Sancho : ves allí, oh amigo, se descubre la ciudad, castillo ó
fortaleza donde debe de estar algun caballero oprimido, ó alguna reina, infanta y princesa malparada,
para cuyo socorro soy aquí traido. ¿Qué diablos de ciudad, fortaleza ó castillo dice vuesa merced,
señor? dijo Sancho : ¿no echa de ver que aquellas son aceñas, que están en el rio, donde se muele el
trigo? Calla, Sancho, dijo Don Quijote, que aunque parecen aceñas, no lo son, y ya te he dicho, que
todas las cosas trastruecan y mudan de su ser natural los encantos : no quiero decir que las mudan de
uno en otro ser realmente, sino que lo parece, como lo mostró la esperiencia en la trasformacion de
Dulcinea, único refugio de mis esperanzas.

En esto, el barco entrado en la mitad de la corriente del rio, comenzó á caminar no tan lenta-
mente como hasta allí. Los molineros de las aceñas, que vieron venir aquel barco por el rio, y que se
iba á embocar por el raudal de las ruedas, salieron con presteza muchos dellos con varas largas á detenerle ; y como salian enharinados, cubiertos los rostros y los vestidos del polvo de la harina, representaban una mala vista. Daban voces grandes diciendo : demonios de hombres, ¿dónde vais? ¿venis
desesperados? ¿qué quereis ahogaros y hacerse pedazos en estas ruedas? ¿No te dije yo, Sancho,
dijo á esta sazon Don Quijote, que habíamos llegado donde he de mostrar á do llega el valor de mi
brazo? Mira qué de malandrines y follones me salen al encuentro ; mira cuántos vestiglos se me oponen ; mira cuántas feas cataduras nos hacen cocos ; pues ahora lo vereis, bellacos ; y puesto en pie en
el barco con grandes voces comenzó á amenazar á los molineros diciéndoles : canalla malvada y peor
aconsejada, dejad en su libertad y libre albedrío á la persona que en esa vuestra fortaleza ó prision
teneis oprimida, alta ó baja, de cualquiera suerte ó calidad que sea, que yo soy Don Quijote de la
Mancha, llamado el *caballero de los Leones* por otro nombre, á quien está reservado por órden de
los altos cielos el dar fin felice á esta aventura : y diciendo esto echó mano á su espada, y comenzó á

esgrimirla en el aire contra los molineros, los cuales oyendo y no entendiendo aquellas sandeces, se pusieron con sus varas á detener el barco que ya iba entrando en el raudal y canal de las ruedas. Púsose Sancho de rodillas pidiendo devotamente al cielo le librase de tan manifiesto peligro, como lo hizo por la industria y presteza de los molineros, que oponiéndose con sus palos al barco, le detuvieron, pero no de manera que dejasen de trastornar el barco, y dar con Don Quijote, y Sancho al través en el agua; pero vínole bien á Don Quijote, que sabia nadar como un ganso, aunque el peso de las armas le llevó al fondo dos veces; y si no fuera por los molineros, que se arrojaron al agua y los sacaron como en peso á entrambos, allí habia sido Troya para los dos.

Puestos, pues, en tierra, mas mojados que muertos de sed, Sancho puesto de rodillas, las manos juntas y los ojos clavados al cielo, pidió á Dios con una larga y devota plegaria le librase de allí adelante de los atrevidos deseos y acometimientos de su señor. Llegaron en esto los pescadores dueños del barco, á quien habian hecho pedazos las ruedas de las aceñas; y viéndole roto acometieron á desnudar á Sancho y á pedir á Don Quijote se lo pagase; el cual con gran sosiego, como si no hubiera

pasado nada por él, dijo á los molineros y pescadores, que el pagaria el barco de bonísima gana con condicion que le diesen libre y sin cautela á la persona ó personas que en aquel su castillo estaban oprimidas. ¿Qué personas ó que castillo dice, respondió uno de los molineros, hombre sin juicio? ¿quiéreste llevar por ventura las que vienen á moler trigo á estas aceñas? Basta, dijo entre sí Don Quijote, aquí será predicar en desierto querer reducir á esta canalla á que por ruegos haga virtud alguna; y en esta aventura se deben de haber encontrado dos valientes encantadores, y el uno estorba lo que el otro intenta: el uno me deparó el barco, y el otro dió conmigo al través: Dios lo remedie, que todo este mundo es máquinas y trazas contrarias unas de otras. Yo no puedo mas, y alzando la voz prosiguió diciendo y mirando á las aceñas: amigos, cualesquiera que seais, que en esa prision quedais encerrados, perdonadme, que por mi desgracia y por la vuestra yo no os puedo sacar de vuestra cuita: para otro caballero debe de estar guardada y reservada esta aventura. En diciendo esto se concertó con los pescadores, y pagó por el barco cincuenta reales, que los dió Sancho de muy mala gana, diciendo: á dos barcadas como estas daremos con to'o el caudal al fondo. Los pescadores y molineros estaban admirados mirando aquellas dos figuras, tan fuera del uso, al parecer, de los otros hombres, y no acababan de entender á do se encaminaban las razones y preguntas que Don Quijote les decia, y teniéndolos por locos les dejaron, y se recogieron á sus aceñas, y los pescadores á sus ranchos. Volvieron á sus bestias y á ser bestias Don Quijote y Sancho, y este fin tuvo la aventura del encantado barco.

CAPITULO XXX.
De lo que le avino á Don Quijote con una bella cazadora.

Asaz melancólicos y de mal talante llegaron á sus animales, caballero y escudero, especialmente Sancho, á quien llegaba al alma llegar al caudal del dinero, pareciéndole que todo lo que dél se qui-

taba era quitárselo á él de las niñas de sus ojos. Finalmente, sin hablarse palabra se pusieron á caballo, y se apartaron del famoso rio, Don Quijote sepultado en los pensamientos de sus amores, y Sancho
en los de su acrecentamiento, que por entonces le parecia que estaba bien lejos de tenerle, porque
magüer era tonto, bien se le alcanzaba que las acciones de su amo, todas ó las mas eran disparates,
y buscaba ocasion de que sin entrar en cuentas ni en despedimientos con su señor, un dia se desgar-
rase y se fuése á su casa; pero la fortuna ordenó las cosas muy al revés de lo que él temia.

Sucedió pues, que otro dia al poner del sol y al salir de una selva, tendió Don Quijote la vista por
un verde prado, y en lo último dél vió gente, y llegándose cerca conoció que eran cazadores de altanería (1). Llegóse mas, y entre ellos vió una gallarda señora sobre un palafren ó hacanea blanquísima
adornada de guarniciones verdes y con un sillon de plata. Venia la señora asimismo vestida de verde
tan bizarra y ricamente, que la misma bizarría venia trasformada en ella. En la mano izquierda traia
un azor, señal que dió á entender á Don Quijote ser aquella alguna gran señora, que debia serlo de
todos aquellos cazadores, como era la verdad: y asi dijo á Sancho: corre, hijo Sancho, y dí á aquella
señora del palafren y del azor, que yo el *caballero de los Leones* beso las manos á su gran fermosura;
y que si su grandeza me da licencia, se las iré á besar, y á servirla en cuanto mis fuerzas pudieren y
su alteza me mandare: y mira, Sancho, cómo hablas, y ten cuenta de no encajar algun refran de los
tuyos en tu embajada. Hallado os lo habeis el encajador, respondió Sancho: á mí con eso sí, que no
es esta la vez primera que he llevado embajadas á altas y crecidas señoras en esta vida. Si no fue la

que llevaste á la señora Dulcinea, replicó Don Quijote, yo no sé que hayas llevado otra, á lo menos
en mi poder. Asi es verdad, respondió Sancho; pero al buen pagador no le duelen prendas, y en casa
llena presto se guisa la cena: quiero decir, que á mí no hay que decirme ni advertirme de nada, que
para todo tengo, y de todo se me alcanza un poco. Yo lo creo, Sancho, dijo Don Quijote: vé en buena
hora, y Dios te guie.

Partió Sancho de carrera, sacando de su paso al rucio, y llegó donde la bella cazadora estaba, y
apeándose, puesto ante ella de hinojos, le dijo: hermosa señora, aquel caballero que allí se parece,
llamado el *caballero de los Leones*, es mi amo, y yo soy un escudero suyo, á quien llaman en su casa
Sancho Panza: este tal *caballero de los Leones*, que no há mucho que se llamaba el *de la Triste Figura*, envia por mí á decir á vuestra grandeza sea servida de darle licencia para que con su propósito y
beneplácito y consentimiento él venga á poner en obra su deseo, que no es otro, segun él dice y yo
pienso, que de servir á vuestra encumbrada altanería y fermosura, que en dársela vuestra señoría
hará cosa que redunde en su pro, y él recibirá señaladísima merced y talento.

Por cierto, buen escudero, respondió la señora, vos habeis dado la embajada vuestra con todas
aquellas circunstancias que las tales embajadas piden: levantaos del suelo, que escudero de tan gran
caballero como es el *de la Triste Figura*, de quien ya tenemos acá mucha noticia, no es justo que esté
de hinojos: levantaos, amigo, y decid á vuestro señor que venga mucho en hora buena á servirse de
mí y del duque mi marido en una casa de placer que aquí tenemos. Levantóse Sancho admirado, así

(1) *Cazadores de altanería* eran los que cazaban aves mayores por medio de alcones, azores y otras aves de rapiña: género
de caza que era solo de príncipes y grandes señores.

de la hermosura de la buena señora, como de su mucha crianza y cortesía, y mas de lo que le habia dicho, que tenia noticia de su señor *el caballero de la Triste Figura*; y que si no le habia llamado *el de los Leones* debia ser por habérsele puesto tan nuevamente. Preguntóle la duquesa (cuyo título aun no se sabe) (1): decidme, hermano escudero, ¿éste vuestro señor no es uno de quien anda impresa una historia, que se llama del *Ingenioso Hidalgo Don Quijote de la Mancha*, que tiene por señora de su alma á una tal Dulcinea del Toboso? El mismo es, señora, respondió Sancho; y aquel escudero suyo, que anda ó debe de andar en la tal historia, á quien llaman Sancho Panza, soy yo, si no es que me trocaron en la cuna, quiero decir, que me trocaron en la estampa. De todo eso me huelgo yo mucho, dijo la duquesa. Id, hermano Panza, y decid á vuestro señor, que él sea el bien llegado y el bien venido á mis Estados, y que ninguna cosa me pudiera venir que mas contento me diera. Sancho, con esta tan agradable respuesta, con grandísimo gusto volvió á su amo, á quien contó todo lo que la gran señora le habia dicho, levantando con sus rústicos términos á los cielos su mucha fermosura, su gran donaire y cortesía. Don Quijote se gallardeó en la silla, púsose bien en los estribos, acomodóse la visera, arremetió á Rocinante, y con gentil denuedo fué á besar las manos á la duquesa, la cual haciendo llamar al duque su marido, le contó en tanto que Don Quijote llegaba toda la embajada suya; y los dos por haber leido la primera parte desta historia, y haber entendido por ella el disparatado humor de Don Quijote, con grandísimo gusto y con deseo de conocerle, le atendian con presupuesto de seguirle el humor y conceder con él en cuanto les dijese, tratándole como á caballero andante los dias que con ellos se detuviese, con todas las ceremonias acostumbradas en los libros de caballerías que ellos habian leido, y aun les eran muy aficionados.

En esto llegó Don Quijote, alzada la visera, y dando muestras de apearse, acudió Sancho á tenerle el estribo; pero fue tan desgraciado que al apearse del rucio se le asió un pie en una soga del albarda de tal modo, que no fue posible desenredarle, antes quedó colgado dél con la boca y los pechos en el suelo. Don Quijote, que no tenia en costumbre apearse sin que le tuviesen el estribo, pensando que ya Sancho habia llegado á tenérsele, descargó de golpe el cuerpo, y llevóse tras si la silla de Rocinante, que debia de estar mal cinchado, y la silla y él vinieron al suelo, no sin vergüenza suya y de muchas maldiciones que entre dientes echó al desdichado de Sancho, que aun todavía tenia el pie en la corma. El duque mandó á sus cazadores que acudiesen al caballero y al escudero, los cuales levantaron á Don Quijote maltrecho de la caida, y renqueando y como pudo fué á hincar las rodillas ante los dos señores; pero el duque no lo consintió en ninguna manera, antes apeándose de su caballo fué á abrazar á Don Quijote, diciéndole: á mí me pesa, señor *caballero de la Triste Figura*, que la primera que vuesa merced ha hecho en mi tierra haya sido tan mala como se ha visto; pero descuidos de escuderos suelen ser causa de otros peores sucesos. El que yo he tenido en veros, valeroso príncipe, respondió Don Quijote, es imposible ser malo, aunque mi caida no parara hasta el profundo de los abismos, pues de allí me levantara y me sacara la gloria de haberos visto. Mi escudero, que Dios maldiga, me-

jor desata la lengua para decir malicias, que ata y cincha una silla para que esté firme; pero como quiera que yo me halle, caido ó levantado, á pie ó á caballo, siempre estaré al servicio vuestro y al de mi señora la duquesa, digna consorte vuestra, y digna señora de la hermosura, y universal prin-

(1) Don Juan Antonio Pellicer conjetura que Cervantes designó en estos sucesos á don Cárlos de Borja y á doña María de Aragon, duques de Villahermosa, que el castillo ó quinta, teatro de las aventuras que van á referirse, fue el palacio de Buenavía, que edificó el duque don Juan de Aragon, primo del Rey Católico, en las inmediaciones de la villa de Pedrola, y que en Alcalá de Ebro, lugar de los duques, estaba probablemente situada la ínsula Barataria.

cesa de la cortesía. Pasito, mi señor Don Quijote de la Mancha, dijo el duque, que adonde está mi señora doña Dulcinea del Toboso, no es razon que se alaben otras fermosuras.

Ya estaba á esta sazon libre Sancho Panza del lazo, y hallándose allí cerca, antes que su amo respondiese dijo: no se puede negar, sino afirmar, que es muy hermosa mi señora Dulcinea del Toboso, pero donde menos se piensa se levanta la liebre, que ya he oido decir que esto que llaman naturaleza es como un alcaller (1) que hace vasos de barro, y el que hace un vaso hermoso, tambien puede hacer dos y tres y ciento: dígolo porque mi señora la duquesa á fe que no va en zaga á mi ama la señora Dulcinea del Toboso. Volvióse Don Quijote á la duquesa, y dijo: vuestra grandeza imagine que no tuvo caballero andante en el mundo escudero mas hablador ni mas gracioso del que yo tengo, y él me sacará verdadero, si algunos dias quisiere vuestra gran celsitud servirse de mí. A lo que respondió la duquesa: de que Sancho el bueno sea gracioso, lo estimo yo en mucho, porque es señal que es discreto, que las gracias y los donaires, señor Don Quijote, como vuesa merced bien sabe, no asientan sobre ingenios torpes: y pues el buen Sancho es gracioso y donairoso, desde aquí le confirmo por discreto. Y hablador, añadió Don Quijote. Tanto que mejor, dijo el duque, porque muchas gracias no se pueden decir con pocas palabras: y porque no se nos vaya el tiempo en ellas, venga el gran *caballero de la Triste Figura*... *De los Leones* ha de decir vuestra alteza, dijo Sancho, que ya no hay triste figura ni figuro. Sea el *de los Leones*, prosiguió el duque: digo que venga el señor *caballero de los Leones* á un castillo mio, que está aquí cerca, donde se le hará el acogimiento que á tan alta persona se debe justamente, y el que yo y la duquesa solemos hacer á todos los caballeros andantes que á él llegan.

Ya en esto Sancho habia aderezado y cinchado bien la silla á Rocinante; y subiendo en él Don Quijote, y el duque en un hermoso caballo, pusieron á la duquesa en medio, y encaminaron al castillo. Mandó la duquesa á Sancho que fuése junto á ella, porque gustaba infinito de oir sus discreciones. No se hizo de rogar Sancho, y entretejióse entre los tres, é hizo cuarto en la conversacion, con gran gusto de la duquesa y del duque, que tuvieron á gran ventura acoger en su castillo tal caballero andante y tal escudero andado.

CAPITULO XXXI.
Que trata de muchas y grandes cosas.

Suma era la alegría que llevaba consigo Sancho, viéndose á su parecer en privanza con la duquesa, porque se le figuraba qué habia de hallar en su castillo lo que en la casa de don Diego y en la de Basilio, siempre aficionado á la buena vida; y así tomaba la ocasion por la melena en esto del regalarse cada y cuándo que se le ofrecia. Cuenta, pues, la historia, que antes que á la casa de placer ó castillo llegasen, se adelantó el duque, y dió órden á todos sus criados del modo que habian de tratar á Don Quijote, el cual como llegó con la duquesa á las puertas del castillo, al instante salieron dél dos lacayos ó palafreneros vestidos hasta los pies de unas ropas que llaman de levantar, de finísimo raso carmesí, y cogiendo á Don Quijote en brazos sin ser oido ni visto, le dijeron: vaya la vuestra grandeza á apear á mi señora la duquesa. Don Quijote lo hizo, y hubo grandes comedimientos entre los dos sobre el caso; pero en efecto, venció la porfía de la duquesa, y no quiso descender ó bajar del palafren sino en los brazos del duque, diciendo que no se hallaba digna de dar á tan gran caballero tan inútil carga. En fin, salió el duque á apearla, y al entrar en un gran patio llegaron dos hermosas doncellas, y echaron sobre los hombros á Don Quijote un gran manton de finísima escarlata, y en un instante se coronaron todos los corredores del patio de criados y criadas de aquellos señores, diciendo á grandes voces: bien sea venido la flor y la nata de los caballeros andantes; y todos, ó los mas, derramaban pomos de aguas olorosas sobre Don Quijote y sobre los duques, de todo lo cual se admiraba don Quijote; y aquel fue el primer dia que de todo en todo conoció y creyó ser caballero andante verdadero, y no fantástico, viéndose tratar del mismo modo que él habia leido se trataban los tales caballeros en los pasados siglos.

Sancho, desamparando el rucio, se cosió con la duquesa, y se entró en el castillo, y remordiéndole la conciencia de que dejaba al jumento solo, se llegó á una reverenda dueña que con otras á recibir á la duquesa habia salido, y con voz baja le dijo: Señora Gonzalez, ó como es su gracia de vuesa merced... Doña Rodriguez de Grijalba me llamo, respondió la dueña: ¿qué os lo que mandais, hermano? A lo que respondió Sancho: querria que vuesa merced me la hiciese de salir á la puerta del castillo, donde hallará un asno rucio mio; vuesa merced sea servida de mandarle poner ó ponerle en la caballeriza, porque el pobrecito es un poco medroso, y no se hallará á estar solo en ninguna de las maneras. Si tan discreto es el amo como el mozo, respondió la dueña, medradas estamos. Andad, hermano, mucho de enhoramala para vos y para quien acá os trujo, tened cuenta con vuestro jumento, que las dueñas desta casa no estamos acostumbradas á semejantes haciendas. Pues en verdad, respondió Sancho, que he oido decir á mi señor, que es zahorí de las historias, contando aquella de Lanzarote cuando de Bretaña vino, *que damas curaban dél, y dueñas del su rocino*; y que en el particular de mi

(1) Es el alfarero.—Arr.

asno, que no le trocara yo con el rocin del señor Lanzarote. Hermano, si sois juglar, replicó la dueña, guardad vuestras gracias para donde lo parezcan y se os paguen, que de mí no podreis llevar sino una higa. Aun bien, respondió Sancho, que será bien madura, pues no perderá vuesa merced la quínola de sus años por punto menos. Hijo de puta, dijo la dueña, toda ya encendida en cólera, si soy vieja ó no, á Dios daré la cuenta, que no á vos, bellaco, harto de ajos: y esto dijo en voz tan alta que lo oyó la duquesa, y volviendo y viendo á la dueña tan alborotada y tan encarnizados los ojos, le preguntó con quién las habia. Aquí las hé, respondió la dueña, con este buen hombre, que me ha pedido encarecidamente que vaya á poner en la caballeriza á un asno suyo que está á la puerta del castillo, trayéndome por ejemplo que asi lo hicieron no sé dónde, que unas damas curaron á un tal Lanzarote, y unas dueñas á su rocino, y sobre todo, por buen término me ha llamado vieja. Eso tuviera yo por afrenta, respondió la duquesa, mas que cuantas pudieran decirme; y hablando con Sancho, le dijo: advertid, Sancho amigo, que doña Rodriguez es muy moza, y que aquellas tocas mas las trae por autoridad y por la usanza, que por los años. Malos sean los que me quedan por vivir, respondió Sancho, si lo dije por tanto: solo lo dije porque es tan grande el cariño que tengo á mi jumento que me pareció que no podia encomendarle á persona mas caritativa que á la señora doña Rodriguez. Don Quijote, que todo lo oia, le dijo: ¿pláticas son estas, Sancho, para este lugar? Señor, respondió Sancho, cada uno ha de hablar de su menester donde quiera que estuviere: aquí se me acordó del rucio, y aquí hablé dél: y si en la caballeriza se me acordara, allí hablara. A lo que dijo el duque: Sancho está muy en lo cierto, y no hay que culparle en nada: al rucio se le dará recado á pedir de boca, y descuide Sancho, que se le tratará como á su misma persona.

Con estos razonamientos gustosos á todos, sino á Don Quijote, llegaron á lo alto y entraron á Don Quijote en una sala adornada de telas riquísimas de oro y de brocado: seis doncellas le desarmaron y le sirvieron de pajes, todas industriadas y advertidas del duque y de la duquesa de lo que habian de hacer, y de cómo habian de tratar á Don Quijote, para que imaginase y viese que le trataban como á caballero andante. Quedó Don Quijote despues de desarmado en sus estrechos gregüescos y en su jubon de camuza, seco, alto, tendido, con las quijadas que por de dentro se besaba la una con la otra, figura que á no tener cuenta las doncellas que le servian con disimular la risa, (que fue una de las precisas órdenes que sus señores les habian dado), reventaran riendo. Pidiéronle que se dejase desnudar para ponerle una camisa, pero nunca lo consintió, diciendo que la honestidad parecia tan bien á los caballeros andantes como la valentía. Con todo, dijo que diesen la camisa á Sancho; y encerrándose con él en una cuadra donde estaba un rico lecho, se desnudó y vistió la camisa; y viéndose solo con Sancho, le dijo: díme, truhan moderno y majadero antiguo, ¿parécete bien deshonrar y afrentar á una dueña tan veneranda y tan digna de respeto como aquella? ¿tiempos eran aquellos para acordarte del rucio, ó señores son estos para dejar mal pasar á las bestias, tratando tan elegantemente á sus dueños? Por quien Dios es, Sancho, que te reportes, y que no descubras la hilaza, de manera que caigan en la cuenta de que eres de villana y grosera tela tejido. Mira, pecador de tí, que en tanto mas es tenido el señor, cuanto tiene mas honrados y bien nacidos criados; y que una de las ventajas mayores que llevan los príncipes á los demás hombres, es que se sirven de criados tan buenos como ellos. ¿No adviertes, angustiado de tí, y mal venturado de mí, que si ven que tú eres un grosero villano, ó un mentecato gracioso, pensarán que yo soy algun echacuervos, ó algun caballero de mohatra? No, no, Sancho amigo: huye, huye destos inconvenientes, que quien tropieza en hablador y en gracioso, al primer puntapie cae y da en truhan desgraciado: enfrena la lengua, considera y rumia las palabras antes que te salgan de la boca, y advierte que hemos llegado á parte donde con el favor de Dios y valor de mi brazo, hemos de salir mejorados en tercio y quinto en fama y en hacienda. Sancho le prometió con muchas veras de coserse la boca ó morderse la lengua, antes de hablar palabra que no fuese muy á propósito y bien considerada, como él se lo mandaba, y que descuidase acerca de lo tal, que nunca por él se descubriria quién ellos eran.

Vistióse Don Quijote, púsose su tahalí con su espada, echóse el manton de escarlata á cuestas, púsose una montera de raso verde que las doncellas le dieron, y con este adorno salió á la gran sala, adonde halló á las doncellas puestas en ala, tantas á una parte como á otra, y todas con aderezo de darle aguamanos, lo cual le dieron con muchas reverencias y ceremonias. Luego llegaron doce pajes con el maestresala para llevarle á comer, que ya los señores le aguardaban. Cogiéronle en medio, y lleno de pompa y magestad le llevaron á otra sala, donde estaba puesta una rica mesa con solos cuatro servicios. La duquesa y el duque salieron á la puerta de la sala á recibirle, y con ellos un grave eclesiástico destos que gobiernan las casas de los príncipes; destos que, como no nacen príncipes, no aciertan á enseñar cómo lo han de ser los que lo son; destos que quieren que la grandeza de los grandes se mida con la estrecheza de sus ánimos; destos que, queriendo mostrar á los que ellos gobiernan á ser limitados, les hacen ser miserables (1). Destos tales digo que debia de ser el grave religioso que

_____

(1) Era práctica comun en tiempo de Cervantes tener los grandes, los ministros, los embajadores y los vireyes, confesores públicos y señalados. Estos por lo regular eran frailes, los cuales validos de la autoridad que los penitentes concedian á sus directores, se mezclaban en el gobierno de sus haciendas y casas; y como criados en la mezquindad de un convento, limitaban con tanta economia y apocamiento los gastos y liberalidades de los poderosos, que los hacian parecer miserables con desdoro de su grandeza. Esta necia intervencion de frailes en el gobierno económico de las casas de los señores, es lo que critica y re-

con los duques salió á recibir á Don Quijote. Hiciéronse mil corteses comedimientos, y finalmente, cogiendo á Don Quijote en medio, se fueron á sentar á la mesa. Convidó el duque á Don Quijote con la cabecera de la mesa, y aunque él lo rehusó, las importunaciones del duque fueron tantas, que la hubo de tomar. El eclesiástico se sentó frontero, y el duque y la duquesa á los dos lados. A todo estaba presente Sancho, embobado y atónito de ver la honra que á su señor aquellos príncipes le hacian; y viendo las muchas ceremonias y ruegos que pasaron entre el duque y Don Quijote para hacerle sentar á la cabecera de la mesa, dijo: si sus mercedes me dan licencia, les contaré un cuento que pasó en mi pueblo acerca desto de los asientos. Apenas hubo dicho esto Sancho, cuando Don Quijote tembló, creyendo sin duda alguna que habia de decir alguna necedad. Miróle Sancho y entendióle, y dijo: no tema vuesa merced, señor mio, que yo me desmande, ni que diga cosa que no venga muy á pelo; que no se me han olvidado los consejos que poco há vuesa merced me dió sobre el hablar mucho ó poco, ó bien ó mal. Yo no me acuerdo de nada, Sancho, respondió Don Quijote; di lo que quisieres, como lo digas presto. Pues lo que quiero decir, dijo Sancho, es tan verdad, que mi señor Don Quijote, que está presente, no me dejará mentir. Por mí, replicó Don Quijote, miente tú, Sancho, cuanto quisieres, que yo no te iré á la mano; pero mira lo que vas á decir. Tan mirado y remirado lo tengo,

que á buen salvo está el que repica (1), como se verá por la obra. Bien será, dijo Don Quijote, que vuestras grandezas manden echar de aquí á este tonto, que dirá mil patochadas. Por vida del duque, dijo la duquesa, que no se ha de apartar de mí Sancho un punto: quiérole yo mucho, porque sé que es muy discreto. Discretos dias, dijo Sancho, viva vuestra santidad por el buen crédito que de mí tiene, aunque en mí no lo haya; y el cuento que quiero decir es este:

Convidó un hidalgo de mí pueblo, muy rico y principal, porque venía de los Alamos de Medina del Campo, que casó con doña Mencía de Quiñones, que fue hija de don Alonso de Marañon (2), caballero del hábito de Santiago, que se ahogó en la Herradura, por quien hubo aquella pendencia años há en nuestro lugar, que á lo que entiendo, mi señor Don Quijote se halló en ella, de donde salió herido Tomasillo el travieso, el hijo de Balbastro el herrero. ¿No es verdad todo esto, señor nuestro amo? dígalo por su vida, porque estos señores no me tengan por ningun hablador mentiroso. Hasta ahora, dijo el eclesiástico, mas os tengo por hablador que por mentiroso; pero de aquí adelante no sé por lo que os tendré. Tú das tantos testigos, Sancho, dijo Don Quijote, y tantas señas, que no puedo dejar de decir que debes de decir verdad: pasa adelante y acorta el cuento, porque llevas camino de no acabar en dos dias. No ha de acortar tal, dijo la duquesa; antes, por hacerme á mí placer, le ha de contar de la manera que le sabe, aunque no le acabe en seis dias; que si tantos fuesen, serian para mí los mejores que hubiese llevado en mi vida.

Digo, pues, señores mios, prosiguió Sancho, que este tal hidalgo, que yo conozco como á mis ma-

prende Cervantes con motivo del cenobita intolerante, necio y ridículo que mangoneaba en la casa del duque, huésped de Don Quijote, y de ellos pudiera darse aquí un largo catálogo.

(1) Se nota la facilidad del que reprende á otro el modo de portarse en las acciones peligrosas, estando él en seguro y fuera del lance.—D. A.

(2) Uno de los muchos soldados y personas principales que se ahogaron en la isla de la Herradura, costa del reino de Granada. —P.

nos, porque no hay de mi casa á la suya un tiro de ballesta, convidó á un labrador pobre, pero honrado. Adelante, hermano, dijo á esta sazon el religioso, que camino llevais de no parar con vuestro cuento hasta el otro mundo. A menos de la mitad pararé si Dios fuere servido, respondió Sancho: y asi digo, que llegando el tal labrador á casa del dicho hidalgo convidador, que buen paso haya su ánima, que ya es muerto, y por mas señas dicen que hizo una muerte de un ángel, que yo no me hallé presente, que habia ido por aquel tiempo á segar á Tembleque. Por vida vuestra, hijo, replicó el religioso, que volvais presto de Tembleque, y que sin enterrar al hidalgo, si no quereis hacer mas exequias, acabeis vuestro cuento. Es, pues, el caso, replicó Sancho, que estando los dos para asentarse á la mesa, que parece que ahora los veo mas que nunca... Gran gusto recibian los duques del disgusto que mostraba tomar el buen religioso de la dilacion y pausas con que Sancho contaba su cuento, y Don Quijote se estaba consumiendo en cólera y en rabia. Digo asi, dijo Sancho, que estando como he dicho, los dos para asentarse á la mesa, el labrador porfiaba con el hidalgo que tomase la cabecera de la mesa, y el hidalgo porfiaba tambien que el labrador la tomase, porque en su casa se habia de hacer lo que él mandase; pero el labrador, que presumia de cortés y bien criado, jamás quiso hasta que el hidalgo mohino, poniéndole ambas manos sobre los hombros, le hizo sentar por fuerza, diciéndole: sentaos, majagranzas, que adonde quiera que yo me siente será vuestra cabecera: y este es el cuento, y en verdad que creo que no ha sido aquí traido fuera de propósito.

Púsose Don Quijote de mil colores, que sobre lo moreno le jaspeaban y se le parecian. Los señores disimularon la risa, porque Don Quijote no acabase de correrse, habiendo entendido la malicia de San-

cho; y por mudar de plática y hacer que Sancho no prosiguiese con otros disparates, preguntó la duquesa á Don Quijote, que qué nuevas tenia de la señora Dulcinea, y que si le habia enviado aquellos dias algunos presentes de gigantes ó malandrines, pues no podia dejar de haber vencido muchos. A lo que Don Quijote respondió: señora mia, mis desgracias, aunque tuvieron principio, nunca tendrán fin. Gigantes he vencido, y follones y malandrines la he enviado; ¿pero adónde la habian de hallar, si está encantada y vuelta en la mas fea labradora que imaginarse puede? No sé, dijo Sancho Panza: á mí me parece la mas hermosa criatura del mundo; á lo menos en la ligereza y en el brincar bien sé yo que no dará ella la ventaja á un volteador: á buena fe, señora duquesa, asi salta desde el suelo sobre una borrica como si fuera un gato. ¿Habéisla visto vos encantada, Sancho? preguntó el duque. Y cómo si la he visto, respondió Sancho; ¿pues quién diablos si no yo fue el primero que cayó en el achaque del encantorio? Tan encantada está como mi padre.

El eclesiástico que oyó decir de gigantes, de follones y encantos, cayó en la cuenta de que aquel debia de ser Don Quijote de la Mancha, cuya historia leia el duque de ordinario, y él se lo habia repredido muchas veces, diciéndole que era disparate leer tales disparates: y enterándose ser verdad lo que sospechaba, con mucha cólera, hablando con el duque le dijo: vuestra escelencia, señor mio, tiene que dar cuenta á nuestro Señor de lo que hace este buen hombre. Este Don Quijote ó don Tonto, ó como se llama, imagino yo que no debe de ser tan mentecato como vuestra escelencia quiere que sea, dándole ocasiones á la mano para que lleve adelante sus sandeces y vaciedades. Y volviendo la plática á Don Quijote le dijo: y á vos, alma de cántaro, ¿quién os ha encajado en el celebro que sois caballero andante, y que venceis gigantes, y prendeis malandrines? Andad enhorabuena y en tal se os diga: volveos á vuestra casa y criad vuestros hijos, si los teneis, y curad de vuestra hacienda, y dejad de andar vagando por el mundo papando viento y dando que reir á cuantos os conocen y no conocen. ¿En dónde, nora tal, habeis vos hallado que hubo ni hay ahora caballeros andantes? ¿Dónde hay gigantes en España, ó malandrines en la Mancha, ni Dulcineas encantadas, ni toda la caterva de las simplicidades que de vos se cuentan? Atento estuvo Don Quijote á las razones de aquel venerable varon, y viendo que ya callaba, sin guardar respeto á los duques, con semblante airado y alborotado rostro se puso en pie y dijo... Pero esta respuesta capítulo por sí merece.

CAPITULO XXXII.

De la respuesta que dió Don Quijote á su reprensor, con otros graves y graciosos sucesos.

Levantado, pues, en pie Don Quijote, temblando de los pies á la cabeza como azogado, con presurosa y turbada lengua dijo: el lugar donde estoy, y la presencia ante quien me hallo, y el respeto que siempre tuve y tengo al estado que vuesa merced profesa, tienen y atan las manos de mi justo enojo; y así por lo que he dicho, como por saber que saben todos que las armas de los togados son las mismas que las de la mujer, que son la lengua, entraré con la mia en igual batalla con vuesa merced, de quien se debia esperar antes buenos consejos que infames vituperios. Las reprensiones santas y bien intencionadas, otras circunstancias requieren y otros puntos piden; á lo menos el haberme reprendido en público y tan ásperamente, ha pasado todos los límites de la buena reprension, pues las primeras mejor asientan sobre la blandura que sobre la aspereza; y no es bien sin tener conocimiento del pecado que se reprende, llamar al pecador sin mas ni mas mentecato y tonto. Si no, dígame vuesa merced, ¿por cuál de las mentecaterías que en mí ha visto me condena y vitupera, y me manda que me vaya á mi casa á tener cuenta en el gobierno della y de mi mujer y de mis hijos, sin saber si la tengo ó los tengo? ¿No hay mas sino á troche moche entrarse por las casas agenas á gobernar sus dueños, y habiéndose criado algunos en la estrecheza de algun pupilaje, sin haber visto mas mundo que el que puede contenerse en veinte ó treinta leguas de distrito, meterse de rondon á dar leyes á la caballería, y á juzgar de los caballeros andantes? ¿Por ventura es asunto vano, ó es tiempo mal gastado el que se gasta en vagar por el mundo, no buscando los regalos dél, sino las asperezas por donde los buenos suben al asiento de la inmortalidad? Si me tuvieran por tonto los caballeros, los magníficos, los generosos, los altamente nacidos, tuviéralo por afrenta irreparable; pero de que me tengan por sandio los estudiantes, que nunca entraron ni pisaron las sendas de la caballería, no se me da un ardite: caballero soy, y caballero he de morir si place al Altísimo: unos van por el ancho campo de la ambicion soberbia; otros por el de la adulacion servil y baja; otros por el de la hipocresía engañosa, y algunos por el de la verdadera religion; pero yo, inclinado de mi estrella, voy por la angosta senda de la caballería andante, por cuyo ejercicio desprecio la hacienda, pero no la honra. Yo he satisfecho agravios, enderezados tuertos, castigado insolencias, vencido gigantes y atropellado vestiglos: yo soy enamorado, no mas de porque es forzoso que los caballeros andantes lo sean; y siéndolo, no soy de los enamorados viciosos, sino de los platónicos continentes. Mis intenciones siempre las enderezo á buenos fines que son de hacer bien á todos, y mal á ninguno; si el que esto entiende, si el que esto obra, si el que desto trata merece ser llamado bobo, díganlo vuestras grandezas, duque y duquesa escelentes.

Bien por Dios, dijo Sancho, no diga mas vuesa merced, señor y amo mio, én su abono, porque no hay mas que decir, ni mas que pensar, ni mas que perseverar en el mundo: y mas que negando este señor, como ha negado, que no ha habido en el mundo ni los hay caballeros andantes, ¿qué mucho que no sepa ninguna de las cosas que ha dicho? Por ventura, dijo el eclesiástico, ¿sois vos, hermano, aquel Sancho Panza que dicen, á quien vuestro amo tiene prometida una ínsula? Sí soy, respondió Sancho, y soy quien la merece tan bien como otro cualquiera: soy quien júntate á los buenos y serás uno dellos; y soy yo de aquellos, no con quien naces, sino con quien paces; y de los, quien á buen árbol se arrima, buena sombra le cobija: yo me he arrimado á buen señor, y há muchos meses que ando en su compañía, y he de ser otro como él, Dios queriendo: y viva él y viva yo, que ni á él le faltarán imperios que mandar, ni á mí ínsulas que gobernar. No por cierto, Sancho amigo, dijo á esta sazon el duque, que yo en nombre del señor Don Quijote os mando el gobierno de una que tengo de nones de no pequeña calidad. Híncate de rodillas, Sancho, dijo Don Quijote, y besa los pies á su escelencia por la merced que te ha hecho. Hízolo asi Sancho; lo cual visto por el eclesiástico, se levantó de la mesa mohino además, diciendo: por el hábito que tengo, que estoy por decir que es tan sandio vuestra escelencia como estos pecadores: mirad si no han de ser ellos locos, pues los cuerdos canonizan sus locuras: quédese vuestra escelencia con ellos, que en tanto que estuvieren en casa, me estaré yo en la mia, y me escusaré de reprender lo que no puedo remediar: y sin decir mas ni comer mas, se fué, sin que fuesen parte á detenerle los ruegos de los duques, aunque el duque no le dijo mucho, impedido de la risa que su impertinente cólera le habia causado.

Acabó de reir, y dijo á Don Quijote: vuesa merced, señor *caballero de los Leones*, ha respondido por sí tan altamente, que no le queda cosa por satisfacer deste, que aunque parece agravio, no lo es en ninguna manera, porque asi como no agravian las mujeres, no agravian los eclesiásticos, como vuesa merced mejor sabe. Asi es, respondió Don Quijote, y la causa es que el que no puede ser agraviado no puede agraviar á nadie. Las mujeres, los niños y los eclesiásticos, como no pueden defenderse, aunque sean ofendidos, no pueden ser afrentados, porque entre el agravio y la afrenta, hay esta diferencia, como mejor vuestra escelencia sabe. La afrenta viene de parte de quien la puede hacer y la hace y la sustenta; el agravio puede venir de cualquier parte sin que afrente. Sea ejemplo: está uno en la calle descuidado, llegan diez con mano armada, y dándole de palos, pone mano á la espada, y hace su deber; pero la muchedumbre de los contrarios se le opone, y no le deja salir con su intencion, que es de vengarse: este tal queda agraviado, pero no afrentado; y lo mismo confirmará otro ejemplo: está uno vuelto de espaldas, llega otro, y dále de palos, y en dándoselos huye y no espera, y el otro le sigue y no le alcanza: este que recibió los palos recibió agravio, mas no afrenta; porque la afrenta ha de ser sustentada. Si el que le dió los palos, aunque se los dió á hurta cordel, pusiera mano á su espada, y se estuviera quedo haciendo rostro á su enemigo, quedara el apaleado agraviado y afrentado juntamente; agraviado porque le dieron á traicion; afrentado, porque el que le dió sustentó lo que habia hecho, sin volver las espaldas y á pie quedo: y asi segun las leyes del maldito duelo, yo puedo estar agraviado, mas no afrentado, porque los niños no lo sustentan (1) ni las mujeres, ni pueden huir, ni tienen para qué esperar, y lo mismo los constituidos en la sacra religion; porque estos tres géneros de gente carecen de armas ofensivas y defensivas; y asi aunque naturalmente estén obligados á defenderse no lo están para ofender á nadie: y aunque poco há dije que yo podia estar agraviado, ahora digo que no en ninguna manera, porque quien no puede recibir afrenta, menos la puede dar; por las cuales razones yo no debo sentir ni siento las que aquel buen hombre me ha dicho: solo quisiera que esperara algun poco para darle á entender el error en que está en pensar y decir que no ha habido ni los hay caballeros andantes en el mundo, que si lo tal oyera Amadís, ó uno de los infinitos de su linaje, yo sé que no le fuera bien á su merced. Eso juro yo bien, dijo Sancho; cuchillada le hubieran dado, que le abrieran de arriba abajo como una granada ó como á un melon muy maduro: bonitos eran ellos para sufrir semejantes cosquillas. Para mí santiguada, que tengo por cierto que si Reinaldos de Montalvan hubiera oido estas razones al hombrecito, tapaboca le hubiera dado que no hablara mas en tres años: no sino tomárase con ellos, y viera cómo escapaba de sus manos. Perecia de risa la duquesa en oyendo hablar á Sancho, y en su opinion le tenia por mas gracioso y por mas loco que á su amo, y muchos hubo en aquel tiempo que fueron deste mismo parecer.

Finalmente Don Quijote se sosegó, y la comida se acabó, y en levantando los manteles llegaron cuatro doncellas, la una con una fuente de plata, y la otra con un aguamanil asimismo de plata, y la otra con dos blanquísimas y riquísimas toallas al hombro, y la cuarta descubiertos los brazos hasta la mitad, y en sus blancas manos (que sin duda eran blancas), una redonda pella de jabon napolitano (2). Llegó la de la fuente, y con gentil donaire y desenvoltura encajó la fuente debajo de la barba de Don Quijote; el cual sin hablar palabra, admirado de semejante ceremonia, creyó que debia ser usanza de aquella tierra, en lugar de las manos lavar las barbas; y asi tendió la suya todo cuanto pudo, y al mismo punto comenzó á llover el aguamanil, y la doncella del jabon le manoseó las barbas con mucha priesa, levantando copos de nieve, que no eran menos blancas las jabonaduras, no solo por las barbas, mas por todo el rostro por los ojos del obediente caballero, tanto que se los hicieron cerrar por fuerza. El duque y la duquesa, que de nada desto eran sabidores, estaban esperando en qué habia de parar tan estraordinario lavatorio. La doncella barbera, cuando le tuvo con un palmo de jabonadura, fingió que se le habia acabado el agua, y mandó á la del aguamanil fuése por ella, que el señor Don Quijote esperaria. Hízolo asi, y quedó Don Quijote con la mas estraña figura y mas para hacer reir que se pudiera imaginar. Mirábanle todos los que presentes estaban, que eran muchos, y como le veian con media vara de cuello, mas que medianamente moreno, los ojos cerrados y las barbas llenas de jabon, fue gran maravilla y mucha discrecion poder disimular la risa: las doncellas de la burla tenian los ojos bajos sin osar mirar á sus señores: á ellos les retozaba la cólera y la risa en el cuerpo, y no sabian á qué acudir, ó á castigar el atrevimiento de las muchachas, ó darles premio por el gusto que recibian de ver á Don Quijote de aquella suerte.

Finalmente la doncella del aguamanil vino, y acabaron de lavar á Don Quijote, y luego la que traia las toallas le limpió y le enjugó muy reposadamente; y haciéndole todas cuatro á la par una grande y profunda inclinacion y reverencia, se querian ir; pero el duque, porque Don Quijote no cayese en la burla, llamó á la doncella de la fuente, diciéndole: venid y lavadme á mí, y mirad que no se os acabe el agua. La muchacha aguda y diligente llegó y puso la fuente al duque como á Don Quijote, y dándose priesa le lavaron y jabonaron muy bien, y dejándole enjuto y limpio, haciendo reverencias se fueron. Despues se supo que habia jurado el duque que si á él no le lavaran como á Don

<hr>

(1) *No sienten* dicen otras ediciones, y no pudo decir esto Cervantes. La idea es la que despues espresa el testo claramente: que los niños ni las mujeres, no pueden sustentar, con las armas lo que hacen, ni librarse aunque hayan de ser alcanzados. —F. C.

(2) Entraban en su composicion jabon de Valencia ó de Chipre, rayado, salvado de trigo muy blanco, agua de cisterna, en que se cocia, y otros ingredientes.—P.

Quijote, habia de castigar su desenvoltura, la cual habian enmendado discretamente con haberle á él jabonado.

Estaba atento Sancho á las ceremonias de aquel lavatorio, y dijo entre sí: ¡válame Dios! ¡si será tambien usanza en esta tierra lavar las barbas á los escuderos como á los caballeros! porque en Dios y en mi ánima que lo hé bien menester, y aunque si me las rapasen á navaja lo tendria á mas beneficio. ¿Qué decís entre vos, Sancho? preguntó la duquesa. Digo, señora, respondió él, que en las córtes de los otros príncipes, siempre he oido decir que en levantando los manteles dan agua á las manos, pero

no legia á las barbas; y que por eso es bueno vivir mucho por ver mucho, aunque tambien dicen que el que larga vida vive, mucho mal ha de pasar, puesto que pasar por un lavatorio de estos, antes es gusto que trabajo. No tengais pena, amigo Sancho, dijo la duquesa, que yo haré que mis doncellas os laven, y aun os metan en colada si fuere menester. Con las barbas me contento, respondió Sancho, por ahora á lo menos, que andando el tiempo, Dios dijo lo que será. Mirad, maestresala, dijo la duquesa, lo que el buen Sancho pide, y cumplidle su voluntad al pie de la letra. El maestresala respondió que en todo seria servido el señor Sancho, y con esto se fué á comer y llevó consigo á Sancho, quedándose á la mesa los duques y Don Quijote hablando en muchas y diversas cosas, pero todas tocantes al ejercicio de las armas y de la andante caballería.

La duquesa rogó á Don Quijote que le delinease y describiese, pues parecia tener felice memoria, la hermosura y facciones de la señora Dulcinea del Toboso, que segun lo que la fama pregonaba de su belleza, tenia por entendido que debia de ser la mas bella criatura del orbe y aun de toda la Mancha. Suspiró Don Quijote oyendo lo que la duquesa le mandaba, y dijo: si yo pudiera sacar mi corazon, y ponerle ante los ojos de vuestra grandeza, aquí sobre esta mesa y en un plato, quitara el trabajo á mi lengua de decir lo que apenas se puede pensar, porque vuestra escelencia la viera en él toda retratada; pero ¿para qué es ponerme yo ahora á delinear y describir punto por punto y parte por parte la hermosura de la sin par Dulcinea, siendo carga digna de otros hombres que de los mios, empresa en quien se debian ocupar los pinceles de Parrasio, de Timantes y de Apeles, y los buriles de Lisipo, para pintarla y grabarla en tablas, en mármoles y en bronces, y la retórica ciceroniana y demostina para alabarla? ¿Qué quiere decir demostina, señor Don Quijote? preguntó la duquesa, que es vocablo que no le he oido en todos los dias de mi vida. Retórica demostina, respondió Don Quijote, es lo mismo que decir retórica de Demóstenes, como ciceroniana de Ciceron, que fueron los dos mayores retóricos del mundo.

Asi es, dijo el duque, y habeis andado deslumbrada en la tal pregunta. Pero con todo eso, nos daria gran gusto el señor Don Quijote si nos la pintase, que á buen seguro que aunque sea en rasguño y bosquejo, que ella salga tal que la tengan envidia las mas hermosas. Sí hiciera por cierto, respondió Don Quijote, si no me la hubiera borrado de la idea la desgracia que poco há le sucedió, que es tal, que mas estoy para llorarla que para describirla; porque habrán de saber vuestras grandezas, que yendo los dias pasados á besarle las manos y á recibir su bendicion, beneplácito y licencia para esta tercera salida, halléla otra de la que buscaba: halléla encantada y convertida de princesa en labradora, de hermosa en fea, de ángel en diablo, de olorosa en pestífera, de bien hablada en rústica, de reposada en brincadora, de luz en tinieblas, y finalmente, de Dulcinea del Toboso en una villana de Sayago.

¡Válame Dios! dando una gran voz, dijo á este instante el duque, ¿quién ha sido el que tanto mal ha hecho al mundo? ¿Quién ha quitado dél la belleza que le alegraba, el donaire que le entretenia, y la honestidad que le acreditaba? ¿Quién? respondió Don Quijote, ¿quién puede ser sino algun maligno encantador de los muchos invidiosos que me persiguen? Esta raza maldita, nacida en el mundo para escurecer y aniquilar las hazañas de los buenos, y para dar luz y levantar los fechos de los malos. Perseguídome han encantadores, encantadores me persiguen, y encantadores me perseguirán hasta dar conmigo y con mis altas caballerías en el profundo abismo del olvido, y en aquella parte me dañan y hieren donde ven que mas lo siento; porque quitarle á un caballero andante su dama, es quitarle los ojos con que mira, y el sol con que se alumbra, y el sustento con que se mantiene. Otras muchas veces lo he dicho, y ahora lo vuelvo á decir, que el caballero andante sin dama es como el árbol sin hojas, el edificio sin cimiento, y la sombra sin cuerpo de quien se cause.

No hay mas que decir, dijo la duquesa; pero si con todo eso hemos de dar crédito á la historia que del señor Don Quijote de pocos dias á esta parte ha salido á la luz del mundo con general aplauso de las gentes (1), della se colige, si mal no me acuerdo, que nunca vuesa merced ha visto á la señora Dulcinea: y que esta tal señora no es en el mundo, sino que es dama fantástica, que vuesa merced la engendró y parió en su entendimiento, y la pintó con todas aquellas gracias y perfecciones que quiso. En eso hay mucho que decir, respondió Don Quijote: Dios sabe si hay Dulcinea ó no en el mundo, ó si es fantástica ó no es fantástica; y estas no son de las cosas cuya averiguacion se ha de llevar hasta el cabo. Ni yo engendré ni parí á mi señora, puesto que la contemplo, como conviene que sea, una dama que contenga en sí las partes que puedan hacerla famosa en todas las del mundo, como son hermosa sin tacha, grave sin soberbia, amorosa con honestidad, agradecida por cortés, cortés por bien criada, y finalmente, alta por linaje, á causa que sobre la buena sangre resplandece y campea la hermosura con mas grados de perfeccion que en las hermosas humildemente nacidas. Asi es, dijo el duque; pero háme de dar licencia el señor Don Quijote para que diga lo que me fuerza á decir la historia que de sus hazañas he leido, de donde se infiere que puesto que se conceda que hay Dulcinea en el Toboso ó fuera dél, y que sea hermosa en el sumo grado que vuesa merced nos la pinta, en lo de la alteza del linaje no corre parejas con las Orianas (2), con las Alastrajareas (3), con las Madásimas, ni con otras deste jaez, de quien están llenas las historias, que vuesa merced bien sabe.

A eso puedo decir, respondió Don Quijote, que Dulcinea es hija de sus obras, y que las virtudes adoban la sangre, y que en mas se ha de estimar y tener un humilde virtuoso, que un vicioso levantado: cuanto mas, que Dulcinea tiene un giron (4) que la puede llevar á ser reina de corona y cetro: que el merecimiento de una mujer hermosa y virtuosa, á hacer mayores milagros se estiende; y aunque no formalmente, virtualmente tiene en sí encerradas mayores venturas. Digo, señor Don Quijote, dijo la duquesa, que en todo cuanto vuesa merced dice va con pie de plomo, y como suele decirse, con

---

(1) Refiérese aquí la duquesa á la parte primera de esta historia, que en la realidad habia ya cerca de diez años que se habia impreso, pues se publicó en el de 1605. Con todo eso dice la duquesa que hacia *pocos dias* que habia salido á luz. Este es uno de los pocos lugares en que se manifiesta la intencion de Cervantes de enlazar inmediatamente la narracion de los sucesos de la tercera salida de Don Quijote, contenidos en esta segunda parte con los de la primera.—P.

(2) Oriana, la señora de Amadis de Gaula.—P.

(3) La infanta Alastrajarea, hija de Amadis de Grecia y de la reina Zahara.—Madásima, la señora de Gantasi, hija del Famongomadan, el jayan del Lago Ferviente: damas todas caballerescas.—P.

(4) Esto es, como si dijera: tiene partes que la pueden llevar á ser reina ó hacerla merecedora de serlo. *Giron* es parte ó porcion pequeña de alguna cosa.—Arr.

la sonda en la mano ; y que yo desde aquí adelante creeré y haré creer á todos los de mi casa , y aun al duque mi señor, si fuere menester, que hay Dulcinea en el Toboso , y que vive hoy dia , y es hermosa , y principalmente nacida, y merecedora que un tal caballero como el señor Don Quijote la sirva, que es lo mas que puedo ni sé encarecer. Pero no puedo dejar de formar un escrúpulo , y tener algun no sé qué de ojeriza contra Sancho Panza : el escrúpulo es, que dice la historia referida, que el tal Sancho Panza halló á la tal señora Dulcinea , cuando de parte de vuesa merced le llevó una epístola, aechando un costal de trigo, y por mas señas dice que era rubion ; cosa que me hace dudar en la alteza de su linaje.

A lo que respondió Don Quijote : señora mia , sabrá la vuestra grandeza, que todas ó las mas cosas que á mí me suceden van fuera de los términos ordinarios de las que á los otros caballeros andantes acontecen , ó ya sean encaminadas por el querer inescrutable de los hados , ó ya vengan encaminadas por la malicia de algun encantador invidioso ; y como es cosa ya averiguada que todos ó los mas caballeros andantes y famosos , uno tenga gracia de no poder ser encantado , otro de ser de tan impenetrables carnes que no pueda ser herido , como lo fue el famoso Roldan , uno de los doce pares de Francia , de quien se cuenta que no podia ser ferido sino por la planta del pie izquierdo , y que esto habia de ser con la punta de un alfiler gordo , y no con otra suerte de arma alguna. Y así cuando Bernardo del Carpio le mató en Roncesvalles , viendo que no le podia llagar con fierro , le levantó del suelo entre los brazos , y le ahogó , acordándose entonces de la muerte que dió Hércules á Anteo, aquel feroz gigante que decian ser hijo de la Tierra. Quiero inferir de lo dicho que podria ser que yo tuviese alguna gracia destas , no del no poder ser ferido , porque muchas veces la esperiencia me ha mostrado que soy de carnes blandas , y no nada impenetrables , ni la de no poder ser encantado , que ya me he visto metido en una jaula , donde todo el mundo no fuera poderoso á encerrarme , si no fuera á fuerzas de encantamentos. Pero pues de aquel me libré , quiero creer que no ha de haber otro alguno que me empezca (1) : y así viendo estos encantadores que con mi persona no pueden usar de sus malas mañas , vénganse en las cosas que mas quiero , y quieren quitarme la vida maltratando la de Dulcinea por quien yo vivo. Y así creo que cuando mi escudero le llevó mi embajada se la convirtieron en villana , y ocupada en tan bajo ejercicio como es el de aechar trigo ; pero ya tengo yo dicho que aquel trigo ni era rubion ni trigo , sino granos de perlas orientales. Y para prueba desta verdad quiero decir á vuestras magnitudes, como viniendo poco há por el Toboso , jamás pude hallar los palacios de Dulcinea : y que otro dia habiéndola visto Sancho mi escudero en su misma figura , que es la mas bella del orbe , á mí me pareció una labradora tosca y fea , y no nada bien razonada , siendo la discrecion del mundo : y pues yo no estoy encantado , ni lo puedo estar , segun buen discurso , ella es la encantada , la ofendida y la mudada , trocada y trastrocada , y en ella se han vengado de mí mis enemigos , y por ella viviré yo en perpetuas lágrimas hasta verla en su prístino estado.

Todo esto he dicho para que nadie repare en lo que Sancho dijo del cernido ni del aecho de Dulcinea, que pues á mí me la mudaron , no es maravilla que á él se la cambiasen. Dulcinea es principal y bien nacida , y de los hidalgos linajes que hay en el Toboso , que son muchos , antiguos y muy buenos. A buen seguro que no le cabe poca parte á la sin par Dulcinea en que su lugar sea famoso y nombrado en los venideros siglos , como lo ha sido Troya por Elena , y España por la Cava , aunque con mejor título y fama. Por otra parte , quiero que entiendan vuestras señorías que Sancho Panza es uno de los mas graciosos escuderos que jamás sirvió á caballero andante : tiene á veces unas simplicidades tan agudas , que el pensar si es simple ó agudo causa no pequeño contento : tiene malicias que le condenan por bellaco , y descuidos que le confirman por bobo : duda de todo , y créelo todo : cuando pienso que se va á despeñar de tonto , sale con unas discreciones que le levantan al cielo. Finalmente , yo no lo trocaria con otro escudero , aunque me diesen de añadidura una ciudad , y así estoy en duda si será bien enviarle al gobierno de quien vuestra grandeza le ha hecho merced , aunque veo en él una cierta aptitud para esto de gobernar , que atusándole tantico el entendimiento se saldria con cualquiera gobierno como el rey con sus alcabalas : y mas que ya por muchas esperiencias sabemos que no es menester ni mucha habilidad , ni muchas letras para ser uno gobernador , pues hay por ahí ciento que apenas saben leer , y gobiernan como unos girifaltes (2) : el toque está en que tengan buena intencion y deseen acertar en todo , que nunca les faltará quien les aconseje y encamine en lo que han de hacer como los gobernadores caballeros y no letrados , que sentencian con asesor. Aconsejarele yo que ni tome cohecho ni pierda derecho , y otras cosillas que me quedan en el estómago , que saldrán á su tiempo para utilidad de Sancho y provecho de la ínsula que gobernare.

A este punto llegaban de su coloquio el duque , la duquesa y Don Quijote cuando oyeron muchas voces y gran rumor de gente en el palacio , y á deshora entró Sancho en la sala , todo asustado , con un cernadero por babador , y tras él muchos mozos , ó por mejor decir , pícaros de cocina y otra gente menuda , y uno venia con un artesoncillo de agua , que en la color y poca limpieza mostraba ser de fregar : seguíale y perseguíale el de la artesa , y procuraba con toda solicitud ponérsela y encajársela debajo de las barbas , y otro pícaro mostraba querérselas lavar. ¿Qué es esto , hermanos ? pre-

(1) *Empecer*, dañar, ofender, causar perjuicio.—D. A.

(2) Como unas águilas ó con suma perspicacia y facilidad. Metáfora tomada del girifalte ó halcon mayor, que es velocísimo y animoso , y casi del tamaño del águila , y persigue á las aves por el aire hasta abatirlas al suelo.—Arr.

guntó la duquesa: ¿qué es esto? ¿qué quereis á ese buen hombre? ¿cómo? ¿y no considerais que está electo gobernador? A lo que respondió el pícaro barbero: no quiere este señor dejarse lavar como es usanza, y como se lavó el duque mi señor y el señor su amo. Si quiero, respondió Sancho con mucha cólera, pero querria que fuese con tohallas mas limpias, con legía mas clara y con manos no tan sucias, que no hay tanta diferencia de mí á mi amo, que á él le laven con agua de ángeles, y á mí con legía de diablos. Las usanzas de las tierras y de los palacios de los príncipes tanto son buenas cuanto no dan pesadumbre; pero la costumbre del lavatorio que aquí se usa peor es que de diciplinantes. Yo estoy limpio de barbas, y no tengo necesidad de semejantes refrigerios; y el que se llegare á lavarme ni tocarme á un pelo de la cabeza, digo de mi barba, hablando con el debido acatamiento, le daré tal puñada que le deje el puño engastado en los cascos: que estas tales cirimonias y jabonaduras mas parecen burlas que gasajos de huéspedes.

Perecida de risa estaba la duquesa, viendo la cólera y oyendo las razones de Sancho; pero no dió mucho gusto á Don Quijote verle tan mal adeliñado con la jaspeada tohalla, y tan rodeado de tantos entretenidos de cocina, y asi haciendo una profunda reverencia á los duques, como que les pedia licencia para hablar, con voz reposada dijo á la canalla: hola, señores caballeros, vuesas mercedes dejen al mancebo, y vuélvanse por donde vinieron, ó por otra parte si se les antojare, que mi escudero es limpio tanto como otro, y esas artesillas son para él estrechas y penantes búcaros (1): tomen mi consejo, y déjenle, porque ni él ni yo sabemos de achaques de burlas. Cogióle la razon de la boca Sancho, y prosiguió diciendo: no sino lléguense á hacer burla del mostrenco, que asi lo sufriré como ahora es de noche. Traigan aquí un peine ó lo que quisieren, y almohácenme estas barbas, y si sacaren dellas cosa que ofenda á la limpieza, que me trasquilen á cruces (2).

A esta sazon, sin dejar la risa, dijo la duquesa: Sancho Panza tiene razon en todo cuanto ha dicho, y la tendrá en todo cuanto dijere: él es limpio, y como él dice no tiene necesidad de lavarse; y si nuestra usanza no le contenta, su alma en su palma: cuanto mas que vosotros, ministros de la limpieza, habeis andado demasiadamente de remisos y descuidados, y no sé si diga atrevidos, en traer á tal personaje y á tales barbas, en lugar de fuentes y aguamaniles de oro puro y de alemanas tohallas, artesillas y dornajos de palo y rodillas de aparadores; pero en fin, sois malos y mal nacidos, y no podeis dejar, como malandrines que sois, de mostrar la ojeriza que teneis con los escuderos de los andantes caballeros. Creyeron los apicarados ministros, y aun el maestresala que venia con ellos, que la duquesa hablaba de veras, y asi quitaron el cernadero del pecho de Sancho, y todos confusos y casi corridos se fueron y le dejaron, el cual viéndose fuera de aquel á su parecer sumo peligro, se fué á hincar de rodillas ante la duquesa, y dijo: de grandes señoras grandes mercedes se esperan: esta que la vuestra merced hoy me ha fecho no puede pagarse con menos si no es con desear verme armado caballero andante, para ocuparme todos los dias de mi vida en servir á tan alta señora: labrador soy, Sancho Panza me llamo, casado soy, hijos tengo, y de escudero sirvo: si con alguna destas cosas puedo servir á vuestra grandeza, menos tardaré yo en obedecer que vuestra señoría en mandar. Bien parece, Sancho, respondió la duquesa, que habeis aprendido á ser cortés en la escuela de la misma cortesía: bien parece, quiero decir, que os habeis criado á los pechos del señor Don Quijote, que debe de ser la nata de los comedimientos y la flor de las ceremonias, ó cirimonias como vos decís: bien haya tal señor y tal criado, el uno por norte de la andante caballería, y el otro por estrella de la escuderil fidelidad: levantáos, Sancho amigo, que yo satisfaré vuestras cortesías con hacer que el duque mi señor lo mas presto que pudiere os cumpla la merced prometida del gobierno.

Con esto cesó la plática, y Don Quijote se fué á reposar la siesta; y la duquesa pidió á Sancho que sino tenia mucha gana de dormir viniese á pasar la tarde con ella y con sus doncellas en una muy fresca sala. Sancho respondió que aunque era verdad que tenia por costumbre dormir cuatro ó cinco horas las siestas del verano, que por servir á su bondad él procuraria con todas sus fuerzas no dormir aquel dia ninguna, y vendria obediente á su mandado, y fuése. El duque dió nuevas órdenes como se tratase á Don Quijote como á caballero andante, sin salir un punto del estilo, como cuentan que se trataban los antiguos caballeros.

_____

(1) Quiere decir Don Quijote que su escudero Sancho Panza era persona tan principal, que de ningun modo merecia ser lavado en artesillas con agua de fregar, que por esto le venian estrechas y se le encajaban con dificultad, como la que sentian los que bebian por *búcaros penantes* ó *penados*; porque se usaban entonces ciertas vasijas ó vasos que daban el agua con trabajo y pena, y por eso se llamaban *penantes* ó por mejor decir *penados*.—P.

(2) Me corten el pelo á repelones, sin órden ni simetría. Era una especie de burla.—Arr.

CAPITULO XXXIII.

De la sabrosa plática que la duquesa y sus doncellas pasaron con Sancho Panza, digna de que se lea y de que se note.

Cuenta, pues, la historia que Sancho no durmió aquella siesta, sino que por cumplir su palabra vino, en comiendo, á ver á la duquesa, la cual con el gusto que tenia de oirle le hizo sentar junto á sí en una silla baja, aunque Sancho de puro bien criado no queria sentarse; pero la duquesa le dijo que se sentase como gobernador, y hablase como escudero, puesto que por entrambas cosas merecia el mismo escaño (1) del Cid Rui Diaz Campeador. Encogió Sancho los hombros, obedeció y sentóse, y todas las doncellas y dueñas de la duquesa le rodeadoron atentas con grandísimo silencio á escuchar lo

que diria. Pero la duquesa fue la que habló primero, diciendo: ahora que estamos solos, y que aquí no nos oye nadie, querria yo que el señor gobernador me absolviese ciertas dudas que tengo, nacidas de la historia que del gran Don Quijote anda ya impresa: una de las cuales dudas es, que pues el buen Sancho nunca vió á Dulcinea, digo á la señora Dulcinea del Toboso, ni le llevó la carta del señor Don Quijote, porque se quedó en el libro de memoria en Sierra Morena, ¿cómo se atrevió á fingir la respuesta, y aquello de que la halló aechando trigo, siendo todo burla y mentira, y tan en daño de la buena opinion de la sin par Dulcinea, y cosas, que no vienen bien con la calidad y fidelidad de los buenos escuderos?

A estas razones, sin responder con alguna, se levantó Sancho de la silla, y con pasos quedos, el cuerpo agoviado, y el dedo puesto sobre los labios anduvo por toda la sala levantando los doseles, y luego esto hecho se volvió á sentar, y dijo: ahora, señora mia, que he visto que no nos escucha nadie de solapa (2) fuera de los circunstantes, sin temor ni sobresalto responderé á lo que se me ha preguntado, y á todo aquello que se me preguntare; y lo primero que digo es, que yo tengo á mi

(1) Es el banco de respaldo, sillon ó asiento de distincion. Este escaño precioso era de marfil, que ganó el Cid en Valencia, segun se dice en su crónica, al rey moro, nieto de Alimaimon, que fue rey y señor de Valencia y de Toledo.
(2) Encubierto ó escondido de propósito para escuchar.—Arr.

señor Don Quijote por loco rematado, puesto que algunas veces dice cosas que á mi parecer, y aun de todos aquellos que le escuchan, son tan discretas y por tan buen carril encaminadas, que el mesmo Satanás no las podria decir mejores; pero con todo esto, verdaderamente y sin escrúpulo, á mí se me ha asentado que es un mentecato: pues como tengo esto en el magin, me atrevo á hacerle creer lo que no lleva pies ni cabeza, como fue aquello de la respuesta de la carta, y lo de habrá seis ú ocho dias, que aun no está en historia, conviene á saber, lo del encanto de mi señora doña Dulcinea, que le he dado á entender que está encantada, no siendo mas verdad que por los cerros de Ubeda. Rogóle la duquesa que le contase aquel encantamiento ó burla, y Sancho se lo contó todo del mismo modo que habia pasado, de que no poco gusto recibieron los oyentes. Y prosiguiendo en su plática dijo la duquesa: de lo que el buen Sancho me ha contado me anda brincando un escrúpulo en el alma, y un cierto susurro llega á mis oidos que me dice: pues Don Quijote de la Mancha es loco, menguado y mentecato, y Sancho Panza su escudero lo conoce, y con todo eso le sirve y le sigue, y va atenido á las vanas promesas suyas, sin duda alguna debe de ser él mas loco y tonto que su amo: y siendo esto asi, como lo es, mal contado te será, señora duquesa, si al tal Sancho Panza le das ínsula que gobierne, porque el que no sabe gobernarse á sí ¿cómo sabrá gobernar á otros?

Par Dios, señora, dijo Sancho, que ese escrúpulo viene por parto derecho; pero dígale vuesa merced que hable claro, ó como quisiere, que yo conozco que dice verdad, que si yo fuera discreto, dias há que habia de haber dejado á mi amo; pero esta fue mi suerte y esta mi malandanza: no puedo mas, seguirle tengo, somos de un mismo lugar, he comido su pan, quiérole bien, es agradecido, dióme sus pollinos, y sobre todo yo soy fiel, y asi es imposible que nos pueda apartar otro suceso que el de la pala y azadon: y si vuestra altanería no quisiere que se me dé el prometido gobierno, de menos me hizo Dios, y podria ser que el no dármele redundase en pro de mi conciencia, que manguera tonto, se me entiende aquel refran de por su mal le nacieron alas á la hormiga: y aun podria ser que se fuese mas ahina Sancho escudero al cielo, que no Sancho gobernador: tan buen pan hacen aquí como en Francia: y de noche todos los gatos son pardos: y asaz de desdichada es la persona que á las dos de la tarde no se ha desayunado: y no hay estómago que sea un palmo mayor que otro, el cual se puede llenar, como suele decirse, de paja y de heno: y las avecitas del campo tienen á Dios por su proveedor y despensero: y mas calientan cuatro varas de paño de Cuenca que otras cuatro de limiste de Segovia: y al dejar este mundo y meternos la tierra adentro, por tan estrecha senda va el príncipe como el jornalero: y no ocupa mas pies de tierra el cuerpo del papa que el del sacristan, aunque sea mas alto el uno que el otro, que al entrar en el hoyo todos nos ajustamos y encogemos, ó nos hacen ajustar y encoger mal que nos pese, y á buenas noches. Y torno á decir, que si vuestra señoría no me quisiere dar la ínsula por tonto, yo sabré no dárseme nada por discreto: y yo he oido decir, que detrás de la cruz está el diablo, y que no es oro todo lo que reluce, y que de entre los bueyes, arados y coyundas sacaron al labrador Wamba para ser rey de España y de entre los brocados, pasatiempos y riquezas sacaron á Rodrigo para ser comido de culebras (si es que las trovas de os romances antiguos no mienten). Y como que no mienten, dijo á esta sazon doña Rodriguez la

dueña, que era una de las escuchantes, que un romance hay que dice, que metieron al rey Rodrigo vivo en una tumba llena de sapos, culebras y lagartos, y que de allí á dos dias dijo el rey desde dentro de la tumba con voz doliente y baja:

    Ya me comen, ya me comen
    Por do mas pecado habia.

Y segun esto mucha razon tiene este señor en decir que quiere ser mas labrador que rey, si le han de comer sabandijas.

No pudo la duquesa tener la risa oyendo la simplicidad de su dueña, ni dejó de admirarse en oir las razones y refranes de Sancho, á quien dijo: ya sabe el buen Sancho que lo que una vez promete un caballero, procura cumplírlo aunque le cueste la vida. El duque mi señor y marido, aunque no es de los andantes, no por eso deja de ser caballero, y así cumplirá la palabra de la prometida ínsula á pesar de la envidia y de la malicia del mundo. Esté Sancho de buen ánimo, que cuando menos lo piense se verá sentado en la silla de la ínsula y en la de su estado, y empuñará su gobierno, que con otro de brocado de tres altos lo deseche: lo que yo le encargo es que mire como gobierna sus vasallos, advirtiendo que todos son leales y bien nacidos. Eso de gobernarlos bien, respondió Sancho, no hay para qué encargármelo, porque yo soy caritativo de mio, y tengo compasion de los pobres; y á quien cuece y amasa no le hurtes hogaza: y para mi santiguada, que no me han de echar dado falso: soy perro viejo, y entiendo todo tus tus, y sé despabilarme á sus tiempos, y no consiento que me anden musarañas ante los ojos, porque sé donde me aprieta el zapato: dígolo porque los buenos tendrán conmigo mano y concavidad, y los malos ni pie ni entrada. Y paréceme á mí que en esto de los gobiernos todo es comenzar; y podria ser que á quince dias de gobernador me comiese las manos tras el oficio, y supiese mas dél que de la labor del campo en que me he criado.

Vos teneis razon, Sancho, dijo la duquesa, que nadie nace enseñado, y de los hombres se hacen los obispos, que no de las piedras. Pero volviendo á la plática que poco há tratábamos del encanto de la señora Dulcinea, tengo por cosa cierta y mas que averiguada, que aquella imaginacion que Sancho tuvo de burlar á su señor, y darle á entender que la labradora era Dulcinea, y que si su señor no la conocía debia de ser por estar encantada, toda fue invencion de alguno de los encantadores que al señor Don Quijote persiguen; porque real y verdaderamente yo sé de buena parte que la villana que dió el brinco sobre la pollina era y es Dulcinea del Toboso; y que el buen Sancho, pensando ser el engañador, es el engañado; y no hay poner mas duda en esta verdad que en las cosas que nunca vimos. Y sepa el señor Sancho Panza que tambien tenemos acá encantadores que nos quieren bien, y nos dicen lo que pasa por el mundo pura y sencillamente, sin enredos ni máquinas; y créame Sancho, que la villana brincadora era y es Dulcinea del Toboso, que está encantada como la madre que la parió; y cuando menos nos pensemos la habemos de ver en su propia figura, y entonces saldrá Sancho del engaño en que vive.

Bien puede ser todo eso, dijo Sancho Panza, y ahora quiero creer lo que mi amo cuenta de lo que vió en la cueva de Montesinos, donde dice que vió á la señora Dulcinea del Toboso en el mismo trage y hábito que yo dije que la habia visto cuando la encanté por solo mi gusto; y todo debió de ser al revés, como vuesa merced, señora mia, dice: porque de mi ruin ingenio no se puede ni debe presumir que fabricase en un instante tan agudo embuste, ni creo yo que mi amo es tan loco que con tan flaca y magra persuasion como la mia creyese una cosa tan fuera de todo término; pero, señora, no por esto será bien que vuestra bondad me tenga por malévolo, pues no está obligado un porro como yo á taladrar los pensamientos y malicias de los pésimos encantadores: y fingí aquello por escaparme de las riñas de mi señor Don Quijote, y no con intencion de ofenderle; y si ha salido al revés, Dios está en el cielo, que juzga los corazones.

Asi es la verdad, dijo la duquesa; pero dígame ahora Sancho qué es esto que dice de la cueva de Montesinos, que gustaria saberlo. Entonces Sancho Panza le contó punto por punto lo que queda dicho acerca de la tal aventura. Oyendo lo cual la duquesa dijo: deste suceso se puede inferir que pues el gran Don Quijote dice que vió allí á la misma labradora que Sancho vió á la salida del Toboso, sin duda es Dulcinea, y que andan por aquí los encantadores muy listos y demasiadamente curiosos. Eso digo yo, dijo Sancho Panza, que si mi señora Dulcinea del Toboso está encantada, su daño será, que yo no me tengo de tomar con los enemigos de mi amo, que deben de ser muchos y malos. Verdad sea que la que yo vi fue una labradora, y por labradora la tuve, y por tal labradora la juzgué; y si aquella era Dulcinea, no ha de estar á mi cuenta, ni ha de correr por mí, ó sobre ello morena. No sino ándense á cada triquete conmigo á dime y diréte, Sancho lo dijo, Sancho lo hizo, Sancho tornó y Sancho volvió, como si Sancho fuese algun quienquiera, y no fuese el mismo Sancho Panza, el que anda ya en libros por ese mundo adelante, segun me dijo Sanson Carrasco, que por lo menos es persona bachillerada por Salamanca, y los tales no pueden mentir sino es cuando se les antoja ó les viene muy á cuento. Asi que no hay para qué nadie se tome conmigo; y pues que tengo buena fama, y segun oí decir á mi señor, que mas vale el buen nombre que las muchas riquezas, encájenme ese gobierno, y verán maravillas, que quien ha sido buen escudero, será buen gobernador.

Todo cuanto aquí ha dicho el buen Sancho, dijo la duquesa, son sentencias catonianas, ó por lo menos sacadas de las mismas entrañas del mismo Micael Verino, que *florentibus occidit annis* (1). En

---

(1) Miguel Verino, mallorquin, autor de una obra intitulada: *De puerorum moribus Disticha: Disticos sobre la educacion de los niños.* Estos disticos se leian antiguamente en las aulas de Gramática, y se leerían en el Estudio público de Madrid, regentado por Juan Lopez de Hoyos, maestro de Miguel de Cervantes; y este leeria en ellos el epitaño que los precede, compuesto por Angelo Policiano, que dice así:

Michael Verinus florentibus occidit annis,
Moribus ambiguum major aut ingenio, etc.

Esto es: aquí yace Miguel Verino, que murió en la flor de sus años, dejando en duda si fue mas admirable en sus costumbres ó en su ingenio, etc.

fin, en fin, hablando á su modo, debajo de mala capa suele haber buen bebedor. En verdad, se- ñora, respondió Sancho, que en mi vida he bebido de malicia: con sed bien podria ser, porque no tengo nada de hipócrita: bebo cuando tengo gana, y cuando no la tengo, y cuando me lo dan, por no parecer ó melindroso ó mal criado, que á un brindis de un amigo ¿qué corazon ha de haber tan de mármol que no haga la razon? Pero aunque las calzo no las ensucio (1): cuanto mas que los escuderos de los caballeros andantes casi de ordinario beben agua, porque siempre andan por florestas, selvas y prados, montañas y riscos, sin hallar una misericordia de vino si dan por ella un ojo. Yo lo creo asi, respondió la duquesa; y por ahora váyase Sancho á reposar, que despues hablaremos mas largo, y daremos órden como vaya presto á encajarse, como él dice, aquel gobierno.

De nuevo besó las manos Sancho á la duquesa, y le suplicó le hiciese merced de que se tuviese buena cuenta con su rucio, porque era la lumbre de sus ojos. ¿Qué rucio es este? preguntó la duque- sa. Mi asno, respondió Sancho, que por no nombrarle con este nombre le suelo llamar el rucio, y á esta señora dueña le rogué cuando entré en este castillo tuviese cuenta con él, y azoróse de manera como si la hubiera dicho que era fea ó vieja, debiendo de ser mas propio y natural de las dueñas pen- sar jumentos que autorizar las salas. ¡Oh válame Dios, y cuán mal estaba con estas señoras un hidalgo de mi lugar! Seria algun villano, dijo doña Rodriguez la dueña, que si él fuera hidalgo y bien na- cido, él las pusiera sobre el cuerno de la luna. Ahora bien, dijo la duquesa, no haya mas, calle doña Rodriguez, y sosiéguese el señor Panza, y quédese á mi cargo el regalo del rucio, que por ser alhaja de Sancho le pondré yo sobre las niñas de mis ojos. En la caballeriza basta que esté, respondió San- cho, que sobre las niñas de los ojos de vuestra grandeza ni él ni yo somos dignos de estar solo un momento, y asi lo consentiria yo como darme de puñaladas: que aunque dice mi señor que en las cortesías antes se ha de perder por carta de mas que de menos, en las jumentiles y asininas se ha de ir con el compás en la mano y con medido término. Llévele, dijo la duquesa, Sancho al gobierno, y allá le podrá regalar como quisiere, y aun jubilarle del trabajo. No piense vuesa merced, señora du- quesa, que ha dicho mucho, dijo Sancho, que yo he visto ir mas de dos asnos á los gobiernos, y que llevase yo el mio no seria cosa nueva. Las razones de Sancho renovaron en la duquesa la risa y el contento, y enviándole á reposar, ella fué á dar cuenta al duque de lo que con él habia pasado, y entre los dos dieron traza y órden de hacer una burla á Don Quijote, que fuese famosa, y viniese bien con el estilo caballeresco, en el cual le hicieron muchas, tan propias y discretas, que son las mejores aventuras que en esta grande historia se contienen.

CAPITULO XXXIV.

Que da cuenta de la noticia que se tuvo de cómo se habia de desencantar la sin par Dulcinea del Toboso que es una de las aventuras mas famosas deste libro.

GRANDE era el gusto que recibian el duque y la duquesa de la conversacion de Don Quijote y de la de Sancho Panza; y confirmándose en la intencion que tenian de hacerles algunas burlas que llevasen vislumbres y apariencias de aventuras, tomaron motivo de la que Don Quijote ya les habia contado de la cueva de Montesinos, para hacerle una que fuese famosa; pero de lo que mas la duquesa se admira- ba era que la simplicidad de Sancho fuese tanta, que hubiese venido á creer ser verdad infalible que Dulcinea del Toboso estuviese encantada, habiendo sido él mismo el encantador y el embustero de aquel negocio: y asi, habiendo dado órden á sus criados de todo lo que habian de hacer, de allí á seis dias le llevaron á caza de montería, con tanto aparato de monteros y cazadores como pudiera llevar un rey coronado. Diéronle á Don Quijote un vestido de monte, y á Sancho otro verde de finísimo paño; pero Don Quijote no se le quiso poner, diciendo que otro dia habia de volver al duro ejercicio de las armas, y que no podia llevar consigo guarda-ropas ni reposterías. Sancho sí tomo el que le dieron, con intencion de venderle en la primera ocasion que pudiese.

Llegado, pues, el esperado dia, armóse Don Quijote, vistióse Sancho, y encima de su rucio, que no le quiso dejar aunque le daban un caballo, se metió entre la tropa de los monteros. La duquesa sa- lió bizarramente aderezada, y Don Quijote, de puro cortés y comedido, tomó la rienda de su palafren, aunque el duque no queria consentirlo; y finalmente, llegaron á un bosque que entre dos altísimas montañas estaba, donde tomados los puestos, paranzas y veredas, y repartida la gente por diferentes puestos, se comenzó la caza con grande estruendo, grita y vocería, de manera que unos á otros no podian oirse, asi por el ladrido de los perros, como por el son de las bocinas. Apeóse la duquesa, y con un agudo venablo en las manos se puso en un puesto por donde ella sabia que solian venir algunos ja- balíes. Apeóse asimismo el duque y Don Quijote, y pusiéronse á sus lados: Sancho se puso detrás de todos sin apearse del rucio, á quien no osaba desamparar porque no le sucediese algun desman; y apenas habian sentado el pie y puéstose en ala con otros muchos criados suyos, cuando acosado de los perros y seguido de los cazadores, vieron que hácia ellos venia un desmesurado jabalí, crugiendo dien- tes y colmillos y arrojando espuma por la boca, y en viéndole, embrazando su escudo y puesta mano

---

(1) Espresion vulgar que aplica Sancho para significar que aunque bebia, no era con esceso, ó no se emborrachaba.—Arr.

á su espada, se adelantó á recibirle Don Quijote: lo mismo hizo el duque con su venablo: pero á todos
se adelantara la duquesa si el duque no se lo estorbara. Solo Sancho, en viendo al valiente animal,
desamparó al rucio, y dió á correr cuanto pudo, y procurando subirse sobre una alta encina, no fue
posible; antes estando ya á la mitad della asido de una rama, pugnando subir á la cima, fue tan corto
de ventura y tan desgraciado, que se desgajo la rama, y al venir al suelo se quedó en el aire asido de
un gancho de la encina sin poder llegar al suelo; y viéndose asi, y que el sayo verde se le rasgaba, y
pareciéndole que si aquel fiero animal allí llegaba le podia alcanzar, comenzó á dar tantos gritos y á
pedir socorro con tanto ahinco, que todos los que le oian y no le veian creyeron que estaba entre los
dientes de alguna fiera. Finalmente el colmilludo jabalí quedó atravesado de las cuchillas de muchos
venablos que se le pusieron delante; y volviendo la cabeza Don Quijote á los gritos de Sancho, que ya
por ellos le habia conocido, vióle pendiente de la encina y la cabeza abajo, y el rucio junto á él, que
no le desamparó en su calamidad: y dice Cide Hamete que pocas veces vió á Sancho Panza sin ver al
rucio, ni al rucio sin ver á Sancho: tal era la amistad y buena fe que entre los dos se guardaban.
Llegó Don Quijote, y descolgó á Sancho, el cual viéndose libre y en el suelo, miró lo desgarrado del
sayo de monte, y pesóle en el alma, que pensó que tenia en el vestido un mayorazgo.

En esto atravesaron al jabalí poderoso sobre un acémila, y cubriéndole con matas de romero y con
ramas de mirto, le llevaron como en señal de victoriosos despojos á unas grandes tiendas de campaña
que en la mitad del bosque estaban puestas, donde hallaron las mesas en órden, y la comida aderezada, tan suntuosa y grande, que se echaba bien de ver en ella la grandeza y magnificencia de quien la
daba. Sancho, mostrando las llagas á la duquesa de su roto vestido, dijo: si esta caza fuera de liebres ó
de pajarillos, seguro estuviera mi sayo de verse en este estremo; yo no sé qué gusto se recibe de esperar á un animal, que si os alcanza con un colmillo os puede quitar la vida: yo me acuerdo haber
oido cantar un romance antiguo, que dice:

> De los osos seas comido,
> Como Favila el nombrado.

Ese fue un rey godo, dijo Don Quijote, que yendo á caza de montería le comió un oso. Eso es lo que

yo digo, respondió Sancho, que no querria yo que los príncipes y los reyes se pusiesen en semejantes
peligros á trueco de un gusto, que parece que no le habia de ser, pues consiste en matar á un animal
que no ha cometido delito alguno. Antes os engañais, Sancho, respondió el duque, porque el ejercicio
de la caza de monte es el mas conveniente y necesario para los reyes y príncipes que otro alguno. La
caza es una imágen de la guerra; hay en ella estratajemas, astucias, insidias para vencer á su salvo al
enemigo; padécense en ella frios grandísimos y calores intolerables; menoscábase el ócio y el sueño,
corrobóranse las fuerzas, agilítanse los miembros del que la usa, y en resolucion es ejercicio que se
puede hacer sin perjuicio de nadie y con gusto de muchos; y lo mejor que él tiene es, que no es para
todos, como lo es el de los otros géneros de caza, escepto el de la volatería, que tambien es solo para
reyes y grandes señores. Asi que, oh Sancho, mudad de opinion, y cuando seais gobernador ocupaos
en la caza, y vereis cómo os vale un pan por ciento. Eso no, respondió Sancho, el buen gobernador,
la pierna quebrada y en casa: bueno seria que viniesen los negociantes ú buscarle fatigados, y él estuviese en el monte holgándose: asi enhoramala andaria el gobierno. Mia fe, señor, la caza y los pasatiempos mas han de ser para los holgazanes que para los gobernadores: en lo que yo pienso entretenerme es en jugar al triunfo envidado (1) las pascuas, y á los bolos los domingos y fiestas, que esas
cazas ni cazos no dicen con mi condicion ni hacen con mi conciencia. Plega á Dios, Sancho, que asi
sea, porque del dicho al hecho hay gran trecho. Haya lo que hubiere, replicó Sancho, que al buen
pagador no le duelen prendas; y mas vale al que Dios ayuda que al que mucho madruga; y tripas lle-

(1) Un juego de naipes, llamado así, porque despues de dar tres cartas á cada jugador, de las que restan, se saca otra
que es la del triunfo.—Arr.

van pies, que no pies á tripas; quiero decir, que si Dios me ayuda, y yo hago lo que debo con buena intencion, sin duda que gobernaré mejor que un gerifalte: no si nó pónganme el dedo en la boca, y verán si aprieto ó no.

¡Maldito seas de Dios y de todos sus santos, Sancho maldito! dijo Don Quijote; ¡y cuándo será el dia, como otras muchas veces he dicho, donde yo te vea hablar sin refranes una razon corriente y concertada! Vuestras grandezas dejen á este tonto, señores mios, que les molerá las almas, no solo puestas entre dos, sino entre dos mil refranes, traidos tan á sazon y tan á tiempo cuanto le dé Dios á él la salud, ó á mí si los quisiera escuchar. Los refranes de Sancho Panza, dijo la duquesa, puesto que son mas que los del comendador griego (1), no por eso son menos de estimar por la brevedad de las sentencias. De mí sé decir que me dan mas gusto que otros, aunque sean mejor traidos y con mas sazon acomodados.

Con estos y otros entretenidos razonamientos salieron de la tienda al bosque, y en requerir algunas paranzas y puestos se les pasó el dia, y se les vino la noche, y no tan clara ni tan sesga como la

sazon del tiempo pedia, que era en la mitad del verano; pero un cierto claro oscuro que trujo consigo ayudó mucho á la intencion de los duques, y asi como comenzó á anochecer, un poco mas adelante del crepúsculo, á deshora (2) pareció que todo el bosque por todas cuatro partes se ardia, y luego se oyeron por aquí y por allí, por acá y por acullá infinitas cornetas y otros instrumentos de guerra, como de muchas tropas de caballería que por el bosque pasaban. La luz del fuego, el son de los bélicos instrumentos casi cegaron y atronaron los ojos y los oidos de los circunstantes, y aun de todos los que en el bosque estaban. Luego se oyeron infinitos lelilies al uso de moros cuando entran en las batallas; sonaron trompetas y clarines, retumbaron tambores, resonaron pífaros, casi todos á un tiempo, tan contínuo y tan aprisa, que no tuviera sentido el que no quedara sin él al son confuso de tantos instrumentos. .

Pasmóse el duque, suspendióse la duquesa, admiróse Don Quijote, tembló Sancho Panza, y finalmente hasta los mismos sabidores de la causa se espantaron. Con el temor les cogió el silencio y un postillon que en trage de demonio les pasó por delante, tocando en vez de corneta un hueco y desmesurado cuerno, que un ronco y espantoso son despedia. Hola, hermano correo, dijo el duque, ¿quién sois? ¿adónde vais? ¿y qué gente de guerra es la que por este bosque parece que atraviesa? A lo que respondió el correo con voz horrísona y desenfadada: yo soy el diablo; voy á buscar á Don Quijote de la Mancha; la gente que por aquí viene son seis tropas de encantadores, que sobre un carro triunfante traen á la sin par Dulcinea del Toboso: encantada viene con el gallardo francés Montesinos á dar órden á Don Quijote de cómo ha de ser desencantada la tal señora. Si vos fuérades diablo como decís, dijo el duque, y como vuestra figura muestra, ya hubiérades conocido al tal caballero Don Quijote de la Mancha, pues le teneis delante.

(1) Llamábase Fernan Nuñez de Guzman, de la nobilísima casa de los Guzmanes: era tambien conocido por el *Piciano*, por haber nacido en Valladolid, que algunos tienen por *Pincia* de los romanos. Fue caballero del hábito de Santiago, y comendador de esta órden; y anteponiendo el estudio ó toda otra profesion, enseñó griego, latin y retórica en la universidad de Salamanca; y por eso era aun mas conocido por el dictado de *El Comendador griego*. Fue en su tiempo uno de los mayores filólogos de Europa.—P.

(2) Es decir, de repente, de improviso.—F. C.

En Dios y en mi conciencia, respondió el diablo, qué no miraba en ello, porque traigo en tantas cosas divertidos los pensamientos, que de la principal á que venia se me olvidaba. Sin duda, dijo Sancho, que este demonio debe de ser hombre de bien y buen cristiano, porque á no serlo, no jurara en Dios y en su conciencia: ahora yo tengo para mí que aun en el mismo infierno debe de haber buena gente.

Luego el demonio sin apearse, encaminando la vista á Don Quijote, dijo: á tí *el caballero de los Leones* (que entre las garras de ellos te vea yo) me envia el desgraciado, pero valiente caballero Montesinos, mandándome que de su parte te diga que le esperes en el mismo lugar que te topare, á causa que trae consigo á la que llaman Dulcinea del Toboso, con órden de darte la que es menester para desencantarla; y por no ser para mas mi venida, no ha de ser mas mi estada: los demonios como yo queden contigo, y los ángeles buenos con estos señores: y en diciendo esto tocó el desaforado cuerno, y volvió las espaldas; y fuése sin esperar respuesta de ninguno.

Renovóse la admiracion en todos, especialmente en Sancho y Don Quijote: en Sancho en ver que á despecho de la verdad querian que estuviese encantada Dulcinea; en Don Quijote por no poder asegurarse si era verdad ó no lo que le habia pasado en la cueva de Montesinos: y estando elevado en estos pensamientos, el duque le dijo: ¿piensa vuesa merced esperar, señor Don Quijote? ¿Pues no? respondió él, aquí esperaré intrépido y fuerte, si me viniese á embestir todo el infierno. Pues si yo veo otro diablo y oigo otro cuerno como el pasado, asi esperaré yo aquí como en Flandes, dijo Sancho.

En esto se cerró mas la noche, y comenzaron á discurrir muchas luces por el bosque, bien asi como discurren por el cielo las exhalaciones secas de la tierra, que parecen á nuestra vista estrellas que corren. Oyóse asimismo un espantoso ruido, al modo de aquel que se causa de las ruedas macizas que suelen traer los carros de bueyes, de cuyo chirrío áspero y continuado se dice que huyen los lobos y los osos si los hay por donde pasan. Añadióse á toda esta tempestad otra que las aumentó todas, que fue que parecia verdaderamente que á las cuatro partes del bosque se estaban dando á un mismo tiempo cuatro reencuentros ó batallas, porque allí sonaba el duro estruendo de espantosa artillería, acullá se disparaban infinitas escopetas, cerca casi sonaban las voces de los combatientes, lejos se reiteraban los lelilíes agarenos. Finalmente las cornetas, los cuernos, las bocinas, los clarines, las trompetas, los tambores, la artillería, los arcabuces, y sobre todo el temeroso ruido de los carros, formaban todos juntos un son tan confuso y tan horrendo, que fue menester que Don Quijote se valiese de todo su corazon para sufrirle; pero el de Sancho vino á tierra, y dió con él desmayado en las faldas de la duquesa, la cual le recibió en ellas, y á gran priesa mandó que le echasen agua en el rosro. Hízose asi, y él volvió en su acuerdo á tiempo que ya un carro de las rechinantes ruedas llegaba á aquel puesto. Tirábanle cuatro perezosos bueyes, todos cubiertos de paramentos negros: en cada cuerno traian atada y encendida una grande hacha de cera, y encima del carro venia hecho un asiento alto, sobre el cual venia sentado un venerable viejo con una barba mas blanca que la misma nieve, y tan luenga que le pasaba de la cintura: su vestidura era una ropa larga de negro bocaci, que por venir el carro lleno de infinitas luces se podia bien divisar y discernir todo lo que en él venia. Guiábanle dos feos demonios vestidos del mismo bocaci, con tan feos rostros que Sancho habiéndolos visto una vez, cerró los ojos por no verlos otra. Llegando, pues, el carro á igualar (1) al puesto, se levantó de su alto asiento el viejo venerable, y puesto en pie, dando una gran voz, dijo: yo soy el sabio Lirgandeo, y pasó el carro adelante sin hablar mas palabra. Tras éste pasó otro carro de la misma manera con otro viejo entronizado, el cual haciendo que el carro se detuviese, con voz no menos grave que el otro, dijo: yo soy el sabio Alquife, el grande amigo de Urganda la desconocida, y pasó adelante. Luego por el mismo continente llegó otro carro; pero el que venia sentado en el trono no era viejo como los demás, sino hombron robusto y de mala catadura, el cual al llegar, levantándose en pie como los otros, dijo con voz mas ronca y mas endiablada: yo soy Arcalaus el encantador, enemigo mortal de Amadis de Gaula y de toda su parentela, y pasó adelante. Poco desviados de allí hicieron alto estos tres carros, y cesó el enfadoso ruido de sus ruedas; y luego no se oyó otro ruido, sino un son de una suave y concertada música formado, con que Sancho se alegró, y lo tuvo á buena señal, y asi dijo á la duquesa, de quien un punto ni un paso se apartaba: señora, donde hay música no puede haber cosa mala. Tampoco donde hay luces y claridad, respondió la duquesa. A lo que replicó Sancho: luz da el fuego, y claridad las hogueras, como lo vemos en las que nos cercan, y bien podria ser que nos abrasasen: pero la música siempre es indicio de regocijos y de fiestas. Ello dirá, dijo Don Quijote, que todo lo escuchaba, y dijo bien, como se muestra en el capítulo siguiente.

CAPITULO XXXV.

Donde se prosigue la noticia que tuvo Don Quijote del desencanto de Dulcinea, con otros admirables sucesos.

AL compás de la agradable música vieron que hácia ellos venia un carro de los que llaman triunfales, tirado de seis mulas pardas, encubertadas empero de lienzo blanco, y sobre cada una venia un

(1) Esto es, á ponerse frontero de él.—Arr.

diciplinante de luz (1), asímismo vestido de blanco, con una hacha de cera grande encendida en la mano. Era el carro dos veces y aun tres mayor que los pasados, y los lados y encima dél ocupaban otros doce diciplinantes albos como la nieve, todos con sus hachas encendidas, vista que admiraba y espantaba juntamente; y en un levantado trono venia sentada una ninfa vestida de mil velos de tela de plata, brillando por todos ellos infinitas hojas de argentería de oro, que la hacian, si no rica, á lo menos vistosamente vestida: traia el rostro cubierto con un transparente y delicado cendal, de modo que sin impedirlo sus lizos (2) por entre ellos se descubria un hermosísimo rostro de doncella, y las muchas luces daban lugar para distinguir la belleza y los años, que al parecer no llegaban á veinte, ni bajaban de diez y siete; junto á ella venia una figura vestida de una ropa de las que llaman rozagantes (3), hasta los pies, cubierta la cabeza con un velo negro; pero al punto que llegó el carro á estar frente á frente de los duques y de Don Quijote cesó la música de las chirimías, y luego la de las arpas y laudes que en el carro sonaban, y levantándose en pie la figura de la ropa, la apartó á entrambos lados, y quitándose el velo del rostro descubrió patentemente ser la misma figura de la muerte, descarnada y fea, de que Don Quijote recibió pesadumbre, y Sancho miedo, y los duques hicieron algun sentimiento temeroso. Alzada y puesta en pie esta muerte viva con voz algo dormida y con lengua no muy despierta comenzó á decir desta manera:

> Yo soy Merlin, aquel que las historias
> Dicen que tuve por mi padre al diablo,
> (Mentira autorizada de los tiempos)
> Príncipe de la mágica y monarca
> Y archivo de la ciencia zoroástrica,
> Emulo á las edades y á los siglos,
> Que solapar pretenden las hazañas
> De los andantes bravos caballeros,
> A quien yo tuve y tengo gran cariño.
>
> Y puesto que es de los encantadores,
> De los magos ó mágicos contino
> Dura la condicion, áspera y fuerte,
> La mia es tierna, blanda y amorosa,
> Y amiga de hacer bien á todas gentes.
> En las cavernas lóbregas de Dite,
> Donde estaba mi alma entretenida
> En formar ciertos rombos caractéres,
> Llegó la voz doliente de la bella
> Y sin par Dulcinea del Toboso.
>
> Supe su encantamento y su desgracia,
> Y su trasformacion de gentil dama
> En rústica aldeana: condolíme,
> Y encerrando mi espíritu en el hueco
> Desta espantosa y fiera notomia,
> Despues de haber revuelto cien mil libros
>
> Desta mi ciencia endemoniada y torpe,
> Vengo á dar el remedio que conviene
> A tamaño dolor, á mal tamaño.
>
> Oh tú, gloria y honor de cuantos visten
> Las túnicas de acero y de diamante,
> Luz y farol, sendero, norte y guia
> De aquellos que dejando el torpe sueño
> Y las ociosas plumas, se acomodan
> A usar el ejercicio intolerable
> De las sangrientas y pesadas armas:
>
> A tí digo, oh varon, como se debe
> Por jamás alabado, á tí valiente
> Juntamente y discreto Don Quijote,
> De la Mancha esplendor, de España estrella,
> Que para recobrar su estado primo
> La sin par Dulcinea del Toboso,
> Es menester que Sancho tu escudero
> Se dé tres mil azotes y trescientos
> En ambas sus valientes posaderas
> Al aire descubiertas, y de modo
> Que le escuezan, le amarguen y le enfaden.
> Y en esto se resuelven todos cuantos
> De su desgracia han sido los autores.
> Y á esto es mi venida, mis señores.

Voto á tal, dijo á esta sazon Sancho, no digo yo tres mil azotes, pero asi me daré yo tres como tres puñaladas. Válate el diablo por modo de desencantar: yo no sé qué tienen que ver mis posas con los encantos. Par Dios que si el señor Merlin no ha hallado otra manera cómo desencantar á la señora Dulcinea del Toboso, encantada se podrá ir á la sepultura. Tomaros hé yo, dijo Don Quijote, don villano, harto de ajos, y amarraros hé á un árbol desnudo como vuestra madre os parió, y no digo yo tres mil y trescientos, sino seis mil y seiscientos azotes os daré, tan bien pegados, que no se os caigan á tres mil y trescientos tirones; y no me repliqueis palabra, que os arrancaré el alma. Oyendo lo cual Merlin dijo: no ha de ser asi; porque los azotes que ha de recibir el buen Sancho han de ser por su voluntad, y no por la fuerza, y en el tiempo que él quisiere, que no se le pone término señalado; pero permítesele que si él quisiere redimir su vejacion por la mitad deste vapulamiento, puede dejar que se los dé agena mano, aunque sea algo pesada. Ni agena ni propia, ni pesada, ni por pesar, replicó Sancho, á mí no me ha de tocar alguna mano. ¿Parí yo por ventura á la señora Dulcinea del Toboso,

---

(1) En el lenguaje de la germanía, *diciplinante de luz* es el que sacan por la justicia á la vergüenza: aquí significa un hombre vestido en el trage de aquel, ó como los diciplinantes que antiguamente acompañaban las procesiones de semana santa, diciplinándose, vestidos con una túnica blanca y un capuz tambien blanco, que les cubria toda la cabeza y cara, con solo dos agujeros en frente para poder ver por ellos.—Arr.

(2) Esto es, su trama.—Arr.

(3) Las *ropas rozagantes* eran los vestidos talares y que llegaban al suelo: las traian los reyes y personajes principales, y eran de telas preciosas, como tisúes de oro, terciopelos carmesíes, etc.—Arr.

para que paguen mis posas lo que pecaron sus ojos? El señor mi amo sí, que es parte suya, pues la llama á cada paso mi vida, mi alma, sustento y arrimo suyo, se puede y debe azotar por ella, y hacer todas las diligencias necesarias para su desencanto; pero ¿azotarme yo? abernuncio.

Apenas acabó de decir esto Sancho, cuando levantándose en pie la argentada ninfa, que junto al espíritu de Merlin venia, quitándose el sutil velo del rostro, le descubrió tal, que á todos paresió mas que demasiadamente hermoso; y con un desenfado varonil, y con una voz no muy adamada, hablando derechamente con Sancho Panza, dijo: oh malaventurado escudero, alma de cántaro, corazon de alcornoque, de entrañas guijeñas y apedernaladas, si te mandaran, ladron, desuellacaras, que te arrojaras de una alta torre al suelo; si te pidieran, enemigo del género humano, que te comieras una docena de sapos, dos de lagartos y tres de culebras; si te persuadieran á que mataras á tu mujer y á tus hijos con algun truculento y agudo alfanje, no fuera maravilla que te mostraras melindroso y esquivo; pero hacer caso de tres mil y trescientos azotes, que no hay niño de la doctrina, por ruin que sea, que no se los lleve cada mes, admira, adarva, espanta á todas las entrañas piadosas de los

que lo escuchan, y aun las de todos aquellos que lo vinieren á saber con el discurso del siempo. Pon, oh miserable y endurecido animal, pon, digo, esos tus ojos de mochuelo espantadizo en las niñas destos mios, comparados á rutilantes estrellas, y veráslos llorar hilo á hilo, y madeja á madeja, haciendo surcos, carreras y sen as por los hermosos campos de mis mejillas. Muévate, socarron y mal intencionado monstruo, que la edad tan florida mia, que aun se está todavía en el diez y... de los años, pues tengo diez y nueve, y no llego á veinte, se consume y marchita debajo de la corteza de una rústica labradora; y si ahora no lo parezco, es merced particular que me ha hecho el señor Merlin, que está presente, solo porque te enternezca mi belleza: que las lágrimas de una afligida hermosura vuelven en algodon los riscos, y los tigres en ovejas. Date, date en esas carnazas, bestion indómito, y saca de haron ese brío, que á solo comer y mas comer te inclina, y pon en libertad la lisura de mis carnes, la mansedumbre de mi condicion y la belleza de mi faz. Y si por mí no quieres ablandarte ni reducirte á algun razonable término, hazlo por ese pobre caballero que á tu lado tienes, por tu amo digo, de quien estoy viendo el alma, que la tiene atravesada en la garganta, no diez dedos de los labios, que no espera sino tu rígida ó blanda respuesta, ó para salirse por la boca, ó para volverse al estómago.

Tentóse oyendo esto la garganta Don Quijote, y dijo volviéndose al duque: por Dios, señor, que Dulcinea ha dicho la verdad, que aquí tengo el alma atravesada en la garganta como una nuez de ballesta. ¿Qué decís vos á esto, Sancho? preguntó la duquesa. Digo, señora, respondió Sancho, lo que tengo dicho, que de los azotes abernuncio. Abrenuncio, habeis de decir, Sancho, y no como decís, dijo el duque. Déjeme vuestra grandeza, respondió Sancho, que no estoy ahora para mirar en sotilezas ni en letras mas á menos, porque me tienen tan turbado estos azotes que me han de dar, ó me tengo de dar, que no sé lo que me digo, ni lo que me hago. Pero querria yo saber de la señora, mi señora doña Dulcinea del Toboso, adónde aprendió el modo de rogar que tiene: viene á pedirme que me abra las carnes á azotes, y llámame alma de cántaro y bestion indómito, con una tiramira (1) de malos nombres, que el diablo los sufra. ¿Por ventura son mis carnes de bronce? ¿ó váme á mí algo en que se desencante ó no? ¿Qué canasta de ropa blanca, de camisas, de tocadores y de escarpines, aunque no los gasto, trae delante de sí para ablandarme, sino un vituperio y otro, sabiendo aquel refran que dicen por ahí, que un asno cargado de oro sube ligero por una montaña, y que dádivas quebrantan peñas, y á Dios rogando y con el mazo dando, y que mas vale un toma que dos te daré? Pues el señor mi amo, que habia de traerme la mano por el cerro (2) y halagarme, para que yo me hiciese de lana y de algodon cardado, dice que si me coge, me amarrará desnudo á un árbol y me doblará la parada de los azotes; y habian de considerar estos lastimados señores, que no solamente piden que se azote un escudero, sino un gobernador, como quien dice, bebe con guindas. Aprendan, aprendan, mucho de enhoramala, á saber rogar y á saber pedir y á tener crianza, que no son todos los tiempos unos, ni están los hombres siempre de un buen humor. Estoy yo ahora reventando de pena por ver mi sayo verde roto, y vienen á pedirme que me azote de mi voluntad, estando ella tan agena dello como de volverme cacique.

Pues en verdad, amigo Sancho, dijo el duque, que si no os hablandais mas que una breva madura,

(1) La lista, cáfila ó retahila de malos nombres ó apodos.—Arr.
(2) Esto es, atusar, pasar la mano suavemente por la cabeza, como hacen con el caballo y demás bestias de carga que para amansarlas las palpan y pasan la mano por el cerro ó por la crin.—Arr.

que no habeis de empuñar el gobierno. Bueno seria que yo enviase á mis insulanos un gobernador cruel, de entrañas pedernalinas, que no se doblega á las lágrimas de las afligidas doncellas, ni á los ruegos de discretos, imperiales y antiguos encantadores y sabios. En resolucion, Sancho, ó vos habeis de ser azotado, ó os han de azotar, ó no habeis de ser gobernador. Señor, respondió Sancho, ¿no se me darian dos dias de término para pensar lo que me está mejor? No, en ninguna manera, dijo Merlin, aquí en este instante y en este lugar ha de quedar asentado lo que ha de ser deste negocio: ó Dulcinea volverá á la cueva de Montesinos y á su prístino estado de labradora, ó ya en el ser que está será llevada á los elíseos campos, donde estará esperando se cumpla el número del vápulo.

Ea, buen Sancho, dijo la duquesa, buen ánimo y buena correspondencia al pan que habeis co-

mido del señor Don Quijote, á quien todos debemos servir y agradar por su buena condicion y por sus altas caballerías. Dad el sí, hijo, desta azotaina, y váyase el diablo para el dial·lo, y el temor para mezquino, que un buen corazon quebranta mala ventura como vos bien sabeis.

A estas razones respondió con estas disparatadas Sancho, que hablando con Merlin le preguntó: dígame vuesa merced, señor Merlin, cuando llegó aquí el diablo correo dió á mi amo un recado del señor Montesinos, mandándole de su parte que le esperase aquí, porque venia á dar órden de que la señora doña Dulcinea del Toboso se desencantase, y hasta ahora no hemos visto á Montesinos ni á sus semejas. A lo cual respondió Merlin: el diablo, amigo Sancho, es un ignorante y un grandísimo bellaco; yo le envié en busca de vuestro amo, pero no con recado de Montesinos, sino mio, porque Montesinos se está en su cueva atendiendo, ó por mejor decir, esperando su desencanto, que aun le falta la cola por desollar: si os debe algo, ó teneis alguna cosa que negociar con él, yo os lo traeré y pondré donde vos mas quisiéredes : y por ahora acabad de dar el sí desta diciplina ; y creedme, que os será de mucho provecho asi para el alma como para el cuerpo : para el alma, por la caridad con que la hareis; para el cuerpo , porque yo sé que sois de complexion sanguínea , y no os podrá hacer daño sacaros un poco de sangre.

Muchos médicos hay en el mundo ; hasta los encantadores son médicos , replico Sancho : pero pues todos me lo dicen : aunque yo no me lo veo, digo que soy contento de darme los tres mil y tres-cientos azotes, con condicion que me los tengo de dar cada y cuando que yo quisiere, sin que se me ponga tasa en los dias ni en el tiempo, y yo procuraré salir de la deuda lo mas presto que sea posible, porque goce el mundo de la hermosura de la señora doña Dulcinea del Toboso, pues segun parece , al revés de lo que yo pensaba , en efecto es hermosa. Ha de ser tambien condicion , que no he de estar obligado á sacarme sangre con la diciplina, y que si algunos azotes fueren de mosqueo , se me han de tomar en cuenta. Item , que si me errare en el número, el señor Merlin, pues lo sabe todo , ha de tener cuidado de contarlos , y de avisarme los que me faltan ó los que me sobran. De las sobras no habrá que avisar , respondió Merlin , porque llegando al cabal número , luego quedará de improviso desencantada la señora Dulcinea , y vendrá á buscar , como agradecida , al buen Sancho , y á darle gracias y aun premios por la buena obra. Asi que no hay de qué tener escrúpulo de las sobras ni de las faltas , ni el cielo permita que yo engañe á nadie , aunque sea en un pelo de la cabeza. Ea , pues, á la mano de Dios, dijo Sancho ; yo consiento en mi mala ventura , digo que yo acepto la penitencia con las condiciones apuntadas.

Apenas dijo estas últimas palabras Sancho, cuando volvió á sonar la música de las chirimías, y se volvieron á disparar infinitos arbabuces , y Don Quijote se colgó del cuello de Sancho , dándole mil besos en la frente y en las mejillas. La duquesa y el duque y todos los circunstantes dieron muestras de haber recibido grandísimo contento, y el carro comenzó á caminar, y al pasar la hermosa Dulcinea inclinó la cabeza á los duques , y hizo una gran reverencia á Sancho : y ya en esto se venia á mas andar el alba alegre y risueña: las florecillas de los campos se descollaban y erguian , y los líquidos cristales de los arroyuelos, murmurando por entre blancas y pardas guijas , iban á dar tributo á los rios que los esperaban: la tierra alegre, el cielo claro, el aire limpio, la luz serena , cada uno por sí y todos juntos, daban manifiestas señales que el dia que al aurora venia pisando las faldas habia de ser sereno y claro. Y satisfechos los duques de la caza , y de haber conseguido su intencion tan discreta y felicemeute , se volvieron á su castillo con prosupuesto de segundar en sus burlas, que para ellos no habia veras que mas gusto les diesen.

CAPITULO XXXVI.

Donde se cuenta la estraña y jamás imaginada aventura de la Dueña Dolorida , alias de la condesa Trifaldi , con una carta que Sancho Panza escribió á su mujer Teresa Panza.

Tenia un mayordomo el duque de muy burlesco y desenfadado ingenio, el cual hizo la figura de Merlin , y acomodó todo el aparato de la aventura pasada, compuso los versos , é hizo que un paje hi-ciese á Dulcinea. Finalmente con intervencion de sus señores , ordenó otra del mas gracioso y es-traño artificio que puede imaginarse.

Preguntó la duquesa á Sancho otro dia si habia comenzado la tarea de la penitencia que habia de hacer por el desencanto de Dulcinea. Dijo que sí, y que aquella noche se habia dado cinco azotes. Preguntóle la duquesa con qué se los habia dado. Respondió que con la mano. Eso, replicó la du-quesa, mas es darse de palmadas que de azotes: yo tengo para mí que el sabio Merlin no estará con-tento con tanta blandura : menester será que el buen Sancho haga alguna diciplina de abrojos, ó de las de canelones (1), que se dejen sentir porque la letra con sangre entra , y no se ha de dar tan barata la libertad de una tan gran señora como lo es Dulcinea por tan poco precio. A lo que respondió Sancho: déme vuestra señoría alguna diciplina ó ramal conveniente, que yo me daré con él, como no me duela demasiado ; porque hago saber á vuesa merced , que aunque soy rústico, mis carnes tienen mas de algodon que de esparto, y no será bien que yo me descrie (2) por el provecho ageno. Sea en buena hora , respondió la duquesa ; yo os daré mañana una diciplina que os venga muy al justo, y se aco-mode con la ternura de vuestras carnes, como si fueran sus hermanas propias. A lo que dijo Sancho: sepa vuestra alteza, señora mia de mi ánima, que yo tengo escrita una carta á mi mujer Teresa Pan-za , dándole cuenta de todo lo que me ha sucedido despues que me aparté della : aquí la tengo en el seno, que no le falta mas que ponerle el sobrescrito : querria que vuestra discrecion la leyese : porque me parece que va conforme á lo de gobernador, digo al modo que deben de escribir los gobernadores. ¿Y quién la notó? preguntó la duquesa. ¿Quién la habia de notar sino yo, pecador de mí? respondió Sancho. ¿Y escribístela vos? dijo la duquesa. Ni por pienso, respondió Sancho : porque yo no sé leer ni escribir, puesto que sé firmar. Veámosla , dijo la duquesa, que á buen seguro que vos mostreis en

(1)   *Canelones* llaman al azote compuesto de seis ú ocho ramales gordos, duros y desigualmente labrados ó trenzados.—Arr.
(2)   Me destruya, me acabe, me aniquile.—Arr.

ella la calidad y suficiencia de vuestro ingenio. Sacó Sancho una carta abierta del seno, y tomándola la duquesa, vió que decia desta manera:

CARTA DE SANCHO PANZA Á TERESA PANZA SU MUJER.

«Si buenos azotes me daban, bien caballero me iba: si buen gobierno me tengo, buenos azotes »me cuesta. Esto no lo entenderás tú, Teresa mia, por ahora; otra vez lo sabrás. Has de saber, Te-»resa, que tengo determinado que andes en coche, que es lo que hace al caso, porque todo otro an-»dar es andar á gatas. Mujer de un gobernador eres; mira si te roerá nadie los zancajos. Ahí te envio »un vestido verde de cazador, que me dió mi señora la duquesa; acomódale en modo que sirva de »saya y cuerpos á nuestra hija. Don Quijote mi amo, segun he oido decir en esta tierra, es un loco »cuerdo y un mentecato gracioso, y que yo no le voy en zaga. Hemos estado en la cueva de Montesi-»nos, y el sabio Merlin ha echado mano de mí para el desencanto de Dulcinea del Toboso, que por »allá se llama Aldonza Lorenzo. Con tres mil y trescientos azotes menos cinco, que me he de dar, »quedará desencantada como la madre que la parió. No dirás desto nada á nadie, porque pon lo tuyo »en concejo, y unos dirán que es blanco y otros que es negro. De aquí á pocos dias me partiré al »gobierno, adonde voy con grandísimo deseo de hacer dineros, porque me han dicho que todos los »gobernadores nuevos van con este mesmo deseo: tomaréle el pulso, y avisaréte si has de venir á es-»tar conmigo, ó no. El rucio está bueno, y se te encomienda mucho, y no le pienso dejar aunque me »llevaran á ser gran turco. La duquesa mi señora te besa mil veces las manos; vuélvele el retorno con »dos mil, que no hay cosa que menos cueste ni valga mas barata, segun dice mi amo, que los buenos »comedimientos. No ha sido Dios servido de depararme otra maleta con otros cien escudos como la »de marras; pero no te dé pena, Teresa mia, que en salvo está el que repica, y todo saldrá en la »colada del gobierno; sino que me ha dado gran pena que me dicen que si una vez le pruebo, que me »tengo de comer las manos tras él, y si asi fuese no me costaria muy barato, aunque los estropeados »y mancos ya se tienen su calongia en la limosna que piden: asi que por una vía ó por otra tú has de »ser rica y de buena ventura. Dios te la dé como puede, y á mi me guarde para servirte. Deste castillo »á 20 de julio de 1614.

Tu marido el gobernador

En acabando la duquesa de leer la carta dijo á Sancho: en dos cosas anda un poco descaminado el buen gobernador: la una en decir ó dar á entender que este gobierno se le han dado por los azotes que se ha de dar, sabiendo él, que no lo puede negar, que cuando el duque mi señor se le prometió no se soñaba haber azotes en el mundo: la otra es, que se muestra en ella muy codicioso, y no querria que orégano fuese, porque la codicia rompe el saco, y el gobernador codicioso hace la justicia desgoberna-da. Yo no lo digo por tanto, señora, respondió Sancho; y si á vuesa merced le parece que la tal carta no va como ha de ir, no hay sino rasgarla, y hacer otra nueva, y podria ser que fuese peor, si me lo dejan á mi caletre. No, no, replicó la duquesa, buena está esta, y quiero que el duque la vea.

Con esto se fueron á un jardin donde habian de comer aquel dia. Mostró la duquesa la carta de Sancho al duque, de que recibió grandísimo contento. Comieron, y despues de alzados los manteles, y despues de haberse entretenido un buen espacio con la sabrosa conversacion de Sancho, á deshora se oyó el son tristísimo de un pífaro y el de un ronco y destemplado tambor. Todos mostraron alboro-tarse con la confusa, marcial y triste armonía, especialmente Don Quijote, que no cabia en su asiento de puro alborotado: de Sancho no hay que decir sino que el miedo le llevó á su acostumbrado refugio que era el lado ó faldas de la duquesa, porque real y verdaderamente el son que se escuchaba era tristísimo y melancólico. Y estando todos así suspensos, vieron entrar por el jardin adelante dos hombres vestidos de luto, tan luengo y tendido, que les arrastraba por el suelo: estos venian tocando dos grandes tambores, asimismo cubiertos de negro. A su lado venia el pífaro, negro y pizmiento como los demás. Seguia á los tres un personaje de cuerpo agigantado, amantado, no que vestido como una negrísima loba (1), cuya falda era asimismo desaforada de grande. Por encima de la loba le ceñia y atravesaba un ancho tahalí, tambien negro, de quien pendia un desmesurado alfanje de guarniciones

y vaina negra. Venia cubierto el rostro con un trasparente velo negro, por quien se entreparecia una longuísima barba, blanca como la nieve. Movia el paso al son de los tambores con mucha gravedad y reposo. En fin, su grandeza, su contoneo, su negrura y su acompañamiento, pudiera y pudo suspender á todos aquellos que sin conocerle le miraron. Llegó pues con el espacio y prosopopeya referida á hincarse de rodillas ante el duque, que en pie con los demás que allí estaban le atendia. Pero el duque en ninguna manera le consintió hablar hasta que se levantase. Hízolo así el espantajo prodigioso, y puesto en pie alzó el antifaz del rostro, é hizo patente la mas horrenda, la mas larga, la mas blanca y mas poblada barba que hasta entonces humanos ojos habian visto, y luego desencajó y arrancó del ancho y dilatado pecho una voz grave y sonora, y poniendo los ojos en el duque dijo: altísimo poderoso señor, á mí me llaman Trifaldin el de la barba blanca; soy escudero de la condesa Trifaldi, por otro nombre llamada la Dueña Dolorida, de parte de la cual traigo á vuestra grandeza una embajada,

1) Vestidura clerical y talar que llegaba al suelo. En tiempos antiguos era vestidura honorífica, segun dice Covarrubias. —Arr.

y es que la vuestra magnificencia sea servida de darla facultad y licencia para entrar á decirle su cuita, que es una de las mas nuevas y mas admirables que el mas cuitado pensamiento del orbe pueda haber pensado: y primero quiere saber si está en este vuestro castillo el valeroso y jamás vencido caballero Don Quijote de la Mancha, en cuya busca viene á pie y sin desayunarse desde el reino de Candaya hasta este vuestro estado, cosa que se puede y debe tener á milagro ó á fuerza de encantamento: ella queda á la puerta desta fortaleza ó casa de campo, y no aguarda para entrar sino vuestro beneplácito. Dijo. Y tosió luego, y manoseóse la barba de arriba abajo con entrambas manos, y con mucho sosiego estuvo atendiendo la respuesta del duque, que fue: ya, buen escudero Trifaldin de la blanca barba, há muchos dias que tenemos noticia de la desgracia de mi señora la condesa de Trifaldi, á quien los encantadores la hacen llamar la Dueña Dolorida: bien podeis, estupendo escudero, decirle que entre, y que aquí está el valiente caballero Don Quijote de la Mancha, de cuya condicion generósa puede prometerse con seguridad todo amparo y toda ayuda: y asimismo le podreis decir de mi parte que si mi favor le fuere necesario no le ha de faltar, pues ya me tiene obligado á dársele el ser caballero, á quien es anejo y concerniente favorecer á toda suerte de mujeres; en especial á las dueñas viudas menoscabadas y doloridas, cual lo debe de estar su señoría. Oyendo lo cual Trifaldin inclinó la rodilla hasta el suelo, y haciendo al pífaro y tambores señal que tocasen, al mismo son y al mismo paso que habia entrado se volvió á salir del jardin, dejando á todos admirados de su presencia y compostura.

Y volviéndose el duque á Don Quijote le dijo: en fin, famoso caballero, no pueden las tinieblas de la malicia ni de la ignorancia encubrir y oscurecer la luz del valor y de la virtud. Digo esto, porque apenas há seis dias que la vuestra bondad está en este castillo, cuando ya os vienen á buscar de lueñas y apartadas tierras, y no en carrozas ni en dromedarios, sino á pie y en ayunas, los tristes, los afligidos, confiados que han de hallar en ese fortísimo brazo el remedio de sus cuitas y trabajos; merced á vuestras grandes hazañas que corren y rodean todo lo descubierto de la tierra.

Quisiera yo, señor duque, respondió Don Quijote, que estuviera aquí presente aquel bendito religioso, que á la mesa el otro dia mostró tener tan mal talante y tan mala ojeriza contra los caballeros andantes, para que viera por vista de ojos si los tales caballeros son necesarios en el mundo: tocara por lo menos con la mano que los estraordinariamente afligidos y desconsolados, en casos grandes y en desdichas enormes, no van á buscar su remedio á las casas de los letrados ni á la de los sacristanes de las aldeas, ni al caballero que nunca ha acertado á salir de los términos de su lugar, ni al perezoso cortesano que antes busca nuevas para referirlas y contarlas, que procura hacer obras y hazañas, para que otros las cuenten y las escriban. El remedio de las cuitas, el socorro de las necesidades, el amparo de las doncellas, el consuelo de las viudas, en ninguna suerte de personas se halla mejor que en los caballeros andantes; y de serlo yo doy infinitas gracias al cielo, y doy por muy bien empleado cualquier desman y trabajo que en este tan honroso ejercicio pueda sucederme. Venga esta dueña y pida lo que quisiere, que yo le libraré su remedio en la fuerza de mi brazo y en la intrépida resolucion de mi animoso espíritu.

CAPITULO XXXVII.

Donde se prosigue la famosa aventura de la Dueña Dolorida.

Eₙ estremo se holgaron el duque y la duquesa de ver cuán bien iba respondiendo á su intencion Don Quijote, y á esta sazon dijo Sancho : no querria yo que esta señora dueña pusiese algun tropiezo á la promesa de mi gobierno, porque yo he oido decir á un boticario toledano, que hablaba como un silguero, que donde interviniesen dueñas no podia suceder cosa buena. ¡Válame Dios, y qué mal estaba con ellas el tal boticario! de lo que yo saco, que pues todas las dueñas son enfadosas é impertinentes, de cualquiera calidad y condicion que sean, ¿qué serán las que son doloridas, como han dicho que es esta condesa tres faldas ó tres colas? que en mi tierra, faldas y colas, colas y faldas, todo es uno. Calla, Sancho amigo, dijo Don Quijote, que pues esta señora dueña de tan lueñes tierras viene á buscarme, no debe de ser de aquellas que el boticario tenia en su número, cuanto mas que esta es condesa, y cuando las condesas sirven de dueñas, será sirviendo á reinas y emperatrices, que en sus casas son señorísimas, que se sirven de otras dueñas. A esto respondió doña Rodriguez, que se halló presente : dueñas tiene mi señora la duquesa en su servicio, que pudieran ser condesas si la fortuna quisiera ; pero allá van leyes do quieren reyes : y nadie diga mal de las dueñas, y mas de las antiguas y doncellas, que aunque yo no lo soy, bien se me alcanza y se me trasluce la ventaja que hace una dueña doncella á una dueña viuda, y quien á nosotras trasquiló, las tijeras le quedaron en la mano. Con todo eso, replicó Sancho, hay tanto que trasquilar en las dueñas, segun mi barbero, cuanto será mejor no menear el arroz aunque se pegue. Siempre los escuderos, respondió doña Rodriguez, son enemigos nuestros, que como son duendes de las antesalas, y nos ven á cada paso, los ratos que no rezan (que son muchos) los gastan en murmurar de nosotras, desenterrándonos los huesos, y enterrándonos la fama. Pues mándoles yo á los leños movibles, que mal que les pese hemos de vivir en el mundo y en las casas principales, aunque muramos de hambre, y cubramos con un negro mongil nuestras delicadas ó no delicadas carnes, como quien cubre ó tapa un muladar con un tapiz en dia de procesion. A fe que si me fuera dado y el tiempo lo pidiera, que yo diera á entender no solo á los presentes, sino á todo el mundo, cómo no hay virtud que no se encierre en una dueña. Yo creo, dijo la duquesa, que mi buena doña Rodriguez tiene razon y muy grande ; pero conviene que aguarde tiempo para volver por sí y por las demás dueñas, para confundir la mala opinion de aquel mal boticario, y desarraigar la que tiene en su pecho el gran Sancho Panza. A lo que Sancho respondió : despues que tengo humos de gobernador se me han quitado los vaguidos de escudero, y no se me da por cuantas dueñas hay un cabrahigo.

Adelante pasaran con el coloquio dueñesco si no oyeran que el pífaro y los tambores volvian á sonar, por donde entendieron que la Dueña Dolorida entraba. Preguntó la duquesa al duque si seria bien ir á recibirla, pues era condesa y persona principal. Por lo que tiene de condesa, respondió Sancho, antes que el duque respondiese, bien estoy en que vuestras grandezas salgan á recibirla ; pero por lo de dueña, soy de parecer que no se muevan un paso. ¿Quién te mete á tí en esto, Sancho? dijo Don Quijote. ¿Quién, señor? respondió Sancho, yo me meto, que puedo meterme, como escudero que ha aprendido los términos de la cortesía en la escuela de vuesa merced, que es el mas cortés y bien criado caballero que hay en toda la cortesanía ; y en estas cosas, segun he oido decir á vuesa merced, tanto se pierde por carta de mas como por carta de menos ; y al buen entendedor pocas palabras. Asi es como Sancho dice, dijo el duque, veremos el talle de la condesa, y por él tantearemos la cortesía que se le debe. En esto entraron los tambores y el pífaro como la vez primera. Y aquí con este breve capítulo dió fin el autor, y comenzó el otro siguiendo la misma aventura, que es una de las mas notables de la historia.

CAPITULO XXXVIII.

Donde se cuenta la que dió de su mala andanza la Dueña Dolorida.

Dₑₜᵣᴀ́ₛ de los tristes músicos comenzaron á entrar por el jardin adelante hasta cantidad de doce dueñas, repartidas en dos hileras, todas vestidas de unos mongiles anchos, al parecer de anascote batanado, con unas tocas blancas de delgado canequí (1), tan luengas que solo el ribete del mongil descubrian. Tras ellas venia la condesa Trifaldi, á quien traia de la mano el escudero Trifaldin, de la blanca barba, vestida de finísima y negra bayeta por frisar, que á venir frisada descubriera cada grano del grandor de un garbanzo de los buenos de Martos: la cola ó falda, ó como llamarla quisieren, era de tres puntas, las cuales se sustentaban en las manos de tres pajes asimismo vestidos de luto, haciendo una vistosa y matemática figura con aquellos tres ángulos acutos que las tres puntas formaban, por lo cual cayeron todos los que la falda puntiaguda miraron, que por ella se debia de llamar la condesa

(1) Era una tela delgada y trasparente, como ahora la gasa.—Arr.

Trifaldi, como si dijésemos, la condesa de las tres faldas: y asi dice Benenjeli que fue verdad, y que de su propio apellido se llamaba la condesa Lobuna, á causa que se criaban en su condado muchos lobos, y que si como eran lobos fueran zorras, la llamaran la condesa Zorruna, por ser costumbre en aquellas partes tomar los señores la denominacion de sus nombres de la cosa ó cosas en que mas sus Estados abundan; empero esta condesa por favorecer la novedad de su falda dejó el Lobuna y tomó el Trifaldi.

Venian las doce dueñas y la señora á paso de procesion, cubiertos los rostros con unos velos negros, y no trasparentes como el de Trifaldin, sino tan apretados, que ninguna cosa se traslucian. Asi como acabó de parecer el dueñesco escuadron, el duque, la duquesa y Don Quijote se pusieron en pie, y todos aquellos que la espaciosa procesion miraban. Pararon las doce dueñas, é hicieron calle, por medio de la cual la Dolorida se adelantó sin dejarla de la mano Trifaldin. Viendo lo cual el duque, la duquesa y Don Quijote, se adelantaron obra de doce pasos á recibirla. Ella puestas las rodillas en el suelo, con voz antes basta y ronca que sutil y delicada, dijo: vuestras grandezas sean servidas de no hacer tanta cortesía á este su criado, digo á esta su criada, porque segun soy de dolorida, no acertaré á responder á lo que debo, á causa que mi estraña y jamás vista desdicha me ha llevado el entendimiento no sé adónde, y debe de ser muy lejos, pues cuanto mas le busco, menos le hallo. Sin él estaria, respondió el duque, señora condesa, el que no descubriese por vuestra persona vuestro valor, el cual, sin mas ver, es merecedor de toda la nata de la cortesía, y de toda la flor de las bien criadas ceremonias; y levantándola de la mano la llevó á asentar en una silla junto á la duquesa, la cual la recibió asimismo con mucho comedimiento. Don Quijote callaba, y Sancho andaba muerto por ver el rostro de la Trifaldi y de alguna de sus muchas dueñas; pero no fue posible hasta que ellas de su grado y voluntad se descubrieron.

Sosegados todos y puestos en silencio, estaban esperando quién le habia de romper y fue la Dueña Dolorida con estas palabras: confiada estoy, señor poderosísimo, hermosísima señora, y discretísimos circunstantes, que ha de hallar mi cuitísima en vuestros valerosísimos pechos acogimiento, no menos plácido que generoso y doloroso, porque ella es tal, que es bastante á enternecer los mármoles, y á ablandar los diamantes, y á molificar los aceros de los mas endurecidos corazones del mundo; pero antes que salga á la plaza de vuestros oidos, por no decir orejas, quisiera que me hicieran sabidora si está en este gremio, corro y compañía el acendradísimo caballero Don Quijote de la Manchísima, y su escuderísimo Panza.

El Panza, antes que otro respondiese, dijo Sancho, aquí está, y el Don Quijotísimo asimismo; y asi podreis, dolorosísima dueñísima, decir lo que quisieredísimos, que todos estamos prontos, y aparejadísimos á ser vuestros servidorísimos.

En esto se levantó Don Quijote, y encaminando sus razones á la Dolorida Dueña, dijo: si vuestras cuitas, angustiada señora, se pueden prometer alguna esperanza de remedio por algun valor ó fuerzas de algun andante caballero, aquí están las mias, que aunque flacas y breves, todas se emplearán en vuestro servicio. Yo soy Don Quijote de la Mancha, cuyo asunto es acudir á toda suerte de menesterosos: y siendo esto asi, como lo es, no habeis menester, señora, captar benevolencias, ni buscar preámbulos, sino á la llana y sin rodeos decir vuestros males, que oidos os escuchan que sabrán, si no remediarlos, dolerse dellos. Oyendo lo cual la Dolorida Dueña hizo señal de querer arrojarse á los pies de Don Quijote, y aun se arrojó, y pugnando por abrazárselos, decia: ante estos pies y piernas me arrojo, oh caballero invicto, por ser los que son basas y columnas de la andante caballería: estos pies quiero besar, de cuyos pasos pende y cuelga todo el remedio de mi desgracia. ¡Oh valeroso andante, cuyas verdaderas fazañas dejan atrás y oscurecen las fabulosas de los Amadises, Esplandianes y Belianises! Y dejando á Don Quijote, se volvió á Sancho Panza, y asiéndole de las manos le dijo: ¡oh tú el mas leal escudero que jamás sirvió á caballero andante en los presentes ni en los pasados siglos, mas luengo en bondad que la barba de Trifaldin mi acompañador, que está presente! bien puedes preciarte que en servir al gran Don Quijote sirves en cifra á toda la caterva de caballeros que han tratado las armas en el mundo. Conjúrote por lo que debes á tu bondad fidelísima me seas buen intercesor con tu dueño, para que luego favorezca á esta humilísima y desdichadísima condesa. A lo que respondió Sancho: de que sea mi bondad, señora mia, tan larga y grande como la barba de vuestro escudero, á mí me hace muy poco al caso: barbada y con bigotes tenga yo mi alma cuando desta vida vaya, que es lo que importa, que de las barbas de acá poco ó nada me curo; pero sin esas socaliñas ni plegarias yo rogaré á mi amo (que sé que me quiere bien, y mas agora que me há menester para cierto negocio) que favorezca y ayude á vuesa merced en todo lo que pudiere: vuesa merced desembaule su cuita, y cuéntenosla, y deje hacer, que todos nos entenderemos. Reventaban de risa con estas cosas los duques, como aquellos que habian tomado el pulso á la tal aventura, y alababan entre sí la agudeza y disimulacion de la Trifaldi, la cual volviéndose á sentar, dijo:

Del famoso reino de Candaya, que cae entre la gran Trapobana y el mar del Sur, dos leguas mas allá del cabo Comorin, fue señora la reina doña Maguncia, viuda del rey Archipiela, su señor y marido, de cuyo matrimonio tuvieron y procrearon á la infanta Antonomasia, heredera del reino, la cual dicha infanta Antonomasia se crió y creció debajo de mi tutela y doctrina, por ser yo la mas antigua

y la mas principal dueña de su madre. Sucedió, pues, que yendo dias y viniendo dias, la niña Antonomasia llegó á edad de catorce años, con tan gran perfección de hermosura, que no la pudo subir mas
de punto la naturaleza. ¡Pues digamos ahora que la discrecion era mocosa! así era discreta como
bella, y era la mas bella del mundo, y lo es, si ya los hados envidiosos y las parcas endurecidas no la
han cortado la estambre de la vida; pero no habrán, que no han de permitir los cielos que se haga
tanto mal á la tierra, como seria llevarse en agraz el racimo del mas hermoso veduño del suelo. Desta
hermosura, y no como se debe encarecida de mi torpe lengua, se enamoró un número infinito de
príncipes, así naturales como estranjeros, entre los cuales osó levantar los pensamientos al cielo de
tanta belleza un caballero particular que en la córte estaba, confiado en su mocedad y en su bizarría;

y en sus muchas habilidades y gracias, y facilidad y felicidad de ingenio; porque hago saber á vuestras grandezas, si no lo tienen por enojo, que tocaba una guitarra que la hacia hablar, y mas que era
poeta y gran bailarin, y sabía hacer una jaula de pájaros, que solamente á hacerlas pudiera ganar la
vida, cuando se viera en estrema necesidad: que todas estas partes y gracias son bastantes á derribar
una montaña, no que una delicada doncella. Pero toda su gentileza y buen donaire, y todas sus gracias y habilidades fueron poca ó ninguna parte para rendir la fortaleza de mi niña, si el ladron desuella
caras no usara del remedio de rendirme á mí primero. Primero quiso el malandrin y desalmado vagamundo grangearme la voluntad y cohecharme el gusto, para que yo, mal alcaide, le entregase las
llaves de la fortaleza que guardaba. En resolucion, él me aduló el entendimiento, y me rindió la voluntad con no sé qué dijes y brincos que me dió. Pero lo que mas me hizo postrar y dar conmigo por
el suelo, fueron unas coplas que le oí cantar una noche desde una reja que caia á una callejuela donde
estaba, que si mal no me acuerdo, decian:

De la dulce mi enemiga
Nace un mal que al alma hiere,

Y por mas tormento quiere
Que se sienta y no se diga (1).

Parecióme la trova de perlas, y su voz de almíbar, y despues acá, digo desde entonces, viendo el mal en que caí por estos y otros semejantes versos, he considerado que de las buenas y concertadas

repúblicas se habian de desterrar los poetas, como aconsejaba Platon, á lo menos los lascivos, porque escriben unas coplas, no como las del marquès de Mántua, que entretienen y hacen llorar á los niños

y á las mujeres, sino unas agudezas, que á modo de blandas espinas os atraviesan el alma, y como rayos os hieren en ella, dejando sano el vestido. Y otra vez cantó:

Ven, muerte, tan escondida,
Que no te sienta venir,
Porque el placer del morir
No me torne á dar la vida (2).

Y deste jaez otras coplitas y estrambotes, que cantados encantan, y escritos suspenden. ¿Pues

(1) Esta copla es traducida de la que escribió Serafino Aquilino que dice así:

Da la dolce mia nimica
Nasce un duol ch'esser non suole
E per più tormento voule
Che si senta e non si dica.

(2) El primer autor de esta redondilla fue el comendador Escribá.—P.

qué cuando se humillan á componer un género de verso que en Candaya se usaba entonces, á quien ellos llamaban seguidillas? Allí era el brincar de las almas, el retozar de la risa, el desasosiego de los cuerpos, y finalmente, el azogue de todos los sentidos. Y asi digo, señores mios, que los tales trovadores con justo título los debian desterrar á las islas de los lagartos (1). Pero no tienen ellos la culpa, sino los simples que los alaban, y las bobas que los creen: y si yo fuera la buena dueña que debia (2), no me habian de mover sus trasnochados conceptos, ni habia de creer ser verdad aquel decir: *vivo muriendo, ardo en el hielo, tiemblo en el fuego, espero sin esperanza, pártome y quédome,* con otros imposibles de esta ralea, de que están sus escritos llenos. ¿Pues qué cuando prometen el fénix de Arabia, la corona de Ariadna, los caballos del Sol, del Sur las perlas, de Tíbar el oro, y de Pancaya el bálsamo? Aquí es donde ellos alargan mas la pluma, como les cuesta poco prometer lo que jamás piensan ni pueden cumplir. ¿Pero dónde me divierto? ¡Ay de mí, desdichada! ¿qué locura ó qué desatino me lleva á contar las agenas faltas, teniendo tanto que decir de las mias? ¡Ay de mí otra vez

sin ventura! que no me rindieron los versos, sino mi simplicidad: no me ablandaron las músicas, sino mi liviandad: mi mucha ignorancia y mi poco advenimiento abrieron el camino y desembarazaron la senda á los pasos de don Clavijo, que este es el nombre del referido caballero: y asi siendo yo la medianera, él se halló una y muchas veces en la estancia de la por mí y no por él engañada Antonomasia, debajo del título de verdadero esposo, que aunque pecadora no consintiera que sin ser su marido la llegara á la vira (3) de la suela de sus zapatillas. No, no, eso no; el matrimonio ha de ir adelante en cualquier negocio destos que por mí se tratare. Solamente hubo un daño en este negocio, que fue el de la desigualdad, por ser don Clavijo un caballero particular, y la infanta Antonomasia heredera, como ya he dicho, del reino. Algunos dias estuvo encubierta y solapada en la sagacidad de mi recato esta maraña; hasta que me pareció que la iba descubriendo á mas andar no sé qué hinchazon del vientre de Antonomasia, cuyo temor nos hizo entrar en bureo (4) á los tres, y salió del que antes se saliese á luz el mal recado, don Clavijo pidiese ante el vicario por su mujer Antonomasia, en fe de una cédula que de ser su esposa la infanta le habia hecho, notada por mi ingenio, con tanta fuerza, que las de Sanson no pudieran romperla. Hiciéronse las diligencias, vió el vicario la cédula, tomó el tal vicario la confesion á la señora, confesó de plano, mandóla depositar en casa de un alguacil de córte muy honrado.

(1) Esto es, islas despobladas. Asi se llamaban estas, segun Antonio de Torquemada.—P.
(2) Era con efecto el principal encargo de las dueñas de las casas de los señores el cuidar de sus hijas, cuyo cuidado y vigilancia llevaban mal estas.—P.
(3) Al borde, á la orilla de la suela.—Arr.
(4) Juntarse para tratar alguna cosa.—D. A.

A esta sazon dijo Sancho: ¿tambien en Candaya hay alguaciles (1) de córte, poetas y seguidillas? por lo que puedo jurar que imagino que todo el mundo es uno; pero dése vuesa merced priesa, señora Trifaldi, que es tarde, y ya me muero por saber el fin desta tan larga historia. Sí haré, respondió la condesa.

CAPITULO XXXIX.

Donde la Trifaldi prosigue su estupenda y memorable historia.

De cualquiera palabra que Sancho decia, la duquesa gustaba tanto como se desesperaba Don Quijote, y mandándole que callase, la Dolorida prosiguió diciendo: en fin, al cabo de muchas demandas y respuestas, como la infanta se estaba siempre en sus trece, sin salir ni variar de la primera declaracion, el vicario sentenció en favor de don Clavijo, y se la entregó por su legítima esposa, de lo que recibió tanto enojo la reina doña Maguncia, madre de la infanta Antonomasia, que dentro de tres dias la enterramos.

Debió de morir sin duda, dijo Sancho. Claro está, respondió Trifaldin, que en Candaya no se entierran las personas vivas, sino las muertas. Ya se ha visto, señor escudero, replicó Sancho, enterrar un desmayado creyendo ser muerto; y parecíame á mí que estaba la reina Maguncia obligada á desmayarse antes que á morirse, que con la vida muchas cosas se remedian, y no fue tan grande el disparate de la infanta que obligase á sentirle tanto. Cuando se hubiera casado esa señora con algun paje suyo, ó con otro criado de su casa, como han hecho otras muchas, segun he oido decir, fuera el daño sin remedio; pero el haberse casado con un caballero tan gentilhombre, y tan entendido como aquí nos le han pintado, en verdad, en verdad que aunque fue necedad, no fue tan grande como se piensa; porque segun las reglas de mi señor, que está presente, y no me dejará mentir, asi como se hacen de los hombres letrados los obispos, se pueden hacer de los caballeros, y mas si son andantes, los reyes y los emperadores.

Razon tienes, Sancho, dijo Don Quijote, porque un caballero andante, como tenga dos dedos de ventura, está en potencia propíncua de ser el mayor señor del mundo. Pero pase adelante la señora Dolorida, que á mí se me trasluce que le falta por contar lo amargo desta hasta aquí dulce historia.

¡Y cómo si queda lo amargo! respondió la condesa, y tan amargo, que en su comparacion son dulces las tueras, y sabrosas las adelfas.

Muerta, pues, la reina, y no desmayada, la enterramos, y apenas la cubrimos con la tierra, y apenas le dimos el último vale, cuando *¿quis talia fando temperet a lacrimis?* puesto sobre un caballo de madera, pareció encima de la sepultura de la reina el gigante Malambruno, primo cormano de Maguncia, que junto con ser cruel era encantador, el cual con sus artes, en venganza de la muerte de su cormana, y por castigo del atrevimiento de don Clavijo, y por despecho de la demasía de Antonomasia, los dejó encantados sobre la misma sepultura, á ella convertida en una jimia de bronce, y á él en un espantoso cocodrílo de un metal no conocido, y entre los dos está un padron (2) asimismo de metal, y en él escritas en lengua siriaca unas letras, que habiéndose declarado en la candayesca, y ahora en la castellana, encierran esta sentencia: *No cobrarán su primera forma estos dos atrevidos amantes, hasta que el valeroso Manchego venga conmigo á las manos en singular batalla, que para solo su gran valor guardan los hados esta nunca vista aventura.* Hecho esto sacó de la vaina un ancho y desmesurado alfanje, y asiéndome á mí por los cabellos, hizo finta de querer segarme la gola y cortarme á cercen la cabeza. Turbéme, pegóseme la voz á la garganta, quedé mohina en todo estremo; pero con todo me esforcé lo mas que pude, y con voz tembladora y doliente le dije tantas y tales cosas, que le hicieron suspender la ejecucion de tan riguroso castigo. Finalmente hizo traer ante sí todas las dueñas de palacio, que fueron éstas que están presentes, y despues de haber exagerado nuestra culpa, y vituperado las condiciones de las dueñas, sus malas mañas y peores trazas, y cargando á todas la culpa que yo sola tenia, dijo que no queria con pena capital castigarnos, sino con otras penas dilatadas, que nos diesen una muerte civil y continua: y en aquel mismo momento y punto que acabó de decir esto, sentimos todas que se nos abrian los poros de la cara, y que por toda ella nos punzaban como con puntas de agujas. Acudimos luego con las manos á los rostros, y hallámonos de la manera que ahora vereis:

Y luego la Dolorida y las demás dueñas alzaron los antifaces con que cubiertas venian, y descubrieron los rostros todos poblados de barbas, cuáles rubias, cuáles negras, cuáles blancas y cuáles albarrazadas, de cuya vista mostraron quedar admirados el duque y la duquesa, pasmados Don Quijote y Sancho, y atónitos todos los presentes; y la Trifaldi prosiguió: desta manera nos castigó aquel follon y mal intencionado de Malambruno, cubriendo la blandura y morbidez de nuestros rostros con la aspereza destas cerdas, que pluguiera al cielo que antes con su desmesurado alfanje nos hubiera derribado las testas, que no que nos asombrara la luz de nuestras caras con esta borra que nos cubre:

(1) *Alguacil de córte* llaman en árabigo, dice Covarrubias, citando las partidas 2, lib. XX, t. IX, aquel que ha de prender é justiciar los omes en la córte del rey, ó el de los jueces que juzgan los pleitos.—Arr.

(2) Era la columna ó poste en que se pone el cartel ó escritura que se quiere publicar ó hacer notoria.—Arr.

porque si entramos en cuenta, señores mios (y esto que voy á decir ahora lo quisiera decir hechos mis ojos fuentes; pero la consideracion de nuestra desgracia, y los males que hasta aquí han llovido, los tienen sin humor y secos como aristas, y asi lo diré sin lágrimas): digo, pues, que ¿adónde podrá ir una dueña con barbas? ¿qué padre ó qué madre se dolerá de ella? ¿quién le dará ayuda? pues aun cuando tiene la tez lisa, y el rostro martirizado con mil suertes de menjurges y mudas, apenas halla quien bien la quiera, ¿qué hará cuando descubra hecho un bosque su rostro? ¡Oh dueñas y compañe

ras mias! en desdichado punto nacimos, en hora menguada nuestros padres nos engendraron; y diciendo esto, dió muestras de desmayarse.

CAPITULO XL.

De cosas que atañen y tocan á esta aventura y á esta memorable historia.

REAL y verdaderamente, todos los que gustan de semejantes historias como esta, deben mostrarse agradecidos á Cide Hamete, su autor primero, por la curiosidad que tuvo en contarnos las semínimas della, sin dejar cosa, por menuda que fuese, que no la sacase á luz distintamente. Pinta los pensamientos, descubre las imaginaciones, responde á las tácitas, aclara las dudas, resuelve los argumentos, finalmente los átomos del mas curioso deseo manifiesta. ¡Oh autor celebérrimo! ¡oh Don Quijote dichoso! ¡oh Dulcinea famosa! ¡oh Sancho Panza gracioso! todos juntos, y cada uno de por sí, vivais siglos infinitos, para gusto y general pasatiempo de los vivientes.

Dice, pues, la historia, que asi como Sancho vió desmayada á la Dolorida, dijo: por la fe de hombre de bien, juro, y por el siglo de todos mis pasados los Panzas, que jamás he oido ni visto, ni mi amo me ha contado, ni en su pensamiento ha cabido semejante aventura como esta. Válgante mil satanases, por no maldecirte, por encantador y gigante Malambruno, ¿y no hallaste otro género de castigo que dar á estas pecadoras sino el de barbarlas? Cómo ¿y no fuera mejor, y á ellas les estuviera mas á cuento, quitarles la mitad de las narices de medio arriba, aunque hablaran gangoso, que no ponerles barbas? Apostaré yo que no tienen hacienda para pagar á quien las rape. Asi es la verdad, señor, respondió una de las doce, que no tenemos hacienda para mondarnos, y asi hemos tomado algunas de nosotras por remedio ahorrativo de usar de unos pegotes ó parches pegajosos, y aplicándolos á los rostros, y tirando de golpe, quedamos rasas y lisas como fondo de mortero de piedra, que puesto que hay en Candaya mujeres que andan de casa en casa á quitar el vello (1) y á pulir las cejas, y hacer otros menjurjes tocantes á mujeres, nosotras las dueñas de mi señora por jamás quisimos admitirlas, porque las mas oliscan á terceras habiendo dejado de ser primas: y si por el señor Don Quijote no somos remediadas, con barbas nos llevarán á la sepultura. Yo me pelaria las mias, dijo Don Quijote, en tierra de moros, si no remediase las vuestras.

A este punto volvió de su desmayo la Trifaldi, y dijo: el retintin desa promesa, valeroso caballero, en medio de mi desmayo, llegó á mis oidos, y ha sido parte para que yo dél vuelva y cobre todos mis sentidos; y asi de nuevo os suplico, andante, ínclito y señor indomable, que vuestra graciosa promesa se convierta en obra. Por mí no quedará, respondió Don Quijote: ved, señora, qué es lo que tengo de hacer, que el ánimo está muy pronto para serviros. Es el caso, respondió la Dolorida, que desde aquí al reino de Candaya, si se vá por tierra hay cinco mil leguas, dos mas ó menos; pero si

se vá por el aire y por la línea recta, hay tres mil y doscientas y veinte y siete. Es tambien de saber que Malambruno me dijo que cuando la suerte me deparase al caballero nuestro libertador, que él le enviaria una cabalgadura harto mejor y con menos malicias que las que son de retorno, porque ha de ser aquel mismo caballo de madera sobre quien llevó el valeroso Pierres robada á la linda Magalona, el cual caballo se rige por una clavija que tiene en la frente, que le sirve de freno, y vuela por el aire con tanta ligereza, que parece que los mismos diablos le llevan. Este tal caballo, segun es tradicion antigua, fue compuesto por aquel sabio Merlin. Prestósele á Pierres, que era su amigo, con el cual hizo grandes viajes, y robó, como se ha dicho, á la linda Magalona, llevándola á las ancas por el aire, dejando embobados á cuantos desde la tierra los miraban; y no le prestaba sino á quien él queria ó mejor se lo pagaba, y desde el gran Pierres hasta ahora no sabemos que haya subido alguno en él. De allí le ha sacado Malambruno con sus artes, y le tiene en su poder, y se sirve dél en sus viajes, que los hace por momentos por diversas partes del mundo, y hoy está aquí y mañana en Francia, y otro dia en Potosí: y es lo bueno, que el tal caballo ni come, ni duerme, ni gasta herraduras, y lleva un portante por los aires sin tener alas, que el que lleva encima puede llevar una taza llena de agua en la mano sin que se le derrame gota, segun camina llano y reposado, por lo cual la linda Magalona se holgaba mucho de andar caballera en él.

A esto dijo Sancho: para andar reposado y llano, mi rucio, puesto que no anda por los aires, pero por la tierra yo le cutiré (2) con cuantos portantes hay en el mundo. Riéronse todos, y la Dolorida prosiguió: y este tal caballo, si es que Malambruno quiere dar fin á nuestra desgracia, antes que sea media hora entrada la noche estará en nuestra presencia, porque él me significó que la señal que me daria por donde yo entendiese que habia hallado el caballero que buscaba, seria enviarme el caballo donde fuése con comodidad y presteza. ¿Y cuántos caben en ese caballo? preguntó Sancho. La Dolorida respondió: dos personas, la una en la silla y la otra en las ancas, y por la mayor parte estas tales dos personas son caballero y escudero cuando falta alguna robada doncella. Querria yo saber, señora Dolorida, dijo Sancho, qué nombre tiene ese caballo. El nombre, respondió la Dolorida, no es como

(1) Estas son las *rellerss*, que se usaba mucho en tiempo de Cervantes, y mucho despues, y aun hay todavía algunas.
(2) *Cutir*, golpear una cosa con otra, y tambien combatir ó contender con otro.—P.

el caballo de Belerofonte, que se llamaba Pegaso, ni como el del Magno Alejandro, llamado Bucéfalo, ni como el del Furioso Orlando, cuyo nombre fue Brillodoro, ni menos Bayarte, que fue el de Reinaldos de Montalvan, ni Frontino, como el de Rugero, ni Bootes, ni Peritoa (1) como dicen que se llaman los del sol, ni tampoco se llama Orelia, como el caballo en que el desdichado Rodrigo, último rey de los godos, entró en la batalla donde perdió la vida y el reino.

Yo apostaré, dijo Sancho, que pues no le han dado ninguno desos famosos nombres de caballos tan conocidos, que tampoco le habrán dado el de mi amo Rocinante que en ser propio escede á todos los que se han nombrado. Asi es, respondió la barbada condesa; pero todavía le cuadra mucho, porque se llama *Clavileño el Aligero*, cuyo nombre conviene con el ser de leño, y con la clavija que trae en la frente, y con la ligereza con que camina, y asi en cuanto al nombre bien puede competir con el famoso Rocinante.

No me descontenta el nombre, replicó Sancho: pero ¿con qué freno ó con qué jaquima se gobierna? Ya he dicho, respondió la Trifaldi, que con la clavija, que volviéndola á una parte ó á otra el caballero que vá encima, le hace caminar como quiere, ó ya por los aires, ó ya rastreando y casi barriendo la tierra, ó por el medio, que es el que se busca y se ha de tener en todas las acciones bien ordenadas.

Ya lo querria ver, respondió Sancho; pero pensar que tengo de subir en él, ni en la silla, ni en las ancas, es pedir peras al olmo. Bueno es que apenas puedo tenerme en mi rucio, y sobre una albarda mas blanda que la mesma seda, y querrian ahora que me tuviese en unas ancas de tabla, sin cogin ni almohada alguna: pardiez yo no me pienso moler por quitar las barbas á nadie: cada cual se rape como mas le viniere á cuento, que yo no pienso acompañar á mi señor en tan largo viaje; cuanto mas que yo no debo de hacer al caso para el rapamiento destas barbas, como lo soy para el desencanto de mi señora Dulcinea.

Sí sois, amigo, respondió la Trifaldi, y tanto, que sin vuestra presencia entiendo que no haremos nada. Aquí del rey, dijo Sancho, ¿qué tienen que ver los escuderos con las aventuras de sus señores? ¿hánse de llevar ellos la fama de las que acaban, y hemos de llevar nosotros el trabajo? ¡Cuerpo de mí! aun si dijesen los historiadores: el tal caballero acabó la tal y tal aventura, pero con ayuda de fulano su escudero, sin el cual fuera imposible el acabarla; pero ¡que escriban á secas don Paralipomenon de las tres estrellas acabó la aventura de los seis vestiglos, sin nombrar la persona de su escudero, que se halló presente á todo, como si no fuera en el mundo! Ahora, señores, vuelvo á decir que mi señor se puede ir solo, y buen provecho le haga, que yo me quedaré aquí en compañía de la duquesa mi señora, y podria ser que cuando volviese hallase mejorada la causa de la señora Dulcinea en tercio y quinto, porque pienso en los ratos ociosos y desocupados darme una tanda de azotes, que no me la cubra pelo.

Con todo eso le habeis de acompañar, si fuere necesario, buen Sancho, dijo la duquesa, porque os lo rogarán buenos, que no han de quedar por vuestro inútil temor tan poblados los rostros destas señoras, que cierto seria mal caso. Aquí del rey otra vez, replicó Sancho; cuando esta caridad se hiciera por algunas doncellas recogidas, ó por algunas niñas de la doctrina, pudiera el hombre aventurarse á cualquier trabajo, pero que lo sufra por quitar las barbas á dueñas ¡mal año! mas que las viese yo á todas con barbas desde la mayor hasta la menor, y de la mas melindrosa hasta la mas repulgada (2).

Mal estais con las dueñas, Sancho amigo, dijo la duquesa, mucho os vais tras la opinion del boticario toledano; pues á fe que no teneis razon, que dueñas hay en mi casa que pueden ser ejemplo de dueñas, que aquí está mi doña Rodriguez, que no me dejará decir otra cosa. Mas que la diga vuestra escelencia, dijo Rodriguez, que Dios sabe la verdad de todo, y buenas ó malas, barbadas ó lampiñas que seamos las dueñas, tambien nos parieron nuestras madres como á las otras mujeres: y pues Dios nos echó en el mundo, él sabe para qué, y á su misericordia me atengo, y no á las barbas de nadie.

Ahora bien, señora Rodriguez, dijo Don Quijote, y señora Trifaldi y compañía, yo espero en el cielo que mirará con buenos ojos vuestras cuitas, que Sancho hará lo que yo le mandare, ya viniese Clavileño, y ya me viese con Malambruno, que yo sé que no habria navaja que con mas facilidad rapase á vuesas mercedes, como mi espada raparia de los hombros la cabeza de Malambruno; que Dios sufre á los malos, pero no para siempre.

¡Ay! dijo á esta sazon la Dolorida, con benignos ojos miren á vuestra grandeza, valeroso caballero, todas las estrellas de las regiones celestes, é infundan en vuestro ánimo toda prosperidad y

___

(1) Este nombre *Peritoa* es una equivocacion, confundiéndose con *Piroeis*, que es el verdadero de uno de los caballos del Sol, segun Ovidio en el libro 11 de sus Metamorfóseos:

Interea volucres Pyroeis, Eous et Aetheon,
Solis qui, quartusque Phlegon, hinnitibus auras
Flammiferis implent, pedibusque repugula pulsant.

Tambien es un descuido decir que Bootes sea uno de los caballos del Sol, ya porque los cuatro son los nombrados en los anteriores versos, y ya porque Bootes es la constelacion que está cerca de la Osa mayor.

(2) Alude á sus tocas, llenas de repulgos ó pliegues, y á su modo de hablar afectado, melindroso ó *repulgado*, como le llama el mismo Cervantes, en la novela del Licenciado Vidriera.—Arr.

valentía, para ser escudo y amparo del vituperado y abatido género dueñesco, abominado de boticarios, murmurado de escuderos, y socaliñado de pajes, que mal haya la bellaca que en la flor de su edad no se metió primero á ser monja que á dueña. Desdichadas de nosotras las dueñas, que aunque vengamos por línea recta de varon en varon del mismo Héctor el troyano, no dejarán de echarnos un *vos* (1) nuestras señoras, si pensasen por ello ser reinas. ¡Oh gigante Malambruno, que aunque eres encantador, eres certísimo en tus promesas, envíanos ya al sin par Clavileño, para que nuestra desdicha se acabe, que si entra el calor, y estas nuestras barbas duran, guay de nuestra ventura! Dijo esto con tanto sentimiento la Trifaldi, que sacó las lágrimas de los ojos de todos los circunstantes, y aun arrasó los de Sancho; y propuso en su corazon de acompañar á su señor hasta las últimas partes del mundo, si es que en ello consistiese quitar la lana de aquellos venerables rostros.

CAPITULO XLI.

De la venida de Clavileño con el fin de esta dilatada aventura.

Llegó en esto la noche, y con ella el punto determinado en que el famoso caballo Clavileño viniese, cuya tardanza fatigaba ya á Don Quijote, pareciéndole que pues Malambruno se detenia en enviarle, ó que él no era el caballero para quien estaba guardada aquella aventura, ó que Malambruno no osaba venir con él á la singular batalla. Pero veis aquí cuando á deshora entraron por el jardin cuatro salvajes vestidos todos de verde hiedra, que sobre sus hombros traian un gran caballo de madera. Pusiéronle de pies en el suelo, y uno de los salvajes dijo: suba sobre esta máquina el caballero que tuviere ánimo para ello. Aquí, dijo Sancho, yo no subo, porque ni tengo ánimo, ni soy caballero; y el salvaje prosiguió diciendo: y ocupe las ancas el escudero, si es que lo tiene, y fíese del valeroso Malambruno, que si no fuere de su espada, de ninguna otra, ni de otra malicia será ofendido; y no hay mas que torcer esta clavija que sobre el cuello trae puesta, que él los llevará por los aires, adonde los atiende Malambruno; pero porque la alteza y sublimidad del camino no les cause vaguidos, se han de cubrir los ojos hasta que el caballo relinche, que será señal de haber dado fin á su viaje. Esto dicho, dejando á Clavileño, con gentil continente se volvieron por donde habian venido.

La Dolorida así como vió al caballo, casi con lágrimas dijo á Don Quijote: valeroso caballero, las promesas de Malambruno han sido ciertas; el caballo está en casa, nuestras barbas crecen, y cada una de nosotras y con cada pelo dellas, te suplicamos nos rapes y tundas, pues no está en mas sino en que subas en él con tu escudero, y des felice principio á vuestro nuevo viaje. Eso haré yo, señora condesa Trifaldi, de muy buen grado y de mejor talante, sin ponerme á tomar cogin ni calzarme espuelas, por no detenerme; tanta es la gana que tengo de veros á vos, señora, y á todas estas dueñas rasas y mondas. Eso no haré yo, dijo Sancho, ni de malo, ni de buen talante, en ninguna manera; y si es que este rapamiento no se puede hacer sin que yo suba á las ancas, bien puede buscar mi señor otro escudero que le acompañe, y estas señoras otro modo de alisarse los rostros, que yo no soy brujo para gustar de andar por los aires. ¿Y qué dirán mis insulanos cuando sepan que su gobernador se anda paseando por los vientos? Y otra cosa mas, que habiendo tres mil y tantas leguas de aquí á Candaya, si el caballo se cansa ó el gigante se enoja, tardaremos en dar la vuelta media docena de años, y ya ni habrá ínsula ni ínsulos en el mundo que me conozcan: y pues se dice comunmente que en la tardanza va el peligro, y que cuando te dieren la vaquilla acudas con la soguilla, perdónenme las barbas destas señoras, que bien se está San Pedro en Roma, quiero decir, que bien me estoy en esta casa, donde tanta merced se me hace, y de cuyo dueño tan gran bien espero como es verme gobernador.

A lo que el duque dijo: Sancho amigo, la ínsula que yo os he prometido no es movible ni fugitiva: raices tiene tan hondas, echadas en los abismos de la tierra, que no la arrancarán ni mudarán de donde está á tres tirones: y pues vos sabeis y sé yo que no hay ningun género de oficio destos de mayor cantía, que no se grangee con alguna suerte de cohecho, cuál mas, cuál menos (2), el que yo quiero llevar por este gobierno es que vais con vuestro señor Don Quijote á dar cima y cabo á esta memerable aventura: que ahora volvais sobre Clavileño con la brevedad que su ligereza promete, ahora la contraria fortuna os traiga y vuelva á pie, hecho romero de meson en meson y de venta en venta, siempre que volviéredes hallareis vuestra ínsula donde la dejais, y á vuestros insulanos con el mismo deseo de recibiros por su gobernador que siempre han tenido, y mi voluntad será la misma; y no pongais duda en esta verdad, señor Sancho, que seria hacer notorio agravio al deseo que de serviros tengo.

No mas, señor, dijo Sancho, yo soy un pobre escudero, y no puedo llevar á cuestas tantas cortesías: suba mi amo: tápenme estos ojos, y encomiéndenme á Dios, y avísenme si cuando vamos

(1) Como si dijéramos un *tu*. De *vos* se decia tambien *vosear*. Nuestro ceremonial del tiempo de la casa de Austria era mas entonado y mucho menos llano que ahora.—P.

(2) Estos cohechos eran tan públicos en tiempo de Cervantes, que, como insinúa aquí, los sabian los grandes y no los ignoraban los pequeños, como eran el duque y Sancho.—P.

por esas altanerías podré encomendarme á nuestro Señor, ó invocar los ángeles que me favorezcan.

A lo que respondió Trifaldi: Sancho, bien podeis encomendaros á Dios, ó á quien quisiéredes, que Malambruno, aunque es encantador, es cristiano, y hace sus encantamientos con mucha sagacidad y con mucho tiento sin meterse con nadie. Ea, pues, dijo Sancho, Dios me ayude y la Santísima Trinidad de Gaeta. Desde la memorable aventura de los batanes, dijo Don Quijote, nunca he visto á Sancho con tanto temor como ahora; y si yo fuera tan agorero como otros, su pusilanimidad me hiciera algunas cosquillas en el ánimo. Pero llegaos aquí, Sancho, que con licencia destos señores os quiero hablar aparte dos palabras:—

Y apartando á Sancho entre unos árboles del jardin, y asiéndole ambas las manos, le dijo: ya ves,

Sancho hermano, ell argo viaje que nos espera, y que sabe Dios cuándo volveremos dél, ni la comodidad y espacio que nos darán los negocios; y asi querria que ahora te retirases en tu aposento, como que vas á buscar alguna cosa necesaria para el camino, y en un daca las pajas te dieses á buena cuenta de los tres mil y trescientos azotes á que estás obligado, siquiera quinientos, que dados te los tendrás, que el comenzar las cosas es tenerlas medio acabadas.

Par Dios, dijo Sancho, que vuesa merced debe de ser menguado: esto es como aquello que dicen, en priesa me ves y doncellez me demandas: ¿ahora que tengo de ir sentado en una tabla rasa, quiere vuesa merced que me lastime las posas? En verdad, en verdad, que no tiene vuesa merced razon: vamos ahora á rapar estas dueñas, que á la vuelta yo le prometo á vuesa merced, como quien soy, de darme tanta priesa á salir de mi obligacion, que vuesa merced se contente, y no le digo mas. Y Don Quijote respondió: pues con esa promesa, buen Sancho, voy consolado, y creo que la cumplirás, porque en efecto, aunque tonto, eres hombre verídico. No soy verde, sino moreno, dijo Sancho; pero aunque fuera de mezcla cumpliera mi palabra.

Y con esto se volvieron para subir en Clavileño, y al subir dijo Don Quijote: tapaos, Sancho, y subid, que quien de tan lueñas tierras envia por nosotros no será para engañarnos, por la poca gloria que le puede redundar de engañar á quien dél se fia; y puesto que todo sucediese al revés de lo que imagino, la gloria de haber emprendido esta hazaña no la podria escurecer malicia alguna.

Vamos, señor, dijo Sancho, que las barbas y lágrimas destas señoras las tengo clavadas en el corazon, y no comeré bocado que bien me sepa hasta verlas en su primera lisura. Suba vuesa merced, y tápese primero, que si yo tengo de ir á las ancas, claro está que primero sube el de la silla.

Asi es la verdad, replicó Don Quijote, y sacando un pañuelo de la faldriquera, pidió á la Dolorida que le cubriese muy bien los ojos, y habiéndoselos cubierto se volvió á descubrir y dijo: si mal no me acuerdo, yo he leido en Virgilio aquello del Paladion de Troya, que fue un caballo de madera que los griegos presentaron á la diosa Palas, el cual iba preñado de caballeros armados, que despues fueron la total ruina de Troya, y asi será bien ver primero lo que Clavileño trae en su estómago.

No hay para qué, dijo la Dolorida, que yo le fio, y sé que Malambruno no tiene nada de malicioso

ni de traidor: vuesa merced, señor Don Quijote, suba sin pavor alguno, y á mi daño si alguno le sucediere. Parecióle á Don Quijote que cualquiera cosa que replicase acerca de su seguridad seria poner en detrimento su valentía, y asi sin mas altercar subió sobre Clavileño, y le tentó la clavija, que fácilmente se rodeaba; y como no tenia estribos, y le colgaban las piernas, no parecia sino figura de tapiz flamenco pintada ó tejida en algun romano triunfo.

De mal talante y poco á poco llegó á subir Sancho, y acomodándose lo mejor que pudo en las ancas, las halló algo duras y no nada blandas, y pidió al duque que si fuese posible le acomodasen de algun cogin ó de alguna almóhada, aunque fuese del estrado de su señora la duquesa, ó del lecho de algun paje, porque las ancas de aquel caballo mas parecian de mármol que de leño. A esto dijo la Trifaldi, que ningun jaez ni ningun género de adorno sufria sobre sí Clavileño; que lo que podia hacer era ponerse á mujeriegas, y que asi no sentiria tanto la dureza.

Hízolo asi Sancho, y diciendo ¡á Dios! se dejó vendar los ojos, y ya despues de vendados se volvió á descubrir, y mirando á todos los del jardin tiernamente y con lágrimas, dijo que le ayudasen en aquel trance con sendos paternostres y sendas avemarías, porque Dios deparase quien por ellos los dijese cuando en semejantes trances se viesen.

A lo que dijo Don Quijote: ladron, ¿estás puesto en la horca por ventura, ó en el último término de la vida, para usar de semejantes plegarias? ¿No estás, desalmada y cobarde criatura, en el mismo lugar que ocupó la linda Magalona, del cual descendió, no á la sepultura, sino á ser reina de Francia, si no mienten las historias? Y yo, que voy á tu lado, ¿no puedo ponerme al del valeroso Pierres, que oprimió este mismo lugar que yo ahora oprimo? Cúbrete, cúbrete, animal descorazonado, y no te salga á la boca el temor que tienes, á lo menos en presencia mia. Tápenme, respondió Sancho, y pues no quieren que me encomiende á Dios ni que sea encomendado, ¿qué mucho que tema no ande por aquí alguna region de diablos que den con nosotros en Peralvillo (1)?

Cubriéronse, y sintiendo Don Quijote que estaba como habia de estar, tentó la clavija, y apenas hubo puesto los dedos en ella cuando todas las dueñas y cuantos estaban presentes levantaron las voces diciendo : Dios te guie, valeroso caballero : Dios sea contigo, escudero intrépido : ya, ya vais por esos aires rompiéndolos con mas velócidad que una saeta, ya comenzais á suspender y admirar á cuantos desde la tierra os están mirando. Tente, valeroso Sancho, que te bamboleas, mira no cayas, que será peor tu caida que la del atrevido mozo que quiso regir el carro del sol su padre. Oyó Sancho las voces, y apretándose con su amo, y ciñéndole con los brazos, le dijo : señor, ¿cómo dicen estos que vamos tan altos, si alcanzan acá sus voces, y no parece sino que están aquí hablando junto á nosotros? No repares en eso, Sancho, que como estas cosas y estas volaterías van fuera de los cursos ordinarios, de mil leguas verás y oirás lo que quisieres, y no me aprietes tanto, que me derribas; y en verdad que no sé de qué te turbas ni te espantas, que osaré jurar que en todos los dias de mi vida he subido en cabalgadura de paso mas llano : no parece sino que no nos movemos de un lugar. Destierra, amigo, el miedo, que en efecto la cosa va como ha de ir, y el viento llevamos en popa.

Asi es verdad, respondió Sancho, que por este lado me da un viento tan recio, que parece que con mil fuelles me están soplando : y asi era ello, que unos grandes fuelles le estaban haciendo aire. Tan bien trazada estaba la tal aventura por el duque y la duquesa y su mayordomo, que no le faltó requisito que la dejase de hacer perfecta. Sintiéndose, pues, soplar Don Quijote, dijo : sin duda alguna, Sancho, que ya debemos de llegar á la segunda region del aire, adonde se engendra el granizo y las nieves; los truenos, los relámpagos y los rayos se engendran en la tercera region; y si es que desta manera vamos subiendo, presto daremos en la region del fuego, y no sé yo cómo templar esta clavija para que no subamos donde nos abrasemos.

En esto con unas estopas ligeras de encenderse y apagarse desde lejos, pendientes de una caña, les calentaban los rostros. Sancho que sintió el calor, dijo : que me maten si no estamos ya en el lugar del fuego ó bien cerca, porque una gran parte de mi barba se me ha chamuscado, y estoy, señor, por descubrirme y ver en qué parte estamos. No hagas tal, respondió Don Quijote, y acuérdate del verdadero cuento del licenciado Torralva, á quién llevaron los diablos en volandas por el aire caballero en una caña, cerrados los ojos, y en doce horas llegó á Roma, y se apeó en Torre de Nona, que es una calle de la ciudad, y vió todo el fracaso y asalto y muerte de Borbon, y por la mañana ya estaba de vuelta en Madrid, donde dió cuenta de todo lo que habia visto; el cual asimismo dijo, que cuando iba por el aire le mandó el diablo que abriese los ojos, y los abrió, y se vió tan cerca, á su parecer, del cuerpo de la luna, que la pudiera asir con la mano, y que no osó mirar á la tierra por no desvanecerse (2). Asi que, Sancho, no hay para qué descubrirnos, que el que nos lleva á cargo él dará cuenta de nosotros, y quizá vamos tomando puntas y subiendo en alto para dejarnos caer de una sobre el reino de Candaya, como hace el sacre ó nebli (3) sobre la garza, para cogerla por mas que se remonte : y aunque nos parece que no há media hora que nos partimos del jardin, créeme que debemos de haber hecho gran camino. No sé lo que es, respondió Sancho Panza, solo sé decir que si la señora Magallanes ó Magalona se contentó destas ancas, que no debia de ser muy tierna de carnes.

Todas estas pláticas de los dos valientes oian el duque y la duquesa y los del jardin de que recibian estraordinario contento; y queriendo dar remate á la estraña y bien fabricada aventura, por la cola de Clavileño le pegaron fuego con unas estopas, y al punto, por estar el caballo lleno de cohetes tronadores, voló por los aires con estraño ruido, y dió con Don Quijote y con Sancho Panza en el suelo medio chamuscados. En este tiempo ya se habia desaparecido del jardin todo el barbado escuadron de las dueñas, y la Trifaldi y todo; y los del jardin quedaron como desmayados tendidos por el suelo. Don Quijote y Sancho se levantaron mal trechos, y mirando á todas partes, quedaron atónitos de verse en el mismo jardin de donde habian partido, y de ver tendido por tierra tanto número de gente; y creció mas su admiracion cuando á un lado del jardin vieron hincada una gran lanza en el suelo, y pendiente della y de dos cordones de seda verde un pergamino liso y blanco, en el cual con grandes letras de oro estaba escrito lo siguiente:

«El ínclito caballero Don Quijote de la Mancha feneció y acabó la aventura de la condesa Trifaldi, »por otro nombre llamada la Dueña Dolorida, y compañía, con solo intentarla.

---

(1) La Santa Hermandad de Toledo tenia, como queda dicho, facultad para sentenciar á muerte de saeta á los salteadores de caminos, lo cual se ejecutaba por lo comun en el lugar de Peralvillo, no lejos de Ciudad-Real.—P.

(2) Alude Don Quijote á la historia del doctor Eugenio Torralba, médico de profesion, preso el año 1528 por la inquisicion de Cuenca y juzgado el de 1531. En la Biblioteca Nacional hay una copia de su proceso, del cual publicó Pellicer un estracto.

Este cuento del licenciado Torralba, es muy semejante al que del obispo de Jaen refiere y refuta el padre Feijoó, tomo I de sus *Cartas*, en la XXIV, y en el tomo II, carta XXI.

(3) Es una especie de halcon, que era de mucha estima, y servia para la caza de cetrería; el cual suele remontarse en el aire hasta perderse de vista, para caer despues de repente sobre su presa.—Arr.

»Malambruno se da por contento y satisfecho á toda su voluntad, y las barbas de las dueñas ya
»quedan lisas y mondas, y los reyes don Clavijo y Antonomasia en su prístino estado; y cuando se
»cumpliere el escuderil vápulo, la blanca paloma se verá libre de los pestíferos girifaltes que la persi-
»guen; y en brazos de su querido arrullador, que así está ordenado por el sabio Merlin, protoencan-
»tador de los encantadores.»

Habiendo, pues, Don Quijote leido las letras del pergamino, claro entendió que del desencanto de
Dulcinea hablaban, y dando muchas gracias al cielo de que con tan poco peligro hubiese acabado tan
gran fecho, reduciendo á su pasada tez los rostros de las venerables dueñas, que ya no parecian, se
fué adonde el duque y la duquesa aun no habian vuelto en sí, y trabando de la mano al duque le dijo:
ea, buen señor, buen ánimo, buen ánimo, que todo es nada, la aventura es ya acabada, sin daño de
barras (1), como lo muestra claro el escrito que en aquel padron está puesto. El duque, poco á poco,
y como quien de un pasado sueño recuerda, fue volviendo en sí, y por el mismo tenor la duquesa y
todos los que por el jardin estaban caidos, con tales muestras de maravilla y espanto, que casi se
podian dar á entender haberles acontecido de veras lo que tan bien sabian fingir de burlas. Leyó el
duque el cartel con los ojos medio cerrados, y luego con los brazos abiertos fué á abrazar á Don Quijote diciéndole ser el mas buen caballero que en ningun siglo se hubiese visto. Sancho andaba mirando
por la Dolorida, por ver qué rostro tenia sin las barbas, y si era tan hermosa sin ellas como su gallarda disposicion prometia; pero dijéronle que así como Clavileño bajó ardiendo por los aires y dió en
el suelo, todo el escuadron de las dueñas, con la Trifaldi, habian desaparecido, y que ya iban rapa-
das y sin cañones.

Preguntó la duquesa á Sancho que cómo le habia ido en aquel largo viaje. A lo cual Sancho respondió: yo, señora, sentí que íbamos, segun mi señor me dijo, volando por la region del fuego, y
quise descubrirme un poco los ojos; pero mi amo, á quien pedí licencia para descubrirme, no lo
consintió: mas yo, que tengo no sé qué briznas de curioso, y de desear ver lo que se me estorba é
impide, bonitamente y sin que nadie lo viese, por junto á las narices aparté tanto cuanto el pañizuelo
que me tapaba los ojos; y por allí miré hácia la tierra, y parecióme que toda ella no era mayor que
un grano de mostaza, y los hombres que andaban sobre ella poco mayores que avellanas, porque se
vea cuán altos debíamos de ir entonces.

A esto dijo la duquesa: Sancho amigo, mirad lo que decís, que á lo que parece vos no vistes la
tierra, sino los hombres que andaban sobre ella; y está claro que si la tierra os pareció como un
grano de mostaza, y cada hombre como una avellana, un hombre solo habia de cubrir toda la tierra.
Asi es verdad, respondió Sancho; pero con todo eso me descubrí por un ladito, y la ví toda. Mirad,
Sancho, dijo la duquesa, que por un ladito no se ve el todo de lo que se mira.

Yo no sé esas miradas, replicó Sancho, solo sé que será bien que vuestra señoría entienda que
pues volábamos por encantamento, que por encantamento podia yo ver toda la tierra, y todos los
hombres por do quiera que los mirara: y si esto no se me cree, tampoco creerá vuesa merced
cómo descubriéndome por junto á las cejas, me ví tan junto al cielo, que no habia de mí á él palmo
y medio, y por lo que puedo jurar, señora mia, que es muy grande además: y sucedió que íbamos
por parte donde están las siete cabrillas; y en Dios y en mi ánima que como yo en mi niñez fuí en
mi tierra cabrerizo, que así como las ví me dió una gana de entretenerme con ellas un rato, y si no
la cumpliera, me parece que reventara. Vengo, pues, y tomo, ¿y qué hago? sin decir nada á nadie,
ni á mi señor tampoco, bonita y pasitamente me apeé de Clavileño, y me entretuve con las cabrillas,
que son como unos alelíes y como unas flores, casi tres cuartos de hora, y Clavileño no se movió de
un lugar ni pasó adelante.

Y en tanto que el buen Sancho se entretenia con las cabras, preguntó el duque ¿en qué se entretenia el señor Don Quijote? A lo que Don Quijote respondió: como todas estas cosas y estos tales
sucesos van fuera del órden natural, no es mucho que Sancho diga lo que dice: de mí sé decir que ni
me descubrí por alto ni por bajo, ni ví el cielo ni la tierra, ni la mar ni las arenas. Bien es verdad que
sentí que pasaba por la region del aire, y aun que tocaba á la del fuego; pero que pasásemos de allí no
lo puedo creer, pues estando la region del fuego entre el cielo de la luna y la última region del aire,
no podíamos llegar al cielo donde están las siete cabrillas que Sancho dice sin abrasarnos: y pues no
nos asuramos, ó Sancho miente, ó Sancho sueña.

Ni miento ni sueño, respondió Sancho, sino pregúntenme las señas de las tales cabras, y por
ellas verán si digo verdad ó no. Dígalas, pues, Sancho, dijo la duquesa. Son, respondió Sancho, las
dos verdes, las dos encarnadas, las dos azules, y la una de mezcla. Nueva manera de cabras es esa,
dijo el duque, y por esta nuestra region del suelo no se usan tales colores, digo cabras de tales colores. Bien claro está eso, dijo Sancho, sí, que diferencia ha de haber de las cabras del cielo á las del

(1) Esto es, sin daño del cuerpo, ni del alma; como lo esplica el mismo Cervantes en sus novelas. Es una metáfora tomada del juego de trucos, en cuya mesa habia en el medio dos barras de fierro paralelas, y á corta distancia una de otra; el que
pasaba la bola de contrario por entre ellas sin tocarlas, ganaba la jugada; y á esto llamaban pasar la bola *sin daño de barras*.
esto es, sin herirlas. Llamábase tambien *barras derechas* cuando la bola no se inclinaba á tocar en ninguna de ellas, sino que
pasaba recta y por en medio; y á esto alude Sancho cuando en otro lugar dice: *eso pido y barras derechas*; esto es, sin perjuicio propio, ni de tercero, como lo entiende Covarrubias.—Arr.

suelo. Decidme, Sancho, preguntó el duque, ¿viste allá entre esas cabras algun cabron? No señor, respondió Sancho; pero oí decir que ninguno pasaba de los cuernos de la luna (1). No quisieron preguntarle mas de su viaje, porque les pareció que llevaba Sancho hilo de pasearse por todos los cielos, y dar nuevas de cuanto allá pasaba, sin haberse movido del jardin.

En resolucion, este fue el fin de la aventura de la Dueña Dolorida, que dió que reir á los duques, no solo aquel tiempo, sino el de toda su vida, y que contar á Sancho siglos si los viviera; y llegándose Don Quijote á Sancho, al oido le dijo: Sancho, pues vos quereis que se os crea lo que habeis visto en el cielo, yo quiero que vos me creais á mí lo que ví en la cueva de Montesinos, y no os digo mas.

CAPITULO XLII.

De los consejos que dió Don Quijote á Sancho Panza antes que fuése á gobernar la ínsula, con otras cosas bien consideradas.

Con el felice y gracioso suceso de la aventura de la Dolorida quedaron tan contentos los duques, que determinaron pasar con las burlas adelante viendo el acomodado sugeto que tenian para que se tuviesen por veras; y asi habiendo dado la traza y órdenes que sus criados y sus vasallos habian de guardar con Sancho en el gobierno de la ínsula prometida, otro dia, que fue el que sucedió al vuelo de Clavileño, dijo el duque á Sancho que se adeliñase y compusiese para ir á ser gobernador, que ya sus insulanos le estaban esperando como el agua de mayo. Sancho se le humilló y le dijo: despues que bajé del cielo, y despues que desde su alta cumbre miré la tierra, y la ví tan pequeña, se templó en parte en mí la gana que tenia tan grande de ser gobernador; porque ¿qué grandeza es mandar en un grano de mostaza, ó qué dignidad ó imperio el gobernar á media docena de hombres tamaños como avellanas, que á mi parecer no habia mas en toda la tierra? Si vuestra señoría fuese servido de darme una tantica parte del cielo, aunque no fuese mas de media legua, la tomaria de mejor gana que la mayor ínsula del mundo.

Mirad, amigo Sancho, respondió el duque, yo no puedo dar parte del cielo á nadie, aunque no sea mayor que una uña, que á solo Dios están reservadas esas mercedes y gracias: lo que puedo dar os doy, que es una ínsula hecha y derecha, redonda y bien proporcionada, y sobremanera fértil y abundosa, donde si vos os sabeis dar maña, podeis con las riquezas de la tierra, grangear las del cielo.

Ahora bien, respondió Sancho, venga esa ínsula, que yo pugnaré por ser tal gobernador, que á pesar de bellacos me vaya al cielo; y esto no es por codicia que yo tenga de salir de mis casillas, ni

de levantarme á mayores, sino por el deseo que tengo de probar á qué sabe el ser gobernador. Si una vez lo probais, Sancho, dijo el duque, comeros heis las manos tras el gobierno, por ser dulcísima cosa el mandar y ser obedecido. A buen seguro que cuando vuestro dueño llegue á ser emperador, que lo será sin duda, segun van encaminadas sus cosas, que no se lo arranquen como quiera, y que le duela y le pese en la mitad del alma del tiempo que hubiere dejado de serlo.

Señor, replicó Sancho, yo imagino que es bueno mandar aunque sea á un hato de ganado. Con vos me entierren, Sancho, que sabeis de todo, respondió el duque; y yo espero que sereis tal gobernador como vuestro juicio promete, y quédese esto aquí; y advertid que mañana en ese mismo dia habeis de ir al gobierno de la ínsula, y esta tarde os acomodarán del trage conveniente que habeis de llevar, y de todas las cosas necesarias á vuestra partida. Vístanme, dijo Sancho, como quisieren, que de cualquier manera que vaya vestido, seré Sancho Panza. Asi es verdad, dijo el duque; pero

(1) Al modo de este viaje quimérico de Sancho al cielo, finge el Ariosto que hizo otro el duque Astolfo (ya montado en el hipógrifo ó caballo alado, ya subido en un carro volante, en compañía de un venerable anciano que encontró en el paraiso) al cerco ó reino de la luna.—P.

los trages se han de acomodar con el oficio ó dignidad que se profesa, que no seria bien que un juris-perito se vistiese como soldado, ni un soldado como un sacerdote. Vos, Sancho, ireis vestido parte de letrado y parte de capitan, porque en la ínsula que os doy tanto son menester las armas como las letras, y las letras como las armas. Letras, respondió Sancho, pocas tengo, porque aun no sé el A, B, C, pero básteme tener el *Christus* en la memoria para ser buen gobernador. De las armas ma-nejaré las que me dieren hasta caer, y Dios delante. Con tan buena memoria, dijo el duque, no po-drá Sancho errar en nada.

En esto llegó Don Quijote, y sabiendo lo que pasaba y la celeridad con que Sancho se habia de partir á su gobierno, con licencia del duque le tomó por la mano y se fué con él á su estancia con intencion de aconsejarle cómo se habia de haber en su oficio. Entrados, pues, en su aposento, cerró tras sí la puerta, é hizo casi por fuerza que Sancho se sentase junto á él, y con reposada voz le dijo:

Infinitas gracias doy al cielo, Sancho amigo, de que antes y primero que yo haya encontrado con alguna buena dicha, te haya salido á tí á recibir y á encontrar la buena ventura. Yo, que en mi buena suerte te tenia librada la paga de tus servicios, me veo en los principios de aventajarme, y tú antes de tiempo, contra la ley del razonable discurso, te ves premiado de tus deseos. Otros cohechan, im-

portunan, solicitan, madrugan, ruegan, porfían, y no alcanzan lo que pretenden; y llega otro, y sin saber cómo ni cómo no, se halla con el cargo y oficio que otros muchos pretendieron, y aquí entra y encaja bien el decir que hay buena y mala fortuna en las pretensiones. Tú, que para mí sin duda alguna eres un porro, sin madrugar ni trasnochar, y sin hacer diligencia alguna, con solo el aliento que te ha tocado de la andante caballería, sin mas ni mas te ves gobernador de una ínsula, como quien no dice nada. Todo esto digo, oh Sancho, para que no atribuyas á tus merecimientos la merced recibida, sino que des gracias al cielo, que dispone suavemente las cosas, y despues las darás á la grandeza que en sí encierra la profesion de la caballería andante. Dispuesto, pues, el corazon á creer lo que te he dicho, está, oh hijo, atento á este tu Caton (1), que quiere aconsejarte, y ser norte y guia que te encamine y saque á seguro puerto deste mar proceloso donde vas á engolfarte; que los oficios y grandes cargos no son otra cosa sino un golfo profundo de confusiones.

Primeramente, oh hijo, has de temer á Dios, porque en el temerle está la sabiduría, y siendo sabio no podrás errar en nada.

Lo segundo, has de poner los ojos en quien eres, procurando conocerte á tí mismo, que es el mas dificil conocimiento que puede imaginarse. Del conocerte saldrá el no hincharte como la rana que quiso igualarse con el buey; que si esto haces, vendrá á ser feos pies de la rueda de tu locura (2) la consideracion de haber guardado puercos en tu tierra.

Asi es la verdad, respondió Sancho, pero fue cuando muchacho; que despues algo hombrecillo, gansos fueron los que guardé, que no puercos; pero esto paréceme á mí que no hace al caso, que no todos los que gobiernan vienen de casta de reyes. Asi es verdad, replicó Don Quijote, por lo cual los no de principios nobles, deben acompañar la gravedad del cargo que ejercitan con una blanda sua-vidad, que guiada por la prudencia los libre de la murmuracion maliciosa, de quien no hay estado que se escape.

Haz gala, Sancho, de la humildad de tu linaje, y no te desprecies de decir que vienes de labrado-

---

(1) El Caton de cuyo oficio paternal se reviste aquí Don Quijote para con su hijo Sancho Panza, es Dionisio Caton, autor de unos dísticos latinos morales, que escribió y dirigió á su hijo, con este titulo *Dionisii Catonis Disticha de Moribus ad Fi-lium*. Ignórase quién fue este Dionisio, y en qué tiempo floreció; aunque se sabe que es posterior á Lucano, á quien cita; y asi no pueden estos versos atribuirse sin error ni á Caton el censor, ni al Uticense.—P.

(2) Alusion al pavo real. Cuando hace mayor ostentacion de la rueda de sus plumas dicen, que si acierta á mirar los pies que los tiene muy feos, la recoge como avergonzado.—P.

res; porque viendo que no te corres, ninguno se pondrá á correrte; y préciate mas de ser humilde virtuoso, que pecador soberbio. Innumerables son aquellos que de baja estirpe nacidos han subido á la suma dignidad pontificia é imperatoria, y desta verdad te pudiera traer tantos ejemplos que te cansaran.

Mira, Sancho: si tomas por mira la virtud, y te precias de hacer hechos virtuosos, no hay para qué tener envidia á los que nacieron príncipes y señores, porque la sangre se hereda, y la virtud se aquista, y la virtud vale por sí sola lo que la sangre no vale.

Siendo esto asi, como lo es, si acaso viniere á verte cuando estés en tu ínsula alguno de tus parientes, no le deseches ni le afrentes, antes le has de acoger, agasajar y regalar, que con esto satisfarás al cielo, que gusta que nadie se desprecie de lo que él hizo, y corresponderás á lo que debes á la naturaleza bien concertada.

Si trajeres á tu mujer contigo (porque no es bien que los que asisten á gobiernos de mucho tiempo estén sin las propias) enséñala, doctrínala y desbástala de su natural rudeza, porque todo lo que suele adquirir un gobernador discreto, suele perder y derramar una mujer rústica y tonta.

Si acaso enviudares (cosa que puede suceder), y con el cargo mejorares de consorte, no la tomes tal que te sirva de anzuelo y de caña de pescar, y de capilla de tu no quiero (1); porque en verdad te digo, que de todo aquello que la mujer del juez recibiere ha de dar cuenta el marido en la residencia universal, donde pagará con el cuatro tanto en la muerte las partidas de que no se hubiere hecho cargo en la vida.

Nunca te guies por la ley del encaje, que suele tener mucha cabida con los ignorantes que presumen de agudos.

Hallen en tí mas compasion las lágrimas del pobre; pero no mas justicia que las informaciones del rico.

Procura descubrir la verdad por entre las promesas y dádivas del rico, como por entre los sollozos é importunidades del pobre.

Cuando pudiere y debiere tener lugar la equidad, no cargues todo el rigor de la ley al delincuente, que no es mejor la fama del juez rigoroso que la del compasivo.

Si acaso doblares la vara de la justicia, no sea con el peso de la dádiva, sino con el de la misericordia.

Cuando te sucediere juzgar algun pleito de algun tu enemigo, aparta las mientes de tu injuria, y pónlas en la verdad del caso.

No te ciegue la pasion propia en la causa agena, que los yerros que en ella hicieres las mas veces serán sin remedio, y si le tuviere será á costa de tu crédito y aun de tu hacienda.

Si alguna mujer hermosa viniere á pedirte justicia, quita los ojos de sus lágrimas, y los oidos de sus gemidos, y considera despacio la sustancia de lo que pide, si no quieres que se anegue tu razon en su llanto y tu bondad en sus suspiros.

Al que has de castigar con obras no trates mal con palabras, pues le basta al desdichado la pena del suplicio, sin la añadidura de las malas razones.

Al culpado que cayere debajo de tu jurisdiccion considérale hombre miserable, sujeto á las condiciones de la depravada naturaleza nuestra, y en todo cuanto fuere de tu parte, sin hacer agravio á la contraria, muéstratele piadoso y clemente, porque aunque los atributos de Dios todos son iguales, mas resplandece y campea á nuestro ver el de la misericordia que el de la justicia.

Si estos preceptos y estas reglas sigues, Sancho, serán luengos tus dias, tu fama será eterna, tus premios colmados, tu felicidad indecible: casarás tus hijos como quisieres, títulos tendrán ellos y tus nietos, vivirás en paz y beneplácito de las gentes, y en los últimos pasos de la vida te alcanzará el de la muerte en vejez suave y madura, y cerrarán tus ojos las tiernas y delicadas manos de tus terceros netezuelos. Esto que hasta aquí te he dicho son documentos que han de adornar tu alma; escucha ahora los que han de servir para adorno del cuerpo.

CAPITULO XLIII.

De los consejos segundos que dió Don Quijote á Sancho Pânza.

¿Quién oyera el pasado razonamiento de Don Quijote; que no le tuviera por persona muy cuerda y mejor intencionada? Pero, como muchas veces en el progreso desta grande historia queda dicho, solamente disparataba en tocándole en la caballería, y en los demás discursos mostraba tener claro y desenfadado entendimiento, de manera que á cada paso desacreditaban sus obras su juicio, y su juicio sus obras; pero en esta destos segundos documentos que dió á Sancho, mostró tener gran donaire, y puso su discrecion y su locura en un levantado punto.

_____

(1) Alusion al refran: no quiero, no quiero; mas échádmelo en la capilla que se dice de los que tienen empacho de recibir directamente alguna cosa aunque la deseen. Usábanse capas sin capilla, que se llamaban ferreruelos, y otras con ella; y estas las traian los jueces, los médicos y personas sérias.—P.—Otras ediciones dicen del no quiero de tu capilla. Suponemos que en la impresion se varió la colocacion de las palabras.—F. C.

Atentísimamente le escuchaba Sancho, y procuraba conservar en la memoria sus consejos, como quien pensaba guardarlos, y salir por ellos á buen parto de la preñez de su gobierno. Prosiguió, pues, Don Quijote, y dijo:

En lo que toca á cómo has de gobernar tu persona y casa, Sancho, lo primero que te encargo es que seas limpio, y que te cortes las uñas, sin dejarlas crecer como algunos hacen, á quien su ignorancia les ha dado á entender que las uñas largas les hermosean las manos, como si aquel escremento y añadidura que se dejan de cortar fuese uña, siendo antes garras de cernícalo lagartijero: puerco y estraordinario abuso.

No andes, Sancho, desceñido y flojo, que el vestido descompuesto da indicios de ánimo desmazalado, si ya la descompostura y flojedad no cae debajo de socarronería, como se juzgó en la de Julio César (1).

Toma con discrecion el pulso á lo que pudiere valer tu oficio, y si sufriere que dés librea á tus criados, dásela honesta y provechosa, mas que vistosa y bizarra, y repártela entre tus criados y los pobres: quiero decir, que si has de vestir seis pajes, viste tres y otros tres pobres, y asi tendrás pajes para el cielo y para el suelo: y este nuevo modo de dar librea no le alcanzan los vanagloriosos.

No comas ajos ni cebollas, porque no saquen por el olor tu villanería: anda despacio, habla con reposo, pero no de manera que parezca que te escuchas á tí mismo, que toda afectacion es mala.

Come poco, y cena mas poco, que la salud de todo el cuerpo se fragua en la oficina del estómago.

Sé templado en el beber, considerando que el vino demasiado, ni guarda secreto, ni cumple palabra.

Ten cuenta, Sancho, de no mascar á dos carrillos, ni de erutar delante de nadie. Eso de erutar no entiendo, dijo Sancho, y Don Quijote le dijo: erutar, Sancho, quiere decir regoldar, y este es uno de los mas torpes vocablos que tiene la lengua castellana, aunque es muy significativo, y asi la gente curiosa se ha acogido al latin, y al regoldar dice erutar, y á los regüeldos erutaciones: y cuando algunos no entiendan estos términos, importa poco, que el uso los irá introduciendo con el tiempo, de modo que con facilidad se entiendan; y esto es enriquecer la lengua, sobre quien tiene poder el vulgo y el uso. En verdad, señor, dijo Sancho, que uno de los consejos y avisos que pienso llevar en la memoria ha de ser el de no regoldar, porque lo suelo hacer muy á menudo. Erutar, Sancho, que no regoldar, dijo Don Quijote. Erutar, diré de aquí adelante, respondió Sancho, y á fe que no se me olvide.

Tambien, Sancho, no has de mezclar en tus pláticas la muchedumbre de refranes que sueles, que puesto que los refranes son sentencias breves, muchas veces los traes tan por los cabellos, que mas parecen disparates que sentencias. Eso Dios lo puede remediar, respondió Sancho, porque sé mas refranes que un libro, y viénenseme tantos juntos á la boca cuando hablo, que riñen por salir unos con otros; pero la lengua va arrojando los primeros que encuentra, aunque no vengan á pelo; mas yo tendré cuenta de aquí adelante de decir los que convengan á la gravedad de mi cargo, que en casa llena presto se guisa la cena, y quien destaja no baraja, y á buen salvo está el que repica, y el dar y el tener, seso há menester.

Eso, sí, Sancho, dijo Don Quijote, encaja, ensarta, enhila refranes, que nadie te va á la mano: castígame mi madre y yo trómpogelas. Estóite diciendo que escuses refranes, y en un instante has echado aquí una letania dellos, que asi cuadran con lo que vamos tratando como por los cerros de Ubeda. Mira, Sancho, no te digo yo que parece mal un refran traido á propósito; pero cargar y ensartar refranes á trochemoche, hace la plática desmayada y baja.

Cuando subieres á caballo, no vayas echando el cuerpo sobre el arzon postrero, ni lleves las piernas tiesas y tiradas y desviadas de la barriga del caballo, ni tampoco vayas tan flojo, que parezca que vas sobre el rucio, que el andar á caballo, á unos hace caballeros, á otros caballerías.

Sea moderado tu sueño, que el que no madruga con el sol, no goza del dia: y advierte, oh Sancho, que la diligencia es madre de la buena ventura, y la pereza, su contraria, jamás llegó al término que pide un buen deseo.

Este último consejo que ahora darte quiero, puesto que no sirva para adorno del cuerpo, quiero que le lleves muy en la memoria, que creo que no te será de menos provecho que los que hasta aquí te he dado, y es: que jamás te pongas á disputar de linajes, á lo menos comparándolos entre sí, pues por fuerza en los que se comparan, uno ha de ser el mejor, y del que abatieres serás aborrecido, y del que levantares, en ninguna manera premiado.

Tu vestido será calza entera, ropilla larga, herreruelo un poco mas largo: gregüescos (2) ni por pienso, que no les están bien ni á los caballeros ni á los gobernadores.

Por ahora esto se me ha ofrecido, Sancho, que aconsejarte; andará el tiempo, y segun las ocasiones asi serán mis documentos, como tú tengas cuidado de avisarme el estado en que te hallares.

Señor, respondió Sancho, bien veo que todo cuanto vuesa merced me ha dicho son cosas buenas,

---

(1) Dice de él en efecto Suetonio (cap. V.) que era notable su modo de vestir, y que se ceñia la toga flojamente; pero usaba de esta afectacion, segun se vió, para que le tuviesen por hombre afeminado y para poco, disimulando su valor y talento estraordinario; y así preguntado Ciceron por qué siguió el bando de Pompeyo antes que el de César, respondió: *que le habia engañado el modo de ceñirse la toga César.* Esto es lo que llama Cervantes *socarronería.*—P.

(2) Calzones cortos.—Arr.

santas y provechosas ; pero ¿de qué me han de servir si de ninguna me acuerdo? Verdad es que aquello de no dejarme crecer las uñas, y de casarme otra vez si se ofreciere, no se me pasará del magin;
pero esotros badulaques y enredos y revoltillos, no se me acuerda ni acordará mas dellos que de las
nubes de antaño; y asi será menester que se me den por escrito, que puesto que no sé leer ni escribir, yo se los daré á mi confesor para que me los encaje y recapacite cuando fuere menester. ¡Ah pecador de mí! respondió Don Quijote, y qué mal parece en los gobernadores el no saber leer ni escribir;
porque has de saber, oh Sancho, que no saber un hombre leer, ó ser zurdo, arguye una de dos cosas,
ó que fue hijo de padres demasiado humildes y bajos, ó él tan travieso y malo, que no pudo entrar en
él el buen uso ni la buena doctrina. Gran falta es la que llevas contigo, y asi querria que aprendieses
á firmar siquiera.

Bien sé firmar mi nombre, respondió Sancho, que cuando fuí prioste en mi lugar aprendí á hacer
unas letras como de marca de fardo, que decian que decia mi nombre, cuanto mas que fingiré que tengo tullida la mano derecha, y haré que firme otro por mí, que para todo hay remedio sino es para la

muerte; y teniendo yo el mando y el palo haré lo que quisiere : cuanto mas que e que tiene el padre
alcalde... y siendo yo gobernador, que es mas que ser alcalde, llegaos que la dejan ver: no sino po-
pen (1), y calóñenme, que vendrán por lana y volverán trasquilados, y á quien Dios quiere bien, la
casa le sabe, y las necedades del rico por sentencias pasan en el mundo, y siéndolo yo, siendo gobernador y juntamente liberal como lo pienso ser, no habrá falta que se me parezca : no sino haceos miel,
y paparos hán moscas; tanto vales cuanto tienes, decia una mi agüela, y del hombre arraigado no te
verás vengado.

¡Oh maldito seas de Dios, Sancho! dijo á esta sazon Don Quijote: sesenta mil satanases te lleven á
tí y á tus refranes : una hora há que los estás ensartando, y dándome con cada uno tragos de tormento.

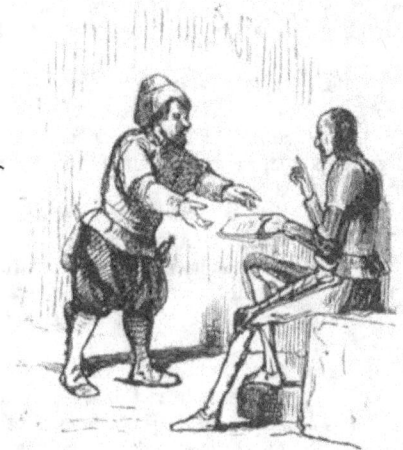

Yo te aseguro que estos refranes te han de llevar un dia á la horca; por ellos te han de quitar e gobierno tus vasallos, ó ha de haber entre ellos comunidades (2). Dime ¿dónde los hallas, ignorante? ó
cómo los aplicas, mentecato? que para decir yo uno, y aplicarle bien, sudo y trabajo como si
cavase.

Por Dios, señor nuestro amo, replicó Sancho, que vuesa merced se queja de bien pocas cosas.

¿A qué diablos se pudre de que yo me sirva de mi hacienda, que ninguna otra tengo, ni otro caudal alguno, sino refranes y mas refranes? y ahora se me ofrecen tres, que venian aquí pintiparados ó como peras en tabaque (1); pero no los diré, porque al buen callar llaman Sancho.

Ese Sancho no eres tú, dijo Don Quijote, porque no solo no eres buen callar, sino mal hablar y mal porfiar; y con todo eso querria saber qué tres refranes te ocurrian ahora á la memoria que venian aquí á propósito, que yo ando recorriendo la mia, que la tengo buena, y ninguno se me ofrece. ¿Qué mejores, dijo Sancho, que entre dos muelas cordales nunca pongas tus pulgares; y á idos de mi casa y qué quereis con mi mujer, no hay responder; y si da el cántaro en la piedra, ó la piedra en el cántaro, mal para el cántaro: todos los cuales vienen á pelo? Que nadie se tome con su gobernador, ni con el que le manda, porque saldrá lastimado, como el que pone el dedo entre dos muelas cordales, y aunque no sean cordales, como sean muelas no importa; y á lo que dijere el gobernador no hay que replicar, como al salíos de mi casa, y qué quereis con mi mujer: pues lo de la piedra en el cántaro un ciego lo verá. Asi que, es menester que el que ve la mota en el ojo ageno, vea la viga en el suyo, porque no se diga por él: espantóse la muerta de la degollada, y vuesa merced sabe bien, que mas sabe el necio en su casa que el cuerdo en la agena.

Eso no, Sancho, respondió Don Quijote, que el necio, ni en su casa ni en la agena sabe nada, á causa que sobre el cimiento de la necedad no asienta ningun discreto edificio; y dejemos esto aquí, Sancho, que si mal gobernares, tuya será la culpa, y mia la vergüenza; mas consuélome que he hecho lo que debia en aconsejarte con las veras y con la discrecion á mí posible: con esto salgo de mi obligacion y de mi promesa: Dios te guie, Sancho, y te gobierne en tu gobierno, y á mí me saque del escrúpulo que me queda, que has de dar con toda la ínsula patas arriba, cosa que pudiera yo escusar con descubrir al duque quién eres, diciéndole que toda esa gordura y esa personilla que tienes, no es otra cosa que un costal lleno de refranes y de malicias.

Señor, replicó Sancho, si á vuesa merced le parece que no soy de pro para este gobierno, desde aquí le suelto, que mas quiero un solo negro de la uña de mi alma, que á todo mi cuerpo; y asi me sustentaré Sancho á secas con pan y cebolla, como gobernador con perdices y capones; y mas, que mientras se duerme todos son iguales, los grandes y los menores, los pobres y los ricos. Y si vuesa

merced mira en ello, verá que solo vuesa merced me ha puesto en esto de gobernar, que yo no sé mas de gobierno de ínsulas que un buitre; y si se imagina que por ser gobernador me ha de llevar el diablo, mas me quiero ir Sancho al cielo, que gobernador al infierno.

Por Dios, Sancho, dijo Don Quijote, que por solas estas últimas razones que has dicho, juzgo que mereces ser gobernador de mil ínsulas: buen natural tienes, sin el cual no hay ciencia que valga; encomiéndate á Dios, y procura no errar en la primera intencion: quiero decir, que siempre tengas intento y firme propósito de acertar en cuantos negocios te ocurrieren, porque siempre favorece el cielo los buenos deseos; y vámonos á comer, que creo que ya estos señores nos aguardan.

(1) *Tabaque* es el cestillo, canastillo ó azafate pequeño de mimbres. *Pera en tabaque*, es un modo adverbial que se dice de aquellas cosas que se guardan con cuidado y delicadeza para que estén reservadas.—Arr.

CAPITULO XLIV.

Cómo Sancho Panza fue llevado al gobierno, y de la estraña aventura que en el castillo sucedió á Don Quijote.

Dicen que llegando Cide Hamete á escribir este capítulo (1), no le tradujo su intérprete como él le había escrito y como en el propio original de esta historia se lee, que fue un modo de queja que tuvo el moro de sí mismo, por haber tomado entre manos una historia tan seca y tan limitada como esta de Don Quijote, por parecerle que siempre habia de hablar dél y de Sancho, sin osar estenderse á otras digresiones y episodios mas graves y mas entretenidos; y decia que el ir siempre atenido el entendimiento, la mano y la pluma á escribir de un solo sugeto, y hablar por las bocas de pocas personas, era un trabajo incomportable, cuyo fruto no redundaba en el de su autor, y que por huir de este inconveniente habia usado en la primera parte del artificio de algunas novelas, como fueron la del *Curioso impertinente*, y la del *Capitan cautivo*, que están como separadas de la historia, puesto que las demás que allí se cuentan son casos sucedidos al mismo Don Quijote, que no podian dejar de escribirse. Tambien pensó, como él dice, que muchos llevados de la atención que piden las hazañas de Don Quijote, no la darian á las novelas, y pasarian por ellas ó con priesa ó con enfado, sin advertir la gala y artificio que en sí contienen, el cual se mostrara bien al descubierto cuando por sí solas, sin arrimarse á las locuras de Don Quijote ni á las sandeces de Sancho, salieran á luz (2). Y asi en esta segunda parte no quiso ingerir novelas sueltas ni pegadizas, sino algunos episodios que lo pareciesen, nacidos de los mismos sucesos que la verdad ofrece, y aun estos limitadamente, y con solas las palabras que bastan á declararlos: y pues se contiene y cierra en los estrechos límites de la narracion, teniendo habilidad, suficiencia y entendimiento para tratar del universo todo, pide no se desprecie su trabajo, y se le den alabanzas, no por lo que escribe, sino por lo que ha dejado de escribir; y luego prosigue la historia, diciendo:—

Que en acabando de comer Don Quijote el dia que dió los consejos á Sancho, aquella tarde se los dió escritos, para que él buscase quien se los leyese; pero apenas se los hubo dado, cuando se le cayeron, y vinieron á manos del duque, que los comunicó con la duquesa, y los dos se admiraron de nuevo de la locura y del ingenio de Don Quijote; y asi llevando adelante sus burlas, aquella tarde enviaron á Sancho con mucho acompañamiento al lugar, que para él habia de ser ínsula. Acaeció, pues, que el que le llevaba á cargo era un mayordomo del duque, muy discreto y muy gracioso, que no puede haber gracia donde no hay discrecion, el cual habia hecho la persona de la condesa Trifáldi con el donaire que queda referido: y con esto, y con ir industriado de sus señores de cómo se habia de haber con Sancho, salió con su intento maravillosamente.

Digo, pues, que acaeció que asi como Sancho vió al tal mayordomo se le figuró en su rostro el mismo de la Trifaldi, y volviéndose á su señor le dijo: señor, ó á mí me ha de llevar el diablo de aquí de donde estoy, en justo y creyente (3), ó vuesa merced me ha de confesar que el rostro deste mayordomo del duque, que aquí está, es el mesmo de la Dolorida. Miró Don Quijote atentamente al mayordomo, y habiéndole mirado dijo á Sancho: no hay para qué te lleve el diablo, Sancho, ni en justo ni en creyente (que no sé lo que quieres decir), que el rostro de la Dolorida es el del mayordomo; pero no por eso el mayordomo es la Dolorida, que á serlo implicaria contradiccion muy grande, y no es tiempo ahora de hacer estas averiguaciones, que seria entrarnos en intrincados laberintos. Créeme, amigo, que es menester rogar á Nuestro Señor muy de veras que nos libre á los dos de malos hechiceros y de malos encantadores. No es burla, señor, replicó Sancho, sino que denantes le oí hablar, y no pareció sino que la voz de la Trifaldi me sonaba en los oidos. Ahora bien, yo callaré; pero no dejaré de andar advertido de aquí adelante á ver si descubre otra señal que confirme ó desfaga mi sospecha. Asi lo has de hacer, Sancho, dijo Don Quijote, y darásme aviso de todo lo que en este caso descubrieres, y de todo aquello que en el gobierno te sucediere.

Salió, en fin, Sancho acompañado de mucha gente, vestido á lo letrado, y encima un gaban muy ancho de camelote de aguas leonado, con una montera de lo mismo, sobre un macho á la gineta, y detrás dél, por órden del duque, iba el rucio, con jaeces y ornamentos jumentiles de seda y flamantes. Volvia Sancho la cabeza de cuando en cuando á mirar á su asno, con cuya compañía iba tan contento, que no se trocara con el emperador de Alemaña.

Al despedirse de los duques les besó las manos, y tomó la bendicion de su señor, que se la dió con

---

(1) Otras ediciones comienzan este capítulo así: «Dicen que en el propio original de esta historia se lee que llegando Cide Hamete á escribir este capítulo, no le tradujo su intérprete como él le habia escrito, que fue, etc.» Cervantes supone que esta historia fue escrita originalmente en árabe; y no es natural que en el propio original se pusiese que el futuro traductor no habia interpretado bien un capítulo. Por eso hemos hecho la trasposicion que aparece en el testo de esta edicion, seguros de que el período queda espresando mejor la idea que quiso espresar Cervantes. Quizá la trasposicion que hacemos no es sino correccion de un error de imprenta.—F. C.

(2) Cervantes quiere decir que estarian mejor unidas con sus *Novelas ejemplares*, donde tendrian su verdadero y natural lugar, mejor que en el Quijote, donde están demás, é interrumpen el hilo de la fábula y el interesante progreso de su accion principal, sin tener la menor conexion con ella como episodios.—Arr.

(3) Quiere decir, segun Covarrubias, al punto, súbitamente, aceleradamente.—Arr.

lágrimas, y Sancho la recibió con pucheritos. Deja, lector amable, ir en paz y enhorabuena al buen Sancho, y espera dos fanegas de risa que te ha de causar el saber cómo se portó en su cargo; y en tanto atiende á saber lo que le pasó á su amo aquella noche, que si con ello no rieres, por lo menos desplegarás los labios con risa de jimia, porque los sucesos de Don Quijote ó se han de celebrar con admiracion ó con risa.

Cuéntase, pues, que apenas se hubo partido Sancho, cuando Don Quijote sintió su soledad, y si le fuera posible revocarle la comision y quitarle el gobierno, lo hiciera. Conoció la duquesa su melancolía, y preguntóle que de qué estaba triste, que si era por la ausencia de Sancho, que escuderos, dueñas y doncellas habia en su casa, que le servirian muy á satisfaccion de su deseo. Verdad es, señora mia, respondió Don Quijote, que siento la ausencia de Sancho; pero no es esa la causa principal que me hace parecer que estoy triste; y de los muchos ofrecimientos que vuestra escelencia me hace, solamente acepto y escojo el de la voluntad con que se me hacen, y en lo demás suplico á vuestra escelencia que dentro de mi aposento consienta y permita que yo solo sea el que me sirva.

En verdad, dijo la duquesa, señor Don Quijote, que no ha de ser asi, que le han de servir cuatro doncellas de las mias, hermosas como unas flores. Para mí, respondió Don Quijote, no serán ellas como flores, sino como espinas, que me puncen el alma. Asi entrarán ellas en mi aposento, ni cosa que lo parezca, como volar. Si es que vuestra grandeza quiere llevar adelante el hacerme merced sin yo merecerla, déjeme que yo me las haya conmigo, y que yo me sirva de mis puertas adentro, que yo ponga una muralla en medio de mis deseos y de mi honestidad; y no quiero perder esta cotumbre por la liberalidad qne vuestra alteza quiere mostrar conmigo; y en resolucion, antes dormiré vestido, que consentir que nadie me desnude.

No mas, no mas, señor Don Quijote, replicó la duquesa: por mí digo que daró órden que ni aun una mosca entre en su estancia, no que una doncella: no soy yo persona que por mí se ha de descabalar la decencia del señor Don Quijote, que segun se me ha traslucido, la que mas campea entre sus muchas virtudes es la de la honestidad. Desnúdese vuesa merced y vístase á sus solas y á su modo, cómo y cuándo quisiere, que no habrá quien lo impida; pues dentro de su aposento hallará los vasos necesarios al menester del que duerme á puerta cerrada, porque ninguna natural necesidad le obligue á que la abra. Viva mil siglos la gran Dulcinea del Toboso, y sea su nombre estendido por toda la redondez de la tierra, pues mereció ser amada de tan valiente y tan honesto caballero, y los benignos cielos infundan en el corazon de Sancho Panza nuestro gobernador un deseo de acabar presto sus disciplinas, para que vuelva á gozar el mundo de la belleza de tan gran señora.

A lo cual dijo Don Quijote: vuestra altitud ha hablado como quien es, que en la boca de las buenas señoras no ha de haber ninguna que sea mala: y mas venturosa y mas conocida será en el mundo Dulcinea por haberla alabado vuestra grandeza, que por todas las alabanzas que puedan darle los mas elocuentes de la tierra. Ahora bien, señor Don Quijote, replicó la duquesa, la hora de cenar se llega y el duque debe de esperar: venga vuesa merced, y cenemos y acostárase temprano, que el viaje que ayer hizo de Candaya no fue tan corto que no haya causado algun molimiento.

No siento ninguno, señora, respondió Don Quijote, porque osaré jurar á vuestra escelencia que en mi vida he subido sobre bestia mas reposada ni de mejor paso que Clavileño, y no sé yo qué le pudo mover á Malambruno para deshacerse de tan ligera y tan gentil cabalgadura, y abrasarla asi sin mas ni mas. A eso se puede imaginar, respondió la duquesa, que arrepentido del mal que habia hecho á la Trifaldi y compañia y á otras personas, y de la maldades que como hechicero y encantador debia de haber cometido, quiso concluir con todos los instrumentos de su oficio, y como á principal, y que mas le habia desasosegado, vagando de tierra en tierra, abrasó á Clavileño; que con sus abrasadas cenizas y con el trofeo del cartel queda eterno el valor del gran Don Quijote de la Mancha. De nuevo nuevas gracias dió Don Quijote á la duquesa; y en cenando Don Quijote se retiró en su aposento solo, sin consentir que nadie entrase con él á servirle: tanto se temia de encontrar ocasiones que le moviesen ó forzasen á perder el honesto decoro que á su señora Dulcinea guardaba, siempre puesta en la imaginacion la bondad de Amadis, flor y espejo de los andantes caballeros. Cerró tras sí la puerta, y á la luz de dos velas de cera se desnudó, y al descalzarse ¡oh desgracia indigna de tal persona! se le soltaron, no suspiros ni otra cosa que desacreditase la limpieza de su policía, sino hasta dos docenas de puntos de una media, que quedó hecho celosía. Afligióse en estremo el buen señor, y diera él por tener allí un adarme de seda verde, una onza de plata; digo seda verde porque las medias eran verdes.

Aquí esclamó Ben-Engeli, y escribiendo dijo: ¡oh pobreza, pobreza! no sé yo con qué razon se movió aquel gran poeta cordobés (1) á llamarte dádiva santa desagradecida: yo, aunque moro, bien sé por la comunicacion que he tenido con cristianos, que la santidad consiste en la caridad, humildad, fe, obediencia y pobreza; pero con todo eso digo que ha de tener mucho de Dios el que se viniere á contentar con ser pobre; si no es de aquel modo de pobreza de quien dice uno de sus mayores santos: *tened todas las cosas como si no las tuviésedes* (2), y á esto llaman pobreza de espíritu; pero tú, segunda pobreza (que eres de la que yo hablo) ¿por qué quieres estrellarte con los hidalgos y bien

_____

(1) Juan de Mena.—F. C.
(2) San Pablo, epístola á los Corintios, VII, 31.

nacidos mas que con la otra gente? ¿por qué los obligas á dar pantalia (1) á los zapatos, y á que los botones de sus ropillas unos sean de seda, otros de cerdas, y otros de vidrio? ¿por qué sus cuellos por la mayor parte han de ser siempre escarolados y no abiertos con molde? (y en esto se echará de ver que es antiguo el uso del almidon y de los cuellos abiertos) y prosiguió: ¡miserable del bien nacido (2) que va dando pistos (3) á su honra, comiendo mal y á puerta cerrada, haciendo hipócrita al palillo de dientes con que sale á la calle, despues de no haber comido cosa que le obligue á limpiárselos! ¡Miserable de aquel, digo, que tiene la honra espantadiza, y piensa que desde una legua se le descubre el remiendo del zapato, el trasudor del sombrero, la hilaza del herreruelo, y la hambre de su estómago!

Todo esto se le renovó á Don Quijote en la soltura de sus puntos; pero consolóse con ver que Sancho le habia dejado unas botas de camino, que pensó ponerse otro dia. Finalmente él se recostó pensativo y pesaroso, asi de la falta que Sancho le hacia, como de la irreparable desgracia de sus medias, á quien tomara los puntos aunque fuera con seda de otro color, que es una de las mayores señales de miseria que un hidalgo puede dar en el discurso de su prolija estrecheza. Mató las velas, hacia calor,

y no podia dormir: levantóse del lecho, y abrió un poco la ventana de una reja, que daba sobre un hermoso jardin, y al abrirla sintió y oyó que andaba y hablaba gente en el jardin: púsose á escuchar atentamente: levantaron la voz los de abajo, tanto que pudo oir estas razones:

No me porfies, oh Emerencia, que cante, pues sabes que desde el punto que este forastero entró en este castillo, y mis ojos le miraron, yo no sé cantar, sino llorar, cuanto mas que el sueño de mi señora tiene mas de ligero que de pesado, y no querria que nos hallase aquí por todo el tesoro del mundo: y puesto caso que durmiese y no despertase, en vano seria mi canto si duerme y no despierta para oirle este nuevo Eneas, que ha llegado á mis regiones para dejarme escarnida. No des en eso,

(1) Parece ser lo mismo que el *cerote*, del que dice Quevedo, que reparaba los *desmayos del calzado. (Visita de los chistes).*

(2) *Bien nacido* es aquí sinónimo de hidalgo, de noble cuna, de sangre ilustre; palabras todas del lenguaje gótico del feudalismo, y tambien del orgullo y vanidad ridícula é insultante de nuestros antiguos hidalgos, á todos los cuales ridiculiza aquí Cervantes en la persona de Don Quijote con tanta gracia como delicadeza.—Arr.

(3) Esto es, alimentándola escasamente ó como se alimenta al enfermo, á quien se dá caldo ú otra sustancia líquida con un pistero, y en muy cortas porciones.—Arr.

Altisidora amiga, respondieron, que sin duda la duquesa y cuantos haya en esta casa duermen, sino es el señor de tu corazon y el despertador de tu alma, porque ahora sentí que abria la ventana de la reja de su estancia, y sin duda debe de estar despierto: canta, lastimada mia, en tono bajo y suave, al son de tu arpa, y cuando la duquesa nos sienta, le echaremos la culpa al calor que hace. No está en eso el punto, oh Emerencia, respondió la Altisidora, sino en que no querria que mi canto descubriese mi corazon, y fuese juzgada de los que no tienen noticia de las fuerzas poderosas de amor por doncella antojadiza y liviana; pero venga lo que viniere, que mas vale vergüenza en cara, que mancilla en corazon; y en esto comenzó á tocar una arpa suavísimamente.

Oyendo lo cual quedó Don Quijote pasmado, porque en aquel instante se le vinieron á la memoria las infinitas aventuras, semejantes á aquella de ventanas, rejas y jardines, músicas, requiebros y desvanecimientos que en los sus desvanecidos libros de caballerías habia leido. Luego imaginó que alguna doncella de la duquesa estaba dél enamorada, y que la honestidad la forzaba á tener secreta su voluntad. Temió no le rindiese, y propuso en su pensamiento el no dejarse vencer; y encomendándose de todo buen ánimo y buen talante á su señora Dulcinea del Toboso, determinó de escuchar la música, y para dar á entender que allí estaba, dió un fingido estornudo, de que no poco se alegraron

las doncellas, que otra cosa no deseaban sino que Don Quijote las oyese. Recorrida pues y afinada la arpa, Altisidora dió principio á este romance.

Oh tú que estás en tu lecho
Entre sábanas de Holanda,
Durmiendo á pierna tendida
De la noche á la mañana;
Caballero el mas valiente
Que ha producido la Mancha,
Mas honesto y mas bendito
Que el oro fino de Arabia:
Oye á una triste doncella,
Bien crecida y mal lograda,
Que en la luz de tus dos soles
Se siente abrasar el alma.
Tú buscas tus aventuras,
Y ajenas desdichas hallas,
Das las feridas, y niegas
El remedio de sanarlas.
Díme, valeroso jóven,
Que Dios prospere tus ansias,
¿Si te criaste en la Libia,
O en las montañas de Jaca?
¿Si sierpes te dieron leche?
¿Si á dicha fueron tus amas

La aspereza de las selvas
Y el horror de las montañas?
Muy bien puéde Dulcinea,
Doncella rolliza y sana,
Preciarse de que ha rendido
A una tigre y fiera brava.
Por esto será famosa
Desde Henáres á Jarama,
Desde el Tajo á Manzanares,
Desde Pisuerga hasta Arlanza.
Trocárame yo por ella,
Y diera encima una saya
De las mas gayadas mias,
Que de oro la adornan franjas.
¡Oh quién se viera en tus brazos,
O si no, junto á tu cama,
Rascándote la cabeza
Y matándote la caspa!
Mucho pido y no soy digna
De merced tan señalada:
Los pies quisiera traerte,
Que á una humilde esto le basta.

¡ Oh qué de cofias te diera ,
Qué de escarpines de plata ,
Qué de calzas de damasco ,
Qué de herreruelos de Holanda !

¡Qué de finísimas perlas ,
Cada cual como una agalla ,
Que á no tener compañeras ,
Las solas fueron llamadas (1)!

No mires de tu Tarpeya
Este incendio que me abrasa ,
Neron manchego del mundo
Ni le avives con tu saña ,

Niña soy , pulcela tierna ,
Mi edad de quince no pasa ;
Catorce tengo y tres meses,
Te juro en Dios y en mi ánima.

No soy renca ni soy coja ,
Ni tengo nada de manca ,
Los cabellos como lirios ,
Que en pie por el suelo arrastran.

Y aunque es mi boca aguileña ,
Y la nariz algo chata ,
Ser mis dientes de topacios ,
Mi belleza al cielo ensalza.

Mi voz ya ves , si me escuchas ,
Que á la que es mas dulce iguala ;
Y soy de disposicion
Algo menos que mediana.

Estas y otras gracias mias
Son despojos de tu aljaba :
Desta casa soy doncella ,
Y Altisidora me llaman.

Aquí dió fin el canto de la mal ferida Altisidora , y comenzó el asombro del requerido Don Quijote, el cual dando un gran suspiro, dijo entre sí : ¡ que tengo de ser tan desdichado andante, que no ha de haber doncella que me mire, que de mí no se enamore! ¡que tenga de ser tan corta de ventura la sin par Dulcinea del Toboso, que no la han de dejar á solas gozar de la incomparable firmeza mia! ¿qué la quereis, reinas? ¿á qué la perseguis, emperatrices? ¿para qué la acosais, doncellas de á catorce á quince años? Dejad, dejad á la miserable que triunfe, se goce y ufane con la suerte que amor quiso darle en rendirle mi corazon, y entregarle mi alma : mirad, caterva enamorada, que para sola Dulcinea soy de masa y de alfeñique, y para todas las demás soy de pedernal ; para ella soy miel, y para vosotras acibar : para mí, sola Dulcinea es la hermosa, la discreta, la honesta, la gallarda y la bien nacida ; y las demás las feas, las necias, las livianas y las de peor linaje : para ser yo suyo, y no de otra alguna, me arrojó la naturaleza al mundo : llore ó cante Altisidora, desespérese la dama, por quien me aporrearon en el castillo del moro encantado, que yo tengo de ser de Dulcinea cocido ó asado, limpio, bien criado y honesto, á pesar de todas las potestades hechiceras de la tierra ; y con esto cerró de golpe la ventana , y despechado y pesaroso, como si le hubiera acontecido alguna gran desgracia, se acostó en su lecho, donde le dejaremos por ahora, porque nos está llamando el gran Sancho Panza, que quiere dar principio á su famoso gobierno.

CAPITULO XLV.

De cómo el gran Sancho Panza tomó la posesion de su ínsula , y del modo que comenzó á gobernar.

¡Oh perpétuo descubridor de los antípodas, hacha del mundo, ojo del cielo, meneo dulce de las cantimploras! Timbrio aquí, Febo allí, tirador acá, médico acullá, padre de la poesía, inventor de la música, tú que siempre sales, y aunque lo parece, nunca te pones : á tí digo, oh sol, con cuya ayuda el hombre engendra al hombre : á tí digo que me favorezcas y alumbres la escuridad de mi ingenio, para que pueda discurrir por sus puntos en la narracion del gobierno del gran Sancho Panza, que sin tí yo me siento tibio, desmazalado y confuso.

Digo, pues, que con todo su acompañamiento llegó Sancho á un lugar de hasta mil vecinos, que era de los mejores que el duque tenia. Diéronle á entender que se llamaba la ínsula Barataria, ó ya porque el lugar se llamaba Baratario, ó ya por el barato con que se le habia dado el gobierno. Al llegar á las puertas de la villa, que era cercada, salió el regimiento del pueblo á recibirle : tocaron las campanas , y todos los vecinos del pueblo dieron muestras de general alegría, y con mucha pompa le llevaron á la iglesia mayor á dar gracias á Dios, y luego con algunas ridículas ceremonias le entregaron las llaves del pueblo, y le admitieron por perpétuo gobernador de la ínsula Barataria. El trage, las barbas, la gordura y pequeñez del nuevo gobernador, tenia admirada á toda la gente que el busilis del cuento no sabia, y á aun á todos los que lo sabian, que eran muchos. Finalmente, en sacándole de la iglesia le llevaron á la silla del juzgado, y le sentaron en ella, y el mayordomo del duque le dijo : es costumbre antigua en esta ínsula, señor gobernador, que el que viene á tomar posesion desta famosa ínsula está obligado á responder á una pregunta que se le hiciere, que sea algo intrincada y dificultosa, de cuya respuesta el pueblo toma y toca el pulso del ingenio de su nuevo gobernador, y asi, ó se alegra ó se entristece con su venida.

En tanto que el mayordomo decia esto á Sancho, estaba él mirando unas grandes y muchas letras que en la pared frontera de su silla estaban escritas, y como él no sabia leer, preguntó que qué eran

---

(1) Con la exageracion del tamaño de estas perlas, llamádas irónicamente las *solas*, acaso aludió Cervantes á la perla llamada la *Peregrina*, la *Huérfana*, ó la *Sola*, por no tener compañera, que tenian los reyes de España vinculada en la corona hasta que en el incendio del palacio de Madrid se consumió con otras alhajas preciosísimas, el año de 1734.—P.

aquellas pinturas que en aquella pared estaban. Fuele respondido : señor, allí está escrito y notado el dia en que vuesa señoría tomó posesion desta ínsula, y dice el epitafio : hoy dia á tantos de tal mes y de tal año, tomó la posesion desta ínsula el señor don Sancho Panza, que muchos años la goce. ¿Y á quién llaman don Sancho Panza? preguntó Sancho. A vuesa señoría, respondió el mayordomo, que en esta ínsula no ha entrado otro Panza sino el que está sentado en esa silla. Pues advertid, hermano, dijo Sancho, que yo no tengo Don, ni en todo mi linaje le ha habido : Sancho Panza me llaman á secas, y Sancho se llamó mi padre, y Sancho mi agüelo, y todos fueron Panzas sin añadiduras de dones ni doñas, y yo imagino que en esta ínsula debe de haber mas dones que piedras; pero basta, Dios me entiende, y podrá ser que si el gobierno me dura cuatro dias, yo escarde estos dones, que por la muchedumbre deben de enfadar como los mosquitos. Pase adelante con su pregunta el señor mayordomo, que yo responderé lo mejor que supiere, ora se entristezca ó no se entristezca el pueblo.

A este instante entraron en el juzgado dos hombres ancianos; el uno traia una cañaheja por báculo, y el sin báculo, dijo : señor, á este buen hombre le presté dias há diez escudos de oro en oro por hacerle placer y buena obra, con condicion que me los volviese cuando los pidiese : pasáronse muchos dias sin pedírselos por no ponerle en mayor necesidad de volvérmelos que la que él tenia cuando yo se los presté; pero por parecerme que se descuidaba en la paga, se los he pedido una y muchas veces, y no solamente no me los vuelve, pero me los niega, y dice que nunca tales diez escudos le presté, y que si se los presté, que ya me los ha vuelto : yo no tengo testigos ni del prestado, ni de la vuelta, porque no me los ha vuelto: querria que vuesa merced le tomase juramento, y si jurare que me los ha vuelto, yo se los perdono para aquí y para adelante de Dios.

¿Qué decís vos á esto, buen viejo del báculo? dijo Sancho. A lo que dijo el viejo : yo, señor, confieso que me los prestó; y baje vuestra merced esa vara, y pues él lo deja en mi juramento, yo juraré cómo se los he vuelto y pagado real y verdaderamente. Bajó el gobernador la vara, y en tanto el viejo del báculo dió el báculo al otro viejo, que se le tuviese en tanto que juraba, como si le embarazara mucho, y luego puso la mano en la cruz de la vara, diciendo que era verdad que se le habian prestado aquellos diez escudos que se le pedian; pero que él se los habia vuelto de su mano á la suya, y que por no caer en ello se los volvia á pedir por momentos.

Viendo lo cual el gran gobernador, preguntó al acreedor qué respondia á lo que decia su contrario, y dijo que sin duda alguna su deudor debia de decir verdad, porque le tenia por hombre de bien y buen cristiano, y que á él se le debia de haber olvidado el cómo y cuándo se los habia vuelto, y que desde allí en adelante jamás le pediria nada.

Tornó á tomar su báculo el deudor, y bajando la cabeza se salió del juzgado. Visto lo cual por Sancho, y que sin mas ni mas se iba, y viendo tambien la paciencia del demandante, inclinó la cabeza sobre el pecho, y poniéndose el índice de la mano derecha sobre las cejas y las narices, estuvo como pensativo un pequeño espacio, y luego alzó la cabeza y mandó que le llamasen al viejo del báculo, que ya se habia ido. Trajéronsele, y en viéndole Sancho, le dijo : dadme, buen hombre, ese báculo, que le hé menester. De muy buena gana, respondió el viejo; héle aquí, señor, y púsosele en la mano : tomóle Sancho, y dándosele al otro viejo, le dijo, andad con Dios, que ya vais pagado. ¿Yo, señor? respondió el viejo; ¿pues vale esta cañaheja diez escudos de oro? Sí, dijo el gobernador, ó si no, yo soy el mayor porro del mundo; y ahora se verá si tengo yo caletre para gobernar todo un reino, y mandó que allí delante de todos se rompiese y abriese la caña. Hízose asi, y en el corazon della hallaron diez escudos de oro. Quedaron todos admirados, y tuvieron á su gobernador por un nuevo Salomon. Preguntáronle de dónde habia colegido que en aquella cañaheja estaban aquellos diez escudos; y respondió, que de haberle visto dar el viejo que juraba á su contrario aquel báculo en tanto que hacia el juramento, y jurar que se los habia dado real y verdaderamente, y que en acabando de jurar le tornó á pedir el báculo, le vino á la imaginacion que dentro dél estaba la paga de lo que le pedian : de donde se podia colegir que los que gobiernan, aunque sean unos tontos, tal vez los encamina Dios en sus juicios; y mas que él habia oido contar otro caso como aquel al cura de su lugar, y que él tenia tan gran memoria, que á no olvidársele todo aquello de que queria acordarse, no hubiera tal memoria en toda la ínsula. Finalmente, el un viejo corrido y el otro pagado se fueron, y los presentes quedaron admirados, y el que escribia las palabras, hechos y movimientos de Sancho, no acababa de determinarse si le tendria y pondria por tonto ó por discreto.

Luego acabado este pleito entró en el juzgado una mujer, asida fuertemente de un hombre vestido de ganadero rico, la cual venia dando grandes voces, diciendo : justicia, señor gobernador, justicia, y si no la hallo en la tierra, la iré á buscar al cielo. Señor gobernador de mi ánima, este mal hombre me ha cogido en la mitad dese campo, y se ha aprovechado de mi cuerpo como si fuera trapo mal lavado, y ¡desdichada de mí! me ha llevado lo que yo tenia guardado mas de veinte y tres años há, defendiéndolo de moros y cristianos, de naturales y estranjeros, y yo siempre dura como un alcornoque, conservándome entera como la salamanquesa en el fuego, ó como la lana entre las zarzas, para que este buen hombre llegase ahora con sus manos limpias á manosearme.

Aun eso está por averiguar, si tiene limpias ó no las manos este galan, dijo Sancho, y volviéndose al hombre le dijo, ¿qué decia y respondia á la querella de aquella mujer? El cual todo turbado, respondió : señores, yo soy un pobre ganadero de ganado de cerda, y esta mañana salia deste lugar de

vender (con perdon sea dicho) cuatro puercos, que me llevaron de alcabalas y socaliñas poco menos
de lo que ellos valian: volvíame á mi aldea, topé en el camino á esta buena dueña, y el diablo, que
todo lo añasca y todo lo cuece, hizo que yogásemos juntos: paguéle lo suficiente, y ella mal contenta
asió de mí, y no me ha dejado hasta traerme á este puesto: dice que la forcé, y miente para el juramento que hago ó pienso hacer; y esta es toda la verdad sin faltar meaja.

Entonces el gobernador le preguntó si traia consigo algun dinero en plata: él dijo que hasta veinte
ducados tenia en el seno en una bolsa de cuero. Mandó que la sacase, y se la entregase asi como estaba
á la querellante: él lo hizo temblando; tomóla la mujer, y haciendo mil zalemas á todos, y rogando á
Dios por la vida y salud del señor gobernador, que asi miraba por las huérfanas menesterosas y doncellas, con esto se salió del juzgado llevando la bolsa asida con entrambas manos, aunque primero
miró si era de plata la moneda que llevaba dentro.

Apenas salió, cuando Sancho dijo al ganadero, que ya se le saltaban las lágrimas, y los ojos y el
corazon se iban tras su bolsa: buen hombre, id tras aquella mujer, y quitadle la bolsa aunque no
quiera, y volved aquí con ella: y no lo dijo á tonto ni á sordo, porque luego partió como un rayo, y
fué á lo que se le mandaba. Todos los presentes estaban suspensos, esperando el fin de aquel pleito,
y de allí á poco volvieron el hombre y la mujer, mas asidos y aferrados que la vez primera: ella la
saya levantada, y en el regazo puesta la bolsa, y el hombre pugnando por quitársela: mas no era
posible, segun la mujer la defendia, la cual daba voces diciendo: justicia de Dios y del mundo: mire

vuesa merced, señor gobernador, la poca vergüenza y el poco temor deste desalmado, que en mitad
de poblado y en mitad de la calle me ha querido quitar la bolsa que vuesa merced mandó darme.

¿Y háosla quitado? preguntó el gobernador. ¿Cómo quitar? respondió la mujer, antes me dejara
yo quitar la vida, que me quiten la bolsa: bonita es la niña; otros gatos me han de echar á las barbas,
que no este desventurado y asqueroso: tenazas y martillos, mazos y escoplos no serán bastantes á
sacármela de las uñas, ni aun garras de leones, antes el ánima de en mitad en mitad, de las carnes.
Ella tiene razon, dijo el hombre, y yo me doy por rendido y sin fuerzas, y confieso que las mias no
son bastantes para quitársela, y dejóla.

Entonces el gobernador dijo á la mujer: mostrad, honrada y valiente, esa bolsa: ella se la dió
luego, y el gobernador se la volvió al hombre, y dijo á la esforzada y no forzada: hermana mia, si el
mismo aliento y valor que habeis mostrado para defender esta bolsa, le mostráredes, y aun la mitad
menos, para defender vuestro cuerpo, las fuerzas de Hércules no os hicieran fuerza: andad con Dios

y mucho de enhoramala, y no pareis en toda esta ínsula, ni en seis leguas á la redonda, so pena de doscientos azotes: andad luego, digo, churrillera (1), desvergonzada y embaidora.

Espantóse la mujer, y fuése cabizbaja y mal contenta, el gobernador dijo al hombre: buen hombre, andad con Dios á vuestro lugar con vuestro dinero, y de aquí adelante, si no le quereis perder, procurad que no os venga en voluntad de yogar con nadie. El hombre le dió las gracias lo peor que supo, y fuése, y los circunstantes quedaron admirados de nuevo de los juicios y sentencias de su nuevo gobernador.

Luego se presentaron ante él dos hombres, el uno vestido de labrador, y el otro de sastre, porque

traia unas tijeras en la mano, y el sastre dijo: señor gobernador, yo y este labrador venimos ante vuesa merced en razon que este buen hombre llegó á mi tienda ayer, que yo con perdon de los presentes soy sastre examinado, que Dios sea bendito; y poniéndome un pedazo de paño en las manos me preguntó: señor, ¿habria en este paño harto para hacerme una caperuza? Yo tanteando el paño le respondí que sí: él debióse de imaginar, á lo que yo imaginé, é imaginé bien, que sin duda yo le queria hurtar alguna parte del paño, fundándose en su malicia y en la mala opinion de los sastres, y replicóme que mirase si habria para dos: adivinéle el pensamiento, y díjele que sí; y él, caballero en su dañada y primera intencion, fue añadiendo caperuzas; y yo añadiendo síes, hasta que llegamos á cinco caperuzas; y ahora en este punto acaba de venir por ellas; yo se las doy, y no me quiere pagar la hechura, antes me pide que le pague, ó vuelva su paño.

(1) Ladrona.—P.—El Diccionario de la Academia dice habladora.

¿Es todo esto asi, hermano? preguntó Sancho. Sí señor, respondió el hombre; pero hágale vuesa merced que muestre las cinco caperuzas que me ha hecho. De buena gana, respondió el sastre, y sacando encontinente la mano de bajo del herreruelo, mostró en ella cinco caperuzas puestas en las cinco cabezas de los dedos de la mano, y dijo: hé aquí las cinco caperuzas que este buen hombre me pide, y en Dios y en mi conciencia que no me ha quedado nada del paño, y yo daré la obra á vista de veedores del oficio. Todos los presentes se rieron de la multitud de las caperuzas y del nuevo pleito. Sancho se puso á considerar un poco, y dijo: paréceme que en este pleito no ha de haber largas dilaciones, sino juzgar luego á juicio de buen varon, y asi yo doy por sentencia, que el sastre pierda las hechuras, y el labrador el paño, y las caperuzas se lleven á los presos de la cárcel, y no haya mas. Si la sentencia pasada de la bolsa del ganadero movió á admiracion á los circunstantes, ésta les provocó á risa; pero en fin, se hizo lo que mandó el gobernador.

Todo lo cual notado de su coronista, fue luego escrito al duque, que con gran deseo lo estaba esperando: y quédese aquí el buen Sancho, que es mucha la priesa que nos da su amo alborozado con la música de Altisidora (1).

CAPITULO XLVI.

Del temeroso espanto cencerril y gatuno que recibió Don Quijote en el discurso de los amores de la enamorada Altisidora.

Dejamos al gran Don Quijote envuelto en los pensamientos que le habia causado la música de la enamorada doncella Altisidora. Acostóse con ellos, y como si fueran pulgas, no le dejaron dormir ni sosegar un punto, y juntábansele los que le faltaban de sus medias; pero como es ligero el tiempo, y no hay barranco que le detenga, corrió caballero en las horas, y con mucha presteza llegó la de la mañana. Lo cual visto por Don Quijote, dejó las blandas plumas, y no nada perezoso se vistió su acamuzado vestido, y se calzó sus botas de camino por encubrir la desgracia de sus medias. Arrojóse en-

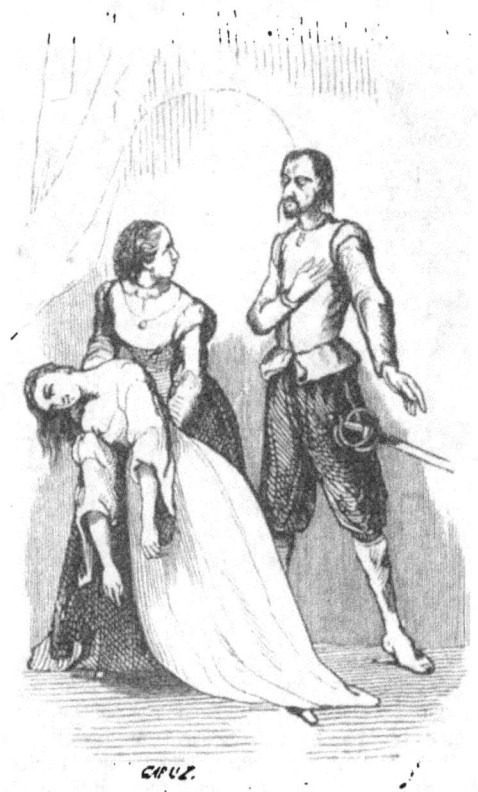

cima su manton de escarlata, y púsose en la cabeza una montera de terciopelo verde, guarnecida de pasamanos de plata, colgó el tahalí de sus hombros con su buena y tajadora espada; asió un gran rosario que consigo contínuo traia, y con gran prosopopeya y contoneo salió á la antesala, donde el du-

(1) En las demás ediciones el suceso del sastre va el primero; pero por las palabras *si la sentencia pasada de la bolsa del ganadero, etc.*, se colige que Cervantes lo quiso poner el último, y que en la imprenta variaron el órden. Aquí lo restablecemos.—F. C.

que y la duquesa estaban ya vestidos y como esperándole, y al pasar por una galería estaban aposta esperándole Altisidora y la otra doncella, su amiga, y asi como Altisidora vió á Don Quijote, fingió desmayarse, y su amiga la recogió en sus faldas, y con gran presteza la iba á desabrochar el pecho. Don Quijote que lo vió, llegándose á ellas, dijo: ya sé yo de qué proceden estos accidentes. No sé yo de qué, respondió la amiga, porque Altisidora es la doncella mas sana de toda esta casa, y yo nunca la he sentido un ay en cuanto há que la conozco: que mal hayan cuantos caballeros andantes hay en el mundo, si es que todos son desagradecidos: váyase vuesa merced, señor Don Quijote, que no volverá en sí esta pobre niña en tanto que vuesa merced aquí estuviere. A lo que respondió Don Quijote: haga vuesa merced, señora, que se me ponga un laud esta noche en mi aposento, que yo consolaré lo mejor que pudiere á esta lastimada doncella, que en los principios amorosos los desengaños prestos suelen ser remedios calificados; y con esto se fué porque no fuese notado de los que allí le viesen.

No se hubo bien apartado, cuando volviendo en sí la desmayada Altisidora, dijo á su compañera: menester será que se le ponga el laud, que sin duda Don Quijote quiere darnos música, y no será mala siendo suya. Fueron luego á dar cuenta á la duquesa de lo que pasaba y del laud que pedia Don Quijote, y ella alegre sobre modo concertó con el duque y con sus doncellas de hacerle una burla que fuese mas risueña que dañosa, y con mucho contento esperaban la noche, que se vino tan apriesa como se habia venido el dia, el cual pasaron los duques en sabrosas pláticas con Don Quijote: y la duqnesa aquel dia real y verdaderamente despachó á un paje suyo, que habia hecho en la selva la figura encantada de Dulcinea, á Teresa Panza con la carta de su marido Sancho Panza, y con el lío de ropa que habia dejado para que se le enviase, encargándole le trujese buena relacion de todo lo que con ella pasase.

Hecho esto, y llegadas las once horas de la noche, halló Don Quijote una vihuela en su aposento: templóla, abrió la reja, y sintió que andaba gente en el jardin, y habiendo recorrido los trastes de la vihuela, y afinándola lo mejor que supo, escupió y remondóse el pecho, y luego con una voz ronquilla, aunque entonada, cantó el siguiente romance, que él mismo aquel dia habia compuesto.

Suelen las fuerzas de amor
Sacar de quicio á las almas,
Tomando por instrumento
La ociosidad descuidada.

Suele el coser y el labrar,
Y el estar siempre ocupada,
Ser antídoto al veneno
De las amorosas ansias.

Las doncellas recogidas,
Que aspiran á ser casadas,
La honestidad es la dote,
Y voz de sus alabanzas.

Los andantes caballeros,
Y los que en la córte andan,
Requiébranse con las libres,
Con las honestas se casan.

Hay amores de levante,
Que entre huéspedes se tratan,

Que llegan presto al poniente,
Porque en el partir se acaban.

El amor recien venido,
Que hoy llegó, y se vá mañana,
Las imágenes no deja
Bien impresas en el alma,
Pintura sobre pintura,
Ni se muestra, ni señala,
Y do hay primera belleza,
La segunda no hace baza.

Dulcinea del Toboso
Del alma en la tabla rasa
Tengo pintada, de modo
Que es imposible borrarla.

La firmeza en los amantes
Es la parte mas preciada,
Por quien hace amor milagros,
Y asimismo los levanta.

Aquí llegaba Don Quijote de su canto, á quien estaban escuchando el duque y la duquesa Altisidora y casi toda la gente del castillo, cuando de improviso desde encima de un corredor, que sobre la reja de Don Quijote á plomo caia, descolgaron un cordel, donde venian mas de cien cencerros asidos, y luego tras ellos derramaron un gran saco de gatos, que asimismo traian cencerros menores atados á las colas. Fue tan grande el ruido de los cencerros y el mayar de los gatos, que aunque los duques habian sido inventores de la burla, todavía les sobresaltó, y temeroso Don Quijote, quedó pasmado; y quiso la suerte que dos ó tres gatos se entraron por la reja de su estancia, y dando de una parte á otra, parecia que una legion de diablos andaba en ella. Apagaron las velas que en el aposento ardian, y andaban buscando por do escaparse. El descolgar y subir del cordel de los grandes cencerros no cesaba: la mayor parte de la gente del castillo, que no sabia la verdad del caso, estaba suspensa y admirada. Levantóse Don Quijote en pie, y poniendo mano á la espada, comenzó á tirar estocadas por la reja y á decir á grandes voces: afuera, malignos encantadores, afuera, canalla hechiceresca, que yo soy Don Quijote de la Mancha, contra quien no valen ni tienen fuerza vuestras malas intenciones: y volviéndose á los gatos que andaban por el aposento, les tiró muchas cuchilladas: ellos acudieron á la reja, y por allí se salieron, aunque uno, viéndose tan acosado de las cuchilladas de Don Quijote, le saltó al rostro, y le asió de las narices con las uñas y los dientes, por cuyo dolor Don Quijote comenzó á dar los mayores gritos que pudo. Oyendo lo cual el duque y la duquesa, y considerando lo que podia ser, con mucha presteza acudieron á su estancia; y abriendo con llave maestra, mientras el pobre caballero pugnaba con todas sus fuerzas por arrancar el gato de su rostro, entraron con luces, y vieron la desigual pelea : acudió el duque á despartirla, y Don Quijote dijo á voces : no me le quite nadie, déjenme mano á mano con este demonio, con este hechicero, con este encantador, que yo le daré á entender de mí á él quién es Don Quijote de la Mancha. Pero el gato, no curándose destas amenazas, gruñia y apretaba. Mas en fin el duque se le desarraigó y le echó por la reja.

Quedó Don Quijote acribillado el rostro, y no muy sanas las narices, aunque muy despechado, porque no le habian dejado fenecer la batalla que tan trabada tenia con aquel malandrin encantador. Hicieron traer aceite de Aparicio (1), y la misma Altisidora con sus blanquísimas manos le puso unas vendas por todo lo herido, y al ponérselas, con voz baja le dijo : todas estas malandanzas te suceden, empedernido caballero, por el pecado de tu dureza y pertinacia, y plega á Dios que se le olvide á Sancho tu escudero el azotarse, porque nunca salga de su encanto esta tan amada tuya Dulcinea, ni tú la goces, ni llegues á tálamo con ella, á lo menos viviendo yo, que te adoro. A todo esto no respondió Don Quijote otra palabra, sino fue á dar un profundo suspiro, y luego se tendió en su lecho,

agradeciendo á los duques la merced, no porque él tenia temor de aquella canalla gatesca encantadora y cencerruna, sino porque habia conocido la buena intencion con que habian venido á socorrerle. Los duques le dejaron sosegar, y se fueron pesarosos del mal suceso de la burla; que no creyeron que tan pesada y costosa le saliera á Don Quijote aquella aventura, que le costó cinco dias de encerramiento y de cama, donde le sucedió otra aventura mas gustosa que la pasada, la cual no quiere su historiador contar ahora por acudir á Sancho Panza, que andaba muy solícito y muy gracioso en su gobierno.

CAPITULO XLVII.
Donde se prosigue cómo se portaba Sancho Panza en su gobierno.

Cuenta la historia que desde el juzgado llevaron á Sancho Panza á un suntuoso palacio, adonde en una gran sala estaba puesta una real y limpísima mesa; y asi como Sancho entró en la sala sonaron chirimías, y salieron cuatro pajes á darle aguamanos, que Sancho recibió con mucha gravedad. Cesó la música, sentóse Sancho á la cabecera de la mesa, porque no habia mas de aquel asiento, y no otro servicio en toda ella. Púsose á su lado en pie un personaje, que despues mostró ser médico, con una varilla de ballena en la mano. Levantaron una riquísima y blanca tohalla, con que estaban cubiertas las frutas y mucha diversidad de platos de diversos manjares. Uno que parecia estudiante echó la bendicion, y un paje puso un babador randado á Sancho; otro que hacia el oficio de maestresala llegó un plato de fruta delante; pero apenas hubo comido un bocado, cuando el de la varilla tocando con ella en

(1) Llámase asi vulgarmente un aceite preparado con flores del legítimo hipérico, el cual es bueno para soldar las heridas frescas y guardarlas de corrupcion.—*Laguna.*—Su verdadero nombre es aceite de hipérico, y por corrupcion puede haberse dicho despues por el vulgo *Aparicio.*—Arr.

el plato se le quitaron de delante con grandísima celeridad; pero el maestresala le llegó otro de otro manjar. Iba á probarle Sancho, pero antes que llegase á él, ni le gustase, ya la varilla habia tocado en él, y un paje alzádole con tanta presteza como el de la fruta.

Visto lo cual por Sancho, quedó suspenso, y mirando á todos, preguntó si se habia de comer

aquella comida como juego de Maese Coral (1). A lo cual respondió el de la vara: no se ha de comer, señor gobernador, sino como es uso y costumbre en las otras ínsulas donde hay gobernadores. Yo, señor, soy médico, y estoy asalariado en esta ínsula para serlo de los gobernadores della, y miro por su salud mucho mas que por la mia, estudiando de noche y de dia, y tanteando la complexion del gobernador, para acertar á curarle cuando cayere enfermo, y lo principal que hago es asistir á sus comidas

y cenas, y á dejarle comer de lo que me parece que le conviene, y á quitarle lo que imagino que le ha de hacer daño y ser nocivo al estómago, y así mandé quitar el plato de la fruta por ser demasiadamente húmeda, y el plato del otro manjar tambien le mandé quitar por ser demasiadamente caliente, y tener muchas especias, que acrecientan la sed; y el que mucho bebe, mata y consume el húmedo

1) Esto es, como juego de manos, que tambien se decia *juego de pasa pasa.* Covarrubias en su *Tesoro*, en la palabra *Coral,* dice que el charlatan ó jugador de manos se despojaba de sus vestidos para hacer sus juegos, y se quedaba en una chaqueta ó ajustador encarnado, como el coral, y por eso le llamaban *Maese Coral.*—P.

radical, donde consiste la vida. Desa manera aquel plato de perdices que están allí asadas, y á mi parecer bien sazonadas no me harán algun daño. A lo que el médico respondió: esas no comerá el señor gobernador en tanto que yo tuviere vida. ¿Pues por qué? dijo Sancho. Y el médico respondió: porque nuestro maestro Hipócrates, norte y luz de la medicina, en un aforismo suyo dice: *omnis saturatio mala, perdicis autem pessima.* Quiere decir: toda hartazga es mala, pero la de las perdices malísima (1). Si eso es asi, dijo Sancho, vea el señor doctor de cuantos manjares hay en esta mesa, cuál me hará mas provecho y cuál menos daño, y déjeme comer dél, sin que me le apalee, porque por vida del gobernador, y asi Dios me la deje gozar, que me muero de hambre, y el negarme la comida, aunque le pese al señor doctor, y él mas me diga, antes será quitarme la vida que aumentármela.

Vuesa merced tiene razon, señor gobernador, respondió el médico, y asi es mi parecer que vuesa merced no coma de aquellos conejos guisados que allí están, porque es manjar peliagudo: de aquella ternera, si no fuera asada y en adobo, aun se pudiera probar, pero no hay para qué. Y Sancho dijo: aquel platonazo que está mas adelante vahando, me parece que es olla podrida, que por la diversidad de cosas que en las tales ollas podridas hay, no podré dejar de topar con alguna que me sea de gusto y de provecho. *Absit,* dijo el médico, vaya lejos de nosotros tan mal pensamiento: no hay cosa en el mundo de peor mantenimiento que una olla podrida: allá las ollas podridas para los canónigos, ó para los rectores de colegios, ó para las bodas labradorescas, y déjennos libres las mesas de los gobernadores, donde ha de asistir todo primor y toda atildadura; y la razon es, porque siempre y á do quiera y de quien quiera son mas estimadas las medicinas simples que las compuestas, porque en las simples no se puede errar, y en las compuestas sí, alterando la cantidad de las cosas de que son compuestas: mas lo que yo sé que ha de comer el señor gobernador ahora para conservar su salud y corroborarla, es un ciento de cañutillos y de suplicaciones (2) y unas tajadicas sutiles de carne de membrillo, que le asienten el estómago y le ayuden á la digestion.

Oyendo esto Sancho se arrimó sobre el espaldar de la silla, y miró de hito en hito al tal médico, y con voz grave le preguntó cómo se llamaba, y dónde habia estudiado. A lo que él respondió: yo, señor, gobernador, me llamo el doctor Pedro Recio de Agüero, y soy natural de un lugar llamado Tirteafuera, que está entre Caracuel y Almodóbar del Campo á la mano derecha, y tengo el grado de doctor por la universidad de Osuna. A lo que respondió Sancho todo encendido en cólera: pues señor doctor Pedro Recio de mal agüero, natural de Tirteafuera, lugar que está á la derecha mano como vamos de Caracuel á Almodóvar del Campo, graduado en Osuna, quíteseme luego de delante; si no, voto al sol que tome un garrote, y que á garrotazos, comenzando por él, no me ha de quedar médico en toda la ínsula, á lo menos de aquellos que yo entienda que son ignorantes; que á los médicos sabios, prudentes y discretos, los pondré sobre mi cabeza, y los honraré como á personas divinas: y vuelvo á decir que se me vaya Pedro Recio de aquí, si no, tomaré esta silla donde estoy sentado, y se la estrellaré en la cabeza; y pídanmelo en residencia, que yo me descargaré con decir que hice servicio á Dios en matar á un mal médico, verdugo de la república, y dénme de comer, ó si no, tómense su gobierno, que oficio que no da de comer á su dueño no vale dos habas.

Alborotóse el doctor viendo tan colérico al gobernador, y quiso hacer tirteafuera de la sala, sino que en aquel instante sonó una corneta de posta en la calle, y asomándose el maestresala á la ventana, volvió diciendo: correo viene del duque mi señor, algun despacho debe de traer de importancia. Entró el correo sudando y asustado, y sacando un pliego del seno le puso en las manos del gobernador, y Sancho le puso en las manos del mayordomo, á quien mandó leyese el sobrescrito, que decia asi. *A don Sancho Panza, gobernador de la ínsula Barataria, en su propia mano, ó en las de su secretario.* Oyendo lo cual Sancho, dijo: ¿quién es aqui mi secretario? y uno de los que presentes estaban, respondió: yo, señor, porque sé leer y escribir, y soy vizcaino. Con esa añadidura, dijo Sancho, bien podeis ser secretario del mismo emperador: abrid ese pliego, y mirad lo que dice. Hízolo asi el recien nacido secretario, y habiendo leido lo que decia, dijo que era negocio para tratarle á solas. Mandó Sancho despejar la sala, y que no quedasen en ella sino el mayordomo y el maestresala, y los demás y el médico se fueron; y luego el secretario leyó la carta, que asi decia:—

«A mi noticia ha llegado, señor don Sancho Panza, que unos enemigos mios y desa ínsula la han »de dar un asalto furioso, no sé qué noche: conviene velar y estar alerta, porque no le tomen desa-»percibido. Sé tambien por espías verdaderas, que han entrado en ese lugar cuatro personas disfra-»zadas para quitaros la vida, porque se temen de vuestro ingenio: abrid el ojo, y mirad quién llega á »hablaros, y no comais de cosa que os presentaren. Yo tendré cuidado de socorreros, si os viéredes »en trabajo, y en todo hareis como se espera de vuestro entendimiento. Deste lugar á veinte y seis de »julio, á las cuatro de la mañana. Vuestro amigo el duque.»

Quedó atónito Sancho, y mostraron quedarlo asimismo los circunstantes, y volviéndose al mayordomo le dijo: lo que ahora se ha de hacer, y ha de ser luego, es meter en un calabozo al doctor Recio,

---

(1) En los autores médicos no se halla asi el aforismo, sino del modo siguiente: *omnis saturatio mala, panis autem pessima.* Cervantes sustituyó, por aplicarle á su intencion, *perdicis* en el lugar de *panis.*—P.

(2) Las obleas, hechas en forma de cañutos, por ir muy plegadas, se llamaron *cañutillos y suplicaciones.* Hoy se dice *barquillos.*

porque si alguno me ha de matar ha de ser él, y de muerte adminícula y pésima, como es la de la hambre. Tambien, dijo el maestresala, me parece á mí que vuesa merced no coma de todo lo que está en esta mesa, porque lo han presentado unas monjas, y como suele decirse, tras de la cruz está el diablo. No lo niego, respondió Sancho, y por ahora dénme un pedazo de pan y obra de cuatro libras de uvas, que en ellas no podrá venir veneno, porque en efecto no puedo pasar sin comer: y si es que hemos de estar prontos para estas batallas que nos amenazan, menester será estar bien mantenidos, porque tripas llevan corazon, que no corazon tripas: y vos, secretario, responded al duque mi señor, y decidle que se cumplirá lo que manda como lo manda sin faltar punto; y dareis de mi parte un besamanos á mi señora la duquesa, y que le suplico no se le olvide de enviar con un propio mi carta y mi lío á mi mujer Teresa Panza, que en ello recibiré mucha merced, y tendré cuidado de servirla con todo lo que mis fuerzas alcanzaren, y de camino podeis encajar un besamanos á mi señor Don Quijote de la Mancha, porque vea que soy pan agradecido: y vos, como buen secretario y como buen vizcaino, podeis añadir todo lo que quisiéredes y mas viniere á cuento: y álcense estos manteles, y dénme á mí de comer, que yo me avendré con cuantas espías y matadores y encantadores vinieren sobre mí y sobre mi ínsula.

En esto entró un paje, y dijo: aquí está un labrador negociante, que quiere hablar á vuestra señoría en un negocio, segun él dice, de mucha importancia. Estraño caso es éste, dijo Sancho, destos negociantes: ¿es posible que sean tan necios que no echen de ver que semejantes horas como éstas no son las que han de venir á negociar? ¿Por ventura los que gobernamos, los que somos jueces, no somos hombres de carne y de hueso, y que es menester que nos dejen descansar el tiempo que la necesidad pide, sino que quieren que seamos hechos de piedra mármol? En Dios y en mi conciencia, que si me dura el gobierno (que no durará segun se me trasluce) que yo ponga en pretina á mas de un negociante. Agora decid á ese buen hombre que entre; pero adviértase primero no sea alguno de los espías ó matador mio. No señor, respondió el paje, porque parece una alma de cántaro, y yo sé poco ó él es tan bueno como el buen pan. No hay qué temer, dijo el mayordomo, que aquí estamos todos. ¿Seria posible, dijo Sancho, maestresala, que agora que no está aquí el doctor Pedro Recio, que comiese yo alguna cosa de peso y de sustancia, aunque fuese un pedazo de pan y una cebolla? Esta noche á la cena se satisfará la falta de la comida, y quedará vuestra señoría satisfecho y pagado, dijo el maestresala. Dios lo haga, respondió Sancho.

En esto entró el labrador, que era de muy buena presencia, y de mil leguas se le echaba de ver que era bueno y buena alma. Lo primero que dijo fue: ¿quién es aquí el señor gobernador? ¿Quién ha de ser, respondió el secretario, sino el que está sentado en la silla? Humíllome, pues, á su presencia, dijo el labrador, y poniéndose de rodillas le pidió la mano para besársela. Negósela Sancho, y mandó que se levantase y dijese lo que quisiese. Hízolo asi el labrador, y luego dijo: yo, señor, soy labrador, natural de Miguel Turra, un lugar que está dos leguas de Ciudad-Real. ¿Otro Tirteafuera tenemos? dijo Sancho: decid, hermano, que lo que yo os sé decir es que sé muy bien á Miguel Turra, y que no está muy lejos de mi pueblo. Es, pues, el caso, señor, prosiguió el labrador, que yo por la misericordia de Dios soy casado, en paz y haz de la santa iglesia católica romana: tengo dos hijos estudiantes, que el menor estudia para bachiller, y el mayor para licenciado: soy viudo, porque se murió mi mujer, ó por mejor decir, me la mató un mal médico, que la purgó estando preñada, y si Dios fuera servido que saliera á luz el parto, y fuera hijo, yo le pusiera á estudiar para doctor, porque no tuviera envidia á sus hermanos el bachiller y el licenciado.

De modo, dijo Sancho, que si vuestra mujer no se hubiera muerto ó la hubieran muerto, vos no fuérades agora viudo. No señor, en ninguna manera, respondió el labrador. Medrados estamos, replicó Sancho: adelante hermano, que es hora de dormir, mas que de negociar. Digo, pues, dijo el labrador, que este mi hijo, que ha de ser bachiller, se enamoró en el mismo pueblo de una doncella, llamada Clara Perlerina, hija de Andrés Perlerino, labrador riquísimo: y este nombre de Perlerinos no les viene de abolengo ni otra alcurnia, sino porque todos los deste linaje son perláticos, y por mejorar el nombre los llaman Perlerinos; aunque si va á decir la verdad, la doncella es como una perla oriental, y mirada por el lado derecho parece una flor del campo; por el izquierdo no tanto, porque le falta aquel ojo, que se le saltó de viruelas: y aunque los hoyos del rostro son muchos y grandes, dicen los que la quieren bien que aquellos no son hoyos, sino sepulturas donde se sepultan las almas de sus amantes. Es tan limpia, que por no ensuciar la cara trae las narices, como dicen, arremangadas, que no parece sino que van huyendo de la boca, y con todo esto parece bien por estremo, porque tiene la boca grande, y á no faltarle diez ó doce dientes y muelas, pudiera pasar y echar raya entre las mas bien formadas. De los labios no tengo que decir, porque son tan sutiles y delicados, que si se usara aspar labios pudieran hacer dellos una madeja; pero como tienen diferente color de la que en los labios se usa comunmente, parecen milagrosos, porque son jaspeados de azul y verde y aberengenado: y perdóneme el señor gobernador si por tan menudo voy pintando las partes de la que al fin al fin ha de ser mi hija, que la quiero bien, y no me parece mal.

Pintad lo que quisiéredes, dijo Sancho, que yo me voy recreando en la pintura, y si hubiera comido, no hubiera mejor postre para mí que vuestro retrato. Eso tengo yo por servir, respondió el labrador, pero tiempo vendrá en que seamos, si ahora no somos: y digo, señor, que si pudiera pintar su gentileza y la altura de su cuerpo, fuera cosa de admiracion; pero no puede ser, á causa de que ella está agoviada y encogida, y tiene las rodillas con la boca, y con todo eso se echa bien de ver que si se pudiera levantar, diera con la cabeza en el teclo, y ya ella hubiera dado la mano de esposa á mi bachiller, sino que nó la puede estender, que está añudada, y con todo en las uñas largas y acanaladas se muestra su bondad y buena hechura.

Está bien, dijo Sancho, y haced cuenta, hermano, que ya la habeis pintado de los pies á la cabeza: ¿qué es lo que quereis ahora? y venid al punto sin rodeos ni callejuelas, ni retazos ni añadiduras. Querria, señor, respondió el labrador, que vuesa merced me hiciese merced de darme una carta de favor para mi consuegro, suplicándole sea servido de que este casamiento se haga, pues no somos desiguales en los bienes de fortuna ni en los de la naturaleza, porque para decir la verdad, señor gobernador, mi hijo es endemoniado, y no hay dia que tres ó cuatro veces no le atormenten los malignos espíritus, y de haber caido una vez en el fuego tiene el rostro arrugado como un pergamino, y los ojos algo llorosos y manantiales; pero tiene una condicion de un ángel, y si no es que se aporrea y se da de puñadas él mesmo á sí mesmo, fuera un bendito. ¿Quereis otra cosa buen hombre? replicó Sancho. Otra cosa querria, dijo el labrador, sino que no me atrevo á decirlo; pero vaya, que en fin no se me ha de podrir en el pecho, pegue ó no pegue. Digo, señor, que querria que vuesa merced me diese trescientos ó seiscientos ducados para ayuda de la dote de mi bachiller, digo para ayuda de poner su casa, porque en fin han de vivir por sí, sin estar sujetos á las impertinencias de los suegros. Mirad si quereis otra cosa, dijo Sancho, y no la dejeis de decir por empacho ni por vergüenza. No por cierto, respondió el labrador: y apenas dijo esto, cuando levantándose en pie el gobernador, asió de la silla en que estaba sentado, y dijo: voto á tal, don patan, rústico y mal mirado, que si no os apartais y escondeis luego de mi presencia, que con esta silla os rompa y abra la cabeza. Hi de puta bellaco, pintor del mesmo demonio, ¿y á estas horas te vienes á pedirme seiscientos ducados? ¿y dónde los tengo yo, hediondo? ¿y por qué te los habia de dar aunque los tuviera, socarron y mentecato? ¿y qué se me da á mí de Miguel Turra, ni de todo el linaje de los Perlerinos? Va de mí, digo, sino por vida del duque mi señor, que haga lo que tengo dicho. Tú no debes de ser de Miguel Turra, sino algun socarron, que para tentarme te ha enviado aquí el infierno. Dime, desalmado, aun no há medio dia que tengo el gobierno, ¿y ya quieres que tenga seiscientos ducados? Hizo de señas el maestresala al labrador que se saliese de la sala, el cual lo hizo cabizbajo, y al parecer temeroso de que el gobernador no ejecutase su cólera, que el bellacon supo hacer muy bien su oficio.

Pero dejemos con su cólera á Sancho, y ándese la paz en el corro, y volvamos á Don Quijote, que le dejamos vendado el rostro y curado de las gatescas heridas, de las cuales no sanó en ocho dias: en uno de los cuales le sucedió lo que Cide Hamete promete de contar con la puntualidad y verdad que suele contar las cosas de esta historia por mínimas que sean.

CAPITULO XLVIII.

De lo que le sucedió á Don Quijote con doña Rodriguez, la dueña de la duquesa, con otros acontecimientos dignos de escritura y de memoria eterna

Además estaba mohino y melancólico el mal ferido Don Quijote, vendado el rostro, y señalado, no por la mano de Dios, sino por las uñas de un gato: desdichas anejas á la andante caballería. Seis dias estuvo sin salir en público, en una noche de las cuales, estando despierto y desvelado, pensando en sus desgracias y en el perseguimiento de Altisidora, sintió que con una llave abrian la puerta de su aposento; y luego imaginó que la enamorada doncella venia para sobresaltar su honestidad, y ponerle en condicion de faltar á la fe que guardar debia á su señora Dulcinea del Toboso. No, dijo creyendo á su imaginacion (y esto con voz que pudiera ser oida), no ha de ser parte la mayor hermosura de la tierra para que yo deje de adorar la que tengo grabada y estampada en la mitad de mi corazon, y en lo mas escondido de mis entrañas, ora estés, señora mia, trasformada en cebolluda labradora, ora en ninfa del dorado Tajo, tejiendo telas de oro y sirgo compuestas, ora te tenga Merlin ó Montesinos donde ellos quisieren, que adonde quiera eres mia, y á do quiera he sido yo y he de ser tuyo.

El acabar estas razones y el abrir de la puerta fue todo uno. Púsose en pie sobre la cama, envuelto de arriba abajo en una colcha de raso amarillo, una galocha (1) en la cabeza, y el rostro y los bigotes vendados, el rostro por los araños, los bigotes porque no se le desmayasen y cayesen: en el cual trage parecia la mas estraordinaria fantasma que se pudiera pensar. Clavó los ojos en la puerta, y cuando esperaba ver entrar por ella á la rendida y lastimada Altisidora, vió entrar á una reverendísima dueña, con unas tocas blancas repulgadas y luengas, tanto que la cubrian y enmantaban desde los pies á la cabeza. Entre los dedos de la mano izquierda traia una media vela encendida, y con la derecha se hacia sombra porque no le diese la luz en los ojos, á quien cubrian unos muy grandes anteojos: venia pisando quedito, y movia los pies blandamente.

Miróla Don Quijote desde su atalaya, y cuando vió su adeliño y notó su silencio, pensó que alguna

_____

(1) *Galocha* se llamaba, segun Covarrubias, el birrete, solideo, becoquin ó gorro con que se cubria la cabeza.—Arr.

bruja ó maga venia en aquel trage á hacer en él alguna mala fechuría, y comenzó á santiguarse con mucha priesa. Fuése llegando la vision, y cuando llegó á la mitad del aposento alzó los ojos, y vió la priesa con que se estaba haciendo cruces Don Quijote, y si él quedó medroso en ver tal figura, ella quedó espantada en ver la suya, porque asi como le vió tan alto y tan amarillo con la colcha y con las vendas que le desfiguraban, dió una gran voz diciendo: ¡Jesus! ¿qué es lo que veo? y con el sobresalto se le cayó la vela de las manos, y viéndose á oscuras, volvió las espaldas para irse, y con el miedo tropezó en sus faldas y dió consigo una gran caida.

Don Quijote temeroso comenzó á decir: conjúrote, fantasma, ó lo que eres, que me digas quién

eres, y que me digas qué es lo que de mí quieres. Si eres alma en pena dímelo, que yo haré por tí todo cuanto mis fuerzas alcanzaren, porque soy católico cristiano, y amigo de hacer bien á todo el mundo, que para esto tomé la órden de la caballería andante que profeso, cuyo ejercicio aun hasta hacer bien á las ánimas del purgatorio se estiende. La brumada dueña, que oyó conjurarse, por su temor coligió el de Don Quijote, y con voz afligida y baja le respondió: señor Don Quijote (si es que acaso vuesa merced es Don Quijote), yo no soy fantasma ni vision, ni alma de purgatorio, como vuesa merced debe de haber pensado, sino doña Rodriguez, la dueña de honor de mi señora la duquesa, que con una necesidad de aquellas que vuesa merced suele remediar, á vuesa merced vengo.

Dígame, señora doña Rodriguez, dijo Don Quijote, ¿por ventura viene vuesa merced á hacer alguna tercería? porque le hago saber que no soy de provecho para nadie, merced á la sin par belleza de mi señora Dulcinea del Toboso. Digo, en fin, señora doña Rodriguez, que como vuesa merced salve y deje á una parte todo recado amoroso, puede volver á encender su vela, y vuelva y departiremos de todo lo que mas mandare, y mas en gusto le viniere, salvando, como digo, todo incitativo mensaje.

¿Yo recado de nadie, señor mio? respondió la dueña: mal me conoce vuesa merced: si, que aun no estoy en edad tan prolongada que me acoja á semejantes niñerías, pues Dios loado, mi alma me tengo en las carnes, y todos mis dientes y muelas en la boca, amen de unos pocos que me han usurpado unos catarros que en esta tierra de Aragon son tan ordinarios. Pero espéreme vuesa merced un poco, saldré á encender mi vela, y volveré en un instante á contar mis cuitas como á remediador de todas las del mundo: y sin esperar respuesta se salió del aposento, donde quedó Don Quijote sosegado y pensativo esperándola.

Luego le sobrevinieron mil pensamientos acerca de aquella nueva aventura; y parecíale ser mal hecho y peor pensado ponerse en peligro de romper á su señora la fe prometida, y decíase á sí mismo: ¿quién sabe si el diablo, que es sutil y mañoso, querrá engañarme ahora con una dueña, lo que no ha podido con emperatrices, reinas, duquesas, marquesas ni condesas? que yo he oido decir muchas veces y á muchos discretos, que si él puede, antes os la dará roma que aguileña; ¿y quién sabe si esta soledad, esta ocasion y este silencio despertarán mis deseos, que duermen, y harán que al cabo de mis años venga á caer donde nunca he tropezado? y en casos semejantes mejor es huir que esperar la batalla. Pero yo no debo de estar en mi juicio, pues tales disparates digo y pienso, que no es posible que una dueña toquiblanca, larga y antojuna pueda mover ni levantar pensamiento lascivo en el mas desalmado pecho del mundo: ¿por ventura hay dueña en la tierra que tenga buenas carnes? ¿por ventura hay dueña en el orbe que deje de ser impertinente, fruncida y melindrosa? Afuera, pues, caterva dueñesca, inútil para ningun humano regalo: ¡Oh, cuán bien hacia aquella señora, de quien se dice que tenia dos dueñas de bulto con sus anteojos y almohadillas al cabo de su estrado, como que estaban labrando, y tanto le servian para la autoridad de la sala aquellas estatuas como las dueñas verdaderas!

Y diciendo esto se arrojó del lecho, con intencion de cerrar la puerta y no dejar entrar á la señora Rodriguez; mas cuando llegó á cerrar, ya la señora Rodriguez volvia, encendida una vela de cera blanca, y cuando ella vió á Don Quijote de mas cerca, envuelto en la colcha, con las vendas, galocha ó becoquin temió de nuevo, y retirándose atrás como dos pasos, dijo: ¿estamos seguras, señor caballero? porque no tengo á muy honesta señal haberse vuesa merced levantado de su lecho.

Eso mismo es bien que yo pregunte, señora, respondió Don Quijote: y asi pregunto, si estaré yo seguro de ser acometido y forzado. ¿De quién ó á quién pedís, señor caballero, esa seguridad? respondió la dueña. A vos y de vos la pido, replicó Don Quijote, porque yo no soy de mármol, ni vos de bronce, ni ahora son las diez del dia, sino media noche, y aun un poco mas segun imagino, y en una estancia mas cerrada y secreta que lo debió de ser la cueva donde el traidor y atrevido Eneas gozó á la hermosa y piadosa Dido. Pero dadme, señora, la mano, que yo no quiero otra seguridad mayor que la de mi continencia y recato, y la que ofrecen esas reverendísimas tocas: y diciendo esto, besó su derecha mano, y la asió de la suya, que ella le dió con las mismas ceremonias.

Aquí hace Cide Hamete un paréntesis, y dice que por Mahoma que diera por ver ir á los dos asi asidos y trabados desde la puerta al lecho la mejor almalafa de dos que tenia.

Entróse en fin don Quijote en su lecho, y quedóse doña Rodriguez sentada en una silla algo desviada de la cama, no quitándose los anteojos ni soltando la vela. Don Quijote se acurrucó y se cubrió todo, no dejando mas del rostro descubierto: y habiéndose los dos sosegado, el primero que rompió el silencio fue Don Quijote, diciendo: puede vuesa merced ahora, mi señora doña Rodriguez, descoserse y desbuchar todo aquello que tiene dentro de su cuitado corazon y lastimadas entrañas, que será de mí escuchada con castos oidos, y socorrida con piadosas obras. Asi lo creo yo, respondió la dueña, que de la gentil y agradable presencia de vuesa merced no se podia esperar sino tan cristiana respuesta.

Es, pues, el caso, señor Don Quijote, que aunque vuesa merced me ve sentada en esta silla y en la mitad del reino de Aragon, y en hábito de dueña aniquilada y asendereada, soy natural de las Asturias de Oviedo, y de linaje que atraviesan por él muchos de los mejores de aquella provincia; pero mi corta suerte y el descuido de mis padres, que empobrecieron antes de tiempo, sin saber cómo ni cómo no, me trajeron á la córte de Madrid donde por bien de paz y por escusar mayores desventuras, mis padres me acomodaron á servir de doncella de labor á una principal señora; y quiero hacer sabidor á vuesa merced que en hacer vainillas y labor blanca ninguna me ha echado el pie adelante en toda la vida. Mis padres me dejaron sirviendo y se volvieron á su tierra, y de allí á pocos años se debieron ir al cielo, porque eran ademas buenos y católicos cristianos. Quedé huérfana, y atenida al miserable salario y á las angustiadas mercedes que á las tales criadas se suele dar en palacio; y en este tiempo, sin que diese ocasion á ello, se enamoró de mí un escudero de casa, hombre ya entrado en dias, barbudo y apersonado y sobre todo hidalgo como el rey, porque era montañés. No tratamos tan secretamente nuestros amores, que no viniesen á noticia de mi señora, la cual por escusar dímes y diretes, nos casó en paz y en haz de la santa madre Iglesia católica romana: de cuyo matrimonio nació una hija para rematar con mi ventura, si alguna tenia, no porque yo muriese del parto, que le tuve derecho y en sazon, sino porque desde allí á poco murió mi esposo de un cierto espanto que tuvo, que á tener ahora lugar para contarle, yo sé que vuesa merced se admirara.

En esto comenzó á llorar tiernamente, y dijo: perdóneme vuesa merced, señor Don Quijote, que no va mas en mi mano, porque todas las veces que me acuerdo de mi mal logrado se me arrasan los ojos de lágrimas. ¡Válame Dios, y con qué autoridad llevaba á mi señora á las ancas de una poderosa mula negra como el mismo azabache! que entonces no se usaban coches ni sillas, como ahora dicen que se usan, y las señoras iban á las ancas de sus escuderos: esto á lo menos no puedo dejar de contarlo, porque se note la crianza y puntualidad de mi buen marido. Al entrar de la calle de Santiago en Madrid, que es algo estrecha, venia á salir por ella un alcalde de córte, con dos alguaciles delante, y asi como mi buen escudero le vió, volvió las riendas á la mula, dando señal de volver á acompañarle. Mi señora, que iba á las ancas, con voz baja le decia: ¿qué haceis, desventurado, no veis que voy aquí? El alcalde de comedido detuvo la rienda al caballo, y díjole: seguid, señor, vuestro camino, que yo soy el que debo acompañar á mi señora doña Casilda, que asi era el nombre de mi ama. Todavía porfiaba mi marido, con la gorra en la mano á querer ir acompañando el alcalde. Viendo lo cual mi señora, llena de cólera y enojo, sacó un alfiler gordo, ó creo que un punzon del estuche, y clavósele por los lomos, de manera que mi marido dió una gran voz y torció el cuerpo de suerte que dió con su señora en el suelo. Acudieron dos lacayos suyos á levantarla, y lo mismo hicieron el alcalde y los alguaciles. Alborotóse la puerta de Guadalajara, digo la gente baldía que en ella estaba. Vínose á pie mi ama, y mi marido acudió en casa de un barbero, diciendo que llevaba pasadas de parte á parte las entrañas. Divulgóse la cortesía de mi esposo tanto, que los muchachos le corrian por las calles, y por esto y porque él era algun tanto corto de vista, mi señora le despidió, de cuyo pesar sin duda alguna tengo para mí que se le causó el mal de la muerte. Quedé yo viuda y desamparada, y con hija á cuestas, que iba creciendo en hermosura como la espuma de la mar. Finalmente, como yo tuviese fama de gran lavandera, mi señora la duquesa, que estaba recien casada con el duque mi señor, quiso traerme consigo á este reino de Aragon, y á mi hija ni mas ni ni menos, adonde yendo dias y viniendo dias, creció mi hija y con ella todo el donaire del mundo: canta como una calandria, danza como el pensamiento, baila (1) como una perdida, lee y escribe como un maestro de escuela, y cuenta como un avariento: de su limpieza no digo nada, que el agua que corre no es mas limpia, y debe de tener ahora, si mal no me acuerdo, diez y seis años, cinco meses y tres dias, uno mas ó menos. En resolucion, desta muchacha se enamoró un hijo de un labrador riquísimo, que está en una aldea del duque mi señor, no muy lejos de aquí. En efecto, no sé cómo ni cómo no, ellos se juntaron, y debajo de la palabra de ser su esposo burló á mi hija, y no se la quiere cumplir: y aunque el duque mi señor lo sabe, porque yo me he quejado á él, no una, sino muchas veces, y pedídole mande que el tal labrador se case con mi hija, hace orejas de mercader, y apenas quiere oirme; y es la causa que como el padre del burlador es tan rico, y le presta dineros, y le sale por fiador de sus trampas por momentos, no le quiere descontentar ni dar pesadumbre en ningun modo. Queria, pues, señor mio, que vuesa merced tomase á cargo de deshacer este agravio, ó ya por ruegos, ó ya por armas; pues segun todo el mundo dice, vuesa merced nació en él para deshacerlos, y para enderezar los tuertos y amparar los miserables: y póngasele á vuesa merced por delante la orfandad de mi hija, su gentileza, su mocedad, con todas las buenas partes que he dicho que tiene; que en Dios y en mi conciencia que de cuantas doncellas tiene mi señora, que no hay ninguna que llegue á la suela de su zapato y que una que llaman Altisidora, que es la que tienen por mas desenvuelta y gallarda, puesta en comparacion de mi hija, no la llega con dos leguas: porque quiero que sepa vuesa merced, señor mio, que no es todo oro lo que reluce, porque esta Altisidorilla tiene mas de presuncion que de hermosura, y mas de desenvuelta que de recogida, además que no está muy sana, que tiene un cierto aliento cansado que no hay sufrir el estar junto á ella un momento; y aun mi señora la duquesa... quiero callar, que se suele decir que las paredes tienen oidos.

¿Qué tiene mi señora la duquesa por vida mia, señora doña Rodriguez? preguntó Don Quijote. Con ese conjuro, respondió la dueña, no puedo dejar de responder á lo que se me pregunta con toda verdad. ¿Ve vuesa merced, señor Don Quijote, la hermosura de mi señora la duquesa, aquella tez del rostro, que no parece sino de una espada acicalada y tersa, aquellas dos mejillas de leche y de carmin, que en la una tiene el sol y en la otra la luna, y aquella gallardía con que va pisando y aun despreciando el suelo, que no parece sino que va derramando salud donde pasa? Pues sepa vuesa merced que lo puede agradecer primero á Dios, y luego á dos fuentes que tiene en las dos piernas, por donde se desagua todo el mal humor, de quien dicen los médicos que está llena. ¡Santa María! dijo Don Quijote; ¿y es posible que mi señora la duquesa tenga tales desaguaderos? No lo creyera si me lo dijeran frailes descalzos; pero pues la señora doña Rodriguez lo dice, debe de ser asi; pero tales

(1) Distinguianse en tiempo de Cervantes las danzas de los bailes, que ahora se confunden. Llamábanse danzas los bailes graves y autorizados, como eran *el turdion, la pavana, madama Orliena, el pie del gibao, el rey don Alonso el Bueno, el caballero*, etc. Bailes se llaman los populares y truanescos, como eran *la zarabanda, la chacona, las gambetas, el rastrojo, el pésame dello y mas, la gorrona, la pipironda, el villano, el pollo, el hermano Bartolo, el guineo, el colorin colorado*, etc. Los nombres de las danzas y bailes se tomaban de las canciones que se cantaban en ellos.—P.

fuentes y en tales lugares no deben de manar humor, sino ámbar líquido. Verdaderamente que ahora acabo de creer que esto de hacerse fuentes debe de ser cosa importante para la salud (1).

Apenas acabó Don Quijote de decir esta razon, cuando con un gran golpe abrieron las puertas del aposento, y del sobresalto del golpe se le cayó á doña Rodriguez la vela de la mano, y quedó la estancia como boca de lobo, como suele decirse. Luego sintió la pobre dueña que la asian de la garganta con dos manos tan fuertemente, que no la dejaban gañir, y que otra persona con mucha presteza sin hablar palabra le alzaba las faldas, y con una al parecer chinela le comenzó á dar tantos azotes, que era una compasion: y aunque Don Quijote se la tenia, no se meneaba del lecho, y no sabia qué podia ser aquello, y estábase quedo y callando, y aun temiendo no viniesen por él la tanda y tunda azotesca; y no fue vano su temor, porque en dejando molida á la dueña los callados verdugos, la cual no osaba quejarse, acudieron á Don Quijote, y desenvolviéndole de la sábana y de la colcha, le pellizcaron tan amenudo y tan reciamente, que no pudo dejar de defenderse á puñadas, y todo esto en silencio admirable. Duró la batalla casi media hora, saliéronse las fantasmas, recogió doña Rodriguez sus faldas, y gimiendo su desgracia, se salió por la puerta afuera sin decir palabra á Don Quijote, el cual doloroso y pellizcado, confuso y pensativo, se quedó solo, do le dejaremos deseoso de saber quién habia sido el perverso encantador que tal le habia puesto; pero ello se dirá á su tiempo, que Sancho Panza nos llama, y el buen concierto de la historia lo pide.

CAPITULO XLIX.

De lo que sucedió á Sancho Panza rondando su ínsula.

DEJAMOS al gran gobernador enojado y mohino con el labrador pintor y socarron, el cual industriado del mayordomo, y el mayordomo del duque, se burlaban de Sancho; pero él se las tenia tiesas á todos, magüera tonto, brusco y rústico (2), y dijo á los que con él estaban y al doctor Pedro Recio, que como se acabó el secreto de la carta del duque habia vuelto á entrar en la sala: ahora verdaderamente que entiendo que los jueces y gobernadores deben de ser ó han de ser de bronce para no sentir las importunidades de los negociantes, que á todas horas y á todos tiempos quieren que los escuchen y despachen, atendiendo solo á su negocio, venga lo que viniere; y si el pobre del juez no los escucha y despacha, ó porque no puede, ó porque no es aquel el tiempo diputado para darles audiencia, luego le maldicen y murmuran, y le roen los huesos, y aun le deslindan los linajes. Negociante necio, negociante mentecato, no te apresures, espera sazon y coyuntura para negociar: no vengas á la hora del comer ni á la del dormir, que los jueces son de carne y de hueso, y han de dar á la naturaleza lo que naturalmente les pide, sino es yo, que no le doy de comer á la mia, merced al señor doctor Pedro Recio Tirteafuera, que está delante, que quiere que muera de hambre, y afirma que esta muerte es vida; que asi se la dé Dios á él y á todos los de su ralea, digo á la de los malos médicos, que la de los buenos palmas y lauros merecen.

Todos los que conocian á Sancho Panza se admiraban oyéndole hablar tan elegantemente, y no sabian á qué atribuirlo, sino á que los oficios y cargos graves, ó adoban ó entorpecen los entendimientos. Finalmente el doctor Pedro Recio Agüero de Tirteafuera, prometió de darle de cenar aquella noche, aunque escediese de todos los aforismos de Hipócrates. Con esto quedó contento el gobernador, y esperaba con grande ánsia llegase la noche y la hora de cenar; y aunque el tiempo, al parecer suyo, se estaba quedo sin moverse de un lugar, todavía se llegó el por él tanto deseado, donde le dieron de cenar un salpicon de vaca con cebolla, y unas manos cocidas de ternera, algo entrada en dias. Entregóse en todo con mas gusto que si le hubieran dado francolines de Milan, faisanes de Roma, ternera de Sorrento, perdices de Moron, ó gansos de Lávajos, y entre la cena volviéndose al doctor, le dijo: mirad, señor doctor, de aquí adelante no os cureis de darme á comer cosas regaladas ni manjares esquisitos, porque será sacar á mi estómago de sus quicios, el cual está acostumbrado á cabra, á vaca, á tocino, á cecina, á nabos y á cebollas, y si acaso le dan otros manjares de palacio los recibe con melindre, y algunas veces con asco: lo que el maestresala puede hacer es traerme estas que llaman ollas podridas, que mientras mas podridas son, mejor huelen, y en ellas puede embaular y encerrar todo lo que él quisiere, como sea de comer, que yo se lo agradeceré y se lo pagaré algun dia: y no se burle nadie conmigo, porque, ó somos ó no somos: vivamos todos y comamos en buena paz y compañía, pues cuando Dios amanece, para todos amanece. Yo gobernaré esta ínsula sin perdonar derecho, ni llevar cohecho; y todo el mundo traiga el ojo alerta, y mire por el virote, porque les hago saber que el diablo está en Cantillana, y que si me dan ocasion han de ver maravillas: no sino haceos miel, y comeros han moscas.

Por cierto, señor gobernador, dijo el maestresala, que vuesa merced tiene mucha razon en cuan-

_____

(1) Las fuentes y los sedales en brazos, muslos, piernas, y hasta en el colodrillo, eran muy usados en tiempo de Cervantes, y lo fueron todavía en los años siguientes. Matias de Lera, cirujano de Felipe IV, dice en un tratado sobre la materia, que unos emplean este remedio para curarse enfermedades comunes, otros para preservarse de ellas, y otros en fin, viciosa y únicamente por ir con la moda. (Prácticas de fuentes y sus utilidades).

(2) Bronco y rollizo dicen por error otras ediciones.—F. C.

to ha dicho; y que yo ofrezco en nombre de todos los insulanos de esta ínsula, que han de servir á vuesa merced con toda puntualidad, amor y benevolencia, porque el suave modo de gobernar que en estos principios vuesa merced ha mostrado, no les da lugar de hacer ni de pensar cosa que en deservicio de vuesa merced redunde. Yo lo creo, respondió Sancho, y serian ellos unos necios si otra cosa hiciesen ó pensasen; y vuelvo á decir que se tenga cuenta con mi sustento y con el de mi rucio, que es lo que en este negocio importa y hace mas al caso; y en siendo hora vamos á rondar, que es mi intencion limpiar esta ínsula de todo género de inmundicia y de gente vagamunda, holgazana y mal entretenida: porque quiero que sepais, amigos, que la gente baldía y perezosa es en la república lo mesmo que los zánganos en las colmenas, que se comen la miel que las trabajadoras abejas hacen. Pienso favorecer á los labradores, guardar sus preeminencias á los hidalgos, premiar los virtuosos, y sobre todo tener respeto á la religion y á la honra de los religiosos. ¿Qué os parece de esto, amigos? ¿digo algo, ó quiébrome la cabeza? Dice tanto vuesa merced, señor gobernador, dijo el mayordomo, que estoy admirado de ver que un hombre tan sin letras como vuesa merced, que á lo que creo no tiene ninguna, diga tales y tantas cosas llenas de sentencias y de avisos tan fuera de todo aquello que del ingenio de vuesa merced esperaban los que nos enviaron y los que aquí venimos: cada dia se ven cosas nuevas en el mundo; las burlas se vuelven en veras, y los burladores se hallan burlados.

Llegó la noche y cenó, como se ha dicho, el gobernador, con licencia del señor doctor Recio. Aderezáronse de ronda, salió con el mayordomo, secretario y maestresala, y el coronista que tenia cuidado de poner en memoria sus hechos, y alguaciles y escribanos tantos, que podia formar un mediano escuadron. Iba Sancho en medio con su vara, que no habia mas que ver, y pocas calles andadas del

ugar sintieron ruido de cuchilladas: acudieron allá, y hallaron que eran dos solos hombres los que reñian, los cuales viendo venir á la justicia se estuvieron quedos, y el uno dellos dijo: aquí de Dios y del rey; cómo, ¿y qué se ha de sufrir que roben en poblado en este pueblo, y que salgan y salten en él en la mitad de las calles? Sosegaos, hombre de bien, dijo Sancho, y contadme qué es la causa de esta pendencia, que yo soy el gobernador. El otro contrario dijo: señor gobernador, yo la diré con toda brevedad: vuesa merced sabrá que este gentilhombre acaba de ganar ahora en esta casa de juego que está aquí frontero, mas de mil reales, y sabe Dios cómo; y hallándome yo presente jugué mas de una suerte dudosa en su favor, contra todo aquello que me dictaba la conciencia: alzóse con la ganancia, y cuando esperaba que me habia de dar algun escudo por lo menos de barato, como es uso y costumbre darle á los hombres principales como yo, que estamos asistentes para bien y mal pasar, y para apoyar sinrazones y evitar pendencias, él embolsó su dinero y se salió de la casa: yo vine despechado tras él, y con buenas y corteses palabras le he pedido que me diese siquiera ocho reales, pues sabe que yo soy hombre honrado, y que no tengo oficio ni beneficio, porque mis padres no me le enseñaron, ni me le dejaron; y el socarron, que es mas ladron que Caco, y mas fullero que Andradilla, no queria darme mas de cuatro reales, porque vea vuesa merced, señor gobernador, qué poca vergüenza y qué poca conciencia; pero á fe que si vuesa merced no llegara, que yo le hiciera vomitar la ganancia, y que hábia de saber con cuántas entraba la romana.

¿Qué decís vos á esto? preguntó Sancho. Y el otro respondió que era verdad cuanto su contrario decia, y no habia querido darle mas de cuatro reales, porque se los daba muchas veces; y los que esperan baratos han de ser comedidos, y tomar con rostro alegre lo que les dieren, sin ponerse en cuentas con los gananciosos, si ya no supiesen de cierto que son fulleros, y que lo que ganan es mal ganado; y que para señal que él era hombre de bien, y no ladron, como decia, ninguna habia mayor que el no haberle querido dar nada, que siempre los fulleros son tributarios de los mirones que los conocen. Asi es, dijo el mayordomo; vea vuesa merced, señor gobernador, qué es lo que se ha de hacer destos hombres.

Lo que se ha de hacer es esto, respondió Sancho: vos, ganancioso, bueno ó malo, ó indiferente, dad luego á este vuestro acuchillador cien reales, y mas habeis de desembolsar treinta para los pobres de la cárcel; y vos, que no teneis oficio ni beneficio, y andais de nones en esta ínsula, tomad luego esos cien reales, y mañana en todo el dia salid de la ínsula desterrado por diez años, sopena si lo quebrantáredes, los cumplais en la otra vida, colgándoos yo de una picota, ó á lo menos el verdugo por mi mandado; y ninguno me replique, que le asentaré la mano. Desembolsó el uno, recibió el otro, éste se salió de la ínsula, y aquel se fué á su casa, y el gobernador quedó diciendo: ahora yo podré poco ó quitaré estas casas de juego, que á mí se me trasluce que son muy perjudiciales. Esta á lo menos, dijo un escribano, no la podrá vuesa merced quitar, porque la tiene un gran personaje, y mas es sin comparacion lo que él pierde al año que lo que saca de los naipes: contra otros garitos de menor cantia podrá vuesa merced mostrar su poder, que son los que mas daño hacen y mas insolencias encubren, que en las casas de los caballeros principales y de los señores no se atreven los famosos fulleros á usar de sus tretas; y pues el vicio del juego se ha vuelto en ejercicio comun, mejor es que se juegue en casas principales que no en la de algun oficial, donde cogen á un desdichado de media noche abajo y le desuellan vivo. Agora, escribano, dijo Sancho, yo sé que hay mucho que decir en eso.

Y en esto llegó un corchete, que traia asido á un mozo, y dijo: señor gobernador, este mancebo venia hácia nosotros, y asi como columbró la justicia volvió las espaldas y comenzó á correr como un gamo, señal que debe de ser algun delincuente; yo partí tras él, y si no fuera porque tropezó y cayó, no le alcanzara jamás. ¿Por qué huíais, hombre? preguntó Sancho. A lo que el mozo respondió: señor, por escusar de responder á las muchas preguntas que las justicias hacen. ¿Qué oficio teneis? Tejedor. ¿Y qué tejes? Hierros de lanza, con licencia buena de vuesa merced. ¿Graciosico me sois? ¿de chocarrero os picais? Está bien: ¿y adónde ibades ahora? Señor, á tomar el aire. ¿Y adónde se toma el aire en esta ínsula? Adonde sopla. Bueno, respondeis muy á propósito; discreto sois, mancebo; pero haced cuenta que yo soy el aire, y que os soplo en popa, y os encamino á la cárcel. Asilde, hola, y llevalde, que yo haré que duerma allí sin aire esta noche. Par Dios, dijo el mozo, asi me haga vuesa merced dormir en la cárcel como hacerme rey. ¿Pues por qué no te haré yo dormir en la cárcel? respondió Sancho; ¿no tengo yo poder para prenderte y soltarte cada y cuando que quisiere? Por mas poder que vuesa merced tenga, dijo el mozo, no será bastante para hacerme dormir en la cárcel. ¿Cómo que no? replicó Sancho: llevalde luego, donde verá por sus ojos el desengaño, aunque mas el alcaide quiera usar con él de su interesada liberalidad, que yo le pondré pena de dos mil ducados, si le deja salir un paso de la cárcel. Todo eso es cosa de risa, respondió el mozo: el caso es que no me harán dormir en la cárcel cuantos hoy viven. Díme, demonio, dijo Sancho, ¿tienes algun ángel que te saque, y que te quite los grillos que te pienso mandar echar? Ahora, señor gobernador, respondió el mozo con un buen donaire, estemos á razon y vengamos al punto. Prosuponga vuesa merced que me manda llevar á la cárcel, y que en ella me echan grillos y cadenas, y que me meten en un calabozo, y se le ponen al alcaide graves penas si me deja salir, y que él lo cumple como se le manda; con todo esto, si yo no quiero dormir, y quiero estarme despierto toda la noche sin pegar pestaña, ¿será vuesa merced bastante con todo su poder para hacerme dormir si yo no quiero? No por cierto, dijo el secretario, y el hombre ha salido con su intencion. De modo, dijo Sancho, ¿que no dejareis de dormir por otra cosa que por vuestra voluntad, y no por contravenir á la mia? No, señor, dijo el mozo, ni por pienso. Pues andad con Dios, dijo Sancho, idos á dormir á vuestra casa, y Dios os dé buen sueño, que yo no quiero quitárosle; pero aconséjoos que de aquí adelante no os burleis con la justicia, porque topareis con alguna que os dé con la burla en los cascos.

Fuése el mozo, y el gobernador prosiguió con su ronda, y de allí á poco vinieron dos corchetes, que traian á un hombre asido, y dijeron: señor gobernador, este que parece hombre no lo es, sino mujer, y no fea, que viene vestida en hábito de hombre. Llegáronle á los ojos dos ó tres linternas, á cuyas luces descubrieron un rostro de una mujer, al parecer de diez y seis ó pocos mas años, recogidos los cabellos con una redecilla de oro y seda verde, hermosa como mil perlas, miráronla de arriba abajo, y vieron que venia con unas medias de seda encarnada, con ligas de tafetan blanco y rapazejos de oro y aljófar, los gregüescos eran verdes de tela de oro, y una saltaembarca ó ropilla (1) de lo mismo suelta, debajo de la cual traia un jubon de tela finísima de oro y blanco, y los zapatos eran blancos y de hombre: no traia espada ceñida, sino una riquísima daga, y en los dedos muchos y buenos anillos. Finalmente, la moza parecia bien á todos, y ninguno la conoció de cuantos la vieron, y los naturales del lugar dijeron que no podian pensar quién fuese; y los consabidores de las burlas que se habian de hacer á Sancho fueron los que mas se admiraron, porque aquel suceso y hallazgo no venia ordenado por ellos, y asi estaban dudosos esperando en qué pararia el caso.

Sancho quedó pasmado de la hermosura de la moza, y preguntóle quién era, adónde iba, y qué

_____

(1) La *saltaembarca* ó *ropilla*, era una especie de chaqueta ó chupa corta, como la que usan los marineros, y que por lo comun se lleva suelta ó sin abotonar.—Arr.

ocasion le habia movido para vestirse en aquel hábito. Ella puestos los ojos eń tierra , con honestísima vergüenza respondió : no puedo , señor , decir tan en público lo que tanto me importaba fuera secreto : una cosa quiero que se entienda , que no soy ladron ni persona facinerosa , sino una doncella desdichada , á quien la fuerza de unos celos ha hecho romper el decoro que á la honestidad se debe. Oyendo esto el mayordomo dijo á Sancho : haga señor gobernador, apartar la gente , porque esta señora con menos empacho pueda decir lo que quisiere. Mandólo así el gobernador, apartáronse todos , sino fueron el mayordomo , maestresala y el secretario. Viéndose , pues , solos , la doncella prosiguió diciendo : yo , señores, soy hija de Pedro Perez Mazorca , arrendador de las lanas deste lugar , el cual suele muchas veces ir en casa de mi padre. Eso no lleva camino , dijo el mayordomo , señora , porque yo conozco muy bien á Pedro Perez , y sé que no tiene hijo ninguno , ni varon ni hembra : y mas , que decís que es vuestro padre , y luego añadís que suele ir muchas veces en casa de vuestro padre. Ya yo habia dado en ello , dijo Sancho.

Ahora , señores , yo estoy turbada , y no sé lo que me digo , respondió la doncella ; pero la verdad es que yo soy hija de Diego de la Llana , que todos vuesas mercedes deben de conocer. Aun eso lleva camino , respondió el mayordomo, que yo conozco á Diego de la Llana , y sé que es un hidalgo principal y rico , y que tiene un hijo y una hija , y que despues que enviudó no ha habido nadie en todo este lugar que pueda decir que ha visto el rostro de su hija , que la tiene tan encerrada que no da lugar al sol que la vea , y con todo esto la fama dice que es en estremo hermosa.

Asi es la verdad , respondió la doncella , y esa hija soy yo : si la fama miente ó no en mi hermosura , ya os habreis , señores , desengañado , pues me habeis visto , y en esto comenzó á llorar tiernamente. Viendo lo cual el secretario , se llegó al oido del maestresala , y le dijo muy paso : sin duda alguna que á esta pobre doncella le debe de haber sucedido algo de importancia , pues en tal trage y á tales horas , y siendo tan principal , anda fuera de su casa. No hay dudar en eso , respondió el maestresala , y mas que esa sospecha la confirman sus lágrimas. Sancho la consoló con las mejores razones que él supo , y le pidió que sin temor alguno les dijese lo que habia sucedido , que todos procurarian remediarlo con muchas veras y por todas las vias posibles.

Es el caso , señores , respondió ella , que mi padre me ha tenido encerrada diez años há , que son los mismos que á mi madre come la tierra : en casa dicen misa en un rico oratorio , y yo en todo este tiempo no he visto mas que el sol del cielo de dia , y la luna y las estrellas de noche , ni sé que son calles , plazas ni templos , ni aun hombres , fuera de mi padre , y de un hermano mio , y de Pedro Perez el arrendador , que por entrar de ordinario en mi casa , se me antojó decir que era mi padre , por no declarar el mio. Este encerramiento y este negarme el salir de casa siquiera á la iglesia , há muchos dias y meses que me trae muy desconsolada : quisiera yo ver el mundo , ó á lo menos el pueblo donde nací , pareciéndome que este deseo no iba contra el buen decoro que las doncellas principales deben guardar á sí mismas. Cuando oia decir que corrian toros y jugaban cañas , y se representaban comedias , preguntaba á mi hermano , que es un año menor que yo , que me dijese qué cosas eran aquellas y otras muchas que yo no he visto : él me lo declaraba por los mejores modos que sabia ; pero todo era encenderme mas el deseo de verlo. Finalmente , por abreviar el cuento de mi perdicion , digo que yo rogué y pedí á mi hermano , que nunca tal pidiera , ni tal rogara... y tornó á renovar el llanto. El mayordomo le dijo : prosiga vuesa merced , señora , y acabe de decirnos lo que le ha sucedido , que nos tienen á todos suspensos sus palabras y sus lágrimas. Pocas me quedan por decir , respondió la doncella , aunque muchas lágrimas sí que llorar , porque los mal colocados deseos no pueden traer consigo otros descuentos que los semejantes.

Habíase sentado en el alma del maestresala la belleza de la doncella , y llegó otra vez su linterna para verla de nuevo , y parecióle que no eran lágrimas las que lloraba , sino aljófar ó rocío de los prados , y aun las subia de punto , y las llegaba á perlas orientales , y estaba deseando que su desgracia no fuese tanta como daban á entender los indicios de su llanto y de sus suspiros. Desesperábase el gobernador de la tardanza que tenia la moza en relatar su historia , y díjole que acabase de tenerlos mas suspensos , que era tarde , y faltaba mucho que ándar del pueblo. Ella entre interrotos sollozos y mal formados suspiros dijo : no es otra mi desgracia , ni mi infortunio es otro , sino que yo rogué á mi hermano que me vistiese en hábitos de hombre con uno de sus vestidos , y que me sacase una noche á ver todo el pueblo cuando nuestro padre durmiese : él , importunado de mis ruegos , condescendió con mi deseo , y poniéndome este vestido , y él vistiéndose de otro mio , que le está como nacido , porque él no tiene pelo de barba , y no parece sino una doncella hermosísima , esta noche debe de haber una hora poco mas ó menos , nos salimos de casa , guiados de nuestro mozo y desbaratado discurso ; hemos rodeado todo el pueblo , y cuando queríamos volver á casa vimos venir un gran tropel de gente , y mi hermano me dijo : hermana , esta debe de ser la ronda , aligera los pies y pon alas en ellos , y vénte tras mí corriendo , porque no nos conozcan , que nos será mal contado ; y diciendo esto volvió las espaldas , y comenzó , no digo á correr , sino á volar : yo á menos de seis pasos caí con el sobresalto , y entonces llegó el ministro de la justicia , que me trajo ante vuesas mercedes , adonde por mala y antojadiza me veo avergonzada ante toda gente.

En efecto , señora , dijo Sancho ¿no os ha sucedido otro desman alguno , ni celos , como vos al principio de vuestro cuento dijístes , no os sacaron de vuestra casa? No me ha sucedido nada , ni me sacaron celos, sino solo el deseo de ver mundo, que no se estendia á mas que á ver las calles deste lugar.

Acabó de confirmar ser verdad lo que la doncella decia el llegar los corchetes con su hermano preso, á quien alcanzó uno dellos cuando se huyó de su hermana. No traia sino un faldellin rico y una mantellina de damasco azul, con pasamanos de oro fino, la cabeza sin toca, ni con otra cosa adornada que con sus mismos cabellos que eran sortijas de oro, segun eran rubios y enrizados. Apartáronse con él el gobernador, mayordomo y maestresala, y sin que lo oyese su hermana, le preguntaron cómo venia en aquel trage, y él, con no menos vergüenza y empacho, contó lo mismo que la hermana habia contado, de que recibió gran gusto el enamorado maestresala; pero el gobernador les dijo: por cierto, señores, que esta ha sido una gran rapacería, y para contar esta necedad y atrevimiento no era menester tantas largas, ni tantas lágrimas y suspiros, que con decir somos fulano y fulana, que nos salimos á espaciar de casa de nuestros padres con esta invencion, solo por curiosidad, sin otro designio alguno, se acabara el cuento, y no gemidicos y lloramicos, y darle.

Asi es la verdad, respondió la doncella; pero sepan vuesas mercedes que la turbacion que he tenido ha sido tanta, que no me ha dejado guardar el término que debia. No se ha perdido nada, respondió Sancho: vamos, y dejaremos á vuesas mercedes en casa de su padre; quizá no los habrá echado de menos, y de aquí adelante no se muestren tan niños ni tan deseosos de ver mundo: que la doncella honrada, la pierna quebrada y en casa, y la mujer y la gallina por andar se pierden aína; y la que es deseosa de ver, tambien tiene deseo de ser vista: no digo mas.

El mancebo agradeció al gobernador la merced que queria hacerles de volverlos á su casa, y asi se encaminaron hácia ella, que no estaba muy lejos de allí. Llegaron, pues, y tirando el hermano una

china á una reja, al momento bajó una criada, que los estaba esperando, y les abrió la puerta, y ellos se entraron, dejando á todos admirados asi de su gentileza y hermosura, como del deseo que tenian de ver mundo de noche y sin salir del lugar; pero todo lo atribuyeron á su poca edad.

Quedó el maestresala traspasado su corazon, y propuso de luego otro dia pedírsela por mujer á su padre, teniendo por cierto que no se la negaria, por ser él criado del duque; y aun á Sancho le vinieron deseos y barruntos de casar al mozo con Sanchica su hija y determinó de ponerlo en plática á su tiempo, dándose á entender que á una hija de un gobernador ningun marido se la podia negar. Con esto se acabó la ronda de aquella noche, y de allí á pocos dias el gobierno, con que destrozaron y borraron todos sus designios, como se verá adelante.

CAPITULO L.

Donde se declara quién fueron los encantadores y verdugos que azotaron á la dueña, y pellizcaron á Don Quijote, con el suceso que tuvo el paje que llevó la carta á Teresa Panza, mujer de Sancho Panza.

Dice Cide Hamete, puntualísimo escudriñador de los átomos desta verdadera historia, que al tiempo que doña Rodriguez, salió de su aposento para ir á la estancia de Don Quijote, otra dueña que con ella dormia la sintió, y que como todas las dueñas son amigas de saber, entender y oler, se fué tras ella con tanto silencio, que la buena Rodriguez no lo echó de ver; y asi como la dueña la vió entrar en la estancia de Don Quijote, porque no faltase en ella la general costumbre que todas las dueñas tienen de ser chismosas, al momento lo fué á poner en pico á su señora la duquesa, de cómo doña Rodriguez quedaba en el aposento de Don Quijote. La duquesa se lo dijo al duque, y le pidió licencia para que ella y Altisidora viniesen á ver lo que aquella dueña queria con Don Quijote. El duque se la dió, y las dos con gran tiento y sosiego, paso ante paso llegaron á ponerse junto á la puerta del aposento, y tan cerca que oian todo lo que dentro hablaban; y cuando oyó la duquesa que la Rodriguez habia echado en la calle el Aranjuez de sus fuentes, no lo pudo sufrir, ni menos Altisidóra, y asi llenas de cólera y deseosas de venganza, entraron de golpe en el aposento, y acribillaron á Don Quijote, y vapularon á la dueña del modo que queda contado, porque las afrentas que van derechas contra la hermosura y presuncion de las mujeres, despiertan en ellas en gran manera la ira, y encienden el deseo de vengarse.

Contó la duquesa al duque lo que habia pasado, de lo que se holgó mucho, y la duquesa prosiguió con su intencion de burlarse y recibir pasatiempo con Don Quijote. Aquí recuerda la historia que la duquesa habia despachado al paje que habia hecho la figura de Dulcinea en el concierto de su desencanto (que tenia bien olvidado Sancho Panza con la ocupacion de su gobierno), á Teresa Panza su

mujer con la carta de su marido, y con otra suya, y con una gran sarta de corales ricos presentados.

Dice, pues, la historia, que el paje era muy discreto y agudo; y con deseo de servir á sus señores partió de muy buena gana al lugar de Sancho; y antes de entrar en él vió en un arroyo estar lavando cantidad de mujeres, á quien preguntó si le sabrian decir si en aquel lugar vivia una mujer llamada Teresa Panza, mujer de un cierto Sancho Panza, escudero de un caballero llamado Don Quijote de la Mancha; á cuya pregunta se levantó en pie una mozuela, que estaba lavando, y dijo:

esa Teresa Panza es mi madre, y ese tal Sancho mi señor padre, y el tal caballero nuestro amo. Pues venid, doncella, dijo el paje y mostradme á vuestra madre, porque le traigo una carta y un presente del tal vuestro padre.

Eso haré de muy buena gana, señor mio, respondió la moza, que mostraba ser de edad de catorce años poco mas ó menos, y dejando la ropa que lavaba á otra compañera, sin tocarse ni calzarse, que estaba en piernas y desgreñada, saltó delante de la cabalgadura del paje, y dijo: venga vuesa merced, que á la entrada del pueblo está nuestra casa, y mi madre en ella con harta pena por no haber sabido muchos dias há de mi señor padre. Pues yo se las llevo tan buenas, dijo el paje, que tiene que dar bien gracias á Dios por ellas. Finalmente saltando, corriendo y brincando, llegó al pueblo la muchacha, y antes de entrar en su casa dijo á voces desde la puerta : salga, madre Teresa, salga, salga, que viene aquí un señor que trae cartas y otras cosas de mi buen padre; á cuyas voces salió Teresa Panza su madre, hilando un copo de estopa, con una saya parda. Parecia, segun era de corta, que se la habian cortado por vergonzoso lugar, con un corpezuelo asimismo pardo y una camisa de pechos (1). No era muy vieja, aunque mostraba pasar de los cuarenta ; pero fuerte, tiesa, nervuda y avellanada, la cual viendo á su hija y al paje á caballo, le dijo: ¿qué es esto, niña, qué señor es este? Es un servidor de mi señora doña Teresa Panza, respondió el paje, y diciendo y haciendo, se arrojó del caballo, y se fué con mucha humildad á poner de hinojos ante la señora Teresa, diciendo : déme vuesa merced sus manos, mi señora doña Teresa, bien asi como mujer legítima y particular del señor don Sancho Panza, gobernador propio de la ínsula Barataria.

¡Ay señor mio! quitese de ahí, no haga eso, respondió Teresa, que yo no soy nada palaciega, sino una pobre labradora, hija de un estripaterrones, y mujer de un escudero andante, y no de gobernador alguno. Vuesa merced, respondió el paje, es mujer dignísima de un gobernador archidignísimo : y para prueba desta verdad reciba vuesa merced esta carta y este presente ; y sacó al instante de la faltriquera una sarta de corales, con estremos de oro, y se la echó al cuello y dijo : esta carta es del señor gobernador, y otra que traigo y estos corales son de mi señora la duquesa, que á vuesa merced me envia.

Quedó pasmada Teresa, y su hija ni mas ni menos, y la muchacha dijo : que me maten si no anda por aquí nuestro señor amo Don Quijote, que debe de haber dado á padre el gobierno ó condado que tantas veces le habia prometido. Asi es la verdad, respondió el paje, que por respeto del señor Don Quijote es ahora el señor Sancho gobernador de la ínsula Barataria, como se verá por esta carta. Léamela vuesa merced, señor gentilhombre, dijo Teresa, porque aunque yo sé hilar, no sé leer migaja. Ni yo tampoco, añadió Sanchica ; pero espérenme aquí, que yo iré á llamar quien la lea, ora sea el cura mesmo, ó el bachiller Sanson Carrasco, que vendrán de muy buena gana por saber nuevas de mi padre. No hay para qué se llame á nadie, que yo no sé hilar, pero sé leer, y la leeré, y asi se la leyó toda, que por quedar ya referida no se pone aquí ; y luego sacó otra de la duquesa, que decia desta manera :—

«Amiga Teresa : las buenas partes de la bondad y del ingenio de vuestro marido Sancho me mo-»vieron y obligaron á pedir á mi marido el duque le diese un gobierno de una ínsula de muchas que »tiene. Tengo noticia que gobierna como un gerifalte, de lo que yo estoy muy contenta, y el duque »mi señor por el consiguiente, por lo que doy muchas gracias al cielo de no haberme engañado en »haberle escogido para el tal gobierno ; porque quiero que sepa la señora Teresa, que con dificultad »se halla un buen gobernador en el mundo, y tal me haga á mí Dios como Sancho gobierna. Ahí le »envio, querida mia, una sarta de corales, con estremos de oro : yo me holgara que fuera de perlas »orientales ; pero quien te da el hueso, no te querria ver muerta : tiempo vendrá en que nos conoz-»camos y nos comuniquemos, y Dios sabe lo que será. Encomiéndeme á Sanchica su hija, y dígale de »mi parte que se apareje, que la tengo de casar altamente, cuando menos lo piense. Dicenme que en »ese lugar hay bellotas gordas, envíeme hasta dos docenas, que las estimaré en mucho por ser de su »mano ; y escríbame largo, avisándome de su salud y de su bien estar, y si hubiere menester alguna »cosa, no tiene que hacer mas que boquear, que su boca será medida : y Dios me la guarde. Deste »lugar, su amiga que bien la quiere,

»La Duquesa.»

¡Ay! dijo Teresa en oyendo la carta, ¡y qué buena y qué llana y qué humilde señora! Con estas tales señoras me entierren á mí, y no las hidalgas que en este pueblo se usan, que piensan que por hidalgas no las ha de tocar el viento, y van á la iglesia con tanta fantasía, como si fuesen las mesmas reinas, que no parece sino que tienen á deshonra el mirar á una labradora : y veis aquí donde esta buena señora, con ser duquesa, me llama amiga, y me trata como si fuera su igual, que igual la vea yo con el mas alto campanario que hay en la Mancha ; y en lo que toca á las bellotas, señor mio, yo le enviaré á su señoría un celemin, que por gordas las pueden venir á ver á la mira y á la maravilla ; y por ahora, Sanchica, atiende á que se regale este señor ; pon en órden este caballo, y saca de la caballeriza huevos, y corta tocino adunia (2), y démosle de comer como á un príncipe, que las buenas nuevas que nos ha traido, y la buena cara que él tiene lo merecen todo, y en tanto saldré yo á dar á mis vecinas las nuevas de nuestro contento, y al padre cura y á maese Nicolás el barbero, que tan amigos son y han sido de tu padre. Si haré, madre, respondió Sanchica ; pero mire que me ha de dar la mitad desa sarta, que no tengo yo por tan boba á mi señora la duquesa, que se la habia de enviar á ella toda. Todo es para tí, hija, respondió Teresa ; pero déjamela traer algunos dias al cuello, que verdaderamente parece que me alegra el corazon. Tambien se alegrarán, dijo el paje, cuando

(1) *Camisa de pechos* llaman en Castilla á la que usan las aldeanas ; y llevan descubierta por la pechera mangas, labradas con hilo blanco ó de colores, y tambien con lana negra, y sedas de varios matices.—Arr.

(2) Corrupcion de *ad omnia*, esto es, enteramente, en abundancia, abundantemente.—P.

vean el lío que viene en este portamanteo, que es un vestido de paño finísimo, que el gobernador solo un dia llevó á caza, el cual todo lo envia para la señora Sanchica. Que me viva él mil años, respondió Sanchica, y el que lo trae ni mas ni menos, y aun dos mil si fuere necesidad.

Salióse en esto Teresa fuera de casa con las cartas y con la sarta al cuello, é iba tañendo en las cartas como si fuera en un pandero, y encontrándose acaso con el cura y Sanson Carrasco, comenzó á bailar y á decir: á fe, que agora que no hay pariente pobre; gobiernito tenemos; no sino tómese conmigo la mas pintada hidalga, que yo la pondré como nueva. ¿Qué es esto Teresa Panza? ¿qué locuras son estas y qué papeles son esos? No es otra la locura, sino que estas son cartas de duquesas y de gobernadores, y estos que traigo al cuello son corales finos, las avemarías y los padre nuestros son de oro de martillo, y yo soy gobernadora.

De Dios en ayuso (1) no os entendemos, Teresa, ni sabemos lo que os decís. Ahí lo podrán ver ellos, respondió Teresa, y dióles las cartas. Leyólas el cura de modo que las oyó Sanson Carrasco; y Sanson y el cura se miraron el uno al otro como admirados de lo que habian leido; y preguntó el bachiller quién habia traido aquellas cartas. Respondió Teresa, que se viniesen con ella á su casa, y verian al mensajero, que era un mancebo como un pino de oro, y que le traia otro presente, que valia mas de tanto. Quitóle el cura los corales del cuello, y mirólos y remirólos, y certificándose que eran finos, tornó á admirarse de nuevo, y dijo: por el hábito que tengo, que no sé qué me diga, ni qué me piense destas cartas y destos presentes: por una parte veo y toco la fineza destos corales, y por otra leo que una duquesa envia á pedir dos docenas de bellotas. Aderézame esas medidas, dijo entonces Carrasco: ahora bien, vamos á ver el portador deste pliego, que dél nos informaremos de las dificultades que se nos ofrecen. Hiciéronlo asi, y volvióse Teresa con ellos.

Hallaron al paje cribando un poco de cebada para su cabalgadura, y á Sanchica cortando un torrezno para empedrarle con huevos, y dar de comer al paje, cuya presencia y buen adorno contentó mucho á los dos; y despues de haberle saludado cortesmente, y él á ellos, le pidió Sanson les dijese nuevas asi de Don Quijote como de Sancho Panza, que puesto que habian leido las cartas de Sancho y de la señora duquesa, todavía estaban confusos y no acababan de atinar qué seria aquello del gobierno de Sancho, y mas de una ínsula, siendo todas, ó las mas que hay en el mar Mediterráneo de su magestad.

A lo que el paje respondió: de que el señor Sancho Panza sea gobernador, no hay que dudar en ello; de que sea ínsula ó no la que gobierna, en eso no me entremeto; pero basta que sea un pueblo de mas de mil vecinos; y en cuanto á lo de las bellotas, digo que mi señora la duquesa es tan llana y tan humilde, que no digo enviar á pedir bellotas á una labradora, pero le acontece enviar á pedir un peine prestado á una vecina suya: porque quiero que sepan vuesas mercedes, que las señoras de Aragon, aunque son tan principales, no son tan puntosas y levantadas como las señoras castellanas: con mas llaneza tratan con las gentes.

Estando en la mitad destas pláticas, salió Sanchica con un halda de huevos, y preguntó al paje: dígame, señor: ¿mi señor padre trae por ventura calzas atacadas (2) despues que es gobernador? No he mirado en ello, respondió el paje; pero si debe de traer. ¡Ay Dios mio! replicó Sanchica, ¡y qué será de ver á mi padre con pedorreras! ¿No es bueno sino que desde que nací tengo deseo de ver á mi padre con calzas atacadas?

Como con esas cosas le verá vuesa merced si vive, respondió el paje. Par Dios, términos lleva de caminar con papahigo (3) con solos dos meses que le dure el gobierno. Bien echaron de ver el cura y el bachiller que el paje hablaba socarronamente: pero la fineza de los corales y el vestido de caza que Sancho enviaba lo deshacia todo (que ya Teresa les habia mostrado el vestido), y no dejaron de reirse del deseo de Sanchica, y mas cuando Teresa dijo: señor cura, eche cata por ahí si hay alguien que vaya á Madrid ó á Toledo, para que me compre un verdugado redondo, hecho y derecho, y sea al uso y de los mejores que hubiere; que en verdad, en verdad, que tengo de honrar el gobierno de mi marido en cuanto yo pudiere, y aun, que si me enojo, me tengo de ir á esa córte, y echar un coche como todas, que la que tiene marido gobernador muy bien le puede traer y sustentar.

¡Y cómo, madre! dijo Sanchica, pluguiese á Dios que fuese antes hoy que mañana, aunque dijesen los que me viesen ir sentada con mi señora madre en aquel coche: mirad la tal por cual, hija del harto de ajos, y cómo va sentada y tendida en el coche, como si fuera una papesa. Pero pisen ellos los lodos, y ándeme yo en mi coche levantados los pies del suelo. Mal año y mal mes para cuantos murmuradores hay en el mundo: y ándeme yo caliente y ríase la gente. ¿Digo bien, madre mia?

Y como que dices bien, hija, respondió Teresa, y todas estas venturas y aun mayores me las tiene profetizadas mi buen Sancho; y verás tú, hija, cómo no para hasta hacerme condesa; que todo es comenzar á ser venturosas; y como yo he oido decir muchas veces á tu buen padre (que asi como lo es tuyo lo es de los refranes), cuando te dieren la vaquilla, corre con la soguilla; cuando te dieren un

---

(1) Esto es, de Dios abajo, como si dijese: Dios te entenderá, que nosotros no te entendemos.—Arr.

(2) *Calzas atacadas* eran calzas y calzones, todo en una pieza, y muy ajustadas, á manera de pantalones: eran el trage de hidalgos y gente distinguida.—Arr.

(3) *Papahigo*, dice Covarrubias, era una como mascarilla que cubria el rostro, y de que usaban los que iban de camino para defenderse del aire y del frio.—Arr.

gobierno, cógele; cuando te dieren un condado agárrale; y cuando te hicieren tus tus con alguna buena dádiva, envásala. ¡No sino dormios, y no respondais á las venturas y buenas dichas que están llamando á la puerta de vuestra casa! ¿Y qué se me da á mí, añadió Sanchica, que diga el que quisiere, cuando me vea entonada y fantasiosa: vióse el perro en bragas de cerro, y lo demás? (1)

Oyendo lo cual el cura, dijo: yo no puedo creer sino que todos los deste linaje de los Panzas nacieron cada uno con un costal de refranes en el cuerpo: ninguno dellos he visto que no los derrame á todas horas y en todas las pláticas que tienen. Asi es la verdad, dijo el paje, que el señor gobernador Sancho á cada paso los dice; y aunque muchos no vienen á propósito, todavía dan gusto, y mi señora la duquesa y el duque los celebran mucho. ¿Qué todavía se afirma vuesa merced, señor mio, dijo el bachiller, ser verdad esto del gobierno de Sancho, y de que hay duquesa en el mundo que le envie presentes y le escriba? Porque nosotros, aunque tocamos los presentes, y hemos leido las cartas, no lo creemos, y pensamos que esta es una de las cosas de Don Quijote nuestro compatriota, que todas piensa que son hechas por encantamiento; y asi estoy por decir que quiero tocar y palpar á vuesa merced por ver si es embajador fantástico, ú hombre de carne y hueso.

Señores, yo no sé mas de mí, respondió el paje, sino que soy embajador verdadero, y que el señor Sancho Panza es gobernador efectivo, y que mis señores duque y duquesa pueden dar y han dado el tal gobierno, y que he oido decir que en él se porta valentísimamente el tal Sancho Panza: si en esto hay encantamiento ó no, vuesas mercedes disputen allá entre ellos, que yo no sé otra cosa para el juramento que hago, que es, por vida de mis padres, que los tengo vivos; y los amo y los quiero mucho.

Bien podrá ello ser asi, replicó el bachiller; pero *dubitat Augustinus*. Dude quien dudare, respondió el paje, la verdad es la que he dicho, y es la que ha de andar siempre sobre la mentira como el aceite sobre el agua, y si no, *operibus credite, et non verbis*: véngase alguno de vuesas mercedes conmigo, y verán con los ojos lo que no creen por los oidos. Esa ida á mí toca, dijo Sanchica: lléveme vuesa merced, señor, á las ancas de su rocin, que yo iré de muy buena gana á ver á mi señor padre. Las hijas de los gobernadores, respondió el paje, no han de ir solas por los caminos, sino acompañadas de carrozas y literas y de gran número de sirvientes. Par Dios, respondió Sanchica; tambien me vaya yo sobre una pollina, como sobre un coche: hallado la habeis la melindrosa. Calla, muchacha, dijo Teresa, que no sabes lo que te dices, y este señor está en lo cierto, que tal el tiempo, tal el tiento: cuando Sancho, Sancha, y cuando gobernador, señora, y no sé si digo algo.

Mas dice la señora Teresa de lo que piensa, dijo el paje, y dénme de comer y despáchenme luego,

porque pienso volverme esta tarde. A lo que dijo el cura: vuesa merced se vendrá á hacer penitencia conmigo: que la señora Teresa mas tiene voluntad, que alhajas para servir á tan buen huésped. Rehusólo el paje; pero en efecto lo hubo de conceder por su mejora; y el cura le llevó consigo de buena gana, por tener lugar de preguntarle despacio por Don Quijote y sus hazañas. El bachiller se ofreció de escribir las cartas á Teresa de la respuesta; pero ella no quiso que el bachiller se metiese en

(1) Juan de Mallara trae este *refran*, no solto entero, sino mejorado, dice asi: Vióse el villano en bragas de cerro, y el fiero que fiero.—P.—Reprende la altanería de los que elevados á empleos superiores desprecian á los que antes fueron sus iguales ó compañeros.—D. A.

sus cosas, que le tenia por algo burlon, y asi dió un bollo y dos huevos á un monacillo, que sabia escribir, el cual le escribió dos cartas, una para su marido, y otra para la duquesa, notadas de su mismo caletre, que no son las peores que en esta grande historia se ponen, como se verá adelante.

CAPITULO LI.

Del progreso del gobierno de Sancho Panza, con otros sucesos tales como buenos.

Amaneció el dia que se siguió á la noche de la ronda del gobernador, la cual el maestresala pasó sin dormir, ocupado el pensamiento en el rostro, brío y belleza de la disfrazada doncella, y el mayordomo ocupó lo que della faltaba en escribir á sus señores lo que Sancho Panza hacia y decia, tan admirado de sus hechos como de sus dichos, porque andaban mezcladas sus palabras y sus acciones con asomos discretos y tontos. Levantóse en fin el señor gobernador, y por órden del doctor Pedro Recio le hicieron desayunar con un poco de conserva y cuatro tragos de agua fria, cosa que la trocara Sancho con un pedazo de pan y un racimo de uvas; pero viendo que aquello era mas fuerza que voluntad, pasó por ello, con harto dolor de su alma y fatiga de su estómago, haciéndole creer Pedro Recio que los manjares pocos y delicados avivaban el ingenio, que era lo que mas convenia á las personas constituidas en mandos y en oficios graves, donde se han de aprovechar, no tanto de las fuerzas corporales, como de las del entendimiento.

Con esta sofistería padecia hambre Sancho, y tal, que en su secreto maldecia el gobierno y aun á quien se le habia dado; pero con su hambre y con su conserva se puso á juzgar aquel dia, y lo primero que se le ofreció fue una pregunta que un forastero le hizo, estando presentes á todo el mayordomo y los demás acólitos, que fue: señor, un caudaloso rio dividia dos términos de un mismo señorío (y esté vuesa merced atento, porque el caso es de importancia y algo dificultoso); digo, pues, que sobre este rio estaba una puente, y al cabo della una horca y una como casa de audiencia, en la cual de ordinario habia cuatro jueces que juzgaban la ley que puso el dueño del rio, de la puente y del señorío, que era en esta forma: si alguno pasare por esta puente de una parte á otra, ha de jurar primero adónde y á qué vá; y si jurare verdad déjenle pasar, y si dijere mentira, muera por ello ahorcado en la horca que allí se muestra, sin remision alguna. Sabida esta ley y la rigurosa condicion della, pasaban muchos, y luego en lo que juraban se echaba de ver que decian verdad, y los jueces los dejaban pasar libremente. Sucedió, pues, que tomando juramento á un hombre, juró y dijo que para el juramento que hacia, que iba á morir en aquella horca que allí estaba, y no á otra cosa. Repararon los jueces en el juramento, y dijeron: si á este hombre le dejamos pasar libremente, mintió en su juramento, y conforme á la ley debe morir; y si le ahorcamos, él juró que iba á morir en aquella horca, y habiendo jurado verdad, por la misma ley debe ser libre. Pídese á vuesa merced, señor gobernador, ¿qué harán los jueces del tal hombre, que aun hasta agora están dudosos y suspensos? Y habiendo tenido noticia del agudo y elevado pensamiento de vuesa merced, me enviaron á mí á que suplicase á vuesa merced de su parte diese su parecer en tan intrincado y dudoso caso.

A lo que respondió Sancho: por cierto que esos señores jueces que á mí os envian lo pudieran haber escusado, porque yo soy un hombre que tengo mas de mostrenco que de agudo; pero con todo eso, repetidme otra vez el negocio de modo que yo le entienda; quizá podria ser que diese en el hito. Volvió otra y otra vez el preguntante á referir lo que primero habia dicho, y Sancho dijo: á mi parecer este negocio en dos paletas lo declararé yo, y es asi: ¿el tal hombre jura que vá á morir en la horca, y si muere en ella juró verdad, y por la ley puesta merece ser libre, y que pase la puente, y si no le ahorcan juró mentira, y por la misma ley merece que le ahorquen? Asi es como el señor gobernador dice, dijo el mensajero; y cuanto á la entereza y entendimiento del caso, no hay mas qué pedir ni qué dudar. Digo yo pues agora, replicó Sancho, que deste hombre aquella parte que juró verdad la dejen pasar, y la que dijo mentira la ahorquen, y desta manera se cumplirá al pie de la letra la condicion del pasaje.

Pues señor gobernador, replicó el preguntador, será necesario que el tal hombre se divida en partes, en mentirosa y verdadera; y si se divide, por fuerza ha de morir: y asi no se consigue cosa alguna de lo que la ley pide, y es de necesidad espresa que se cumpla con ella. Venid acá, señor buen hombre, respondió Sancho, este pasajero que decís, ó yo soy un porro, ó él tiene la misma razon para morir que para vivir y pasar la puente, porque si la verdad le salva, la mentira le condena igualmente; y siendo esto asi como lo es, soy de parecer que digais á esos señores que á mí os enviaron, que pues están en un fil las razones de condenarle ó absolverle, que le dejen pasar libremente, pues siempre es alabado mas el hacer bien, que mal; y esto lo diera firmado de mi nombre si supiera firmar; y yo en este caso no he hablado de mio, sino que se me vino á la memoria un precepto entre otros muchos, que me dió mi amo Don Quijote la noche antes que viniese á ser gobernador desta ínsula, que fue, que cuando la justicia estuviese en duda, me decantase y acogiese á la misericordia, y ha querido Dios que agora se me acordase, por venir en este caso como de molde. Asi es, respondió el mayordomo; y tengo para mí que el mismo Licurgo, que dió leyes á los lacedemonios, no pudiera dar mejor sentencia que la que el gran Panza ha dado; y acábese con esta la audiencia desta mañana, y yo daré órden cómo el señor gobernador coma muy á su gusto. Eso pido, y barras derechas, dijo Sancho, dénme de comer, y lluevan casos y dudas sobre mí, que yo las despabilaré en el aire.

Cumplió su palabra el mayordomo, pareciéndole ser cargo de conciencia matar de hambre á tan discreto gobernador, y mas que pensaba concluir con él aquella misma noche, haciéndole la burla última que traia en comision de hacerle.

Sucedió, pues, que habiendo comido aquel dia contra las reglas y aforismos del doctor Tirteafuera, al levantar de los manteles entró un correo con una carta de Don Quijote para el gobernador. Mandó Sancho al secretario que la leyese para sí, y que si no viniese en ella alguna cosa digna de secreto, la leyese en voz alta. Hízolo asi el secretario, y repasándola primero, dijo: bien se puede leer en voz alta, que lo que el señor Don Quijote escribe á vuesa merced merece estar estampado y escrito con letras de oro, y dice asi:

CARTA DE DON QUIJOTE DE LA MANCHA Á SANCHO PANZA,
GOBERNADOR DE LA ÍNSULA BARATARIA.

«Cuando esperaba oir nuevas de tus descuidos é impertinencias, Sancho amigo, las oí de tus dis»creciones, de que dí por ello gracias particulares al cielo, el cual del estiércol sabe levantar los po»bres, y de los tontos hacer discretos. Dícenme que gobiernas como si fueses hombre, y que eres »hombre como si fueses bestia, segun es la humildad con que te tratas: y quiero que adviertas, »Sancho, que muchas veces conviene y es necesario por la autoridad del oficio ir contra la humildad »del corazon; porque el buen adorno de la persona que está puesta en graves cargos ha de ser con»forme á lo que ellos piden, y no á la medida de lo que su humilde condicion le inclina. Vístete bien, »que un palo compuesto no parece palo: no digo que traigas dijes ni galas, ni que siendo juez te vis»tas como soldado, sino que te adornes con el hábito que tu oficio requiere, con tal que sea limpio y »bien compuesto. Para ganar la voluntad del pueblo que gobiernas, entre otras, has de hacer dos co»sas: la una ser bien criado con todos, aunque esto ya otra vez te lo he dicho; y la otra, procurar la »abundancia de los mantenimientos, que no hay cosa que mas fatigue el corazon de los pobres que la »hambre y la carestia.

»No hagas muchas pragmáticas, y si las hicieres, procura que sean buenas, y sobre todo que se »guarden y cumplan; que las pragmáticas que no se guardan, lo mismo es que si no lo fuesen; antes »dan á entender que el príncipe que tuvo discrecion y autoridad para hacerlas, no tuvo valor para ha»cer que se guardasen: y las leyes que atemorizan, y no se ejecutan, vienen á ser como la viga, rey de »las ranas, que al principio las espantó, y con el tiempo la menospreciaron y se subieron sobre ella. »Sé padre de las virtudes, y padrastro de los vicios. No seas siempre riguroso, ni siempre blando, y »escoge el medio entre estos dos estremos, que en esto está el punto de la discrecion.

»Visita las cárceles, las carnicerias y las plazas; que la presencia del gobernador en lugares tales »es de mucha importancia, consuela á los presos que esperan la brevedad de su despacho, es coco á »los carniceros, que por entonces igualan los pesos, y es espantajo á las placeras por la misma razon.

»No te muestres, (aunque por ventura lo seas, lo cual yo no creo) codicioso, mujeriego, ni gloton, »porque en sabiendo el pueblo y los que te tratan tu inclinacion determinada, por allí te darán bate»ría, hasta derribarte en el profundo de la perdicion. Mira y remira, pasa y repasa los consejos y do»cumentos que te dí por escrito, antes que de aquí te partieses á tu gobierno, y verás cómo hallas »en ellos, si los guardas, una ayuda de costa, que te sobrelleve los trabajos y dificultades que á cada »paso á los gobernadores se les ofrecen. Escribe á tus señores, y muéstrateles agradecido, que la in»gratitud es hija de la soberbia, y uno de los mayores pecados que se saben; y la persona que es »agradecida á los que bien le han hecho, da indicio que tambien lo será á Dios, que tantos bienes le »hizo y de continuo le hace.

»La señora duquesa despachó un propio con tu vestido y otro presente á tu mujer Teresa Panza: »por momentos esperamos respuesta. Yo he estado un poco mal dispuesto de un cierto gateamiento, »que me sucedió no muy á cuento de mis narices; pero no fue nada, que si hay encantadores »que me maltraten, tambien los hay que me defiendan. Avísame si el mayordomo que está contigo »tuvo que ver en las acciones de la Trifaldi, como tú sospechaste; y de todo lo que te sucediere me »irás dando aviso, pues es tan corto el camino; cuanto mas que yo pienso dejar presto esta vida »ociosa en que estoy, pues no nací para ella. Un negocio se me ha ofrecido, que creo que me ha de po»ner en desgracia destos señores; pero aunque se me da mucho, no se me da nada, pues en fin, en »fin tengo de cumplir antes con mi profesion que con su gusto, conforme á lo que suele decirse: »*amicus Plato, sed magis amica veritas.* Dígote ese latin, porque me doy á entender que despues »que eres gobernador lo habrás aprendido. Y á Dios, el cual te guarde de que ninguno te tenga »lástima.

»*Tu amigo,*
»DON QUIJOTE DE LA MANCHA.»

Oyó Sancho la carta con mucha atencion, y fue celebrada y tenida por discreta de los que la oyeron, y luego Sancho se levantó de la mesa, y llamando al secretario, se encerró con él en su estancia, y sin dilatarlo mas, quiso responder luego á su señor Don Quijote; y dijo al secretario, que sin añadir ni quitar cosa alguna, fuese escribiendo lo que él le dijese; y así lo hizo; y la carta de la respuesta fue del tenor siguiente:

CARTA DE SANCHO PANZA Á DON QUIJOTE DE LA MANCHA.

«La ocupacion de mis negocios es tan grande, que no tengo lugar para rascarme la cabeza, ni aun »para cortarme las uñas, y asi las traigo tan crecidas cual Dios lo remedie. Digo, esto, señor mio de »mi alma, porque vuesa merced no se espante si hasta agora no he dado aviso de mi bien ó malestar »en este gobierno, en el cual tengo mas hambre que cuando andábamos los dos por las selvas y por »los despoblados.

»Escribióme el duque mi señor el otro dia, dándome aviso que habian entrado en esta ínsula »ciertas espías para matarme, y hasta agora yo no he descubierto otro que un cierto doctor, que está »en este lugar asalariado para matar á cuantos gobernadores aquí vinieren: llámase el doctor Pedro »Recio, y es natural de Tirteafuera: porque vea vuesa merced qué nombre para no temer que he de »morir á sus manos. Este tal doctor dice él mismo de sí mismo, que él no cura las enfermedades »cuando las hay, sino que las previene para que no vengan, y las medicinas que usa son dieta y mas »dieta, hasta poner la persona en los huesos mondos, como si no fuese mayor mal la flaqueza que »la calentura. Finalmente, él me va matando de hambre, y yo me voy muriendo de despecho, pues »cuando pensé venir á este gobierno á comer caliente y á beber frio, y á recrear el cuerpo entre sá- »banas de holanda sobre colchones de pluma, he venido á hacer penitencia como si fuera ermitaño, y »como no la hago de mi voluntad, pienso que al cabo, al cabo me ha de llevar el diablo.

»Hasta agora no he tocado derecho, ni he llevado cohecho, y no puedo pensar en qué va esto; »porque aquí me han dicho que los gobernadores que á esta ínsula suelen venir, antes de entrar en »ella, ó les han dado, ó les han prestado los del pueblo muchos dineros, y que esta es ordinaria »usanza en los demás que van á gobiernos, no solamente en éste.

»Una noche andando de ronda topé una muy hermosa doncella en trage de varon, y un hermano »suyo en hábito de mujer: de la moza se enamoró mi maestresala, y la escogió en su imaginacion »para su mujer, segun él ha dicho, y yo escogí al mozo para mi yerno: hoy los dos pondremos en »plática nuestros pensamientos con el padre de entrambos, que es un tal Diego de la Llana, hidalgo »y cristiano viejo cuanto se quiere.

»Yo visito las plazas, como vuesa merced me lo aconseja, y ayer hallé una tendera que vendia »avellanas nuevas, y averigüele que habia mezclado con una hanega de avellanas nuevas, otra »de viejas, vanas y podridas: apliquélas todas para los niños de la doctrina, que las sabrian bien »distinguir, y sentenciéla que por quince dias no entrase en la plaza; hánme dicho que lo hice »valerosamente: lo que sé decir á vuesa merced es, que es fama en este pueblo que no hay gente »mas mala que las placeras; porque todas son desvergonzadas, desalmadas y atrevidas, y yo asi lo »creo por las que he visto en otros pueblos.

»De que mi señora la duquesa haya escrito á mi mujer Teresa Panza, y enviádole el presente que »vuesa merced dice, estoy muy satisfecho, y procuraré de mostrarme agradecido á su tiempo: bésele »vuesa merced las manos de mi parte, diciendo que digo yo que no lo ha echado en saco roto, como »lo verá por la obra. No querria que vuesa merced tuviese trabacuentas de disgusto con esos mis se- »ñores; porque si vuesa merced se enoja con ellos, claro está que ha de redundar en mi daño, y no »será bien, que pues se me da á mí por consejo que sea agradecido, que vuesa merced no lo sea con »quien tantas mercedes le tiene hechas, y por quien con tanto regalo ha sido tratado en su castillo.

»Aquello del gateado no entiendo; pero imagino que debe de ser alguna de las malas fechorías que »con vuesa merced suelen usar los malos encantadores; yo lo sabré cuando nos veamos. Quisiera en- »viarle á vuesa merced alguna cosa; pero no sé qué envie, si no es algunos cañutos de jeringas, que »para con vejigas los hacen en esta ínsula muy curiosos; aunque si me dura el oficio, yo buscaré que »enviar de haldas ó de mangas (1). Si me escribiere mi mujer Teresa Panza, pague vuesa merced el »porte, y envíeme la carta, que tengo grandísimo deseo de saber el estado de mi casa, de mi mujer »y de mis hijos. Y con esto Dios libre á vuesa merced de mal intencionados encantadores, y á mí me »saque con bien y en paz deste gobierno, que lo dudo, porque lo pienso dejar con la vida, segun me »trata el doctor Pedro Recio.

»*Criado de vuesa merced*,

»SANCHO PANZA, *el Gobernador.*»

(1) Estas palabras tienen dos sentidos; pues además de significar las partes ó piezas de una vestidura, las *haldas* ó *faldas* significan aquí los derechos que Sancho debia percibir como gobernador.—P.

Cerró la carta el secretario, y despachó luego al correo, y juntándose los burladores de Sancho, dieron órden entre sí cómo despacharle del gobierno; y aquella tarde la pasó Sancho en hacer algunas ordenanzas tocantes al buen gobierno de la que él imaginaba ser ínsula, y ordenó que no hubiese regatones de los bastimentos en la república, y que pudiesen meter en ella vino de las partes que quisiesen, con aditamento que declarasen el lugar de dónde era, para ponerle el precio segun su estimacion, bondad y fama; y el que lo aguase ó le mudase el nombre perdiese el vino por ello: moderó el precio de todo calzado, principalmente el de los zapatos, por parecerle que corria con exhorbitancia: puso tasa en los salarios de los criados, que caminaban á rienda suelta por el camino del interés: puso gravísimas penas á los que cantasen cantares lascivos y descompuestos, ni de noche ni de dia: ordenó que ningun ciego cantase milagro en coplas, si no trujese testimonio auténtico de ser verdadero, por parecerle que los mas que los ciegos cantan son fingidos en perjuicio de los verdaderos.

Hizo y creó un alguacil de pobres, no para que los persiguiese, sino para que los examinase si lo eran, porque á la sombra de la manquedad fingida y de la llaga falsa, andan los brazos ladrones y la salud borracha. En resolucion él ordenó cosas tan buenas, que hasta hoy se guardan en aquel lugar, y se nombran: *las constituciones del gran gobernador Sancho Panza.*

CAPITULO LII.

Donde se cuenta la aventura de la segunda dueña dolorida ó angustiada, llamada por otro nombre doña Rodriguez.

Cuenta Cide Hamete, que estando ya Don Quijote sano de sus aruños, le pareció que la vida que en aquel castillo tenia era contra toda la órden de caballería que profesaba, y asi determinó de pedir licencia á los duques para partir á Zaragoza, cuyas fiestas llegaban cerca, adonde pensaba ganar el arnés, que en las tales fiestas se conquista. Y estando un dia á la mesa con los duques y comenzando á poner en obra su intencion y pedir la licencia, veis aquí á deshora entrar por la puerta de la gran sala dos mujeres, como despues pareció, cubiertas de luto de los pies á la cabeza, y la una dellas llegándose á Don Quijote se le echó á los pies, tendida de largo á largo, la boca cosida con los pies de Don Quijote, y daba unos gemidos tan tristes, y tan profundos y tan dolorosos, que puso en confusion á todos los que la oian y miraban: y aunque los duques pensaron que seria alguna burla que sus criados querrian hacer á Don Quijote, todavía el ahinco con que la mujer suspiraba, gemia y lloraba, los tuvo dudosos y suspensos, hasta que Don Quijote compasivo la levantó del suelo, é hizo que se descubriese y quitase el manto de sobre la faz llorosa. Ella lo hizo asi, y mostró ser lo que jamás se pudiera pensar, porque descubrió el rostro de doña Rodrigueez, la dueña de casa; y la otra enlutada era su hija, la burlada del hijo del labrador rico. Admiráronse todos aquellos que la conocian, y mas los duques que ninguno, que puesto que la tenian por boba y de buena pasta, no por tanto que viniese á hacer locuras. Finalmente, doña Rodriguez volviéndose á los señores, les dijo: vuesas escelencias sean servidos de darme licencia que yo departa un poco con este caballero, porque asi conviene para salir con bien del negocio en que me ha puesto el atrevimiento de un mal intencionado villano. El duque dijo que él se la daba, y que departiese con el señor Don Quijote cuanto le viniese en deseo. Ella, enderezando la voz y el rostro á Don Quijote, dijo: dias há, valeroso caballero, que os tengo dada cuenta de la sinrazon y alevosía que un mal labrador tienen fecha á mi muy querida y amada fija, que es esta desdichada que aquí está presente, y vos me habedes prometido de volver por ella, enderezándole el tuerto que le tiene fecho, y agora ha llegado á mi noticia que os queredes partir deste castillo en busca de las buenas venturas que Dios os depare, y asi querria que antes que os escurriésedes por esos caminos, desafiásedes á este rústico indómito, y le hiciésedes que se casase con mi hija en cumplimiento de la palabra que le dió de ser su esposo, antes y primero que yogase con ella: porque pensar que el duque mi señor me ha de hacer justicia, es pedir peras al olmo, por ocasion que ya á vuesa merced en puridad tengo declarada: y con esto Nuestro Señor dé á vuesa merced mucha salud, y á nosotras no nos desampare.

A cuyas razones respondió Don Quijote con mucha gravedad y prosopopeya: buena dueña, tem—

plad vuestras lágrimas, ó por mejor decir, enjugadlas y ahorrad de vuestros suspiros, que yo tomo á mi cargo el remedio de vuestra hija, á la cual le hubiera estado mejor no haber sido tan fácil en creer promesas de enamorados, las cuales por la mayor parte son ligeras de prometer y muy pesadas de cumplir, y así con licencia del duque mi señor, yo me partiré luego en busca dese desalmado mancebo, y le hallaré, y le desafiaré, y le mataré cada y cuando que se escusare de cumplir la prometida palabra: que el principal asunto de mi profesion es perdonar á los humildes, y castigar á los soberbios: quiero decir, acorrer á los miserables, y destruir á los rigurosos.

No es menester, respondió el duque, que vuesa merced se ponga en trabajo de buscar al rústico, de quien esta buena dueña se queja, ni es menester tampoco que vuesa merced me pida á mí licencia para desafiarle, que yo le doy por desafiado, y tomo á mi cargo de hacerle saber este desafío, y que le acete, y venga á responder por sí á este mi castillo, donde á entrambos daré campo seguro, guardando todas las condiciones que en tales actos suelen y deben guardarse, guardando igualmente su justicia á cada uno, como están obligados á guardarla todos aquellos príncipes que dan campo franco á los que se combaten en los términos de sus señoríos.

Pues con ese seguro y con buena licencia de vuesa grandeza, replicó Don Quijote, desde aquí digo que por esta vez renuncio mi hidalguía, y me allano y ajusto con la llaneza del dañador, y me hago igual con él, habilitándole para poder combatir conmigo: y así, aunque ausente, le desafío y reto en razon de que hizo mal en defraudar á esta pobre, que fue doncella, y ya por su culpa no lo es, y que le ha de cumplir la palabra que le dió de ser su legítimo esposo, ó morir en la demanda. Y luego descalzándose un guante le arrojó en mitad de la sala, y el duque le alzó, diciendo que, como ya habia dicho, él acetaba el tal desafío en nombre de su vasallo, y señalaba el plazo de allí á seis dias, y el campo en la plaza de aquel castillo, y las armas las acostumbradas de los caballeros, lanza y escudo y arnés tranzado con todas las demás piezas, sin engaño, superchería ó superstición alguna, examinadas y vistas por los jueces del campo. Pero, ante todas cosas, es menester que esta buena dueña y esta mala doncella, pongan el derecho de su justicia en manos del señor Don Quijote, que de otra manera no se hará nada, ni llegará á debida ejecucion el tal desafío. Yo sí pongo, respondió la dueña, y yo tambien, añadió la hija, toda llorosa, y toda vergonzosa y de mal talante.

Tomado, pues, este apuntamiento, y habiendo imaginado el duque lo que habia de hacer en el caso, las enlutadas se fueron, y ordenó la duquesa que de allí adelante no las tratasen como á sus criadas, sino como á señoras aventureras, que venian á pedir justicia á su casa; y así les dieron cuarto aparte, y las sirvieron como á forasteras, no sin espanto de las demás criadas, que no sabian en qué habia de parar la sandez y desenvoltura de doña Rodriguez y de su mal andante hija.

Estando en esto, para acabar de regocijar la fiesta y dar buen fin á la comida, veis aquí donde entró por la sala el paje que llevó las cartas y presentes á Teresa Panza, mujer del gobernador Sancho Panza, de cuya llegada recibieron gran contento los duques, deseosos de saber lo que habia sucedido en su viaje; y preguntándoselo, respondió el paje que no lo podia decir tan en público, ni con breves palabras, que sus escelencias fuesen servidos de dejarlo para á solas, y que entre tanto se entretuviesen con aquellas cartas; y sacando dos cartas, las puso en manos de la duquesa. La una decia en el sobrescrito: *Carta para mi señora la duquesa tal, de no sé dónde;* y la otra: *A mi marido Sancho Panza, gobernador de la ínsula Barataria, que Dios prospere mas años que á mí.* No se le cocia el pan, como suele decirse, á la duquesa hasta leer su carta; y habiéndola leido para sí, y viendo que la podia leer en voz alta para que el duque y los circunstantes la oyesen, leyó desta manera:

CARTA DE TERESA PANZA Á LA DUQUESA.

«Mucho contento me dió, señora mia, la carta que vuesa grandeza me escribió, que en verdad »que la tenia bien deseada. La sarta de corales es muy buena, y el vestido de caza de mi marido no le »va en zaga. De que vuestra señoría haya hecho gobernador á Sancho mi consorte, ha recibido mucho »gusto todo este lugar, puesto que no hay quien lo crea, principalmente el cura y maese Nicolás el »barbero, y Sanson Carrasco el bachiller; pero á mí no se me da nada, que como ello sea asi, como lo »es, diga cada uno lo que quisiere; aunque si va á decir verdad, á no venir los corales y el vestido, »tampoco yo lo creyera, porque en este pueblo todos tienen á mi marido por un porro, y que sacado »de gobernar un hato de cabras, no pueden imaginar para qué gobierno pueda ser bueno; Dios lo »haga y lo encamine como ve que lo han menester sus hijos. Yo, señora de mi alma, estoy determi- »nada con licencia de vuesa merced, de meter este buen dia en mi casa, yéndome á la córte á ten- »derme en un coche para quebrar los ojos á mil envidiosos que ya tengo; y así suplico á vuestra esce- »lencia mande á mi marido me envie algun dinerillo, y que sea algo qué, porque en la córte son los »gastos grandes, que el pan vale á real, y la carne la libra á treinta maravedís, que es un juicio; y si »quisiere que no vaya, que me lo avise con tiempo, porque me están bullendo los pies por ponerme »en camino; que me dicen mis amigas y mis vecinas, que si yo y mi hija andamos orondas y pompo- »sas en la córte, vendrá á ser conocido mi marido por mí mas que yo por él: siendo forzoso que pre- »gunten muchos: ¿quién son estas señoras deste coche? y un criado mio responderá, la mujer y la »hija de Sancho Panza, gobernador de la ínsula Barataria, y desta manera será conocido Sancho, y

»yo seré estimada, y á Roma por todo. Pésame cuanto pesarme puede que este año no se han cogido
»bellotas en este pueblo: con todo eso envio á vuesa alteza hasta medio celemin, que una á una las
»fuí yo á coger y á escoger al monte, y no las hallé mas mayores; yo quisiera que fueran como hue-
»vos de avestruz.

»No se le olvide á vuestra pomposidad de escribirme, que yo tendré cuidado de la respuesta, avi-
»sando de mi salud y de todo lo que hubiere que avisar deste lugar, donde quedo rogando á Nuestro
»Señor guarde á vuestra grándeza, y á mí no me olvide. Sancha mi hija y mi hijo besan á vuesa mer-
»ced las manos.

»La que tiene mas deseo de ver á vuesa señoría que de escribirla,

»Su criada,
»TERESA PANZA.»

Grande fue el gusto que todos recibieron de oir la carta de Teresa Panza, principalmente los duques: y la duquesa pidió parecer á Don Quijote si seria bien abrir la carta que venia para el gobernador, que imaginaba debia de ser bonísima. Don Quijote dijo que él la abriria por darles gusto, y así lo
hizo, y vió que decia desta manera:

CARTA DE TERESA PANZA Á SANCHO PANZA, SU MARIDO.

«Tu carta recibí, Sancho mio de mi alma, y yo te prometo y juro como católica cristiana, que no
»faltaron dos dedos para volverme loca de contento. Mira, hermano, cuando yo llegué á oir que eres
»gobernador, me pensé allí caer muerta de puro gozo, que ya sabes tú que dicen, que así mata la
»alegria súbita como el dolor grande. A Sanchica, tu hija, se le fueron las aguas sin sentirlo de puro
»contento. El vestido que me enviaste tenia delante, y los corales que me envió mi señora la duquesa
»al cuello, y las cartas en las manos, y el portador dellas allí presente, y con todo eso creia y pen-
»saba que era todo sueño lo que veia y lo que tocaba; porque ¿quién podia pensar que un pastor de
»cabras habia de venir á ser gobernador de ínsulas? Ya sabes tú, amigo, que decia mi madre, que era
»menester vivir mucho para ver mucho: dígolo porque pienso ver mas si vivo mas, porque no pien-
»so parar hasta verte arrendador ó alcabalero, que son oficios que aunque lleva el diablo á quien mal
»los usa, en fin, en fin siempre tienen y manejan dineros. Mi señora la duquesa te dirá el deseo que
»tengo de ir á la córte: mírate en ello, y avísame de tu gusto, que yo procuraré honrarte en ella an-
»dando en coche.

»El cura, el barbero, el bachiller y aun el sacristan, no pueden creer que eres gobernador, y di-
»cen que todo es embeleco, ó cosas de encantamento, como son todas las de Don Quijote, tu amo; y
»dice Sanson que ha de ir á buscarte y á sacarte el gobierno de la cabeza, y á Don Quijote la locura de
»los cascos: yo no hago sino reirme, y mirar mi sarta, y dar traza del vestido que tengo de hacer del
»tuyo á nuestra hija. Unas bellotas envié á mi señora la duquesa, yo quisiera que fueran de oro. En-
»víame tú algunas sartas de perlas si se usan en esa ínsula. Las nuevas deste lugar son, que la Ber-
»rueca casó á su hija con un pintor de mala mano, que llegó á este pueblo á pintar lo que saliese.
»Mandóle el concejo pintar las armas de su Magestad sobre las puertas del ayuntamiento, pidió dos
»ducados, diéronselos adelantados, trabajó ocho dias, al cabo de los cuales no pintó nada, y dijo que
»no acertaba á pintar tantas baratijas: volvió el dinero, y con todo eso se casó á título de buen oficial:
»verdad es que ya ha dejado el pincel y tomado el azada, y va al campo como gentilhombre.

»El hijo de Pedro Lobo se ha ordenado de grados y corona (1), con intencion de hacerse clérigo;
»súpolo Minguilla, la nieta de Mingo Silvato, y hále puesto demanda de que la tiene dada palabra de
»casamiento: malas lenguas quieren decir que ha estado en cinta dél; pero él lo niega á pie juntillas.

»Hogaño no hay aceitunas, ni se halla una gota de vinagre en todo este pueblo. Por aquí pasó
»una compañía de soldados; lleváronse de camino tres mozas deste pueblo: no te quiero decir quién
»son, quizá volverán, y no faltará quien las tome por mujeres con sus tachas buenas ó malas. San-
»chica hace puntas de randas, gana cada dia ocho maravedís horros, que los va echando en una al-
»cancía para ayuda á su ajuar; pero ahora que es hija de un gobernador, tú le darás la dote sin que
»ella lo trabaje. La fuente de la plaza se secó: un rayo cayó en la picota, y allí me las den todas. Es-
»pero respuesta desta, y la resolucion de mi ida á la córte: y con esto Dios te me guarde mas años
»que á mí, ó tantos, porque no querria dejarte sin mí en este mundo.

»Tu mujer,
»TERESA PANZA.»

Las cartas fueron solemnizadas, reidas, estimadas y admiradas; y para acabar de echar el sello,
llegó el correo, el que traia la que Sancho enviaba á Don Quijote, que asimismo se leyó públicamente,
la cual puso en duda la sandez del gobernador. Retiróse la duquesa para saber del paje lo que le habia

---

(1) <i>Grados</i> son los órdenes menores que se dan despues de la primera tonsura, y son como grados ó escalones por donde se
sube á los órdenes sagrados de epístola, evangelio y misa. <i>Corona</i> es la primera tonsura clerical, que es como grado y disposicion para llegar al sacerdocio.—ARR.

sucedido en el lugar de Sancho, el cual se lo contó muy por estenso, sin dejar circunstancia que no refiriese : dióle las bellotas, y mas un queso que Teresa le dió por ser muy bueno, que se aventajaba á los de Tronchon : recibiólo la duquesa con grandísimo gusto, con el cual la dejaremos, por contar el fin que tuvo el gobierno del gran Sancho Panza, flor y espejo de todos los insulanos gobernadores.

CAPITULO LIII.

Del fatigado fin y remate que tuvo el gobierno de Sancho Panza.

Pensar que en esta vida las cosas della han de durar siempre en un estado, es pensar en lo escusado, antes parece que ella anda todo en redondo, digo á la redonda. A la primavera sigue el verano, al verano el estío, al estío el otoño, y al otoño el invierno, y al invierno la primavera, y asi torna á andarse el tiempo con esta rueda contínua. Sola la vida humana corre á su fin ligera, mas que el tiempo, sin esperar renovarse, sino es en la otra, que no tiene términos que la limiten. Esto dice Cide Hamete, filósofo mahomético : porque esto de entender la ligereza á instabilidad de la vida presente, y la duracion de la eterna que se espera, muchos sin lumbre de fe, sino con la luz natural lo han entendido; pero aquí nuestro autor lo dice por la presteza con que se acabó, se consumió, se deshizo, se fué como en sombra y humo el gobierno de Sancho, el cual estando la décima noche de los dias de su gobierno en su cama, no harto de pan ni de vino, sino de juzgar y dar pareceres, y de hacer estatutos y pragmáticas, cuando el sueño, á despecho y pesar de la hambre, le comenzaba á cerrar los párpados, oyó tan gran ruido de campanas y de voces, que no parecia sino que toda la ínsula se hundia. Sentóse en la cama, y estuvo atento y escuchando, por ver si daba en la cuenta de lo que podia ser la causa de tan grande alboroto : pero no solo no lo supo, sino que añadiéndose al ruido de voces y campanas el de infinitas trompetas y atambores, quedó mas confuso y lleno de temor y espanto, y levantándose en pie, se puso unas chinelas por la humedad del suelo, y sin ponerse sobrecopa de levantar, ni cosa que se pareciese, salió á la puerta de su aposento á tiempo cuando vió venir por unos corredores mas de veinte personas con hachas encendidas en las manos, y con las espadas desenvainadas gritando todos á grandes voces : arma, arma, señor gobernador, arma, que han entrado infinitos enemigos en la ínsula, y somos perdidos, si vuestra industria y valor no nos socorre.

Con este ruido, furia y alboroto, llegaron donde Sancho estaba atónito y embelesado de lo que oia y veia, y cuando llegaron á él, uno le dijo : ármese luego vuestra señoria, si no quiere perderse y que toda esta ínsula se pierda. ¿Qué me tengo de armar? respondió Sancho, ¿ni qué sé yo de armas ni de socorros? Estas cosas, mejor será dejarlas para mi amo Don Quijote, que en dos paletas las despachará y pondrá en cobro : que yo, pecador fui á Dios, no se me entiende nada destas priesas.

Ah, señor gobernador, dijo otro, ¿qué relente (1) es ese? ármese vuesa merced, que aquí le traemos armas ofensivas y defensivas, y salga á esa plaza, y sea nuestra guia y nuestro capitan, pues de derecho le toca el serlo, siendo nuestro gobernador. Armenme norabuena, replicó Sancho, y al momento le trujeron dos paveses, que venian proveidos dellos, y le pusieron encima de la camisa, sin dejarle tomar otro vestido, un pavés delante y otro detrás, y por unas concavidades que traian hechas le sacaron los brazos, y le liaron muy bien con unos cordeles, de modo que quedó emparedado y entablado, derecho como un huso, sin poder doblar las rodillas ni menearse un solo paso. Pusiéronle en las manos una lanza, á la cual se arrimó para poder tenerse en pie. Cuando asi lo tuvieron, le dijeron que caminase y los guiase, y animase á todos, que siendo él su norte, su lanterna y su lucero, tendrian buen fin sus negocios. ¿Cómo tengo de caminar, desventurado yo, respondió Sancho, que no puedo jugar los choquezuelas de las rodillas, porque me lo impiden estas tablas que tan cosidas tengo con mis carnes? Lo que han de hacer es llevarme en brazos, y ponerme atravesado, ó en pie en algun postigo, que yo le guardaré ó con esta lanza ó con mi cuerpo. Ande, señor gobernador, dijo otro, que mas el miedo que las tablas le impiden el paso : acabe y menéese, que es tarde, y los enemigos crecen, y las voces se aumentan, y el peligro carga.

Por cuyas persuasiones y vituperios probó el pobre gobernador á moverse, y fué dar consigo en el suelo tan gran golpe, que pensó que se habia hecho pedazos. Quedó como galápago encerrado y cu-

(1) ¿Qué frialdad, qué indiferencia es esta?—Arr.

bierto con sus conchas, ó como medio tocino metido entre dos artesas, ó bien asi como barca que de
al través en la arena: y no por verle caido aquella gente burladora le tuvieron compasion alguna,

antes, apagando las antorchas, tornaron á reforzar las voces, y á reiterar el arma con tan gran
priesa, pasando por encima del pobre Sancho, dándole infinitas cuchilladas sobre los paveses, que si
él no se recogiera y encogiera metiendo la cabeza entre los paveses, lo pasara muy mal el pobre gobernador, el cual en aquella estrecheza recogido, sudaba y trasudaba, y de todo corazon se encomendaba á Dios que de aquel peligro le sacase. Unos tropezaban en él, otros caian, y tal hubo que se

puso encima un buen espacio, y desde allí como desde atalaya gobernaba los ejércitos, y á grandes
voces decia: aquí de los nuestros, que por esta parte cargan mas los enemigos: aquel portillo se
guarde, aquella puerta se cierre, aquellas escalas se tranquen, vengan alcancias (1), pez y resina
en calderas de aceite ardiendo, trinchéense las calles con colchones. En fin, él nombraba con todo
ahinco todas las baratijas é instrumentos y pertrechos de guerra con que suele defenderse el asalto de
una ciudad; y el molido Sancho, que lo escuchaba y sufria todo, decia entre sí: ¡oh si mi Señor fuese servido que se acabase ya de perder esta ínsula, y me viese yo, ó muerto ó fuera desta grande angustia! Oyó el cielo su peticion, y cuando menos lo esperaba oyó voces que decian: ¡victoria! ¡victoria! los enemigos van de vencida: ea, señor gobernador, levántese vuesa merced, y venga á gozar
del vencimiento, y á repartir los despojos que se han tomado á los enemigos por el valor dese invencible brazo.

Levántenme, dijo con voz doliente el dolorido Sancho. Ayudáronle á levantar, y puesto en pie dijo:
el enemigo que yo hubiere vencido, quiero que me le claven en la frente: yo no quiero repartir despojos de enemigos, sino pedir y suplicar á algun amigo, si es que le tengo, que me dé un trago de vino,
que me seco, y me enjugue este sudor, que me hago agua. Limpiáronle, trajéronle el vino, desliáronle los paveses, sentóse sobre su lecho, y desmayóse del temor, del sobresalto y del trabajo. Ya les
pesaba á los de la burla de habérsela hecho tan pesada: pero el haber vuelto en sí Sancho les templó
la pena que les habia dado su desmayo. Preguntó qué hora era: respondiéronle que ya amanecia. Calló,

(1) Entre las armas ofensivas se usaban en lo antiguo las alcancias, que eran vasijas con fuego de alquitran, que se lanzaban sobre el enemigo.—Arr.

y sin decir otra cosa, comenzó á vestirse todo sepultado en silencio, y todos le miraban, y esperaban en qué habia de parar la priesa con que se vestia.

Vistióse en fin, y poco á poco, porque estaba molido y no podia ir mucho á mucho, se fué á la caballeriza, siguiéndole todos los que allí se hallaban, y llegándose al rucio, le abrazó y le dió un beso

de paz en la frente, y no sin lágrimas en los ojos, le dijo : venid vos acá, compañero mio, y amigo mio, y conllevador de mis trabajos y miserias : cuando yo me aven'a con vos, y no tenia otros pen-samientos que los que me daban los cuidados de remendar vuestros aparejos, y de sustentar vuestro

corpezuelo, dichosas eran mis horas, mis dias y mis años; pero despues que os dejé, y me subí sobre las torres de la ambicion y de la soberbia, se me han entrado por el alma adentro mil miserias, mil trabajos y cuatro mil desasosiegos. Y en tanto que estas razones iba diciendo, iba asimismo enalbardando el asno, sin que nadie nada le dijese. Enalbardado, pues, el rucio, con gran pena y pesar subió sobre él, y encaminando sus palabras y razones al mayordomo, al secretario, al maestresala y á Pedro Recio el doctor, y á otros muchos que allí presentes estaban, dijo: abrid camino, señores mios, y dejadme volver á mi antigua libertad: dejadme que vaya á buscar la vida pasada, para que me resucite desta muerte presente. Yo no nací para ser gobernador, ni para defender ínsulas ni ciudades de los enemigos que quisieren acometerlas. Mejor se me entiende á mí de arar y cavar, podar y ensarmentar las viñas, que de dar leyes, ni de defender provincias ni reinos. Bien se está San Pedro en Roma; quiero decir, que bien se está cada uno usando el oficio para que fue nacido. Mejor me está á mí una hoz en la mano, que un cetro de gobernador: mas quiero hartarme de gazpachos, que estar sujeto á la miseria de un médico impertinente, que me mate de hambre; y mas quiero recostarme á la sombra de una encina en el verano, y arroparme con un zamarro de dos pelos (1) en el invierno en mi libertad, que acostarme con la sujecion del gobierno entre sábanas de holanda, y vestirme de martas cebollinas. Vuesas mercedes se queden con Dios, y digan al duque mi señor, que desnudo nací, desnudo me hallo, ni pierdo ni gano; quiero decir, que sin blanca entré en este gobierno, y sin ella salgo, bien al revés de como suelen salir los gobernadores de otras ínsulas: y apártense, déjenme ir, que me voy á bizmar, que creo que tengo brumadas todas las costillas, merced á los enemigos que esta noche se han paseado sobre mí.

No ha de ser asi, señor gobernador, dijo el doctor Recio, que yo le daré á vuesa merced una bebida contra caidas y molimientos, que luego le vuelva en su prístina entereza y vigor, y en lo de la comida yo prometo á vuesa merced de enmendarme, dejándole comer abundantemente de todo aquello que quisiere. Tarde piache, respondió Sancho: asi dejaré de irme como volverme turco. No son estas burlas para dos veces. Por Dios que asi me quede en este, ni admita otro gobierno, aunque me le diesen entre dos platos, como volar al cielo sin alas. Yo soy del linaje de los Panzas, que todos son testarudos, y si una vez dicen nones, nones han de ser, aunque sean pares, á pesar de todo el mundo. Quédense en esta caballeriza las alas de la hormiga, que me levantaron en el aire, para que me comiesen los vencejos y otros pájaros, y volvámonos á andar por el suelo con pie llano, que si no le adornaren zapatos picados de cordoban, no le faltarán alpargatas toscas de cuerda: cada oveja con su pareja, y nadie tienda mas la pierna de cuanto fuere larga la sábana: y déjenme pasar, que se me hace tarde.

A lo que el mayordomo dijo: señor gobernador, de muy buena gana dejáramos ir á vuesa merced, puesto que nos pesará mucho de perderle, que su ingenio y su cristiano proceder obligan á desearle; pero ya se sabe que todo gobernador está obligado, antes que se ausente de la parte donde ha gobernado, á dar primero residencia; déla vuesa merced de los diez dias que há que tiene el gobierno, y váyase á la paz de Dios. Nadie me la puede pedir, respondió Sancho, si no es quien ordenare el duque mi señor: yo voy á verme con él, y á él se la daré de molde: cuanto mas, que saliendo yo desnudo, como salgo, no es menester otra señal para dar á entender que he gobernado como un ángel.

Par Dios que tiene razon el gran Sancho, dijo el doctor Recio, y que soy de parecer que le dejemos ir, porque el duque ha de gustar infinito de verle. Todos vinieron en ello, y le dejaron ir, ofreciéndole primero compañía y todo aquello que quisiese para el regalo de su persona y para la comodidad de su viaje. Sancho dijo que no queria mas de un poco de cebada para el rucio, y medio queso y medio pan para él, que pues el camino era tan corto, no habia menester mayor ni mejor repostería. Abrazáronle todos, y él llorando abrazó á todos, y los dejó admirados, asi de sus razones como de su determinacion tan resoluta y tan discreta.

CAPITULO LIV.
Que trata de cosas tocantes á esta historia, y no á otra alguna.

Resolviéronse el duque y la duquesa de que el desafío que Don Quijote hizo á su vasallo por la causa ya referida pasase adelante; y puesto que el mozo estaba en Flandes, adonde se habia ido huyendo por no tener por suegra á doña Rodriguez, ordenaron de poner en su lugar á un lacayo gascon, que se llamaba Tosílos, industriándole primero muy bien de todo lo que habia de hacer. De allí á dos dias dijo el duque á Don Quijote, cómo desde allí á cuatro vendria su contrario, y se presentaria en el campo armado caballero, y sustentaria cómo la doncella mentia por mitad de la barba, y aun por toda la barba entera, si se afirmaba que él le hubiese dado palabra de casamiento. Don Quijote recibió mucho gusto con tales nuevas, y se prometió á sí mismo de hacer maravillas en el caso, y tuvo á gran ventura habérsele ofrecido ocasion donde aquellos señores pudiesen ver hasta dónde se estendia el valor de su poderoso brazo, y asi con alborozo y contento esperaba los cuatro dias, que se le iban haciendo á la cuenta de su deseo cuatrocientos siglos.

_____

(1) El *zamarro de dos pelos* es un saco que llega hasta las rodillas, y que usan los pastores, hecho de pieles de cordero tierno ó de abortos, que son delgados y tienen el pelo blanco y corto, y por eso se usan dobles.—Arr.

Dejémoslos pasar nosotros, como dejamos pasar otras cosas, vamos á acompañar á Sancho, que entre alegre y triste venia caminando sobre el rucio á buscar á su amo, cuya compañía le agradaba mas que ser gobernador de todas las ínsulas del mundo. Sucedió, pues, que no habiéndose alongado mucho de la ínsula del su gobierno (que él nunca se puso á averiguar si era ínsula, ciudad, villa ó lugar la que gobernaba) vió que por el camino por donde él iba venian seis peregrinos con sus bordones, destos estranjeros que piden limosna cantando, los cuales en llegando á él se pusieron en ala, y levantando las voces todos juntos, comenzaron á cantar en su lengua lo que Sancho no pudo entender, sino fue una palabra que claramente pronunciaba limosna, por donde entendió que era limosna lo que en su canto pedian, y como él, segun dice Cide Hamete, era caritativo además, sacó de sus alforjas medio pan y medio queso, de que venia proveido, y dióselo diciéndoles por señas que no tenia otra cosa que darles. Ellos le recibieron de muy buena gana y dijeron: güelte, güelte.

No entiendo, respondió Sancho, qué es lo que me pedís, buena gente. Entonces uno dellos sacó una bolsa del seno, y mostrósela á Sancho por donde entendió que le pedian dineros, y él poniéndose el dedo pulgar en la garganta, y estendiendo la mano arriba, les dió á entender que no tenia ostugo (1) de moneda, y picando al rucio rompió por ellos; y al pasar, habiéndole estado mirando uno dellos con mucha atencion, arremetió á él, echándole los brazos por la cintura, en voz alta y muy castellana dijo: válame Dios, ¿qué es lo que veo? ¿es posible que tengo en mis brazos al mi caro amigo, al mi buen vecino Sancho Panza? Sí tengo sin duda, porque yo ni duermo, ni estoy ahora borracho. Admiróse Sancho de verse nombrar por su nombre, y de verse abrazar del estranjero peregrino, y despues de haberle estado mirando, sin hablar palabra, con mucha atencion, nunca pudo conocerle; pero viendo su suspension el peregrino le dijo: cómo ¿y es posible, Sancho Panza hermano, que no conoces á tu vecino Ricote el morisco, tendero de tu lugar?

Entonces Sancho le miró con mas atencion, y comenzó á refigurarle, y finalmente le vino á conocer de todo punto, y sin apearse del jumento le echó los brazos al cuello, y le dijo: ¿quién diablos te habia de conocer, Ricote, en este trage de moharracho que traes? Dime ¿quién te ha hecho franchote, y cómo tienes atrevimiento de volver á España, donde si te cogen y conocen tendrás harto mala ventura?

Si tú no me descubres, Sancho, respondió el peregrino, seguro estoy que en este trage no habrá nadie que me conozca; y apartémonos del camino á aquella alameda que allí aparece, donde quieren comer y reposar mis compañeros, y allí comerás, con ellos, que son muy apacible gente; yo tendré lugar de contarte lo que me ha sucedido despues que me partí de nuestro lugar por obedecer el bando de su magestad, que con tanto rigor á los desdichados de mi nacion amenazaba, segun oíste.

Hízolo asi Sancho, y hablando Ricote á los demás peregrinos, se apartaron á la alameda que se parecia, bien desviados del camino real. Arrojaron los bordones, quitáronse las mucetas ó esclavinas, y quedaron en pelota, y todos ellos eran mozos y muy gentiles hombres, escepto Ricote, que ya era hombre entrado en años. Todos traian alforjas, y todas, segun pareció, venian bien proveidas, á lo menos de cosas incitativas y que llaman á la sed de dos leguas. Tendiéronse en el suelo, y haciendo manteles de las yerbas, pusieron sobre ellas pan, sal, cuchillos, nueces, rajas de queso, huesos mondos de jamon, que si no se dejaban mascar, no defendian el ser chupados. Pusieron asimismo un manjar negro, que dicen se llama cabial, y es hecho de huevos de pescados, gran despertador de la colambre (2), no faltaron aceitunas, aunque secas y sin adobo alguno, pero sabrosas y entretenidas; pero lo que mas campeó en el campo de aquel banquete, fueron seis botas de vino, que cada uno sacó la suya de su alforja: hasta el buen Ricote, que se habia trasformado de morisco en aleman ó en tudesco, sacó la suya, que en grandeza podia competir con las cinco. Comenzaron á comer con grandísimo gusto y muy despacio, saboreándose con cada bocado, que le tomaban con la punta del cuchillo, y muy poquito de cada cosa, y luego al punto todos á una levantaron los brazos y las botas en el aire, puestas las bocas en su boca, clavados los ojos en el cielo, no parecia sino que ponian en él la punteria; y desta manera meneando las cabezas á un lado y á otro, señales que acreditaban el gusto que recebian, se estuvieron un buen espacio, trasegando en sus estómagos las entrañas de las vasijas.

Todo lo miraba Sancho, y de ninguna cosa se dolia; antes por cumplir con el refran, que él muy bien sabia, de cuando á Roma fuéres haz como vieres, pidió á Ricote la bota, y tomó su punteria como los demás, y no con menos gusto que ellos. Cuatro veces dieron lugar las botas para ser empinadas, para la quinta no fue posible, porque ya estaban mas enjutas y secas que un esparto, cosa que puso mustia la alegría que hasta allí habian mostrado. De cuando en cuando juntaba alguno su mano derecha con la de Sancho, y decia: español y tudesqui tuto uno bon compaño; y Sancho respondia, bon compaño jura Di, y disparaba con una risa que le duraba una hora, sin acordarse entonces de nada de lo que le habia sucedido en su gobierno; porque sobre el rato y tiempo cuando se come y bebe, poca jurisdiccion suelen tener los cuidados. Finalmente, el acabárseles el vino fue principio de un sueño que dió á todos, quedándose dormidos sobre las mismas mesas y manteles: solos Ricote y Sancho quedaron alerta, porque habian comido mas y bebido menos; y apartando Ricote á Sancho,

(1) Rastro, señal.—Arr.
(2) Hoy se dice Corambre.—MARTÍNEZ DEL ROMERO.

se sentaron al pie de una haya, dejando á los peregrinos sepultados en dulce sueño, y Ricote sin tropezar nada en su lengua morisca, en la pura castellana le dijo las siguientes razones:

    Bien sabes, oh Sancho Panza, vecino y amigo mio, cómo el pregon y bando que su mugestad mandó publicar contra los de mi nacion, puso terror y espanto en todos nosotros: á lo menos en mí le puso de suerte, que me parece que antes del tiempo que se nos concedia para que hiciésemos ausencia de España, ya tenia el rigor de la pena ejecutado en mi persona y en la de mis hijos. Ordené, pues, á mi parecer como prudente (bien asi como el que sabe que para tal tiempo le han de quitar la casa donde vive, y se provee de otra dónde mudarse), ordené, digo, de salir yo solo sin mi familia de mi pueblo

é ir á buscar dónde llevarla con comida, y sin la priesa con que los demás salieron, porque bien ví y vieron todos nuestros ancianos, que aquellos pregones no eran solo amenazas, como algunos decian, sino verdaderas leyes, que se habian de poner en ejecucion á su determinado tiempo; y forzábame á creer esta verdad saber yo los ruines y disparatados intentos que los nuestros tenian, y tales, que me parece que fue inspiracion divina la que movió á su magestad á poner en efecto tan gallarda resolucion, no porque todos fuésemos culpados, que algunos habia cristianos firmes y verdaderos: pero eran tan pocos, que no se podian oponer á los que no lo eran, y no era bien criar la sierpe en el seno, teniendo los enemigos dentro de casa. Finalmente, con justa razon fuimos castigados con la pena del destierro, blanda y suave al parecer de algunos, pero al nuestro la mas terrible que se nos podia dar. Do quiera que estamos lloramos por España, que en fin nacimos en ella, y es nuestra patria natural: en ninguna parte hallamos el acogimiento que nuestra desventura desea; y en Berbería y en todas las partes de Africa, donde esperábamos ser recibidos, acogidos y regalados, y allí es donde mas nos ofenden y maltratan. No hemos conocido el bien hasta que le hemos perdido; y es el deseo tan grande que casi todos tenemos de volver á España, que los mas de aquellos, y son muchos, que saben la lengua como yo, se vuelven á ella y dejan allá sus mujeres y sus hijos desamparados: tanto es el amor que la tienen; y agora conozco y esperimento lo que suele decirse, que es dulce el amor de la patria.

Salí, como digo, de nuestro pueblo, entré en Francia, y aunque allí nos hacian buen acogimiento, quise verlo todo. Pasé á Italia, llegué á Alemania, y allí me pareció que se podia vivir con mas libertad, porque sus habitadores no miran en muchas delicadezas; cada uno vive como quiere, porque en la mayor parte della se vive con libertad de conciencia. Dejé tomada casa en un pueblo junto á Au-

gusta, juntéme con estos peregrinos, que tienen por costumbre de venir á España muchos dellos cada año á visitar los santuarios della, que los tienen por sus Indias y por certísima grangería y conocida ganancia. Ándanla casi toda, y no hay pueblo ninguno de donde no salgan comidos y bebidos, como suele decirse, y con un real, por lo menos, en dineros, y al cabo de su viaje salen con mas de cien escudos de sobra, que trocados en oro, ó ya en el hueco de los bordones, ó entre los remiendos de las esclavinas, ó con la industria que ellos pueden, los sacan del reino, y los pasan á sus tierras á pesar de las guardas de los puestos y puertos donde se registran. Ahora es mi intencion, Sancho, sacar el tesoro que dejé enterrado, que por estar fuera del pueblo lo podré hacer sin peligro, y escribir ó pasar desde Valencia á mi hija y á mi mujer, que sé que están en Argel, y dar traza cómo traerlas á algun puerto de Francia, y desde allí llevarlas á Alemania, donde esperaremos lo que Dios quisiere hacer de nosotros: que en resolucion, Sancho, yo sé cierto que Ricota, mi hija, y Francisca Ricota, mi mujer, son católicas cristianas, y aunque yo no lo soy tanto, todavía tengo mas de cristiano que de moro, y ruego siempre á Dios me abra los ojos del entendimiento, y me dé á conocer cómo lo tengo de servir: y lo que me tiene admirado es no saber por qué se fué mi mujer y mi hija antes á Berbería que á Francia, adonde podia vivir como cristiana.

A lo que respondió Sancho: mira, Ricote, eso no debió estar en su mano porque las llevó Juan Tiopieyo, el hermano de tu mujer, y como debe de ser fino moro, fuese á lo mas bien parado; y séte decir otra cosa, que creo que vas en balde á buscar lo que dejaste encerrado, porque tuvimos nuevas que habian quitado á tu cuñado y tu mujer muchas perlas y mucho dinero en oro, que llevaban por registrar. Bien puede ser eso, replicó Ricote; pero yo sé, Sancho, que no tocaron á mi encierro, porque yo no les descubrí dónde estaba, temeroso de algun desman: y asi, si tú, Sancho, quieres venir conmigo, y ayudarme á sacarlo y á encubrirlo, yo te daré doscientos escudos, con que podrás remediar tus necesidades, que ya sabes que sé yo que las tienes muchas.

Yo lo hiciera, respondió Sancho; pero no soy nada codicioso, que á serlo, un oficio dejé yo esta mañana de las manos, donde pudiera hacer las paredes de mi casa de oro, y comer antes de seis meses en platos de plata; y asi por esto, como por parecerme haria traicion á mi rey en dar favor á sus enemigos, no fuera contigo, si como me prometes doscientos escudos, me dieras aquí de contado cuatrocientos.

¿Y qué oficio es el que has dejado, Sancho? preguntó Ricote. He dejado de ser gobernador de una ínsula, respondió Sancho, y tal, que á buena fe que no hallé otra como ella á dos tirones. ¿Y dónde está esta ínsula? preguntó Ricote. ¿A dónde? respondió Sancho, dos leguas de aquí, y se llama la ínsula Barataria. Calla, Sancho, dijo Ricote, que las ínsulas están allá dentro de la mar, que no hay ínsulas en la tierra firme. ¿Cómo no? replicó Sancho : dígote, Ricote amigo, que esta mañana me partí della, y ayer estuve en ella gobernando á mi placer como un sagitario; pero con todo eso la he dejado, por parecerme oficio peligroso el de los gobernadores. ¿Y qué has ganado en el gobierno? preguntó Ricote. He ganado, respondió Sancho, el haber conocido que no soy bueno para gobernar, si no es un hato de ganado, y que las riquezas que se ganan en los tales gobiernos son á costa de perder el descanso y el sueño, y aun el sustento, porque en las ínsulas deben de comer poco los gobernadores, especialmente si tienen médicos que miren por su salud.

Yo no te entiendo, Sancho, dijo Ricote; pero paréceme que todo lo que dices es disparate: que ¿ quién te habia de dar á tí ínsulas que gobernases? ¿ faltaban hombres en el mundo mas hábiles para gobernar que tú eres? Calla, Sancho, y vuelve en tí, y mira si quieres venir conmigo, como te he dicho, á ayudarme á sacar el tesoro que dejé escondido, que en verdad es tanto, que se puede llamar tesoro, y te daré con que vivas, como te he dicho. Ea, te he dicho Ricote, replicó Sancho, que no quiero : conténtate que por mí no serás descubierto, y prosigue en buena hora tu camino, y dejáme seguir el mio, que yo sé que lo bien ganado se pierde, y lo malo, ello y su dueño.

No quiero porfiar, Sancho, dijo Ricote; pero dime, ¿ hallástete en nuestro lugar cuando se partió dél mi mujer, mi hija y mi cuñado? Si hallé, respondió Sancho, y séte decir que salió tu hija tan hermosa, que salieron á verla cuantos habia en el pueblo, y todos decian que era la mas bella criatura del mundo. Iba llorando, y abrazaba á todas sus amigas y conocidas, y á cuantas llegaban á verla, y á todos pedia la encomendasen á Dios y á Nuestra Señora su Madre: y esto con tanto sentimiento, que á mí me hizo llorar, que no suelo ser muy lloron y á fe que muchos tuvieron deseo de esconderla ó salir á quitársela en el camino, pero el miedo de ir contra el mandado del rey los detuvo : principalmente se mostró mas apasionado don Pedro Gregorio, aquel mancebo mayorazgo rico que tú conoces, que dicen que la queria mucho; y despues que ella se partió, nunca mas él ha parecido en nuestro lugar, y todos pensamos que iba tras ella para robarla; pero hasta ahora no se ha sabido nada. Siempre tuve yo mala sospecha, dijo Ricote, de que ese caballero adamaba á mi hija; pero fiado en el valor de mi Ricota, nunca me dió pesadumbre el saber que la queria bien; que ya habrás oido decir, Sancho, que las moriscas, pocas ó ninguna vez se mezclaron por amores con cristianos viejos; y mi hija, que á lo que yo creo atendia á ser mas cristiana que enamorada, no se curaria de las solicitudes dese señor mayorazgo. Dios lo haga, replicó Sancho, que á entrambos les estaria mal; y déjame partir de aquí, Ricote amigo, que quiero llegar esta noche adonde está mi señor Don Quijote. Dios vaya contigo, Sancho hermano, que ya mis compañeros se rebullen, y tambien es hora que prosigamos nuestro camino; y luego se abrazaron los dos, y Sancho subió en su rucio, y Ricote se arrimó á su bordon, y se apartaron.

CAPITULO LV.
De cosas sucedidas á Sancho en el camino, y otras que no hay mas que ver.

EL haberse detenido Sancho con Ricote no le dió lugar á que aquel dia llegase al castillo del duque, puesto que llegó media legua dél, donde le tomó la noche algo oscura y cerrada; pero como era verano, no le dió mucha pesadumbre, y asi se apartó del camino con intencion de esperar la mañana, y quiso su corta y desventurada suerte que buscando lugar donde mejor acomodarse, cayeron él y el rucio en una honda y escurísima sima, que entre unos edificios muy antiguos estaba; y al tiempo del caer se encomendó á Dios de todo corazon, pensando que no habia de parar hasta el profundo de los abismos; y no fue asi, porque á poco mas de tres estados dió fondo el rucio; y él se halló encima dél sin haber recibido lision ni daño alguno. Tentóse todo el cuerpo, y recogió el aliento por ver si estaba sano ó agujereado por alguna parte; y viéndose bueno, entero y católico de salud, no se hartaba de dar gracias á Dios Nuestro Señor de la merced que le habia hecho, porque sin duda pensó que estaba hecho mil pedazos. Tentó asimismo con las manos por las paredes de la sima, por ver si seria posible salir della sin ayuda de nadie, pero todas las halló rasas y sin asidero alguno, de lo que Sancho se congojó mucho, especialmente cuando oyó que el rucio se quejaba tierna y dolorosamente, y no era mucho, ni se lamentaba de vicio, que á la verdad no estaba muy bien parado. ¡Ay, dijo entonces Sancho Panza, y cuán no pensados sucesos suelen ocurrir á cada paso á los que viven en este miserable mundo! ¿Quién dijera que el que ayer se vió entronizado gobernador de una ínsula, mandando á sus sirvientes y á sus vasallos, hoy se habia de ver sepultado en una sima sin haber persona alguna que le remedie, ni criado ni vasallo que acuda á su socorro? Aquí habremos de perecer de hambre yo y mi jumento, si ya no nos morimos antes, él de molido y quebrantado, y yo de pesaroso : á lo menos no seré yo tan venturoso como lo fue mi señor Don Quijote de la Mancha, cuando descendió y bajó á la cueva de aquel encantador Montesinos, donde halló quien le regalase mejor que en su casa, que no parece sino que se fué á mesa puesta y á cama hecha. Allí vió él visiones hermosas y apacibles, y yo veré aquí, á lo que creo sapos y culebras. ¡De aquí sacarán mis huesos, cuando el cielo sea servido que me descubran, mondos, blancos y raidos, y los de mi buen rucio con ellos, por donde quizá se echará de ver quién somos, á lo menos de los que tuvieron noticia que nunca Sancho Panza se apartó de su asno, ni su asno de Sancho Panza. Otra vez digo, ¡miserables de nosotros! que no ha querido nuestra corta suerte que muriésemos en nuestra patria y entre los nuestros donde, ya que no hallara remedio nuestra desgracia, no faltara quien della se doliera, y en la hora última de nuestro pasamiento (1) nos cerrara los ojos! ¡Oh compañero y amigo mio, qué mal pago te ha dado de tus buenos servicios! Perdóname, y pide á la fortuna en el mejor modo que supieres, que nos saque deste miserable trabajo en que estamos puestos los dos, que yo prometo de ponerte una corona de laurel en la cabeza, que no parezcas sino un laureado poeta, y de darte los piensos doblados. Desta manera se lamentaba Sancho Panza, y su jumento le escuchaba sin responderle palabra alguna: tal era el aprieto y angustia en que el pobre se hallaba.

Finalmente, habiendo pasado toda aquella noche en miserables quejas y lamentaciones, vino el dia, con cuya claridad y resplandor vió Sancho que era imposible de toda imposibilidad salir de aquel pozo sin ser ayudado, y comenzó á lamentarse y dar voces por ver si alguno le oia; pero todas sus voces eran dadas en desierto, pues por todos aquellos contornos no habia persona que pudiese escucharle, y entonces se acabó de dar por muerto. Estaba el rucio boca arriba, y Sancho Panza le acomodó de modo que le puso en pie, que apenas se podia tener: y sacando de las alforjas, que tambien habian corrido la misma fortuna de la caida, un pedazo de pan, lo dió á su jumento, que no le supo mal, y díjole Sancho, como si le entendiera: todos los duelos con pan son menos.

En esto descubrió á un lado de la sima un agujero capaz de caber por él una persona si se agoviaba y encogia. Acudió á él Sancho Panza, y agazapándose se entró por él, y vió que por dentro era espacioso y largo, y púdolo ver porque por lo que se podia llamar techo entraba un rayo de sol, que lo descubria todo. Vió tambien que se dilataba y alargaba por otra concavidad espaciosa; viendo lo cual volvió á salir donde estaba el jumento, y con una piedra comenzó á desmoronar la tierra del agujero, de modo que en poco espacio hizo lugar donde con facilidad pudiese entrar el asno, como lo hizo, y cogiéndole del cabestro comenzó á caminar por aquella gruta adelante, por ver si hallaba alguna salida por otra parte: á veces iba á escuras, y á veces con luz, pero ninguna vez sin miedo. ¡Válame Dios Todopoderoso! decia entre sí: esta que para mí es desventura, mejor fuera para aventura de mi amo Don Quijote. El sí que tuviera estas profundidades y mazmorras por jardines floridos y por palacios de Galiana (2) y esperara salir desta escuridad y estrecheza á algun florido prado; pero yo sin ventura, falto de consejo y menoscabado de ánimo, á cada paso pienso que debajo de los pies de improviso se ha de abrir otra sima mas profunda que la otra, que acabe de tragarme: bien vengas mal, si vienes solo.

Desta manera y con estos pensamientos le pareció que habria caminado poco mas de media legua, al cabo de la cual descubrió una confusa claridad, que pareció ser ya de dia, y que por alguna parte entraba, que daba indicio de tener fin abierto aquel, para el camino de la otra vida.

Aquí le deja Cide Hamete Ben Engeli, y vuelve á tratar de Don Quijote, que alborozado y contento esperaba el plazo de la batalla que habia de hacer con el robador de la honra de la hija de doña Rodriguez, á quien pensaba enderezar el tuerto y desaguisado, que malamente le tenian fecho.

Sucedió pues, que saliéndose una mañana á imponerse y ensayarse en lo que había de hacer en el trance en que otro dia pensaba verse, dando un repelon ó arremetida á Rocinante, llegó á poner los pies tan junto á una cueva, que á no tirarle fuertemente las riendas, fuera imposible no caer en ella: en fin le detuvo y no cayó, y llegándose algo mas cerca, sin apearse miró aquella hondura, y estándola mirando oyó grandes voces dentro, y escuchando atentamente pudo percibir y entender que el que las daba decia: ah de arriba, ¿hay algun cristiano que me escuche? ¿ó algun caballero caritativo que se duela de un pecador enterrado en vida? ¿de un desdichado desgobernado gobernador?

Parecióle á Don Quijote que oia la voz de Sancho Panza, de que quedó suspenso y asombrado, y levantando la voz todo lo que pudo, dijo: ¿quién está allá abajo? ¿quién se queja? ¿Quién puede estar aqui, ó quién se ha de quejar? respondieron, sino el asendereado de Sancho Panza, gobernador por sus pecados y por su mala andanza de la Insula Barataria, escudero que fue del famoso caballero Don Quijote de la Mancha? Oyendo lo cual Don Quijote, se le dobló la admiracion, y se le acrecentó el pasmo viniéndosele al pensamiento que Sancho Panza debia de ser muerto, y que estaba allí penando su alma: y llevado desta imaginacion dijo: conjúrote por todo aquello que puedo conjurarte como católico cristiano, que me digas quién eres y si eres alma en pena, díme qué quieres que haga por tí, que pues mi profesion es favorecer y acorrer á los necesitados deste mundo, tambien serviré para acorrer y ayudar á los menesterosos del otro mundo, que no pueden ayudarse por sí propios.

Desa manera, respondieron, vuesa merced que me habla debe de ser mi señor Don Quijote de la Mancha, y aun en el órgano de la voz no es otro sin duda. Don Quijote soy, replicó Don Quijote, el que profeso socorrer y ayudar en sus necesidades á los vivos y á los muertos: por eso díme quién

(1) Tránsito, muerte. Otras ediciones dicen *pasatiempo*, y otras *pensamiento*: ambas son erratas.—F. C.
(2) *Galiana* es nombre de una princesa mora, á quien cuentan que su padre Gadalife edificó unos palacios de gran recreacion en Toledo, á orillas del Tajo.—A.—Este nombre se da á las ruinas de un edificio romano de Toledo, que existen en la huerta llamada del Rey, á la orilla del Tajo, bajando del puente de Alcántara.

eres, que me tienes atónito, porque si eres mi escudero Sancho Panza, y te has muerto, como no te hayan llevado los diablos, y por la misericordia de Dios estés en el purgatorio, sufragios tiene nuestra santa madre la Iglesia católica romana bastantes á sacarte de las penas en que estás, y yo que lo solicitaré con ella por mi parte con cuanto mi hacienda alcanzare: por eso acaba de declararte y dime quién eres.

Voto á tal, respondieron, y por el nacimiento de quien vuesa merced quisiere, juro, señor Don Quijote de la Mancha, que yo soy su escudero Sancho Panza, y que nunca me he muerto en todos los dias de mi vida; sino que habiendo dejado mi gobierno por cosas y causas que es menester mas espacio para decirlas, anoche caí en esta sima, donde yago, y el rucio conmigo, que no me dejará mentir, pues por mas señas está aquí conmigo. Y hay mas, que no parece sino que el jumento entendió lo que Sancho dijo, porque al momento comenzó á rebuznar tan recio, que toda la cueva retumbaba. Famoso testigo, dijo Don Quijote; el rebuzno conozco como si le pariera, y tu voz oigo, Sancho mio: espérame, iré al castillo del duque, que está aquí cerca, y traeré quien te saque desta sima, donde tus pecados te deben de haber puesto. Vaya vuesa merced, dijo Sancho, y vuelva presto por un solo Dios, que ya no lo puedo llevar el estar aquí sepultado en vida, y me estoy muriendo de miedo.

Dejóle Don Quijote, y fué al castillo á contar á los duques el suceso de Sancho Panza, de que no poco se maravillaron, aunque bien entendieron que debia de haber caido por la correspondencia de aquella gruta que de tiempos inmemoriales estaba allí hecha; pero no podian pensar cómo habia dejado el gobierno sin tener ellos aviso de su venida. Finalmente, como dicen, llevaron sogas y maromas, y á costa de mucha gente y de mucho trabajo, sacaron al rucio y á Sancho Panza de aquellas tinieblas á la luz del sol. Vióle un estudiante, y dijo: desta manera habian de salir de sus gobiernos todos los malos gobernadores, como sale este pecador del profundo del abismo, muerto de hambre, descolorido y sin blanca, á lo que yo creo.

Oyólo Sancho, y dijo: ocho dias ó diez há, hermano murmurador, que entré á gobernar la insula que me dieron, en los cuales no me ví harto de pan siquiera una hora: en ellos me han perseguido médicos, y enemigos me han brumado los huesos; ni he tenido lugar de hacer cohechos ni de cobrar derechos; y siendo esto asi, como lo es, no merecia yo, á mi parecer, salir desta manera: pero el hombre pone, y Dios dispone; y Dios sabe lo mejor y lo que le está bien á cada uno; y cuál el tiempo, tal el tiento; y nadie diga desta agua no beberé, que adonde se piensa que hay tocinos no hay estacas: y Dios me entiende y basta, y no digo mas, aunque pudiera.

No te enojes, Sancho, dijo Don Quijote, ni recibas pesadumbre de lo que oyeres, que será nunca acabar: ven tú con segura conciencia, y digan lo que dijeren, y es querer atar las lenguas de los maldicientes lo mismo que querer poner puertas al campo. Si el gobernador sale rico de su gobierno, dicen dél que ha sido un ladron, y si sale pobre, que ha sido un para poco y un mentecato. A buen seguro, respondió Sancho, que por esta vez antes me han de tener por tonto que por ladron.

En estas pláticas llegaron rodeados de muchachos y de otra mucha gente al castillo, adonde en unos corredores estaban ya el duque y la duquesa esperando á Don Quijote y á Sancho, el cual no quiso subir á ver al duque, sin que primero no hubiese acomodado al rucio en la caballeriza, porque decia que habia pasado muy mala noche en la posada ; y luego subió á ver á sus señores, ante los cuales puesto de rodillas, dijo : yo, señores, porque lo quiso asi vuestra grandeza, sin ningun merecimiento mio, fuí á gobernar vuestra ínsula Barataria, en la cual entré desnudo y desnudo me hallo, ni pierdo ni gano. Si he gobernado bien ó mal, testigos he tenido delante, que dirán lo que quisieren. He declarado dudas, sentenciado pleitos, y siempre muerto de hambre, por haberlo querido asi el doctor Pedro Recio, natural de Tirteafuera, médico insulano y gobernadoresco. Acometiéronnos enemigos de noche, y habiéndonos puesto en grande aprieto, dicen los de la ínsula que salieron libres y con victoria por el valor de mi brazo : que tal salud les dé Dios como ellos dicen verdad. En resolu-

cion, en este tiempo yo he tanteado las cargas que trae consigo y las obligaciones el gobernar, y he hallado por mi cuenta que no las podrán llevar mis hombros, ni son peso de mis costillas, ni flechas de mi aljaba : y asi antes que diese conmigo al través el gobierno, he querido yo dar con el gobierno al través, y ayer de mañana dejé la ínsula como la hallé, con las mismas calles, casas y tejados que tenia cuando entré en ella. No he pedido prestado á nadie, ni metídome en granjerías ; y aunque pensaba hacer muchas ordenanzas provechosas, no hice sino alguna, temeroso que no se habian de guardar, que entonces es lo mesmo hacerlas que no hacerlas. Salí, como digo, de la ínsula, sin otro acompañamiento que el de mi rucio : caí en una sima, víneme por ella adelante, hasta que esta mañana con la luz del sol ví la salida ; pero no tan fácil, que á no depararme el cielo á mi señor Don Quijote, allí me quedara hasta la fin del mundo. Asi que, mis señores duque y duquesa, aquí está vuestro gobernador Sancho Panza, que ha granjeado en solos diez dias que ha tenido el gobierno, conocer que no se le ha de dar nada por ser gobernador, no que de una ínsula, sino de todo el mundo ; y con este presupuesto, besando á vuesas mercedes los pies, imitando al juego de los muchachos, que dicen : salta tú, y dámela tú, doy un salto del gobierno, y me paso al servicio de mi señor Don Quijote, que en fin en él, aunque como el pan con sobresalto, hártome á lo menos : y para mí, como yo esté harto, eso me hace que sea de zanahorias, que de perdices. Con esto dió fin á su larga plática Sancho, temiendo siempre Don Quijote que habia de decir en ella millures de disparates ; y cuando le vió acabar con tan pocos, dió en su corazon gracias al cielo, y el duque abrazó á Sancho, y le dijo que le pesaba en el alma de que hubiese dejado tan presto el gobierno ; pero que él haria de suerte que se le diese en su estado otro oficio de menos carga y de mas provecho. Abrazóle la duquesa asimismo, y mandó que le regalasen, porque daba señales de venir mal parado y peor molido.

CAPITULO LVI.

De la descomunal y nunca vista batalla que pasó entre Don Quijote de la Mancha y el lacayo Tosilos en la defensa de la hija
de la dueña doña Rodriguez.

No quedaron arrepentidos los duques de la burla hecha á Sancho Panza del gobierno que le dieron; y mas, que aquel mismo dia vino su mayordomo y les contó punto por punto casi todas las palabras y acciones que Sancho habia dicho y hecho en aquellos dias; y finalmente les encareció el asalto de la ínsula, y el miedo de Sancho y su salida; de que no pequeño gusto recibieron.

Despues desto cuenta la historia que se llegó el dia de la batalla aplazada; y habiendo el duque una y muy muchas veces advertido á su lacayo Tosilos cómo se habia de avenir con Don Quijote para vencerle, sin matarle ni herirle, ordenó que se quitasen los hierros á las lanzas, diciendo á Don Quijote que no permitia la cristiandad, de que él se preciaba, que aquella batalla fuese con tanto riesgo y peligro de las vidas, y que se contentase con que le daba campo franco en su tierra, puesto que iba contra el decreto del santo concilio que prohibe los tales desafios, y no quisiese llevar por todo rigor aquel trance tan fuerte. Don Quijote dijo que su escelencia dispusiese las cosas de aquel negocio como mas fuese servido, que él le obedeceria en todo. Llegado, pues, el temeroso dia; y habiendo mandado el duque que delante de la plaza del castillo se hiciese un espacioso cadalso, donde estuviesen los jueces del campo, y las dueñas, madre é hija demandantes, habia acudido de todos los lugares y aldeas circunvecinas infinita gente á ver la novedad de aquella batalla, que nunca otra tal habian visto ni oido decir en aquella tierra los que vivian ni los que habian muerto.

El primero que entró en el campo y estacada fue el maestro de las ceremonias, que tanteó el campo y le paseó todo, porque en él no hubiese algun engaño, ni cosa encubierta donde se tropezase y cayese; luego entraron las dueñas, y se sentaron en sus asientos, cubiertas con los mantos hasta los ojos y aun hasta los pechos, con muestras de no pequeño sentimiento, presente Don Quijote en la estacada.

De allí á poco, acompañado de muchas trompetas, asomó por una parte de la plaza sobre un poderoso caballo, hundiéndola toda, el grande lacayo Tosilos, calada la visera, y todo encambronado (1) con unas fuertes y lucientes armas. El caballo mostraba ser frison, ancho y de color tordillo: de cada mano y pie le pendia una arroba de lana. Venia el valeroso combatiente bien informado del duque, su señor, de cómo se habia de portar con el valeroso Don Quijote de la Mancha, advertido que en ninguna manera le matase, sino que procurase huir el primer encuentro, por escusar el peligro de su muerte, que estaba cierto si de lleno en lleno le encontrase. Paseó la plaza, y llegando donde las dueñas estaban, se puso algun tanto á mirar á la que por esposo le pedia: llamó el maese de campo á Don Quijote, que ya se habia presentado en la plaza, y junto con Tosilos habló á las dueñas, preguntándoles si consentian que volviese por su derecho Don Quijote de la Mancha. Ellas dijeron que sí, y que todo lo que en aquel caso hiciese lo daban por bien hecho, por firme y por valedero. Ya en este

(1) *Encambronado*, dice Covarrubias, es el que está muy tieso, que no tuerce la cabeza.—Arr.

tiempo estaban el duque y la duquesa puestos en una galería que caia sobre la estacada, toda la cual estaba coronada de infinita gente que esperaba ver el riguroso trance nunca visto. Fue condicion de los combatientes que si Don Quijote vencia, su contrario se habia de casar con la hija de doña Rodriguez: y si él fuese vencido, quedaba libre su contendor de la palabra que se le pedia, sin dar otra satisfaccion alguna. Partióles el maestro de las ceremonias el sol, y puso á los dos cada uno en el puesto donde habian de estar. Sonaron los atambores, llenó el aire el son de las trompetas, temblaba debajo de los pies la tierra: estaban suspensos los corazones de la mirante turba, temiendo unos y esperando otros el buen ó el mal suceso de aquel caso. Finalmente Don Quijote, encomendándose de todo su corazon á Dios Nuestro Señor, y á la señora Dulcinea del Toboso, estaba aguardando que se le diese señal precisa de la arremetida; empero nuestro lacayo tenia diferentes pensamientos; no pensaba él sino en lo que ahora diré.

Parece ser que cuando estuvo mirando á su enemiga, le pareció la mas hermosa mujer que habia visto en toda su vida; y el niño ceguezuelo, á quien suelen llamar de ordinario amor por esas calles, no quiso perder la ocasion que se le ofreció de triunfar de un alma lacayuna, y ponerla en la lista de sus trofeos; y asi llegándose á él bonitamente sin que nadie le viese, le envasó al pobre lacayo una flecha de dos varas por el lado izquierdo, y le pasó el corazon de parte á parte: y púdolo hacer bien al seguro, porque el amor es invisible, y entra y sale por do quiere, sin que nadie le pida cuenta de sus hechos. Digo, pues, que cuando dieron la señal de la arremetida, estaba nuestro lacayo trasportado, pensando en la hermosura de la que ya habia hecho señora de su libertad, y asi no atendió al son de trompeta, como hizo Don Quijote, que apenas la hubo oido, cuando arremetió, y á todo el correr que permitia Rocinante partió contra su enemigo; y viéndole partir su buen escudero Sancho, dijo á grandes voces: Dios te guie, nata y flor de los andantes caballeros: Dios te dé la victoria, pues llevas la razon de tu parte. Y aunque Tosilos vió venir contra sí á Don Quijote, no se movió un paso de su puesto; antes con grandes voces llamó al maese de campo, el cual venido á ver lo que queria, le dijo: señor ¿esta batalla no se hace porque yo me case ó no me case con aquella señora? Asi es, le fue respondido. Pues yo, dijo el lacayo, soy temeroso de mi conciencia, y pondríala en gran cargo si pasase adelante en esta batalla; y asi digo que yo me doy por vencido, y que quiero casarme luego con aquella señora. Quedó admirado el maese de campo de las razones de Tosilos, y como era uno de los sabidores de la máquina de aquel caso, no le supo responder palabra. Detúvose Don Quijote en la mitad de su carrera viendo que su enemigo no le acometia. El duque no sabia la ocasion por qué no se pasaba adelante en la batalla; pero el maese de campo le fué á declarar lo que Tosilos decia, de lo que quedó suspenso y colérico en estremo. En tanto que esto pasaba, Tosilos se llegó adonde doña Rodriguez estaba, y dijo á grandes voces: yo, señora, quiero casarme con vuestra hija, y no quiero alcanzar por pleitos ni contiendas lo que puedo alcanzar por paz y sin peligro de la muerte. Oyó esto el valeroso Don Quijote, y dijo: pues esto asi es, yo quedo libre y suelto de mi promesa: cásense en hora buena, y pues Dios Nuestro Señor se la dió, San Pedro se la bendiga. El duque habia bajado á la plaza del castillo, y llegándose á Tosilos, le dijo: ¿es verdad, caballero, que os dais por vencido, y que instigado de vuestra temerosa conciencia os quereis casar con esta doncella? Sí señor, respondió Tosilos.

El hace muy bien, dijo á esta sazon Sancho Panza, porque lo que has de dar al mur, dálo al gato, y sacarte ha de cuidado. Ibase Tosilos desenlazando la celada, y rogaba que apriesa le ayudasen, porque le iban faltando los espíritus del aliento, y no podia verse encerrado tanto tiempo en la estrecheza de aquel aposento. Quitáronsela apriesa, y quedó descubierto y patente su rostro de lacayo. Viendo lo cual doña Rodriguez y su hija dando grandes voces, dijeron: este es engaño, engaño es este; á Tosilos el lacayo del duque mi señor nos han puesto en lugar de mi verdadero esposo; justicia de Dios y del rey de tanta malicia, por no decir bellaquería. No vos acuiteis, señoras, dijo Don Quijote, que ni esta es malicia, ni es bellaquería; y si la es, no ha sido la causa el duque, sino los malos encantadores que me persiguen, los cuales envidiosos de que yo alcanzase la gloria deste vencimiento, han convertido el rostro de vuestro esposo en el deste que decís que es lacayo del duque: tomad mi consejo, y á pesar de la malicia de mis enemigos casaos con él, que sin duda es el mismo que vos deseais alcanzar por esposo. El duque que esto oyó, estuvo por romper en risa toda su cólera, y dijo: son tan estraordinarias las cosas que suceden al señor Don Quijote, que estoy por creer que este mi lacayo no lo es, pero usemos de este ardid y maña: dilatemos el casamiento quince dias si quieren; y tengamos encerrado á este personaje, que nos tiene dudosos, en los cuales podria ser que volviese á su pristina figura, que no ha de durar tanto el rencor que los encantadores tienen al señor Don Quijote, y mas yéndoles tan poco en usar estos embelecos y trasformaciones. ¡Oh señor! dijo Sancho, que ya tienen estos malandrines por uso y costumbre de mudar las cosas de unas en otras, que tocan á mi amo. Un caballero que venció los dias pasados, llamado el de los Espejos, le volvieron en la figura del bachiller Sanson Carrasco, natural de nuestro pueblo y grande amigo nuestro, y á mi señora Dulcinea del Toboso la han vuelto en una rústica labradora, y asi imagino que este lacayo ha de morir y vivir lacayo todos los dias de su vida. A lo que dijo la hija de la Rodriguez: séase quien fuere este que me pide por esposa, que yo se lo agradezco, que mas quiero ser mujer legitima de un lacayo, que no amiga y burlada de un caballero, puesto que el que á mí me burló no lo es.

En resolucion, todos estos cuentos y sucesos pararon en que Tosilos se recogiese hasta ver en qué paraba su trasformacion. Aclamaron todos la victoria por Don Quijote, y los mas quedaron tristes y melancólicos de ver que no se habian hecho pedazos los tan esperados combatientes, bien asi como los muchachos quedan tristes cuando no sale el ahorcado que esperan, porque le ha perdonado ó la parte ó la justicia.

Fuése la gente, volviéronse el duque y Don Quijote al castillo, encerraron á Tosilos, quedaron doña Rodriguez y su hija contentísimas de ver que, por una via ó por otra, aquel caso habia de parar en casamiento, y Tosilos no esperaba menos.

CAPITULO LVII.

Que trata de cómo Don Quijote se despidió del duque, y de lo que sucedió con la discreta y desenvuelta Altisidora, doncella de la duquesa.

Ya le pareció á Don Quijote que era bien salir de tanta ociosidad como la que en aquel castillo tenia; que se imaginaba ser grande la falta que su persona hacia en dejarse estar encerrado y perezoso entre los infinitos regalos y deleites, que como á caballero andante aquellos señores le hacian, y parecíale que habia de dar cuenta estrecha al cielo de aquella ociosidad y encerramiento; y asi pidió un dia licencia á los duques para partirse. Diéronsela con muestras de que en gran manera les pesaba de que los dejase. Dió la duquesa las cartas de su mujer á Sancho Panza, el cual lloró con ellas, y dijo ¿quién pensara que esperanzas tan grandes como las que en el pecho de mi mujer Teresa Panza engendraron las nuevas de mi gobierno, habian de parar en volverme yo agora á las arrastradas aventuras de mi amo Don Quijote de la Mancha? Con todo esto me contento de ver que mi Teresa correspondió á ser quien es, enviando las bellotas á la duquesa, que á no habérselas enviado, quedando yo pesaroso, se mostrara ella desagradecida. Lo que me consuela es que á esta dádiva no se le puede dar nombre de cohecho porque ya tenia yo el gobierno cuando ella las envió, y está puesto en razon que los que reciben algun beneficio, aunque sea con niñerías se muestran agradecidos. En efecto yo entré desnudo en el gobierno, y salgo desnudo de él, y asi podré decir con segura conciencia, que no es poco : desnudo nací, desnudo me hallo, ni pierdo ni gano. .

Esto pasaba entre sí Sancho el dia de la partida ; y saliendo Don Quijote, habiéndose despedido la

noche antes de los duques, á la mañana se presentó armado en la plaza del castillo. Mirábanle de los corredores toda la gente del castillo, y asimismo los duques salieron á verle. Estaba Sancho sobre su rucio con sus alforjas, maleta y repuesto, contentísimo porque el mayordomo del duque, el que fue la Trifaldi, le habia dado un bolsico con doscientos escudos de oro, para suplir los menesteres del camino, y esto aun no lo sabia Don Quijote. Estando, como queda dicho, mirándole todos á deshora, entre las otras dueñas y doncellas de la duquesa que le miraban, alzó la voz la desenvuelta y discreta Altisidora, y en son lastimero dijo :—

Escucha, mal caballero,
  Deten un poco las riendas,
  No fatigues las hijadas
  De tu mal regida bestia.
Mira, falso, que no huyes
  De alguna serpiente fiera,
  Sino de una corderilla,
  Que está muy lejos de oveja.
Tú has burlado, monstruo horrendo,
  La mas hermosa doncella
  Que Diana vió en sus montes,
  Que Vénus miró en sus selvas.
Cruel Vireno, fugitivo Eneas,
Barrabás te acompañe, allá te avengas.

¡Tú llevas, ¡llevar impío!
  En las garras de tus cerras (1),
  Las entrañas de una humilde,
  Como enamorada tierna.
Llévaste tres tocadores
  Y unas ligas de unas piernas,
  Que al mármol puro se igualan
  En lisas, blancas y negras.
Llévaste dos mil suspiros,
  Que á ser de fuego, pudieran
  Abrasar á dos mil Troyas,

Si dos mil Troyas hubiera.
Cruel Vireno, fugitivo Eneas,
Barrabás te acompañe, allá te avengas.

De ese Sancho tu escudero
  Las entrañas sean tan tercas
  Y tan duras, que no salga
  De su encanto Dulcinea.
De la culpa que tú tienes,
  Lleve la triste la pena :
  Que justos por pecadores
  Tal vez pagan en mi tierra.
Tus mas finas aventuras
  En desventuras se vuelvan,
  En sueños tus pasatiempos,
  En olvidos tus firmezas.
Cruel Vireno, fugitivo Eneas,
Barrabás te acompañe, allá te avengas.

Seas tenido por falso
  Desde Sevilla á Marchena,
  Desde Granada hasta Loja,
  De Lóndres á Ingalaterra.
Si jugares al Reinado,
  Los Cientos, ó la Primera,
  Los reyes huyan de tí,

(1) Voz de la germanía manos.

Ases ni sietes no veas.
Si te cortares los callos,
Sangre las heridas viertan:
Y quédente los raigones,

Si te sacares las muelas.
Cruel Vireno, fugitivo Eneas,
Barrabás te acompañe, allá te avengas.

En tanto que de la suerte que se ha dicho se quejaba la lastimada Altisidora, la estuvo mirando Don Quijote, y sin responderla palabra, volviendo el rostro á Sancho, le dijo: por el siglo de tus pasados, Sancho mio, te conjuro que me digas una verdad; dime, ¿ llevas, por ventura, los tres tocadores y las ligas que esta enamorada doncella dice ? A lo que Sancho respondió: los tres tocadores sí llevo; pero las ligas, como por los cerros de Ubeda. Quedó la duquesa admirada de la desenvoltura de Altisidora, que aunque la tenia por atrevida, graciosa y desenvuelta, no en grado que se atreviera á semejantes desenvolturas, y como no estaba advertida desta burla, creció mas su admiracion. El duque quiso reforzar el donaire, y dijo: no me parece bien, señor caballero, que habiendo recibido en este mi castillo el buen acogimiento que en él se os ha hecho, os hayais atrevido á llevaros tres tocadores por lo menos, y por lo mas las ligas de mi doncella: indicios son del mal pecho, y muestras que no corresponden á vuestra fama: volvedle las ligas, si no, yo os desafio á mortal batalla, sin tener temor que malandrines encantadores me vuelvan ni muden el rostro, como han hecho en el de Tosilos mi lacayo, el que entró con vos en batalla.

No quiera Dios, respondió Don Quijote, que yo desenvaine mi espada contra vuestra ilustrísima persona, de quien tantas mercedes he recibido: los tocadores volveré, porque dice Sancho que los tiene; las ligas es imposible, porque ni yo las he recibido, ni él tampoco; y si esta vuestra doncella quisiere mirar sus escondrijos, á buen seguro que las halle. Yo, señor duque, jamás he sido ladron, ni lo pienso ser en toda mi vida, como Dios no me deje de su mano. Esta doncella habla, como ella dice, como enamorada, de lo que yo no le tengo culpa, y asi no tengo de que pedirle perdon, ni á ella, ni á vuestra escelencia, á quien suplico me tenga en mejor opinion, y me dé de nuevo licencia para seguir mi camino. Déosle Dios tan bueno, dijo la duquesa, señor Don Quijote, que siempre oigamos buenas nuevas de vuestras fechurías, y andad con Dios, que mientras mas os deteneis, mas aumentais el fuego en los pechos de las doncellas que os miran, y á la mia yo la castigaré de modo que de aquí adelante no se desmande con la vista ni con las palabras. Una no mas quiero que me escuches, oh valeroso Don Quijote, dijo entonces Altisidora, y es, que te pido perdon del latrocinio de las ligas, porque en Dios y en mi ánima que las tengo puestas: y he caido en el descuido del que yendo sobre el asno le buscaba. ¿ No lo dije yo ? dijo Sancho; bonico soy yo para encubrir hurtos, pues á quererlos hacer, de paleta me habia venido la ocasion en mi gobierno. Abajó la cabeza Don Quijote, é hizo reverencia á los duques y á todos los circunstantes, y volviendo las riendas á Rocinante, siguiéndole Sancho sobre el rucio, se salió del castillo, enderezando su camino á Zaragoza.

CAPITULO LVIII.

Que trata de cómo menudearon sobre Don Quijote aventuras tantas, que no se daban vagar unas á otras.

Cuando Don Quijote se vió en la campaña rasa, libre y desembarazado de los requiebros de Altisidora, le pareció que estaba en su centro, y que los espíritus se le renovaban para proseguir de nuevo el asunto de sus caballerías; y volviéndose á Sancho le dijo: la libertad, Sancho, es uno de los mas preciosos dones que á los hombres dieron los cielos: con ella no pueden igualarse los tesoros que encierra la tierra, ni el mar encubre: por la libertad, asi como por la honra, se puede y debe aventurar la vida; y por el contrario, el cautiverio es el mayor mal que puede venir á los hombres. Digo esto, Sancho, porque bien has visto el regalo, la abundancia que en este castillo que dejamos hemos tenido: pues en metad de aquellos banquetes sazonados y de aquellas bebidas de nieve me parecia á mi que estaba metido entre las estrechezas de la hambre, porque no lo gozaba con la libertad que lo gozara si fueran mios, que las obligaciones de las recompensas de los beneficios y mercedes recibidas son ataduras que no dejan campear el ánimo libre. Venturoso aquel á quien el cielo dió un pedazo de pan, sin que le quede obligacion de agradecerlo á otro que al mismo cielo. Con todo eso, dijo Sancho, que vuesa merced me ha dicho, no es bien que se queden sin agradecimiento de nuestra parte docientos escudos de oro, que en una bolsilla me dió el mayordomo del duque, que como pitima (1) y confortativo la llevo puesta sobre el corazon para lo que se ofreciere; que no siempre hemos de hallar castillos donde nos regalen, que tal vez toparemos con algunas ventas donde nos apaleen.

En estos y otros razonamientos iban los andantes caballero y escudero cuando vieron, habiendo andado poco mas de una legua, que encima de la yerba de un pradillo verde, encima de sus capas estaban comiendo hasta una docena de hombres vestidos de labradores. Junto á sí tenian unas como sábanas blancas, con que cubrian alguna cosa que debajo estaba: estaban empinadas y tendidas y de trecho á trecho puestas. Llegó Don Quijote á los que comian, y saludándolos primero cortesmente,

---

(1) *Pitima* ó *pictima* es el emplasto corroborante que se ponia sobre el lado del corazon para fortalecerle, desahogarle y alegrarle.—Arr.

les preguntó, que qué era lo que aquellos lienzos cubrian. Uno dellos le respondió: señor, debajo destos lienzos están unas imágenes de relieve y entalladura, que han de servir en un retablo que hacemos en nuestra aldea: llevámoslas cubiertas porque no se desfloren, y en hombros porque no se quiebren. Si sois servidos, respondió Don Quijote, holgaria de verlas, pues imágenes que con tanto recato se llevan, sin duda deben de ser buenas. Y cómo si lo son, dijo otro, si no dígalo lo que cuestan, que en verdad que no hay ninguna que no esté en mas de cincuenta ducados: y porque vea vuesa merced esta verdad, espere vuesa merced, y verla há por vista de ojos; y levantándose dejó de comer, y fué á quitar la cubierta de la primera imágen que mostró ser la de San Jorge, puesto á caballo con una serpiente enroscada á los pies, y la lanza atravesada por la boca, con la fiereza que suele pintarse. Toda la imágen parecia una ascua de oro, como suele decirse. Viéndola Don Quijote dijo: este caballero fue uno de los mejores andantes que tuvo la milicia divina: llamóse don San Jorge, y fue además defendedor de doncellas. Veamos esta otra. Descubrióla el hombre, y pareció ser la de San Martin puesto á caballo, que partia la capa con el pobre; y apenas la hubo visto Don Quijote, cuando dijo: este caballero tambien fue de los aventureros cristianos, y creo que fue mas liberal que valiente, como lo puedes echar de ver, Sancho, en que está partiendo la capa con el pobre, y le da la mitad; y sin duda debia de ser entonces invierno, que si no, él se la diera toda, segun era de caritativo. No debió de ser eso, dijo Sancho, sino que se debió de atener al refran que dicen, que para dar y tener, seso es menester. Rióse Don Quijote, y pidió que quitasen otro lienzo, debajo del cual se descubrió la imágen del Patron de las Españas á caballo, la espada ensangrentada, atropellando moros y pisando cabezas, y en viéndola dijo Don Quijote: éste si que es caballero y de las escuadras de Cristo; éste se llama don San Diego Matamoros, uno de los mas valientes santos y caballeros que tuvo el mundo, y tiene ahora el cielo. Luego descubrieron otro lienzo, y pareció que encubria la caida de San Pablo del caballo abajo, con todas las circunstancias que en el retablo de su conversion suelen pintarse. Cuando le vido tan al vivo, que dijeran que Cristo le hablaba, y Pablo respondia: éste, dijo Don Quijote, fue el mayor enemigo que tuvo la Iglesia de Dios Nuestro Señor, en su tiempo, y el mayor defensor suyo que tendrá jamás: caballero andante por la vida, y santo á pie quedó por la muerte, trabajador incansable en la viña del Señor, doctor de las gentes, á quien sirvieron de escuelas los cielos, y de catedrático y maestro que le enseñase el mismo Jesucristo. No habia mas imágenes, y asi mandó Don Quijote que las volviesen á cubrir, y dijo á los que las llevaban: por buen agüero he tenido, hermanos, haber visto lo que he visto, porque estos santos y caballeros profesaron lo que yo profeso, que es el ejercicio de las armas; sino que la diferencia que hay entre mí y ellos, es, que ellos fueron santos, y pelearon á lo divino, y yo soy pecador, y peleo á lo humano. Ellos conquistaron el cielo á fuerza de brazos, porque el cielo padece fuerza (1), y yo hasta ahora no sé lo que conquisto á fuerza de mis trabajos; pero si mi Dulcinea del Toboso saliese de los que padece, mejorándose mi ventura, y adobándoseme el juicio, podria ser que encaminase mis pasos por mejor camino del que llevo. Dios lo oiga, y el pecado sea sordo, dijo Sancho á esta ocasion. Admiráronse los hombres, asi de la figura como de las razones de Don Quijote, sin entender la mitad de lo que en ellas decir queria. Acabaron de comer, cargaron con sus imágenes, y despidiéndose de Don Quijote, siguieron su viaje.

Quedó Sancho de nuevo como si jamás hubiera conocido á su señor, admirado de lo que sabia, pareciéndole que no debia dé haber historia en el mundo, ni suceso que no lo tuviese cifrado en la uña y clavado en la memoria, y díjole: en verdad, señor nuestro amo, que si esto que nos ha sucedido hoy se puede llamar aventura, ella ha sido de las mas suaves y dulces que en todo el discurso de nuestra peregrinacion nos ha sucedido; della habemos salido sin palos y sobresalto alguno, ni hemos echado mano á las espadas, ni hemos batido la tierra con los cuerpos, ni quedamos hambrientos: bendito sea Dios que tal me ha dejado ver con mis propios ojos.

Tú dices bien, Sancho, dijo Don Quijote; pero has de advertir que no todos los tiempos son unos, ni corren de una misma suerte: y esto que el vulgo suele llamar comunmente agüeros, que no se fundan sobre natural razon alguna, del que es discreto han de ser tenidos y juzgados por buenos acontecimientos. Levántase uno destos agoreros por la mañana, sale de su casa, encuéntrase con un fraile de la órden del bienaventurado San Francisco, y como si hubiera encontrado con un grifo, vuelve las espaldas, y vuélvese á su casa. Derrámasele al otro Mendoza la sal encima de la mesa, y derrámasele á él la melancolía por el corazon, como si estuviese obligada la naturaleza á dar señales de las venideras desgracias con cosas tan de poco momento como las referidas. El discreto y cristiano no ha de andar en puntillos con lo que quiere hacer el cielo. Llega Cipion á Africa, tropieza en saltando en tierra, tiénenlo por mal agüero sus soldados; pero él abrazándose con el suelo, dijo: no te me podrás huir, Africa, porque te tengo asida y entre mis brazos. Asi que, Sancho, el haber encontrado con estas imágenes ha sido para mí felicísimo acontecimiento.

Yo asi lo creo, respondió Sancho, y querria que vuesa merced me dijese ¿qué es la causa por qué dicen los españoles cuando quieren dar alguna batalla, invocando aquel San Diego Matamoros, Santiago y Cierra España? ¿Está por ventura España abierta y de modo que es menester cerrarla? ¿ó qué

(1) Alusion al pasaje de San Mateo, XI, XII *Regnum cœlorum vim patitur.*—ARR.

ceremonia es esta? Simplicísimo eres, Sancho, respondió Don Quijote (1) y mira que este gran caballero de la cruz bermeja háselo dado Dios á España por patron y amparo suyo, especialmente en los rigurosos trances que con los moros los españoles han tenido, y así le invocan y llaman como á defensor suyo en todas batallas que acometen, y muchas veces le han visto visiblemente en ellas derribando, atropellando, destruyendo y matando á los agarenos (2) escuadrones: y desta verdad te pudiera traer muchos ejemplos, que en las verdaderas historias españolas se cuentan.

Mudó Sancho la plática, y dijo á su amo: maravillado estoy, señor, de la desenvoltura de Altisidora la doncella de la duquesa: bravamente la debe de tener herida y traspasada aquel que llaman amor: que dicen que es un rapaz ceguezuelo, que con estar lagañoso, ó por mejor decir, sin vista, si toma por blanco un corazon, por pequeño que sea, le acierta y traspasa de parte á parte con sus flechas. He oido decir tambien que en la vergüenza y recato de las doncellas se despuntan y embotan las amorosas saetas; pero en esta Altisidora mas parece que se aguzan, que despuntan. Advierte, Sancho, dijo Don Quijote, que el amor ni mira respetos, ni guarda términos de razon en sus discursos, y tiene la misma condicion que la muerte, que asi acomete los altos alcázares de los reyes, como las humildes chozas de los pastores, y cuando toma entera posesion de una alma, lo primero que

hace es quitarle el temor y la vergüenza, y asi sin ella declaró Altisidora sus deseos, que engendraron en mi pecho antes confusion que lástima. ¡Crueldad notoria! dijo Sancho, ¡desagradecimiento inaudito! Yo de mí sé decir que me rindiera y avasallara la mas mínima razon amorosa suya. Hideputa, ¡y qué corazon de mármol, qué entrañas de bronce, y qué alma de argamasa! Pero no puedo pensar qué es lo que vió esta doncella en vuesa merced que asi la rindiese y avasallase. ¿Qué gala, qué brio, qué donaire, qué rostro, que cada cosa por si destas ó todas juntas la enamoraron? Que en verdad, en verdad que muchas veces me paro á mirar á vuesa merced desde la punta del pie hasta el último cabello de la cabeza, y que veo mas cosas para espantar que para enamorar; y habiendo yo tambien oido decir que la hermosura es la primera y principal parte que enamora, no teniendo vuesa merced ninguna, no sé yo de qué se enamoró la pobre.

Advierte, Sancho, respondió Don Quijote, que hay dos maneras de hermosura, una del alma y otra del cuerpo: la del alma campea y se muestra en el entendimiento, en la honestidad, en el buen proceder, en la liberalidad y en la buena crianza; y todas estas partes caben y pueden estar en un hombre feo; y cuando se pone la mira en esta hermosura, y no en la del cuerpo, suele nacer el amor con ímpetu y con ventajas. Yo, Sancho, bien veo que no soy hermoso, pero tambien conozco que no soy disforme: y bástale á un hombre de bien no ser monstruo para ser bien querido, como tenga los dotes del alma que te he dicho.

(1) Hartzenbusch pone aquí dos líneas de puntos suspensivos para manifes'ar que falta algo en la respuesta de Don Quijote. Este algo debia de ser la esplicacion de la frase *cierra España.* Cerrar significa tambien en ciertos casos acometer; pero no sabemos si Cervantes quiso dar ó no esta esplicacion.—F. C.

(2) Llámanse *agarenos* porque, segun cuenta la historia, los moros ó los moriscos vienen del linaje de Agar.—Arr.

En estas razones y pláticas se iban entrando por una selva que fuera del camino estaba; y á deshora, sin pensar en ello, se halló Don Quijote enredado entre unas redes de hilo verde, que desde unos árboles á otros estaban tendidas, y sin poder imaginar qué pudiese ser aquello, dijo á Sancho: paréceme, Sancho, que esto destas redes debe de ser una de las mas nuevas aventuras que pueda imaginar. Que me maten si los encantadores que me persiguen no quieren enredarme en ellas, y detener mi camino como en venganza de la riguridad que con Altisidora he tenido: pues mándoles yo que aunque estas redes, si como son hechas de hilo verde, fueran de durísimos diamantes, ó mas fuerte que aquella con que el celoso dios de los herreros enredó á Vénus y á Marte, asi las rompiera como si fueran de juncos marinos ó de hilachas de algodon: y queriendo pasar adelante y romperlo todo, al improviso se le ofrecieron delante, saliendo de entre unos árboles, dos hermosísimas pastoras, á lo menos vestidas como pastoras, sino que los pellicos y sayas eran de fino brocado: digo que las sayas eran riquísimos faldellines de tabí de oro: traian los cabellos sueltos por las espaldas, que en rubios podian competir con los rayos del mismo sol, los cuales se coronaban con dos guirnaldas de verde laurel y de rojo amaranto tejidas: la edad, al parecer ni bajaba de los quince, ni pasaba de los diez y ocho. Vista fue esta que admiró á Sancho, suspendió á Don Quijote, hizo parar el sol en su carrera para verlas, y tuvo en maraviloso silencio á todos cuatro. En fin, quien primero habló fue una de las zagalas, que dijo á Don Quijote: detened, señor caballero, el paso, y no rompais las redes, que no para daño vuestro, sino para nuestro pasatiempo ahi están tendidas: y porque sé que nos habeis de preguntar para qué se han puesto, y quién somos, os lo quiero decir en breves palabras. En una aldea que está hasta dos leguas de aquí, donde hay mucha gente principal, y muchos hidalgos y ricos, entre muchos amigos y parientes se concertó que con sus hijos, mujeres é hijas, vecinos, amigos y parientes nos viniésemos á holgar á este sitio que es uno de los mas agradables de todos estos contornos, formando entre todos una nueva y pastoril Arcadia, vistiéndonos las doncellas de zagalas, y los mancebos de pastores: traemos estudiadas dos églogas, una del famoso poeta Garcilaso, y otra del escelentísimo Camoes en su misma lengua portuguesa, las cuales hasta ahora no hemos representado: ayer fue el primero dia que aquí llegamos: tenemos entre estos ramos plantadas algunas tiendas, que dicen se llaman de campaña, en el márgen de un abundoso arroyo que todos estos prados fertiliza: tendimos la noche pasada estas redes de estos árboles, para engañar los simples pajarillos, que ojeados con nuestro ruido vinieren á dar en ellas. Si gustais, señor, de ser nuestro huésped, sereis agasajado liberal y cortésmente, porque por ahora en este sitio no ha de entrar la pesadumbre ni la melancolía.

Calló, y no dijo mas: á lo que respondió Don Quijote: por cierto, hermosísima señora, que no debió de quedar mas suspenso ni admirado Acteon, cuando vió al improviso bañarse en las aguas á Diana, como yo he quedado atónito en ver vuestra belleza. Alabo el asunto de vuestros entretenimientos, y el de vuestros ofrecimientos agradezco; y si os puedo servir, con seguridad de ser obedecidas me lo podeis mandar, porque no es otra la profesion mia sino de mostrarme agradecido y bienhechor con todo género de gente, en especial con la principal que vuestras personas representa: y si como estas redes ocupan, que deben de ocupar, un pequeño espacio, ocuparan toda la redondez de la tierra, buscara yo nuevos mundos por do pasar sin romperlas: y porque deis algun crédito á esta *mi* exageracion, ved que os lo promete por lo menos Don Quijote de la Mancha, si es que ha llegado á vuestros oidos este nombre.

¡Ay, amiga de mi alma, dijo entonces la otra zagala, y qué ventura tan grande nos ha sucedido! ¿Ves este señor que tenemos delante? pues hágote saber que es el mas valiente y el mas enamorado y el mas comedido que tiene el mundo, si no es que nos mienta y nos engañe una historia que de sus hazañas anda impresa, y yo he leido. Yo apostaré que este buen hombre que viene consigo, es un tal Sancho Panza su escudero, á cuyas gracias no hay ningunas que se le igualen.

Asi es la verdad, dijo Sancho, que yo soy ese gracioso y ese escudero que vuesa merced dice, y este señor es mi amo el mismo Don Quijote de la Mancha, historiado y referido. ¡Ay! dijo la otra, supliquémosle, amiga, que se quede, que nuestros padres y nuestros hermanos gustarán infinito dello, que tambien he oido yo decir de su valor y de sus gracias lo mismo que tú me has dicho, y sobre todo dicen dél que es el mas firme y mas leal enamorado que se sabe, y que su dama es una tal Dulcinea del Toboso, á quien en toda España le dan la palma de la hermosura. Con razon se le dan, dijo Don Quijote, si ya no lo pone en duda vuestra sin igual belleza: no os canseis, señoras en detenerme, porque las precisas obligaciones de mi profesion no me dejan reposar en ningun cabo.

Llegó en esto adonde los cuatro estaban un hermano de una de las dos pastoras, vestido asimismo de pastor, con la riqueza y galas que á las de las zagalas correspondia: contáronle ellas que el que con ellas estaba era el valeroso Don Quijote de la Mancha, y el otro su escudero Sancho, de quien tenia él ya noticia por haber leido su historia. Ofreciósele el gallardo pastor, pidióle que se viniese con él á sus tiendas, húbolo de conceder Don Quijote, y asi lo hizo. Llegó en esto el ojeo, llenáronse las redes de pajarillos diferentes, que engañados de la color de las redes caian en el peligro de que iban huyendo. Juntáronse en aquel sitio mas de treinta personas, todas bizarramente de pastores y pastoras vestidas, y en un instante quedaron enteradas de quiénes eran Don Quijote y su escudero, de que no poco contento recibieron, porque ya tenian dél noticia por su historia. Acudieron á las tiendas, hallaron las mesas puestas, ricas, abundantes y limpias: honraron á Don Quijote, dándole el primer lugar en ellas: mirábanle todos, y admirábanse de verle. Finalmente, alzados los manteles, con gran reposo alzó Don Quijote la voz y dijo:

Uno de los pecados mayores que los hombres cometen, aunque algunos dicen que es la soberbia, yo digo que es el desagradecimiento, ateniéndome á lo que suele decirse que de los desagradecidos está lleno el infierno. Este pecado, en cuanto me ha sido posible, he procurado yo huir desde el instante que tuve uso de razon; y si no puedo pagar las buenas obras que me hacen con otras obras, pongo en su lugar los deseos de hacerlas, y cuando estos no bastan, las publico; porque quien dice y publica las buenas obras que recibe, tambien las recompensara con otras si pudiera; porque por la mayor parte los que reciben son inferiores á los que dan, y asi es Dios sobre todos, porque es dador sobre todos, y no pueden corresponder las dádivas del hombre á las de Dios con igualdad, por infinita distancia, y esta estrecheza y cortedad en cierto modo la suple el agradecimiento. Yo, pues, agradecido á la merced que aquí se me ha hecho, no pudiendo corresponder á la misma medida, conteniéndome en los estrechos límites de mi poderío, ofrezco lo que puedo y lo que tengo de mi cosecha; y asi digo que sustentaré dos dias naturales en mitad de ese camino real que vá á Zaragoza, que estas señoras, zagalas contrahechas, que aquí están, son las mas hermosas doncellas y mas corteses que hay en el mundo, escetando solo á la sin par Dulcinea del Toboso, única señora de mis pensamientos: con paz sea dicho de cuantos y cuantas me escuchan.

Oyendo lo cual Sancho, que con grande atencion le habia estado escuchando, dando una gran voz, dijo: ¿es posible que haya en el mundo personas que se atrevan á decir y á jurar que este mi señor es loco? Digan vuesas mercedes, señores pastores, ¿hay cura de aldea, por discreto y por estudiante que sea, que pueda decir lo que mi amo ha dicho? ¿ni hay caballero andante, por mas fama que tenga de valiente, que pueda ofrecer lo que mi amo aquí ha ofrecido? Volvióse Don Quijote á Sancho, y encendido el rostro y colérico le dijo: ¿es posible, oh Sancho, que haya en todo el orbe alguna persona que diga que no eres tonto aforrado de lo mismo, con no sé qué ribetes de malicioso y de bellaco? ¿Quién te mete á tí en mis cosas, y en averiguar si soy discreto ó majadero? Calla y no me repliques, sino ensilla, si está desensillado Rocinante: vamos á poner en efecto mi ofrecimiento, que con la razon que va de mi parte puedes dar por vencidos á todos cuantos quisieren contradecirla: y con gran furia y muestras de enojo se levantó de la silla, dejando admirados á los circunstantes, haciéndoles dudar si le podian tener por loco ó por cuerdo. Tratáronle de persuadir que no se pusiese en tal demanda, diciéndole que ellos daban por bien conocida su agradecida voluntad, y que no eran menester nuevas demostraciones para conocer su ánimo valeroso, pues bastaban las que en la historia de sus hechos se referian: mas con todo esto Don Quijote prosiguió con su intencion, y puesto sobre Rocinante, embrazando su escudo y tomando su lanza, se puso en la mitad de un real camino, que no lejos del verde prado estaba. Siguióle Sancho sobre su rucio, con toda la gente del pastoral rebaño, deseosos de ver en qué paraba su arrogante y nunca visto ofrecimiento.

Puesto, pues, Don Quijote en mitad del camino, como se ha dicho, hirió el aire con semejantes palabras: oh vosotros, pasajeros y viandantes, caballeros, escuderos, gente de á pie y de á caballo, que por este camino pasais, ó habeis de pasar en estos dos dias siguientes, sabed que Don Quijote de la Mancha, caballero andante, está aquí puesto para defender, que á todas las hermosuras y cortesías del mundo esceden las que se encierran en las ninfas habitadoras destos prados y bosques, dejando á un lado á la señora de mi alma, Dulcinea del Toboso: por eso el que fuere de parecer contrario, acuda, que aquí le espero.

Dos veces repitió estas mismas razones, y dos veces no fueron oidas de ningun aventurero; pero la suerte que sus cosas iba encaminando de mejor en mejor, ordenó que de allí á poco se descubriese por el camino muchedumbre de hombres de á caballo, y muchos dellos con lanzas en las manos caminando todos apiñados de tropel y á gran priesa. No los hubieron bien visto los que con Don Quijote estaban, cuando volviendo las espaldas se apartaron bien lejos del camino, porque conocieron que si esperaban les podia suceder algun peligro: solo Don Quijote con intrépido corazon se estuvo quedo, y Sancho Panza se escudó con las ancas de Rocinante. Llegó el tropel de los lanceros, y uno dellos que venia mas delante, á grandes voces comenzó á decir á Don Quijote: apártate, hombre del diablo, del camino, que te harán pedazos estos toros. Ea, canalla, respondió Don Quijote, para mí no hay toros que valgan, aunque sean de los mas bravos que cria Jarama en sus riberas. Confesad, malandrines, asi á carga cerrada, que es verdad lo que yo aquí he publicado; si no, conmigo sois en batalla. No tuvo lugar de responder el vaquero, ni Don Quijote le tuvo de desviarse aunque quisiera, y asi el tropel de los toros bravos y el de los mansos cabestros, con la multitud de los vaqueros y otras gentes que á encerrar los llevaban á un lugar donde otro dia habian de correrse, pasaron sobre Don Quijote y sobre Sancho, Rocinante y el rucio, dando con todos ellos en tierra, echándolos á rodar por el suelo.

Quedó molido Sancho, espantado Don Quijote, aporreado el rucio, y no muy católico Rocinante; pero en fin se levantaron todos, y Don Quijote á gran priesa, tropezando aquí y cayendo allí, comenzó á correr tras la vacada diciendo á voces: deteneos y esperad, canalla malandrina, que un solo caballero os espera, el cual no tiene condicion, ni es de parecer de los que dicen que al enemigo que huye, hacerle la puente de plata. Pero no por eso se detuvieron los apresurados corredores, ni hicieron mas caso de sus amenazas que de las nubes de antaño. Detúvole el cansancio á Don Quijote, y mas enojado que vengado, se sentó en el camino, esperando á que Sancho, Rocinante y el rucio llegasen. Llegaron, volvieron á subir amo y mozo, y sin volver á despedirse de la Arcadia fingida ó contrahecha, y con mas vergüenza que gusto, siguieron su camino.

CAPITULO LIX.

Donde se cuenta el estraordinario suceso que se puede tener por aventura, que le sucedió á Don Quijote.

AL polvo y al cansancio, que Don Quijote y Sancho sacaron del descomedimiento de los toros, socorrió una fuente clara y limpia, que entre una fresca arboleda hallaron, en el márgen de la cual, dejando libres, sin jáquima y freno al rucio y á Rocinante, los dos asendereados amo y mozo se sentaron. Acudió Sancho á la repostería de sus alforjas y dellas sacó de lo que él solia llamar condumio (1): enjuagóse la boca, lavóse Don Quijote el rostro con cuyo refrigerio cobraron aliento los espíritus desalentados: no comia Don Quijote de puro pesaroso, ni Sancho no osaba tocar á los manjares que delante tenia de puro comedido y esperaba á que su señor hiciese la salva (2); pero viendo que llevado de sus imaginaciones no se acordaba de llevar el pan á la boca, no abrió la suya (3), y atropellando por todo género de crianza, comenzó á embaular en el estómago el pan y queso que se le ofrecia.

Come, Sancho amigo, dijo Don Quijote, sustenta la vida, que mas que á mí te importa, y déjame morir á mí á manos de mis pensamientos y á fuerza de mis desgracias. Yo, Sancho, nací para vivir muriendo, y tú para morir comiendo: y porque veas que te digo verdad en esto, considérame impreso en historias, famoso en las armas, comedido en mis acciones, respetado de príncipes, solicitado de doncellas; y al cabo, al cabo, cuando esperaba palmas, triunfos y coronas grangeadas y merecidas por mis valerosas hazañas, me he visto esta mañana pisado y acoceado y molido de los pies de animales inmundos y soeces. Esta consideracion me embota los dientes, entorpece las muelas, y entomece las manos, y quita de todo en todo la gana del comer: de manera que pienso dejarme morir de hambre, muerte la mas cruel de las muertes.

Desa manera, dijo Sancho, sin dejar de mascar apriesa, no aprobará vuesa merced aquel refran que dicen: muera Marta y muera harta: yo á lo menos no pienso matarme á mí mismo; antes pienso hacer como el zapatero, que tira el cuero con los dientes hasta que le hace llegar donde él quiere: yo tiraré mi vida comiendo hasta que llegue al fin que le tiene determinado el cielo: y sepa, señor, que no hay mayor locura que la que toca en querer desesperarse como vuesa merced: y créame, y despues de comido échese á dormir un poco sobre los colchones verdes destas yerbas, y verá cómo cuando despierte se halla algo mas aliviado.

(1) El manjar que se come con el pan, como es cualquier cosa guisada ó fiambre.

(2) Empezase á comer el primero. *Salva* se llama hacer la prueba de la comida ó bebida, para asegurar que no habia peligro ó cosa dañosa en ellas.—Arr.

(3) En alguna edicion se ha quitado la partícula negativa, creyendo ser yerro de imprenta: pero *no abrir la boca* no está en sentido recto en este pasaje sino en el metafórico, siendo la significacion de esta frase *no habló.*—A.

Hízolo así Don Quijote, pareciéndole que las razones de Sancho mas eran de filósofo que de mentecato, y díjole: si tú, oh Sancho, quisieses hacer por mí lo que yo ahora te diré, serian mis alivios mas ciertos, y mis pesadumbres no tan grandes; y es que mientras yo duermo, obedeciendo tus consejos, tú te desviases un poco lejos de aquí, y con las riendas de Rocinante, echando al aire tus carnes, te dieses trescientos ó cuatrocientos azotes, á buena cuenta de los tres mil y tantos que te has de dar por el desencanto de Dulcinea, que es lástima no pequeña que aquella pobre señora esté encantada por tu descuido y negligencia.

Hay mucho que decir en eso, dijo Sancho: durmamos por ahora entrambos, y despues Dios dijo lo que será. Sepa vuesa merced que eso de azotarse un hombre á sangre fria es cosa recia, y mas si caen los azotes sobre un cuerpo mal sustentado y peor comido: tenga paciencia mi señora Dulcinea, que cuando menos se cate me verá hecho una criba de azotes, y hasta la muerte todo es vida: quiero decir que aun yo la tengo, junto con el deseo de cumplir con lo que he prometido. Agradeciéndoselo Don Quijote comió algo, y Sancho mucho, y echáronse á dormir entrambos, dejando á su albedrío y sin órden alguna pacer de la abundosa yerba, de que aquel prado estaba lleno, á los dos contínuos compañeros y amigos, Rocinante y el rucio.

Despertaron algo tarde, volvieron á subir y á seguir su camino, dándose priesa para llegar á una venta que al parecer, una legua de allí se descubria: digo que era venta, porque Don Quijote la llamó así, fuera del uso que tenia de llamar á todas las ventas castillos. Llegaron, pues, á ella: preguntaron al huésped si habia posada. Fuéles respondido que sí, con toda la comodidad y regalo que pudieran hallar en Zaragoza. Apeáronse, y recogió Sancho su repostería en un aposento de quien el huésped le dió la llave. Llevó las bestias á la caballeriza, echóles sus piensos, y salió á ver lo que Don Quijote, que estaba sentado sobre un poyo, le mandaba, dando particulares gracias al cielo de que su amo no le hubiese parecido castillo aquella venta. Llegóse la hora del cenar, recogiéronse á su estancia, pre-

guntó Sancho al huésped que qué tenia para darles de cenar. A lo que el huésped respondió que su boca seria medida, y así que pidiese lo que quisiese, que las pajaricas del aire, de las aves de la tierra y de los pescados del mar estaba proveida aquella venta.

No es menester tanto, respondió Sancho, que con un par de pollos que nos asen tendremos lo suficiente, porque mi señor es delicado y come poco, y yo no soy traganton en demasía. Respondióle el huésped que no tenia pollos, porque los milanos los tenian asolados. Pues mande el señor huésped, dijo Sancho, asar una polla que sea tierna. ¡Polla, mi madre! respondió el huésped, en verdad en verdad que envié ayer á la ciudad á vender mas de cincuenta; pero fuera de pollas, pida vuesa merced lo que quisiere. Desa manera, dijo Sancho, no faltará ternera ó cabrito. En casa por ahora, respondió el huésped, no lo hay, porque se ha acabado; pero la semana que viene lo habrá de sobra. Medrados estamos con eso, respondió Sancho: yo pondré que se vienen á resumir todas estas faltas en las sobras que debe de haber de tocino y huevos. Por Dios, respondió el huésped, que es gentil relente el que mi huésped tiene: pues héle dicho que ni tengo pollas ni gallinas, ¿y quiere que tenga huevos? Discurra, si quisiere, por otras delicadezas, y déjese de pedir gallinas. Resolvámonos, cuerpo de mí, dijo Sancho, y dígame finalmente lo que tiene, y déjese de discurrimientos.

Señor huésped, dijo el ventero, lo que real y verdaderamente tengo, son dos uñas de vaca que parecen manos de ternera, ó dos manos de ternera que parecen uñas de vaca; están cocidas con sus garbanzos, cebollas y tocino, y la hora de ahora están diciendo cómeme, cómeme. Por mias las marco desde aquí, dijo Sancho, y nadie las toque, que yo las pagaré mejor que otro, porque para mí ninguna otra cosa pudiera esperar de mas gusto, y no se me daria nada que fuesen manos, como fuesen uñas. Nadie las tocará, dijo el ventero, porque otros huéspedes que tengo, de puro principales traen consigo cocinero, despensero y repostería. Si por principales va, dijo Sancho, ninguno mas que mi amo; pero el oficio que él trae no permite despensas ni botillerías: ahí nos tendemos en mitad de un prado, y nos hartamos de bellotas ó de nísperos. Esta fue la plática que Sancho tuvo con el ventetero, sin querer Sancho pasar adelante en responderle, que ya le habia preguntado qué oficio ó qué ejercicio era el de su amo.

Llegóse, pues, la hora de cenar, recogióse á su estancia Don Quijote, trujo el huésped la olla así como estaba, y sentóse á cenar muy de propósito. Parece ser que en otro aposento, que junto al de Don Quijote estaba, que no le dividia mas que un sutil tabique, oyó decir Don Quijote: por vida de vuesa merced, señor don Gerónimo, que en tanto que traen la cena leamos otro capítulo de la segunda parte de Don Quijote de la Mancha. Apenas oyó su nombre Don Quijote, cuando se puso en pie, y con oido alerta escuchó lo que dél trataban, y oyó que el tal don Gerónimo referido respondió: ¿para qué quiere vuesa merced, señor don Juan, que leamos estos disparates, si el que hubiere leido la primera parte de la historia de Don Quijote de la Mancha no es posible que pueda tener gusto en leer esta segunda? Con todo eso, dijo el don Juan, será bien leerla, pues no hay libro tan malo que no tenga alguna cosa buena. Lo que á mí en éste mas me desplace es que pinta á Don Quijote ya desenamorado de Dulcinea del Toboso.

Oyendo lo cual Don Quijote lleno de ira y de despecho, alzó la voz y dijo: quien quiera que dijere que Don Quijote de la Mancha ha olvidado ni puede olvidar á Dulcinea del Toboso, yo le haré entender con armas iguales que va muy lejos de la verdad, porque la sin par Dulcinea del Toboso, ni puede ser olvidada, ni en Don Quijote puede caber olvido: su blason es la firmeza, y su profesion el guardarla con suavidad y sin hacerse fuerza alguna.

¿Quién es el que nos responde? respondieron del otro aposento. ¿Quién ha de ser, respondió Sancho, sino el mismo Don Quijote de la Mancha, que hará bueno cuanto ha dicho, y aun cuanto dijere, que al buen pagador no le duelen prendas? Apenas hubo dicho esto Sancho, cuando entraron por la puerta de su aposento dos caballeros, que tales lo parecian, y uno dellos echando los brazos al cuello de Don Quijote, le dijo: ni vuestra presencia puede desmentir vuestro nombre, ni vuestro nombre puede no acreditar vuestra presencia. Sin duda vos, señor, sois el verdadero Don Quijote de la Mancha, norte y lucero de la andante caballería, á despecho y pesar del que ha querido usurpar vuestro nombre y aniquilar vuestras hazañas, como lo ha hecho el autor deste libro que aquí os entrego: y poniéndole un libro en las manos, que traia su compañero, le tomó Don Quijote, y sin responder palabra comenzó á ojearle, y de allí á un poco se le volvió diciendo: en esto poco que he visto he hallado tres cosas en este autor dignas de reprension. La primera es, algunas palabras que he leido en el prólogo: la otra, que el lenguaje es aragonés, porque tal vez escribe sin artículos; y la tercera, que mas le confirma por ignorante, es que yerra y se desvia de la verdad en lo mas principal de la historia, porque aquí dice que la mujer de Sancho Panza, mi escudero, se llama Mari Gutierrez, y no se llama tal, sino Teresa Panza; y quien en esta parte tan principal yerra, bien se podrá temer que yerre en todas las demás de la historia (1).

A esto dijo Sancho: donosa cosa de historiador por cierto; bien debe de estar en el cuento de nuestros sucesos, pues llama á Teresa Panza mi mujer Mari Gutierrez: torne á tomar el libro, señor, y mire si ando yo por ahí, y si me ha mudado el nombre. Por lo que os he oido hablar, amigo, dijo don Gerónimo, sin duda debeis de ser Sancho Panza el escudero del señor Don Quijote. Sí soy, respondió Sancho, y me precio dello. Pues á fe, dijo el caballero, que no os trata este autor moderno con la limpieza que en vuestra persona se muestra: píntaos comedor y simple, y no nada gracioso, y muy otro del Sancho que en la primera parte de la historia de vuestro amo se describe.

Dios se lo perdone, dijo Sancho; dejárame en mi rincon sin acordarse de mí, porque quien las sabe las tañe, y bien se está San Pedro en Roma. Los dos caballeros pidieron á Don Quijote se pasase á su estancia á cenar con ellos, que bien sabian que en aquella venta no habia cosas pertenecientes para su persona. Don Quijote, que siempre fue comedido, condescendió con su demanda, y cenó con ellos: quedóse Sancho con la olla, con mero misto imperio, sentóse en cabecera de mesa, y con él el ventero, que no menos que Sancho estaba de sus manos y de sus uñas aficionado.

En el discurso de la cena preguntó don Juan á Don Quijote, qué nuevas tenia de la señora Dulcinea del Toboso, si se habia casado, si estaba parida ó preñada, ó si estando en su entereza se acordaba, guardando su honestidad y buen decoro, de los amorosos pensamientos del señor Don Quijote. A lo que él respondió: Dulcinea se está entera, y mis pensamientos mas firmes que nunca: las correspondencias en su sequedad antigua; su hermosura en la de una soez labradora trasformada; y luego les fue contando punto por punto el encanto de la señora Dulcinea, y lo que le habia sucedido en la cueva de Montesinos, con la órden que el sabio Merlin le habia dado para desencantarla, que fue la de los azotes de Sancho. Sumo fue el contento que los dos caballeros recibieron de oir contar á Don Quijote los estraños sucesos de su historia, y asi quedaron admirados de sus disparates, como del elegante modo con que los contaba. Aquí le tenian por discreto, y allí se les deslizaba por mentecato, sin saber determinarse qué grado le darian entre la discrecion y la locura.

Acabó de cenar Sancho, y dejando hecho équis al ventero, se pasó á la estancia de su amo, y en entrando dijo: que me maten, señores, si el autor deste libro que vuesas mercedes tienen, quiere que no comamos buenas migas juntos: yo querria que ya que me llama comilon, como vuesas mercedes dicen, no me llamase tambien borracho. Si llama, dijo Don Gerónimo; pero no me acuerdo en qué manera, aunque sé que son malsonantes las razones, y además mentirosas, segun yo echo de ver en la fisonomía del buen Sancho que está presente. Créanme vuesas mercedes, dijo Sancho, que el Sancho y el Don Quijote desa historia deben ser otros que los que andan en aquella que compuso Cide Hamete Benenjeli, que somos nosotros: mi amo valiente, discreto y enamorado, y yo, simple, gracioso y no comedor ni borracho. Yo asi lo creo, dijo don Juan, y si fuera posible se habia de mandar que ninguno fuera osado á tratar de las cosas del gran Don Quijote, sino fuese Cide Hamete su primer autor, bien asi como mandó Alejandro que ninguno fuese osado á retratarle sino Apeles. Retráteme el que quisiere, dijo Don Quijote; pero no me maltrate, que muchas veces suele caerse la paciencia cuando la cargan de injurias. Ninguna, dijo don Juan, se le puede hacer al señor Don Quijote, de quien él no se pueda vengar, si no la repara en el escudo de su paciencia, que á mi parecer es fuerte y grande.

En estas y otras pláticas se pasó gran parte de la noche; y aunque don Juan quisiera que Don Quijote leyera mas del libro, por ver lo que discantaba, no lo puedieron acabar con él, diciendo que él lo daba por leido, y lo confirmaba por todo necio, y que no queria, si acaso llegase á noticia de su autor que le habia tenido en sus manos, se alegrase con pensar que le habia leido, pues de las cosas obscenas y torpes los pensamientos se han de apartar, cuanto mas los ojos (2). Preguntáronle que adónde llevaba determinado su viaje. Respondio, que á Zaragoza á hallarse en las justas del arnés, que en aquella ciudad suelen hacerse todos los años. Díjole don Juan que aquella nueva historia contaba cómo Don Quijote, sea quien se quisiere, se habia hallado en ella en una sortija (3), falta de invencion, pobre de letras, pobrísima de libreas, aunque rica de simplicidades.

Por el mismo caso, respondió Don Quijote, no pondré los pies en Zaragoza; y asi sacaré á la plaza del mundo la mentira de ese historiador moderno, y echarán de ver las gentes cómo yo no soy el Don Quijote que él dice. Hará muy bien, dijo don Gerónimo, y otras justas hay en Barcelona, donde podrá el señor Don Quijote mostrar su valor. Asi lo pienso hacer, dijo Don Quijote, y vuesas mercedes me den licencia, pues ya es hora, para irme al lecho, y me tengan y pongan en el número de sus mayores amigos y servidores. Y á mí tambien, dijo Sancho, quizá seré bueno para algo. Con esto se despidie-

(1) Censura Cervantes en este capítulo la segunda parte del licenciado Alonso Fernandez de Avellaneda, vecino de Tordesillas, fingiendo el nombre y la patria, y asi en el cap. LXI llama á esta historia recien impresa y en el LXX, libro nuevo flamante.—P.

(2) Esta obscenidad y torpeza de Avellaneda se manifiesta mas patentemente en los sucesos que se refieren en los capítulos XV, XVI, XVII, XVIII y XIX.—P.

(3) Alude aquí Cervantes á lo que escribió su émulo el ruin Avellaneda en el cap. XI, donde se trata de cómo don Alvaro Tarfe y otros caballeros zaragozanos y granadinos jugaron la sortija, y de lo que sucedió á Don Quijote.—A.

ron, y Don Quijote y Sancho se retiraron á su aposento, dejando á don Juan y á don Gerónimo admirados de ver la mezcla que habia hecho de su discrecion y de su locura, y verdaderamente creyeron que estos eran los verdaderos Don Quijote y Sancho, y no los que describia su autor aragonés. Madrugó Don Quijote, y dando golpes al tabique del otro aposento, se despidió de sus huéspedes. Pagó Sancho al ventero magníficamente, y aconsejóle que alabase menos la provision de su venta, ó la tuviese mas proveida.

CAPITULO LX.

De lo que sucedió á Don Quijote yendo á Barcelona.

Era fresca la mañana y daba muestras de serlo asimismo el dia en que Don Quijote salió de la venta, informándose primero cuál era el mas derecho camino para ir á Barcelona sin tocar en Zaragoza : tal era el deseo que tenia de sacar mentiroso aquel nuevo historiador, que tanto decian que le vituperaba. Sucedió, pues, que en mas de seis dias no le sucedió cosa digna de ponerse en escritura, al cabo de los cuales, yendo fuera de camino, le tomó la noche entre unas espesas encinas ó alcornoques, que en esto no guarda la puntualidad Cide Hamete que en otras cosas suele. Apeáronse de sus bestias amo y mozo, y acomodándose á los troncos de los árboles, Sancho, que habia merendado aquel dia, se dejó entrar de rondon por las puertas del sueño ; pero Don Quijote, á quien desvelaban sus imaginaciones mucho mas que la hambre, no podia pegar sus ojos, antes iba y venia con el pensamiento por mil géneros de lugares. Ya le parecia hallarse en la cueva de Montesinos, ya ver brincar y subir sobre su pollina á la convertida en labradora Dulcinea, ya que le sonaban en los oidos las palabras del sabio Merlin, que le referian las condiciones y diligencias que se habian de hacer y tener en el desencanto de Dulcinea. Desesperábase de ver la flojedad y caridad poca de Sancho su escudero, pues á lo que creia solos cinco azotes se habia dado, número desigual y pequeño para los infinitos que le faltaban, y desto recibió tanta pesadumbre y enojo, que hizo este discurso : si nudo gordiano cortó el Magno Alejandro, diciendo : tanto monta cortar como desatar, y no por eso dejó de ser universal señor de toda la Asia, ni mas ni menos podria suceder ahora en el desencanto de Dulcinea, si yo azotase á Sancho á pesar suyo : que si la condicion deste remedio está en que Sancho reciba los tres mil y tantos azotes, qué se me da á mí que se los de él, ó que se los de otro, pues la sustancia está en que él los reciba, lleguen por do llegaren.

Con esta imaginacion se llegó á Sancho, habiendo primero tomado las riendas de Rocinante, y acomodándolas en modo que pudiese azotarle con ellas, comenzóle á quitar las cintas, que es opinion que no tenia mas que la delantera, en que se sustentaban los gregüescos ; pero apenas hubo llegado, cuando Sancho despertó en todo su acuerdo, y dijo : ¿qué es esto, quién me toca y desencinta? Yo soy, respondió Don Quijote, que vengo á suplir tus faltas y á remediar mis trabajos ; véngote á azotar, Sancho, y á descargar en parte la deuda á que te obligaste. Dulcinea perece, tú vives en descuido, yo muero deseando, y asi desatácate por tu voluntad, que la mia es de darte en esta soledad por lo menos dos mil azotes. Eso no, dijo Sancho, vuesa merced se esté quedo ; si no, por Dios verdadero, que nos han de oir los sordos : los azotes á que yo me obligué han de ser voluntarios y no por fuerza, y ahora no tengo gana de azotarme : basta que doy á vuesa merced mi palabra de vapularme y mosquearme cuando en voluntad me viniere. No hay dejarlo á tu cortesía, Sancho, dijo Don Quijote, porque eres duro de corazon, y aunque villano, blando de carnes ; y asi procuraba y pugnaba por desenlazarle. Viendo lo cual Sancho Panza se puso en pie, y arremetiendo á su amo se abrazó con él á brazo partido, y echándole una zancadilla dió con él en el suelo boca arriba ; púsole la rodilla derecha sobre el pecho, y con la manos le tenia las manos, de modo que ni le dejaba rodear ni alentar. Don Quijote le decia : ¿cómo traidor, contra tu amo y señor natural te desmandas? ¿con quien te da su pan te atreves? Ni quito rey ni pongo rey, respondió Sancho, sino ayúdome á mí, que soy mi señor : vuesa merced me prometa que se estará quedo, y no tratará de azotarme por agora, que yo le dejaré libre y desembarazado ; donde no,

> Aquí morirás, traidor,
> Enemigo de doña Sancha.

Prometióselo Don Quijote, y juró por vida de sus pensamientos no tocarle en el pelo de la ropa, y que dejaria en toda su libertad y albedrío el azotarse cuando quisiese.

Levantóse Sancho, desvióse de aquel lugar un buen espacio, y yendo á arrimarse á otro árbol, sintió que le tocaban en la cabeza, y alzando las manos, topó con dos pies de persona con zapatos y calzas. Tembló de miedo, acudió á otro árbol, y sucedióle lo mismo : dió voces llamando á Don Quijote, que le favoreciese. Hízolo asi Don Quijote, y preguntándole qué le habia sucedido, y de qué tenia miedo, le respondió Sancho que todos aquellos árboles estaban llenos de pies y de piernas humanas. Tentólos Don Quijote, y cayó luego en la cuenta de lo que podia ser, y díjole á Sancho : no tienes de qué tener miedo, porque estos pies y piernas, que tientas y no ves, sin duda son de algunos foragidos y bandoleros que en estos árboles están ahorcados, que por aquí los suele ahorcar la justicia cuando los coge, de veinte en veinte y de treinta en treinta, por donde me doy á entender que debo de estar cerca de Barcelona, y así era la verdad, como él lo habia imaginado. Al amanecer alzaron los ojos, y vieron los racimos de aquellos árboles, que eran cuerpos de bandoleros.

Ya en esto amanecia, y si los muertos los habian espantado, no menos los atribularon mas de cuarenta bandoleros vivos, que de improviso les rodearon, diciéndoles en lengua catalana, que estuviesen quedos, y se detuviesen hasta que llegase su capitan. Hallóse Don Quijote á pie, su caballo sin freno, su lanza arrimada á un árbol, y finalmente sin defensa alguna, y así tuvo por bien de cruzar las manos é inclinar la cabeza, guardándose para mejor sazon y coyuntura. Acudieron los bandoleros á espulgar al rucio, y á no dejarle ninguna cosa de cuantas en las alforjas y en la maleta traia: y avinole bien á Sancho, que en una ventrera (1) que tenia ceñida venian los escudos del duque y los que habian sacado de su tierra, y con todo eso aquella buena gente le escardara y le mirara hasta lo que entre el cuero y la carne tuviera escondido, si no llegara en aquella sazon su capitan, el cual mostró ser de hasta edad de treinta y cuatro años, robusto, mas que de mediana proporcion, de mirar grave y color morena. Venia sobre un poderoso caballo, vestida la acerada cota, y con cuatro pistoletes, que en aquella tierra se llaman pedreñales, á los lados. Vió que sus escuderos (que asi llaman á los que andan en aquel ejercicio), iban á despojar á Sancho Panza: mandóles que no lo hiciesen, y fue luego obedecido, y asi se escapó la ventrera. Admiróle ver lanza arrimada al árbol, escudo en el suelo, y á Don Quijote armado y pensativo, con la mas triste y melancólica figura que pudiera formar la misma tristeza. Llegóse á él diciéndole: no esteis tan triste, buen hombre, porque no habeis caido en las ma-

nos de algun cruel Basíris, sino en las de Roque Guinart, que tienen mas de compasivas que de rigurosas.

No es mi tristeza, respondió Don Quijote, haber caido en tu poder, oh valeroso Roque, cuya fama no hay limites en la tierra que la encierren, sino por haber sido tal mi descuido que me hayan cogido tus soldados sin el freno, estando yo obligado, segun la órden de la andante caballería que profeso, á vivir contínuo alerta, siendo á todas horas centinela de mí mismo: porque te hago saber, oh gran Roque, que si me hallaran sobre mi caballo con mi lanza y con mi escudo, no les fuera muy fácil rendirme, porque yo soy Don Quijote de la Mancha, aquel que de sus hazañas tiene lleno todo el orbe.

Luego Roque Guinart conoció que la enfermedad de Don Quijote tocaba mas en locura que en valentía, y aunque algunas veces le habia oido nombrar, nunca tuvo por verdad sus hechos: ni se pudo persuadir á que semejante humor reinase en corazon de hombre; y holgóse en estremo de haberle encontrado, para tocar de cerca lo que de lejos dél habia oido, y asi le dijo: valeroso caballero, no os despecheis, ni tengais á siniestra fortuna esta en que os hallais, que podria ser que en estos tropiezos vuestra torcida suerte se enderezase, que el cielo por estraños y nunca vistos rodeos, de los hombres no imaginados, suele levantar los caidos y enriquecer los pobres.

Ya le iba á dar las gracias Don Quijote, cuando sintieron á sus espaldas un ruido como de tropel de caballos, y no era sino uno solo, sobre el cual venia á toda furia un mancebo, al parecer de hasta veinte años, vestido de damasco verde, con pasamanos de oro, gregüescos y saltaembarca (2), con

(1) Faja que ciñe el vientre; de aquí se dijo *ventrera*.—P.
(2) Vestidura rústica abierta por la espalda, de que usan en las barcas.—Arr.

sombrero terciado á la valona, botas enceradas y justas, espuelas, daga y espada doradas, una escopeta pequeña en las manos y dos pistolas á los lados. Al ruido volvió Roque la cabeza, y vió esta hermosa figura, la cual en llegando á él dijo: en tu busca venia, oh valeroso Roque, para hallar en tí, si no remedio, á lo menos alivio en mi desdicha, y por no tenerte suspenso, porque sé que no me has conocido, quiero decirte quién soy: Yo soy Claudia Gerónima, hija de Simon Forte, tu singular amigo, y enemigo particular de Clauquel Torréllas, que asimismo lo es tuyo, por ser uno de los de tu contrario bando; y ya sabes que este Torréllas tiene un hijo, que don Vicente Torréllas se llama, ó á lo menos se llamaba no há dos horas. Este, pues, por abreviar el cuento de mi desventura, te diré en breves palabras la que me ha causado. Vióme, requebróme, escuchéle, enamoróse á hurto de mi padre; porque no hay mujer, por retirada que esté y recatada que sea, á quien no le sobre tiempo para poner en ejecucion y efecto sus atropellados deseos. Finalmente, él me prometió de ser mi esposo, y yo le dí la palabra de ser suya, sin que en obras pasásemos adelante: supe ayer que olvidado de lo que me debia, se casaba con otra, y que esta mañana iba á desposarse: nueva que me turbó el

sentido y acabó la paciencia, y por no estar mi padre en el lugar, le tuve yo de ponerme en el trage que ves, y apresurando el paso á este caballo, alcancé á don Vicente obra de una legua de aquí, y sin ponerme á dar quejas, ni á oir disculpas, le disparé esta escopeta, y por añadidura estas dos pistolas, y á lo que creo le debí de encerrar mas de dos balas en el cuerpo, abriéndole puertas por donde envuelta en su sangre saliese mi honra. Allí le dejé entre sus criados, que no osaron ni pudieron ponerse en su defensa: vengo á buscarte para que me pases á Francia, donde tengo parientes con quien viva, y asimismo á rogarte defiendas á mi padre, porque los muchos de don Vicente no se atrevan á tomar en él desaforada venganza.

Roque, admirado de la gallardía, bizarría, buen talle y suceso de la hermosa Claudia, le dijo: ven, señora, y vamos á ver si es muerto tu enemigo, que despues veremos lo que mas te importare. Don Quijote, que estaba escuchando atentamente lo que Claudia habia dicho, y lo que Roque Guinart respondió, dijo: no tiene nadie para qué tomar trabajo en defender á esta señora, que lo tomo yo á mi cargo: dénme mi caballo y mis armas, y espérenme aquí, que yo iré á buscar á ese caballero, y muerto ó vivo le haré cumplir la palabra prometida á tanta belleza. Nadie dude de esto, dijo Sancho, porque mi señor tiene muy buena mano para casamentero, pues no há muchos dias que hizo casar á otro, que tambien negaba á otra doncella su palabra; y si no fuera porque los encantadores que le persiguen le mudaron su verdadera figura en la de un lacayo, esta fuera la hora que ya la tal doncella no lo fuera.

Roque, que atendia mas á pensar en el suceso de la hermosa Claudia, que en las razones de amo y mozo, no las entendió, y mandando á sus escuderos que volviesen á Sancho todo cuanto le habian quitado del rucio, mandóles asimismo que se retirasen á la parte donde aquella noche habian estado alojados, y luego se partió con Claudia á toda priesa á buscar al herido ó muerto don Vicente. Llegaron al lugar donde le encontró Claudia, y no hallaron en él sino recien derramada sangre; pero tendiendo la vista por todas partes, descubrieron por un recuesto arriba alguna gente, y diéronse á entender, como era la verdad, que debia de ser don Vicente, á quien sus criados ó muerto ó vivo llevaban, ó para curarle ó para enterrarle: diéronse priesa á alcanzarlos, que como ibau de espacio, con facilidad lo hicieron. Hallaron á don Vicente en los brazos de sus criados, á quien con cansada y debilitada voz rogaba que le dejasen allí morir, porque el dolor de las heridas no consentia que mas adelante pasase. Arrojáronse de los caballos Claudia y Roque, llegáronse á él, temieron los criados la presencia de Roque, y Claudia se turló en ver la de don Vicente: y asi entre enternecida y rigurosa se llegó á él, y asiéndole de las manos, le dijo: si tú me dieras estas conforme á nuestro concierto, nunca tú te vieras en este paso. Abrió los casi cerrados ojos el herido caballero, y conociendo á Claudia, le dijo: bien veo, hermosa y engañada señora, que tú has sido la que me has muerto: pena no merecida ni debida á mis deseos, con los cuales, ni con mis obras jamás quise ni supe ofenderte. ¿Luego no es verdad, dijo Claudia, que ibas esta mañana á desposarte con Leonora, la hija del rico Balvastro? No por cierto, respondió don Vicente, mi mala fortuna te debió de llevar estas nuevas para que celosa me quitases la vida; la cual, pues la dejo en tus manos y en tus brazos, tengo mi suerte por venturosa; y para asegurarte desta verdad, aprieta la mano y recíbeme por esposo si quisieres, que no tengo otra mayor satisfaccion que darte del agravio que piensas qué de mí has recibido.

Apretóle la mano Claudia, y apretósele á ella el corazon de manera, que sobre la sangre y pecho de don Vicente se quedó desmayada, y á él le tomó un mortal parasismo. Confuso estaba Roque, y no sabia qué hacerse. Acudieron los criados á buscar agua que echarles en los rostros, y trujéronla, con que se los bañaron. Volvió de su desmayo Claudia, pero no de su parasismo don Vicente, porque se le acabó la vida. Visto lo cual de Claudia, habiéndose enterado que ya su dulce esposo no vivia, rompió los aires con suspiros, hirió los cielos con quejas, maltrató sus cabelos entregándolos al viento, afeó su rostro con sus propias manos, con todas las muestras de dolor y sentimiento que de un lastimado pecho pudieran imaginarse. ¡Oh cruel é inconsiderada mujer! decia, ¡con qué facilidad te moviste á poner en ejecucion tan mal pensamiento! ¡Oh fuerza rabiosa de los celos, á qué desesperado fiu conducís á quien os da acogida en su pecho! ¡Oh esposo mio, cuya desdichada suerte por ser prenda mia te ha llevado del tálamo á la sepultura! Tales y tan tristes eran las quejas de Claudia, que sacaron las lágrimas de los ojos de Roque, no acostumbrados á verterlas en ninguna ocasion. Lloraban los criados, desmayábase á cada paso Claudia, y todo aquel circuito parecia campo de tristeza y lugar de desgracia. Finalmente Roque Guinart ordenó á los criados de don Vicente que llevasen su cuerpo al lugar de su padre, que estaba allí cerca, para que le diesen sepultura. Claudia dijo á Roque que queria irse al monasterio, donde era abadesa una tia suya, en el cual pensaba acabar la vida, de otro mejor esposo y mas eterno acompañada. Alabóle Roque su buen propósito: ofreció de acompañarla hasta donde quisiese, y de defender á su padre de los parientes de don Vicente, y de todo el mundo, si ofenderle quisiesen. No quiso su compañia Claudia en ninguna manera, y agradeciendo sus ofrecimientos con las mejores razones que supo, se despidió dél llorando. Los criados de don Vicente llevaron su cuerpo, y Roque se volvió á los suyos: y este fin tuvieron los amores de Claudia Gerónima. ¿Pero qué mucho si tejieron la trama de su lamentable historia las fuerzas invencibles y rigurosas de los celos?

Halló Roque Guinart á sus escuderos en la parte donde les habia ordenado, y á Don Quijote entre ellos sobre Rocinante, haciéndoles una plática en que les persuadia dejasen aquel modo de vivir tan peligroso, asi para el alma como para el cuerpo; pero como los mas eran gascones, gente rústica y desbaratada, no les entraba bien la plática de Don Quijote. Llegado que fue Roque, preguntó á Sancho Panza si le habian vuelto y restituido las alhajas y preseas que los suyos del rucio le habian quitado. Sancho respondió que sí, sino que le faltaban tres tocadores, que valian tres ciudades. ¿Qué es lo que dices, hombre? dijo uno de los presentes, que yo los tengo, y no valen tres reales. Asi es, dijo Don Quijote, pero estímalos mi escudero en lo que ha dicho por habérmelos dado quien me los dió. Mandóselos volver al punto Roque Guinart, y mandando poner los suyos en ala, mandó traer allí delante todos los vestidos, joyas y dineros, y todo aquello que desde la última reparticion habian robado, y haciendo brevemente el tanteo, volviendo lo no repartible y reduciéndolo á dineros, lo repartió por toda su compañía, con tanta legalidad y prudencia, que no pasó un punto ni defraudó nada de la justicia distributiva. Hecho esto, con lo cual todos quedaron contentos, satisfechos y pagados, dijo Roque á Don Quijote: si no se guardase esta puntualidad con estos, no se podria vivir con ellos. A lo que dijo Sancho: segun lo que aquí he visto, es tan buena la justicia, que es necesario que se use aun entre los mesmos ladrones. Oyólo un escudero, y enarboló el mocho de un arcabuz, con el cual sin duda le abriera la cabeza á Sancho, si Roque Guinart no le diera voces que se detuviese. Pasmóse Sancho, y propuso de no descoser los labios en tanto que entre aquella gente estuviese.

Llegó en esto uno ó algunos de aquellos escuderos que estaban puestos por centinelas por los caminos para ver la gente que por ellos venia, y dar aviso á su mayor de lo que pasaba, y este dijo: señor, no lejos de aquí, por el camino que va á Barcelona, viene un gran tropel de gente. A lo que respondió Roque: ¿has echado de ver si son de los que nos buscan, ó de los que nosotros buscamos? No, sino de los que buscamos, respondió el escudero: Pues salid todos, replicó Roque, y traédmelos aquí luego, sin que se os escape ninguno.

Hiciéronlo asi, y quedándose solos Don Quijote, Sancho y Roque, aguardaron á ver lo que los escuderos traian, y en este entre tanto dijo Roque á Don Quijote: nueva manera de vida le debe parecer al señor Don Quijote la nuestra, nuevas aventuras, nuevos sucesos, y todos peligrosos: y no me maravillo que asi le parezca, porque realmente le confieso que no hay modo de vivir mas inquieto ni mas sobresaltado que el nuestro. A mí me han puesto en él no sé qué deseos de venganza, que tienen fuerza de turbar los mas sosegados corazones; yo de mi natural soy compasivo y bien intencionado; pero, como tengo dicho, el querer vengarme de un agravio que se me hizo, asi da con todas mis buenas inclinaciones en tierra, que persevero en este estado á despecho y pesar de lo que entiendo: y y como un abismo llama otro, y un pecado á otro pecado, hánse eslabonado las venganzas de manera, que no solo las mias, pero las agenas tomo á mi cargo; pero Dios es servido de que aunque me ve, en la mitad del laberinto de mis confusiones, no pierdo la esperanza de salir dél á puerto seguro.

Admirado quedó Don Quijote de oir hablar á Roque tan buenas y concertadas razones, porque él se pensaba que entre los de oficios semejantes de robar, matar y saltear, no podia haber alguno que tuviese buen discurso, y respondióle: señor Roque, el principio de la salud está en conocer la enfermedad, y en querer tomar el enfermo las medicinas que el médico le ordena: vuesa merced está enfermo, conoce su dolencia, y el cielo, ó Dios, por mejor decir, que es nuestro médico, le aplicará medicina, que le sanen, las cuales suelen sanar poco á poco, y no de repente y por milagro: y mas que los pecadores discretos están mas cerca de enmendarse que los simples; y pues vuesa merced ha mostrado en sus razones su prudencia, no hay sino tener buen ánimo, y esperar mejoría de la enfermedad de su conciencia. Y si vuesa merced quiere ahorrar camino, y ponerse con facilidad en el de su salvacion, véngase conmigo, que yo le enseñaré á ser caballero andante, donde se pasan tantos trabajos y desventuras, que tomándolas por penitencia, en dos paletas le pondrán en el cielo. Rióse Roque del consejo de Don Quijote, á quien, mudando plática, contó el trágico suceso de Claudia Gerónima, de que le pesó en estremo á Sancho, que no le habia parecido mal la belleza, desenvoltura y brio de la moza.

Llegaron en esto los escuderos de la presa, trayendo consigo dos caballeros á caballo y dos peregrinos á pie, y un coche de mujeres con hasta seis criados, que á pie y á caballo las acompañaban, con otros dos mozos de mulas que los caballeros traian. Cogiéronlos los escuderos en medio, guardando vencidos y vencedores gran silencio, esperando á que el gran Roque Guinart hablase, el cual preguntó á los caballeros que quién eran, y adónde iban, y qué dinero llevaban. Uno dellos le respondió: señor, nosotros somos dos capitanes de infantería española, tenemos nuestras compañías en Nápoles, y vamos á embarcarnos en cuatro galeras, que dicen están en Barcelona, con órden de pasar á Sicilia: llevamos hasta docientos ó trescientos escudos, con que á nuestro parecer vamos ricos y contentos, pues la estrecheza ordinaria de los soldados no permiten mayores tesoros. Preguntó Roque á los peregrinos lo mismo que á los capitanes: fuéle respondido que iban á embarcarse para pasar á Roma, y que entrambos podrian llevar hasta sesenta reales. Quiso saber tambien quién iba en el coche, y adónde, y el dinero que llevaban: y uno de los de á caballo dijo: mi señora doña Guiomar de Quiñones, mujer del regente de la vicaría de Nápoles, con una hija pequeña, una doncella y una dueña, son las que van en el coche: acompañámosla seis criados, y los dineros son seiscientos escudos. De modo dijo Roque Guinart, que ya tenemos aquí novecientos escudos y sesenta reales: mis soldados deben de ser hasta sesenta; mírese á cómo le cabe á cada uno, porque yo soy mal contador.

Oyendo decir esto los salteadores, levantaron la voz diciendo: viva Roque Guinart muchos años, á pesar de los lladres (1) que su perdicion procuran. Mostraron afligirse los capitanes, entristecióse la señora regenta, y no se holgaron nada los peregrinos viendo la confiscacion de sus bienes. Túvolos asi un rato suspensos Roque; pero no quiso que pasase adelante su tristeza, que ya se podia conocer á tiro de arcabuz, y volviéndose á los capitanes dijo: vuesas mercedes, señores capitanes, por cortesía, sean servidos de prestarme sesenta escudos, y la señora regenta ochenta, para contentar esta escuadra que me acompaña, porque el abad de lo que canta yanta, y luego puédense ir su camino libre y desembarazadamente, con un salvo conducto que yo les daré, para que si toparen otras de algunas escuadras mias, que tengo divididas por esos contornos, no les hagan daño, que no es mi intencion de agraviar á soldados, ni á mujer alguna, especialmente á las que son principales.

Infinitas y bien dichas fueron las razones con que los capitanes agradecieron á Roque su cortesía y liberalidad, que por tal la tuvieron en dejarles su mismo dinero. La señora doña Guiomar de Quiñones se quiso arrojar del coche para besar los pies y las manos del gran Roque, pero él no lo consintió en

(1) Pícaros, belitres, hombres viles y ruines.—Palabra catalana que literalmente significa *ladron*.

ninguna manera, antes le pidió perdon del agravio que le habia hecho, forzado de cumplir con las obligaciones precisas de su oficio. Mandó la señora regenta á un criado suyo diese luego los ochenta escudos que le habian repartido; y ya los capitanes habian desembolsado los sesenta. Iban los peregrinos á dar toda su miseria; pero Roque les dijo que se estuviesen quedos, y volviéndose á los suyos les dijo: destos escudos dos tocan á cada uno y sobran veinte, los diez se den á estos peregrinos, y los otros diez á este buen escudero, porque pueda decir bien de esta aventura: y trayéndole aderezo de escribir, de que siempre andaba proveido Roque, les dió por escrito un salvo conducto para los mayorales de sus escuadras, y despidiéndose dellos, los dejó ir libres y admirados de su nobleza, de su gallarda disposicion y estraño proceder, teniéndole mas por un Alejandro Magno, que por ladron conocido.

Uno de los escuderos dijo en su lengua gascona y catalana: este nuestro capitan mas es para frade, que para bandolero: si de aquí adelante quisiere mostrarse liberal, séalo con su hacienda, y no con la nuestra. No lo dijo tan paso el desventurado, que dejase de oirlo Roque, el cual echando mano á la espada, le abrió la cabeza casi en dos partes, diciéndole: desta manera castigo yo á los deslenguados y atrevidos. Pasmáronse todos, y ninguno le osó decir palabra: tanta era la obediencia que le tenian. Apartóse Roque á una parte, y escribió una carta á un su amigo á Barcelona, dándole aviso cómo estaba consigo el famoso Don Quijote de la Mancha, aquel caballero andante de quien tantas cosas se decian; y que le hacia saber que era el mas gracioso y mas entendido hombre del mundo; y que de allí á cuatro dias, que era el de la degollacion de San Juan Bautista, se le pondria en mitad de la playa de la ciudad, armado de todas sus armas, sobre Rocinante su caballo, y á su escudero Sancho sobre un asno, y que diese noticia desto á sus amigos los Niarros, para que con él se solazasen, que él quisiera que careciesen deste gusto los Cadells, sus contrarios; pero que esto era imposible, á causa que las locuras y discreciones de Don Quijote, y los donaires de su escudero Sancho Panza, no podian dejar de dar gusto general á todo el mundo. Despachó estas cartas con uno de sus escuderos, que mudando el trage de bandolero en el de un labrador, entró en Barcelona, y la dió á quien iba.

CAPITULO LXI.

De lo que sucedió á Don Quijote en la entrada de Barcelona, con otras cosas que tienen mas de lo verdadero que de lo discreto.

Tres dias y tres noches estuvo Don Quijote con Roque, y si estuviera trescientos años no le faltara que mirar y admirar en el modo de su vida. Aquí amanecian, acullá comian: unas veces huian sin saber de quién, y otras esperaban sin saber de quién. Dormian en pie, interrumpiendo el sueño, mudándose de un lugar á otro. Todo era poner espías, escuchas, centinelas, soplar las cuerdas de los

arcabuces (1), aunque traian pocos, porque todos se servian de pedreñales. Roque pasaba la noches apartado de los suyos en partes y lugares donde ellos no pudiesen saber dónde estaba, porque los muchos bandos, que el visorey de Barcelona habia echado sobre su vida, le traian inquieto y temeroso y no se osaba fiar de ninguno, temiendo que los mismos suyos ó le habian de matar, ó entregar á la justicia; vida por cierto miserable y enfadosa. En fin, por caminos desusados, por atajos y sendas encubiertas partieron Roque, Don Quijote y Sancho, con otros seis escuderos á Barcelona. Llegaron á su playa la víspera de San Juan en la noche, y abrazando Roque á Don Quijote y á Sancho, á quien dió los diez escudos prometidos que hasta entonces no se los habia dado, los dejó con mil ofrecimientos que de la una á la otra parte se hicieron.

(1) *Arcabuces* eran unas armas de fuego como las escopetas del dia: pero que se las disparaba aplicándoles una mecha encendida: á diferéncia de los *pedreñales*, que eran como arcabuces pequeños ó trabucos, cuyas llaves daban fuego por sí, y se disparaban sin necesidad de mecha. Era arma propia de los foragidos.—Arr.

Volvióse Roque, quedóse Don Quijote esperando el dia asi á caballo como estaba, y no tardó mucho cuabdo comenzó á descubrirse por los balcones del Oriente la faz de la blanca aurora, alegrando las yerbas y las flores, en lugar de alegrar el oido, aunque al mismo instante alegraron también el oido el son de las muchas chirimías y atabales, ruido de cascabeles, trapa, trapa, aparta, aparta de corredores, que al parecer de la ciudad salian. Dió lugar la aurora al sol, que con un rostro mayor que el de una rodela por el mas bajo horizonte poco á poco se iba levantando. Tendieron

Don Quijote y Sancho la vista por todas partes, vieron el mar, hasta entonces dellos no visto: parecióles espaciosísimo y largo, harto mas que las lagunas de Ruidera, que en la Mancha habian visto. Vieron las galeras que estaban en la playa, las cuales abatiendo las tiendas, se descubrieron llenas de

flámulas y gallardetes, que tremolaban al viento, y besaban y barrian el agua: dentro sonaban clarines, trompetas y chirimías, que cerca y lejos llenaban el aire de suaves y belicosos acentos: comenzaron á moverse, y á hacer un modo de escaramuza por las sosegadas aguas, correspondiéndoles casi al mismo modo infinitos caballeros, que de la ciudad sobre hermosos caballos y con vistosas libreas salian. Los soldados de las galeras disparaban infinita artillería, á quien respondian los que estaban en las murallas y fuertes de la ciudad, y la artillería gruesa con espantoso estruendo rompia los vientos, á quien respondian los cañones de crujia de las galeras. El mar alegre, la tierra jocunda, el aire claro, solo tal vez turbio del humo de la artillería, parece que iban infundiendo y engendrando gusto súbito en todas las gentes. No podia imaginar Sancho cómo pudiesen tener tantos pies aquellos bultos que por el mar se movian.

En esto llegaron corriendo con grita, lililíes y algazara los de las libreas, adonde Don Quijote suspenso y atónito estaba; y uno dellos, que era el avisado de Roque, dijo en alta voz á Don Quijote: bien sea venido á nuestra ciudad el espejo, el farol, la estrella y el norte de toda la caballería andante, donde mas largamente se contiene. Bien sea venido, digo, el valeroso Don Quijote de la Mancha: no el falso, no el ficticio, no el apócrifo, que en falsas historias estos dias nos han mostrado, sino el verdadero, el legal y el fiel, que nos describió Cide Hamete Benengeli, flor de los historiadores. No respondió Don Quijote palabra, ni los caballeros esperaron á que la respondiese, sino volviéndose y revolviéndose con los demás que los seguian, comenzaron á hacer un revuelto caracol alrededor de Don Quijote, el cual volviéndose á Sancho, dijo: estos bien nos han conocido; yo apostaré que han leido nuestra historia, y aun la del aragonés recien impresa. Volvió otra vez el caballero que habló á Don Quijote, y díjole: vuesa merced, señor Don Quijote, se venga con nosotros, que todos somos sus servidores, y grandes amigos de Roque Guinart. A lo que Don Quijote respondió: si cortesías engendran cortesías, la vuestra, señor caballero, es hija ó parienta muy cercana de las del gran Roque: llevadme do quisiéredes, que yo no tendré otra voluntad que la vuestra, y mas si la quereis ocupar en vuestro servicio.

Con palabras no menos comedidas que estas le respondió el caballero, y encerrándole todos en medio, al son de las chirimías y de los atabales se encaminaron con él á la ciudad: al entrar de la cual, el malo, que todo lo malo ordena, y los muchachos, que son mas malos que el malo, ordenaron que dos dellos traviesos y atrevidos se entraran por toda la gente, y alzando el uno de la cola del rucio, y el otro la de Rocinante, les pusieran y encajaran sendos manojos de aliagas. Sintieron los pobres animales las nuevas espuelas, y apretando las colas aumentaron su disgusto, de manera que dando mil corcovos, dieron con sus dueños en tierra. Don Quijote, corrido y afrentado, acudió á quitar el plumaje de la cola de su matalote, y Sancho el de su rucio. Quisieron los que guiaban á Don Quijote castigar el atrevimiento de los muchachos; y no fue posible porque se encerraron entre mas de otros mil que los seguian. Volvieron á subir Don Quijote y Sancho, y con el mismo aplauso y música llegaron á la casa de su guia, que era grande y principal, en fin, como de caballero rico, donde le dejaremos por ahora, porque asi lo quiere Cide Hamete.

CAPITULO LXII.

Que trata de la aventura de la cabeza encantada con otras niñerias, que no pueden dejar de contarse.

Don Antonio Moreno se llamaba el huésped de Don Quijote, caballero rico y discreto, y amigo de holgarse á lo honesto y afable, el cual viendo en su casa á Don Quijote, andaba buscando modos cómo sin su perjuicio sácase á plaza sus locuras, porque no son burlas las que duelen, ni hay pasatiempos que valgan, si son con daño de tercero. Lo primero que hizo fue hacer desarmar á Don Quijote, y sacarle con aquel su estrecho y acamuzado vestido (como ya otras veces le hemos descrito y pintado) á un balcon que salia á una calle de las mas principales de la ciudad, á vista de las gentes y de los muchachos, que como á mona le miraban. Corrieron de nuevo delante dél los de las libreas, como si para él solo no para alegrar aquel festivo dia, se las hubieran puesto, y Sancho estaba contentísimo por parecerle que se habia hallado sin saber cómo ni cómo no, otras bodas de Camacho, otra casa como la de don Diego de Miranda, y otro castillo como el del duque. Comieron aquel dia con don Antonio algunos de sus amigos, honrando todos y tratando á Don Quijote como á caballero andante, de lo cual hueco y pomposo no cabia en sí de contento. Los donaires de Sancho fueron tantos, que de su boca andaban como colgados todos los criados de casa y todos cuantos le oian. Estando á la mesa, dijo don Antonio á Sancho: acá tenemos noticia, buen Sancho, que sois tan amigo de manjar blanco y albondiguillas, que si os sobran las guardais en el seno para el otro dia (1).

No señor, no es asi, respondió Sancho, porque tengo mas de limpio que de goloso; y mi señor Don Quijote, que está delante, sabe bien que con un puño de bellotas ó de nueces nos solemos pasar entrambos ocho dias: verdad es que si tal vez me sucede que me den la vaquilla, corro con la soguilla: quiero decir, que cómo lo que me dan, y uso de los tiempos como los hallo; y quien quiera que hubiere dicho que yo soy comedor aventajado, y no limpio, téngase por dicho que no acierta, y de otra manera dijera esto, si no mirara á las barbas honradas que están á la mesa.

Por cierto, dijo Don Quijote, que la parsimonia y limpieza con que Sancho come se puede escribir y grabar en láminas de bronce, para que quede en memoria eterna en los siglos venideros. Verdad

(1) En el cap. XII del Don Quijote de Avellaneda, se dice que don Cárlos ofreció á Sancho dos docenas de albondiguillas y seis pellas de manjar blanco: comióse aquellas; de estas cuatro, y las otras dos se las metió en el seno, con intencion de guardarlas para la mañana.—P.

es que cuando él tiene hambre parece algo tragon porque come apriesa y masca á dos carrillos; pero la limpieza siempre la tiene en su punto, y en el tiempo que fue gobernador aprendió á comer á lo melindroso, tanto que comia con tenedor las uvas y aun los granos de la granada.

¡Cómo! dijo don Antonio; ¿gobernador ha sido Sancho? Sí, respondió Sancho, y de una ínsula llamada la Barataria. Diez dias la goberné á pedir de boca: en ellos perdí el sosiego, y aprendí á despreciar todos los gobiernos del mundo: salí huyendo della y caí en una cueva, donde me tuve por muerto, de la cual salí vivo por milagro. Contó Don Quijote por menudo todo el suceso del gobierno de Sancho, con que dió gran gusto á los oyentes.

Levantados los manteles, y tomando don Antonio por la mano á Don Quijote, se entró con él en un apartado aposento, en el cual no habia otra cosa de adorno que una mesa al parecer de jaspe, que sobre un pie de lo mismo se sostenia, sobre la cual estaba puesta al modo de las cabezas de los emperadores romanos, de los pechos arriba, una que semejaba ser de bronce. Paseóse don Antonio con Don Quijote por todo el aposento, rodeando muchas veces la mesa, despues de lo cual dijo: ahora, señor Don Quijote, que estoy enterado que no nos oye y escucha alguno, y está cerrada la puerta, quiero contar á vuesa merced una de las mas raras aventuras, ó por mejor decir novedades, que imaginarse pueden, con condicion que lo que á vuesa merced dijere lo ha de depositar en los últimos retretes del secreto.

Asi lo juro, respondió Don Quijote, y aun le echaré una losa encima para mas seguridad: porque quiero que sepa vuesa merced, señor don Antonio (que ya sabia su nombre), que está hablando con quien, aunque tiene oidos para oir, no tiene lengua para hablar: asi que con seguridad puede vuesa merced trasladar lo que tiene en su pecho en el mio, y hacer cuenta que lo ha arrojado en los abismos del silencio.

En fe desa promesa, respondió don Antonio, quiero poner á vuesa merced en admiracion con lo que viere y oyere, y darme á mí algun alivio de la pena que me causa no tener con quién comunicar mis secretos, que no son para fiarse de todos.

Suspenso estaba Don Quijote, esperando en qué habian de parar tantas prevenciones. En esto tomándole la mano don Antonio, se la paseó por la cabeza de bronce y por toda la mesa, por el pie de jaspe sobre que se sostenia, y luego dijo: esta cabeza, señor Don Quijote, ha sido hecha y fabricada por uno de los mayores encantadores y hechiceros que ha tenido el mundo, que creo era polaco de nacion, y discípulo del famoso Escotillo, de quien tantas maravillas se cuentan (1), el cual estuvo aquí en mi casa, y por precio de mil escudos que le dí labró esta cabeza, que tiene propiedad y virtud de responder á cuantas cosas al oido le preguntaren. Guardó rumbos (2), pintó caracteres, observó astros, miró puntos, y finalmente la sacó con la perfeccion que veremos mañana, porque los viernes está muda, y hoy que lo es, nos ha de hacer esperar hasta mañana. En este tiempo podrá vuesa merced prevenirse de lo que querrá preguntar que por esperiencia sé que dice verdad en cuanto responde. Admirado quedó Don Quijote de la virtud y propiedad de la cabeza, y estuvo por no creer á don Antonio; pero por ver cuán poco tiempo habia para hacer la esperiencia, no quiso decirle otra cosa sino que le agradecia el haberle descubierto tan gran secreto. Salieron del aposento, cerró la puerta don Antonio con llave, y fuéronse á la sala donde los demás caballeros estaban. En este tiempo les habia contado Sancho muchas de las aventuras y sucesos que á su amo habian acontecido.

Aquella tarde sacaron á pasear á Don Quijote, no armado, sino de rua, vestido un balandran de paño leonado, que pudiera hacer sudar en aquel tiempo al mismo hielo. Ordenaron con sus criados que entretuviesen á Sancho de modo que no le dejasen salir de casa. Iba Don Quijote, no sobre Rocinante, sino sobre un gran macho de paso llano, y muy bien aderezado. Pusiéronle el balandran, y en las espaldas sin que lo viese le cosieron un pergamino, donde le escribieron con letras grandes: *este es Don Quijote de la Mancha*. En comenzando el paseo llevaba el rétulo los ojos de cuantos venian á verle, y como leian: este es Don Quijote de la Mancha, admirábase Don Quijote de ver que cuantos le miraban le nombraban y conocian; y volviéndose á don Antonio, que iba á su lado, le dijo: grande es la prerogativa que encierra en sí la andante caballería, pues hace conocido y famoso al que

(1) Miguel Escoto ó Escotillo era italiano, natural de Parma, y vivia en Flandes en tiempo de Alejandro Farnesio, hijo de doña Margarita de Austria, el cual mandaba los ejércitos de su tio Felipe II en aquellas provincias. Era Escotillo muy dado al estudio de las matemáticas, y en especial al de la astrología judiciaria; y asi era tenido por encantador y nigromante. Cuentan de él cosas estupendas, como era la de que solia convidar á algunos á comer, y llegando la hora no habia ni aun lumbre en la cocina: y sin embargo, en sentándose él á la mesa, aparecian en ella varios y esquisitos manjares traidos por arte de encantamento. Al verlos decia Escotillo: este plato viene de la cocina del rey de Francia; este otro de la del rey de Inglaterra; aquel de la del rey de España, etc.
De otro Miguel Escoto, nigromántico, que los ingleses llaman *Scott* porque dicen que era escocés, que floreció en el siglo XIII, hablan varios escritores, entre ellos Bayle; Martin Coccayo en su *Macarroneo*; y Gabriel Naudeo en su *Apologia de los hombres grandes acusados de magia*. Este Escoto fue muy apreciado del emperador Federico II, al cual dedicó su *Tratado de fisonomia* y algunas otras obras. Dante hace mencion de él en el canto XX de *l'Iferno*:

Quell' altro che ne' fianchi é cosi poco
Michele Scotto fu, che veramente
Delle magiche frode seppe il giuoco.

(2) Rumbo, dice Covarrubias, es la figura de los cosmógrafos en forma de estrella, en la cual forman los vientos y sirve á los marineros con la carta y aguja de marear.—Arr.

la profesa por todos los términos de la tierra; si no, mire vuesa merced, señor don Antonio, que hasta los muchachos desta ciudad sin nunca haberme visto me conocen. Así es, señor Don Quijote, respondió don Antonio, que así como el fuego no puede estar escondido y encerrado, la virtud no puede dejar de ser conocida, y la que se alcanza por la profesion de las armas, resplandece y campea sobre todas las otras.

Acaeció, pues, que yendo Don Quijote con el aplauso que se ha dicho, un castellano que leyó el rétulo de las espaldas alzó la voz diciendo: válgate el diablo por Don Quijote de la Mancha; cómo ¿que hasta aquí has llegado sin haberte muerto los infinitos palos que tienes acuestas? Tú eres loco, y si lo fueras á solas y dentro de las puertas de tu locura, fuera menos mal; pero tienes propiedad de volver locos y mentecatos á cuantos te tratan y comunican: si no, mírenlo por estos señores que te acompañan. Vuélvete, mentecato, á tu casa, y mira por tu hacienda, por tu mujer y tus hijos, déjate destas vaciedades, que te carcomen el seso y te desnatan el entendimiento.

Hermano, dijo don Antonio, seguid vuestro camino, y no deis consejos á quien no os los pide. El señor Don Quijote de la Mancha es muy cuerdo y nosotros que le acompañamos no somos necios: la virtud se ha de honrar donde quiera que se hallare, y andad enhoramala, y no os metais donde no os llaman. Pardiez, vuesa merced tiene razon, respondió el castellano, que aconsejar á este buen hombre es dar coces contra el aguijon; pero con todo eso me da muy gran lástima que el buen ingenio que dicen que tiene en todas las cosas este mentecato, se le desagüe por la canal de su andante caballería; y la enhoramala que vuesa merced dijo, sea para mí y para todos mis descendientes, si de hoy mas, aunque viviese mas años que Matusalen, diere consejo á nadie aunque me lo pida. Apartóse el consejero, siguió adelante el paseo; pero fue tanta la priesa que los muchachos y toda la gente tenía leyendo el rétulo, que se le hubo de quitar don Antonio, como que le quitaba otra cosa.

Llegó la noche, volviéronse á casa, hubo sarao de damas; porque la mujer de don Antonio, que era una señora principal y alegre, hermosa y discreta, convidó á otras sus amigas, á que viniesen á honrar á su huésped, y á gustar de sus nunca vistas locuras. Vinieron algunas; cenóse espléndidamente, y comenzóse el sarao casi á las diez de la noche. Entre las damas habia dos de gusto pícaro y burlonas, y con ser muy honestas, eran algo descompuestas para dar lugar á burlas que alegrasen sin enfado. Estas se dieron tanta priesa en sacar á danzar á Don Quijote, que le molieron, no solo el cuerpo, pero el ánima. Era cosa de ver la figura de Don Quijote, largo, tendido, flaco, amarillo, estrecho en el vestido, desairado, y sobre todo no nada ligero. Requebrábanle como á hurto las damiselas, y él tambien como á hurto las desdeñaba; pero viéndose apretar de requiebros, alzó la voz y dijo: *Fugite partes adversæ*; dejadme en mi sosiego, pensamientos malvenidos; allá os avenid, señoras, con vuestros deseos, que la que es reina de los mios, la sin par Dulcinea del Toboso, no consiente que ningunos otros que los suyos me avasallen y rindan: y diciendo esto se sentó en mitad de la sala en el suelo, molido y quebrantado de tan bailador ejercicio.

Hizo don Antonio que le llevasen en peso á su lecho, y el primero que asió dél fue Sancho diciéndole: nora en tal, señor nuestro amo, habeis bailado: ¿pensais que todos los valientes son danzadores, y todos los andantes caballeros bailarines? Digo que si lo pensais, que estais engañado: hombre hay que se atreverá á matar á un gigante antes que hacer una cabriola: si hubiérades de zapatear, yo supliera vuestra falta, que zapateo como un girifalte; pero en lo del danzar no doy puntada. Con estas y otras razones dió que reir Sancho á los del sarao, y dió con su amo en la cama, arropándole para que sudase la frialdad de su baile.

Otro dia le pareció á don Antonio ser bien hacer la esperiencia de la cabeza encantada, y con Don Quijote, Sancho y otros dos amigos, con las dos señoras que habian molido á Don Quijote en el baile, que aquella propia noche se habian quedado con la mujer de don Antonio, se encerró en la estancia donde estaba la cabeza. Contóles la propiedad que tenia, encargóles el secreto, y díjoles que aquel era el primero dia, donde se habia de probar la virtud de la tal cabeza encantada, y si no eran los dos amigos de don Antonio, ninguna otra persona sabia el busilis del encanto; y aun si don Antonio no se le hubiera descubierto primero á sus amigos, tambien ellos cayeran en la admiracion en que los demás cayeron, sin ser posible otra cosa: con tal traza y tal órden estaba fabricada.

El primero que se llegó al oido de la cabeza fue el mismo don Antonio, y díjole en voz sumisa, pero no tanto que de todos no fuese entendida: dime, cabeza, por la virtud que en tí se encierra, ¿qué pensamientos tengo yo ahora? y la cabeza le respondió sin mover los labios, con voz clara y distinta,

de modo que ue de todos entendida, esta razon: yo no juzgo de pensamientos. Oyendo lo cual todos quedaron atónitos, y mas viendo que en todo el aposento ni alrededor de la mesa no habia persona humana que responder pudiese.

¿Cuántos estamos aquí? tornó á preguntar don Antonio, y fuele respondido por el propio tenor, paso: estais tú y tu mujer, con dos amigos tuyos, y dos amigas della, y un caballero famoso, llamado Don Quijote de la Mancha, y un su escudero que Sancho Panza tiene por nombre. Aquí sí que fue el admirarse de nuevo: aquí sí que fue el erizarse los cabellos á todos de puro espanto. Y apartándose don Antonio de la cabeza, dijo: esto me basta para darme á entender que no fui engañado del que te me vendió, cabeza sabia, cabeza habladora, cabeza respondona, y admirable cabeza. Llegue otro y pregúntele lo que quisiere:—

Y como las mujeres de ordinario son presuntuosas y amigas de saber, la primera que se llegó fue una de las dos amigas de la mujer de don Antonio, y lo que le preguntó fue: dime, cabeza, qué haré yo para ser muy hermosa? y fuele respondido: se muy honesta. No te pregunto mas, dijo la preguntanta. Llegó luego la compañera y dijo: queria saber, cabeza, si mi marido me quiere bien ó no. Y respondiéronle, mira las obras que te hace, y echarlo has de ver. Apartóse la casada, diciendo: esta respuesta no tenia necesidad de pregunta, porque en efecto las obras que se hacen declaran la voluntad que tiene el que las hace.

Luego llegó uno de los dos amigos de don Antonio, y preguntóle: ¿quién soy yo? Y fuele respondido: tú lo sabes. No te pregunto eso, respondió el caballero, sino que me digas, si me conoces tú. Sí conozco, le respondieron, que eres don Pedro Noriz. No quiero saber mas, pues esto basta para entender, oh cabeza, que lo sabes todo. Y apartándose, llegó el otro amigo y preguntóle: dime, cabeza, ¿qué deseos tiene mi hijo el mayorazgo? Ya yo he dicho, le respondieron, que yo no juzgo de deseos; pero con todo eso te sé decir, que los que tu hijo tiene son de enterrarte. Eso es, dijo el caballero, lo que veo por los ojos, con el dedo lo señalo, y no pregunto mas. Llegóse la mujer de don Antonio, y dijo: yo no sé, cabeza, qué preguntarte: solo querria saber de tí si gozaré muchos años de mi buen marido. Y respondiéronla: sí gozarás, porque su salud y su templanza en el vivir prometen muchos años de vida, la cual muchos suelen acortar por su destemplanza.

Llegóse luego don Quijote y dijo: dime tú el que respondes, ¿fue verdad ó fue sueño lo que yo cuento que me pasó en la cueva de Montesinos? ¿Serán ciertos los azotes de Sancho mi escudero? ¿Tendrá efecto el desencanto de Dulcinea? A lo de la cueva, respondieron, hay mucho que decir, de todo tiene: los azotes de Sancho irán despacio: el desencanto de Dulcinea llegará á debida ejecucion, No quiero saber mas, dijo Don Quijote, que como yo vea á Dulcinea desencantada, haré cuenta que vienen de golpe todas las venturas que acertare á desear.

El último preguntante fue Sancho, y lo que preguntó fue: por ventura, cabeza, ¿tendré otro gobierno? ¿saldré de la estrecheza de escudero? ¿volveré á ver á mi mujer y á mis hijos? A lo que le respondieron: gobernarás en tu casa; y si vuelves á ella verás á tu mujer y á tus hijos, y dejando de servir, dejarás de ser escudero. Bueno, par Dios, dijo Sancho Panza: esto yo me lo dijera; no dijera mas el profeta Perogrullo.

Bestia, dijo Don Quijote, ¿qué quieres que te respondan? ¿No basta que las respuestas que esta cabeza ha dado correspondan á lo que se le pregunta? Sí basta, respondió Sancho; pero quisiera yo que se declarara mas, y me dijera mas.

Con esto se acabaron las preguntas y las respuestas, pero no se acabó la admiracion en que todos quedaron, escepto los dos amigos de don Antonio, que el caso sabian. El cual quiso Cide Hamete Benengeli declarar luego, por no tener suspenso al mundo, creyendo que algun hechicero y estraordinario misterio en la tal cabeza se encerraba; y asi dice que don Antonio Moreno, á imitacion de otra cabeza que vió en Madrid fabricada por un estampero, hizo esto en su casa para entretenerse y suspender á los ignorantes, y la fábrica era de esta suerte. La tabla de la mesa era de palo, pintada y barnizada como jaspe, y el pie sobre que se sostenia era de lo mismo, con cuatro barras de águila que dél salian para mayor firmeza del peso. La cabeza, que parecia medalla y figura de emperador romano, y de color de bronce, estaba toda hueca, y ni mas ni menos la talla de la mesa, en que se encajaba tan justamente, que ninguna señal de juntura se parecia. El pie de la tabla era asimismo hueco, que respondia á la garganta y pechos de la cabeza; y todo esto venia á responder á otro aposento que debajo de la estancia de la cabeza estaba. Por todo este hueco de pie, mesa, garganta y pechos de la medalla y figura referida, se encaminaba un cañon de hoja de lata muy justo, que de nadie podia ser visto. En el aposento de abajo, correspondiente al de arriba, se ponia el que habia de responder, pegada la boca con el mismo cañon, de modo que á modo de cerbatana, iba la voz de arriba abajo, y de abajo arriba, en palabras articuladas y claras, y desta manera no era posible conocer el embuste. Un sobrino de don Antonio, estudiante agudo y discreto, fue el respondiente, el cual estando avisado de su señor tio de los que habian de entrar con él en aquel dia en el aposento de la cabeza, le fue fácil responder con presteza y puntualidad á la primera pregunta: á las demás respondió por conjeturas, y como discreto discretamente. Y dice Cide Hamete, que hasta diez ó doce dias duró esta maravillosa máquina; pero que divulgándose por la ciudad que don Antonio tenia en su casa una cabeza encantada, que á cuantos le preguntaban respondia, temiendo no llegase á los oidos de las despiertas centinelas de nuestra fe, habiendo declarado el caso á los señores inquisidores, le mandaron que la deshiciese, y no pasase mas adelante, porque el vulgo ignorante no se escandalizase. Pero en la opinion de Don Quijote y de Sancho Panza, la cabeza quedó por encantada y por respondona, mas á satisfaccion de Don Quijote que de Sancho (1).

Los caballeros de la ciudad, por complacer á don Antonio y por agasajar á Don Quijote, y dar lugar á que descubriese sus sandeces, ordenaron de correr sortija de allí á seis dias, que no tuvo efecto por la ocasion que se dirá adelante. Dióle gana á Don Quijote de pasear la ciudad á la llana y á pie, temiendo que si iba á caballo le habian de perseguir los muchachos, y asi él y Sancho con otros dos criados que don Antonio le dió, salieron á pasearse. Sucedió, pues, que yendo por una calle, alzó los ojos Don Quijote, y vió escrito sobre una puerta con letras muy grandes: *Aquí se imprimen libros*; de lo que se contentó mucho, porque hasta entonces no habia visto emprenta alguna, y deseaba saber cómo fuese.

Entró dentro con todo su acompañamiento, y vió tirar en una parte, corregir en otra, componer en esta, enmendar en aquella, y finalmente toda aquella máquina que en las emprentas grandes se muestra. Llegábase Don Quijote á un cajon, y preguntaba qué era aquello que allí se hacia; dábanle cuenta los oficiales, admirábase, y pasaba adelante. Llegó en otras á uno y preguntóle, ¿qué era lo que hacia? El oficial le respondió: señor, este caballero que aquí está (y señaló á un hombre de muy buen talle y parecer y de alguna gravedad), ha traducido un libro toscano en nuestra lengua castellana, y estóyle yo componiendo para darle á la estampa. ¿Qué título tiene el libro? preguntó Don Quijote. A lo que el autor rerpondió: señor, el libro en toscano se llama *Le bagatelle*. ¿Y qué responde *Le bagatelle* en nuestro castellano? preguntó Don Quijote. *Le bagatelle*, dijo el autor, es como si en castellano dijésemos *los juguetes*; y aunque este libro es en el nombre humilde, contiene y encierra en sí cosas muy buenas y sustanciales. Yo, dijo Don Quijote, sé algun tanto del toscano, y me precio de cantar algunas estancias del Ariosto. Pero dígame vuesa merced, señor mio (y no digo esto porque quiero examinar el ingenio de vuesa merced, sino por curiosidad no mas) ¿ha hallado en su escritura alguna vez nombrar *pignata*? Sí, muchas veces, respondió el autor. ¿Y cómo la traduce vuesa merced en castellano? preguntó Don Quijote. ¿Cómo la habia de traducir, replicó el autor, sino diciendo *olla*? ¡Cuerpo de tal, dijo Don Quijote, y qué adelante está vuesa merced en el toscano idioma! Yo apostaré una buena apuesta, que adonde diga en el toscano *piace*, dice vuesa merced en el castellano *place*, y adonde diga *piú*, dice *mas*, y el *su* declara con *arriba*, y el *giu* con *abajo*. Sí declaro por cierto, dijo el autor, porque esas son sus propias correspondencias. Osaré yo jurar, dijo Don Quijote,

(1) Estas cabezas, estatuas ó simulacros fatales ó fatídicos, se usaron en varios tiempos, y se tenian vulgarmente por obra de magia.—P.

que no es vuesa merced conocido en el mundo, enemigo siempre de premiar los floridos ingenios y los loables trabajos. ¡Qué de habilidades hay perdidas por ahí! ¡qué de ingenios arrinconados! ¡qué de virtudes menospreciadas! Pero con todo esto me parece que el traducir de una lengua en otra, como no sea de las reinas de las lenguas griega y latina, es como quien mira los tapices flamencos por el revés, que aunque se ven las figuras, son llenas de hilos que las escurecen, y no se ven con la lisura y tez de la haz; y el traducir de lenguas fáciles, ni arguye ingenio ni elocucion, como no le arguye el que traslada ni el que copia un papel de otro papel; y no por esto quiero inferir que no sea loable este ejercicio del traducir, porque en otras cosas peores se podria ocupar el hombre, y que menos provecho le trujesen. Fuera desta cuenta van los dos famosos traductores, el uno el doctor Cristóbal de Figueroa en su *Pastor Fido* (1), y el otro don Juan de Jáuregui en su *Aminta* (2), donde felizmente ponen en duda cuál es la traduccion, ó cuál el original. Pero dígame vuesa merced, ¿este libro imprímese por su cuenta, ó tiene ya vendido el privilegio á algun librero? Por mi cuenta lo imprimo, respondió el autor, y pienso ganar mil ducados por lo menos con esta primera impresion, que ha de ser de dos mil cuerpos, y se han de despachar á seis reales cada uno en daca las pajas. Bien está vuesa merced en la cuenta, respondió Don Quijote: bien parece que no sabe las entradas y salidas de los impresores, y las correspondencias que hay de unos á otros. Yo le prometo que cuando se vea cargado de dos mil cuerpos de libros, vea tan molido su cuerpo, que se espante, y mas si el libro es un poco avieso y no nada picante. ¿Pues qué, dijo el autor, quiere vuesa merced que se lo dé á un librero, que me dé por el privilegio tres maravedís, y aun piense que me hace merced en dármelos? Yo no imprimo mis libros para alcanzar fama en el mundo, que ya en él soy conocido por mis obras; provecho quiero, que sin él no vale un cuatrin la buena fama. Dios le dé á vuesa merced buena manderecha, respondió Don Quijote, y pasó adelante á otro cajon, donde vió que estaban corrigiendo un pliego de un libro que se intitulaba *Luz del alma*, y en viéndole dijo: estos tales libros, aunque hay muchos deste género, son los que se deben imprimir, porque son muchos los pecadores que se usan, y son menester infinitas luces para tantos deslumbrados. Pasó adelante, y vió que asimismo estaban corrigiendo otro libro, y preguntando su título, le respondieron que se llamaba *la segunda parte del ingenioso hidalgo Don Quijote de la Mancha*, compuesta por un tal vecino de Tordesillas. Ya yo tengo noticia deste libro, dijo Don Quijote; y en verdad y en mi conciencia que pensé que ya estaba quemado y hecho polvo por impertinente; pero su San Martin se le llegará como á cada puerco: que las historias fingidas tanto tienen de buenas y de deleitables, cuanto se llegan á la verdad ó á la semejanza della, y las verdaderas, tanto son mejores cuanto son mas verdaderas: y diciendo esto, con muestras de algun despecho se salió de la imprenta, y aquel mismo dia ordenó don Antonio de llevarle á ver las galeras que en la playa estaban, de que Sancho se regocijó mucho, á causa que en su vida las habia visto. Avisó don Antonio al cuatralvo (3) de las galeras como aquella tarde habia de llevar á verlas á su huésped, el famoso Don Quijote de la Mancha, de quien ya el cuatralvo y todos los vecinos de la ciudad tenian noticia, y lo que le sucedió en ellas se dirá en el siguiente capítulo.

CAPITULO LXIII.

De lo mal que le avino á Sancho Panza con la visita de las galeras, y la nueva aventura de la hermosa morisca.

GRANDES eran los discursos que Don Quijote hacia sobre la respuesta de la encantada cabeza, sin que ninguno dellos diese en el embuste, y todos paraban con la promesa, que él tuvo por cierta, del desencanto de Dulcinea. Allí iba y venia, y se alegraba entre sí mismo, creyendo que habia de ver presto su cumplimiento; y Sancho, aunque aborrecia el ser gobernador, como queda dicho, todavía deseaba volver á mandar y á ser obedecido: que esta mala ventura trae consigo el mando, aunque sea de burlas. En resolucion, aquella tarde don Antonio Moreno su huésped y sus dos amigos, con Don Quijote y Sancho, fueron á las galeras. El cuatralvo, que estaba avisado de su buena venida, por ver á los dos tan famosos Quijote y Sancho, apenas llegaron á la marina, cuando todas las galeras abatieron tienda, y sonaron las chirimías: arrojaron luego el esquife al agua, cubierto de ricos tapetes y de almohadas de terciopelo carmesí, y en poniendo que puso los pies en él Don Quijote, disparó la capitana el cañon de crujía, y las otras galeras hicieron lo mismo, y al subir Don Quijote por la escala derecha, toda la chusma le saludó, como es usanza, cuando una persona principal entra en la galera, diciendo: hu, hu, hu, tres veces. Dióle la mano el general, que con este nombre le llamaremos, que era un principal caballero valenciano: abrazó á Don Quijote, diciéndole: este dia señalaré yo con piedra blanca, por ser uno de los mejores que pienso llevar en mi vida, habiendo visto al señor Don Quijote de la Mancha tiempo y señal que nos muestra que en él se encierra y cifra todo el

---

(1) Cuya traduccion se imprimió con este título: *El Pastor Fido: Tragicomedia pastoral de Juan Bautista Guarini*. Valencia, 1609; 8. Este doctor fue natural de Valladolid y auditor de nuestras tropas en Italia.—P.

(2) Don Juan de Jáuregui fue un caballero sevillano, no menos poeta que pintor insigne, cuya arte profesaba por aficion, y de que se servia para retratar á sus amigos y á otros, como lo hizo con Miguel de Cervantes, segun dice éste en el prólogo de sus novelas. Su traduccion se intitula así: *El Aminta, comedia pastoril de Torcuato Tasso*. Sevilla, 1818.—P.

(3) Cuatralvo, era el jefe ó comandante de cuatro galeras. El cuatralvo á que se refiere Cervantes era don Luis Coloma, conde de Elda; aunque otros le llaman don Francisco.

valor de la andante caballería. Con otras no menos corteses razones le respondió Don Quijote, alegre sobremanera de verse tratar tan á lo señor. Entraron todos en la popa, que estaba muy bien aderezada, y sentáronse por los bandines (1): pasóse el cómitre (2) en crujia, y dió señal con el pito, que la chusma biciese fuera ropa (3), que se hizo en un instante. Sancho, que vió tanta gente en cueros, quedó pasmado, y mas cuando vió hacer tienda con tanta priesa, que á él le pareció que todos los diablos andaban allí trabajando; pero esto todo fueron tortas y pan pintado para lo que ahora diré.

Estaba Sancho sentado sobre el estanterol junto al espalder de la mano derecha, el cual, ya avisa-

do de lo que habia de hacer, asió de Sancho, y levantándole en los brazos, toda la chusma puesta en pie y alerta, comenzando de la derecha banda, le fue dando y volteando sobre los brazos de la chusma de banco en banco con tanta priesa, que el pobre Sancho perdió la vista de los ojos, y sin duda pensó que los mismos demonios le llevaban, y no pararon con él hasta volverle por la siniestra banda y ponerle en popa. Quedó el pobre molido y jadeando y trasudando, sin poder imaginar qué fue lo que sucedido le habia.

Don Quijote, que vió el vuelo sin alas de Sancho, preguntó al general si eran ceremonias aquellas que se usaban con los primeros que entraban en las galeras; porque si acaso lo fuese, él, que no tenia intencion de profesar en ellas, no queria hacer semejantes ejercicios, y que votaba á Dios que si alguno llegaba á asirle para voltearle, que le habia de sacar el alma á puntillazos; y diciendo esto se levantó en pie y empuñó la espada. A este instante abatieron tienda, y con grandísimo ruido dejaron caer la entena de alto abajo. Pensó Sancho que el cielo se desencajaba de sus quicios, y venia á dar sobre su cabeza, y agoviándola lleno de miedo, la puso entre las piernas. No las tuvo todas consigo Don Quijote, que tambien se estremeció y encogió de hombros, y perdió la color del rostro. Las chusma izó la entena con la misma priesa y ruido que la habian amainado (4), y todo esto callando como si no tuvieran voz ni aliento. Hizo señal el cómitre que zarpasen el ferro, y saltando en mitad de la crujia (5) con el corbacho ó rebenque, comenzó á mosquear las espaldas de la chusma, y alarse (6) poco á poco á la mar.

Cuando Sancho vió á una moverse tantos pies colorados (que tales pensó él que eran los remos) dijo entre sí: estas sí son verdaderamente cosas encantadas, y no las que mi amo dice. ¿Qué han hecho estos dos desdichados, que ansí los azotan? ¿y cómo este hombre solo, que anda por aquí silbando, tiene atrevimiento para azotar á tanta gente? Ahora yo digo que este es infierno, ó por lo menos el purgatorio. Don Quijote, que vió la atencion con que Sancho miraba lo que pasaba, le dijo: ¡ah Sancho amigo, y con qué brevedad, y cuán á poca costa os podíades vos, si quisiésedes desnudar de medio cuerpo arriba, y poneros entre estos señores, y acabar con el desencanto de Dulcinea! pues con la miseria y pena de tantos no sentiriades vos mucho la vuestra; y mas, que podria ser que el sabio Merlin tomase en cuenta cada azote destos, por ser dados de buena mano, por diez de los que vos finalmente os habeis de dar.

Preguntar queria el general qué azotes eran aquellos, ó qué desencanto de Dulcinea, cuando dijo el marinero: señal hace Monjuich de que hay bajel de remos en la costa por la banda del poniente. Esto oido, saltó el general en la crujía, y dijo: ea, hijos, no se nos vaya; algun bergantin de cor-

---

(1) Especie de asientos en la popa de las galeras en las dos bandas ó costados.—Arr.

(2) *Cómitre* era cierto jefe subalterno de la galera, á cuyo cargo estaba el órden, mando y castigo de los remeros.—Arr.

(3) *Hacer fuera ropa* era desnudarse los remeros cuando tienen que remar con brío y presteza.—Arr.

(4) *Amainar la entena* es abajarla y recogerla.

(5) *Saltar ó ponerse en crujía* es ponerse en el paseo y carrera de la galera, en medio de ella entre las bandas de los remeros. Entre ésta y la popa de la galera estaba el *estanterol*, que era una columna adonde el capitan de la nave asistia para mirar si iba bien ésta y su maniobra.—Arr.

(6) A meterse poco á poco ó marcharse mas adentro.—Arr.

sarios de Argel debe de ser este que la atalaya nos señala. Llegáronse luego las otras tres galeras á la capitana, á saber lo que se les ordenaba. Mandó el general que las dos saliesen á la mar, y él con la otra iria tierra á tierra, porque ansí el bajel no se les escaparia. Apretó la chusma los remos, impeliendo las galeras con tanta furia, que parecia que volaban. Las que salieron á la mar, á obra de dos millas descubrieron un bajel, que con la vista le marcaron por de hasta catorce ó quince bancos, y así era la verdad; el cual bajel cuando descubrió las galeras se puso en caza con intencion y esperanza de escaparse por su ligereza; pero avínole mal, porque la galera capitana era de los mas ligeros bajeles que en la mar navegaban, y así le fue entrando, que claramente los del bergantin conocieron que no podian escaparse, y así el arráez quisiera que dejaran los remos y se entregaran, por no irritar á enojo al capitan que nuestras galeras regia; pero la suerte, que de otra manera lo guiaba, ordenó que ya que la capitana llegaba tan cerca que podian los del bajel oir las voces que desde ella les decian que se rindiesen, dos Toraquis, que es como decir dos turcos borrachos, que en el bergantin venian con otros doce, dispararon dos escopetas, con que dieron muerte á dos soldados, que sobre nuestras arrumbadas venian. Viendo lo cual, juró el general de no dejar con vida á todos cuantos en el bajel tomase, y llegando á embestir con toda furia se le escapó por debajo de la palamenta. Pasó la galera adelante un buen trecho: los del bajel se vieron perdidos; hicieron vela en tanto que la galera volvia, y de nuevo á vela y á remo se pusieron en caza; pero no les aprovechó su diligencia tanto como les dañó su atrevimiento, porque alcanzándoles la capitana á poco mas de media milla, les echó la palamenta encima, y los cogió vivos á todos.

Llegaron en esto las otras dos galeras, y todas cuatro con la presa volvieron á la playa, donde infinita gente los estaba esperando, deseosos de ver lo que traian. Dió fondo el general cerca de tierra, y conoció que estaba en la marina el virey de la ciudad (1). Mandó echar el esquife para traerle, y mandó amainar la entena para ahorcar luego al arráez y á los demás turcos que en el bajel habia cogido, que serian hasta treinta y seis personas, todos gallardos, y los mas escopeteros turcos. Preguntó el general quién era el arráez del bergantin, y fuéle respondido por uno de los cautivos en lengua castellana (que despues pareció ser renegado español): este mancebo, señor, que aquí ves, es nuestro arráez, y mostróle uno de los mas bellos y gallardos mozos que pudiera pintar la humana imaginacion. La edad, al parecer, no llegaba á veinte años. Preguntóle el general: díme, mal aconsejado perro, ¿quién te movió á matarme mis soldados, pues veias ser imposible el escaparte? ¿Este respeto se guarda á las capitanas? ¿No sabes tú que no es valentía la temeridad? Las esperanzas dudosas han de hacer á los hombres atrevidos, pero no temerararios.

Responder queria el arráez, pero no pudo el general por entonces oir la respuesta por acudir á recibir al virey, que ya entraba en la galera, con el cual entraron algunos de sus criados y algunas

(1) Eralo don Francisco Hurtado de Mendoza, marqués de Almazán, soldado de gran valor.—P.

personas del pueblo. Buena ha estado la caza, señor general, dijo el virey. Y tan buena, respondió el general, cual la verá vuestra escelencia agora colgada desta entena.

¿Cómo así? replicó el virey. Porque me han muerto, respondió el general, contra toda ley y contra toda razon y usanza de guerra, dos soldados de los mejores que en estas galeras venian, y yo he jurado de ahorcar á cuantos he cautivado, principalmente á este mozo, que es el arráez del bergantin; y enseñóle al que ya tenia atadas las manos y echado el cordel á la garganta esperando la muerte.

Miróle el virey, y viéndole tan hermoso y tan gallardo y tan humilde, dándole en aquel instante una carta de recomendacion su hermosura, le vino deseo de escusar su muerte, y así le preguntó: díme arráez, ¿eres turco de nacion, ó moro, ó renegado? A lo cual el mozo respondió en lengua asimismo castellana: ni soy turco de nacion, ni moro, ni renegado. ¿Pues qué eres? replicó el virey. Mujer cristiana, respondió el mancebo. ¿Mujer y cristiana, y en tal trage y en tales pasos? Mas es cosa para admirarla que para creerla. Supended, dijo el mozo, oh señores la ejecucion de mi muerte, que no su perderá mucho en que se dilate vuestra venganza, en tanto que yo os cuente mi vida. ¿Quién fuera el de corazon tan duro que con estas razones no se ablandara, ó á lo menos hasta oir las que el triste y lastimado mancebo decir queria? El general le dijo que dijese lo que quisiese, pero que no esperase alcanzar perden de su conocida culpa. Con esta licencia el mozo comenzó á decir desta manera:—

De aquella nacion mas desdichada que prudente, sobre quien ha llovido estos dias un mar de desgracias, nací yo de moriscos padres engendrada. En la corriente de su desventura fuí yo por dos tios mios llevada á Berbería, sin que me aprovechase decir que era cristiana, como en efecto lo soy, y no de las fingidas ni aparentes, sino de las verdaderas y católicas. No me valió con los que tenian á cargo nuestro miserable destierro decir esta verdad, ni mis tios quisieron creerla, antes la tuvieron por mentira y por invencion para quedarme en la tierra donde habia nacido, y así por fuerza mas que por grado me trujeron consigo. Tuve una madre cristiana, y un padre discreto y cristiano, ni mas ni menos: mamé la fe católica en la leche; criéme con buenas costumbres: ni en la lengua ni en ellas jamás, á mi parecer, di señales de ser morisca. Al par y al paso destas virtudes, que yo creo que lo son, creció mi hermosura, si es que tengo alguna; y aunque mi recato y mi encerramiento fue mucho, no debió de ser tanto que no tuviese lugar de verme un mancebo caballero, llamado don Gaspar Gregorio (1), hijo mayorazgo de un caballero que junto á nuestro lugar otro suyo tiene. Como me vió, como nos hablamos, como se vió perdido por mí, y como yo no muy ganada por él, seria largo de contar, y mas en tiempo que estoy temiendo que entre la lengua y la garganta se ha de atravesar el riguroso cordel que me amenaza; y así solo diré cómo en nuestro destierro quiso acompañarme don Gregorio. Mezclóse con los moriscos que de otros lugares salieron, porque sabia muy bien la lengua, y en el viaje se hizo amigo de dos tios mios, que consigo traian; porque mi padre prudente y prevenido, así como oyó el primer bando de nuestro destierro, se salió del lugar, y se fué á buscar alguno en los reinos estraños que nos acogiese. Dejó encerradas y enterradas en una parte, de quien yo sola tengo noticia, muchas perlas y piedras de gran valor, con algunos dineros en cruzados y doblones de oro. Mandóme que no tocase el tesoro que dejaba en ninguna manera, si acaso antes que él volviese nos desterraban. Hícelo así, y con mis tios, como tengo dicho, y otros parientes y allegados pasamos á Berbería, y el lugar donde hicimos asiento fue en Argel, como si le hiciéramos en el mismo infierno. Tuvo noticia el rey de mi hermosura, y la fama se la dió de mis riquezas, que en parte fue ventura mia. Llamóme ante sí, preguntóme de qué parte de España era, y qué dineros y qué joyas traia. Díjele el lugar, y que las joyas y dineros quedaban en él enterrados; pero que con facilidad se podrian cobrar si yo misma volviese por ellos. Todo esto le dije temerosa de que no le cegase mi hermosura, sino su codicia.

Estando conmigo en estas pláticas, le llegaron á decir cómo venia conmigo uno de los mas gallardos y hermosos mancebos que se podia imaginar. Luego entendí que lo decian por don Gaspar Gregorio, cuya belleza se deja atrás las mayores que encarecerse pueden. Turbéme considerando el peligro que don Gregorio corria, porque entre aquellos bárbaros turcos en mas se tiene y estima un muchacho ó mancebo hermoso, que una mujer por bellísima que sea. Mandó luego el rey que se le trujesen allí delante para verle, y preguntóme si era verdad lo que de aquel mozo le decian. Entonces yo, casi como prevenida del cielo, le dije que sí era; pero que le hacia saber que no era varon, sino mujer como yo, y que le suplicaba me la dejase ir á vestir en su natural trage, para que de todo en todo mostrase su belleza, y con menos empacho pareciese ante su presencia. Díjome que fuése en buena hora, y que otro dia hablaríamos en el modo que se podia tener para que yo volviese á España á sacar el escondido tesoro. Hablé con don Gaspar, contéle el peligro que corria el mostrar ser hombre: vestíle de mora, y aquella misma tarde le truje á la presencia del rey, el cual en viéndole quedó admirado, é hizo designio de guardarla para hacer presente della al gran señor; y por huir del peligro que en el serrallo de sus mujeres podia tener y temer de sí mismo, la mandó poner en casa de unas principales moras, que la guardasen y la sirviesen, adonde le llevaron luego. Lo que los dos

(1) Aquí se llama *don Gregorio*; antes se le llamó *don Gaspar*, y Ricote al fin del cap. LIV le habia llamado *don Pedro.*— Vuélvesele á llamar *don Gregorio* en el cap. LXV.

sentimos (que no puedo negar que le quiero) se deje á la consideracion de los que se apartan, si bien se quieren. Dió luego traza el rey de que yo volviese á España en este bergantin, y que me acompañasen dos turcos de nacion, que fueron los que mataron vuestros soldados. Vino tambien conmigo este renegado español, señalando al que habia hablado primero, del cual sé yo bien que es cristiano encubierto, y que viene con mas deseo de quedarse en España, que de volver á Berbería: la demás chusma del bergantin son moros y turcos, que ya no sirven de mas que de bogar al remo. Los dos turcos codiciosos é insolentes, sin guardar el órden que traíamos de que á mí y este renegado, en la primer parte de España, en hábito de cristianos, de que venimos proveidos, nos echasen en tierra, primero quisieron barrer esta costa, y hacer alguna presa si pudiesen, temiendo que si primero nos echaban por tierra en algun accidente que á los dos nos sucediese, podríamos descubrir que quedaba el bergantin en el mar, y si acaso hubiese galeras por esta costa, los tomasen. Anoche descubrimos esta playa, y sin tener noticia destas cuatro galeras, fuímos descubiertos, y nos ha sucedido lo que habeis visto. En resolucion, don Gregorio queda en hábito de mujer entre mujeres, con manifiesto peligro de perderse, y yo me veo atadas las manos, esperando, ó por mejor decir, temiendo perder la vida, que ya me cansa. Este es, señores, el fin de mi lamentable historia, tan verdadera como desdichada: lo que os ruego es, que me dejeis morir como cristiana, pues como ya he dicho, en ninguna cosa he sido culpante de la culpa en que los de mi nacion han caido: y luego calló, preñados los ojos de tiernas lágrimas, á quien acompañaron muchos de los que presentes estaban.

El virey, tierno y compasivo, sin hablarle palabra se llegó á ella, y le quitó con sus manos el cordel que las hermosas de la mora ligaba. En tanto pues que la morisca cristiana su peregrina historia trataba, tuvo clavados los ojos en ella un anciano peregrino, que entró en la galera cuando entró el virey; y apenas dió fin á su plática la morisca, cuando él se arroja á sus pies, y abrazado dellos, con interrumpidas palabras de mil sollozos y suspiros, le dijo: oh Ana Félix, desdichada hija mia, yo soy tu padre Ricote, que volvia á buscarte, por no poder vivir sin tí, que eres mi alma. A cuyas palabras abrió los ojos Sancho y alzó la cabeza, que inclinada tenia, pensando en la desgracia de su paseo, y mirando al peregrino conoció ser el mismo Ricote, que topó el dia que salió de su gobierno, y confirmóse que aquella era su hija, la cual ya desatada, abrazó á su padre, mezclando sus lágrimas con las suyas: el cual dijo al general y al virey: ésta, señores, es hija mia, mas desdichada en sus sucesos que en su nombre. Ana Félix se llama con el sobrenombre de Ricote, famosa tanto por su hermosura, como por mi riqueza: yo salí de mi patria á buscar en reinos estraños quien nos albergase y recogiese, y habiéndolo hallado en Alemania, volví en este hábito de peregrino, en compañía de otros alemanes á buscar mi hija, y á desenterrar muchas riquezas que dejé escondidas. No hallé á mi hija, hallé el tesoro que conmigo traigo, y ahora por el estraño rodeo que habeis visto, he hallado el tesoro que mas me enriquece, que es á mi querida hija: si nuestra poca culpa y sus lágrimas y las mias, por la integridad de vuestra justicia pueden abrir puertas á la misericordia, usadla con nosotros, que jamás tuvimos pensamiento de ofenderos, ni convenimos en ningun modo con la intencion de los nuestros, que justamente han sido desterrados. Entonces dijo Sancho: bien conozco á Ricote, y sé que es verdad lo que dice en cuanto á ser Ana Félix su hija, que en esotras zarandajas de ir y venir, tener buena ó mala intencion, no me entremeto.

Admirados del estraño caso todos los presentes, el general dijo: una por una vuestras lágrimas no me dejarán cumplir mi juramento: vivid, hermosa Ana Félix, los años de vida que os tiene determinados el cielo, y lleven la pena de su culpa los insolentes y atrevidos que la cometieron, y mandó luego ahorcar de la entena á los dos turcos que á sus dos soldados habian muerto; pero el virey le pidió encarecidamente no los ahorcase, pues mas locura que valentía habia sido la suya. Hizo el general lo que el virey le pedia, porque no se ejecutan bien las venganzas á sangre helada: procuraron luego dar traza de sacar á don Gaspar Gregorio del peligro en que quedaba: ofreció Ricote para ello mas de dos mil ducados que en perlas y en joyas tenia: diéronse muchos medios; pero ninguno fue tal como el que dió el renegado español que se ha dicho, el cual se ofreció de volver á Argel en algun barco pequeño de hasta seis bancos, armado de remeros cristianos, porque él sabia dónde, cómo y cuándo podia y debia desembarcar, y asimismo no ignoraba la casa donde don Gaspar quedaba: dudaron el general y el virey el fiarse del renegado, ni confiar dél los cristianos que habian de bogar al remo: fióle Ana Félix, y Ricote su padre dijo que salia á dar el rescate de los cristianos, si acaso se perdiesen. Firmados, pues, en este parecer, se desembarcó el virey, y don Antonio Moreno se llevó consigo á la morisca y á su padre, encargándole el virey que los regalase y acariciase cuanto le fuese posible, que de su parte le ofrecia lo que en su casa hubiese para su regalo: tanta fue la benevolencia y caridad que la hermosura de Ana Félix infundió en su pecho.

CAPITULO LXIV.

Que trata de la aventura que mas pesadumbre dió á Don Quijote de cuantas hasta entonces le habian sucedido.

La mujer de don Antonio Moreno, cuenta la historia, que recibió grandísimo contento de ver á Ana Félix en su casa. Recibióla con mucho agrado, asi enamorada de su belleza, como de su discrecion,

porque en lo uno y en lo otro era estremada la morisca, y toda la gente de la ciudad, como á campana tañida, venian á verla. Dijo Don Quijote á don Antonio que el parecer que habia tomado en la libertad de don Gregorio no era bueno, porque tenia mas de peligroso que de conveniente, y que
seria mejor que le pusiesen á él en Berbería con sus armas y caballo: que él le sacaria á pesar de
toda la morisma, como habia hecho don Gaiferos á su esposa Melisendra. Advierta vuesa merced, dijo
Sancho oyendo esto, que el señor don Gaiferos sacó á su esposa de tierra firme, y la llevó á Francia
por tierra firme: pero aquí, si acaso sacamos á don Gregorio, no tenemos por dónde traerle á España, pues está la mar en medio. Para todo hay remedio, sino es para la muerte, respondió Don Quijote, pues llegando el barco á la marina, nos podremos embarcar en él, aunque todo el mundo lo
impida. Muy bien lo pinta y facilita vuesa merced, dijo Sancho: pero del dicho al hecho hay gran
trecho, y yo me atengo al renegado, que me parece muy hombre de bien y de muy buenas entrañas.
Don Antonio dijo que si el renegado no saliese bien del caso, se tomaria el espediente de que el gran
Don Quijote pasase en Berbería.

De allí á dos dias partió el renegado en un ligero barco de seis remos por banda, armado de valentísima chusma, y de allí á otros dos se partieron las galeras á Levante, habiendo pedido el general al
visorey fuese servido de avisarle de lo que sucediese en la libertad de don Gregorio y en el caso de
Ana Félix. Quedó el visorey de hacerlo asi como se lo pedia.

Y una mañana, saliendo Don Quijote á pasearse por la playa, armado de todas sus armas, porque,

como muchas veces decia, ellas eran sus arreos, y su descanso el pelear, y no se hallaba sin ellas un
punto, vió venir hácia él un caballero, armado asimismo de punta en blanco, que en el escudo traia
pintada una luna resplandeciente, el cual llegándose á trecho que podia ser oido, en altas voces, encaminando sus razones á Don Quijote, dijo: insigne caballero, y jamás como se debe alabado, Don
Quijote de la Mancha, yo soy *el caballero de la Blanca Luna*, cuyas inauditas hazañas quizá te le
habrán traido á la memoria: vengo á contender contigo, y á probar la fuerza de tus brazos, en razon
de hacerte conocer y confesar que mi dama, sea quien fuere, es sin comparacion mas hermosa que
tu Dulcinea del Toboso; la cual verdad si tú la confiesas de llano en llano, escusarás tu muerte y el
trabajo que yo he de tomar en dártela: y si tú peleares, y yo te venciere, no quiero otra satisfaccion
sino que dejando las armas, y absteniéndote de buscar aventuras, te recojas y retires á tu lugar por
tiempo de un año, donde has de vivir sin echar mano á la espada, en paz tranquila y en provechoso
sosiego, porque asi conviene al aumento de tu hacienda y á la salvacion de tu alma: y si tú me ven-
cieres, quedará á tu discrecion mi cabeza, y serán tuyos los despojos de mis armas y caballo, y pasará á la tuya la fama de mis hazañas. Mira lo que te está mejor, y respóndeme luego, porque hoy
todo el dia traigo de término para despachar este negocio.

Don Quijote quedó suspenso y atónito, asi de la arrogancia del caballero de la Blanca Luna, como
de la causa por qué le desafiaba; y con reposo y ademan severo le respondió: caballero de la Blanca
Luna, cuyas hazañas hasta ahora no han llegado á mi noticia, yo os haré jurar que jamás habeis visto
á la ilustre Dulcinea; que si visto la hubiérades, yo sé que procurárades no poneos en esta demanda,
porque su vista os desengañara de que no ha habido ni puede haber belleza que con la suya compararse pueda: y asi no diciéndoos que mentís, sino que no acertais en lo propuesto, con las condiciones que habeis referido aceto vuestro desafío, y luego, porque no se pase el dia que traes determinado; y solo esceto de las condiciones la de que se pase á mí la fama de vuestras hazañas, porque no sé
cuáles ni qué tales sean: con las mias me contento, tales cuales ellas son. Tomad, pues, la parte
del campo que quisiéredes, que yo haré lo mismo, y á quien Dios se la diere, San Pedro se la
bendiga.

Habian descubierto de la ciudad al caballero de la Blanca Luna, y díchoselo al visorey, que estaba
hablando con Don Quijote de la Mancha. El visorey, creyendo seria alguna nueva aventura fabricada
por don Antonio Moreno, ó por otro algun caballero de la ciudad, salió luego á la playa con don Antonio y con otros muchos caballeros que le acompañaban, á tiempo cuando Don Quijote volvia las

riendas á Rocinante para tomar del campo lo necesario. Viendo, pues, el visorey que daban los dos señales de volverse á encontrar, se puso en medio, preguntándoles qué era la causa que les movia hacer tan de improviso batalla. El caballero de la Blanca Luna respondió: que era precedencia de hermosura, y en breves razones le dijo las mismas que habia dicho á Don Quijote, con la acetacion de las condiciones del desafío hechas por entrambas partes.

Llegóse el visorey á don Antonio, y preguntóle paso si sabia quién era el caballero de la Blanca Luna, ó si era alguna burla que querian hacer á Don Quijote. Don Antonio le respondió que ni sabia quién era, ni si era de burlas ni de veras el tal desafío. Esta respuesta tuvo perplejo al visorey en si les dejaria ó no pasar adelante en la batalla; pero no pudiéndose persuadir á que fuese sino burla, se apartó diciendo: señores caballeros, si aquí no hay otro remedio sino confesar ó morir, y el señor Don Quijote está en sus trece, y vuesa merced el de la Blanca Luna en sus catorce, á la mano de Dios y dénse.

Agradeció el de la Blanca Luna con corteses y discretas razones al visorey la licencia que se les daba, y Don Quijote hizo lo mismo; el cual encomendándose al cielo de todo corazon, y á su Dulcinea, como tenia de costumbre al comenzar de las batallas que se le ofrecian, tornó á tomar otro poco mas del campo, porque vió que su contrario hacia lo mismo, y sin tocar trompeta ni otro instrumento bélico que les diese señal de arremeter, volvieron entrambos á un mismo punto las riendas á sus caballos; y como era mas ligero el de la Blanca Luna, llegó á Don Quijote á dos tercios andados de la carrera, y allí le encontró con tan poderosa fuerza, sin tocarle con la lanza, que la levantó al parecer de propósito, que dió con Rocinante y con Don Quijote por el suelo una peligrosa caida. Fué luego sobre él, y poniéndole la lanza sobre la visera, le dijo: vencido sois, caballero, y aun muerto, si no confesais las condiciones de nuestro desafío.

Don Quijote molido y aturdido, sin alzar la visera, como si hablara dentro de una tumba, con voz debilitada y enferma dijo: Dulcinea del Toboso es la mas hermosa mujer del mundo, y yo el mas desdichado caballero de la tierra, y no es bien que mi flaqueza defraude esta verdad: aprieta, caballero, la lanza, y quítame la vida, pues me has quitado la honra.

Eso no haré yo por cierto, dijo el de la Blanca Luna: viva, viva en su entereza la fama de la hermosura de la señora Dulcinea del Toboso, que solo me contento con que el gran Don Quijote se retire á su lugar un año, ó hasta el tiempo que por mí le fuere mandado, como concertamos antes de entrar en esta batalla. Todo esto oyeron el visorey y don Antonio, con otros muchos que allí estaban, y oyeron asimismo que Don Quijote respondió, que como no le pidiese cosa que fuese en perjuicio de Dulcinea, todo lo demás cumpliría como caballero puntual y verdadero.

Hecha esta confesion, volvió las riendas el de la Blanca Luna, y haciendo mesura con la cabeza al visorey, á medio galope se entró en la ciudad. Mandó el visorey á don Antonio que fuése tras él, y que en todas maneras supiese quién era. Levantaron á Don Quijote, descubriéronle el rostro, y halláronle sin color y trasudando. Rocinante, de puro malparado no se pudo mover por entonces. Sancho, todo triste, todo apesarado, no sabia qué decirse ni qué hacerse. Parecíale que todo aquel suceso pasaba en sueños, y que toda aquella máquina era cosa de encantamiento. Veia á su señor rendido, y obligado á no tomar armas en un año. Imaginaba la luz de la gloria de sus hazañas escurecida, las esperanzas de sus nuevas promesas deshechas, como se deshace el humo con el viento. Temia si quedaria ó no contrecho Rocinante, ó deslocado (1) su amo: que no fuera poca ventura si deslocado (2) quedara. Finalmente, con una silla de manos, que mandó traer el visorey, le llevaron á la ciudad, y el visorey se volvió tambien á ella, con deseo de saber quién fuese el caballero de la Blanca Luna, que de tan mal talante habia dejado á Don Quijote.

CAPITULO LXV.

Donde se da noticia quién era el de la Blanca Luna, con la libertad de don Gregorio, y de otros sucesos.

Siguió don Antonio Moreno al caballero de la Blanca Luna, y siguiéronle tambien y aun persiguiéronle muchos muchachos, hasta que le cerraron en un meson dentro de la ciudad. Entró en él don Antonio con deseo de conocerle: salió un escudero á recibirle y á desarmarle: encerróse en una sala baja, y con él don Antonio, que no se le cocia el pan hasta saber quién fuese. Viendo, pues, el de la Blanca Luna que aquel caballero no le dejaba, le dijo: bien sé, señor, á lo que venís, que es saber quién soy; y porque no hay para qué negároslo, en tanto que este mi criado me desarma, os lo diré, sin faltar un punto á la verdad del caso. Sabed, señor, que á mí me llaman el bachiller Sanson Carrasco. Soy del mismo lugar de Don Quijote de la Mancha, cuya locura y sandez mueve á que le tengamos lástima todos cuantos le conocemos, y entre los que mas se la han tenido he sido yo; y creyendo que está su salud en su reposo, y en que se esté en su tierra y en su casa, dí traza para hacerle estar en ella, y así habrá tres meses que le salí al camino como caballero andante, llamándome el caballero

---

(1) Por *dislocado*.

(2) Esto es, curado de su locura. Cervantes, jugando aquí graciosa y oportunamente del vocablo, da en este pasaje esta doble significacion á la palabra *deslocado*.—ARR.

de los Espejos, con intencion de pelear con él y vencerle, sin hacerle daño, poniendo por condicion de
nuestra pelea que el vencido quedase á discrecion del vencedor; y lo que yo pensaba pedirle, porque
ya le juzgaba por vencido, era que se volviese á su lugar, y que no saliese dél en todo un año, en el

cual tiempo podria ser curado; pero la suerte lo ordenó de otra manera, porque él me venció á mí, y
me derribó del caballo, y asi no tuvo efecto mi pensamiento; él prosiguió su camino, y yo me volví
vencido, corrido y molido de la caida, que fue además peligrosa; pero no por esto se me quitó el deseo
de volver á buscarle y á vencerle, como hoy se ha visto. Y como él es tan puntual en guardar las
órdenes de la andante caballería, sin duda alguna guardará la que le he dado, en cumplimiento de su
palabra. Esto es, señor, lo que pasa, sin que tenga que deciros otra cosa alguna: suplícoos no me des-
cubrais, ni le digais á Don Quijote quién soy, porque tengan efecto los buenos pensamientos mios, y
vuelva á cobrar su juicio un hombre que le tiene bonísimo, como le dejen las sandeces de la caballería.

¡Oh señor! dijo don Antonio, Dios os perdone el agravio que habeis hecho á todo el mundo en
querer volver cuerdo al mas gracioso loco que hay en él. ¿No veis, señor, que no podrá llegar el provecho que cause la cordura de Don Quijote á lo que llega el gusto que da con sus desvaríos? Pero yo
imagino que toda la industria del señor bachiller no ha de ser parte para volver cuerdo á un hombre
tan rematadamente loco; y si no fuese contra caridad, diria que nunca sane Don Quijote, porque con
su salud, no solamente perdemos sus gracias, sino las de Sancho Panza su escudero, que cualquiera
dellas puede volver á alegrar á la misma melancolía. Con todo esto callaré y no le diré nada, por ver
si salgo verdadero en sospechar que no ha de tener efecto la diligencia hecha por el señor Carrasco.
El cual respondió, que ya una por una estaba en buen punto aquel negocio, de quien esperaba feliz
suceso: y habiéndose ofrecido don Antonio de hacer lo que mas le mandase, se despidió dél, y hecho
liar sus armas sobre un macho, luego al mismo punto sobre el caballo con que entró en la batalla se
salió de la ciudad aquel mismo dia, y se volvió á su patria sin sucederle cosa que obligue á contarla en
esta verdadera historia.

Contó don Antonio al visorey todo lo que Carrasco le habia contado, de lo que el visorey no recibió mucho gusto, porque en el recogimiento de Don Quijote se perdia el que podian tener todos aquellos que de sus locuras tuviesen noticia.

Seis dias estuvo Don Quijote en el lecho, marrido, triste, pensativo y mal acondicionado, yendo y
viniendo con la imaginacion en el desdichado suceso de su vencimiento. Consolábale Sancho, y entre
otras razones le dijo: señor mio, alze buesa merced la cabeza, y alégrese si puede y dé gracias al cielo,
que ya que le derribó en la tierra, no salió con alguna costilla quebrada; y pues sabe que donde las
dan las toman, y que no siempre hay tocinos donde hay estacas, dé una higa al médico, pues no le
há menester para que le cure en esta enfermedad. Volvámonos á nuestra casa, y dejémonos de andar
buscando aventuras por tierras y lugares que no sabemos; y si bien se considera, yo soy aquí el mas
perdidoso, aunque es vuesa merced el mas malparado. Yo que dejé con el gobierno los deseos de ser
mas gobernador, no dejé la gana de ser conde, que jamás tendrá efecto si vuesa merced deja de ser
rey dejando el ejercicio de su caballería, y asi vienen á volverse en humo mis esperanzas.

Calla, Sancho, pues ves que mi reclusion y retirada no ha de pasar de un año, que luego volveré
á mis honrados ejercicios, y no me ha de faltar reino que gane y algun condado que darte. Dios lo

oiga, dijo Sancho, y el pecado sea sordo, que siempre he oido decir que mas vale buena esperanza que ruin posesion.

En esto estaban cuando entró don Antonio, diciendo con muestras de grandísimo contento: albricias, señor Don Quijote, que don Gregorio y el renegado que fue por él, están en la playa; ¿qué digo en la playa? ya están en casa del visorey, y serán aquí al momento. Alegróse algun tanto Don Quijote, y dijo: en verdad que estoy por decir que me holgara que hubiera sucedido todo al revés, porque me obligara á pasar en Berbería, donde con la fuerza de mi brazo diera libertad, no solo á don Gregorio, sino á cuantos cristianos cautivos hay en Berbería. Pero, ¿qué digo, miserable? ¿No soy yo el vencido? ¿no soy yo el derribado? ¿no soy yo el que no puede tomar armas en un año? Pues, ¿qué prometo? ¿de qué me alabo, si antes me conviene usar de la rueca que de la espada? Déjese deso, señor, dijo Sancho: viva la gallina aunque sea con su pepita, que hoy por tí y mañana por mí: y en estas cosas de encuentros y porrazos no hay tomarles tiento alguno, pues el que hoy cae puede levantarse mañana, si no es que se quiera estar en la cama, quiero decir, que se deje desmayar, sin cobrar nuevos bríos para nuevas pendencias, y levántese vuesa merced agora para recibir á don Gregorio, que me parece que anda la gente alborotada, y ya debe de estar en casa.

Y asi era la verdad, porque habiendo ya dado cuenta don Gregorio y el renegado al visorey de su ída y vuelta, deseoso don Gregorio de ver á Ana Félix, vino con el renegado á casa de don Antonio; y aunque don Gregorio, cuando le sacaron de Argel, fué con hábitos de mujer, en el barco los trocó por los de un cautivo que salió consigo: pero en cualquiera que viniera, mostrara ser persona para ser codiciada, servida y estimada, porque era hermoso sobremanera, y la edad al parecer de diez y siete ó diez y ocho años. Ricote y su hija salieron á recibirle, el padre con lágrimas, y la hija con honestidad. No se abrazaron unos á otros, porque donde hay mucho amor no suele haber demasiada desenvoltura. Las dos bellezas juntas de don Gregorio y Ana Félix, admiraron en particular á todos juntos los que presentes estaban. El silencio fue allí el que habló por los dos amantes, y los ojos fueron las lenguas que descubrieron sus alegres y honestos pensamientos. Contó el renegado la industria y medio que tuvo para sacar á don Gregorio. Contó don Gregorio los peligros y aprietos en que se habia visto con las mujeres con quien habia quedado, no con largo razonamiento, sino con breves palabras, donde mostró que su discrecion se adelantaba á sus años. Finalmente, Ricote pagó y satisfizo liberalmente, asi al renegado, como á los que habian bogado al remo. Reincorporóse y redújose el renegado con la iglesia, y de miembro podrido volvió limpio y sano con la penitencia y el arrepentimiento.

De allí á dos dias trató el visorey con don Antonio qué modo tendrian para que Ana Félix y su padre quedasen en España, pareciéndoles no ser de inconveniente alguno que quedasen en ella hija tan cristiana y padre al parecer tan bien intencionado. Don Antonio se ofreció venir á la córte á negociarlo, donde habia de venir forzosamente á otros negocios, dando á entender que en ella por medio del favor y de las dádivas, muchas cosas dificultosas se acaban. No, dijo Ricote, que se halló presente á esta plática, no hay que esperar en favores ni en dádivas, porque con el gran don Bernardino de Velasco, conde de Salazar, á quien dió su magestad cargo de nuestra espulsion, no valen ruegos, no promesas, no dádivas, no lástimas; porque aunque es verdad que él mezcla la misericordia con la justicia, como él ve que todo el cuerpo de nuestra nacion está contaminado y podrido, usa con él antes del cauterio que abrasa, que del ungüento que molifica; y asi con prudencia, con sagacidad, con diligencia y con miedos que pone, ha llevado sobre sus fuertes hombros á debida ejecucion el peso desta gran máquina, sin que nuestras industrias, estratagemas, solicitudes y fraudes, hayan podido deslumbrar sus ojos de Argos, que contino tiene alerta, porque no se le quede ni encubra ninguno de los nuestros, que como raiz escondida, con el tiempo venga despues á brotar y á echar frutos venenosos en España, ya limpia, ya desembarazada de los temores en que nuestra muchedumbre la tenia. ¡Heróica resolucion del gran Filipo Tercero, é inaudita prudencia en haberla encargado al tal don Bernardino de Velasco! (1).

Una por una yo haré, puesto allá, las diligencias posibles, y haga el cielo lo que mas fuere servido, dijo don Antonio: don Gregorio se irá conmigo á consolar la pena que sus padres deben de tener por su ausencia: Ana Félix se quedará con mi mujer en mi casa ó en un monasterio, y yo sé que el señor visorey gustará se quede en la suya el buen Ricote, hasta ver cómo yo negocio.

El visorey consintió en todo lo propuesto; pero don Gregorio, sabiendo lo que pasaba, dijo que en ninguna manera podria ni queria dejar á doña Ana Félix; pero teniendo intencion de ver á sus padres, y de dar traza de volver por ella, vino en el decretado concierto. Quedóse Ana Félix con la mujer de don Antonio, y Ricote en casa del visorey.

Llegóse el dia de la partida de don Antonio, y el de Don Quijote y Sancho, que fue de allí á otros dos, que la caida no le concedió que mas presto se pusiese en camino. Hubo lágrimas, hubo suspiros, desmayos y sollozos al despedirse don Gregorio de Ana Félix. Ofrecióle Ricote á don Gregorio mil escudos si los queria; pero él no tomó ninguno, sino solos cinco que le prestó don Antonio, prometiendo

---

(1) Hubo otros encargados de la espulsion de los moriscos; pero aquí se habla solo del que ejecutó la de la Mancha, que fue con efecto don Bernardino de Velasco y Aragon, conde de Salazar, comendado de Villamayor y Veas, del consejo de guerra comisario general de la infantería de Castilla.—P.

la paga dellos en la córte. Con esto se partieron los dos, y don Quijote y Sancho despues, como se ha dicho : Don Quijote desarmado y de camino, Sancho á pie, por ir el rucio cargado con las armas.

CAPITULO LXVI.

Que trata de lo que verá el que lo leyere, ó lo oirá el que lo escuchare leer.

AL salir de Barcelona, volvió Don Quijote á mirar el sitio donde habia caido, y dijo: aquí fue Troya; aquí mi desdicha y no mi cobardía, se llevó mis alcanzadas glorias; aquí usó la fortuna conmigo de sus vueltas y revueltas; aquí se escurecieron mis hazañas; aquí finalmente cayó mi ventura para jamás levantarse. Oyendo lo cual Sancho, dijo : tan de valientes corazones es, señor mio, tener sufrimiento en las desgracias como alegría en las prosperidades; y esto lo juzgo por mí mismo, que si cuando era gobernador estaba alegre, agora que soy escudero de á pie, no estoy triste : porque he oido decir que esta que llaman por ahí fortuna, es una mujer borracha y antojadiza, y sobre todo ciega, y asi no ve lo que hace, ni sabe á quién derriba ni á quién ensalza.

Muy filósofo estás, Sancho, respondió Don Quijote, muy á lo discreto hablas, no sé quién te lo

enseña. Lo que te sé decir es que no hay ortuna en el mundo, ni las cosas que en él suceden buenas ó malas que sean, vienen acaso, sino por particular providencia de los cielos; y de aquí viene lo que suele decirse, que cada uno es artífice de su ventura. Yo lo he sido de la mia, pero no con la prudencia necesaria, y asi me han salido al gallarin (1) mis presunciones, pues debiera pensar que al poderoso grandor del caballo del de la Blanca Luna no podia resistir la flaqueza de Rocinante. Atrevíme, en fin, hice lo que pude, derribáronme, y aunque perdí la honra, no perdí ni puedo perder la virtud de cumplir mi palabra. Cuando era caballero andante, atrevido y valiente, con mis obras y con mis manos acreditaba mis hechos; y ahora cuando soy escudero pedestre, acreditaré mis palabras cumpliendo la que dí de mi promesa. Camina, pues, amigo Sancho, y vamos á tener en nuestra tierra el año del noviciado, con cuyo encerramiento cobraremos virtud nueva para volver al nunca de mí olvidado ejercicio de las armas.

Señor, respondió Sancho, no es cosa tan gustosa el caminar á pie, que me mueva é incite á hacer grandes jornadas. Dejemos estas armas colgadas de algun árbol en lugar de un ahorcado, y ocupando yo las espaldas del rucio, levantados los pies del suelo, haremos las jornadas como vuesa merced las pidiere y midiere : que pensar que tengo de caminar á pie, y hacerlas grandes, es pensar en lo escusado.

Bien has dicho, Sancho, respondió Don Quijote : cuélguense mis armas por trofeo, y al pie dellas ó alrededor dellas grabaremos en los árboles lo que en el trofeo de las armas de Roldan estaba escrito:

Nadie las mueva,
Que estar no pueda con Roldan á prueba.

Todo eso me parece de perlas, respondió Sancho; y si no fuera por la falta que para el camino nos habia de hacer Rocinante, tambien fuera bien dejarle colgado. Pues ni él ni las armas, replicó Don Quijote, quiero que se ahorquen, porque no se diga que á buen servicio, mal galardon. Muy bien dice vuesa merced, respondió Sancho, porque segun opinion de discretos, la culpa del asno no se ha de echar á la albarda: y pues deste suceso vuesa merced tiene la culpa, castíguese á sí mesmo, y no re-

(1) Esto es, me han salido á la cara, me han costado caras.—ARR.

vienten sus iras por las ya rotas y sangrientas armas, ni por las mansedumbres de Rocinante, ni por la blandura de mis pies, queriendo que caminen mas de lo justo.

En estas razones y pláticas se les pasó todo aquel dia y aun otros cuatro, sin sucederles cosa que estorbase su camino, y al quinto dia á la entrada de un lugar, hallaron á la puerta de un meson mucha gente, que por ser fiesta se estaba allí solazando. Cuando llegaba á ellos Don Quijote, un labrador alzó la voz diciendo: alguno destos dos señores que aquí vienen, que no conocen las partes, dirá lo que se ha de hacer en nuestra apuesta. Sí diré por cierto, respondió Don Quijote, con toda rectitud, si es

que alcanzo á entenderla. Es, pues, el caso, dijo el labrador, señor bueno, que un vecino deste lugar, tan gordo que pesa once arrobas, desafió á correr á otro su vecino que no pesa mas que cinco. Fue la condicion que habian de correr una carrera de cien pasos, con pesos iguales; y habiéndole preguntado al desafiador cómo se habia de igualar el peso, dijo que el desafiado que pesa cinco arrobas, se pusiese seis de hierro acuestas, y asi se igualarian las once arrobas del flaco con las once del gordo. Eso no, dijo á esta sazon Sancho, antes que Don Quijote respondiese: y á mí, que há pocos dias que salí de ser gobernador y juez, como todo el mundo sabe, toca averiguar estas dudas, y dar parecer en todo pleito.

Responde en buena hora, dijo Don Quijote, Sancho amigo, que yo no estoy para dar migas á un gato, segun traigo alborotado y trastornado el juicio. Con esta licencia, dijo Sancho á los labradores, que estaban muchos alrededor dél, la boca abierta, esperando la sentencia de la suya: hermanos, lo que el gordo pide no lleva camino, ni tiene sombra de justicia alguna; porque si es verdad lo que se dice, que el desafiado puede escoger las armas, no es bien que éste las escoja tales, que le impidan ni estorben el salir vencedor: y asi es mi parecer, que el gordo desafiador se escamonde, monde, entresaque, pula y atilde, y saque seis arrobas de sus carnes, de aquí ó de allí de su cuerpo, como mejor le pareciere y estuviere, y desta manera quedando en cinco arrobas de peso se igualará y ajustará con las cinco de su contrario, y asi podrán correr igualmente.

Voto á tal, dijo un labrador que escuchó la sentencia de Sancho, que este señor ha hablado como un bendito, y sentenciado como un canónigo; pero á buen seguro que no ha de querer quitarse el gordo una onza de sus carnes, cuanto mas seis arrobas. Lo mejor es que no corran, respondió otro, porque el flaco no se muela con el peso, ni el gordo se descarne, y échese la mitad de la apuesta en vino, y llevemos estos señores á la taberna de lo caro, y sobre mí la capa cuando llueva.

Yo, señores, respondió Don Quijote, os lo agradezco; pero no puedo detenerme un punto, porque pensamientos y sucesos tristes me hacen parecer descortés, y caminar mas que de paso: y asi dando de las espuelas á Rocinante, pasó adelante, dejándolos admirados de haber visto y notado, asi su estraña figura, como la discrecion de su criado, que por tal juzgaron á Sancho: y otro de los labradores dijo: si el criado es tan discreto, ¿cuál debe de ser el amo? Yo apostaré que si van á estudiar á Salamanca que á un tris han de venir á ser alcaldes de córte; que todo es burla, sino estudiar y mas estudiar, y tener favor y ventura, y cuando menos se piensa el hombre se halla con una vara en la mano, ó con una mitra en la cabeza.

Aquella noche la pasaron amo y mozo en mitad del campo al cielo raso y descubierto, y otro dia siguiendo su camino, vieron que hácia ellos venia un hombre de á pie, con unas alforjas al cuello y una azcona ó chuzo en la mano, propio talle de correo de á pie, el cual como llegó junto á Don Quijote, adelantó el paso, y medio corriendo llegó á él, y abrazándole por el muslo derecho, que no alcanzaba á mas, le dijo con muestras de mucha alegría: ¡oh mi señor Don Quijote de la Mancha, y que gran contento ha de llegar al corazon de mi señor el duque, cuando sepa que vuesa merced vuelve á su castillo, que todavía se está en él con mi señora la duquesa!

No os conozco, amigo, respondió Don Quijote, ni sé quién sois, si vos no me lo decís. Yo, señor Don Quijote, respondió el correo, soy Tosilos el lacayo del duque mi señor, que no quise pelear con vuesa merced sobre el casamiento de la hija de doña Rodriguez.

¡Válame Dios! dijo Don Quijote, ¿es posible que sois vos el que los encantadores mis enemigos trasformaron en ese lacayo que decís, por defraudarme de la honra de aquella batalla?

Calle, señor bueno, replicó el cartero, que no hubo encanto alguno, ni mudanza de rostro ninguna: tan lacayo Tosilos entré en la estacada, como Tosilos lacayo salí della. Yo pensé casarme sin pelear, por haberme parecido bien la moza: pero sucedióme al revés mi pensamiento, pues asi como vuesa merced se partió de nuestro castillo, el duque mi señor me hizo dar cien palos por haber contravenido á las ordenanzas que me tenia dadas antes de entrar en la batalla, y todo ha parado en que la muchacha es ya monja, y doña Rodriguez se ha vuelto á Castilla, y yo voy ahora á Barcelona á llevar un pliego de cartas al vírey, que le envia mi amo. Si vuesa merced quiere un traguito, aunque caliente, puro, aquí llevo una calabaza llena de lo caro, con no sé cuántas rajitas de queso de Tronchon, que servirán de llamativo y despertador de la sed, si acaso está durmiendo.

Quiero el envite, dijo Sancho, y échese el resto de la cortesía, y escancie el buen Tosilos á despecho y pesar de cuantos encantadores hay en las Indias. En fin, dijo Don Quijote, tú eres Sancho, el mayor gloton del mundo, y el mayor ignorante de la tierra, pues no te persuades que este correo es encantado, y este Tosilos contrahecho: quédate con él, y hártate, que yo me iré adelante poco á poco, esperándote á que vengas.

Rióse el lacayo, desenvainó su calabaza, desalforjó sus rajas, y sacando un panecillo él y Sancho se sentaron sobre la yerba verde, y en buena paz y compaña despavilaron y dieron fondo con todo el repuesto de las alforjas, con tan buenos alientos, que lamieron el pliego de las cartas, solo porque olia á queso. Dijo Tosilos á Sancho: sin duda este tu amo, Sancho amigo, debe de ser un loco. ¿Cómo debe? respondió Sancho, no debe nada á nadie, que todo lo paga, y mas cuando la moneda es locura: bien lo veo yo, y bien se lo digo á él, pero ¿qué aprovecha? y mas agora que va rematado, porque va vencido del caballero de la Blanca Luna.

Rogóle Tosilos le contase lo que le habia sucedido, pero Sancho le respondió que era descortesía dejar que su amo le esperase, que otro dia, si se encontrasen, habria lugar para ello: y levantándose despues de haberse sacudido el sayo y las migajas de las barbas, antecogió al rucio, y diciendo adios, dejó á Tosilos y alcanzó á su amo que á la sombra de un árbol le estaba esperando.

CAPITULO LXVII.

De la resolucion que tomó Don Quijote de hacerse pastor y seguir la vida del campo, en tanto que se pasaba el año de su promesa, con otros sucesos en verdad gustosos y buenos.

Si muchos pensamientos fatigaban á Don Quijote antes de ser derribado, muchos mas le fatigaron despues de caido. A la sombra del árbol estaba, como se ha dicho, y allí como moscas á la miel le acudian y picaban pensamientos. Unos iban al desencanto de Dulcinea, y otros á la vida que habia de hacer en su forzosa retirada. Llegó Sancho, y alabóle la liberal condicion del lacayo Tosilos. ¿Es posible, le dijo Don Quijote, que todavía, oh Sancho, pienses que aquel sea verdadero lacayo? Parece que se te ha ido de las mientes haber visto á Dulcinea convertida y trasformada en labradora, y al caballero de los Espejos en el bachiller Carrasco: obras todas de los encantadores que me persiguen. Pero díme ahora, ¿ preguntáste á ese Tosilos que dices, qué ha hecho Dios de Altisidora, si ha llorado mi ausencia, ó si ha dejado ya en las manos del olvido los enamorados pensamientos que en mi presencia la fatigaban?

No eran, respondió Sancho, los que yo tenia tales, que me diesen lugar á preguntar boberías. ¡Cuerpo de mí! señor, ¿está vuesa merced ahora en términos de inquirir pensamientos agenos, especialmente amorosos? Mira, Sancho, dijo Don Quijote, mucha diferencia hay de las obras que se hacen por amor, á las que se hacen por agradecimiento. Bien puede ser que un caballero sea desamorado; pero no puede ser, hablando en todo rigor, que sea desagradecido. Quísome bien, al parecer Altisidora, dióme los tres tocadores que sabes, lloró en mi partida, maldíjome, vituperóme, quejóse á despecho de la vergüenza públicamente: señales todas de que me adoraba, que las iras de los amantes suelen parar en maldiciones. Yo no tuve esperanzas que darle, ni tesoros que ofrecerle, porque las mias las tengo entregadas á Dulcinea, y los tesoros de los caballeros andantes son como los de los duendes, aparentes y falsos, y solo puedo darle estos acuerdos que della tengo, sin perjuicio empero de los que tengo de Dulcinea, á quien tú agravias con la remision que tienes en azotarte, y en castigar esas carnes, que vea yo comidas de lobos, que quieren guardarse antes para los gusanos que para el remedio de aquella pobre señora.

Señor, respondió Sancho, si va á decir verdad, yo no me puedo persuadir que los azotes de mis posaderas tengan que ver con los desencantos de los encantados, que es como si dijésemos: si os duele la cabeza untaos las rodillas: á lo menos yo osaré jurar que en cuantas historias vuesa merced ha leido, que tratan de la andante caballería, no ha visto algun desencantado por azotes; pero por sí ó por no, yo me los daré cuando tenga gana, y el tiempo me dé comodidad para castigarme. Dios lo haga, respondió Don Quijote, y los cielos te den gracia para que caigas en la cuenta, y en la obligacion que te corre de ayudar á mi señora, que lo es tuya, pues tú eres mio.

En estas pláticas iban siguiendo su camino, cuando llegaron al mismo sitio y lugar donde fueron atropellados de los toros. Reconocióle Don Quijote, y dijo á Sancho: este es el prado donde topamos á las bizarras pastoras y gallardos pastores, que en él querian renovar é imitar á la pastoral Arcadia; pensamiento tan nuevo como discreto, á cuya imitacion, si es que á tí te parece bien, querria oh Sancho, que nos convirtiésemos en pastores, siquiera el tiempo que tengo de estar recogido. Yo compraré algunas ovejas, y todas las demás cosas que al pastoral ejercicio son necesarias, y llamándome yo el pastor Quijotiz, y tú el pastor Pancino, nos andaremos por los montes, por las selvas y por los prados, cantando aquí, endechando allí, bebiendo de los líquidos cristales de las fuentes, ó ya de los limpios arroyuelos, ó de los caudalosos rios. Daránnos con abundantísima mano de su dulcísimo fruto las encinas, asiento los troncos de los durísimos alcornoques, sombra los sauces, olor las rosas, alfombras de mil colores matizadas los estendidos prados, aliento el aire claro y puro, luz la luna y las estrellas, á pesar de la escuridad de la noche, gusto el canto, alegría el lloro, Apolo versos, el amor concetos, con que podremos hacernos eternos y famosos, no solo en los presentes, sino en los venideros siglos.

Pardiez, dijo Sancho, que me ha cuadrado y aun esquinado tal género de vida, y mas que no la ha de haber aun bien visto el bachiller Sanson Carrasco y maese Nicolas el barbero, cuando la han de querer seguir y hacerse pastores con nosotros; y aun quiera Dios no le venga en voluntad al cura de entrar tambien en el aprisco, segun es de alegre y amigo de holgarse.

Tú has dicho muy bien, dijo Don Quijote, y podrá llamarse el bachiller Sanson Carrasco, si entra en el pastoral gremio, como entrará sin duda, el pastor Sansonino, ó ya el pastor Carrascon: el barbero Nicolás se podrá llamar Niculoso, como ya el antiguo Boscan se llamó Nemoroso (1): al cura no sé que nombre lo pongamos, sino es algun derivativo de su nombre, llamándole el pastor Curiambro. Las pastoras de quien hemos de ser amantes, como entre peras podremos escoger sus nombres; y pues el de mi señora cuadra, asi al de pastora como al de princesa, no hay para qué cansarme en buscar otro que mejor le venga: tú, Sancho, pondrás á la tuya el que quisieres.

No pienso, respondió Sancho, ponerle otro alguno, sino el de Teresona, que le vendrá bien con su gordura y con el propio que tiene, pues se llama Teresa; y mas, que celebrándola yo en mis versos, vengo á descubrir mis castos deseos, pues no ando á buscar pan de trastrigo por las casas agenas. El cura no será bien que tenga pastora, por dar buen ejemplo, y si quisiere el bachiller tenerla, su alma en su palma.

¡Válame Dios, dijo Don Quijote, y qué vida nos hemos de dar, Sancho amigo! ¡Qué de chu-

(1) Esta es la opinion comun; aunque Hernando de Herrera quiso decir que el Nemoroso de las églogas de Garcilaso, fue don Antonio de Fonseca, marido de la Elisa ó Isabel, celebrado en ellas; cuya novedad contradice don Luis Zapata en su *Misce-lánea*, diciendo que don Antonio Fonseca «en su vida hizo copla, ni fue de la compañía de Garcilaso, como Boscan, ni tuvo ramo de donde saliese y se dedujese, como de Boscan, *nemus*, Nemoroso.»—P.

rùmbelas (1) han de llegar á nuestros oidos, qué de gaitas zamoranas, qué de tamborines, y qué de sonajas, y qué de rabeles! ¿Pues qué si entre estas diferencias de músicas resuena la de los albogues? (2) Allí se verán casi todos los instrumentos pastorales.

¿Qué son albogues? preguntó Sancho, que ni los he oido nombrar, ni los he visto en toda m

vida. Albogues son, respondió Don Quijote, unas chapas á modo de candeleros de azófar, que dando una con otra por lo vacío y hueco hacen un son, que si no es muy agradable ni armónico, no descontenta, y viene bien con la rusticidad de la gaita y del tamborin; y este nombre *albogues* es morisco, como lo son todos aquellos que en nuestra lengua castellana comienzan en *al*: conviene á saber, *almohaza, almorzar, alhombra, alguacil, alhuzema, almacen alcancia*, y otros semejantes, que deben ser pocos mas, y solo tres tiene nuestra lengua, que son moriscos y acaban en *i*, y son *borceguí, zaquizami* y *maravedi: alhelí alfaqui*, tanto por el *al* primero, como por el *i* en que acaban, son conocidos por arábigos. Esto te he dicho de paso, por habérmelo reducido á la memoria la ocasion de haber nombrado albogues: y hános de ayudar mucho á poner en perfeccion este ejercicio el ser yo algun tanto poeta, como tú sabes, y el serlo tambien en extremo el bachiller Sanson Carrasco. Del cura no digo nada; pero yo apostaré que debe de tener sus puntas y collares de poeta, y que las tenga tambien maese Nicolás, no dudo en ello, porque todos los barberos, ó los mas, son guitarristas y copleros. Yo me quejaré de ausencia; tú te alabarás de firme enamorado; el pastor Carrascon de desdeñado, y el cura Curiambro de lo que él mas puede servirse, y asi andará la cosa que no haya mas que desear.

A lo que respondió Sancho: yo soy, señor, tan desgraciado, que temo no ha de llegar el dia en que en tal ejercicio me vea. ¡Oh qué polidas cucharas tengo de hacer cuando pastor me vea! ¡Qué de migas, que de natas, que de guirnaldas y que de zarandajas pastoriles! que puesto que no me grangeen fama de discreto, no dejarán de grangearme la de ingenioso. Sanchica mi hija nos llevará la comida al hato. ¡Pero guarda! que es de buen parecer, y hay pastores mas maliciosos que simples, y no querria que fuese por lana y volviese trasquilada; y tambien suelen andar los amores y los no buenos deseos por los campos, como por las ciudades, y por las pastorales chozas, como por los reales palacios, y quitada la causa se quita el pecado, y ojos que no ven corazon que no quiebra; y mas vale salto de mata que ruego de hombres buenos.

No mas refranes Sancho, dijo Don Quijote, pues cualquiera de los que has dicho basta para dar á entender tu pensamiento; y muchas veces te he aconsejado que no seas tan pródigo de refranes, y que te vayas á la mano en decirlos; pero paréceme que es predicar en desierto: y castígame mi madre, y yo trompójelas.

Paréceme, respondió Sancho, que vuesa merced es como lo que dicen: dijo la sarten á la caldera, quitate allá ojinegra. Estáme reprendiendo que no diga yo refranes, y ensártalos vuesa merced de dos en dos.

Mira, Sancho, respondió Don Quijote, yo traigo los refranes á propósito, y vienen cuando los digo como anillo en el dedo; pero tráeslos tú tan por los cabellos, que los arrastras y no los guias; y si no me acuerdo mal, otra vez te he dicho que los refranes son sentencias breves, sacadas de la esperiencia y especulacion de nuestros antiguos sabios; y el refran que no viene á propósito, antes es disparate que sentencia. Pero dejémonos desto, y pues ya viene la noche, retirémonos del camino real algun trecho, donde pasaremos esta noche, y Dios sabe lo que será mañana.

Retiráronse, cenaron tarde y mal, bien contra la voluntad de Sancho, á quien se le representaban

---

(1) *Churumbela*, instrumento músico pastoril que se tañe con la boca en forma de chirimía.

(2) *Albogue* es nombre arábigo, que significa cierto instrumento músico. Los atiguos escritores árabes dicen que era una especie de bocina, llamada asi de la voz latina *voce*; pero segun Cervantes era un instrumento músico compuesto de chapas de metal. Puede creerse que fuese lo que ahora se llaman *platillos* en la moderna música militar.—A.

las estrechezas de la andante caballería, usadas en las selvas y en los montes, si bien tal vez la abundancia se mostraba en los castillos y casas, asi de don Diego de Miranda, como en las bodas del rico Camacho, y de don Antonio Moreno; pero consideraba no ser posible ser siempre de dia, ni siempre de noche, y asi pasó aquella durmiendo, y su amo velando.

CAPÍTULO LXVIII.

De la cerdosa aventura que le aconteció á Don Quijote.

E<small>RA</small> la noche algo oscura, puesto que la luna estaba en el cielo, pero no en parte que pudiese ser vista, que tal vez la señora Diana se va á pasear á los antípodas, y deja los montes negros y los valles escuros. Cumplió Don Quijote con la naturaleza, durmiendo el primer sueño, sin dar lugar al segundo, bien al revés de Sancho, que nunca tuvo segundo, porque le duraba el sueño desde la noche hasta la mañana, en que se mostraba su buena complexion y pocos cuidados. Los de Don Quijote le desvelaron de manera, que despertó á Sancho, y le dijo: maravillado estoy, Sancho, de la libertad de tu condicion. Yo imagino que eres hecho de mármol ó de duro bronce, en quien no cabe movimiento ni sentimiento alguno. Yo velo cuando tú duermes, yo lloro cuando cantas, yo me desmayo de ayuno cuando tú estás perezoso y desalentado de puro harto. De buenos criados es conllevar las penas de sus señores, y sentir sus sentimientos, por el bien parecer siquiera. Mira la serenidad desta noche, la soledad en que estamos, que nos convida á entremeter alguna vigilia entre nuestro sueño. Levántate por tu vida, y desvíate algun trecho de aquí, y con buen ánimo y denuedo agradecido date trescientos ó cuatrocientos azotes á buena cuenta de los del desencanto de Dulcinea: y esto rogando te lo suplico, que no quiero venir contigo á los brazos como la otra vez, porque sé que los tienes pesados. Despues que te hayas dado, pasaremos lo que resta de la noche, cantando yo mi ausencia, y tú tu firmeza, dando desde ahora principio al ejercicio pastoral que hemos de tener en nuestra aldea.

Señor, respondió Sancho, no soy yo religioso para que desde la mitad de mi sueño me levante y

me discipline, ni menos me parece que del estremo del dolor de los azotes se pueda pasar al de la música. Vuesa merced me deje dormir, y no me apriete en lo del azotárme, que me hará hacer juramento de no tocarme jamás al pelo del sayo, no que al de mis carnes.

¡Oh alma endurecida ¡oh escudero sin piedad! ¡oh pan mal empleado, y mercedes mal consideradas las que te he hecho y pienso de hacerte! Por mí te has visto gobernador, y por mí te ves con esperanzas propíncuas de ser conde, ó tener otro título equivalente, y no tardará el cumplimiento dellas mas de cuanto tarde en pasar este año, que yo: *pos tenebras spero lucem* (1).

No entiendo eso, replicó Sancho Panza; solo entiendo que en tanto que duermo, ni tengo temor ni esperanza, ni trabajo, ni gloria: y bien haya el que inventó el sueño, capa que cubre todos los humanos pensamientos, manjar que quita la hambre, agua que ahuyenta la sed, fuego que calienta el frio, frio que templa el ardor, y finalmente moneda general con que todas las cosas se compran, balanza y peso que iguala al pastor con el rey, y al simple con el discreto. Sola una cosa tiene mala el sueño, segun he oido decir, y es que se parece á la muerte, pues de un dormido á un muerto hay muy poca diferencia.

Nunca te he oido hablar, Sancho, dijo Don Quijote, tan elegantemente como ahora, por donde

(1) El signo de Juan de la Cuesta, primer impresor del Quijote y amigo de Cervantes, era una grulla, y en la orla las palabras latinas anteriores, que quieren decir: *Despues de las tinieblas espero ver la luz.* (Job, cap. XVII, ó XII).—A.

vengo á conocer ser verdad el refran que tú algunas veces sueles decir: no con quien naces, sino con quien paces.

¡Ah pésia tal! replicó Sancho, señor nuestro amo, no soy yo ahora el que ensarta refranes, que tambien á vuesa merced se le caen de la boca de dos en dos mejor que á mí, sino que debe de haber entre los mios y los suyos esta diferencia, que los de vuesa merced vendrán á tiempo, y los mios á deshora; pero en efecto todos son refranes.

En esto estaban, cuando sintieron un sordo estruendo y un áspero ruido que por todos aquellos valles se estendia. Levantóse en pie Don Quijote y puso mano á la espada, y Sancho se agazapó debajo del rucio poniéndose á los lados el lio de las armas y la albarda de su jumento, tan temblando de miedo como alborotado Don Quijote. De punto en punto iba creciendo el ruido y llegándose cerca á los dos temerosos: á lo menos al uno, que en cuanto al otro, ya se sabe su valentía. Es, pues, el caso, que llevaban unos hombres á vender á una feria mas de seiscientos puercos, con los cuales caminaban á aquellas horas; y era tanto el ruido que llevaban y el gruñir y el bufar, que ensordecieron los oidos de Don Quijote y de Sancho, que no advirtieron lo que ser podia. Llegó de tropel la estendida y gruñidora piara, y sin tener respeto á la autoridad de Don Quijote, ni á la de Sancho, pasaron por cima de los dos, deshaciendo las trincheras de Sancho, y derribando no solo á Don Quijote, sino llevando por añadidura á Rocinante. El tropel, el gruñir, la presteza con que llegaron los animales inmundos puso en confusion y por el suelo á la albarda, á las armas, al rucio, á Rocinante, á Sancho y á Don Quijote.

Levantóse Sancho como mejor pudo, y pidió á su amo la espada, diciéndole que queria matar media docena de aquellos señores y descomedidos puercos; que ya habia conocido que lo eran. Don Quijote le dijo: déjalos estar, amigo, que esta afrenta es pena de mi pecado y justo castigo del cielo es; que á un caballero andante vencido le coman adivas (1), y le piquen avispas, y le huellen puercos.

Tambien deben de ser castigo del cielo, respondió Sancho, que á los escuderos de los caballeros vencidos los puncen moscas, los coman piojos, y les embista la hambre. Si los escuderos fuéramos hijos de los caballeros á quien servimos, ó parientes suyos muy cercanos, no fuera mucho que nos alcanzara la pena de sus culpas hasta la cuarta generacion. Pero ¿qué tienen que ver los Panzas con los Quijotes? Ahora bien, tornémonos á acomodar, y durmamos lo poco que queda de la noche, y amanecerá Dios y medraremos.

Duerme tú, Sancho, respondió Don Quijote, que naciste para dormir, que yo que nací para velar, en el tiempo que falta de aquí al dia daré rienda á mis pensamientos, y los desfogare en un madrigalete, que sin que tú lo sepas anoche compuse en la memoria. A mí me parece, respondió Sancho, que los pensamientos que dan lugar á hacer coplas no deben de ser muchos: vuesa merced coplee cuanto quisiere, que yo dormiré cuanto pudiere; y luego tomando en el suelo cuanto quiso, se acurrucó, y durmió á sueño suelto, sin que fianzas ni deudas, ni dolor alguno se le estorbase. Don Quijote arrimado al tronco de un haya ó de un alcornoque (que Cide Hamete Benengeli no distingue el árbol que era) al son de sus mismos suspiros cantó desta suerte:

Amor, cuando yo pienso
En el mal que me das terrible y fuerte,
Voy corriendo á la muerte,
Pensando asi acabar mi mal inmenso:
Mas en llegando al paso,
Que es puerto en este mar de mi tormento,

Tanta alegría siento,
Que la vida se esfuerza y no le paso.
Asi el vivir me mata,
Que la muerte me torna á dar la vida,
¡Oh condicion no oida,
La que conmigo muerte y vida trata!

Cada verso destos acompañaba con muchos suspiros y no pocas lágrimas, bien como aquel cuyo corazon tenia traspasado con el dolor del vencimiento y con la ausencia de Dulcinea. Llegóse en esto el dia, dió el sol con sus rayos en los ojos á Sancho: despertó, y desperezóse, sacudiéndose y estirándose los perezosos miembros: miró el destrozo que habian hecho los puercos en su repostería, y maldijo la piara y aun mas adelante.

Finalmente volvieron los dos á su comenzado camino, y al declinar de la tarde vieron que hácia ellos venian hasta diez hombres de á caballo, y cuatro ó cinco de á pie. Sobresaltóse el corazon de Don Quijote, y azoróse el de Sancho, porque la gente que se les llegaba traia lanzas y adargas, y venia muy á punto de guerra. Volvióse Don Quijote á Sancho y díjole: si yo pudiera, Sancho, ejercitar mis armas, y mi promesa no me hubiera atado los brazos, esta máquina que sobre nosotros viene la tuviera yo por tortas y pan pintado; pero podria ser fuese otra cosa de la que tememos. Llegaron en esto los de á caballo, y arbolando las lanzas, sin hablar palabra alguna, rodearon á Don Quijote, y se las pusieron á las espaldas y pechos, amenazándo de muerte. Uno de los de á pie, puesto un dedo en la boca, en señal de que callase, asió del freno de Rocinante, y le sacó del camino; y los demás de á pie, antecogiendo á Sancho y al rucio, guardando todos maravilloso silencio, siguierron los pasos del que llevaba á Don Quijote, el cual dos ó tres veces quiso preguntar á dónde le llevaban, ó qué querian; pero apenas comenzaba á mover los labios, cuando se los iban á cerrar con los hierros de las

(1) *Adiva* es una especie de zorra: voz arábiga, que significa animal astuto y peloso, fiera sagaz.—A.

lanzas; y á Sancho le acontecia lo mismo, porque apenas daba muestras de hablar, cuando uno de los de á pie con un aguijon le punzaba, y al rucio ni mas ni menos, como si hablar quisiera. Cerró la noche, apresuraron el paso, creció en los dos presos el miedo, y mas cuando oyeron que de cuando en cuando les decian: caminad, trogloditas; callad bárbaros; andad, antropófagos; no os quejeis, escitas; ni abrais los ojos, polifemos matadores, leones carniceros, y otros nombres semejantes á estos con que atormentaban los oidos de los miserables amo y mozo. Sancho iba diciendo entre sí: ¿nosotros tortolitas, nosotros barberos, ni estropajos, nosotros perritas, á quien dicen cita, cita? No me contentan nada estos nombres, á mal viento va esta parva, todo el mal nos viene junto como al perro los palos, y ojalá parase en ellos lo que amenaza esta aventura tan desventurada. Iba Don Quijote embelesado, sin poder atinar con cuantos discursos hacia qué serian aquellos nombres llenos de vituperios que les ponian, de los cuales sacaba en limpio no esperar ningun bien, y temer mucho mal. Llegaron en esto una hora casi de la noche á un castillo, que bien conoció Don Quijote que era el del duque, donde habia poco que habian estado. ¡Válame Dios! dijo asi como conoció la estancia, ¿y qué será esto? Si que en esta casa todo es cortesía y buen comedimiento; pero para los vencidos el bien se vuelve en mal, y el mal en peor. Entraron al patio principal del castillo y viéronle aderezado y puesto de manera que les acrecentó la admiracion y les dobló el miedo, como se verá en el siguiente capítulo.

CAPITULO LXIX.

Del mas raro y mas nuevo suceso que en todo el discurso desta grande historia avino á Don Quijote.

APEÁRONSE los de á caballo, y junto con los de á pie, tomando en peso y arrebatadamente á Sancho y á Don Quijote, los entraron en el patio, alrededor del cual ardian casi cien hachas puestas en sus blandones, y por los corredores del patio mas de quinientas luminarias, de modo que á pesar de la noche, que se mostraba algo escura, no se echaba de ver la falta del dia. En medio del patio se levantaba un túmulo, como dos varas del suelo, cubierto todo con un grandísimo dosel de terciopelo negro, alrededor del cual por sus gradas ardian velas de cera blanca sobre mas de cien candeleros de plata, encima del cual túmulo se mostraba un cuerpo muerto de una tan hermosa doncella, que hacia parecer con su hermosura hermosa á la misma muerte. Tenia la cabeza sobre una almohada de brocado, coronada con una guirnalda de diversas y odoríferas flores tejida, las manos cruzadas sobre el pecho, y entre ellas un ramo de amarilla y vencedora palma. A un lado del patio estaba puesto un teatro, y en dos sillas sentados dos personajes, que por tener coronas en la cabeza y cetros en las manos, daban señales de ser algunos reyes, ya verdaderos ó ya fingidos. Al lado deste teatro, adonde se subia por algunas gradas, estaban otras dos sillas, sobre las cuales los que trujeron los presos sentaron á Don Quijote y á Sancho, todo esto callando, y dándoles á entender con señales á los dos que asimismo callasen, pero sin que se lo señalaran callaran ellos, porque la admiracion de lo que estaban mirando les tenia atadas las lenguas. Subieron en esto al teatro con mucho acompañamiento dos principales personajes, que luego fueron conocidos de Don Quijote ser el duque y la duquesa, sus huéspedes, los cuales se sentaron en dos riquísimas sillas junto á los dos que parecian reyes. ¿Quién no se habia de admirar con esto, añadiéndose á ello haber conocido Don Quijote que el cuerpo muerto que estaba sobre el túmulo era el de la hermosa Altisidora? Al subir el duque y la duquesa en el teatro se levantaron Don Quijote y Sancho, y les hicieron una profunda humillacion, y los duques hicieron lo mismo, inclinando algun tanto las cabezas. Salió en esto de través un ministro, y llegándose á Sancho le echó una ropa de bocací negro encima, toda pintada con llamas de fuego, y quitándole la caperuza le puso en la cabeza una coroza, al modo de las que sacan los penitenciados por el Santo Oficio: y díjole al oido que no descosiese los labios, porque le echarian una mordaza ó le quitarian la vida. Mirábase Sancho de arriba abajo, veíase ardiendo en llamas; pero como no le quemaban, no las estimaba en dos ardites. Quitóse la coroza; vióla pintada de diablos, volviósela á poner, diciendo entre sí: aun bien que ni ellas me abrasan, ni ellos me llevan. Mirábale tambien Don quijote, y aunque el temor le tenia suspensos los sentidos, no dejó de reirse de ver la figura de Sancho.

Comenzó en esto á salir, al parecer debajo del túmulo, un son sumiso y agradable de flautas, que por no ser impedido de alguna humana voz, porque en aquel sitio el mismo silencio guardaba silencio, asimismo se mostraba blando y amoroso. Luego hizo de sí improvisa muestra, junto á la almohada del al parecer cadáver, un hermoso mancebo vestido á lo romano, que al son de una arpa, que él mismo tocaba, cantó con suavísima y clara voz estas dos estancias:

En tanto que en sí vuelve Altisidora,
Muerta por la crueldad de Don Quijote,
Y en tanto que en la córte encantadora
Se vistieren las damas de picote,
Y en tanto que á sus dueñas mi señora
Vistiere de bayeta y de anascote,
Cantaré su belleza y su desgracia
Con mejor plectro que el cantor de Tracia.

Y aun no se me figura que me toca
Aqueste oficio solamente en vida,
Mas con la lengua muerta y fria en la boca
Pienso mover la voz á tí debida.
Libre mi alma de su estrecha roca,
Por el Estigio lago conducida,
Celebrándote irá, y aquel sonido
Hará parar las aguas del olvido.

No mas, dijo á esta sazon uno de los dos que parecian reyes: no mas, cantor divino, que seria proceder en infinito representarnos ahora la muerte y las gracias de la sin par Altisidora, no muerta, como el mundo ignorante piensa, sino viva en las lenguas de la fama, y en la pena que para volverla á la perdida luz ha de pasar Sancho Panza, que está presente: y asi, oh tú, Radamanto, que conmigo

juzgas en las cavernas lóbregas de Dite, pues sabes todo aquello que en los inescrutables hados está determinado acerca de volver en sí esta doncella, dilo, y decláralo luego, porque no se nos dilate el bien que con su nueva vuelta esperamos.

Apenas hubo dicho esto Minos, juez y compañero de Radamanto, cuando levantándose en pie Radamanto, dijo: ea, ministros desta casa, altos y bajos, grandes y chicos, acudid unos tras otros, y sellad el rostro de Sancho con veinte cuatro mamonas, y dadle doce pellizcos, y seis alfilerazos en brazos y lomos, que en esta ceremonia consiste la salud de Altisidora. Oyendo lo cual Sancho Panza, rompió el silencio y dijo: voto á tal, asi me deje yo sellar el rostro, ni manosearme la cara, como volverme moro. ¡Cuerpo de mí! ¿qué tiene que ver manosearme el rostro, con la resurreccion desta doncella? Regostóse la vieja á los bledos: encantan á Dulcinea, y azótanme para que se desencante: muérese Altisidora de males que Dios quiso darle, y hanla de resucitar hacerme á mí veinte y cuatro mamonas, y acribarme el cuerpo á alfilerazos, y acardenalarme los brazos á pellizcos. Esas burlas á un cuñado, que yo soy perro viejo, y no hay conmigo tus tus. Morirás, dijo en alta voz Radamanto: ablándate, tigre; humíllate, Nembrot soberbio; y sufre y calla, pues no te piden imposibles, y no te metas en averiguar las dificultades deste negocio: mamonado has de ser, acribillado te has de ver, pellizcado has de gemir. Ea, digo, ministros, cumplid mi mandamiento; si no, por la fe de hombre de bien, que habeis de ver para lo que nacisteis.

Parecieron en esto, que por el patio venian, hasta seis dueñas en procesion, una tras otra, las cuatro con antojos, y todas levantadas las manos derechas en alto, con cuatro dedos de muñecas de fuera, para hacer las manos mas largas, como ahora se usa. No las hubo visto Sancho, cuando bramando como un toro, dijo: bien podré yo dejarme manosear de todo el mundo, pero consentir que me toque dueñas, eso no. Gatéenme el rostro, como hicieron á mi amo en este mesmo castillo, traspásenme el cuerpo con puntas de dagas buidas; atenázenme los brazos con tenazas de fuego, que yo lo llevaré en paciencia, ó serviré á estos señores; pero que me toquen dueñas, no lo consentiré, si me llevase el diablo.

Rompió tambien el silencio Don Quijote, diciendo á Sancho: ten paciencia, hijo, y da gusto á estos señores, y muchas gracias al cielo por haber puesto tal virtud en tu persona, que con el martirio della desencantes los encantados, y resucites los muertos. Ya estaban las dueñas cerca de Sancho, cuando él mas blando y mas persuadido, poniéndose bien en la silla, dió rostro y barba á la primera, la cual le hizo una mamona muy bien sellada, y luego una gran reverencia. Menos cortesía y menos mudas, señora dueña, dijo Sancho, que por Dios que traeis las manos oliendo á vinagrillo (1). Finalmente, todas las dueñas le sellaron, y otra mucha gente de casa le pellizcaron: pero lo que él no pudo sufrir fue el punzamiento de los alfileres, y asi se levantó de la silla al parecer mohino, y asiendo de una hacha encendida, que junto á él estaba, dió tras las dueñas y tras todos sus verdugos, diciendo: afuera, ministros infernales, que no soy yo de bronce para no sentir tan estraordinarios martirios.

En esto Altisidora, que debia de estar cansada por haber estado tanto tiempo supina, se volvió de un lado: visto lo cual por los circunstantes, casi todos á una voz dijeron: viva es Altisidora, Altisidora vive. Mando Radamanto á Sancho que depusiese la ira, pues ya se habia alcanzado el intento que se procuraba. Asi como don Quijote vió rebullir á Altisidora, se fué á poner de rodillas delante de Sancho, diciéndole: ahora es tiempo, hijo de mis entrañas, no que escudero mio, que te des algunos de los azotes que estás obligado á darte por el desencanto de Dulcinea. Ahora digo, que es el tiempo donde tienes sazonada la virtud, y con eficacia de obrar el bien que de tí se espera. A lo que respondió Sancho: esto me parece argado sobre argado (2), y no miel sobre hojuelas: bueno seria que tras pellizcos, mamonas y alfilerazos viniesen ahora los azotes: no tienen mas que hacer sino tomar una gran piedra, y atármela al cuello, y dar conmigo en un pozo, de lo que á mí no me pesaria mucho, si es que para curar los males agenos tengo yo de ser la vaca de la boda (3). Déjenme; si no por Dios que lo arroje y lo eche todo á trece aunque no se venda.

(1) Era un género de afeite compuesto con vinagre.—Arr.
(2) *Enredo sobre enredo ó burla sobre burla.*—Arr.
(3) *La vaca de la boda* se llama aquella persona que sirve de diversion á los que concurren á ella, ó la que hace los gastos; y por estension se dice del sugeto á quien todos acuden en sus urgencias: metáfora tomada sin duda de la vaca que se mata para el gasto de la boda, y de la cual comen todos los convidados asistentes á ella.—Arr.

Ya en esto se habia sentado en el túmulo Altisidora, y al mismo instante sonaron las chirimías, á quien acompañaron las flautas y las voces de todos, que aclamaban: viva Altisidora, Altisidora viva. Levantáronse los duques, y los reyes Minos y Radamanto; y todos juntos con Don Quijote y Sancho, fueron á recibir á Altisidora, y á bajarla del túmulo, la cual haciendo de la desmayada, se inclinó á los duques y á los reyes, y mirando de través á Don Quijote, le dijo: Dios te lo perdone, desamorado caballero, pues por tu crueldad he estado en el otro mundo, á mi parecer mas de mil años: y á tí, oh el mas compasivo escudero que contiene el orbe, te agradezco la vida que poseo. Dispon desde hoy mas, amigo Sancho, de seis camisas mias que te mando para que hagas otras seis para tí, y si no son todas sanas, á lo menos son todas limpias. Besóle por ello las manos Sancho, con la coroza en la mano y las rodillas en el suelo. Mandó el duque que se la quitasen, y le volviesen su caperuza, y le pusiesen el sayo, y le quitasen la ropa de las llamas. Suplicó Sancho al duque que le dejasen la ropa y mitra, que la queria llevar á su tierra por señal y memoria de aquel·nunca visto suceso. La duquesa respondió que sí dejarian, que ya sabia él cuán grande amiga suya era. Mandó el duque despejar el patio y que todos se recogiesen á sus estancias, y que á Don Quijote y Sancho los llevasen á las que ya ellos se sabian.

CAPITULO LXX.

Que sigue al de sesenta y nueve, y trata de cosas no escusadas para la claridad desta historia.

Durmió Sancho aquella noche en·una carriola (1), en el mismo aposento de Don Quijote, cosa que él quisiera escusarla, si pudiera, porque bien sabia que su amo no le habia de dejar dormir á preguntas y á respuestas, y no se hallaba en disposicion de hablar mucho, porque los dolores de los martirios pasados los tenia presentes, y no le dejaban librè la lengua, y viniérale mas á cuento dormir en una choza solo, que no en aquella rica estancia acompañado. Salióle su temor tan verdadero y su sospecha tan cierta, que apenas hubo entrado su señor en el lecho, cuando dijo: ¿qué te parece, Sancho, del suceso desta noche? Grande y poderosa es la fuerza del desden desamorado, como por tus mismos ojos has visto muerta á Altisidora, no con otras saetas, ni con otra espada, ni con otro instrumento bélico, ni con venenos mortíferos, sino con la consideracion del rigor y el desden con que yo siempre la he tratado.

Muriérase ella en hora buena, cuando quisiera y como quisiera, respondió Sancho, y dejárame á mí en mi casa, pues ni yo la enamore, ni la desdeñé en mi vida. Yo no sé, ni puedo pensar cómo sea, que la salud de Altisidora, doncella mas antojadiza que discreta, tenga que ver, como otra vez he dicho, con los martirios de Sancho Panza. Ahora sí que vengo á conocer clara y distintamente que hay encantadores y encantados en el mundo, de quien Dios me libre, pues yo no me sé librar: con todo esto suplico á vuesa merced me deje dormir, y no me pregunte mas, si no quiere que me arroje por una ventana abajo.

Duerme, Sancho amigo, respondió Don Quijote, si es que te dan lugar los alfilerazos y pellizcos recebidos y las mamonas hechas. Ningun dolor, replicó Sancho, llegó á la afrenta de las mamonas, no por otra cosa que por habérmelas hecho dueñas, que confundidas sean: y torno á suplicar á vuesa merced me deje dormir, porque el sueño es alivio de las miserias de los que las tienen despiertos. Sea asi, dijo Don Quijote, y Dios te acompañe.

Durmiéronse los dos, y en este tiempo quiso escribir y dar cuenta Cide Hamete, autor desta grande historia, de la razon que les movió á los duques á levantar el edificio de la máquina referida, y dice, que no habiéndosele olvidado al bachiller Sanson Carrasco cuando el caballero de los Espejos fue vencido y derribado por Don Quijote, cuyo vencimiento y caida borró y deshizo todos sus designios, quiso volver á probar la mano esperando mejor suceso que el pasado: y asi, informándose del paje que llevó la carta y presente á Teresa Panza, mujer de Sancho, adonde Don Quijote quedaba, buscó nuevas armas y caballo, y puso en el escudo la blanca luna, llevándolo todo sobre un macho á quien guiaba un labrador, y no Tomé Cecial, su antiguo escudero, porque no fuese conocido de Sancho ni de Don Quijote. Llegó, pues, al castillo del duque, que le informó el camino y derrota que Don Quijote llevaba, con intento de hallarse en las justas de Zaragoza. Díjole asimismo las burlas que le habia hecho, con la traza del desencanto de Dulcinea, que habia de ser á costa de las posaderas de Sancho. En fin dió cuenta de la burla que Sancho habia hecho á su amo, dándole á entender que Dulcinea estaba encantada y trasformada en labradora, y cómo la duquesa su mujer habia dado á entender á Sancho que él era el que se engañaba, porque verdaderamente estaba encantada Dulcinea; de que no poco se rió y admiró el bachiller, considerando asi la agudeza y simplicidad de Sancho, como el estremo de la locura de Don Quijote. Pidióle el duque que si le hallase, y le venciese ó no, se volviese por allí á darle cuenta del suceso. Hízolo asi el bachiller: partióse en su busca, no le halló en Zaragoza, pasó adelante, y sucedióle lo que queda referido. Volvióse por el castillo del duque, contóselo todo con las condiciones de la batalla, y que ya Don Quijote volvia á cumplir como buen caballero andante la palabra de retirarse un año en su aldea: en el cual tiempo podia ser, dijo el bachiller, que sanase de su locura, que esta era la intencion que le habia movido á hacer aquellas trasformaciones, por ser

_____
(1) Era una cama, ó tarima con ruedas y movible, que se metia debajo de las camas grandes.—Arr.

cosa de lástima que un hidalgo tan bien entendido como Don Quijote, fuese loco. Con esto se despidió del duque y se volvió á su lugar, esperando en él á Don Quijote, que tras él venia.

De aquí tomó ocasion el duque de hacerle aquella burla; tanto era lo que gustaba de las cosas de Sancho y de Don Quijote, y haciendo tomar los caminos cerca y lejos del castillo, por todas las partes que imaginó que podria volver Don Quijote, con muchos criados suyos de á pie y de á caballo, para que por fuerza ó de grado le trujesen al castillo, si le hallasen; halláronle, dieron aviso al duque, el cual, ya prevenido de todo lo que habia de hacer, asi como tuvo noticia de su llegada, mandó encender las hachas y las luminarias del patio, y poner á Altisidora sobre el túmulo, con todos los aparatos que se han contado, tan al vivo y tan bien hechos, que de la verdad á ellos habia bien poca diferencia: y dice mas Cide Hamete, que tiene para sí ser tan locos los burladores como los burlados, y que no estaban los duques dos dedos de parecer tontos; pues tanto abinco ponian en burlarse de dos tontos; los cuales el uno durmiendo á sueño suelto, y el otro velando á pensamientos desatados, les tomó el dia y la gana de levantarse: que las ociosas plumas, ni vencido ni vencedor, jamás dieron gusto á Don Quijote.

Altisidora, en la opinion de Don Quijote vuelta de muerte á vida, siguiendo el humor de sus señores, coronada con la misma guirnalda que en el túmulo tenia, y vestida una tunicela de tafetan blanco, sembrado de flores de oro, y sueltos los cabellos por las espaldas, arrimada á un báculo de negro y finísimo ébano, entró en el aposento de Don Quijote, con cuya presencia turbado y confuso, se encogió y cubrió casi todo con las sábanas y colchas de la cama, muda la lengua, sin que acertase á hacerle cortesía ninguna. Sentóse Altisidora en una silla junto á su cabecera, y despues de haber dado un gran suspiro, con voz tierna y debilitada le dijo: cuando las mujeres principales y las recatadas doncellas atropellan por la honra, y dan licencia á la lengua que rompa por todo inconveniente, dando noticia en público de los secretos que su corazon encierra, en estrecho término se hallan. Yo, señor Don Quijote de la Mancha, soy una destas, apretada, vencida y enamorada; pero con todo esto sufrida y honesta, tanto, que por serlo tanto, reventó mi alma por mi silencio, y perdí la vida. Dos dias há que por la consideracion del rigor con que me has tratado, ¡oh mas duro que mármol á mis quejas (1), empedérnido caballero! he estado muerta, ó á lo menos juzgada por tal de los que me han visto: y si no fuera porque el amor, condoliéndose de mí, depositó mi remedio en los martirios deste buen escudero, allá me quedara en el otro mundo.

Bien pudiera el amor, dijo Sancho, depositarlos en los de mi asno, que yo se lo agradeciera. Pero dígame, señora, asi el cielo la acomode con otro mas blando amante que mi amo, ¿qué es lo que vió en el otro mundo? ¿qué hay en el infierno? porque quien muere desesperado, por fuerza ha de tener aquel paradero.

La verdad que os diga, respondió Altisidora, yo no debí de morir del todo, pues no entré en el infierno; que si allá entrara, una por una no pudiera salir dél aunque quisiera. La verdad es que llegué á la puerta adonde estaban jugando hasta una docena de diablos á la pelota, todos en calzas y en jubon, con valonas (2) guarnecidas con puntas de randas flamencas y con unas vueltas de lo mismo, que le servian de puños, con cuatro dedos de brazo de fuera, porque pareciesen las manos mas largas, en las cuales tenian unas palas de fuego: y lo que mas me admiró fue que les servian en lugar de pelotas, libros, al parecer llenos de viento y de borra, cosa maravilosa y nueva; pero esto no me admiró tanto como el ver, que siendo natural de los jugadores el alegrarse los gananciosos, y entristecerse los que pierden, allí en aquel juego todos gruñian, todos regañaban y todos se maldecian. Eso no es maravilla, respondió Sancho, porque los diablos, jueguen ó no jueguen, nunca pueden estar contentos, ganen ó no ganen.

Asi debe de ser, respondió Altisidora; mas hay otra cosa, que tambien me admira (quiero decir me admiró entonces), y fue que al primer boleo no quedaba pelota en pie, ni de provecho para servir otra vez, y asi menudeaban libros nuevos y viejos, que era una maravilla. A uno dellos, nuevo, flamante y bien encuadernado, le dieron un papirotazo, que le sacaron las tripas y le esparcieron las hojas. Dijo un diablo á otro: mirad qué libro es ese, y el diablo le respondió: esta es la *segunda parte de la historia de Don Quijote de la Mancha*, no compuesta por Cide Hamete su primer autor, sino por un aragonés, que él dice ser natural de Tordesillas. Quitádmele de ahí, respondió el otro diablo, y metedle en los abismos del infierno, no le vean mas mis ojos. ¿Tan malo es? replicó el otro. Tan malo, replicó el primero, que si de propósito yo mismo me pusiera á hacerle peor, no acertara. Prosiguieron su juego peloteando otros libros, y yo por haber oido nombrar á Don Quijote, á quien tanto adamo y quiero, procuré que se me quedase en la memoria esta vision.

Vision debió de ser sin duda, dijo Don Quijote, porque no hay otro yo en el mundo, y ya esa historia anda por acá de mano en mano, pero no pára en ninguna, porque todos la dan del pie. Yo no me he alterado en oir que ando como cuerpo fantástico por las tinieblas del abismo, ni por la claridad de la tierra, porque no soy aquel de quien esa historia trata. Si ella fuere buena, fiel y verdadera, tendrá

(1) Garcilaso, égl. I.—P.

(2) *Valonas ó walonas* eran los cuellos de las camisas, estendidos y caidos sobre los hombros, que usaban los walones, que son alemanes del ducado de Borgoña; y de aquí, dice Covarrubias, vino el llamar walonas en España á las que se han empezado á usar á este modo.—ARR.

siglos de vida ; pero si fuere mala, de su parto á la sepultura no será muy largo el camino.

Iba Altisidora á proseguir en quejarse de Don Quijote, cuando le dijo Don Quijote: muchas veces os he dicho, señora, que á mí me pesa de que hayais colocado en mi vuestros pensamientos, pues de los mios antes pueden ser agradecidos que remediados. Yo nací para ser de Dulcinea del Toboso; y los hados, si los hubiera, me dedicaron para ella; y pensar que otra alguna hermosura ha de ocupar el lugar que en mi alma tiene, es pensar lo imposible. Suficiente desengaño es este para que os retireis en los límites de vuestra honestidad, pues nadie se puede obligar á lo imposible.

Oyendo lo cual Altisidora, mostrando enojarse y alterarse, le dijo: vive el señor, don bacallao, alma de almirez, cuesco de dátil, mas terco y duro que villano rogado, cuando tiene la suya sobre el hito, que si arremeto á vos, que os tengo de sacar los ojos. ¿Pensais por ventura, don vencido, y don molido á palos, que yo me he muerto por vos? Todo lo que habeis visto esta noche ha sido fingido, que no soy yo mujer que por semejantes camellos habia de dejar que me doliese un negro de la uña, cuanto mas morirme. Eso creo yo muy bien, dijo Sancho, que esto del morirse los enamorados es cosa de risa: bien lo pueden ellos decir; pero hacer, créalo Judas.

Estando en estas pláticas entró el músico cantor y poeta, que habia cantado las dos ya referidas estancias, el cual haciendo una gran reverencia á Don Quijote, dijo: vuesa merced, señor caballero, me cuente y tenga en el número de sus mayores servidores, porque há muchos dias que le soy *muy* aficionado, asi por su fama, como por sus hazañas. Don Quijote le respondió: vuesa merced *me diga* quién es, porque mi cortesía responda á sus merecimientos. El mozo respondió que era el músico y panegirista de la noche antes. Por cierto, replicó Don Quijote, que vuesa merced tiene estremada voz; pero lo que cantó no me parece que fue muy á propósito porque ¿qué tienen que ver las estancias de Garcilaso con la muerte desta señora (1)? No se maraville vuesa merced deso, respondió el músico, que ya entre los intonsos poetas de nuestra edad se usa que cada uno escriba como quisiere, y hurte de quien quisiere, venga ó no venga á pelo de su intento; y ya no hay necedad que canten ó escriban que no se atribuya á licencia poética.

Responder quisiera Don Quijote, pero estorbáronlo el duque y la duquesa, que entraron á verle, entre los cuales pasó una larga y dulce plática, en la cual dijo Sancho tantos donaires y tantas mali-

(1) Téngase presente que de Garcilaso no solo es la octava segunda, sino los dos versos últimos de la primera. V. égloga III.—P.

cías, que dejaron de nuevo admirados á los duques, asi con su simplicidad como con su agudeza. Don Quijote les suplicó le diesen licencia para partirse aquel mismo dia, pues á los vencidos caballeros como él mas le convenia habitar una zahurda, que no reales palacios. Diéronsela de muy buena gana, y la duquesa le preguntó si quedaba en su gracia Altisidora. Él le respondió: señora mia, sepa vuestra señoría que todo el mal desta doncella nace de ociosidad, cuyo remedio es la ocupacion honesta y continua. Ella me ha dicho aquí que se usan randas en el infierno; y pues ella las debe de saber hacer, no las deje de la mano, que ocupada en menear los palillos no se menearán en su imaginacion la imágen ó imágenes de lo que bien quiere; y esta es la verdad, este mi parecer, y este es mi consejo.

Y el mio, añadió Sancho, pues no he visto en toda mi vida randera que por amor se haya muerto; que las doncellas ocupadas mas ponen sus pensamientos en acabar sus tareas que en pensar en sus amores. Por mí lo digo, pues mientras estoy cavando no me acuerdo de mi oislo, digo de mi Teresa Panza, á quien quiero mas que á las pestañas de mis ojos.

Vos decís muy bien, Sancho, dijo la duquesa, y yo haré que mi Altisidora se ocupe de aquí adelante en hacer alguna labor blanca, que la sabe hacer por estremo. No hay para qué, señora, respondió Altisidora, usar dese remedio, pues la consideracion de las crueldades que conmigo ha usado este malandrin mostrenco, me le borrarán de la memoria sin otro artificio alguno; y con licencia de vuestra grandeza me quiero quitar de aquí, por no ver delante de mis ojos, ya no su triste figura, sino su fea y abominable catadura. Eso me parece, dijo el duque, á lo que suele decirse, que aquel que dice injurias, cerca está de perdonar. Hizo Altisidora muestra de limpiarse las lágrimas con un pañuelo, y haciendo reverencia á sus señores se salió del aposento.

Mándote yo, dijo Sancho, pobre doncella, mándote, digo, mala ventura, pues las has habido con un alma de esparto, y con un corazon de encina; á fe que si las hubieras conmigo, que otro gallo te cantara. Acabóse la plática, vistióse Don-Quijote, comió con los duques, y partióse aquella tarde.

<h2 style="text-align:center">CAPITULO LXXI.</h2>

De lo que á Don Quijote le sucedió con su escudero Sancho yendo á su aldea.

IBA el vencido y asendereado Don Quijote pensativo además por una parte, y muy alegre por otra. Causaba su tristeza el vencimiento, y la alegría en considerar en la virtud de Sancho, como lo habia

mostrado en la resurreccion de Altisidora, aunque con algun escrúpulo se persuadia á que la enamorada doncella fuese muerta de veras. No iba nada alegre Sancho, porque le entristecia ver que Altisidora no le habia cumplido la palabra de darle las camisas; y yendo y viniendo en esto dijo á su amo:

en verdad, señor, que soy el mas desgraciado médico que se debe de hallar en el mundo, en el cual hay físicos que, con matar al enfermo que curan, quieren ser pagados de su trabajo, que no es otro, sino firmar una cedulilla de algunas medicinas, que no las hace él sino el boticario, y cátalo cantusado; y á mí que la salud agena me cuesta gotas de sangre, mamonas, pellizcos, alfilerazos y azotes, no me dan un ardite: pues yo les voto á tal, que si me traen á las manos otro algun enfermo, que antes que le cure me han de untar las mias, que el abad de donde canta yanta y no quiero creer que me haya dado el cielo la virtud que tengo para que yo la comunique con otros de bóbilis bóbilis.

Tú tienes razon, Sancho amigo, respondió Don Quijote, y hálo hecho muy mal Altisidora en no haberte dado las prometidas camisas; y puesto que tu virtud es *gratis data*, que no te ha costado estudio alguno, mas que estudio es recibir martirios en tu persona: de mí te sé decir que si quisieras paga por los azotes del desencanto de Dulcinea, ya te la hubiera dado tal como buena; pero no sé si vendrá bien con la cura la paga, y no querria que impidiese el premio á la medicina. Con todo eso me parece que no se perderá nada en probarlo: mira, Sancho, el que quieres; y azótate luego, y págate de contado y de tu propia mano, pues tienes dineros mios.

A cuyos ofrecimientos abrió Sancho los ojos y las orejas de un palmo, y dió consentimiento en su corazon á azotarse de buena gana, y dijo á su amo: agora bien, señor, yo quiero disponerme á dar gusto á vuesa merced en lo que desea con provecho mio: que el amor de mis hijos y de mi mujer me hace que me muestre interesado. Dígame vuesa merced cuánto me dará por cada azote que me diere. Si yo te hubiera de pagar, Sancho, respondió Don Quijote, conforme lo que merece la grandeza y calidad deste remedio, el tesoro de Venecia, las minas del Potosí fueran poco para pagarte: toma tú el tiento á lo que llevas mio, y pon el precio á cada azote.

Ellos, respondió Sancho, son tres mil y trescientos y tantos: dellos me he dado hasta cinco, quedan los demás, entre los tantos estos cinco, y vengamos á los tres mil y trescientos, que á cuartillo cada uno, que no llevaré menos si todo el mundo me lo mandase, montan tres mil y trescientos cuartillos, que son los tres mil, mil y quinientos medios reales, que hacen setecientos y cincuenta reales, y los trescientos hacen ciento y cincuenta medios reales, que vienen á hacer setenta y cinco reales, que juntándose á los setecientos y cincuenta, son por todos ochocientos y veinte y cinco reales. Estos desfalcaré yo de los que tengo de vuesa merced, y entraré en mi casa rico y contento, aunque bien azotado, porque no se toman truchas... y no digo mas.

¡Oh Sancho bendito! ¡oh Sancho amable! respondió Don Quijote, y cuán obligados hemos de quedar Dulcinea y yo á servirte todos los dias que el cielo nos diere de vida. Si ella vuelve al ser perdido (que no es posible sino que vuelva), su desdicha habrá sido dicha, y mi vencimiento felicísimo triunfo: y mira, Sancho, cuándo quieres comenzar la disciplina, que porque la abrevies te añado cien reales. ¿Cuándo? replicó Sancho, esta noche sin falta: procure vuesa merced que la tengamos en el campo á cielo abierto, que yo me abriré mis carnes.

Llegó la noche esperada de Don Quijote con la mayor ansia del mundo, pareciéndole que las ruedas del carro de Apolo se habian quebrado, y que el dia se alargaba mas de lo acostumbrado, bien asi como acontece á los enamorados, que jamás ajustan la cuenta de sus deseos.

Finalmente se entraron entre unos amenos árboles que poco desviados del camino estaban, donde dejando vacías la silla y albarda de Rocinante y el rucio, se tendieron sobre la verde yerba y cenaron del repuesto de Sancho, el cual haciendo del cabestro y de la jáquima del rucio un poderoso y flexible azote, se retiró hasta veinte pasos de su amo entre unas hayas. Don Quijote, que le vió ir con denuedo y con brío, le dijo: mira, amigo que no te hagas pedazos, da lugar que unos azotes aguarden á otros, no quieras apresurarte tanto en la carrera, que en la mitad della te falte el aliento, quiero decir, que no te des tan recio, que te falte la vida antes de llegar al número deseado; y porque no pierdas por carta de mas ni de menos, yo estaré desde aparte contando por este mi rosario los azotes que te dieres. Favorézcate el cielo conforme tu buena intencion merece.

Al buen pagador no le duelen prendas, respondió Sancho; yo pienso darme de manera que sin matarme me duela, que en esto debe de consistir la sustancia deste milagro. Desnudóse luego de medio cuerpo arriba, y arrebatando el cordel comenzó á darse, y comenzó Don Quijote á contar los azotes. Hasta seis ú ocho se habria dado Sancho, cuando le pareció ser pesada la burla, y muy barato el precio della, y deteniéndose un poco, dijo á su amo que se llamaba á engaño, porque merecia cada azote de aquellos ser pagado á medio real, no que á cuartillo.

Prosigue, Sancho amigo, y no desmayes, le dijo Don Quijote, que yo doblo la parada del precio. Dese modo, dijo Sancho, á la mano de Dios, y lluevan azotes; pero el socarron dejó de dárselos en las espaldas, y daba en los árboles, con unos suspiros de cuando en cuando, que parecia que con cada uno dellos se le arrancaba el alma. Tierna la de Don Quijote, temeroso de que no se le acabase la vida, y no consiguiese su deseo por la imprudencia de Sancho, le dijo: por tu vida, amigo mio, que se quede en este punto este negocio, que me parece muy áspera esta medicina, y será bien dar tiempo al tiempo, que no se ganó Zamora en una hora. Mas de mil azotes, si yo no he contado mal, te has dado, bastan por ahora, que el asno, hablando á lo grosero, sufre la carga, mas no la sobrecarga.

No, no señor, respondió Sancho, no se ha de decir por mí: á dineros pagados brazos quebrados (1): apártese vuesa merced otro poco, y déjeme dar otros mil azotes siquiera: que á dos levadas destas habremos cumplido con esta partida, y aun nos sobrará ropa. Pues tú te hallas con tan buena disposicion, dijo Don Quijote, el cielo te ayude, y pégate, que yo me aparto. Volvió Sancho á su tarea con tal denuedo, que ya habia quitado las cortezas á muchos árboles: tal era la riguridad con que se azotaba: y alzando una vez la voz y dando un desaforado azote en una haya, dijo: aquí morirá Sanson, y cuantos con él son.

Acudió Don Quijote luego al son de la lastimada voz y del golpe del riguroso azote, y asiendo del torcido cabestro que le servia de corbach á Sancho, le dijo no permita la suerte, Sancho amigo, que por el gusto mio pierdas tú la vida, que ha de servir para sustentar á tu mujer y á tus hijos: espere Dulcinea mejor coyuntura, que yo me contendré en los límites de la esperanza propíncua, y esperaré que cobres fuerzas nuevas, para que se concluya este negocio á gusto de todos. Pues vuesa merced, señor mio, lo quiere así, respondió Sancho, sea en buena hora, y écheme su ferreruelo sobre estas espaldas, que estoy sudando, y no querria resfriarme, que los nuevos disciplinantes corren este peligro. Hízolo así Don Quijote, y quedándose en pelota, abrigó á Sancho, el cual se durmió hasta que le despertó el sol, y luego volvieron á proseguir su camino, á quien dieron fin por entonces en un lugar que tres leguas de allí estaba.

Apeáronse en un meson, que por tal le reconoció Don Quijote, y no por castillo de cava honda, torres, rastrillos y puente levadiza: que despues que le vencieron, con mas juicio en todas las cosas discurria, como ahora se dirá. Alojáronle en una sala baja, á quien servian dos guadameciles (2) unas sargas viejas pintadas como se usa en las aldeas. En una dellas estaba pintado de malísima mano el robo de Elena, cuando el atrevido huésped se la llevó á Menelao, y en otra estaba la historia de Dido y de Eneas, ella sobre una alta torre, como que hacia de señas con una media sábana al fugitivo huésped, que por el mar sobre una fragata ó bergantin se iba huyendo. Notó en las dos historias que Elena no iba de muy mala gana, porque se reia á socapa y á lo socarron; pero la hermosa Dido mostraba verter lágrimas del tamaño de nueces por los ojos. Viendo lo cual Don Quijote dijo: estas dos señoras fueron desdichadísimas por no haber nacido en esta edad, y yo sobre todos desdichado en no

(1) Dícese este proverbio del oficial ó artesano, que habiendo recibido adelantada la paga de la obra tiene pereza de acabarla.—Arr.
(2) *Guadameciles*, ó *guadamaciles* son las cabritillas ó badanas adobadas, y con varias figuras y labores estampadas en ellas con prensa. Servian y aun sirven por lo comun para cubiertas de mesas. Aquí significa las cortinas de la sala.—Arr.

haber nacido en la suya, pues si yo encontrara aquestos señores, ni fuera abrasada Troya, ni Cartago destruida, pues con solo que yo matara á París se escusáran tantas desgracias.

Yo apostaré, dijo Sancho, que antes de mucho tiempo no ha de haber bodegon, venta ni meson, ó tienda de barbero, donde no ande pintada la historia de nuestras hazañas; pero querria yo que la pintasen manos de otro mejor pintor que el que ha pintado á estas.

Tienes razon, Sancho, dijo Don Quijote, porque este pintor es como Orbaneja, un pintor que estaba en Ubeda, que cuando le preguntaban qué pintaba respondia: lo que saliere; y si por ventura pintaba un gallo escribia debajo: *este es gallo*, porque no pensasen que era zorra. Desta manera me parece á mí, Sancho, que debe de ser el pintor ó escritor, que todo es uno, que sacó á luz la historia deste nuevo Don Quijote que ha salido, que pintó ó escribió lo que saliere; ó habrá sido como un poeta, que andaba los años pasados en la córte llamado Mauleon, el cual respondia de repente á cuanto le preguntaban: y preguntándole uno ¿ qué queria decir *Deum de Deo* ? respondió: dé donde diere. Pero dejando esto aparte, dime si piensas, Sancho, darte otra tanda esta noche, y si quieres que sea debajo de techado, ó al cielo abierto. Pardiez, señor, respondió Sancho, que para lo que yo pienso darme, eso se me da en casa, que en el campo; pero con todo eso querria que fuese entre árboles, que parece me acompañan, y me ayudan á llevar mi trabajo maravillosamente.

Pues no ha de ser así, Sancho amigo, respondió Don Quijote, sino que para que tomes fuerza lo hemos de guardar para nuestra aldea, que á lo mas tarde llegaremos allá despues de mañana. Sancho respondió que hiciese su gusto, pero que él quisiera concluir con brevedad aquel negocio á sangre caliente, y cuando estaba picado el molino porque en la tardanza suele estar muchas veces el peligro, y á Dios rogando y con el mazo dando, y que mas valia un toma que dos te daré, y el pájaro en la mano que buitre volando.

No mas refranes, Sancho, por un solo Dios, dijo Don Quijote, que parece que te vuelves *sicut erat*; habla á lo llano, á lo liso, á lo no intrincado, como muchas veces te he dicho, y verás cómo *te* vale un pan por ciento. No sé qué mala ventura es esta mia, respondió Sancho; que no sé decir razon sin refran, ni refran que no me parezca razon; pero yo me enmendaré si pudiere; y con esto cesó por entonces su plática.

CAPITULO LXXII.

De cómo Don Quijote y Sancho llegaron á su aldea.

Todo aquel dia esperando la noche estuvieron en aquel lugar y meson Don Quijote y Sancho, el uno para acabar en la campaña rasa la tanda de su disciplina, y el otro para ver el fin della, en el cual consistia el de su deseo. Llegó en esto al meson un caminante á caballo con tres ó cuatro criados, uno de los cuales dijo al que el señor dellos parecia: aquí puede vuesa merced, señor don Alvaro Tarfe, pasar hoy la siesta: la posada parece limpia y fresca. Oyendo esto Don Quijote le dijo á

Sancho; mira, Sancho, cuando yo hojeé aquel libro de la segunda parte de mi historia, me parece que de pasada topé allí este nombre de don Alvaro Tarfe. Bien podrá ser, respondió Sancho, dejémosle apear, que despues se lo preguntaremos. El caballero se apeó, y frontero del aposento de Don Quijote la huéspeda le dió una sala baja, enjaezada con otras pintadas sargas, como las que tenia la estancia de Don Quijote. Púsose el recien venido caballero á lo de verano, y saliéndose al portal del meson, que era espacioso y fresco, por el çual se paseaba Don Quijote, le preguntó, ¿ adónde bueno

camina vuesa merced, señor gentilhombre? Y Don Quijote le respondió: á una aldea que está aquí cerca, de donde soy natural: ¿ y vuesa merced, adónde camina?

Yo, señor, respondió el caballero, voy á Granada que es mi patria. Y buena patria, replicó Don Quijote: pero dígame vuesa merced por cortesía su nombre, porque me parece que me ha de importar saberlo mas de lo que buenamente podré decir. Mi nombre es don Alvaro Tarfe, respondió el huésped. A lo que replicó Don Quijote, sin duda alguna pienso que vuesa merced debe de ser aquel

don Alvaro Tarfe que anda impreso en la segunda parte de la historia de Don Quijote de la Mancha, recien impresa y dada á luz del mundo por un autor moderno.

El mismo soy, respondió el caballero, y el tal Don Quijote, sugeto principal de la tal historia, fue grandísimo amigo mío, y yo fuí el que le sacó de su tierra, ó á lo menos le moví á que viniese á unas justas que se hacian en Zaragoza, adonde yo iba; y en verdad, en verdad que le hice muchas amistades, y que le quité de que no le palmease las espaldas el verdugo , por ser demasiadamente atrevido (1).

Y dígame vuesa merced , señor don Alvaro, ¿parezco yo en algo á ese tal Don Quijote que vuesa merced me dice? No por cierto , respondió el huésped , en ninguna manera. Y ese Don Quijote, dijo el nuestro, ¿traia consigo á un escudero llamado Sancho Panza? Sí traia, respondió don Alvaro, y aunque tenia fama de muy gracioso, nunca le oí decir gracia que la tuviese.

Eso creo yo muy bien, dijo á esta sazon Sancho, porque el decir gracias no es para todos; y ese Sancho que vuesa merced dice, señor gentilhombre, debe de ser algun grandísimo bellaco, frion (2) y ladron juntamente, que el verdadero Sancho Panza soy yo, que tengo mas gracias que llovidas: y si no haga vuesa merced la esperiencia, y ándese tras de mí por lo menos un año, y verá que se me caen á cada paso, y tales y tantas, que sin saber yo las mas veces lo que me digo, hago reir á cuantos me escuchan; y el verdadero Don Quijote de la Mancha, el famoso, el valiente y el discreto, el enamorado, el desfacedor de agravios, el tutor de pupilos y huérfanos, el amparo de las viudas, el matador de las doncellas (3), el que tiene por única señora á la sin par Dulcinea del Toboso, es este señor que está presente, que es mi amo: todo cualquier otro Don Quijote y cualquier otro Sancho Panza es burlería y cosa de sueño.

Por Dios que lo creo, respondió don Alvaro, porque mas gracias habeis dicho vos, amigo, en cuatro razones que habeis hablado, que el otro Sancho Panza en cuantas yo le oí hablar, que fueron muchas. Mas tenia de comilon que de bien hablado, y mas de tonto que de gracioso; y tengo por sin duda que los encantadores que persiguen á Don Quijote el bueno, han querido perseguirme á mí con Don Quijote el malo. Pero no sé qué me diga, que osaré yo jurar que le dejo metido en la casa del Nuncio en Toledo, para que le curen, y ahora remanece aquí otro Don Quijote, aunque bien diferente del mio.

Yo, dijo Don Quijote, no sé si soy bueno; pero sé decir que no soy el malo; para prueba de lo cual quiero que sepa vuesa merced, mi señor don Alvaro Tarfe, que en todos los dias de mi vida no he estado en Zaragoza; antes por haberme dicho que ese Don Quijote fantástico se habia hallado en las justas de esa ciudad, no quise yo entrar en ella, por sacar á las barbas del mundo su mentira, y asi me pasé de claro á Barcelona, archivo de la cortesía, albergue de los estranjeros, hospital de los pobres, patria de los valientes, venganza de los ofendidos, y correspondencia grata de firmes amistades, y en sitio y en belleza única. Y aunque los sucesos que en ella me han sucedido no son de mucho gusto, sino de mucha pesadumbre, los llevo sin ella solo por haberla visto. Finalmente, señor don Alvaro Tarfe, yo soy Don Quijote de la Mancha, el mismo que dice la fama, y no ese desventurado, que ha querido usurpar mi nombre y honrarse con mis pensamientos. A vuesa merced suplico, por lo que debe á ser caballero, sea servido de hacer una declaracion ante el alcalde deste lugar, de que vuesa merced no me ha visto en todos los dias de su vida hasta ahora, y de que yo no soy el Don Quijote impreso en la segunda parte, ni este Sancho Panza mi escudero es aquel que vuesa merced conoció.

Eso haré yo de muy buena gana, respondió don Alvaro, puesto que cause admiracion ver dos Don Quijotes y dos Sanchos á un mismo tiempo, tan conformes en los nombres, como diferentes en las acciones: y vuelvo á decir y me afirmo, que no he visto lo que he visto, ni ha pasado por mí lo que ha pasado. Sin duda, dijo Sancho, que vuesa merced debe de estar encantado como mi señora Dulcinea del Toboso, y pluguiera al cielo que estuviera su desencanto de vuesa merced en darme otros tres mil y tantos azotes como me doy por ella, que yo me los diera sin interés alguno. No entiendo eso de azotes, dijo don Alvaro: y Sancho le respondió, que era largo de contar; pero que él se lo contaria, si acaso iban un mesmo camino.

Llegóse en esto la hora de comer, comieron juntos Don Quijote y don Alvaro. Entró acaso el alcalde del pueblo en el mismo meson con un escribano, ante el cual alcalde pidió Don Quijote por una peticion, de que á su derecho convenia de que don Alvaro Tarfe, aquel caballero que allí estaba presente, declaráse ante su merced cómo no conocia á Don Quijote de la Mancha, que asimismo estaba allí presente, y que no era aquel que andaba impreso en una historia intitulada : *Segunda parte de Don Quijote de la Mancha, compuesta por un tal de Avellaneda , natural de Tordesillas.* Finalmente el alcalde proveyó jurídicamente: la declaracion se hizo con todas las fuerzas que en tales casos debian hacerse; con lo que quedaron Don Quijote y Sancho muy alegres, como si les importara mucho semejante declaracion, y no mostraran claro la diferencia de los dos Don Quijotes, y la de los dos Sanchos, sus obras y sus palabras.

Muchas de cortesías y ofrecimientos pasaron entre don Alvaro y Don Quijote, en las cuales mostró el gran manchego su discrecion, de modo que desengañó á don Alvaro Tarfe del error en que

(1) La libertad de la cárcel y de los azotes de Don Quijote, debida á don Alvaro, se refiere en los capítulos VIII, IX y XXXVI, de la historia de Avellaneda; en el XXXIV añade el mismo don Alvaro: «que tenia escrúpulo de haber sido causa de que (Don Quijote) saliese de Argamasilla para Zaragoza, por haberle dado parte de las justas que allí se hacian, y haberle dejado las armas.»—P.
(2) *Frion* se llama al hombre sin brio ni gracia en cuanto hace ó dice.—Arr.
(3) Esto es, el matador de amores.—P.

estaba, el cual se dió á entender que debia de estar encantado, pues tocaba con la mano dos tan contrarios Don Quijotes.

Llegó la tarde, partiéronse de aquel lugar, y á obra de media legua se apartaban dos caminos diferentes, el uno que guiaba á la aldea de Don Quijote, y el otro el que habia de llevar don Alvaro. En este poco espacio le contó Don Quijote la desgracia de su vencimiento, y el encanto y el remedio de Dulcinea, que todo puso en nueva admiracion á don Alvaro, el cual abrazando á Don Quijote y Sancho siguió su camino, y Don Quijote el suyo.

Aquella noche la pasó entre otros árboles, por dar lugar á Sancho de cumplir su penitencia, que la cumplió del mismo modo que la pasada noche á costa de las cortezas de las hayas, harto mas que de sus espaldas, que las guardó tanto, que no pudieran quitar los azotes una mosca aunque la tuviera encima. No perdió el engañado Don Quijote un solo golpe de la cuenta, y halló que, con los de la noche pasada, eran tres mil y veinte y nueve. Parece que habia madrugado el sol á ver el sacrificio, con cuya luz volvieron á proseguir su camino, tratando entre los dos del engaño de don Alvaro, y de cuán bien acordado habia sido tomar su declaracion ante la justicia y tan auténticamente.

Aquel dia y aquella noche caminaron sin sucederles cosa digna de contarse, sino fue que en ella acabó Sancho su tarea, de que quedó Don Quijote contento sobre modo y esperaba el dia por ver si en el camino topaba ya desencantaba á Dulcinea su señora; y siguiendo su camino, no topaba mujer ninguna que no iba á reconocer si era Dulcinea del Toboso, teniendo por infalible no poder mentir las promesas de Merlin. Con estos pensamientos y deseos subieron una cuesta arriba, desde la cual descubrieron su aldea, la cual vista de Sancho, se hincó de rodillas y dijo: abre los ojos, deseada patria, y mira que vuelve á tí Sancho Panza tu hijo, si no muy rico, muy bien azotado. Abre los brazos, y recibe tambien á tu hijo Don Quijote, que si viene vencido de los brazos agenos, viene vencedor de sí mismo, que segun él me ha dicho es el mayor vencimiento que desearse puede. Dineros llevo, porque si buenos azotes me daban, bien caballero me iba. Déjate desas sandeces, dijo Don Quijote, y vamos con pie derecho (1) á entrar en nuestro lugar, donde daremos vado á nuestras imaginaciones, y la traza que en la pastoral vida pensamos ejercitar. Con esto bajaron de la cuesta, y se fueron á su pueblo.

CAPITULO LXXIII.

De los agüeros que tuvo Don Quijote al entrar de su aldea, con otros sucesos que adornan y acreditan esta grande historia.

A LA entrada del cual, segun dice Cide Hamete, vió Don Quijote que en las eras del lugar estaban riñendo dos mochachos, y el uno dijo al otro: no te canses, Periquillo, que no la has de ver en todos los dias de tu vida. Oyólo Don Quijote, y dijo á Sancho: ¿no adviertes, amigo, lo que aquel mochacho ha dicho, no la has de ver en todos los dias de tu vida? Pues bien, ¿qué importa, respondió Sancho, que haya dicho eso el mochacho? ¿Qué? replicó Don Quijote, ¿no ves tú que aplicando aquella palabra á mi intencion, quiere significar que no tengo de ver mas á Dulcinea? Queríale responder Sancho, cuando se lo estorbó ver que por aquella campaña venia huyendo una liebre, seguida de muchos galgos y cazadores, la cual temerosa se vino á recoger y á agazapar debajo de los pies del rucio. Cogióla Sancho á mano salva, y presentósela á Don Quijote, el cual estaba diciendo: *malum signum, malum signum*: liebre huye, galgos la siguen, Dulcinea no parece. Estraño es vuesa merced, dijo Sancho: presupongamos que esta liebre es Dulcinea del Toboso, y estos galgos que la persiguen son los malandrines encantadores que la trasformaron en la labradora: ella huye, yo la cojo y la pongo en poder de vuesa merced, que la tiene en sus brazos y la regala: ¿qué mala señal es esta, ni que mal agüero se puede tomar de aquí? Los dos mochachos de la pendencia se llegaron á ver la liebre, y al uno dellos preguntó Sancho, que por qué reñian. Y fuéle respondido por el que habia dicho no la verás mas en toda tu vida, que él habia tomado al otro mochacho una jaula de grillos, la cual no pensaba volvérsela en toda su vida. Sacó Sancho cuatro cuartos de la faltriquera, y dióselos al mochacho por la jaula, y púsosela en las manos á Don Quijote diciendo: hé aquí, señor, rompidos y desbaratados estos agüeros, que no tienen que ver mas con nuestros sucesos, segun que yo imagino, aunque tonto, que con las nubes de antaño; y si no me acuerdo mal, he oido decir al cura de nuestro pueblo, que no es de personas cristianas ni discretas mirar en estas niñerías; y aun vuesa merced mismo me lo dijo los dias pasados, dándome á entender que eran tontos todos aquellos cristianos que miraban en agüeros; y no es menester hacer hincapie en esto, sino pasemos adelante y entremos en nuestra aldea.

Llegaron los cazadores, pidieron su liebre, y diósela Don Quijote: pasaron adelante, y á la entrada del pueblo toparon en un pradecillo rezando al cura y al bachiller Carrasco. Y es de saber que Sancho Panza habia echado sobre el rucio y sobre el lío de las armas, para que sirviese de repostero, la túnica de bocací pintada de llamas de fuego, que le vistieron en el castillo del duque la noche que volvió en sí Altisidora. Acomodóle tambien la coroza en la cabeza, que fue la mas nueva trasformacion y adorno

(1) Con ventura, dice Covarrubias. Tambien puede significar aquí: vamos derechos, sin hacer rodeo, parada ni detencion alguna.—Arr.

con que se vió jamás jumento en el mundo. Fueron luego conocidos los dos del cura y del bachiller, que se vinieron á ellos con los brazos abiertos. Apeóse Don Quijote y abrazólos estrechamente; y los mochachos, que son linces no escusados, divisaron la coroza del jumento, y acudieron á verle, y decian unos á otros: venid, mochachos, y vereis el asno de Sancho Panza mas galan que Mingo (1), y la bestia de Don Quijote mas flaca hoy que el primer dia.

Finalmente, rodeados de mochachos, y acompañados del cura y del bachiller, entraron en el pueblo, y se fueron á casa de Don Quijote, y hallaron á la puerta della al ama y á su sobrina, á quien ya habian llegado las nuevas de su venida. Ni mas ni menos se las habian dado á Teresa Panza, mujer de Sancho, la cual desgreñada y medio desnuda, trayendo de la mane á Sanchica su hija, acudió á ver á su marido, y viéndole no tan bien adeliñado como ella se pensaba que habia de estar un gobernador, le dijo: ¿cómo venís asi, marido mio, que me parece que venís á pie y despeado, y mas traeis semejanza de desgobernado que de gobernador?

Calla, Teresa, respondió Sancho, que muchas veces donde hay estacas no hay tocinos, y vámonos á nuestra casa, que allá oirás maravillas. Dineros traigo, que es lo que importa, ganados por mi industria y sin daño de nadie. Traed vos dineros, mi buen marido, dijo Teresa, y sean ganados por aquí ó por allí, que como quiera que los hayais ganado no habreis hecho usanza nueva en el mundo. Abrazó Sanchica á su padre, y preguntóle si traia algo, que le estaba esperando como el agua de mayo; y asiéndole de un lado del cinto, y su mujer de la mano, tirando su hija al rucio, se fueron á su casa, dejando á Don Quijote en la suya en poder de su sobrina y de su ama, y en compañía del cura y del bachiller.

Don Quijote, sin aguardar términos ni horas, en aquel mismo punto se apartó á solas con el bachiller y el cura, y en breves razones les contó su vencimiento, y la obligacion en que habia quedado de no salir de su aldea en un año, la cual pensaba guardar al pie de la letra, sin traspasarla en un átomo, bien asi como caballero andante, obligado por la puntualidad y órden de la andante caballería; y que tenia pensado de hacerse aquel año pastor, y entretenerse en la soledad de los campos, donde á rienda suelta podia dar vado á sus amorosos pensamientos, ejercitándose en el pastoral y virtuoso

(1) El zagal de las coplas antiguas, intituladas de *Mingo Revulgo*, á que se hace aquí alusion, especialmente al siguiente pasaje en que empieza:

¡Ah Mingo Revulgo, oh hao!
¿Qué es de tu sayo de blao?
¿No le vistes en domingo?—Arr.

ejercicio; y que les suplicaba, si no tenian mucho que hacer, y no estaban impedidos en negocios mas importantes, quisiesen ser sus compañeros, que él compraria ovejas y ganado suficiente, que les diese nombre de pastores; y que les hacia saber que lo mas principal de aquel negocio estaba hecho, porque les tenia puestos los nombres que les vendrian como de molde. Díjole el cura que los dijese. Respondió Don Quijote que él se habia de llamar el pastor Quijotiz, y el bachiller el pastor Carrascon, y el cura el pastor Curiambro, y Sancho Panza el pastor Pancino.

Pasmáronse todos de ver la nueva locura de Don Quijote; pero porque no se les fuese otra vez del pueblo á sus caballerías, esperando que en aquel año podria ser curado, concedieron con su buena intencion, y aprobaron por discreta su locura, ofreciéndosele por compañeros en su ejercicio: y mas, dijo Sanson Carrasco, que como ya todo el mundo sabe, yo soy celebérrimo poeta, y á cada paso compondré versos pastoriles, ó cortesanos, ó como mas me viniere á cuento, para que nos entretengamos por esos andurriales donde habemos de andar: y lo que mas es menester, señores mios, es que cada uno escoja el nombre de la pastora que piensa celebrar en sus versos, y que no dejemos árbol, por duro que sea, donde no la rotule y grabe su nombre, como es uso y costumbre de los enamorados pastores.

Eso está de molde, respondió Don Quijote, puesto que yo estoy libre de buscar nombre de pastora fingida, pues está ahí la sin par Dulcinea del Toboso, gloria de estas riberas, adorno de estos prados, sustento de la hermosura, nata de los donaires, y finalmente sugeto sobre quien puede asentar bien toda alabanza, por hipérbole que sea. Asi es verdad, dijo el cura; pero nosotros buscaremos por ahí pastoras mañeruelas, que si no nos cuadraren, nos esquinen. A lo que añadió Sanson Carrasco, y cuando faltaren, darémosles los nombres de las estampadas ó impresas, de quien está lleno el mundo, Filidas, Amarilis, Dianas, Fléridas, Galateas y Belisardas, que pues las venden en las plazas, bien las podemos comprar nosotros, y tenerlas por nuestras. Si mi dama, ó por mejor decir mi pastora, por ventura se llamare Ana, la celebraré debajo del nombre de Anarda, y si Francisca, la llamaré yo Francenia, y si Lucía, Lucinda, que todo se sale allá; y Sancho Panza, si es que ha de entrar en esta cofradía, podrá celebrar á su mujer Teresa Panza con nombre de Teresaina. Rióse Don Quijote de la aplicacion del hombre, y el cura le alabó infinito su honesta y honrada resolucion, y se ofreció de nuevo á hacerle compañía todo el tiempo que le vacase de atender á sus forzosas obligaciones. Con esto se despidieron dél, y le rogaron y aconsejaron tuviese cuenta con su salud, y con regalarse lo que fuese bueno.

Quiso la suerte que su sobrina y el ama oyeron la plática de los tres; y asi como se fueron, se entraron entrambas con Don Quijote, y la sobrina le dijo: ¿qué es esto, señor tio? ahora que pensábamos nosotras que vuesa merced volvia á reducirse en su casa, y pasar en ella una vida quieta y honrada, se quiere meter en nuevos laberintos, haciéndose pastorcillo, tú que vienes, pastorcico, tú que vas? Pues en verdad que está ya duro el alcacer para zampoña. A lo que añadió el ama; ¿y podrá vuesa merced pasar en el campo las siestas del verano, los serenos del invierno y el aullido de los lobos? No por cierto, que este es ejercicio y oficio de hombres robustos, curtidos y criados para tal ministerio casi desde las fajas y mantillas: aun mal por mal, mejor es ser caballero andante que pastor. Mire, señor, tome mi consejo, que no se le doy sobre estar harta de pan y vino, sino en ayunas, y sobre cincuenta años que tengo de edad : estése en su casa, atienda á su hacienda, confiese á menudo, favorezca á los pobres, y sobre mi ánima si mal le fuere. Callad, hijas, les respondió Don Quijote, que yo sé bien lo que me cumple : llevadme al lecho, que me parece que no estoy muy bueno; y tened por cierto que, ahora sea caballero andante, ó pastor por andar, no dejaré siempre de acudir á lo que hubiéredes menester, como lo vereis por la obra ; y las buenas hijas (que lo eran sin duda) ama y sobrina, le llevaron á la cama, donde le dieron de comer y regalaron lo posible.

CAPITULO LXXIV.

De cómo Don Quijote cayó malo, y del testamento que hizo, y su muerte.

Como las cosas humanas no sean eternas, yendo siempre en declinacion de sus principios hasta llegar á su último fin, especialmente las vidas de los hombres, y como la de Don Quijote no tuviese privilegio del cielo para detener el curso de la suya, llegó su fin y acabamiento, cuando él menos lo pensaba, porque, ó ya fuese de la melancolía que le causaba el verse vencido, ó ya por la disposicion del cielo, que asi lo ordenaba, se le arraigó una calentura, que le tuvo seis dias en la cama, en los cuales fue visitado muchas veces del cura, del bachiller y del barbero, sus amigos, sin quitársele de la cabecera Sancho Panza, su buen escudero. Estos, creyendo que la pesadumbre de verse vencido, y de no ver cumplido su deseo en la libertad y desencanto de Dulcinea, le tenia de aquella suerte, por todas las vias posibles procuraban alegrarle, diciéndole el bachiller que se animase y levantase para comenzar su pastoral ejercicio, para el cual tenia ya compuesta una égloga, que mal año para cuantas Sanazzaro habia compuesto; y que ya tenia comprados de su propio dinero dos famosos perros para guardar el ganado, el uno llamado Barcino, y el otro Butron, que se los habia vendido un ganadero del Quintanar. Pero no por esto dejaba Don Quijote sus tristezas. Llamaron sus amigos al médico, tomóle el pulso, y no le contentó mucho, y dijo que por sí ó por no, atendiese á la salud de su alma, porque la del cuerpo corria peligro. Oyólo Don Quijote con ánimo sosegado; pero no lo oyeron asi su ama, su sobrina y su escudero, los cuales comenzaron á llorar tiernamente, como si ya le tuvieran muerto delante. Fue el parecer del médico, que melancolías y desabrimientos le acababan. Rogó Don Quijote que le dejasen solo, porque queria dormir un poco.

Hiciéronlo asi, y durmió de un tiron, como dicen, mas de seis horas, tanto que pensaron el ama y la sobrina que se habia de quedar en el sueño. Despertó al cabo del tiempo dicho, y dando una gran voz, dijo: bendito sea el poderoso Dios, que tanto bien me ha hecho. En fin, sus misericordias no tienen límite, ni las abrevian ni impiden los pecados de los hombres. Estuvo atenta la sobrina á las razones del tio, y pareciéronle mas concertadas que él solia decirlas, á lo menos en aquella enfermedad, y preguntóle: ¿qué es lo que vuesa merced dice, señor? ¿tenemos algo de nuevo? ¿qué misericordias son estas, ó qué pecados de los hombres?

Las misericordias, respondió Don Quijote, sobrina, son las que en este instante ha usado Dios conmigo, á quien, como dije, no las impiden mis pecados. Yo tengo juicio ya libre y claro, sin las sombras caliginosas de la ignorancia, que sobre él me pusieron mi amarga y continua leyenda de los detestables libros de las caballerías. Ya conozco sus disparates, y sus embelecos, y no me pesa, sino que este desengaño ha llegado tan tarde, que no me deja tiempo para hacer alguna recompensa, leyendo otros que sean luz del alma. Yo me siento, sobrina, á punto de muerte; querria hacerla de tal modo que diese á entender que no habia sido mi vida tan mala, que dejase renombre de loco: que puesto que lo he sido, no querria confirmar esta verdad en mi muerte. Llámame, amiga, á mis buenos amigos el cura, el bachiller Sanson Carrasco, y á maese Nicolás el barbero, que quiero confesarme y hacer mi testamento. Pero deste trabajo se escusó la sobrina con la entrada de los tres.

Apenas los vió Don Quijote, cuando dijo: dadme albricias, buenos señores, de que ya yo no soy Don Quijote de la Mancha, sino Alonso Quijano, á quien mis costumbres me dieron renombre de Bueno. Ya soy enemigo de Amadis de Gaula y de toda la infinita caterva de su linaje: ya me son odiosas todas las historias profanas de la andante caballería: ya conozco mi necedad, y el peligro en que me puso el haberlas leido: ya por misericordia de Dios, escarmentando en cabeza propia, las abomino. Cuando esto le oyeron decir los tres, creyeron sin duda que alguna nueva locura le habia tomado. Y Sanson le dijo: ¿Ahora, señor Don Quijote, que tenemos nueva que está desencantada la señora Dulcinea, sale vuesa merced con eso? ¿y ahora que estamos tan á pique de ser pastores, para pasar cantando la vida como unos príncipes, quiere vuesa merced hacerse ermitaño? Calle por su vida, vuelva en sí y déjese de cuentos.

Los de hasta aquí, replicó Don Quijote, que han sido verdaderos en mi daño, los ha de volver mi muerte con ayuda del cielo en mi provecho. Yo, señores, siento que me voy muriendo á toda priesa; déjense burlas aparte, y tráiganme un confesor que me confiese, y un escribano que haga mi testamento, que en tales trances como este no se ha de burlar el hombre con el alma: y asi suplico que en tanto que el señor cura me confiesa, vayan por el escribano. Miráronse unos á otros, admirados de las razones de Don Quijote, y aunque en duda, le quisieron creer; y una de las señales por donde conjeturaron se moria, fue el haber vuelto con tanta facilidad de loco á cuerdo, porque á las ya dichas razones añadió otras muchas, tan bien dichas, tan cristianas y con tanto concierto, que del todo las vino á quitar la duda, y á creer que estaba cuerdo. Hizo salir la gente el cura, y quedóse solo con él, y confesóle. El bachiller fué por el escribano, y de allí á poco volvió con él, y con Sancho Panza, el cual Sancho (que ya sabia por nuevas del bachiller en qué estado estaba su señor), hallando á la ama y á la sobrina llorosas, comenzó á hacer pucheros y á derramar lágrimas. Acabóse la confesion, y salió el cura diciendo: verdaderamente se muere, y verdaderamente está cuerdo Alonso Quijano el Bueno: bien podemos entrar para que haga su testamento. Estas nuevas dieron un terrible empujon á los ojos preñados de ama, sobrina y de Sancho Panza, su buen escudero, de tal manera, que los hizo reventar las lágrimas de los ojos, y mil profundos suspiros del pecho; porque verdaderamente, como alguna vez se ha dicho, en tanto que Don Quijote fue Alonso Quijano el Bueno á secas, y en tanto que fue Don Quijote de la Mancha, fue siempre de apacible condicion, y de agradable trato, y por esto no solo era bien querido de los de su casa, sino de todos cuantos le conocian.

Entró el escribano con los demás, y despues de haber hecho la cabeza del testamento, y ordenado su alma Don Quijote con todas aquellas circunstancias cristianas que se requieren, llegando á las mandas, dijo: Item es mi voluntad que de ciertos dineros que Sancho Panza, á quien en mi locura hice mi escudero, tiene, que porque ha habido entre él y mí ciertas cuentas, y dares y tomares, quiero que no se le haga cargo dellos, ni se le pida cuenta alguna, sino que si sobrare alguno, despues de haberse pagado de lo que le debo, el restante sea suyo, que será bien poco, y buen provecho le haga: y si como estando yo loco fui parte para darle el gobierno de la ínsula, pudiera ahora estando cuerdo darle el de un reino, se le diera, porque la sencillez de su condicion y fidelidad de su trato lo merece: y volviéndose á Sancho, le dijo: perdóname, amigo, de la ocasion que te he dado de parecer loco como yo, haciéndote caer en el error, en que yo he caido, de que hubo y hay caballeros andantes en el mundo.

¡Ay! respondió Sancho llorando, no se muera vuesa merced, señor mio, sino tome mi consejo, y viva muchos años, porque la mayor locura que puede hacer un hombre en esta vida es dejarse morir sin mas ni mas, sin que nadie le mate, ni otras manos le acaben que las de la melancolía. Mire no sea perezoso, sino levántese desa cama, y vámonos al campo vestidos de pastores, como tenemos concertado; quizá tras de alguna mata hallaremos á la señora doña Dulcinea desencantada, que no haya mas que ver. Si es que se muere de pesar de verse vencido, écheme á mí la culpa, diciendo que por haber yo cinchado mal á Rocinante le derribaron: cuanto mas que vuesa merced habrá visto en sus libros de caballerías ser cosa ordinaria derribarse unos caballeros á otros, y el que es vencido hoy, ser vencedor mañana.

Asi es, dijo Sanson, y el buen Sancho Panza está muy en la verdad destos casos. Señores, dijo Don Quijote, vámonos poco á poco, pues ya en los nidos de antaño no hay pájaros hogaño: yo fui loco, y ya soy cuerdo; fui Don Quijote de la Mancha, y soy ahora, como he dicho, Alonso Quijano el Bueno: pueda con vuesas mercedes mi arrepentimiento, y mi verdad volverme á la estimacion que de mí se tenia, y prosiga adelante el señor escribano.

Item mando toda mi hacienda á puerta cerrada á Antonia Quijana, mi sobrina, que está presente, habiendo sacado primero de lo mas bien parado della lo que fuere menester para cumplir las mandas que dejo hechas; y la primera satisfaccion que se haga quiero que sea pagar el salario que debo del tiempo que mi ama me ha servido, y mas veinte ducados para un vestido. Dejo por mis albaceas al señor cura y al señor bachiller Sanson Carrasco, que están presentes.

Item es mi voluntad que si Antonia Quijana, mi sobrina, quisiere casarse, se case con hombre de quien primero se haya hecho informacion que no sabe qué cosa sean libros de caballerías: y en caso que se averiguare que lo sabe, y con todo eso mi sobrina quisiere casarse con él y se casare, pierda todo lo que le he mandado, lo cual puedan mis albaceas distribuir en obras pías á su voluntad.

Item suplico á los dichos señores, mis albaceas, que si la buena suerte les trujere á conocer al autor que dicen que compuso una historia que anda por ahí, con el título de *Segunda parte de las hazañas de Don Quijote de la Mancha*, de mi parte le pidan, cuan encarecidamente se pueda, perdone la ocasion que sin yo pensarlo le dí de haber escrito tantos y tan grandes disparates como en ella escribe, porque parto desta vida con escrúpulo de haberle dado motivo para escribirlos. Cerró con esto el testamento, y tomándole un desmayo, se tendió de largo á largo en la cama. Alborotáronse todos, y acudieron á su remedio, y en tres dias que vivió despues deste donde hizo el testamento, se desmayaba muy á menudo. Andaba la casa alborotada; pero con todo comia la sobrina, brindaba el ama y se regocijaba Sancho Panza; que esto del heredar algo, borra ó templa en el heredero la memoria de la pena que es razon que deje el muerto.

En fin llegó el último de Don Quijote, despues de recibidos todos los sacramentos, y despues de haber abominado con muchas y eficaces razones de los libros de caballerías. Hallóse el escribano presente, y dijo que nunca habia leido en ningun libro de caballerías que algun caballero andante hubiese muerto en su lecho tan sosegadamente y tan cristiano como Don Quijote, el cual entre compasiones y lágrimas de los que allí se hallaron, dió su espíritu: quiero decir que se murió. Viendo lo cual el cura, pidió al escribano le diese por testimonio cómo Alonso Quijano el Bueno, llamado comunmente Don Quijote de la Mancha, habia pasado desta presente vida, y muerto naturalmente; y que el tal testimonio pedia para quitar la ocasion de que algun otro autor que Cide Hamete Benengeli le resucitase falsamente, é hiciese inacabables historias de sus hazañas.

Este fin tuvo el Ingenioso Hidalgo de la Mancha, cuyo lugar no quiso poner Cide Hamete puntualmente, por dejar que todas las villas y lugares de la Mancha contendiesen entre sí por ahijársele y tenérsele por suyo, como contendieron las siete ciudades de Grecia por Homero. Déjanse de poner aquí los llantos de Sancho, sobrina y ama de Don Quijote, y los nuevos epitafios de su sepultura, aunque Sanson Carrasco le puso este:

> Yace aquí el hidalgo fuerte
> Que á tanto estremo llegó
> De valiente, que se advierte
> Que la muerte no triunfó
> De su vida con su muerte.
> Tuvo á todo el mundo en poco;
> Fue el espantajo y el coco
> Del mundo en tal coyuntura,
> Que acreditó su ventura,
> Morir cuerdo, y vivir loco.

Y el prudentísimo Cide Hamete dijo á su pluma: aquí quedarás colgada desta espetera, y deste hilo de alambre, ni sé si bien cortada ó mal tajada, péñola mia, adonde vivirás luengos siglos, si presuntuosos y malandrines historiadores no te descuelgan para profanarte. Pero antes que á tí lleguen les puedes advertir, y decirles en el mejor modo que pudieres:

> Tate, tate, folloncicos,
> De ninguno sea tocada,
> Porque esta empresa, buen Rey,
> Para mí estaba guardada.

Para mí sola nació Don Quijote, y yo para él: él supo obrar, y yo escribir; solos los dos somos para en uno, á despecho y pesar del escritor fingido y tordesillesco, que se atrevió, ó se ha de atrever á escribir con pluma de avestruz grosera y mal adeliñada las hazañas de mi valeroso caballero, porque no es carga de sus hombros, ni asunto de su resfriado ingenio; á quien advertirás, si acaso llegas á conocerle, que deje reposar en la sepultura los cansados y ya podridos huesos de Don Quijote, y no le quiera llevar, contra todos los fueros de la muerte, á Castilla la Vieja (1), haciéndole salir de la fuesa, donde real y verdaderamente yace tendido de largo á large, imposibilitado de hacer tercera jornada y salida nueva: que para hacer burla de tantas como hicieron tantos andantes caballeros, bastan las dos que él hizo tan á gusto y beneplácito de las gentes á cuya noticia llegaron, asi en estos como en los

(1) Concluye Avellaneda su *Segunda Parte*, encerrando á Don Quijote en el Nuncio de Toledo, ó casa de los locos, para que le curasen, y añade que habiendo curado se supo por tradicion de viejísimos manchegos que salió de aquel hospital, y que volviendo á su tema pasó por Madrid, donde vió á Sancho, y entrando en Castilla la Vieja le sucedieron estupendas aventuras. De esta nueva salida, que amenazaba escribir Avellaneda, habla aquí Cervantes, reprobándola de antemano.—P.

estraños reinos (1): y con esto cumplirás con tu cristiana profesion, aconsejando bien á quien mal te quiere; y yo quedaré satisfecho y ufano de haber sido el primero que gozó el fruto de sus escritos enteramente, como deseaba, pues no ha sido otro mi deseo que poner en aborrecimiento de los hombres las fingidas y disparatadas historias de los libros de caballerías, que por las de mi verdadero Don Quijote van ya tropezando, y han de caer del todo sin duda alguna. Vale.

(1) Es muy digno de notar con este motivo que no hay prediccion de cuantas hizo Cervantes sobre la celebridad y singular acogida que en todas partes y en todos tiempos habia de tener su inmortal Quijote, que no se haya cumplido aun mas allá de lo que él anunció. El fue el primero y quizá el único entre todos los escritores que, sin que le alucinase su amor propio, conoció y supo apreciar el grande y eminente mérito de su obra, la cual tiene, entre otras prendas, el privilegio, que no ha logrado otra alguna, de ser su lectura el consuelo de toda clase de personas, en todas las épocas y situaciones de la vida. Su memoria será siempre grata á todos los hombres que tengan la dicha de leer y entender sus obras, y sepan apreciar sus talentos y sus virtudes; pues Cervantes, como se habrá visto por su vida, poseyó estas en tan alto grado como aquellos. Por esto le llamó con razon el inglés Bowle *honor y delicia del género humano*. Penetrado de igual sentimiento un poeta español, coetáneo de nuestro autor (don Fernando de Lodeña) escribió en su elogio el siguiente soneto, el mejor sin duda de cuantos se conocen y han publicado en loor suyo, y que podremos intitular la corona poética de Cervantes:

> Dejad, nereidas, del albergue umbroso
> Las piezas de cristales fabricadas,
> De la espuma ligera mal tachadas,
> Si bien guarnidas de coral precioso:
>
> Salid del sitio ameno y deleitoso,
> Driadas de las selvas, no tocadas;
> Y vosotras, oh musas celebradas,
> Dejad las fuentes del licor copioso.
>
> Todas juntas traed un ramo solo,
> Del árbol en quien Dafne convertida,
> Al rubio Dios mostró tanta dureza:
>
> Que cuando no lo fuera para Apolo,
> Hoy se hiciera laurel, por ver ceñida
> De Miguel de Cervantes la cabeza.—Arr.

FIN DEL INGENIOSO HIDALGO.

VIDA DE CERVANTES.

Nació Miguel de Cervantes Saavedra en Alcalá de Henares, y fue bautizado en su parroquia de Santa María la Mayor el 6 de octubre de 1547. Fueron sus padres Rodrigo de Cervantes, hijo de Juan de Cervantes, corregidor de Osuna, y doña Leonor de Cortinas, señora natural de Barajas. Sus padres le inclinaron desde niño á las letras con intencion de que siguiera en ellas alguna carrera útil. La teología ó la jurisprudencia le hubieran sin duda proporcionado una subsistencia segura, una vida menos agitada y miserable, y acaso la elevacion y las riquezas; pero embebido Cervantes con los encantos de la poesía, se dejó llevar tras ella, y siguió el impulso del juicio, cuyas voces imperiosas claman siempre mas alto que las de la indigencia.

Estudió las humanidades en Madrid con el erudito Juan de Hoyos, cuya habilidad era bien conocida para este género de enseñanza; y comisionado éste por el ayuntamiento de Madrid para disponer las exequias que se hicieron en octubre de 1568 por la desgraciada Isabel de Valois, quiso que sus mejores discípulos se ejercitasen en las composiciones que se habian de colocar en la iglesia de las monjas llamadas las Descalzas Reales. En la relacion que hizo de dichas exequias, cita varias composiciones de Cervantes, escritas con aquel motivo, y le llama *mi caro y amado discípulo*. Alentado con la buena acogida que tuvieron sus primeros ensayos poéticos, compuso algunas otras obrillas fugitivas, entre ellas una especie de poemita pastoral, y varios sonetos, rimas y romances recordados en su *Viaje al Parnaso*. Pero haríase mal juicio de sus talentos si se midieran por el mérito de estos versos, y aun de todos los que compuso en el resto de su vida, sin embargo de que los hizo tambien muy regulares. Este escritor tan ingenioso y tan rico, que en su prosa derramaba á manos llenas las flores mas bellas y elegantes, y cuya diccion suspende por su armonía y su dulzura; en su poesía, encadenado con las trabas de la versificacion, se arrastraba dificultosamente, y en nada acertaba. Huia la poesía de sus versos desgraciados sin que pudiesen reconciliarla en ellos, ni la ciega aficion de Cervantes, ni su continuo ejercicio de componer. Semejante á aquellos árboles que frondosos y bellos en la libertad de sus selvas, trasladados al recinto de los jardines pierden su lozanía y se marchitan.

No era estraño, pues, que el éxito de sus primeras producciones, todas compuestas en verso, mortificase su amor propio. Despechado por ello y ansioso de mejorar fortuna, salió de España y fué á Roma. Piensan los hombres á veces que huyendo de su destino escaparán de su influencia: la espatriacion de Cervantes solo sirvió para empeorar su condicion. Camarero primeramente del cardenal Acquaviva, cuyo destino, no era, como puede creerse, humillante, pues que entonces era comun el que la noble juventud española empezase su carrera sirviendo familiarmente á papas y cardenales, de lo que hay muchos ejemplos; y no conviniendo esta clase de vida con los altos pensamientos de nuestro escritor, sentó plaza en 1569 en las tropas españolas residentes en Italia. Asistió á la batalla mas asombrosa que han visto los siglos, la batalla de Lepanto, en que los cristianos triunfaron del poder otomano, y humillaron la soberbia de Selim II. Cervantes recibió en ella tres arcabuzazos, dos en el pecho, y uno en la mano izquierda, que estropeada por toda su vida fue testimonio perpetuo de su valor y de la ingratitud de su patria.

Esta desgracia fue seguida de otra mayor. El dia 26 de setiembre de 1575 su galera llamada *el Sol*, en la cual volvia á España en compañía de su hermano Rodrigo, que tambien era un soldado valiente, y de otros militares y caballeros, se encontró con una escuadra de galeotas, mandada por el célebre corsario Arnaute Mamí; y despues de un combate muy reñido quedó prisionera, y fue Cervantes llevado cautivo á Argel, tocando en suerte al arraez Dalí Mamí, renegado griego.

Era este un bárbaro impenetrable á los gritos de la humanidad y de la clemencia. Despreciando Cervantes el temor que le inspiraba su carácter sanguinario, se dió á buscar los medios de sacudir la esclavitud intolerable á su alma generosa. Huyóse de la casa de su amo, y se escondió en una cueva que en un jardin á orillas del mar habia cavado un cautivo. Allí con otros compañeros estuvo aguardando ocasion de que se rescatase un mallorquin llamado Viana, el cual debia volver por ellos. Entre tanto el cautivo jardinero servia de atalaya, otro de vivandero, y Cervantes, alma de la empresa, los animaba, y cuidaba de todos. Viana se rescató y fiel á su promesa, de vuelta á su patria, equipó una embarcacion y se arrimó á la costa de Argel en busca de sus amigos; mas quiso la desgracia que al tiempo de saltar en tierra le conociesen los moros, y viendo que alarmaban la costa se vió precisado á largarse al mar, y no volvió á parecer.

Los infelices soterrados que habian visto su llegada, y su desaparicion, alentados por Cervantes, que les aseguraba el retorno de Viana, se entregaban otra vez á la esperanza cuando fueron vendidos por el que les servia de vivandero. Este pérfido descubrió al rey Azan el secreto de la cueva, y tuvo osadía para ponerse al frente de los soldados que fueron á reconocerla. Cervantes sin desconcertarse por golpe tan inesperado, luego que le presentaron al rey se ofreció solo al castigo para salvar á sus compañeros. Mamí le reclamó, y con admiracion de todo Argel no le impuso pena alguna; menos irritado de su fuga, que lleno de respeto por la elevacion de su carácter.

Con efecto Cervantes entre los cautivos y bárbaros del Africa era un ser tan estraordinario como lo fue despues entre los ingenios de su nacion. Sin desmayar por el mal éxito de su primer proyecto, concertó sucesivamente otros que tambien se desgraciaron; y como si su energía se acrecentase con el infortunio, trató últimamente de alborotar los esclavos, darles libertad á todos, y alzarse con Argel. Cuando la noticia de este pensamiento atrevido llegó á oidos de Azan, se estremeció de su peligro, y no se contempló seguro sino custodiando él mismo al esclavo que tanto afan le causaba. Compró pues á Cervantes de su primer amo, y solia decir, que teniendo asegurado al estropeado español, estaban seguros sus cautivos, su reino y sus bajeles.

La libertad de Cervantes no se verificó hasta el año de 1580, en que fue rescatado por los frailes mercenarios. Estos, sobre trescientos ducados aprontados al mismo fin por doña Leonor de Cortinas, completaron la suma de quinientos escudos que exigia el moro por su cautivo. Asi pudo volver á España á principios del año siguiente, y restituirse al seno de una familia empobrecida con el esfuerzo que habia hecho para hacerle libre, y con pocas esperanzas de verle adelantar.

Vuelto á su patria, se incorporó de nuevo Cervantes á su antiguo tercio, y se portó en otras varias acciones como soldado muy valeroso. Residió algun tiempo en Lisboa, y tuvo de sus amores con una dama portuguesa, una hija natural que se llamó doña Isabel de Saavedra, la cual vivió siempre en compañía de su padre, aun despues de haberse éste casado. Desengañado de las ningunas ventajas que podria conseguir en la carrera militar, volvió á abandonarse á las musas, y empezó á cultivar el maravilloso talento que tenia para las obras de invencion. La primera que dió á luz fue la GALATEA, novela pastoral, impresa en Madrid el año de 1584, en la cual pintó sus amores, obsequió á su dama, y se grangeó un nombre en el mundo literario.

Eran entonces del gusto popular las pastorales, que la DIANA de Montemayor habia hecho de moda. Esta obra, además de tener para sus contemporáneos el interés de la verdad rebozada con la máscara pastoril, presentaba tambien el mérito de una invencion agradable, escrita con buena prosa y adornada con algunos versos felices. Sus defectos son muchos: Cervantes en el famoso escrutinio notó algunos y omitió otros; pero el episodio del moro Abindarraez podia cubrir buen número de faltas. Gil Polo, uno de sus continuadores, fue quien mas se acercó á su reputacion. Sin embargo de ser su invencion mas pobre, y mas natural su estilo, la DIANA ENAMORADA, compuesta por un poeta mas hábil, salió adornada de mejores versos, y esto bastó para que se la tuviese por igual ó superior á su modelo: con efecto, ni en Montemayor ni en ningun poeta de entonces se podia encontrar un idilio tan bello como la CANCION DE NEREA.

La pastoral de Cervantes, escrita con mas fuerza de imaginacion y con mas belleza de estilo que las otras dos, sin embargo de que fuese recibida con bastante aplauso, no pudo llegar á su celebridad.

Poco despues de publicada la Galatea se casó Cervantes con doña Catalina de Palacios Salazar y Vozmediano, de una ilustre familia de Esquivias, y este nuevo estado acabó de estrechar su desdichada condicion. La necesidad le obligó á hacer comedias.

El hambre es un incentivo nada seguro para la composicion de obras ingeniosas. Convertidas entonces en viles mercancías las producciones de las bellas artes, se trabajan á destajo y se venden con menosprecio. El artista, en vez de escuchar las leyes del buen gusto, y seguir los impulsos de su genio, atiende solamente al capricho de los compradores, que ordinariamente está en contradiccion con los verdaderos principios: estos se olvidan, la belleza se corrompe, y el espíritu envilecido solo produce monstruos.

Tal fue la causa de tantos delirios, que con nombre de comedias inundaron nuestro teatro en los dos siglos anteriores. Es bien notoria la mala gracia con que Lope de Vega se defendia, reconvenido de todos los buenos críticos por sus desatinos dramáticos; y es bien notorio tambien que ya antes de Lope, Juan de la Cueva y otros poetas ignorantes, habian abierto el mal camino. Cervantes, cuya musa surtió al teatro por el mismo tiempo, tuvo que abandonarse al desórden con mas disculpa que Lope, el cual lleno de aplausos, de protecciones y de conveniencias, debió dar la ley á su siglo, si es que sabia.

Las ocho comedias de Cervantes publicadas por él en setiembre de 1615, no merecen conocerse; pero es digna de todo elogio la moderacion con que habla de ellas. Si recordamos por otra parte el juicio con que anunció en el Quijote las buenas leyes de la composicion, y la crítica firme y atrevida que hace allí mismo de los dramas de su tiempo (1), honraremos sus principios y su gusto, aun cuando desestimemos su talento en esta parte. Además de las ocho comedias compuso Cervantes ocho entremeses, entre los cuales los hay muy chistosos, como el de los *Habladores*, que no se publicó hasta el 1624, en Sevilla, y que por esta circunstancia han creido algunos no era de Cervantes.

Abandonó éste el teatro cuando Lope de Vega le ocupó. Desde entonces hasta la publicacion de la primera parte del Don Quijote, no salió de su pluma obra ninguna de importancia. El cuidado de subsistir le aquejaria probablemente demasiado para poder cultivar las musas. En todo este tiempo, errante y vagando por varias partes de España, buscaba y no hallaba una colocacion que sus talentos, sus virtudes y sus servicios tenian tan merecida. Su suerte desgraciada le lleva arrastrando de Madrid á Sevilla, de Sevilla á la Mancha; y para echar el sello al infortunio, los vecinos de Argamasilla le maltratan y le prenden, sin que se sepan hasta ahora los motivos de esta violencia.

Pero ¿qué son las cadenas para un hombre de espíritu? Aunque oprimido con ellas conserva siempre su energia, y se rie de sus horrores. Sócrates filosofaba en su prision tan libremente como en la plaza de Atenas: Torcuato Taso en situacion semejante no lamentaba la pérdida de su libertad, sino la del arbitrio de escribir, que sus duros opresores le negaban. Cervantes, encarcelado por los manchegos, dió á su imaginacion todo el vuelo de que era capaz, y compuso el Don Quijote. Así, el libro mas ingenioso y festivo que ha producido el espíritu humano, se hizo en una cárcel, donde, segun las espresiones del autor, toda incomodidad tiene su asiento, y todo triste ruido hace su habitacion.

Contemplen á Cervantes la Filosofía y la Elocuencia, cuando errante y miserable le olvidaban los grandes y le despreciaban los poetas porque no acertaba á hacer los versos que ellos; tendiendo entonces sus miradas sobre su siglo, y viendo con indignacion entregada la mayor parte de los hombres á una clase de lectura estravagante, que viciaba la educacion, corrompia las ideas de la moral, estragaba las costumbres, y usurpaba con las invenciones mas monstruosas la atencion debida solo á la belleza. Inundaban los libros caballerescos á España, y sus despropósitos eran la admiracion de los idiotas, el entretenimiento de los ociosos, y tal vez distraccion indigna de los discretos. Yo acabaré con esta peste, dijo entre sí Cervantes; y su imaginacion grande y festiva le presentó el héroe que habia de estirpar á tantos insufribles paladines.

No eran bastantes ya contra ellos ni una invectiva seca, ni un juicio aislado, como los que se habian hecho hasta entonces; débiles reparos para un contagio tan grande, y que incorporados la mayor parte en obras que el pueblo no leia, de nada servian al pueblo. ¿Qué aprovecha que un crítico escriba para otros críticos lo que ellos acaso se pensarán sin él? Por esto las declamaciones de Luis Vives, Alejo Vanegas y otros, contra los libros caballerescos, eran supérfluas, cuando el vulgo embebido en ellos ni las leia ni podia entender. Es preciso, pues, para desarraigar un vicio general, que tambien lo sea el remedio.

Y aun se necesitaba mas entonces. Puesto que las gentes se complacian tanto en la lectura que se intentaba destruir, el fin no se alcanzaba sino se sustituia otra que fuese igualmente grata, y si no se suplia la pérdida de tantos libros con uno que venciese á los demás en novedad y en placer: que rico con todos los adornos de la imaginacion, se apoyase en los principios del gusto y de la verdad, y en donde la invencion y la filosofía acordes suspendiesen y agradasen á toda clase de personas en todos los estados de la vida (2).

Tal fue el Don Quijote, que la posteridad contempla atónita, sin atreverse á decidir cuál sea mas admirable, si la fuerza de la fantasía que le inventó, el gusto con que se ejecutó, ó la diccion con que se espresó. Cuando en la conversacion llega á mentarse este libro, todos á porfía se estienden en su elogio, y el raudal de las alabanzas jamás se disminuye, como si saliera de una fuente inagotable. El uno ensalza la novedad y felicidad del pensamiento, el otro la verdad y belleza de los caracteres y costumbres, éste la variedad de los episodios, aquel la abundancia y delicadeza de las alusiones y de los

(1) Es verdad que tambien elogia desmedidamente las malas tragedias de Argensola; mas tal vez este juicio es hijo de la amistad que Cervantes profesaba á aquel escritor, y no un yerro de su discernimiento. Esto podrá servir de disculpa asimismo para los artículos poco acertados de su escrutinio: señaladamente la comparacion entre las dos Dianas, y las alabanzas con que habla de las *Lágrimas de Angélica*, poema á todas luces impertinente.

(2)   Yo he dado en Don Quijote pasatiempo
                      Al pecho melancólico y mohino
                     En cualquiera sazon, en todo tiempo
                           (Cervantes, *Viaje al Parnaso*.)

chistes : quién admira mas el infinito artificio y gracia de los diálogos, quién la inestimable hermosura del estilo y pureza de su lenguaje.

Todas estas dotes , que esparcidas hubieran hecho la gloria de muchos escritores , se encontraron reunidas en un hombre solo , y derramadas con profusion en un libro: ¿y en qué tiempo? en el siglo XVI : siglo de erudicion y de disputas mas que de gusto y saber, demasiadamente ponderado , casi perdido para la razon , y en donde generalmente la literatura solo puede contar dos ó tres libros que hayan osado arrostrar la superioridad de las dos edades siguientes (1). Asi , cuando se compara el Quijote con el tiempo en que se dió á luz , y á Cervantes con los hombres que le rodeaban , la obra parece un portento, y Cervantes un coloso.

No es este lugar de analizar las bellezas del Quijote, y de examinar cómo el escritor supo hacer de su héroe el mas ridículo y al mismo tiempo el mas discreto y virtuoso de los hombres, sin que tan diversos aspectos se dañen unos á otros ; cómo en Sancho aplicó todas las gradaciones de la simplicidad; qué de recursos se supo abrir en estas variedades imperceptibles sin ofender á la unidad de caracteres; cómo supo enlazar á su fábula los lances que parecian mas lejanos de ella , y hacerlos servir todos para realzar las locuras del personaje principal : de dónde aprendió á variar las situaciones, á contrastar las escenas , á ser siempre original y nuevo sin desmentirse ni decaer nunca , sin fastidiar jamás. Todo esto pertenece al genio, que se lo encuentra por sí solo sin estudio, sin reglas y sin modelos.

Cuando se ha comparado el Quijote con la Iliada , no se advirtió que la comparacion era inaplicable entre dos obras tan diferentes ; y la analogía se llevó tan lejos que se buscaron en el poeta griego pasajes, á los cuales, segun se decia , habia procurado imitar Cervantes. Seria por cierto bien estraño que la lectura de Homero hubiera producido el Quijote. Pero si con nombrar al príncipe de la poesía se quisiese decir, que para escribir este libro se necesitaba tanta fuerza de espíritu como para componer la Iliada , de acuerdo entonces sobre ello añadiríamos que esa es una relacion que tiene Cervantes, no solo con Homero, sino con Sófocles , Virgilio, Taso , Corneille , Racine, y con todos los grandes escritores.

Un hombre á cuyo talento debe la poesía trágica la elevacion á que subió en el siglo pasado, y que manejó casi todos los géneros de la literatura con una penetracion y una facilidad que harán época en el mundo , tratando en sus MISCELÁNEAS de que el espíritu humano no hace otra cosa que reproducirse , y que las obras que mas admiramos son imitaciones de otras mas antiguas, dice que el tipo de Don Quijote fue el ORLANDO de Ariosto. Es preciso sin duda respetar y aun admirar á este escritor como uno de los mayores pintores que ha tenido la poesía. Pero ¿cuál es la relacion que puede haber entre dos locos de manía tan diferente? ¿entre un cuadro todo quimeras y otro todo verdad? ¿entre un libro de caballerías y una sátira de semejantes libros? ¿entre la libertad que se permite el Italiano, y el artificio y sabiduría con que camina el Español?

Y aun cuando se concediese que la manera del uno es muy semejante á la del otro en varios lances de su fábula , ¿cuántos otros requisitos acompañan al Quijote que no pudieron tomarse de Ariosto ni de otro escritor ninguno? ¿Se halla por ventura en aquel poeta el tono de sensibilidad dulce y afectuosa que tantas veces se encuentra en el libro de Cervantes? ¿Pudo éste aprender en él la elegancia de una diccion siempre armoniosa y pura , que al nivel del objeto que pinta es natural , fluida é ingeniosa en las narraciones , humilde y sencilla con decoro en las simplicidades, espresiva en razonamientos, soberbia , rica y ambiciosa en las descripciones? ¿Quién , en fin , le enseñó el arte encantador y difícil de los diálogos, en que Cervantes no reconoce rival alguno sino al ilustre Richardson?

No : el Quijote no tuvo modelo, y carece hasta ahora de imitadores (2) : es una obra que presenta todos los caracteres de la originalidad y del genio; es un poema divino á cuya ejecucion presidieron las Gracias y las Musas. Su publicacion fue un rayo que deshizo en un momento las ilusiones de la caballería y el tropel de libros que atacó, tan universalmente derramados y tan vergonzosamente acogidos, desapareció de tal modo, que ya solo en el Quijote dura la memoria de que fueron. ¡Triunfo admirable y singular, digno del mérito de la obra, y gloria en que autor ninguno puede competir con Cervantes !

La vida de las sátiras es muy corta: si son vagas no interesan, y si determinadas caen luego que mueren las circunstancias porque se escribieron. Estaba reservado para Cervantes el privilegio de que sepultadas ya la caballería y costumbres ridiculizadas por él, su Quijote viviese y se ilustrase mas cada dia. Pero ¿quién ha tenido el don de interesar en tan alto grado como él? Por esto le llamaba inimitable el autor de la HELOISA , y le preferia á todos los escritores de imaginacion: por esto todas las naciones cultas han traducido su libro: por esto las prensas no se cansan de imprimirle ni los ojos de leerle. Los nombres de Don Quijote y Sancho son oidos en los ángulos mas remotos de la tierra; y estos dos personajes humildes, nacidos en la fantasía de Cervantes, vencen en celebridad á los héroes mas ilustres de la fábula y de la historia.

Hay hombres, sin embargo, que no gustan de este libro, cuya lectura tachan de insípida y de frí-

(1) Entre ellos debe absolutamente contarse la *Jerusalen* de Torcuato Taso , que será siempre uno de los monumentos mas admirables del ingenio humano.

(2) Cándido, Scriblero, Jerundio y otros libros escritos á la manera del Quijote, prueban mas que nada la primacia de Cervantes. Son copias muy endebles de un original admirable.

vola. Mostrarles á estos las bellezas del Quijote seria tiempo perdido. ¡Insipida su lectura', cuando sus gracias inimitables, y el placer que derrama la han hecho universal! ¡Frívolo un libro que corrigió á su siglo, y que sin él, tal vez los que tan desdeñosamente le juzgan perderian el tiempo todavía leyendo á Amadis de Gaula! Que señalen, pues, uno donde el agrado, efecto inseparable y eterno de las buenas obras de invencion, sea tan completo y suba á un grado tan alto. Mas dejemos á estos hombres y su estravagante censura: sus labios jamás se abrieron á la risa, ni su corazon á las gracias.

El señor Bermudez de Castro, en una composicion titulada: Los DOS ARTISTAS, se espresa asi hablando de esta obra de Cervantes: «Especie de tela matizada como un tapiz del brillante bordado de historias frescas, raras, aéreas, fragantes como las flores de un jardin. Mil estravagancias, mil locuras con todos sus atributos de gracias y chistes mezclados, y que se pierde en mil arabescos fantásticos con las mas filosóficas y profundas sentencias del juicio y la razon sana, y con los amores imaginarios y ridículos, y con visiones de alucinaciones vaporosas; y alternando con ellos la candidez y la ternura, con sus episodios de amores inocentes ó tiernos, desgraciados ó felices, con lágrimas y suspiros dulces, ó con la sonrisa del placer y el rubor del pudor, anacreónticas ó elegías. La vida entera con sus fantasmas y visiones, con su risa y su llanto, con su placer y sus penas... con mil caracteres que cambian como los dias. Tela florida que desarrolla una existencia fantástica, pero verde. Cuadro nuevo, sublime y nunca imaginado. Una profusion de chistes y estravagancias, capaces de hacer reir á un sepulcro.»

Cuándo se publicó en 1605 la primera parte del Quijote no pudo ser entendida de improviso la sátira finísima que en ella reinaba, y tuvo el autor que hacer una critica aparente de su obra para que fuese buscada y comprendida. A favor del BUSCAPIE se estendió Don Quijote, y en poco tiempo se hizo universal su lectura. Esta celebridad hizo levantarse á la envidia, que sacudió su veneno sobre los poetas confundidos con la superioridad de Cervantes. El, desgraciado y oscuro, manteniéndose acaso de la compasion agena, no tenia otra riqueza ni otro bien que la gloria de su libro: los poetas alterados se conjuraron á arrebatársela. Y en una composicion bárbara el impertinente Villegas se atrevió á zaherirle de mal poeta, y á llamarle *Quijotista*, con pretesto de defender al versificador Argensola, á quien Cervantes no habia hecho mas agravio que el de estimarle en demasía (1). Otro poeta aun mas oscuro que Villegas, afectando la defensa de Lope, tuvo osadía para remedar á Cervantes, y hacer la continuacion de una obra, cuyo mérito estaba muy lejos de comprender.

¡Ignorante! ¡atreverse á escribir un Quijote, y á decir que lo hacia para mejorarle, y porque su primer autor no tenia talento para proseguirle! ¿No sabia él que la critica mas árdua es la del ejemplo, y que su desempeño está solo al alcance de un hombre superior?

¡Tachaba de humilde el estilo de Cervantes, y el infame se burlaba de él porque era viejo, manco y pobre: como si Lope, Villegas, los Argensolas, y todos los poetas de entonces juntos pudiesen contrapesar el mérito literario de un solo capitulo del Quijote; y como si la pobreza y manquedad de Cervantes, cubriendo de oprobio á su siglo, no dieran lustre á la veneracion que se le debe! Pero estos insultos, que no merecen la atencion de la posteridad, solo se conservan por el hombre ilustre contra quien se asestaron. Ellos prueban por otra parte la verdad del dicho de Pope, «que un mal escritor es comunmente hombre malo.»

¡Qué dignidad al contrario y qué decoro en la defensa de Cervantes! Para confundir y reducir á polvo á su adversario no tuvo mas que presentarse y publicar la SEGUNDA PARTE DEL QUIJOTE, superior todavía en correccion y en gusto á la primera. Contentóse con burlarse en algunas partes de ella de la poca gracia de su antagonista, y con advertirle festivamente que el hacer un libro costaba mas trabajo de lo que se pensaba. Si todos los autores se defendieran del modo que Cervantes, las guerras literarias serian menos escandalosas, y la caterva de detractores insolentes no se atreveria á ladrar tanto (2).

(1)   Irás del Helicon á la conquista
                                 Mejor que el mal poeta de Cervantes,
                                 Donde no le valdrá ser Quijotista.

Estos versos ridículos, que suponen la mas perfecta ignorancia, son bien conocidos. Algunos los disculpan con decir que Villegas era entonces muy mozo, como si la juventud fuera escusa bastante de un desatino. ¿Y cómo se disculparán los vicios de una composicion que empieza por elegía y acaba por sátira; que trata de poética y se dirige á un mozo de mulas?

(2) «Una aventura asaz novelesca y harto trágica, dice el señor Eugenio de Ochoa en su edicion de EL QUIJOTE, llevó por »entonces de nuevo á Cervantes á una cárcel, pero por pocos dias. Ocurrió que en la noche del 27 de junio (1605) á la orilla del »Esgueva (Valladolid y junto á su puente de madera, se dieron de cuchilladas dos hombres, uno de los cuales, malamente he- »rido, fué á refugiarse en una casa inmediata. Vivia Cervantes en uno de sus dos cuartos principales, y en el otro doña Luisa »de Montoya, viuda del célebre cronista Estéban de Garibay, con sus hijos; uno de estos, ayudado de Cervantes, introdujo en »casa de su madre al infeliz herido, que espiró en la mañana del 29. Era éste un caballero navarro, del órden de Santiago, »llamado don Gaspar de Ezpeleta. Averiguóse judicialmente el caso, y resultó de varios indicios, que las heridas y muerte de »don Gaspar, cuyo matador no pudo descubrirse, habian provenido por competencia de obsequios y galanteos dirigidos bien á »la hija, bien á la sobrina de Cervantes, pues es de advertir que por las declaraciones de testigos que se hicieron en aquella »ocasion, consta que tenia entonces en su compañía á su mujer doña Catalina, á su hija natural doña Isabel, soltera, de mas de »veinte años, á doña Andrea, su hermana, viuda, á una hija de ésta, soltera de veinte y ocho años, llamada doña Constanza de »Ovando, y á doña Magdalena de Sotomayor, que tambien se llama su hermana, y era beata, de mas de cuarenta años de edad. »De las declaraciones de estas resulta tambien con evidencia que entonces se ocupaba Cervantes en agencias particulares como »un arbitrio para sostener á su numerosa familia. Mientras se declaraba de todo punto el caso, y conforme á la antigua y fiel-

En el tiempo que medió entre la publicacion de las dos partes del Quijote, dió á luz Cervantes (agosto de 1613) sus NOVELAS EJEMPLARES, y su VIAJE AL PARNASO. Aquellas fueron muy bien recibidas del público, ansioso entonces de libros de entretenimiento; pero ahora solo se estiman ya tres ó cuatro, entre quienes llevan justamente la preferencia la de RINCONETE, y el DIÁLOGO DE LOS PERROS. En ellas respira el autor de Don Quijote; en las otras se le busca y no se le encuentra. Su diccion ciertamente es elegante y pura, y la invencion de algunas bastante feliz: pero el alma de semejantes composiciones son los caracteres, las costumbres, los afectos: y precisamente Cervantes manejó endeblemente todas estas cosas en las mas de sus novelas.

El Viaje al Parnaso es composicion muy diferente. El autor quiso en ella hacerse justicia, ya que su siglo no se la hacia; y suponiendo al Parnaso asaltado de los malos poetas, fingió que Mercurio venia á España á solicitar el socorro de los buenos, y que le tomaba á él mismo por guia para elegirlos. Cervantes, como es de presumir, marcha con ellos y se halla en la espedicion. Bien se deja ver cuánto prestaba para la sátira y el elogio de esta invencion ingeniosa, que ya se ha hecho demasiado comun. Pero la obra escrita por su mal en verso se resiente en todas partes de la incapacidad de Cervantes para versificar. Asi la ADJUNTA AL PARNASO, diálogo en prosa que añadió al viaje, se lee con mas gusto que todo él.

Mas hay en este libro un episodio curioso, porque descubre la situacion desgraciada de nuestro escritor. Llegados los poetas al Parnaso, Apolo los recibe en un jardin, y señala á cada uno el sitio que le corresponde. Los asientos se ocupan, y no queda ninguno á Cervantes. En vano para lograrle refiere todas sus obras, manifiesta todos sus méritos, y se apoya en la primacía de su talento para inventar. Apolo le aconseja que doble su capa y se siente sobre ella: mas tan miserable estaba que no la tenia, y tuvo que quedarse en pie á pesar de todos sus merecimientos. ¡Qué ingeniosas son estas quejas de Cervantes, y cuán oprobiosas para su siglo! ¡El desairado é indigente entre los demás poetas que gozaban de crédito y de riquezás! ¡oposicion es que verdaderamente escandaliza!

Los protectores de Cervantes fueron pocos y tibios en favorecerle. Ignórase que recibiese nada del personaje á quien dedicó la Galatea. El duque de Béjar, cuya proteccion buscó para la primera parte del Quijote, despues de admitir dificultosamente este obsequio alzó la mano en los favores que le dispensaba, instigado de un fraile cuya autoridad era grande en su casa. Dicen que Cervantes retrató al vivo el carácter de este imbécil en el eclesiástico con quien altercó Don Quijote: el fraile pues y Cervantes eran incompatibles. Venció el primero; y el duque olvidando al escritor se llenó de ignominia á los ojos de la posteridad irritada de su preferencia.

Los que mas favorecieron á Cervantes fueron el conde de Lemos y el arzobispo Sandoval, que miraron por su subsistencia y le señalaron pension para vivir. ¡Con qué efusion de corazon eternizó él estos favores! pero llegaron cuando era viejo; y por otra parte no le sacaron de pobre. El conde, de cuya pasion decidida á las letras podia esperarse mas, estaba ausente; y tal vez participando de la injusticia del siglo, apreció mas los versos de Argensola que las invenciones de Cervantes.

Quejábase éste á veces de su triste condicion y del mísero abandono en que vivia: ¿por qué no murmuró mas bien de la naturaleza, que le concedió el don divino del genio, que le dotó de un carácter íntegro, amigo de la verdad, de la sencillez y la virtud? No: con estas prendas jamás hombre ninguno se hizo cabida en lo que comunmente se llama el gran mundo. Hubiera él á fuerza de bajezas, de adulaciones y de disimulo obligado á sus contemporáneos á que le perdonasen su superioridad que sobre ellos tenia; hubiera pedido sin vergüenza como sin tasa; hubiérase envilecido delante del poder, llevado alegremente sus impertinencias, sus desaires, su cortés groseria; y entonces... entonces lo hubiera sido todo menos Cervantes.

Tenia al fin de su vida acabadas ya ó cerca de concluirse las SEMANAS DEL JARDIN, el BERNARDO, la segunda parte de la GALATEA, y los TRABAJOS DE PÉRSILES. De todas estas obras la que únicamente vió la luz pública fue la última (1), donde Cervantes apuró todo el caudal de su imaginacion en aventuras estraordinarias. Habíase propuesto por modelo la novela del griego Heliodoro, y estaba tan contento de su trabajo que dijo abiertamente al conde de Lemos que aquel libro seria el mejor de los de entretenimiento. Estraña preferencia, y mucho mas estraña haciéndose al frente de la continuacion del Quijote, su produccion mas acabada. Pero los escritores como los padres suelen tener mas ternura por sus últimos hijos, sin mas motivo que ser los últimos. Falta al Pérsiles la primera prenda de la imitacion, que es la verosimilitud: sin ella no son mas que delirios las obras de invencion. Fáltale la unidad, rota con tantos episodios importunos y desiguales; y sin la unidad no hay interés. Fáltale últimamente un fin moral, que es lo que da importancia á semejantes libros. Asi el Pérsiles ha quedado en la clase de los de entretenimiento puro para las gentes ociosas; y pocos hombres de gusto le leen dos veces. Sin embargo, ¡qué verdad en algunas pinturas! ¡qué novedad ó interés en el lance de Ruperta! ¡qué belleza de estilo, y qué gallardía en la narracion!

El libro de Pérsiles y Sigismunda estaba concluido en la primavera de 1616, faltándole únicamente

—mente conservada práctica de la justicia, Cervantes y toda su familia fueron presos, si bien, poco despues de recibidas las declaraciones, salieron de prision bajo fianza. En 9 de julio entregó Cervantes los vestidos de don Gaspar, que se habian depositado en su poder.»

(1) Publicola despues de la muerte de Cervantes su viuda doña Catalina, en Madrid, en 1617.

el prólogo y la dedicatoria, que Cervantes no habia podido componer porque la gravedad de sus males se ló habian impedido. Mas como en su dilatada dolencia, aunque desauciado ya de los médicos, tuviese algunos ratos de alivio, creyó que lo conseguiria completo con la mudanza de aires; y resolvió el sábado santo 2 de abril, pasar al pueblo de Esquivias en donde vivian·los parientes de su esposa. No consiguiendo mejóra ninguna, y conociendo al contrario que se le acababa la vida, regresó á Madrid acompañado de dos amigos para que le asistiesen en el camino, en el cual tuvo un encuentro que le dió materia para su prólogo, y por el cual tenemos alguna noticia de la enfermedad que le aquejaba; dice asi:

«Sucedió, pues, lector amantísimo que viniendo otros dos amigos y yo del famoso lugar de Esqui-»vias, por mil causas famoso, una por sus ilustres linajes y otra por sus ilustrísimos vinos, sentí que »á mis espaldas venia picando con gran priesa uno que al parecer traia deseo de alcanzarnos y aun »lo mostró dándonos voces, que no picásemos tanto. Esperámosle, y llegó sobre una borrica un »estudiante pardal, porque todo venia vestido de pardo, antiparras, zapato redondo y espada con »contera, valona bruñida y con trenzas iguales: verdad es, no traia mas de dos, porque se le venia »á un lado la valona por momentos, y él traia sumo trabajo y cuenta de enderezarla : llegando á nos-»otros dijo: ¿ Vuesas mercedes van á alcanzar algun oficio ó prebenda á la córte, pues allá está su »ilustrisima de Toledo y su magestad ni mas ni menos, segun la priesa con que caminan, que en »verdad que á mi burra se le ha cantado el víctor de caminante mas de una vez? A lo que respondió »uno de mis compañeros: El rocin del señor Miguel de Cervantes tiene la culpa desto, porque es algo »qué pasilargo. Apenas hubo oido el estudiante el nombre de Cervantes, cuando apeándose de su »cabalgadura, cayéndosele aquí el cogin y allí el portomanteo, que con toda esta autoridad caminaba, »arremetió á mí , y acudiendo á asirme de la mano izquierda, dijo : Sí, sí, este es el manco sano, el »famoso todo, *el escritor alegre*, y finalmente *el regocijo de las Musas*. Yo que en tan poco espacio »ví el grande encomio de mis alabanzas, parecióme ser descortesía no corresponder á ellas, y asi »abrazándole por el cuello, donde le eché á perder de todo punto la valona, le dije : Ese es un error »donde han caido muchos aficionados ignorantes; yo, señor, soy Cervantes, pero no el regocijo de las »Musas, ni ninguna de las demás baratijas que ha dicho vuesa merced : vuelva á cobrar su burra y »suba, y caminemos en buena conversacion lo poco que nos falta del camino; hízolo asi el comedido »estudiante, tuvimos algun tanto las riendas, y con paso asentado seguimos nuestro camino, en el »cual se trató de mi enfermedad, y el buen estudiante me desaució al momento diciendo : Esta enfer-»medad es de hidropesía, que no la sanará toda el agua del mar Océano que dulcemente se bebiese; »vuesa merced, señor Cervantes, ponga tasa al beber, no olvidándose de comer, que con esto sanará »sin otra medicina alguna. Eso me han dicho muchos, respondí yo, pero asi puedo dejar de beber á »todo mi beneplácito, como si para solo eso hubiera nacido; mi vida se va acabando, y al paso de las »efeméridas de mis pulsos, que á mas tardar ac·barán su carrera este domingo, acabaré yo la de mi »vida. En fuerte punto ha llegado vuesa merced á conocerme, pues no me queda espacio para mos-»trarme agradecido á la voluntad que vuesa merced me ha mostrado. Con esto llegamos á la puerta »de Toledo, y yo entré por ella, y él se apartó á entrar por la de Segovia. Lo que se dirá de mi »suceso, tendrá la fama cuidado, mis amigos gana de decillo, y yo mayor gana de escuchallo. »Tornéle á abrazar, volvióseme á ofrecer : picó á su burra, y dejóme tan mal dispuesto como él iba »caballero en su burra, quien habia dado gran ocasion á mi pluma para escribir donaires, pero no »son todos los tiempos unos; tiempo vendrá, quizá, donde anudando este roto hilo, diga lo que aquí »me falta, y lo que sé convenia. A Dios, gracias: á Dios, donaires: á Dios, regocijados amigos, que »yo me voy muriendo, y deseando veros presto contentos en la otra vida.»

La enfermedad se fue agravando por momentos y el lunes 18 de abril administraron á Cervantes la extrema-uncion. Entonces esperando á la muerte en la orilla del sepulcro, cuando los demás hombres entregados á una horrorosa incertidumbre, á terrores supersticiosos ó á una filosófica indiferencia lo olvidan todo, ó lo aborrecen todo, Cervantes tenia viva en su memoria la gratitud que debia á su bienhechor el conde de Lemos, y con mano mal segura escribió aquella singular y elocuente carta, obsequio el mas noble y puro que la beneficencia de un grande ha recibido nunca de las letras; carta que, como dice don Vicente de los Rios , es digna de que la tengan presente todos los grandes y todos los sabios del mundo, para aprender, los unos á ser magníficos, y los otros á ser agradecidos. La carta es la siguiente:

«A don Pedro Fernandez de Castro, conde de Lemos, etc.—Aquellas coplas antiguas que fueron en su tiempo celebradas, que comienzan: Puesto ya el pie en el estribo: quisiera yo no vinieran tan á pelo en esta mi epístola, porque casi con las mismas palabras la puedo comenzar , diciendo :

> Puesto ya el pie en el estribo,
> Con las ansias de la muerte,
> Gran señor, esta te escribo.

Ayer me dieron la extrema-uncion, y hoy escribo esta : el tiempo es breve , las ansias crecen , las esperanzas menguan, y con todo eso llevo la vida sobre el deseo que tengo de vivir, y quisiera yo ponerle coto hasta besar los pies á V. E., que podria ser fuese tanto el contento de ver á V. E. bueno en España, que me volviese á dar la vida : pero si está decretado que la haya de perder, cúmplase la voluntad de los cielos, y por lo menos sepa V. E. este mi deseo, y sepa que tuvo en mí un tan aficionado criado de servirle, que quiso pasar aun mas allá de la muerte, mostrando su intencion. Con todo esto, como en profecía me alegro de la llegada de V. E., regocíjome de verle señalar con el dedo, y realégrome de que salieron verdaderas mis esperanzas dilatadas en la fama de las bondades de V. E. Todavía me quedan en el alma ciertas reliquias y asomos de las *Semanas del Jardin* y *del famoso Bernardo*; si á dicha, por buena ventura mia, que ya no seria sino milagro, me diese el cielo vida, las verá y con ellas el fin de la Galatea, de quien se está aficionado V. E., y con estas obras continuando mi deseo. Guarde Dios á V. E. como puede. De Madrid á diez y nueve de abril de mil y seiscientos y diez y seis años.»

Cervantes murió el sábado 23 del dicho mes de abril y año de 1616 á los sesenta y nueve de edad, el mismo dia que la Inglaterra perdió á su inmortal poeta Shakspeare. Sus exequias fueron pobres y oscuras como lo habia sido su vida. Dispuso que se le diese sepultura en la iglesia de las monjas Trinitarias; sus huesos se confundieron con los demás cadáveres que en ella se enterraban, y los amantes de las letras españolas, por una negligencia sobrado culpable de sus contemporáneos, no pueden decir *Aquí yacen los restos del autor del Quijote*. En cambio ¡qué de lápidas elegantes y pomposos epitafios no vemos con frecuencia sobre magníficos sepulcros, erigidos á la vanidad y á la ignorancia, y muchas veces á hombres que fueron verdaderos verdugos de su patria !! Pero nada tiene esto de estraño; la sociedad acostumbra premiar ámpliamente á los entes mas nulos é idiotas, con las recompensas debidas al valor, á la virtud y al talento, mientras tolera que el filósofo, el hombre pensador viva pobre, desgraciado y miserable con toda su virtud en el seno de la nacion misma á quien ilustra con su saber; esto aconteció á Cervantes que como patriota honrado derramó además su sangre en los combates, para arrastrar despues una existencia miserable entre el desprecio y la persecucion de sus compatriotas.

Estaba, sin embargo, reservado á un hombre protector de las artes y amante de las cosas españolas, al difunto comisario general de Cruzada don Manuel Fernandez Varela, el pagar en estos últimos años un tributo á la memoria de Cervantes con la ereccion de una magnífica estatua de bronce; la cual se colocó en la plaza de las Córtes en frente del palacio del Congreso. El ayuntamiento de Madrid varió el nombre de la calle llamada antes de Francos y la dió el de Cervantes; y encima de la puerta de la casa número 2 de dicha calle, en que vivia el ilustre escritor, se ha colocado un medallon con su retrato, para que al menos sepa la posteridad el sitio donde murió.

Cervantes hizo su mismo retrato en el prólogo de sus *Novelas*, diciendo : «Este que veis aquí de rostro aguileño, de cabello castaño, frente lisa y desembarazada, de alegres ojos y de nariz corva, aunque bien proporcionada, las barbas de plata, que no há veinte años fueron de oro, los bigotes grandes, la boca pequeña, los dientes no crecidos, porque no tiene sino seis, y esos mal acondicionados y peor puestos, porque no tienen correspondencia los unos con los otros; el cuerpo entre dos estremos, ni grande ni pequeño, la color viva, antes blanca que morena, algo cargado de espaldas y no muy ligero de pies; este digo que es el rostro del autor de la *Galatea* y de *Don Quijote de la Mancha*, y del que hizo el *Viaje del Parnaso* á imitacion del de César caporal, perusino, y otras obras que andan por ahí descarriadas y quizá sin el nombre de su dueño: llámase comunmente **Miguel de Cervantes Saavedra**.»

GASPAR Y ROIG, EDITORES.

EL BUSCAPIE

DE CERVANTES.

CON UN PROLOGO Y NOTAS DE

ADOLFO DE CASTRO.

QUINTA EDICION.

APROBACIONES.

Por mandado de los señores del Consejo he visto *el muy donoso librillo, llamado Buscapie, donde demás de su mucha erudicion y escelente doctrina, se declaran aquellas cosas escondidas y no declaradas en el ingenioso hidalgo Don Quijote de la Mancha:* y atento á que el libro es de mucho ingenio y que puéde ser muy de provecho para los que tienen el celebro lleno de mil locuras y vanidades de las que andan por los libros de caballerías, y no tener además cosa contra la fe ni buenas costumbres, creo que no tiene inconveniente el imprimirse y se le podrá dar á Miguel de Cervantes, vecino de Valladolid, licencia para ello, porque asi resultará en público beneficio. En Madrid á veinte y siete de junio de mil y seiscientos y cinco años.

Dr. Gutierre de Cetina.

Por mandado de V. A. he visto un librillo que su autor quiso llamar *Buscapie*, en el cual se declaran algunas cosas escondidas en la *Primera parte del ingenioso hidalgo Don Quijote de la Mancha*; y digo que en lo dulce del estilo y en lo apacible de sus donaires y en lo escelente de su mucha doctrina, será útil y provechoso para los que quisieren desterrar del mundo la vana leccion de los libros de caballerías. Y asi me parece que siendo V. A. dello servido, se le podrá dar á su autor la licencia y privilegio que pide para estampar este libro; que estoy seguro que cuando salga en público, á todos parecerá bien.—Fecha en Valladolid, á seis de agosto de mil y seiscientos y cinco años.

Tomás Gracian Dantisco.

PRÓLOGO AL LECTOR.

LECTOR amantísimo: si por tu mala fortuna eres de rudo entendimiento (hablando con perdon) y no has desentrañado las cosas escondidas en mi ingenioso Manchego, flor y espejo de toda la andante caballería, lee este Buscapie. Y, si no lo eres, léelo tambien; que no es libro tan desabrido, ni de tan ruin provecho, que te dé pesadumbre y enojo: antes bien, fia en mí que recibirás de su letura todo placer y contentamiento. Y con esto quédate á Dios, y él te guarde de tantos prólogos como te acometen cada dia, y á mí me dé paciencia para escribirte mas. VALE.

PROLOGO DE ESTA QUINTA EDICION.

Dos opiniones existiéron desde el siglo XVI acerca de los libros de andantes caballerías: una que los consideraba como conjuntos de desatinadas aventuras de perniciosa leccion, y otra como escritos ingeniosísimos y alegóricos, que atesoraban bajo agradables formas una gran filosofía moral y provechosas enseñanzas de cortesanía.

Entre los primeros se cuenta á Luis Vives, á Pedro Mejía, al maestro Alejo de Venegas, á Melchor Cano, al médico manchego Alonso Sanchez Valdés de la Plata, y á otros, que por su número no conviene citar en un breve prólogo. Entre los segundos fueron el insigne y tierno Garcilaso de la Vega, fray Marco Antonio de Camos, Antonio de Obrego y Cereceda, y el fecundísimo poeta Lope Félix de Vega Carpio.

Mucho, y mas recientemente, se ha disputado acerca de la idea fundamental del *Quijote*. No hay que estrañarlo: cuando una obra ha logrado tal renombre por su atractivo cada dia mayor, el mismo entusiasmo hace ver en ella hasta lo que el autor jamás imaginara.

Indignacion fue para nuestros literatos en el último siglo, que Montesquieu hubiese escrito que los españoles no teníamos mas que un libro, y era el que hacia burla de los demás; y desde entónces no parece sino que á porfía se ha querido que por nosotros el dicho mismo del sabio francés quede solemnemente justificado, pretendiendo que el *Quijote* supla lo que nos falta, ó lo que sin faltarnos está desconocido de la generalidad en nuestra literatura y en nuestra historia científica.

Fáltanos, por ejemplo, un gran poema épico, y don Vicente de los Rios se empeña en probarnos que lo es el *Quijote*: fáltanos un eminente geógrafo desde los tiempos del renacimiento, y hé aquí que don Fermin Caballero nos prueba con el *Quijote* que lo fue Cervantes: fáltanos un médico de los mas renombrados en la historia de la humanidad, y Hernandez de Morejon halla en el *Quijote* lo que desea.

Todas estas cosas, que no pasan de ser bizarrías de ingenio, han tenido en medio de todo su razon, porque la escelencia del libro en su conjunto y en sus partes, ha dado y da ocasion, ha dado y da fundamento para las alabanzas de la admiracion de los lectores, por mas que algunas de ellas vayan á veces muy distantes de la idea y de los conocimientos del escritor.

Uno de nuestros dias, de clarísimo ingenio, de notable perspicacia, de alta erudicion y aventajado estilo, el señor don Nicolás Diaz Benjumea, con noble fe ha emprendido la árdua tarea de un filosófico comentario al *Quijote*, del cual nos ha dado una agradable muestra en su opúsculo *La Estafeta de Urganda*, pretendiendo haber hallado en la obra de Cervantes, designios que evidentemente no tuvo. El opúsculo del señor Benjumea es apreciable como escrito en que hay una gran gala de ingenio; pero se halla discretísimamente refutado por el señor don Francisco María Tubino en un librito de erudicion feliz y merecedor de aprecio.

Estudiado modernamente por mí el asunto, estoy cada vez mas convencido de que Cervantes, al escribir el *Quijote*, no tuvo mas fin que desterrar los libros de caballerías y los defectos de nuestro teatro, segun se prueba por sus mismas palabras, clarísima y formalmente repetidas en diversos lugares de su obra. Estas censuras, presentadas en la mas lisonjera forma que ha podido inventar escritor alguno, van acompañadas de las que le inspiraban las costumbres de su siglo, en armonía hasta el punto practicable con las ideas y las aventuras de los libros caballerescos.

La idea fundamental del *Quijote* se encuentra compendiada en una obra ascética, publicada un año antes de salir á luz aquel libro.

«Estas son las fábulas (necias, imprudentes y sin fruto), de las caballerías de *Amadis*, de *don Cristalian*, y todas las demás que estos libros profanos tratan, *dignos de ser abrasados* (1). Estas son las marañas que en las comedias se representan, que despues de reyes y mas reyes, damas y mas damas, soldados, emperadores y capitanes, despues de mucho estruendo y sonido de armas, todo es nada, todo es vanidad y locura. Cuando dejen los hombres la lectura de los libros devotos, que encienden el fuego de caridad en el alma, y se entretengan en leer libros de caballerías... ú *don Florisel de Niquea*,

(1) De aquí parece tomada la idea de quemar los libros de *Don Quijote*.

al *Caballero del Febo*, y otras vaciedades, que quien tal lee, le tengo por hombre sin entendimiento; pues el entendimiento se ceba en la verdad, como es objeto suyo, y aquello claramente se ve que es mentira; y con todo eso, se está de dia y noche leyéndolo y estudiándolo como si fuera la doctrina del Evangelio y mucho mas... Esto es lo que el apóstol llora, estas son las fábulas que reprende; *pero las que debajo de las apariencias tienen algun misterio disfrazado como las fábulas de las sirenas y otras semejantes, estas no hay razon de evitarlas, pues sus verdades no menoscaban á la alteza de las divinas.*»

En Madrid y el año de 1604, se publicó una *Apologia por las letras humanas*, en la primera parte del libro intitulado *La Monarquía mística de la Iglesia*. Su autor fue fray Laurencio de Zamora, y el año de 1605 vió la luz pública por vez primera el *Quijote*.

Para dar una prueba de cuán arraigadas estaban las ideas de caballería, basta copiar aquí lo que se lee en un libro nada comun. Su título es *Discursos sobre la filosofía moral de Aristóteles, dirigidos á la C. R. M. del rey de las Españas don Felipe III, siendo príncipe, por Antonio de Obregon y Cereceda, canónigo de la Iglesia de Leon y capellan de S. M.* Se imprimió en Valladolid el año de 1603.

Como se ve, fue escrito espresamente para educar á Felipe III en su niñez. Allí, hablando del modo de entretener agradablemente al príncipe, se discurre sobre la caza, sobre los preceptos de la brida, añadiéndose lo siguiente:

«Y cuando quisiere mudar materia, discurrir por el ejercicio de las armas, leyes de justar y tornear y casos sucedidos, que hacen que sea semejante plática sugeto de historia y doctrina, que va enseñando y deleitando juntamente. Y cuando esto le cansare, *divertirse por materias de caballería, gala y arte cortesana, á quien aquel famoso poeta español, Garcilaso, llamó* MAESTRA DE LA VIDA, *que aunque difícil, es dulce y agradable.*»

Tenemos: pues, al rey Felipe III, educado con los preceptos de que la caballería era *gala y arte cortesana y maestra de la vida.*

Y en efecto, siendo niño en Madrid, en el palacio, ante la severa córte de Felipe II, y la tétrica presencia de su padre y monarca, celebró un torneo, que se llamó *de los meninos*, y cuya descripcion trae el autor citado en las siguientes palabras, muy dignas de ser leidas por lo peregrino del suceso.

«Y asi, levantándose S. A. de la silla, se entró en una pieza donde le tenian á punto todo el aderezo para salir al torneo; y asi se armó de unas resplandecientes armas de listas, grabadas de oro, con calzas y tonelete de tela de plata, bordada de oro, con entretelas de raso amarillo bordado de hilo de plata. Y por estar en órden los caballeros de su edad, comenzaron muchas cajas y pífaros á hacer estruendo por toda la casa real; y por una parte entró el mantenedor, con armas todas doradas, calzas amarillas guarnecidas de plata, y en la cimera un artificioso plumaje de plumas blancas y amarillas, con tanto brio y donaire en la disposicion, que se pudo juzgar de mas años de los que tenia. Y entrando en la sala y haciendo su acatamiento al Rey Nuestro Señor, Señora Infanta, y á las damas, con gracioso continente, dando vuelta, se quedó en su lugar y puesto á atender á los caballeros aventureros, que ya venian entrando por diversas partes de dos en dos, con diferèntes armas y colores, y con tanta gala y demostracion de gentileza, gallardía y propiedad, que pudiera encubrir su tierna edad, si las disposiciones no la manifestaran. Y no digo en particular los padrinos, las entradas, colores, invenciones, divisas, letras, ni el modo y suertes del tornear y combatir, ni cómo ni de quién fueron juzgados, ní quién ganó los precios, ni á quién se dieron, porque mi intento es otro que ponerme á juzgar de este ejercicio; y asi solo diré cómo entró S. A. en la sala, calada la vista y con plumas verdes y pardas por particular gusto; y usando del acatamiento de caballero aventurero, con muy buen aire, bizarría y movimiento, llegó al puesto, y tentando y calando la pica, se fué para el mantenedor, y aunque por el primer bote, pues con él le llevó el plumaje, pudiera ganar el precio, dió tan buenos los otros dos, que en la vista le rompió entrambas picas; y habiendo puesto mano á la espada con estraña presteza y gallardía y donaire, si bien el mantenedor en los golpes de espada se mejoró mucho, S. A. los dió tan diestramente, y con tanta firmeza y ligereza, que causó mucha admiracion y un contentamiento general, que todos recibieron, de ver el alegre y admirable remate que dió á esta fiesta. Y con esto, haciendo S. A. reverencia, se salió de la sala, acompañado de todos, con muchas luces y estruendo de cajas, hasta su real aposento, donde fue desarmado, y quedó descansando del trabajo de este dia.»

Tal es la relacion que de este regocijo de caballería andante celebrado en palacio, escribió un capellan de Felipe II, como testigo de vista.

No mucho antes de publicarse el *Quijote*, un escritor ascético decia: «Aunque de los cuatro (libros) de *Amadís* era opinion de viejos, que *enseñaban un cortés trato y lenguaje, que deben usar los caballeros, cómo han de guardar su palabra y cuán leales han de ser* (1).»

Lope de Vega fué mucho mas allá. En el prólogo de sus novelas escribia lo siguiente: «Se reducian sus fábulas á una manera de libros que parecian historias y se llamaban en lenguaje castellano, *Caballerías*, como si dijésemos, *hechos grandes de caballeros valerosos.* Fueron en esto los españoles

_____

(1) Fr. Marco Antonio de Camos.—*Microcosmia y gobierno universal del hombre.* Barcelona 1592.

ingeniosísimos; porque en la invencion, ninguna nacion del mundo les ha hecho ventaja, como se v en tantos *Esplandianes*, *Febos*, *Palmerines*, *Lisuartes*, etc.»

Por último, el mismo celebrado poeta decia en la dedicatoria de la comedia *El Desconfiado*: estas notabilísimas palabras, que son la verdadera antítesis de la idea del Quijote.

«Riense muchos de los libros de caballería, señor maestro, y tienen razon si los consideran por la esterior superficie; pues por la misma serian algunos de la antigüedad tan vanos é infructuosos, como el *Asno de Oro* de Apuleyo, el *Metamorfoseos* de Ovidio y los Apólogos del moral filósofo; pero, penetrando los corazones de aquella corteza, se hallan todas las partes de la filosofía, á saber, natural, racional y moral. La mas comun accion de los caballeros andantes, como *Amadis*, el *Febo*, *Esplandian* y otros, es defender cualquiera dama por obligacion de caballería, necesitada de favor, en bosque, selva, montaña ó encantamento. Y la verdad de esta alegoría es que todo hombre docto está obligado á defender la fama del que padece entre ignorantes, que son los tiranos, los gigantes, los monstruos de este libro de la envidia humana, contra la celestial influencia, que acompañó al trabajo y el vigilante estudio de cuanto es honesto.»

Tenemos, pues, á Lope de Vega, entusiasta admirador de los libros de caballería andante, cuya moralidad debia, en su concepto, seguirse. No me consta el año en que tal dedicatoria fue escrita. Ignoro, por tanto, si tales opiniones del príncipe de nuestros dramáticos vieron la luz pública antes de la primera edicion del *Ingenioso Hidalgo*. Pero sea como quiera, bien puede decirse que tales ideas fueron constantemente las que Lope de Vega profesó en su vida.

La monomanía de Don Quijote no es otra cosa que el juicio de Lope de Vega; pero juicio traspasando todo y llegando á la última exageracion.

Un Lope de Vega llevando á la realidad su aprecio y sentir de los libros de caballería andante, y no otra cosa es el ingenioso hidalgo de la Mancha.

El fingido licenciado Alonso Fernandez de Avellaneda, émulo de Cervantes continuador del *Quijote*, dice en su prólogo: «No podrá por lo menos dejar de confesar tenemos ambos un fin, que es desterrar la perniciosa leccion de los varios libros de caballería, tan ordinaria en gente rústica y ociosa; si bien en los medios diferenciamos; pues él tomó por tales el ofender á mí y particularmente á quien tan justamente celebran las naciones mas estranjeras y la nuestra debe tanto.» Habla aquí de Lope de Vega.

Créese modernamente, desde que anuncié en 1846 en mi libro del *Conde-duque de Olivares* la noticia que fray Luis de Aliaga, confesor de Felipe III, fue el fingido Avellaneda. *Sancho Panza* le llama el conde de Villamediana en unos versos que por vez primera publiqué en aquel libro.

Si en *Sancho Panza* Cervantes se propuso ridiculizar á fray Luis de Aliaga, y Avellaneda dice que al escribir el QUIJOTE tomó aquel autor el medio de ofenderle y mas particularmente á Lope de Vega, parece que en el héroe manchego quiso reprender su manera de juzgar y poner por dechado de los deberes del caballero la doctrina de los libros de los Amadises y Esplandianes.—

Cádiz, marzo 4 de 1864.

ADOLFO DE CASTRO.

EL BUSCAPIE (1).

Donde se cuenta lo que sucedió al autor, cuando caminaba á Toledo, con un señor Bachiller con quien topó.

Sucedió, pues, que yendo yo camino de Toledo, á pocos pasos que me alongué de la Puente Toledana, ví venir derecho hácia mí un señor bachiller, caballero en un cuartago muy villano de talle, ciego de un ojo y no muy sano del otro, y aun de los piés, segun que se colegia de las muchas reverencias que iba haciendo para caminar. Saludóme muy mesurado y muy á lo bachiller, y yo á él con buena cortesía; y fue lo bueno que pasó á lo largo, picando á su malhadado rocin con propósito de hacerlo andar con mas furia, si alguna pudiera ya tener, siendo tan cargado de años y de mataduras, que ponia grima de solo mirallo.

Porfiaba mi bachiller en aflojarle las riendas, y él sin reparar en ellas, no salia de su templanza; porque era muy recio de quijadas y no menos duro de asiento, y aun imagino que debiera ser sordo, segun las voces que daba su dueño para ayudarle en el trote, y él proseguia sin tener respeto de ellas, como si fueran echadas en el pozo Airon ó bien en la sima de Cabra.

Con estos trabajos caminaba el bachiller castigando á su cuartago, unos trechos con la espuela, y otros queriendo con la voz avivarlo, y esto con no pequeña risa mia; pero como el nieto de Babieca, con ser taimadísimo, se ofendiese de tantas y tales porfías, se resolvió en no querer caminar adelante, sino que cuando mas era molestado, tanto mas se iba retirando atrás. Con esto el bachillerejo salió fuera de sí, y dejando caer el fieltro con que caminaba, quiso mostrarse ferocísimo con el llagado animal, y tener en poco la soberbia y fantasía y mal pensamiento que tan contra su natural condicion, de suyo mansísima, habia tomado; y así comenzó de herirlo de furiosa manera, pero no tan sin provecho como él imaginaba; porque el cuartago sintiéndose (que no debiera) de los golpes de la vara, que su dueño llevaba aparejada para ello, comenzó á cocear; y no bien dió dos ó tres coces en el aire y otros tantos corcovos, cuando dió con él en tierra.

Yo que ví aquel no pensado desastre, piqué á mi mula (que era algo que pasicorta) y á tiempo y cuando que el bachiller se revolcaba por el suelo dando furiosos alaridos y echando de su boca cuarenta pésetes y reniegos con ciento y veinte votos y por vidas, tuve las riendas y me apeé de mi cabalgadura, diciéndole: Sosiéguese vuestra merced y hágamela muy grande, alzándose si puede, y prosiga su camino: que todas estas incomodidades son anejas á los que caminamos en cabalgaduras tan ruines. La vuestra, respondióme, será la ruin, que la mia de puro buena, me ha puesto en este estrecho. Mesuréme, como pude, para enfrenar la risa que ya punaba por salir afuera, y con el mayor comedimiento que supe, ayudéle á levantar; y no bien se puso en pie con mucha dificultad y trabajo como aquel que habia recibido un tan gran golpe, cuando contemplé en él la mas estraña vision del mundo. Era pequeño de cuerpo, aunque esta falta suplia con una muy gentil corcova que llevaba en las espaldas, como si fuera soneto con estrambote: la cual le hacia mirar mas bajo de lo que él quisiera (que mal año para el licenciado Tamariz que con su buena y mucha gracia y claro ingenio tantas estancias y ovillejos solia escribir en loor de los corcovados) (2). Sus piernas por lo estevadas á dos tajadas de melon eran asemejadas, y sus piés muy desembarazadamente calzaban sus doce puntos (con perdon sea dicho) y aun pienso que les hago muy grande agravio en quedarme tan corto en la medida, donde se echa de ver la largueza con que natura suele dar las cosas á los mortales.

(1) La voz Buscapié significa, segun el Diccionario de la Real Academia Española, aquel cohete sin varilla que encendido corre por la tierra entre los piés de la gente. Por metáfora se suele decir en significacion de una especie que se suelta en la conversacion para seguir alguna cosa.

(2) El licenciado Tamariz fue un novelista del siglo XVI, de quien se conservan manuscritas algunas obras.

El bachiller, que en esto se habia llevado las manos á la cabeza para ver si los cascos eran rompidos, comenzó á resentirse del quebrantamiento de sus huesos; y como él no estaba obligado á entendérsele mucho de las cosas de medicina, preguntóme con voz enferma y lastimada que pues era doctor (y esto decia por verme caminar en mula) (1) ¿qué remedio hallaria para sanar su molida salud? Yo le repliqué que no era doctor, pero que aunque fuera un Juan de Villalobos (2) en los tiempos antiguos, ó un Nicolao Monardes (3) en los presentes, con todo eso no podria ordenarle cosa que fuera de provecho para el mal recado que en él habia hecho su cuartago, si no remitia su desgracia, para que no fuese tanta, al descanso y al dormir; y asi que lo que mas conveniente me parecia para poner en cobro su aporreada salud, que pues se iba ya entrando á mas andar la mañana, que nos acogiésemos á la sombra de unos árboles que cerca estaban del camino y que un buen trecho reposásemos á su abrigo de la inclemencia del rojo Apolo, hasta que con menos calor y con los huesos menos molidos pudiese cada cual tomar su via.

¡Que me place! dijo el bachiller con el mismo tono afeminado y doliente. Pero ¿quién habia de imaginar, aunque fuera zahorí, que por la mala é impaciente condicion de esa bestia ferocísima habria de estar hoy acardenalado á partes el cuerpo de todo un bachiller graduado por la Universidad de Salamanca y no por la de Alcalá, que es dó van los estudiantes pobres á graduarse, pero pierden por no serlo en Salamanca las mismas exenciones y franquezas que han los hijosdalgo de España? Pero ¡ay triste de mí! ¿que tal desastre me suceda? Bien me avisaron en la posada que era muy soberbio y de mala condicion, aunque bueno en lo demás. Fuera desto que él es de buen pelo, por lo cual muestra bien su complexion gallarda y buena voluntad; son justos y formados con debida proporcion sus miembros; tiene lisos, negros y redondos los cascos ó vasos, y á mas anchos, secos y huecos por debajo: la corona del vaso es ceñida y pelosa: las cuartillas cortas y ni muy caidas ni muy derechas, y asi es fortísimo de bajos y muy seguro para las caidas. Gruesas son las juntas, y por sus cernejas tiene grandes señales de fuerza. Las piernas son anchas y derechas: los brazos nervosos con las canillas cortas, iguales y justas, y muy bien hechas, y las rodillas descarnadas, llanas y gruesas: las espaldas son anchas, largas y fornidas de carne: el pecho redondo y ancho: la frente ancha y descarnada: los ojos negros y saltados: las cuencas de encima llenas y salidas hácia fuera: las mejillas

delgadas y descarnadas: las narices tan abiertas é hinchadas que casi se mira en ella lo colorado de dentro: la boca grande y toda la cabeza seca y carneruna, descubriendo las dilatadas venas en cualquiera parte de ella.

(1) Era costumbre en los médicos ir á las casas de los enfermos en mula.
(2) No Juan, sino Francisco, fue el doctor Matalobos, natural de Toledo, médico de Fernando el Católico y de Cárlos V. Era poeta además, y escribió un poema *sobre las pestíferas breras*. (Salamanca 1498).
(3) Nicolás Monardes, médico sevillano que floreció en el siglo XVI. Publicó varios tratados, siendo muy citada su *Historia Medicinal de las cosas que se traen de nuestras Indias occidentales.*

Yo que ví en esto que se preparaba á seguir narrando una por una las virtudes y escelencias que el cuartago ni toda su casta tenian, salteéle la razon diciéndole con voz reposada: Perdóneme vuestra merced, señor bachiller, si yo no veo ni aun á duras penas en su caballo las cosas y lindezas que al parecer de vuestra merced se encuentran en él juntas y ordenadas; y si no se me han pasado de la memoria sus advertimientos, las piernas que vuestra merced llama derechas y juntas, yo las veo torcidas y separadas, y el pelo que vuestra merced lo pone sobre las estrellas está lleno de mataduras; y en cifra todo él es tendido, flaco y atenuado: y en cuanto á los ojos que vuestra merced mira negros y saltados, saltados vea yo los negros mios, si no revientan por ellos los malos humores que tienen perpetuo asiento y manida en ese rocin de tan ruin figura.

No recibió ningun enojo de estas atentadas razones, antes bien con poca confusion á lo que mostró, dijo: Pudiera bien ser lo que vuestra merced dice, y no ser lo que yo he visto y creido; porque ha de saber vuestra merced que en todo cuanto he dicho, no he salido de los límites de la razon, segun se me alcanza; y si no la tuviere ello, como vuestra merced la tendrá en lo que dice, deberá de consistir en esta mi cortedad de vista que desde mis verdes años, acrecentada con el mucho leer y no pequeño escrebir, ha dado en afligirme muy obstinadamente. Y ha de saber vuestra merced que yo salí de mi posada con muy lindo par de antojos; pero por mis malos pecados este potro...

Rocin querreis decir, díjele yo; y él prosiguió su razon diciendo: Sea rocin, si rocin es y si rocin quereis que él sea. Pues heis de saber que este rocin, como vuestra merced es servido de llamarle, al salir hoy de la posada dió cuatro o cinco corcovos, que en la suma de ellos no estoy cierto: los cuales, sin ser yo parte á repararlos, dieron conmigo en mitad del arroyo: de do salí algo molido y maltratado, y entonces debiéronseme de perder los antojos. Y esta fue la peor de todas las caidas que por voluntad de algun demonio de mal espiritu, que se le reviste á este animal dentro del cuerpo, he recibido en esta mañana tan trágica para mí.

¿Luego fuisteis otra vez, prosegui yo, derribado por la cólera impaciente de ese cuartago, viva espuerta de huesos andando? Aqui dió un gran suspiro el bachiller, que parecia haberle arrancado de lo intimo del alma, y repuso: Pues monta que son seis las ya sufridas, si no una, y aun esa fue al pasar la puente de Toledo, que á no tenerme de las crines, no pudiera dejar de venir á tierra aceleradamente, donde hubiera fenecido conmigo mi viaje aun antes de ser comenzado. Pero en resolucion mejor fuera que el tiempo que gastamos en vanas palabras, mientras el planeta boquirubio quiere con tanto ardor derretirnos los sesos, que busquemos á las frescuras y sombras de aquellos copados árboles un lugar donde pueda encontrar treguas, si no descanso, á las desdichas que tan porfiadamente han dado en oprimirme. Y si os parece, dejaremos arrendados mi potro ó rocin y vuestra mula á los troncos de algunos dellos, si no quereis mejor que anden repastando las yerbecillas que en este campo tan abundantemente nascen para gusto y sustento de los ganados.

Hágase lo que vos quisiéredes, respondí yo, que pues la suerte quiere que no pueda dejar de estar hoy en compañía de vuestra merced, á quien ya tengo una muy entrañable aficion con mucho contento mio, ahí sestearemos un buen trecho hasta que la cólera de los rayos del rubicundo Febo se vaya mitigando con la caida de la tarde.

Vamos allá, dijo entonces mi bachiller, que para divertir la fatiga que suele ocasionar en el ánimo la ociosidad, traigo aparejados sendos libros, ambos de apacible entretenimiento, pues el uno es de versos espirituales, mejores que los de Cepeda (1), y el otro de muy llana prosa, aunque de poca propiedad y entendimiento; y si en vez de caminar de Madrid á Toledo, viniéramos de Toledo á Madrid, ya veríades dos escelentes libros que me ha de regalar el señor Arcediano, los cuales son de tanto provecho que tratan de todo lo que hay y puede haber en el universo mundo, y con ellos no hay mas que decir sino que un hombre se hace sabio por el aire.

Llegados que fuimos al lugar adonde estaban los copados árboles, despues de prender á los troncos de algunos nuestras gentiles cabalgaduras, asentámonos sobre nuestra comun madre la tierra; y ya aparejados para estar con todo el sosiego que pide en el ánimo el tan sabroso estudio de las letras, abrió mi compañero una bolsa de cuero dó venian encerrados los dichos libros. Abrió el primero, y vió que decia: *Versos espirituales para la conversion del pecador y para el menosprecio del mundo*.

Libro es de muy dulces versos, díjele yo; y de apacible y cristiana poesía: conocí á su autor, que era fraile de la órden de Santo Domingo de predicadores en Huete, y era llamado fray Pedro de Ezinas (2). Seria hombre de buen ingenio y de muchas letras, segun se prueba de este librillo que compuso, allende de otros que andan por el mundo escritos de mano, muy estimados de los doctos.

Con todo eso, prosiguió el bachiller, si he de decir mi parecer en puridad, una cosa me es muy enojosa en este libro, y es que anden confundidos y mezclados los adornos y galas de las cristianas musas con aquellas que adoró la bárbara gentilidad. Porque ¿á quién no ofende y pone mancilla ver el nombre del Divino Verbo y el de la Santísima Vírgen María, y Santos Profetas con Apolo y Dafne, Pan y Siringa, Júpiter y Europa, y con el cornudo de Vulcano y el hi de puta de Cupidillo, ciego dios, na-

(1) Aquí se habla, sin duda de una obrita intitulada *Conserva espiritual* compuesta por Joaquin Romero de Cepeda. (Medina del Campo 1588). Está escrita en versos octosílavos.

(2) Fray Pedro de Ezinas, dice la portada de una de las ediciones de sus *Versos espirituales* que tratan de la *conversion del pecador*. (Cuenca 1597). Su verdadero apellido es Encinas.

cido del adulterio de Vénus y Marte? Pues monta que por mucho menos de eso alborotóse el padre Ezinas al ver en cierta ocasion que cada y cuando que decia en la Misa aquellas palabras de *Dominus vobiscum*, un vieja, gran rezadora, con muy gangosa voz respondia siempre ¡ *Alabado sea Dios!* Sufrió esta impertinencia algunos dias, pasados los cuales y viendo que no se amansaba la devota contumacia de aquella Celestina, volvió un dia el rostro con sobra de enojo, y le dijo estas palabras: Por cierto que habeis echado, buena vieja, los años en balde; pues aun todavía no sabeis responder á un *Dominus vobiscum* sino con un *Alabado sea Dios.* ¡ Noramala para vos y para vuestro linaje todo, y entended que aunque es santa y buena palabra aquí no encaja! Razon teneis, amigo bachiller, proseguí yo, en la tacha que poneis en los versos de Ezinas; pero fuera della es uno de los mejores libros

que en verso en lengua castellana están escritos. Y por su estilo levantado se atreve á competir con los mas famosos de Italia; y en confirmacion de esta verdad quiéroos decir una estancia que está en el comienzo de una de sus canciones que dice asi:

> Andad de la floresta
> á sombras y frescuras
> las bien apacentadas ovejuelas:
> pasad la ardiente siesta
> junto á las aguas puras:
> pasciendo flores id y yerbezuelas:
> vuestras cuidosas velas
> tras vos irán guardando,
> y los leales canes
> con bravos ademanes
> á las hambrientas fieras asombrando;
> que allí será contado
> de un pastor triste el doloroso estado.

Ahora bien, dijo el bachiller, con todo eso que loais los versos de Ezinas, no me son tan agradables ni me hacen tan buena consonancia en los oidos como los de Aldana y los de un aragonés llamado Alonso de la Sierra (1) poeta escelentísimo que tambien ha escrito versos espirituales, y no há tres

---

(1) Aquí se aludió á los versos de Francisco de Aldana, el Divino, (Milán 1589), ó á los de su hermano Cosme, autor de la *Invectiva contra el vulgo y su maledicencia* (1591).

Alonso de la Sierra publicó en Zaragoza el año de 1607 un libro intitulado *El Solitario*, que trata de los misterios de la vida de Cristo y de la Santísima Vírgen.

dias que llegaron por la posta á Madrid, y estos tales si que parecen ditados por el mismo Apolo y las nueve. Pero arrimando á un lado los de Ezinas, este otro libro no le estiman por ahí en dos ardites, y es porque solamente encierra necedades y locuras, y otras cosas de razon desviadas y de tino, y es una cifra de todas las liviandades y sucesos inverosímiles de que están llenos otros tan dañosos como él á la república. Con esto abrí las hojas y ví que en una de ellas se leia. *El Hingenioso Hidalgo*, con lo que á la hora quedé suspendido un buen trecho como aquel á quien asalta un súbito temor, y se le hiela la voz en la garganta. Pero encubriendo mi sentimiento repliqué á mi amigo el bachiller estas reposadas razones.

Por cierto que este libro que vuestra merced llama de necedades y de locuras, es libro de dulce entretenimiento y sin perjuicio de tercero, y de muy lindo estilo y donosas aventuras, y que debiera su autor ser premiado y ensalzado por querer con discreto artificio desterrar de la república la lectura de los vanisimos libros de caballerias que con su artificioso rodeo de palabras ponen á los leyentes malencónicos y tristes: cuanto mas que su autor está mas cargado de desdichas que de años, y aunque alienta con la esperanza del premio que esperar puede de sus merecimientos, con todo eso desconfia al contemplar al mundo tan preñado de vanidades y mentiras, y que la envidia suele ofrecer mil inconvenientes para no dejar de oprimir á los ingenios y que anda en los siglos presentes muy valida por los palacios y las córtes, y entre los grandes señores: los cuales como están muy asidos de su parecer de desestimar á los que profesan el nobilísimo ejercicio de las letras, no hay fuerza humana que les pueda persuadir que se engañan en tener la opinion que tienen. Y por eso si quieren tener los ingenios algun poquito de autoridad, se la desjarretan y quitan al mejor tiempo, y de esta guisa los desventurados viven sin tener hora de paz.

Es cierto, dijo entonces el bachiller, que toda la república cristiana no pone la imaginacion en pensar que los libros de caballerías son libros falsos y embusteros, y sus autores, autores de mentiras y liviandades y cosas disparatadas: los cuales aunque no son loados de los sabios, el desvanecido vulgo los ha acreditado en tal manera, que hombres con barbas imaginan ser sucesos verdaderos aquellas bravísimas y desaforadas batallas de los andantes caballeros, y aquel salir de sus casas remitiendo á otros el cuidado de sus haciendas, ó no remitiéndolo, para buscar aventuras á que darles felice fin, y aquel llevar siempre colgado en la memoria el nombre de la señora de sus altivos pensamientos para que lo socorra en todos los peligros á que se aventura, sin haber para ello causa ni menester, sino solo por cobrar la buena fama en la tierra de hombre que no tolera desaguisados ni tuertos sin que los ponga en órden y los enderece: que en Dios y en mi ánima (y esto decia llenándosele los ojos de agua) bastante falta me hace topar con uno de esos cabelleros á ver si pone recado en esta mi corcova, que es uno de los tuertos que debiera haber sido ya enderezado por las bizarrías de cual que caballero andante; que si no fuera por ella, y por estas tan ruines piernas, y por esta figura y pequeñez de cuerpo, con un poco de largueza en la nariz, y algo de espanto en los ojos y una boca de oreja á oido, no habria mozo mas bizarro, galan ni gentilhombre en el mundo, ni mas deseado de las damas, ni mas envidiado de los cortesanos, y de los niños y el vulgo señalado con el dedo. ¡Noramala para los mas galanes y lindos que andan por las calles de Madrid, ruando la persona! No que si no, haceos miel y paparos han moscas; pero no á mí que las vendo, que *soy toquera y vendo tocas* (1), que como decian á mi madre las vecinas, cuando yo me era niño pequeño, que era un vivo trasunto de mi señor padre, que fue de los mas gallardos soldados que con el nunca vencido Emperador asistieron en la guerra de Alemaña (2), y siempre en todas las mas bravas armas y escaramuzas que se daban á los enemigos, era de los que mas tarde embestian y de los que mas presto se retiraban. Y el capitan *Luis Quijada*, que era de los de Lombardía, topando con él escondido entre las ramas de un árbol, imaginando que era espía doble, mandó darle dos tratos de cuerda, y él se escusó con decir que estaba oteando desde allí á la infantería enemiga, porque si bien andaba muy fatigada y esparcida y trabajada de las malas noches y armas y rebatos y encamisadas que los nuestros le solian dar, con todo habia sabido de boca de un aleman moribundo (que era de los herejes) que los suyos se apercibian despues de hacer una falsa retirada á embestir de súbito nuestro campo por la parte de menos seguridad: con lo cual y por los ruegos de otros soldados que conocian el humor de mi padre hubo de perdonarlo *Luis Quijada* con presupuesto de que á la hora del alba... Paso, señor licenciado, díjele yo, y mire por do camina, que desde el ingenioso hidalgo Don Quijote de la Mancha, ha ido saltando vuestra merced como avecilla de flor en flor hasta llegar á narrarme las empresas de su padre en la guerra de Alemaña, que vienen aquí al mismo propósito que pudieran las de Mingo Revulgo ó las de Calainos.

A esto replicó mi bachiller: *Quien dijo Rodrigo dijo ruido.* Dios me hizo asi, cuanto mas que Aristóteles condena en su politica por malos hombres los callados, y de persona callada arriedra tu morada, y por eso suelo yo callar siempre como negra en baño.

Pero no me negará vuestra merced, si me la haceis tan grande en escucharme, proseguí yo viendo su humor de refrenar, que al buen callar llaman sage (3); porque lo que dice el pandero no es todo

(1) *Soy toquera y vendo tocas*; estribillo de una cancion de Góngora.
(2) Desde muy antiguo se solia decir *Alemaña* por Alemania.
(3) *Sage*, en lengua antigua *sabio*; en la Germania hombre ladino. El refran *al buen callar llaman Sage*, se corrompió en *al buen callar llaman Sancho*, y mas tarde *Santo*.

vero. Con todo eso, dijo él, no creo que vuestra merced no sepa que andando gana la aceña, que no estándose queda; y de esta suerte, con perdon de vuestra merced, quiero referirle con bonísimas razones por do vino á mi padre ser capitan.

Y fue que como un dia anduviese muy recia y estrechada la batalla con los alemanes herejes, y él anduviese mirando y remirando por todo el campo aquel lugar mas oportuno de recatarse, con la imaginacion de que aun no era yo venido al mundo, ni aun engendrado, y por tanto guardándose para mayores cosas, comenzó en esto de buscar el modo y forma de sin ser visto de los de su campo ni los del de la liga, guardar su persona, como llevo dicho, para mayores cosas.

O para menores, díjele yo en este tiempo; porque si se guardaba para que vos viniésedes al mundo, ¿hay en el mundo hombre mas pequeño que vos? y siendo vos la cosa mas pequeña, y guardándose para engendraros, ¿cómo decís que se guardaba para mayores cosas?

Tambien he oido decir que soy pequeñísimo, y con todo eso no lo he creido, prosiguió mi bachiller, porque se me puso en los cascos que deberian ser hablillas del vulgo, y siempre lo tuve por conseja de aquellas que las viejas cuentan el invierno al fuego.

Pues habeis de saber que andando por el campo de la manera que llevo dicho, y viendo lo mucho y bien que se peleaba por los dos cuernos del ejército imperial, le vino en deseo de meter mano á la espada, que hasta entonces, aunque habia salido á la luz del sol en varias ocasiones de estrecha necesidad constreñida, luego al punto corrida y vergonzosa, como criada con toda honestidad y recogimiento, habia vuelto á la vaina sin ser teñida en sangre de los contrarios. Lo que ejecutó mi padre en la refriega es cuento largo y enfadoso, pero no lo es el fin y premio que tuvieron sus alientos y bizarrías; pues es voz y fama pública en Villar del Olmo, mi patria, y en sus contornos, que cargado de mas de treinta cabezas que habia cortado á los alemanes herejes, se puso despues de la victoria en presencia del claro Emperador, que entonces decia á su maestre de campo Alonso Vivas aquellas tres notabilísimas palabras de Julio César, trocando la tercera como debe hacer un príncipe cristiano: *Vine, vi, y Dios venció* (1). El Emperador, satisfecho del vencimiento, y siendo hora de hacer mercedes, dióle la de capitan á mi padre; y aunque en esta ocasion no faltaron malas lenguas que dijesen que mi padre les habia cortado las cabezas á los muchos muertos que estaban por el campo, y que era como el que compra en la plaza las aves muertas, y se vá dando autoridad por las callles con decir que él las mató, con todo eso, él se era capitan al placer ó pesar de los necios murmuradores que turban con sus lenguas la paz de la república; y si sus méritos eran buenos ó malos, no tenia necesidad de ponellos en disputa con nadie...

Pero díjele yo ¿podré saber á la fin, qué imaginais de este triste libro de Don Quijote, que vuestra merced llama preñado de disparates y vanidades? Y dígolo porque muchos que lo hilan aun mas delgado que vos, lo llaman el primero de los que de apacible entretenimiento se han compuesto en España, y dicen que está lleno de delicadezas y verdades. Es cierto que el libro vá corriendo con no muy próspero viento por el mar adelante de los que critiquizan; y á buena verdad esta es una de las muchas desventuras que han asaltado á su autor; pero esta tardanza en ser estimado su libro de los doctos, redundará en resolucion en aumento de su gloria y fama: y donde no, si no se la dieren él los deja para quien son.

Este libro, prosiguió el bachiller, que vos quereis que sea tan cuerdo, tan donairoso y tan estimado, está lleno de vanidades, porque ¿no lo es y grande que bajo el presupuesto de desterrar del mundo la vana leccion de los embusteros libros de caballerías, por ser todos pura falsedad y embeleco, nos pinte otro mayor, como ver á un hombre desvanecido con las cosas que por tales libros se suelen topar, y salga de su casa en busca de negras aventuras, figurándose hecho y derecho un andante caballero, sin que sean parte á separarlo de tan livianos pensamientos los muchos palos que recibe para merecido castigo de su nunca oida sandez? ¿Cuándo ha visto su infelice autor que anden tales locos por la república? Y haciéndole aun mas preguntas, que no pudiera hacerlas mayores el señor Almirante defunto con todo de ser importunadísimo preguntador (2): ¿cuántos Palmerines de Ingalaterra, cuántos Florendos, cuántos Floriandos (3), y cuántos otros caballeros andantes muy armados de todas armas, como si se hubieran escapado de un viejo tapiz de aquellos que se suelen encontrar en las tabernas, ha visto torciendo derechos y desaguisando lo bien compuesto y de todo punto aderezado? De donde arguyo que á mas á mas decirle-hia que cultivase su buen ingenio, que sin duda lo tiene, para mejores cosas, y que se deje de proseguir su desdichado libro, porque no es él quien ha de deshacer la autoridad y cabida que en el vulgo maldiciente tienen los libros de caballerías. Pues esto y mas le dijera, que palabras me sobran, y aun bien creo que aunque fuera mudo, quizá y sin quizá no me faltarán, y tanta memoria tengo como entendimiento, á que se junta una voluntad de

---

(1) Palabras que se leen en el *Comentario de don Luis de Avila y Zúñiga* (Venecia 1550), al hablar de la batalla sobre el rio Albis el 24 de agosto de 1547).

(2) Háblase aquí de don Fadrique Enriquez, almirante de Castilla en los primeros años del reinado de Cárlos V. Dirigió á un religioso llamado Fray Luis de Escobar muchas preguntas sobre materias políticas y morales, el cual las respondió en verso. Se imprimieron *Las cuatrocientas respuestas* en 1545, 1546 y 1550.

(3) Son tres libros de caballería. El *Florando de Castilla, lauro de caballeros*, se imprimió en 1588. Está en verso. Su autor, Gerónimo Gomez de Huerta, lo compuso teniendo quince años. Yo lo he reimpreso en mi tomo de *Curiosidades Bibliográficas*. (Biblioteca de Rivadeneira).

corregir y castigar los agenos defectos ya que no puedo enmendar los mios, como estas villanas piernas y esta tan galana corcova. Y habeis de saber que soy un gran filósofo, porque he deprendido en la nueva filosofía de doña Oliva (1) el conocimiento de mí mismo; que quien esto ha conseguido no ha conseguido pequeña cosa. Y no despreciis su doctrina por ser salida de mujer, que muchas ha habido en el mundo dignas de toda veneracion y respeto; y sin ir mas lejos, ahí teneis á la defunta condesa de Tendilla, madre de los tres Mendozas, cuyos nombres aun viven y vivirán por luengos siglos en las voces de la fama (2); y ahí teneis tambien á madama Passier (3), cuyo raro ingenio y memoria y elocuencia la muerte se ha llevado tras sí como los pámpanos octubre (4), á la cual por sus muchas letras le fueron hechas muy grandes y solemnísimas exequias, y á su memoria se hicieron muchos y muy doctos versos. Y aun bien, segun creo, que debe de haber llegado á la córte un libro cargado de sus cartas llenas de erudicion y de moralidad, que en tales debiera estudiar el autor del lacerado de Don Quijote.

¡Cómo qué! ¿es posible, amigo y señor bachiller, repliquéle yo, que vuestra merced defienda tan acerbamente que no andan caballeros andantes por el mundo en esta nuestra edad de hierro? ¿Tan falto sois de memoria que no se os acuerde de los muchos caballeros que dieron en la flor de tener por verdaderas estas vanidades de que están llenas las historias, que son sabidas de coro hasta del vulgo necio? Y en resolucion yo os voto á tal de traeros á las mientes las locuras de aquel tan famoso caballero don Suero de Quiñones, de quien se dice que con nueve gentiles hombres demandó licencia al muy alto y muy poderoso rey de Castilla don Juan II, para partirse de la córte y rescatar su cautiva libertad (que estaba en prision de una dama), con romper en el término de treinta dias trescientas lanzas con los caballeros y gentiles hombres que fuésen á conquistar la aventura; y bien débedes de saber que el dicho caballero don Suero de Quiñones defendió el honroso paso cerca de la puente de Orbigo, y que se quitó aquel fierro del cuello que llevaba preso en él continuamente todos los jueves en señal de servitud y cautividad, y que fueron defensores y mantenedores del paso Lope de Estúñiga, Diego de Bazan, Pedro de Nava con otros hijosdalgo hasta nueve, todos andantescamente enamorados, los cuales todos quebraron lanzas con mas de setenta aventureros que eran allí venidos para probar sus fuerzas y bizarría. Y en resolucion, si estos no fueron andantes caballeros de carne y hueso, y no como los mal fingidos, responderlo-heis, bachiller amigo, demás que del paso honroso hay libro escrito por un fraile que se llama tal de Pineda (5), que lo abrevió y coligió de [un libro antiguo de mano, segun que lo vereis en letras de molde, andando por esos mundos. Y aun bien que no se os habrá ido del entendimiento la aventura del canónigo Almela, que se halló en la conquista de Granada con dos escuderos y seis hombres de á pie: el cual por el mucho amor que tenia á las cosas de caballeros andantes, sustentaba cerca de sí vejeces y cosas viles de ningun provecho: el cual llevaba colgada del cinto una espada que decia ser del Cid Ruy Diaz por ciertas letras que en ella estaban escritas, aunque no se podian leer ni menos desentrañar de ellas el sentido (6).

Mucha fuerza me hacen vuestros argumentos, seor soldado, pero con todo eso os he de replicar que tales hazañas fueron hechas en los tiempos antiguos: y que ya sin ir mas lejos vimos en los de la Cesárea Magestad del ínclito emperador Cárlos V, cuando éste dijo á todo un arzobispo de Burdeos, ni mas ni menos que si fuera el arzobispo Turpin, que dijera al rey de Francia que lo habia hecho ruin y villanamente, y luego vimos venir un faraute del rey de Francia con otro faraute del rey Enrico de Ingalaterra para que fuése con ellos en palenque segun los fueros de la andante caballería.

Y bien se me acuerda por haberlo oido de boca de mi padre y señor, que (en paz sea dicho) era hombre muy usado en estos puntos de honra, aunque él no los usaba por ciertos respetos, que el gran emperador, viéndose desafiar con toda la solemnidad de las leyes del duelo, pidió consejo en lo que deberia hacer al duque del Infantado, don Diego, su primo; y éste le consejó que de ningun modo lo aceptase, porque dello resultaria que siendo tan grande la deuda que con S. M. tenia el rey de Francia, y remitiendo la satisfaccion de la paga á las armas, haria ley en su reino de que todas las deudas conocidas habrian de pasar por el rigor de las armas, cosa contra la razon y la justicia. Estas bizarrías solo se ven ya en los embusteros y necios libros caballerescos, y en las comedias que dellos son tomadas en nuestros tiempos, que en los de Lope de Rueda y Gil Vicente y Alonso de Cisneros (7), aun no habian osado de parecer en los teatros. Y si os he de tratar verdad, mucho me holgara que volviese aquel buen tiempo pasado de las andantes caballerías. Entonces sí que me viérades salir una mañana á la hora del alba con mis monteros grandes y pequeños, y con mis alanos y sabuesos

---

(1) Doña Oliva Sabuco de Nantes Barrera, autora de la *Nueva Filosofía de la naturaleza del hombre*.

(2) Los tres Mendozas célebres: son don Diego Hurtado de Mendoza, célebre historiador, poeta, novelista y político; don Antonio, virey que fue de Méjico y don Bernardino.

(3) Madama Passier (Francisca), murió de diez y nueve años. Tradujo al castellano las cartas morales del señor Narvez, que se publicaron en 1605. Era saboyana.

(4) *Lleva tras sí los pámpanos octubre;* verso primero de un célebre soneto de Lupercio Leonardo de Argensola, publicado en las *Flores de poetas ilustres*. (Valladolid 1605).

(5) Fray Juan de Pineda escribió el libro del *Paso* honroso.

(6) Diego Rodriguez de Almela, canónigo de la santa iglesia de Cartagena, capellan de la reina Católica y autor del libro *Valerio de las historias escolásticas y de España*.

(7) Tres famosos comediantes, el segundo de ellos portugués. Los dos primeros tambien escribieron obras dramáticas

vestido de una ropa que tendria lo de encima de cuero y el aforro de esquiroles, como usaban los grandes señores cuando iban á monte, y tomar en mi cuello una bocina, y cabalgar en mi cuartago con mis monteros, y cuando estuviésemos en lo mas recio de la montería, sobrevenir sobre nos una tormenta y viento y agua con gran furia y en gran manera, y me perder con la luenga escuridad en lo mas entrañado del monte, do ánima ninguna osaba de penetrar por las muchas y malas animálias que allí tenian su asiento. Y allí topar no con un desaforado bárbaro fanfarron, sino con un príncipe cortés, valeroso y bien mirado, que andará perdido en aquellas malezas, y habrá partido de su córte sin acompañamiento á ejercer el ejercicio de la andante caballería, y se llamará el caballero del Grifo ó de la Roja Banda; el cual será muy cuerdo y de muy sanos consejos; y viendo que yo soy un caballero de tan alta guisa y pró, para mostrar la liberalidad de su buen pecho, me dará consolacion en mis cuitas. Y cuando no os me cato, asomará por acullá un enano, diciendo con voz temerosa y rostro espantable y feo : *Aparéjate, caballero del Grifo ó de la Roja Banda, ó como quier que te llames, para dar cima á la mas asombrosa aventura que se ha presentado jamás á caballero andante. Pues has de saber que la princesa Bacalambruna, que por muerte de su padre Borborifon el de la tuerta nariz, es dueño de aquel encantado castillo que ves blanquear á lo lejos en aquel apacible llano, y orillas de aquel caudaloso rio, está ferida y llagada en el amor de tu gentileza, porque con ella has echado el sello á todo aquello que puede hacer perfeto y famoso á un andante caballero. Cuando la noche descoja su temeroso manto, has de caminar al castillo, cuyas puertas te serán francas si quisieres gozar de la mucha fermosura de tan fermosa Princesa.* Y luego que se quite de delante de nuestros ojos aquel tan espantable enano, me dirá el caballero del Grifo que no puede ir al castillo encantado por no cometer vileza con aquella infanta; porque há dias que andaba enamorado de Arsinda, hija del rey de Trapobana Quinquirlimpuz. Con esto me vendrá en voluntad de holgar con una doncella tan bizarra, tan hermosa y tan gallarda, que á todos pondrá admiracion su vista, si de alguno se dejara ver, y subiré en mi impaciente cuartago, y sin darle descanso caminaré mi camino hasta llegar á las puertas del encantado castillo. Y mi cuartago, con la gran hambre y fatiga de la jornada, querrá comer, y yo le abajaré las riendas; mas él por estar mas desembarazado y mas á su placer, tirará pernadas para que yo descienda, y yo descenderé, y luego que lo haya desenfrenado ó arrendado al tronco de alguna encina, entraré en el castillo con muy buen ánimo y sin que nadie me salga á estorbar el paso, ni me salga á rescibir, cosa tan contraria á las leyes de la cortesía. Y como ya en esto la noche habrá sobrevenido, hé aquí que en el patio de aquel tan desierto castillo, toparé con una antorcha encendida que se me pondrá delante de los ojos sin ser de ninguno llevada, y yo caminaré en pos della: la cual se meterá en un riquísimo palacio de oro y plata, aljófar y piedras preciosas, cuyos estrados serán de muy fina seda y paramentos de oro. Y en llegando á una hermosa cámara se apagará por sí misma la antorcha, y vendrá la princesa Bacalambruna, enamorada de las buenas partes del caballero del Grifo, y creyendo que soy yo, se me entregará á todo mi talante y voluntad, y comenzaremos con esto á burlar de manera que de doncella (si lo era) quedará hécha dueña; y desque ella se cansare, se adormirá, y yo para conocer su fermosura sacaré una lanterna, que llevaré aparejada para solo ello, oculta entre mis ropas; y tomaré una candelilla que vendrá dentro, y con su luz veré el rostro de la princesa, que será la mas hermosa del mundo; pero por mi negra fortuna caerá una gota de cera sobre sus pechos (1), con lo cual ella despertará, y quedará de todo punto espantada al ver que no soy el caballero del Grifo, sino un corcovado y narigudo caballero. Y como ella será de parecer que mi corcova es una imperfeccion, cuando no es sino uno de los muchos regalos con que natura suele enriquecer á los mortales, porque no hay mas linda cosa que los adornos en todas las que se ven por el mundo, y que estar un hombre sin una muy gentil corcova, sin una luenga nariz ó boca grande ó pies larguísimos, es lo mismo que estar á cureña rasa, se pondrá loca de furor al verse burlada y descubierta, y saldrá de la cámara para disponer mi muerte. Yo en esto llamaré en mi ayuda á algun maligno encantador, que para mas malignidad hará como que no me oye. Pero una dueña á quien yo jamás eché polvo ni paja, de las mas viejas y mas honradas que nacieron en aquel reino de Transilvania, y que se llamará Mari Hernandez ó Juana Perez, enamorada de mí, vendrá á deshora á la cámara, y me tomará por la mano, y me llevará por la sala, donde habrá varios hombres aparejados para darme muerte; los cuales pondrán mano á las espadas y bisarmas para lo hacer, y lo harán á no ayudarme mi buena fortuna y Mari Hernandez, la dueña mas hermosa de Transilvania, la cual les dirá: *Estad quedos, señores, que no es éste el caballero que la princesa mandó matar: mas es un escudero que envia sobre la mar. Cuando saliere el otro, matadle.* Y con esto me pondrá en el campo, y yo subiré en mi cuartago, y ella dará un gran suspiro, y yo le ofreceré de casar con ella cuando vuelva por aquel castillo (que segun el desaguisado que dejaré hecho, será nunca), pero en aquella hora yo deberé ofrecer todo cuanto pudiere cumplir y aun lo que no pudiere. Desa manera tomaré el camino á la ventura y toparé con una buena, que será llegar á una ciudad y á la plaza, donde estará el emperador en un palenque con su hija, vestida de costosísimos brocados, sentada en un suntuoso pabellon guarnecido de preciosa pedrería; y será ella tan feísima que mas parecerá demonio escapado del infierno que criatura humana. Y como será una doncella que estará rabiando por dejallo de ser,

(1) Recuerdo de un hecho semejante que se lee en el *Asno de Oro* de Apuleyo, y en el libro de caballerías del **Conde Parténoples.**

se habrá puesto en la plaza á esperar que acudan andantes caballeros á conquistar con las armas la posesion de la mucha fermosura que no tiene. Y como no será venido hasta entonces alguno, yo entraré en medio de la plaza á probar fortuna, y el vulgo ignorante y mal intencionado, al verme comenzará á decir por darme vaya : *Ahi viene el caballero de la espantable corcova, la flor de la caballería.* Y yo metiendo espuelas á mi caballo quebraré una lanza en el suelo delante del cadahalso; y mi cuartago, como siempre, dará tales saltos, corcovos y carreras, que dará conmigo en tierra, y con el gran golpe se harán pedazos mis calzas atacadas, descubriéndose cosas que no fuera menester que vieran la luz del sol. Con esto la princesa enamorada de mí, porque conocerá que soy hombre de

muchos bríos y grande aliento para el matrimonio, rogará á su padre que me conceda su mano: el cual conociendo que su hija habia corrido el mercado de los andantes caballeros sin topar con comprador, y que era por tanto joya invendible y ducado falso, me llamará al cadahalso y me dará en premio de mi bizarría la princesa y un reino en dote, cuyos vasallos serán enanos todos. Y asi de bachiller por Salamanca y no por Alcalá, vendria á ser nada menos que rey ; con lo cual no faltaria alguno de mis vasallos, cuantos en mi córte fueren, que compusiese en la lengua de aquel reino, no conocido aun de los mas sabios cosmógrafos, un poema en loor de mis hazañas; y no faltaria tampoco algun honrado encantador que para que ese poema fuese puesto en lengua castellana, resucitaria para solo ello al licenciado Juan Arjona (1).

Pero, amigo bachiller, respondí yo, de la cuerda respuesta del duque del Infantado al invictísimo emperador, no se colige que ya anduviesen desterrados del mundo los verdaderos caballeros andantes; porque entonces vivia, aunque muy oprimido de la vejez, Micer Oliver de la Marcha, caballero cortesano del duque de Borgoña Filipo el Bueno, y despues de su hija doña María, esposa del emperador Maximiliano, de quien vino el rey don Filipo el Hermoso, que casó con doña Juana, hija de los reyes Católicos. Y como él fuese testigo de los trabajos que pasó la escelente princesa Madama María, siendo perseguida ella y sus Estados, de quien mas obligacion tenia de favorecellos, llevaba siempre consigo un mote que en su lengua borgoñona queria decir:

«¡TANTO HA SUFRIDO LA MARCHA!»

el cual usaba por sobrenombre. Y éste escribió un muy ingenioso libro, que tales fueran los que andan por la república llamados de caballerías, no siendo mas de preñados de locuras y vanidades. El cual libro quiso intitular *El Caballero Determinado,* que luego puso de lengua francesa en castellana con muy gentil aliño el caballero don Hernando de Acuña (2) en dulcísimas coplas castellanas, superiores á todo encarecimiento, como se ve en aquel comenzar su libro con estas tan agradables razones:

(1) Juan de Arjona, traductor del poema *La Tebayda,* de Estacio, que por vez primera publiqué en mi tomo de *Curiosidades Bibliográficas.*
(2) Se publicó la version en Amberes el año de 1555.

En la postrera sazon
del tiempo y aun de la vida,
una súbita ocasion
fue causa de mi partida
de mi patria y mi nacion.

Yendo solo en mi jornada
á mi memoria olvidada
despertó mi pensamiento,
renovando el tiempo y cuento
de la mi niñez pasada.

Y no se os viene á la memoria cuando Mario de Abenante, caballero napolitano, desafió á don Francisco Pandon, un caballero tambien nacido en el mismo reino; y que andando los dos muy fieramente riñendo en el palenque, don Francisco dió una muy gentil cuchillada al caballo de Mario sin ser advertida de éste, el cual como no estuviese avisado del daño que le iba á sobrevenir con caer en tierra, un su tio que estaba sobre la estacada, comenzó de hacerle señas para que se apease; y apeándose con grande desembarazo, hirió al caballo que su enemigo regia. Y como empezase éste á resistir al freno y á hacer grandes desdenes, fue forzado don Francisco á rendirse. Y desta accion quedó muy vituperado Mario y mal visto de las gentes y en opinion de hombre traidor y cobarde. Tambien os debereis de acordar de otros sucesos de caballeros andantes sucedidos en los tiempos presentes, tales como aquel de Leres, cuando habiendo desafiado á otro llamado Martin Lopez y venidos los dos á combatir en Roma con lanzas y corazas, andaban escaramuzando y buscándose las escotaduras de las armas para aherirse de muerte. Y acaeció que tropezando el caballo de Martin Lopez vino á tierra, quedando de quel gran golpe y dolor algo adormido, y Leres creyendo villanía rematar allí á su contrario, echó pie á tierra. Pero avínole mal, porque tropezando en sí mesmo cayó, y viéndole el Martin Lopez que ya estaba levantado, y temiendo que la fortuna no le mostrara otra vez madrastra, fué sobre Leres y allí villanamente lo venció. Y dejando esto á un lado, ¿no se os viene á la memoria el felicísimo viaje del señor rey don Felipe II (que esté en gloria) cuando, siendo príncipe, fué desde España á sus tierras de la baja Alemaña, y á todos los Estados de Flandes y de Brabante? Pues en letras de emprenta corre escrito por Joan Calvete de Estrella... (1).

Calvo me vea yo, sobre lo de la corcova, y á mas á mas estrellado por mi cuar ago (dijo el bachiller) en lo que me resta de camino (que segun su mucha maldad y malos pensamientos, imagino que me regalará con despedirme de sí como ya lo ha hecho, no sin mucho quebrantamiento y dolor de mis huesos), si el tal libro no es de los mas entretenidos que se han compuesto desde que el mundo es mundo y hay quien estampe; y en él todo es llaneza y verdad: las cuales cosas no suelen caminar siempre con los historiadores, de que se sigue el acreditarse mentiras y sucesos que jamás pasaron. Mi padre fue tambien en el acompañamiento del príncipe y por cierta desventura y desaguisado que allí le aconteció con una que era doncella sobre su palabra, hubo de tomar la vuelta de España, donde en el camino le sucedieron muchas mas aventuras que al monstruo de fortuna Antonio Perez (2). Y en resolucion, con ánimo triste y mohino como si de algun mal áspid hubiera sido herido...

Yo entonces salteéle la razon, receloso de que me embocase otro tan pesado é impertinente cuento como el pasado, y por eso imité á la sierpe que con estraña dureza se atapa los oidos para hacerse sorda y no escuchar la voz del encantador, y proseguí diciendo:

Pues como sabeis, en Bins parecieron ante el emperador *Semper Augusto* y el príncipe su hijo varios caballeros estantes en aquella vida, y le dijeron ser llegada la hora en que se habian recogido en la Galia Bélgica junto á Bins sobre una vieja calzada, un encantador enemicísimo de la virtud, de la igualdad y de la andante caballería... ¿Y no os acordais, repuso el bachiller, del nombre de ese encantador? No á la fe, repliquéle yo, pero seria espantable como lo son todos los destos malignos espíritus que viven en los infelices libros de caballerías. Yo he oido contar de cierto autor de estos tales, que estuvo muchos dias puesto en confusion sin acertar con el nombre que daria á un encantador que introducia en una de sus fábulas, y sin saber cuál responderia mejor á su mucha malignidad y soberbia; y como estuviese un dia en casa de un su amigo jugando con otros que tambien lo eran suyos, á los naipes, oyó que el señor de la posada decia á un criado: *Hola, Celio: trae aqui cantos.* Sonáronle tan bien estas palábras, que levantándose de la mesa do jugaba, sin decir la razon ni de nadie despedirse, fuése derecho á su casa á escribir el nombre de *Traquicantos* que tan buena consonancia le habia hecho en los oidos.

Pues este encantador de Bins, proseguí yo, por sus diabólicas artes tenia puestos en confusion y asombro á los naturales de aquellas tierras, haciéndoles toda manera de males, y amenazándolos con hacerles otros mas feroces, y en cifra como los caballeros habian sabido que este tan malicioso encan-

(1) Juan Calvete de Estrella escribió *El felicísimo viaje del muy alto y muy poderoso príncipe don Felipe.* (Amberes 1552).
(2) *Monstruo de fortuna* se llamó Antonio Perez dirigiéndose á Catalina de Navarra pidiéndola proteccion contra Felipe II.

tador tenia su morada y perpetuo asiento en un palacio de tal forma encantado (1) que continuamente estaba envuelto y encubierto en una tan espesísima y muy escura nube, que era estorbo á cuantos querian emprender la empresa de reconocer aquel tan espantable y temeroso sitio, do ánima ninguna por muy alentada que fuese osaba de se acercar; pero que una princesa muy amadora del bien, y que entendia muy mucho de la ciencia de lo por venir, viendo lo dañoso que era para gente tan noble la ferocidad de aquel encantador mas maligno que Arcalaus y mas hereje que Constantino (2), proveyó que en una peña alta estuviera hincada una espada de tal virtud, como declaraban estas letras que quiso poner para admiracion de todos:

Que el que sacare fuera la espada del dicho padron, dará tambien fin á las aventuras, y deshará los encantamientos, y librará á los prisioneros del cruel cautiverio en que están, y finalmente, echará en el abismo al dicho castillo tenebroso, y demás desto alcanzará una infinidad de otras muchas buenas venturas, aunque aquí no se declaran, que les son prometidas y destinadas.

Con esto demandaron licencia al emperador para fenecer esta tan espantable aventura; y de dársela holgó mucho el emperador, y diósela en efecto; y aquellos caballeros todos estuvieron dos dias haciendo representaciones en presencia de S. M. y del príncipe, de cuantas locuras se leen en los libros de caballerías que para desgracia de las repúblicas, fueron por la ociosidad inventados. Vestra merced mire y advierta y considere con toda la doctrina que en sí puede encerrar todo un señor bachiller en leyes, el número de los caballeros que se ocuparon en hacer tales fiestas, ó por mejor decir, locuras y vanidades; y que á todas dió su consentimiento el emperador y el príncipe don Felipe, y que estuvieron en ellas muy regocijados, y diga vuesa merced sino existen otros tales locos como el ingenioso manchego en el universo mundo, cuando son tantos y tan honrados y tan favorecidos de los emperadores y de los reyes. En resolucion, los necios de que está poblada la república cristiana, no llevan sufridamente, que con la lectura deste libro se convenza el mal limado de que en los caballerescos solo se pintan sucesos inverosímiles y enemigos de la verdad y de los buenos entendimientos; y por eso trabajan tanto y con tanta obstinacion y con ánimos enconados y voluntad muy torcida contra el ingenioso hidalgo Don Quijote, buscándole tachas y haciendo inquisicion en todas sus aventuras para inferir dellas maliciosamente que no hay en el mundo los locos que fingen los libros de caballerías, cuando dellos están pobladas las córtes de los reyes (cuanto mas las aldeas). Los cuales entre el vario estruendo de los palacios no son conocidos; porque la córte es madre de los locos de todos género de locuras, y en suma, como son tantas y tales las que hacen, tantos los desatinos que dicen, y tantos los despropósitos y disparatadas empresas que sobre los hombros tan desavisadamente se suelen echar para mucho daño dellos, que no hay quien pueda separarlos de su mal ánimo y peor voluntad. Y esta es la ocasion de buscar defectos en el ilustre caballero Don Quijote, claro espejo, no solo de todos los manchegos horizontes, sino de todos los de España; y aun pudiera decir del mundo, si no temiera esceder los límites de mi modestia. A cuya causa es justo que en lugar de ser menospreciado un tan provechoso y bien ordenado libro, sea honrado y estimado de todos los buenos de la república: pues muestra que es él solo entre los de las vanas caballerías que con honesta y provechosa intencion fue escrito. Y no debe de ser tenido por tan vano como ellos al ver las locuras de Don Quijote; pues hartos locos hay en el mundo, y no hay memoria que ninguno sea tenido por tal en el concepto de las gentes. Y por la honrosa determinacion que tuvo su autor como fue el querer desterrar la falsa órden de la andante caballería, con los agradables y sazonados y alegres entretenimientos que para plato del gusto nos ofrece en su verdadera historia...

Aquí llegaba yo con el cuento de la mia, cuando el ético cuartago, cuyas riendas mal prendidas por mi trágico bachiller, se habian soltado, le asaltó de súbito una fantasía y mal pensamiento que en voluntad le era venido: el cual era refocilar con la mula que cabe él estaba asida por las riendas al viejo tronco de una encina. Y como ella se sintiese de los malos deseos del cuartago, y era al fin doncella de toda honestidad y recato como criada en casa de padres honrados y con buenos y castos ejemplos, resistió muy zahareña y esquiva los enfermos y dolientes halagos de la cabalgadura de mi negrísimo bachiller, y como virtuosa Lucrecia, aunque con mejor suceso (que tan destruido anda el mundo que á las mulas es ya solo reservado ser Lucrecias), defendióse muy bizarramente, disparando sendas coces contra su injusto forzador; pero con tanto acierto despedidas, que una de ellas fué á dar en el ojo que medio sano tenia; con que acabó de rematarlo, y otra en el pecho con que derribólo por tierra, que á segundarle hubieran-fenecido allí las calamidades del cuartago y las caidas de mi bachiller.

El cual al contemplar aquel no pensado desastre, ocasionado por la sobra de deshonestidad y lascivos pensamientos, y el no esperado rejo y los bríos que para mas altas cosas mostraba su cabalgadura, imaginó que estaba á punto de echar el último aliento por la boca, y allí fue el gemir y dar voces, lamentando su desgracia, y el poco recado que habia puesto en la guarda de aquella preciosí-

---

(1) El autor de *El Buscapie*, al decir que recordaba haber oido contar este hecho, fue sin duda con alusion al doctor Juan Huarte de San Juan, que lo refiere en su hoy celebrado libro del *Exámen de ingenios para las ciencias.*

(2) Constantino Ponce de la Fuente, canónigo de Sevilla, fue luterano y murió en las cárceles secretas del Santo Oficio en tiempo de Felipe II.

sima joya que habia alquilado en el meson de Colmenares (1), y allí fue el maldecir el punto y hora en que habia salido de la villa.

Yo para consolarlo, le dije: Aun bien, señor bachiller, que para que veais cuán lejos dábades del blanco, ha venido esta desdicha; pues debajo de su buen parecer de que el libro de Don Quijote todo es vanidad y locura, poned pausa á vuestros suspiros, y traed á la memoria el cuento de otra tal aventura de Rocinante, cuando el ingenioso manchego se topó con la mas desgraciada de las suyas en topar con unas desalmadas yeguas que tambien pusieron á punto de muerte á su cabalgadura.

Lléveme el diablo que no querria que me llevase, dijo muy enojado el bachiller, si no os vais en este punto con vuestro Don Quijote cien leguas mas allá del infierno, que desque os saludé, todas las malas venturas que hay en la tierra han comenzado de llover sobre mí, ni mas ni menos que si fuérades cédula de escomunion, que esto sí que no solo es ventura, sino venturon llovido. Y con esto porfiaba, aunque en vano, para levantar á su cuartago, el cual de mal ferido y ciego no se podia levantar, sino que cada y cuando que el bachiller le tiraba de las riendas, meneaba un pie ó una mano, dando señas de muerta vida. De donde vine á colegir lo mucho que pueden uñas de mula, defendiendo los fueros de su honestidad y que no le metan gato por liebre, como venteros, los malos viciosos que con almidonadas razones y oliendo á ámbar, almizcle y algalia, por conseguir sus lascivos pensamientos ponen en tanto estrecho y á tanto riesgo las vidas y aun el ánima. Y viendo el mal recado del cuartago y que ya el sol iba declinando para trasponerse en los montes y dar en el mar, despedíme muy á lo cortesano del lacerado de mi bachiller: el cual con el grande y estéril trabajo de poner en cobro su cabalgadura, ni me oyó, ni me vió partir, ni aun cuando me viera, le era ya posible acertar con las palabras, segun que del enojo y pesadumbre tenia trastrabada la lengua. Allí quedó braveando y poniendo sus quejas sobre las estrellas, y nunca mas supe dél, ni lo procuré y aun todavía me parece escuchalle. Desta suerte subiendo en mi honesta mula, tomé la vuelta de Toledo en aquella hora. La del alba seria cuando entré por sus puertas, y comencé de caminar por sus calles y fuíme derecho en casa de un mi amigo á tomar posada; donde proponiendo en mi pensamiento lo que habia de hacer, determiné de escribir esta mi aventura para desengaño de muchos que ven en el ingenioso hidalgo Don Quijote lo que el ingenioso hidalgo Don Quijote no es; y por eso quise llamar á este librillo *Buscapie*, para que aquellos que busquen el pie de que coja el ingenioso manchego, se topen (Dios sea loado) con que no está enfermo de ninguno, antes bien muy firme y seguro en ambos para entrar en singularísima batalla con los necios murmuradores, sabandijas que para su daño alimenta toda bien ordenada república. Y con esto si he acertado á darte gusto, lector amigo, yo lo tendré muy grande en haberte servido, con tal que no se te pasen de la memoria estos mis advertimientos. Y Dios te guarde.

(1) Colmenares, tabernero muy rico de Búrgos. Está citado por Gaspar Lúcas Hidalgo en sus *Diálogos de apacible entretenimiento.*

FIN DEL BUSCAPIE.

INDICE.

FIN DEL INDICE.